해사 海史 백원기 白元基 박사

백원기白元基 박사 연보 및 연구 업적

● 성　　명 : 백원기(白元基)
● 법　　명 : 고법[古法]
●　　호　 : 해사(海史)
● 생년월일 : 1954년 1월 1일(음 1953년 8월 2일)
● 주　　소 : 본적: 경북 김천시 증산면 장전리 413번지
　　　　　　 현주소: 경기도 고양시 일산서구 가좌2로 53, 302동 1202호
● E-mail : energy8549@hanmail.net

1. 학력

1967. 2　 장전초등학교 졸업
1971. 2　 김천중학교 졸업
1974. 2　 김천고등학교 졸업(22회)
1978.2.　 동국대학교 문리대 영어영문과 졸업(문학사)
1980.2.　 동국대학교 대학원 영어영문과 졸업(문학석사)
　　　　 논문: Jude as the Scapegoat of Fate
2004.8.　 동국대학교 문화예술대학원 졸업(문학석사: 문화재전공)
　　　　 논문: 문화재 활용을 통한 국제포교 방안
1995.8.　 동국대학교 대학원 영어영문과 졸업 (문학박사)
　　　　 논문: Thomas Hardy의 시에 나타난 삶과 죽음의 역설적 통합

2. 경력

1978.3. – 1980.9.　　　 용인 태성고등학교 영어과 교사
1978.9. – 1980.9.　　　 용인불교학생회 창립 및 지도교사
1980.10– 1982.12.　　　 군복무(광주 상무대 보병학교)
1983.3 – 1984.8.　　　 수원 영신여자고등학교 영어과 교사
1985.3. – 2000.2.　　　 동국대학교 영어영문과 강사
1985.3 – 2022.현재　　 한국영어영문학회 평생회원
1990.3. – 2006.8.　　　 동국대학교 전산원 영어과 교수
1992.3. – 2005.2.　　　 동국대학교 불교학생회 반야회 창립 및 지도교수
1994.3. – 2000.2.　　　 동국대학교 동국전산보 주간
1994.5. – 2022. 현재　 영국 토마스 하디 학회 정회원
1998.3 – 2022.12.　　　 한국동서비교문학회 창립 및 평생회원, 평의원
1999.5. – 2001.4.　　　 한국걸스카우트연맹 불교지역대조직 육성위원
2000.1. – 2006.12.　　　 한국동서비교문학회 이사
2000.3. – 2002.2.　　　 동국대학교 전산원 교학부장 겸직
2004.3. – 2005.5.　　　 동국대학교 전산원 입학관리팀장 겸직
1998.8. – 2000.7.　　　 대한불교조계종 국제포교사회 창립 및 수석부회장

2000.8. – 2002.12.	대한불교조계종 국제포교사회 회장
2004.1 – 2022.현재.	한국전통예술학회 이사 및 감사
2006.6. – 2006.8.	세계종교지도자대회 통번역 단장
2006.8. – 2019.2.	동방문화대학원대학교 불교문예학과 교수
2006.9. – 2007.2.	동방문화대학원대학교 학사지원처장
2007.1. – 2008.12.	한국동서비교문학학회 부회장
2007.3. – 2009.2.	동방문화대학원대학교 대외협력실장 겸 언어교육원장
2007.3 – 2009.2.	한국교수불자연합회 이사
2009.1. – 2022 현재	한국동서비교문학회 평의원
2009.1. – 2012.12.	한국동서비교문학회 연구윤리위원장
2009.3. – 2011.2.	동방문화대학원대학교 전략기획처장
2009.5. – 2011.5.	한국전기안전공사 정책자문위원
2011.3. – 2012.2.	동방문화대학원대학교 산학협력단장
2015.3. – 2022 현재	한국불교민속학회 회원
2015.3. – 2019.2.	동방문화대학원대학교 중앙도서관장 겸 교수학습센터장
2017.9. – 2019.2.	동방문화대학원대학교 불교문예학과 학과장
2018.1. – 2022 현재	국제포교사회 법인 문화나눔 이사
2018.9. – 2022 현재	한국숲과문학명상협회 회장
2019.3. – 2022 현재	동방문화대학원대학교 불교문예학과 석좌교수 겸 평생교육원장
2022.1. – 2022 현재	만해사상실천연합 법인이사

3. 저·역서

◼ 저서
1995. 『최신전산영어』(공저), 서울: 연학사.
2001. 『하디 시의 이해』, 서울: 경진문화사.
2003. 『하디의 삶과 문학』, 서울: 경진문화사.
2005. 『시골집에 새가 있는 풍경』 서울: 경진문화사.
2012. 『명상은 언어를 내려놓는 일이다』, 서울: 화남출판사.
2014. 『선시의 이해와 마음치유』, 서울: 동인출판사.
2017. 『불교설화와 마음치유』, 서울: 동인출판사.
2018. 『숲 명상시 이해와 마음치유』, 서울: 우리출판사.
2019. 『자연 관조와 명상, 시가 되다』, 서울: 운주사.

◼ 역서
2002. 『라이오니스로 떠나는 날에』(하디 시 편역), 서울: 경진문화사.
2005. 『시골집에 새가 있는 풍경』(하디 시 다시 읽기), 서울: 경진문화사.
2006. 『아시아의 등불』(에드윈 아놀드 시집 Light of Asia)역, 서울: 동국대학교출판부.
2006. 『직관』(아잔 수메도의 Intuitive Awareness)역, 서울: 대한불교진흥원.
2007. Endless Practice, Endless Vows(전 조계종 총무원장 법장스님 저 『고통을 모으러 다니는 나그네』) 영역, 서울: 조계종출판사.

■ 논문

1979.12. 「Jude as the Scapegoat of Fate」, 동국대 대학원 석사학위논문.

1984.12. 「Thomas Hardy의 작품 속에 나타난 Imagery」, Dongguk Review,
동국대학교 영어영문과.

1993.12. 「Thomas Hardy 시를 통해서 본 불교적 관점」, 『동영논집』1, 동국대 대학원 영문과.

1995.12. 「토마스 하디의 초기 시에 나타난 숙명적 시간관」, 『동영논집』2.
동국대학교 대학원 영어영문과.

1995.8. 「Thomas Hardy 시에 나타난 삶과 죽음의 역설적 통합」,
동국대학교 대학원 박사학위논문.

1996.12. 「Emma: 영원으로 열린 삶의 이미지, Dongguk Review, Nos.24-25,
동국대학교 영어영문과.

1997.12. 「하디의 "Poems of 1912-13"에 나타난 Doppelganger」,
『동영논집』3, 동국대학교 대학원 영어영문과.

1998. 「Hardy's Elegiac Tone in the Poems of the Century Death」, Dongguk
Review. 동국대학교 영어영문과.

1998.12. 「Immanent Will과 불교사상: Thomas Hardy의 동양적 자연관」,
『동서비교문학저널』(창간호), 한국동서비교문학회.

1998.12. 「"워즈워스의 시: 오독의 지형에 나타난 죽음」, 『허천택교수 회갑논문집』.

1999.12. 「하디의 시학: Satires of Circumstance"에 나타난 Irony와 Ambiguity,
『동영논집』4, 동국대학교 대학원 영어영문과.

2000.11. 「토마스 하디의 시: 우주적 자비(Metta) 실천」, 『현대영미시 연구』
제5호, 한국현대 영미시학회.

2001.5. 「게리 스나이더의 생태학적 비전: "야성"과 불교적 수행」, 『정보기술』창간호. 동국대.

2002. 「토마스 하디의 시: 불교의 자비(Metta) 사상 실천」,
『동서비교문학저널』, 한국동서비교문학회.

2004.8. 「문화재를 활용한 국제포교 방안」, 동국대학교 문화예술대학원 석사학위 논문.

2006.12. 「하디의 시학: 불교생태학과의 관련성」, 『동서비교문학저널』, 한국동서비교문학회.

2007. 「하디 시에 나타난 "비전의 순간"에 대한 연구」, 『동방논집』 제 1집, 동방문화대학원대.

2008.12. 「심우장의 정체성 확립과 보존관리 방안에 관한 연구」, 『동방논집』 제 2집,
동방문화대학원대학교.

2009.12. 「화엄적 생명 사랑의 실천: 하디와 만해의 시학」, 『동서비교문학저널』 제21호,
한국동서비교문학회.

2010.12. 「영산재의 미적 세계와 게송의 의미」, 『동서비교문학저널』 제23호,
한국동서비교문학회.

2011. 1. 「진각국사 혜심의 선시: '색심불이'의 시적 미학」, 『불교와 수행』,
법산스님 정년퇴임기념논총.

2011.12. 「하디와 정현종의 불교생태 시학」, 『동서비교문학저널』 제25호, 한국동서비교문학회.

2012.12. 「아시아 근대 불교중흥의 기수: 다르마팔라와 만해」, 『선문화연구』,
한국불교선리연구원.

2012.6. 「하디 시에 나타난 불교적 상상력」, 『동서비교문학저널』, 한국동서비교문학회.

2013. 6. 「하디와 오세영의 불교적 상상력과 생태인식」, 『동서비교문학저널』,
한국동서비교문학회.

2013. 7. 「서구 초현실주의와 만해의 시」, 『만해학연구』, 만해학술원.

2013. 8. 「초의선사의 선다시와 마음치유의 시학」, 『동방문예연구』 창간호,
동방문화대학원대학교 불교문예연구소.

2014.3. 「경허 전기 서술의 몇 가지 경향」, 『불교평론』 57호, 만해사상실천선양회.

2014. 8. 「추사의 세한도에 나타난 불교적 미학의 세계」, 『불교문예연구』 제 3호,
동방문화대학원대학교 불교문예연구소.

2014.12. 「일제강점기 후반기 문학계동향과 후반기 만해 문학사상」, 『선문화연구』,
한국불교선리연구원.

2015. 2. 공저, 「단 기간 템플스테이 체험이 일상스트레스 감소에 미치는 영향」,
『한국정보전자통신기술학회』, 제 8 권 1호.

2015. 3. 공저, 「진각국사 혜심의 '선다일여'의 시적 미학」, 『한국사상과 문화』 제77호,
한국사상문화학회.

2015. 3. 공저, 「휴정의 구도와 깨달음의 시적 미학」, 『한국사상과 문화』 제77호,
한국사상문화학회.

2015. 6. 「만해의 님의 침묵에 나타난 독립사상의 특징」, 『선문화연구』,
한국불교선리연구원.

2015. 9. 「치유와 구도의 시학으로서 '십우도'」, 『한국사상과 문화』 제 79호,
한국사상문화학회.

2016.1. 「백운경한(白雲景閑)의 선사상(禪思想)과 "무심진종(無心眞宗)"의 시학(詩學)」,
『한국사상과 문화』 제 83호, 한국사상문화학회.

2016.7. 「조영암의 선시 세계」, 『만해학보』 제 16호, 만해사상실천선양회.

2017. 2. 신미의 '훈민정음' 창제 관련 설화와 문화융합의 콘텐츠 방안,
『한국융합학회논문지』 v.8 no.2, 한국융합학회.

2017.3. 「태고보우 선사상의 시적 변용 미학」, 『한국사상과 문화』 제 88호,
한국사상문화학회.

2017.12. 「만해의 독립사상과 그 시적 형상화」, 『선문화연구』. 한국불교선리연구원.

2018.1. 「원감국사 충지의 구도와 깨달음의 시적 미학」, 『한국사상과 문화』 제 91권,
한국사상문화학회.

2018.4. 「현대문학 속의 원효」, 『화성불교문화유적 학술발표논문집』,
한국불교문인협회.

2018.10 「현대불교문학의 지향점: 생명존중과 자비실천」, 『가을학술발표논문집』,
동방문화대학원대학교 불교문예연구소.

2018.12. 「정관일선의 사상과 그 시적 형상화의 의미」 『한국사상과 문화』 93호,
한국사상문화학회.

2019. 1. 「허응당 보우의 사상과 시적 표현」, 『한국사상과 문화』 94호,
한국사상문화학회.

2020.1. 「불교문학의 지향점」, 『한국사상과 문화』 100호, 한국사상문화학회.

2020.6. (공동) 「나옹혜근(懶翁惠勤) 선사상의 특징과 선심의 시적 형상화 연구」,
『퇴계학논집』, no.26, 영남퇴계학연구원.

2021.8. 「설악무산의 선시 禪解」, 『설악무산의 문학, 그 깊이와 넓이』, 만해사상실천선양회.

2021.8. 「국가위기 시 나타난 서산대사의 리더십」, 『불교문화』, 대한불교진흥원.

4, 상훈

1979.10.1.   대한불교조계종 총무원장 표창패(용인불교학생회 창립 및 지도교사 공로)
　　　　　　　　총무원장: 배송원 스님
1980.2.11.   용인 태성고등학교 우수교사 표창 교장: 이경환
1988.10.1.   용인불교학생회 창립 10주년 감사패
2001.10.23.   용인불교학생회, 청년회 감사패
2002.3.2.   동국대학교 전산원 10년 근속패   원장: 송재운
2002.11.23.   대한불교조계종 국제포교사회 감사패 회장: 조우영
2004.12.28.   대한불교조계종 포교원장 감사패   포교원장: 도영
2008.6.6.   유네스코인류무형문화유산 '영산재'보존회 감사패 회장: 조환우
2009.12.28.   불교문학 신인우수상(평론)   회장: 정정순
2011.12.   한국불교문학상(평론부분)   회장: 정정순
2016.12.5.   국제문화유산 답사회 공로패   회장: 이석복
2018.11.10.   국제문화유산 답사회 감사패   회장: 이석복
2019.2.   동방문화대학원대학교 총장 공로패 총장: 박경재

5, 언론보도기사

1994.7.28.   토마스 하디 학회 컨퍼런스 참가 인터뷰   영국 BBC
2002.4.25.   국제포교사회 후원의 밤 개최   조선일보
2002.5.1.   템플스테이와 국제포교   현대불교
2000.5.29.   국제포교사회 제 1회 미 8군 법회   중앙일보
2005.7.2.   『시골집에 새가 있는 풍경』 발간   불교신문
2005.12.15.   국제불교문화연구소 개원   불교신문
2006.3.23.   국제포교사회 어린이 불교영어 카세트 교재 발간   불교방송
2006.10.30.   '하디시의 시학, 불교생태학과의 관련성'   법보신문, 금강신문
2007.7.9.   사찰풍수 약초체험 프로그램 진행   연합뉴스
2008. 9.1.   '만해 한용운, 심우장의 정체성 확립과 보존관리 방안'   불교타임즈
2012.12.17.   『명상은 언어를 내려놓는 일이다』(화남출판사) 발간   불교신문
2013.7.25.   만해학술 세미나: 서구 초현실주의 시와 만해의 시   서울신문
2014.3.26.   『선시의 이해와 마음치유』(동인) 발간   불교신문
2014.4.21.   사단법인 문화나눔   불교신문
2014.4.24.   '추사의 세한도에 나타난 불교적 미학의 세계'   불교저널, 현대불교
2014.7.3.   '만해의 심우장 시대' 주제 학술대회   불교신문
2014.8.4.   나의 스승 나의 은사 홍윤식 박사   불교저널
2015.6.16.   '만해의 시문학에 나타난 독립정신'   세계일보, 불교닷컴
2016.7.29.   '만해 한용운과 조영암 선시 세계'   현대불교
2017.5.26.   『불교설화와 마음치유 발간』(동인, 문광부 우수도서 선정)   불교신문
2017.6.27.   국제문화유산 제 13차 답사   불교신문
2017.7.5.   만해추모학술제 발표(성북동 심우장)   불교저널
2018.5.31.   황동규 시인 초청 특강: '아픔을 넘어'   불교신문
2018. 6.26.   국제문화유산답사회 17차 답사회   불교신문

2018.9.9.	한국숲과문학명상협회 출범 및 세미나	불교방송, 불교신문
2018.11.8.	'현대불교문학의 지향점: 생명존중과 자비실천'	불교신문
2019.9.23.	『자연관조와 명상, 시가 되다』(운주사) 발간	불교신문, 법보신문
2021. 8. 10.	'설악무산의 문학, 그 깊이와 넓이' 발표(만해마을)	불교방송, BTN불교TV
2021.8.29.	6회 만해통일문학축전(심우장) 기념강연: 만해의 시문학에 나타난 독립정신	BTN
2021.10.6.&8.	토크멘트리 훈민정음 나랏말싸미 출연 (한글날 특집)	BTN불교TV
2022.2.28.	"3·1절 특집 다큐멘터리: 만해 한용운, 민족의 혼으로 살다"	BTN불교 TV

6, 지도학생 명단

▣ 박사학위 취득자

 스님 : 호암(조승래), 원명(박태호), 승범(곽승영), 원각(김명옥), 성현(권성희), 우주(최정범)
   보관(최은미), 정수(진광희)

 일반인 : 채형식, 하규용, 서용석, 안광민, 서주석, 이서예, 박상영, 변영희, 정의진, 문정하,
   윤현준, 여태동, 박준호, 최봉명, 이지선, 유영훈, 조한석, 손민정

▣ 박사 수료생

 법성(이호순), 황교선, 정정순, 신성호, 덕관, 마관호, 강민석, 각천(이덕윤), 한유진,
 전정아, 양선이, 양숙현

 외국인 : 루즈베 제베느도르즈, 어그티 바트보양, 부르게드 다시댐배렐, 테모르푸렙 강바타르,
   애론 워즈워쓰

▣ 석사 학위 취득자

 김광태(보화), 남종호(원일), 박정자, 이만호(진원), 윤영미, 백재연

▣ 박사 재학생

 김수근(정인), 최필규(지정), 이명희, 박랑서, 원수자, 장가람, 민미경, 한정애, 윤명구, 차미령

백원기 白元基 박사 정년퇴임 기념강연

"불교설화와 동서양의 불교문학에 담긴 생명사상과 자비실천에 대해 조명"

2018년 10월 26일 동방문화대학원대학교

2018년 10월 26일 동방문화대학원대학교 불교문예연구소(소장 차차석교수)가 '불교문학과 생명존중사상'이라는 주제로 2018년 제12차 불교문예연구소 학술세미나를 개최했다. 이날 백원기 동방문화대학원대학교 교수(불교문예학과)는 '현대 불교문학의 지향점–생명존중과 자비실천 윤리'를 주제로 기조강연을 했다. 정년퇴임을 기념한 이날 강연에서 백 교수는 불교설화와 동서양의 불교문학에 담긴 생명사상과 자비실천에 대해 조명했다.

〈불교신문, 여태동 편집국장〉

백원기 박사 고희기념 축화/묵서

성각스님 묵서

담원 김창배
화백(박사) 축화

백원기 박사 학창시절(초/중/고)

초등학교 6학년 시절 김천 청암사 대웅전 앞 3층석탑에서의 모습.(가로무늬 쉐타를 입은 백원기교수님)

초등학교 6학년 시절 김천 청암사 입구 외나무 다리에서의 모습.(가로무늬 쉐타를 입은 백원기 교수님)

김천중학교 1학년 때의 모습

백 교수님은 김천고등학교 재학 시 김천불교학생회 활동을 했다. 사진은 2학년 재학 시(72년) 직지사에서 정기법회 후 지도 법사인 이양길 법사(당시 법일스님)와 기념촬영.

백원기 박사 고교 교사시절 신행활동

←용인 태성고등학교 영어 교사로 재직하며 1978년 용인불교학생회를 창립해 지도교사로 활동했다. 용주사(정무 주지스님)에서 동계수련회 후 기념 촬영(좌에서 2번째).

용인농협회관 강당에→ 서 창립1주년 기념법회서 인사말 하는 백원기 교수님

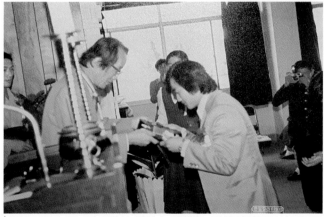

→조계종 총무원장 표창패

→창립1주년 기념법회에서 김어수 조계종 중앙상임포교사로부터 배송원 조계종 총무원장 표창패를 받고 있다

동국대 석사학위취득/전산원 교수 시절

1980년 2월 동국대학교 대학원 영문과에서 석사학위를 받고 가족과의 기념촬영

1991년 동국대 전산원 영어과 교수로 재학 시 반야회를 창립, 이듬해인 1992년 정각원에서 지도교수로 축사를 하고 있다.

1996년 1월 홍윤식 교수님(좌측서 두번째)과 사모님인 조명렬 교수님과 불교학과 조용길 교수님 내외와 인도여행을 하고 있는 백원기 교수님.(좌측서 첫번째)

영국유학/ 박사학위 취득/ 녹원스님 친견

1994년 동국대 전산원 영어과 교수로 재학 시 영국 도체스터에 위치한 토마스 하디 생가를 방문, BBC방송기자와 하디의 문학세계 특징에 관해 인터뷰를 하고 있다.

1994년 스코틀랜드 유학 때의 모습.

1995년 8월 박사학위 취득 후 가족 친지들과 함께 한 모습.

1998년 3월 직지사 명적암에서 녹원 큰스님 친견을 한 후 동국대 전산원 보직자들과 함께

1998년 8월 조계종 국제포교사 3기 품수 후 성타포교원장, 원명스님과 기념촬영

동방문화대학원대학교로 이직해 2014년 2월 첫 박사학위자를 배출하고 함께 한 사진(우측서 세번째).

2016년 지중해 크르즈여행시 유종호. 오세영 교수와 함께

2016년 8월 설악무산스님과 지중해 크루즈여행중. 밀라노에서.

2016년 지중해 크루즈 여행시 스페인 발렌시아항구에서 사모님 장세경 여사님과 함께.

2019년 8월 심우장 만해통일문학축전에서 만해의 문학세계와 불교사상에 대하여 발표하고 있다.

동방문화대학원대학교 평생교육원장 취임/ 가족

← 2021.8.
백담사 만해마을 발표

2021년 동방문화대→
학원대학교 평생교육
원 원장으로 재직하
며 학생들과 함께 한
사진.

← 백원기 교수님의 단란
한 가족 모습.며느리
(남빛누리)와 손자(백
진욱), 아들(백두산),
사위(강기훈), 본인, 아
내(장세경여사), 딸(백
소현)

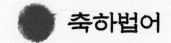 **축하법어**

海史거사 학문을 찬하노라!

　해사 백원기 석좌교수님의 칠순논총집 발간을 축하드립니다.

　동국대학교와 동방문화대학원대학교에서 많은 후학을 양성한 백원기 교수님의 학문영역은 영문학과 불교문학을 넘나들며 많은 성과를 일구어 냈습니다.

　평생 학자로 연구활동한 공덕은 불보살님도 찬탄할 것으로 믿으며 소납도 함께 축하의 마음을 전합니다.

천보산 바위의 만 가지 형상　　天寶山岩萬形像
불암산 부처님 광명으로 빛나니　佛岩山佛光增輝
웅산 원종이 주장자 높이 들어　雄山圓宗擧杖高
해사 거사의 학문을 찬탄하노라　海史居士讚學文

중앙승가대학교 총장 雄山 圓宗 합장

 **축사**

축하의 인사 올립니다.

동방문화 대학원대학교에서 17년을 봉직해오시면서 학문 연구와 후학 양성에 헌신해 오신 백원기 교수님의 고희기념 논총을 진심으로 축하드립니다. 교수님은 긴 세월 동안 만해(萬海)의 문학사상과 불교 생태학 그리고 생명존중 사상에 관하여 연구하셨고 이에 대한 가르침을 넓게 펼치셨습니다. 한결같은 열의와 정성으로 후학들을 키워내셔서 이제 제자와 후배 교수들이 교수님의 은혜에 보답하는 마음으로 기념 논문집을 내게 되었습니다.

고희 기념 논문집이라고 하면 우리 문화의 통념상 노교수의 업적을 기념하는 儀式을 떠올리게 됩니다만, 백원기 교수님과 가까이 생활하는 동료 교수로서 저는 그런 이미지가 상상되지 않습니다. 백원기 교수님은 오래전에 제가 처음 뵈었을 때와 마찬가지로 지금도 여전히 활기와 생동감이 넘치는 모습으로 바쁘게 활동하고 계십니다. 동방문화 대학의 평생교육원 원장님으로 학교 발전을 위해 궂은일도 마다하지 않으신 채 동분서주하시고, 강연과 강의 준비로 바쁘신 중에도 청탁받은 원고를 쓰고 고치기를 반복하며 글을 다듬고 계십니다. 그런 가운데 짬짬이 학생들과 함께 야외로 나가서 바람과 물소리를 벗 삼아 시를 짓고 흥취를 자아내어 자연을 즐기는 풍류가 무엇인지 가르쳐주십니다.

마치 십 대의 소년이 호기심 가득한 채 자연과 인생에 대한 다양한 경험을 즐기는 것처럼, 교수님의 활동적인 모습을 보면, 지금도 소년의 마음으로 살고 계신다는 것을 느낄 수 있습니다.

젊은 시절 한때 법을 공부하셨던 교수님은 경주의 한 산사에 틀어박혀 법전과 씨름을 하고 계신 적이 있었다고 합니다. 하루는 창문 밖의 세상을 가득 채운 滿月이 너무 아름다워 그 길로 뛰쳐나가 자전거를 타고 밤새 신나게 달을 쫓아다녔다는 이야기를 들려주실 때, 교수님의 낭만적인 천성에는 문학을 공부하실 수밖에 없었으리라 알 수 있었습니다. 아마도 이후 평생을 연구하셨던 토머스 하디의 '비전(VISION)의 순간'을 젊은 시절 이미 경험하셨던 것이 아닐까 추측해 봅니다.

백원기 교수님은 영문학을 전공하시고 수십 년 동안 영시와 선시(禪詩)를 연구하셨습니다. 학교와 학과를 위해 동분서주 바쁘게 일하시는 중에 10권이 넘는 저·역서와 수많은 학술논문을 발표하셨습니다. 특히 토머스 하디에 관하여 많은 논문과 책을 써내셨는데, 하디의 연구는 자연스럽게 현대 선시(禪詩)의 연구로 이어졌습니다. 교수님은 하디의 관점에서 불교의 사상을 연구하셨고, 다른 한편으로 불교의 시각에서 하디를 이해하셨습니다.

언제나 말쑥한 신사복 차림에, 넘치는 위트와 시적 표현으로 대화를 주도하시는 교수님은 끊임없이 찾아오는 손님을 맞이하고 계십니다. 교수님을 찾아오는 모든 분의 마음은 아마도 똑같을 겁니다. 마음을 편히 쉬게 하기 위함입니다. 한결같은 마음으로 환한 웃음과 함께 맞아 주시는 교수님의 인자함 덕분에 찾아뵙는 우리의 마음이 순해지고 편해집니다. 따뜻한 차 한잔과 정감 있는 말씀에 조금 전까지 설쳐대던 시끌시끌한 마음은 어느덧 사라지고 봄 햇볕에 눈 녹듯 순한 마음이 됩니다.

'교육자'는 우리 삶에서 가장 소중한 가치를 가르쳐 주는 사람입니다. 신뢰할 수 있는 상담자이자 멘토(MENTOR)이며 어떨 때는 친구가 되기도 합니다. 이렇게 다양한 역할을 하는 교육자는 학생에게 단지 몇 개의 과목만을 가르치는 사람이 아니라 학생을 생명의 길로 인도합니다. 인생에 있어서 소중히 여겨야 할 가치를 가르쳐 제자의 삶을 형성하고 더 나은 사람으로 만드는 일을 하는 분들입니다. 백원기 교수님은 이러한 교육자이셨습니다. 그러나 대개 그러하듯 교수님의 노력은 눈에 띄지 않았을 겁니다.

다행히 교수님의 고희기념 논총을 통하여 감사의 인사를 전할 수 있게 되어 무척 기쁩니다. 교수님처럼 뛰어난 리더를 만날 수 있어서 기뻤고, 그 인연에 감사했습니다. 인간관계에서 조화와 화합을 강조하시는 인자하신 교수님의 인품은 제가 따라야 할 본보기가 되었습니다. 지난 몇 년 동안 아낌없이 주신 도움에 깊은 감사의 인사를 전하고 싶습니다. 건강관리 잘하셔서 앞으로도 여전히 넘치는 에너지로 일하시는 모습을 보여주시기를 바랍니다. 지금까지와 마찬가지로 삶의 가치와 인생의 길을 안내해 주시는 든든한 스승으로 계셔주시기를 바랍니다.

2022년 11월 11일

불교문예학과 학과장 문진건 올림

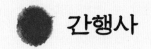 간행사

간 행 사

해사 백원기 교수님의 고희 논문집을 펴냅니다.
고희라는 세월이 흐르기까지 세상의 많은 시련과 역경이 있었으련만,
교수님께서는 그 세월에 희석되지 않고 스스로의 모습으로 존재하셨습니다.

백원기 교수님의 삶을 하나의 단어로 표현하자면,
'학식이 있고 행동과 예절이 바르며 의리와 원칙을 지키고 관직과 재물을 탐내지 않는 고결한 인품을 지닌 사람'을 일컫는 '선비'라는 말이 정확히 들어맞는다고 생각합니다.
언제나 스스로를 낮추시고, 제자들의 경조사 및 행사에 번거로움을 마다않고 늘 함께하시어 축하해 주시었고, 가정의 경제보다도 학문연구를 더 우선시하는 모습으로 가르침을 주셨습니다.
또한, 제자들이 학업의 어려움을 토로하며 휴학을 하거나 논문준비에 진척이 없어 포기하려 할 때면 어김없이 다시 마음을 다잡을 수 있도록 독려하시었습니다.
궁극(窮極)에는 많은 제자들이 박사가 될 수 있도록 이끌어 주신 우리의 스승님이십니다.

이처럼 교수님께서는
언제나 늘 그 자리에 계시는 선비이시고,
제자들의 마음을 먼저 헤아려 주시는 스승이시며,
끝없는 연구로 수많은 학문적 업적을 이루어 내신 대학자이십니다.

이러한 가르침에 제자와 후배들은 한마음으로 논문집을 준비하여 간행합니다.
이는 백원기 교수님과 그 가족, 그리고 우리 모두의 큰 기쁨이고 축복입니다.

귀한 글 올려주신 여러분 및 출판을 위해 애써주신 동문 여러분께 진심으로 감사드리고,
앞으로도 더 많은 연구와 가르침을 기대하는 제자로서,
교수님께 오래도록 건강과 행복이 함께하시길 앙망합니다.

2022. 11. 11.
간행위원장 안광민 두손모음

백원기 박사님 고희기념 축시

별빛처럼

– 예초 정정순

좋은 그림을 만나게 되면
황홀한 느낌이 들 때가 있고
좋은 사람을 만나게 되면
내면의 흐르는 인격이 전달되어
가슴이 뛸 때가 있다면
가슴을 뛰게 하는 분이
바로 백원기 교수님이십니다

누군가가 그리워지는 그리움
시간만큼 낭비하기 쉬운 것도 없고
시간만큼 귀중한 것도 없다고
불심의 언어를 내려놓듯
대단한 학력과 경력
많은 저서와 논문
제자로서 머리 숙여집니다

나무가 꽃을 키우듯
사랑하는 제자에게
무한한 가능성을 칭찬해 주시고
인내와 희망을 심어주신
자상하고 자애로운 교수님
존경합니다 사랑합니다

목차

연보 및 연구 업적 · 3
정년퇴임 기념강연 · 10
축　　화　화백 성각스님 묵서 / 담원 김창배 화백 · · · · · · · 11
축하법어　중앙승가대학교 총장 雄山 圓宗 · · · · · · · · · · · · · · 18
축　　사　동방문화대학원대 불교문예학과 학과장 문진건 · · · · 19
간 행 사　간행위원장 안광민 · 22
축　　시　예초 정정순 · 23
백원기 교수의 학문 세계 (동방문화대학원대, 이성운 교수) · · · 27

제1부 생명존중과 마음치유의 문학 (백원기 박사)

1. 불교문학의 지향점: 생명존중과 자비실천 · · · · · · · · · · · 45
2. 토마스 하디의 시와 불교생태학적 사유 · · · · · · · · · · · · 64
3. 만해의 화엄적 사유와 생명사랑 노래 · · · · · · · · · · · · · 84
4. 설악무산의 생명존중과 자비실천의 시 세계 · · · · · · · · · 95
5. 진각혜심의 선다일여와 비움의 시적 미학 · · · · · · · · · · 109
6. 정관일선의 색심불이와 시심화의 세계 · · · · · · · · · · · · 127
7. 초의선사의 선다시와 마음치유의 시학 · · · · · · · · · · · · 145
8. '영산재'의 미학과 게송에 나타난 생명존중 사상 · · · · · · · 173

제2부 구도와 깨달음의 시문학 세계

1. 曉峰의 法語에 나타난 歸鄕意識 試探(차차석) · · · · · · · · · 201
2. 함허득통의 '비움과 충만'의 시적 미학(안광민) · · · · · · · · 222
3. 法頂의 詩 세계에 나타난 존재의식과 사회의식(여태동) · · · · 240
4. 나옹혜근(懶翁惠勤) 선사상의 특징과 선심의 시적 형상화(최봉명) 272
5. 이규보의 시론 특징과 그 시적 변용의 미학(김명옥, 원각) · · · 289
6. 편양언기의 선사상과 시적 형상화(권성희, 성현) · · · · · · · · 309
7. 청매인오의 사상과 시 세계의 의미(문정하) · · · · · · · · · · 330

제3부 포스트 코로나 시대의 문학과 심리상담

1. 불교상담에서 자아의 의미와 역할(문진건) · · · · · · · · · 355
2. '숲 명상' 시에 나타난 치유적 의미(오철우) · · · · · · · · 390
3. 불교 경전의 비유에 담긴 심리 치유의 의미 고찰(김선화) · · · 416
4. 선시「십우도」의 시치료 활용 방안 모색(서주석) · · · · · · 438
5. 학교부적응 청소년의 상담치유를 위한 생태시 활용에 관한 연구(윤현준) · · 465
6. 설악무산의 화엄적 사유와 생명존중의 시세계(이지선) · · · · 496
7. 白水 鄭椀永의 시문학에 나타난 고향의식과 화엄적 사유(전정아) · · 516
8. 헤르만 헤세 시에서 불(火)에 대한 치유관점의 해석(손민정) · · · · 537

제4부 불교문화예술의 이해와 콘텐츠화

1. 영산재의 구조와 설행 및 사상과 인식(이성운) · · · · · · · · 555
2. 정광수 바디「수궁가」의 특징과 전승, 변모 양상(정의진) · · · · 578
3. 템플스테이가 마음치유에 미치는 영향(서용석) · · · · · · · · 600
4. 불교의 의식에서 나타나는 축제적 성격 연구(곽성영, 승범) · · · 619
5. 지리산권 유불사상 기반의 시문학 특징과 스토리 텔링(최정범, 우주) · · 635
6. 동양사상의 기(氣)에 관한 과학적 접근과 원용(조한석) · · · · 652
7. '영산재'의 장엄미학과 콘텐츠개발 활용 방안 연구(진광희, 정수) · · · 676

※ 제2부, 제3부, 제4부에 헌정된 논문들은 필자들이 학술지에 게재한 논문들임을 밝힙니다.

백원기 교수의 학문 세계

수연(隨緣)의 심미학(審美學)

이 성 운(동방문화대학원대학교 교수)

Ⅰ. 서언
Ⅱ. 하디 시상 탐구
Ⅲ. 선과 세계 심미
Ⅳ. 결어

Ⅰ. 서언: 수연으로 통화하며 아름다움을 탐구한 학문의 여정

인간은 왜 사는가? 하는 질문의 대답은 대답하는 이의 철학에 따라 다를 것이다. 태어났으니 본능적으로 먹을 것을 찾으며 자기 생명의 안전만을 추구하는 이에게는 왜 사는가 하는 질문 따위는 필요 없을 것이다. 그러다가 어떤 위기에 봉착하면 자신이 무엇인가, 어떻게 살아야 하는가 하는 질문을 간혹 하기도 한다. 하지만 자신과 세상에 대해 무한한 호기심을 가진 이들은 어린 시절부터 인간은 무엇이며 어떻게 살아야 하는지 고민하며, 존재하는 것들에 대해 깊은 관심을 가지고 그것을 분석하며 그 원리를 찾기도 한다. 오늘날 말하는 학문을 하는 이들이다. 곧 학자들이다. 세상에 깊은 관심을 가지고 그것들의 원리나 미학 등을 탐구한다.

사실 학문(學問, Academia)은 과거의 모든 사건과 일 중에서도 지식적인 부분들만 정리해놓은 지식체계라고 할 수 있다. 혹은 그 지식을 익히는 행위도 포함한다. 이 학문을 한다는 것이 현대 산업사회에서는 그리 단순하지 않다. 양(洋)의 동서를 막론하고 학문은 과거에는 특정 계층의 전유물이나 마찬가지였다. 그 까닭은 단순하다. 학문만을 해도 생활할 수 있는 터전이 있어야 했기 때문이다. 해서 재산이나 지위 등이 확보된 귀족이나 양반이 아니고는 학문을 한다는 것이 결코 쉬운 일이 아니었다. 학문이라고 할 때 배우고 습득하는 것이라는 데만 초점을 맞출 수 없는 것이 그 까닭이다.

현대 사회에서 학문하는 이들은 곧 순수한 학자에 더해서 직업으로서의 학문을 해야 하는 이들이 주를 이룬다. 직업으로서의 학문을 하는 대표적인 직군은 대학의 교원이나 연구소의 유급 연구들이라고 할 수 있다. 대학에서 그 사회가 필요한 학문을 해서 학위를 취득해 교원이나 연구원이라는 직업인이 되었을 때 안정적으로 학문을 할 수 있는 여건을 갖게 된다. 그렇다고 해서 반드시 직업으로서의 학문만을 학문이라고 한정할 수는 없다. 물론 유급의 직업인이 아니라도 타의 추종을 불허하는 연구 업적을 쌓을 수는 있다. 실제 그런 이들도 적지 않으며, 그들이 우리 사회의 발전에 기여하기도 한다. 그렇지만 그 모습이 일반적이라고 할 수는 없을 것 같다. 이 글말은 바로 평생 학문을 한 향공(香空) 백원기 교수의 학문 세계를 살펴보는 데 목적이 있다. 글말을 시작하게 된 연유는 이렇다. 향공의 제자들에 의해 고희 기념 논문집 출판이 추진된다는 전언을 듣고 '향공의 학문의 특징은 무엇일까?' 하는 궁금증과 '이와 같은 글말이 논문집의 한 칸을 차지하며 어떨까' 하는 생각이 일었다. 사실 인문학, 혹은 불교학과 같은 분야에서는 특정인의 학문에 대한 평가는 호불호로 인해 대체로 사후에 행해지곤 한다. 하지만 이 글말은 평가적 글말의 자격을 가질 수는 없다. 다만 아홉 권의 저서, 다섯 권의 역서, 석·박사학위 논문 포함 49편의 논문을 발표한 향공 학문의 특징은 무엇일까 하는 궁금증에서 시작되었다.

향공(香空)은 백원기 교수의 법명이다. 백 교수는 향공 말고도 고법(古法)이라는 법명과 해사(海史), 금당(吟堂)이라는 호도 쓰고 있다. 필자는 고법·향공이라는 법명을 운으로 하여, "古法無念三世中 五分香身滿虛空 元化非眞念念續 基址落處慈悲蒙: 고법은 잡념이 없어 삼세에 관통하고/ 오분법신향은 허공에 가득한데/ 원래의 덕으로 법을 모르는 이 언제나 교화하니/ 터 잡는 그곳마다 자비를 입게 되네."라는 칠언 절구를 쓴 적이 있다. 하나 그것은 향공의 학문보다는 교화의 수행을 위주로 갈파한 것이라고 할 수 있다. (이하 향공으로 지칭하고자 한다.)

향공은 경상북도 김천시 증산면(甑山面) 장전리(長田里) 마고실 마을에서 태어났다. 김천 증산면은 경상북도라고 하지만 경남에 가깝다. 그의 고향은 가야산의 북쪽 너머 오지였지만 장전리라는 지명처럼 비교적 넓은 들판이 마을의 서북쪽에 펼쳐져 있다. 고향 장전리 마고실 마을에서 한 2km 남짓한 곳에 은적사가 있었고, 4km 정도 상거한 곳에 유명한 수도산 청암사 등은 향공이 일찍부터 불교와 인연을 맺을 수 있게 하였다. 김천고등학교 시절 김천 개운사의 김천불교학생회를 통해 자연스럽게 직지사와 인연을 맺고 불교에 심취하였다. 당시의 인연은 향공이 불교교단이 재단인 동국대학교로 진학하는 데 영향을 미치게 되었다. 여덟 남매의 맏이로 명석한 두뇌의 향공은 경북의 명문 김천 중고등학교를 거쳐 동국대에 진학해 영문학을 전공했다. 이렇게 하여 향공은 학문의 길에 들어서게 되었다.

1978년 대학 졸업하고 용인 태성고등학교 영어과 교사를 시작으로 직업 전선에 뛰어들었다. 동시에 대학원에서 석박사 과정도 이수하였다. 이후 수원 영신여자고등학교 등을 거치게 되는데 가는 곳마다 불교학생회 국제포교사회 등을 창립하거나 주도하여 불법의 홍보에도 적극적이었다. 10여 년의 고등학교 영어 교사를 하면서 동국대학교 영문과에서 강사로 대학 교단에도 서게 된다. 향공은 동국대 전산원으로 직장을 옮겨 본격적인 학문을 할 수 있는 기반을 갖게 되었다. 이곳에서 이후 2006년 동방문화대학원대학교로 이직하기 전까지 15년 이상 영어를 가르쳤고, 그 와중에 박사학위도 취득하였다. 향공의 학문 활동은 석사학위 취득 후 본격적으로 논문을 쓰기 시작한 시기는 1990년대에 시작되었다고 할 수 있다. 향공은 이후 문화예술대학원에서 문화재를 전공하게 된다. 비록 석사학위이지만 그의 논문의 활동 범위를 확장하는 데 영향을 미치게 된다. 하디의 시상 탐구를 바탕으로 선시(禪詩)와 선사의 사상 등에 관심을 가지고 그것들의 아름다움을 탐구하였다.

향공의 논문 이력을 살펴보면 알 수 있듯이 향공의 하디 시상(詩象) 연구는 국내에서 거의 독보적이라고 할 수 있을 정도로 넓고 깊다고 할 수 있을 것 같다. 석박사학위는 말할 것도 없고, 하디 시를 번역하여 출판하였고, 16편의 하디 관련 학술논문을 발표한 것으로 보면 그렇다. 하디의 시상 연구에서 시작된 향공의 학문은 동방문화대학원대학교로 직장을 옮기게 되면서 그 영역이 더욱 넓어지게 된다. 그것은 영문학 박사학위 소지자였던 향공이 2000대 초 동국대 문화예술대학원에서 문화재를 다시 전공하고 석사학위를 취득한 것이 계기가 되었다고 할 수 있을 것 같다. 하디 시상 연구자 향공이 인간 삶의 대표적인 흔적인 문화재로 석사학위를 취득한 것은 쉬운 일이 아니라고 할 수 있기 때문이다. 시문학 연구자가 문화재 연구를 하게 되면서 그의 안목은 비약적으로 확장되었다. 그 이후 그는 학문의 터전인 직장을 옮기게 되었다. 그것은 그의 전공이 하디라는 생태 시 연구를 넘어 선사들의 시적 미학이나 생태 문학, 생명 문학으로 그의 학문의 외연이 넓어지게 된 것이다.

어디에 서 있는가 하는 것은, 바로 그 사람의 정체를 드러낸다. 동방문화대학원대학교 교수라는 새로운 환경은 향공으로 하여금 그의 학문이 동방 문화의 대표적인 역군들인 불교 선사들의 사상과 그들의 세계 대상에 대한 산물인 선시의 미학을 탐구하는 학문으로 그의 학문이 넓혀지게 한 것이었다. 또 그 열매는 단순하게 논문이라는 학문 활동으로 한정되지 않았다. 하디와 선시를 통한 명상, 그리고 그 무대인 숲과 명상, 문학 치유 등을 통합하는 학문을 완성한 것이다. 향공은 2018년 한국숲과문학명상협회 창립을 주도하여 그 회장에 취임하였다. 실용 학문의 대미를 장식하게 되었다고 보인다.

간략하게 살펴본 향공의 학문은, 전반기에는 하디 시상(詩象, 詩思) 탐구가 중심이라고 한다면, 그 후기에는 하디 시상의 특징이라고도 할 수 있는 생태 문제에서 선시나 세계의 구조 등에 대한 심미(審美)하는 학문으로 나아가고 있다고 보인다. 해서 필자는 하디 시상 탐구와 선(禪)과 세계의 심미라는 이름으로 그의 학문 이야기를 풀어 엮어보려고 한다. 한 사람의 학문을 온전하게 이해하려면 그가 남긴 저서 등의 일체 글말을 정밀히 읽어야 한다. 그렇지만 고백하건대 필자는 향공의 10여 권의 저서와 50여 편의 논문 들을 정독하지는 못했다. 그것은 평소 필자의 학문 연구 분야와 향공의 그것이 직접적인 관련이 적은 것이 첫째 변명이고, 글말을 구상하고 논문집 출판이 애초의 예정보다 빠르게 진행되어 향공 저서나 논문의 글말을 읽을 시간이 턱없이 부족했다는 것이 그 둘째 변명이다. 그래서 향공의 노작을 정리하고 그 특징을 그의 언변을 빌려 정리해 보는 것으로 만족하고자 한다. 다시 말해 그의 역저나 논문들을 열거하고 그 주요한 몇 편의 글말을 읽어보는 방식을 택하겠다는 것이다. 이렇게 하면 조금이라도 그의 학문의 특징을 일별할 수 있지 않을까 해서이다.

II. 하디 시상 탐구

향공 학문의 전반부와 후반부의 상당 시기 동안 영국의 소설가이자 시인이었던 토머스 하디(Thomas Hardy, 1840~1928)의 시상(詩象, 詩想) 탐구에 집중되고 있다. 토머스 하디는 조지 엘리엇의 전통을 잇는 빅토리아 시대의 사실주의 작가였다. 하디의 소설과 시는 낭만주의, 특히 윌리엄 워즈워스의 영향을 받는데, 빅토리아 시대 사회 전반에 대해, 특히 자신의 고향인 사우스 웨스트 잉글랜드에서 볼 수 있었던 영국의 농촌 사람들이 몰락하는 상황을 비평했다. 하디는 1840년 6월 2일 도체스터 근방 스틴스퍼드(Stinsford)에서 석공인 아버지와 독서를 좋아하는 어머니 사이에서 태어났으며, 1862년부터 킹스 칼리지 런던에서 프랑스어를 공부했다. 한때 미술 평론가가 되려 했었던 하디는 시 창작에 뜻을 두어 몇 작품을 썼으나 인정받지 못하고 대신 소설을 쓰기 시작했다. 1920년과 1925년에 각각 케임브리지 대학교와 옥스퍼드 대학교로부터 명예 문학박사학위를 받았고, 애버딘 대학교, 브리스틀 대학교 등에서도 명예 학위를 받았다. 1925년에는 많은 유명 인사들을 접견하던 하디의 저택, 맥스게이트(Max Gate)에 왕세자가 방문하기도 했었다.

향공의 석·박사학위논문 주제는 당연 '하디'였다. 박사학위 취득 전후에 향공은 하디의 시상을 탐구한 19편의 논문을 발표하였다. 하디의 시상에 관한 순수 논문에서부터 하디 시의 이미지와 관련하여 쓴 논문 등이다. 먼저 향공의 하디와 관련된 논문들의 제목을 일별하고, 하디 시상에 대한 향공의 학문을 감상해보기로 한다.

"Jude as the Scapegoat of Fate,"(1979, 석사학위논문), 「Thomas Hardy의 작품 속에 나타난 Imagery」(1984), 「Thomas Hardy 시를 통해서 본 불교적 관점」(1993), 「토마스 하디의 초기 시에 나타난 숙명적 시간관」(1995), 「Thomas Hardy 시에 나타난 삶과 죽음의 역설적 통합」(1995, 박사학위논문), 「Emma: 영원으로 열린 삶의 이미지」(1996), 「하디의 "Poems of 1912-13"에 나타난 Doppelganger」(1997), 「Hardy's Elegiac Tone in the Poems of the Century Death」(1998), 「Immanent Will과 불교사상: Thomas Hardy의 동양적 자연관」(1998), 「하디의 시학: Satires of Circumstance에 나타난 Irony와 Ambiguity」(1999), 「토마스 하디의 시: 우주적 자비(Metta) 실천」

(2000), 「토마스 하디의 시: 불교의 자비(Metta) 사상 실천」 (2002), 「하디의 시학: 불교생태학과의 관련성」 (2006), 「하디 시에 나타난 "비전의 순간"에 대한 연구」 (2007), 「화엄적 생명 사랑의 실천: 하디와 만해의 시학」 (2009), 「하디와 정현종의 불교생태 시학」 (2011), 「하디 시에 나타난 불교적 상상력」 (2012), 「하디와 오세영의 불교적 상상력과 생태인식」 (2013) 등이다.

이상의 하디 시상 관련 글말의 특징을 보면 초반에는 하디 시상(詩象)의 탐구가 주였다면 후기로 올수록 하디 시상과 동양적 사상, 생태학 혹은 국내 시인들과 하디 시상을 비교하는 글말을 쓰고 있다는 것을 아는 것은 어렵지 않다. 향공 학문의 저력은 다른 데 있지 않은 것 같다. 향공이 하디 시상의 글말을 탐구하여 연작에 가까울 정도로 산출할 수 있었던 것은 무엇일까. 아마도 하디 시의 원문 탐구에 깊은 노력을 기울였기 때문이 아닐까 한다. 그 결실은 향공이 8권에 실린 하디 시를 선별하여 번역 출판으로 이어졌다. 하디 시를 편역한 『라이오니스로 떠나는 날에』 (2002)를 시작으로 하디 시를 다시 읽기로 펴낸 『시골집에 새가 있는 풍경』 (2005) 등의 역서와 『하디 시의 이해』 (2001), 『하디의 삶과 문학』 (2003) 등의 저서를 내놓은 것이다. 하디 소설로 석사논문을 쓴 이래 영문학자의 길을 걸으면서 30여 년 동안 하디 시상을 깊이 천착한 학문의 결실이 세상에 남게 되었다. 그렇다면 왜 향공은 하디 시상에 깊이 매료되었을까. 『하디 시의 이해』 서문에서 향공은 이렇게 심정을 표현하고 있다. "하디는 영국의 남서부 도셋 주를 중심으로 한 소위 웨섹스 지방의 자연과 늘 가까이 접촉하며 거기에 무한한 친밀감을 느끼고, 그 속에 소박하게 살아가는 민초(民草)들에게 깊은 이해와 동정으로 글쓰기를" 하였는데, "평화롭고 소박한 자연을 배경으로 때로는 장엄하고 암울한 배경으로, 인간의 운명을 초연한 입장에서 그러나 마음속 깊은 구석에는 연민과 애정을 한없이 느끼면서 자신의 문학세계를 구축해 낸" 데 향공의 심상을 이끌렸을 것이다. 향공이 어린 시절을 보낸 고향 마고실 마을의 정서를 되새기게 하였을 것 같다. 그가 자란 고향 마을은 경상북도 김천시 증산면 장전리는 남쪽으로는 가야산 산록이, 서쪽으로는 수도산이 병풍처럼 둘러싸고 있는 산이 많은 산골 마을들의 끝 벌판이 시작되는 곳이다. 마을의 서북쪽에는 넓은 들판이 길게 펼쳐져 있다. 평화롭고 소박하지만 때로는 장엄하고 암울한 배경이라고 향공이 갈파하고 있는, 하디 시의 배경이 유년의 추억과도 유사하고 맞닿았을 것이다. 향공은 「하디 시의 이해」에서 하디를 일생의 연구 작가로 택한 까닭을 이렇게 고백하고 있다. "첫째 그의 고향과 나의 고향이 다 같이 한적한 농촌이라는 점이고, 둘째 그의 작품 속에서 가슴을 에이는 듯한 강렬한 비애와 짙게 깔린 우수, 그리고 영원으로 열린 삶의 인식과 무한한 자비심을 느낄 수 있기 때문이며, 셋째 하디의 작품에서 얻을 수 있는 지적 호기심이다."

 하디 시를 번역 출판하고 해설하고 또 논문을 쓴 향공의 학문은 국내에서는 아마도 맨 앞의 자리에 있지 않을까 하는 생각이 든다. 그렇지만 당해 분야 전공자가 아닌 필자가 선불리 논할 수 있는 것은 아니다. 향공은 네 권의 하디 시 역저를 통해서 하디 시상을 분석하고 있고, 16편의 학술논문에서 하디 시상을 논하거나 여타 시인의 그것과 비교 논평하고 있다. 향공의 하디 시상 역저에서 빈번하게 등장하는 단어는 자비, 희망, 자연, 인생, 회고와 추억, 운명과 신앙, 전쟁과 환경, 숙명적 시간관, 삶과 죽음의 인식, 불멸성, 기억의 사후세계 등이다. 하디의 작품 속에 깊이 밴 '자비', '연민' 등 불교적인 정서는 말할 나위도 없고 철학적 사유가 짙게 깔렸다고 향공은 알려준다. 이 글말에서는 하디 시상을 연구한 두어 편린(片鱗)-향공이 삶과 죽음의 인식에 관련된 하디 시상을 분석한 글말-만 읽어보자.

 하디 시의 상상력은 죽음의 부속물에서 생겨나며, 이 죽음의 부속물은 어느 다른 모티프보다 생생하게 반복되며 서정적인 강렬함을 자아낸다고 주장하는 힐리스 밀러의 「토마시 하디: 거리와 욕망」을 인용하며, 향공은 이렇게 논평하고 있다: "하디 시가 보여주는 죽음의 흔적들에 대한 천착 이상으로 우리의 관심을 끄는 것은 사후세계에 대한 그의 호기심이다. ~ 하디의 시 속에서 죽음의 상태는 광범위한 의식의 연속체 속에 퍼져 있다. 아마 죽음이 조용한 잠으로 묘사되고 있는 시들은 이러한 상태를 보여주는 가장 전형적인 예가 될 수 있을 것이다. ~ 하디는 잠은 의식의 망각 속으로 옮아가는 것이며, 중심에서 한 방향의 끝으로 이동해가는 것이라고 생각했다. 반대 방향으로 이동하는 것은 불면의 빛 속에서 점차 활발해지는 사자들을 관찰하는 것이다. 잠 속에서 하디는 삶 그 자체를 흉내 내고 있는 사자들, 혹은 인생의 번민을 초월한 어떤 특권을 부여받은 유령의 방문객을 만날 수 있다. 이렇게 사자에 대한 관심을 보이는 것과 마찬가지로 하디는 좀 다른 측면에서,

속세를 초월한 정적인 분위기와 영원한 휴식이 깃든 묘지에 특별한 매력을 느끼고 있었다." 향공은 이렇게 하디 시에서 생명의 죽음을 속세를 초월하는 매력을 느끼고 있다고 논한다. 또 향공은 "죽음은 늘 하디 시에 있어 삶의 의미를 새로이 구성하는 힘으로 관여한다는 점에서 적극적인 의미를 부여받아야 한다"라고 그 의미를 부여하고 있다.

향공의 전기 학문 활동의 후반은 하디 시를 생태학적 안목으로 읽고 있는 점이 특징이 아닌가 싶다. 「하디의 시학: 불교생태학과의 관련성」(2006), 「하디 시에 나타난 "비전의 순간"에 대한 연구」(2007), 「화엄적 생명 사랑의 실천: 하디와 만해의 시학」(2009), 「하디와 정현종의 불교생태 시학」(2011), 「하디 시에 나타난 불교적 상상력」(2012), 「하디와 오세영의 불교적 상상력과 생태인식」(2013) 등이 이것들이다. 「토마스 하디의 시와 불교생태학적 사유」(2006)의 "불교생태학의 모색과 전망"에서 향공은 "하디의 불교적 생태인식은 오늘날의 환경위기의 생태문제를 해결하는 데 새로운 실마리를 제공할 수 있다"라고 하며, "신을 상실한 당시에, 자연이라는 '거대한 생명의 그물망' 속에, 일체 생명에 대한 존중과 배려, 그리고 자비를 매개로 타자와 열린 마음으로 소통할 때, 천지만물과 화합하는 큰 자아로 거듭난다는 것은 하디의 시가 던지는 의미있는 메시지이며, 이는 곧 그의 시가 화엄불교의 상생관과 불교생태학적 시학에 기반하고 있다"라고 주장한다.

또 "하디가 타인을 각기 고립되고 분리된 개인으로 생각하지 않고, 그들과 유기적으로 하나가 됨으로써 그들의 고통을 자신의 고통으로 느끼는 것은, 일체중생을 감싸 안는 생명 존중과 자비실천이라고 해도 그리 무리가 아닐 것이다. 물론 모든 생명에 대한 사랑은, 그의 사상 혹은 천성적으로 다정다감한 성품에서 연유할 수도 있지만, 무엇보다도 그가 일상의 독서에서 얻은 모든 생명체에는 상호의존성(interdependence)이 있다는 연기의 법칙이 그 배후에 깔려 있는 것으로 보는 데서 비롯되는 것으로 보인다. 이렇게 배태된 불교적 정서는 그의 문학세계의 저변에 흐르는 감수성의 토양이며 생명력의 상징이라 할 수 있으며, 나아가 그의 작품 속에 깊이 배어있는 자비와 연민의 사상은 불교적인 사유의 자장 안에 있게 하는 핵심적인 요소가 된다"라고 갈파하고 있다.

Ⅲ. 선과 세계 심미: 선사와 명상과 생명에서 학문의 아름다움을 찾다

오로지 하디 시상만을 연구하는 듯한 향공의 시선이 2000년대를 지나면서 깊어지고 일상화되고 있다. 향공 학문의 후반기가 그렇게 시작된다. 그것은 향공이 영문학자의 길에서 문화재라는 유물 연구를 곁들이면서라고 할 수도 있을 것 같다. 2004년 「문화재를 활용한 국제포교 방안」이라는 석사논문을 발표하면서 그의 학문은 성숙의 길을 걷는다. 새로운 세계와 새로운 관점을 수용하는 준비 작업이라도 하듯이 그는 문화재 연구를 전공한 것이다. 이와 관련해서 「심우장의 정체성 확립과 보존관리 방안에 관한 연구」(2008), 「단기간 템플스테이 체험이 일상스트레스 감소에 미치는 영향」(2015), 「신미의 '훈민정음' 창제 관련 설화와 문화융합의 콘텐츠 방안」(2017) 등을 발표하였다. 아울러 무형문화재의 미학을 탐구하는 「영산재의 미적 세계와 게송의 의미」(2010)도 문화재 연구와 관련이 있다고 할 수 있다. 또 이 시기에는 선사들의 선시 분석에 머물지 않고 그로 인한 중생의 교화와 같은 리더십 등에도 주목하는 논문을 생산하였다. 「아시아 근대 불교 중흥의 기수: 다르마팔라와 만해」(2012), 「국가위기 시 나타난 서산대사의 리더십」(2021) 등이 그것이다.

어느 기점을 특정하여 향공 학문의 전반기와 후반기를 분명하게 나누는 것은 의미가 없겠지만 향공 학문의 후반기를 열게 되는 계기는 아무래도 향공이 학문의 터전을 동국대학교에서 동방문화대학원대학교로 옮긴(2006년) 것이 아닐까 싶다. 이 시기의 중심 주제는 생명 존중, 자비 실천, 생태학 등이며 주로 선시의 미학 탐구로 전개되었다. 어쩌면 자연스러운 귀결인지도 모른다. 이 시기 향공의 안목을 사로잡은 이들로는 근대의 만해와 고대의 원효를 비롯하여 혜심, 충지, 백운경한, 태고보우, 나옹혜근, 허응보우, 서산휴정, 정관일선, 초의 선사들이었다. 또 현대의 설악무산의 선시까지 광범위하게 향공은 선사들의 선시를 톺아보고 다양한 논의를 펼쳤다. 「진각국사 혜심의 선시: '색심불이'의 시적 미학」(2011), 「서구 초현실주의와 만해의 시」(2013), 「초의선사의 선다시와 마음치유의 시학」(2013), 「진각국사 혜심의 '선다일여'의 시적 미학」(2015), 「휴정의 구도와 깨달음의 시적 미학」(2015), 「치유와 구도의 시학으로서 '십우도'」(2015), 「백운경한(白雲景

閑)의 선사상(禪思想)과 "무심진종(無心眞宗)"의 시학(詩學)」(2016), 「조영암의 선시 세계」(2016), 「태고보우 선사상의 시적 변용 미학」(2017), 「만해의 독립사상과 그 시적 형상화」(2017), 「원감국사 충지의 구도와 깨달음의 시적 미학」(2018), 「현대문학 속의 원효」(2018), 「정관일선의 사상과 그 시적 형상화의 의미(2018), 「허응당 보우의 사상과 시적 표현」(2019), 「나옹혜근(懶翁惠勤) 선사상의 특징과 선심의 시적 형상화 연구」(2020), 「설악무산의 선시 禪解」(2012) 등에서 향공의 심미학을 만날 수 있다.

이 시기 또 하나의 향공 학문의 특징은 제자들과의 공저 논문도 몇 편 보인다는 것이다. 향공의 학문을 따르는 후학들이 결성되어가는 모습이라고 할 수 있다. 향공은 동방문화대학원대학교에 재직하는 동안 여러 보직을 충실히 완수하면서 20여 명의 학문 제자들을 배출한다. 주로 문학과 명상 예술 등의 학문을 전공한 박사를 배출하였다.

향공의 학문 후반부를 관통하는 핵심어 생태와 생명, 치유 등과 관련한 선사들의 선시 읽기를 읽어볼까 한다. 먼저 「만해의 화엄적 사유와 생명 사랑 노래」(2009)에서 "고난의 극복과 해방된 미래를 지향"하는 향공의 만해 시학을 읽어보도록 하자.

"만해의 글쓰기는 일제강점기라는 시대적 상황에서 투철한 현실 인식의 반영인 동시에 그것을 극복할 수 있는 정신력의 결과물이라 할 수 있다. 따라서 만물이 서로 조화를 이루고 화합하는 사랑과 평화의 관계망 구축이 그의 유일한 화두였던 것이다. 그것은 나와 세계가 하나로 이어진 일체동근(一切同根)이라는 삶의 인식에서 비롯된다고 할 수 있다. 한편, 빈번히 그의 시에 등장하는 역설적인 시적 표현은 이성의 논리를 넘어서 만물의 신성함과 존엄성을 자각하는 수단으로 중요한 의미를 지닌다 할 수 있다. 어쩌면 만해의 독특한 역설적인 표현은 그의 우주적 합일, 곧 화엄의 세계관을 역동적으로 보여주고 있는 시적 장치라 할 수 있다. 요컨대 중생이 아프면 부처도 아플 수밖에 없는 만해의 동체대비의 생명 사랑은 일제강점기라는 시대적 상황의 고난을 극복하고 해방된 미래를 꿈꾸는 적극적인 실천의 담론으로서 그 중요성을 지닌다고 할 수 있다. 그것은 중중무진연기의 화엄적인 사유에서 보면 하나의 사물은 고립된 부분이 아니라 전 우주와의 관계망 속에서 그 우주 전체를 반영하고 있기 때문이다. 바로 여기에 만해가 궁극적으로 지향하는 평화세계, 평등세계 그리고 중생구제의 세계라는 출출세간의 시적 미학의 세계가 있다고 할 것이다."

10여 편이 넘는 향공의 선시(禪詩) 미학은 향공 학문의 심미학을 완성하고 있다고 할 수 있다. 진각혜심에서 설악무산의 선시를 톺아보며 그 속에 담긴 미학을 탐구하는 향공 학문은 진솔하며 사실적인 논평으로 전개된다. 먼저 「진각혜심의 '선다일여'와 비움의 시적 미학」(2015)을 읽어볼 필요가 있다. 향공이 선사들의 선시를 많이 논의하고 있지만 진각혜심의 선시는 두 번에 걸쳐 논의하고 있다. 각별하다고 생각된다. 「진각국사 혜심의 선시: "색심불이"의 시적 미학」(2011)에 이어지는 두 논문은 불이(不二)와 비움(空)의 주제 또한 예사롭지 않기 때문이다. 진각혜심의 호 무의자(無衣子)에 착안한 논변의 결론에서 탁월한 향공의 글말을 읽을 수 있다.

"마음에 번거로운 옷을 걸치지 않고, 깨달음의 경지에서 일심의 근원으로 돌아간 무의자(無衣子) 혜심은 깨달음의 바탕을 자연에 투영하고 또한 차를 준비하고 마시는 일련의 과정을 통해 마음을 맑히고 깨달음에 이르는 '선다일여(禪茶一如)'의 상즉상입(相卽相入)과 원융의 시적 미학을 살펴보았다. 간화일문(看話一門)이 깨달음에 이르는 첩경임을 천명한 혜심은 마음은 본래 형체가 없어 '자신의 마음이 곧 부처'(心卽佛)이므로 마음 밖에서 따로 구할 필요가 없음을 설파하고, 그것의 묘의(妙意)를 선적 직관과 시적 상상력으로 잘 담아내고 있다. 때문에 그가 자연에서 느끼고 묘사하고 있는 것은 단순한 자연미가 아니라 선적 관조에서 배태되고 영글어져 표출된 사사무애(事事無碍)의 중중무진(重重無盡)한 진여의 모습이다. 이는 곧 선이 지향하고 있는 세계인식이다. 따라서 혜심에게 자연은 궁극적으로는 '텅 빈 밝은 땅(虛明地)'을 관조할 수 있는 깨달음의 공간이라 할 수 있다. 무엇보다도 혜심이 산사라는 공간에서 차를 준비하고 향유하는 전 과정을 통해 선열(禪悅)을 맛보는 것과 그것의 시심화(詩心化)는 차와 선은 둘이 아니며, 선과 시도 둘이 아니라는 불이의 선적 사유의 표상이라 할 수 있다."

또 향공은 선시의 불교적 세계관의 향기를 정리한다.

"선시가 철저한 깨달음의 시적 표현이라 할 때, 철저하게 깨닫는다는 것은 나와 너, 그리고 그 모든 존재와의 상호 관계성을 깨닫는 것이라 할 수 있다. 미혹한 중생의 눈으로 보면 법계의 만상은 차별적인 현상 그대로이지만, 깨달은 자의 눈으로 보면 너와 나의 구별이 없는 하나 된 세계이다. 이것이 곧 온갖 사물을 상즉상입의 관계망 속에서 파악하는 "일즉다 다즉일(一即多 多即一)의 화엄세계 인식이다. 혜심 역시 모든 존재는 서로를 비추는 '거울'의 관계성을 인식하고, 망상과 분별지를 여읜 상태에서 사물을 정관(靜觀)하고 '심즉불(心即佛)'의 경지에 들 것을 무심을 통하여 말하고 있다. 그러므로 사물을 있는 그대로 관조하는 무심합도(無心合道)에서 배태된 맑고 투명한 언어로 담아낸 그의 시편들은 '본래면목'을 깨닫게 하는 촉매로 작용하고 있다 할 수 있다. 이것이 곧 혜심이 설파하는 선적 세계의 핵심이요, 시적 미학의 핵심이다. 요컨대 자연과 조화로운 수행에서 깊어지는 선적인 법향(法香)과 다향(茶香)이 깃든 주옥같은 혜심의 시편들은 번다하고 많은 상흔을 안고 살아가는 현대인들에게 성찰과 내려놓기와 비움, 그리고 늘 깨어있도록 하는 지혜를 제공할 뿐만 아니라 위무의 치유 미학으로 다가올 것이다."

하디 시상 연구에서 선시 연구, 생명 시학 등으로 전개된 향공의 학문의 주요한 주제어로는 후반부로 내려오면서 명상, 마음치유, 자연 관조 등이 빈번히 나타난다. 서서히 그 열매를 맺어가고 있음을 볼 수 있다. 시를 읽는다는 것 자체가 이미 치유의 길임을 두말할 나위가 없듯이 향공 학문의 후반부에 일어나는 의미 있는 결실은 숲과 문학, 명상 등을 학문 내로 편입하는 성과를 얻는다. 향공은 숲명상해설사와 같은 민간자격증을 부여할 수 있는 한국숲과문학명상협회를 2018년에 창립하고 그 회장에 취임한 것이다. 그 과정을 증명하여 보여주기라도 하듯이 그의 저서에는 일관된 맥락이 읽힌다. 『명상은 언어를 내려놓는 일이다』(2012), 『선시의 이해와 마음치유』(2014), 『불교설화와 마음치유』(2017), 『숲 명상시 이해와 마음치유』(2018), 『자연 관조와 명상, 시가 되다』(2019)은 그의 저서 제목만으로 학문 후반부를 간결하게 정리해주고 있다. 학문의 터가 되고 울타리가 되었던 대학의 교수직 정년을 전후해 매년 한 권의 저서를 세상에 내놓은 것이다. 제목만 읽어도 향공이 하고자 했던 학문의 결실이 무엇인지를 알려주고 있다. 『자연 관조와 명상, 시가 되다』에서 향공은 이렇게 갈파하고 있다.

"세상은 보고 느끼는 것만큼 열린다고 한다. ~ 진리가 '여기 이 순간'에 있음을 모르고 이곳저곳을 찾아 헤맨다. 모든 것을 있는 그대로 보면 진리의 실체는 어디에나 있음에도 불구하고 말이다. 그래서 우리에게 가장 소중한 것은 '지금 이곳에서 깨어 있음이다.' ~ 숲길은 고요한 사색의 길이며 치유와 명상의 공간이다. 숲길은 번다함을 덜어내기에 좋고, 몸보다는 마음으로 걷고, 그 마음으로 숨을 쉬고, 들숨 날숨에 머리가 맑아지는 그런 길임이 분명하다. 우리가 흔히 숲길을 걸으면서 만나는 '징검다리'는 오가는 사람들에게 말없이 자신을 내어주는 '배려와 희생', 세대간·계층간 단절을 극복하는 '소통'을 상징한다. 끊어진 길을 이어주는 징검다리와 같이, 시인은 개인과 개인, 세대와 세대를 이어주는 '배려와 소통'의 가치를 소중히 여기며, 이것을 시로 형상화하고 유산으로 물려주고자 한다. 시인의 시적 공간은 서정적 위로와 위안을 선사하는 근원이다. ~ 시인은 근원적인 삶에 대한 의문을 우주에 던지고 그곳으로부터 답을 찾으려 자연 속을 거닐며 자연과 스스럼없이 교감하고 마음에 이는 파문을 주시한다. 그래서 자연과 관조하는 일은 곧 자신을 들여다보는 명상이다. ~ 사람들에게 가슴을 적시며 영혼의 울림을 주는 숲과 명상의 시는 복잡한 마음을 정화시켜 주고 흐렸던 정신이 맑아지게 한다. 이래서 숲과 명상은 아픈 영혼을 힐링하고 회복하는 힘이 있는 것이다."

　향공의 학문은 이렇게 문학과 치유로 대단원을 내리고 있다. 물론 향공의 학문 활동이 끝났다고 할 수는 없다. 특히 학행일치를 추구하는 인문학은 더욱 현재 진행형이라고 할 수 있기 때문이다. 학문하는 것과 직업은 일체인 것과 같으나 또 다른 역할이 있다. 전통적으로 동양의 학문은 자신을 완성하는 측면에서 보면 학문의 졸업은 없기 때문이다. 끝없이 학문하는 학자의 길, 생이 다하는 날까지 이어지므로 사실, 학문의 후반부라는 표현조차 적절하지 못하다. 이것은 학문의 길을 가는 학자들 누구에게나 달리 적용되지 않을 것이다.

Ⅳ. 결어: 수연의 심미학

　향공 고법 백원기 교수의 학문 세계를 일별해 보았다. 같은 시기 같은 학문의 길을 걸었다고 할 수 없는 필자의 학문 이력으로 향공의 학문 세계를 바르게 조명하는 것은 애초부터 가능한 것은 아니었다. 그것을 모르지 않지만 졸렬한 글말을 나열한 것은 다른 데 있지 않았다. 필자가 향공의 학문과 불법 포교 열정에 깊이 감동하였기 때문이었다. 대학 진학 이전 청소년 시절 고향 마을에서 불교를 만났고, 명석한 두뇌의 향공은 김천의 명문 중고등학교를 거쳐 불교 재단의 대학에서 학문을 공부하고, 대학을 졸업한 향공은 부임하는 학교와 인연 닿는 지역마다 향공은 불교학생회를 창립하였거나 창립하는 데 앞장섰다는 점이 필자에게 이 글말을 엮게 하였다고 할 수 있다. 이것은 고법(古法)이었다. 옛 법은 무엇인가. 법고창신의 다른 표현이라고 할 수 있다. 불교의 가르침은 과거 2500년 전의 것이 아니다. 그때의 가르침을 지금에 소화하여 고통에 놓인 이들을 건져주는 것이다. 향공은 그렇게 그런 삶을 살며 학문을 해왔다는 확신이 들었기 때문에 불민을 무릅쓰고 향공의 학문 여정을 돌아보고 싶었다. 앞에서 간략하게 언급하였지만 지난 4월 향공 선생께서 논문집을 내게 되었다고 하시면서 논문게재를 부탁했다. 논문집에 실리게 된 영광에 어찌 거절하랴. 그때 제안을 하나 드렸다. 시인의 시집에 시평을 싣듯이 학문의 특징을 학문론이라는 형식의 글말을 실으면 좋지 않을까 하는 것이었다. 그랬더니 졸렬하기 그지없는 필자에게 한 번 해보는 게 어떻겠냐고 해서, 무식(無識)하면 용감하다고 내 제안을 내가 다시 받게 되었다. 글말을 마감하려고 보니 많이 부족해서 부끄럽다. 글말이 논문집에 실릴지도 모르겠다. 그렇지만 향후 학자의 논문집이나 글말에 선후배의 헌사에서 좀 더 나아가 학문론을 싣는 문화를 만들면 좋지 않을까 하는 마음에 부끄러움을 뒤로 하고 졸필을 놓지 못했다.

　향공의 학문을 한마디로 어떻게 정의할 수는 없다. 그렇지만 필자는 하디 시상의 미학에서 선시의 미학을 찾아 나서는 향공의 학문은 수연(隨緣)에 있지 않을까 한다. 하디의 시상을 만난 향공은 고향의 인연을 따르고 고향의 인연은 인근의 사찰을 만나고 또 불교를 만난다. 인연을 멀리하지 않고 인연을 따르고 수용하며 그것을 자신의 학문에 녹아들게 하였다. 향공이 걸어온 여정이나 학문의 세계도 다르지 않은 것 같다. 동국대에서 영어와 문학을 가르치다 인연이 다하자 동방대학원대학교에서 후학을 가르쳤다. 학교의 특성상 자신의 본 전공인 하디의 시상(詩想: 시적 사상, 詩象: 시적 이미지)에서 선사의 선시 미학과 사상 탐구로 나아갔다. 부주이주(不住而住)이며 응무소주 이생기심(應無所住而生其心)하는 불교철학이 빚어낸 수연이라고 할 수 있을 것 같다.

40여 년의 학문하는 세월 동안, 그의 삶과 학문은 변화를 겪는데, 그것은 전형적인 수연이다. 하디 시상과 미학 탐구에 열중한 전기가 끝나갈 즈음 그는 그 어떤 영험에서인지 문화재를 전공하고 동방문화대학원대학교의 부름을 받는다. 동방문화대학원대학교에 부임한 다음 향공은 학자의 길에 다시 행정가의 보직이 그를 학문에만 몰두하지 않도록 하였다. 부임과 동시에 학사지원처장을 필두로 현재 평생교육원 원장에 이르기까지 많은 보직을 무리 없이 완수하였다고 한다. 이것은 수연(隨緣)하는 삶이었기에 가능했을 것이다.

학문의 미학 탐구뿐만 아니라 보직의 완수도 수연으로 완수하는 것이 결코 쉬운 일만은 분명 아니었을 것이다. 그렇기에 이렇게 후학들의 발원으로 논문집을 상재(上梓)할 수 있었을 것이다. 영문학으로 시작된 향공의 학문은 일체 괴로운 현대인을 치유하는 문학 치유 명상 치유로 그 대단원을 맺고 있음을 그 자체가 수연이고 후학으로 경하할 일이 아닐 수 없다.

제1부

생명존중과 자비실천의 문학
(백원기 박사)

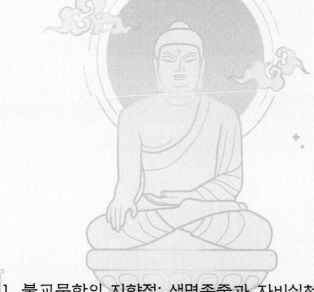

1. 불교문학의 지향점: 생명존중과 자비실천
2. 토마스 하디의 시와 불교생태학적 사유
3. 만해의 화엄적 사유와 생명사랑 노래
4. 설악무산의 생명존중과 자비실천의 시 세계
5. 진각혜심의 '선다일여'와 비움의 시적 미학
6. 정관일선의 색심불이와 시심화의 세계
7. 초의선사의 선다시와 마음치유의 시학
8. '영산재'의 미학과 게송에 나타난 생명존중 사상

제1부 생명존중과 자비실천의 문학
불교문학의 지향점: 생명존중과 자비실천

1. 서 론

오늘날 인간중심의 이해와 효용가치로 인해 많은 생명이 해(害)를 입고 있다. 그 영향을 크게 받고 있는 것이 인간의 탐욕심에서 비롯된 '코로나 19'이다. 따라서 모든 생명 존재를 연기적으로 이해하고 그에 따른 생명윤리의 토대 마련과 상호공존의 방향을 제시해 주는 일이 무엇보다 절실히 요청되고 있다. 문학 역시 다분히 그러한 관점에서 검토되어야 한다. 이를 테면, 다양한 불교경전을 기반 한 붓다의 전생 이야기를 담아낸 『자타카(Jātaka)』와 이를 수용, 변용한 우리의 문학에 내재된 생명 '존중'과 '살림'의 자비실천 윤리는 시공을 초월하여 생명윤리의 기본 덕목이 될 수 있다는 것이다. 그것은 '생명의 그물(web of life)'이라는 생태계의 존재방식을 근간으로 한 상생과 조화로운 세계를 지향하고 있기 때문이다.

문학작품은 간혹 작가의 의도와 목적으로 인해 어느 정도의 한계성을 보여주지만, 훌륭한 문학은 생산된 시대나 국가를 초월하여 새로운 시대의 보편적인 가치와 방향성을 지니고 있어야 한다. 그것은 곧 생명의 존중과 평등성을 지향하는 문학의 진정한 가치가 될 수 있기 때문이다. 인간 중심의 윤리에서 보다 확장된 생명 중심의 윤리체계의 확립이 끊임없이 중요한 담론의 대상이 되어 왔던 것도 이런 연유이다.

지금까지 인간이 인간을 제외한 다른 생명들에게 어떻게 행동해야 하는가 하는 것이 생명윤리의 핵심이었다면, 이제는 인간이 다른 생명을 어떻게 상대해야 하는가 하는 것이 새로운 화두로 떠오르고 있다. 그것은 곧 생명 존중을 기반으로 자비실천의 생명윤리이다. 왜냐하면 생명 '존중'과 생명 '살림', 그리고 자비사상을 축으로 하는 생태적 사유가 인간 중심의 윤리에서 보다 확장된 생명 중심의 보편적 가치를 회복하는 중요한 대안이 될 수 있기 때문이다. 그렇다면 『자타카』와 이를 수용, 변용한 우리의 문학을 중심으로 생명 '존중'과 생명 '살림'의 자비실천 경향을 살펴보고, 이를 토대로 우리의 불교문학이 지향해야 할 바를 모색하는 것은 의미 있는 일이라 할 수 있다.

2. 불교설화에 나타난 '생명존중'과 보살도 실천

불교는 생명의 존엄과 평등의 가치를 가장 우선으로 둔다. 그래서 붓다는 한 마리의 벌레나 개미 등 살아있는 어떤 생명체에게도 의도를 가지고 해를 입히지 말아야 할 것을 강조하고 있다. 불살생(不殺生)을 첫 번째의 계율로 삼은 것도 그런 까닭이다. 지금까지 생명 존중과 배려가 끊임없이 중요한 담론의 대상이 되어 왔던 것도 붓다의 이러한 가르침과 무관하지 않다. 이러한 예를 초기불교 경전의 가르침 속에서 생명 존중과 자비실천을 강조하고 있는 경우에서 확인 할 수 있다. 그 전형적인 사례가 붓다의 전생에 관한 이야기를 망라하고 있는 『자타카』이다. 『자타카』는 성불과 득도는 우연한 것이 아니라 끝없는 인욕과 고통을 수반한 치열한 수행정진 과정을 통해 가능했던 것을 보여주고 있다. 뿐만 아니라 『자타카』에는 모든 생명의 존엄과 평등을 중요하게 여기고 무한한 희생과 인욕, 자비심과 연민의 마음에서 발로되는 생명존중과 자비실천의 사상이 담지되어 있다.

1) '시비왕의 이야기': 모든 생명은 평등하다

붓다는 제자들에게 다양한 설화를 통해 불살생과 생명 '살림'을 거듭해서 강조하고 있다. 이는 곧 인간 중심의 윤리의식을 넘어서 보다 확장된 생명 중심의 윤리의식을 고취함을 의미한다. 사실, 우주적인 관점에서 보면 모든 중생들은 삼계(三界)의 집에서 더불어 살아가는 가족일 수 있다. 이러한 불교적 사유는 생명에는 상하의 차별이 없음을 함축하고 있다. 그래서 인간 생명의 무게와 동물 생명의 무게가 다르지 않으며, 꿈틀거리는 미물의 생명조차도 인간과 다르지 않고 동일하다는 것이다. 이는 곧 『자타카』에 내재된 생명 존중의 가장 중요한 인식 중 하나로, '등가(等價)' 생명의 인식과 사신보시(捨身布施)의 보살정신으로 극대화되고 있다. 이러한 등가 생명의 인식과 보살정신을 잘 담아낸 설화가 시비왕이 살을 베어서 비둘기의 목숨을 대신한 '시비왕의 이야기'이다.

> 붓다께서 전생에 보살로 인욕수행 정진하고 있을 때였다. 어느 날 저녁 무렵 큰 나무 아래 앉아서 조용히 명상에 잠겼다. 그때 갑자기 비둘기 한 마리가 매에게 쫓겨 보살의 품속으로 뛰어들었다. 그러자 매가 '휙'하고 날아와 나무 위에 앉아서 보살에게 말했다. "비둘기를 저에게 주세요, 그 비둘기는 나의 저녁거리

입니다. 비둘기를 먹지 못하면 며칠을 굶은 터라 죽을지도 모릅니다." 보살이 말했다. "비둘기를 내어줄 수 없다. 내가 먼저 이를 받은 것이요, 네가 받은 것이 아니다. 보살은 모든 중생을 잘 보호하겠다고 서원한 사람이다." 매가 다시 말했다. "그대가 모든 중생을 보호한다면 나는 왜 포함되지 않습니까? 비둘기는 나의 저녁거리입니다." 보살은 난처해졌다. 매의 말이 틀리지 않기 때문이다. 매는 비둘기를 먹지 않는 대신에 비둘기 무게만큼의 살아있는 살코기를 원했다. 이에 보살은 비둘기를 살리고 매도 살리는 방안을 생각하여 매에게 비둘기 무게만큼의 자기 살을 떼어 주겠다고 약속했다. 즉 내 육신은 사대(四大)가 잠시 인연으로 화합해서 이루어진 것이고 무상해서 언젠가는 자연으로 돌아갈 몸이니 이 몸을 보시해서 비둘기를 구해주자고 생각했다. 보살은 저울 한 쪽에 비둘기를 올려놓고 자신의 넓적다리 살을 비둘기 무게만큼 베어서 다른 쪽에 올려놓았다. 그런데 어찌된 일인지 저울은 비둘기 쪽으로 기울었다. 보살이 여러 군데 살을 베어서 저울에 올려도 저울은 비둘기 쪽으로 계속 기울어졌다. 하는 수 없이 보살이 자신의 몸 전체를 저울에 올리자 비로소 비둘기와 수평이 되었다. 보살 자신의 무게와 비둘기 무게와 똑같아졌던 것이다.[1]

'생명의 저울'이라는 비유를 통해 생명의 존귀함과 동등함, 즉 "모든 생물과 인간은 동일 무게"라는 생명윤리의식을 여실히 보여주는 설화이다.[2] 보살이 처음에는 비둘기가 작고 가벼워서 비둘기만큼의 고깃덩어리는 얼마든지 떼어내 줄 수 있다고 생각했다. 그러나 결국 자신의 목숨을 다 내놓아야만 비둘기 못하고 같다는 것을 깨달은 것이다. 아무리 작은 미물이라도 생명의 무게는 동일하다는 인식이었다. 이는 곧 분별심과 차별심을 허물 때 모든 것은 확장된 '큰 자아(Self)'로 다시 태어날 수 있음을 의미한다. 여기에서 우리는 저울이란 생물의 종이나 몸집의 크기, 효능가치의 여부라는 도구적 가치를 측정하는 단순한 저울이 아니라 모든 존재의 귀중한 생명의 근원적 가치를 측정하는 '생명의 저울'임을 알 수 있다.

2) 생명 '살림'의 보살: 황금빛 사슴 니그로다

모든 중생들의 모습이 겉으로 보기에는 다양하게 나타나고 있지만 불보살은 모든 존재를 "차별 없이 온화한 시선으로 등혜(燈慧)를 베푼다."[3] 라는 내용이 있다. 이러한 관점은 겉으로 나타난 차별성의 모습이 아니라 고유한 본원적인 모습

---

1) 『경율이상』, 한글대장경, 서울: 동국역경원(2009), 749-751쪽.
2) 백원기(2011), 「하디와 정현종의 불교생태학」, 『동서비교문학저널』 제25호, 한국동서비교문학회, 125쪽.
3) 『정법화경』, 한글대장경, 서울: 동국역경원(2009), 474쪽.

을 보는 안목을 말한다. 여기에 고통 받는 인간과 동물들의 모습이 붓다가 깨달음을 얻는 과정에 있어 중요한 매개 역할을 하고 있다 할 수 있다. 『자타카』에서 가장 많이 강조되는 덕목 중의 하나가 자기희생이다. 사실, 자기희생에는 어떠한 조건도 없고 어떠한 주저함도 없다. 또한 매 순간에 있어서 당당하고 지혜로우며 모든 중생들을 향한 무한한 자비심으로 가득할 뿐이다. 붓다의 자기희생이 모든 생명 존재들로 확장되어 불교의 열린 윤리관을 보여주는 대표적인 사례가 임신한 암사슴을 위해 목숨을 내놓은 니그로다(Nigrodha) 사슴의 이야기이다.

　　보살은 사슴으로 태어났는데, 날 때부터 그의 몸은 온통 황금빛이었다. 그는 오백 마리 사슴에게 둘러싸여 숲에서 살고 있었다. 그를 불러 니그로다 사슴이라 했다. 그때 바라나시의 브라흐마닷타 왕은 사슴 사냥에 미쳐 사슴고기 없이는 밥을 먹지 않았다. 왕은 백성들이 생업을 할 수 있는 틈도 주지 않고 자신의 사냥에만 빠져 있었다. 참다못한 백성들이 사슴의 무리를 공원에 몰아넣고 왕으로 하여금 마음대로 잡아먹도록 했다. 그런데 사슴들은 매번 공포에 떠는 대신 각자 순번을 정해 해당되는 사슴이 죽기로 했다. 어느 날 임신한 암사슴의 순서가 되었다. 암사슴은 자신의 순서를 바꾸어 줄 것을 간청했으나 대장 사슴과 그 무리는 그 간청을 거절했다. 이에 암사슴이 붓다의 전신인 사슴을 찾아가 호소하였다. 그러자 그 사슴은 대신해서 왕에게 자신의 목숨을 내놓았다. 그 사슴은 결코 자기 목숨을 보존하기 위해서 차례대로 처형대에 오르자는 제안을 하지 않았다. 새끼를 밴 어미 사슴의 차례가 되었을 때 니그로다 사슴은 새끼를 낳은 다음에 오게 하고 스스로 처형대에 오름으로써 어미 사슴의 죽음을 면하게 하였다. 가련함에 자비심을 낸 황금빛 사슴은 먼저 처형대에 목을 얹어 놓았던 것이다. 그는 모든 생명의 목숨이 똑같이 소중하다는 걸 알고 있었다. 그는 왕의 총애를 받았기에 살 수 있었다. 그러나 내 목숨을 살리기 위해 다른 생명의 목숨을 빼앗지 않으려고 했다. 이런 니그로다 사슴의 간절한 호소와 자비심이 왕의 마음을 움직여 왕은 모든 생명들의 목숨을 죽이지 않기로 다짐했다. 왕은 그 사슴의 사신보시(捨身布施)에 감동하여 "나는 기르는 짐승에 대하여 참됨과 거짓을 구별하지 못하였구나. 살아 있는 생명을 미친 듯이 죽이다 결국 이 지경에 이르게 되었구나." 왕은 대신들에게 고하였다. "널리 나라 안에 명령을 내려라. 사냥하면서 사슴을 살해하는 이가 있으면 목을 베어 죽이리라." 이내 사슴 왕을 숲으로 돌려보내면서 사슴 고기를 먹지 못하도록 나라 안에 명령을 내렸다. 그리고 공원의 모든 사슴은 물론, 그 지역의 모든 동물, 새, 물고기들이 안전하게 살 수 있도록 배려하였다. 이와 같이 보살은 왕에게 모든 생물의 안전을 간청하여 눈을 뜨게 한 후 다른 사슴들과 함께 숲으로 돌아갔다. 붓다는 사슴들의 대장은 데바닷다였고, 사슴 무리는 그의 추종자들이었으며, 당시의 왕은 아난다였고, 그 자신은 암사슴을 구한 바로 그 사슴이었다고 설했다.[4]

황금빛 니그로다 사슴은 결코 자기 목숨을 보존하기 위해서 차례대로 처형대에 오르겠다는 제안을 하지 않았다. 새끼를 밴 어미 사슴의 차례가 되었을 때, 생명의 가련함에 자비심을 낸 니그로다 사슴은 어미 사슴이 새끼를 낳은 다음에 오게 하고 먼저 스스로 처형대에 누움으로써 어미 사슴의 죽음을 면하게 하였던 것이다. 그는 모든 존재의 생명이 똑같이 존엄하고 존귀하다는 걸 알고 있었기 때문이다. 그는 왕의 총애를 받았기에 살 수 있었지만 자신의 목숨을 살리기 위해 다른 존재의 생명을 빼앗으려고 하지 않았다. 순수한 황금빛 니그로다 사슴의 간절한 호소와 자비심이 왕의 마음을 움직이게 하였던 것이다. 결국 왕은 불살생과 생명의 존귀함을 깨닫고 모든 존재의 생명을 죽이지 않기로 다짐하고, 방생을 하였다. 이는 곧 생명 존중과 생명 살림의 자비심의 발로로, 생태계의 지속 가능성을 있게 하는 대안이라 할 수 있다. 이처럼 '황금빛 사슴 니그로다 이야기'는 모든 생명을 차별 없이 사랑하고 측은하게 여기며 생명을 구하는 것을 강조하는 생명 '존중'과 생명 '살림'의 전형적인 예라 할 수 있다.

3) 진표율사의 생명 '살림'과 출가

『삼국유사』는 한국불교 설화의 보고라 할 수 있다. 『삼국유사』의 설화에서 나타나는 가장 큰 특징 중의 하나는 불전설화의 수용과 변용이라 할 수 있다. 여기에서 주목할 것은 한국설화의 원형에 '불교'라는 요소를 능동적인 입장에 각인하는 계기로 작용한다는 점이다. 이는 곧 본래 가지고 있던 근원설화의 주체를 불교적 주체로 바꾸고 있음을 의미한다.

신라 사회에 생명 존중과 생명 살림의 모범을 보여 준 것은 승가이었다. 신라 고승들의 출가와 득도의 동기에 관한 설화를 살펴보면, 인간의 사냥 등의 살생 행위에 의해서 미천한 생명들이 고통을 당하는 모습에 충격을 받아 속세를 등지게 됐다는 이야기들이 상당히 많다. 그 대표적인 예를 진표율사의 출가 이야기에서 확인할 수 있다. 진표율사는 신라 성덕왕(702~736년) 때 태어나 경덕왕(742~764년) 때 구도에 전념했으며 지장보살과 미륵보살로부터 계법을 받았다고 한다. 또한 모악산 금산사를 중창하고 방등계단에서 보살계를 널리 베푼 율사로 알려져 있다. 진표율사가 중생의 생명을 존중하고 방생을 강조하는 내용은 다음의 이야기에서 선명히 드러나고 있다.

---

4) 『경율이상』, 「사슴 왕이 되어서 새끼 밴 사슴을 대신하여 죽음을 받다」, 『한글대장경』, 서울: 동국역경원(2009), 305-308쪽.

진표율사가 11세 되던 어느 봄날, 친구들과 사냥을 하다가 논둑에 쉬면서 개구리를 잡아 버들가지에 꿰어 물속에 담가 두고는 그만 잊은 채 집으로 돌아왔다. 이듬해 봄, 또 사냥하다가 개구리 우는 소리를 듣고 문득 지난 해 일이 생각되어 가서 보니, 개구리들은 버들가지에 꿰인 채 울고 있었다. 크게 놀라 뉘우치면서 내가 어찌 먹기를 위하여 해가 넘도록 이렇게 고통을 받게 하였으랴 하고 개구리를 풀어주었다. 드디어 발심 출가하여 계법(戒法)을 구했다. 이를 본 순간 소년의 가슴에 파문이 일기 시작했다. 개구리를 풀어 준 소년은 친구들과 떨어져 조용한 곳에서 생각에 잠겼다. '생명이란 무엇인가? 왜 태어나서 죽는 것일까?' 하는 생각에 골똘하다. 문득 먼 산을 바라본 그는 그곳에 가보고픈 충동을 느꼈다. 어떻게 산을 넘고 내를 건넜는지 자신도 모르게 달려 어두워서 당도한 곳이 모악산 기슭에 자리한 금산사였다. "날이 저물었는데 어디서 온 누구냐?" "예, 대정리에 살고 있는데 저도 모르게 오게 됐습니다." "오, 전생의 인연지인 모양이구나. 그래 잘 왔다. 언젠가는 이곳의 주인이 되겠구나." 노스님은 소년이 기특한 듯 쓰다듬어 주며 반겼다. 이튿날 집에 돌아오니 집에선 소년이 금산사에 다녀온 것을 믿으려 들지 않았다. 장정도 이틀이 걸리는 먼 거리였기 때문이다. 소년은 그날부터 말이 적어지고 늘 무언가 생각에 잠겨 있었다. 그러던 어느 날. "아버지, 저는 인생이 무엇인가를 공부하기 위해 출가하여 스님이 되겠어요." "어, 그래. 장한 생각이구나. 그러나 너는 아직 어리니 3년만 더 집에서 시중 들다가 가도록 해라." 비록 어부였지만 불심이 돈독한 아버지는 아들의 결심을 막지 않았다.[5]

진표율사의 어린 시절 생명 존중과 생명 '살림'에 대한 사유를 잘 보여주는 설화이다. 진표율사는 어릴 적부터 활을 잘 쏘고 사냥을 잘했다. 어느 해 친구들과 사냥을 하다가 개구리를 잡아 버들가지에 꿰어 물속에 담가 두었다. 그런데 사슴을 쫓다가 다른 길로 돌아오는 바람에 개구리 잡아놓은 일을 잊은 채 집으로 돌아왔다. 그 다음해 봄, 율사가 다시 사냥을 나갔다가 그 자신이 잡아 버들가지에 꿰어 둔 개구리들이 그대로 울고 있는 모습을 보고 크게 놀랐다. 어찌 먹기를 위하여 해가 넘도록 이렇게 개구리들로 하여금 고통을 받게 했는가를 깊이 뉘우치고 그들을 놓아주었다. 생명 존재의 존귀함을 깊이 생각하고, 잘못을 참회하며 발심, 금산사의 순제법사(혹은 숭제법사)에게로 출가하여 계법(戒法)을 구했다. 그의 나이 열두 살 때였다. 자애로운 눈으로 모든 생명을 관찰하고 보듬으며 경의를 표하는 율사의 이러한 자세는 분별을 넘어선 청정한 눈, 고통 받는 사람들을 보면 가엾어 하는 눈, 그리고 그들에게 무한한 사랑을 주고자 하는 사랑의 눈"[6]

5) 각훈(1994), 『해동고승전』권14, 명률편 '진표전'조, 서울: 을유문화사.

으로 실천하는 보살행에 다름 아니다. 그렇다면 이 설화는 인간과 다른 생명에 대한 차별성이 모두 해체된 상황에서 타자의 생명을 가엾게 여기고, 그 생명 존재들을 방생하는 생명 존중과 자비실천의 전범을 보여주고 있다 할 수 있다.

4) 무염선사의 방생: 이와 벼룩에 피 공양

인간 중심의 인식을 떠나 자연의 눈으로 사물을 있는 그대로 보면, '나'는 생태계의 또 다른 생명체가 될 수 있다. 이러한 인식의 변화는 내가 '주체'임과 동시에 '대상'일 수 있다는, 즉 스스로가 '자신'이면서 동시에 '타자'일 수 있다는 상대적 존재임을 일깨워 준다. 그렇다면 생태계 혹은 자연계로 불리는 이 거대한 우주의 만물은 모든 것을 포함하고 아우르는 '전체로서의 존재(Dasein)라 할 수 있다. 이 점을 인식할 때, 동물뿐만 아니라 미물인 존재들, 가령 곤충과 새를 비롯한 모든 생명들은 나와 한 몸[一切同根]의 존재들이며 큰 자아(Self)인 나의 일부가 될 수 있다.[7] 이것은 모든 존재는 서로 연기적 관계에 있고 상호의존적인 관계에 있으며 우주의 조화로운 합일을 강조한다. 이러한 존재의 연기적이고 상호의존적인 관계성은 구산선문 중의 하나인 성주산문을 개창한 신라 시대의 낭혜 무염선사(801-888) 관련 설화에서 찾아 볼 수 있다. 무염선사가 오대산 월정사 산내 암자인 동관음암에 머물 때였다. 어느 날 선사가 외출을 했다가 돌아오는 길에 어느 청년(후일 구정선사)을 만나 대화를 나눈 장면이다.

아주 옛날, 비단행상으로 하루하루를 살아가는 청년이 있었다. 홀어머니를 모시고 사는 그는 아주 효심이 지극했다. 어느 날 비단 짐을 짊어지고 강원도 대관령 고개를 넘어가다가 고갯마루에서 잠시 쉬고 있던 그는 이상한 노스님을 한 분 발견했다. 누더기를 입은 노스님은 길 옆 풀 섶에 서서 한참이 지나도록 꼼짝을 하지 않는 것이었다. 청년은 궁금했다. "왜 저렇게 서 있을까? 소변을 보는 것도 아니고. 거참 이상한 노릇이네." 한참을 바라보던 청년은 궁금증을 견디지 못해 노스님 곁으로 다가갔다. "스님! 아까부터 여기서 무엇을 하고 계십니까?" 눈을 지그시 감고 서 있는 스님은 아무 말이 없었다. 청년은 다시 물었다. 여전히 눈을 감고 서 있는 노스님은 청년이 재차 묻자 얼굴에 자비로운 미소를 띠우며 입을 열었다. "잠시 중생들에게 공양을 시키고 있는 중이라네." 저렇게 꼼짝도 않고 서있기만 한데 중생에게 공양을 시키다니 그 말이 무슨 뜻이지 알

6) 이운허 역주(2005), 『묘법연화경』, 서울: 동국역경원, 363-364쪽.
7) 백원기(2006), 「하디의 시학: 불교생태학과의 관련성」, 『동서비교문학저널』 제15호, 한국동서비교문학회, 56쪽.

수가 없어 다시 무슨 중생들이냐고 물었다. 청년은 궁금증이 더 커졌다. "어떤 중생들에게 무슨 공양을 베푸십니까?" "옷 속에 있는 이와 벼룩에게 피를 먹이고 있네."라고 말했다. 그가 무염선사였다. "그런데 왜 그렇게 꼼짝도 않고 서 계십니까?" "내가 움직이면 이나 벼룩이 피를 빨아 먹는데 불편할 것이 아닌가." 스님의 말을 들은 청년은 큰 감동을 받았다. 비단장수를 그만두고 스님을 따라가 제자가 되고 싶은 청년은 "저는 하루하루를 살아가는 비단장수입니다. 오늘 스님의 인자하신 용모와 자비행을 보고 문득 저도 수도하고 싶은 생각이 들어 이렇게 쫓아왔습니다. 부디 제자로 받아주십시오." "네가 수도승이 되겠단 말이지. 그렇다면 시키는 대로 무슨 일이든지 다할 수 있겠느냐?" "예 스님! 무슨 일이든지 시키기만 하십시오. 이 몸 힘닿는 대로 다할 것입니다." 청년은 간곡히 청을 하고, 청년의 결심이 굳은 것을 확인한 노스님은 그의 출가를 허락했다.[8]

　　무염선사 역시 생명에 대한 외경과 베풂의 자비실천을 감동적으로 보여주고 있다. 즉, 생명이란 독립적이고 개별적인 절연의 존재가 아니라 다른 생명과의 상호 긴밀하게 연결되어 의해 살아가는 존재의 인식과 '살림'의 모습을 보여 주고 있다. 비록 이[蝨]들이 우리의 관심 대상이 될 만한 존재는 아니지만, 무염선사는 옷 속에 있는 이와 벼룩에게 피를 공양하고 있는 것이다.[9] 자연의 렌즈를 통해 보면, 모든 생명존재들은 아무리 작고 하찮다 하더라도 고유의 존엄성을 지닌 경이로운 존재이기 때문이다. 이러한 인식은 선입견이나 편견을 버리고 현상의 이면을 꿰뚫어 보는 안목을 갖춰야 사물의 본질을 올바로 볼 수 있음을 깨우쳐 주고 있다. 이러한 내용은 『선원청규』의 성인과 범부는 말할 것도 없고 동물과 하찮은 미물이라도 해치지 말라는 생명윤리와 동일한 선상에 있다 할 수 있다. 모든 생명 존재가 불성을 지니고 있다는 점에서 보면 동일한 법성의 존재이기 때문이다. 그렇다면 무염선사가 가장 하찮은 존재인 벼룩을 끌어 들여 소중한 인연으로 여기며 선사 자신의 피를 빨아 먹게 하는 것은 분명히 생명 '살림'의 자비 보살행이다. 이는 곧 미물과 인간이 상호 연결된 하나의 그물을 이루어 '둘이면서 하나이고 하나이면서 둘'[自他不二]의 의식이 한결 깊어졌음을 의미한다 할 수 있다. 여기

---

8) 『벽화로 보는 불교 이야기』, '구정선사 이야기', 합천: 해인사출판부(1996), 212-213쪽 재인용.
9) 이와 벼룩을 통한 생명존중사상은 이규보의 수필 「슬견설(蝨犬說)」에서도 잘 드러나고 있다. 이 수필은 개[犬]와 이[蝨]의 죽음을 통해 선입견이나 편견을 가지고 사물을 보지 말아야 한다는 교훈을 제시하고 있다. 즉 통념을 가진 '손'과 그 통념을 깨뜨리는 '나'의 대화를 통해 큰 것의 생명은 소중하고 작은 것의 생명은 하찮다는 통념을 깨고, 생명이 있는 모든 것은 소중하다는 것을 보여주고 있다.

에는 모든 생명체가 인간과 더불어 생태계의 원리 속에서 고귀하고 등등한 존재 가치를 가진다는 붓다의 상생과 조화의 가르침이 내재되어 있다.

3. 현대 한국 시문학에 나타난 생명 '존중'과 생명 '살림'

1) 원효의 생명 '존중'과 생명 '살림'

'소성'거사 원효(617-686)에게 관통하는 키워드는 중생사랑과 자비실천이다. 모든 것은 마음의 산물임을 깨달은 그는 계율의 형식에 얽매이지 않고, 자비심으로 불쌍한 민초들의 아픔과 슬픔을 보듬고 위무하고자 하였다. 특히 그는 민초들의 삶이나 귀족의 삶을 중생심으로 파악하고, 중생심이 곧 일심(一心)이며, 일심이 곧 대승의 마음이라고 설파하였다. 그래서 "중생이 앓으니 보살이 앓는다. 중생의 병이 다 나을 때 비로소 보살의 병도 다 낫는다."는 유마거사의 말은 시공을 초월하여 원효의 가슴을 울렸을 것이다. 원효의 이러한 중생사랑과 자비실천의 삶은 우리의 문학작품 속에서도 잘 드러나고 있다.

항하사(恒沙寺)라 불리던 시절, 이 절에서 수도를 하던 원효와 혜공(생몰년 미상)은 법력으로 개천의 고기를 생환토록 하는 시합을 벌였다. 두 스님은 물고기를 잡아 구워 먹고는 돌 위에 똥을 누었다. 그런데 그 중 한 마리가 살아 힘차게 헤엄치자, 이때 살아 움직이는 고기가 서로 자신이 살린 고기라고 하였다. 여기에서 지금의 포항의 오어사(吾魚寺)가 되었다고 한다. 이러한 스토리를 지닌 오어사에 대한 황동규의 「오어사에 가서 원효를 만나다」 연작은 원효의 생명 '살림'과 인간적 매력을 잘 표현하고 있다.

> 원효 쓰고 다녔다는
> 잔 실뿌리 섬세히 엮은 삿갓 모자의 잔해,
> 대웅전에 한구석에서 만난다.
> 원효의 숟가락도 만난다.
> 푸른색 굳어서 검게 변한 놋 녹.
> 다시 물가로 나간다.
> 오늘따라 바람 한 점 없이 고요한 호수에선
> 원효가 친구들과 함께 잡아 회를 쳤을 잉어가
> 두셋 헤엄쳐 다녔다.
> 한 놈은 내보란 듯 내 발치에서 고개를 들었다.

생명의 늠름함,
그리고 원효가 없는 것이 원효 절다웠다.
　　　-황동규, 「오어사에서 원효를 만나다」 5

　시적 화자는 원효가 쓰고 다녔다는 잔 실뿌리 촘촘하게 엮은 삿갓 모자의 잔해와 대웅전 한쪽 구석에 놓여 있는 검게 녹 쓴 원효의 놋숟가락에서 그를 만난다. 그리고 바람 한 점 없는 고요한 호수에 헤엄치고 있는 두세 마리의 잉어를 보고 "원효가 친구들과 함께 잡아 회를 쳐" 먹었을 잉어라고 상상한다. 물론 잉어를 회쳤다는 것은 분명한 살생을 담보한 것이지만, 법력으로 생명을 다시 살려내어 발아래에서 힘차게 유형하도록 하고 있다는 사유는 다분히 원효의 생명 존중과 자비실천을 응축하고 있다 할 수 있다.

　원효는 『금강삼매경론』을 풀이하며 "집착의 대상은 모두 없애 열반에 머물 수 있지만, 커다란 자비의 마음으로 열반마저도 없애 머무르지 않는다."고 했다. 그러한 원효가 홀로 깨달아 홀로 즐기는 열반의 경지마저 버렸지만 버리지 않은 오직 한 가지는 바로 민초였다. 그래서 "중생이 앓으니 보살이 앓는다."라는 유마거사의 화두를 상기하며 민초들을 향해 거침없이 나아갔던 것이다. 대비심에서 비롯한 유마보살의 인간 이해는 바로 원효보살의 인간 이해이기도 하였다. 원효보살의 이러한 중생사랑을 고영섭은 이렇게 표현하고 있다.

　　　다 버려야만 보이는 들풀들을
　　　두 눈으로 꿰뚫어 보면서
　　　질러버린
　　　논소[論疏]의 문빗장을 열어젖히고
　　　박소리와 휘젓는 춤사위로
　　　삶들의 바다 속에서
　　　했네.
　　　　- 고영섭, 「시정에서 부르는 원효의 노래」 마지막 연

　인용 시에서 보듯이, 중생의 아픔이 원효의 가슴을 시리고 아프게 하였다. 나 하나의 존재란 '들풀이 아프면 나도 아플' 수 있는 것이고, 나를 중심으로 하는 나만의 욕심을 거둔 뒤, 즉 '모두 다 버려야만' 비로소 들풀이 눈에 보이는 것이다. 그래서 원효는 어떤 명성이나 권력도 원치 않고, 소외된 곳에서 자라는 '들풀'에 지나지 않는 존재들의 아픔을 함께 나누며 그들을 위무하고자 하였다. 원

효가 중생들의 삶속에서 자맥질을 서원하는 보살로 거듭나는 것도 이런 연유이다. 또한, '지금 여기' 원효의 중생사랑과 자비실천을 주목하는 고영섭은 무애박이 깨지도록, 어깨쭉지가 빠지도록 서울 네거리를 춤추고 노래하며 저자거리 속으로 들어가는 오늘날 원효의 모습을 이렇게 묘출하고 있다.

> 드높은 서라벌의 하늘 크게 저으리
> 깨지도록, 어깨쭉지 빠지도록
> 네거리를 춤추며 노래하리
> 삼태기에
> 뒹구는 낙엽들을 담아 넣고
> 한자락 크게 두르며
> 속으로 들어가리
> 　-고영섭, 「시정에서 부르는 원효의 노래」 제 1연

　일체 걸림이 없는 대자유인 원효가 서라벌 하늘을 크게 휘 저었듯이, 고영섭은 오늘날 원효 역시 서울 네거리에서 춤추고 노래 부르며, 민초들의 아픔과 상처를 위무하고 그들과 함께 하는 모습으로 담아내고 있다. 실로, 원효의 무애가는 시공을 초월하여 가엾은 민초들을 위무하는 것이었고, 그 무애가를 부른 장소는 종로나 광화문 같은 시정이었다. 이와 같이 원효는 "일체 걸림이 없는 사람은 단번에 생사를 벗어난다(一切無碍 一道出生死)"라고 하며 부처와 중생을 둘로 보지 않았다. 때문에 그는 '들풀'이 아프면 자신도 아파하며 요석공주와 인연을 맺고 싶었는지도 모른다.

　윤동재의 「원효」 연작시도 오늘날 원효가 우리에게 어떻게 다가와 던지는 메시지가 무엇인지를 잘 보여주고 있다. 이 연작시에서 시인은 귀족들 앞에서 『금강삼매경』을 강설하는 젊은 시절 원효의 모습보다는 '지금 여기' 시정을 떠돌며 민초들과 함께 호흡하며 전법에 전념하는 나이든 원효의 모습을 곡진하게 담아내고 있다. 또한 윤동재는 그 옛날 서라벌 시장바닥의 하층민들과 어울려 포교를 하려 했던 원효의 모습을 지금은 남산 언덕비탈에서 이국 소녀에게 『금강삼매경』을 강설하는 남성의 모습으로 묘사하기도 한다(「원효」3). 하지만 시인이 원효를 대단한 법력과 명성을 지닌 고승대덕으로 생각했다면 이러한 상상을 할 수 없을 것이다.

> 흙으로 만든 불상이 하나
> 황룡사 대웅전 앞마당으로 끌어내려졌다.

　　　　팔을 걷어붙인　원효대사가
　　　　불상의 아랫배를 힘껏 쥐어박았다.
　　　　불상의 귀랑 코랑 팔이 퍼석퍼석 소리를 내며 떨어져 나갔다.
　　　　그러자 그 순간 그 자리에 모여 있던 사람들이 모두
　　　　우레와 같은 박수를 보냈다.
　　　　　　　　　　-윤동재, 「원효」5 부분

　　요석공주와 헤어진 이후로 소성거사 원효는 더 이상 궁궐을 드나들며 했던 방식으로 설법을 하지 않았다. 우상숭배를 거부하였던 원효는 흙으로 만든 불상을 황룡사 대웅전 앞마당으로 끌어내려 때려 부수었으며, 불상의 귀, 코, 팔이 떨어져 나가자 거기에 모여든 사람들이 박수갈채를 보냈다. 이러한 사실은 가식적인 불교에 대한 민중들의 회의가 얼마나 컸는가를 가히 짐작케 한다. 나아가 윤동재는 보다 더 현실적으로 원효를 살려낸다. 즉 원효를 경운기에 사람들을 가득 태우고서 어디론가 신나게 데려가는 모습으로 묘사한다. 이는 곧 민초들과 더불어 살아가는 자비실천의 몸짓이기도 하다.

　　　　원효는 얼마 전부터
　　　　경운기에다 사람들을 가득 태워
　　　　어디론가 데려가고 있다.
　　　　(....)
　　　　경운기는 언덕길을 자갈밭길을 들길을
　　　　덜커덩 덜커덩거리며 달리기도 하는데
　　　　경운기에 실려　원효를 따라가는 사람들은
　　　　누구 하나 불편하다는 기색도 없이....
　　　　　　　　　　-윤동재, 「원효」7 부분

　　시인은 원효를 '지금 여기'에 출현하여 어느 누구와도 잘 어울리고 언제 어디서나 격의 없이 활동하는 존재로 묘사하고 있다. 원효가 몰고 가는 경운기가 험한 언덕길과 자갈밭길, 들길을 덜커덩 거리며 달리더라도 어느 한 사람도 불편한 기색을 보이지 않는다. 즉 자비심 많은 보살 원효가 나타나 사람들의 아픔을 달래주며 인도하면, 누구 하나 불편해 하거나 불평하는 모습을 보이지 않고 그를 따라 갈 것으로 생각하는 시인이다. 이와 같이 원효는 민초들과 함께 어울리고 호흡하면서 불법을 홍포하는 일에 전념하는 모습으로 그려진다. 여기에 동사섭

(同事攝)하고자 하는 원효의 진정한 보살정신이 내재되어 있다. 원효의 이러한 중생사랑과 자비실천의 모습은 곧 입전수수(立廛垂手)의 전형이다. 그 옛날의 원효는 오늘날에도 여러 작가들에 의해 실천적 보살의 모습으로, 언제 어디서나 따뜻하고 주체적인 모습으로 생생하게 살아나고 있다.

2) 만해 한용운의 생명존중과 자비실천

일제 강점기에 많은 민족지도자들과 지성인들이 일제의 강압과 회유에 변절했지만, 만해한용운(1879~1944)은 끝까지 지조를 지키며 '눈 속에 핀 매화'의 결기 정신으로 식민지 현실을 극복하고자 하였다. 만해의 이러한 민족애는 차별에 대한 저항의지와 약자에 대한 자비심을 바탕으로 하고 있으며, 그 실천의 의지가 시와 소설의 상상력과 비전으로 나타났다. 중생이 아프니까 부처도 아프다는 동체대비의 생명 사랑과 살림의 인식은 만해의 시문학에서도 선명히 표출되고 있다. 곧 차별을 거부하고 생명 사랑을 지향하는 만해의 시적 상상력은 자연계에 내재하는 생명의 존엄성에 대한 자각으로 나타났다.

> 간밤의 가는 비가
> 그다지도 무겁더냐
> 빗방울에 눌린 채
> 눕고 못 이는 어린 풀아
> 아침볕 가벼운 키스
> 네 받을 줄 왜 모르느냐
>   - 만해, 「春朝」 전문

풀 한 포기에서 전 우주의 생명을 읽어내는 만해의 시적 상상력이 도드라져 보인다. 시인은 일제 강점기 나약한 민중들의 의지를 빗방울에 눌린 채 제대로 일어서지 못하는 연약한 풀의 이미지에 비유하고 있다. 여기에 식민지 현실에서 사소한 어려움에도 위축되고 절망하는 나약한 민초들을 질책하고 현실참여를 재촉하는 만해의 사자후에는 뜨거운 생명사랑이 깔려 있다.

일제의 침략자들은 우리민족의 삶의 터전을 **빼앗고**, 우리로 하여금 굴욕적인 삶을 살게 했을 뿐만 아니라 말없이 죽임을 당한 우리 민초들의 절규를 무시해버렸다. 하지만 만해는 뭇 생명을 보살피고 포용함으로써 생명 존중과 생명 살림의 의식을 고취시키고자 하였다. 이러한 정신은 시집 『님의 침묵』(1926)의 중심 내용을 이루고 있다. 모든 존재가 상호의존적이고, 한 몸임을 인식하는 것은 대승 불교의 동체대비사상의 핵심이다. 만해의 이러한 대승적 생명 존중과 인식은 「樂 園은 가시덤불에서」에서 한결 극화되고 있다.

> 일경초(一莖草)가 장육금신(丈六金身)이 되고 장육금신이 일경초가 됩니다
> 천지는 한 보금자리요 만유(萬有)는 같은 소조(小鳥)입니다
> 나는 자연의 거울에 인생을 비춰 보았습니다.
> 　　　　　　　　　　　　　　　　　-만해, 「樂園은 가시덤불에서」 부분

　비록 연약한 한 줄기 풀이라도 결코 연약하지 않다. 한 줄기 풀이 때로는 바위 틈에서도 살아나는 생명력을 지니고 있기 때문이다. 그래서 한 줄기 풀이 장육금 신 부처의 몸이 되는 까닭이다. 만해에게 한 줄기 풀은 미미한 중생이지만 그 중 생이 곧 부처이다. 시인의 이러한 한 줄기 풀과 부처의 상호회통은 다분히 화엄 적 사유이다. 또한, '천지 혹은 자연은 한 보금자리이고 만유는 같은 소조'라는 대목도 자연과 사물이 서로 분리되어 있는 것이 아니라 서로가 서로를 비추는 인 드라망의 존재임을 인식한 것이다. 여기에서 거울은 단지 사물을 반영하는 기호 가 아니라 우주의 이치와 자아가 통합된 하나의 상징을 의미한다. 이처럼 모든 존재가 상호연기고, 한 몸임을 인식하는 것은 다분히 생명 존중과 평등성의 이해 에서 비롯된 것이라 할 수 있다.

　또한, 만해는 일제 식민지시대라는 냉혹한 현실을 살아가면서 중생의 아픔을 위무하고 끝까지 함께 하고자 하는 헌신적인 사랑의 실천을 보여주고자 하였다. 그의 시에서 가장 보편적이고 능동적인 생명 존중과 자비심은 부단한 자기 비움 과 하심(下心)의 사유를 통해 선명히 나타나고 있다. 즉 그 대표적인 시가 「나룻 배와 행인」이다.

> 나는 나룻배
> 당신은 행인
> 당신은 흙발로 나를 짓밟습니다
> 나는 당신을 안고 물을 건너갑니다
> 나는 당신을 안으면 깊으나 옅으나 급한 여울이나 건너갑니다
>
> 만일 당신이 아니 오시면 나는 바람을 쐬고 눈비를 맞으며
> 밤에서 낮까지 당신을 기다리고 있습니다

당신은 물만 건너면 나를 돌아보지도 않고 가십니다그려

그러나 당신이 언제든지 오실 줄만은 알아요
나는 당신을 기다리면서 날마다 날마다 낡아갑니다

나는 나룻배.
당신은 행인.

-만해, 「나룻배와 행인」 전문

　중생구제의 보살도 정신이 배로 상징되는 이미지로 잘 표현되고 있다. 물론 배로 상징되는 삶의 자세는 자타불이(自他不二)의 관계 인식이다. '나룻배'는 사바세계에서 피안으로 가는 방편으로 존재한다. 선가에는 '언덕에 오르면 뗏목을 버려라'(捨筏登岸)라는 가르침이 있다. 즉, 강을 건네준 뗏목이 아무리 도움이 되었더라도 메고 가지 않는다는 뜻이다. '나룻배'는 버려질 존재로, 곧 분멸심을 여의라는 의미이다. 여기에서 만해는 자기 존재를 '나룻배'로 한정하여 한없이 낮추는 모습을 보인다. 그리고 '흙발로 나를 짓밟는' 님은 분명 화자에게 시련을 주는 존재이다. 그럼에도 님은 언젠가는 반드시 돌아오리라는 확신을 가지고 날마다 낡아가면서도 님을 기다리겠다는 화자이다. 화자의 이러한 의지는 시련을 견디어내는 시적 자아의 삶의 방식이고, 이는 곧 인욕과 보시를 통한 생명존중과 사랑에 근거하고 있다는데 중요한 의미가 있다. 물론 이러한 생명사랑의 내면에는 중생이 아프니까 부처도 아플 수밖에 없는 만해의 동체대비의 생명 존중과 생명 '살림'의 자비실천 시학이 자리하고 있다.

3) 무산 조오현의 생명 사랑과 자비실천

　무산 조오현(1932-2018)은 거침없는 언행으로 탈속 무애의 삶을 살다 원적에 들었다. 한 평생 남녀노소, 빈부귀천을 분별하지 않고 선인이든 악인이든 누구에게나 대자대비의 무애행을 펼쳐 중생의 친구가 되고자 했다. 그래서 그는 어쩌면 "가장 스님답지 않으면서, 가장 스님다운" 삶을 살다 갔을지도 모른다. 특히 무산은 1997년 '만해사상실천선양회'를 설립하고, 그 이후로 만해의 자유·평등·평화·생명존중사상을 선양하기 위해 만해대상을 시상함으로써 불교의 위상을 크게 높였다. 이러한 삶을 산 그의 시문학에 나타난 생명 존중과 사랑은 깊고 넓다 할 수 있다. 눈에 보이지 않는 미생물까지 생명 존중의 대상으로 삼고 있는 그의 자비실천은 '허수아비'에 각인된 삶을 통해서 잘 드러난다.

　　새떼가 날아가도 손 흔들어주고
　　사람이 지나가도 손 흔들어주고
　　남의 논일을 하면서 웃고 있는 허수아비

　　풍년이 드는 해나 흉년이 드는 해나
　　　- 논두렁 밟고 서면 -
　　내 것이거나 남의 것이거나
　　　- 가을 들 바라보면 -
　　가진 것 하나 없어도 나도 웃는 허수아비

　　사람들은 날더러 허수아비라 말하지만
　　손 흔들어주고 숨 돌리고 두 팔 쫙 벌리면
　　모든 것 하늘까지도 한 발 안에 다 들어오는 것을
　　　　　　　　- 무산 조오현, 「허수아비」 전문

　나와 남을 분별하지 않는 무산의 '아득한 성자'의 생명 존중과 사랑의 사유를 선명히 드러내 보이고 있는 시편이다. 허수아비는 '나'라는 집착을 다 버려 텅 빈 충만의 경지이다. '새떼'도 '사람'도 분별하거나 차별하지 않고 '손 흔들어 주는' 허수아비는 '공(空)'의 경계에 서 있는 자의 모습이다. 곧 해탈한 자의 모습이다. 내 것, 남의 것이라는 경계를 허물고 "가진 것 하나 없어도 나도 웃는 허수아비"의 모습이야말로 무산의 또 다른 모습, 즉 '아득한 성자'의 모습이다. 그래서 모든 생명이 성자라는 주제를 담고 있는 '아득한 성자'는 곧 생명에 대한 존중과 경외심의 표출이라 할 것이다.
　윤회의 관점에서 보면 한 때 인간의 몸을 받았다가 또 어느 한 생애에는 미물의 몸을 받을 수 있다. 때문에 사라져가는 미물에 자신을 견주는 상상력은 시인을 시인되게 하는 근원적 힘이 된다. 이런 점에서 무산이 스스로를 '벌레'로 바라보는 것은 윤회에서 자유롭지 못한 모든 존재의 한계를 분명하게 인식하고 있음을 뜻하며, 궁극적으로 그 윤회에서 벗어나야 비로소 자기 삶의 올바른 주인공이 될 수 있음을 강조한다. 그 전형적인 시가 「적멸을 위하여」이다.

삶의 즐거움 모르는 놈이
죽음의 즐거움을 알겠느냐

어차피 한 마리
기는 벌레가 아니더냐

이 다음 숲에서 사는
새의 먹이로 가야겠다.
                    -무산 조오현, 「적멸을 위하여」 전문

　　내 한 몸, 새의 밥이 되어 공양할 수 있는 마음으로 살아가는 것이 적멸을 위한 길이라는 것을 보여주고 있는 시편이다. 무산은 스스로를 "기는 벌레 한 마리" 정도로 밖에 여기지 않는다. 이런 인식은 세상살이가 온통 헛것이라는 깨달음에 바탕을 두고 있으며, 모든 것이 공(空)하는 생각과 일맥상통한다. 이런 시각에서 보면 인간이나 벌레가 공하기는 마찬가지여서 아무런 차이가 없다. 벌레는 다만 인간의 시각으로 볼 때 지극히 하찮은 미물에 불과하다. 그러나 그런 차이에 대한 인식은 인간 중심적 사고일 뿐 본래부터 인간과 벌레 사이에 근본적인 차이가 존재하는 것은 아니다. 때문에 시적 화자가 스스로를 한 마리 벌레로 인식하는 것은 스스로를 낮춤으로써 다른 생명을 존중하고 살리는 보살의 자세이다.[10]

　　제임스 깁슨(James Gibson)의 "자연의 모든 생명체에 대한 자비는 작가 비전의 보편성이고, 비록 우리가 상처받은 세계에 살고 있지만 함께 그 세계에 있으며, 그에게 있어 유일한 희망은 "자애로움"(loving-kindness)이 모든 사람들에게 확산될 것과 우리는 모두 한 가족, 즉 하나의 공동운명체임을 깨달아야 한다."고 했다.[11] 그의 이러한 생명 존중과 자비실천의　언급은 무산의 글쓰기의 근간의 되고 있다. 그 예는 처절한 자기 응시와 성찰을 담아낸 다음의 시에서 "기는 벌레 한 마리"의 비유를 통해 잘 드러나고 있다.

　　　　무금선원에 앉아
　　　　내가 나를 바라보니

---

10) 백원기(2014), "무산 오현, 성자는 아득한 하루살이 떼", 『선시의 이해와 마음치유』, 서울: 도서출판 동인, 310-311쪽.
11) Gibson, James, ed(1976). *The Complete Poems of Thomas Hardy*. London: Macmillan, 6쪽.

기는 벌레 한 마리
몸을 폈다 오그렸다가

온갖 것 다 갉아먹으며
배설하고
알을 슬기도 한다.
　　　　　　　　-무산 조오현, 「내가 나를 바라보니」 전문

　선정에 든 채로 자신을 바라보고 있는 시인의 인식이 놀랍다. 차별과 대립을 넘어선 천지만물이 한 몸이라는 생명 존중과 평등성이 잘 묘출되고 있다. 백담사 무금선원의 '무금'은 '무고무금(無古無今)'에서 온 말로, 고금이 둘이 아니라는 불이(不二)의 선리를 담고 있다. 하여 시인은 무금선원에 앉아 중생의 '나'를 바라보니, 내가 "기는 벌레 한 마리"에 불과하다는 것이다. 이러한 자각은 내 속에 들어 있는 타자를 자각하는 일과 다르지 않다. '나'와 '기는 벌레'를 동일시하는 삶이다. 이는 곧 자아가 동일시를 통하여 자신 아닌 존재들을 자신으로 수용함으로써 개별적 자아를 확장하여 큰 자아(Self)로 거듭남을 의미한다. 여기에는 타자를 포용하고 자아를 확장시키는 자타불이의 사상, 즉 "자아(self)는 우리가 동일시하는 총합만큼 포괄적이다."[12]라는 생태적 사유가 함축되어 있다 할 수 있다. 이처럼 무산은 귀중하지 않은 생명은 없으며, 모든 생명이 성자라는 불이의 평등한 삶의 모습을 일상에서도 보여주었던 것이다.

　이상의 내용을 종합하면, 불교문학의 지향점은 모든 존재의 대립적 경계선이 지워진 곳에 생명 존중과 '살림'의 자비실천이이 되어야 한다 할 것이다. 다시 말해, 불교문학은 생명 존중과 '살림'에 기반 한 자비실천의 인식을 담보해야 하며, 또한 인식 주체의 자세를 바꾸어 '동일한 생명 무게'를 지닌 모든 생명 존재는 차별 없이 공존의 삶을 구가할 수 있음을 담아내는 방향으로 전개되어야 할 것으로 진단된다.

---

12) Naesse, Arne(1993), "Identification as a Source of Deep Ecological Attitudes," ed. Peter List, Radical Environmentalism. New York: Wordsworth Publishing Co., 1993, 261쪽.

4. 나오는 말

이상에서 불교문학의 지향점은 『자타카』를 중심으로 한 불전설화, 그리고 이를 수용, 변용한 한국불교설화와 근·현대 우리의 불교 시문학을 중심으로 생명 존중과 '살림' 기반의 자비실천으로 모색되어야 함을 주목하였다. 모든 생명 존재들이 외형적으로 상호의존성 또는 친연성을 보이지 않을 경우, 그들은 개별적이며 독자적인 존재에 지나지 않을 수 있다. 그러나 생명 존재들이 서로 관련성이 있는 사물과 현상들이 조화로운 관계로 형성되어 있는 그물(web)과 같다할 때, 생명에 대한 진정한 이해는 독립된 존재보다는 상호의존의 연기적 관계망 속에서 인식되어야 할 것이다. 그렇게 될 경우, 생명에 대한 이해는 보다 보편적 가치를 갖는다 할 수 있다. 왜냐하면 연기적인 입장에서 보면, 생명 존재들은 개별적이거나 독립적으로 존재하는 것이 아니라 숱한 인연과 윤회를 통하여 얽혀 있는 상호의존 관계의 존재들이기 때문이다.

이와 같이 모든 생명 존재들을 한 몸으로 동일시하는 동체사상은 생명 존중과 '살림'의 기반이라 할 수 있다. 이러한 '전일론적(holistic) 존재인식은 뭇 생명들은 나와 동체불이(同體不二)의 존재들이며, 곧 큰 자아(Self)인 나의 일부인 것을 강조한다. 다양한 불교문학 작품 속에 비록 작가가 의도하지 않았지만 많은 생명 존중과 '살림' 기반의 자비실천윤리의 의미심장한 문맥들이 함축되고 있는 경우가 많은 것도 이런 이유이다.

물론 지금까지 살펴본 일부 문학작품들에 대한 담론만으로 생명 존중과 '살림' 기반의 자비실천이라는 문학에 대한 보편성이나 원리로 간주하기에는 문제가 있을 것이다. 하지만 생명경시가 만연되고 있고, 또 모든 존재가 평등한 생명가치로 이해되어야 하며, 조화롭게 살아가는 생명연대의 삶이 더욱 요청되고 있는 현실에서, 이 글은 하나의 대안으로 모색될 수 있는 가능성을 조심스럽게 진단했다고 생각된다.

한편, 이 같은 가능성은 문학으로서 가능성이며, 오늘날 현실 상황에서의 실천과는 다소 일정한 거리를 가질 수밖에 없는 한계점을 갖는다. 이러한 한계에도 불구하고 불교문학과 생명 존중과 '살림' 기반의 논의는 더욱 자비실천의 사유에 힘입으며 세계 해석이나 삶의 인식을 심화시키는 방법으로 진행되어야 할 것이다. 바로 여기에 오늘날 심각한 생명경시의 현실 속에 살고 있는 우리 불교문학의 진정한 역할이 있다할 것이다.

토마스 하디의 시와 불교생태학적 사유[1]

1. 하디의 불교적 사유와 불교생태학의 만남

시인으로 시작해 소설가를 거쳐 다시 시인으로 삶을 마감한 영문학의 거장 토마스 하디(Thomas Hardy 1840-1928)는 "모든 상상력과 감정의 문학적 정수는 시에 응축되어 있다"라고 평생토록 확신하며, 자연계의 모든 생명체에 대한 무한한 자비심과 연민의 정을 바탕으로 글쓰기를 하고 있다. 이러한 그의 불교적인 사유는 초목, 곤충, 새, 동물 등 자연계의 수난에 대한 인간의 생태학적 책임뿐만 아니라 동정의 대상을 우주적 차원으로 승화하여 인간, 축생 그리고 미물의 수난에 대해서도 공동운명체로서의 '동료애'라는 배려와 연민이 깃든 이미지를 통해 가장 가시적이고 인상적으로 나타난다. 이것은 곧 그의 존재의미에 대한 관조적 태도를 시사하며, 이는 그의 시학의 핵심을 이루고 있다.

그렇다면 하디의 이러한 불교적 사유의 발단은 무엇일까? 버클리(Jerome Hamilton Buckley)가 빅토리아 시대를 "혼돈과 불안의 시대"로 지적한 것처럼[2], 산업혁명의 절정기에 전통문화의 상실과 과학문명의 발달은 가치의 전도를 가져오고, 합리주의적 사고방식은 신앙의 동요를 초래하여, 사람들은 한편으로 물질적 번영에 만족하면서도 다른 한편으로는 정신적 안정을 상실하여 불안, 회의 그리고 갈등에 빠져 고민하게 되었다. 이러한 세기말적 사회풍조가 하디의 삶에도 커다란 영향을 미쳤으며, 무엇보다도 다윈의 『종의 기원』(1859)과 벤자민 주엇(Benjamin Jowett) 의 종교비판론 『에세이와 리뷰』(1860)는 하디가 유년시절부터 지녀 온 신앙심을 객관적으로 인식하게 하고 그것에 대해 회의토록 만들었던 사실과 "문명 세계에 사는 우리는 거의 2,000년 동안 기독교를 정당하게 시험해 왔으나, 그것은 아직 여러 나라에게 평화를 유지하는데 기본적인 덕목을 가르쳐 주지 못했다. 그러니 기독교를 버리고 불교를 택하는 것이 어떠한가?"[3] 라는 대안 제시에서 그의 불교적인 사유의 발단을 찾을 수 있다. 때문에 그는 모

---

1) 이 논문은 한국동서비교문학회 발간 『동서비교문학저널』 제 15권(2006.12)에 게재되었던 내용을 수정, 보완하였음.
2) Buckley, Jerome Hamilton. ed.(1976). The Victorian Temper: A Study in Literary, Austin Wright, 3쪽.
3) Purdy, Richard Little(1978), Thomas Hardy : A Bibliographic Study. New York: Oxford University Press, 619쪽.

든 생명들과의 일체감과 동병상련의 고통은 그가 50년 동안 신을 찾아 온 결과, 신의 자비를 기대할 수 없는 세상의 도덕기초가 되어야 한다고 인식했던 것이며, 그것은 곧 모든 생명을 존중하고 따스하게 감싸 안는 불교의 우주적인 자비심으로 표출되었던 것이다.

사실상 서구의 도구적 이성이 어떤 결과를 가져 왔는가하는 문제는 구태여 긴 설명이 필요치 않다. 오늘날 지구상의 모든 생태학적 위기의 본질은 바로 합리성을 명분으로 한 도구적 이성의 폐해임이 밝혀졌기 때문이다. 그렇다면 이러한 생태학적 위기는 어떤 대안적 사상이나 철학으로 극복할 수 있는가? 이러한 심각한 문제의식에서 불교사상이 주목의 대상이 되어 왔고, 나아가 불교생태학의 이론과 실천의 틀 역시 꾸준히 모색되어 오고 있다. 그것은 불교를 주제로 자연생태계를 파악하려 하거나 생태계의 위기를 극복하고자 하는 대안으로, 초기불교와 본생담, 반야사상, 여래장사상, 대승불교, 화엄사상, 정토, 율장 등의 불교의 여러 분야들과 생명이나 생태학적 의미의 연관성을 모색하는 연구 혹은 법(dharma)이나 연기(緣起)등의 의미망 속에서 생태학적인 요소를 찾아내고 그 개념적 유사성을 밝히는 연구에서 잘 나타나고 있다.

그런데 우리가 주목하는 것은 다양한 생명체들이 그토록 복잡하면서도 전체적으로 잘 조화를 이루며 연결되고 있는 것은, 수많은 조건들이 서로 영향을 주고 받는 상호의존적 작용을 하고 있는 데서 비롯된다는 사실이다. 그렇다면, 생명세계의 본질은 이런 상호의존성에 있으며, '생태계(eco-system)'란 이 상호의존성을 바탕으로 적절한 삶의 토대를 이루고자 그 환경 간에 형성되는 상호작용의 체계라고 말할 수 있다.4) 생태계의 본질로서 이 '상호의존성'을 불교적적으로 표현하면, 연기(緣起)이다. 연기란 세상의 모든 것은 수많은 조건들이 서로 화합하여 발생하다는 것을 의미한다. 따라서 상호의존성 즉, 생명들 상호간의 의존성이야말로 모든 생태계의 본질이며, 생태적 공동체의 모든 구성원들은 생명의 그물(web of life)이라는 거대하고 복잡한 관계들의 연결망 속에서 상호관련 되어 있는 존재라 할 것이다.

삼라만상이 상호 침투하며 상호 소통하는 관계의 망을 형성하는 것이 자연의

---

4) 생태계(ecosystem)란 말은 'eco'와 'system'의 합성어이다. 'eco'의 그리스 어원 'oikos'는 인간이 사는 곳, 성전, 신들의 집, 별들이 사는 곳, 마음의 고향, 영혼의 고향 등의 의미로, 즉 '삶의 터전'을 말한다. 따라서 생태학은 '생활하는 터전으로서의 환경과 인간이 어떻게 관계를 맺으며 살아가는 가를 밝히는 학문'을 의미하게 된다.

생태학적 존재방식이라 한다면, 인간과 자연은 불가분의 관계이며 이미 하나인 셈이다. 그렇다면 하디의 불교적 사유는 이런 상호의존성의 불교생태학과 만날 수 있는 가능성을 갖는다 할 것이다. 물론 환경생태의 문제를 다루고 있는 문학 작품들은 그 목적성 때문에 문학작품으로서 여러 가지 한계를 보일 수 있지만, 여기서는 하디의 문학작품 가운데서도 불교생태학 그것도 문학에서의 불교생태학 적 상상력을 찾고 더 나아가 이를 생태학 관점에서 다시 검토하게 될 것이다. 다 시 말하면, 하디의 글쓰기가 삶을 충실히 응시하고 진실하게 기록하며, 자비와 연민으로 모든 생명을 감싸 안는 불교의 자비사상 실천의 시학임을 살피고, 이것 은 곧 자연과 인간의 관계를 '상호의존'과 '상호존중'의 관계로 인식하는 화엄불 교의 관점과 자연이 생태계로 인식하는 생태학의 입장과 유사하다는 점을 밝히고 자 하는 것이 이 글의 목적이다.

2. 화엄법계의 생태와 하디 시의 양상들

자연의 물상들이 서로에게 의지하는 동근을 가지고 있듯이, 타자의 고통은 곧 나의 고통이라는 태도는 하디 당시의 '신'(God)이 버린 세계의 도덕근간이었다. "이타주의, 혹은 황금률은 (중략) 결국 우리와 타자들이 한 몸의 일부인 것처럼 우리가 타자들에게서 보는 고통에 의해 생겨난다."[5] 라는 주장에서 알 수 있듯 이, 그의 이타주의는 인종에 관계없이 전 인류를 대상으로 한다. 따라서 『법화 경』의 「관세음보문품」 가운데 자비로운 눈(慈眼)으로 사물을 대하라는 가르침처 럼[6], 그는 존재하는 모든 것은 서로 의존하는 인연과 화합의 관계에 있는 것으로 보고, 자애의 눈으로 모든 생명을 관찰하고 보듬으며 경의를 표하고 있다.

하디의 작품 가운데 불교적 상상력을 축으로 하는 작품들은 주로 상호연기 혹 은 상호침투를 그 기저로 삼고 있으며, 이들 상호연기설이나 상호의존성은 작품 내부에서 이미지 연결의 필연성과 근거, 그리고 틀을 제공해 준다. 개별 사물로 서 존재하는 대상들이 겉보기에 상호간의 유사성이나 친연성을 드러내지 않을 경 우, 그들은 개별적 독자적인 존재에 불과할 뿐이다. 그러나 상호연기 혹은 상호

---

5) Hardy, F. E.(1982), The Life of Thomas Hardy 1840-1928. London and   Basinstoke: Macmillan, 224쪽.
6) 이운허 옮김(2005), 『묘법연화경』, 서울: 동국역경원, 364쪽.

침투(interpenetration)의 관점에서 보면, 사물들은 개별 독자적으로 존재하는 것이 아니라 서로 인연과 윤회를 통하여 끝없이 얽혀 있는 상호의존의 존재들인 것이다. 다시 말하면, 생물학적 요소들은 '생산 - 소비 - 분해'의 과정을 반복함으로써 생태계의 모든 물질은 고정된 것이 아니라 흐른다는 순환성과 생물이 환경과 상호작용을 통하여 자신에게 유리한 조건을 만들기 위해 자기를 조절한다는 향상성이 생태계의 원리이다. 즉, 상호의존성이 모든 생태적 관계의 본질이라는 것이다[7]. 생태계의 모든 구성원들은 끝없이 상호융합(interfusion)하고 상호침투하기 때문에, 여기에는 어떠한 걸림도 없다. 이러한 연기의 법칙을 의상스님은 "하나 안에 일체가 있고, 일체 안에 하나가 있어/ 하나가 곧 일체요, 일체가 곧 하나라/ 한 먼지 티끌 속에 온 우주가 담겨 있고/ 낱낱의 티끌마다 온 우주가 다 들었네./ 억겁의 길고도 긴 세월이 한 찰나이고/ 한 찰나의 짧은 시간이 곧 영겁이도다."라고 「법성게」에서 말한다. 그러므로 개체 속에 전체가 투영되어 있고, 전체 속에서 개체는 그 나름대로의 중요한 의미를 지닌다. 이처럼 상호의존성을 토대로 부분과 전체가 상호침투하며 조화를 이루고 있는 것이 생태계의 본질이다.

사실상 불교의 관점에서 보면, 자연은 '신'에 의해 창조된 것이 아니고, 우연히 존재하는 것도 아니며, 다만 연기에 의한 산물이며 질서 그 자체이다. 또한 불교의 '우주적 진리'는 절대자의 개념이 아니라, 여러 원인과 조건에 따라 물 흐르듯 자연스럽게 생성. 변화. 소멸해 가는 연기법이다. 따라서 연기는 자연만물의 원리 내지 본성으로서의 법(dharma)이라고 할 수 있다. 다시 말해, 자연과 인간은 전혀 다른 차원의 존재가 아니라 법을 매개로 한 연기적 관계에 있다는 것이다. "연기를 보면 곧 법을 보는 것이요, 법을 보면 곧 연기를 보는 것이다(若見緣起便見法, 若見法便見緣起)라는 말에서 알 수 있듯이, 자연만물의 원리 내지 본성으로서의 법은 바로 연기를 의미한다고 할 수 있다. 그러므로 불교는 자연을 정복하고 지배하며 이용하는 서구적 자연관을 지양하고, 자연에 대한 감사와 존중, 자비와 외경의 태도를 강조하고 있는 것이다.

사실상 지금까지 문학작품들은 생태문제에 대한 깊은 인식을 보여주는 심층생태론에 닿아 있는 경우도 있지만, 그보다는 파괴된 자연이나 오염된 환경에 대한

---

7) 김종욱(2006), 「화엄법계의 생태학적 함의」, 『불교사상의 생태학적 이해』, 동국대학교 BK21 불교문화사상교육연구단 편, 서울: 동국대학교출판부, 270쪽.

문제제기나 계몽담론들이 주를 이루고 왔음이 사실이다. 일반적으로 환경생태에 관한 작품 양상들은 파괴 내지 오염된 생태계 실상을 고발하거나, 환경오염이나 생태파괴의 근본원인을 개인적 측면과 사회제도적 측면에서 설명하기도 하고, 다른 한편으로 생명의 존귀함이나 생태계의 완벽함을 묘사하고 상찬하기도 하는데, 이러한 경향은 자연과 인간 사이의 교감이나 뭇 생명들이 어떻게 상호 유기적인 관련을 맺고 있는가 등을 주로 그려내고 있다.

붓다는 일체 중생에 대한 자비뿐만 아니라 항상 자연에 대한 존중과 배려, 그리고 사랑을 실천했다. 일체 중생은 자연의 산물이며, 자연은 일체 중생에게 물리적인 형태를 부여할 뿐만 아니라 그들을 융섭하며, 양분을 공급하기도 한다. 때문에 자연의 모든 대상물들은 그 나름의 고유한 특성을 지니며 우리와 불가분의 관계임을 고려한다면, 자연을 지배하여 훼손하거나 오염시키는 것은 선업을 쌓지 못하는 일이라 하겠다.

우주는 상호 관련된 사물과 현상들이 역동적으로 엮여 있는 그물과 같은 것이므로, 생명에 대한 진정한 이해는 상호 관련의 그물망 속에서의 사랑과 자비, 그리고 존중하는 마음이 있어야 가능해지는 것이다. 이러한 사유는 하디의 상세한 묘사를 즐겨하는 의식, 조그만 사건으로부터 아름다운 시를 쓰려는 능력, 아울러 모든 자연의 산물 사이의 따스하고 동등한 관계의 의식 속에 잘 드러난다. 그러한 그의 화엄적인 사유가 「시골집에 새가 있는 풍경」("A Bird-Scene at a Rural Dwelling")에 잘 담겨 있다. 시 전문을 읽어 보자.[8]

> 아내가 일어나자, 새들은 창가로부터 살며시
> 물러난다, 거기에서 그들은 즐거이 노래했다
> 그리고 현관 계단 위와
> 안개 낀 이슬이 내린 아침에.
> 하지만 이제 주인이 일어나면 새들은
> 근처의 휘어진 사과나무로 날아간다.
> 그리고 주인이 완전히 나오면 새들은 정원을 찾고,
> 높은 사과나무가지에서 울어댄다, 이전에 너무 가까이서
> 소리 높여 노래한 것에 용서를 비는 듯
> 살아있음에 너무 흥겨워.-

---

8) James Gibson, ed.(1976), The Complete Poems of Thomas Hardy. New York: Macmillan. 이하 시의 인용은 이 텍스트로 하며 원문은 생략하고, 필자 번역으로 대신함.

그러면 실내의 낡은 큰 시계는 5시를 알린다.

나는 갈색과 녹색 지붕을 본다.
그곳에서는 100년 동안 그런 일들이
있어왔고, 그런 아침 풍경이 보였다.

인용 시를 겉 문맥 그대로만 읽자면 변함없는 일상생활 속에서 벌어지는 시골집의 풍경 즉, 주인과 새들의 관계를 보는 내용이다. 그러나 속 문맥들을 찾아 꼼꼼히 읽어 가면 안주인과 새, 바깥주인과 새, 새와 나(我)가 마침내 차별상을 허물고 큰 하나임을 깨닫는 내용임을 알게 된다. 먼저 1연은 화자가 이슬내린 아침 현관 계단과 창가에서 살며시 노래했던 새가 안주인이 나오자 살며시 물러나는 모습을 진술한다. 이어 바깥주인이 일어나면 새들은 근처 휘어진 사과나무로 날아가고, 또한 주인이 완전히 나오면 사과나무 밭에서 밤사이 집 근처에서 소리 높여 울어댔던 것에 미안함을 느끼며 용서를 비는 듯 노래하는 새의 모습을 그린다. 여기에는 그렇게 시끄럽게 울어대도 참고 너그러이 배려해 주는 민초들의 자비심이 담겨 있다. 동물과 인간이 서로 말을 알아듣고 전한다는 생각은 자연과 인간은 상호 한 몸이고 한 뿌리여서 감응관계에 있다는 전통적 사고에 닿아 있다고 할 것이다. 그러면 모든 존재들이 상호 의존한다는 것은 무슨 의미인가? 그것은 모든 존재들이 상호 의존함으로써 생명공동체를 이룩하여 살고 있다는 것이다.

2연에서 화자는 100 년이 지나도록 변함없이 전개되는 갈색과 녹색지붕의 시골의 아침풍경의 정취를 드러내 보인다. 안주인과 새, 바깥주인과 새의 교감 어린 소통은, '안팎'이라는 공간적 경계나 인간과 짐승이라는 존재의 경계에 무심함을 시사한다. 그리하여 결국 안주인과 새, 바깥주인과 새가 차별상을 허물고 '안과 밖'이 없이 하나가 되는 토대를 마련해 주고 있는 것이다. 바꾸어 말하면, 집착과 분별, 또는 차별상을 허물 때 모든 것은 큰 자아(Self)로 다시 태어난다는 것이다. 이 시 역시 생태계내의 모든 생명들은 상호의존적이라는 인식태도에 관련된 것이다. 곧 생태계내의 모든 존재들은 자성(自性)을 고집함이 없이 서로 의존하면서 존재함으로써 총체적인 조화를 이루고 있음을 보여 준다는 것이다.

실제로 하디는 생가 주변의 자연환경의 배경에 상당한 관심을 가지고 글쓰기를 한다. 호랑가시나무의 바스락거림과 소나무 숲 속에 이는 바람소리 들리는 별빛 아래에 서면 이러한 생명력 있는 초기 인생은 그에게 결코 상실되지 않았던 자연계의 특별한 인식을 깨우쳐 주었던 것이다. 그는 인간의 눈이 아닌 자연의 눈으로 자연을 응시하고, 자연의 눈으로 인간을 이해하고자 하며, 또한 존재의 본질을 향한 열린 눈으로 사물을 있는 그대로 응시한다. 17세에 쓴 최초의 시 「생가」("Domicilium")에는 그러한 인식이 잘 묘사되고 있다.

> 생가는 서쪽을 향하고, 그 뒤편과 양쪽을 돌아서면
> 높은 너도밤나무가 장막처럼 가지를 드리우며
> 지붕을 덮고 있다. 야생 인동덩굴이 벽을
> 타고 올라, (우리가 나무와 식물의 의지를 상상한다면)
> 바로 옆 사과나무를 추월하려는 소망을
> 싹틔우기 시작하는 것처럼 보인다.
>
> 붉은 장미, 라일락, 얼룩덜룩한 회양목이
> 그곳에 무성하고, 손질을 하지 않고 방치하면
> 제일 잘 퍼지는 늠름한 꽃들, 이들에 이웃해
> 약초와 채소가 있고, 그리고 다시 저편에는
> 들녘, 그리고 수목으로 둘러싸인 오두막집, 마지막으로
> 멀리 산들과 넓은 하늘이 열려있다.
>
> 배후에는, 몹시 황폐한 정경, 히드와 가시 금작화는
> 고르지 못한 토지에 뿌리를 내려 무성해 보이는
> 모든 것. 제대로 자라지 못한 가시나무가
> 실로 여기 저기 서 있고, 그리고 움푹 패인 곳에서는
> 백 년 전에 어떤 새가 떨어뜨린 씨앗에서
> 싹을 틔운 참나무 한 그루가 우뚝 솟아 있다.
>
>   아득한 옛날—
> 그 옛날—지금은 축복 받아 하늘나라에 계신
> 할머니께서 자주 나를 산책길에 데리고 나가시곤 했다
> 그때 할머니께서 처음 이곳에 정착하셨을 때
> 여기가 어떠했는지 여쭈어 보았다.
> 그때의 대답을 난 기억하고 있다. "얘야, 그 이후로
> 50년의 세월이 흘렀지. 만물의 겉모습은
> 참으로 많이 변해 버렸지. 저기 채미 밭과 과수원은
> 덤불 딸기랑, 가시 금작화와 가시나무로 우거진
> 손질을 하지 않은 비탈이었지.

도로는 양치식물로 가로막힌 좁은 길이었고,
그것이 거의 나무 높이로 자라 통행인이 잘 보이질 않았었지.

우리 집은 아주 외딴 곳에 있었고, 저 높은 전나무와
너도밤나무가 아직 심어져 있지 않았었지. 여름 한나절에는
뱀이나 도롱뇽이 우글거리고, 매일 밤마다 박쥐가
우리 침실 주변을 날아다니곤 했지, 히드를 베는 사람들이
언덕에 살고 있었는데, 우리들의 유일한 친구였지.
처음 우리가 여기에 정착했을 때는 너무나 황폐했었지."

관습과 편견을 버리고, 사물이 지니고 있는 그대로의 모습을 관조하는 시인의 직관적 태도에는 생태적이고 자연친화적인 세계관이 잘 나타난다. 손질을 하지 않고 방치하면 제일 잘 퍼지는 늠름한 꽃, 약초, 채소와 같은 시구와 시어의 사용은 하디의 식물 생태계에 대한 해박한 지식을 잘 말해 준다. 이 시가 눈길을 끄는 것은 그가 낭만시인들 특히 윌리엄 워즈워스의 스타일을 닮은 점, 풍부한 어휘, 절제된 리듬의 사용, 두운법과 유음, 그리고 강한 구조의식과 같은 시적 기교가 인상적이기 때문이다. 시인은 어린 시절 고향 하이어 복햄턴의 생가 주변 환경에 대한 생생한 묘사, 할머니 메리 하디의 소개, 그리고 할머니가 들려준 과거부터 전해 내려오는 이야기를 언급한다. 하디가 태어났을 때 복햄턴 오두막집에는 그의 어머니와 아버지 그리고 옛날에 많은 이야기를 들려 준 그의 할머니가 살고 있었다. 하디가 과거의 일화들에 매혹된 것은, 어머니와 할머니에게 끊임없이 질문을 던짐으로써 그의 성장기에 형성된 지적 호기심 때문이었다. 이러한 성장배경을 지닌 시인은 생가 주변의 나무, 꽃, 그리고 생가의 서쪽에 대한 배경과 그 배후에 놓여 있었던 야생의 히드 사이의 차이를 강조하면서 즉, 원시적이면서 전원적인 것과 세련되고 도시적인 것 사이의 삶의 갈등을 간결하고도 빈틈없이 묘사한다.[9)]

아울러 주목해볼 수 있는 것은, 이 시의 독특한 인상을 유발하고 있는 일련의 야생의 이미지이다. 오두막집 벽을 타고 오르는 인동덩굴과 황폐한 정경 주변을 에워싸고 있는 히드를 들 수 있다. 하지만 50년 전에 시인의 조부모들은 이곳의 외로운 거주자였다. 그곳은 들장미와 가시금작화, 저절로 자라난 나무들로 둘러싸여 있고, 또한 박쥐와 뱀이 나오는 곳이었다. 그들이 처음 이곳에 정착했을 때

---

9)백원기(2005), 『시골집에 새가 있는 풍경』(하디 詩 다시 읽기), 서울: 경진문화사, 273쪽.

는 히드가 무성했고, 히드를 베는 사람들이 그들의 유일한 벗이었다. 그는 생태박물관에 다름 아닌 산골에서 비록 풀잎 하나라도 자연을 예사롭게 보지 않고, 우러러 받들며 깊은 경외심을 보였던 것이다. 새들이 땅에 떨군 씨앗이 썩어 거름이 되거나, 그것을 지나가던 벌레가 먹어 양식이 되길 바라는 소박한 마음마저 엿보인다. 언덕에 삶의 터전을 잡고 살았던 사람들은 수많은 풀을 다 찾아 절묘한 풀이름을 지어주었거나, 그 하나하나를 기억했을 것이다. 각각의 형태와 이름을 지닌 무수한 풀잎들은 그 각색의 형상으로 어우러져 아름다운 전체 세계를 이루고 있다. 이렇게 사유하고 생활하는 것은 불교에서 말하는 '유정무정 실개성불'(有情無情 悉皆成佛)이라는 보편적 생명관을 함축한 자비의 몸짓이라 할 수 있다.

그렇다면 세상에서 가장 존귀한 것으로서 생명을 있게 하고 생명을 자라게 하는 근원적인 힘은 과연 무엇인가? 그것은 다름 아닌 사랑 즉, 자비이다. 자비실천은 바로 생명사상의 현실적 추동력이며 이상적 목표가 된다는 점에서 하디의 문학작품에 나타나는 자비실천은 곧 일체 중생에 대한 연민과 배려, 그리고 존중을 아끼지 않는 보살행이라 할 것이다. 이렇게 본다면 자비사상은 생명을 싹트게 하고 자라게 하는 원천이자 존재원리이며 힘 그 자체이다.

만물의 상호의존성을 고려할 때, 순환성과 향상성의 원리는 곧 연기이다. 이는 불생불멸(不生不滅)이고 부증불감(不增不減)이다. 다시 말해, 모든 것은 무수한 조건들이 서로 의존, 화합하여 성립하는 것이므로, 전혀 새로운 것이 생겨나거나 완전히 사라져 없어지는 것이 아니라 끝없이 반복, 순환하는 것이며, 더 늘어나거나 줄어듦이 없이 그들이 관계되는 그물망 전체는 늘 평형을 이룬다는 것이다[10]. 이러한 관점을 잘 보여주는 시가 「셸리의 종달새」("Shelley's Skylark")이다. 여기에서 자연의 영속적인 순환이 아름답게 묘사되고 있다. 시인은 죽은 새의 시체가 분해되어 주변식물의 성장에 영양분을 주듯이, 자연의 순환 속에서 먹이사슬을 통해 이루어지는 생물학적 지속성을 예술의 불멸성과 연관시켜 노래한다.

> 이곳 들녘 어딘가 누워 있으리라
> 대지가 망각하는 맹목적인 신뢰 속에
> 한 시인을 감동시켜 예언케 했던 것이—
> 한 줌의 보이지 않는, 방치된 유골이 되어.

---

10) 김종욱, 앞의 논문, 271쪽.

셸리가 듣고, 다가 올 세월을 통해
불멸케 했던 종달새의 유골.―
비록 그 새가 오로지 다른 새처럼 살면서,
그의 불멸을 알지 못했지만.

그 새는 온순하게 살았다. 그런데, 어느 날
조그만 공 모양의 깃털과 뼈를 떨어뜨렸다.
그런데 그것이 어떻게 사라지고, 언제 작별을 고했으며
어디에서 약화되는지, 다 같이 알려져 있지 않다.

어쩌면 내 생각에 종달새는 비옥한 땅에서 쉬거나
어쩌면 도금양의 푸른 가지에서 울고 있거나
어쩌면 저편 내륙 정경의 비탈위의
익어가는 포도의 색깔 속에 잠들리라.

가서 그것을 찾아라, 요정들이여, 가서 찾아라
그 작은 양의 귀중한 유골을,
그리고 은색선이 있는 작은 상자를 가져오라
보석이 박히고 황금 테를 두른 상자를.

그러면 우리는 그것을 그 속에 안전하게 보관하리라,
그러면 그것을 영원한 시간에 바치리라.
그것은 사고와 운율로 황홀의 극치를
얻으려는 시인에게 영감을 주었기 때문이다.

고정관념을 탈피한 생태학적 상상력의 시각에서 보면, 새와 시인은 한 줌의 재로 변했지만 그들은 또 다른 생명체와 예술작품에 자양을 넘겨주는 자연의 일부로 존재한다. 종달새는 양토에서 쉬거나 도금양의 푸른 나뭇가지에서 울 수도 있고, 혹은 유기적 생명체로 여전히 심장이 고동치거나 잠시 동안 정지해 있을 수도 있다. 그것은 진화 혹은 퇴화 과정을 동시에 자신의 삶 속에 끌어들이면서 맹목적 영원과는 다른 불멸의 생동성을 보존한다. 우주만물이 조화롭게 공존하는 생태계에서 모든 생명체는 자연에서 태어나고 자연으로 돌아가는 것이다. 이는 곧 시인이 양극화된 이원론적 세계관을 과감히 해체함으로써 존재의 본질을 새롭게 인식하고 있음을 보여 준다. 하디의 이러한 생명관은 고대 그리스의 유물론 철학자 데모크리토스와 에피쿠러스, 시인 루크레티우스에게로 그 연원이 거슬러 올라간다.

하디가 보여주는 또 다른 이러한 생태학적 비전은 그에게 다정하게 대해 주었던 자들에 의해 가장 부드럽게 발현된다. 무엇보다도 부인 에마의 돌연한 죽음으로 생겨난 "사별의 아픔"(bereavement pain)은, 그로 하여금 아름다운 사랑의 서정시를 창작케 한다. 에마가 죽고 난 그 다음해 1월에 쓴 「무덤 위에 내리는 비」("Rain on a Grave")가 그것이다. 그는 에마의 무덤 위에 곧 피어 날 데이지 꽃을 생각함으로써 그녀에 대한 불멸의 사랑의 이미지를 구축한다.

> 머지않아 그녀의 무덤에
> 푸른 잎들이 싹트고
> 그리고 데이지 꽃들이 땅에서
> 별처럼 피어날 것이다.
> 마침내 그녀는 그들의 일부가 되고 -
> 아니 - 그들의 달콤한 가슴이 될 것이다.
> 그녀가 일생을 두고
> 어린아이의 즐거움으로
> 무한한 사랑을 받아.

시인은 죽음을 삶과의 단절로 보지 않고, 자연의 순환적인 운행과 유기적인 관점에서 영속적인 모습으로 인식한다. 즉 에마의 신체를 구성하는 4대 요소들이 자라고 생태계로 흡수되어, 무덤 위에 아름답게 피어 흔들리는 "데이지 모습"으로 남아 있을 것으로 인식한다. 이것은 그녀가 죽어 무덤 속에 있더라도 그녀는 변함없이 자연과 하나가 되어 자연의 항구성을 자기 자신 속에 실천하고 있음을 의미한다. 한때는 사람이었다가 이름 모를 풀 한 포기가 될 수 있다는 것은 생명현상의 본래 모습으로, 그의 연속적 세계관을 잘 보여 준다. 한때 사랑한 에마라는 미시적 시공이 "우주적 시간"이라는 거대한 시공과 넘나드는 것은 이 시에서 말하는 생명의 실상이다.[11] 이는 동물에 있어서도 마찬가지이며, 다른 만상에서도 동일하다. 선가의 소위 "푸른 물은 끊임없이 흐르고, 푸른 나무는 한결같이 청청하다"(淸流無間斷 碧樹不曾凋)라는 사실과 "해는 매일 동쪽에서 뜨고, 매일 서쪽으로 진다."(日日日東出, 日日日西沒)라는 사실에 가까운 세계관을 여기에서

---

11) 백원기(2001), 『하디 詩의 이해』, 서울: 경진문화사, 287쪽.

엿볼 수 있다.

그렇다면, 하디의 시는 모든 존재 생명과 영성을 강조하는 화엄적 세계관과 같은 상상력을 발휘한다 할 것이다. 이러한 끝없는 순환의 고리가 생명의 세계이다. 이것은 동양사상의 핵심인 음향오행설에서 생명이란 창조가 아니고 생성, 변형이 거듭되는 흐름의 과정이라고 하는 점과도 상통할 뿐만 아니라 모든 생명의 유기적 흐름이라고 하는 생태적 순환의 담론과 맥락이 닿는다 하겠다. 이러한 통찰을 『반야심경』에서는 "이 모든 사물의 형상이 공하니 생겨나지도 소멸하지도 않으며, 늘어나거나 줄어들지도 않는다(是諸法空相 不生不滅 不增不減)"이라고 설한다. 이것은 무자성(無自性)의 공(空)이어서 불생불멸이고 부증불감이라는 것 즉, 비실체성이기에 순환성과 향상성이 된다는 것이다. 이와 같이 일체 법이 상호의존성과 비실체성이기에 순환성과 향상성이 생태계의 구조적 본질을 이루며, 이런 생태계를 화엄 불교적으로 표현하여 법계라고 한다. .

이러한 화엄불교의 관점에서 볼 때, 세계는 시작도 끝도 없는(無始無終) 직간접의 조건들[인연]의 연쇄적 그물망[인드라망]으로 표상되며, 길가의 이름 없는 풀한 포기에도 전 우주의 역사가 함장되어 있듯이, 모든 것에는 모든 것이 층층이 겹쳐 융섭하는 것(重重無盡緣起)이 마치 연(蓮) 씨가 서로 겹치는 것과도 같으므로 우주는 연화장세계(蓮花藏世界)라고 표현된다. 또한 이러한 인드라망이나 중중무진의 연화장세계를 이루게 하는 원리가 연기이고, 이 연기야말로 삼라만상의 근본이치로서의 다르마 즉, 법이다.[12]

이러한 모든 생명체나 자연물이 상호의존의 공동체라는 인식은 개별 자연물의 의미를 새롭게 해석하게 할 뿐만 아니라 우리에게 생태윤리의 근본 바탕을 제공한다. 하디 역시 세계 모든 존재들이 상호의존적일 뿐만 아니라 상호존중 해야함을 역설하는데, 그것은 자연존재나 생명체들에 대한 상찬으로 구체화 되고 있다. 그는 이러한 양상을 인간의 몸을 매개로 하여 보여 준다. 곧 자연의 아픔을 '나'의 아픔으로 깨닫는 것이다. 이러한 초목, 곤충, 새, 짐승 등 자연계의 수난에 대한 공동체의식과 인간의 생태학적 책임 인식이 「바람에 날려 보낸 언어들」("The Wind Blew Words")에 잘 묘사되고 있다.

---

12) 김종욱, 앞의 논문, 272쪽.

바람이 언어들을 하늘로 날려 보냈고,
바람은 그 언어들을 내게 보내 왔다
넓은 황혼을 통해. "시선을 들어 보라,
이 고통 받는 나무가
흔들리며 뒤틀릴 때 불평하는 것을.
그것은 그대의 사지이다.

"그렇다, 역시, 주변에 숨는 피조물들 -
야생의 순하고, 말 못하는 짐승들,
"그렇다, 역시, 넘쳐나는 그대의 동료들 -
동일한 혹은 판이하거나 기이한
언어를 사용하는 - 검고, 왜소하고, 그리고 갈색의,
그들은 너 자신 골격의 본질이다."

나는 말할 수 없는 밀려오는 외경에
계속 감동되었다
불쌍한 "나"에게서 나는 보았다
그의 모든 거대한 불안 속에서
죽이고, 파괴하고, 혹은 억압하는
법칙을 스스로 파괴하는 것을.

시인은 바람에 흔들리며 신음소리를 내는 나무를 우리의 사지로 보고, 눈에 띄지 않는 말 못하는 짐승을 우리의 동료로, 검고 왜소한 갈색 존재를 우리의 모습으로 보며, "사람은 누구나 모두 자연의 일부이다"[13] 라는 인식을 강하게 한다. 즉, '나'와 모든 피조물들은 '대자연'이라고 하는 거대한 생명공동체를 이루는 구성원이기에, 시인은 이들에 대해 형언할 수 없는 외경심과 동정을 느낀다. 그것은 유기적으로 긴밀하게 연결된 우주 만물 속에서 우리는 동등한 존재가치를 가지고 있고, 상호의존적 공생관계에 있기 때문이다. 이러한 타인의 고통을 자신의 고통으로 느끼는 것이 하늘과 황혼을 따라 바람에 날려간 언어들이 그의 감정을 지배하는 이유이다. 이러한 생각은 타자의 고통은 바로 "불쌍한 나"(the Pathetic Me) 자신의 내부에 있다는 인식에서 비롯되는 것인데, 이러한 인식은 세상 만물에 대한 보편적인 동정심으로 귀결되게 마련이다.

불교생태학이 상호 보호와 나눔, 그리고 베품의 윤리에 그 토대를 둔다할 때,

---

13) Bailey. J. O. The Poetry of Thomas Hardy: A Handbook and Commentary. Chapel Hill: University of North Carolina Press, 1970, 358쪽.

사랑과 자비, 그리고 타자에 대한 관심은 마치 우리 자신에게 행하는 것처럼 자연스럽고 본능적인 것이어야 한다. 그것은 불교생태윤리의 핵심은 "모든 존재가 이롭고, 편안함을 누리게 하는 것"이기 때문이다. 산띠데바는 이와 관련하여 아주 적절하고 의미 있는 두 개념 즉, '다른 존재와 하나라는 느낌'과 '다른 자아들과 자신의 동일성'을 말하며, 다음과 같이 언급한다.

> 나는 다른 모든 중생들의 고통을 없애야 하리라.
> 그것은 내 자신의 것과 마찬가지의 고통이기 때문이다.
> 또한 나는 다른 중생들에게 유익함을 주어야 하리라.
> 그들은 나와 마찬가지로 중생이기 때문이다.[14]

우리가 모든 중생의 생명을 존중해야 하는 또 다른 이유는 붓다가 윤회와 환생의 교의를 설했듯이, 모든 존재들은 상호 밀접한 관계를 맺고 있기 때문이다. 우리가 업에 따라 우리 주변에서 흔히 보는 어떤 하나의 생명체로 다시 태어난다 할 때, 동물을 포함한 모든 자연 대상들은 전생에 우리의 부모나 아들 혹은 딸이었을 수도 있을 것이다.

이처럼 하디의 불교적 사유 가운데 가장 특징적인 것 중 하나는 자연만물에 대한 존중과 배려라고 말할 수 있다. 이러한 사유방식은 땅 위의 동식물뿐만 아니라, 땅 속이나 물속의 생명체들에 대해서도 마찬가지로 적용되며, 인간과 다른 모든 존재들과의 친연성은 그의 마음속에 뿌리내린 "모든 존재의 유기적 통일"에 대한 믿음과 관련된다 할 것이다.

우리 주변에서 흔히 접할 수 있는 곤충들은, 간혹 그것이 인간에게 부정적으로 반응한다 할지라도 (가령 사람을 물거나 침으로 쏘는 것) 인간과 상호의존 (interdependence)하는 것이며 어쩌면 그 이상이기도 하다. 그들은 작고 잘 피하며 눈에 잘 띄지 않지만, 하디는 이러한 미물들을 애정과 동정으로 관찰한다. 그렇다면 하디는 왜 그 하찮은 미물들을 시 속에 끌어들이며, 그 작은 행위의 면면들은 그의 시적 상상력에 어떤 의미를 가지고 있는 것일까? 하디가 그의 시속에서 곤충의 미물들까지도 애정어린 태도로 묘사하는 까닭은 곧 일체 중생에 대한 그의 존경심과 폭 넓은 이해심에서 연유한다 할 수 있을 것이다. 이러한 그의 태도는 피조물을 통해 자연과 생태의 원리를 충실히 드러냄으로써 그 존재가

---

14) 바트 S. R.(2006), 「불교와 생태학」, 『불교사상의 생태학적 이해』, 동국대학교 BK21 불교문화 사상교육구단 편, 서울: 동국대학교출판부, 25쪽.

치에 대한 새로운 인식을 유도하고, 생명으로서의 당연한 자리 매김을 하고자 함이라 할 수 있는데, 이러한 생명에 대한 경외의 마음은 그의 시학의 핵심이라 할 것이다.

하디 스스로 설계하고 지은 맥스 게이트(Max Gate)에 머물며 창작한 「8월의 한 밤중」("An August Midnight")은 시인의 생명외경에 대한 사상을 잘 보여 준다. 시인은 서재에 날아든 꾸정모기, 나방, 띠 호박벌, 파리를 통해 생명의 존엄성을 포착한다. 비록 이들이 시적 대상이 될 만한 희귀한 존재는 아니지만, 시인은 평범한 존재들의 출현을 통해 삶의 본 모습을 읽어 낸다.

> I
> 갓을 쓴 램프와 흔들리는 블라인드,
> 그리고 멀리 2층에서 울리는 시계소리.
> 이러한 장면에 들어가는 - 날개와 뿔, 그리고 바늘이 있는 -
> 그것은 꾸정모기, 나방, 띠 호박벌.
> 반면 내가 편 페이지 위에 졸린 모양의 파리가
> 따분한 듯이 꼼짝 않고 손을 비빈다 …
>
> II
> 이렇게 우리 다섯은 조용한 장소에서 만난다,
> 이 시간의 한 점에서, 이 공간의 한 점에서.
> - 나의 방문객들은 내가 쓴 새로운 행을 더럽히며,
> 램프에 부딪치며 벌렁 나자빠진다.
> "신의 가장 하찮은, 존재들!"하고 생각한다. 하지만 어인 일인가?
> 내가 모르는 대지의 비밀을 그들은 알고 있으니.

곤충들이 책상을 침입해도 화를 내지 않고, 오히려 그들과 만남의 인연을 소중히 여기며 오히려 그들을 손님으로 따뜻이 맞이하는 시인의 모습이다. 이러한 곤충을 다루는 태도는 생명이란 독립된 절연의 존재가 아니라 범 우주적 영역과 함께 하는 존재임을 느끼게 할뿐만 아니라 인간은 근본적으로 다른 생명과의 생태적 일체감에 의해 살아가는 존재의 모습을 강하게 보여 준다. 설혹 사람들이 세상의 많은 것들을 만들 수 있고, 돈으로 살 수가 있다하더라도, 대자연과 그 속에서 태어나는 생명들만큼은 빚어 낼 수가 없다. 인용 시가 강조하는 것도 바로 그것이다. 인간의 재주가 아무리 신묘하다고 해도 인간이 어찌 미물들을 자연 그대로 만들어 낼 수가 있겠는가? 또한 사람들의 시문이 아무리 뛰어나다 해도 생

명성을 어찌 완벽하게 그려 낼 수 있을 것인가?

하디가 시를 통해 노래하고자 하는 것은 바로 그 생명성이다. 비록 미물에 지나지 않는 벌레들이지만, 그들은 인간이 지각할 수 없는 "대지의 비밀"을 지각할 수 있는 경탄할만한 능력을 갖추고 있다는 결구 속에는 생명에 대해 외경을 느끼고 최상의 가치로 존중해야 한다는 생명사상이 담겨 있는 것이다. 자연의 렌즈를 통해 보면, 이 세상 모든 사물들은 아무리 작고 보잘것없는 존재일지라도 그 나름의 존엄하고 경이로운 존재인 것이다. 인용 시에는 바로 이러한 생명존중 사상이 아름다운 무늬결을 이루고 있다. 따라서 평범한 사람들의 눈에는 미물로밖에 보이지 않는 하찮은 것에서 존재의 비의를 읽어 내는 시인의 통찰력은 심층생태학적 인식 즉, 불교생태학 인식을 잘 보여 준다하겠다. 이는 "상대적 분별을 넘어선 청정한 눈, 함께 어려움을 극복할 지혜의 눈, 고통 받는 사람들을 보면 가엾어 하는 눈, 그리고 그들에게 무한한 사랑을 주고자 하는 사랑의 눈"15)을 지닌 보살행에 다름 아니다.

불교의 첫 번째 계율(sila)은 생명을 파괴하고 상해하는 것을 금하는 것으로[不殺生], 이는 단지 살생하는 것만을 금하는 계율은 아니다. 붓다에 의하면 "살아있는 모든 생명체를 죽이지 말라"는 것은 어머니가 외아들을 보호하듯, 모든 생명을 소중히 여기고 무한한 자비심 베풀라는 윤리적 정언을 강조하는 것이다. 모든 생명체를 사랑하는 불교의 이상은 『숫타니파타』 제 1장 사품(蛇品)의 '자비'에 잘 설명되어 있다.

> 146 어떤 생물일지라도 겁에 떨거나 강하고 굳세거나, 그리고 긴 것이든 큰 것이든 중간치건, 짧고 가는 것이던, 또는 조잡하고 거대한 것이건,

> 147 눈에 보이는 것이나 보이지 않는 것이나, 멀리 또는 가까이 살고 있는 것이거나, 이미 태어난 것이거나 앞으로 태어날 것이거나 살아 있는 모든 것은 다 행복하라.

> (중략)

> 149 마치 어머니가 목숨걸고 외아들을 아끼듯이, 모든 살아 있는 것에 대해서 한량 없는 자비심을 내라 16)

---

15) 이운허 옮김(2005), 『묘법연화경』, 서울: 동국역경원, 363-364쪽.
16) 법정 옮김(1991), 『숫타니파타』 8 자비, 서울: 샘터사, 50-51쪽.

위의 경문에 나타나듯, 불교의 윤리적 원칙과 생태적 연관성은 모든 생명체에 대한 보살핌과 관심이다. 이처럼 불교의 도덕윤리는 전일주의적 통찰과 동일시를 전제하고 자연존중과 같은 미적 행위를 발현하는 '탐. 진. 치'의 삼독(三毒)을 멸하는 자비의 성품을 지향한다. 자비의 성품을 기르기 위한 대표적 수행은 자애무량심이다. 네스(Arne Naesse)가 자애를 '자비로서 보살피고, 자비로서 느끼고, 자비로서 행동하려는 선한 의도를 가지고서 모든 살아있는 존재들을 껴안는 마음'으로 표현한 것은 자애의 핵심을 잘 표현한 것이다.[17]. 따라서 자애는 일체 중생을 어머니가 자신의 외아들을 보살피는 것처럼 껴안고 돌보아야 한다는 것이다. 이러한 사유는 곧 생태공동체의 모든 구성원들을 자기와 같이 존중하는 삶의 방식을 의미한다.

여기에서의 핵심은 모든 존재의 통일성이다. 모든 생명은 동일하기에 우리는 일체 중생에게 대한 보편적인 사랑과 친절, 자비심 그리고 공경하는 마음을 가져야 한다는 것이다. 모든 존재가 동일한 본질 즉, 불성을 지닌다는 그의 태도는 일체는 동일한 부처의 세계에 존재하며, 일체는 동일한 법신을 공유한다는 불교적 사유와 상통하는 것이다. 이와 관련하여 『화엄경』에서 다음과 같이 언급되고 있다.

> 모든 나라들이 나의 몸속에 있으며,
> 아울러 붓다들도 거기에 살고 있네.
> 나의 고통을 보라
> 그러면 나는 너에게 부처의 세계를 보여 주리라.
> 땅의 본질이 하나인 것처럼
> 일체의 존재가 각기 떨어져 살고 있지만
> 그럼에도 불구하고 땅은 같다거나 다른 다는 생각을 내지 않네.
> 부처의 진리 또한 이와 같다네.[18]

네스에 의하면 자아(self)는 우리가 동일시하는 총합만큼 포괄적이다. 즉, 우리의 자아는 우리가 동일시하는 것이다.[19]. 자아는 동일시를 통하여 자신 아닌 존

---

17) 안옥선(2006),「심층생태학과 불교의 생태적 지혜」,『지식기반의사회와 불교생태학』, 동국대학교불교문화연구원, 79쪽.
18) 바트 S. R.(2006), 앞의 논문, 재인용, 22쪽.
19) Arne Naess(1995), "Deep Ecology and Lifestyle"(George Session, *Deep Ecology for the 21st Century*, Boston: Shambhala, 261쪽.

재들을 자신으로 받아들임으로써 개체적 자아를 확장하여 큰 자아(Self)로 승화된다. 동일시의 범위가 넓어질수록 자아는 성숙하고 자아실현에 접근해 간다. 이와 같은 방법으로 "모든 것이 함께 얽혀 있다(Everything hangs together)"는 전일론적(holistic) 존재론이 실현되고 개체적 자아가 생태적 자아(ecological self)로 전환됨으로써, 자아의 궁극가치인 자아실현이 성취된다. 이러한 자아 전환의 과정은 원자적, 이기적, 좁은 의미의 자아가 상관적이고 자리 이타적인, 넓은 의미의 자아로 전환되는 과정이기도 하다. 이러한 전환 과정에서 중요한 것이 바로 타 존재를 감싸 안아(embracing) 자신을 확장시킴으로써 자타합일/자타불이를 도모하는 동일시라 할 수 있다.

이렇게 하디가 역설하는 큰 자아의 실현은 만물의 상호침투와 상호의존 관계에서 원숭이와 인간, 독침을 가진 뱀까지도 서로 피를 나눈 형제로 보는 화엄법계의 인식에서 잘 나타난다. 「권주가」("Drinking Song")를 살펴보자.

> 다음에 다윈이 기이한 주장을 한다.
> (비록 그가 조용히
> 말하고 있지만),
> 우리 모두는 기어 다니는 생물과 하나이다.
> 원숭이와 인간은
> 피를 나눈 형제요
> 독침을 가진 뱀 같은 파충류도 마찬가지다. (ll. 46-52)

인간중심적인 자의식을 버리고, 자연의 눈으로 내면의 근본적인 본질을 직관하면, '나'는 생태계의 또 다른 생명체가 될 수 있음을 깨닫게 된다. 이러한 인식은 '주체'이면서 '대상'일 수 있다는 상대적 존재라는 인식을 갖게 한다. 스스로가 '자신'이면서 동시에 '타자'일 수 있고, 생태계 혹은 자연계로 불리는 이 거대한 우주의 만물은, 모든 것을 포함하고 아우르는 '전체로서의 존재(Dasein)'를 인식할 때, 곤충과 새를 비롯한 뭇 생명이나 자연물들은 나와 동체불이의 존재들이며 대자아인 나의 일부이다. 이러한 자각은 곧 화엄사상의 일대연기 혹은 법계연기라 할 수 있다. 이것은 만물이 서로 인과관계에 있고 상호의존 관계에 있다고 보며 전 우주의 조화와 통일을 역설한다. 법계연기설에 따르면, 한 사물은 독립적이고 개별적인 존재가 아니라 전체와 연결되어 있으며, 중생과 부처, 번뇌와 보리, 생사와 열반 등이 서로 대립되는 것이 아니라 원융무애라는 것이다.

이처럼 법계연기의 입장은 인간과 자연을 각각 독립된 실체로서 파악한 근대 서구의 이원론과는 정면으로 배치된다. 법계연기에서 말하는 중중무진의 법계는 이른바 '생태계'(ecosystem)의 개념과 비슷하다. 생태계는 "자연현상을 물질의 순환이라는 커다란 전제 아래 해석하고, 인간을 포함한 생물 및 비생물적 물질의 총체적인 상호순환 관계"를 의미한다. 마치 나무뿌리들이 땅 밑에서 서로 얽혀있듯이 인간과 자연은 존재의 심연에서 서로 얽혀 있다는 것이다. 이러한 인식 바탕 위에서 『화엄경』에서는 "일체중생이 모두 같은 뿌리임을 결정코 잘 알아야 한다"(決定了知一切衆生悉有佛性)고 했고, 중국의 승조(僧肇)는 "천지는 나와 한 뿌리요, 만물은 나와 한 몸"(天地與我同根 萬物與我一體)이라고 했을 것으로 진단된다.

작가의 상상력이란 이성적 판단이나 논리를 뛰어 넘어 심층 무의식에 뿌리박고 있다는 일반적 사실을 감안한다면, 작품 속에는 비록 작가가 의도하지 않았지만 많은 생태윤리를 담지한 문맥들이 녹아 있는 것으로 보인다. 하디의 많은 작품들에서 살펴 볼 수 있는 바와 같이, 자연의 아픔을 자신의 아픔으로 받아들이고, 자연만물과 소통하고 교감하는 연민어린 태도나, 인위적 사고가 빚어낸 지배와 종속의 관계가 사라진 평등한 생명공동체 의식은, 그의 시세계가 궁극적으로 상호 연기적 화엄의 사유를 지향하고 있다 할 것이다.

3. 불교생태학의 모색과 전망

이상에서 생태계와 법계가 그 본질을 상호의존성과 연기에 두고 있다는 사실을 주목하고, 하디의 불교적 생태인식은 오늘날의 환경위기의 생태문제를 해결하는 데 새로운 실마리를 제공할 수 있음을 살펴보았다. 신을 상실한 당시에, 자연이라는 '거대한 생명의 그물망' 속에, 일체 생명에 대한 존중과 배려, 그리고 자비를 매개로 타자와 열린 마음으로 소통할 때, 천지만물과 화합하는 큰 자아로 거듭난다는 것은 하디의 시가 던지는 의미있는 메시지이며, 이는 곧 그의 시가 화엄불교의 상생관과 불교생태학적 시학에 기반하고 있음을 말해 준다 하겠다.

하디가 타인을 각기 고립되고 분리된 개인으로 생각하지 않고, 그들과 유기적으로 하나가 됨으로써 그들의 고통을 자신의 고통으로 느끼는 것은, 일체 중생을 감싸 안는 생명 존중과 자비실천이라고 해도 그리 무리가 아닐 것이다. 물론 모든 생명에 대한 사랑은, 그의 사상 혹은 천성적으로 다정다감한 성품에서 연유할 수도 있지만, 무엇보다도 그가 일상의 독서에서 얻은 모든 생명체에는 상호의존성(interdependence)이 있다는 연기의 법칙이 그 배후에 깔려 있는 것으로 보는 데서 비롯되는 것으로 보인다. 이렇게 배태된 불교적 정서는 그의 문학세계의 저변에 흐르는 감수성의 토양이며 생명력의 상징이라 할 수 있으며, 나아가 그의 작품 속에 깊이 배어있는 자비와 연민의 사상은 불교적인 사유의 자장 안에 있게 하는 핵심적인 요소가 된다고 하겠다.

물론 본 논문이 다루었던 하디의 일부 작품들에 대한 분석만으로, 그의 시가 생태문학의 원리를 충실히 담아내고 있다고 주장하기에는 문제가 있을 것이다. 하지만 그의 시가 드러내는 다양한 메시지는 오늘날 생명의 존엄성과 자비의 실천을 그 축에 놓고 있는 불교생태학과 생태문학의 가능성을 조심스럽게 타진해볼 수 있게 하는 의미망을 갖추고 있다 할 수 있다. 비록 생태주의 문학이 현실에서의 실천과는 일정한 거리를 가질 수밖에 없는 문학내적인 메시지에 불과하다 하더라도, 불교생태문학 논의는 세계 해석이나 삶의 인식을 심화시킴으로써, 인식 주체의 태도를 변화시키고 실천의 방법을 모색하는 방향으로 진행되어야 할 것이다. 바로 여기에 오늘날 심각한 생태위기의 폐해 속에 살고 있는 우리 문학의 역할이 있다 할 것이다.

만해의 화엄적 사유와 생명사랑 노래[1)]

1. 들어가는 말 : 눈 속에 핀 복사꽃

시인의 시세계를 단 하나의 코드로 읽어 내려는 시도에는 한계가 있다. 그것은 시인의 시가 다양한 스펙트럼을 형성하고 있을 뿐만 아니라 그들 또한 서로 대립하고, 서로 길항하며 모순을 보이기 때문이다. 때문에 동시대인들과의 상호영향을 통해서 투영된 시인의 시적 의미망들이 독특한 언어 감수성과 사유를 통해 표현된다할 때, 생명에 대한 노래는 시공을 초월하여 본질적으로 다르지 않을 것이다.

일제강점기에 3·1독립운동의 주역이고 민족 시인이며 불교사상가였던 만해 한용운 선사(1879-1944)는 말년을 서울의 성북동 심우장에서 보내다 입적했다.[2)] 심우장은 만해 선사가 돌집(조선총독부청사)이 마주보이는 쪽으로 집을 지을 수 없다며 북향으로 지은 집으로, 그의 초심구도의 자세를 드러내 보인 민족자존의 역사적 공간으로서 의미를 갖는다할 것이다. 다시 말해, 조선의 독립과 불교대중화를 통한 민족의 해방, 그리고 자아와 진리를 찾으려는 구도정신의 결산지가 '심우장'이었던 것이다.

〈尋牛牡〉이라는 시의 "잃은 소 없건마는 / 찾을 손 우습도다 / 만일 잃을시 분명하다면/ 차라리 찾지나 말면 / 또 잃지나 않으리라"는 구절은 암울한 일제강점기에 더 이상 방황하지 말고 초심으로 돌아가 살아가리라는 만해의 자아성찰을 극명하게 보여준다. 일체종지가 모두 자신 안에 있으므로 잃을 것이 없는데, 밖에서 소[自性]를 찾는다고 법석을 뜨니 우스울 수밖에 없다는 것이다. 또한 진여의 세계는 어디에 따로 있는 것이 아니다. 깨닫고 보면 모든 것이 다 부처의 법신이기 때문이다. 그러니 또 다시 방황하지 말고 마음의 결의를 굳건히 지키겠다는 만해의 심정이 그대로 드러나 보이는 시이다. 당시 "조선의 땅덩어리가 하나의 감옥인데 어떻게 불 땐 방에서 편히 살겠느냐"며 '심우장'의 냉돌 위에서 꼿꼿하게 앉아 지냈다하여 만해에게는 '저울추'란 별명이 따라다녔다. 많은 민족 지도자들과 지성인들이 일제의 회유에 변절했지만 만해는 공약삼장의 하나처럼

---

1) 이 글은 「화엄적 생명사랑의 실천: 하디와 만해의 시학」, 『동서비교문학저널』 제 21호(2009 가을. 겨울)에 실린 내용을 수정, 보완한 것임.

2) '심우(尋牛)'는 '깨달음'에 이르는 과정을 잃어버린 소를 찾는 것에 비유한 선종의 열 가지 수행 단계 중 하나로 '자기의 본성인 소를 찾는다'는 심우(尋牛)에서 유래한다.

최후의 일각까지 꼿꼿한 지조를 지키며 불굴의 정신으로 국가와 민족을 위해 살다 원적에 들었다. 바로 여기에 상실의 조국을 찾고자 한 만해의 위대한 모습이 있는 것으로 평가된다.

한편, 오랜 세월 운수행각 시절 만해의 기행은 결국 존재의 깊어짐을 위한 수행의 과정이었다 할 수 있다. 이러한 과정에 일대 변화를 가져다 준 것은 1917년 12월 3일 밤, 설악산 오세암에서 좌선 중 간간히 들려오는 매서운 바람소리와 휘몰아치는 눈보라 속에 자신과 대자연이 하나 되는 깨달음을 얻은 것이었다. 지금까지 찾아 헤맨 고향이 먼 곳에 있는 것이 아니라, 항상 존재하는 세간으로서의 공간 다시 말해 자신의 내면에 존재하고 있는 자아에서 진정한 고향[불성]을 발견하였던 것이다. 그 깨달음의 시가 다음의 「오도송」이다.

> 사나이 가는 곳마다 바로 고향인 것을
> 얼마나 많은 사람이 나그네 근심에 쌓였던가
> 한 번 소리쳐 삼천세계를 깨뜨리니
> 눈 속에 복사꽃이 점점이 흩날리네
> -「오도송」 전문

우주 질서 속의 자신의 실체를 확인하는 순간, 만해는 주객대립의 차별성을 극복하고 오도의 체험을 맞게 되었던 것이다. 어쩌면 뜨거운 열정에 눈이 흐렸던 젊은 시절의 흔적이 바로 만해 자신이 찾아 헤매던 고향이었다. 어둠에 가렸던 공간을 해체함으로써 깨달음의 세계에 이르렀던 것이다.[3] 다시 말해, 만해 자신이 서 있는 조선의 땅이 바로 피안의 세계요, 일제하의 우리민족이 겪는 그 아픔 자리가 바로 고향임을 깨달은 것이다. 이러한 깨달음을 얻었기에 그는 "한 번 소리쳐 삼천세계를 깨뜨리니 / 눈 속에 복사꽃이 점점이 흩날리네"라는 사자후를 할 수 있었던 것이다. 그는 쏟아지는 눈 속에서 복사꽃을 본 것이다. 눈과 복사꽃은 동일한 공간에 존재할 수 없는 것들이다. 하지만 그는 동일한 공간에 존재할 수 없는 것들을 함께 존재시킴으로써 묘유의 세계를 획득하고 있는 셈이다. "눈 속에 핀 복사꽃"은 화엄세계에 대한 그의 인식을 알 수 있게 해 준다. 이는

---

[3] 이 깨달음을 얻은 다음 만해는 삼백인 모인 법회에 나아가 '속박은 누가 얽매었으며 해탈을 스스로 털어버릴 도리를 아느냐! 모르냐! 삼천대천세계가 쾌활쾌활이다'고 강조하였다. 이를 듣고 있던 만화스님이 일어서서 "한 입으로 온 바닷물을 다 마셔 버렸구나"하며 그 깨달음을 인정하고 가사와 발우를 전했다고 한다. 참선 수도를 통해 깨달음을 얻은 그에게 만해(萬海)라는 법명이 전해진 유래가 이와 같다. (최동호(2000), 『한용운』, 서울: 건국대출판부, 33쪽 참조).

곧 "자연에서 배워서 마음으로 얻는 것"이 바로 "예술의 묘경(妙境)에 이르는 길"이라는 그의 시 창작 원리를 잘 보여준다 할 것이다.

2. 조화와 합일의 화엄우주에 대한 통찰

만해의 오도체험은 이후 그의 삶에 큰 변화를 가져다주었다. 이전의 불교적 영역에서 민족적 영역으로 관심이 확대되었던 것이다. 그것은 그의 자리와 이타가 하나로 통합인식 되는 즉 출출세간적 입장을 견지하는 대승불교의 자타불이(自他不二)의 적극적인 보살행 실천에서 확인된다. 이러한 보살행 실천은 모든 차별과 분별을 넘어서는 깨달음을 통해 묘유의 보살행을 보여주는 『유마경』과 일체 만물의 차별상을 넘어선 평등을 강조하고, 보살도 실현을 통해 중생구제를 역설한 『화엄경』에 근거를 두고 있다.[4]

주지하는 바처럼, 화엄사상은 존재의 불가사의한 상호융합을 통해 원융무애의 경지를 보여준다. 즉 현상계 중의 모든 것들이 서로가 서로를 비추고 있는 인드라망의 관계 속에서 중중무진(重重無盡)의 연기(緣起)를 담고 있다. 이러한 중중무진연기의 화엄적 사유에서 하나의 사물은 고립된 부분이 아니라 전 우주와의 관계망 속에서 그 우주 전체를 반영한다. 《님의 침묵》의 〈군말〉에서 "'님'만이 아니라 기른 것은 다 님이다"라는 언설은 화엄적 사유체계에서 삼라만상은 모두 불성을 담지한 존재로 여겨짐을 의미한다. 그렇다면 삼라만상은 궁극적으로 '님'이라고 할 수 있다. '사랑'은 '님'과 '나'가 둘이면서 하나인 불일불이(不一不二)의 세계관을 보여주는 많은 만해의 시는 자아와 세계의 원융적 조화와 통일을 지향한 화엄적 인식의 결과라 하겠다. 「참아주세요」는 이러한 그의 화엄적 세계관을 잘 보여 준다.

> 나는 당신을 이별하지 아니할 수가 없습니다. 님이여, 나의 이별을 참아주세요
> 당신은 고개를 넘어갈 때에 나를 돌아보지 마셔요. 나의 몸은 한 작은 모래
> 속으로 들어가려 합니다.
>
> 님이여, 이별을 참을 수가 없거든 나의 죽음을 참아주셔요

---

4) 만해가 고려대장경을 요약 정리하여 나름대로 재구성한 『불교대전』에 화엄경을 200여 회 인용하고 있다.

나의 생명의 배는 부끄럼의 땀의 바다에서 스스로 폭침하려 합니다
님이여, 님의 입김으로 그것을 불어서 속히 잠기게 하여 주셔요. 그리고
그것을 웃어주셔요.

-「참아주셔요」부분

『님의 침묵』에 수록된 대부분의 시가 떠나 간 님에 대한 노래이지만, 이 시에
서 만큼은 화자가 님을 떠나고 있는 것으로 그려진다. 첫 연에서 이별은 나의 몸
이 '한 작은 모래' 속에 들어가는 행위로 제시되고 있다. 다시 말해, 자아를 축소
시키는 행위가 이별인데, 축소된 자아는 '모래'라는 세계 속으로 들어감으로써 소
멸하게 된다는 것이다. 어쩌면 '한 알의 작은 모래 속으로' 들어간 나를 당신은
영원히 찾을 수 없을 것이라는 경고이기도 하다. 둘째 연의 죽음은 '이별'의 변주
로 그려진다. 자아가 님과 이별하고 죽어서 모래와 바다 속에 침잠하는 행위는
곧 나와 님이 하나가 되는 경지이다. 즉 자아는 그러한 세계 속에 소멸해 들어감
으로써 원융적인 합일을 이루는 것이다. 이는 님이 곧 한 알의 작은 모래알이며
거대한 바다라는 것을 의미한다. 이러한 상상력은 삼라만상 안에 존재하는 모든
것은 하나이면서 여럿이며, 여럿이면서 하나인 화엄론적 존재론을 담고 있음을
말해 준다.

나아가 우주의 합일과 조화로운 화엄적 세계관은 만해시에서 생명에 대한 무한
한 자애로움으로 나타난다. 즉 일체 생명을 보살피고 보듬는 마음은 자연과 우주
로 확대되어 생명의식을 고양할 뿐만 아니라 역설적 합일을 바탕으로 상호의존적
이며 상호침투하는 면을 보이기도 한다. 따라서 이를 내면화하여 인식한 만해가
두두 물물의 아름다운 조응에 주목하는 것은 자연스런 결과라 할 수 있다. 이러
한 자연과의 교감은 님과 나와 관계 속에서도 자연스럽게 스며든다. 그런데 중요
한 것은 이러한 근원적 동일성이 우주 만유에 대한 사랑하는 마음을 낳아 사랑의
그물망 속에서 동체대비의 포괄적인 사랑으로 전개된다는 사실이다. 님과 나의
관계뿐만 아니라 자연과 인간이 하나로 어우러진 합일의 내적 경지가 역설적으로
잘 묘사되고 있는 시가 「나의 꿈」이다.

당신이 맑은 새벽에 나무 그늘 사이에 산보할 때에 나의 꿈은 작은 별이 되어
서 당신의 머리 위에 지키고 있겠습니다.
당신이 여름날에 더위를 못 이기어 낮잠을 자거든 나의 꿈은 맑은 바람이
되어서 당신의 주위에 떠돌겠습니다.

당신이 고요한 가을밤에 그윽이 앉아서 글을 볼 때에 나의 꿈은 귀뚜라미가
되어서 책상 밑에서 '귀뚤귀뚤' 울겠습니다.

－「나의 꿈」전문

　물론 사랑의 궁극적 목표는 하나가 되는 것이지만, 사랑의 시작은 경이로움에
의한 지속적인 관심이다. 사랑하는 이의 주변을 맴돌며 떠나지 않는 것, 그것은
사랑에 대한 최소한의 소망일 수 있다. 여기에서 그것은 인간과 자연이 하나 되
는 정경을 통해 나타난다. 시적 화자인 나는 자연의 일부가 되어 자연스럽게 님
과 한 몸이 된다. 즉 새벽별, 바람, 귀뚜라미로 변하여 나는 님이 어떤 장소에 존
재하든지 조용히 그곳에 함께하여 한 몸을 이룬다는 것이다. 이처럼 내가 님과
하나 되는 것은 바로 자아와 자연의 생명적 교감을 바탕으로 하고 있기에 가능하
다. 생명이 고정된 실체가 아니라 끊임없는 생성이듯이 '님' 또한 끊임없이 기다
려지고 그리워하는 지향적 속성을 지닌 생성적 존재이기 때문이다. 그러기에 시
적 화자는 시공을 초월하여 항상 '님'과 함께 존재하고자 하는 곡진한 마음을 보
여준다.

　뿐만 아니라 모든 존재가 상호연관성을 지니며, 한 몸임을 인식하는 것은 대승
불교의 동체사상에서 찾아질 수 있다. 이것은 곧 세계의 존재방식을 조화에 기초
한 화엄의 세계로 인식한 것이다. 이러한 자연관과 대승적 정신이 잘 조화를 이
룬 시가 「樂園은 가시덤불에서」이다.

일경초(一莖草)가 장육금신(丈六金身)이 되고 장육금신이 일경초가 됩니다
천지는 한 보금자리요 만유(萬有)는 같은 소조(小鳥)입니다
나는 자연의 거울에 인생을 비춰 보았습니다

－「樂園은 가시덤불에서」부분

　옮겨 온 시에서 보듯이, 만해는 하나의 풀에서 전 우주의 생명과 민족의식의 구
원을 읽어낸다. '일경초가 장육금신이 되고 장육금신이 일경초가 된다'는 말은 생
명과 윤회의 의미를 덧붙이고 있다. 비록 연약한 한 줄기 풀이라도 결코 연약하지
않다는 것이다. 한 줄기 풀이 때로는 바위틈에서도 살아나기 때문이다. 하여 한
줄기 풀이 장육금신 부처님의 몸이 되는 까닭이다. 즉 한 줄기 풀은 미미한 중생
이지만 그 중생이 곧 부처님이기도 하다. 이러한 한 줄기 풀과 부처의 상호회통은
화엄인식에 바탕을 두고 있다. '천지[자연]는 한 보금자리이고 만유는 같은 소조'

라는 것도 자연과 사물이 서로 분리되어 있는 것이 아니라 서로가 서로를 비추는 인드라망의 존재임을 인식한 것이다. 천지간의 모든 존재는 성. 주. 괴. 공의 과정을 겪는 것이 한 마리 작은 새의 그것과 다름이 없다. 또한 인간의 삶도 다른 만유와 다를 것이 없다. 그러기에 자연은 곧 인생의 거울에 다름 아니다. 거울 또한 단지 사물을 반영하는 기호가 아니라, 천지를 비추면서 본래 청정한 인간의 심성을 의미한다. 따라서 거울은 우주의 섭리와 자아가 융합된 하나의 상징을 의미한다고 할 수 있다. 삼라만상의 모든 존재들과 하나 되는 교감은 자연친화적 사유를 낳게 할 뿐만 아니라 자연의 생기를 통해 우주적 합일의 극치를 발견케 한다. 「苦待」는 이러한 자연물들의 아름다운 합일과 상호조응에 주목하고 있는 대표적인 시로 읽혀 질 수 있다.

> 다시 오는 별들은 고운 눈으로 반가운 표정을 빛내면서 머리를 조아
> 다투어 인사합니다.
> 풀 사이의 벌레들은 이상한 노래로 백주(白晝)의 모든 생명의 전쟁을
> 쉬게 하는 평화의 밤을 공양(供養)합니다.
>
> -「苦待」부분

　밤하늘의 아름다운 별과 지상의 풀벌레의 상호조응을 통해 하늘과 땅은 하나가 된다. 이들이 빚어내는 평화의 밤은 우주적 합일의 상태를 보여 준다. 평화의 밤은 만유의 모든 존재가 상호 침략과 전쟁을 멈추고 화해와 조화로움을 지향할 때 가능하다. 그렇다면 풀벌레가 부르는 생명의 노래는 화해와 조화를 기반으로 한 세계평화의 염원을 담고 있다 할 수 있다. 이 우주적 화음은 전쟁에 익숙한 인간을 천지화육(天地化育)에 동참하게 만들며 상호 유기적이며 통합적인 삶의 경지에 이르게 한다.

　이러한 관점과 관련하여 우주의 모든 것을 상호연관성 속에서 통찰하는 연기설은 자연과 인간이 서로 융화교섭하며 서로의 실체를 일깨우는 합일의 경지를 지향하고 있음을 생각할 수 있다. 이것은 생명감각을 일깨우는데 있어 추동력이 되기도 한다. 특히 세밀한 관조와 뛰어난 직관으로 만해는 이러한 자연의 모습을 신비와 역동성을 함축한 존재의 근원으로 간파한다. 그 좋은 예가 「알 수 없어요」이다.

바람도 없는 공중에 수직의 파문을 내이며 고요히 떨어지는 오동잎은 누구의 발자취입니까
지리한 장마 끝에 서풍에 몰려가는 무서운 검은 구름의 터진 틈으로 언뜻언뜻 보이는 푸른 하늘은 누구의 얼굴입니까
꽃도 없는 깊은 나무에 푸른 이끼를 거쳐서 옛 탑위의 고요한 하늘을 스치는 알 수 없는 향기는 누구의 입김입니까
　　　　　　　　　　　　　　　－「알 수 없어요」부분

　시인은 단순히 자연의 아름다움만을 묘사하고 있는 것은 아니라 자연을 생명의 원천으로 인식하고 관조함으로써 현상 이면에 숨겨진 인과의 질서를 통해 생명의 참모습을 찾아내고자 한다. 그러면서 우주생명의 조화와 합일은 오동잎 하나가 피고 떨어지는데도 우주적 인과율이 적용되고 있음을 직시케 한다. 바람도 없는 공중에서 고요히 떨어지는 오동잎의 자취는 우주의 근원과 동기를 이루는 절대자인 님의 존재를 드러낸다. 바람도 없는데 떨어지는 오동잎은 분명 불가해한 자연현상이다. 그러나 시적 화자는 이 불가해한 현상에도 반드시 원인이 있음을 믿기에 그 속에서 우주적 발자취를 감지하는 것이다. 특히 '수직의 파문'은 시인이 놀라운 직관으로 포착한 자연의 신비이다.

　이어 시인은 검은 구름 틈으로 언뜻언뜻 보이는 푸른 하늘은 현상계 너머에 존재하는 절대자의 고귀한 모습임을 강조한다. 계속되는 '깊은 나무의 푸른 이끼'에서 무한한 시간을 공간화하며, 입김을 통해 더욱 감각적이고 인간화된 이미지를 보인다. 그 이끼는 자연의 공생과, 깊은 나무와 '옛 탑'이 획득하는 시간적 깊이는 '고요한 하늘'과 결합되어 조화로운 세계를 펼쳐 보인다. 이 세계를 휘감는 '알 수 없는 향기'는 자연세계가 지닌 조화로움을 휘감는 신비와 일체감을 상징하는데, 이러한 것들 모두는 서로가 서로를 비추고 있는 인드라망 관계 속에서 중중무진하는 화엄법계의 현상들이라 할 수 있다.

3. 생명에 대한 외경과 자비심의 실천

　우주 만유가 한 생명체요, 전체와 개체가 둘이 아닌 하나이며, 너와 내가 구별이 아닌 상호공존의 인연 속에 살고 있다는 사실은 우주생명 서로 간의 깊은 연관성을 깨닫게 한다. 그러한 맥락에서 만해의 시는 생명에 내포된 신비함을 통해

생명에 대한 경외감을 불러일으킨다. 자연을 생명의 원천으로 인식하고 그 속에 편재해 있는 만물의 생기를 사랑과 존경, 더 나아가 두려움의 대상으로 바라보는 생명에 대한 경외감이 《님의 침묵》의 전반적인 분위기를 이끌고 있는 것으로 보인다. 하여 그의 시에 나타나는 많은 자연의 상징들 또한 생명에 대한 경외감과 긴밀하게 관련되어 있음은 당연하다. 만해는 님과 내가 동화되는 과정을 통해 님을 외경의 대상으로 파악하고, 님과의 진정한 사랑의 발견을 그려낸다. 가령, 사랑하는 님을 맞이하는 시적 화자의 수줍어하던 마음이 갑자기 무서워 떨려지는 것도 생명에 대한 경외심으로 보인다.

> 나는 작은 풀잎만큼도 가림이 없는 발가벗은 부끄럼을 두 손으로 움켜쥐고
> **빠른** 걸음으로 잠자리에 들어가서 눈을 감고 누웠습니다
> 내려오지 않는다던 반달이 사뿐사뿐 걸어와서 창 밖에 숨어서 나의 눈을 엿봅니다
> 부끄럽던 마음이 갑자기 무서워서 떨려집니다.
> ―「錯認」부분

여기에서 사랑의 묘유함을 통해 삶의 비밀을 읽어내는 시인의 태도를 엿볼 수 있다. 즉 비의(秘意)를 지닌 사랑에 생명의 존재원리를 둔 님 혹은 나는 사랑의 대상을 향한 경외감을 통해 생명의 신비한 기운을 체득하는 것이다. 이처럼 자연을 통한 생명의식의 고양은 우주에 대한 애경과 자연친화적인 태도에서 찾아진다. 한편 만해는 인도의 시성 타고르의 노래를 "절망인 희망의 노래"라고 했듯이 직관을 통해서 자신의 노래는 "죽은 대지가 시인의 노래를 거쳐서"(「타고르의 시를 읽고」) 소생하는 생명의 노래임을 믿는다.

> 님이여, 당신은 백 번이나 단련(鍛鍊)한 금(金)결입니다
> 뽕나무 뿌리가 산호가 되도록 천국의 살을 받읍소서
> 님이여, 사랑이여 아침볕의 첫걸음이여
>
> 님이여, 당신은 의(義)가 무겁고 황금이 가벼운 것을 아십니다
> 거지의 거친 밭에 복(福)의 씨를 뿌리옵소서
> 님이여, 사랑이여 옛 오동(梧桐)의 숨은 숨결이여
>
> 님이여, 당신은 봄과 광명과 평화를 좋아하십니다
> 약자의 가슴에 눈물을 뿌리는 자비의 보살이 되옵소서
> 님이여, 사랑이여 얼음바다에 봄바람이여
> ―「讚頌」전문

님이 실존과 역사를 아우른다는 사실이 이 시에서 여실히 드러난다. 님에 대한 찬송과 희망으로 충만한 이 시에는 자연친화적 자세와 함께 우주생명에 대한 자비의 마음이 녹아있다. 이것은 시인의 생명에 대한 경외에서 비롯된다. 시인은 직관을 통해 죽어있는 생명감각을 일깨우고 생명에 대한 사랑의 의식을 고양시켜 나간다. 즉 광명과 환희의 화신으로서 '님'은 아침볕의 첫 걸음이고, 옛 오동의 숨은 소리며, 얼음바다의 봄바람으로 생명소생력을 지닌 자이며 자비행의 실천자로 표출한다.

또한 만해시에서 가장 포괄적이고 능동적인 실천의 의미를 지닌 자비심은 끊임없는 자기 비움과 하심(下心을) 통해 드러난다. 즉 온 생명을 존중하고 감싸 안는 그의 자비심은 일제 식민지시대라는 냉혹한 현실을 살아가는 현실 세계 속에서 중생의 아픔과 끝까지 하고자 하는 헌신적인 사랑의 실천을 통해 나타난다. 중생이 아프면 부처도 아플 수밖에 없는 동체대비의 자비심은 시집 《님의 침묵》의 서문인 〈군말〉에서 밝히고 있는 '길을 잃고 헤매는 어린 양이 기루어서' 이 시를 쓴다는 사실에서 확인된다. 만일 어린 양의 길 잃음이 시련의 상징이라면 어린 양의 시련은 곧 나의 시련일 수 있다. 그런데 이러한 시련을 견디어낼 수 있는 것은 인욕과 보시의 실천의 자비심임을 그는 강조한다. 이런 생명사랑과 자비실천을 잘 표현하고 있는 시가 「나룻배와 행인」이다.

나는 나룻배
당신은 행인

당신은 흙발로 나를 짓밟습니다
나는 당신을 안고 물을 건너갑니다
나는 당신을 안으면 깊으나 옅으나 급한 여울이나 건너갑니다

만일 당신이 아니 오시면 나는 바람을 쐬고 눈비를 맞으며
밤에서 낮까지 당신을 기다리고 있습니다
당신은 물만 건너면 나를 돌아보지도 않고 가십니다그려

그러나 당신이 언제든지 오실 줄만은 알아요
나는 당신을 기다리면서 날마다 날마다 낡아갑니다

나는 나룻배.
당신은 행인.

- 「나룻배와 행인」 전문

님에 대한 결곡한 사랑의 자세를 보여주는 시이다. 중생구제의 대승적 보살도 정신이 상징인 배의 이미지로 잘 표현되고 있다. 물론 배로 상징되는 삶의 자세는 자타불이(自他不二)의 동체적 관계로 세계를 인식한 결과이다. '나룻배'는 사바세계를 건너는 방편으로 존재한다. 사벌등안(捨筏登岸)이라 하여 차안에서 열반의 피안으로 가면 버려지고 말 존재이다. 그럼에도 불구하고 만해는 자기 존재를 '나룻배'로 한정하여 한없이 낮춘다. 또한 '흙발로 나를 짓밟는' 님은 나에게 시련을 주는 대상이다. 그러나 이러한 시련을 견디어 내는 시적 자아의 삶의 방식은 인욕과 보시의 실천적 사랑에 근거하고 있다. 비록 흙발에 짓밟힐지라도 언젠가는 반드시 돌아오리라는 확신을 가지고 날마다 낡아가면서도 님을 기다리겠다는 화자의 의지는 만남과 헤어짐을 통합하는 근원적인 깨달음을 바탕으로 하고 있는 듯하다.

4. 나오는 말: 고난의 극복과 해방된 미래를 지향

만해는 '눈 속의 복사꽃' 정신으로 일제 강점기라는 암울한 세계를 두려워하지 않고 온갖 차별에 대한 강한 저항의지와 약자에 대한 보살핌과 배려로 민족의 해방된 미래를 꿈꾸며 올곧게 살아가고자 했던 선사요 시인이다. 다시 말해, 그는 식민지 현실을 극복하고자 하는 실천의지를 생명사랑에 바탕으로 둔 자유로운 시적 상상력과 비전으로 보여 주었던 것이다. 따라서 차별을 거부하고 생명사랑을 지향하는 이러한 그의 사유는 자연에 내재하는 생명의 존엄성에 대한 자각으로 나타났다. 그것은 바로 우주 안의 모든 존재가 상호의존적이며 상호침투 하는 화엄적 세계의 인식으로 표출되었다. 그러한 화엄적 생명사랑이 시집 『님의 침묵』의 중심내용을 이루고 있다 할 수 있다. 물론 이러한 생명사랑의 근저에는 불교의 오계 가운데 첫 번째 계율인 "죄 없는 생명을 함부로 죽이거나 죽이게 하지 말라"는 불살생계의 가르침이 내함되어 있는 것으로 보인다.

만해는 《조선불교유신론》에서 불교가 평등주의와 구세주의를 실천해야 함을 강조했다. 이것의 실천은 만유의 모든 존재는 화합과 조화를 바탕으로 갈등과 고난을 넘어서 평등주의와 평화주의 지향으로 나타났다. 아울러 대승불교의 불이사상을 바탕으로 한 자비실천은 차별과 분별을 넘어 동체대비의 경지에 이르게 하는 방편이다. 이것은 모든 사물의 차별상을 넘어선 평등을 강조하며 보살도 실현을 통해 중생구제를 역설한 《화엄경》의 핵심적 내용이기도 하다. 때문에 만해의 시에서 신비하고도 아름다운 자연은 님의 모습으로 나타나 우주적 합일의 질서를 실천하는 강력한 상징체계로 자리 잡게 되었던 것이다.

결국 이러한 만해의 글쓰기는 일제강점기라는 시대적 상황에서 투철한 현실 인식의 반영인 동시에 그것을 극복할 수 있는 정신력의 결과물이라 할 수 있다. 따라서 만물이 서로 조화를 이루고 화합하는 사랑과 평화의 관계망 구축이 그의 유일한 화두였던 것이다. 그것은 나와 세계가 하나로 이어진 일체동근이라는 삶의 인식에서 비롯된다 할 수 있다. 한편, 빈번히 그의 시에 등장하는 역설적인 시적 표현은 이성의 논리를 넘어서 만물의 신성함과 존엄성을 자각하는 수단으로 중요한 의미를 지닌다 할 수 있다. 어쩌면 만해의 독특한 역설적인 표현은 그의 우주적 합일의 화엄적 세계관을 역동적으로 보여 주고 있는 시적 장치라 할 수 있다. 요컨대 중생이 아프면 부처도 아플 수밖에 없는 만해의 동체대비의 생명사랑은 일제강점기라는 시대적 상황의 고난을 극복하고 해방된 미래를 꿈꾸는 적극적인 실천의 담론으로서 그 중요성을 지닌다고 할 수 있다. 그것은 중중무진연기의 화엄적 사유에서 보면 하나의 사물은 고립된 부분이 아니라 전 우주와의 관계망 속에서 그 우주 전체를 반영하고 있기 때문이다. 바로 여기에 만해가 궁극적으로 지향하는 평화세계, 평등세계 그리고 중생구제의 세계라는 출출세간의 시적 미학의 세계가 있다할 것이다.

설악무산의 생명존중과 자비실천의 시 세계[1]

　설악무산(조오현, 1932~2018)은 선승이며 시조시인으로, 거침없는 언행으로 탈속 무애의 삶을 살았던 원력과 실천의 보살이다. 1959년 성준스님을 은사로 득도한 후 신흥사 주지와 회주, 만해사상실천선양회 이사장, 백담사만해마을 이사장을 지낸 무산은 시조집으로 『심우도』, 『절간이야기』와 산문집으로 『산에 사는 날에』, 『선문선답』 『죽는 법을 모르는데 사는 법을 어찌 알랴』, 그리고 신경림 시인과의 대담집 『열흘간의 만남』 등을 남겼으며, '공초문학상'과 '정지용문학상' 등을 수상했다.

　한 평생 남녀노소, 빈부귀천을 분별하지 않고 선인이든 악인이든 대자대비의 무애행을 펼쳐 중생의 친구가 되고자 했던 무산이었다. 그래서 그는 어쩌면 "가장 스님답지 않으면서, 가장 스님다운" 삶을 살다 갔을지도 모른다. 특히 무산은 1997년 '만해사상실천선양회'를 설립하고, 그 이후로 만해의 자유·평등·평화·생명존중사상을 선양하기 위해 '만해대상'을 시상함으로써 국내외적으로 한국불교의 위상을 크게 높였다. 이러한 삶을 산 그의 시문학에 나타난 특징은 화엄적 사유의 생명 존중과 자비실천이라 할 수 있다.

　지금까지 인간이 인간을 제외한 다른 생명들에게 어떻게 행동해야 하는가 하는 것이 생명윤리의 핵심이었다면, 이제는 인간이 다른 생명을 어떻게 대해야 하는가 하는 것이 새로운 화두로 대두되고 있다. 이에 대하여 생명존중을 기반으로 자비실천의 생명윤리가 무엇보다도 중요한 대안이 될 수 있을 것이다. 인간 중심의 이해와 효용가치를 근거로 수많은 생명이 해를 입고 있는 것이 오늘날의 현실이다. 그 대표적인 산물이 인간의 탐욕에서 비롯된 '코로나 19'의 팬데믹 상황이다. 모든 존재를 연기적 관계에서 바라보는 생명윤리의 토대를 마련하고 방향을 제시해 주는 실천행위가 요청되고 있는 이유가 여기에 있다. 이러한 글로벌 위기의 시대적 상황에서 눈에 보이지 않는 미생물까지 생명 존중의 대상으로 삼고 있는 무산의 보살행은 성성적적한 선심과 중생의 고통, 시대의 아픔을 함께하는 동체대비심의 발현이라 할 수 있다. 이는 곧 그의 번뜩이는 선적인 사유와 시적 상상력의 조화로운 산물로 나타나고 있다. 이처럼 분별심을 버리고 일체 생명을 보듬는 그의 따스한 자비심은 '허수아비'에 각인된 삶을 통해서 명징하게 드러나고 있다.

---

[1] 이 글은 2021년 8월 10일 백담사 만해마을 '만해축전'에서 발표한 「설악무산의 선시 禪解」와 『선시의 이해와 마음치유』(2014)에 실린 내용을 수정, 보완한 것임.

새떼가 날아가도 손 흔들어주고
사람이 지나가도 손 흔들어주고
남의 논일을 하면서 웃고 있는 허수아비

풍년이 드는 해나 흉년이 드는 해나
- 논두렁 밟고 서면 -
내 것이거나 남의 것이거나
- 가을 들 바라보면 -
가진 것 하나 없어도 나도 웃는 허수아비

사람들은 날더러 허수아비라 말하지만
손 흔들어주고 숨 돌리고 두 팔 쫙 벌리면
모든 것 하늘까지도 한 발 안에 다 들어오는 것을
                              - 「허수아비」 전문

   나와 남을 분별하지 않는 무산의 '아득한 성자'의 생명 존중과 사랑의 사유를
선명히 드러내 보이고 있는 시편이다. 허수아비는 '나'라는 집착을 다 버려 텅 빈
충만의 경지이다. '새떼'도 '사람'도 분별하거나 차별하지 않고 '손 흔들어 주는'
허수아비는 '공(空)'의 경계에 서 있는 자의 모습이다. 곧 해탈한 자의 모습이다.
내 것, 남의 것이라는 경계를 허물고 "가진 것 하나 없어도 나도 웃는 허수아비"
의 모습이야말로 무산의 또 다른 모습, 즉 '아득한 성자'의 모습이다. 모든 생명
이 성자라는 주제를 담고 있는 '아득한 성자'는 곧 생명에 대한 존중과 경외심의
표출이라 할 것이다.
   윤회의 관점에서 보면 한 때 인간의 몸을 받았다가 또 어느 한 생애에는 미물
의 몸을 받을 수 있다. 때문에 사라져가는 미물에 자신을 견주는 상상력은 시인
을 시인되게 하는 근원적 힘이 된다. 이런 점에서 무산이 스스로를 '벌레'로 바라
보는 것은 윤회에서 자유롭지 못한 모든 존재의 한계를 분명하게 인식하고 있음
을 뜻하며, 궁극적으로 그 윤회에서 벗어나야 비로소 자기 삶의 올바른 주인공이
될 수 있음을 강조한다. 그 전형적인 시가 「적멸을 위하여」이다.

      삶의 즐거움 모르는 놈이
      죽음의 즐거움을 알겠느냐

어차피 한 마리
기는 벌레가 아니더냐

이 다음 숲에서 사는
새의 먹이로 가야겠다.
　　　　　　-「적멸을 위하여」전문

　내 한 몸, 새의 밥이 되어 공양할 수 있는 마음으로 살아가는 것이 적멸을 위한 길이라는 것을 보여주고 있는 시편이다. 무산은 스스로를 "기는 벌레 한 마리" 정도로 밖에 여기지 않는다. 이런 인식은 세상살이가 온통 헛것이라는 깨달음에 바탕을 두고 있으며, 모든 것이 공(空)하는 생각과 일맥상통한다. 이런 시각에서 보면 인간이나 벌레가 공하기는 마찬가지여서 아무런 차이가 없다. 벌레는 다만 인간의 시각으로 볼 때 지극히 하찮은 미물에 불과하다. 그러나 그런 차이에 대한 인식은 인간 중심적 사고일 뿐 본래부터 인간과 벌레 사이에 근본적인 차이가 존재하는 것은 아니다. 때문에 시적 화자가 스스로를 한 마리 벌레로 인식하는 것은 스스로를 낮춤으로써 다른 생명을 존중하고 살리는 보살의 자세이다.[2] 불교에서는 이를 하심(下心)이라 한다. 결국 "미물"을 통해 그리고 그것의 궁극적 사라짐을 통해 시인이 이르는 곳은 "적멸"의 경지이다. 결국 여기에서 나를 낮추는 것은 주체와 타자 사이에 차별이 없다는 인식으로 나아간다. 인간으로 태어나나 미물로 태어나나 한 평생 살다가 죽는 것은 마찬가지이다. 이러한 '황홀한 육탈'의 깨달음의 과정을 무산은 '적멸'에 이르는 길로 보고 있다.
　영국의 토마스 학회 회장을 역임한 제임스 깁슨(James Gibson)의 "자연의 모든 생명체에 대한 자비는 작가 비전의 보편성이고, 비록 우리가 상처받은 세계에 살고 있지만 함께 그 세계에 있으며, 그에게 있어 유일한 희망은 "자애로움"(loving-kindness)이 모든 사람들에게 확산될 것과 우리는 모두 한 가족, 즉 하나의 공동운명체임을 깨달아야 한다."[3]는 언급은 작가정신을 함축하고 있다 할 수 있다. 이러한 생명 존중과 자비실천의 언급은 무산의 글쓰기의 근간의 되고 있다. 그 예는 처절한 자기 응시와 성찰을 담아낸 다음의 시에서 "기는 벌레 한 마리"의 비유를 통해 잘 드러나고 있다.

---

2) 백원기(2014), '무산 오현, 성자는 아득한 하루살이 떼', 『선시의 이해와 마음치유』, 서울: 도서출판 동인, 310-311쪽.
3) Gibson, James, ed(1976). The Complete Poems of Thomas Hardy. London: Macmillan, p.6.

무금선원에 앉아
내가 나를 바라보니

기는 벌레 한 마리
몸을 폈다 오그렸다가

온갖 것 다 갉아먹으며
배설하고
알을 슬기도 한다.
　　　　　－「내가 나를 바라보니」 전문

　백담사 무금선원의 무금은 '무고무금(無古無今)'에서 온 말로, 고금이 둘이 아니라는 불이(不二)의 선리를 담고 있다. "무금선원에 앉아 / 내가 나를 바라보"는 일은 없으면서도 있는 나, 있으면서도 없는 나를 찾는 것으로, 일면 깨달음의 과정을 상징하기도 한다. 참다운 '나'가 가짜의 '나', 즉 중생의 '나'를 바라보니, 내가 "기는 벌레 한 마리"에 불과하다는 것이다. '나'와 '기는 벌레'를 동일시하는 삶이다. 이러한 자각은 내 속에 들어 있는 타자를 자각하는 일과 다름없다. 그리고 타자로서의 '나'는 지금 "몸을 폈다 오그렸다가" 하며 "온갖 것 다 갉아먹"고 있고, "배설하고 / 알을 슬기도 하"는 한 마리 "기는 벌레"와 같은 구절을 통해서도 확인이 된다. 이러한 이면에는 귀하고 천한 것도 없고, 더럽고 깨끗한 것도 없는, 그야말로 차별과 대립을 넘어선 천지만물이 한 몸이라는 무산의 선지(禪旨)가 내재되어 있다. 이처럼 모든 대립적 경계선이 지워진 곳에 무산의 궁극적인 생명 존중과 평등성의 시학이 놓이게 된다.
　무산은 구도와 깨달음의 과정에서 일어나는 갈등과 의문에 대해 선문답과 같은 물음을 던지기도 하고, 다양한 사람들의 삶에 대한 이야기를 통해 우리가 가야할 길이 어디인지를 일러주기도 하였다. 그래서 무산의 시에서 보여주는 성찰의 길은 무념, 무상, 무욕의 탈속한 자연인으로 향하는 길이다. 이러한 도정에 있어 생겨나는 갈등과 의문에 대해 선문답과 같은 물음으로 그에 대한 답이 무엇인지를 넌지시 우리에게 물어오기도 하고, 다양한 사람들의 삶에 대한 이야기를 통해 우리가 가야할 길이 어디인지를 생각하게 한다. 그렇다면 수행자로서 깨달음을 얻기 위한 성찰과 고뇌의 심경을 표출한 무산의 시 세계의 특징은 모든 분별의 경계선을 허물어가는 원융의 사유라 할 수 있다. 다시 말해, 사량분별에 의한 수많은 경계선들을 해체하면서 궁극적으로 차별과 대립을 뛰어 넘은 원융의 세계를 지향하고 있는 것이다. 따라서 그는 구도를 향한 시적 노정에 성/속, 스님/속인, 산중의 일/ 세상일 들을 두루 담아내려는 끊임없는 시도를 보여준다. 이러한 그의 시적 세계에는 고뇌의 극복과 자아의 눈뜸에 대한 외로운 구도자의 모습이 동시에 드러난다.

> 나이는 열두 살
> 이름은 행자
>
> 한나절 디딜방아 찧고
> 반나절은 장작 패고.....
>
> 때때로 숲에 숨었을
> 새 울음소리 듣는 일이었다
>
> 그로부터 10년 20년
> 40년 지난 오늘
>
> 산에 살면서
> 산도 못 보고
>
> 새 울음소리는커녕
> 내 울음도 못 듣는다.
> - 「일색과후」 전문

시인은 진정한 깨달음이 참다운 '나'의 발견에 있음과 그 참다운 나를 찾지 못해 미망 속을 헤매다가 덧없이 사라지는 것이 중생의 허망한 삶이라는 것을 지적하고 있다. '일색과후(一色過後)'란 갑자기 상황이 바뀌며 새로운 세계가 펼쳐지는 바로 그 순간을 이르는 말이다. 옮겨 온 시에는 열두 살에 절간의 행자가 된 이래 40년간의 고행의 길을 걸어 온 시인의 삶의 축도가 생생하게 녹아있다. 그 기나긴 수행정진을 통해 얻은 것은 깨달음의 만족감에서 오는 법열이 아니라 "새 울음소리는커녕/ 내 울음도 못 듣는" 자아반성에 대한 표출이다.

한나절은 숲 속에서
새 울음소리를 듣고

반나절은 바닷가에서
해조음 소리를 듣습니다.

언제쯤 내 울음소리를
내가 듣게 되겠습니까
            - 「내 울음소리」 전문

  시인은 "한나절은 숲 속에서/ 새 울음소리를 듣고// 반나절은 바닷가에서/ 해
조음 소리를" 듣는 반복적 과정을 통해 "언제쯤 내 울음소리를" 들을 수 있을까
하는 자성의 물음을 던지고 있다. 결국 위에서 살펴 본 두 편의 시에 나오는 "내
울음소리"라는 내적 발화는 시인이 궁극에 이르고자 하는 실존의 깊이를 뜻하는
것이 된다. 그리고 그러한 경지에 이르기 위해 시인은 사물들이 내지르는 울음소
리와 자신의 몸속에서 파동치는 울음소리를 하나의 것으로 보게 된다. '새'의 울
음소리나 다른 사람들의 파도치는 울음소리는 듣지만 정작 "내 울음소리"는 듣지
못한다고 말하는 무산의 자아반성은 "살갗만 살았더라"고 말하는 대목에서 드러
난다. "살갗만 살은" 삶의 흔적은 「내가 쓴 서체를 보니」에서 "적당히 살아온 죄
적"으로 남아있다고 고백한다. 궁극적으로 그것은 내 마음(욕심)이 죽어야 "내 울
음소리"를 들을 수 있을 텐데 정작 내 마음을 아직 죽이지 못함(진정한 돈오)을
의미한다. 요컨대 모두 시인 내부의 울음소리가 외적으로 현시된 것일 뿐이다.
이처럼 그 울음소리에 깊이 귀를 기울이는 것은 시인의 경책과 성찰의 의지를 말
한다. 그런데 무엇보다도 하나의 문학작품으로 우리의 가슴을 울리는 것은 세간
과 출세간의 사이에서 갈등하고 절망하는 시인의 인간적 모습이다. 역시 문학은
인간의 이야기이기 때문이다.
  깊은 명상의 철학에 토대를 둔 무산의 존재론적 의미 탐색은 불교적 세계관과
만남으로써 비로소 구도의 시가 탄생된다. 그런데 그의 시학의 무게중심은 지상으
로부터의 일방적 몰입이나 초월에 있지 않고, 세속과 탈속의 경계지우기를 증언하
면서 동시에 사실과 허구가 궁극적으로 한통속임을 시적으로 표상하는 데 있다.

강원도 어성전 옹장이
김영감 장롓날
상제도 복인도 없었는데요
30년 전에 죽은 그의 부인
머리풀고 상여잡고 곡하기를
"보이소 보이소 불짚같은 노염이라도 날 주고 가소.
날주고 가소" 했다는데요.
죽은 김 영감 답하기를
"내 노염은 옹기로 옹기로 다 만들었다. 다 만들었다"
했다는 소문이 있었는데요.
사실은
그날 상두꾼들
소리였데요.

-「무설설 1」 전문

　한 옹장이의 죽음을 사이에 두고 일어난 일정한 서사를 표현하고 있는 인용시
는 파격적인 중장의 형식으로 그 안에 상상의 대화형식을 삽입하고 있다. 옹장이
김 영감의 장례를 치루는 날 들려온 "상두꾼들 / 소리"를, 시인은 죽은 김 영감
과 그 전에 이미 죽은 그의 아내가 주고받는 대화형식으로 설정한다. 여기서 시
인이 드러내 보이는 것은, 살아가면서 김 영감이 가슴에 품었을 "불길 같은 노
염"과 실제의 불길 속에서 차츰 완성되었을 "옹기"의 상호 전이 과정이다.
　무산의 시적 마력은 귀함과 천함, 깨끗함과 더러움, 밝음과 어둠, 성과 속, 삶
과 죽음, 세간과 출세간이 하나가 되어 어우러져 조화로운 화엄의 세계를 만들어
내는데 있다. 「산창을 열면」은 그러한 시적 지향이 완전히 충족된 이상적 세계를
잘 보여 주고 있다. 즉 『화엄경』을 읽다 문득 창밖을 내다 본 시인의 눈앞에 전
개되는 산하대지의 모습에서 조화와 화합의 원융세계를 깨닫는 모습이 그것이다.

　　화엄경 펼쳐놓고 산창을 열면
　　이름 모를 온갖 새들 이미 다 읽었다고
　　이 나무 저 나무 사이로 포롱포롱 날고.…

　　풀잎은 풀잎으로 풀벌레는 풀벌레로
　　크고 작은 나무들 크고 작은 산들 짐승들
　　하늘 땅 이 모든 것들 이 모든 생명들이…

하나로 어우러지고 하나로 어우러져
몸을 다 드러내고 나타내 다 보이며
저마다 머금은 빛을 서로 비춰주나니…
- 「산창을 열면」 전문

온갖 새들이 나무 사이를 날고, 풀과 벌레, 산짐승과 들짐승, 그리고 하늘과 땅 등 우주 만물이 저마다 제 빛으로 빛나는 동시에 하나로 어우러져 살아가고 있는 모습이야 말로 곧 화엄의 세계임을 무산은 잘 보여 준다. 경전의 말씀이 아무리 고상하더라도 내가 실천하지 못하면 죽은 말에 불과하고, 초목들과 풀벌레, 그리고 산짐승의 사소한 움직임도 내게 공감하여 반응하면 원음의 교향악이 될 수 있다. 실상이란 다른 특별한 것이 아니라, "새들이 날고 노래를 부르고"하는 그것이 다 실상인 것이다. 평범한 표현으로 사물의 있는 모습을 그대로 말하고 있지만 여기에는 우주적인 비의가 담겨 있다. 화엄경을 "이름 모를 온갖 새들 이미 다 읽었다고"라고 한 것에서 말하듯이, 화엄의 경지가 새와 풀과 나무와 벌레들이 "하나로 어우러지고 하나로 어우러진"것임을 말하고 있다. 이 숨어 있는 뜻을 알면 『화엄경』을 정말로 다 읽은 것이요, 번뇌의 불을 끈 적멸의 경지를 얻은 것임을 무산은 설파하고 있다. 이처럼 서정시가 궁극적으로 지향하는 것은 이러한 조화와 화해를 바탕으로 한 원융의 아름다운 세계이다.

한편, 무산은 수행 과정에 있어 삶의 경계를 벗어난 듯 보이다가도 바보같이 소박한 인간의 모습을 보이기도 한다. 말하자면, 우주적 초극의지가 보여 심오한 돈오의 경지에 이르렀는가 싶은데 어느새 그곳을 빠져 나와 고통의 언저리를 배회하는 모습을 보이기도 하는 것이다. 그러다가 자신을 다잡는 단호한 목소리로 나타나기도 한다. 연작시 「일색변」은 유/무, 색/공, 미/오의 이항대립 상황을 초월한 일색의 경계를 지칭한다. "결구"까지를 포함하여 총 8편의 연작으로 된 이 시에서 시인은 바위와 고목과 사내와 여자, 사람 등 이를테면, 자연과 인간의 본성에 대한 의미를 함축해 내고 있다. 일색변(一色邊)은 일색나변(一色那邊)의 준말로, 유/무, 색/공, 미/오, 득/실을 초월한 일색의 경계를 표현하는 말이다. 무산은 8편의 연작시 「일색변」에서 이러한 이분법적 경계를 무화시키기 위한 방편을 말하고 있다. 그 첫 번째로 '바위'는 바위이기 위해서 들어 올려도 끝내 들리지 않아야 하고, 그렇게 되기 위해서 표면에 검버섯 같은 것이 거뭇거뭇 피어날 정도로 인고의 세월을 겪어야만 하는 것을 시인은 설파한다.

무심한 한 덩이 바위도
바위소리 들을라면

들어도 들어 올려도
끝내 들리지 않아야

그 물론 검버섯 같은 것이
거뭇거뭇 피어나야
                    -「일색변 1」전문

　'바위'의 묵언지의(默言之意)를 핵심적으로 말하고 있다. 유와 무, 사물과 본질,
미망과 깨달음을 초월한 일색의 경계를 노래함으로써, '바위'같은 마음으로 살고
자 하는 시인의 정신적 경지를 보여주고 있다. 깨달음을 얻는 것은 본래의 자성
자리로 돌아가는 일이지만, 시인은 "자리"의 의미를 거창한 것에 두지 않고 오히
려 하찮으며 눈에 잘 띠지 않는 것들에 의미를 부여하고 있다.「일색변 2」역시
그러하다. 한 그루 늙은 나무도 고목소리 들으려면 속은 썩고, 가지들은 다 부러
지고 굽은 등걸에 장독들도 남아 있어야하는 것처럼, 오랜 내성(內省 혹은 耐性)
의 세월 속에 얻어지는 선적 경지와 다르지 않음을 말해 준다.

한 그루 늙은 나무도
고목소리 들을라면

속은 으레껏 썩고
곧은 가지들은 다 부러져야

그 물론 굽은 등걸에
장독杖毒들도 남아 있어야
                    -「일색변 2」전문

　"한 그루 늙은 나무"라고 해서 다 고목이라 불리지 않는다. 고목이 고목 소리
를 들으려면 풍상을 겪으며 속은 몽땅 썩고 곧은 가지들이 다 부러져서 굽은 등
걸에 장독이 들 정도로 자연 속으로 풍화 되서야 비로소 고목이 될 수 있다는 것
이다. 바위나 고목이 풍진의 세월을 견디어 바위소리, 고목소리를 들을 수 있었
던 이유는 그 내부가 비어있었기 때문이다. 비어있었기에 그 안에 무한히 많은

것들을 포용할 수 있었다. '검버섯'이나 '장독'은 그 비움의 시간동안 무수히 바위와 늙은 나무를 드나들었던 많은 것들의 흔적으로도 볼 수 있다. 그렇다면 사람의 경우에는 어떻게 해야 내부를 비울 수 있을까? 범인들은 사는 동안 자신의 육신의 영달을 위해 온 정신을 쏟느라 실제로 마음에 관심을 기울일 여유가 없다. 이러한 사람들은 "마음 하나"의 천하를 들었다 놓았다하는 천하장수라도 정작 자신의 티끌만큼 작은 마음 하나는 끝내 들 수가 없는 것이다. 따라서 무산은 육신이 아닌 마음을 잘 다스려야 진정한 장부라고 사자후를 던진다.

사내라고 다 장부 아니여
장부소리 들을라면

몸은 들지 못해도
마음 하나는 다 놓았다 다 들어 올려야

그 물론 몰현금 한 줄은
그냥 탈 줄 알아야
　　　　　　　　－「일색변 3」전문

일색의 경계를 표현하는 그 세 번째 방법으로 '마음'을 다스리는 문제를 주제로 삼고 있는 시편이다. 일체유심조가 의미하듯이, 모든 것은 마음먹기에 달려 있고, 그 마음을 움직이는 것은 자기 자신이다. 자신이 자신의 마음을 들었다 놓았다 할 수 있다는 것은 득도의 경지에 이르러서야 가능한 일이다. 사내로 태어나 진정한 의미의 장부 소리를 들으려면 몸은 들지 못하더라도 자신의 마음 하나쯤은 자유자재로 부릴 줄 알아야 하고, 거기다가 "몰현금 한 줄"은 탈 줄 아는 풍류가 있어야 한다는 것이다. 몰현금은 줄 없는 거문고를 말한다. 줄이 없어도 마음속으로는 울린다고 하여 이르는 말이다. 결국 마음을 비워야 그 비움 속에 많은 것들을 품을 수 있기 때문이다.

취모검(吹毛劍)은 칼날 위에 머리카락을 올려놓고 입으로 '훅' 불면 잘려지는 예리하고 날카로운 칼로 고대의 명검을 말한다. 선가에서 취모검은 끊임없이 갈고닦아 번뇌 망상과 탐진치 삼독을 단번에 베어버리는 지혜의 칼을 의미한다. 그래서 선승들이 구족해야 할 지혜작용을 '검'으로 비유하고 있다. 이 검은 '지금 여기' 자신의 일을 지혜로 활발하게 작용하는 방편수단의 칼이다. 시인은 진정한 깨달음에 이르기 위해서는 지혜의 칼로 덧없는 애착과 번뇌를 끊어버리고 새로이 거듭나는 수행정진이 있어야 한다는 메시지를 던진다.

> 놈이라고 다 중놈이냐
> 중놈 소리 들을라면
>
> 취모검 날 끝에서
> 그 몇 번은 죽어야
>
> 그 물론 손발톱 눈썹도
> 짓물러 다 빠져야
>
> ― 「일색변 6」 전문

시인은 우선 중놈이라고 해서 모두가 "중놈"은 아니라고 말한다. 이 말은 어떻게 하면 진짜 중이 될 수 있는가, 즉 어떻게 해야 진정한 깨달음에 이를 수 있는가를 제시하는 것이다. 시인은 진정한 "중놈" 소리를 들으려면 우선 세상의 모든 번뇌의 사슬을 끊어버리는 취모검 날 끝에서 몇 번은 죽어야 한다는 것이다. 취모검 날 끝에서 몇 번은 죽어야 한다는 것은 무엇을 의미하는가? 그것은 육신의 죽음을 의미하는 것이 아니라 지혜의 검으로 번뇌 망상을 타파하고, 일체의 사량 분별을 끊어버리며, 나아가 부처나 조사를 죽인 자기 자신 또한 죽여 버림으로써 깨달음을 얻는 것을 비유한 것이다. 또한 시인은 진정한 중 소리를 들으려면 모든 집착을 끊어버림은 물론이고 나아가 "손발톱 눈썹도 / 짓물러 다 빠져야" 할 정도로 거듭나는 옹골찬 수행 정진을 해야 한다고 역설한다. 손톱, 발톱 그리고 눈썹까지 다 짓물러 빠져야 한다는 것은 일상적인 존재로서의 자신을 죽여 거듭 태어나지 않으면 안 된다는 것을 말한다. 실제로 손톱, 발톱, 눈썹은 모두 감각과 현상에 얽매어 미혹의 근원이 되기 때문이다. 참사람으로 거듭나기 위한 고통이 얼마나 힘든 일인지 충분히 이해가 간다. 이것이 수행자의 본분사이며 마음가짐이다.

또한, 선승들은 불립문자라는 깨달음의 세계를 '무자화(無字話)' 혹은 '무설설(無說說)'의 방법으로, 혹은 역설과 언어도단의 모순어법으로 문자화하여 시로 표현한다. 시조의 미학을 천성적으로 체득하고 있는 무산 역시 그런 방법과 제목으로 시의 참 모습을 보여 주고 있다. 하지만 그는 고승대덕이 아니라 세간의 낮은 위치에 있는 시인으로서 거창한 상단설법이 아니라 인간적인 서정의 세계로 '부처'의 존재가 어떤 것인지를 선명히 담아내고 있다.

> 강물도 없는 강물 흘러가게 해놓고
> 강물도 없는 강물 범람하게 해놓고
> 강물도 없는 강물에 떠내려가는 뗏목다리
> 　　　　　　- 「무자화(無字話)부처」 전문

　시인은 강물도 없는 강물 흘러가게 혹은 범람하게 해놓고 그 강물에 떠내려가 흔적을 남기지 않고 사라지는 뗏목다리와 같은 존재가, 아니 존재하지 않는 존재 곧 '허깨비' 같은 존재가 '부처'라고 표현하고 있다. 만해 한용운은 "나는 나룻배 당신은 행인"이라며 당신이 아무리 나를 짓밟아도 기꺼이 인욕하며 험한 세파를 건네는 나룻배가 되어 주겠다고 했는데, 무산은 이 시에서 강물 건네는 뗏목까지도 떠내려 보내고 있다. 말 그대로 언어를 통하지 않은 이야기를 지향하면서, 내면의 성찰에 대한 언어적 형상을 잘 보여준다. 여기에서 "강물"이라는 기표는 흘러가는 자연 물질의 질서를 지칭하지 않고, "강물도 없는 강물"이라는 역설을 취함으로써 그 물질성을 넘어선 심연의 상태가 될 뿐이다. 이 시의 궁극적인 지향점은 "강물도 없는 강물"을 흐르게 하고, 범람하게 하고는 정작 "떠내려가는 뗏목다리"로 표상되는 "부처"의 존재 속에 있다. 무산의 깨달음의 내밀함을 일깨워 주는 시이다. 깨달음의 경지에서 보면 우리의 현상계에 있는 모든 것들이 사실은 한낱 허상이요, 미혹에 빠진 마음의 장난에 지나지 않는 것이다. 그러기에 "말하는 바 없이 말하고 보는 바 없이 보고 듣는 바 없이 듣고 사는 바 없이 살고 사랑하는 바 없이 사랑하다가 끝내는 죽는 바 없이 죽는"(시인의 말), 한 마디로 억지스러움이 없는 무위의 존재, 그런 존재가 부처라는 것이다. 이처럼 시인은 『반야심경』이 깨우쳐 주는 대로 색즉시공의 진실을 '없는 강물의 흐름'이라는 역설적 비유를 통해 제시해 주고 있다.

　특히 최근 주목을 끈 시 「아득한 성자」는 시집의 제목인 동시에 정지용문학상 수상작으로 그의 대표작이다. 무산은 하루만 살다 죽는 하루살이와 죽을 때가 지났는데도 살아 있는 화자를 대립적 관계를 설정하여 순간을 살아도 깨달음에 이르는 자와 천 년을 살며 성자로 존경받아도 깨닫지 못하는 차이가 무엇인가를 절묘하게 드러내 보인다.

하루라는 오늘
오늘이라는 이 하루에
뜨는 해도 다 보고
지는 해도 다 보았다고
더 이상 더 볼 것 없다고
알 까고 죽는 하루살이 떼

죽을 때가 지났는데도
나는 살아 있지만
그 어느 날 그 하루도 산 것 같지 않고 보면
천년을 산다고 해도
성자는
아득한 하루살이 떼

- 「아득한 성자」 전문

옮겨 온 시에서 시인은 자연 속에서 자신의 역할을 충실하게 마치고 생을 마감하는 '하루살이'의 모습에서 '성자'를 발견한다. '성자'가 단 하루를 살고 죽는 하루살이 떼와 다르지 않다는 선적인 인식을 토대로 하고 있는 시편이다. 하루살이가 어떻게 성자가 될 수 있을까? 상상을 뛰어넘는 비유이다. 이것이 이 시가 주목을 끄는 이유이기도 하다. 근본적으로 '선'의 언어가 모순적이고 양립 불가능한 것들의 양립 양상 곧 양가감정(ambivalence)에 대한 언어라는 점은 우리가 잘 알고 있는 바이다. 우주적 존재(cosmic being)로서의 스케일을 보여줌과 동시에, 가장 하찮은 미물 속에서 거리 개념이나 주객 분리의 개념이 급격히 소멸하는 과정을 경험케 하는 '선'의 언어는 그 점에서 초월적이고 비약적이다.

"뜨는 해도 다 보고 / 지는 해도 다 보았다"라는 진술은 우주의 질서를 모두 터득한 하루살이의 하루를 의미한다. 그 하루살이에게 "오늘 하루"는 전체 생에 해당하는 시간이며, 내일이나 어제란 시간관념이 없다. 오늘 볼 것 다 봤다고 알 까고 죽은 하루살이의 삶은 그것으로 끝나고, 그 알이 성충이 되어 살다 죽는 순간도 여전히 오늘인 것이다. 이처럼 하루살이는 하루 동안 탄생과 성장, 사랑으로 종족을 보존하는 모든 행위를 성취하는 압축적인 삶을 살다 죽어간다. 그러므로 "더 이상 더 볼 것 없다고 / 알 까고 죽는 하루살이 떼"가 '성자'라는 생각에 이른다. 이에 반해 수행정진하고 있다는 시의 화자는 "죽을 때가 지났는데도" 죽지 않고 살아가는 "나"는 "하루도 산 것 같지 않"다고 생각한다. 이런 삶은 천년을 산다 해도 제대로 산 게 아니며, 설혹 성자로 세상 사람들의 추앙을 받을지언정 하루를 살아도 세상살이 이치를 모두 깨달았다고, 더 이상 깨달을 것이 없다고 미련없이 적멸에 드는 "하루살이"와는 "아득한" 거리가 있는 것이다. 그래서 하루살이는 성자이며, 하루살이 떼는 아득하게만 느껴지는 이상향의 세계의 존재라고 시인은 생각하는 것이다.

요컨대 무산은 세속과 탈속의 분리될 수 없는 속성을 드러내 보이면서 선적 사유의 경험으로 전이시킴으로써 새로운 시조 양식을 보여 준다. 때문에 끊임없이 선적 속성과 시적 속성으로 넘나들면서 형식화되고 있는 그의 시(조)는 그만의 독특하고도 고유한 선적 경험과 함축적인 시어의 결합으로 살아있는 언어의 현장이라 할 수 있다. 다시 말해, 시조의 정형화된 양식과 절묘한 조화를 이루는 역설과 반역의 아이러니를 통해 차별과 대립을 뛰어 넘은 화엄의 세계를 지향하는 무산의 시적 세계는 서정적이며 선적인 향기의 생명사랑으로 우리의 마음을 치유한다 할 것이다.

진각혜심의 '선다일여'와 비움의 시적 미학

1. 들어가는 말

진각혜심(1178~1234, 이하 혜심)은 고려불교의 중흥의 기틀을 마련한 보조국사 지눌(1158~1210)의 법을 이어 받은 수선사(修禪社, 현 송광사)의 제2대 법주로, 자는 영을(永乙), 호는 무의자(無衣子)이다. 그는 일찍이 부친이 세상을 떠난 후 출가를 결심하였으나 모친의 간곡한 만류로 뜻을 이루지 못하였다. 그 후 혜심은 24세에 사마시(司馬試)에 합격하고 태학관(太學館)에 들어갔으나 모친이 별세하자, 수선사의 지눌을 스승으로 하여 출가하였다. 불문에 귀의한 후 그는 치열한 수행정진을 통하여 지눌의 인가를 받고, 33세에는 스승의 법맥을 이어 수선사의 2대 법주가 되어 선풍을 진작시켰다.

혜심은 잠시 산청의 단속사(斷俗寺) 주지를 겸하기도 하였으나, 일생을 수선사에서 수행과 교화에 전념하였다. 당시 선종의 대종장으로 많은 사람들의 존경을 받았고, 또한 최씨 무신정권의 부름에도 끝내 응하지 않고 산문을 굳게 지켰다. 1234년 6월 26일 월등사에서 세수 57세, 법랍 32세에 입적하자 고종은 그에게 '진각국사'라는 시호를 내렸다. 그에게는 몽여(夢如), 진훈(眞訓), 각운(覺雲), 마곡(麻谷) 등 기라성 같은 제자들이 있어 고려불교의 커다란 법맥을 형성하였다. 그의 저술로는 『선문염송』 30권, 『선문강요』 1권, 어록 2권과 시집 2권 등이 있다.

혜심은 언어의 간결성과 함축성을 중요시하는 선시문학을 통하여 자신의 깨달음의 경지를 뛰어난 상상력으로 표현하고 있다. 특히 그는 스승 지눌의 간화선을 이어받긴 했으나 거기에 머물지 않고 그 나름의 독특한 선풍을 확립하여 조사로서의 전형을 보여 주었을 뿐만 아니라 또한 많은 독창적인 선시를 창작하고 널리 알림으로써 우리 선시문학 발전에 선구적인 역할을 하였다. 무엇보다도 혜심은 마음이 모든 것의 근본임을 내세우며 관념보다 지관(止觀)을 통하여 본래 모습을 찾고, 사물을 있는 그대로 관조하고 그 진여의 세계를 형상화하여 격조 높은 시적 미학을 형성하였다.

따라서 혜심의 시적 세계의 특징은 말없는 자연에서 진여의 세계를 관조하는 그의 선적 직관과 시적 상상력이 조화를 이루어 빚어낸 깨달음의 세계를 보여주는 데 있다 할 수 있다. 또한 혜심은 한 잔의 차를 마심으로써 집중과 통찰을 높이고 마음을 비우고 자신을 관조하며 깨달음에 이르고자 했음을 들 수 있다. 여기에는 내려놓기와 비움의 지혜가 내재되어 있다. 어쩌면 그에게 선심(禪心)은 시심(詩心)이고, 시심(詩心)은 선심(禪心)이었다 할 수 있다. 말하자면, 그에게 시는 선의 한 방편이었듯 차 또한 수선(修禪)의 한 방편이었던 것이다. 차와 함께 한 혜심의 선수행의 경지와 빼어난 시적 상상력은 '선다일여'의 훌륭한 시를 낳고 있는 것도 이런 연유이다. 때문에 혜심의 자연과의 조화로운 수행에서 깊어지는 법향과 다향의 향기로움이 담긴 시편들은 혼탁해진 우리의 심신을 맑히고 깨어있도록 하는 깨침과 치유의 미학으로 자리매김 될 수 있을 것이다. 따라서 본 논문에서는 혜심의 선사상의 특징과 그것의 시문학 변용, 그리고 그의 시적 세계의 중요한 골격을 이루고 있는 무심합도(無心合道)의 선적 관조와 '선다일여'의 시적 미학이 어떻게 구현되고 있는지를 모색하고자 한다.

2. 혜심의 선사상 특징과 시문학의 변용

앞서 언급했듯이, 혜심은 스승 지눌의 정혜쌍수(定慧雙修)와 돈오점수(頓悟漸修)의 선사상을 계승하여 그 나름의 독특한 선사상을 확립하였다. 지눌은 당시 송나라에서 성행하던 간화선[1]의 영향을 크게 받아 간화선법을 처음으로 우리나라에 도입한 후, 직접 『간화결의론』을 저술하여 화두 참구의 깊은 뜻을 밝혔다. 지눌은 화두를 들고 바로 질러가는 간화선의 수행법인 '간화경절문'(看話徑截門)을 교학의 연구자는 물론 선문의 하근기로서는 절대 알 수 없고, 다만 선문의 상근기에 해당하는 돈법(頓法)으로 반드시 활구를 참구하여 몰록 보리를 증득할 것을 촉구하였다.[2] 아울러 지눌은 고려 후기 무신집권 시기에 수선사를 중심으로 정혜결사(定慧結社) 운동을 전개하여 새로운 선풍을 크게 진작시켰다.

지눌선은 성적등지문(惺寂等持), 원돈신해문(圓頓信解門), 간화경절문(看話徑截門) 등의 삼종법문을 그 핵심으로 한다. 그런데 혜심은 지눌과 같이 수행의 요체는 지(止)와 관(觀), 정(定)과 혜(慧)임을 인식하였다. 하지만 이를 토대로 하여 간

---

1) 간화선은 중국 당나라 말 이후부터 시작하여 송나라 시대에 이르러 임제종 양기파인 대혜종고 (1089~1163)에 의해 성립되었으며, 한국에는 지눌에 의해 처음으로 전해졌다.
2) 지눌, 『간화결의론』, 한국불교전서 제 4책(1982), 서울: 동국대출판부, 735쪽.

화일문(看話一門)을 내세워 이것이 깨달음의 가장 빠른 길이며, 지관과 정혜를 다 같이 간화일문에 포함되는 것으로 보았다. 물론 혜심이 정혜쌍수를 수행의 핵심으로 본 것은 지눌의 선사상과 동일하지만, 지관·정혜가 간화일문에 포함된다고 주장한 것은 혜심의 독특한 선사상이었다. 다시 말하면, 혜심은 선교(禪敎)를 융합하는 입장과는 달리 간화선만을 주장했으며, 선 수행에 있어서도 간화일문에 의한 실참(實參)과 실오(實悟)의 중요성을 강조했던 것이다. 이처럼 지눌은 교학과 선을 비교하며 그 차이를 분석하고 진단한 학승의 입장을 보이는 면모가 강한 반면, 혜심은 일상 속에서 조사로서 본분사를 다하고 선풍을 활발하게 펼치면서 특히 『진각국사어록』을 통해 화두 참구의 묘의를 강조함으로써 간화선을 실행에 옮기고자 하였다. 여기에 지눌과 혜심의 선사상의 차별성이 있다 할 것이다.

그렇다면 우선 지눌과 혜심의 선사상의 배경을 살펴 볼 필요가 있다. 20대 초반에 사마시에 합격할 정도의 상당한 유학적 식견과 소양을 지니고 출가를 했던 혜심의 지적능력의 대부분은 지눌을 만나기 전에 이미 형성되어 있었고, 또한 지눌이 혜심의 그러한 능력을 높이 샀다.[3] 이런 사실을 감안하면, 지눌과 혜심 사이의 관계는 전법제자로서 무조건 스승의 사상을 추종하고 수용하기보다는 사제 지간의 상호 존중과 조화로운 사상의 공유라고 보는 것이 적절하다고 판단된다. 그것은 혜심이 지눌의 사상과 정신을 계승하되, 지눌선의 삼종법문 중 '간화경절문'만을 이어받아 그 나름의 독특한 사상으로 조형해 낸 간화경절문 수행법에서 여실히 드러나고 있기 때문이다.

또한 혜심이 당시 선종의 대종장으로, 화두 참구를 통해 깨닫게 하거나 종문의 요지를 드러내 보이는 등 번뜩이는 선적 기개를 펼쳐보였던 점이 그것을 뒷받침해 준다. 지눌이 입적한 후 혜심은 수선사 2세로 추대되었다. 여기에는 지눌의 문도들과 그 당시의 권력자들의 혜심에 대한 적극적인 성원과 옹호가 있었다. 이러한 사실에서 지눌과 혜심의 돈독한 사제 관계에서 형성된 선맥이 오늘날까지 이어지고 있음을 진단해 볼 수 있다.

나아가 혜심은 그 당시까지 축적된 풍부한 선법들을 간화선의 시각과 방법으로 적용하고 실천함으로써 조사로서의 새로운 모습을 보여 주었을 뿐만 아니라 교학적인 측면에 있어도 한결 새로운 선적인 모델을 만들어 적용하였다. 그 대표적인 예를 『진각국사어록』에서 찾아 볼 수 있다. 이 어록은 지눌의 선사상을 계승하여

---

3) 秦星圭(1986), 「高麗後期 眞覺國師 慧諶 研究」, 중앙대학교대학원 박사학위논문. 5-38쪽 참조.

실천함은 물론, 제자를 비롯한 많은 사대부들에게 선에 대한 깨우침을 설법한 법어집이다. 하지만, 그 가운데는 적지 않은 격조 높은 비유와 상징적인 의미를 지닌 시편들이 많이 수록되어 있어 선시문학의 향기를 더해 해준다. 여기에는 마음이 주인공임을 강조하면서 관념보다 직관을 통하여 내면 자아의 추구와 발견을 철저하게 강조함으로써 깨달음의 사상과 삶의 행장이 담겨 있다.

그렇다면 혜심의 이러한 선적 사유가 시문학에는 어떻게 변용되어 나타나고 있는가? 선에서 언어를 '불립문자(不立文字)'라 하여 부정적으로 보면서도 동시에 '불리문자(不離文字)'라 하여 언어를 적극적으로 활용하기도 한다. 그 가운데서도 특히 간화선에서는 언어를 아주 적극적으로 활용하고 있음이 이를 입증한다. 이것은 언어를 통해 언어로 표현할 수 없는 최고의 깨달음의 경지를 모색하고자 함을 의미하며, 또한 언어를 넘어선 세계를 찾고 깨닫도록 하는 방편이기 때문이다. 따라서 선사들은 자신이 깨달음의 경지를 표현하거나 다른 사람들에게 그 경지를 전달하고자 할 때 게송을 짓는데, 여기에서 선시가 비롯된다 할 수 있다. 선시의 효시라 할 수 있는 혜능의 〈자성게〉[4]는 그 전형적인 예이다.

우리의 선시문학이 본격적으로 출현하여 발전하게 되는 계기는 지눌과 혜심에 의해 정립된 간화선의 사상과 밀접한 관계가 있다. 대각국사 의천(1055-1101)에 의해 개화된 고려시대의 선시문학은 지눌이 주창한 선종의 발전과 함께 그 절정을 이루었다. 뛰어난 문장가이자 시인이기도 했던 의천은 불교의 교의와 사상, 그리고 수행과정의 묘의(妙意)를 시로 즐겨 표현하였다. 하지만 아쉽게도 그의 작품 내용이 선적인 것은 별로 없고, 대부분이 교학적이거나 서정적인 것이다. 설혹 그의 제자 계응, 혜소, 탄연 등 훌륭한 승려시인이 있다고 하지만 그들의 작품은 그다지 많이 전하지 않고 있다. 또한 선의 세계를 심층적으로 다룬 흔적은 뚜렷이 나타나지 않고 있는 실정이다. 물론 지눌의 작품이 상당 수 있었다고 추측은 되지만 실제로 전해지고 있는 자료의 근거는 거의 없는 실정이다.[5] 비록 의천과 그의 제자들의 작품이 그다지 남아 있지 않지만 혜심 이후 충지, 경한, 보우, 혜

---

4) 선과 시의 만남은 신수(神秀)의 〈무상게〉와 혜능(慧能)의 〈자성게〉로부터 시작된다. 즉 신수의 "몸은 깨달음의 나무요/ 마음은 밝은 거울과 같네./ 때때로 부지런히 닦아서/ 번뇌의 때가 끼지 않도록 하세"(身是菩提樹/心如明鏡臺/時時勤拂拭/莫使有塵埃)"의 〈무상게〉와 혜능의 "깨달음은 본시 나무가 아니며/ 밝은 마음 역시 받침이 없네/ 불성은 늘 깨끗하거늘 /어디에 번뇌 티끌 있으리오"(菩提本無樹/ 明鏡亦無臺/佛性常淸淨 / 何處有塵埃)의 〈자성게〉이다. 이 두 게송은 신수의 북종점수선(北宗漸修禪), 혜능의 남종돈오선(南宗頓悟禪)의 종지(宗指)와 교의를 천명한 시법시(示法詩)가 되었다.

5) 이진오(1997), 『한국불교문학의 연구』, 서울: 민족사, 82쪽 참조.

근 등의 선사들은 선사상과 수행에 지극히 충실한 모습을 보여 주었을 뿐만 아니라 진리와 삶이 잘 조화를 이룬 선시의 최고의 경지를 드러내 보임으로써 고려말 선시문학의 꽃을 활짝 피웠다.

스승 목우자(牧牛子)와 같이 스스로의 호를 무의자(無衣子)라 한 혜심 역시 일체의 집착을 놓아 버리고 자연 속에서 걸림이 없이 유유자적하게 살아가는 선승의 모습을 보여 준다. 현실로부터의 초연함은 선승들의 중요한 수행실천의 덕목으로, 이것은 탈속 무애한 대자유를 누리고자 하는데서 비롯된다. 이러한 계기의 중요한 요인은 간화선의 도입과 함께 당시 송나라시대 선종에서 발전한 송고와 염고문학의 영향을 받아 혜심에 의해 우리나라 최초의 공안집이라 할 수 있는 『선문염송』의 편찬이다[6]. 아울러 『선문염송』은 고려시대의 선시문학을 발흥시키는 중요한 계기를 마련하게 된다. 지눌의 교학적 이론에 대하여 실참의 근거를 마련하고 이를 펼치기 위한 부단한 노력의 결과물이었던 『선문염송』은 상징적 언어와 전달언어인 염과 송으로 수많은 간화선의 실참 학자들을 묘법의 경지로 이끌었다.[7] 뿐만 아니라 혜심은 간화선의 대중화를 위해 『선문염송』을 적극 활용하고자 하였다. 혜심의 이러한 노력은 그 자신이 선의 정수를 이해하고 전수하고자 하는 원력과 선의 실천 방편으로서 시의 중요성을 깊이 인식하고 있음을 말해 준다. 또한, 혜심은 『진각국사어록』과 시를 자신의 선수행의 한 방편으로 삼은 『무의자시집』을 남김으로써 간화선 대중화를 위해 실천적 모습을 보여 주었다. 그의 이러한 헌신적인 노력은 훗날 선수행자들이 화두를 들고 참구할 수 있는 실천의 새로운 장을 여는 모멘텀이 되었다.

---

6) 『선문염송』은 옛 선사들의 염송을 수집, 편찬한 것으로 고화(古話) 1,125칙과 이에 대한 염송 시편을 30권으로 묶은 것이다. 『선문염송』은 중국의 『벽암록』이나 『무문관』과는 달리, 선적인 깨달음의 공안을 담고 있으면서도 문학적인 내용을 포함하고 있는 점에서 향기 높은 선시문학의 완결판이라 할 수 있다.
7) 이상미(2006), 「무의자 염송시에 대한 고찰」, 『보조사상』 25집, 363-364쪽 참조.

3. '선다일여'의 구도와 깨달음의 시학

1) 조주의 끽다거(喫茶去)와 선미(禪味)의 시화

'각성'을 의미하는 차는 수행자의 삶에 있어 중요한 매개 역할을 한다. 따라서 불가에서 '차와 선은 둘이 아니며, 선과 교도 둘이 아니라는 불이선(不二禪)'을 강조한다. 혜심의 선사상을 '다선일미(茶禪一味)' 혹은 '선다일여(禪茶一如)'라고 부르는 것도 그러한 까닭이라 할 것이다. 한편, 초의는 <산천도인의 사차시에 삼가 화운하여(奉和山泉道人謝茶之作)>에서 "옛날 성현들이 모두 차를 좋아한 것은 차가 군자의 성품과 같이 사특함이 없기 때문"이라고 했으며,[8] 아울러 '차(茶)'의 어원은 범어 '알가(閼加, argha)'에서 왔다고 말했다.[9] '알가'는 불전에 바치는 물이란 뜻으로, 곧 우주의 시원(始原)을 말한다. 불교에서 말하는 '시원'이란 곧 무착바라밀(無着波羅蜜)이니 어느 욕심에도 사로잡힘이 없다는 뜻이다. 즉 '시원'은 어떤 욕심에도 흔들리지 않는 순수이며, 그 '순수'는 우주 속에서 영원히 변치 않는 참모습이다. 따라서 선사들은 '다선일미'라 하여 차를 다루는 일을 일상사로 여겼던 것이다.[10] 그렇다면 사특한 마음이 없는 순수한 그 마음이 곧 불성이고, 맑은 차 마시는 마음 역시 불성에 다가 가는 것이라 할 수 있다. 차의 맛은 입에 들어가는 감각에 있지 않고 마음에 들어가는 진미(眞味)에 있기 때문이다.

'선다일여'라는 말은 조주스님(778~897)에게서 유래한 것이다. 조주 스님은 조주 지방의 관음원에 오래 살았기 때문에 오히려 조주로 더 알려졌던 선승이다. 어느 날 두 스님이 조주 스님을 방문하였는데, 조주가 한 스님에게 "일찍이 이곳에 온 적이 있는가?"라고 하니 "예, 왔었습니다."라고 하자 "그럼 차나 마시고 가게"라고 하였다. 또 다시 다른 스님에게 "일찍이 이곳에 온 적이 있는가?"고 묻자 그 스님은 "한 번도 와본 적이 없습니다."라고 하자 조주 스님이 "그렇다면 차나 마시고 가게"라고 하였다고 한다. 옆에서 이를 지켜본 원주가 물었다. "어찌하여 이곳에 온 적이 있는 사람이나 온 적이 없는 사람이나 차나 마시고 가라고 하시는 것입니까?"라고 물었다. 그러자 조주 스님이 "자네도 차나 마시고 가

---

8) "古來賢聖俱愛茶 茶如君子性無邪"
9) "알가의 진체는 묘한 근원 다하였고/ 묘한 근원 집착 없어 바라밀이 그것일세(閼伽眞體窮妙源 妙源無着波羅蜜)"
10) 백원기(2013), 「초의선사의 선다시와 마음치유의 시학」, 『불교문예연구』, 동방문화대학원대학교 불교문예연구소, 창간호, 57쪽.

게"라고 하였다고 한다.[11] 이 차는 곧 조주 선사의 수용이자 선심(禪心)이다. 즉 '평상심시도'(平常心是道)라는 선적 사상에 바탕을 둔 '조주차'(趙州茶)이다. 때문에 '조주차'는 천년 이상의 세월 동안 수많은 선수행자들을 길러냈던 동인(動因)으로 선과 차의 동일성에 대한 키워드가 되었다.

불법이 무엇인지 선이 어떠한 것인지 묻기 위해 먼 길을 찾아온 젊은 구도자들과 원주에게 다 같이 조주는 "차나 한 잔 들고 가라"고 했다. 하지만 그것은 결코 전혀 근거 없는 문답이 아니었다. 조주의 그 말에는 사려 분별을 허용하지 않고, 일체의 의혹과 근심을 씻어내고, 일체의 망상을 떨쳐버리고 '현재 여기'의 삶을 충실하게 살아가라는 가르침이 내재되어 있다. 즉 그것은 같은 차였지만 그 세 사람에게 각각 그 맛과 향기가 달리 느껴졌듯이 조주가 학인을 제접(制接)할 때 근기에 따라 걸림 없이 행한 교화의 방편이었다. 이와 같이 조주는 전광석화처럼 펼쳐지는 일문일답의 상황에서 수행자들의 혼침한 눈을 번쩍 뜨게 하고 성성적적한 본래의 마음을 일깨웠던 것이다. 즉 차 한 잔을 통하여 무지 몽매한 구도자들에게 일갈을 하고 자신들의 본성을 찾도록 촉구한 것이다. 결국 조주의 '끽다거'(喫茶去)가 던지는 메시지는 일상생활에서 자기를 초월하는 깨달음으로 지남(指南)의 역할을 하는 것이라 할 수 있다.

그런데 조주의 '끽다거'의 정신은 송나라 원오극근(1063-1135)에 의해 '다선일미'로 계승되어 발전하였다. '다선일미'의 어원은 원오극근이 중국 호남성 협산 영천선원에 머물며 『벽암록』을 집필할 때 졸음을 쫓기 위하여 벽암천의 온천수를 길어 와 그 온천수로 찻잎을 띄워 마시면서 유래하였다. 그때 그는 "차 맛의 느낌이 향상되는 만큼 불법의 이해와 지혜가 솟아난다"라고 말하였다.[12] 이때부터 차와 선은 불가분의 관계가 되었다고 한다. 원오극근의 '다선일미'[13]는 조선시대의 초의의순과 추사 김정희에 의해 명선(茗禪)으로 거듭나면서 새로운 다선일여의 지평을 열었다. 때문에 선사들은 깨달음을 얻어 가는 수행과정에서 선정에 들고 차를 마시며 마음을 맑히고 위안을 얻으며 자성을 찾는다. "향기로운 차

---

11) 석지현 외(2005), 『다선일미』 서문, 서울: 불교춘추사, 14-15쪽.
12) 석지현, 위의 책, 23쪽.
13) '다선일미'의 어원은 2001년 중국 공업출판사에서 나온 『중국차엽대사전』에서 자세히 밝히고 있다. "다선일미란 용어는 불교용어로 선미와 다미의 동일한 종류의 흥취임을 가리킨다. 본래 송대의 원오극근이 선수행을 하던 일본인 제자에게 써 준 네 글자로 이루어진 진결로 일본의 대덕사에 보관되었으며 나중에 민간으로 널리 유행한 말이다"라고 밝히고 있다(석지현, 위의 책, 23쪽 재인용)

는 참다운 도의 맛"이고 "한 잔의 차는 바로 참선의 시작"이라고 했던 이규보는 단순히 차를 마시는 일에서뿐만 아니라 차를 달이는 과정 자체를 번뇌에서 벗어나는 길로 인식하고 있다. 이처럼 선가에서는 차와 선은 둘이 아니라 동일한 것으로 인식되고 있으며, 이러한 인식은 곧 수행자로 하여금 번다한 마음에서 벗어나 탈속 무애한 정신적 한가로움을 누릴 수 있게 하는 동인으로 작용하고 있는 것으로 판단된다.

2) '선다일여'의 구도와 깨달음의 시학

옛 성현들은 풍악을 멀리하고 마음의 눈을 씻어야 비로소 차를 마실 수 있다고 했다. 이는 곧 차의 맛은 마음으로 음미해야 함을 강조한 말이다. 때문에 선사들은 차를 즐겼고, 차를 마시는 일상생활 속에서 깨달음을 터득하려고 하였다. 지눌이 "불법은 차를 마시고 밥을 먹는 곳에 있다"고 한 것은 그것을 단적으로 말해 준다. 이러한 현상은 우리나라뿐만 아니라 중국이나 일본 등에서도 마찬가지였다. 이것은 졸음을 쫓아주는 차의 약리적 효과 때문이기도 하였지만, 다도의 정신과 선의 정신이 따로 있는 것이 아니라 서로 융합하기 때문이기도 하였다. '다선일미' 사상의 배경도 여기에 있다. 무엇보다도 혜심에게도 빼놓을 수 없는 것은 '선다일여'(禪茶一如)의 구도와 깨달음의 수행정신이다. 혜심은 차를 맑음(淨)과 비움(虛)의 매개물로 인식했다. 차는 번뇌를 떨쳐버리고 마음을 비워서 심신의 안정을 얻어 깨달음을 얻는데 중요한 작용을 하는 것으로 보았던 것이다. 차와 함께 한 혜심의 선수행의 경지와 빼어난 시적 상상력이 '선다일여'의 훌륭한 시를 낳고 있는 것도 이런 연유이다.

우선 혜심의 '선다일여'의 시적 세계를 살펴보기 전에 깨달음의 바탕을 자연에 투영하고 있는 구도와 그의 시적 세계의 관계성을 파악하는 것이 도움이 될 것으로 생각된다. 자연에 대한 정관(靜觀)의 자세와 선적 깨달음의 내용을 중심으로 한 시화(詩化)는 단지 감각적 외경으로서 단순한 즐김의 대상으로서가 아니라 그 자체가 바로 탈속의 비움과 충만의 경계로서의 의미를 띠고 있기 때문이다. 그러한 혜심의 올곧은 수행자로서의 면모는 무언의 자연으로부터 진여의 오묘한 세계를 관조하고 있는 <선당에서 대중에게 보이다(禪堂示衆)>에서 한결 잘 묘출되고 있다.

碧眼對靑山　푸른 눈으로 푸른 산을 대하니
塵不容其間　그 사이 티끌하나 용납되지 않네.
自然淸到骨　저절로 맑은 기운이 뼛속까지 스며드니
何更覓泥洹[14]　어찌 다시 열반을 찾으려는가.
　　　　　　- <선당시중(禪堂示衆)>

　선사의 순수한 무심의 경지가 명징하게 묘사되고 있다. 허상을 배제하고 사물을 있는 그대로 바라보니 청산과 나 사이에 틈이 있을 수 없다. 자연을 다만 아름다움의 대상으로 미화시키지 않고, 자연 그대로가 제법실상(諸法實相)이라는 관점에서 자연을 보니 자연 모두가 불멸의 법신인 것이다.[15] 말하자면, 맑은 눈으로 청산을 바라보는 경계에는 티끌 같은 잡념이나 망상이 끼어 들 여지가 없으며, 그 맑은 본성이 뼛속까지 스며드는 순간이 바로 열반의 세계라는 것이다. 이는 곧 물아일체의 선적인 관조를 말하고 있는 것이다. 사실, 이러한 시적 경지는 푸른 산 그 너머의 공간에 있는 것이 아니라 바로 우리가 존재하는 이 현실계에 있는 것이다. 마음을 비워야 볼 수 있는 세상을 숱한 망상과 욕망으로 채워진 마음으로 보니 제대로 보일 리가 없고, 본다고 한들 제대로 볼 수가 없다.[16] 푸른 눈과 푸른 산이 하나가 된, 즉 분별지가 사라진 철저한 맑음의 상태가 열반의 경지임을 보여 주고 있다. 미혹한 중생의 눈으로 보면 법계의 만상은 차별적인 현상 그대로이지만, 깨달은 자의 눈으로 보면 너와 나의 구별이 없는 하나 된 세계이다. 이것이 곧 온갖 사물을 상즉상입(相卽相入)의 존재 관계 속에서 파악하는 '일즉다 다즉일'(一卽多 多卽一)의 화엄세계 인식이다. 물론 여기에는 어떠한 것에도 얽매이지 않는 조화롭고도 청정한 마음이 중요한 요소로 작용하고 있다. 혜심은 그러한 세계를 지극히 청정하고 담연한 심정을 상징화하여 미학적 정서로 묘출하고 있다. 혜심의 이러한 맑은 선적 사유와 서정 미학은 다음의 시에서 탈속 무애한 경지로 한결 깊어진다.

---

14) 泥洹은 범어 nirvana의 음을 따서 니반나(泥畔那), 니원(泥洹), 열반나(涅槃那)라고 하며, 멸(滅), 적멸(寂滅), 멸도(滅度), 원적(圓寂), 안락(安樂), 해탈(解脫) 등으로 번역한다.
15) 인권환(1993), 「고려시대 선시의 자연」, 『현대시학』 296, 현대시학사, 21쪽.
16) 임종욱(2006), 『우리 고승들의 선시세계』, 서울: 보고사, 46쪽 참조.

臨溪濯我足　시내에 가서는 내 발을 씻고
看山淸我目　산을 바라보고 내 눈을 맑게 하네
不夢閑榮辱　부질없는 영욕은 꿈도 꾸지 않나니
此外更何求　이 밖에 또 무엇을 구하겠는가.
　　　　　　　- <산에서 노닐다가(遊山)>

　'산승'(山僧)의 생활에서 배태되고 깊어진 혜심의 청정무욕의 세계는 곧 세속의 부질없는 영욕의 세계와는 대비되는 탈속의 상태임을 보여주고 있다. 계곡물에 발을 씻고, 푸른 산을 바라보며 눈을 맑게 함으로써 한가로움과 탈속한 정신세계를 지향하는 벽안(碧眼) 화자의 결의가 이채롭다. '시내'와 '산'은 세외지물(世外之物)이고 공간으로서 심신을 정화해주는 매개물이라 할 수 있다. 그래서 산사는 수행자에게 번거로움과 현실의 시비분별을 떠난 공간으로 놓이게 된다. 마지막 행의 '이 밖에 또 무엇을 구하겠는가'라는 구절은 집착과 욕심의 곳간을 비워 냄으로써 '방하착(方下着)'의 궁극적인 깨달음을 함축하고 있다. 이와 같이 사물에 대한 정관의 자세는 고요한 선정의 상태와 긴밀하게 조응한다 할 것이다.

　위의 사실에서 알 수 있듯이, 혜심의 시적 세계에서 자연은 단지 대상이 아니라 궁극적으로 자연과 합일을 추구하는 이상이며 그 자신의 해탈의 경계로 표현된다. 때문에 자연 그대로가 불법의 현현임을 인식하고 자연과 조화를 이루며 초연히 살아가는 혜심의 무심의 세계는 '평상심이 곧 도'임을 보여 준다. 그의 이러한 무심의 세계는 색과 소리, 그리고 언어를 떠나지 않은 상태에서 진경에 이를 수 있는 것으로 본 <야좌시중 夜坐示衆>에서 한결 시적 아름다움으로 표현되고 있다.

吟風松瑟瑟　바람은 소나무에 소소히 불고
落石水潺潺　떨어진 돌에 물이 잔잔하도다.
況復殘月曉　게다가 다시 달은 기울어 새벽인데
子規淸咪山　두견새 해맑게 산에서 우는구나.
　　　　　　　- <야좌시중(夜坐示衆)>

　산사의 적정(寂靜)의 경계를 선심(禪心)으로 잘 묘사하고 있다. 적막이 흐르는 산사의 깊은 밤, 화자는 홀로 가만히 앉아 송림 사이로 불어오는 솔바람 소리와 잔잔하게 흘러가는 계곡물 소리를 듣고 있다. 어느 것 하나 부처의 법문이 아님이 없다. 그야말로 두두물물(頭頭物物)의 무정설법을 듣고 있는 것이다. 사실, 분별심이 없으면 삼라만상의 두두물물에서 진리의 묘음을 들을 수가 있다. 아울러 달이 기운 새벽녘, 화자는 자신 말고도 깨어 있는 두견새가 밤새도록 해맑은 울음을 토하고 있음을 노래한다. 온 산을 뒤흔드는 '두견새의 울음'이라는 청각이 정적을 깨뜨리고 있다. 하지만 그 깨어진 정적 뒤에 오는 정적은 새로운 정적, 즉 선정의 고요함으로 귀결된다. 그렇다면 선사는 왜 이 시를 대중에게 보여 주고자 했던 것일까? 아마도 그것은 잠들지 않고 깨어있는 자연계에 충만한 불법의 실상에 귀를 기울이라는 메시지를 함축하고 있는 것으로 진단된다. 있는 그대로를 무심히 드러내는 자연에 내포된 바람소리, 물소리, 새벽달, 새소리 등 그 모두는 청정법신(淸淨法身)이고 실상을 이야기하는 '반야'(般若)이기 때문이다.[17] 말하자면, 자연의 모습이 진경이고 진경이 곧 선이 되는 상황이다. 여기에 사려분별이 끊어지고 대립이 없는 원융(圓融)의 화엄세계가 있는 것이다.

이상의 내용을 토대로 혜심이 깨달음의 바탕을 자연에 투영하고 있는 선적 사유와 시적 미학을 중심으로 한 '선다일여'의 구도와 깨달음이 어떻게 구현되고 있는가를 심층적으로 살펴 볼 것이다. 혜심은 어느 가을 날, 도반들 몇 명과 함께 억보산(지금의 광양의 백운산) 백운암에 머물고 있는 스승 지눌을 친견하러 갔다. 혜심이 산 정상부근에 자리 잡은 작은 암자를 먼발치에 두고 땀을 식히고 있는데, 스승의 시자 부르는 소리가 송림 사이로 은은하게 소리가 들려온다. 아울러 바람결에 스며오는 차 향기를 맡으며 혜심은 다음과 같은 깊은 선지(禪旨)를 드러내 보이는 시를 읊는다.

呼兒響落松蘿霧　시자 부르는 소리 솔숲 안개 속에 울려 퍼지고
煮茗香傳石徑風　차 달이는 향기는 돌길 바람타고 풍겨오네
才入白雲山下路　흰 구름 드리운 산 아래 길에 접어들을 뿐인데
已參庵內老師翁　이미 암자 안의 노스님을 몸소 뵈었네
- <親見>

혜심은 자신의 눈앞에 펼쳐진 세계를 '주객일여'라는 우주적 자각을 바탕으로 선심을 표현하고 있다. 다선일미(茶禪一味)의 전형을 보여주는 시편이다. 그 당시에는 주로 떡차를 가루 내어 달였음을 고려하면, 차를 달이는 동안 다향(茶香)이 온 사방으로 퍼졌음을 추측해 볼 수 있다. 선정의 향기처럼 다향이 바람결에 실

---

17) 백원기(2014), 『선시의 이해와 마음치유』, 27쪽.

려 왔을 것이다. 안개 낀 산사의 스님이 시자를 부르고 있는 상황은 정적의 자연을 깨는 정중동의 묘사이다. 그런데 멀리서 스승의 시자 부르는 '소리'와 오래된 절에서 차를 달이는 '향기'가 바람결에 스며오는 '다향'은 절묘한 대조를 이루고 있다. 나아가 그것은 청각적 이미지와 후각적 이미지들을 혼합하고 직조함으로써 멋진 선적 세계의 미학을 얻고 있다. 시자 부르는 '소리'와 '다향'만으로도 이미 스승을 친견한 것으로 말하는 대목에는 혜심의 '염화시중'의 선적 상상력이 작용하고 있다 할 것이다. 이와 같이 깨달음의 바탕을 자연에 투영하고 있는 선시에는 심오한 서정 미학이 있다. 그것은 탈속한 삶을 살아가는 혜심의 성성적적(惺惺寂寂)한 모습, 즉 별이 총총한 차가운 날 밤, 높은 누대 위에 앉아 차를 달이는 모습에서 한결 극화되고 있다.

> 巖叢屹屹知幾尋　우뚝 솟은 바위산은 몇 길인지 알 수 없고
> 上有高臺接天際　그 위 높다란 누대는 하늘 끝에 닿아 있네
> 斗酌星河煮夜茶　북두로 길은 은하수로 한밤중에 차 달이면
> 茶煙冷鎖月中桂　차 달이는 연기 싸늘하게 달 속 계수나무 감싸네
>
> － <隣月臺>

　탈속한 선심과 낭만적 서정의 시적 상상력이 도드라져 맑고 깨끗하고 서늘한 선지를 느끼게 한다. 한밤중 화자는 누대에서 다로에 솔방울을 태워 차를 달인다. 그런데 차를 달이는 물은 국자 모양의 북두성으로 길은 은하수 물이고, 차를 달이는 연기는 둥근 달 속의 계수나무를 싸늘히 감싸는 것으로 묘사되고 있다. 이는 우주에 가득한 추위를 끌어들인 가운데 차 한 잔을 달여 마심을 의미한다. 자연에 대한 관조를 빌려 고요하고 쓸쓸하면서도 맑고 차가운 내면세계를 읊조림으로써 깊은 선적 사유를 보여주고 있다. 이것이 바로 '무법지법'(無法之法) 혹은 '언외지의'(言外之意)를 강조하는 선의 본질과 맞아 떨어진다. 은하수로 달인 차의 맛과 차 연기가 계수나무에 드리우는 모습은 우주와 한 몸이 된 깨달은 자 만이 획득하는 선의 경지이다. 그것은 곧 시와 차는 선정과 묘오의 한 방편이자 중생을 깨달음의 길로 이끄는 혜심의 선적 사유의 실천행과 일치한다.

　초의는 "차는 물의 마음이요, 물은 차의 몸. 참다운 물이 아니면 그 정신을 드러낼 수 없고, 정채한 차가 아니면 그 몸을 꿰뚫어 채울 수 없다"[18]고 설파했다. 이것은 차를 달이는 데 있어서 물의 중요성을 강조한 것이다. 그렇다면 차를 달이는 데 좋은 물은 어떤 물일까? 다성(茶聖) 육우(陸羽, 733~804)는 "산의 물이

---

18) 초의, 『동다송』16. 品泉, "茶者 水之神 水者 茶之體 非眞水 莫顯其神 非精茶 莫窺其體."

돌 사이로 느리게 흐르는 것이 좋다"고 했다. 또한 찻물의 중요성을 인식한 혜심은 직접 다천(茶泉)을 파기도 했으며, 돌샘에서 물이 솟아나는 것을 '다천의 돌눈'이라고 표현하며 찻물로 사용하여 차를 만들어 마시고 선열을 맛보았다.

> 松根去古蘇　소나무 뿌리에서 이끼를 털어내니
> 石眼涌靈泉　돌구멍에서 신령한 샘물이 솟아오르네
> 快便不易得　상쾌함은 쉽게 얻기 어렵나니
> 親提趙老禪　몸소 조주선(趙州禪)에 든다.
> － <차샘(茶泉)>

소나무 뿌리위에 덮여 있는 이끼를 들추어 낸 곳의 돌구멍에서 솟는 맑은 샘물은 차의 색향미를 충분하게 드러낼 수 있는 물이다. 이 맑은 돌샘의 물을 길어다 차를 끓여 마시면 그 맛과 향으로 인하여 맑은 정신을 잃지 않고, 조주의 '끽다거'라는 화두를 들고 선정에 드는 혜심의 모습이 선연하다. 실로, 차를 끓이는데 중요한 것은 물이다. 초의는 샘물의 품성을 말하면서, "산마루의 샘물은 맑고 가벼우며, 산 아래의 샘물은 맑고 무거우며, 돌 속의 샘물은 맑고 달며, 모래 속의 샘물은 맑고 차가우며, 흙 속의 샘물은 담백하고 희다"[19]고 했다. 결국 찻물로는 돌에서 나는 샘물인 석천이 가장 좋다는 것임을 강조하며 조주선을 실천하는 혜심이다.

한편, '조주선'에 든다는 혜심의 차 수행 정신은 조선의 청허휴정(1520~1604)으로 계승된다. 그것은 "승려의 일생은 차를 달여 조주에게 바치는 것"이라고 했던 휴정의 말에서 확인된다. 이는 곧 그가 살아생전에 '다선일여'의 경지를 읊조렸던 것을 말한다. 차의 기본은 좋은 물을 얻는 것이었기 때문에 차 달이기에 알맞은 물을 보내는 풍습이 예로부터 있어왔다. 그래서 석천의 샘물을 길어다 차를 끓이며 다도를 즐기면서 맑은 정신을 잃지 않는 생활은 다선일미(茶禪一味)의 실천이라 할 수 있다. 작설차는 눈(雪)을 녹인 물을 끓여서 다관에 넣고 우려내는 행다법이다. 혜심은 구례의 오봉산 전물암(轉物庵)에서 이 빠진 찻잔에 다리 부러진 솥으로 차를 달여 마시기도 했다. 또한 스승 지눌의 영정을 모신 방장실에서 어린 시자로 하여금 소반 가득히 눈을 퍼오게 하여 다져서 산봉우리를 만들고 우물을 파서 고이는 눈물로 설수차를 달여 스승의 영정 앞에 헌다하고 차를 마시기도 했다.

---

19) 초의, 『동다송』16, "山頂泉 淸而輕 水下泉 淸而重 石中泉 淸而甘 砂中泉 淸而冽 土中泉 淡而白 流於"

呼兒取雪華　아이 불러 눈송이 가져오니
滿盤堆玉屑　소반 가득 옥가루 쌓였네
手迹卽彫鏤　손으로 만들고 아로새기니
山形髣髴屼　산의 모습 높은 산을 닮았구나
鑿穴擬龍泉　구멍을 뚫어 용천을 만들고
挹㴔煎雀舌　그 물을 떠서 작설을 달이네.
- <陪先師丈室煮雪茶筵>

　혜심의 격식에 얽매이지 않는 '다선일여'의 수행이 잘 드러나 있다. 얽매임 없는 선의 경지와 멋의 극치인 차의 세계를 멋지게 융합한 선다시의 전형이다. 솔방울을 주어다 모아놓고 그것을 사용하여 차를 끓였으니 다분히 솔향기가 그윽할 수도 있었을 것이다. 이러한 선가의 독특한 서정성에서 구법(求法)으로의 변이는 '눈'(雪)이라는 매개를 통해 자연스럽게 드러난다. 이에 대해 박재금은 "눈과 차의 결합은 차가운 감각적 시각과 촉각, 그리고 차의 후각과 미각의 결합이며, 또한 격외의 운치와 멋에서 혜심 자신의 입장으로의 전이"임을 지적한다.[20] 즉 눈으로 달인 차의 정결함을 자신에게서 타자에게로 확대시킨 것으로, 이는 산승의 내밀한 즐거움의 표현이며 선가의 순수한 삶을 의미한다 할 것이다. 여기에 수행승이나 불자들에게 선적인 사유와 방편으로 깨달음의 세계를 열어 보이고자 하는 혜심의 깊은 선시의 미학이 있다. 그야말로 한 폭의 산수화처럼 그려져 있는 선정의 빼어난 시화(詩化)이다. 혜심의 이러한 격식을 떠난 '다선일여'의 담연한 모습은 솔방울을 주워 차를 달이고 마시며 선정에 드는 생활에서 한결 더 정갈한 미학적 정서로 그려지고 있다.

　嶺雲閑不徹　고개 마루 구름은 한가로이 걷히지 않고
　澗水走何忙　산골 물 어찌 그리도 바삐 달리나
　松下摘松子　소나무 아래서 솔방울 주어다가
　烹茶茶愈香　차 달이니 그 맛 더욱 향기롭네.
　　　　　- <묘고대에서 짓다(妙高臺上作)>

　묘고대 위에서 산골짜기를 굽어보는 화자는 고개 마루에 구름이 떠가고, 시냇물이 빠르게 흘러가고 있는 것을 본다. 한가로이 떠 있는 구름, 흐르는 시냇물은

---

20) 박재금(2006), 『한국선시연구 - 무의자 혜심의 시세계』, 국학자료원, 129-130쪽 참조.

정중동의 절묘한 대립을 보여준다. 그런데 화자는 덧없는 세월 속에 부질없이 살다가는 세속인들의 삶을 뛰어넘어 걸림 없이 한가롭게 살아가는 자신 삶의 즐거움을 은연중 드러내 보인다. 구름과 산골 물, 그리고 차는 화자와 동행이 되어주는 존재로, 이는 곧 시인의 마음을 의탁한 시적 장치이다. 하지만 화자는 솔방울을 주워 다로(茶爐)에 불을 피우고 차를 달여 마시니 솔향 때문에 더욱 향기로운 차 맛을 느낀다. 차 한 잔을 통해 모든 것을 잊고 맑음과 선열을 한껏 누려보는 것은 산사의 경계, 대상과 나를 완전히 잊게 하기 때문이다. 여기에 선정과 묘오에 들기 위한 수행의 한 방편으로 차가 지니는 소중한 의미가 있다. 이처럼 홀로 차 달이는 일을 즐기고 차를 마시며 스스로를 위안하고 세상사를 잊으려는 예를 정몽주의 <돌솥에 차 달이며(石鼎煎茶)>에서 찾아 볼 수 있다.

報國無效老書生　　나라에 보답할 공도 없는 늙은 서생
喫茶成癖無世情　　차 마시는 버릇만 들어 세상 물정 모르고
幽齋獨臥風雪夜　　구석진 방에 홀로 누워 눈보라 치는 밤
愛聽石鼎松風聲[21]　즐겨 듣노니 돌솥의 솔바람 소리
　　　　　　　　　　　　　　　　　　- 정몽주　<石鼎煎茶>

아무도 드나들지 않는 후미진 방에서 눈 오는 밤 홀로 돌솥에 차를 달이는 포은의 모습이 선연하다. 고려 왕조의 마지막 한 시대를 풍미한 대재상으로 왕조와 자신의 명운을 함께 했던 포은이 속세를 떠나 그윽하고 외진 곳에 있는 집에서 차를 마시며 서책을 넘기는 모습이 그려진다. 그 역시 집에 들어와서는 혼자 차 달이는 일을 즐겼던 것 같다. 홀로 차를 마시는 것의 수승함을 초의는 그의 『동다송』31에서 언급하고 있다. 즉 "차는 홀로 마시면 신령스럽고, 손님이 둘이면 뛰어나고, 서너 사람이면 아취가 있고, 대여섯 사람이면 평범하고, 일곱 여덟 사람이면 그저 베푸는 일쯤 된다."[22]고 했다. 무엇보다도 차를 마시는 자리에는 손님이 적어야 한다는 것이다. 손님이 많으면 시끄럽고 수선스러우며, 시끄러우면 맑고 고상한 정취가 사라지기 때문이다. 그래서 차를 혼자 마시는 것을 신령스럽

---

21) 포은의 <주역을 읽다(讀易)>라는 다시도 '주역'의 오묘한 세계를 차 한 잔에 담아내고 있다. "돌솥에 찻물이 끓기 시작하니/ 풍로에 불이 붉다/ 감(坎·물)과 이(璃·불)는 천지간에 쓰이니/ 이야말로 무궁무진한 뜻이로구나(石鼎茶初沸風爐火發紅 坎璃天地用 卽此意無窮)." 이 시에서 찻물을 주역의 '감'으로 보고 풍로의 불을 '이'로 대비한 것이 절묘하다.
22)) 석용운(2009), 『초의선사의 차향기』, 도서출판 초의:무안, 138쪽 참조. 『동다송』31송, 飮茶之 法 "以客少爲貴) 客衆則喧 喧則雅趣乏矣 獨 曰神 二客曰勝 三四曰趣 五六曰泛 七八曰施也."

다고 했던 것이다. 스스로를 '크게 어두운 사람'이란 뜻의 대혼자(大昏子) 무이 (無己)스님은 30년을 지리산에 숨어 장삼 한 벌로 생활하였다고 한다. 그래서 한 산(寒山)이나 습득(拾得)에 비길만한 선승이었다. 그런데 그가 한때 혜심에게 차 를 구했던 일이 있었는데, 혜심은 크게 혼혼하면 잠을 이룰 수 있으니, 향기로운 차를 자주 끓여 마심이 좋다고 충고하며 다음의 시로 답했다.

> 大昏昏處恐成眼　크게 혼혼한 곳에 잠 이룰까 두려우니
> 須要香茶數數煎　향기로운 차 자주자주 끓여야지
> 當日香嚴原睡夢　오늘 차 마시는 시간은 원래 꿈속에 있었고
> 神通分付汝相傳　신통의 분부를 그대가 전하라
> 　　　　　　　　　　　- <대혼상인인언다구시(大昏上人因焉茶求時>

혜심은 대혼자에게 차와 시를 보내면서 혼미한 정신을 일깨워주는 성품을 무이 의 호 대혼에 비겨 강조했다. 차는 선수행과 불가분의 관계에 있는 중요한 요소 이다. 차에 함유된 카페인 성분은 각성의 효과가 있어 선가의 수행자들이 참선 중에 나태함과 졸음을 쫓고 의식을 집중할 수 있게 할 뿐만 아니라 의식을 맑게 해 주기 때문이다. 당나라 시인인 노동(盧소)은 <칠완다가>에서 "첫 잔에는 목구 멍과 입술을 적시고, 둘째 잔에는 외로움과 답답함을 제거하고, 셋째 잔에는 마 른 창자를 수색하니 오직 문자 오천 권만 있네. 넷째 잔은 가볍게 땀을 내서 평 생의 불평을 다 털구멍으로 발산하고, 다섯째 잔에는 살과 뼈가 맑아지고, 여섯 째 잔에는 신령한 신선과 통하네. 일곱째 잔은 마실 수가 없고, 오로지 양쪽 겨 드랑이에서 서늘한 바람이 나는 걸 깨닫는다."[23]라고 일곱 주발의 효능에 대하여 말한 바 있다. 혜심도 아마도 이러한 차의 효능을 익히 알고 차를 마실 것을 권 했던 것 같다. 결국 일곱 잔의 차를 마시고 마음에 맺힌 응어리가 풀리고, 마음 이 탁 트이니 마치 신선이 된 기분이다. 이렇게 보면 차는 다분히 심신치유 효과 를 갖는다 할 것이다. 결국 차를 마시는 것은 본래 맑은 '평상심'으로 돌아가는 것을 의미한다. 마조도일(709~788)의 '일상적인 마음가짐이 곧 진리다'라는 '평상 심시도'는 현실에서 공동체적 윤리실현의 내면적 근거를 확보하는 삶의 태도이 다. 그것은 세계 질서를 '지금 여기'의 현실에, 그리고 자아의 내면에 구현하고자 하는 태도이기도 하다.[24] 또한, 혜심은 어느 지인으로부터 차와 함께 정해문을

---

23) 스야후이 지음, 장연 옮김(2006), 『소동파, 선을 말하다』, 서울: 김영사, 202쪽 재인용.
24) 이은윤(2008), 『선시, 깨달음을 얻다』, 서울: 동아시아, 54쪽.

보내온 것에 대한 보답으로 다음과 같은 향기롭고도 치유의 의미를 지닌 다시(茶詩)를 썼다.

久坐成勞永夜中　밤새도록 참선으로 피곤해진 밤에
煮茶備感惠無窮　차 달이며 무궁한 은혜 느끼네.
一盃券却昏雲盡　한 잔 차로 혼미한 마음 걷히네
徹骨淸寒萬慮空　뼛속까지 맑은 기운으로 모든 근심 사라지네
- 〈惠茶兼呈解答之〉

밤새도록 참선으로 피로가 몰려오는 밤에 화자는 차를 끓이며 무궁한 은혜를 느낀다는 화자이다. 차를 마심으로써 피로감이 사라지고, 몰려오는 졸음을 쫓아주어 정신을 맑게 해주는 차가 있기 때문이다. 정해문(呈解問)이란 다분히 깨달음의 이치에 관한 담론일 가능성이 크다. 그렇다면 그에게 차를 보낸 인물은 혜심과 깊이 교유했던 승려일 수 있다. 한 잔의 차로 혼미하고 산란한 생각들을 물리치고 맑은 정신으로 돌아간다는 것은 곧 차와 선의 조화로운 융합의 경계를 말한다. 이것이 차와 선이 긴밀한 관계를 맺게 되는 물질적 생리적인 특성이고, 차를 마심으로 번뇌 망상을 떨쳐버리고 선열에 이르게 되는 이유이다.

4. 나오는 말

이상에서 마음에 번거로운 옷을 걸치지 않고, 깨달음의 경지에서 일심의 근원으로 돌아간 무의자(無衣子) 혜심은 깨달음의 바탕을 자연에 투영하고 또한 차를 준비하고 마시는 일련의 과정을 통해 마음을 맑히고 깨달음에 이르는 '선다일여'의 상즉상입(相卽相入)과 원융의 시적 미학을 살펴보았다. 간화일문(看話一門)이 깨달음에 이르는 첩경임을 천명한 혜심은 마음은 본래 형체가 없어 '자신의 마음이 곧 부처'(心卽佛)이므로 마음 밖에서 따로 구할 필요가 없음을 설파하고, 그것의 묘의를 선적 직관과 시적 상상력으로 잘 담아내고 있다. 때문에 그가 자연에서 느끼고 묘사하고 있는 것은 단순한 자연미가 아니라 선적 관조에서 배태되고 영글어져 표출된 사사무애(事事無碍)의 중중무진(重重無盡)한 진여의 모습이다. 이는 곧 선이 지향하고 있는 세계인식이다. 따라서 혜심에게 자연은 궁극적으로는 '텅 빈 밝은 땅(虛明地)'을 관조할 수 있는 깨달음의 공간이라 할 수 있다. 무

엇보다도 혜심이 산사라는 공간에서 차를 준비하고 향유하는 전 과정을 통해 선열(禪悅)을 맛보는 것과 그것의 시심화(詩心化)는 차와 선은 둘이 아니며, 선과 시도 둘이 아니라는 불이의 선적 사유의 표상이라 할 수 있다.

선시가 철저한 깨달음의 시적 표현이라 할 때, 철저하게 깨닫는다 라는 것은 나와 너, 그리고 그 모든 존재와의 상호 관계성을 깨닫는 것이라 할 수 있다. 미혹한 중생의 눈으로 보면 법계의 만상은 차별적인 현상 그대로이지만, 깨달은 자의 눈으로 보면 너와 나의 구별이 없는 하나 된 세계이다. 이것이 곧 온갖 사물을 상즉상입의 관계망 속에서 파악하는 '일즉다 다즉일(一卽多 多卽一)'의 화엄세계 인식이다. 혜심 역시 모든 존재는 서로를 비추는 '거울'의 관계성을 인식하고, 망상과 분별지를 여읜 상태에서 사물을 정관(靜觀)하고 '심즉불(心卽佛)'의 경지에 들 것을 무심을 통하여 말하고 있다. 그러므로 사물을 있는 그대로 관조하는 무심합도(無心合道)에서 배태된 맑고 투명한 언어로 담아낸 그의 시편들은 '본래면목'을 깨닫게 하는 촉매로 작용하고 있다 할 수 있다. 이것이 곧 혜심이 설파하는 선적 세계의 핵심이요, 시적 미학의 핵심이다. 요컨대 자연과의 조화로운 수행에서 깊어지는 선적 법향과 다향이 깃든 주옥같은 혜심의 시편들은 번다하고 많은 상흔을 안고 살아가는 현대인들에게 성찰과 내려놓기와 비움, 그리고 늘 깨어있도록 하는 지혜를 제공할 뿐만 아니라 위무의 치유 미학으로 다가 올 것이다.

정관일선의 색심불이(色心不二)와 시심화의 세계

1. 들어가는 말

정관일선(1533~1608, 이하 정관), 사명유정(1544~1610)·소요태능(1562~1649) · 편양언기(1581~1644) 등 소위 '서산 4대 문파' 모두는 스승의 삼문수학(三門修學)과 사교입선(捨敎入禪)의 수행체계를 계승한 대선사들이다. 정관은 1547년 15세에 출가하여 백하선운(白霞禪雲)에게 『법화경』을 배우고, 그 후 청허휴정(淸虛休靜, 1520~1604)의 선교겸수(禪敎兼修) 사상과 의발(衣鉢)을 전해 받았다. 정관은 일생 동안 산문을 중심으로 구도와 깨달음, 이를 기반 한 중생교화 등에 몰두하였다. 무엇보다도 정관은 마음이 모든 것의 근본임을 깨닫고, 지관(止觀)을 통하여 본래면목을 찾고자 하였다. 그의 이러한 모습은 치열한 구도와 깨달음의 증득, 깨달음을 얻은 후의 보임(保任)과 자연교감, 승속교유와 대중교화, 그리고 탈속한 삶의 한가함과 무욕의 서정을 담박하게 표현하고 있는 시에서 잘 드러나고 있다. 결국 그의 이러한 자연과 합일되는 무심의 세계는 선적 직관과 시적 상상력의 조화로운 산물이라 할 수 있다.

방하착(放下着)의 걸림이 없는 삶의 관조의 세계가 선명하게 드러난 정관의 시적 세계는 번뜩이는 선심과 격조 높은 시심의 조화로운 표현이다. 그럼에도 불구하고, 연구자들의 관심이 주로 그의 사상[1]과 시문학에 대하여 문헌연구에 치중되어 온 반면,[2] 그의 시 세계의 핵심을 이루고 있는 '색심불이(色心不二)'의 시학에 대하여 깊이 조명되지 않고 있다. 따라서 이 글에서는 휴정의 사상을 확충 심화한 정관의 사상 특징과 그것의 시문학의 변용에 대한 의미를 살펴보고자 한다. 다시 말해, 정관이 자신의 심미의식을 통해 진여의 세계를 언어문자로 표현하지만 언어문자가 갖는 폐해를 최대한 줄이는 방편으로 직관, 상징, 비유 등의 일반적인 시적 표현법과 선시의 독특한 표현법인 모순어법을 사용하여 '색심불이'의 시적 세계를 열어 보이고 있음을 밝히고자 한다. 그의 이러한 선심의 시심화를 구도와 깨달음 과정의 시적 형상화, 자연교감과 방외(方外) 시세계, 승속교유와

1) 한태식(2014), 「靜觀一禪의 생애와 정토사상 연구」, 『淨土學硏究』, 한국정토학회.
2) 권동순(2015), 「정관일선(靜觀一禪)의 선시(禪詩) 연구」, 『韓國禪學』 제42호 ; 이종찬(1993), 「靜觀의 禪味」, 『韓國佛家詩文學史論』, 불광출판사. ; 배규범(1998), 「壬亂期 佛家文學 硏究 : 靜觀一禪. 四溟惟政. 逍遙太能. 鞭羊彦機를 中心으로」, 경희대학교 대학원 박사학위논문.

대중교화의 시세계, 마지막으로 비움과 충만의 시세계 등으로 나누어 살펴보고자
한다.

2. 정관일선의 사상과 시문학적 변용

백곡처능(?~1680)이 쓴 「任性大師行狀後序」에 의하면, 정관은 벽계정심-벽송
지엄-부용영관-청허휴정의 선맥을 계승하고 있어 휴정의 선법의 계승자가 되며,
또한 벽계정심-정연법준-백하선운의 교법을 계승하고 있다. 정연법준은 『법화경』
을 통달하여 준법화로 불렸다고 한다. 충남 연산(현 논산) 출신의 정관은 15세에
출가하여 백하선운으로부터 『법화경』을 익히고, 그의 법화사상을 계승하였다. 아
울러 그 후에 법화신앙에 심취되어 『법화경』을 열심히 독송하였고, 그 공덕의 뛰
어남을 강조하였다. 이처럼 훌륭한 스승의 교법을 계승하고 있는 정관은 당대 최
고의 강백으로서 『법화경』에 능통했음은 물론 『능엄경』을 좋아하여 강설하거나
간행했다고 한다.3) 특히, 『법화경』과 『능엄경』을 간행하고 난 뒤에 쓴 발문 「印
經後跋」을 주목하면, 그가 『법화경』과 『능엄경』에 얼마나 깊은 애정을 가졌는지
를 능히 짐작할 수 있다.

또한 그는 철저한 수도승으로서 사부대중의 시주를 얻어 3,000여권의 종이를
마련하여 1,000부의 경전을 인출(印出)하여 보시하는 등 경전을 널리 유포하는데
큰 공적을 남기기도 하였다. 임진왜란이 일어났을 때, 그의 나이 60세로 교계 원
로의 입장에서 직접 전장에 나가기는 힘들었지만 산문을 지키며 불교계의 단합을
강조했고 기도와 각종 재회(齋會) 등을 통하여 고통 받는 중생들의 상처와 아픔
을 달래주었다. 한편, 그는 승려들이 왜적을 물리치기 위하여 의승군(義僧軍)으로
전쟁에 참여함을 목격, 이는 승려의 본분사가 아님을 지적하고 승단의 앞날을 심
히 걱정하는 모습을 보이기도 하였다. 그의 이러한 모습은 사명유정(1544~1610)
에게 보낸 「上都大將年兄」이라는 글에서 잘 드러나 있다.

> "아아, 법이 쇠했는데 세상까지 어지러워 백성들의 고통은 이루 말할 수 없고
> 승려는 수행을 할 수 없습니다. 더욱 슬픈 일은 승려가 속인의 옷을 입고 서로

---

3) 白谷處能, 「任性大師行狀後序」, 『大覺登階集』 권2, 韓佛全 8(1990), 서울: 동국대학교 출판부,
p.323b. "淨心傳敎于淨蓮法俊 法俊精通法華奧旨 人號俊法華 法俊傳白霞禪雲 禪雲傳之靜觀一
禪 一禪晚參淸虛法席 代講金剛楞嚴等經 敎眼明白 學者欽服 咸以爲四依 復出其取重."

죽이고 죽고 속가로 도망치는 습관이 속세에 다시 싹트기 시작했습니다. 그들은 출가의 본뜻을 잊어버리고 계행을 아주 폐하여 헛된 이름을 구하여 불처럼 달리면서 돌아오지 않으니 선풍이 장차 그치게 될 것이 불을 보듯 환합니다. 옛 성현들은 부귀를 뜬구름 같이 보고 청빈의 즐거움을 고치려하지 않는데 하물며 승려의 거취가 세속의 사람들과 달라야 하지 않겠습니까? 지금 왜적은 물러갔고 큰 공은 이미 이루었으니 대궐에 나아가 사퇴를 청하기보다는 그냥 떠나버림이 좋을 듯하옵니다. 원컨대 갑옷대신 납의를 다시 걸치고 깊은 산에 들어가 반야의 산에 오르거나 자비의 배를 타고 곧바로 보리의 피안에 이르기를 바랍니다."[4]

서산 4대 문파'의 맏형으로서 수행자의 본분사를 잃지 않고 산문을 지키고 있었던 정관은 불교계의 상황을 생생하게 묘사하고 있다. 승려가 속인의 옷을 입고 전쟁에 참여하여 서로 죽고 죽임을 당하는 세속적인 상황과 사찰이 황폐화되는 것을 우려하면서 전쟁이 끝났으니 한시 바삐 갑옷을 벗고 납의를 걸치고 승가의 본분으로 돌아올 것을 당부하였다. 백성들이 전쟁의 소용돌이 속에 겪는 고통과 승려들이 전쟁에 참가하여 불살생의 계율을 파계하는 모습을 보고 선풍을 해치는 일이라 여기며 괴로워하였다. 이처럼 정관은 전쟁에 직접 참가하지는 않았지만, 왜란에 휘말려 있는 불교교단을 깊이 염려하고 산문을 지키며 자기 수행을 통한 교단의 자정과 함께, 불상조성, 경전 보시 등 이 땅의 중생을 위해 불법에 호소하는 길을 방편으로 삼아[5] 올곧은 수행자로서의 전범을 보여주었다.

그렇다면 정관의 사상의 특징은 무엇인가? 정관은 선학과 교학, 염불을 별문(別門)으로 보지 않는 삼문수학(三門修學)을 강조하는 휴정의 사상을 다분히 계승하고 있다. "참선하여 조사관(祖師關)을 통달하고 도를 배워 어진 이를 계승하네. 입 속에서는 천경(千經)을 지송(持誦)하나 걸망 속에는 일물(一物)도 없네."[6] 라는 언급은 그의 선교관(禪敎觀)을 분명히 보여준다. 이는 초탈한 선의 경지를 표출하고 있으면서 선교를 회통시키고 있음을 짐작케 한다. 그리고 보천(普天) 시자에게 전하는 "교(敎)의 바다에 넉넉히 놀면서 참된 법을 통달하고, 선문(禪門)을 참구하여 조사관을 꿰뚫어라"[7]라는 내용이 말해 주듯이, 정관은 선교일여의 수행

---

4) 「上都大將年兄」, 『靜觀集』, 韓佛全 8, p.31a-c. "於戲 季法之衰 世又亂極 民無安堵 僧不寧居 賊之殘害 人之勞苦 不可道也 而益增悽感者 僧衣俗服 驅使從軍 東西奔走 或就死於賊手 或逃生 於閭閻 塵習依然 復萌乎中 全忘出家之志 永廢律軌之行 希赴虛名火馳不返 禪風將息 從可知矣 況僧去就 異於世俗之人 願須速解印綬封 付神將使致丹墀 卽脫戎服 還掛衲衣 入深山絶蹤迹 掬 溪而飮 煮藜而食 再澄定水 重朗慧月 快登般若慈舟 直到菩提彼岸 至祝至祝."
5) 배규범, 앞의 논문, 38쪽.
6) 〈行脚歸故山〉, 『靜觀集』, 韓佛全 8(1990), 동국대학교 출판부. 이하 시의 인용은 이 책을 참고함.

방편을 펴고 있음을 알 수 있다.

한편, 선주교종(禪主敎從)을 근간으로 사교입선(捨敎入禪)의 수행체계를 확립하고 타력과 자력을 융합한 휴정의 선정회통(禪淨會通)의 수행가풍을 이어받은 정관은 선학, 교학, 염불의 삼문수학을 새로운 수행방편으로 삼아 종풍을 진작함과 아울러 승속을 위한 수행방편을 제시하고 있다. 정관의 이러한 선정일여(禪淨一如)의 수행방편의 제시는 「朴居士須道號 以仁智書贈」에서 확인할 수 있다.

> 나이 40이 가까워 갑자기 무상(無常)을 깨달아 가업(家業)을 돌보지 않고, 오직 정토(淨土)를 염(念)함으로써 멀리 안락국(安樂國)을 생각하여 부지런히 날로 새롭게 닦은 그 공(功) 또한 얼마쯤은 지혜롭다 하지 않겠는가? … 바라건대 거사(居士)는 이름으로 인해서 도를 얻어 향상일로(向上一路)를 초출(超出)하여 바로 유마의 장실에 들어가 정명거사와 더불어 해탈의 상(床)에 앉은것과 같이 곧 이 인지(仁智)라는 이름은 진실로 헛된 말이 아니다. 그러니 다시 모름지기 부지런히 정토의 업을 닦아 영원히 진로(塵勞)의 인(因)을 버리면 안락국의 구품연대에 결정코 왕생하리라.8)

인용문에서 보듯이, 정관은 정토왕생의 수행방법을 권장하고 있다. 무상을 깨닫고 오로지 정토만을 염(念)하고 생각하여 부지런히 닦는다면 공덕과 지혜가 증장됨을 강조하고 있다. 그래서 인지(仁智)라는 법명을 주면서, 속인들은 대경(對境)에 의지하여 참선 수행에 어려움이 많기에 어진 마음과 지혜로서 사람을 이롭게 하면 유마거사의 경지에 이른다고 하였던 것이다. 아울러 정관은 부지런히 정토수행을 하여 영원히 번뇌를 소멸하면 깨달음을 얻어 반드시 구품연대에 왕생한다는 것을 설파하고 있다. 이처럼 정관은 지금 생에서는 향상일로를 위한 참선수행에 정진하고, 다음 생에서는 극락정토에 왕생하고자 하는 염원을 보이고 있다. 또한, 정관은 「亡父疏」와 「亡母疏」 등에서 선망부모가 극락정토에 왕생하여 아미타불의 수기를 받아 해탈하기를 염원하고 있다. 이 점을 고려하면, 정관은 삼국시대에 불교가 한반도에 전해진 이후 면면히 이어 온 회통불교의 특징을 계승함과 동시에 각자의 근기에 맞는 실천수행의 입장을 견지하고 있다 할 것이다.

---

7) 〈示侍者普天禪子〉, 『靜觀集』, 韓佛全 8, p.29c.
8) 「朴居士須道號以仁智書贈」, 『靜觀集』, 韓佛全 8, pp.29c~30a "年將四十 頓覺無常 不顧家業 唯 以淨土爲念 遙相樂邦 孜孜日新 其功亦不幾 於智乎 … 願居士因名得道 超出向上一路 直入 維摩丈室 與淨名居士 共坐解脫之床 則此仁智之名 固非虛說 更須勤脩淨上之業 永棄塵勞之因 則安樂國九蓮臺 決之往生"

이상과 같이 삼문수학의 사상을 견지한 정관이 남긴 『정관집』에는 시 64편 74수, 서(書)·발(跋)·소(疏) 등 13편의 글들이 수록되어 있어 그의 수행자로서 삶의 행적을 잘 이해할 수 있다. 여기에는 지난한 구도와 깨달음의 과정, 깨달음 후의 보임(保任)과 자연과의 친연성, 승속교유와 대중교화, 그리고 방하착의 세외지심(世外之心)이 잘 그려지고 있다. 「留隱仙偶吟)」,「宿元曉庵」·「題大芚寺」·「題七佛庵」·「題通度寺)」 등은 산사에서 머물며 느낀 선심을 노래하고 있고, 「題詩僧」·「贈盲禪者」·「本源自性天眞佛」 등은 선객이나 시승에게 주는 시편들로 조사서래의(祖師西來意)를 깨달을 것을 강조하고 있다. 앞서 언급한 바와 같이,「上都大將年兄」은 사제 사명유정에게 전쟁이 끝났으니 하루 속히 수행자의 본분으로 돌아올 것을 권유한 글이고, 「送政大將徃日本」은 임진왜란이 끝난 후 사명유정이 일본에 사신으로 갈 때 보낸 시가이며, 또한 그때 보낸 편지가「上松雲大師」이다. 아울러 「示侍者普天禪子」·「答靖法師書」·「朴居士須道號以仁智書贈」 등은 승속을 넘나들며 교유한 이들에게 보낸 편지이다. 『법화경』과 『능엄경』을 간행한 후에 쓴 발문「印經後跋」과「亡父疏」·「亡母疏」·「亡師疏」 등의 추천소(追薦疏)와 1편의「水陸疏」가 『정관집』에 수록되어 있다. 요컨대 정관의 시문학에는 삼문수학의 사상과 그것을 기반으로 한 수행자의 본분에 충실함과 선심의 시심화가 간결하고도 함축된 언어로 선명하게 나타나고 있다 할 것이다.

3. 정관의 선심(禪心)의 시심화의 세계

1) 자아 찾기와 깨달음의 시세계

신통 묘용하여 청정하고 영원불변한 '불성'이 마음 밖에 있지 않다는 것을 확인하며 찾는 것은 수행자의 가장 중요한 본분사이다. 때문에 수행자는 마음 안에 있는 불성을 찾아 끊임없는 운수행각의 길에 오른다. 그런데 출가하는 순간, 수행자의 이승으로서의 공간, 고향은 없어진다. 오로지 불타오르는 삼계화택(三界火宅)을 벗어나 더 이상 번뇌 망상이 없는 깨달음의 세계를 지향할 뿐이다.[9] 정관역시 어린 나이에 출가하여 삭발염의, 수계 득도하고 삼의일발(三衣一鉢)의 힘든 운수행각에 나선다. 그 운수행각의 과정이 다음의 시에서 이렇게 표출되고 있다.

---

9) 백원기(2014), 「정관일선, 허공을 보아도 허공이 아니다」, 『선시의 이해와 마음치유』, 서울: 도서출판 동인, 184쪽.

髫年早出家　어린 나이에 일찍 출가를 하여
投佛剃鬚髮　불가에 투신하여 머리를 깎았네
奉律備三衣　계율을 받들어 세 벌의 옷 갖추었고
行藏唯一鉢　어디를 가든 발우 하나만 지녔네.
- 〈行脚歸故山〉

　15세에 출가사문이 된 화자에게는 세 벌의 옷과 발우 하나뿐이었다. 삼의(三衣)란 상의. 중의. 하의 등 세 가지이다. 그 중에서 상의는 대표가사로 법의(法衣)라고 한다. 출가사문에게 세 가지 옷이면 일상생활이 충족된다. 여기에 발우 하나면 식(食) 생활이 충족된다. 때문에 다른 물건이 따로 필요 없음을 화자는 강조하고 있다. 그래서 의발(衣鉢)은 수행자에게 가장 중요한 소유물이 되고, 또한 스승이 제자에게 법을 전하는 징표가 된다.

　운수납자들은 험난한 수행 길 위에서도 깨달음을 향한 구도의 행위를 멈추지 않는다. 출가 후 정관의 삶은 역시 참된 자아를 찾기 위한 끊임없는 고행과 치열한 수행의 연속이었다. 그의 구도를 향한 힘든 과정의 연속이 〈行路難〉에 잘 표현되고 있다.

早脫紅塵出故關　속세 일찍 벗어나려 고향 떠나
芒鞋踏破遍名山　헤진 짚신짝으로 명산을 두루 돌았네.
昔年秋月隨雲去　옛날에는 가을 달 구름 따라 가듯했는데
今日春風渡水還　오늘은 봄바람 물 건너듯 돌아왔네.
肉味那知蔬味苦　고기 먹는 입맛이 쓴 나물 맛 어찌 알며
錦衣誰識衲衣寒　비단 옷이 장삼의 차가운 것 알리오.
欲歸故園煙霞裡　고향 땅 안개 놀 속으로 돌아가고 싶어도
萬里悠悠行路難　만리 길이 아득하여 길가기 힘들구나.
- 〈行路難〉

　화자에게 고향, 즉 깨달음의 세계로 향하는 길은 험난하기 그지없다. 옛 성인들이 그러했던 것처럼, 눈 밝은 선지식을 찾아 끝없이 유유히 흘러가는 구름을 따르고, 짚신이 닳아 헤지도록 첩첩 산을 넘고 물을 건넜던 화자이다. 닳아 헤진 '짚신 짝'은 수행자의 고단한 자세를 말하며, 가을 달과 구름은 하염없이 떠도는 운수납자의 모습에 비유되고 있다. '고기 먹는 이'와 '비단 옷 입은 이'는 세속 인간들의 삶을, '쓴 나물 맛'과 '납의의 추움'은 오직 깨달음을 향한 화자 자신의

검박한 삶을 표현하고 있다. '고원(故園)'은 여기에서 무명으로 가득 찬 중생이 돌아가야 할 궁극적인 고향, 즉 정토(淨土)를 상징한다. 다시 말해, 결국 쓴 나물 먹고 차가운 장삼을 입고 살아온 화자 자신이 궁극적으로 도달해야 하는 깨달음의 경지이다. 그 경지에 이르고자 하는 화자의 마음은 간절하지만, 가야 하는 길은 그저 아득하고 험난하게 느껴질 뿐이다. 하지만 화자는 그것을 극복하고 자성을 찾기 위해 눈 밝은 선지식을 참문하며 가일 층 수행정진에 나서는 것이다.

선가에 자연의 두두물물 소리를 듣고 자성을 깨친다는 '문성오도(聞聲悟道)'라는 말이 있다. 선사들은 자연의 모든 소리에 화두가 들어 있음을 깨닫고 사물의 본질을 통찰한다. 휴정의 간화일문(看話一門)의 선사상을 이어 받은 정관 역시 선창에 밤새도록 울어대는 새소리가 절묘한 화두가 됨을 이렇게 표현한다.

各各話頭鳥　깍깍거리는 화두조
時時勸話頭　수시로 화두를 권한다.
禪窓終夜臥　선창에 밤새도록 누워
聞此可無羞　이 소리 듣고 어찌 부끄럼 없으리.
- 〈話頭鳥〉

흥미로운 시 제목이다. 선창 밖에서 밤새도록 '깍깍'하고 울어대는 새소리가 화자에게 화두가 되고 있다. 새와 화두, 새 울음소리와 그것을 듣는 화자, 두두물물이 화두 아님이 없다. 마지막 행 "이 소리 듣고 어찌 부끄러움 없"겠는가 라는 부분은 새조차 '깍깍'거리며 자성의 소리를 밤새도록 내고 있지만, 화자 자신은 정작 맑고 깨끗한 목소리를 내지 못하고 있음을 부끄럽게 느끼는 것이다. 즉, '그렇게 멍청하게 앉아만 있을 건가! 정신을 깨워야지!'라는 자신을 경계하는 마음의 소리로 바꾸어 듣고 있다.[10] 그렇다면 밤새도록 울어대는 화두조는 산사생활에서 늘 부딪히는 새소리가 전미개오(轉迷開悟)의 매개로 할 것을 경책하는 메시지로 읽힐 수 있을 것이다.

정관은 깨달음을 얻기 위해 운수행각을 멈추지 않고, 눈 밝은 선지식을 참문하며 참선 수행정진을 하였다. 그의 선문(禪門)을 참구하여 조사관을 꿰뚫고자 하는 선지(禪旨)는 취모검으로 미혹을 깨뜨리고 깨달음의 경계로 들어가는 선심(禪心)을 노래한 시에서 명징하게 드러난다.

---

10) 배규범, 앞의 논문, 48쪽.

三尺吹毛劍　세 척의 취모검
多年北斗藏　여러 해 동안 북두성에 감춰져 있다가
太虛雲散盡　태허에 구름 다 흩어지고 나니
始得露鋒鋩　비로소 그 칼날 드러나네.
　　　　　　　　　　　　　　　- 〈臨終偈〉

　서릿발 같은 세 척의 취모검으로 번뇌 망상을 잘라내고 얻은 청정지심의 깨달음
의 경지를 극적으로 표현하고 있다. 취모검이란 털이 날아와 칼날에 붙어도 '훅'
불면 잘려지는 아주 잘 드는 명검(名劍)으로, 선가에서는 예리한 칼날로 세상의 모
든 번뇌의 사슬을 끊어버리는 의미로 법검(法劍)이라고도 한다. 북두는 묘구(妙具)
보살의 화현인 북두칠성을 말한다. 법검을 하늘의 북두칠성에 구름으로 덮어 숨겨
두었는데, 문득 바람이 불어와 구름이 걷히자 비로소 칼이 드러났다는 것이다. 이
런 법검은 이 세상 어느 곳, 심지어 우리 자신의 마음속에도 존재하고 있다. 다만
이를 모를 뿐이다. 허공 속의 구름이 걷히는 것은 생멸심과 분별심의 번뇌 망상이
사라졌음을 비유한 것이다. 화자는 일생 동안 마음속에 법검을 감추고, 깨달음의
순간만을 기다려 온 것이다. 번뇌 망상에 가려져 있던 불성이 한순간에 나타났음
을 화자는 세 척의 취모검 칼날이 드러나고 있는 것으로 표현하고 있다. 실로 직
관적 상상력을 통한 번득이는 선지(禪旨)를 격조 높게 시화하고 있다.

2) 자연교감과 방외(方外)의 시세계

　자연은 수행자들에게 가장 밀접한 생활공간이다. 그만큼 자연은 그들 문학의
영원한 소재가 되고 있다. 수행자는 방외인으로서 출세간적 삶을 살아간다. 방
(方)은 물질적 공간을 가리킨다. 따라서 선승에게 있어, 자연은 깨달음의 이미지
로서의 의미를 지닌다. 가령, 자연은 비가 그친 뒤의 산색이나 눈 내린 정경 등
을 통해 서정적으로 묘사되기도 한다.

雨收南岳捲靑嵐　비개인 남산에 아지랑이도 걷히고
山色依然對古庵　산 빛 변함없이 묵은 암자를 마주하네
獨坐靜觀心思淨　홀로 앉아 정관하니 마음생각 맑아지고
半生肩掛七斤杉　반평생 어깨에 일곱 근 장삼 걸쳤네.
　　　　　　　　　　　　　　　- 〈山堂雨後〉

비가 개이고 난 뒤 멀리까지 보이는 산과 산색은 있는 그대로의 모습이다. 산에 드리운 안개가 걷히고, 의연한 산빛이 그대로 드러나 해묵은 암자를 비추는 순간, 화자는 홀로 앉아 반평생 장삼 한 벌로 검박하게 살아온 날들을 반조해 본다. '일곱 근 무게의 장삼(七斤衫)'은, 어떤 스님이 고불 조주스님에게 "만법은 하나로 돌아간다는데 그곳이 어딥니까?(萬法歸一 一歸何處)"하고 묻자 조주가 "내가 청주(靑州)에 있을 때 베 장삼 한 벌을 지었는데 무게가 일곱 근이었느니라."[11]라고 대답했다는 화두에서 나온 말이다. 그렇게 화두를 들고 살펴보니 비가 그친 뒤에 산의 푸르스름한 기운이 본래 모습이요, 산사도 옛 그대로인 것이다. 만물을 고요히 관조하면 모든 것이 스스로 터득된다는 정관의 시적 태도가 잘 드러나 있다.

이와 같이 선사들은 자연과의 친화적 교감을 통해 자신의 본모습을 정관하고 확인하고자 한다. 깨닫고 보면, 모든 사량 분별과 번뇌가 없고 얽매임 또한 없으며 물아일여의 경지 그대로이기 때문이다. 정관의 이러한 인식은 계절의 흐름, 학의 다리는 길고 오리 다리는 짧고, 농부의 노래 자체가 곧 태평스러움의 본모습임을 노래하는 시에서 선명히 드러나고 있다.

妙性頭頭本現成	묘한 자성 사물마다 본래 이미 갖추어져
靑黃紅白萬般形	청 황 홍 백의 온갖 형상으로 나타나네
山元默默天元碧	산은 원래 묵묵하고 하늘은 원래 푸르며
水自澄澄月自明	물은 저절로 맑디맑고 달은 저절로 밝네.
春到燕來秋便去	봄이 오면 제비 오고 가을이면 다시 가며
夜深人寢曉還惺	밤 깊으면 사람은 자고 새벽이면 다시 깨네.
鶴長鳧短天眞體	학의 다리 길고 오리 다리 짧은 것 천진불이고
陌上農歌是太平	논 두둑의 농부 노래, 이것이 바로 태평함이네.

- 〈本源自性天眞佛〉

본원자성(本源自性)이 참된 부처임을 늘 마주 대하는 자연의 모습에서 읽어내고 있는 화자이다. 여기에서 묘한 성품은 '지도(之道)를 의미한다. 그것은 분별심 없이 사물을 보면, 본래 그대로 여여(如如)한 모습을 지니고 있음을 의미한다.[12] 그래서 산은 원래 말이 없고, 하늘은 원래 푸르며, 물은 본래 맑고 맑으며 달은

---

11) 『벽암록』 제 45칙, "何處 . 州云 . 我在靑州 . 作一領布衫 . 重七斤."
12) 배규범, 앞의 논문, 50쪽.

저절로 밝다는 것이다. 봄이 오면 제비가 다시 찾아오고, 가을이면 다시 가버리는 계절의 순환, 밤이면 자고 새벽이면 다시 깨는 것, 또 학의 다리가 길고 오리 다리는 짧은 것, 그리고 농부의 노래, 이 모든 현상 그대로가 진여의 모습이다. 불변하는 본성과 인연 따라 작용하는 본성의 드러남이 곧 '천진불'이라는 정관의 선적 사유가 선명하게 표출되고 있다.

문자를 떠난 묘오의 진리를 터득한 정관의 시 세계에서 자연은 단지 심미의 대상이 아니라 궁극적으로 자연과 합일의 근원이며 그 자신의 청정심의 표상이다. 그래서 선사는 성색(聲色)이 조화를 이루며, 공적함을 보이면서도 자연 그대로가 선의 경지이고, 시의 세계임을 이렇게 담아낸다.

清風吹故園　맑은 바람 옛 뜰에 불어오고
白日照虛室　밝은 해 텅 빈 방을 비추네.
春谷鳥含花　봄 골짜기에 새는 꽃을 물었고
秋林猿摘實　가을 숲에는 원숭이가 열매를 따네.
- 〈行脚歸故山〉

탈속하여 방외(方外)에서 평상심으로 살아가는 정관의 세외지심(世外之心)이 그대로 묻어나 있다. 맑은 바람, 밝은 해, 텅 빈 방, 봄 골짜기에 핀 꽃을 물고 있는 새, 가을 숲에서 원숭이가 열매를 따는 모습 등 두두물물의 무정설법을 형상 밖의 무한한 선심으로 표현하고 있다. 여기에 자연과 깨달음의 세계가 둘이 아닌 정관의 무심합도(無心合道)의 선적 사유가 내재되어 있다. 또한, 선은 외부의 세계를 대할 때 대경관심(對境觀心)을 강조한다. 이처럼 자연의 두두물물에 귀를 기울이고, 자연과 합일되는 전형적인 시가 다시 금강대에 올라 지은 〈重上金剛臺〉이다.

高臺獨坐不成眠　높은 마루 홀로 앉아 잠 못 이룰 때
寂寂孤燈壁裏懸　적적한 외로운 등불 벽에 걸려있고
時有好風吹戶外　이따금 문밖에 불어오는 시원한 바람에
却聞松子落庭前　뜰 앞 솔방울 떨어지는 소리 들리네.
- 〈重上金剛臺〉

선사의 성성적적하며 맑고 텅 빈 방외의 삶이 그대로 묻어나고 있다. 선사가 금강대 높은 마루 홀로 앉아 속세에 대한 근심이 없는데도 잠 못 이루는 것이다. 어두움을 밝히는 적적한 등불은 산사와 세속의 삶에서 양 갈래의 교차되는 감정의 이미지로 작용하고 있다. 화자가 높다란 마루 끝에 불어오는 시원한 바람을 맞고 있을 때, 뜰 앞 솔방울 떨어지는 소리가 들린다. 그 솔방울 소리에 화자의 귀는 맑아진다. '세외지심'이라는 의경을 만들어 크게 깊은 울림을 주는 여기에는 어떤 언어문자도 끼어들 여지가 없다. 이것이 곧 선의 경지인 것이다. 진정한 선미는 무상에 대한 탄식이 아니라 청풍명월과 같은 맑고 차가운 청한(淸寒)의 경계이기 때문이다. 정관은 이러한 맑고 텅 빈 충만의 산중에 사는 맛을 다음과 같이 담박하게 묘출하고 있다.

> 松韻淸人耳　솔바람은 사람의 귀를 맑혀 주고
> 溪聲惹夢魂　시냇물 소리는 꿈을 이끄는 구나
> 齋餘茶一椀　재를 올린 뒤 한 잔의 차 마시며
> 風月共朝昏　아침 저녁으로 바람과 달 즐기네.
> 　　　　　　　　　　　　　　- 〈題大芚寺〉

세속의 명리를 멀리 하고 대둔산에 은거하며 무욕의 청정한 마음으로 살아가는 물외한인(物外閒人)의 선심의 시심화가 한결 잘 그려지고 있다. 산승에게 솔바람, 시냇물 소리, 한 잔의 차 등은 수행을 돕는 기연(機緣)으로 작용한다. 그 모두는 화자에게 실상을 이야기하는 '반야'일 수밖에 없다. 이 모든 실상은 언외지미(言外之味)로 자연의 이미지에 함축되기 때문에, 자연의 모습이 진경이고 진경이 곧 선이 되는 것이다. 이처럼 정관은 자연의 모든 현상은 어떤 분별이나 사심 없이 무심히 있는 그대로를 드러내 보임을 담아낸다. 여기에 마음을 맑히고, 본성을 깨닫고자 하는 정관의 '색심불이(色心不二)'의 선시 미학이 있다 할 수 있다.

3) 승속교유와 대중교화의 시 세계

보조국사 지눌(1158-1210)이 지은 『수심결』에 "마음을 떠나서 따로 부처가 없고, 본래 성품을 떠나서 따로 불법(佛法)이 없다"고 기록되어 있다. 불법이란 마음 밖에서 구할 수 없고 내 마음속에 본래부터 갖추어져 있다는 것이다. 때문에 선사들은 서쪽에서 은밀하게 전해온 가르침[西來密旨]이 눈앞에서 밝게 펼쳐지고 있는데 굳이 다른 데서 애써 찾으려고 함을 경책하곤 한다. 마음을 떠나서 만법을 생각할 수 없다는 가르침은 정관의 시에서도 선명히 드러나고 있다.

> 佛在爾心頭　부처가 그대들 마음속에 있건만
> 時人向外求　지금 사람들 밖에서만 찾으려 하네.
> 內懷無價寶　안에 값 매길 수 없는 보물 있건만
> 不識一生休　알지 못한 채 일생을 헛되이 보내네.
> 　　　　　　　　　　　　　- 〈留隱仙偶吟 其二〉

선심(禪心)의 시심화(詩心化)의 전형적인 예이다. 부처가 멀리 있는 것이 아니라 바로 마음속에 있는데, 중생들은 그것도 모르고 밖에서만 찾으려 한다는 묘의(妙意)를 짧은 시 형식에 담아내고 있다. 값을 매길 수 없는 보배[無價寶], 즉 '불성'을 내 마음속에 지니고 있음에도 불구하고 그것을 찾아 일생을 헛되이 밖으로 찾아다니는 삶을 경책하고 있다. '무가보'는 『법화경』의 「오백제자수기품」 '법화칠유(法華七喩)' 가운데 '의리계주(衣裏繫珠)'의 비유이다. '의리계주'의 비유는 내 자신이 부처임을 알지 못하고 사방을 헤매며 작은 것을 얻고도 만족해하는 중생들의 어리석음을 일깨워주고자 하는 것이다.

선가에서 수행자는 항상 성성적적(惺惺寂寂)한 마음, 즉 어둡지 않고 늘 깨어있으며 고요하고 고요한 마음을 견지할 것을 강조한다. 이러한 관점에서 정관은 귀머거리이자 장님인 스님에게 성성적적하고 분별심을 버리고 마음으로 보고 듣게 되면 맑고 텅 빈 본래면목이 드러나게 될 것을 강조하며 수행정진에 힘쓸 것을 당부하고 있다.

> 不聞聞自性　듣지 못하면서 제 자성을 듣고
> 無見見眞心　보지 못하면서 참 마음을 보며
> 心性都忘處　마음과 성품 모두 잊는 그 곳에
> 虛明水月臨　텅 비고 맑은 물의 달이 나타나리.
> ー〈贈盲籠禪老〉

깨달음은 특별한 경계를 보는 것이 아니라, '지금, 여기'의 성성하고 적적한 마음 상태를 갖는 것을 의미한다. 설혹 듣지도 못하고 보지도 못한다 할지라도 분별심을 갖는 그 마음을 잊게 될 때, 진정으로 텅 비고 맑은 진여를 보게 될 것임을 선사는 설파하고 있다. 이처럼 본래면목을 마음 밖의 어떤 모습에서 찾지 말고 오직 내 안의 구슬[성품]을 찾아야 하는 것이다. 정관의 이러한 교시(敎示)를 〈贈盲禪者〉에서도 확인할 수 있다.

> 不見色時還見性　모양과 색깔로 보지 않을 때에 성품을 보고
> 不聞聲處反聞心　소리를 듣지 않을 곳에 마음의 소리를 듣네
> 不用肉眼通沙界　육신의 눈을 쓰지 않고 사바세계를 환히 보는
> 那律佳名播古今　아나율의 고운 이름 예로부터 지금에 퍼져있네.
> ー〈贈盲禪者〉

늘 성성하고 적적한 상태에 있어야 사물의 본질을 분명하게 볼 수 있음 표현하고 있는 시이다. 소리를 듣고 색을 보되, 그 소리와 색에 집착하지 않으면 자성

을 볼 수 있다는 것이다. 『금강경』의 '법신비상분'의 "만약에 색상으로 나를 보거나/ 소리나 음성으로 나를 구하면/ 이 사람은 삿된 도를 행하는지라/ 여래를 능히 보지 못하느니라(若以色見我 以音聲求我 是人行邪道 不能見如來)"라는 사구게를 상기시켜 준다. 눈에 보이는 모든 대상 경계가 색상[色]과 모양[相]이다. 색상과 모양은 자연의 이법에 따라 변한다. 하지만 항상 색상과 모양이 변함없는 그 무엇이 색상과 모양 속에 내재되어 있다. 그 변함없는 그 무엇이 곧 맑고 깨끗한[昭昭靈靈] 마음, 즉 불성이다. 소소영영이란 '훤하고 신령스러워 잘 보인다'는 뜻으로, 깨어 있되 고요하고, 고요하되 깨어있는 상태를 말한다. 부처님 10대 제자 중 천안제일(天眼第一)로 불린 아나율은 부처님 설법 중을 졸다가 부처님의 경책을 듣고 잠을 자지 않고 수행을 하여 눈이 멀었다. 하지만, 결국에는 아만심과 분별심을 버리고 천안통(天眼通)을 얻어 심안(心眼)이 열렸던 분이다. 장애가 수행에는 아무런 걸림이 되지 않고, 심안이 열리면 깨침의 경지에 이룰 수 있다는 '색심불이(色心不二)'의 시학을 잘 보여주는 시편이다.

出離塵世訪名山　세속을 벗어나 이름난 산을 찾아
深入白雲紅樹間　흰 구름 단풍 숲으로 깊이 들어가라.
蘭植露衢難久翠　길가에 심어진 난초는 오래 푸르기 어렵고
桂生幽壑可長丹　깊은 골에 자라난 계수라야 길이 붉을 수 있나니
優游敎海通眞際　교의 바다에 한가히 놀면서 진제를 통달하고
參究禪門透祖關　선의 관문에서 참구하여 조사관을 꿰뚫어야하리
學惜三餘猶恐失　배움에 삼여를 아끼고 오히려 잃을까 두려워해야 하니
未能成就肯安閒　능히 이루지 못하고 어찌 편안할 수 있으리.

- 〈示侍者普天禪子〉

　정관은 자신을 시봉했던 보천스님이 심산유곡의 숲속으로 들어가 수행에 전념할 것을 권하고 있다. 길가에 무성하게 자란 난초는 그 푸름과 그윽한 향기를 오래 간직하기 어렵고, 깊은 계곡에서 자란 계수나무가 한결 붉은 빛을 내듯이, 수행자는 교(敎)의 바다에서 유희하면서 교학을 상찬하고, 철저한 참선 수행을 통해 조사선의 벽을 뚫을 것을 당부하고 있다. 여기에는 교와 선을 동시에 겸수(兼修)해야 한다는 정관의 선교관이 선명하게 드러나 있다. 삼여(三餘)는 밤과 비 올 때를 가리키며 책 읽기에 좋은 세 가지의 여유 있는 시간이란 뜻을 지니고 있다. 수행자는 모름지기 삼여를 아껴서 배워야 하고 방일해서는 안 되며 깨달음을 이

루지 못하고서는 편안하게 지낼 수 없는 것이 수행자의 본분사임을 일깨워주고 있다

4) 비움과 충만의 시세계

진정한 선 수행은 번다한 마음을 내려놓고 무심하게 살아가는 평상심에서 이루어진다. 평상심이란 집착을 여의고 자연의 이법에 따라 사는 삶을 말한다. 하지만 수행자에게 있어 평상심의 삶은 한가롭고 평화로우면서도 맑고 차가운 모습을 보인다. 집착을 벗어나 마음을 맑게 하고 탈속한 경지에서 자연과 하나 되는 탕탕무애한 세계가 펼쳐지는 것도 이런 까닭이다.

早出鄕關絶世緣	일찍 고향을 떠나 세상 인연을 다 끊고
忘機棲息白雲邊	세속 잊고서 흰 구름 가에 머물며 사네.
古今鎭照峯頭月	고금 변함없이 달은 늘 산 정상을 비추고
朝暮常生洞口煙	조석으로 항상 동구 밖에 연기 피어오르네.
長慶揭簾知謾語	장경은 주렴을 걷고 속이는 말임을 알았고
玄沙蹶指悟虛傳	현사는 발가락을 접질리고 부질없이 전함을 깨달았다.
安閒日用元無事	한가한 하루하루 삶 원래 일 없거니
健則經行困打眠	기운나면 거닐고 피곤하면 곧 자네.

- 〈贈允禪和〉

선사상의 핵심인 '평상심시도(平常心是道)'의 한가로운 삶이 잘 드러나 있는 시편이다. 여기에서 '평상심'이란 기운나면 거닐고 피곤하면 자는 일상생활로 자연의 섭리에 순응하는 그 마음이다. 그래서 선사들은 자신의 삶을 자연의 질서에 맡기고 시흥이 나면 임운자연(任運自然)의 삶을 선지(禪旨)로 담아 노래했던 것이다. 정관은 이 무심의 도를 산수자연의 정취를 읊어 允禪和에게 내보이고 있다. 이처럼 방하착(放下着)하고 무심한 가운데 걸림 없이 살아가는 평상심의 생활에는 '텅 빈 충만'의 미학이 내재되어 있다. 당나라의 시승 한산은 이러한 선심의 세계를 "내 마음은 가을 달과 같다(吾心似秋月)"는 시구로 표현하였다. 세속적인 욕망과 망상을 떨쳐버린 텅 빈 마음은 천강에 밝게 비친 달과 같은 선심에 다름 아니다. 이처럼 정관은 깨달음의 선심을 멋지게 시적으로 형상화내고 있는 것이다

渴後汲寒泉　목마르면 차가운 샘물을 길러오고
飢來收凍栗　배고프면 언 밤을 주워오네.
深林歸暮禽　깊은 숲으로 돌아오는 저녁 새
微逕照斜日　떨어지는 석양빛이 작은 오솔길을 비추네.
　　　　　　　　　　　　- 〈行脚歸故山 其六〉

　흔히 선은 '줄 없는 거문고'[沒弦琴]에 비유된다. '줄 없는 거문고'는 상식이나 사량 분별을 넘어선 불립문자의 세계를 상징한다. 즉 줄이 없지만 마음속으로는 울린다고 하여 이르는 심금(心琴), 즉 마음을 상징한다. 우리 인간은 거의 무한대의 소리를 그 나름의 어떤 기준으로 구분하고 경계를 짓고 음으로 만들어 선율의 아름다움을 느끼고 감동을 한다. 그러나 무한대의 소리에 이르려면 구분과 경계를 넘어서야 한다. 때문에 '줄 없는 거문고'는 궁극의 소리를 담지한 악기인 것이다. 이처럼 선의 세계는 언어와 인간의 이해를 뛰어넘어 깨달음에 이르는 것이다. 선사로서 정관의 방외의 삶은 달 밝은 한 밤 중 산사의 누각 난간에서 앉아 줄 없는 거문고를 타며 보내는 모습에서 잘 그려지고 있다.

竹院春風特地寒　산사의 봄바람 별스레 차가운데
沈吟長坐小欄干　낮게 읊조리며 작은 난간에 오래 앉아 있네
沒絃琴上知音小　줄 없는 거문고 소리 알아듣는 이 없으니
獨抱梧桐月下彈　홀로 거문고 안고 달빛 아래 타네.
　　　　　　　　　　　　- 〈偶吟〉

　깊은 선심의 시심화가 명징하게 드러나 있는 시이다. 산사의 차가운 봄바람은 변하지 않는 맑고 빈 마음을 상징한다. 교교한 달빛을 받으며 난간에 앉아 깊은 상념에 빠진 화자는 부동의 고요한 본성을 인식한다. 듣는 사람 없지만 화자는 조용히 마음의 거문고를 차며 산사의 밤을 보내고 있다.[13] 보통 거문고는 오동나무로 만든다. 오동(梧桐)은 천년을 서서 속을 비우니 줄이 없어도 바람이 와서 거문고를 뜯는다고 한다. 줄 없는 거문고가 수행의 방편이라면 자연의 소리는 깨달음의 세계라 할 수 있다. 자연을 자연 그대로 보고 느끼는 것, 그것이 곧 선이기 때문이다. 이처럼 화자는 자연과 합일되어 진여일심(眞如一心)을 시적으로 형상화하고 있다. 정관의 이러한 선심의 시심화는 다음의 시에서도 한결 선명하게 드러난다.

---

13) 배규범, 앞의 논문, 52쪽.

風淸月白夜塘寒　연못도 잠잠한 바람 맑고 달 밝은 밤에
坐對孤燈意自閒　외로운 등불 마주하니 생각 저절로 한가롭네
一顆靈珠光粲爛　한 알의 신령한 구슬 찬란하게 빛나는데
更於何處問心安　또, 어떤 곳에서 마음 편안함 물으리오
　　　　　　　　　　　　　　　　－〈夜座〉

　불교에서 정관(靜觀)은 어리석음을 여의고 실상을 보는 것을 말한다. 사물에 대한 정밀한 관찰과 정관의 자세는 고요한 선정의 상태와 연관된다. 선정의 상태는 망념이 배제된 순수한 마음의 상태로 무심의 경지이다. 그래서 허상을 배제하고 사물을 있는 그대로 대하게 된다. 이러한 자세로 정관은 연못에 물결 일지 않고 맑은 바람이 불어오는 달 밝은 밤, 산당(山堂)에 앉아 찬란하게 빛나는 한 알의 신령한 구슬[眞如]을 내 안에서 발견하니 마음 편하기 그지없음을 노래하고 있다.
　현실로부터의 초연함은 선승들의 중요한 수행실천의 덕목으로, 이것은 걸림이 없는 탈속한 자유를 갈망하는데서 비롯된다. 인간사가 한 바탕 꿈에 불과한 것에 비하면, 자연은 일마다 옛 부처의 가풍을 설명하고 물건마다 조사의 면목을 드러내는 설법을 하고 있기 때문이라는 것이다.[14] 이것을 깨닫기 위해서는 어떠한 것에도 얽매이지 않는 조화롭고도 청정한 마음이 그 주요한 동인으로 작용한다. 자연에 동화되어 살아가는 산승의 생활에서 배태된 정관의 청정한 무욕의 세계는 곧 세속의 부질없는 영욕의 세계와는 대비되는 탈속의 경지임을 보여 준다.

優游超物外　세속을 벗어나 유유자적하고
自在度朝昏　자재로이 아침저녁 지내네
足踏千山月　두 발은 천산의 달 보며 다니고
身隨萬里雲　몸은 만리의 구름을 따르네.
本無人我見　본래 나와 남이 없이 보는 소견이니
那有是非門　시비의 문이 어찌 있으리오?
鳥不含花至　새는 꽃을 물고 오지도 않는데
春風空自芬　봄바람에 스스로 향기 풍기네
　　　　　　　　　　　　　　　－〈贈芝禪客〉

　정관이 지(芝) 선객에게 건네 준 시이다. 세속을 벗어나 마음가는대로 자연의 이법을 따라 지내는 선사의 한가로운 삶은 자재하여 둘이 아니라는 선지(禪旨)를

---

14) 이덕진(2010), 「한국 간화선의 효시, 혜심」, 『불교저널』.

담고 있다. 산을 비추는 달은, 달 그 자체로서 하나이다. 조석의 시간의 변화는 뜬 구름이 모였다 흩어지는 것과 같으며, 나와 남을 분별하는 마음이 없으니 시비를 가릴 문도 없다는 것이다. 이것이 바로 불이(不二)의 법문이다. 새의 지저귐이 잦아지면 봄은 온 것이고, 새의 울음이 커지면 꽃이 핀다. 그렇다 하여 새의 울음이 꽃을 물어온 것도 아니다. 꽃을 찾아드는 새 없으나 꽃은 봄바람에 스스로 향기를 풍긴다. 이처럼 본성의 맑음은 한결같이 존재하고 있는 것이다. 이 맑음을 한껏 누려보는 산승은 대상과 나를 완전히 잊고 비움과 충만의 법열을 느끼는 것이다.

이상에서 살펴본 바와 같이 일체의 집착과 분별을 놓아버리고 사물을 관조하는 무심합도(無心合道)에서 빚어진 정관의 시세계는 선이 지향하는 깨침의 미학이며, 이는 곧 '색심불이'의 시학이라 할 것이다.

4. 끝맺는 말

이상에서 정관의 사상의 특징과 그것이 어떻게 시적으로 형상화되고 있는가를 살펴보았다. 즉 깨달음의 경지에서 일심의 근원으로 돌아가 자연과 동화되어 '색심불이'의 사상과 시심으로 주옥같은 선시를 낳고 있음을 살펴보았다. 자아 찾기와 깨달음을 향한 치열한 과정과 승속교유와 대중 교화, 그리고 자연교감과 방외의 탈속 무애한 서정이 함축된 간결한 그의 시편들은 선적 직관과 시적 상상력이 조화를 이루어 빚어낸 깨달음의 세계이다. 사실, 깨닫고 보면, 모든 사물에 대한 분별심도 집착도 없게 된다. 이러한 경계에 이르면 모든 존재가 상호의존하며 하나가 된다. 때문에 정관은 자신의 마음이 곧 부처이므로 마음 밖에서 따로 구할 필요가 없음을 역설하고, 그것의 묘의를 짧은 시 형식에 담아내고 있다. 그런데 그가 자연과의 교감을 묘사하고 있는 것은 단순한 자연미가 아니라 사사무애(事事無碍)의 중중무진(重重無盡) 진여의 묘용이다. 이 점을 주목하면 정관의 시문학은 자연과 내가 분별과 차별이 없는 '색즉시공'의 세계의 법열을 고도의 비유와 이미지를 통한 선심의 시적 변용이라 할 수 있다.

아울러 끊임없는 자아 찾기를 통해 체험하는 일련의 과정과 마음을 맑히는 치열한 수행에서 배태되고 빚어진 정관의 시적 세계는 직관을 통한 깨달음과 자연과 조화를 이룬 시심의 형상화라 할 수 있다. 특히 그의 직관으로 바라본 자연은 자연 그대로가 진여인데, 여기에는 분명히 깨침의 미의식이 담겨 있다. 깨닫는다는 것은 나와 너, 그리고 그 모든 존재와의 관계성을 깨닫는 것이라 할 수 있다. 정관 역시 서로가 서로를 비추는 '거울'의 상관성을 깨닫고, 모든 집착과 분별심을 놓아버리고 무심의 상태에서 사물을 정관(靜觀)한다. 그의 이러한 있는 그대로의 사물을 정관하는 무심합도에서 창작된 맑고 절제된 언어의 시편들은 집착을 내려놓은 텅 빈 충만의 세계를 향유하게 함으로써 탐욕과 번다함으로 살아가는 현대인들에게 치유의 메시지로 다가 올 수 있을 것이다.

초의선사의 선다시(禪茶詩)와 마음치유의 시학[1]

1. 들어가는 말

시와 글씨 그림과 차에 뛰어나 4절이라 불리는 초의의순(草衣意恂, 786-1866)은 전남 무안출생으로, 속성은 장씨이고 법명은 의순(意恂), 초의는 법호, 중부(中孚)는 이름이다. 현종으로부터 '대각등계보제존자초의대선사(大覺登階普濟尊者草衣大禪師)'라는 시호를 받았다. 조선 후기 무신이면서 외교가였던 신헌(1810-1884)의 '초의선사탑비명'에 의하면, 어머니가 꿈에 큰 별 하나가 품안으로 들어오는 것을 보고 선사를 잉태하였다고 한다. 초의는 5세 때 강변에서 놀다가 급류에 떨어져 죽게 되었을 때 마침 부근을 지나던 어느 스님에 의해 구조되었다. 그러한 불연으로 초의는 15세 되던 해 나주의 운흥사 벽봉민성(생몰연대 미상)을 은사로 하여 출가하였다. 19세 때 나주에서 해남 대흥사로 가는 도중 영암 월출산의 산세가 기이하고 수려함에 매료되어 정상에 올랐는데 보름달이 바다 위로 솟아오르는 것을 보고 일순간 깨달음을 얻었다고 한다. 그리고 20세가 되던 해에 대흥사 연담 유일의 법손 완호윤우(1758-1826)스님으로부터 구족계를 받고 초의(艸衣)라는 법호를 받았다.

'초의'는 자연에 은거한다는 의미로서, 고려말 야운선사의 〈자경문〉에 "나무뿌리와 나무 열매로 주린 배를 달래고 솔잎과 풀 옷으로 몸을 가린다(菜根木果慰飢腸 松落艸衣遮色身)"라는 구절에서 인용했다는 설과 중국의 『사략』 가운데 "움집을 만들어 살며 나무를 얽어매어 보금자리를 삼고 나무 열매 먹고 풀 옷을 입는다(穴居居陶居 構木爲巢 食木實衣艸衣)"라는 구절에서 인용했다는 설이 있다.

완호는 그의 법제자 시오에게는 호의(縞衣), 정지에게는 하의(荷衣), 의순에게는 초의(草衣)라는 법호를 내렸다. 호의는 그 뜻이 청정하고 맑은 옷을 전의(傳衣)한다는 의미이고, 하의는 연꽃으로 된 옷을 전의한다는 뜻이다. 완호가 '초의'라는 법호를 내린 것은 초의의 귀기어린 천재성과 번득이는 재주들을 그윽하고 완곡하게 감추어 주려는 뜻에서였다고 한다. 여기에는 선 수행을 통해 자연의 진경을 체득한다는 의미가 함축되어 있다.

---

[1] 이 글은 동방문화대학원대학교 불교문예연구소 간행 『불교문예연구』 창간호(2013. 8)에 게재된 것으로, 수정 보완하였음.

초의는 22세부터 전국의 선지식을 찾아가 삼장을 통달하고 연담유일(1720-1799)의 선지(禪旨)를 이어받고 모든 법이 서로 다르지 않으며, 평상심으로 돌아가는 것이 바로 선이라는 것을 기본자세로 삼았다. 선교뿐만 아니라 유학과 도교에도 조예가 깊고 범서에도 능통하였던 초의는 탁월한 금어이자 선필가였으며, 범패와 원예, 장 담그는 법, 단방약 등에도 능하였다. 그의 이러한 수행생활은 조용한 곳을 찾아 가부좌 틀고 앉는 것만이 선이 아니었으며 현실의 일상생활과 선이 따로 떨어진 것이 아니었음을 보여준다. 무엇보다도 초의의 이러한 삶에 지대한 영향을 미친 사람은 다산 정약용(1762~1836)과 추사 김정희((1786-1856)이다. 특히 초의는 다산으로부터 유서에 대한 가르침을 받고 시부(詩賦)를 익혔으며, 추사와 일생동안 금란지교(金蘭之交)로 지냈다. 이처럼 초의가 당대의 거대한 유학자들과 막역한 교유를 할 수 있었던 데에는 그의 타고한 품성과 함께 차(茶)가 중요한 매개가 되었다 할 수 있다. 아울러 초의는 소치 허유(1808-1893)에게 화법과 시학, 불경, 그리고 차(茶)를 가르쳤으며, 그 결과 소치는 남종화의 창시자가 되었다.

차는 불가의 수행자에게 있어 빼놓을 수 없는 중요한 요소이다. 그래서 차는 선과 다르지 않고 하나라는 '다선일여' 혹은 '다선삼매'라 하였다. 무엇보다도 차에 함유된 카페인 성분은 각성의 효과가 있어 의식을 맑게 해 준다. 수행자가 참선 중에 나태함과 졸음을 쫓고 의식을 집중할 수 있게 할 뿐만 아니라 배가 부를 때 소화를 돕고, 욕구를 일으키지 않게 해 주는 차를 즐겨 마셨던 것도 이런 연유이다. 또한 차를 꾸준히 마시면 심장병, 충치, 비만, 변비, 암을 예방할 수 있으며, 특히 차 속에 함유된 플래보노이드(flavonoid)라는 성분은 콜레스테롤 수치를 낮추고 혈액을 원활하게 해준다고 한다. 찻잎 성분 중의 폴리페놀(탄닌)과 식중독 세균 또는 독소 성분이 결합되어 해독작용을 함으로써 중금속, 식중독, 주독 등의 진행을 어느 정도 막을 수 있는 것으로 알려져 있다. 가령, 초의의 『동다송』에서 "술을 깨게 하고 잠을 줄여 주니 주공이 증명했네(解醒少眠證周聖)"라는 대목은 차가 주독을 완화하는 효능이 있음을 시사한다.

뿐만 아니라 차를 즐겨 마시면 오감이 맑아진다고 한다. 즉 귀로는 골짜기의 냇물소리와 솔바람소리를 듣고, 코로는 아름다운 향기 맡으며, 혀로는 감로의 맛을 보고 눈은 나쁜 것을 보지 않는다고 한다. 이처럼 차를 마시면 사악한 마음이 사라지고 맑아지니 육근과 육경이 청정해 질 수 있다는 것이다. 불가에서 차를 마시는 것을 본래 맑은 평상심으로 돌아가는 것이라 한 것도 이런 연유이다. 그렇다면 초의가 차나무를 가꾸고 차 맛을 즐기면서 걸림 없는 삶을 산 것도 그가 추구하는 선의 세계였던 것이라 할 수 있다. 이와 같이 차를 준비하고 향유하는 전 과정을 통해 법희선열(法喜禪悅)을 맛본다고 하였던 초의에게 있어 차와 선은 둘이 아니었고, 시와 그림도 둘이 아니었으며, 선과 교도 둘이 아니었던 것이다. 결국 그의 이러한 행위들은 곧 불이선(不二禪)이었다 할 수 있다.

초의가 "차의 신명이 곧 삶의 신명"이라 생각하고 차를 만들어 차의 향기를 맛보고 차 맛을 느끼며 올곧은 수행자의 삶을 살았던 것은 차 안에 부처님의 진리[法]와 명상[禪]의 기쁨이 다 녹아 있음을 깨달았기 때문이라 할 수 있다. 특히 맑고 텅 빈 마음으로 차를 마시다 보면 나름대로의 방식과 법도가 만들어지고 그러한 법도에 어긋나지 않게 하려는 노력이 이어진다. 또 이러한 노력 중에 자신의 행위와 마음 상태를 온전히 알아차리고 깨어있음이 유지된다. 그러면 상대방을 배려하고 존중하는 공경의 마음이 절로 배어나온다. 여기에 차 성분이 주는 각성효과와 여러 유익한 효능까지 긍정적인 영향을 주어서 자연스럽게 차명상의 효과를 얻게 된다. 때문에 선사들이 차나무를 심고 가꾸며 제다(製茶)하여 차를 마시는 일련의 과정에 정성을 다하여 집중하게 된다. 따라서 마음을 맑히고 깨달음의 경지를 노래한 선다시를 읽고 감상하는 것은 오감의 정화는 물론 불안하고 들뜬 감정을 진정시킬 수 있으며, 또한 베풀고 함께 나누며 번다한 생각을 내려놓을 수 있을 것으로 판단된다. 이러한 관점에서 여기에서는 차를 마심으로 집중과 통찰을 높이고 마음을 비우고 자신을 관조하며 깨달음에 이르렀던 초의의 다맥과 차와의 인연, 차를 통한 교유관계와 시문학의 형성, 그리고 그의 선다일여(禪茶一如)의 시에 나타난 특징과 마음치유의 관계성을 모색하고자 한다.

2. 초의의 다맥과 그 인연

고구려와 신라시대에 승려와 화랑도를 중심으로 많은 사람들의 기호식품으로 기초를 다진 차문화는 고려시대에 와서 불교의 성행과 함께 크게 발전되었다. 차는 왕실에서의 각종 의식이나 왕의 하사품 혹은 국제 외교상의 중요한 예물로까지 쓰였다. 더욱이 차의 참맛과 진정한 멋을 아는 문인과 승려들이 점차 늘면서 명전회(茗戰會)라는 풍속까지 생기게 되었다.[2] 그러나 숭유억불 정책의 조선시대에 들어서면서 불교의 쇠퇴와 함께 차문화가 점차 뒷전으로 밀려났다. 즉, 차밭을 불사르거나 파서 없애기도 했으며, 절 주변의 차밭에 과다한 세금을 부과하고, 고려 때부터 차를 국가에 공납하던 다소(茶所)의 관리를 허술하게 함으로써 전국의 차 생산이 급격히 줄어들었다. 그럼에도 뜻 있는 스님들과 중국 연경을 다녀 온 유학자들에 의해 겨우 그 명맥이 유지되었다. 사찰을 중심으로 스님들은 골짜기에 차나무를 심고 차를 덖어 다향을 즐겼으며, 차를 즐기는 사대부 명문가에 차를 보급하고 차를 통해 교유를 했던 것이다. 해남 대흥사 산내 암자 일지암의 초의선사가 그 전형적인 인물이라 할 수 있다.

대둔사(오늘날 대흥사)는 청허휴정(1520-1604)의 의발(衣鉢)이 그의 유언에 의해 전해지고, 13 대종사와 13 대강사가 배출되면서 명실상부한 선교의 대가람이 되었다. 좋은 차는 해안가 근처에 아침안개가 자주 끼고, 대나무가 많은 산에서 잘 자란다고 한다. 대둔사가 자리 잡고 있는 해남 일대는 기후와 토양이 차나무 재배지의 적절한 지역이다. 당연히 대둔사 스님들은 차나무를 재배하고 차를 만들어 일상생활에서 마셨을 것이고, 이런 가운데 대둔사의 다맥은 자연스럽게 형성되었을 것으로 진단된다.

선다일여의 수행을 시문학으로 표현했던 대둔사 조사들의 차에 관련 내용을 구체적으로 살펴보면 다음과 같다. 대둔사의 다맥을 발흥시킨 청허휴정(1529-1604)은 9편, 선교 양종의 대가이며 시문에 뛰어났던 설암추봉(1651-1706)은 10편, 『화엄경』의 한글역을 완성한 월저도안(1638-1715)은 1편, 화엄학의 일인자이며 6대 대종사였던 환성지안(1664-1729)은 1편, 11대 대종사이며 삼장을 독파한 함월해원(1691-1770)은 4편, 연담유일(1720-1799)은 5편의 다시를 남겼다. 초의는 스승 연담유일의 시 「중봉의 낙은사에 화답함(和中峯樂隱詞)」를 『동다송』제 16송에 그 일부를 소개함으로써 스승의 시세계를 이어 받고 있다. 그리고 12대 대강사이며 초의를 다산에게 소개한 아암혜장(1772-1811)은 5편의 다시를 남겼다. 혜장은 40세에 요절하였는데, 다산은 그의 죽음을 애통하게 생각하여 손수 비문을 짓고, 생전에도 13수나 되는 시를 혜장에게 보냈다.3) 이상에서 알 수 있듯이, 대둔사는 다분히 선맥과 다맥이 동시에 살아있는 대가람임을 짐작할 수 있다.

지명에 다도(茶道)라는 글자가 들어가는 것은 초의가 출가한 운흥사가 소재한

---

2) 김진영, 배규범 역주(2004), 『초의선사 의순시집』, 서울: 민속원, 337쪽.
3) 송해경(2007), 「초의의순의 다도관 연구」, 원광대학교대학원 박사학위논문, 21쪽.

나주시 다도면(茶道面)이 유일한 것으로 알려져 있다.4) 다도면이라는 지명이 말해주듯이, 운흥사 주변은 차나무 자생지로 유명하다. 그렇다면 초의가 차와 인연을 맺게 된 일은 쉽게 짐작이 간다. 초의가 차를 처음 만난 것은 운흥사이다. 차나무를 잘 키우는 것부터 찻잎을 따고 갈무리하는 모든 것들이 처음 절 집에 들어간 행자들이 하는 일이었다. 초의 역시 은사 벽봉 밑에서 보낸 행자시절, 어린 찻잎을 따는 동안 몇 번이고 찻잎을 따는 일을 그만두고 절집을 나가버릴까 할 정도로 힘들게 차에 대한 모든 것을 습득한 것으로 전해지고 있다. 행자시절의 차를 따는 고된 수행은 후일 초의가 차와 인연을 맺고 다성의 반열에 오르는데 지대한 영향을 미쳤을 것으로 진단된다. 또한 운흥사 가까이 있는 불회사도 고려 때부터 유명한 차 산지로서 조정에 차를 만들어 바친 다소(茶所)와 사원에 차를 만들어 제공한 다촌(茶村)이 있었다는 사실5)과 초의가 주석하였던 대둔사는 『세종실록지리지』(1454)를 제외한 다른 기록에 빠짐없이 차산지로 기록되어 있음에서 대둔사 다맥의 흐름을 가늠해 볼 수 있다. 그렇다면 초의에게 면면이 이어져 오는 다맥의 흐름은 무엇보다도 대둔사의 다맥과 밀접한 관계가 있으며, 대둔사 가람의 이러한 분위기에서 초의의 다도 정신은 배태되고 한층 깊어졌을 것으로 생각된다.

또한 다산 정약용(1762-1836)과 대둔사 스님들 간의 관계의 중요성에서 초의의 차 인연을 찾아 볼 수 있다. 대둔사 스님들이 다산의 가르침을 통해 새로운 학문 세계를 이해했고, 다산은 스님들과의 만남을 통해 불교와 차에 대한 이해의 폭을 넓힐 수 있었다. 다산(茶山)의 호가 다산(茶山)일정도로 다산은 차에 깊은 관심을 가지고 있었다. 그런데 다산이 본격적으로 차를 마신 것은 1801년(순조 1) 신유사옥에 연루되어 강진 땅에 유배되면서부터다. 이곳에서 유배생활을 하던 중, 다산은 유배생활 중에 얻은 병 때문에 차를 찾았는데 때마침 만덕산 백련사에서 야생차를 발견하는 행운을 얻게 된다. 초당과 백련사의 거리는 800m 밖에 안 되는 지척이다. 다산은 대둔사 대강백 아암혜장(1772-1811)이 대둔사에서 백련사로 건너와 머물며 다산을 만나려고 애를 쓴다는 소문을 들었다. 이에 그는 제자 황상(1788-1863?)을 보내 그의 학문수준을 살펴본 후에 어느 날 일부러 신분을 감추고 백련사로 놀러가 한나절 대화를 나누게 된다. 마침내 혜장을 인정한

4) 이귀례(2002), 『한국의 다문화』, 서울: 열화당, 81쪽.
5) 송해경, 위의 논문, 9쪽.

다산은 혜장에게 주역을 가르쳐 주게 되고 사제관계를 맺는다. 다산은 혜장 등 백련사 스님들에게 차 만드는 법을 알려주고, 다산의 제다법은 혜장의 수제자 수룡색성(1777~?), 기어자홍 등에게도 전해진다.

다산은 1808년 다산초당으로 거처를 옮긴 후 비록 유배생활이긴 하지만 제자들을 가르치고 정원도 가꾸고 인근 야산에 차를 심고, 차를 자급자족하는 시스템을 갖추게 된다. 즉 차를 제다하고 먹는 것을 지속적으로 하기 위해서 차를 공급하고 소비하는 다신계(茶信契:18인)를 조직했던 것이다. 다산과 초의의 만남은 1809년 다산초당에서 혜장을 통해 이루어지게 된다. 다산이 48세, 초의가 24세 때이다. 두 사람의 나이 차는 24세이다. 초의는 출가한 이후, 줄곧 스승이 될 선지식을 찾아다녔으나 실망만 하다가 당시 유학의 대가일 뿐만 아니라 차에 대해 탁월한 식견을 가진 다산을 만나게 된다. 다산을 만나는 순간, 그의 인품에 빠져들고 흠모하게 된다. 초의는 다산초당을 드나들면서 다산으로부터 유학의 근간이 되는 내용들을 섭렵하였고, 차를 배웠으며, 제다법도 그때 익히게 된다. 초의의 시집 속에 다산을 존경하고 흠모하는 마음을 담은 구절이 적지 않음을 보면, 다산은 초의의 시문학에 큰 영향을 미쳤음을 알 수 있다.

3. 초의의 교유와 시문학 형성

1) 다산의 만남과 그 영향

앞서 살펴 본 바와 같이, 연담유일과 완호윤우 그리고 아암혜장은 초의가 선교 양종에 대한 깊은 이해를 하고 시문학을 익히는 데 많은 영향을 미쳤다. 화순 쌍봉사에서 금담선사로부터 선을 배우며 참선에 전념하였던 초의는 22세 때부터 제방의 선지식을 두루 참방하는 선승이었으나 특별히 선에만 치우치지 아니하고 선교겸수를 주장하였다. 뿐만 아니라 그는 여러 유자들과도 격의 없이 교류를 하여 그의 학문적 지평을 넓혔다. 그의 사상에 문학적인 안목을 높여 준 이가 신유사옥[6](1801)으로 강진에서 억울한 유배생활을 하던 바로 다산이다. 초의는 다산을 만나 유학 서책을 받았고 그로부터 문장과 시학, 주역 등을 배웠다. 대둔사에 찾아 온 다산을 전송하고 쓴 서시(書詩)「奉呈擇翁先生」에서 초의는 학덕이 높은

---

6) 1801년에 일어난 천주교에 대한 박해사건. 정조의 아버지 사도세자의 죽음(1762)을 둘러싸고 일어난 시파와 벽파의 당쟁이 종교탄압으로 발전함.

다산을 나라 안에 으뜸가고 문질(文質)이 빛나는 스승으로 칭송하고 있다. 또한 그를 만나 배움을 받게 된 기쁨을 하늘이 나를 맹자 곁에 있게 한 것으로 표현하고 있다.

我生當此時　이런 시기에 제가 태어났고
質亦非堪硏　자질 또한 비천하여 연마하지 못했습니다.
所以行己道　따라서 저의 도리를 행하려 해도
將向問無緣　장차 물을 곳이 없습니다.
歷訪芝蘭室　현인군자를 두루 찾아보았으나
竟是포魚廛　모두 어물전의 고기떼였으며
南遊窮百城　남쪽의 여러 고을을 유람만 하느라
九違靑山春　좋은 세월을 허송하였습니다.
豈爲窮海曲　여기를 어째서 궁벽한 해안가라 말하겠습니까
天降孟母隣　하늘이 나를 맹자 어머니 곁에 있게 했습니다.
－「奉呈擇翁先生」

탁옹은 다산의 별호이다. '기사년(1809년) 대둔사에서'라는 부제가 붙은 이 시에서 초의는 대학자 다산을 만난 즉시 다산에게 푹 빠져버린 자신의 심중을 말할 뿐만 아니라 다산과의 사이에 나이를 초월한 깊은 애정과 존경심을 표하고 있다. 사실, 초의는 15세 출가 이후 가르침을 받기 위해 제방의 선지식을 두루 찾아 다녔다. 하지만 허송세월을 보냈을 뿐, 그 뜻을 실현시키지 못하고 안타까워하던 차에 학덕과 인품이 출중한 스승을 강진을 뜻하는 "궁벽한 해안가(窮海曲)"에서 모시고 가르침을 받게 된 것을 감사하게 여기며 기뻐하고 있다. 나아가 다산을 흠모한 초의는 다산을 맹모에 비유하면서까지 배움에 대한 강한 의지를 피력하고 있다. 다산과 초의의 만남은 훗날 유배가 해제되고 다산이 고향으로 돌아가 다산이 죽을 때 까지 계속되었다. 그리고 초의는 다산의 두 아들 유산 정학연, 운보 정학유와도 깊은 교유를 하게 된다.

다산은 '爲草衣僧意恂贈言'이라는 초의에게 보낸 편지에서 문장의 본질을 밝히고 또한 그 나아갈 바를 분명히 일러줌으로써 시문학을 공부하려는 사람들이 가져야 할 자세를 명시하였다. 즉, 임금의 엄한 조칙을 받아 공부하듯이 또는 호랑이가 뒤에 쫓아오는 듯이 쉬지 않고 열심히 학문에 정진할 것을 당부하고 있다. 또한 신헌의 '草衣大宗師塔碑名'에 "다산 승지로부터 유서를 배우고 시도에 눈을 뜬 이후로 교리에도 정통하고 선경에 깊이 들어 운유(雲遊)의 멋이 있었다"[7]라는 대목은 다산이 초의로 하여금 학문의 깊이를 더하고, 또한 시문학의 깊이를 더하는데 큰 영향을 미쳤음을 말해 준다. 아울러 초의는 1815년 처음으로 한양에 올라가 다산의 두 아들 유산과 운보를 만나고, 해거도인 홍현주, 자하 신위 등과도 깊은 교분을 맺는다. 이 무렵 유산은 초의에게 추사를 소개함으로써 유학자들과의 긴밀한 교유관계를 유지하도록 하였다. 중요한 사실은 초의의 시문학 활동은 이때부터 본격화 된다는 점이다. 초의의 이들 문사들과의 교유는 평생을 통해 지속되었으며, 그의 교유관련 대부분의 시가 이들과의 관계 속에서 생산되었다. 이때부터 초의의 이름이 유가에 알려지기 시작하였다.

2) 초의와 추사의 금란지교의 관계

초의와 추사의 42년간의 금란지교(金蘭之交)는 1815년 두 사람이 수락산 학림암에서 처음 만남으로 시작된다. 초의가 해붕 노화상(?~1826)을 모시고 학림암에서 동안거를 지낼 때 추사가 눈길을 헤치고 노스님을 찾아와 공(空)과 각(覺)에 대한 깊은 담론을 나누었던 때였다. 그들이 처음 만나는 날, 은은한 빛깔로 우러난 차를 앞에 두고 그 향을 마시면서 서로에게 끌려 새벽녘까지 깊은 담론을 나누었을 것으로 생각된다. 무엇이 그들을 서로 그토록 끌리게 했으며, 그들의 연결고리는 무엇이었던가? 첫째는 동갑(1786년생)내기요, 둘째는 연경의 석학들과의 담론에서도 뒤지지 않을 유학자 추사의 경지와 불경의 깊고 높은 경지를 깨우친 초의가 종교와 신분을 초월한 점을 들 수 있다. 셋째 그것보다 더 중요한 것은 바로 차로 인하여 맺어진 인연일 것이다. 동갑내기 초의와 추사는 평생의 지음(知音)으로 지내며 금란지교의 우정을 보여 주었다. 초의는 좋은 차를 추사에게 보내주었고, 추사는 깊은 감사의 뜻으로 답하는 글씨를 써서 보내주곤 하였다. 초의는 봄이면 차를 만들어 추사에게 보냈는데 매년 잘 하다가 어떤 해 게으름을 피우면 추사는 신랄하게 다그치는 편지를 보내 초의에게 차를 보내주기를 수없이 요구할 정도로 그의 차에 대한 열정은 대단했다. '차를 끓이는 다로의 향이 향기롭다'는 의미의 '일로향실(一爐香室)'은 초의가 제주도까지 차를 보내준데 대한 감사의 뜻으로 추사가 소치를 통해 초의에게 보낸 글씨이다. 아울러 추사는 초의가 제다묘법을 터득하여 보내 준 차를 마시며 삼매에 든다는 '명선(茗禪)'이라는

---

7) 신위, 『초의시고』, "從茶山承旨 受儒書觀詩 通敎理恢拓禪境 始有雲遊之奧."

차호를 보내 주었다. 이처럼 초의에게 보낸 추사의 39통의 편지 중 9통이 차에 관한 것일 정도로 추사는 초의에게 차를 상당히 의존하였다. 추사는 초의에게 보낸 35번째 편지에서 차를 마시지 못하면 병이 날 정도로 차를 사랑하였음을 이렇게 토로하고 있다.

"갑자기 체편(遞便)으로부터 편지와 아울러 차포를 받았는데 차의 향기에 감촉되어 문득 눈이 열림을 깨닫겠으니 편지의 있고 없음은 본래 계산하지도 않았다네. 다만 이가 아리니 몹시 답답하지만 혼자서 좋은 차를 마시고 남과 더불어 같이 못하니 이는 감실(龕室, 불상을 모셔두는 방) 속의 부처도 자못 영검하여 율(律)을 시한 것이라 웃고 당할 밖에 없네. 이 몸은 차를 마시지 못해서 병이 든 것인데 지금 차를 보니 나아버렸네. 가소로운 일이로세"(제35신)[8]

또한 36번째 편지에는 그들이 관계가 학문적으로 뿐만 아니라 정신적으로 차 인연을 통해 깊이 맺어져 있음이 잘 묘사되어 있다. 추사는 자신의 서화(書畵)를 차와 바꾸기가 예사였을 정도였다.

근일 일로향실(일지암)에 죽 머물러 있다니 좋은 인연이 있는거요. 왜 갈등을 부숴버리고 한 막대를 멀리 날려 나와 이 차의 인연을 같이 하지 않는 거요. 또한 근래 자못 선열에 대하여 초경의 묘가 있는데 더불어 이 묘제를 함께 할 사람이 없으니 한 번 눈썹을 펴고 토론하고 싶은데 이 소원을 이룰 수 있을지 모르겠소. 약간의 졸서가 있어 부쳐 보내니 거두어들이길 바라오. 곡우 전의 잎은 얼마나 가려 놓았는지. 어느 때나 부쳐 보내 이 차의 굶주림을 진정시켜 주려는가. 날로 바라며 不宣.[9]

추사는 차를 원하는 심정과 차를 끓여 마시는 다선일여의 함축하는 '명선(茗禪)'이라는 글씨를 차를 보내준 답례로 초의에게 보냈다. 거기에는 다음과 같은 글이 작을 글씨로 적혀 있다.

명선. 초의 그대가 부쳐온 손수 만든 차는 몽정산의 노아차보다 부족하지 않기에 백석신군비의 의미를 글씨로서 이에 보답하네 - 앓는 거사 보냄('茗禪' 草衣寄來自製茗 不減蒙頂露芽 書此爲報 用白石神君碑意 - 病居士隷)

---

8) 민족문화추진회(1989), 『국역 완당전집Ⅱ』, 192쪽.
9) 초의문화재집행위원회(1997), 『초의전집』5, 148쪽.

초의는 봄이면 손수 차를 만들어서 추사에게 선물하였고, 차를 얻은 추사도 즐거이 고마움을 표시하였다. 앞서 언급했듯이, 추사는 '명선'이라는 두 글자의 휘호를 썼고 작은 글씨로 마음의 고마움을 전하였다. '신군비'는 신군이 구름과 비를 일으키며 백성을 이롭게 하기 때문에 그 공덕을 찬탄하기 위해 후한 때 세운 비석이다. 추사는 초의가 몽정 노아차 만큼 잘 만든 차를 보내 준 공덕을 신군의 공덕과 같다고 여겨 비석에 새기듯 '명선'이라는 글씨를 쓴다는 의미이다. 이 무렵 추사의 차에 대한 경지는 이미 차를 좋아하는 단계를 넘어 선의 경지에 들어섰고, 이러한 경지는 추사와 초의 두 사람에게 지대한 영향을 미쳤을 것으로 진단된다. 추사가 초의에게 7번째 보낸 편지에서 "선탑다연 속에서 또 한 해가 가는구려. 해가 가고 해가 오는 속에 능히 가도 오도 않는 것이 존재하는지요"(禪榻茶煙 又是一年 年去年來之中 能有不去來者在否"라고 하는 대목에서 선탑다연 속에서 선과 차가 만나는 생활을 하고 있음을 알 수 있다.

또한 초의는 추사가 차와 선을 통해 삼매의 경지에 이르는 경지를 "고요히 앉아 있는 곳에서는 차 반 쯤 우려냈을 때의 첫 향기 같고, 오묘하게 움직일 때는 물 흐르고 꽃 피듯한다"(靜坐處茶半香初 妙用時水流花開)라고 표현하였는데, 이 대목은 추사의 다선일여의 다도정신을 잘 말해 준다. 이는 초의가 『동다송』 제13송에서 "취도녹향다(翠濤綠香茶)를 통해 깨달음의 경지에 들어가는 것"과도 같은 맥락이라고 할 수 있다. 또한 심기를 고르게 하고 널리 배우고 독실하게 실천하면서 "사실에 의거하여 진리를 찾는다"(實事求是說)의 실천의 전성기가 바로 제주 대정에서의 유배생활이었다. 이 점을 고려하면, 추사가 그 인고의 기간 동안 썩지 않고 아름다운 실천을 보여줄 수 있었던 힘은 초의가 보낸 차에 있었던 것으로 진단해 볼 수 있다. 아울러 초의가 당대의 거물급 유학자들과 학문적 토론을 벌이거나 그들과의 긴밀한 교우가 가능했던 것도 추사의 소개 덕분이었다 할 수 있다. 그런데 추사가 1851년 71세로 과천 청계산 아래에서 유명을 달리하자 초의는 그의 영전에 '완당김공제문'을 지어 올렸다. 여기에는 초의와 추사와의 금란지교의 깊은 우정 관계가 명징하게 드러나 있다.

> 42년의 깊은 우정을 잊지 말고 저 세상에서도 오랜 인연을 맺읍시다. 생전에는 별로 자주 만나지 못했지만 그대의 글을 받을 때마다 그대의 얼굴을 대한 듯했고 그대와 만나 얘기할 때는 정녕 허물이 없었지요. 더구나 제주에서 반년을 함께 지냈고 용호(蓉湖, 서울)에서 두 해를 같이 살았는데, 때로 도에 대해 담론할 때면 그대는 마치 폭우나 우레처럼 당당했고 정담을 나눌 때면 실로 봄바람이나 따사한 햇볕 같았다오.[10]

그 후 초의는 대흥사 일지암에 돌아와 머물며 두문불출하였다. 추사의 죽음에 대한 초의의 슬픔은 지음 종자기(鐘子期)를 잃은 백아(伯雅)의 슬픔과도 같았다. 1866년 8월, 초의가 원적에 들자 의발은 수제자 서암선기(恕菴善機)에게 전해졌다.

3) 신위와 홍현주와의 교유와 그 영향

자하 신위(1769-1845)는 조선 최고의 시인 중의 한 사람이다. 그는 다산, 추사, 낙하 이학규, 부산 한치웅, 그리고 초의와도 깊은 관계에 있었으며 차에 관한 시를 100편 이상 남겼다. 추사보다 17세 연상이었음에도 불구하고 신위는 추사의 시적 안목에 크게 고무되어 추사에 자신의 시론을 묻기도 하고, 자신의 시도(詩道)를 정립하는데 많은 영향을 받았다고 하였다. 그들의 이러한 아름다운 관계는 당대의 젊은이들에게 적지 않은 영향을 미쳤음은 물론,[11] 초의에게도 적지 않은 영향을 미친 것으로 여겨진다.

초의는 1830년 자하를 방문하여 그의 스승 완호의 탑비명을 청하였으며, 이듬해 4월, 자하가 관악산에 거주하던 자운암 북선원에서 자하를 만나 자하 노인이라 칭하면서 참으로 존경의 마음을 보내기도 하였다.

開門人記閉門旋　　문 연 사람 문 닫고 갈 줄을 알기에
回首中間五十年　　중간에 고개 돌려보니 오십 년이구나
秘閣丹鉛前學士　　비각에서 단련하는 예전의 학사인 듯
梵宮香火上乘禪　　범궁에서 향 사르는 대승의 선객인 듯 하네
綠陰滿地三槐老　　녹음이 가득하니 세 그루 회나무도 늙고
玉響穿雲一磬圓　　옥 같은 울림 구름 뚫으니 석경이 둥글다
慙愧闍黎情想在　　부끄럽구나 승려로서 아직 인정 남아
憑將曉夢暗相牽　　새벽녘 꿈에 의지해 남몰래 이끌었다네
－「북선암으로 자하도인을 찾아가다(北禪院謁紫霞道人)」

높은 품격의 자하 노인이 절집 승려가 뵙고자 하는 것이 부끄럽다고 할 만큼 자하 노인을 존경하는 마음이 표현되어 있다. 초의는 자신보다 17세 연상이고 모든 면에서 원숙한 경지에 이른 즉 선오(禪悟)의 경지를 느낀 자하에게 스스로 우러러 받드는 모습을 보이고 있다. 당시 자하의 모습은 마치 "비각에서 단련하는

---

10) 유홍준(2005), 『완당평전1』, 서울: 학고재, 152-153쪽.
11) 김혜숙(1991), 「추사와 자하의 문학적 교류와 그 영향」, 『대동문화연구』26, 130쪽.

옛 학사인 듯 / 범궁에서 향사르는 대승의 선객"과 같았다고 표현하고 있다. 이는 벼슬을 사양하고 수행자처럼 살았던 그의 삶을 상기시켜 준다. 여기에는 초의가 스님의 모습을 떠나 유가와 불가의 세계를 초월하여 자하와 교유하는 탈속 원융의 회통 정신이 함축되어 있기도 하다. 자하는 『초의시집』의 서문을 써주었고, 8월에는 초의와 다시 만나 시를 주고받았을 정도로 우의가 돈독했을 뿐만 아니라 초의의 시세계를 잘 이해하고 그의 시를 각별히 좋아했다. 자하는 초의를 훗날 차의 전문가인 '전다박사(煎茶博士)'라고 칭하였고, 이것은 차에 대한 초의의 명성을 더욱 빛나게 하였다.

　해거도인 홍현주(1793-1865)는 풍산 홍씨이며 조부는 영의정을 지냈고, 아버지 홍인모는 호조참의를 지냈으며 어머니는 시문과 수학에 능통한 영수합 서씨이다. 홍현주는 정조의 딸인 숙선옹주와 결혼하여 정조의 부마가 되었으며, 영명위(永明尉)에 봉해졌다. 그런데 홍현주와 초의의 만남은 초의가 두 번째 한양에 올라가 다산의 아들 유산을 만나러 왔을 때 처음 이루어졌다. 그 후 두 사람의 관계는 1815년 봄 초의가 금강산을 유람하고 서울에 있는 홍현주의 별장인 청량산방에 들렸을 때 홍현주의 시문집에 초의가 발문을 쓸 정도로 친밀한 관계로 발전하였다. 그때 홍현주는 초의와 늦게 만난 것을 아쉬워하면서 서로의 뜻을 이해하고 돈독한 우의를 다졌다. 조선 후기 승려의 신분은 매우 낮아 천민으로 취급받던 시절이었다. 그럼에도 홍현주는 초의를 흔쾌히 받아들여 청량산방 시회에 동참하게 하였다. 이 때 초의는 자신이 직접 만든 차를 선물하였고, 홍현주는 다시 만난 초의의 맑고 깨끗한 모습에 적지 않은 호감을 가지고 대하였다. 초의는 「해거도인에게 한 수 지어 올리다(一絶呈海居)」에서 해거도인이 마련한 좋은 모임에 초대해 준 것에 대한 고마움을 무자경의 정신으로 비유해, 말이나 글과 같은 형식을 떠난 부처님의 진리를 말하고 있다고 표현하였다.

綺度元來海樣寬　아름다운 도량 바다같이 너그러워
亦容癩可瘦權寒　병든 모습에도 세상 매서움 헤아리네
敢裝禁體翻新案　감히 시를 올려 새 책상을 더럽히는 것은
無字經中試擧看　무자경에서 시험삼아 들어보이신 것이리
　　　　　　　-「해거도인에게 한 수 지어 올리다(一絶呈海居)」

초의와의 만남을 전후한 시기가 홍현주의 뜨거운 시혼이 발휘된 전성기였으며, 이 무렵 그의 차시 전체의 절반이 생산될 정도로 시 창작이 활발하였다. 초의의 운에 맞춰 해거는 "시 읊고 차 마시니 모두가 선의 맛이니, 나 또한 세상에 있는 머리털 없는 중이라오"[12] 라는 시를 짓기도 하였다. 그러나 초의와의 관계에 있어 홍현주의 가장 큰 공적은 초의로 하여금 『동다송』을 짓게 한 것이다. 홍현주는 차에 관한 궁금한 점을 풀기 위해 북산 변지화(北山 卞持和)를 통해 초의에게 묻게 되었고, 이에 답하는 과정에서 초의는 우리나라 최초의 다서인 『동다송』을 저술하게 된 것이다. 사실, 홍현주는 부인인 정조의 딸 숙선옹주가 죽고 난 후, 허전한 마음을 달래고자 불교로 회향하려는 모습을 시에 많이 담아냈다. 또한 그는 만년에 차도 많이 마시게 되고 차에 대한 이해가 깊어 졌으며, 차시도 자주 썼다. 말하자면, 홍현주는 반려자를 잃고 쓸쓸히 지내는 만년의 외로움을 차와 종교로써 위안을 받으며 『동다송』 저술을 초의에게 부탁하였던 것이다. 이에 초의는 자신의 모든 지식과 역량을 동원하여 기존의 잘못된 차에 대한 인식을 새로이 하는 동시에 자신의 사상과 이상을 『동다송』에 녹여냈다. 이와 같이 홍현주와 초의의 돈독한 교유는 자연스럽게 초의로 하여금 당대의 최고의 학자들과의 교유를 가능하게 하는 기회를 제공하였다.

4. 초의의 선다시와 마음치유의 관계성

현대인이 겪는 고통의 대부분은 마음과 관련한 것이라 할 수 있다. 병과 마음, 치유와 마음과 관련하여서는 오래 전부터 그 관련성이 시사되어 왔거나 강조되어 왔다. 원효스님은 해골바가지에 담긴 물을 먹고 모든 것은 마음에서 비롯되는 것임을 설파했다. 다시 말해, "마음이 생하는 까닭에 모든 법이 생기고 마음이 멸하면 감실과 무덤이 다르지 않네. 삼계가 오직 마음이요, 모든 현상 또한 알음알이(識)에 있다. 마음 밖에 아무것도 없는데 무엇을 구할 것인가"라고 역설했던 것이다. 한편, 히포크라테스는 "내 몸을 고치는 진정한 의사는 내 몸 안에 있다"라고 하였다. 우리 몸 안에 있는 자연능력이야 말로 진정한 질병의 치유자라는 의미이다. 이는 결국 내 몸 안에 있는 것이 바로 마음이며, 모든 것은 마음작용에서 비롯된다는 것이다.

---

12) 『해거제시집』, 「瑪莊丙舍逢草衣師拈 韻共賦」 "飮詩 茗皆禪味我亦人間有髮僧"

뿐만 아니라 사물에 마음을 빼앗기고 그 빈자리를 욕심으로 채우기 바빠서, 고요히 비어도 저절로 충만한 본래 마음을 잊고 살고 있는 것이 우리의 삶이다. 이러한 번다한 삶 속의 한 잔의 차는 우리의 지친 마음을 쉬게 하고 따뜻하게 하며 향기롭게 할 수 있다. 왜냐하면 한 잔의 차는 내 마음의 여유를 가꾸는 도구이며, 영혼을 일깨우는 거울일 수 있기 때문이다. 그래서 선사들은 차와 선을 별개의 것으로 여기지 않고 차를 준비하고 향유하는 전 과정을 통해 법희선열(法喜禪悅)을 맛보았던 것이다. 차 안에 부처님의 진리(法)와 명상(禪)의 기쁨이 다 녹아 있기 때문이다. 따라서 차나무를 가꾸고 차 맛을 즐기면서 걸림 없는 삶을 산 것은 초의가 추구하는 불이선(不二禪)의 세계이었다 할 것이다.

그렇다면 차가 지닌 특징과 매력은 무엇인가. 초의는 「산천도인이 차를 사례함을 받들어 화답하여 짓다」라는 시에서 '차'의 어원은 범어 '알가(閼伽, argha)'에서 유래한다고 언급하고 있다.[13] '알가'는 부처님전에 올리는 물이란 뜻으로 쓰이기도 하는데, 그것은 우주의 시원이다. '시원'은 어떤 욕심에도 사로잡히지 않는 순수이며, 그 '순수'는 우주 속에서 영원히 변치 않는 참모습이다. 그런 이유로 선사들은 '다선일미'라 하여 차를 다루는 일을 일상사로 여겼던 것이다. 오늘날 들뜨고 번잡한 삶을 살아가는 가운데 마음의 여유와 순수한 마음을 갖게 해주는 차를 마시고 다향과 다색을 음미하면서 자신을 관조하는 것은 '깨어있는 마음'을 갖게 할 뿐만 아니라 고단한 삶을 쉬게 하고 새로운 삶의 지평을 여는 기회를 다분히 제공할 있을 것으로 진단된다. 그렇다면 초의의 선다시에 나타난 차가 주는 치유의 요소는 무엇이며 또한 그 시적 미학은 무엇인지 구체적으로 살펴보고자 한다.

1) '신상청경'과 베품의 공덕

초의의 사상을 꽃피운 일지암은 초의 자신이 주석하던 대흥사를 떠나 두륜산 중턱에 중건한 초암(草庵)이다. 그는 이곳에서 40여 년간 다산, 추사, 홍석주 등과 다도를 논하고 시를 지으면서 일생을 보냈으며, 『동다송』과 『다신전』을 지었다. '일지'라는 이름은 장자(莊子)의 「소요유(逍遙遊)」에 있는 "뱁새가 깊은 숲에 보금자리를 마련할 경우 한 나뭇가지면 충분하다(鷦鷯巢於深林 不過一枝)"[14]와

---

13) 알가의 참된 근본은 묘한 근원을 다하고 묘한 근원에 집착함이 없으면 바라밀이라네(閼伽眞體 窮妙源 妙源無着波羅密)

한산(寒山)의 시 「금서자수(琴書自隨)」의 "뱁새는 언제나 한 마음으로 살기 때문에, 나무 한 가지에 살아도 편안하다(常念鷦鷯鳥安身在一枝)"에서 유래한다. 그렇다면 풀로 옷 대신 몸을 가리고 있다는 '초의(艸衣)'나 '일지(一枝)'는 다 욕심 없는 무소유의 삶을 상징한다고 할 수 있다.

초의는 출가 사찰 운흥사 주변의 차 씨앗을 가져다 일지암 주변에 뿌려 차나무를 가꿨다. 누군가로부터 차나무를 얻어 초암 뜰에 심고, 곡차를 나누면서 정담을 나눈 그 누군가를 다시 만나고 싶은 심정을 선사는 이렇게 노래하고 있다.

天寒紅葉亂辭林　찬 기운 감도는 계절 낙엽은 분분히 지고
不怨煩霜冷着襟　옷깃에 밴 찬 이슬 원망하지 않나니
月上落霞停水面　달이 뜨면 달그림자 수면위에 비치고
風翻孤鶴舞庭心　바람불면 외로운 학 뜨락에서 춤춘다네
多情欲與樽前語　술잔 기울이며 다정히 이야기 나누고자
留約還將夢裏尋　만날 약속 정하고도 꿈속에서 다시 찾네
分得白雲淸雨露　흰 구름과 맑은 이슬과 함께 지니고
和根移取艸堂深　초암 깊은 곳에 차나무 뿌리를 내린다

　　　　　　　- 「차나무 한 그루 얻다(借分一枝又疊)」

가을이 되어 금풍(金風)으로 낙엽이 지고 찻잎에 이슬이 내려도 원망하지 않는 자연의 섭리를 받아들이는 초의 자신의 의연함이 잘 드러나 있다. '소멸'마저도 새로운 변신의 존재태로 승화시키는 선사의 의연함은 탐욕과 집착에 매인 우리들에게 아름다운 내려놓기의 미학을 인식시켜 준다. 환한 달빛이 연지에 비치는 밤, 선사는 소슬하게 부는 바람을 맞으며 외로움을 달랜다. 곡차를 들며 다정하게 마음을 나눌 누군가가 그리운 심사이다. 낮이면 태양, 하늘, 구름, 그리고 새들과 말을 나누는 차나무는 밤이면 별과 달과 바람과 안개와 어둠과 살을 섞으며 깊이 뿌리를 내린다. 모든 식물은 수분을 머금은 정도에 따라 색의 때깔이 달라진다. 밤이슬과 아침 안개에 흠뻑 젖은 가지는 더욱 푸르고 어린 싹은 더욱 비취색으로 윤택함을 더한다. 이러한 환경과 토양에서 자라는 차나무의 뿌리는 땅 속

---

14) 장자의 「소요유」에 눈앞의 물질 앞에 초연하게 인생을 사는 사람의 이야기가 있다. 하루는 요임금이 당시 현자라고 알려진 허유(許由)를 찾아가 자신이 소유한 천하를 넘기겠다고 하였다. 이 제안을 받은 허유는 "뱁새가 깊은 숲 속에 둥지 틀지만, [둥지 트는데 필요한 것은] 나무 한 가지에 불과하고, 두더지가 강물을 마신다 해도, [마시는 물의 양은] 그 배를 가득 채우는데 지나지 않는다.(鷦鷯巢於深林 不過一枝, 偃鼠飮河 不過滿腹)"라고 말하며 천하를 주겠다고 제안한 요임금의 제안에 한마디로 거절했다고 한다.

에 잠재해 있는, 우주를 있게 한 비가시적인 힘[理]을 흡수하여 기(氣)로 바꾼다. 때문에 산사에서 차를 마시는 것은 우주의 기를 마시는 것이라 할 수 있다.

홍현주(정조의 사위)의 부탁으로 저술한 『동다송』의 제 1송은 굴원(屈原)의 『초사』15)와 육우의 『다경』을 인용하여 차나무가 인간에게 베푸는 덕과 따뜻한 남쪽 지방에서만 자라는 성품, 늘 푸름을 잃지 않는 품격, 가을의 영화로움을 한껏 자랑하는 꽃의 소박함과 향기 등 차나무의 생김새를 세밀하게 묘사하고 있다.

> 后皇嘉樹配橘德　후황이 아름다운 차나무에 귤의 덕을 갖게 하였으니
> 受命不遷生南國　명을 받아서 옮겨가지 않고 남국에만 자라는구나.
> 密葉鬪霰貫冬靑　빽빽한 잎은 싸락눈과 싸우며 겨우내 푸르고
> 素花濯霜發秋榮　흰 꽃은 서리에 씻기어 가을 정취를 풍기네.
>
> ─「남국의 아름다운 나무(南國嘉樹)」

차나무가 하늘이 내린 신령스러운 나무임이 묘사되고 있다. 신령스러운 나무이기 때문에 이 나무에서 딴 잎으로 만든 차는 제상에 오르는 신물임이 강조되고 있다. 종자로 파종된 차나무의 뿌리는 곧고 깊게 내려가 착근하는 면이 강하다. 이러한 속성을 지닌 차나무는 귤나무처럼 군자의 덕을 가지고 있으며, 따뜻한 남쪽에서만 자라고 옮겨가지 않는 것에서 영원한 믿음과 정절을 상징한다. 그리고 매서운 눈보라에도 굴하지 않고 늘 푸른 것에서 선비의 충절을 읽을 수 있고, 모진 추위에도 견디어 내는 흰 꽃은 강인한 순결과 백의민족의 정신을 함축하고 있다. 이러한 상서로운 차나무는 신령스런 뿌리를 가진 신산, 즉 지리산에 내림으로써 한결 신선다운 풍모를 지닌 특별한 존재가 되었다고 초의는 제 13송에서 말하고 있다.

차를 마시며 선 수행을 하는 것을 '다담선'(茶湛禪)이라 하는데, 다담선의 수행화두는 '명선'(茗禪)으로 이어져왔다. '명선'이란 차를 마시며 선을 수행함에 있어 차나무에서 새순이 나오는 것처럼 선의 싹이 나온다는 뜻이다. 또한 한 잔의 차를 마신다는 것은 어울림을 의미한다. 곧 차와 물, 차와 다기, 차와 사람 그리고 사람과 사람의 어울림이다. 찻물을 끓일 때 물과 불은 분명 대립되는 성질을 가지고 있지만 물과 불이 어울리면 신묘한 찻물이 된다. 그래서 흔히 불가에서는 '다선일여' 혹은 '선다일미'라고 한다. 때문에 '각성'을 의미하는 차는 수행자의 삶에 있

---

15) 굴원은 전국시대 초나라의 문인으로 이름은 평(平), 자는 원(原), 호는 영균(靈均)이다. 왕에게 충간하였으나 용납되지 않자 멱나수에 몸을 던져 죽었다고 한다.

어 중요한 매개역할을 한다. 중국의 고불 조주스님이 두 납자의 참문에 '끽다거(喫茶去·차나 마시게)'라고 한 이후 '끽다거'는 유명한 화두가 되었음이 이를 입증한다. 차를 직접 마시어 차 맛을 아는 것처럼, 차를 마시는 것은 일상생활에서 본래심을 잃지 말아야 한다는 평상심에의 회귀요, 또 무심하게 마시는 차 한 잔에도 일생의 참학을 깨닫도록 자기 자신을 늘 돌아보라는 의미가 담겨 있다.

또한 형식적이고 번거로움을 피하고 자유스럽고 검박하며 편안하게 즐기는 방법을 택했던 초의는 찾아온 벗들과 달 밝은 다정에 앉아 차를 마시며 다선을 논하곤 했다. 쌀쌀한 봄기운에 몸을 녹이고 게다가 모처럼 찾아 온 나그네와의 담소에 차는 더없는 소중한 선물이 된다.

瀹茗且禮耽詩客　차 끓여 좋아하는 나그네에 대접하고
劑藥相憐問字僧　약 지어 서로 글자 묻는 스님을 동정하네
病起還尋舊遊跡　자리 털고 일어나 옛 놀던 곳을 찾으니
留題催和更多情　시구 남겨 다정히 화합하기 재촉하네
- 「奉和酉山」

두릉시사에서 다산의 아들 유산 정학연의 시에 삼가 화답하는 내용이다. "탐시객"이란 산사를 찾아 온 문사를, "문자승"은 곧 초의 자신을 말한다. 손님에게 차를 대접하고 자신은 약을 달여 마시는 것으로 선사는 말한다. 어쩌면 그 약은 역시 마음의 병을 녹이는 차의 다른 이름일 수 있다. 멀리서 찾아온 나그네와 벗이 되어 시구를 주고받는 사이 어느덧 스님의 병은 차츰 호전되어 갔던 것으로 진단된다. 이러한 설정은 생활 속 차의 기능을 한결 높여 준다. 또한 초의는 한양에 가면 삼각산 청량사에 머물렀는데, 차를 마시며 청담을 나누는 그의 소박한 멋이 청량산방에 머물면서 쓴 다음의 시에 잘 나타나 있다.

손님이 오니 짙은 안개도 모여들고　客來暝烟集
들 밖 절집에는 종소리도 멎었네　野寺鐘聲歇
청량사 한밤에 책상을 나란히 하고　併榻清涼夜
함께 소나무 위 달을 보았네.　同看松上月
- 「소나무 위의 달을 보다(同看松上月)」

길손의 왕래에 따라 청담을 나누거나 낮잠을 자는 선승의 일상사는 자재함 바로 그것이다. 아무리 참선이 선사의 일상이고 자성 탐구가 수행자의 본분사지만

그것에 얽매이면 이미 속박일 뿐이다. 인용 시에는 찾아온 손님이 누구인지는 알 수 없지만 안개가 모여들어 단 둘이 있게 된, 종소리도 멎은 청량사의 조용한 산방의 모습이 그려지고 있다. 두 사람은 마주 앉아 차를 마시며 밤새 정담을 나누었을 것이다. 깊은 밤 책상을 나란히 하고 소나무 위로 떠오른 달을 바라보는 순간, 눈이 맑아지고 모든 욕심이 사라졌을 것이다. 함께 바라보는 달은 유불의 분별을 두지 않는 진리의 공감대의 이미지로 청량함의 극치를 보여주고 있다. 이러한 텅 빈 마음의 여유는 텅 빈 그 자체로서 번뇌로 꽉 차 있는 세속인의 마음을 비우게 하기에 충분하다. 그래서 산사는 쉬고 또 쉼으로써 그리고 내려놓고 비움으로써 얻는 안양(安養)의 도량인 것이다. 맑고 순수한 시선으로 자연을 바라봄으로써 생성되는 시를 읽으면 우리의 심신은 다분히 편안하고 청순해진다. 선다시를 읽고 감상하며 마음을 맑히는 치유의 묘미가 바로 여기에 있다할 것이다.

2) 음다는 육근청정의 힘

우리의 육근(눈, 귀, 코, 혀, 몸, 뜻)은 언제나 밖을 향해 열려 있어 한시도 멈추지 않고 밖의 경계에 대응하고 반응하여 인식작용을 일으킨다. 하지만 육근이 외경을 접하고 일으키는 마음이 본성 그 자체는 아니다. 바람에 이는 물결과 같은 잡된 생각을 쉬고 고요히 내면을 관조할 때, 허명(虛名)한 본성의 실체가 드러난다. 단지 허명한 본성은 인연에 따라 다양한 모양과 형태로 조응할 뿐이다. 이러한 진리에 대한 인식이 곧 깨달음으로 다가서는 지름길이다. 따라서 차를 마심으로써 집중과 통찰을 높이고 마음을 비우고 자신을 관조하며 깨달음에 이르렀던 선사들의 수행에서 시비가 많고 힘든 세상을 살아가는 데 차 한 잔이 얼마나 큰 위로가 되고 치유되는지 짐작할 수 있다. 따라서 차를 마시는 것은 인간에게 자연으로부터 오는 생명의 근본을 깨닫게 하는 내적 성찰을 유도하며, 또한 감성과 지성을 확대시켜 정신적 만족으로 이끌기에 충분하다 할 것이다.

39세 때(1824년) 초의는 차츰 자신의 명성이 알려지자 대흥사 동쪽 계곡으로 들어가 두어 칸 초가를 얽어 일지암을 짓고, 이곳에서 40여 년 간을 홀로 지관(止觀)에 전념하면서 불이선(不二禪)의 오묘한 진리를 찾아 정진하며, 다선삼매(茶禪三昧)에 들기도 하였다. 그 후 일지암을 다시 보수하고 단장하면서 으뜸 되는 물이 나는 샘을 얻었으니, 선승으로서 선다일여의 더 이상 바랄 것이 없는 삶이 되고 있음을 이렇게 읊고 있다.

烟霞難沒舊因緣　짙은 안개 덮여도 옛 인연 끊을 수 없어
瓶鉢居然屋數椽　중이 살만한 집 몇 칸 지어놓고
鑿沼明涵空界月　연못을 파니 허공의 달이 환하게 잠기고
連竿遙取白雲泉　간짓대로 멀리 백운천을 끌었도다
新添香譜搜靈藥　새로이 향 더하고 신령한 약 얻었으니
時接圓機展妙蓮　때로 원기모아 묘련을 펼치며
碍眼花枝盡却了　눈앞 가린 꽃가지 잘라버리니
好山仍在夕陽天　석양하늘에 고운 산이 어울리는 구나
　　　　　　　- 「일지암을 다시 짓고(重成一枝庵)」

　일지암에서 초의는 차밭을 일구어 차를 직접 만들고, 연지를 만들었으며, 백운천에서 간짓대로 끌어온 온 유천수로 우려낸 차의 색향을 즐기고 마시면서 법희선열식의 다선삼매에 들곤 했음을 짐작할 수 있다. 잘 우려낸 차에는 향미가 그윽하다. 찻잔의 차 빛깔과 맛이 자랑스럽고, 향긋한 차 맛이 입속에 부드럽게 녹으니 내 마음 어머니 젖내 맡는 어린아이 같을 수 있다. 이러한 선사의 생각은 차를 끓여 마시니 편견이 없어지고 마음이 밝아 생각에 그릇됨이 없다는 것이다. "차의 신명이 곧 삶의 신명"이라며 여기며 살았던 초의가 살던 일지암에 터를 잡고 수행한 것도 그 때문일 것이다. 달이 연못에 잠기면 우주의 섭리가 물속에 잠기는데 그곳에서 한 잔 차를 마시면 차와 선이 하나가 되는 신선의 경지에 이른다. 이것이 곧 다선일여의 삶이다. 바닥까지 비움으로써 우주를 끌어안는 선의 진리가 그대로 드러난다. 지금도 초정 뒤편의 비탈진 산의 우거진 숲을 헤치고 흘러나오는 물이 대나무 대롱을 타고 내려와 세 개의 돌확에 담기는데, 이는 초의가 자랑하던 어머니의 젖 같은 샘물, 바로 유천(乳泉)이다. 조용히 넘쳐흐르는 유천수로 끓인 차는 온몸 구석구석을 능히 정화할 뿐만 아니라 기운을 북돋워 주며, 고단한 삶의 무게와 집착과 번뇌를 씻어줄 것이다. 그러니 이곳의 물맛이 얼마나 좋은지 가히 짐작이 간다. 물가에서 맑은 물소리를 듣고 자란 오동나무로 만든 거문고를 최고로 친다고 했다. 다인들이 물은 악기와 같아서, 달고 무거운 물맛을 거문고의 저음 같다고 표현한 이유도 여기에 있다. '원기(圓機)'는 원만한 교법을 의미하며, 또한 '묘련(妙蓮)'은 부처의 일대 설법을 말한다. 요컨대 초의는 이곳 일지암에서 차나무를 기르고 차를 만들어 그 차를 달여 마심으로써 평정심으로 돌아가고자 했던 것이다. 초의의 음다를 통한 평상심으로의 회귀에서 우리

는 세상일의 하중과 불안에 억눌린 마음을 누그러뜨리고 세상을 돌아보게 하는 심리적 거리를 두게 함으로써 위안을 받고 트라우마를 치유할 수 있는 힐링의 요소를 찾을 수 있을 것으로 진단된다.

　차를 마실 때 오감을 두루 활용하는 것 또한 심신치유에 한결 도움이 될 것으로 생각된다. 눈으로 아름다운 다색을 보고, 코로 그윽한 다향을 맡으며 입으로 감미로운 맛을 느껴 보며, 귀로는 찻잔에 떨어지는 영롱한 물소리를 듣고, 손으로는 따뜻하고 부드러운 찻잔의 질감을 느껴 보는 것이다. 그럴 때 우리의 육근이 자연스럽게 부드러워지고 청정해진다. 한편, 차를 마신다는 것은 일종의 연속된 수행의 행위이다. 차를 마시기 위해 준비하고 다구를 잘 정리하며 차를 우려내고 마시는 등 일련의 행위가 조용하고 신중하게 진행된다. 이러한 다사의 행위들은 항상 자신을 살피거나 새롭게 자신을 느끼게 하는데 집중하게 하는 효과가 있다. 그래서 선사들이 맑은 차 한 잔으로 선정에 드는 모습은 세속적인 얽힘과 인간적인 고뇌를 벗어나 자성의 본질을 체득하는 법열과 여유를 보여 주는 것으로 읽힐 수 있다. 그 전형적인 예를 맑은 차 한 잔에 마음이 열리고 하늘을 거니는 '신상청경(身上淸境)'의 환희심을 표현한 데서 찾아 볼 수 있다.

　　一傾玉花風生腋　옥화 한잔 기울이니 겨드랑에 바람일어
　　身輕己涉上淸境　몸 가벼워져 벌써 맑은 곳에 올랐네.
　　　　　　　　　　　　　　　-『동다송』제30송

　찻잎이 나올 무렵 차나무에 그늘을 만들어 싹이 햇빛을 덜 받게 재배하여 만든 차가 "옥로차"이다. 이 옥로차 한 잔을 들고 마음을 맑히는 초의의 모습이 선연하게 그려지고 있다. 우리는 차를 마시면서 느낌과 감정을 자각한다. 차를 마시며 나 자신을 가만히 느껴보다 보면 우리 몸에서는 항상 어떤 느낌들이 지속적으로 발생하고 있다는 사실을 발견한다. 좋은 느낌, 좋지 않은 느낌, 좋지도 나쁘지도 않은 느낌 등을 들 수 있다. 가령, 몸에서 생기는 덥고 춥고 고통스럽고 간지러운 느낌 등과 차의 맛과 향, 색깔에 대한 느낌 등이 그것이다. 그런데 초의는 푸른 옥색 같기도 하고 연한 연두색 같기도 한 영롱한 찻물이 작고 하얀 찻잔에 담겨 돌려지고, 그 빛깔 좋고 향기로운 차는 한 잔을 마시어도 양 겨드랑이에서 맑은 바람이 일어나 하늘나라에 오르는 듯 상쾌한 기분이 든다고 묘사한다. 실로 '신상청경'의 경지에 이른다는 것이다. 아울러 선사는 "깊이 길러 가볍고 부드러운 맛 한번 시험해 보면 / 참되고 정갈하며 잘 맞아 몸과 마음이 열린다(深汲輕

軟一試來 / 眞精適和體神開)"고 갈파한다. 이처럼 맑고 향기로운 차는 몸과 마음을 열게 하여 화경청적(和敬淸寂)에 들 수 있게 하는 힘을 지니고 있다.

산사의 삶이 주는 느림과 고요, 침묵의 이야기는 자신의 내면을 고요하게 만들고 거기에 침묵과 명상의 흔적을 새긴다. 이러한 침묵과 명상의 삶에서 경쟁생활에 지친 우리는 탐욕과 성냄과 어리석음을 덜어내고 타인에 대한 관용과 연민을 갖게 되고 진정한 자아를 돌아볼 수 있는 여유와 마음치유의 힘을 얻게 된다. 일지암에서 초의의 지관 수행은 세상의 번다함을 피해 아무것도 가진 것 없이 모든 것을 다 가지고 있었던 삶이었다. 우주가 다 그의 것이었다. 달이 촛불이고 벗이었으며, 구름이 자리고 병풍이었던 것이다. 그의 탈속한 삶은 물욕 밖의 고상한 마음에서 우러나오는 다선일여의 수행생활을 노래한 『동다송』마지막 송에서 잘 묘출되고 있다.

> 明月爲燭兼爲友　밝은 달은 촛불이요 벗이라
> 白雲鋪席因作屛　흰 구름 방석 되고 병풍이 되어주네.
> 竹籟松濤俱簫凉　대나무 소리와 솔바람은 시원도 하여
> 淸寒瑩骨心肝惺　맑은 기운이 뼈와 가슴에 스미네.
> 唯許白雲明月爲二客　흰 구름, 밝은 달 두 손님만 허락하니
> 道人座上此爲勝　도인의 찻 자리 이보다 좋으랴.
> -『동다송』제31송

분별과 차별을 뛰어넘은 무심의 경지에서 차를 마시며 자연과 합일된 세계의 극치를 보여주는 시편이다. 차를 하면서도 선을 잊지 않고, 선을 하면서도 그 너머 궁극의 지향을 잃지 않는 초의는 차를 마시며 분별 망상이 없는 그 속에 "참마음"이 있음을 설하고 있다. 맑고 운치 있는 대나무 소리와 솔바람소리 들리는 듯 찻물 끓는 소리에 맑고 청량한 기운이 영혼을 각성케 하는 순간, 밝은 달과 흰 구름을 벗 삼아 차를 마실 수 있는 삶의 여유가 바로 선승의 찻자리인 것이다. 선사의 이러한 찻자리에는 일체의 속된 허례와 겉 치례를 허용하지 않고, 스스로 그러한 자연을 의인화한 달과 흰 구름만이 허용되고 있을 뿐이다. 차 한 잔을 통해 맑음을 한껏 누려보는 산사의 삶이 대상과 나를 완전히 잊게 한다. 그야말로 모든 것을 잊고 난 뒤의 기쁨이며, 맑고 서늘한 기운이 영혼을 일깨울 수밖에 없다. 이것이 곧 선승이 자연과의 합일에서 얻는 법열이다. 우주 속을 무애자재하게 거니는 도인으로서 이곳 초암에서 차를 벗하며 지관 참선한 초의의 정신이 깃든 '설아'차의 향기는 육근과 육경을 맑히는 데 더없이 좋은 것일 수 있다.

3) 내려놓기와 비움의 치유

불가에서는 '방하착(放下着)'이 강조된다. 눈으로 본 색상의 그림자, 귀로 들은 소리의 그림자, 코로 맡은 냄새의 그림자, 입으로 말한 말의 그림자, 몸으로 접촉한 감촉의 그림자, 생각으로 헤아려 보는 온갖 지난날의 선악과 시비, 이러한 것들을 놓아버릴 때, 서 있는 자리가 모두 다 진리의 당체가 된다는 것이다. 이러한 무욕의 청정무구한 그 마음자리에서 자연과 조화를 이룬 무심의 세계가 펼쳐지는 곳에서 마시는 차는 번뇌에서 벗어나 정신적 한가로움을 누릴 수 있게 하는 중요한 촉매가 된다.

초의의 다법은 검박한 살림살이 속에서 풍요롭고 맑은 마음자리를 보듬는 것으로 볼 수 있다. 뿐만 아니라 선사의 다법은 일상에 있어서 정신적인 풍요로움을 충만케 하면서도 깨달음을 얻기 위한 도이고, 선으로 자리매김하는 것이다. 이는 곧 선가의 '평상심시도(平常心是道)'와 다선일미의 경지이다. 이규보는 "향기로운 차는 참다운 도의 맛"이고 "한 잔의 차는 바로 참선의 시작"이라고 했다. 손수 샘물을 길어 또 손수 차를 다리는 것은 자득하는 선의 시작이며 손수 끓인 차를 정적한 분위기 속에서 한가로이 마시는 일 또한 바로 선의 시작이라는 의미이다. 그래서 선사들은 차를 준비하고 향유하는 전 과정을 통해 법희선열(法喜禪悅)을 맛본다고 하였다. 마찬가지로 초의에게도 차를 달이는 과정 자체가 차를 우려내는 솜씨와 함께 삼매의 경지에 이르는 주요한 일부가 되고 있다. 이러한 예는 차를 달이는 오묘한 솜씨로 들끓는 번뇌를 씻어 내는 것으로 변주되고 있는 데서 잘 드러나고 있다.

天光如水水如烟	하늘빛은 물 같고 물빛은 연기와 같다
此地來遊已半年	이곳에 와서 노닌지 어느덧 반년
良夜幾同明月臥	밝은 달과 함께 잠든 밤 그 얼마든가
淸江今對白鷗眠	지금은 맑은 강가에 갈매기와 졸고 있네.
嫌猜元不留心內	시기와 질투하는 마음 원래 없었으니
毁譽何會到耳邊	헐뜯고 칭찬함이 어찌 귀에 들려오리오.
袖裏尙餘驚雷笑	소매 속엔 아직 뇌소차16)가 남아 있으니
倚雲更試杜陵泉	구름에 기대어 두릉천으로 또 차를 끓이네.

- 「돌샘물로 차 끓이다(石泉煎茶)」

---

16) 경칩 무렵 뇌성벽력에 놀라 싹을 틔우는 차나무에서 딴 찻잎으로 만든 차를 경뢰소차라 한다. 어린 싹을 의미하는 경뇌협을 초의 스님은 경뢰소로 바꾸어 천둥을 웃음소리로 묘사한 것이 흥미롭다.

초의가 낯선 한양에 온지 반년이 지나 지은 시편이다. 다소 한가로운 여유를 갖게 된 선사는 한가히 찻물을 끓이고 있다. 오랜만에 소매 자락에 남겨둔 뇌소차[17]를 끓이기 위해 두릉의 석천에서 맑은 샘물을 길어다가 다기에 차를 끓이는 것이다. 참으로 좋은 물이라야 신령스러움이 나타나는 법이다. 초의는 돌에서 나는 샘물인 석천은 차를 끓이기에 가장 좋은 것이라고 『다신전』에서 언급했다. 그래서 물은 차의 체라고도 한다. 초의는 석천을 두릉천이라고 하면서 차를 끓이는 한가함을 시적으로 표현하고 있다. '구름'은 운길산의 구름을 말하고, '두릉'은 두 강에 흐르는 물, 즉 두물머리(양수리)의 강을 말한다. 푸른 하늘과 맑은 강물, 그리고 차를 끓이는 푸른 연기가 하나로 어우러지고 있다. 이러한 경지에서는 내려놓고 비운, 때 묻지 않은 마음에 세속의 헐뜯거나 칭찬하는 소리가 들릴 리 없다. 아울러 초의는 차를 청적, 적묘, 진성을 추구하는 것이라 말하고, 청덕과 진성은 그 근원을 천착하면 화(和)에 귀결한다고 하였다. 바로 여기에 욕심과 번뇌 이전의 본래 심, 무착바라바밀을 뜻하는 초의의 차 정신의 핵심이 있다. 이렇게 삼매에서 얻어진 한두 잔의 차로 들끓는 번뇌를 씻어내는 것, 이것은 그가 차를 통하여 번뇌를 해소하는 방법이다. 요컨대 두릉의 맑은 샘물로 뇌소차(雷笑茶)를 정성스럽게 우려내고 차를 마시면서 마음을 맑히는 초의의 모습에서, 치열한 경쟁 속을 살아가는 우리는 시기, 질투, 불안, 들뜸, 분노 등을 내려놓고 조화와 상생의 삶을 살아가는 지혜를 얻을 수 있다.

차를 마시고 나서 정좌, 즉 좌선에 들어가면, 차를 마신 기운이 온 몸을 돌기 시작하여 오묘한 작용을 하면서 무념무상의 선정에 몰입된다. 이러한 형용할 수 없는 '다선삼매'의 경지는 오랜 세월 동안의 차 생활과 깊은 좌선의 내공이 없으면 도저히 도달할 수 없는 경지이다. 한편, 산사는 수행자에게 세상의 번다함과 현실의 시비분별을 떠난 공간으로, 즉 자신을 의탁해서 마음의 한가로움과 탈속한 정신세계를 지향하는 공간으로 놓이게 된다. 초의의 이러한 현실로부터 '거리두기'라는 고뇌의 해소 방법이 깊어 가는 가을밤 밝은 중천에 떠 있는 보름달을 찻잔에 담고 차색과 다향을 음미하며 명상에 잠기는 다음의 시에서 잘 그려지고 있다.

---

17) 뇌소차는 『동다송』에서 초의선사가 달여 마시던 차 중의 하나로 '뇌협차'라고도 한다.

어제 밤에 뜬 보름달은
참으로 빛났다
그 달을 떠서 찻잔에 담고
은하수 국자로 찻물을 떠
차 한 잔으로 명상한다.

뉘라서 참다운 차 맛을 알리요,
달콤한 잎 우박과 싸우고
삼동에도
청정한 흰 꽃은 서리를 맞아도
늦가을 경치를 빛나게 하나니

선경에 사는
신선의 살빛같이도 깨끗하고

염부단금 같이
향기롭고도 아름다워라.
            - 「그 달을 떠서 찻잔에 담고」

　맑은 차 한 잔을 마시며 느껴지는 오묘한 선열(禪悅)을 노래하고 있다. 자연에서 도를 배우고, 그것을 통해 청정무구의 구도심을 일으키는 것을 소중한 것으로 여겼던 초의는 그윽하고 편안하게 보름달을 담은 찻잔을 살포시 안고서 명상에 잠긴다. 오가는 말 속에 차의 향이 있는 것이 아니라 우리들의 맑은 심성 속에 이 둥근 찻잔은 보름달처럼 떠오른다는 것이다. 달빛을 보고, 바람 소리, 차 끓는 소리를 즐겨 들으며 차 한 잔을 마실 때, 그 누구도 구분이 없어짐을 배운다. 초의의 무분별심의 경지는 차를 마시며 자신을 우주와의 합일 속에 맡김으로써 나와 우주, 우주와 나 사이의 틈이 없는 원융세계를 획득하고 있다. 한편, 초의는 우박을 맞고 찬 서리를 맞으며 가을에 피어난 하얀 꽃은 굴원의 「귤송」에 나오는 유교의 선비정신을, 불교경전 『지도론』에 나오는 염부단금과 같은 노란색의 수술을, 그리고 『장자』 「소요유」의 고야산에 사는 신선의 피부처럼 순결한 차 꽃의 색깔을 설명하고 있다. 여기에는 초의가 생활 속에서 차나무와 하나 되어 사는 모습과 자신이 관찰한 차나무의 미학적 세계를 유불선 삼교의 원융정신으로 담아내고 있는 면이 있다.
　요컨대 찻잔 속에 달의 향기를 담아 마셔 보는 선승의 초탈한 모습은 탐욕과 무언가에 집착하여 얽매여 있는 우리들에게 내려놓기와 비움의 미학을 제공한다. 요즈음 다인들이 '달빛차회'를 자주 갖고, 보름달을 무대 삼아 헌다, 다시 낭송, 녹차 등의 찻 자리를 마련해 대중들과 차를 마시며 함께 나누는 명상을 시도하고 있다. 이러한 달빛 차 명상은 현실적 욕망에 대한 집착을 완화시키는 데 도움을 줄 뿐만 아니라 상실과 불안, 그리고 스트레스를 안고 살아가는 현대인에게 '비움의 충만'이라는 미학을 일깨워 주고, 나눔과 베품을 통한 '마음치유'의 장을 마련하는 데 중요한 의미가 있다할 것이다.

4) 중정의 묘: 심신정화와 치유

초의는 물에는 여덟 가지 덕(八德)이 있다고 했다. 가볍고(輕), 맑고(淸), 시원하고(冷), 부드럽고(軟), 아름답고(美), 냄새가 나지 않고(不臭), 비위에 맞고(調滴), 그리고 먹어서 탈이 없는(無患) 것이어야 한다는 것이다. 어쩌면 일지암의 유천은 이 조건을 다 갖추고 있어서, 초의는 이곳을 떠나지 않고 오랫동안 머물며 지관(止觀) 수행을 했던 것으로 여겨진다. 초암에 은거하면서 초의는 차를 마시는 것이 선과 다르지 않다고 하여 차 한 잔을 마시는데도 정성을 다했다. 찻물을 잘 끓이는 것은 좋은 차 맛을 내는 비법 중에 하나이다. 물론 좋은 물을 얻는 것이 무엇보다 중요하지만 그 물을 잘 끓이는 일도 중요하다. 아무리 좋은 물을 구하였다고 하여도 끓이는데 실패하면 맛있는 차를 우려 낼 수가 없다. 그러므로 찻물을 끓일 때도 너무 급하지도 않고 너무 약하지도 않은 불로 알맞은 온도로 끓여야 한다. 비록 차를 한 잔 마시는 것이지만, 모두가 자신의 깊은 선심(禪心)을 드러내는 일이기 때문이다. 그래서 초의는 차를 끓이는 사람은 샃됨이 없어야 하고 '중정(中正)'을 지켜야 함을 강조했다. 곧 차를 끓일 때 물의 온도, 차의 양, 시간 등 그 어느 것 하나 넘치거나 모자라지 않아야 한다는 것이다. 이러한 중정의 정신은 차 잎을 따는 데는 그 묘를 다하고, 차를 만들 때는 정성을 다하며, 차를 우릴 때는 참물(眞水)를 얻어야 하며, 체인 물과 신인 차가 서로 어울려 중정을 잃지 않으면 건실함과 신령함을 함께 얻을 수 있고, 이 경지에 이르면 다도를 다한 것으로 설파하는 데서 잘 드러난다.

中有玄微妙難顯　차에는 현미함이 있지만 오묘하여 드러내기 어렵고
眞精莫教體神分　참된 정기는 본체와 정신을 나누지 않는 것이라네
-『동다송』 제28송

體神雖全猶恐過中正　체와 정신이 온전해도 중정 잃음 염려되니
中正不過健靈倂　　중정 잃지 않으면 건과 영 함께 얻는 것일세

-『동다송』 제29송

　초의는 차 정신의 핵심을 '중정(中正)'에서 찾고 있다. 다시 말해, 차 맛의 가장 신묘하고 참된 정수는 물맛과 차향이 분리되지 않아야 한다는 것이다.『다신전』의「품천편」에 "차는 물의 정신이고 물은 차의 본체이니, 좋은 물이 아니면 그 정신이 나타나지 않고, 좋은 차가 아니면 물의 참뜻을 나타낼 수 없다(茶書泉品韻 茶者水之神 水者茶之體 非眞水 莫顯其神 非精茶 莫窺其體)"라고 언급한 것 역시 것은 차에 있어 물의 중요함을 강조한 것이다.[18] 결국 '중정의 묘'는 다도의 진수가 어디에 있음을 보여주고 있다. 차와 물을 이어주는 이러한 방법, 그것이 바로 '중정의 묘'이다. 초의의 차의 정신으로 중정의 강조는 차에 이르는 네 단계이다. 첫째, 이른 아침에 찻잎을 딸 때 현묘함을 다해야 하고, 둘째, 찻잎을 지극정성으로 법제해야 하며, 셋째, 차를 우릴 때는 참물을 얻어야 하고, 넷째, 차를 달일 때는 불의 세기는 그 중정을 얻어야 한다는 것이다. 그래야만 체와 신이 서로 중화하고, 건(健)과 영(靈)이 서로 조화를 이루어 하나가 된다는 것이다.

　초의가 다산과 만난 이후에 얻은 자(字)는 중부(中孚)이다. 중부는 중정의 뜻과 통하고, 주역의 61번째 괘명이다. 중부는 '안에서 믿음이 나옴'을 의미하는데, 가장 안정된 균형 잡힌 인간의 모습이다. 이처럼 중정을 잃지 않는 차의 건영(健靈)인 담박한 맑음으로 드러난 차의 가치는 맑은 하늘처럼 투명하게 사람들의 몸과 마음을 정화해 위안을 줄 수 있다는 데 있으며, 이것이 바로 초의의 차 정신의 핵심이라 할 것이다.

　앞서 언급했지만, 이규보의 "한 잔 차로 곧 참선이 시작된다"라는 구절은 차와 선이 한 맛으로 통하는 "선다삼매"의 경지를 잘 표현한 예이다. 차와 선이 서로 같다는 다선일미는 선의 삼매경에 들어 대오각성 하는 길이나, 차의 삼매에 들어 묘경을 깨닫는 것이 한 가지라는 선가의 말이다. 우리의 다도정신에서는 '중정'이 강조되었는데, 이것은 유교의 다도정신으로 중국의 다도정신에서 강조하는 중용과 일본의 화(和)와도 서로 상통하는 면을 보인다. 초의는 8덕을 겸비한 참물(眞

---

18)『서역기』에 황하의 근원은 아욕달지(티벳에 있는 호수로 물이 맑고 깨끗하다)에서 시작하는데 물은 여덟 가지 덕을 담았고, 가볍고 맑으며, 연하고 고와 냄새가 없으며, 마실 때에는 비위에 맞고 마신 뒤에는 질병에 걸리지 않는다고 한다(임해봉(2005),『한국의 불교 茶詩』, 서울: 민족사, 274쪽 재인용).

水)를 얻어 참된 차(眞茶)와 어울려 신과 체를 규명하고 거칠하고 더러운 것을 없애고 나면 대도를 얻는 것은 어렵지 않다고 하였다. 또한 그는 「산천도인의 사차시를 받들어 화답하여 짓다(奉和山泉道人謝茶之作)」에서 차의 성품을 사악함이 없는 진성임을 강조하며, 차의 오묘한 근원에 집착하지 않으면 바라밀의 경지에 이른다고 설파했다.

> 古來賢聖俱愛茶　예로부터 성현은 모두 차를 좋아함은
> 茶如君子性無邪　차는 군자와 같아 사특하지 않기 때문
> 　　　　　　　　(중략)
> 妙源無着波羅密　묘한 근원에 집착하지 않으면 바라밀이다
> 　　-「산천도인의 사차시를 받들어 화답하여 짓다(奉和山泉道人謝茶之作)」

　여기에서 보이는 초의의 차정신의 본질은 사무사(思無邪)이다. 사무사는 공자의 인의 근원이 되는 사상일 뿐만 아니라 또한 다도에 있어서 화쟁의 근원이 되는 사상이기도 하다. 화정(和靜), 청허(淸虛), 중정(中正), 중화(中和), 그리고 청화(淸和)의 세계는 차가 지닌 성품으로 우리가 살아가는데 있어 회통의 근간이 되는 중요한 요소라 할 수 있다. 불가에서는 차를 "무착바라밀(無着波羅蜜)"로 인식하여 욕심에 사로잡힘이 없는 순수한 본래의 마음에 비유한다. 초의가 차의 참된 모습은 오묘한 근원을 가지고 있어, "묘한 근원에 집착하지 않으면 바라밀"이 된다고 역설하고 있는 것도 이러한 까닭이다. 그래서 풀의 현성인 차는 집착하지 않는 현미한 도와 청화의 덕이 있어, 이를 마시게 되면 몸과 마음이 열리게 되어 '중도'의 사유를 갖게 할 뿐만 아니라 상생을 바탕으로 조화로운 삶을 구가할 수 있다는 것이다. 모든 세속의 대립적 경계선이 지워버린 세계, 즉 모든 존재들이 서로 돕고 경계를 허물며 융섭하고 상생하는 원융의 세계, 바로 여기에 초의의 궁극적인 시학이 있다할 것이다.

　이상에서 살펴보았듯이, 초의에게 선(禪)이 따로 있는 것이 아니라 차를 재배하고 일념으로 찻잎을 따고 제다하는 일, 좋은 찻물을 떠와 차를 끓이고 따라 마시는 등 일체의 다사(茶事)가 곧 선이다. 온 마음을 다해 찻잔을 감싸 안고, 차를 마시며 선정에 드는 선사의 다사에는 늘 깨어있는 마음이 내재되어 있다. 선사의 이러한 다선일여의 수행에서 생산된 선다시는 우리에게 늘 깨어 있는 정신과 번다함을 내려놓는 치유의 방편을 제공하는데 부족함이 없다 할 것이다.

5. 나오는 말

이상에서 차를 마심으로 집중과 통찰을 높이고 마음을 비우고 자신을 관조하며 깨달음에 이르렀던 초의선사의 다맥과 차와의 인연, 차를 통한 교유관계와 시문학의 형성, 그리고 선다시에 나타난 시학의 특징과 마음치유의 관계성을 살펴보았다. 초의에게 있어 세계와의 불화와 화해, 이 두 시기를 관류하는 하나의 힘은 바로 '차'였다. 조선 후기 숭유배불의 긴장된 분위기 속에서도 그가 법희삼매에 들었던 것은 한 잔의 차가 있었기 때문에 가능했을 것이다. 다시 말해, 차 한 잔을 통해 얻는 법열은 마음에 속박을 떠난 담박하고 안온한 심경을 담고 있기 때문에 시비가 많고 힘든 세상을 살아가는 우리들에게 심신의 청정, 베품과 나눔의 미덕을 보듬게 하고 비움과 내려놓기의 '텅 빈 충만'의 지혜를 일깨워 준다할 것이다.

선시라고 할 때, 선은 경전이나 문자의 알음알이 밖에 존재하는 것인 반면에 시는 언어로 표현되지 않을 수 없는 속성을 지니고 있다. 그래서 원호문의 말처럼 "시는 선객들에게는 꽃을 수놓는 비단이 되었고, 선은 시인들에게 옥을 절단하는 칼이 된다(詩爲禪客添花錦 禪是詩家切玉刀)"라는 비유적 표현이 회자되기도 한다. 이처럼 초의는 깨달음을 얻어 가는 수행과정에서 선다시로 마음을 맑히고 진여를 찾는다. 그래서 그의 시문학에는 비움과 걸림이 없고 무심한 관조의 세계가 선명하게 드러나고 있다. 그러한 관조의 세계에서 배태되고 영글어진 맑고 간결한 언어로 된 그의 시편들은 청량한 솔바람 같아 잃어버린 '참나'를 돌아보게 하고 탐욕과 성냄, 어리석음을 덜어내고 텅 빈 충만의 세계로 나아가게 한다.

최근 선시는 아름다운 선율로 만들어져 지극한 울림과 감동으로 우리의 영혼을 일깨우고 마음속에 따뜻한 감성을 발효시킨다. 그로인해 우리의 억눌린 가슴, 불안, 스트레스, 우울 모두가 씻겨 져 나간다. 그것은 탈속의 사유를 바탕으로 자아성찰과 깨달음을 노래한 선시에는 채움만을 위해 달려 온 생각을 버리고 비움에 다가서게 하는 힐링의 요소가 다분히 있기 때문이다. 따라서 '웰빙'의 시대를 넘어 '힐링'의 시대에 선다시를 읽고 감상하며 명상을 통한 자아성찰의 시간을 갖는 것은 번다하고 고단한 삶을 살아가는 현대인들에게 느림과 여유를 갖게 하고, 또한 탐욕, 성냄, 어리석음을 내려놓고 지상과 우주에 교감하는 우주의 귀를 열어 줄 뿐 만 아니라 텅 빈 충만의 세계를 보듬게 함으로써 마음치유의 새로운 장을 열어 줄 것으로 진단된다.

'영산재'의 미학과 계송에 나타난 생명존중 사상[1]

1. 들어가는 말

불교문화예술의 정수이자 종합예술인 '영산재'는 인도의 영축산에서 석가모니부처님이 『법화경』을 설할 당시 설법 도량에 모인 중생들의 환희심을 불러일으키고 법열에 충만 된 분위기를 극적으로 재현한 장엄한 불교의식이다. 여기에는 "살아있는 대중들에게는 불법과 신앙심을 고취시켜 정각을 이루게 하고, 죽은 자에게는 고통스러운 이승을 떠나 극락왕생을 발원하는 천도의식이 포함되어 있는 것"[2]으로 생각된다.

'영산재'는 1973년 '범패'[3]라는 이름으로 중요 무형문화재 제50호로 지정되었다가 1987년 '영산재'로 이름이 바뀌었으며, 현재 한국불교 태고종 봉원사 '영산재보존회'가 중심이 되어 운영되고 있다. '영산재보존회'는 매년 세계 각국을 순회하면서 영산재를 시연하고 또한 국제학술세미나를 개최함으로써 영산재의 문화적 가치를 선양해 왔다. 그 결과 2009년 9월 30일 아랍 에미리트 아부다비에서 열린 제4차 세계무형문화유산보호 정부간위원회에서 영산재가 유네스코 세계무형문화유산에 등재되었다. 우리의 전통불교의례의 핵심인 '영산재'가 세계무형문화유산으로 등재된 것은 곧 한국불교문화의 우수성을 세계적으로 널리 알릴뿐만 아니라 불교문화에 대한 인식을 고취시키는 좋은 계기가 되었다 할 수 있다.

최근 세계의 문화는 그간의 유럽과 미주 중심의 일방적 문화추종에서 벗어나 세계 여러 나라와 민족의 문화적 다양성을 인정하고 각국의 고유한 전통과 사상이 깃든 의식과 예술에 대한 가치를 추구하는 경향을 보이고 있다. 다양한 소리와 춤사위가 곁들여진 장엄의식을 통해 이루어지는 영산재가 일반적으로 망자를 위해 봉행되는 것으로만 알려져 있으나 실제로는 국운융창과 세계인류평화를 위해서도 봉행되고 있다. 가령, 88서울올림픽, 대전 EXPO, 2002한.일 월드컵축구, 2002아시안게임, 2003대구유니버시아드대회, 그리고 2010 G-20 정상회의, 2018 평창동계올림픽 등의 성공적 개최를 기원하는 행사 등을 통해 그 예를 찾아 볼 수 있다.

---

1) 한국동서비교문학회, 『동서비교문학저널』 23권 23호(2010.12)에 게재된 내용을 수정, 보완하였음.
2) 홍윤식(1991), 『영산재』, 서울: 대원사, 8쪽 참조.

그런데 지금까지 불교예술의 꽃이라 할 수 있는 '영산재'에 대하여 다양한 시각에서의 저서와 논문이 발표되었지만, '영산재'의 의식절차 과정에 표현되는 묘오하고도 아름다운 의미를 담고 있는 게송의 시적 미학에 대한 연구는 흔치 않다. 따라서 이 글에서는 몸과 마음 그리고 영혼으로 노래하고 춤추고 기도하며 의식문을 염송함으로써 한결 장엄하고 화려한 분위기를 연출하는 '영산재'의 핵심을 이루고 있는 작법의 진행과정에서 찬탄되는 게송을 중심으로, 그 게송이 불교의 사상과 세계관을 어떻게 담아내고 있는지, 그리고 그 게송의 의미와 시적 미학의 특징을 고찰함과 동시에 오늘날 우리에게 던져주는 메시지가 무엇인지를 살펴보고자 한다.

2. '영산재'의 구성과 미학적 세계

'영산재'의 기원은 확실하지 않지만, 그 구성의 기본 요소인 범패는 『삼국유사』나 쌍계사 진감국사 비명을 통해서 신라시대부터 있었음을 알 수 있다. 또한 영산재의 목적이 되는 영혼천도 등의 불교의례도 이미 신라시대부터 있었음을 『삼국유사』의 '월명사조'(月明師條)나 『조선금석총람』, 『자가대사입당구법순례기』 등을 통해서 알 수 있다.[4] 이처럼 삼국시대부터 전승되어 온 불교의식과 더불어 영산재는 대성인로왕보살 인도 아래 금일 도량에서 재를 베풀어 망자로 하여금 해탈과 극락왕생을, 살아있는 대중에게는 불법의 가르침과 신앙심을 고취시키는 한편 부처님 당시의 영산회상을 금일 도량에 다시금 꾸며, 모든 중생으로 하여금 불법 인연을 짓고 업장소멸과 깨달음을 인식시켜 주는 데 그 의의가 있다 할 수 있다.

영산회상의 성역화를 상징적으로 표현하는 영산재 진행의 기본구조는 불교의식의 형식을 차용하는데, 그 구성요소는 의식문의 낭송, 의식공간의 장엄, 신체적 표현 그리고 절정에 이르기 위한 긴장관계의 구성 등으로 이루어져 있다. 이러한 일반적인 영산재의 진행절차는 참회, 참탄, 공양, 예불, 도량청정 등의 거듭되는 의례행위를 통하여 의식공간과 시간은 성역화 되고, 여기에서 승속이 다 함께 그러한 성역의 시공간에 몰입하여 그 세계를 체험하고 귀의하여 표출하게 된다. 즉 시간을 초월하여 청각적[불교음악], 문학적[의식문]으로도 성역공간을 묘출함으로써 불보살이 상주함을 상징화하고 그에 공양 예배하고 찬탄하는 영산재에는 다분

---

4) 홍윤식(2008), 기조강연, 「불교예술과 영산재」, 『영산재학회논문집』 제6집.

히 불교예술의 미학적인 요소가 담겨 있음을 발견할 수 있다.

 '영산재'를 실시함에 있어 우선, 불단을 중심으로 한 의식도량을 장엄하게 꾸며야 한다. 이를테면 괘불을 내 걸고, 이어 각종 불보살번(佛菩薩幡)과 신중번을 내걸어 영산회상으로서의 불도량을 성역화 해 나간다. 일단 이렇게 의식공간이 영산회상으로 성역화 되면, 그 공간에 상주하는 불보살들에게 귀의하고 찬탄하는 의식행위가 이루어진다. 이 의식행위는 의식문을 범패소리로 하여 시간을 성역화하는 상징적인 의미를 갖는데, 여기에서 불교음악이 탄생되게 된다. 동시에 작법, 법고, 바라 등의 의식무용이 전개되면서 의식은 시공간이 동시에 성역화 되어 장엄의 세계를 연출하게 된다.[5]

 한편, 이러한 의식공간과 시간의 신성성을 확보하고 찬탄하는 신중작법은 한결더 영산재의 의식구조를 예술적 세계로 이끌어 간다. 영산회상으로서의 불도량의 성역화가 이루어지고, 그러한 성역도량에 불보살을 초청하여 참회하고 공양. 예배. 찬탄하면 범부 중생들은 복락을 받고 가피력을 입을 것을 발원함으로써 성역화 된 시간이 형성된다. 이상과 같은 양식으로 거행되는 불교의식을 '영산작법'이라 하며, 이러한 '영산작법'을 기본으로 영혼 천도의식을 하게 되면 그에 따른 의례내용이 부가 되어 '영산재'가 구성되는 것이다.

 영산회상으로 상징화 된 도량에 천도를 받을 영혼이 초청되어 제도를 받는 과정을 살펴보면 다음과 같다. 우선 괘불이운 의식을 하게 된다. 이는 공간의 신성화를 의미하는데, 그 의미는 다음의 경문에서 확인된다.

> 法身遍滿百億界　법신은 온 세계에 두루하시고
> 普放金色照人天　금빛 광명 널리 펴서 천지를 비추시네
> 應物現形潭底月　중생근기 따라 나투시는 모습 물속의 달과 같고
> 體圓正坐寶蓮臺　본체는 원만하여 보배로운 연화대에 앉으셨네
> 　　　　"나무대성인로왕보살마하살"

 법신의 몸이 백억의 세계에 두루하여 금빛 광명을 널리 펴서 천지를 비추고, 중생의 근기를 따라서 물속의 달그림자와 같이 나타나지만 본체는 언제나 연화좌에 앉아 계신다고 하였다. 이것은 부처님께서 중생을 불쌍하게 여기는 자비로운 마음 때문에 중생들이 있는 곳마다 나타나심을 의미한다. 이것은 마치 하늘에 달

---

5) 홍윤식, 위 기조강연 참조.

이 하나로 존재하지만 각기 물이 있는 곳마다 모두 비치어 그 수를 헤아리기조차 어려운 것과 같다. 중생들 각자가 보고 있는 부처님의 형상은 모두가 같은 부처님의 모습이 아니고, 중생들의 마음에 비추어진 달인 것이다. 다만 중생의 근기를 따라서 형상을 달리하여 강물에 달그림자가 비치듯이 나타나시는 것이다. 근원적으로 부처님의 본래 모습은 언제나 법신[진리]자체로서 진여법계를 벗어나지 않는다. 따라서 괘불이운은 영가로 하여금 중생의 몸을 버리고 진여법계에 들어가기 위해서는 대성인로왕보살께 귀의하여 인도를 받아 부처님을 뵙고자 따라 나서는 절차라 할 수 있다.

괘불이운을 마치면 불보살, 호법신중, 그리고 영혼을 연(輦)에 모시고 신성한 의식공간에 입장하는 시련이 있게 된다. 신성한 불보살을 모시기 때문에 호법신중의 옹호가 있게 되고, 무명(無明의 영혼이기에 인로왕보살의 번기(幡旗)를 선두로 영혼의 위패가 따르게 된다. 이어 영혼이 불보살을 맞이할 영가를 대접하는 대령, 그리고 영가의 생전에 지은 탐. 진. 치 삼독을 씻어내는 관욕이 행해진다. 이러한 과정을 거쳐서 비로소 영혼은 불단을 향할 수 있게 된다. 그래서 관욕은 한결 중요한 의미를 갖는다 할 수 있다. 이상의 의례는 피안에 왕생하기 위한 신앙형태를 지니고 있으며, 그 과정이 성역공간에 도달하기 위한 긴장관계의 연속이라는 데에 불교예술의 미학적 세계를 함축하고 있다 할 수 있다.

이어서 공양을 드리기 전에 의식장소를 정화하는 즉, 도량을 청정하게 하는 신중작법을 한다. 이러한 성역화 된 도량에 고혼을 초청하여 고혼으로 하여금 청정한 몸가짐을 갖도록 하여 불단에 안내하고 불보살의 설법을 듣고 극락왕생하도록 하는 절차이다. 이때의 설법은 법주가 석가모니 부처를 대신하여 하는 설법으로 상징화 되고, 이는 곧 영가법문으로, 영산재의 전체적인 구성절차에서 가장 절정을 이루는 부분이라 할 수 있다. 이렇게 권공의식을 마치면 스님들은 설판제자가 준비한 공양을 받고, 스님들은 그 보답으로 법공양을 베푸는 의식인 '식당작법'을 하게 된다. 대부분의 작법이 여기에 포함된다. 식당작법은 영가에게 경전의 내용이나 고승의 법어 등으로 이루어진 법문을 설하여 번뇌로부터 벗어나게 하고, 그리고 영가에게 필요한 음식과 법문 그리고 대중의 정성을 전달하여 영가로 하여금 왕생극락을 기원하는 의식이다. 이어 재를 치르는 사람들의 보다 구체적인 소원을 아뢰는 축원문이 낭독되고, 이러한 본 의식이 끝나면 영산재에 참여한 모든 대중들이 다 함께 하는 회향의식이 거행된다. 회향이란 닦은 선근 공덕을 다른 중생이나 또는 자신의 불가 쪽으로 돌아가게 하는 것으로, 모든 의식을 끝냄을 의미한다. 무엇보다도 회향의식은 모든 대중이 다 같이 참여한다는 데 그 특징이 있다. 마지막으로 시련 의례에 의하여 초청되었던 불보살, 호법신중, 그리고 영가를 다시 돌려보내는 봉송의례가 이루어진다.

이상에서 살펴 본 것처럼, 석가모니 부처가 영축산에서 『법화경』을 설한 불교적 의식공간을 시간을 초월하여 성역화 함으로써 설행되는 '영산재'는 시각적 공간을 표출하지만 다른 한편으로 범패와 해금, 북, 장구 등의 연주에 따른 청각적[불교음악], 문학적[의식문]으로도 성역공간을 표출하고 있음을 주목할 필요가 있다. 왜냐하면 '영산재'는 성역화 된 공간에 불보살이 상주함을 상징화하고, 불보살들에게 공양하고 예배하며 찬탄함으로써 살아있는 자에게는 불법의 이해를 돕고 신심을 돈독히 하여 깨달음을 얻게 하고, 죽은 자에게는 고통스러운 이승을 떠나 정토에 왕생을 발원하는 의식을 함축하고 있기 때문이다.

3. 영산작법의 게송에 나타난 생명존중 사상

'영산재'는 상대적 관계를 초월한 신성한 세계를 다함께 경험하는 것을 중요한 목표로 하는데, 이러한 과정에서 이루어지는 작법무는 춤의 동작과 형식 등에 따라 나비춤·바라춤·법고춤으로 분류되며, 또한 불교의식의 핵심인 재(齋)를 올릴 때 추는 모든 춤의 총칭으로 불교무용으로도 불린다. 그래서 범패가 목소리로 불전에 공양을 드리는 음성공양이라면, 작법은 몸동작으로 불전에 공양을 드리는 신업공양의 의미를 지닌다할 수 있다.

불단의 설치, 공양물의 진열과 불덕에 대한 찬탄과 예배 그리고 기원문의 독송으로 되어 있는 영산재의 구성을 더욱 신성화하고 유장한 분위기와 긴장미를 자아내는 것은 각 작법의 중요 부분마다 '진언(다라니)'을 삽입하여 신묘한 분위기를 연출하는 것이다. 여기에 〈사방찬〉과 〈도량찬〉등을 독송함으로써 청정한 도량을 상징화하 하는 것과 〈참회게〉와 〈참회진언〉 등으로 자신을 정화하고 있는 부분들이 포함된다.

영산작법의 이러한 진언과 게송들은 영산설법의 감격을 재연하면서 의례를 집전하는 승려가 불타의 덕을 찬양하고, 영가와 참여 대중을 감동시키는 재의식의 과정에서 역동적인 기능을 하게 된다. 그것은 참회, 찬탄, 공양, 예불, 도량청정

등의 반복되는 의례행위를 통하여 의식공간과 시간은 성역화 되고, 또한 여기에서 승속이 다함께 그러한 성역공간과 시간에 몰입하여 그 세계를 체험하고 귀의하여 감동을 표출하기 때문이다. 따라서 이러한 일련의 과정은 곧 불교예술의 근본이며, 영산재 역시 그러한 미학에서 생성된 예술양식의 하나라 할 수 있다.

그렇다면 영산작법에 나타난 각종 게송이 지니는 시적 미학의 특징은 무엇일까. 무엇보다도 영산재의 게송들은 불교의 근본이념인 '상구보리 하화중생(上求菩提 下化衆生)'의 뜻을 인간 삶의 보편성으로 확대하고 심화해 나감으로써 생명사상, 평등사상, 그리고 자비사상으로서 보살도 실천을 하고자 하는 데서 그 특징과 의미를 찾을 수 있다. 불보살이나 신중, 유주 무주 영가와 동참 대중을 동시에 감동케 하여 환희심을 갖도록 하는 것이 영산재의 목적이라 할 때, 다양한 게송으로 된 의식의 표현은 정제되고 향기로운 시적 미학을 담고 있을 뿐만 아니라 묘오한 불법의 세계를 함축적으로 표현하고 있어 대중들의 심금을 울리게 하는 면이 있다 할 수 있다.

앞서 언급한 바와 같이, 괘불을 내 걸고, 또한 각종 불보살 번과 신중 번을 내 걸어 영산회상으로서의 불도량을 성역화 한 다음, 그 공간에 상주하는 불보살에 귀의 찬탄하는 의식행위가 이루어지는데, 이때 의식은 의식문을 범패소리로 진행하여 시간을 성역화 한다. 아울러 여기에 작법, 법고, 바라 등의 의식무용이 펼쳐지면서 시공간이 동시에 성역화 되어 한결 장엄한 분위기를 연출하게 된다. 우선, 물을 뿌림[灑水]으로써 도량을 청정하게 하는 작법과 그에 따른 게송으로 동서남북의 네 방향을 찬탄하는 〈사방찬〉이 실시된다.

첫 번째 동방을 향해 물을 뿌리오니 도량이 청정하고　　一灑東方潔道場
두 번째 남방을 향해 물을 뿌리오니 시원함을 얻사오며,　二灑南方得淸涼
세 번째 서방을 향해 물을 뿌리오니 불국정토 구현하고　三灑西方俱淨土
네 번째 북방을 향해 물을 뿌리오니 영원토록 편안하네.　四灑北方永安康

이 게송으로 사방이 청정하게 되었음을 상징화 한다. 사방은 우리가 살고 있는 곳의 네 방향을 말하기도 하지만, 여기에서는 내 마음속의 사방 즉 내 마음 자체를 의미하기도 한다. '물을 뿌린다'는 뜻은 궁극적으로는 '번뇌를 씻는다'는 것을 의미한다. 따라서 '동방을 향해 물을 뿌리오니 도량이 청정'해 진다는 것은 지혜의 감로로 번뇌를 씻으니 마음이 맑아진다는 의미를 담고 있다. '남방을 향해 물을 뿌리면 시원함을 얻는다'는 뜻은 결국 자기 자신의 마음의 시원함을 얻는 것을 의미한다. 이 경우는 다라니의 물[공덕], 지혜의 물로 하는 일을 시원하게 한다는 의미를 갖고 있다. '서방을 향해 물을 뿌리오니 불국정토를 구현한다'는 뜻은 아미타부처가 계신 서방을 향해 물을 뿌려 완벽한 불국정토를 이룬다는 의미다. 흔히 불교에서는 정토가 서방에 있다고 해서 '서방정토'라는 말을 많이 쓰고 있지만, 실제로는 불법을 통해서 마음의 번뇌를 씻어낼 때 자신이 발을 딛고 있는 바로 그곳이 극락정토인 것이다.[6] 즉 마음을 깨끗하게 씻어내고, 막힘없이 열심히 수행한 결과 부족함이 없는 정토를 이룬다는 의미로 해석된다.

마지막으로 '북쪽을 향해 물을 뿌리면 영원한 편안함을 얻는다'는 의미는 마음과 현실의 세계가 둘이 아니므로 신앙을 통해 주변이 깨끗해지고, 시원함을 얻고, 정토가 구현되며, 영원히 편안함을 누릴 수 있게 됨을 표현하고 있다 할 수 있다.[7] 결국 〈사방찬〉의 게송은 계율을 잘 지켜 마음과 주변을 깨끗이 하고, 부처님의 가르침에 따라 열심히 정진하여 내 마음과 주변을 모두 청정한 공간, 즉 정토로 만들었으니, 이제 재의식을 하기 위한 적극적인 의식의 시작을 의미한다 할 수 있다.

불단을 중심으로 한 영산재의 작법 중, 가장 규모가 크고 의식이 호화로운 작법은 바로 식당작법이다. 식당작법에는 나비춤·바라춤·법고춤 3가지가 곁들여지는데 특히 식당작법에는 타주(打株)가 더 곁들여진다. 나비춤[8]은 나비 모양의 장삼을 입고 춘 데서 붙여진 이름이지만 본래 이름은 착복무(着服舞)이며, 매우 완만하고 느린 동작으로 조심스럽게 추는 춤이다. 도량을 청정히 하고 삼보천룡을 모시는 진언을 하는 가운데 나비춤을 추며 〈도량게〉가 염송되는데, 이는 불보살님을 모시기 위하여 도량을 청정하게 하였으니 강림을 청하는 의식이다.

도량이 청정하여 한 티끌도 없사오니　道場淸淨無瑕穢
삼보와 천룡은 이곳에 강림 하시옵고　三寶天龍降此地
저희가 이제 묘한 진언 외우오니　　　 我今持誦妙眞言
원컨대 자비로서 은밀히 가호하소서.　願賜慈悲密加護

6) 무비(2010), 『천수경』, 조계종출판사, 123쪽 참조.
7) 무비, 앞의 책, 같은 쪽.
8) 나비춤은 하양장삼에 길게 늘어진 육수가사를 입고 탑 모양의 고깔을 쓰고 양손에 종이꽃을 들고 염불소리에 맞춰 추는 춤이다. 삼보와 사부대중 및 모든 영가가 법도량에 운집한 가운데 불법이 베풀어짐에 따른 법열을 나타낸 여성적인 춤이라 할 수 있다.

번뇌가 없는 마음을 티끌이나 더러움이 없는 청정한 마음의 도량이라 한다. 흔히 도량이라고 하면 물질적인 공간만을 생각할 수 있지만 여기에서의 도량은 마음의 세계를 나타낸다. 그래서 유마경에서는 "직심(直心)이 곧 도량"이라고 표현하고 있다. 이러한 점에서 〈도량게〉는 형식적인 도량과 현상적인 도량이 둘이 아님을 일깨워 주는 게송이라 할 수 있다.9)

불교의 윤리는 도량으로서의 자연 그 자체가 생명체이자 무정설법의 화두임을 강조한다. 중국 북송 때의 최고의 시인 소동파(1037~1101)가 여산의 동림사 상총선사로부터 "어찌 무정설법은 듣지 못하고 유정설법만 들으려고 하느냐"하고 꾸짖자 계곡의 폭포 물이 떨어지는 순간 깨닫고 "계곡의 물소리가 부처님 법문이니 / 산색이 어찌 부처님 청정한 법신이 아니랴(溪聲便是廣長說/ 山色豈非淸淨身"라는 오도송을 읊었다. 산색 그대로가 법신(法身)이고, 물소리는 그대로가 설법이라는 것이 생태계 중심의 윤리임을 주목할 때, 도량의 청정을 강조하는 것은 의보(依報)로서의 기세간(器世間)10)의 정화가 불국토를 청정하게 한 것임을 의미한다. 우리의 마음이 청정하고 더러움이 없는 세계가 되면 삼보 천룡이 자기 자신의 마음과 생활 속에 내려와 늘 함께 하게 되고, 삼보와 천룡 등의 가호를 입게 된다는 것이다. 그리고 불가사의한 힘을 갖고 있는 다라니를 지송하는 것 역시 '도량의 청정'과 함께 자비의 가호를 내리게 하는 동인이 될 수 있음을 기원하는 것이다.

도량찬탄 게송에 이어 다게작법이 이루어진다. 향, 등, 꽃, 과일, 차, 쌀 등 여섯 가지의 공양물을 불전에 공양을 올리는 것을 '육법공양'이라 한다.11) 이 여섯 가지 공양물을 여법하게 불전에 올릴 때 게송을 범패로 부르게 된다. 이 가운데 마음을 맑게 하고 업의 불을 꺼서 각기 해탈을 얻게 하는 '차(茶)'는 마음속의 간탐(慳貪)을 제거하고 더러움을 없애 원만한 상호를 갖추게 하며, 모든 두려움을 여의고 열반적정을 얻어 막혔던 목구멍을 확 트이게 한다고 한다. 이러한 의미에서 불법도량에 강림하신 삼보님께 차를 올리며 읊는 게송 의식이 〈다게〉이다.

---

9) 무비(2010), 앞의 책, 125쪽.
10) 의보(依報)란 의지하여 나타난 결과를 말한다. 화엄경에서는 우리가 살고 있는 이 세상을 삼세간, 즉 기세간, 중생세간, 지정각세간으로 구분한다. 기세간은 지구나 우주와 같은 물리적 세계, 즉 자연 혹은 산하대지 등을 말하고, 중생세간은 온갖 생명체들이 살아가는 그런 인간세계를 말하며, 지정각세간은 일체의 번뇌 망상을 떠난 지혜에 따라 정각을 얻은 지자(智者)의 세계, 즉 삼계윤회를 초월한 출세간을 가리킨다.
11) 향은 해탈, 등은 반야, 꽃은 만행, 과일은 보리, 차는 감로, 쌀은 선열 등의 불교의 상징성을 함축함으로써 불전에 공양을 올리는 형식을 갖춤으로써 신앙심을 고취하고 있다.

이제 제가 이 맑고 깨끗한 물을	我今淸淨水
감로차로 만들어	變爲甘露茶
삼보님 전에 받들어 올리오니	奉獻三寶前
원컨데 자비로써 받아 주소서.	願垂哀納受

　부처님께 올리는 차나 물을 단순한 그 자체로 받아들이는 것이 아니라 우리 마음의 근심과 몸의 질병을 없애는 감로[12]로 이해하고 불전에 올리는 것이다. 그래서 관음보살은 이 물을 감로병에 담아 마군을 세탁하고 열뇌를 녹여 세상 사람들에게 청량한 서기를 얻게 하였다고 한다. 이러한 맥락에서 새벽예불 때 차를 올리는 의식을 하는 것은 부처님의 가피로 모든 생명이 잘 생장하게 해 달라는 의미와 함께 감로의 즐거움을 얻고자 하는 염원에서 비롯된다 할 수 있다. 그런데 그 차는 맑고 깨끗한 물을 떠다가 차를 달여 감로다로 만들기 때문에 '변위감로다'라고 하는 것이다. 한편, 중국의 조주스님(778~897)은 언제나 강물을 떠다가 백 가지 차를 달여 많은 이들에게 공양하면서 이렇게 읊었다.

백 가지 풀 나무를 새롭게 맛을 내어	百草林中一味新
조주스님은 늘 많은 사람들에게 권하였네.	趙州常勸幾千人
돌솥에 강물을 펄펄 끓여 고이 달였사오니	烹將石鼎江心水
모든 혼령들은 드시고 윤회를 벗어나옵소서.	願使亡靈歇苦輪

　조주스님은 80세에 도를 깨닫고 나서 100살까지 20년 동안 자신의 깨달음을 점검하는 보림(保任)기간을 갖고 100살부터 120살까지 교화를 하여 고불(古佛)이라고 불린다. 조주스님은 누구든지 와서 법을 물으면 '차나 한 잔 드시게[喫茶去]'하며 차를 권하였다고 한다. 영가에게도 조주스님이 권하였던 이 차를 권하여 마심게 함으로써 윤회에서 벗어나 법계에 들기를 권하는 것이다. 이 차는 보통차가 아니라 백가지 풀잎 중에 가장 진미가 있는 차로서, 돌로 만든 솥에 '강심수'[13]를 가져다 끓였다는 뜻은 마음속에서 우러나는 계·정·혜의 물(戒定慧水)을

---

12) 감로는 인도의 히말라야 산 깊은 곳에서만 자라는 영약초로서 그 약초를 뜯어다 술을 빚어 마시게 되면 병이 있는 사람은 병이 낫고 근심걱정이 있는 사람은 근심걱정이 없어진다는 전설에서 유래되고 있다. 그리하여 마음을 즐겁게 하고 근심걱정을 없애주는 음식물을 감로로 비유했던 것이다.
13) 강의 양쪽 언덕으로부터 중간이 되는 강의 중심을 '강심'이라 하고, 강심에 흐르는 물 혹은 거기서 솟는 물을 '강심수'라 한다.

말한다. 여기에는 계.정.혜에서 흐른 감로차를 마시어 지옥, 아귀, 축생의 삼도를 윤회하는 고통을 벗어나라는 뜻이 함축되어 있다 할 수 있다.

낱낱의 모든 법계가 두루 하여	──皆悉遍法界
서로 서로가 잡됨이 없어 장애가 없고	彼彼無雜無障碍
미래에 제가 다 하도록 불사를 하되	盡未來際作佛事
널리 일체의 모든 중생을 가르쳐서	普熏一切諸衆生
어리석음을 태우고 보리심을 내게 하여	蒙熏皆發菩提心
함께 태어남 없는 불지를 증득케 하옵소서.	同入無生證佛智
삼보 전에 공양을 올리고	供養已
지극정성으로 예를 올리나이다.	歸命禮三寶

'영산재' 중 가장 아름답고 화려하면서도 장엄한 춤인 '향화게작법'은 무량한 부처님의 세계를 찬탄하고 불전에 올리는 향과 꽃의 질적·양적 변화를 염원하면서 다시 자신의 변화까지도 발원하여 미래제가 다하도록 불사를 하고 널리 일체 중생과 더불어 성불코자 하는 서원을 담아 부처님께 올리는 공양의식이다. 이 의식은 향과 꽃을 올리며 하는 범패와 작법을 하는 것으로, 영산재 작법 중 가장 핵심이며 절정을 이룬다. 또한 향화게작법은 나비춤 중에 소리가 가장 길고, 소리의 구성은 '운심게성'과 '다게성' '오공양성' 그리고 '도량게성'[14] 등의 다양한 구성으로 이루어져 있다. 특히 길게 늘어뜨린 육수가사와 양 손에 든 모란과 작약의 꽃이 '정중동 동중정'의 신비롭고 아름다움을 한껏 보여주는 '향화게작법'은 모든 중생을 성불케 하려는 대승적 경지로 승화되는 경향을 보여주고 있어 향과 꽃의 이미지가 던져 주는 의미가 한결 이채롭다.

원컨대 이 향과 꽃이 법계에 두루 하여	願此香花遍法界
미묘한 광명의 토대가 되게 함으로써	以爲微妙光明臺
모든 하늘의 음악과 하늘의 보배 향	諸天音樂天寶香
모든 하늘의 좋은 음식과 하늘의 보배로운 옷	諸天肴饍天寶衣
헤아릴 수 없는 묘한 법의 티끌이 되어	不可思議妙法塵
하나하나의 티끌에서 일체의 부처가 나오고	──塵出一體佛
하나하나의 티끌에서 일체의 법이 나오니	──塵出一體法
걸림 없이 돌면서 보기 좋게 장엄되어	旋轉無碍好莊嚴

---

14) '운심게성', '다게성', '오공양성', '도량게성'은 각각 '운심게'와 '다게', '오공양'. '도량게'를 범패로 소리로 지을 때, 각각 특징되는 소리의 형태를 말함.

두루 일체의 불국토 가운데 이르고	遍至一切佛土中
시방법계의 삼보님 앞에 이르러	十方法界三寶前
그곳에 이 몸이 있어 공양 올리게 하소서.	皆有我身修供養

  이어지는 〈운심게〉는 상주권공재에서 불보살님 전에 공양을 올리는 게송으로, 가사가 있는 다른 나비춤과 비교해보면 소리를 지을 때는 '사방요신'을 하고, 소리를 마친 후에는 태징 쇠에 맞추어 '좌립(坐立)'[15]을 하는 것이 특징이다. 오직 마음을 다해 공양을 올려드리는 진언이니 이 향기로운 공양이 법계에 두루하여, 자비로서 공양을 받으시고 선근을 증장하여 불법이 세상에 머물게 하며 불은에 보답할 것을 서원한다. 이처럼 육법공양은 모두가 찬탄과 공양예배문으로 이루어져 있으며, 공양의 특징과 그 공양에 관련된 설화 등을 예시하여 공양으로서의 가치와 의미를 잘 드러내 보여 준다. 요컨대 지극한 정성으로 공양물을 올리며 불덕을 찬탄하고 예배하는 과정의 게송들은 맑고 담담하면서도 높은 법열을 느끼게 하는 의미를 함축하고 있다 할 것이다.

  '식당작법'은 대법회시 재당(齋堂) 등의 장소에서 스님들이 설판재자가 준비한 공양을 받고, 그 보답으로 법공양을 베푸는 일련의 의식으로, 〈오관게〉와 타주(打柱)춤 등 다양한 범패와 의식무용이 등장하여 의식 중에서 예술적 가치가 가장 높은 부분이다. 여기에는 공양을 하게 해 주신 부처님의 공덕을 찬탄하고, 마음을 가다듬어 공양을 함에 부끄러움이 없는 자세를 확인하며 아울러 시식을 겸하여 아귀를 구제하는 의미가 담겨있다. 작법이란 말이 의미하듯이 일상의 공양과는 달리 공양시의 의식문이 범음, 범패로 행해진다. 이때 사물[종, 목어, 운판, 북]을 비롯한 각종 법구가 동원되고, 법고, 바라, 착복 등의 작법무가 장엄하게 베풀어진다.

  이 의식에는 『반야심경』의 전문이 인용되고 있음에서 드러나듯이 공(空)사상을 바탕으로 하여 삼륜청정을 강조하였고, 또한 〈십념〉에는 삼보를 잘 호지할 것을 상기하여 삼학(계. 정. 혜)으로 따를 것을 서원하는 등 불제자로서의 기본적 자세가 잘 드러나 있다. 무엇보다도 각 게송에 들어 있는 "원(願)"자와 〈오관게〉, 〈정식게〉, 〈절수게〉 등에서 강조되고 있듯이, '상구보리 하화중생'의 보살도 실천을

---

15) 경쾌한 태징 쇠에 맞추어 앉았다 일어난 듯한 동작과 함께, 서로 마주보고 앉아서 상체를 엎드려 양팔을 가운데서 쳐 주고 팔을 편 후, 호궤한 듯 반쯤 일어나서 좌로 180도 방향을 바꾸고 앉으면서 손을 접어준다. 같은 동작으로 우로 270도 방향 바꾸어 작법을 진행하고, 다시 180도 좌로 방향 바꾸어 동작을 하는 것을 일컬어 '坐立'이라 한다.

발원하고 있어 주목을 끈다. 특히 타주춤[16]을 추는 소임을 맡은 타주는 팔각 나무기둥으로 된 백추(白槌)를 중심으로 작법을 행하는데, '영출삼계'를 끝으로 팔정대도를 넘어 뜨려버린다. 이것은 사벌등안(捨筏登岸)이라 하여 강을 건너기 위해 뗏목이 필요하지만 강을 건너고 나면 그 뗏목을 버리듯이, 수행하는 과정에서 팔정도가 필요하지만, 그 이치를 알고 나면 그 마저 버린다는 의미의 담고 있다.[17] 이와 같이 '식당작법' 때 행해지는 타주춤은 공양의식을 통하여 공양의 진정한 의미를 이해하고 수행자로서 올바른 수행을 하고 있는지를 반성하며, 공양을 베푼 자와 공양을 받는 자, 법계의 모든 중생이 법공양을 계기로 성불에 이르고자 하는 소망이 담긴 의식이라 할 수 있다.

그런데 간과할 수 없는 영산재 '식당작법'의 중요한 특징은 선종의례의 한 형태를 띠고 있다는 것이다. '식당작법'의 핵심은 발우공양이다. 발우공양에는 '상구보리 하화중생'의 보살도 정신을 구현하고자 하는 간절한 서원이 내재되어 있기 때문이다. 밥을 먹는 것도 수행의 한 과정이고 깨달음의 길이기 때문에, 발우공양은 법공양이라고도 불린다. 따라서 발우공양은 수행자가 음식을 매개로 중생과 함께하는 지혜와 자비정신이 담긴 소중한 식사법이라 할 수 있다.[18]

발우공양에는 4가지의 아름다운 정신이 깃들어 있다. 첫째, 법납이 많은 조실 스님도 갓 들어온 행자도 동등하고 평등하게 음식을 나누는 먹는 '평등공양'이고, 둘째, 공동의 선과 지구생태계와의 조화를 위해 적게 먹고, 적게 쓰고, 적게 자며 절약을 실천하는 '절약공양'이며, 셋째, 각자 자기의 발우를 깨끗이 닦아 먹으며,

---

16) 타주춤은 팔정도(정견, 정사유, 정어, 정업, 정명, 정정진, 정념, 정정)를 깨치기 위하여 추는 춤으로, 팔정도가 새겨져 있는 팔각형의 기둥을 세워놓고 2인이 마주서서 타주채를 모아들고 오른 쪽 방향으로 돌서 팔정도의 여덟 가지 실천 덕목을 차례차례 헤아리며 춤을 춘다. 타주춤에는 팔정도 주위를 도는 춤사위, 타주채를 들고 팔을 휘젓거나 지주 윗면을 치는 춤사위, 팔정도 쓰러뜨리기 등의 춤사위가 있다.

17) 『중아함』, 권 54, 「다제경」에서 "나의 법은 뗏목과 같은 것이니 건너간 다음에는 마땅히 버려야 한다."와 『고려대장경』 5권 「금강반야바라밀경」에서 "너희 비구들은 알라. 나의 설법은 뗏목과 같은 것이니 정법도 버려야 하거늘 항차 비법이겠는가." 라고 기록되어 있듯이 공사상을 설하고 있다(박금옥(2005), 「나비춤 自歸依佛作法 動作 연구」, 동국대학교 문화예술대학원 석사학위 논문, 10쪽 재인용).

18) '발우'는 본래 적당한 양을 담는 밥그릇 즉 '응량기'라고 한다. 이는 부처님께서 탁발을 행하실 때 중생이 공양하는 음식이 아무리 많아도 넘치는 일이 없고 아무리 적은 양 이라도 그릇에 가득 차 보였다고 해서 이와 같이 불렸다. 삼의일발(三衣一鉢)이라 해서 스님들이 꼭 지녀야 하는 승물 중에 하나이기도 하고 옛 조사스님들이 전법할 때 전법의 증표로 삼기도 하였다. 발우는 부처님이 성도 후 트라프사와 바루리카라는 두 우바새로부터 최초의 공양을 받을 때 사천왕이 바친 4개의 발우에서 연유한다고 한다. 제일 큰 발우인 불발우(佛鉢盂)부터 차례로 보살 연각 성문이라는 이름이 붙어있다.

마지막까지 숭늉과 청결수로 음식찌꺼기 하나 남기지 않으며, 밥을 먹기 위해 들어온 맑은 물은 맑은 물 그 자체로 자연에 돌려지게 하는 '청결공양'이다. 넷째, 공양을 마치고 나면 전체 대중이 모인 자리에서 알릴 내용은 알리고 논의할 문제는 의논하는 대중공사가 따르는 '대중공양'이다. 여기에는 대중들이 모든 것을 함께 나누는 민주적인 절차를 중요시 하는 소통의 의미가 있다.

이상의 의미를 지닌 발우공양은 부처님을 회상하면서 그 공덕을 찬탄, 공경, 예배하는 마음과 모든 중생의 노고와 은혜를 고맙게 여기는 감사하는 마음, 자신의 하루 수행생활을 돌아보는 반성하는 마음, 그리고 모든 배고픈 중생들과 함께 평등하게 나누어 먹겠다는 자비의 마음으로 진행된다.[19] 비록 한 끼의 식사를 위해 엄격한 과정을 거치지만 각 과정마다 구도의 의미가 담겨 있다. 그것은 생명의 근원이 되는 음식이 어디에서 왔는가 생각해보면 우리가 받는 공양은 참으로 귀한 것이 아닐 수 없기 때문이다. 부처님에 대한 찬탄과 중생들을 제도하겠다는 서원이 각 게송에 담겨 있는 이유가 여기에 있다.

'식당작법'은 일반적으로 〈불은상기게〉- 〈전발게〉- 〈십념〉- 〈봉발게〉- 〈오관게〉- 〈생반게〉- 〈정식게〉- 〈삼시게〉- 〈절수게〉- 〈수발게〉의 순으로 진행된다. 발우공양을 알리는 다섯 번의 타종이 있게 되면, 대중들은 자기 발우를 갖고 자리에 앉는다. 공양을 위해 상에 앉는 것은 법좌를 펴서 진리의 실상을 보신 부처님과 같이 모든 공양하는 중생도 그와 같이 되기를 바란다는 뜻을 담고 있다. 이때 몸을 단정히 바르게 하여 부처님이 보리수 아래에서 정각을 이루신 것처럼 우리 모든 중생도 그와 같이 단좌하여 마음에 두려움이 없는 무소외(無所畏)를 바란다는 뜻이다. 죽비를 한 번 치면 대중은 합장하고 공양을 들기 전에 부처님의 은혜를 상기하는 게송인 〈불은상기게〉를 염송한다.

부처님은 가비라성에서 나시고	佛生迦毘羅
마갈타국에서 도를 이루셨으며	成道摩竭陀
바라나 녹야원에서 설법하시고	說法婆羅奈
구시라 쌍림에서 열반드셨네.	入滅拘尸羅

부처님께서 태어난 룸비니 동산, 마가다국 부다가야 니련선하 강변 보리수 아

---

19) 『소심경』에는 「불은상기게」- 「전발게」- 「십념」- 「봉발게」- 「오관게」- 「생반게」- 「정식게」- 「삼시게」- 「절수게」- 「해탈주」의 순서로 되어 있다.

래서의 성도, 최초로 다섯 비구에게 설법을 한 바라나시 베나레스 근교의 녹야원, 구시나가라성 근처의 사라쌍수 아래서 열반에 드신 것을 상기하는 게송으로, 단순히 그 장소를 생각하라는 것이 아니라 그 장소를 거치며 살다 간 부처님의 고귀한 삶의 흔적을 생각하라는 것이다. 다시 말하면, 부처님께서 왜 태어났으며, 어떻게 수행을 했으며, 무엇을 깨치고 무엇을 가르쳤으며, 어떻게 살다 열반에 드셨는가를 생각하면서, 스스로를 돌아보고 수행자의 본분을 확인하며 공양을 시작하는 게송이다.

이어 죽비 한 번에 합장하고 발우를 펴는 게송인 〈전발게〉를 읊는다. 부처님의 공덕에 응할 만한 '응량기(應量器: 적당한 양을 담을 수 있는 발우)를 내가 지녀 펴고자 하니, 일체중생이 함께 삼륜 즉 보시하는 사람, 보시 받는 사람, 보시 물건이 모두 청정하여 지기를 발원한다.[20]

부처님이 주신 응량기를	如來應量器
제가 지금 받아서 펴오니	我今得敷展
원하옵건대 일체 중생이	願共一切衆
고르게 삼륜 공적하여 지이다.	等三輪空寂

이어 『반야심경』을 염송하고 열 분의 불보살의 명호를 생각하는 게송인 〈십념〉을 염송한다. 이때 타주는 타주채를 들고 염송이 끝날 때까지 팔정도를 중심으로 돈다. 시·공을 초월하여 두루 충만한 모든 거룩한 불보살님께 지극한 정성으로 귀의하오니 큰 지혜로 저희를 불세계로 인도해 주길 바라는 게송을 염송한다.

清淨法身臻盧舍那佛	청정한 법신의 비로자나불
圓滿報身盧舍那佛	원만한 보신의 노사나불
千百億化身釋迦牟尼佛	천백억화신의 석가모니불
當來下生彌勒尊佛	미래에 오시는 미륵존불
十方三世一切尊法	시방삼세의 일체 존법
大智文殊舍利菩薩	대지혜의 문수사리보살
大行普賢菩薩	큰 행원의 보현보살

---

20) 『선원청규』의 작법에는 뚜렷이 발우를 펴는 게송은 없다. 선승의 일상 작법은 생활과 같이 간소한 것을 원칙으로 하기 때문에 형식상의 전발게는 없어도 묵연한 가운데 엄숙히 발우를 펴는 것으로 이루어져 있음을 알 수 있다. 왜냐하면 청규에서 '전발의 법'이라고 하여 아주 자세히 발우를 펴는 위의를 언급하고 있기 때문이다.

| 大悲觀世音菩薩 | 대자비의 관세음보살 |
| 諸尊菩薩摩訶薩 | 모든 존귀하신 보살마하살! |

　이 게송이 끝나면 종을 울리지 않은 채 탄백(큰 소리로 말하는 것)하되, "우러러 바라옵건대 삼보께서는 두루 인지함을 내려주소서"함으로써 〈십념〉을 모두 마친다. 여기까지가 발우공양의 도입단계다. 〈십념〉을 마치고 죽비를 치면 발우에 밥을 담는다. 발우를 내밀 때 손바닥을 보이지 않고 손등을 보여 발우를 드는데, 이는 탐심으로 밥을 받지 않음을 의미한다. 이러한 과정을 진지(進旨) 혹은 행익(行益)이라고 하며, 식사의 높임말 '진지'가 여기서 비롯되었다. 음식을 다 받은 후에 양 손으로 발우를 눈썹 위까지 올린 후 발우를 받드는 〈봉발게〉를 대중이 함께 염송한다. 발우공양에서 가장 중요하고 그 정신이 깃들어 있는 게송은 〈봉발게〉와 〈오관게〉라 할 수 있다. 음식을 먹는 이유가 중생들을 제도하고 법을 구함이니 이 공양을 들고 부끄럽지 않은 출가사문이 되겠다는 뜻이 함축되어 있기 때문이다.

이 공양을 받는 순간 모든 중생들이	若受食時 當願衆生
선열로 공양을 삼아 법희가 충만하고	禪悅爲食 法喜充滿
공양 상에 결가부좌한 중생은	結跏趺坐 當願衆生
선근이 견고하여 부동지를 이루며	善根堅固 得不動地
빈 발우를 보면 중생의 그 마음이	若見空鉢 當願衆生
청정하게 공하여 번뇌가 없어지이다.	其心淸淨 空無煩惱

　〈봉발게〉에는 세 가지의 소중한 의미가 담겨 있다. 즉 첫째 공양을 받는 중생은 선열로 공양을 삼으며 법열이 충만하기를 바라고, 둘째 공양상에 결가부좌한 중생은 선근이 견고하여 부동지를 이루기를 바라며, 셋째 빈 발우를 보면 중생의 그 마음이 청정하게 공하여 번뇌가 일어나지 않기를 바라는 의미가 담겨 있다. 이어 발우를 내려놓고 식당작법 의식에서 가장 중심이 되는 〈오관게〉를 염송한다.

이 음식이 어디서 왔는가	計功多少 量彼來處
내 덕행으로 받기가 부끄럽네	忖己德行 全缺應供
탐심을 여의어서 허물을 막고	放心離過 貪等爲宗
육신을 지탱하는 약으로 알아	正思良藥 爲療形枯
도업을 이루고자 이 공양받습니다	爲成道業 應受此食

수행자 자신이 이 공양을 받을 만한 덕행이 있는가에 대해 다섯 가지를 돌이켜보는 게송이다. 음식이 내 앞에 오기까지 수많은 사람들의 노고와 자연의 고마움을 생각하고, 세상 만물이 나 홀로 존재하는 것이 아니라 모두 함께 인연 속에 살아간다는 부처님의 가르침을 되새기는 것이다. 즉, 이 음식이 내 앞에 오기까지 많은 중생들의 공력을 따져 보고, 중생들의 노동으로 만들어진 이 음식을 내가 부끄러움 없이 받아먹을 자격이 있는가를 생각해 보는 것이다. 여기에는 자기 스스로에 대한 자성적 질문과 음식에 대한 지나친 욕심을 버리고, 몸을 지탱하는 약으로 알고 정진하여 깨달음을 이루기 위해 공양을 받겠다는 마음이 담겨 있다. 따라서 내가 이 음식을 먹는 뜻은 탐·진·치 삼독을 끊고, 허물을 멀리하고 마음을 잘 다스려 중생의 은혜에 보답하기 위함이다. 맛에 탐닉하여 공양을 먹는 것이 아니라 오직 수행을 위한 좋은 약으로 먹는 것이니 음식이 상에 오르기까지 수고한 모든 사람들의 정성을 생각하고 음식을 먹어 깨달음을 이루겠다는 간절한 서원이 이 짧은 게송에 담지되어 있다. 이처럼 수행자들의 공양법은 엄격하다. 그것은 수행자들은 배를 채우고 맛을 느끼기 위해서가 아니라 삼보와 사중(四重: 국가 부모 스승 시주)의 은혜를 갚고 삼도(지옥, 아귀, 축생) 중생의 고통을 건지기 위해서 즉 안으로는 성불을 이루고 밖으로는 중생을 구제하기 위해 공양을 한다는 생각이 바탕에 깔려있기 때문이다.[21] 밥을 먹는 이유와 절차가 이토록 복잡하고 엄숙한 까닭이 〈오관게〉 속에 담겨있다. 결국 〈오관게〉에 담긴 가르침은 서로 연관된 모든 것에 감사하는 마음으로 대하라는 동체대비다. 내 몸을 생각하듯 이웃을 생각하고 내가 조금 부족하더라도 나누는 마음이, 복잡하고 번거로운 과정을 거쳐 가며 밥을 먹는 발우공양의 진정한 의미다. 아울러 일체중생이 이 공양을 받음으로써 무상도를 이루기를 발원하는 부분이 '공양중생의 성도원'이다.

발우에 가득한 공양을 보는 중생은	若見滿鉢 當願衆生
일체의 선법이 구족히 성만하여지고	具足成滿 一切善法
향미식을 얻은 중생은 절제와	得香美食 當願衆生
소욕을 알고 정에 집착이 없어 지이다.	知節少欲 情無所着

---

21) 수행자들은 초심자 시절부터 공양법을 몸에 익히는데 주력한다. 『사미율』의 「대중과 함께 먹는 법」 편에서는 이에 대해 상세하게 기술하고 있다. 종소리를 들으면 윗옷을 정돈하고, 밥은 넘치지도 모자라지도 않게 담고 게송을 외워야 한다. 이것이 밥 먹기 전 준비과정이다. 밥을 받으면 공양을 받기까지의 과정과 내가 과연 이 공양을 받을 자격이 있는 지에 대해 생각하고, 이 밥이 병든 몸을 낫는 약이 되고 보리를 이루기 위해서라는 생각을 가져야한다고 했다. 오늘날 대중공양 때 마다 외우는 〈오관게〉를 말한다.

내가 받은 공양은 묘한 공양구가 되어	願我滿鉢 變成妙供具
온 법계의 모든 삼보께 공양이 되고,	變於法界衆 供養諸三寶
시식 받은 중생은 기갈이 없어지며	次施諸衆生 無有飢渴者
법희식으로 변해 속히 무상도 얻어지이다.	變成法喜食 速無上道

한 방울의 물에도 천지의 은혜가 스며있음을 알고, 한 톨의 곡식에도 만인의 노고가 담겨있음을 생각하며, 이 음식으로 이 몸을 길러 몸과 마음을 바르게 하고 청정하게 살며, 또한 수고한 모든 이들이 선정 삼매로 밥을 삼아 법의 즐거움이 가득하여 지기를 바라는 수행자의 서원이 담겨있다.[22] 이때 5명의 승려가 사물(四物)을 울린다. 이어 타주가 바라춤을 추고 법고춤이 이어진다. 이어 귀신들에게 공양을 베푸는 〈생반게〉를 염송한다.

너희 귀신의 무리들아	汝等鬼神衆
내 이제 그대들에 공양하니	我今施汝供
일곱 낱알 시방에 가득하여	七粒遍十方
삼악도의 기갈 면하고	三途飢渴..
모든 번뇌 없애도록	悉除熱惱
모두 함께 공양하소.	普同供養.

공양을 들기 전 숟가락에 밥알을 조금 담아 '헌식(獻食)'을 하는데, 이는 적은 양이라도 남을 위해 한 숟가락을 나누어 타인은 물론 귀신도 함께 먹는다는 의미다. 살아 있음의 아름다움을 서로 공경하고 살고자 하는 본능과 의지로서 생명의 본성을 존중하고 서로 찬양함으로써 생명을 더욱 생명답게 살려가고자 하는 정신이라 할 수 있다. 〈생반게」에는 이러한 생명사상이 아름다운 무늬 결을 이루고 있음이 확실하다. 생명을 있게 하고 생명을 생명답게 자라도록 하는 근원적인 힘은 바로 모든 생명존재에 대한 자비사상으로 제시된다. 자비란 무엇인가? 결국 그것은 '나'보다도 '너'를 생각하고 돌보는 마음, 즉 보살도의 실천일 것이다. 그것은 남아서 하는 적선과는 달리 없는 가운데 부족하지만 쪼개고 나누어 진심으로 생

---

22) 우리가 먹는 따위의 음식은 단식(團食)이라는 항목에 묶고 나서, 감각·사고·식별작용까지도 촉식(觸食)·사식(思食)·식식(識食)이라 이름 붙여 각각 먹이의 하나로 여겼음이 그것이다. 또 하나는 정념(正念)을 지녀 감을 염식(念食)이라 하고, 부처님의 가르침을 듣고 기뻐함을 법희식(法喜食), 선정을 닦아 마음에 즐거움이 생김을 선열식(禪悅食), 서원에 의해 정진함을 원식(願食), 번뇌의 굴레에서 벗어나 자재함을 얻는 것을 해탈식(解脫食)이라 일컫는 오식(五食)의 설(說)이다.

명을 공경하고 사랑하는 일이라는 뜻이다. 이어 헌식하고 〈정식게〉를 염송한다. 이 게송은 나와 물속의 수많은 미생물들이 분리되어 별개의 것으로 존재하는 것이 아니라 무한한 자연의 일부로 조화를 이루어 질서 있게 살아감을 보여 준다.

내가 물 한 방울을 여실히 관해 보니	五觀一滴水
팔만사천마리의 벌레가 있구나	八萬四千蟲
만약에 이 주문을 외우지 않으면,	若不念此呪
중생의 고기를 먹는 것과 같구나	如食衆生肉

"옴 살바 나유타 발다나야 반다반다 사바하"

불교에서는 살아있는 무수한 생명을 비롯해서 생명 없는 모든 무정물까지도 서로 유기적 관계에 있음을 강조한다. 『선원청규』에 "옛 사람이 말하기를 내가 한 방울의 물을 보니 팔만 사천의 생명이 있다고 했다. 범부의 눈으로는 보지 못하지만 천안으로 보면 스스로 분명하다. 꼼지락거리는 모든 생명체는 불성을 가졌다."[23]라고 언급되고 있다. 이는 한 방울의 물속에 8만4천의 생명이 있지만 눈에 보이지 않는 그 무수한 생명들은 모두 소중한 불성을 지니고 있음을 강조한 것이다. 즉 눈에 보이지 않는 미물일지라도 그 생명의 가치는 부처님의 무게와 같다는 인식이다. 이처럼 우주는 생명으로 가득 차 있기 때문에 물 한 모금 먹는 행위를 통해서도 무수한 생명을 해칠 수 있다.[24] 이러한 사유가 〈정식게〉에 그대로 드러나 있다. 한 방울 속에 8만 4천 마리의 벌레가 있음을 통찰하는 인식은 물속이라는 작은 우주 공간 속에서 근원적 존재로서 삼라만상의 근원이 되는 생명의 존재질서를 간파하는 힘이라 할 수 있다. 그래서 8만 4천 마리의 벌레들은 불성을 지닌 존재이기에 그들이 살고 있는 물을 마신다는 것은 그들의 고귀한 생명을 죽이는 것이나 다름없는 일이다. 비록 전혀 살의(殺意)가 없지만 우리들의 삶은 이렇게 무수한 생명들의 희생과 알 수 없는 상호의존의 관계 속에 유지되고 있다. 때문에 한 방울의 물속에 수많은 중생들이 있음을 알고 주문(다라니)을 외워 그들이 상하지 않도록 하겠다는 서원을 하는 것이다. 이 결구 속에는 바로 이 세상에서 가장 소중한 것이 생명 그 자체이며, 그러기에 생명에 대한 외경을 느끼

---

23) 『선원청규』(만속장111, p.941a), "古云 吾觀一滴水 八萬四千生 凡夫目不見 天眼自分明 蠢動含靈佛性靈."
24) 서재영(2004), 「선의 생태철학 연구」, 동국대학교대학원 박사학위논문, 147쪽.

고 최상의 가치를 존중해야 한다는 화엄적 생명사랑의 사유가 내재되어 있다 할 수 있다.

사찰에서는 눈에 보이지 않는 미생물이 죽을까 뜨거운 물을 함부로 버리지 않았다. 솥의 뜨거운 열기는 자연의 열기가 아니기 때문에 미세한 생명들이 견디지 못하고 순식간에 죽을 수 있다는 것이다. 또한 선사들이 길을 갈 때 작은 벌레들이 밟히지 않도록 짚신을 신거나 지팡이로 땅을 툭툭 치면서 걸었다.[25] 마치 흙길을 걸어갈 때 발바닥에 기막히게 오는 그 탄력이 실은 수십 억 마리 미생물이 밀어 올리는 바로 그 힘을 통찰하기 때문이다. 여기에서 우리는 선사들의 자비심은 단지 눈에 보이지 않는 생명에 국한되지 않고 우주에 가득 찬 무수한 생명들을 해치지 않으려는 대자비심의 발로임을 엿 볼 수 있다. 따라서 우리는 수많은 생명들과 더불어 살아가고 있는 만큼 그 생명의 소중함을 자각해야 할 필요가 있고, 아울러 그런 실천적 행위는 생명을 해치지 않으려는 구체적인 삶의 형태로 이어져야 한다. 〈정식게〉에 이어 '이 음식을 먹고 모든 악을 끊고 선을 닦으며 일체 중생과 함께 위없는 불도를 이루겠다는 서원의 〈삼시게〉를 염송한다.

일체의 악을 끊기를 원하며　願斷一切惡
일체의 선을 닦기를 원하며　願修一切善
일체의 중생과 함께　　　　願供諸衆生
무상도를 이루기를 원합니다. 同成無上道

이 게송은 「칠불통계게」의 "모든 나쁜 짓을 짓지 않고, 모든 착한 일을 받들어 실천하고, 그 뜻을 맑게 하는 것"이 불교 가르침의 핵심이라는 것과 궤를 같이 한다. 〈삼시게〉가 끝나고 죽비가 세 번 울리면 비로소 식사를 시작한다. 그리고 공양이 끝나고 고춧가루 하나 남김없이 깨끗이 발우를 씻고 나면 천수물을 걷는다. 천수물이라고 하는 이유는 천장에 붙여놓은 천수다라니가 이 물에 비치어 읽을 수 있을 정도로 깨끗한 상태여야 한다는 데서 비롯되었다. 이 물조차도 함부로 버리지 않고 댓돌에 부어 환경오염을 막는다. 발우를 씻은 물을 아귀 중생에게 주며 아귀가 고통에서 벗어나기를 비는 〈절수상념게〉를 염송한다.

---

25) 이는 생명 존중 사상을 구현하고 모든 존재가 서로 의존하고 보완한다는 연기적 관계로 보는 불교의 전통적인 일상을 말한다. 오늘날 환경운동의 시작 또한 물과 태양과 바람이 나와 한 몸임을 아는 것에서 출발해야 하며, 그래야 삼라만상의 은혜를 알고 내 몸을 아끼고 돌보듯이 모든 생명 존재를 배려하고 존중할 수 있을 것으로 진단된다.

나의 발우 씻은 물이	我此洗鉢水
하늘의 감로수와 같아서	如天甘露味
아귀 중생에게 주노니	施與餓鬼衆
모두 마셔 배부를 지어다.	皆令得飽滿

　　　　"옴 마휴라세 사바하" (3번)

　너무나 깨끗하게 공양했기에 발우 씻은 물은 하늘의 감로수와 같아 이를 아귀들에게 주고, 아귀들이 모두 받아 마셔 배불러지기를 기원한다. 공양이 끝난 후 발우를 씻은 천수물을 거두어 대중방의 중앙 천수다라니가 붙어있는 천정 밑에 있는 퇴수에 버린다. 이는 아귀에게 공양하는 뜻이 들어 있다. 여기에는 생명을 있게 하고 생명을 생명답게 자라도록 하는 근원적인 힘이 자비사상으로 제시된다. 결국 자비실천은 사랑하는 마음과 함께 공경하는 마음이 어우러져 생명을 소중히 여기고 존중하는 사상으로 심화될 것이 분명하다. 따라서 이 게송은 간결한 형식에 불교의 우주론과 연기론에 기반 한 시적 사유와 상상을 내밀하게 함축해 내고 있다 할 수 있다. 이러한 사유와 상상의 배후에는 불교적인 순환의 원리에 대한 신념이 깔려 있다.

　발우를 거둔 후 밥 먹은 힘으로 중생제도에 나서겠다는 뜻이 담긴 공양을 마치는 〈수발게〉를 외운다. 이 게송은 공양절차를 마치는 게송으로 식당작법의 핵심 정신으로 진실정신과 깊이의 정심을 천착하고 있어 우리의 관심을 끈다.

공양을 마치니 기운이 솟는구나	飯食已訖 色力充
위의가 시방삼세 떨치는 영웅이네	威振十方 三世雄
인연공덕 돌리어 마음에 두지 않고	回因展果 不在念
모든 중생들 깨달음 얻을 지어다.	一切衆生 獲神通

　공양을 마친 수행자가 지녀할 마음 자세를 담아내고 있다. 공양은 법기를 보전하고 성불을 위한 힘을 얻는데 목적이 있음을 거듭 깨달아 포만감에 안주하지 않고 수행에 힘쓸 것을 의미한다. 또한 공양을 마치니 삼세의 영웅들도 제압할 힘이 솟고, 또 음식과 물을 아끼는 정신과 밥을 먹어 충만한 힘은 일체 중생에게로 회향한다는 보살정신을 함축하고 있다. 아울러 금일에 재를 시설한 모든 제자들을 위하여 위로는 사사시주(四事施主: 재사.법사.무외사. 번뇌사) 및 법계 일체중생에게 평안을 바라는 회향의 축원으로, 부처님과 음식의 은혜에 감사하며 중생들을 모두가 깨달음을 얻기를 기원한다.

원컨대 내가 받은 아름다운 이 음식들	願我所受 香味觸
내 몸에 있지 말고 모공을 따라 빠져나가	不在我身 出生孔
법계에 두루한 중생 몸에 스며들어	遍入法界 衆生身
모든 번뇌 없애주는 신묘약 되옵고	同等法藥 除煩惱
주고받는 자 모두 오상을 얻으며	施者受者 具獲五常
색력과 명이 편안하며 무애변 얻어지이다.	色力命安 及無辯

인용 게송은 간결한 형식에 불교의 우주론과 연기론에 기반 한 시적 사유와 상상을 내밀하게 함축해 내고 있다. 그런 사유와 상상의 배후에는 불교적인 순환의 원리에 대한 신념이 깔려 있다. 즉 몸속에 내재해 있는 생명의 신령한 기운에 주목하여 개체생명의 우주적 관계성을 통찰하고 있는 것이다. 내가 받은 아름다운 이 음식들이 내 몸에 있지 말고 모공을 따라 빠져나가 법계의 중생 몸에 스며들어 모든 번뇌를 없애주는 신묘약이 되길 바라고, 나아가 주고받는 자 모두 오상을 얻으며 색력과 명이 편안하며 무애변을 얻기를 소망한다. 여기에는 생명의 신령한 기운을 감지하고 만물의 묘유한 존재성을 예감함으로써 생명의 숭고함과 삶의 연대의식을 일깨우는 힘이 깃들어 있다. 이러한 게송의 미학은 사변과 언어를 최대한 절약한 평범하고 모든 생명은 작은 우주를 지니고, 그 작은 우주가 합쳐져 거대한 우주를 이루고, 또한 그 각각의 작은 우주는 자체로 존재의 필연성을 지니고 있음을 강조한 것이라 할 수 있다.

발우공양은 더불어 모인 공동체와 함께 나누는 평등, 민주적인 공론의 장과 함께 무엇보다도 모든 생명 존재와의 상호관계성을 일깨워 준다. 가령, 『금강경』의 첫 장인 〈법회인유분〉도 세존의 걸식과 발우공양의 과정을 담담하게 묘사하고 있음을 주목할 수 있다. 수행자에게 '밥 먹는 행위'는 단순히 식욕을 채워주는 일이 아닌, 수행을 위해 준비하는 과정이자 수행 그 자체이기 때문이다. 이처럼 식당작법은 단순히 수행자의 공양만을 의미하는 것이 아니라 사성제, 팔정도, 12연기 등 부처님의 가르침을 골간으로 하여 도업(道業)을 이룸은 물론, 배고픔에 고통을 받는 일체 아귀중생에게도 공양을 베풀어 진정한 불법의 가르침을 깨닫게 하는 공양의식이라 할 수 있다.

일체 선법을 구족하고 음식 조절을 잘하여
향기롭고 아름다운 음식에 집착하지 않으며,
저희들이 받은 음식 위로는 삼보님께 공양하고

아래로는 모든 중생에게 베풀어 주노니
목마름과 주림을 없애고 무상도 이루기 바라옵니다.

나의 몸 가운데 8만 4천 충이 있고
낱낱의 털구멍에 9억의 충이 들어 있으니
내가 저들을 살리고자 이 음식을 받으나
반드시 도를 이루어 저들을 먼저 제도하겠습니다.

　　간결한 형식에 불교의 우주론과 연기론에 기반 한 생명존중의 사유와 상상을 내밀하게 함축하고 있는 게송으로, 일체선법과 무상도를 이루기를 바라는 발원으로 보살도실천의 미학을 선명히 보여주고 있다. 불교는 언제나 자신의 업을 최소화 내지 무화시키는 수행하는 존재를 전제한다. 진정한 수행자는 언제나 위없이 바르고 평등한 깨달음을 얻고자 하며, 또한 스스로 얻은 깨달음이 있기까지 자신을 뒷바라지 해준 무수한 인연들에게 그 성취를 되돌려 주기를 서원한다. 즉 일체 선법을 구족하고, 음식을 조절을 잘하여 향기롭고 아름다운 음식들에 대하여 집착하지 않으며, 공양받은 음식은 위로는 삼보님께 공양하고 아래로는 모든 중생에게 베풀어 목마름과 주림을 없애고 무상도를 이루기 서원하는 것이다. 나아가 수행자는 몸속에 내재해 있는 생명의 신령한 기운에 주목하여 개체생명의 우주적 관계성을 인식한다. 그래서 "나의 몸 가운데 8만 4천 충이 있고/ 낱낱의 털구멍에 9억의 충이 들어 있"다는 대목은 『화엄경』의 "하나의 모공(毛孔)속에 수많은 국토와 바다가 있고, 그 각각에는 모두 여래가 보살들과 함께 계신다."[26]라고 언급되고 있는 부분과 맞닿아 있다. 이와 같이 작은 모공의 미세한 공간 속에서도 무수한 세계와 생명이 있음으로 먼지처럼 생명들이 많다는 의미에서 '미진수중생(微塵數衆生)'이라는 표현을 사용한다. 여기에 진정한 수행자의 자세와 모든 생명존재에 대한 연기적 인식과 존경이 담지되어 있다 할 수 있다. 이어 발우공양을 마치면서 모든 중생이 고통의 세계를 벗어나 평화와 안락의 절대평등의 세계, 극락세계로 가자는 의미의 〈해탈주〉를 염송하고, 〈퇴좌게〉와 〈회향게〉로 모든 식당작법이 끝난다.
　　영산작법에서 마지막으로 이루어지는 〈공덕게〉와 〈회향게〉는 오늘 영산재를 올린 공덕을 법계에 회향함으로써 신심이 물러나지 않고 동참자와 영가 제위 모두

---

26) 『운봉록』, 선림고경총서19(불기 2537), 합천: 장경각, 46쪽.

가 깨달음을 얻어 이고득락(離苦得樂)하고 성불을 기원하는 의식이다. 회향이란 자기가 닦은 선근 공덕을 다른 중생이나 또는 자신의 불과(佛果)로 돌아가게 하는 것이다. 결국 이러한 의식 게송에는 금일 법회의 모든 공덕을 모두 영가의 몫으로 회향하고 동시에 영가를 극락세계로 전송한다는 의미가 내재되어 있다.

'영산재'의 마지막 의식은 '영산재' 행사장에 걸려있던 금은전과 옷가지 등을 불에 넣고 태우며 마무리된다. 이러한 소대(燒臺)의식은 공(空)의 이치를 깨닫게 하는데 큰 의미가 있다. 왜냐하면 인간의 육신은 네 가지 원소, 즉 지.수.화.풍으로 되어 있는데, 지는 뼈로 흙의 성분이고, 몸의 따뜻한 것은 불의 기운이고, 바람이기 때문이다. 물은 수분으로, 더운 기운은 불로, 움직이는 것은 바람으로 가고, 남는 것이 없다. 이러한 연유에서 소대의식은 『반야심경』의 '부증불감(不增不減)'의 의미를 상기하게 된다. 다시 말해, 소대의식은 늘어나는 것도 아니고 줄어드는 것도 아니며, 나고 죽음이 없고, 없는 줄 아는 마음도 또한 없는 그것이 곧 공의 핵심임을 깨닫게 하는 것이다. 때문에 소대의식은 공의 인식을 통해 삶의 본질과 현상을 통찰하고자 하는 의미를 지닌다 할 것이다.

4. 나오는 말

이상에서 석가모니 부처님이 영축산에서 『법화경』을 설한 장면을 시공을 초월하여 현재의 도량으로 옮겨 성역도량을 상징화 하고, 그 성역 공간에 상주하는 불보살의 공덕을 찬탄, 예배, 공양하며, 참회하고 발원함으로써 불보살의 가피력을 입게 한다는 구조를 지닌 '영산재'의 미학적 세계와 게송의 의미를 살펴보았다.

'영산재'는 부처님 당시의 영산회상을 금일 도량에 다시금 꾸며, 대성인로왕보살 인도 아래 망자로 하여금 해탈과 극락왕생을, 살아있는 대중에게는 불법의 가르침과 신앙심을 고취시키는 한편 모든 중생으로 하여금 불법 인연을 짓고 업장소멸과 깨달음을 주는데 그 의의가 있다 할 수 있다.

영산회상의 성역화를 상징적으로 표현하는 '영산재' 진행의 기본 골격은 불교의식의 형식을 차용하는데, 그 구성요소는 의식문의 낭송, 의식공간의 장엄, 신체적 표현 그리고 절정에 이르기 위한 긴장관계의 구성 등으로 이루어져 있다. 이러한 일반적인 영산재의 진행절차는 참회, 찬탄, 공양, 예불, 도량청정 등의 거듭되는 의례행위를 통하여 의식공간과 시간은 성역화 되고, 여기에서 승속이 다 함께 그러한 성역의 시공간에 몰입하여 그 세계를 체험하고 귀의하여 감동을 하게 된다. 특히 이러한 일련의 과정에서 상대적 관계를 뛰어 넘은 신성한 세계를 함께 경험하고 그것을 표출함으로써 불교예술로 승화된 '영산재'는 법석이 갖는 환희의 소리와 몸짓의 미학을 지니고 있다. 따라서 시공을 초월하여 청각적[불교음악], 문학적[의식문]으로 성역공간을 묘출함으로써 불보살이 상주함을 상징화하고, 그 분들에게 공양 예배하고 찬탄하는 '영산재'에는 다분히 불교예술의 미학적인 요소가 담겨 있음을 확인하였다.

'영산재'가 불보살이나 신중, 유주 무주 영가와 신도 대중을 동시에 감동케 하여 환희심을 갖도록 하는 데 목적이 있음을 고려할 때, 그 표현 방식에 있어 게송들은 다분히 격조 높은 문학적 의미를 지닌다. 이에 필자는 오묘한 불법의 세계를 간결하고도 상징적이며 함축적으로 장엄하게 담아내고 있는 영산작법의 진언과 게송들은 영산설법의 감격을 재연하는 역동적 기능을 가질 뿐만 아니라 연기적 생명존중과 자비실천의 미학임을 주목하였다. 특히 영산재의 핵심 부분이라 할 수 있는 식당작법은 단순히 승려의 공양만을 위한 것이 아니라 팔정도의 수행과 삼보의 가르침을 받아 도업(道業)을 이룸은 물론, 굶주림에 고통을 받는 일체 아귀중생에 까지도 공양을 베풀어 자비실천의 의미를 깨닫게 하는 공양의식이라는 데 큰 의미가 있음을 강조하였다. 이 과정에서 진행되는 발우공양은 수행에 방해가 되거나 다른 생명을 죽여 자신의 육신을 보존하거나 식탐을 위해 먹지 않는 것이며, 이 음식이 어디서 와서 어디로 가는지 성찰하여, 모든 존재가 연기적 관계임을 일깨워 주는 것만이 아니라 공동체와 함께 나누는 평등, 민주적인 공론의 장과 함께 모든 생명 존재와의 상호의존성을 함의하고 있는 불교의례 미학의 핵심이 되고 있음을 언급하였다.

인간의 탐욕심이 낳은 '코로나 19' 사태로 우리는 언텍트(untact) 서비스의 편리함과 효율성을 경험했지만, 그만큼 한계도 명확하게 드러났다. 바로 '관계의 단절에서 오는 외로움'이다. 이에 진정한 공감과 감성적 소통의 휴먼터치(human touch)가 중요한 코드가 대두되고 있고, '내가 잘못하면 나와 연결되어 있는 생명 존재들도 위험해진다'라는 생각을 많이 하게 되면서 '연대하지 않으면 안전도 없다'는 인식과 함께 위기 상황일수록 서로 돕고 배려하며 협력해야 하다는 인식이 강해졌다.

그렇다면 '영산재'의 의식문과 작법은 '상구보리 하화중생의 뜻을 인간 삶의 보편성으로 확대하고 심화해 나감으로써 생명사상, 평등사상, 자비사상을 구현하는 불교의례의 중요한 축을 형성하고 있는 점에서 큰 의미를 지닌다 할 수 있다. 이 점을 주목하면, '코로나 19'가 지구촌을 재앙의 불길로 덮고 있는 오늘날, 영산재의 의식절차 가운데 수반되는 다양한 의식의 미학적 세계와 게송은 대중들의 아픈 마음을 치유하고 공감과 소통으로 갈등과 대립을 넘어 화합과 평화, 생명존중과 자비실천의 의미를 내재한 시적 미학으로서의 충분한 가치를 지닌다 할 수 있다.

제2부

구도와 깨달음의 시문학 세계

1. 曉峰의 法語에 나타난 歸鄕意識 試探(차차석)
2. 함허득통의 '비움과 충만'의 시적 미학(안광민)
3. 법정의 시 세계에 나타난 존재의식과 사회의식(여태동)
4. 나옹혜근(懶翁惠勤) 선사상의 특징과 선심의 시적 형상화(최봉명)
5. 이규보의 시론 특징과 그 시적 변용의 미학(김명옥, 원각)
6. 편양언기의 선사상과 시적 형상화(권성희, 성현)
7. 청매인오의 사상과 시 세계의 의미(문정하)

제2부 구도와 깨달음의 시문학 세계
曉峰의 法語에 나타난 歸鄕意識 試探[1]

차 차 석(동방문화대학원대학교 불교문예학과 교수)

1. 효봉스님의 고향의식

효봉스님의 법어집을 읽으면서 '고향으로 돌아가자'는 것을 매우 강조하고 있다는 것을 발견하게 된다. 예컨대 1959년 5월 15일에 동화사의 금당선원에서 있었던 상당 법어에서는 다음과 같이 고향으로 돌아가자고 비유적으로 말한다.

> "고향을 떠난 지 오래 됐으니 어서 고향으로 돌아가자 하였는데 고향은 여기서 구천리다. 하루 백리씩 걷기로 하고 같은 날 같은 시각 같은 장소에서 출발하여 이미 한 달이 지났으니 삼천리는 왔어야 한다. 각자 점검하라"[2]

물론 이상의 법어는 수행을 통해 깨달음을 체득해야 한다는 것을 강조하는 내용이라는 것을 누구나 쉽게 알 수 있다. 이 경우 고향은 깨달음의 세계를 상징하는 표현이라 이해할 수 있다. 같은 맥락의 법어가 역시 1959년 6월 15일에 동화사의 금당선원에서 있었던 상당 법어에서도 설해지고 있다.

> "우리 형제가 사월보름 결제할 때 삼보전에 맹세하고 석 달 동안에 구천리나 되는 고향에 가기로 했다. 어느 덧 두 달이 지났으니 육천리에 도달했으리라. 과연 육천리에 도달했는가? 그렇지 못한 사람은 憤心을 내어 앞으로 남은 한 달 동안에 구천리에 도달해야 한다."[3]

이상의 인용문 역시 고향을 깨달음의 세계에 비유하고 있다. 하안거를 지내면서 안거에 동참한 대중들의 분발을 촉구하는 법어이다. 다만 이상에서 인용한 두 법문에서 효봉스님은 깨달음의 세계가 아득하다는 표현을 9천리라는 구체적인 숫자로 표현하고 있다. 한 달에 3천리를 가는 것으로 본다면 첫 번째 법어는 안거 시작 한 달 지난 뒤의 설법이고, 두 번째 인용한 법어는 안거 시작 두 달 지난

---

1) 2017년 발간된 『보조사상』 제47권에 수록된 논문임.
2) 효봉문도회 편, 『효봉법어집』(불일출판사, 1996년 2쇄판), 137쪽.
3) 효봉문도회 편, 앞의 책, 140쪽.

뒤의 설법임을 알 수 있다.

　이상의 법어를 통해 효봉스님은 깨달음의 세계를 고향이라 비유적으로 설법하고 있다는 것을 알 수 있다. 다만 이러한 비유적인 설법이 효봉스님의 독창은 아니라는 점이다. 인권환의 분석에 의하면 선사들의 게송 내지 禪詩 속에는 고향이란 단어가 빈번하게 사용되고 있다는 것을 알 수 있다. 인권환은 선시에서 고향이란 단어를 활용하는 경우에는 두 가지 형태로 그 유형을 분류할 수 있다고 본다.4) 첫째는 깨달음의 세계, 즉 진여나 열반의 세계를 나타내는 경우이며, 둘째는 죽음을 의미하는 경우이다. 인권환은 이상 두 가지 유형으로 분류한 뒤에 첫번째 유형은 고려말의 고승인 冲止(1226-1292)스님과 慧勤(1320-1377)스님의 선시를 인용하고 있으며, 두 번째 유형은 충지스님과 景閑(1298-1375)스님의 臨終偈를 인용하고 있다. 먼저 깨달음을 의미하는 혜근스님의 시 중에서 하나를 살펴보면 다음과 같다.

> "사람마다 길을 잃어 고향가지 못하누나
> 이 산승 은근히 일러두노니
> 문득 생각 머리 뜨거운 곳 다다르면
> 천지를 뒤엎고 꽃 향기 깨달으리"5)

　이어서 죽음을 의미하는 백운경한의 열반시를 인용하면 다음과 같다.

> "인생이 칠십세 살다 가기는
> 예부터 드물다 말해오지만
> 칠십칠년 그 전에 태어났다가
> 칠십칠년 지난 뒤 떠나가누나
> 여기저기 모두가 나의 옛 고향
> 그 어찌 배와 노 마련하리
> 나는 그저 나대로 고향엘 갈 뿐
> 이 몸이 본래부터 있지 않았고
> 마음 또한 머물 곳 본래 없으니
> 재 만들어 사방에 흩어버리고
> 세상 땅 조금도 차지하지 말라"6)

---

4) 인권환(1985), 「시에 있어 고향의식의 양상」, 『어문논집』25권, 763-768쪽.
5) 혜근, 「懶翁集」, 『한국고승집』 고려시대3, 불교학연구회(1974), 385쪽. "人人錯步不還鄕 山野慇懃又發揚 忽憶念頭俱熱處 翻天覆地覺花香". 인권환 앞의 논문에서 재인용.
6) 景閑, 「백운화상어록」, 『한국고승집』 고려시대3, 불교학연구회(1974), 151쪽. "人生七十歲 古來亦稀有 七十七年來 七十七年去 處處皆歸路 頭頭是故鄕 何須理舟楫 特地欲歸鄕 我身本不有 心亦無所住 作灰散四方 勿占檀那地" 인권환 앞의 논문에서 재인용.

이상에서 인권환의 연구보고서를 통해 선시에 나타난 선사들의 고향의식이 지니는 두 가지 유형을 살펴보았다. 효봉은 이상의 유형 중에서 첫 번째 유형, 즉 고향을 마음의 근원이나 깨달음의 세계를 상징적으로 표현하고 있다고 말할 수 있다. 그 이유는 이미 앞서 1959년도 하안거 법문을 통해 알 수 있거니와 1950년 4월 15일일 해인사의 가야총림에서 하안거 결제법어를 하면서 "그대가 고향에서 왔으니/ 아마 고향의 일을 알 것이다./ 떠나는 날 그 비단 창 앞에/ 매화꽃이 피었던가?"라는 게송을 읊고, 이어서 주장자로 선상을 한 번 울리고 이르시기를, "맑은 밤 삼경에 별들이 반짝이고/ 江城 오월에 매화꽃 떨어지네."[7]고 게송을 읊으셨는데, 이때의 게송을 통해 고향이 지니는 상징적 의미가 무엇인가를 말하고 있다. 또한 1959년도 하안거의 동화사 결제가 두 달 지난 때의 법문에서는 "한 조각 흰 구름이 골짝을 막으니/ 얼마나 많은 새가 돌아갈 길 잃었는가?/ 구름 흩어져 만리에 청산이 드러나니/ 흰 돌 높은 봉우리 그게 바로 내 고향"이라는 게송을 마지막에 남기고 있다. 여기서 효봉스님이 말하는 고향은 깨달음을 의미하는 것이 분명하지만, 사상적으로는 두두물물이 모두 고향이라고 표현한 백운경한의 선적 경지와 상통한다는 점을 알 수 있다.

대략 알 수 있듯이 효봉스님이 그의 법어집에서 언급하고 있는 고향은 깨달음의 세계이며, 중도실상의 세계를 지칭한다. 때문에 고향이란 단어를 활용하고 있다고 하더라도 그것은 생물학적으로 자신이 태어난 장소를 의미하는 것은 아니다. 효봉스님이 고향으로 돌아가자고 강력하게 촉구하는 것은 존재의 근원을 통찰하자는 것이면서, 깨달음의 세계에 들어가자는 것이다. 다만 깨달음의 세계에 들어가자고 한다고 하더라도 그가 언급하고 있는 깨침의 세계는 우리들 현실을 떠나 존재할 수 없다고 말한다. "흰 돌 높은 봉우리"가 고향이라는 그의 설법을 통해서 확인할 수 있다.

2. 失鄕과 彷徨의 원인

현실을 떠나 존재할 수 없는 것이 깨달음의 세계라면 우리는 이미 깨달음의 세계 속에 살고 있는데, 다시 무엇을 추구하려고 하는가? 이미 도달한 고향을 두고 다시 어떤 고향을 찾아 가고자 할까? 이 점에 대해 효봉스님은 "한 조각 흰

---

7) 효봉문도회 편, 앞의 책, 99쪽.

구름이 골짝을 막으니/ 얼마나 많은 새가 돌아갈 길 잃었는가?"가 라고 말한다. 흰 구름이 막아서 새들이 돌아갈 길을 잃었다는 것이다. 그런데 구름 흩어져 萬里에 청산이 드러나니 그곳이 고향이라 말하고 있다. 이 게송에서 시사하는 구름의 의미는 매우 비유적이지만 우리들이 방황하게 만드는 것, 즉 고향으로 돌아가지 못하게 하는 요인이다. 결국 우리들 자신은 구름 때문에 고향에 돌아가지 못하고 있다는 것이며, 그것을 失鄕이라 표현할 수 있다. 실향이 무엇인가? 돌아갈 고향을 잃어버리고 방황한다는 의미이며, 진정한 의미에서 안심입명의 단계에 도달하지 못했다는 것을 의미한다. 여기서는 실향의 양상과 원인이 무엇인가를 살펴보고, 효봉스님이 지니고 있는 귀향의식의 본질적 특성이 무엇인가를 살펴보는 단초로 삼고자 한다.

1) 失鄕의 양상

기실 실향이라 했지만 그것은 방황을 의미한다. 『법화경』에서는 실향과 방황을 길 잃은 어린 아이, 내지는 어디에도 안착하지 못하고 서성거리는 방랑자로 묘사한다. 『법화경』 「신해품」에서는 이것을 長者窮子喩라 표현한다. 또한 사찰에 가면 법당 벽면에서 쉽게 볼 수 있는 심우도에서는 고삐 풀린 송아지에 비유한다. 고삐 풀린 송아지든지 아니면, 갈 길을 모르고 천방지축 하는 것이든 이러한 것들은 삶의 대한 방향감의 상실이자 절망을 표현하는 것이 아닐 수 없다. 그런 점을 효봉스님의 법어에서는 다양한 시각으로 표현하고 있다. 유형별로 분석하면 다음의 여덟 가지 정도로 정리할 수 있다.

① 경계에 집착하는 분별심

"범부는 경계를 取하고 도인은 마음을 취한다. 그러나 그것은 다 옳지 않다. 마음과 경계를 모두 잊어버려야 그것이 참 법이다. 경계를 잊기는 쉽지만 마음을 잊기는 지극히 어렵다. 그런데 요즘 도를 배우는 사람들은 흔히 마음을 버리지 않고 먼저 공에 떨어질까 두려워한다. 그러므로 모색할 것이 없는 곳에서 공이 본래 공도 아닌 그것이 일진법계임을 모르고 있다."(1948년 7월 15일 해인사 가야총림 하안거 해제 법문)[8]

---

8) 효봉문도회 편, 앞의 책, 21-22쪽.

② 육도의 차별

"부처란 청정한 법계를 더럽힌 미친 도적이요, 부처란 생사고해에 빠져 있는 죄인이다. 왜냐하면 법계는 본래 청정하고 평등한데 어찌 육도의 차별을 말하였으며, 일체 중생은 다 위없는 큰 열반에 들어가거늘 어찌 생사에 윤회한다는 법을 말하여 중생들로 하여금 스스로 의혹을 내게 하였던고."(1948년 12월 8일, 해인사 가야총림 성도절 법어)[9]

③ 헐떡거리는 마음과 밖을 향해 구함

"대개 도를 배우는 사람들이 찰나찰나 헐떡거리는 그 마음만 쉬면 곧 저 佛祖와 相應하리니 대중은 과연 그 불조를 아는가? 눈앞에서 법을 듣는 그것이 곧 부처요 조사이거만 흔히 도를 배우는 사람들은 믿지 안으려 한다. 그러므로 밖을 향해 구하면 마침내 그것을 얻지 못할 것이다."(1948년 12월 8일, 해인사 가야총림 성도절 법어)[10]

④ 공함을 깨닫지 못함과 얽매임

"일반 도류들은 삼아승지겁의 공함을 깨닫지 못하여 그 때문에 장애가 있지만, 진정한 도인은 그렇지 않아 한 생각 돌이키는 찰나에 다시는 한 생각도 업어, 되는 대로 옷 입고 밥 먹으며, 가게 되면 가고 머물게 되면 머문다. 앉게 되면 앉고 눕게 되면 누우면서 언제 어디서나 한 行相일 뿐이요 나아가서는 부처를 찾는 한 생각도 없다. 그러므로 부처를 구하려 하면 곧 부처에게 얽매이고, 조사를 구하려 하면 조사에게 얽매이니, 구한다는 것은 다 괴로움이라 도리어 일이 없는 것만 못하느니라"(1948년 12월 8일, 해인사 가야총림 성도절 법어)[11]

⑤ 인연 따라 형성된 습관이 바로 성품

"부처란 특별한 것이 아니라 바로 이 마음이다. 마음이 인연을 따라 습관이 성품을 이루기 때문에 선하고 악함과, 지혜롭고 어리석음의 차별이 생기게 된다. 그것은 마치 여울물이 동쪽을 터놓으면 동쪽으로 흐르고 서쪽을 터놓으면 서쪽으로 흐르는 것과 같으며, 또 자벌레가 푸른 빛깔의 먹이를 먹으면 푸르게 되고. 누른 빛깔의 먹이를 먹으면 누렇게 되는 것과 같은 도리이다."(1949년 3월 1일, 해인사 가야총림 상당법어)[12]

---

9) 효봉문도회 편, 앞의 책, 27쪽.
10) 효봉문도회 편, 앞의 책, 28쪽.
11) 효봉문도회 편, 앞의 책, 29쪽.

⑥ 소리와 빛깔에 집착하고 마음을 비우지 못함

"슬프다. 오늘날 말세에 이른바 선을 공부한다는 무리들은 모든 소리와 빛깔에 집착하면서 왜 자신의 마음을 허공처럼 비우지 못하는가? 생사를 벗어나려 한다면 그 마음이 마른 나무나 돌덩어리와 같고 불 꺼진 찬 재와 같아야 비로소 조금 상응할 것이다. 만일 그렇지 못할 때는 다른 날 저 염라 늙은이의 철퇴를 면하지 못할 것이다. 가사를 입고서도 사람의 몸을 잃는다면 어찌 통탄하지 않겠는가?(1949년 5월 15일, 해인사 가야총림 상당법어)13)

⑦ 경계에 집착하는 마음

"무릇 도를 배우는 사람은 한 찰나라도 생사를 헤아리면 곧 魔道에 떨어질 것이요, 한 찰나라도 어떤 견해를 일으킨다면 外道에 떨어질 것이다. 生이 있음을 보고 滅로 나아가려 하면 곧 聲聞道에 떨어질 것이요, 생이 있음은 보지 못하고 멸이 있음만을 보면 곧 緣覺道에 떨어질 것이다. 법이란 본래 생기는 것이 아니므로 이제 와서 또한 멸함도 없는 것이니, 두 가지 견해를 일으키지 않고 좋아하거나 싫어함이 없이 모든 법이 오직 마음임을 알아야 비로소 佛乘에 계합하게 될 것이다.

범부들은 다 경계를 따라 마음을 내고, 그 마음은 좋고 싫음에 따른다. 그러므로 만일 경계를 없애려면 먼저 마음을 잊어야 하나니, 마음을 잊으면 경계가 비고 경계가 비면 마음이 멸한다. 마음을 잊지 않고 그 경계를 없애려 하면 그 경계를 없애지 못할 뿐만 아니라 그 마음만 어지럽게 될 것이다. 그래서 모든 법은 오직 마음에 있다고 한 것이다. 그러나 그 마음도 또한 얻을 수 없는 것이니 무엇을 또 구하겠는가? 여기 모든 대중들은 생사를 벗어나고자 하거든 먼저 어떤 경계에도 흔들이지 말아야 한다."(1949년 6월 1일, 해인사 가야총림 하안거 반산림 법어)14)

⑧ 혼침과 산란

"소위 참선한다는 사람으로서 방석에 앉아 昏沈과 散亂의 두 마굴 속에 떨어져 있으면 그는 벌써 널판을 짊어진 놈이라, 어찌 活人과 함께 할 수 있겠는가?"(1953년 4월 15일, 통영 미륵산 용화사 토굴)15)

---

12) 효봉문도회 편, 앞의 책, 35쪽.
13) 효봉문도회 편, 앞의 책, 47쪽.
14) 효봉문도회 편, 앞의 책, 51-52쪽.

이상의 내용을 다시 압축해서 요약하면 집착하는 분별심, 육도의 차별, 공을 깨닫지 못하는 것, 혼침과 산란이다. ①과 ⑥ 그리고 ⑦, ②와 ⑤, ③과 ⑧, ④로 묶어서 설명할 수 있다. 각각 상통점이 있지만 세밀하게 분석하면 각각의 특징을 찾을 수 있다. 결국 고향으로 돌아가지 못하고 방황한다는 것은 주객을 끊임없이 분별하면서 육도의 차별적인 모습을 연출하며, 그럼에도 불구하고 공의 법칙을 깨우치지 못하고 있으며, 혼침과 산란 속에 놓여 있는 인간들의 다양한 모습을 상징적으로 표현한 것이라 볼 수 있다.

2) 失鄕의 원인

그렇다면 효봉스님이 법어에서 失鄕의 모습으로 사용하고 있는 이상의 표현들은 어떻게 이해할 수 있을까? 우선 매우 심리적인 현상으로 이해하는 것이 가능하다고 볼 수 있다. 이들은 모두 인간이 지니는 근본적인 번뇌에 속하는 것이기도 하다. 탐진치의 3독과 교만, 의심, 惡見으로 대표되는 근본번뇌는 인간이 버리기 가장 어려운 본질적인 속성 중의 하나다. 효봉스님의 설명처럼 오랜 업력이 습성이 되어 각자의 기질과 차별적인 심리적 성향을 만드는 것인데, 그런 것을 속성에 따라 살펴보면 근본번뇌에 속한다고 말할 수 있기 때문이다. 그리고 업력의 습성화는 현실 속에서 끊임없이 너와 나를 분별하면서 대립과 갈등의 연속선상으로 몰고 가는 것이다. 갈등과 대립의 사회적 현상은 공을 깨닫지 못한 것이며, 그런 현상을 無明이란 단어로 압축해 표현할 수도 있다. 지혜롭지 못하고 동물적 속성에 의지해 인간 개개인의 삶을 추구하고 있는 맹목적인 것이기 때문이다.

인간 개개인이 연출하는 삶의 다양한 현상을 육도의 차별이라 말할 수 있다. 이 경우 육도란 생의 반복을 통해 경험하는 삶의 다양성을 의미하지 않는다. 그것은 각자의 업력과 의지에 따라 연출하게 되는 다양한 삶의 모습이다. 그것은 누가 강요하는 것도 아니지만 각자의 의지와 업력, 그리고 다양한 요인들이 결합하여 창출하는 복합적인 심리현상을 지칭하는 것일 수 있다. 이럴 경우 육도 윤회에 대한 서구 심리학적 해석은 참고할 충분한 가치가 있다.

---

15) 효봉문도회 편, 앞의 책, 110쪽.

"서구심리학은 이 육도를 이미 많이 조명해 왔다. 프로이드와 그 추종자들은 열정의 동물적 본성, 편집증적 상태와 공격적 및 불안한 상태의 지옥적 본성 그리고 구강기적 갈망이라고 하는 것이 가진 만족할 줄 모르는 열망적 속성(아귀 그림에 묘사되어 있음)을 주장해 왔다. 그후 정신치료의 발달은 보다 높은 영역에 초점을 맞추었다. 인간주의 정신치료는 천상 영역의 궁극적 경험을 강조했으며, 자아심리학, 행동주의, 그리고 인지치료는 아수라의 영역에서 보이는 경쟁적이고 유능한 자아를 개발시켰다. 그리고 나르시시즘 심리학에서는 인간계에서 매우 핵심적인 자기동일성의 문제를 다루었다. 정신치료상에서 이런 각각의 경향은 소외되어 있는 약간의 신경증적 마음을 되찾으면서, 인간경험의 잃어버린 부분을 되돌리는 것과 관계되어 있다."[16)

인용문은 서구의 심리학자들이 육도윤회의 성격을 분석한 내용이지만 현실적인 심리의 발현을 통해서 육도윤회를 설명하고자 하는 것이며, 그런 점은 선사들의 기풍과 상통하는 점이 있다. 특히 인간계에 대해서 "자신으로 도피하려는 이 경향이 인간계에서 가장 많이 드러나고 있다. …인간계가 직면하고 있는 핵심적인 문제는 우리 스스로가 누구인지 진실로 알지 못한다는 것이다."[17)라 진단하는 것은 인간이 지닌 소외의식이나 무명의 속성을 잘 표현한 것이라 볼 수 있다. 나아가 "끊임없는 윤회의 중심에는 욕망과 분노와 무지라는 추동력이 있다. 그것들은 붉은 수탉, 초록색 뱀, 검은 돼지로 상징된다. 그것들은 서로 꼬리를 물고 있는데, 이는 상호연관성을 드러내는 것이다. 이들은 자기 소외를 영속화하고 우리를 윤회에 묶어두며, 붓다의 통찰력을 알 수 없게 만든다."[18)고 진단한다. 이런 점은 효봉스님과 마찬가지의 현실의식이다. 삼독에 의해 끊임없이 윤회하고 있는 중생들, 깨달음이란 본질을 통찰하지 못하는 인간들의 현실을 동일한 인식의 지평에서 진단하고 있다는 점에서 놀라울 정도의 동일성을 발견하게 된다. 실향민으로 살아갈 수 밖에 없는 인간의 한계를 잘 파악한 것이라 말할 수 있다.

또한 효봉스님은 혼침과 산란이 깨달음을 방해하는 것이라 경계하고 있다. 교학적으로 살펴보자면 혼침과 산란은 유식학에서 말하는 수번뇌에 속한다. 근본번뇌에 의해 파생되는 번뇌이다. 그런데 이런 번뇌들 중에서 혼침은 心王을 어둡고 답답하게 하는 심리작용이며, 따라서 輕安과 위빠사나[觀]을 장애하는 것[19)으로

---

16) 전현수 역(2012), 『붓다의 심리학』, 학지사, 34쪽.
17) 전현수 역, 앞의 책, 56-57쪽.
18) 전현수 역, 앞의 책, 59쪽.
19) 김묘주 저(1997), 『유식사상』, 경서원, 257쪽.

본다. 散亂은 심왕을 갖가지 대상을 향해 내달리게 하고 흩뜨려서 正定을 방해하고 惡慧가 생기게 하는 것[20]이라 본다. 결국 올바른 선정을 방해하여 깨달음에 들어가지 못하게 하는 것이라 점에서 문제가 아닐 수 없다. 이런 현상이 발생하는 것은 끊임없이 분별하기 때문이다. 자기중심적인 사고 속에서 타인을 믿지 못하기 때문이다. 그렇다고 자신의 마음을 믿을 수 있을까? 물론 자신의 마음은 믿을 수 있다고 생각할 수 있지만 그것 역시 착각이요, 각자가 지니는 한계 내지 자기범주화라 본다. 그런 점을 효봉스님은 다음과 같이 설명한다.

> "마음과 짝(친구, 도반)하지 말라. 무심하면 마음이 저절로 편안하느니라. 만일 마음과 짝하게 되면 움쩍만 해도 곧 그 마음에 속느니라." …"교학자들은 마치 찌꺼기에 탐착하여 바다에 들어가 모래를 세는 것과 같아서, 敎를 말할 때에 사람의 마음을 바로 가리켜 깨달아 들어가는 문이 있는 줄을 알지 못하고 곧 사견에 떨어져 있으며, 禪學者들은 이른바 본래부터 부처가 되었으므로 미혹도 없고 깨침도 없으며, 범부도 없고 성인도 없으며, 닦을 것도 없고 증득할 것도 없으며, 因도 없고 果도 없다 하여 도둑질과 음행과 술 마시기와 고기 먹기를 마음대로 감행하니 어찌 가엾지 아니한가?"(1949년 4월 1일, 해인사 가야총림 상당법어)[21]

이상의 인용문은 각자가 지닌 편견의 병이 무엇인가를 진솔하게 말해준다. 처해진 상황, 즉 자연적 문화적 환경이나 각자의 기질, 교육의 정도, 취향 등등에 따라 동일한 사물도 다르게 받아들이는 현실을 지적하는 것이다. 그러면서 끊임없이 자신을 합리화하기 위해 노력하는 인간들의 모습, 그것이 바로 근본 번뇌에 속하는 惡見이 아닐 수 없다. 그런 마음을 믿는다는 것은 착각이 아닐 수 없다.

물론 효봉스님은 악견을 세세하게 설명하지 않는다. 그것을 각각의 분별심이라 단어로 압축하고 있지만, 교학자와 선학자라는 매우 대립적인 개념을 통해 설명한다. 惡見은 세밀하게 분별하면 유신견, 변집견, 사견, 견취견, 계금취견 등의 다섯 가지의 견해로 나누어진다. 이들의 특징은 무엇인가 대상을 끊임없이 분석하고 관찰하면서 분별한다. 핵심은 자기중심적이라 치우쳐 있다는 점이다. 감정을 지니고 있는 인간이기 때문에 필연적인 속성일 수 있다. 그렇지만 이러한 한계를 넘지 않으면 근원으로 돌아갈 수 없다는 점에서 타파의 대상이 된다. 따라서 다음과 같이 말하게 된다.

---

20) 김묘주 저, 앞의 책, 258쪽.
21) 효봉문도회 편, 앞의 책, 40쪽.

"일체 중생이 제각기 한 가지씩 다른 견해를 고집하여 다만 지짐판에 가서 전을 얻어먹을 줄만 알지 근본으로 돌아가 밀가루 볼 줄을 모르는구나. 밀가루는 정사의 근본이므로 사람의 생각을 따라 갖가지를 만드는 것이니, 필요함에 따라 이것저것을 만들 것이요 한 가지만 치우쳐 사랑하거나 좋아하지 말라. 집착이 없으면 그것은 해탈이요 구함이 있으면 그것은 결박이다."(1950년 4월 15일, 해인사 가야총림 하안거 결제법어)22)

이상의 인용문은 인간들이 지니는 실향의 원인이 무엇인가를 단적으로 말해주는 것이다. 각자의 견해와 고집 때문에 근본을 보지 못하고 있으니까 집착하지 말라는 점을 강조하는 것이기도 하다. 그리고 그런 인간의 현실을 밀가루에 비유하고 있다. 동일한 밀가루지만 그것으로 국수를 만들면 국수이고, 빵을 만들면 빵이며, 풀을 쓰면 풀이 된다. 여기서 국수와 빵과 풀의 근본은 밀가루이다. 그런데 본질을 통찰하면 밀가루일 뿐인데 각각의 차별상에 집착하다보면 밀가루를 잊어버리고 현상에 매몰되어 버린다는 점이다. 동일한 맥락에서 다음과 같은 설법도 있다.

"생사를 밝히지 못하는 이가 있다. 거기에는 두 가지 이유가 있으니, 첫째는 그 근본을 찾아내지 못한 데 있다. 너와 나라는 분별은 바로 생사의 근본이요, 생사는 너와 나라는 분별의 枝葉이다. 이 지엽을 없애려면 먼저 그 근본을 없애야 하는 것이니 근본이 없어지면 어떻게 지엽이 있을 수 있겠는가? 둘째는 하나의 큰 보배창고[一大寶藏]가 그 속에 있다는 사실을 전연 모르는데 있다. 이 보배 창고는 남에게서 얻는 것이 아니라 오로지 자기의 믿음이라는 한 글자에서 발견되어야 한다. 그것을 믿으면 큰 실수가 없겠지만 그것을 믿지 못하면 아무리 여러 겁을 지내더라도 끝내 얻지 못할 것이다."(1949년 10월 15일, 해인사 가야총림 동안거 결제 법어)23)

이상의 법문은 두 가지가 핵심이다. 너와 나를 분별하지 말라. 여기서 너와 나는 주객을 의미한다. 이미 누차에 걸쳐 언급했듯이 너와 나를 구분하는 이기심 때문에 존재의 본질을 놓치고 있다고 말한다. 둘째 누구나 하나의 보배 창고를 지니고 있다는 점이다. 이 법어는 『법화경』에 나오는 衣裏繫珠의 비유를 연상시키지만 누구나 불성, 진여성을 지니고 있다는 점을 말하고자 한다. 즉 그렇기에 존재의 본질은 평등하며, 차별상을 있는 그대로 존중할 줄 아는 상대적 가치를

---

22) 효봉문도회 편, 앞의 책, 106쪽.
23) 효봉문도회 편, 앞의 책, 75쪽.

인정해야만 하는 것이다. 그런데 이기적인 속성 때문에 육도를 윤회할 수밖에 없는 존재들은 자기 한계에 갇혀 생사의 원인을 타파할 수 없는 것이다. 그런 현실을 효봉스님은 다음과 같이 탄식한다.

> "슬프다. 예사로 공부하는 말세 중생들이 구두선만을 배우고 실제의 이해는 전혀 없어 몸을 움직이면 有를 행하면서 입을 열면 空을 말한다. 스스로 업력에 이끌림을 알지 못하고 다시 남에게는 인과가 없다고 가르치면서, 도둑질과 음행이 보리에 장애되지 않고 술을 마시고 고기 먹음이 반야에 방해되지 않는다 하니, 그런 무리들은 살아서는 부처님의 계율을 어기고 죽어서는 아비지옥에 빠질 것이다."

게송을 읊으시되,

> "온종일 주인을 찾았건만/ 온 곳 간 곳이 모두 다 없네/ 다만 이 山中에 있으련마는/ 구름이 깊어 그곳을 알 수 없네./ 만일 그 주인공을 찾고자 하거든 한 생각에 번뇌 구름 없애버리라. 번뇌 구름 사라져 그 주인 보나니/ 그는 딴 사람 아닌 내 자신인 것을."(1954년 1월 15일, 통영 미륵산 용화사 토굴 동안거 해제법어)[24]

인간의 한계가 무엇인가를 통탄하는 내용이지만 이것이 바로 실향을 원인임을 잘 설명하고 있다. 자가당착적이면서도 업력에 이끌려 맹목적으로 살아가는 존재의 현실, 따라서 각각의 개성이라 뽐내며 연출하는 다양한 군상들에 대해 그 폐단이 무엇인가를 설명한다. 이것은 바로 실향의 폐단이 무엇인가를 말하는 것이다. 온종일 주인을 찾았지만 알 수 없다는 것은 아직도 방황하고 있는 것이며, 꿈속을 헤매는 것이요, 유아기적 행태에서 벗어나지 못한 실향민의 현실을 말하는 것이다. 따라서 주인공을 찾고자 하는 것, 즉 고향으로 돌아가고자 한다면 번뇌의 구름을 없애야 한다고 말한다. 그 번뇌의 구름이 바로 失鄕의 원인이기 때문이다

.

3. 歸鄕의 방법

중생을 길 잃은 방랑자나 고삐 풀린 송아지에 비유하거나 대상에 이끌려 육도를 윤회하는 존재로 인식하고 있다는 것에 대해서는 이미 살펴보았다. 주인공을 찾아도 구름 때문에 찾지 못한다고 비유한 중생은 다른 의미에선 실향민이 분명

---

24) 효봉문도회 편, 앞의 책, 115쪽.

하다. 그러나 고향을 잃었지만 부단히 고향으로 돌아가길 희망하고 있다는 점에서 중생은 가능성 있는 존재라 말할 수 있다. 단순히 존재할 뿐인 것이 아니란 점에서 실존주의 철학자들이 언급하는 실존의 상태는 아니다. 실존에 집착하고 있는 것처럼 느껴지지만 어느 순간 정신을 차리고 고향을 향해 무의식적으로 다가가고자 한다는 점에서 가능성을 지니고 있는 존재이다. 그것을 불교적으로는 여래장이라 하거나, 本覺을 지니고 있다는 점에서 覺存이라 말할 수 있다. 그렇다면 효봉스님은 歸鄕의 방법을 어떻게 생각하고 있을까? 결론부터 말하자면 그 방법은 다름 아닌 그의 修證論이다. 이하에서는 수증론을 중심으로 효봉스님이 생각하는 귀향의 방법에 대해 그 특징을 살펴보고자 한다.

1) 歸鄕의 방법

"어떤 것이 得力處인고? 첫째, 昏沈과 散亂 두 가지 魔에 침해를 받지 않을 때, 둘째, 일체의 시비에 마음이 흔들리지 않을 때, 셋째, 本參公案이 끊임이 없을 때."(1959년 5월 15일, 동화사 금당선원상당 법어)[25]

서두에 효봉스님의 법문을 거론한 것은 귀향의 방법이 무엇인가를 분석하기 위해서다. 인용문에 밝히고 있듯이 귀향의 방법은 혼침과 산란을 타파하고, 일체의 시비분별에 흔들리지 않으며, 공안을 끊임없이 참구하는 것이다. 어떻게 수행해야 하는가를 잘 설명하고 있는 것이지만 그러한 과정을 잘 소화하면 귀향할 수 있다는 점에서 간과할 수 없는 요인이다.

재언하지만 효봉스님이 생각하는 귀향의 방법은 다름 아닌 그의 修證論이다. 이규태는 효봉스님의 수증론이 지니는 특징을 두 가지로 분석한 바 있다. 첫째는 窟中三關과 室中三關을 비교하여 굴중삼관은 언어분별의 타파를 목적으로 하고 있다고 말한다.[26] 둘째는 삼학의 실천을 강조하고 있는 점이다.[27] 필자 역시 이러한 분석에 동의하지만 보다 중요한 것은 굴중삼관을 포함해 철저하게 무집착 공을 지향하고 있다는 점이다. 삼학의 실천 역시 이러한 기조 위에서 설명되고 있다는 점에서 무집착 공의 실천에 주목해야만 한다. 효봉스님은 이것을 무집착 내지 무분별로 표현하고 있다. 굴중삼관이 언어적 분별을 타파하기 위한 방법이

---

25) 효봉문도회 편, 앞의 책, 138쪽.
26) 이규태(지원)(2015), 「효봉 원명의 선사상 연구」, 동방문화대학원대학교 박사학위논문, 133쪽.
27) 이규태(지원), 앞의 논문, 134쪽.

라 하더라도 이러한 주장에는 언어가 지니는 개념에 사로잡히면 안된다는 점이 전제되어 있다. 따라서 필자는 효봉스님의 수증론을 크게 삼학의 중시와 무집착 공의 실천으로 구분해 분석하고자 한다.

(1) 3학의 실천

삼학은 불교 수행의 근본이라 말할 수 있다. 팔정도나 십선도 역시 삼학이란 토대 위에서 설명된다. 대소승을 관통하는 수행의 기본은 삼학을 잘 닦는 것이라 말할 수 있다. 그런데 효봉스님 역시 수행의 근본은 삼학이란 점을 누누이 강조한다. 그의 법어에서 강조하는 내용을 살펴보면 다음과 같다.

> "수행문에는 계율과 선정과 지혜의 삼학이 있다. 계율은 탐욕을 다스리고, 선정은 분노를 다스리며, 지혜는 우치를 다스린다. 이 탐욕과 분노와 우치의 삼독에는 네 가지가 있으니, 첫째는 범부의 삼독이요, 둘째는 이승의 삼독이며, 셋째는 보살의 삼독이요, 넷째는 부처의 삼독이다. 범부의 삼독이란, 五慾을 비롯하여 일체의 구함을 탐욕이라 하고, 매를 맞거나 모욕을 당하거나 기타의 모든 逆境에 대해 마음을 내고 생각을 일으키는 것을 분노라 하며, 바른 길을 등지고 삿된 길에 돌아가 바른 법을 믿지 않음을 우치라 한다.
> 이승의 삼독이란, 즐겨 열반을 구하는 것을 탐욕이라 하고, 생사를 싫어하는 것을 분노라 하며, 생사나 열반이 모두 본래 공인 것을 알지 못함을 우치라 한다. 보살의 삼독이란, 불법을 두루 구하는 것을 탐욕이라 하고, 이승을 천하게 여기는 것을 분노라 하며, 불성을 분명하게 모르는 것을 우치라 한다. 부처의 삼독이란, 중생을 모두 구제하려는 것을 탐욕이라 하고, 天魔와 外道를 방어하려는 것을 분노라 하며, 45년 동안 횡설수설한 것을 우치라 한다. 게송으로 읊으시되, 탐욕이 원래 바로 그 도이며/ 분노와 우치도 또한 그러하나니/ 이와 같은 삼독 가운데에는/ 모든 불법이 갖추어져 있네"(1954년 진주 연화사 법문)[28]

인용문에 의하면 수행문에는 삼학이 있으며, 삼학은 삼독을 다스린다고 정의한다. 그리고 삼학에 네 가지 종류가 있는데, 범부의 삼학, 이승의 삼학, 보살의 삼학, 부처의 삼학이 있다고 특징적으로 구분한다. 여기서 일반적으로 알고 있는 삼학은 범부의 삼학이며, 범부들이 지니는 삼독을 치유하는 것으로 본다. 물론 가장 일반적인 교설이지만 여기에 더하여 이승과 보살역시 그에 따른 한계상황,

---

28) 효봉문도회 편, 앞의 책, 117-118쪽.

즉 각각의 업력과 의지에 의거한 자기범주화가 있다고 말한다. 따라서 삼학 역시 집착과 분별의 대상으로 인식하고 있다. 더구나 부처 역시 그런 점에서 벗어나지 않는다. 즉 "부처의 삼독이란, 중생을 모두 구제하려는 것을 탐욕이라 하고, 天魔와 外道를 방어하려는 것을 분노라 하며, 45년 동안 횡설수설한 것을 우치라 한다."고 정의하고 있다. 이러한 분석은 부처라는 관념에도 매몰되어서는 안된다는 점을 강조하는 것이라 볼 수 있다. 살불살조의 정신은 결국 철저한 무집착 공의 입장에 서야하며, 그것은 중도적이어야 한다는 점이다. 따라서 이어지는 게송에서 '탐욕이 원래 바로 그 도이며 분노와 우치도 또한 그러하다. 삼독 가운데 일체의 불법이 갖추어져 있다'고 말할 수 있게 된다. 삼독은 방편으로는 활용의 가치가 있지만 집착의 대상이 되어선 안된다는 점을 경계하고 있는 것이다.

삼학의 중요성을 효봉스님은 제불조사가 모두 이 문을 통해 故鄕으로 돌아가게 된다고 말한다. 그러면서 삼학을 집을 짓는 일에 비유한다.

> "만일 이 일을 이야기 하려면 삼세 모든 부처님도 이 문으로 드나들었고, 역대의 조사들도 이 문으로 드나들었으며, 천하의 선지식도 이 문으로 드나들었다. 여기 모인 대중들은 어떤 문으로 드나들려는가?"

대중이 말이 없자 한참 있다가 말씀하시기를,

> "이 문이란 계율·선정·지혜의 삼학을 가리킴이다. 이 삼학은 마치 집을 짓는 것과 같으니 계율은 집터와 같고, 선정은 재목과 같으며, 지혜는 집 짓는 기술과 같다. 아무리 기술이 있더라도 재목이 없으면 집을 지을 수 없고, 떠 재목이 있더라도 터가 없으면 집을 지을 수 없다. 그렇다면 이 삼학을 하나도 빠뜨릴 수 없는 것이니, 그러므로 이 삼학을 함께 닦아 쉬지 않으면 마침내 정각을 이루게 될 것이다."(1954년 7월 24일, 선학원에서 상당법어)[29]

이상의 법문은 마치 화엄사상 중에서 육상원융론을 설명하는 것처럼 느껴진다. 삼학의 유기적인 관계성은 집을 짓는데 있어서 다양한 재료와 기술, 요인이 합쳐지는 것에 비유하고 있기 때문이다. 따라서 제불조사와 모든 선지식이 귀향할 때 통과하지 않으면 안되는 문에 삼학을 비유한 것이라 생각할 수 있다.

삼학을 강조하고 있지만 그 중에서도 선정이 우선임을 밝히고 있다는 점에서 선사의 풍모를 잃지 않는다. 즉,

---

29) 효봉문도회 편, 앞의 책, 122쪽.

"계가 없이 慧만 닦으면 乾慧이므로 생사를 벗어나지 못하고, 계정혜 삼학은 古佛 古祖의 출입문이므로 이 길이 아니면 외도법이다. 또 정중에 화두를 참구하는 사람은 정과 혜를 함께 닦는 것이고, 定力이 없으면 화두가 자주 끊어진다. 그러므로 부처님께서 아난존자에게 말씀하시길, '백 년 동안 慧를 배우는 것이 하루 동안 定을 익히는 것만 못하다'고 하셨으니, 부처님 말씀을 믿지 않고 누구의 말을 믿을 것인가?"(1958년 12월 1일, 동화사 금당선원 동안거 반산림 법어)[30]

인용문에 의하면 선정의 힘이 없으면 화두가 자주 끊어지기 때문에 선정이 무엇보다 중요하다고 강조한다. 화두를 참구하는 사람은 선정과 지혜를 함께 닦는다는 것이다. 定慧兼修를 주장하지만 어디까지나 선정 위주의 정혜겸수이다. 경전을 인용한 것이라 하지만 본인 스스로 '백 년 동안 지혜를 닦는 것이 하루 동안 선정을 닦는 것만 못하다'고 비교해서 설명하고 있기 때문이다. 정혜를 동시에 수행하는 것은 보조지눌의 핵심 수행론이라는 점을 고려하면 효봉스님이 보조지눌을 사상적으로 계승하고 있다는 점을 알려주는 것이기도 하다.

"우리나라에 선풍이 들어온 지 천여 년에 慧에만 편중하고 定을 소홀히 하였다. 근래에 선지식이 종종 출현하였으나 眼光落地時에 앞길이 망망하니 그 까닭은 定慧가 갖추어지지 않았기 때문이다. 이러고서 어떻게 불조의 慧命을 이을 수 있을 것인가?"(1959년 5월 15일, 동화사 금당선원 상당 법어)[31]

정혜겸수를 중시해야 하는 이유, 신라말기 道義스님이 전래한 이래 한국불교의 주류가 된 남종선의 역사적 사실 등을 인용문을 통해 알 수 있다.

(2) 무집착 공의 실천

앞에서 언급했듯이 필자는 효봉스님의 수증론적 특징은 철저한 무집착 공의 실천에 있다고 생각한다. 그는 무집착이란 개념을 다양하게 활용한다. 구하지 않음, 무집착, 무분별 등의 용어이다. 따라서 삼학의 중요성을 강조하면서도 삼학에 매몰되는 것을 경계한다.

"계율과 선정과 지혜의 삼학으로써 부처가 되고 조사가 되는 요문을 삼는다. 그러나 그 삼학의 문은 탐욕과 분노와 우치의 삼독을 없애기 위해 방편으로 세

---

30) 효봉문도회 편, 앞의 책, 132쪽.
31) 효봉문도회 편, 앞의 책, 137쪽.

운 것이다. 본래 삼독의 마음이 없거늘 어찌 삼학의 문이 있겠는가? 그래서 어떤 조사는 다음과 같은 게송을 읊은 것이다. '부처님이 말씀한 모든 법은/ 온갖 분별심을 없애기 위해서다./ 내개는 이미 분별심 없거니/ 그 모든 법이 무슨 소용 있으리.'"(1948년 7월 15일 해인사 가야총림 하안거 해제 법문)[32]

이상의 인용문을 통해 알 수 있듯이, 삼학이란 삼독을 치유하기 위한 방편일 뿐이다. 부처님의 가르침은 분별심을 없애는 것이 본질이기 때문에 삼학이란 범주에 갇혀서는 안된다고 본 것이다. 결국 삼학은 방편설이란 점을 전제하고 난 다음,

① "마음을 밝히고자 하면 다른 불법을 배우려 할 것이 아니라 다만 구하거나 집착함이 없는 것을 배워야 한다. 구함이 없으면 마음이 일어나지 않을 것이며, 집착함이 없으면 마음이 멸하지 않을 것이니 생멸이 없는 그것이 바로 부처이니라."(1948년 7월 15일 해인사 가야총림 하안거 해제 법문)[33]

② "범부는 경계를 取하고 도인은 마음을 취한다. 그러나 그것은 다 옳지 않다. 마음과 경계를 모두 잊어버려야 그것이 참 법이다. 경계를 잊기는 쉽지만 마음을 잊기는 지극히 어렵다. 그런데 요즘 도를 배우는 사람들은 흔히 마음을 버리지 않고 먼저 공에 떨어질까 두려워한다. 그러므로 모색할 것이 없는 곳에서 공이 본래 공도 아닌 그것이 일진법계임을 모르고 있다."(1948년 7월 15일 해인사 가야총림 하안거 해제 법문)[34]

이상 ①과 ②의 법문은 한 날 동일한 법상에서 설한 법문이다. 전자는 구하거나 집착함이 없으면 마음에 생멸이 없어져서 부처라는 고향에 돌아갈 수 있다고 말한다. 후자는 주객쌍망의 경지, 철저한 무집착의 경지에 도달해야 귀향할 수 있음을 말한다. 표현은 달리하고 있지만 모두 무집착 공의 상태가 되어야 한다는 점을 말하는 것으로 이해할 수 있다. 이런 효봉스님의 정신세계를 다음의 법문에서 보다 명확하게 확인할 수 있다.

① "부처란 청정한 법계를 더럽힌 미친 도적이요, 부처란 생사고해에 빠져 있는 죄인이다. 왜냐하면 법계는 본래 청정하고 평등한데 어찌 육도의 차별을 말하였으며, 일체 중생은 다 위없는 큰 열반에 들어가거늘 어찌 생사에 윤회한

---

32) 효봉문도회 편, 앞의 책, 22쪽.
33) 효봉문도회 편, 앞의 책, 20-21쪽.
34) 효봉문도회 편, 앞의 책, 21-22쪽.

다는 법을 말하여 중생들로 하여금 스스로 의혹을 내게 하였던고."(1948년 12월 8일, 해인사 가야총림 성도절 법어)35)

② "대개 도를 배우는 사람들이 찰나찰나 헐떡거리는 그 마음만 쉬면 곧 저 佛祖와 相應하리니 대중은 과연 그 불조를 아는가? 눈앞에서 법을 듣는 그것이 곧 부처요 조사이거만 흔히 도를 배우는 사람들은 믿지 안으려 한다. 그러므로 밖을 향해 구하면 마침내 그것을 얻지 못할 것이다."(1948년 12월 8일, 해인사 가야총림 성도절 법어)36)

③ "일반 도류들은 삼아승지겁의 공함을 깨닫지 못하여 그 때문에 장애가 있지만, 진정한 도인은 그렇지 않아 한 생각 돌이키는 찰나에 다시는 한 생각도 업어, 되는 대로 옷 입고 밥 먹으며, 가게 되면 가고 머물게 되면 머문다. 앉게 되면 앉고 눕게 되면 누우면서 언제 어디서나 한 行相일 뿐이요 나아가서는 부처를 찾는 한 생각도 없다. 그러므로 부처를 구하려 하면 곧 부처에게 얽매이고, 조사를 구하려 하면 조사에게 얽매이니, 구한다는 것은 다 괴로움이라 도리어 일이 없는 것만 못하느니라"(1948년 12월 8일, 해인사 가야총림 성도절 법어)37)

이상의 인용문은 1948년 12월 8일 해인사 가야총림에서 시행된 성도절 법어이다. 필자가 필요에 따라 단락을 나누었다. ①은 부처와 중생은 차별이 없는데도 중생들이 의혹을 일으키게 한다는 점, ②는 헐떡거리는 마음을 쉬면 불조와 상응하며, 눈앞에서 법을 듣는 것이 모두 불조라 하면서 평상심시도를 강조하고 있는 점, ③은 철저한 무집착 공이 진정한 도인의 풍모임을 강조하는 점 등이다.

이상의 세 가지 내용을 통해 효봉스님의 수증론에 나타난 특징을 분석할 수 있다. 무엇보다 효봉스님은 조선시대를 관통하여 현재까지 이어지는 수행론적 전통, 즉 선을 중심으로 화엄사상과 정토사상을 아우르는 방식38)과 그 궤적을 달리하고 있다는 점이다. 18세기 대구 팔공산을 중심으로 활동한 箕城 快善(1693-1764)의 『염불환향곡』이 화엄을 바탕으로 선과 정토를 아우르고 있다는 점39)등과 비교해도 차이가 있다. 효봉스님은 定慧雙修라는 보조지눌의 수행방식을 계승하면서도

---

35) 효봉문도회 편, 앞의 책, 27쪽.
36) 효봉문도회 편, 앞의 책, 28쪽.
37) 효봉문도회 편, 앞의 책, 29쪽.
38) 신규탁 역(2012), 『선문수경』, 동국대출판부, 29쪽. 신규탁은 이 책의 해제에서 화엄, 선, 정토를 융합하는 전통이 조선시대를 관통해 현재까지 이어진다고 본다.
39) 조흥원(2004), 「불교에서 '고향'의 비유와 그 상징의 종교철학적 의미」, 『철학논구』 32집, 서울대, 71쪽.

오히려 『유마경』이나 『법화경』 사상의 영향이 강하게 드러나고 있다. 보리와 번뇌, 부처와 중생을 동일선상에서 이해하는 방식이나 일대보장 내지 일불승으로의 회귀를 강조하는 점 등에서 상통점을 발견하게 된다.

2) 故鄕의 모습과 특징

그렇다면 효봉스님은 고향의 모습을 어떻게 묘사하고 있을까? 그 일단을 다음 법문을 통해 살펴볼 수 있다. 즉,

> ① "위로는 모든 부처님으로부터 아래로는 미물 곤충에 이르기까지 모두 불성이 있기 때문에 그들은 동일한 心體이니라. 그러므로 古祖 달마대사가 서천으로부터 와서 오지 一心의 법을 전하시면서 중생들을 가리켜 본래 부처라 하신 것이다. 지금 自心을 알고 自性을 구할 것이요, 새삼스레 따로 다른 부처를 구하지 말아야 하느니라."(1949년 7월 15일, 해인사 가야총림 하안거 결제법어)[40]

> ② "만사를 모두 인연에 맡겨 두고/ 옳고 그름에 아예 상관하지 말라/ 허망한 생각이 갑자기 일어나거든/ 한 칼로 두 동강을 내어 버려라./ 빛깔을 보거나 소리를 듣거나/ 본래 공안에 헛갈리지 말지니/ 만일 이와 같이 수행하면/ 그는 세상에서 뛰어난 대장부이리.

그런데 그 속의 사람은 고요하고 한적한 곳을 가리지 않는다. 내 마음이 쉬지 않으면 고요한 곳이 곧 시끄러운 곳이 되고, 내 마음이 쉬기만 하면 시끄러운 곳도 고요한 곳이 된다. 그러므로 다만 내 마음이 쉬지 않는 것을 걱정할 것이요, 경계에 따라 흔들려서는 안 된다."(1950년 4월 15일, 해인사 가야총림 하안거 결제법어)[41]

인용문 ①은 즉심시불의 강조하고 있다. ②는 망념의 제거와 인식의 대전환을 강조한다. 마음의 작용을 어떻게 해야 한다는 점에서 고향을 인식하거나 실향의 아픔을 느끼게 된다고 보는 것이다. 그런 점에서 효봉스님의 고향은 형이상학을 배제하고 있다. 그러면서도 현실에 매몰되어선 안된다고 말한다. 인식의 대전환, 가치관의 확고한 정립 속에서 어떻게 실천하느냐가 고향과 실향을 판가름하는 잣대로 인식된다. 그런데 이러한 고향은 철저하게 본질을 체득했을 때 가능한 정신적 세계이다.

---

40) 효봉문도회 편, 앞의 책, 58쪽.
41) 효봉문도회 편, 앞의 책, 98-99쪽.

그러나 효봉스님의 수증론은 보다 철저하게 무집착 공을 강조하고 있다는 점이다. 일체의 모든 존재가 불성을 지니고 있다고 강조하면서도 일심의 작용을 중시한다. 문제는 이때의 일심은 매우 형이상학적이며 포괄적인 개념을 지니고 있다는 점이다. 『대승기신론』이나 화엄사상에서 강조하는 일심은 현실과 이상의 바탕이면서도 양자를 모두를 포괄하고 있으며, 이런 경향은 효봉스님의 고향인식에서도 나타나고 있다. 그렇지만 철저하게 무집착을 강조한다는 점에서 길장의 中道佛性論과 상통점이 크다고 말할 수 있다. 길장의 중도불성론은 內外와 眞俗, 有無와 凡聖을 철저하게 부정하되 인연 따라 가르침을 설하고, 가르침에 의거해 이치를 깨닫게 한다.[42] 따라서 일체는 모두 중도불성 아닌 것이 없다고 말하게 되는데, 이런 점은 一切皆空과 완전히 합치하는 것이다. 따라서 효봉스님이 강조하는 무집착 내지 무분별의 정신과 친근성이 있다는 점을 발견할 수 있다. "색신을 돌아보매 내가 본래 공했거니/ 나 밖에 또 무엇이 공이 아니냐/ 모든 것이 공인 줄 알면 마음 항상 편하리니/ 일과 경계를 당해 부디 잊지 말라."[43]는 법문에 나타나 있듯이, 어디에도 마음을 定住시켜선 안된다고 강조하고 있다는 점에서 중도불성을 체득하기 위한 삼론종의 부정논리와 상통한다. 반야사상의 영향이라 생각되지만 고향을 인식하는 방법의 토대, 고향의 모습을 인식하는 방법이 철저하게 무집착 공의 바탕 위에서 전개되고 있다. 결국 효봉스님이 인식하고 있는 고향의 모습은 두 가지라 말할 수 있다. 첫째는 즉심시불의 경지이며, 둘째는 중도불성의 개현이다.

고향의 모습에 대해 살펴보았지만 歸鄕하지 않으면 안되는 이유는 무엇일까? 고향으로 돌아가지 않아도 잘 살 수 있는 것은 아닌가? 그 점에 대해 효봉스님은 출가의 목적에 대해 설명하는 다음의 설법을 통해 살펴볼 수 있다.

"자기 한 몸만을 위해 머리를 깎고 물들인 못을 입으며 계율을 지키고 아란야에 살면서 해탈을 얻으려 한다면 그것은 참 출가라 할 수 없다. 크게 정진하는 마음을 내어 일체 중생의 번뇌를 끊고, 계율을 깨드리는 이들로 하여금 청정한 계율에 머물게 하고, 생사에 윤회하는 중생들을 잘 교화하여 해탈을 얻게 하며, 광대한 네 가지 한량없는 마음(사무량심)으로 일체 중생을 두루 이롭게 하고, 일체중생을 모두 큰 열반에 들게 하여야 비로소 참 출가라 할 수 있다. 자기 한

---

42) 李勇(2007), 『三論宗佛學思想硏究』, 宗敎文化出版社, 165쪽.
43) 효봉문도회 편, 앞의 책, 197쪽. 1953년 9월 9일 이해공 처사에게 주는 게문. "反觀色身我本空 我外何物有不空 若知皆空心常安 隨事對境切莫忘"

몸만의 해탈을 구하는 것이 아니라 자리와 이타의 행이 원만하여야 마침내 遺恨
이 없을 것이다."(1949년 4월 15일 해인사 가야총림 하안거 결제 법어)44)

인용문은 출가의 목적에 대해 설한 것이지만, 필자는 이 구절 속에 귀향의 목
적이 포함되어 있다고 본다. 대승불교의 이념인 자리와 이타의 완성을 위해 귀향
해야 하며, 귀향 이후에는 어떠한 모습으로 살아야 하는가를 말해 주고 있기 때
문이다. 어찌 보면 평범한 구절이나 설법으로 인식될 수 있지만 전통적인 선사들
의 설법과 달리 강한 사회성을 발견할 수 있다.

4. 맺는 말

실향과 귀향. 출발지로의 복귀와 방황을 상징하는 이들 용어는 정신적 방황과
정신적 안정과 本源으로의 회귀를 의미한다. 효봉스님의 법어에 나타난 실향과
귀향의식 역시 정신적 심리적 차원에서 바라볼 수 있다. 실향이란 고향의 상실이
자 고향으로부터 떠남을 의미하지만 효봉스님에게 있어서 실향이란 고향으로 돌
아가지 못하는 이유, 즉 중생들이 지니고 있는 한계상황과 밀접한 관계가 있다.
이상에서 살펴본 바와 같이 효봉스님은 그런 한계상황을 다양한 시각에서 설법하
고 있다. 그러나 실향민이 되어 방황하고 있는 중생이라도 본능적으로 고향을 찾
아가고자 하는 의식을 지니고 있다고 인식하고 있는 점에서 긍정적이다. 그런 본
능적 의식 때문에 수행이 가능하고, 수행을 완성할 수 있다고 본다.

실향과 방황의 원인을 효봉스님은 다양하게 파악하고 있다. 그것은 끊임없이
분별하는 마음, 주객을 분리하는 마음 때문에 육도를 윤회하면서 헐떡거리는 것
으로 인식된다. 이러한 현상의 본질적인 이유는 공을 체득하지 못했기 때문이며,
인간들의 본질적 속성인 근본번뇌 때문에 자기의식 속에 갇혀 끊임없이 윤회한다
는 점이다. 윤회를 하면서도 닫힌 의식을 깨치고 나오지 못하거나 나올 생각을
하지 않는다. 그렇기 때문에 고향을 상실하고 방황하는 존재로 묘사된다.

존재의 한계상황 때문에 실향민이 되었다고 하더라도, 존재는 완전하지 못하다
는 것이 필자의 생각이다. 그렇게 본다면 인간 내지 중생은 본래부터 실향민의
운명을 벗어날 수 없다. 그러나 선불교, 내지 선사들은 본래 불성을 내재하고

---

44) 효봉문도회 편, 앞의 책, 44쪽.

있다고 말하면서 태생적인 한계성을 극복할 수 있다고 말한다. 효봉스님 역시 마찬가지다. 그렇기 때문에 삼학을 통해 부단히 자기자신을 정화하되, 궁극적으로는 그런 한계성을 인식하고 극복하려는 의지와 노력이 필요하다고 말한다. 효봉스님은 그런 노력을 수행이라 표현하고 있지만, 결국 정신적인 歸鄕의식이라 설명할 수 있다. 수행이 필요한 이유가 여기에 있다.

그리고 수행을 통해 도달한 고향이란 물론 깨침의 세계를 말하는 것이지만 크게 두 가지로 설명하고 있다. 첫째는 卽心是佛의 경계이며, 둘째는 중도불성의 개현이다. 일심의 작용을 통해 설명하는 것이 즉심시불의 경지라면, 철저한 무집착 공의 실천을 강조하는 것은 중도불성의 개현이다. 고향의 모습은 털끝만한 분별도 허용하지 않는 무집착 공이 실천되는 세상을 말하는 것이라 인식하게 된다. 효봉스님이 인식한 고향의식의 특징을 이런 점에서 발견할 수 있는 것이다.

함허득통의 '비움과 충만'의 시적 미학[1]

안 광 민(교육학박사, 열린사이버대학교 통합예술치료학과 특임교수)

1. 들어가는 말

『현정론(顯正論)』을 통해서 유교 측의 일방적인 불교비판과 공격에 맞서 배불의 부당성을 조목조목 반박하고 불교의 정체성을 당당히 변호하고 지켜냈던 함허득통(1376~1433)은 고려시대의 진각혜심, 나옹혜근, 원감충지, 백운경한, 태고보우와 같은 선승들의 시문학으로부터 조선시대 선승들의 시문학 사이의 가교 역할을 한 점에서 중요한 의미를 지닌다 할 수 있다. 특히 함허는 마음이 모든 것의 근본임을 내세우며 관념보다 지관을 통하여 본래 모습을 찾고, 간결한 언어로 함축성을 중요시하는 시적 표현을 통하여 자신의 구도와 깨달음의 경지를 표현하였다. 여기에는 마음을 바로 보고, 사물을 관조하며 맑고 텅 빈 무심의 경지에서 걸림 없는 탕탕한 정신세계가 묘사되고 있다. 이는 결국 자연에서 진여의 세계를 관조하는 그의 선적 직관과 시적 상상력이 조화를 이루어 빚어낸 물아일여의 깨달음의 세계를 드러내 보이는 것이다.

무엇보다도 함허가 선승으로서 자신의 깨달음을 시화하고, 그것을 널리 알림으로써 타자들의 깨달음을 열어주고자 하는 것은 다분히 '상구보리 하화중생'의 두타행의 실천이라 할 수 있다. 그리고 대중들의 깨달음을 보다 효과적으로 유도하기 위해서 무엇보다 시교(詩敎)의 중요성을 인식했던 그는 사물을 있는 그대로 관조하고 그 진여의 세계를 형상화하여 격조 높은 시적 미학으로 승화시키고자 하였다.

지금까지 함허에 대한 연구자들의 관심은 주로 유·불의 조화론이나 유·불·도 삼교 회통론에 관한 것이거나 혹은 함허의 생애와 법맥·사상에 관한 연구, 『현정론』의 구성과 내용을 정책논변 모형을 통하여 모색한 연구가 대부분이다.[2] 하지

---

[1] 본 논문은 『불교문예연구』 제3집(2014.8)에 게재되었음.

[2] 류정엽(1998), 「조선초기 호불이론에 관한 연구」, 원광대학교 대학원 석사학위논문; 이철헌(1988), 「함허의『현정론』연구」, 동국대학교 대학원 석사학위논문; 양헌규(1994), 「함허의 사상에 관한 연구」, 1994. 「함허의 생애와 사상」.; 박해당(1996), 「기화의 불교사상 연구」, 서울대학교 대학원 박사학위논문.; 이철호(1997), 「함허당 기화의 유불회통사상 연구」, 원광대학교 교육대학원; 허정희(1997), 「기화득통의 윤리사상연구」, 동국대학교 대학원 박사학위논문. ; 김기영

만 그의 시적 세계의 중요한 골격을 이루고 있는 미학적인 요소와 마음치유의 관계성에 대해서는 그다지 심도 있게 다루어지지 않고 있다. 따라서 본 연구의 목적은 함허가 선승으로서 수행과 교화의 과정에 있어 사유하고 체험하면서 획득한 일상의 진실이자 깨달음의 실체에 대한 구체적 내용과 그것이 어떻게 '비움과 충만'의 시적 미학 구현과 심신치유의 가능성으로 연결되는가를 모색하는 데 있다. 다시 말하면, 함허의 사상 형성의 배경과 수행과 깨달음에서 오는 비움과 충만의 과정이 어떻게 시적형태로 변용되어 오늘날 우리에게 던져주는 치유적 메시지가 무엇인지를 살펴보고자 하는 데 있다.

2. 함허의 사상과 시문학의 변용

함허의 본래 법명은 수이(守伊), 법호는 무준(無準)이었으나 훗날 오대산 영감암에서 꿈에 한 신승이 법명을 기화(己和), 법호를 득통(得通)으로 하라고 하여 명호를 바꿨다. 함허는 그의 당호이다. 함허는 어린 나이에 성균관에 입학하여 수학할 정도로 명석했으나, 21세 때 성균관에 있던 친구의 죽음을 보고 세상의 무상함과 육신의 허망함을 깨닫고,[3] 발심하여 태조 4년(1396) 관악산 의상암에서 머리를 깎고 다음해 봄 양주 회암사에서 무학자초에게 가르침을 받아 지공-나옹-무학으로 이어져 오는 선맥을 잇게 된다.

무엇보다도 함허의 출가 동기는 한 노선사와의 대화를 통해 참다운 '인(仁)'에 대해 깨달았기 때문이라 할 수 있다. 그에게 유교경전을 배우던 어느 스님으로부터 "천하 만물을 인자하게 대하라는 맹자가 왜 천하 만물 가운데 하나인 소와 닭을 죽여 칠십 노모를 공양했는가"라는 질문을 받고 한동안 해답을 찾지 못했다. 그러던 어느 날 삼각산 승가사에서 만난 노스님에게 "불교에서는 '불살생계'를 가장 처음으로 꼽는다"라는 말을 듣고 의문을 해결했다고 한다.[4] 유교경서에 두

(1999), 「조선시대 호불론 연구」, 동국대학교 대학원 박사학위논문; 김문산(1996), 「여말선초의 배불, 호불사상연구」, 원광대학교 교육대학원 석사학위논문; 송천은(1975), 「기화의 사상」, 『한국불교사상사』, 원광대학교 원불교사상연구소; 고익진(1974), 「함허의 금강경오가해설의에 대하여」, 『불교학보』11, 한국불교학회; 송석구(1987), 「조선조에 있어서의 유불대론」, 『불교와 제과학』, 동국대학교; 이규정(2013), 「조선 초기 신진관료들의 성리학적 정치이념과 함허선사의 『현정론』에 관한 연구」, 한양대학교 대학원 박사학위논문.
3) 「함허득통화상행장」, 『한국불교전서』 7권, 220쪽. "年之二十一 見同館友生之亡 知世無常 觀身虛幻."
4) 『한국불교전서』 7권, 220쪽. "孟子仁者乎 曰然 鷄豚拘 萬物乎 曰然 曰仁者以天地 萬物爲一己

루 통해 강론할 때면 학관들에게 '궁리지학(窮理之學)'이라 불릴 만큼 함허는 주자학에 대한 이해가 깊었고, 또한 당시 불교에 대한 비판의식이 고조되었음을 고려할 때 '인'에 관한 모순은 그로 하여금 동료의 죽음만큼이나 고뇌에 잠기게 했던 것으로 진단된다.

그렇다면 그는 애당초 살생하지 않는 것이 진정한 '인'임을 간파하고, 불교야말로 철저한 '인'을 실천하는 것으로 생각하고 유교를 버리고 불교를 택하게 된 것이라 유추해 볼 수 있다. 따라서 이러한 사실들은 함허가 '인'에 대한 불교적 이해와 실천을 하고자 한 노력을 구체적으로 보여주는 근거이기도 하다.

출가 후 함허는 1406년 문경의 공덕산 대승사에 들어가 4년간 세 차례 『반야경』을 설하고, 1410년 개성 북쪽 천마산 관음굴에서 크게 선풍을 떨쳤다. 1412년 황해도 평산의 성불산 연봉사(烟峰寺)에 함허당(涵虛堂)을 짓고 수행에 정진하면서 세 차례 『금강경오가해설의』를 강의하였다. 1420년 오대산에 들어가서 오대의 여러 성인들에게 공양하고, 영감암에 있는 나옹의 진영에 자사한 뒤, 1431년 문경의 희양산 봉암사로 가서 퇴락한 절을 크게 중수하고 그곳에 머물렀다. 1433년에 대중들에게 자신의 행장을 정리하는 한 마디를 남기고 세수 58세, 법랍 38세를 일기로 조용히 열반에 들었다.

저서로는 『원각경소』, 『금강경오가해설의』, 『현정론』, 『함허화상어록』, 『유석질의론』 등이 있다. 이 가운데 『현정론』과 『유석질의론』은 배불론자들의 불교 이해와 포교를 위한 중요한 의미를 담고 있다. 불교에서 '현정(顯正)'이라는 말은 단독으로는 잘 쓰이지 않고 삿된 것을 없애고 바른 것을 드러낸다는 '파사현정(破邪顯正)'에서 유래한다. 즉 불교 이외의 다른 이론을 논리적으로 격파하는 것과 불교의 논지를 입증하는 것의 두 가지 일을 함축하여 불교의 정체성을 확립하는 것이다. 때문에 『현정론』은 단순히 배불에 대한 반론 차원에 머물지 않고 유자들의 불교에 대한 오해와 왜곡된 인식을 불식시키고 불교의 본질을 올바로 현양하고자 할 뿐만 아니라 유교와 불교의 조화로운 융합을 모색하고자 하였던 점에 그 의의가 있다 할 수 있다.

함허의 이러한 사상은 『금강경오가해』에서 세운 반야사상의 선적이해를 바탕으

此眞稱理之談也 孟子苟爲仁者 而鷄豚拘 爲萬物 則何以云鷄豚拘 之畜 無失其時 七十者可以食肉乎 予於是辭窮而未能答 考諸經傳 而無有殺生稱理之論 博問先知 而無有釋然決疑之者 常蘊此疑 久未能決 越丙子許游 三角山 到僧伽寺 與一老禪夜話話次 禪云佛有十重大戒 一不殺生 予於是釋然心服 而自謂此眞仁人之行也 而深體乎仁道之語也 從此不疑於儒釋之間."

로 하여 『원각경소』에서 원융적인 선교관으로 심화되었으며, 정토사상 역시 선과의 회통으로 이해하고 있음을 알 수 있다.[5] 이처럼 선을 토대로 하여 여러 사상을 회통한 그의 원융적 세계관은 유불의 사상적 합일을 도모하도록 만들고 나아가 그의 시문학에까지 지대한 영향을 끼치고 있다. 함허의 시는 모두 92제 125수인데, 이들은 선시문학의 향기를 느끼게 해준다. 이 가운데 30여 수가 태종-세종에 걸쳐 재상과 대제학 고위직을 지낸 이들이나 도(道)로써 교분이 있었던 사대부 혹은 승려들과의 화답시와 증시(贈詩)이다. 그렇다면 숭유억불의 어려운 시대를 살았던 함허의 격조 높은 비유와 상징적인 의미를 지닌 적지 않은 시편들이 어떻게 자족적인 삶의 모습이 형상화될 수 있었던가? 이에 대한 부분을 앞서간 선사들을 통한 자기 확인, 점수(漸修)의 과정을 담은 관조의 시, 산사에서 느끼는 한가함과 탈속무애한 정서가 내재된 시편들을 통해 확인할 수 있다.

3. 유불의 회통과 자연교감의 미학

1) 유불의 회통과 조화로움

앞서 살펴본 바와 같이, 함허는 어린 나이에 성균관에 입학하여 하루에 수천 개의 단어를 기억하는 등 탁월한 재능을 보이며 두각을 나타내었다. 그런데 그는 동문수학하던 친구의 죽음을 경험하고 또한 유교 경전과 사서, 정주학에서 불교를 비방하는 말을 듣고 불법의 옳고 그름을 알지 못해 고민하다가 불교의 '불살생계'가 '인'을 실천하는 최상의 덕목임을 깨닫고 출가를 하게 되었다. 그의 이러한 생각은 「출가시」에 함축적으로 표현되고 있다.

> 但聞經史程朱毁　다만 경사와 정주의 헐뜯음만 들었지
> 不識浮圖是與非　불교의 옳고 그름은 알지 못했네
> 反復潛思年己遠　몇 해 동안 거듭 곰곰이 생각하다가
> 始知眞實却歸依　비로소 진실을 알고 귀의하였네.
>
> 　　　　　　　　　　　　　　　　　　　　- 「출가시」

깊은 고뇌와 성찰을 통해 '불살생'이 곧 어진 사람의 행이며, 유교와 불교의 근본 가르침이 다르지 않다는 것을 알고 불가에 귀의한 함허의 출가동기가 분명히

---

5) 유호선(1998), 「함허당 시문학의 연구」, 고려대학교대학원 석사학위논문, 13쪽.

드러나 있다. 여기에는 무학대사가 태조 이성계에게 "유학의 인(仁)과 불교의 자(慈)는 서로 통한다"며 "백성을 사랑하고 인자한 정치를 하라"고 충고한 것과 같은 맥락이 있다. 그러나 이와 같은 '유불융합' 사상은 조선왕조가 건국되고 배불정책이 본격화되면서 불교의 생존논리로 전환된다. 그 산물이 함허의 『현정론』이다. 나아가 깨달음을 얻기 위한 함허의 구도행각은 치열한 선수행의 과정에서 잘 드러난다. 그 대표적인 시가 경전의 교설에 대한 그의 견해를 잘 보여 주는 『원각경』의 경제(經題)를 설명한 뒤에 붙인 다음의 게송이다.

甚深妙法妙難宣　깊고 미묘한 법, 묘하여 표현하기 어렵지만
擧目分明已現前　눈을 들면 분명하게 이미 눈앞에 있네
若了一顯無一字　만약 일물의 일에는 일이라는 뜻이 없음을 안다면
看經何更逐言詮　경을 보고 어찌 다시 언전을 쫓으리요

　선사의 구도행각의 중심을 이루고 있는 반야의 현현 혹은 원각의 적조는 현실의 자아와 분리된 요원한 경지가 아니라 바로 주변의 개별적인 존재가 공통으로 지닌 것이다. 그래서 인용 시에서 '一'은 원각을 언어로 표현한 것이다. 실제로 원각이란 결코 어떠한 문자로 표현할 수 있거나 혹은 경전의 글 속에서 찾을 수 있는 것이 아니라 시공을 초월하여 눈앞에 나타나 있다는 것이다. 그래서 함허는 본격적인 경의 해설에 앞서 말의 구절[言句]의 집착을 경계하여 원각 본연의 이치를 잊지 말기를 권고하고 있다. 결국 함허는 언어에 대한 집착을 경계할 뿐만 아니라 버려서도 안 된다는 입장을 견지하고 있다.

　앞서 언급한 바처럼 『현정론』의 저술 동기는 유자들의 배불에 대한 공격의 담론 차원에 머물지 않고 그들의 불교에 대한 오해와 왜곡을 불식시키고 불교의 본질을 올바로 현양함은 물론 유교와 불교의 회통과 조화로운 융합의 모색이었다. 각 사물의 법성과 자신의 반야지와의 끊임없는 교감을 통하여 차별 없는 사법(事法)과 평등한 이법(理法)은 분명히 존재하면서 서로 융합하는 경지를 지향하고 있다 할 수 있다. 그래서 함허는 자신 스스로가 깨달음의 본질로 규정한 원융함을 사물과의 상즉상입의 상태에서 파악하고자 하였다. 그의 이러한 사유는 청헌자를 전송하다가 양계를 지나침도 깨닫지 못한 자신을 여산혜원에 견주어 자족하는 「인별청한자 불각과양계」에서 잘 묘사 되고 있다.

君隨流水出山去　그대는 흐르는 물을 따라 산을 떠나가고
我逐尋巢莫鳥還　나는 해 저물어 둥지 찾는 새를 쫓아 돌아오네
因憶白蓮三笑態　그리하여 백련사 삼소를 기억하고
彷徨自足一身閑　배회하며 한 몸의 한가로움을 자족하네

世事難將一槪看　세상일을 일률적으로 보기 어려우니
雲能出岫鳥知還　구름은 능히 산을 나갈 수 있고 새는 돌아옴을 아네
雖然儒釋元同調　비록 유교와 불교는 원래 지향하는 바 같지만
忙自忙兮閑自閑　바쁨은 스스로 바쁜 것이고 한가함은 스스로 한가함이네
－「인별청한자 불각과양계(因別晴軒子 不覺過羊溪)」

　흰 구름이 걷히면 푸른 산이 드러나고, 해가 지면 돌아오는 새의 모습을 보며 살아가는 산승은 일체의 집착과 굴레로부터 벗어나 유유자적하게 소요하며 지낸다. 청한자는 시내를 따라 산을 떠나가고 화자는 둥지를 찾는 새를 쫓아 산사로 돌아온다. 두 사람이 가는 발걸음은 다르지만 시내, 산, 구름과 달이 각자의 성품에 따라 스스로의 위치를 지키듯이 무작위의 조화로움이 강조되고 있다. 즉 세상일은 천편일률적으로 파악되는 것이 아니라 중중무진의 연기법에 따르기 때문에 구름이 산을 벗어나고 새가 돌아오는 것은 모두 그들의 본래 자리에서 그들의 본분사를 다하는 것이다. 그러면서도 그러한 자연의 움직임은 서로에게 아무런 방해가 되지 않고 조화를 이룬다. 진제의 입장에서 속제를 응시하고 있는 함허는 말미에서 청한자와 자신의 관계로 확대하고 있다. 즉 유교와 불교 역시 본래는 동일한 법계에서 출발한 것이기 때문에 서로의 처지가 다르고 바쁘며 한가함의 차별이 있다는 것이다. 함허가 불교의 정체성을 견지하고 유교와 불교의 회통과 조화로운 관계를 모색하고자 한 이유도 여기에 있다할 것이다. 교유관계를 통한 원융회통과 조화로움은 다음의 시에서 한결 잘 그려지고 있다.

過寺逢僧共一床　지나는 절에서 스님을 만나 침상을 함께 하니
閑忙相會兩相忘　한가한 이 분주한 이 서로 만났으나 서로를 잊었네
凌雲月榻塵還靜　구름을 능멸하는 달빛 비친 침상엔 먼지도 일지 않고
浸水風軒署亦涼　물기 머금은 바람 불어오는 마루엔 더위마저 서늘하네
報曉鐘聲醒客夢　새벽 알리는 종소리, 나그네의 잠을 깨우고
穿林鳥語動征裳　숲속에서 들려오는 새들의 지저귐, 나그네 옷깃을 흔드네
從玆更憶盧山路　여기서 다시 여산의 길을 생각해 보니
三笑依然在耳傍　세 사람의 웃음소리 의연히 귓가에 맴도네
－「산중행대사음(山中行代士吟)」

　우연히 산사를 찾아 온 선비가 함허를 만나 도에 대한 청담을 나누며 하룻밤을 지냈는데 그때 선사가 그 선비를 대신해 지은 것이다. 한가함과 분주함이라는 상반된 입장에 있는 스님과 선비가 만나 한방에서 하룻밤을 함께 지냄으로써 한가함과 분주함이 대립되는 개념이 차별을 떠난 합일에 이르는 모습을 보여주고 있

다. 비록 두 사람이 도에 대한 담론으로 하룻밤을 지냈지만 새벽예불의 종소리와 새의 지저귐은 합일되었던 한가로움과 분주함을 다시 본래의 한가로움과 분주함으로 돌아가게 하는 매개가 된다. 이 선비와 함허의 만남은 함허에게 여산혜원(335~417)이 실현한 정신적인 교유의 덕목을 상기시켜 준다. 즉 다른 세계관을 지닌 자들이 서로 지향하는 세계를 이해하고 존중하면서 자신의 사상을 분명하게 지키는 여산혜원의 교유관계가 함허의 유불선 삼교의 회통 정신에 다분히 영향을 미치고 있음을 말해 주는 시편이다.

2) 자연교감을 통한 수행과 깨달음

경기의 금강으로 불릴 만큼 수려한 운악산에 자리한 현등사는 신라법흥왕 때 인도에서 고승 마라아미(摩羅阿彌)가 신라에 불교를 전하고자 찾아 왔었는데 그의 불심이 지극함에 감복한 왕이 그를 위하여 창건하게 한 것이라 한다. 1210년(고려 희종)에 보조국사 지눌이 전국을 순회하다가 마일리(하면)에서 하룻밤을 머물 때 산 속에서 광채가 빛나 올라가 보니 폐허의 절터에 석등 빛이 환해 절을 중건하고 현등사라 하였다고 한다. 이후 1411년(조선 태종) 함허가 현등사를 중건하여 꾸준히 명맥을 이어오고 있다. 다음의 시는 함허가 현등사에 주석하면서 가람 주변의 바위 위로 큰 소리를 내며 떨어지는 계곡의 물을 정관하며 지은 구도의 시편이다.

雲嶽山帶懸燈寺　운악산 자락이 보듬은 현등사
落石飛泉上下聲　바위에 떨어지는 높고 낮은 물소리
出自千尋與万丈　천길 만길 멀리에서 흘러오는 물이로되
滄溟未到不曾停　바다에 이르도록 조금도 멈추지 않네
- 「운악산에서(題雲嶽山)」

산골물이 시내와 강을 이루고 결국에는 넓고 푸른 바다에 이르는 물의 속성을 깊이 생각하면서 부단한 수행정진만이 원만한 깨달음의 경지에 이를 수 있다는 함허 자신의 쉼 없는 구도의 행각이 잘 묘사되고 있다. 불교에서는 바다는 주로 법해(法海), 즉 진리의 세계로 비유되며 화엄경에서는 이러한 바닷물이 10덕을 지녔다고 한다.[6] 이러한 덕 가운데 각 지역의 강물들이 큰 바다에 이르러 한 가지

---

6) 『화엄경』「십지품」에 보살이 갖추고 있는 열 가지 덕(德)을 대해(大海)의 10덕(十德)에 비유해서

맛을 낸다는 '일미'는 절대 진리의 입장에서는 모든 것이 동일하며 차별이 없다는 의미를 함축하고 있다. 따라서 여기에서의 '물'은 그 작용에 있어서의 수행을 상징할 뿐만 아니라 본체로서 심원한 진리의 세계를 나타내고 있다 할 수 있다.

이처럼 선사들은 자연과의 긴밀한 교감을 통해 자신의 본래 모습을 반조하고 확인한다. 깨닫고 보면, 모든 분별과 망상이 없고 얽매임 또한 없으며, 진속일여·물아일체의 경지 그대로이다. 그러기에 삼라만상은 진여일심의 표상이기에 일체가 상호조응하며 하나로 된다는 것이다. 함허는 자연 속에서 자신과 합일된 수행자적 삶과 깨달음의 의미를 「일대교적」에서 이렇게 표현하고 있다.

曉日初昇照高峰　새벽해가 처음 떠올라 높은 봉우리 비추지만
幾多巖壑尙曚曚　수많은 바위와 골짜기 아직 어둑어둑 하네
殘山幽谷漸皆朗　나머지 산과 깊은 계곡이 모두 점점 밝아지면
當年洪纖共晴空　그때 크고 작은 것들 맑은 하늘 함께 하리라
- 「일대교적(一代敎迹)」

모든 존재의 동일성이 다름 아닌 자기 자신임을 체득한 자리에 깨달음이 있음을 보여주고 있다. 새벽에 해가 솟아올라 제일 먼저 높은 봉우리를 비추어 밝게 하고, 한낮이 되어 해가 중천에 뜨면서 점차적으로 아래 골짜기까지 햇살이 비치게 된다. 높은 봉우리는 근기가 수승한 이들을 비유하고, 이들은 해가 뜨자마자 비추기 때문에 돈오의 방법으로 깨달음에 이르게 된다. 봉우리 아래의 골짜기는 근기가 낮은 이들을 비유하며 점점 밝아진다는 것은 그들의 점진적인 수행을 비유한 것이다. 여기에서 수행에 있어 함허가 돈오와 점수의 양면을 수용하고 있으며, 또한 모든 중생의 성불을 위해 점진적 수행을 강조하고 있음을 알 수 있다. 특히 높은 봉우리와 얕은 산과 깊은 계곡이라는 이항대립을 통하여 진리를 발견하는 것은 의상대사의 「법성게」의 "한 티끌 속에 우주를 머금었고, 낱낱의 티끌마다 우주가 다 들었네(一微塵中含十方 一切塵中亦如是)"라는 화엄적 상상력과 맞닿아 있다 할 수 있다. 난해한 비유나 상징보다는 명쾌하고 직설적인 표현을 사용하여 근기에 따른 설법내용의 돈오와 점수를 비유한 함허의 깨달음의 시적

설하고 있다. : (1)차례로 점점 깊어진다. (2)죽은 것은 받아들이지 않는다. (3)어떤 물도 바다에 들어오면 그 본래의 이름을 잃어버린다. (4)모두 한 가지 맛이다. (5)보배가 많다. (6)지극히 깊어 누구나 쉽게 들어 갈 수 없다. (7)넓고 크기가 한량이 없다. (8)몸이 큰 중생이 한량이 없다. (9)들어오고 나가는 물이 때를 어기지 않는다. (10)비가 아무리 와도 넘치는 일이 없다.

미학이 도드라져 보인다.

선사들이 수행하는 곳, 그 주위에 있는 산과 나무, 푸른 산 빛과 골짜기를 가득 채운 물소리가 깨달음의 경지에서 보면 모두 진여의 모습이고 불법 아님이 없다. 산하대지 그대로가 법신의 현현인 것이다. 그래서 선사들은 순환하는 자연의 이법 속에서 '본래면목'의 깊은 뜻을 감응하곤 했다. 함허 역시 추운 겨울날 소나무 우거진 별당에서 푸른 소나무를 통해 인욕행으로 깨달음을 추구하는 올곧은 수행자로서의 면모를 보여주고 있다.

森森獨翠三冬雪　삼동의 눈 속에 홀로 푸른 저 소나무들
堂上主人心愈潔　솔 집 주인 마음은 더욱 정결하네
膈寂閑淸香一爐　고요하고 한가로운 곳, 맑은 향은 피어오르고
耐寒枝上邀明月　추위를 견딘 나뭇가지 위로 밝은 달을 맞네
- 「송당(松堂)」

한겨울 풍광에 비유해 설한 선지(禪旨)가 아주 깊고 분명하다. '체로금풍(體露金風)'은 가을이 되어 차가운 바람이 불면 비단 같은 단풍잎들이 떨어져 나무줄기가 적나라하게 드러난다는 뜻이다. 이와는 달리 혹독한 추위와 눈 속에서도 홀로 푸름을 지키는 소나무의 모습은 곧 수행자의 기품을 말해 준다. 여기에서 '추위'는 수행과정에서 겪는 장애물과 번뇌를 의미한다. 이러한 추위를 견뎌내고 마침내 본래면목을 얻게 되는 수행자의 모습이 '추위를 견딘 나뭇가지 위로 밝은 달을 맞는' 것으로 시화되고 있다. 즉 군자의 상징물인 소나무가 청정무구한 마음과 그러한 마음으로 온갖 장애를 극복하고 깨달음을 얻은 수행자의 참모습으로 표현되고 있다. 이와 같이 시적 자아와 자연과의 하나 되는 직관을 통해 상호침투하는 화엄법계를 조응하는 것은 함허의 시적 미학의 생명력이라 할 것이다.

겨울부터 점차 식량이 떨어지기 시작하여 여름에 햇보리가 나올 때까지 서민들이 긴 날들을 먹을 것이 없어 산 나물죽, 콩죽, 보릿가루죽, 송피(송기)죽, 송피밥 등으로 연명했던 시절이 있었다. 일명 보릿고개 시기이다. 산사의 삶도 예외는 아니었다. 청빈한 산사의 생활에서 함허는 「송피밥(松皮飯)」이라는 시편을 통해 자신의 대중교화의 실천의지를 잘 표출하고 있다.

拏雲踞石老靑山　구름 잡고 돌에 앉아 청산에 늙어
物盡飄零獨耐寒　온갖 잎 다 져도 혼자 견디는 겨울
知爾碎形和世味　네 몸 갈아서 세상맛에 섞었으니
使人緣味學淸寒　그 맛 따라 이 맑은 추위 알게 하는 소나무
- 「송피밥(松皮飯)」

「송당(松堂)」에서 소나무의 기상을 시각적으로 묘사하였다면, 「송피밥」에서는
미각적으로 묘사하고 있다. 송피밥은 소나무의 속껍질을 말려 갈아 쌀에 섞은 밥
으로, 흉년의 끼니를 때우는 먹거리였다. 하지만 선사는 오히려 이러한 먹거리를
시적으로 미화시키고 있다. 먹거리의 소재가 소나무이기에, 소나무의 청청함이
먹는 이에게도 청정함을 줄 수 있음을 전하고 있기 때문이다. 첫 행과 그 다음
행에서 늙은 소나무의 기상에서 배우는 겨울철의 고고함이 그려진다. 셋째 행의
'네 몸을 갈아서 세상맛에 섞었다'는 것은 진리의 깨달음으로 세속의 모든 맛을
깨달음의 맛으로 변화시키려는 선사의 높은 실천 덕목을 보여준다. 여기에는 선
사의 자리에서 분연히 속인의 자리로 내려앉은 함허의 큰 자비의 몸짓이 은밀히
작동하고 있다할 수 있다. 마지막 행에서 속인들에게 이 맑고 싸늘한 청빈을 맛
보게 한다함은 고고한 소나무의 향내음을 선미(禪味)로 변용한 것으로 여겨진
다.[7] 외부의 어떠한 움직임에도 흔들림 없는 청정한 마음을 가지는 것, 이것이
곧 수행자의 덕목이요 도이다. 이는 바로 집착 없는 경계를 말한다. 선사의 맑고
향기로운 뜻으로 자연을 대하니 풍경과 서정이 융합되어 새로운 아름다움으로 생
성되면서 우리의 심신이 맑아진다. 여기에 선시를 염송하고 감송하면서 마음을
비우고 맑히는 치유의 묘미가 있다.

한편, 함허는 자신의 오감을 통해 대상을 받아들이고 그것을 문학적으로 형상
화 한다. 흔 선사들의 청정성 추구는 비온 뒤의 경계나 눈 내린 정경 등을 통해
서정적으로 묘사된다. 그 수행의 높이만큼이나 높은 문학의 경지를 이루었던 함
허의 다음의 시는 독특한 감각 이미지와 그 미적 이미지가 잘 조화를 이루고 있
어 감동을 준다.

7) 백원기(2014), 『선시의 이해와 마음치유』, 서울: 도서출판 동인, 129쪽.

英英玉葉過山堂　구름은 뭉실뭉실 산당(山堂)을 지나고
樹自鳴條鳥自忙　나뭇가지 흔들리니 새들도 분주하다
開眼濛濛橫雨脚　깨어나 보니 껌껌한데 새벽 비는 지나치고
焚香端坐望蒼蒼　향 사르고 단정히 앉아 창창한 광경을 바라보네
-「雨中」

　선사는 비 오는 어느 날 새벽녘 불현듯 잠을 깨고 문을 열고 비가 갠 뒤 산색을 바라보다 자신이 걸어온 길을 반조한다. 높은 산 암자 위로 구름이 뭉쳐 지나가고, 비바람에 숲이 일렁이는 데 놀라 잠을 깬 새들이 이리저리 분주히 날고 있다. 불교가 처한 시대적 상황에서 자신의 앞날이라도 생각하듯 향을 사르고 단정히 앉아 문을 열고 창창한 광경을 바라보고 있다. 비가 개이고 난 뒤 산뜻하게 드러나 멀리까지 보이는 산과 산은 사물의 모습이 그대로 드러난 경계이다. 새벽 비 그친 뒤의 깨끗하고 푸른빛은 눈을 맑게 하는 청정성의 표상이며, 그 의연한 산 빛 속에 존재해 온 오래된 암자에서 향을 사르고 선정에 드는 선사의 마음 역시 맑아질 것이다. 고요히 홀로 앉아 선승으로 살아 온 선사의 맑은 수행의 기품이 그대로 그려지고 있다.
　함허가 추구하는 세계는 한 마디로 '맑은 원적'의 세계이다. 청정하고 신비롭고 고요하여 만물이 선정에 들어있는 듯한 영원한 세계의 모습이다. 그곳은 '나'가 없는 만물융화의 세계이며 화엄의 세계이기도 하다. 이 고졸하고 적요한 조응의 세계는 '만물교감' 혹은 우주적 조응의 세계와도 상통한다. 이러한 명상과 침잠의 세계는 산중생활을 뒤로 하고 구도행각을 멈추지 않는 상황에서 선재동자를 떠올릴 때 더욱 빛난다.

無拘無繫大閑身　구속도 매임도 없어 아주 한가한 몸
到處溪山新又新　이른 곳 계곡과 산은 새롭고도 새롭네
渾是百城閑日月　해묵은 모든 성들은 한가한 세월이건만
但慙人未昔年人　사람은 옛사람만 못하니 그저 부끄럽기만 하네
-「도중억선재(途中憶善財)」

　아침과 저녁이 변함없이 오고 가듯이 사물에 얽매이지 않으면 그저 자재로울 뿐이다. 53선지식을 찾아다니며 간절하게 법을 구했던 선재동자는 구도행각의 전형이다. 결구의 "내가 옛날의 그가 아님이 부끄럽"다는 것은 함허 자신의 자아성찰에서 비롯된 것이다. 하지만 '구속도 매임도' 없는 몸은 깨달음을 얻은 것이기 때문에 이러한 부끄러움은 단순한 겸양의 표현이라 할 수 있다. 어떠한 장애에도 걸림이 없는 무애의 탈속함이 낳은 한가로운 함허의 심적 묘사가 잘 그려져 있다.

4. 비움과 충만의 시적 미학

1) 비움과 충만의 깨달음

불가에서는 '방하착(放下著)'이 강조된다. 눈으로 본 색상의 그림자, 귀로 들은 소리의 그림자, 코로 맡은 냄새의 그림자, 입으로 말한 말씀의 그림자, 몸으로 대본 감촉의 그림자, 생각으로 헤아려 보는 온갖 지난날의 선악과 시비 등을 놓아버릴 때, 자연과 조화를 이룬 무심의 세계가 펼쳐진다. 이는 치열한 수행을 통해 얻어진 분별과 차별을 뛰어넘은 무심의 경지에서의 존재에 대한 인식이며 우주적 자각에서 비롯된다. 무학의 제자로서 나옹의 손상좌이며, 야운(野雲)의 조카상좌가 되는 함허는 이들 조사들에 대한 깊은 존경심을 가졌다. 다음의 시에서 함허는 나옹과 야운을 교교히 비추는 달과 한가로이 떠 있는 구름처럼 묘사하고 예찬하면서 '텅 빈 충만'의 세계를 포착하고 있다.

江月軒上江月白　강월헌 난간 위에 강달이 밝고
野雲堂上野雲閑　야운당 위에 들구름이 한가롭네
雲光月色交輝處　구름빛 달빛 어우러져 빛나는 그 곳
一室含虛體自安　방안이 텅 비어 몸이 절로 편안하네
－「贈懶翁侍者覺牛號野雲」

수행자에게 훌륭한 스승을 모신다는 것은 깨달음을 얻는 데 무엇보다 소중한 일이다. 함허는 나옹의 호인 강월헌과 실제의 강월, 그리고 각우의 호인 야운당과 실제의 야운을 동일한 시행에 배치하여 중의적인 효과를 얻고 있다. 달빛과 구름빛이 만나 아름다운 조화를 이루는 것, 즉 이 둘의 회통은 함허가 두 조사들의 문하가 된 것을 함의한다. 그래서 자신은 자랑스럽고 그렇게 편안할 수 없다는 것을 은연중 드러내 보이고 있다. 반야지혜를 상징하는 '달빛'은 자연의 하나로 시인의 마음을 '텅 빈 충만'의 세계로 안내하는 매개물이라 할 수 있다. 조사들의 말씀이 시공을 초월하여 불변의 진리임을 인식하는 마지막 시행에는 소요자재하며 살아가는 선사의 공적한 마음의 경지가 드러나 있다. 이러한 '텅 빈 충만'의 미학은 공과 색 또는 허와 실이라는 이항 대립의 통합을 의미하며, 선이 지향하는 깨침의 미학이다.

선사들의 탈속 무애한 한가로움은 단순한 조용함이나 일없음을 이야기하는 것이 아니라 「반야가」8)에서처럼 깨달음 후에 누리는 큰 자유로움에서 생겨나는 높은 경지이다. 이는 유무의 분별에 떨어지지 않는 '허한(虛閑)'이다. 다시 말해 반야의 묘용과 연관된 함허의 한가로움은 분별망상과 집착이 떠난 상태와 그러한 상태가 발휘하는 일상을 떠나지 않은 무위무사를 의미하는 것이다.

> 虛明自照眼惺惺　　허명이 스스로 비추어 눈은 성성하고
> 人定風聲半夜鳴　　사람이 조용하니 한밤중에 바람소리만 들리네
> 心境蕭然塵事寂　　마음의 경계는 고요하고 세속일은 상관없으니
> 於中滋味說難形　　그 가운데 재미는 말로 표현하기 어렵네
> 　　　　　　　　　　　　　　　　　-「천보산거(天寶山居)」

　　어둡지 않고 늘 깨어 있는 것을 성성(惺惺)이라 하고 고요하고 고요한 상태를 적적(寂寂)이라 한다. 때문에 선의 요체는 고요함 가운데 항상 깨어 있음[惺惺寂寂]을 강조하기 때문에 수행자는 늘 깨어 있는 마음으로 육근이 작용될 수 있도록 해야 한다. 인용 시에서도 허명한 반야가 드러나 만물을 비추게 됨으로써 육근의 하나인 눈도 따라서 생생한 기운이 살아있음으로 표현되고 있다. 아울러 화자는 심신이 고요히 깨어 있는 가운데 들려오는 인정소리나 바람소리를 그대로 수용하고 그 무엇으로도 형언할 수 없는 법열에 젖고 있다. 어느 것에도 집착하지 않는 시적 화자의 탈속한 감정이 묘사되고 있다. 집착을 버림은 심신을 편안하고 자유롭게 할 뿐만 아니라 그 자체로서 득도가 된다는 것을 일러주고 있다. 따라서 인용시는 순수직관을 통한 자연 속에서의 해탈을 지향하는 선적 깨달음이 내재된 시적 미학의 전형이라 할 수 있다.

　　나무꾼 혜능이 홍인대사로부터 의발을 전수받아 15년 동안 산 속에 숨어 살다가 법성사(法性寺)에서 마침내 모습을 드러낸다. 법성사 학인들이 깃발이 펄럭이는 모습을 보고 "바람이 움직인다", "아니다. 깃발이 움직인다"하면서 옥신각신하고 있었다. 이때 혜능이 "움직이는 것은 바람도 깃발도 아닌 당신들의 마음일 뿐"이라고 말해 대중들을 놀라게 했다. 이것이 유명한 '풍번문답(風幡問答)'이다. 혜능대사의 '풍번'과 같은 이야기를 함허는 부채질이라는 일상적인 일을 언급하고 있는 「허공의 딸꾹질」에서 아름답게 표출하고 있다.

---

8)「반야가」,『함허어록』."閑則閑閑忙則忙 因來伸脚飯來 不離日用常無事 ― 道寒光無處藏."

昔與桓因築鼻孔　옛날에는 하느님과 콧구멍을 쌓더니
今伴山僧解打空　지금은 산승과 친구 되어 허공을 치네
打去打來空自噎　쳐가고 쳐올 때 절로 이는 허공의 딸꾹질
一噓噓出滿堂風　'후유'하는 소리 날 때마다 방에 가득한 바람
- 「허공의 딸꾹질」

　부채를 부칠 때 바람이 일어나는 것을 '허공의 딸꾹질'로 비유를 하고 있다. 비록 여름날의 부채질이라는 일상적인 행위를 언급하고 있지만 시적 화자가 보는 부채나 평범한 부채질은 우주질서의 한 부분이다. 그래서 바람은 자연의 조화이고, 하느님 콧구멍에서 나온 것이라고 생각하는 것이다. 이것을 함장해 두었다가 지금은 산승의 손에 들린 부채를 인연으로 하여 때리는 허공에서 울려 퍼지고 있는 것이다. 즉 산승의 손끝에서 이쪽저쪽으로 허공을 때리고 있는 것이다. 이때 부는 바람을 선사는 '허공의 딸꾹질'로 표현한 것이다. 이 딸꾹질로 인해 방안에는 바람이 가득차고, 이 바람으로 해서 화자는 시원함을 느낀다. 모두가 마음작용이다. 들끓는 번뇌를 부채로 날려 보내버리면 '텅 빈 충만'의 맑음과 청량함이 찾아온다는 것을 깨닫게 해주는 마음치유의 멋진 시편이다.[9]
　선사들이 남긴 사바세계의 마지막 법문에는 모든 번뇌와 집착과 속박에서 벗어나 영원한 대자유의 삶을 사는 방법이 담겨있다. 이러한 마지막 입멸의 순간에 던지는 '깨달음의 노래'가 선사들의 '열반송'이며, 여기에는 생사의 걸림이 없는 자유 자재함과 결코 명명할 수 없는 선의 세계가 내재되어 있다. 함허는 1433년 4월, 죽음에 이르러 눈을 들어 보니 시방이 벽락(碧落) 하나 없는 데도 길이 있으니 곧 서방극락이라는 「임종게」를 남기고 원적에 들었다.

湛然空寂本無一物　텅 비고 고요해 본래 한 물건도 없는데
神靈光赫洞徹十方　신령스런 그 빛 환하여 온 누리를 비추네
更無身心受彼生死　다시는 몸과 마음이 생사를 받지 않아
去來往復也無罣碍　오고 가고를 반복해도 걸림이 없네
臨行擧目十方碧落　죽음에 이르러 눈을 드니 온 누리가 뚜렷하고
無中有路西方極樂　없는 가운데 길이 있으니 곧 서방극락이네
- 「임종게」

---

9) 백원기(2014), 『선시의 이해와 마음치유』, 서울: 도서출판 동인, 130쪽.

자신의 마음속에서 허공을 발견하고, 그것을 밝혀나가는 것이 수행자의 본분사이다. 마음속에 허공을 머금을 때, 아름다운 향기가 나고 큰 지혜가 담기며, 마음이 비게 되면 샘물이 솟듯 맑은 법열의 노래가 흘러나온다. 속이 빈 대나무만이 피리가 될 수 있는 것도 이러한 이치이다. 허공은 모든 것을 감싸기 때문에 한없이 크고, 아무리 해도 깨어지지 않기 때문에 한없이 단단하다. 아무 것도 없기 때문에 한없이 편안하며, 모든 곳으로 통하기 때문에 한없이 자유롭다. 그래서 허공을 머금고 탕탕한 기개로 살아온 함허는 죽음에 이르러 눈을 드니 시방세계 푸른 허공은 중유(中有)의 길이 없는 서방극락이라고 했던 것이다. 마음이 텅 빈 삶 자체가 바로 우주와 함께하는 것을 알게 한다. 마음이 '텅 비다'라는 것은 하고자 함에 욕심을 놓을 줄 알고 하고자 함에 그 지극함으로 가득 찰 수 있다는 것을 의미한다. 이 말의 더 깊은 뜻은 '텅 빔' 그 자체에는 역설적으로 '가득 차 있다'는 것이 된다. 이러한 상징성 가운데 텅 비면서 가득 참의 상징성이 바로 '일원상'이라는 것이다. '일원상'은 진리의 표현으로, 수행의 원만함으로, 허공과 같은 마음의 본질로 나타내고 있는 것을 알게 한다. 함허는 '일원상'에 대한 심미적인 선시에서 '텅 빔'의 미학을 이렇게 표현하고 있는 것이다.

2) '선다일여'의 수행과 심신치유

자연의 실상은 고요하고 적적한 것이다. 그런데 중생들은 사물에 마음을 뺏기고 그 빈자리를 욕심으로 채우기 바쁜 나머지 고요히 비어도 절로 충만한 본래 마음을 잊고 살아간다. 하지만 선사들은 깨달음을 얻어가는 수행과정에서 차로 마음을 맑히고 진여를 찾는다. 그래서 선사들의 시에는 내려놓기와 걸림이 없고 무심한 삶의 관조의 세계가 선명하게 드러난다. 이러한 텅 빈 충만의 삶은 '산중에 사는 맛'을 담박하게 노래하고 있는 다음 시편에서 한결 잘 드러난다.

山深谷密無人到　산 깊고 골도 깊어 찾아오는 사람 없고
盡日寥寥絶不緣　왼 종일 고요하여 세상인연 끊어졌네
晝則閑看雲出岫　낮이면 무심히 산봉우리에 핀 구름보고
夜來空見月當天　밤이면 부질없이 중천에 뜬 달을 보네
爐間馥郁茶烟氣　화로에 차 달이는 연기 향기로우며
堂上氤氳玉篆烟　누각 위 옥전 같은 연기 부드럽다
不夢人間喧擾事　인간 세상 시끄러운 일 꿈꾸지 않고
但將禪悅坐經年　다만 선열 즐기며 앉아 세월 보낸다
- 「山中美」

찾아오는 이 없는 심산유곡의 한가로운 산중생활이 한 폭의 그림처럼 묘사되고 있다. 그야말로 시정화의(詩情畵意)가 풍부하다. 화자와 동행이 되어주는 것은 구름과 달, 차인데, 이는 곧 시인의 마음을 의탁한 시적 장치이다. '차 달이는 연기와' '향불 연기'의 움직임은 그것이 상승하는 동적인 모습임에도 불구하고 소리 없음으로 인해 오히려 시간이 정지된 느낌을 준다.10) 적막한 방안에서 흐트러짐 없는 자세로 선정에 드는 화자의 모습이 선연히 그려진다. 주변상황의 한가로움과 무관하게 마음의 일 없음에서 일어나고 있는 것이 그 특징이다. 당시 숭유억불의 긴장된 분위기 속에서도 함허가 선열의 오롯한 시간을 잃지 않았던 것은 어쩌면 산중생활 가운데 한 잔의 '차'가 있었기 때문일 것이다. 한 잔의 차를 마시며 조석으로 바람과 달을 즐기는 산승의 생활은 청정한 경계가 일으키는 시정이며, 자아의 합일의 선정의 세계이다. 이 맑음을 한껏 누려보는 산사의 경계는 대상과 나를 완전히 잊게 한다. 그야말로 모든 것을 잊고 난 뒤의 기쁨, 즉 자연 속에서 얻는 법열이다. 깨달음의 바탕을 자연에 투영하고 있는 선시의 서정 미학이 여기에 있다.

차는 마음의 여유와 맑은 마음을 갖게 하기 때문에 불가에서 선사들은 '다선일미'라 하여 차를 다루는 일을 일상사로 여겼다. 차를 마시며 선 수행을 하는 것을 '다담선(茶湛禪)'이라 하는데, 다담선의 수행 화두는 '명선(茗禪)'으로 이어져 왔다. '명선'이란 차를 마시며 선을 수행함에 있어 차나무에서 새순이 나오는 것처럼 선의 싹이 나온다는 뜻이다. 함허의 수행에서 빼 놓을 수 없는 것 역시 '선다일여(禪茶一如)'의 수행이다. 함허는 다선일여를 우리에게 일깨우고 수행의 삶에서 차 한 잔이 지니는 맛과 멋을 이렇게 표현하고 있다.

> 一椀茶出一片心　한 잔의 차에 한 조각 마음이 나오니
> 一片心在一椀茶　한 조각 마음이 차 한 잔에 담겼네
> 當用一椀茶一嘗　자, 이 차 한 잔 마셔보시게
> 一嘗應生無量樂　한 번 맛보시면 한없는 즐거움 솟아난다네
> 　　　　　　　　　　-「茶偈頌」

함허가 사형인 진산과 옥봉의 영가 앞에 향과 차를 올리며 지었다고 하는 시편이다. 차를 한 잔 마시는 것이지만, 모두가 자신의 깊은 선심(禪心)을 드러내는 일이다. 한 잔의 차에서 한 조각의 마음이 나오고, 한 조각 마음이 차 한 잔에 담겨

---

10) 유호선(1998), 「함허당 시문학의 연구」, 고려대학교대학원 석사학위논문, 42쪽.

있으니, 차를 마시면 한없는 근심 걱정이 사라지고 즐거움이 솟아나니 차를 마실 것을 권하고 있다. 차를 마심으로 얻는 이로움은 스스로를 반조할 수 있는 여유를 가질 뿐만 아니라 타인과 함께 나누어 마심으로 얻는 어울림의 즐거움이다. 그러니 차를 권하고 함께 마시는 행위에는 근본적으로 남을 배려하고 위하는 베푸는 마음이 내재하고 있다. 뿐만 아니라 잘 우려낸 차에는 향미가 그윽한데, 여기에는 수행자의 담백하고 소박하며 정제된 마음의 흔적이 그대로 담겨 있다.[11]

초의선사(1786~ 1866)는 『동다송』에서 빛깔 좋고 향기로운 차는 한 잔을 마시어도 양 겨드랑이에서 맑은 바람이 일어나 하늘나라에 오르는 듯 상쾌한 기분이 들게 하는 힘을 지니고 있다고 했다.[12] 밤이면 별과 달과 바람과 안개와 어둠과 살을 섞고, 낮이면 태양, 하늘, 구름, 그리고 새들과 말을 나누는 차나무는 기(氣)를 가지고 있고, 차나무의 뿌리는 땅 속에 잠재해 있는, 우주를 있게 한 비가시적인 힘[理]을 흡수하여 기로 바꾼다 한다. 때문에 차를 마시는 것은 우주의 기를 마시는 것이고, 이는 곧 간장과 폐부를 맑게 해준다고 한다.[13] 이러한 사실은 차를 마심으로써 다분히 심신을 한결 건강하게 할 수 있음을 반증해 준다.

차를 마시는 마음은 평상심으로 돌아가는 것이라 했다. 차를 마시면 귀로는 골짜기의 냇물소리와 솔바람소리를 듣고, 코로는 아름다운 향기를 맡으며, 혀로는 감로의 맛을 보고, 눈은 나쁜 것을 보지 않으니, 마음은 저절로 사악함이 가시고 맑아진다. 이와 같이 한 잔의 차를 마심으로써 집중과 통찰을 높이고 마음을 비우고 자신을 관조하며 깨달음에 이르렀던 선사들의 수행은 번다한 마음으로 고달픈 삶을 살아가는 우리에게 내려놓기와 비움의 지혜를 줄 수 있을 것으로 진단된다. 따라서 차를 마시는 것은 우리의 육근과 육경을 맑혀주기 때문에 심신치유에 더 없이 좋은 것일 수 있다.

5. 나오는 말

이상에서 함허가 무심의 시심으로 주옥같은 선시를 낳고, 또한 그러한 마음을 맑히는 시적 세계는 번다함과 집착으로 고달프게 살아가는 현대인들의 심신을 치

---

11) 백원기(2014), 『선시의 이해와 마음치유』, 127쪽.
12) 석용운(2009), 『초의선사의 차 향기』, 「동다송」제30송, 무안: 도서출판 초의.
13) 석용운, 위의 책, 「동다송」제31송, 138쪽.

유할 수 있는 가능성을 지니고 있음을 살펴보았다.

　함허는 『현정론』을 통해 유자들의 왜곡된 불교비판의 부당성을 주장하고 그것을 바로 잡고자 하면서 '유불융합'의 호교론으로 불교를 지켜내려 했다. 특히 유불융합의 사유와 마음을 맑히는 수행에서 배태되고 빚어진 함허의 시적 세계는 직관을 통한 교화사상과 자연과 조화를 이룬 시심의 결과물이라 할 수 있다. 그래서 직관으로 관조된 자연은 자연 그대로가 진여로 인식되고, 깨침의 미의식으로 표출되고 있다. 이는 곧 함허가 대중의 깨달음을 효과적으로 이끌기 위해서 시교(詩教)를 바탕으로 하여 자연의 실상을 관조하고 그 깨달음의 세계를 시화함으로써 격조 높은 시적 미학으로 승화시키고 있음을 말해 준다.

　선시가 철저한 깨달음의 시라 할 때, 철저하게 깨닫는다함은 나와 너, 그리고 그 모든 존재와의 관계성을 깨닫는 것이라 할 수 있다. 함허 역시 서로가 서로를 비추는 '거울'의 관계성을 인식하고, 일체의 집착을 놓아버리고 무심의 상태에서 사물을 관조한다. 그의 이러한 있는 그대로 관조하는 무심합도(無心合道)에서 배태된 맑고 투명한 언어의 시편들은 탐욕과 집착으로 힘들게 살아가는 우리들에게 한 줄기 맑은 바람[金風]으로 작용하고 있다 할 수 있다. 최근 선시는 아름다운 선율로 만들어져 모성의 숨소리 같은 울림과 감동으로 우리의 영혼을 일깨우고 마음속에 따뜻한 감성을 발효시킨다. 그로인해 우리의 억눌린 가슴, 불안, 스트레스, 우울 모두가 사라지게 된다. 따라서 '웰빙'의 시대를 넘어 '힐링'의 시대에 선시를 읽고 감상하는 것은 탐욕, 성냄, 어리석음을 버리고 밝은 지혜와 순수함으로 지상과 우주에 교감하는 우주의 귀를 열어 줄 뿐만 아니라 텅 빈 충만의 세계를 보듬게 함으로써 마음치유의 새로운 장을 열어 줄 것으로 진단된다.

法頂의 詩 세계에 나타난 존재의식과 사회의식1)

여 태 동(문학박사, 불교신문 논설위원, 시인)

1. 서 론

우리시대를 함께 살아가며 '영혼의 모음'을 일깨운 법정스님(1932-2010, 이하 법정으로 명칭)이 시를 썼다는 사실은 세상에 잘 알려지지 않았다. 하지만 법정은 존재론적 고뇌를 담은 시를 쓰기도 했고, 사회의 부조리에 저항하는 참여시를 쓰기도 했다. 1970년대에는 유신독재에 항거하는 저항시를 쓰며 불교계를 대표하는 민주화 인사로 활동하기도 했다.

법정은 출가 후 해인사에서 강원과 선원에서 대중생활을 하며 부처님의 가르침을 배웠다. 그곳에서는 당대의 대강백(大講伯)이었던 운허스님으로부터 『화엄경』을 배웠고, 해인강원을 졸업하며 1960년에는 통도사로 가서 『불교사전』 편찬에 동참했다.

> 해인사 선원(禪院)에서 좌선을 익히고 강원(講院)에서 불교의 경전을 대하면서 한국불교의 현실 앞에 적잖은 갈등과 회의를 지니지 않을 수 없었다. 종교의 본질이 무엇인지 망각한 채 전통과 타성에 젖어 지극히 관념적이고 형식적이며 맹목적인 이런 수도생활에 선뜻 용해되고 싶지 않았다. 아침 저녁으로 장경각(藏經閣)에서 따로 예불을 드리면서 나 자신을 응시하는 일에 힘을 기울였다. 그런 해인사 시절 내 의식의 형성에 영향을 끼친 두 가지 일이 있었다. 그때 선원 조실스님으로 금봉(錦峰)선사가 계셨는데 함께 조실 방에 들어간 도반과 선사의 문답을 곁에서 듣다가 나는 번쩍 귀가 뜨이고 제정신이 돌아왔다.
> 도반이 조실스님께 여쭈었다. "저는 본래면목(本來面目) 화두(話頭)를 하는데 의문이 가지 않아 공부가 잘 안됩니다." 본래면목이란 부모에게서 낳기 이전 본래의 내 모습은 무엇이냐는 의문. 화두란 참선할 때 끝없이 추구하는 명제다. 이 말을 들은 선사는 즉석에서 다그쳤다.
> "본래면목은 그만두고 지금 당장의 그대 면목은 어떤 것인가."
> 이 법문을 듣고 섬광처럼 부딪혀온 그때의 전율 같은 감흥을 나는 지금도 잊을 수 없다. 나는 더 물을 일이 없었다. 이때부터 좌선하는 일에 재미가 나서 무료하지 않았다. 잔잔한 기쁨으로 맑은 정신을 지닐 수 있었다.2)

---

1) 이 논문은 대각사상연구원이 발간한 『大覺思想』 제 34집(2020.12)에 게재되었음

어린 시절이었던 소학교 시절 연필을 선물 받고 좋아했던 법정은 대학시절에는 춘원 이광수의 작품을 읽으면 문학청년으로서의 포부를 키웠다. 출가 전 대학시절에도 문학을 좋아했다. 특히 춘원 이광수(1892-1950)를 좋아했던 법정은 출가 후에도 틈틈이 춘원의 작품을 읽은 것으로 보인다.[3]

출가 후 해인사의 팔만대장경의 숲에 침잠했던 법정은 그곳에서 강원과 선원생활을 통해 수행자로서의 기본소양을 함양했으며 전법의지를 다지며 경전번역에 매진한다. 법정은 역경을 통한 전법의 길을 이끌어 준 운허로부터 통도사로 내려오라는 부름을 받으며 원고지와의 인연을 맺는다.

> 또 한 가지 일은 방선(放禪)시간에 법당 둘레를 거닐고 있었는데, 시골에서 온 듯한 아주머니 한 분이 장경각에서 내려오면서 나를 보더니 불쑥 팔만대장경이 어디 있느냐고 물었다. 방금 보고 내려오지 않았느냐고 하자, '아, 그 빨래판 같은 것이요'라고 되물었다. '빨래판 같은 것'이라는 이 말이 내 가슴에 화살처럼 꽂혔다. 아무리 뛰어난 지혜와 자비의 가르침이라 할지라도 알아볼 수 없는 글자로 남아 있는 한 그것은 한낱 빨래판 같은 것에 지나지 않는다. 이때 받은 충격으로 그해 여름 안거를 마치고 나는 강원으로 내려가 경전을 배우기 익혔다. 국보요, 법보라고 해서 귀하게 모시는 대장 경판이지만, 그 뜻이 일반에게 전달되지 않을 때는 한낱 빨래판에 지나지 않는다는 생각이 나를 끝없이 부추겼다. 어떻게 하면 누구나 알아볼 수 있는 쉬운 말과 글로 옮겨 전할 것인가, 이것이 그때 내게 주어진 한 과제였다. 그 몇 해 뒤 통도사에 계신 운허(耘虛)스님에게서 한 통의 서찰이 왔다. 자금을 댈 시주가 나타나 숙원사업이던 『불교사전』을 만들까하는데 통도사에 와서 편찬 일을 도와 줄 수 없겠느냐는 사연이었다. 기꺼이 동참했다. 60년 초봄부터 이듬해 여름 사전이 출간될 때까지 편찬 일을 거들었다. 이 기간에 4.19와 5.16을 겪었다. 이때 운허스님과 맺은 인연으로 해서 원고지 칸을 메우는 업이 지속되었다.[4]

경전번역 사업은 이후에도 이어져 1963년에는 『우리말 팔만대장경』을 편찬하는 불사에도 동참했다. 법정은 동국역경원의 역경위원의 일원으로 활동하며 경전번역을 하면서 『大韓佛教』에 틈틈이 불교설화를 기고했다. 이와 함께 자신의 마음을 담은 시(詩)를 기고하기도 했다. 당시 동국역경원은 동국대학교 안에 위치하고 있었고, 『大韓佛教』 역시 동국대학교 내에 위치하고 있어서 교류가 원활했던

2) 법정(1993), 「아직 끝나지 않은 出家」, 『버리고 떠나기』, 서울: 샘터사, 263-264쪽.
3) 백원기(2019), 『자연 관조와 명상, 시가 되다』, 서울: 운주사, 13-14쪽.
4) 법정(1993), 「아직 끝나지 않은 出家」, 『버리고 떠나기』, 서울: 샘터사, 264-265쪽.

시기다.[5] 이러한 인연으로 법정은 1963년부터 불교신문의 전신이었던 『大韓佛敎』에 간간이 시(詩)를 게재하기 시작했다.

법정의 문학활동에 영향을 준 인물은 시인 고은(당시는 '一超'라는 스님으로 활동)의 도움이 있었던 것으로 보인다.[6] 고은은 법정이 문단에 데뷔하는데 도움을 준 것으로 알려져 있다. 당시 문단에 영향력을 가지고 있었던 고은은 『현대문학』에 법정의 산문이 실리는데 도움을 주었던 것으로 추측된다. 법정의 대표작인 『무소유』에 실린 「무소유(無所有)」라는 글도 『현대문학』의 1971년 3월호에 실린 작품이다. 이후 「소음기행(騷音紀行)」이라는 작품도 1972년 12월호에 실렸다.

왕성한 문학 활동을 한 법정은 당시 불교계에 유일한 신문이었던 『大韓佛敎』 시를 기고했다. 또 1970년이 지나면서 당시 대표적인 사회민주화 잡지였던 『씨올의 소리』 편집위원으로 활동하며 사회를 비판하는 시를 실어 사회에 반향을 일으키기도 했다. 이로 인해 법정 스스로도 상당한 고초를 겪었으며 결국 이러한 문제로 고뇌하다가 송광사 뒤편 불일암으로 들어가 자연으로 회귀해 자연 친화의 생태적인 삶을 살았다.

법정에 대한 학계의 연구는 미미하고 시(詩)에 대한 연구는 전무한 수준이다. 법정에 관한 연구는 활발하게 이루어지지 않고 있다. 승려 법정에 관한 논문으로는 성신여자대학교의 김옥수가 쓴 「법정선사(法頂禪師)의 선차문화(禪茶文化)에 관한 연구」의 박사논문 1편과 순천대학교 정희의 「법정(法頂)의 '무소유' 연구」, 동국대학교 이명숙의 「법정(法頂) 수필 연구」, 원광대학교 홍화식의 「法頂禪師의 茶禪思想 硏究」 등 석사논문 3편이 보인다. 일반논문 역시 수필집 『무소유』와 관련, 선적사유와 생태윤리와 생태주의 연구에 관한 일반논문이 4편이 보이고, 그리스도교의 청빈사상과 불교의 무소유 정신을 비교한 일반 논문 1편이 조사된다.[7] 이들 논문에서는 법정의 차(茶)문화나 '무소유 사상'에 대한 연구가 주로 주를 이루고 있고, 시(詩)에 관한 연구는 보이지 않는다. 이 같은 상황에서 법정의

---

5) 1960년대 말 『大韓佛敎』 편집국장 겸 주필로 재직했던 송재운 전(前) 동국대 교수는 2020년 9월 28일 필자와 전화통화를 통해 "1964년 동국역경원이 동국대학교에 설립됐고 《불교신문》의 전신인 『大韓佛敎』도 동국대학교 내에 위치하고 있어 상호교류가 많이 이루어졌고, 두 기관 간에 인적교류도 활발했다"고 증언했다.

6) 시인 고은은 2012년 1월 25일 여태동 불교신문 기자와 자신의 저서 『바람의 사상』과 『두 세기의 달빛』(한길사) 출간 인터뷰 후 구술을 통해 "법정과의 지중한 인연이 있으며 문학 활동을 하는데 가교역할을 했다"고 밝혔다.

7) 여태동(2020). 「60년대 말 70년대 중기 法頂의 사회민주화 운동 硏究 -『영혼의 母音』에 나타난 원고를 중심으로」, 『선문화연구』 28, 한국불교선리연구원, 255-295쪽.

시를 파악해 본 결과 15편의 시가 보인다. 여기에는 자연 친화적인 시와 실존적 고민(존재에 대한 철학적 고민을 담은)의 시가 보이고 사회 참여적인 시도 보인다.

법정의 시 15편에 보이는 경향성

번호	시 제목	실 린 곳	게 재 시 기	시 성 격
1	봄밤에	『大韓佛敎』	1963년 5월1일	자연 친화적
2	快晴	『大韓佛敎』	1963년 7월1일	자연 친화적
3	어떤 나무의 분노	『大韓佛敎』	1963년 10월1일	자연 친화적
4	靜物	『大韓佛敎』	1964년 3월1일	자연 친화적
5	微笑	『大韓佛敎』	1964년 9월27일	자연 친화적
6	먼 강물 소리	『大韓佛敎』	1965년 1월17일	실존적 고민
7	병상에서	『大韓佛敎』	1965년 4월4일	실존적 고민
8	식탁유감	『大韓佛敎』	1965년 5월30일	실존적 고민
9	내 그림자는	『大韓佛敎』	1965년 10월17일	실존적 고민
10	立席者	『大韓佛敎』	1967년 2월26일	실존적 고민
11	초가을	『大韓佛敎』	1968년 9월1일	자연 친화적
12	茶來軒 日誌	『大韓佛敎』	1969년 11월9일	사회 참여적
13	쿨룩 쿨룩	『간다, 봐라-법정스님 사유 노트와 미발표 원고』	1974년 2월 7일	사회 참여적
14	1974년의 인사말	『간다, 봐라-법정스님 사유 노트와 미발표 원고』	1972년 2월 10일	사회 참여적
15	1974년 1월	『씨올의 소리』 1975년 1·2월호	1974년 중반에서 말	사회 참여적

이 글에서는 법정이 남긴 시 15편을 분석해 보고 이들 시에 들어 있는 법정의 존재의식과 사회의식의 흐름을 살펴서 법정사상 연구의 영역을 넓혀보고자 한다.

2. 『大韓佛敎』에 기고한 詩 12편

1) 친화적인 1960년대 초기 詩

『大韓佛敎』에 기고한 1960년대 초기 법정의 시는 자연 친화성의 감정이 녹아 있는 작품들 주를 이루며, 깊은 감수성을 일깨운다. 또한 법정의 마음 속 깊은 곳에서 나오는 솔직한 마음도 드러내기도 하는 인간적인 면모를 살필 수 있다. 그 첫 번째 작품이 「봄밤에」이다.

내 안에서도
움이 트는 것일까
몸은 欲界에 있는데
마음은 저 높이 無色界天.

아득히 멀어버린
江 건너 목소리들이
어쩌자고 또
들려오는 것일까

하늘에는
별들끼리
눈짓으로 마음하고

山도
가슴을 조이는가
얼음 풀린
개울물 소리-

나도
이만한 거리에서
이러한 모습으로
한 천년 무심한
바위라도 되고 싶어.8)

　　1963년 5월 1일에 발표한 시다. 이 시기는 법정이 해인사와 서울을 오가던 시기이며, 또한 불교사전 편찬에 참여한 뒤 운허스님을 도와 경전번역을 해 오던 시기이다. 이 시는 법정이 '笑笑山人'이라는 필명으로 발표한 시로,9) '笑笑山人'은 해인사에 머물렀던 소소산방(笑笑山房)의 이름을 딴 것이다. 필명을 사용한 이유는 같은 시기에 '법정'이라는 이름으로 불교설화를 연재하고 있었기 때문으로 추측된다.

　　그 이듬해인 1964년에 동국역경원이 창립되었고, 1960년부터 조계종단 차원에

---

8) 笑笑山人(法頂), 「봄밤에」, 『大韓佛敎』, 1963년 5월 1일자 5면.
9) 불교신문(2010), 「신문으로 읽는 한국불교 역사」, 『불교신문 50년사』, 불교신문사, 109쪽. "필자 '笑笑山人'은 법정의 필명일 가능성이 높다."

서 역경사업이 활발했다. 그 당시는 운허가 역경사업을 주도했고, 법정은 운허를 도와 서울과 해인사를 오가던 때로 보인다. 이 시기에 그의 시에는 '하늘', '별', '산', '개울물 소리', '바위' 등 자연 친화적인 단어가 상당히 많이 드러나고 있다.

「봄밤에」는 법정이 쓴 최초의 시(詩)다. 겨울을 지내고 봄이 오는 여정을 언급하며 "내 안에서도 움이 트는 것일까"[10]라는 어구로 자신을 들여다보는 실존적 고민이 보이는 작품이다. 이 내용은 시인 황지우의 '겨울나무로부터 봄 나무에게로'라는 시구처럼 겨울이라는 인고의 계절을 버텨 내고 봄에 희망을 찾고자 하는 시인의 의지가 보인다.

> 온 몸이 으스러지도록
> 으스러지도록 부르터지면서
> 터지면서 자기의 뜨거운 혀로 싹을 내밀고
> 천천히, 서서히, 문득, 푸른 잎이 되고
> 푸르른 사월 하늘 들이받으면서
> 나무는 자기의 온 몸으로 나무가 된다
> 아아, 마침내, 끝끝내
> 꽃피는 나무는 자기 몸으로
> 꽃피는 나무이다.[11]

황지우는 고난의 겨울을 이겨내고 봄을 맞아 꽃을 피우는 나무의 생명력을 노래하고 있다. 이러한 내용은 법정의 첫 시 「봄밤에」와 묘한 동질감을 느끼게 해준다. 2개월 이후 발표한 시 「快晴」에서도 '시인 법정'은 자연을 벗 삼아 화두를 참구(參究)하는 수행자의 자세를 견지하는 모습을 선명히 보여주고 있다.

> 지루한 장마비 개이자
> 꾀꼬리 새 목청 트이고
> 홈대에 흐르는
> 물소리도 여물다
>
> 나무 잎새마다
> 햇살 눈부시고

---

10) 笑笑山人(法頂), 「봄밤에」, 『大韓佛教』, 1963년 5월 1일자 5면.
11) 황지우(1985), 「겨울-나무로부터 봄-나무에게로」, 『겨울-나무로부터 봄-나무에게로』, 서울: 민음사, 67쪽.

매미들의 합창에
　　　한가로운 한낮

　　　山은
　　　그저 山인 양 한데
　　　날개라도 돋치려는가
　　　이내 마음 간지러움은

　　　이런 날은
　　　「無子」도 그만 쉬고
　　　빈 마음으로
　　　눈 감고
　　　숨죽이고
　　　귀만 남아 있거라
　　　　　　－「舊稿에서」[12]

　　자연에 기대어 자신의 존재를 관조하는 법정이지만 언제나 수행자의 태도는 견지하고 있다. "이런 날은 / '無子'도 그만 쉬고"[13]에 보이는 것처럼 늘 '無'라는 화두를 들고 있었음을 알 수 있다. 화두를 든다는 것은 자신을 찾아 나서는 일이기도 하다. 출가 수행자라면 당연지사로 삼아야 할 자기관조는 '화두참구'로 이어지고 있다. 이는 우리 시대에 왔다 간 선승이자 무애도인 오현스님(1932~2018)[14]의 시 '심우(尋牛)에 나타난 것처럼 '잃어버린 자신을 찾아가는 심우'의 모습이기도 하다.

　　　누가 내 이마에 좌우 무인(拇印)[15]을 찍어놓고
　　　누가 나로 하여금 수배하게 하였는가
　　　천만금 현상으로도 찾지 못할 내 행방을.

---

12) 笑笑山人(法頂), 「快晴」, 『大韓佛敎』, 1963년 7월 1일자 7면.
13) 앞의 시.
14) 백원기(2014), 「무산오현, 성자는 아득한 '하루살이 떼'」, 『선시의 이해와 마음치유』, 서울: 도서출판 동인, 306쪽. "스스로를 '설악산 산지기'라고 한 무산오현(1932-2018)은 경남 밀양 출생으로 여섯 살 때 절간 소머슴으로 입산, 1959년 성준스님을 은사로 득도한 후 신흥사 주지를 역임하고 만해사상실천선양회 이사장, 백담사 만해마을 이사장과 회주 및 조실을 지냈다. 1968면 <시조문학>의 추천을 받아 등단한 그의 시조집으로 『심우도』, 『절간이야기』와 산문집으로 『산에 사는 날에』, 『선문선답』, 『죽는 법을 모르는데 사는 법을 어찌 알랴』 그리고 신경림 시인과의 대담집 『열흘간의 만남』 등이 있으며 '공초문학상'과 '정지용문학상' 등을 수상했다.
15) 손도장.

천 개 눈으로도 볼 수 없는 화살이다.
팔이 무릎까지 닿아도 잡지 못할 화살이다.
도살장 쇠도끼 먹고 그 화살로 간 도둑이여.16)
                     - 무산 「심우도(霧山尋牛圖)」 중 '심우(尋牛)'

    자연과 소통하며 거기에서 모티브를 얻고, 자신의 감정에 이입시켜 자신을 관
조한 법정은 초기 가운데서도 하반기에 접어들면서 부터는 대자연에 마음을 투영
하기 시작하는데 대표적인 시가 「어떤 나무의 憤怒」다. 이 시는 '상처투성이 얼
굴'이 보이는데 이는 해인사 계곡에 상처받은 나무를 의인화한 것이다.

    보라!
    내 이 상처투성이의 얼굴을.

    그저 늙기도 서럽다는데
    네 얼굴엔 어찌하여 빈틈이 없이
    칼자국뿐인가

    내게 罪라면
    무더운 여름날
    서늘한 그늘을 大地에 내리고
    더러는
    바람과 더불어
    덧없는 세월을 노래한
    그 罪밖에 없거늘
    이렇게 벌하라는 말이
    人間憲章의
    어느 條文에 박혀 있단 말인가.

    하잘것없는 이름 석 자
    아무개!
    사람들은 그걸 내세우기에
    이다지도 극성이지만
    저 건너
    八萬도 넘는 그 經板 어느 모서리엔들

---

16) 조오현 지음·권영민 엮음(2012), 『적멸을 위하여』, 서울: 문학사상, 71-72쪽.

그런 자취가 새겨 있는가
지나간 당신들의 祖上은
그처럼 겸손했거늘
그처럼 어질었거늘……

언젠가
내 그늘을 거두고
故鄕으로 돌아가는 날,
나는 證言하리라
殘忍한 무리들을
모진 그 獸性들을.

보라!
내 이 상처투성이의 처참한 얼굴을
　　　－「어떤 나무의 憤怒」17)

　　시 도입부에 "물 맑고 수풀 우거진 陜川 海印寺. 거기 新羅의 선비 崔孤雲님
이 노닐었다는 學士臺에는, 遊覽하는 나그네들의 이름자로 온몸에 상처를 입은
채 수백 년 묵은 전나무가 한 그루 서 있다."18)라는 글귀가 있다. 이는 해인사
홍류계곡 학사대의 상처받은 전나무를 모티브로 쓴 이 시는 상처받은 나무의 모
습을 보면서 나무의 마음으로 녹아들어 거기에서 느끼는 감정을 표현하고 있다.
이와 함께 법정의 마음 저변에는 여전히 채워지지 않는 존재론적 무상함의 허전
함이 들어 있는 듯함을 시로 표현하고 있다. 시적 은유가 한층 심화돼 있는 이
시에서 법정은 무상한 인간의 유한(有限)을 거론하며 고려대장경(해인사 팔만대장
경)을 조성한 이들의 이름을 새겨 넣지 않은 겸손함을 드러내고 있다. 이 교훈은
법정이 대장경을 번역하면서 자신의 이름을 드러내지 않으려 했던 곳에서도 느낄
수 있다.

　　스님은 1960년 통도사 운허스님을 중심으로 7명의 편집위원들과 『불교사전』
　　편찬을 시작합니다. 그 후 1962년에는 『선가귀감』을 번역하고, 1967년 동국역
　　경원 편찬부장을 맡으며 『법화경』, 『숫타니파아타』 등을 한글로 번역합니다. 그
　　리고 마침내 1972년부터 고(故) 서경수 동국대 교수와 함께 2년여에 걸쳐 『우리
　　말 불교성전』을 출간하게 이릅니다. 당시 스님은 "고려대장경, 팔만대장경에 누
　　가 이름을 새긴 적이 있는가?"하시며 저자로서 이름을 올리지 않았습니다.19)

---

17) 法頂, 「어떤 나무의 憤怒」, 『大韓佛敎』, 1963년 10월 1일자 7면.
18) 앞의 시.
19) 박성직 엮음(2011), 『법정 편지-마음하는 아우야』, 서울: 녹야원, 181쪽.

자연 친화적 성향이 가득한 시는 「靜物」이라는 시에서도 보인다. 1964년 3월에 발표한 이 시는 쟁반 위의 한 알의 사과를 놓고 느끼는 감정을 표현하고 있다. 사과에서 느끼는 맛보다 사과를 바라보며 그리움을 느끼기고 하는데 그 그리움은 은하수 건너편의 별들과도 연관 지어진다.

한 쟁반 위에
한 사과 알의 빚을
이만치서 바라보다
날 저물고

이제
과일이란
맛보다도
바라보는
그리움

銀河 건너 별을
두고 살듯……

-너무 가까이 서지 맙시다
-너무 멀리도 서지 맙시다
            - 「靜物-距離」[20]

'은하 건너 별'이라는 시구는 법정이 즐겨 읽었던 『어린왕자』의 이야기가 연상된다. 사하라 사막에서 만난 어린왕자 나눈 대화는 흥미롭다.

"그럼 아저씨도 하늘에서 온 거네. 어떤 별에서 왔어?."
그 순간 신비스런 어린 왕자의 존재를 밝혀 줄 한줄기 빛이 언뜻 비치는 것을 깨달았다. 나는 어린왕자에게 재빨리 물었다.
"그럼 넌 다른 별에서 왔니?"
어린 왕자는 대답하지 않고 내 비행기를 바라보면서 가만히 머리를 끄덕였다.[21]

---

20) 法頂, 「靜物-距離」, 『大韓佛教』, 1964년 3월 1일자 7면.
21) 생텍쥐페리, 『어린 왕자』, 베델스만, 2001, 17-18쪽.

법정은 이러한 '별'을 시에 녹여 낸다. 이어지는 법정의 시 「微笑」도 한 편의 수채화를 연상하게 한다.

어느 해던가
欲界 나그네들이
山寺의 가을을 찾아왔을 때
구름처럼 피어 오른
코스모스를 보고
때 묻은 버릇을 버리지 못했다

이 한때를 위한
오랜 기다림의 가녈은 보람을
무참히 꺾어버리는
손이 있었다
앞을 다투는 거친
발길이 있었다

아름다움을
아름답게 지니지 못하는
어둡고 비뚤어진 人情들…

산그늘도 내리기를 머뭇거리던
그러한 어느 날
나는
안타까워하는 코스모스의
눈매를 보고
마음 같은 표지를 써 붙여 놓았다
            - 「微笑」[22]

이 시는 '讀者詩壇'이라는 코너에 실린 시다. "欲界 나그네들이 / 山寺의 가을을 찾아왔을 때 / 구름처럼 피어 오른 코스모스를 보고 / 때 묻은 버릇을 버리지 못했다"고 고백하는 법정은 '무아를 깨달은 지혜'를 갈구한다. 세간에서 출세간으로 접어든 수행자의 흔들리는 마음이 언 듯 먼 산 구름처럼 보인다.

---

22) 法頂, 「微笑」, 『大韓佛敎』, 1964년 9월 27일자 4면.

조건들의 흐름을 끊어낼 수만 있다면
세속의 현상도 생겨나지 않을 것이다.
만일 '허위'라도 존재하지 않는다면
환은 무엇을 통해 볼 수 있는 것인가.
            ⋯(중략)⋯
그러므로, '무아를 깨달은 지혜를 통해' 윤회로 재생하는 원인인 무지와 그 씨앗들을 완전히 뿌리를 뽑은 이들은 그에 대한 원인이 없기 때문에 다시 윤회로 되돌아가지 않는 것이다.[23]

그렇지만 이 시를 통해 법정은 "안타까워하는 코스모스의 / 눈매를 보고 / 마음 같은 표지"[24]의 미소로 답을 한다. 출가 수행자이자 한 사람의 인간사의 내면에 "아름다움을 / 아름답게 지니지 못하는 / 어둡고 비뚤어진 인정들⋯"[25]을 담아내며 갈등하는 인간적인 모습을 본다. 실로 혼돈의 우주질서를 갈무리 할 수 있는 '코스모스의 눈매'를 살피는 감수성 가득한 '시인 법정의 모습이 선연하다.

2) 실존적 고민이 담긴 1960년대

1960년대 초기의 시들이 자연 친화성이 주를 이루었다면 중기의 시들은 존재론적 고민의 흔적이 묻어나고 있다. 추상적인 느낌의 시어가 다소 등장하는 1960년대 법정의 중기 시에는 존재론적 고민의 내용이 녹아 불교와 사회에 대한 고민의 깊이가 깊어지고 있음을 느낄 수 있다. 다소 모호한 느낌의 시도 있지만 3.4조의 시 운율도 완성도를 높이고 있으며 불교교단에 대한 내용을 소재로 삼는 시도 보인다.

窓戶에
山그늘이 번지면
수런수런 스며드는
먼 강물 소리

이런 걸 가리켜 세상에서는
외롭다고 하는가?

---

23) 미팜 린포체 지음·최로덴 번역(2020), 『께따까, 정화의 보석-입보리행론 지혜품: 반야바라밀 주석서』, 203-204쪽.
24) 法頂, 「微笑」, 『大韓佛敎』, 1964년 9월 27일자 4면.
25) 앞의 시.

외로움쯤은 하마
벗어버릴 때도 되었는데
이제껏 치른 것만 해도
그 얼마라고

살아도 살아도
늘 철이 없는 머시매
내 조용한
해질녘 日課라도
치를까보다

노을에 눈을 주어
아득한 迂回路를…

호오 호오
입김을 불어
호야를 닦고

물통에 반만 차게
물을 길어 오자
　　　- 「먼 강물 소리」26)

　'창호', '산그늘', '강물', '해질녘', '노을' 등 자연 소재의 시어가 등장한다. 제목 「먼 강물소리」가 전해주듯 이 시에서 '시인 법정'은 외로움을 언급하고 "이제껏 치른 건만 해도 그 얼마"라며 '외로움은 벗어버릴 때도 되었다'고 독백을 한다. 독신비구의 삶을 "살아도 살아도 / 늘 철이 없는 머시매"27)라며 저녁일과를 보내며 노을에 눈을 돌리고 있다. 전기가 없던 시절 저녁 불을 밝히는 '호야'를 닦고 우물물을 길러 먹던 시절을 연상하는 물통이 등장하고 조금은 부족하게 살아가는 삶의 방식을 '물통 반 채우기'로 표현하는 듯하다.

　1960년대 중기 시 가운데 솔직하고 인간미 넘치는 시가 「병상에서」다. 대부분의 시가 자연친화적인 소재인데 비해 이 시는 아주 개인적인 감회가 진하게 묻어나는 작품이다.

---

26) 法頂, 「먼 강물 소리」, 『大韓佛敎』, 1965년 1월 17일자 4면.
27) 앞의 시.

누구를 부를까
가까이는 부를 만한 이웃이 없고
멀리 있는 벗은 올 수가 없는데…

지난밤에는 熱氣에 떠
줄곧 헛소리를 친 듯한데
무슨 말을 했을까

앓을 때에야 새삼스레
혼자임을 느끼는가
성할 때에도 늘 혼자인 것을

또
熱이 오르네
四肢에는 보오얗게
土雨가 내리고
가슴은 마냥 가파른 고갯길

이러다가 肉身은
죽어가는 것이겠지…
바흐를 듣고 싶다
그중에도 '톡카타와 후우가'D短調28)를
장엄한 落照속에 묻히고 싶어

어둠은 싫다
초침 소리에 짓눌리는 어둠은
불이라도 환히 켜둘 것을

누구를 부를까
가까이는 부를 만한 이웃이 없고
멀리 있는 벗은 올 수가 없는데…
　　　　- 「病床에서」29)

---

28) 「토카타와 푸가 D단조」, Daum 백과사전 > 클래식 백과. (2020.10.20. 검색) https://100.daum.net/
encyclopedia/view/97XXXXXXX125 "뛰어난 오르가니스트였던 바흐의 기량과 기교를 잘 보여주
는 '토카타와 푸가 D단조'는 바흐의 초기 작품 가운데 가장 널리 알려진 곡이다. 특히 강렬하고
극적인 도입부가 인상적으로, 후대 음악가들에 이해 여러 버전으로 편곡되었다. 이 곡은 디즈니
애니메이션 '판타지아'에도 등장한다."
29) 笑笑山人(法頂), 「病床에서」, 『大韓佛敎』, 1965년 4월 4일자 4면.

혼자 사는 출가 비구의 삶의 애환이 느껴지는 시이다. 시 제목 그대로 몸이 아파 몸져 누워 있으면서 느낀 소회를 솔직하게 쓴 작품이다. 혼자 사는 처지라 아파도 가깝게 부를 이웃도 없고, 벗들도 멀리 있어 찾아 올 수 없는 암울한 심정을 고백한다. 지난밤 몸에 열이 펄펄 끓어 '헛소리'까지 한 것 같은데 혼자임을 느끼는 막연한 외로움은 존재론적 고독으로 이어지고 있다. 그러면서 "성할 때도 늘 혼자인 것을"이라며 존재론적 외로움은 애시 당초 세상에 존재하고 있었다고 위안을 삼는다. 다시 몸에 열이 오르고 '흙비(土雨)가 내리고 가슴은 가파른 고갯길'이 되는 대목은 몸이 아파 어쩔 줄 모르는 상태를 간접적으로 표현하고 있다. 당시에는 황사(黃紗)도 없던 시절인데 '토우(土雨)'라는 단어를 등장시켜 몸 상태가 좋지 않음을 표현하고 있다. 이 시에서는 클래식 음악을 좋아하는 법정의 취향도 바흐의 '토카타와 푸가 D단조'라는 곳에서 간파할 수 있다.

불교교단 내의 문제를 시로 표현한 첫 번째 시가 「식탁유감」이다. 이 시는 1965년 5월 30일자 『大韓佛敎』에 게재돼 있는 작품이다.

(1)
우리는
풀을 뜯는 草食動物

食卓은 그러니까
純粹草原

불면 날을 듯한
까칠한 잎새들

오고 가는 몸짓에도
푸성귀 냄새

(2)
'성한 몸에 성한 정신'
새삼스런 말씀

住持를 맡아도
任期를 못 채우고

한낮에도 안개 속
가벼운 體重

한국 比丘僧의
창백한 食性

(3)
먹는 것이 가늘수록
施恩이 적느니라

아암 그렇고말고
그 무게가 어떤 것이라고

病들어 먹는 藥이
施物이 아니라면

靑山 아래 閑主자리
    쓸쓸한 미소
       (1965.5.3.).
         -「食卓有感」[30],

이 시와 관련된 내용은 법정이 1967년 11월 12일자 『大韓佛敎』에 기고한 글 「가사상태(假死狀態)」라는 글과 일맥상통하고 있다.

지난 가을 한국종교인협회 모임이 익산 원불교본부에서 열린 때의 일입니다. 몇 분의 스님들과 함께 필자도 그 자리에 끼여 이틀 동안 빈틈없이 스케줄을 따라 지내다 온 일이 있습니다. 그때 우리들에게 가장 곤란한 것은 식탁이었습니다.
신부님을 비롯해서 다른 교직자들은 식사 때마다 즐겁게 먹곤 했는데, 우리는 먹는 체 하고만 말았습니다. 빈 젓가락을 들고 우물쭈물 하는 것을 딱하게 여기고 "생선은 괜찮지요?"하였지만, 우리가 먹을 수 있는 찬은 장 한 가지뿐이었습니다.
이렇게 먹는 둥 마는 둥 서너 끼니를 지내니, 맥이 빠져 '회이고 뭐고 뜨뜻한 방에서 좀 쉬었으면 좋겠다'는 것이 한결같은 소원이었습니다. 우리는 다른 종교인들에게 체력으로는 지고 있다는 것이 그때의 솔직한 느낌이었습니다.[31]

이 글에서 법정은 불교교단의 식단에 대해 이의를 제기한다. "물론 우리가(아니, 필자 자신이) 하고 있는 짓으로 봐서는 지금 수용하고 있는 음식도 과분합니

30) 笑笑山人(法頂),「食卓有感」,『大韓佛敎』, 1965년 5월 30일자 4면.
31) 法頂,「假死狀態」,『大韓佛敎』, 1967년 11월 12일자 3면.

다. 그러나 예의 '과로'라는 증상으로 자주 앓아 눕게 될 때마다 식생활에 대해서 생각하지 않을 수 없습니다."[32]라고 문제를 제기한다. 더불어 이 기사에는 다음과 같은 글로 대안을 제시하고 있다.

　　이런 상태로 살다가는 구도자의 사명은 고사하고 몸 시중만 하다가 아무 일도 못할 것 같은 생각이 듭니다. 지금 승려들이 이렇다 할 작업하나 못하고 입만 살아 허송세월을 하는 것도, 못난 소리 같지만 결국 '흡수와 배설의 균형'을 잃고 있기 때문이 아닌가 변명하고 싶습니다. 이 몸뚱이가 유기체라는 사실을 우리는 시시로 경험합니다. 어떤 음식을 먹고 사느냐가 자랑될 일은 아닙니다. 종교인으로서 오늘의 현실에 무슨 일을 어떻게 하고 있느냐가 문제인 것입니다. 우리 승단의 식생활은 시급히 개선되어야 할 일등 중에 하나입니다. '但療形枯[33]의 희미하고 소극적인 뒤뜰에서 벗어나, 적극적인 참여의 앞마당으로 나와야 하기 때문입니다. 식생활 개혁은 헤비급 체중을 유지하기 위해서가 아니라, 누렇게 발효된 채 假死狀態에 놓여 있는 한국불교의 동작을 위해서인 것입니다.[34]

　　1960년대 중반의 불교계 스님들의 식생활과 열악한 영양 상태를 단적으로 보여주는 대목이다. 요즘 사찰음식이 건강식으로 각광받고 있는 시대이고 보니 격세지감이 느껴지지만 당시에는 스님들의 영양불균형이 심각했음을 말해 주고 있다. 그러면서 하루빨리 승단의 식단개선을 요구하는 현실적 제안은 당시의 시급함을 느끼게 해 준다. 몇 년 되지 않지만 서울살이의 고단함이 배여 있는 시가 '내 그림자는'이다. 해인사와 서울을 오가며 번역을 하던 법정이 서울에 정착하며 뚝섬 봉은사에 걸망을 풀었지만 봉은사와 서울 종로를 오가며 느끼는 일상의 피곤함이 켜켜이 쌓인 시다.

　　너를 돌아다보면
　　울컥, 목이 매이더라
　　잎이 지는 해질녘
　　歸路에서는-

　　앉을자리가 마땅치 않아
　　늘 서성거리는
　　서투른 서투른 나그네.

32) 앞의 기사.
33) 김호성(2005), 『계초심학인문 새로 읽기』, 정우서적, 80쪽. "須知受食 但療形枯 爲成道業 / 공양을 받는 것이 다만 몸의 허약을 치료하고 도업(道業)을 이루기 위함임을 알아야 한다."
34) 法頂, 「食卓有感」, 『大韓佛敎』, 1965년 5월 30일자 4면.

山에서 내려올 땐
生氣 파아랗더니
都心의 티끌에 빛이 바랬는가?

'피곤하지 않니?'
'아아니 괜찮아…'

하지만 21번 합승과
4번 버스 안에서
너는 곧잘 조을고 있더라
철 가신 네 맥고모처럼

오늘도 너는 나를 따라
山과
市井의
岐路에서
수척해졌구나
맑은 눈매에는 안개가 서리고…

'스님, 서울 중 되지 마이소'
그래
어서 어서 산으로 데려가야지
목이 가는 너를 돌아다보면
통곡이라도 하고 싶어
안스러운 안스러운 그림자야-.
        - 「내 그림자는」[35]

1965년 말에 쓴 이 시에서 법정은 "앉을 자리가 마땅치 않아 / 늘 서성거리는 / 서투른 서투른 나그네"라는 표현과 "산에서 내려올 땐 生氣 파아랗더니 / 도심의 티끌에 빛이 바랬는가?"는 표현으로 서울생활에서 느끼는 피곤한 심적 상태를 표출한다. "스님, 서울 중 되지 마이소"라는 시구와 "그래 어서어서 산으로 데려가야지"라는 표현이 말해 주듯 법정의 마음은 언제나 '산승(山僧)'임을 잊지 않은 듯하다. 1975년 많은 고뇌를 안고 불일암으로 은거하지만 일찍이 법정은 상경해 생활할 때부터 산중을 그리워하고 있었음을 엿볼 수 있는 대목이다.

---

35) 法頂, 「내 그림자는」, 『大韓佛敎』, 1965년 10월 17일자 4면.

3) 사회참여에 눈뜨는 1960년대 후기 詩

1960년대 후기에 접어들면서 법정의 시 경향은 또 한 번 변화한다. 실존적 고민의 흔적을 넘어 좀 더 우울함이 더해지는 그로테스크한 경향이 짙어진다. 이는 내부적인 심적 변화라기보다는 사회민주화에 관심을 가지게 되고 문제제기도 하면서 부닥치는 심적 갈등을 일상에 빗대어 표현한 것으로 보인다. 그 첫 번째 시가 「입석자」다.

> 그에게는
> 칼렌다를 걸어둘 壁이없다.
>
> 바람소리 들으며
> 먼 山 바라볼 窓이 없다.
>
> 꿇어앉아
> 마주 대할 像이없다.
>
> 季節이 와도
> 씨를 뿌리지 못한다.
> 그는 늘
> 엉거주춤한 앉음새로
> 地圖가 붙은 手帖을 꺼내 들고
> 다음날 하늘 表情에 귀를 모은다
>
> 그는
> 구름 조각에 눈을 팔리느라
> 地上의 言語를 익히지 못했다
>
> 그는
> 뒤늦게 닿은 市民이 아니라,
> 너무 일찍 와버린 길손이다.
>
> 그래서
> 立席者는
> 문밖에 서성거리는
> 먼길의 나그네다
>   - 「立席者」,36)

1970년에 접어들어 적극적인 민주화 운동에 나섰던 법정이 1967년 때부터 감시를 받고 있는 듯한 느낌을 주는 시다. 이 시로 보아 법정은 1960년대 말부터 정부 기관의 감시를 받고 있었던 것으로 보인다. 당시 불교계에는 대통령 비서실장이었던 이후락이 1967년 전국신도회 수석부회장을 거쳐 1969년에는 회장으로 활동하고 있었고 박정희 정권도 불교계에 호의적이었지만 법정은 정부에 쓴 소리를 자주 하는 편이어서 '요주의 인물'이었을 것으로 본다. 이런 상황에서 법정의 시는 어둡고 침울한 분위기가 주조를 이룬다.

지난 밤
산골에 몸부림하던 소나기
여름날에 못다한
열정을 쏟더니
오늘은
안개
수척해진 樹林에
달무리 안개
저 無色界天에
'비둘기'라도 띄울까
山房
한나절의
허허로운 이 無心을
遠觀山有色
近聽水無聲
茶爐에 차는 끓어도
더불어 마실 이 없네
여름철 도반들은
엊그제 하산을 하고
해발 천이백
눈 감고
귀로 듣는
초가을 안개
비발디의 '가을'
아다지오 몰토
　　- 「초가을-遠觀山有色」[37]

36) 法頂, 「立席者」, 『大韓佛敎』, 1967년 2월 26일자 4면.

이 시는 법정이 그림을 보고 쓴 시다. 1968년 9월 1일자 『大韓佛敎』를 보면 이난호 작가가 그림 산수화에 '화제(畵題)'를 붙이고 시를 쓴 것으로 확인된다. '遠觀山有色'이라는 부제를 달아 초가을의 그림풍경을 한 문단의 시로 표현했다. 글씨나 그림으로 말하면 일필휘지(一筆揮之)로 시를 쓴 느낌이다. 이 시에서는 법정의 심적 상태가 표현돼 있지 않고 그림의 풍광이 시로 표출돼 있다. 1960년 대 후반기의 시 가운데 비교적 담담한 마음으로 쓴 시로 보인다. 그렇지만 "다로에 차는 끓어도 / 더불어 마실 이 없네 / 여름철 도반들은 / 엊그제 하산을 하고"라는 표현은 어딘가 우울한 마음을 담아내고 있다. 이러한 마음을 법정은 "비발디의 '가을 / 아다지오 몰토"라는 구절로 담아내면서 클래식을 선호하는 자신의 음악적 성향을 드러내고 있다.

> 連日 아침안개
> 下午의 숲에서는 마른 바람소리
>
> 눈부신 하늘을
> 童話책으로 가리다
> 덩굴에서 꽃씨가 튀긴다
> 비틀거리는 해바라기
> 물든 잎에 취했는가
> 쥐가 쓸다 만 맥고모처럼
> 고개를 들지 못한다
>
> 法堂 쪽에서 은은한 搖鈴 소리
> 落葉이 또 한 잎 지고 있다
>
> 나무들은 내려다보리라
> 虛空에 팔던 視線으로
> 엷어진 제 그림자를
>
> 窓戶에 번지는 찬 그늘
> 白자 果盤에서 가을이 익는다

---

37) 法頂, 「초가을-遠觀山有色」, 『大韓佛敎』, 1968년 9월 1일자.

화선지를 펼쳐
篆刻에 印朱를 묻히다
이슬이 내린 정결한 뜰
마른 바람소리
아침 안개
  - 「茶來軒 일지」.38)

茶來軒은 江건너 있는 奉恩寺 別堂이다. 1969년에 발표한 「茶來軒 日誌」는 당시 법정이 암울한 심정을 비유적으로 표현하고 있다. 노골적인 감시와 탄압을 받고 있다는 표현은 쓰고 있지는 않지만 자신이 머물고 있는 '다래헌'에서 일상은 평화롭지 않다는 느낌을 시적으로 전해 준다. '비틀거리는 해바라기', '쥐가 쓸다 만 맥고모처럼', '창호(窓戶)에 번지는 찬 그늘' '마른 바람소리' '엷어진 제 그림자' 등의 표현은 법정의 심정을 단적으로 표현하고 있다. 감시와 탄압을 받는 와중에서도 법정은 경전번역과 『大韓佛敎』를 비롯한 여러 언론에 글을 게재하는 한편, 불교계를 대표하는 진보적인 스님으로 알려져 타종교의 초청을 받아 강연을 나가기도 하고 부지런히 진보적인 인사들과 교류를 하고 있었다. 이러한 내용은 1973년 발간한 『영혼의 모음』의 글 맨 끝에 붙어있는 출처가 이를 잘 대변해 주고 있다.

3. 사회 참여적 성격의 1970년대 詩

1) 『씨올의 소리』에 게재한 저항시

1970년대에 접어들면서 법정은 사회문제에 적극 관심을 가지고 세상에 자신의 주의주장을 펼친다. 이미 장준하, 함석헌과 인연이 있었던 법정은 1972년 『씨올의 소리』가 주최한 '民族統一의 構想, 討論會'에 참석해 발언을 한다. 그 내용이 그해 8월호에 게재되는데 "평소에 존경하던 선생님들께서 말씀하신다고 해서 사실은 들으러 왔읍니다"39)라며 겸손해 하는데 실제 발언내용은 많은 생각으로 준비해 온 듯 일목요연하게 토론했다.

---

38) 法頂, 「茶來軒 일지」, 『大韓佛敎』, 1969년 11월 9일자 4면.
39) 法頂, 「民族統一의 構想/討論會」, 『씨올의 소리』, 씨올의소리사, 1972년 8월호, 50쪽.

저는 소박한 의미에서 과연 우리가 어떤 식으로 통일을 해야 할 것인가 이 점에 대해서 말씀드리겠습니다. …(중략)… 첫째 상호간에 종래의 고정관념, 가령 자유민주주의가 됐건 공산주의가 됐건 종래의 고정관념에서 탈피해야 되지 않겠는가, 왜냐하면 어느 한쪽이 이념이라든가 사상이 옳다고 고집할 때 현실적으로 재결합은 불가능하다는 겁니다. …(중략)… 둘째는 제 자신도 그렇습니다마는 저쪽을 상호간에 너무 모르고 있습니다. 따라서 저쪽을 바르게 알고 또한 이쪽을 바르게 알리는 일, 그동안 오해가 이해로서 전환될려면은 우선 알고 알리는 일이 선행돼야 되지 않겠는가? 그래야만 재결합으로 나갈 수 있다는 그런 뜻입니다. 셋째로 …(중략)… 민족이라 할 때 어떤 배타적인 것보다도 가장 인연이 짙은 이유, 다시 말하면 운명을 같이 하고 있는 민족으로서의 감정적인 동질화 이것이 있어야 되지 않겠느냐? …(중략)… 넷째는 아까 咸 선생님께서 말씀이 계셨습니다만 어떤 새로운 지도이념, 종래 어떤 기성관념에서 벗어난 가장 현실적이고 이상적인 여기에는 현재보다 오히려 과거와 미래에 초점을 둔 그런 새로운 지도이념이 나와야 되지 않겠는가? 저는 이렇게 소박하게 네 가지로서 생각해 봤습니다.[40]

『씨을의 소리』에 처음 이름을 올린 법정은 이후 편집위원으로 활동하며 불교계를 대표하는 민주인사로 활동한다. 당시 『씨을의 소리』에는 장준하, 함석헌 등이 활동하고 있었으며 편집위원으로 활동하는 자체로 사찰대상 인물로 분류되어 당국의 감시를 받았다. 이런 와중에 법정은 유신헌법을 반대하는 민주수호국민협의회에도 이름을 올려 불교계를 대표하는 사회민주화 인사로 활동했다. 그 결과물이 「1974년 1월」이라는 시다.

1
나는 지금
다스림을 받고 있는
一部 몰지각한 者
大韓民國 住民 3천 5백만
다들 知覺이 있는데
나는 知覺을 잃은 한 사람.

그래서, 뻐스 안에서도
길거리에서

---

40) 앞의 책, 50-51쪽.

또한 住居地에서도
내 곁에는 노상
그림자 아닌 그림자가 따른다.
機關에서 고정배치된
네 개의 私服
그 그림자들은
내가 어떤 動作을 하는지
스물 네 시간을 줄곧 엿본다.[41]

…(중략)…

8.
우리는 지금
다스림을 받고 있는
一部 몰지각者
大韓民國 住民 3천 5백만
다들 말짱한 知覺을 지녔는데
어찌하여 우리는 知覺을 잃었는가
아, 이가 아린다
어금니가 아린다.
입을 가지고도 말을 못하니
이가 아리는가
들어줄 귀가 없어 입을 다무니
이가 아리는가
들어줄 귀가 없어 입을 다무니
이가 아리는가
오늘도 부질없이
齒科病院을 찾아 나선다.
흔들리는 그 계단을 오르내린다
        -「1974년 1월-어느 沒知覺者의 노래」.[42]

  저자 '法頂'이라는 이름 다음에 직책을 '本誌 編輯委員'이라고 명기하고 있는
이 시는 당시 정치적 상황이 어떠했으며 법정이 받았던 감시와 탄압의 모습을 적
나라하게 표현하고 있다. 박정희 정권의 막강한 권력 앞에서 주눅 들지 않고 이
런 시를 쓴 법정의 강직함과 정의감에 불탔던 감정을 표현한 시로 평가된다.

---

41) 法頂,「1974년 1월-어느 沒知覺者의 노래」,『씨올의 소리』, 1975년 1·2월호, 60쪽.
42) 앞의 책, 65-66쪽.

2) 미발표된 저항시

1974년2월 전후해서 뒤늦게 세상에 2편의 시가 선보인다. 이들 시는 2018년에 출간된 책 『간다, 봐라-법정 사유 노트와 미발표 원고』에 들어 있다. 2편의 시는 앞에 소개한 「1974년 1월」이라는 시 이후에 쓴 시다. 첫 번째 시가 「쿨룩 쿨룩」이다.

> 쿨룩 쿨룩
> 웬 기침이 이리 나오나
> 쿨룩 쿨룩
>
> 이번 감기는
> 약을 먹어도 듣지 않네
> 쿨룩
> 법이 없는 막된 세상
> 입 벌려 말 좀 하면
> 쿨룩 쿨룩
>
> 비상군법회의 붙여
> 십 오년 징역이라
> 쿨룩
>
> 자격을 또 십오년이나
> 빼앗아 버리니
> 쿨룩 쿨룩
>
> 이런 법이
> 이런 법이 어디 있는가
> 쿨룩 쿨룩
>
> 입 다물고 기침이나 하면서
> 살아갈거나
> 쿨룩 쿨룩
>
> 기침은 마음 놓고 해도
> 그 무슨 조치에 걸리지 않는지
> 쿨룩 쿨룩

기침도 두렵네
기침도 두렵네
쿨룩 쿨룩 쿠울루욱…
            - 「쿨룩 쿨룩」[43)]

 이 시는 '1974년 2월 7일'에 쓴 시로 기록돼 있다.[44)] 박정희 정권의 유신독재의 서슬이 시퍼렇게 작용하고 있을 때다. 『간다, 봐라』에는 "이 무렵 스님도 반체제 재야인사인 함석헌, 장준하, 지학순 주교 등과 함께 수감되어 비상군법회의 계엄법정에서 15년 형을 선고받기도 했다."[45)]라고 기록되어 있다. 이와 비슷한 시기에 또 한편의 비슷한 경향의 시가 쓰이는데 「1974년의 인사말」이다.

 그동안 별일 없었어요?
 만나는 친구들이
 내게 묻는 안부
 요즘 같은 세상에서
 이 밖에 무슨 인사를 나눌 것인가

 별일 없었느냐구
 없지 않았지
 별일도 많았지
 세상이 온통 별일뿐인데
 그 속에서 사는 우리가 별일이 없었겠는가
 낯선 눈초리들에게 내 뜰을 엿보이고
 불러서 오락가락 끌려 다녔지
 다스림을 받았지
 실컷 시달리다 돌아올 때면
 또 만나자더군
 정 떨어지는 소린데
 또 만나자고 하더군
 별이 없었느냐구
 왜 없었겠어
 治字가 모자라 별일 없었지
 친구여, 내 눈을 보는가
 눈으로 하는 이 말을 듣는가

---

43) 法頂(2018), 「쿨룩 쿨룩」, 『간다, 봐라-법정 사유 노트와 미발표 원고』, 김영사, 223-224쪽.
44) 앞의 책, 224쪽.
45) 앞의 책, 238쪽.

虛름은 입으로 하고
眞름일랑 눈으로 하세
아, 우리는 이 시대의 벙어리
말 못하는 벙어리

몸조심 하세요
친구들이 보내는 하직인사
그래, 몸조심 해야지
그 몸으로 이 긴 생을 사는 거니까
그런데 그게 내 뜻대로 잘 안 돼
내 몸이
내게 매인 게 아니거든

　　　　　 - 「1974년의 인사말」[46]

이 시는 『씨올의 소리』 12월호에 게재한 「돌아본다 1974년」의 첫째 문단의 제목
이기도 하다.

　　　1974년의 인사말
　　　연말이 가까워지면 누구나 지난해를 돌아보게 된다.[47]

　이 처럼 법정은 1970년대에 접어들어 당시 민주화 인사였던 함석헌, 장준하 등
과 긴밀하게 교류를 가지면서 사회민주화에 적극 가담하였으며 불교계를 대표하
는 인사로 활동하며 '참여시인'의 모습을 보여주었다. 이러한 모습은 지금까지 조
명되지 않았던 측면으로 법정의 사상을 연구하는 새로운 영역이 될 것으로 사료
된다.

3) 저항시 발표 이후 신변의 변화

　법정은 『씨올의 소리』 편집위원으로 활동하며 유신헌법에 반대하는 글과 시를
기고했다. 그 대표적 글이 앞에 언급한 「1974년 1월」 시다. 이 보다 한 호 앞선
『씨올의 소리』 12월호에서 법정은 비슷한 내용의 장문의 글을 실었다.

　　친구들을 만날 때마다 주고받는 인사말은 한결같이, 그 동안 별 일 없었느냐

---

46) 앞의 책, 225-227쪽.
47) 法頂, 「돌아본다 1974년」, 『씨올의 소리』, 1974년 12월호, 43쪽.

는 것이다. 『별일 없었느냐』 혹은 『별고 없었느냐』는 이 말밖에 무슨 인사말을 나눌 수 있겠는가. 그만큼 우리들은 별일과 別故 속에서 별스럽게 살았던 것이다. 이 세상이 온통 '별일'뿐인데 그 안에 사는 우리들에게 어찌 별일이 없을 수 있었겠는가. 『밤새 안녕하셨습니까?』 이런 인사말은 이제 우리들에게 별로 실감이 나지 않을 것이다. 관광호텔에 투숙한 사람들을 향해서는 그러한 인사가 필요할지 모르지만, 적어도 1974년 이 韓半島 남쪽에서 일부 몰지각자로 불린 사람들에게는 밤사이의 안부가 아니라 白晝의 안녕이 문제였기 때문이다.[48]

「돌아본다 1974년」은 10쪽에 달하는 긴 글로 당시 암울했던 시대상황을 잘 보여준다. 법정이 살았던 처소에 사복경찰이 붙어 일거수일투족을 감시하는 내용이 적나하게 드러나 있다.

> 1월 8일 밤 대통령 긴급조치가 발동되자 그때까지 「憲法改正 請願운동」을 벌였던 중추 멤버들은 갑자기 沒知覺者가 되어 호되게 다스림을 받는다. 내게는 그 다음날 食前아침 機關에서 왔다는 네 사람의 私服이 그 시각부터 고정배치의 임무를 띠게 된다. 그들은 내 一舉一動을 낱낱이 살피어 시간마다 上部에 보고한다. 변소에만 가도 따라붙을 만큼 그 私服들은 충직한 그림자가 된 것이다. 지금 생각해도 가슴 아픈 것은, 절에 왔던 신도들을 내 앞에서 검문하던 일. 이 일은 가죽잠바와 함께 두고두고 내 기억에서 사라지지 않을 것 같다. 電話가 공공연하게 가로채이는 일은 그전부터 있는 일이지만, 우편물도 검열을 받아 숫제 개봉이 되어 들어오곤 했다. 그리고 뒤늦게 안 사실이지만 어떤 書信은 전혀 들어오지도 않았던 것이다. 저 專制君主 시절에도 上疏라는 제도가 있었는데, 억울한 백성들이 두둘길 북이 있었다는데, 이 時代의 市民들은 자갈을 물린 채 쉬쉬 눈치만 살피면서 벙어리가 되고 귀머거리와 장님이 되었던 것이다. 오로지 國民總和를 위해서.[49]

박정희 독재정권이 개정한 헌법으로 인해 많은 시민들이 반대의 목소리를 냈고 이로 인해 고초를 겪기도 했다. 긴급조치가 발동되고 개헌이 이루어진 정부의 행태를 보고 법정은 "정말 무섭고도 비민주적인 법이라는 걸 알게 되었다"[50]며 구체적인 내용을 적고 있다.

---

48) 앞의 책, 43쪽.
49) 앞의 책, 44쪽.
50) 앞의 책, 44쪽.

한 사람이 갑자기 신문이나 방송을 통해 말을 해 놓으면 그 시간부터 그것은 무서운 법이 된다. 그 말을 털끝만치라도 어기거나 비방하면 15년 징역에다 또한 15년 자격까지 정지된다. 일찍이 이런 법이 우리 歷史 안에 언제 있었던가. 이런 법이기 때문에 民主的인 법으로 고쳐야 한다고 청원운동을 벌였던 것이 아닌가. 이 일로 우리들은 中央情報部로 혹은 非常軍法會議 검찰부로 실려 다녔었다. 많은 동료들이 重刑을 받아 복역 중이다.[51]

긴급조치가 발동되면서부터 헌법개정 청원운동을 벌였던 당시 민주인사들은 상당한 감시와 고초를 당했는데 함석헌, 계훈제 장준하 등이 이들이었다. 1974년 유신헌법을 반대하는 내용의 시국선언이 그해 11월 27일 발표되었다. 여기에 불교계를 대표해 법정도 앞장서고 있었다.

3. 政府가 곧 國家라는 專制的 思考方式은 民主主義에 逆行하는 것이며 反政府는 反國歌가 아니다. 民主國家의 國民은 國家를 위하여 政府에 수시로 要望事項을 提示하여 政府의 失政을 批判하여 是正을 促求하고 나아가서는 政府의 退陣까지 주장할 수 있다는데에 民主體制의 發展的 生命力이 있는 것이다. 오늘 國家紀綱을 송두리째 紊亂시키는 갖은 不正腐敗가 이 나라에서 판치게 된 것은 무엇보다도 民主主義의 本質的 要素인 自由로운 批判이 封鎖되어 온 때문이다. 우리는 反政府行動으로 말미암아 服役, 拘束, 軟禁등을 당하고 있는 모든 人士들을 赦免 釋放하고 그들의 政治的 權利를 回復시키고 言論의 自由를 保障할 것을 要求하는 바이며 그럼으로써 民主的 過程을 통한 國民的 合意위에 國家課業의 遂行을 뒷받침할 참다운 國民總和도 이루어질 수 있다고 確言한다.[52]

이러한 절박한 시국선언은 당시 『씨올의 소리』 관계자 가운데 편집위원인 김동길, 장준하가 구속 중이었던 상황과도 무관하지 않다. 또한 당시에는 문화공보부가 『씨올의 소리』에 대한 압류와 삭제 지시, 인쇄인으로 하여금 인쇄를 기피하거나 거부케 하는 압력행사 등에 대한 항의를 하고 있는 상황이었다는 사실이 적시돼 있다.[53] 당시 편집위원으로 활동하고 있었던 법정은 박정희 독재정권의 유신헌법에 정면으로 반대하는 시국선언에 불교계 인사로 유일하게 이름을 올려놓고 있었다.[54] 이 같은 법정의 반정부 활동으로 상당한 고초를 받은 것으로 확인된다. 이

---

51) 앞의 책, 44쪽.
52) 「시국선언」, 『씨올의 소리』, 1974년 11월호, 125쪽.
53) 『씨올의 소리』, 1974년 11월호, 3-4쪽.

는 법정 원적 후 발간된 책에 게재된 「1974년 1월」이란 시의 각주에 그 내용이 다음과 같이 기록돼 있다.

> 박정희 정권 시절, 유신독재 체제에 반대하는 지식인, 종교인들을 구금하고 탄압할 때 몸소 겪은 심정을 표현한 시이다. 당시 박정희 정부는 유신헌법을 만들어 일체의 개헌 논의를 금지했고, 이에 반대하는 사람들을 검거해 감옥으로 보냈다. 이 무렵 법정도 반체제 재야인사인 함석헌, 장준하, 지학순 주교 등과 함께 수감되어 비상군법회의 계엄법정에서 15년 형을 선고받기도 했다. 인혁당 사건[55]을 계기로 스님은 출가수행자로서 어떻게 살아야 할지 번민하던 끝에 서울 봉은사 생활을 마감하고 조계산 송광사 산내 폐사지에 불일암을 지어 머물기 시작했다[56]

4. 결 론

이상에서 법정이 남긴 시 15편을 분석해 보고 이들 시에 들어 있는 법정의 존재의식과 사회의식의 흐름을 살펴보았다. 법정은 1960년대 초부터 1970년대까지 15편의 시를 남겼는데, 거기에는 자연 친화적인 시부터 존재론적 고민이 담긴 시들이 들어 있다. 주로 1960년대 초기에 이런 경향들이 나타났고 박정희 정권이 1972년 비상계엄을 선포하고 그해 10월 17일 '유신헌법'을 개정해 통과시킨 후 독재체제에 접어들면서 사회참여 운동의 경향을 보여주었다. 여기에 항거했던 '시인 법정'은 『씨올의 소리』에 이름을 올리며 사회 민주화와 민족통일에 주안점을 둔 글과 함께 시대의 암울한 현신을 고발하는 '참여시인'이 된다.

1960년대 초기 자연 친화성의 시를 발표했던 법정은 어린왕자와 같은 감수성을 지닌 순수한 영혼을 소유하고 있었다. 1963년에 발표한 첫 시 「봄밤에」에 "하늘

---

54) 앞의 책, 127쪽.
55) 안희, 『연합뉴스』, 2007년 1월 23일자. "'인혁당 사건'이란 1973년 서울대 학생들의 유신 반대 시위를 계기로 '반(反)유신 운동'이 격화된 상황에서 '전국민주청년학생총연맹(민청학련)' 명의의 유인물이 배포돼 다음해 4월 긴급조치 4호가 선포됐다. 긴급조치 4호는 반유신 학생운동의 주도세력을 겨냥한 것으로 긴급조치에 따라 설치된 비상군법회의는 민청학련 주동자들이 1969년 이래 남한에서 지하조직으로 암약한 인혁당과 연계를 맺어왔고 공산혁명을 기도했다며 다수의 학생들을 구속했다. 구속된 도예종 여정남 김용원 이수병 하재완 서도원 송상진 우흥선 씨 등 8명은 대통령 긴급조치 및 국가보안법 위반, 내란예비·음모 등의 혐의로 기소돼 1975년 4월8일 대법원에서 사형이 선고됐으며, 20여 시간 만인 다음날(4월9일) 전격적으로 사형이 집행됐다. 이 사건은 대표적인 인권침해 사건으로 해외에도 알려져, 국제법학자협회가 1975년 4월 9일을 '사법사상 암흑의 날'로 지정하기도 했다. 이 사건은 사건이 발생한 지 32년만인 2007년 재심을 통해 무죄를 선고받았다.
56) 법정 글· 리경 엮음(2018), 「1974년 1월」, 『간다, 봐라-법정 사유 노트와 미발표 원　　고』, 서울: 김영사, 238쪽.

에는 / 별들끼리 / 눈짓으로 마음하고"[57]라는 구절은 1973년에 발간한 『영혼의 모음』에 들어있는 어린왕자의 감수성과 맞닿아 있다.

> 더러는 그저 괜히 창문을 열 때가 있다. 밤하늘을 쳐다보며 귀를 기울인다. 방울처럼 울려올 네 울음소리를 듣기 위해. 그리고 혼자서 웃을 머금는다. 이런 나를 곁에서 이상히 여긴다면, 네가 가르쳐 준대로 나는 이렇게 말하리라. -별들을 보고 있으면 난 언제든지 웃음이 나네……[58]

'시인 법정'의 모습은 생소하지만 법정은 분명 1960년대 초에서 1970년대 중반까지 여러 시편을 남긴 시인의 면모를 가지고 있었다. 초기 시들은 자연 친화의 모습을 띠었으며 중기에는 존재론적 고뇌가 녹아 있는 시들이 주를 이루었다. 말기에는 사회의 부조리에 눈을 뜨면서 이를 반영하는 시들이 발표됐다. 더러는 정보기관의 감시의 그림자가 신변에 다가오는 모습이 시의 행간(行間)에 표출되기도 했다.

1975년 송광사 불일암으로 들어가기 전까지 법정은 불교계를 대표하는 사회민주화 운동인사로 분류되어 박정희 정권의 감시와 탄압을 받았다. 이러한 '시인 법정'의 활동은 그동안 알려지지 않았던 새로운 면모로 더욱 연구되어야 할 것으로 사료된다. 특히 1960년대 말기와 1970년대 초기 사회민주화 운동 활동과정에서 발표한 3편의 시는 당시 불교민주화 운동의 역사에도 기록되어야 할 것으로 판단된다. 흔히들 1960년대와 1970년대 초기의 불교계 사회민주화 운동은 전무한 것으로 파악되고 있지만 법정의 시들에 나타나는 면모는 그래서 더욱 중요한 연구과제가 되고 있다.

일반적으로 법정에 대해 논할 때 『무소유』를 쓴 작가로 대표적인 에세이스트로 알고 있다. 하지만 1960년대 초기에는 자연 친화적인 시를 썼고 중기에는 실존적 고민의 흔적이 들어 있는 시를 썼으며 후기와 1970년대 초기에는 사회민주화를 위한 '참여시인'의 시 경향 추이가 보인다는 점은 새롭게 조명되는 부분이다. 이러한 내용이 불교계를 비롯해 우리사회에 널리 인식되어 불교민주화 운동 역사와 법정사상 연구가 다각적으로 이루어졌으면 하는 바람이다.

---

57) 法頂, 「봄밤에」, 『大韓佛敎』, 1963년 5월 1일자 5면.
58) 法頂(1977), 「靈魂의 母音-어린왕자에게 보내는 편지」, 『영혼의 모음』, 동서문화원, 305-306쪽.

여태동

2020년 동방문화대학원대학교에서 '법정의 시대정신 형성과 전개과정 연구'로 문학박사 학위를 받았다. 1994년부터 불교신문 기자로 활동했으며 2021년 12월부터 불교신문 편집국장으로 재직 중이다. 경북대학교 영어영문학과를 졸업했으며 동국대학교 불교대학원 사회복지학과에서 석사학위를 받아 사회복지사 1급 자격을 취득했다. 한국불교기자협회 회장과 민주노총 언론노조 불교신문지회장을 역임했다. 2021년 12월 『시와 세계』에 시인상에 당선, 시인으로 등단했다. 『천년사찰, 천년숲길』, 『도시농부 송아의 관찰일기』 등 10여 권의 저서가 있다.

나옹혜근 선사상의 특징과 선심의 시적 형상화 연구[1]

최 봉 명(철학박사, 시인, 동방문화대학원대학교 평생교육원 강의 교수)

1. 서 론

고려 말 중국은 원(元)나라 에서 명(明)나라로 바뀌고, 고려는 성리학의 유입으로 불교를 배척하는 세력이 점차로 강해지고 있었다. 이 어지러운 시기에 국내 불교의 중흥을 도모코자 했던 이가 바로 나옹혜근(懶翁惠勤, 1320~1376)이다. 나옹은 백운경한(白雲景閑, 1299-1374), 태고보우(太古, 1301-1382)와 함께 여말 삼사(三師)로 알려져 있으며, 급격히 기울어 가는 고려 말의 불교중흥의 해결책으로 공부선(功夫選, 교종과 선종을 통합한 최고의 승과시험)을 주관 실시하였고 더불어 회암사(檜巖寺)의 중건으로 국민적 단합을 이끌어 내고자한 개혁 승이기도 하였다. 또한 선의 중흥뿐만 아니라 가삼수(歌三首)와 정토신앙을 통해 대중교화에 노력하였으며, 무생계(無生戒)를 통하여 불교적 윤리관을 재정립코자 하였다.[2]

신규탁(1996)에 의하면 "나옹화상 선풍의 특징으로 자기 확신(自己 確信)을 들 수 있는데 이는 〈경세외멱자(警世外覓子, 6-744 下)〉 2수, 〈결제상당(結制上堂, 6-713)〉, 「〈시일주수좌(示一珠首座, 6-727)〉, 〈「시목상국(示睦上國, 6-725)〉 등에서 진여자성을 다른 곳에서 찾지 말고 자신의 내면에서 찾으라고 말하고 있는 것에서 알 수 있다고 한다.[3] 이는 자신의 마음이 무엇인지를 아는 것이 바로 부처가 되는 것임을 강조하는 것이며 이에 대한 굳건한 신념을 가지고 수행에 임하라는 나옹의 진심어린 당부이기도 한 것이다. 효탄(1999)은 나옹의 특징으로 "주체적 언어의 표현과 임제와 지공의 선을 뛰어넘는 자기만의 독특한 세계를 구사하고 있다"고 말하며 "경세의식(警世意識)이야 말로 나옹사상의 또 다른 특징이다."[4] 라고 밝히고 있다. 그러나 현실적인 비판이나 대응의 자세가 보이지 않는 것에 대한 아쉬움을 토로한다. 한편, 염중섭(2016)은 "나옹 삼구(三句)의 중요성을 강조하면서 임제삼구(臨濟三句)의 현실부정을 통한 돈오 강조보다도 본래면목의 편만(遍滿)에 의한 전체 긍정의 요소가 크다"[5]고 언급하였는데, 이는 나옹 선

---

1) 영남퇴계학연구원에서 발행한 「퇴계학논집」에 게재된 논문(2020)
2) 효탄(2001), 「懶翁惠勤의 佛敎史的 位置」, 「학술발표2」, 58쪽.
3) 신규탁(1996), 「懶翁和尙의 禪思想」, 『삼대화상연구 논문집』, 서울: 도서출판 불천, 114쪽.
4) 효탄, 위의 논문, 66-67쪽.

사상의 가장 두드러진 특징이며 이에 대한 인식은 나옹이 보다 현실참여적인 행보를 보이는 하나의 이유로 판단하였던 것으로 생각된다.

　지금까지 나옹에 관한 선행연구에 있어서 주로 다루어진 주제를 살펴보면 나옹의 가사에 관련된 연구와 선시에 대한 연구 그리고 그의 사상체계에 대한 연구로 나누어 볼 수 있다. 이러한 연구 중에서도 나옹의 선시에 대한 연구에 있어서는 아직까지 남아있는 그의 선시의 양에 비해서 부족한 실정이다. 이러한 이유는 선시를 해석하는데 사실상 필요한 것이 문자적 해석능력과 함께 선에 대한 이해도 및 실체적인 사유가 필요하기 때문일 것이다.

　염중섭(2016)은 그의 논문에서 "선종은 자성(自性)의 깨달음을 강조하기 때문에, 이익중생의 실천이 상대적으로 약하다. 선종의 깨달음은 대사회적인 실천이라기보다는 내면적인 본래심의 추구에 보다 집중하므로 중생구제와 일정한 거리가 존재한다. 또한 관점을 전환시켜 본래부터 구족했다는 것을 깨닫게 되면, 이제는 이익중생의 대상 자체가 존재하지 않는다. 다시 말하면 강력한 주관주의에 의한 총체적인 관점으로 인해 객관대상이 소멸한다. 여기서 자칫 무애행(無碍行)이라는 윤리의 결핍과 자비가 존재하기 어려운 측면이 발생하기도 한다. 그런데 나옹은 자신의 깨달음과 더불어 이익중생이라는 대사회적인 객관화를 동시에 추구하고 있다. 이는 나옹이 대승적인 기질을 가지고 있고 윤리적인 계율이 쉽게 수용될 수 있다는 것을 의미한다."[6]라고 하였다. 즉 선사상의 한 가지 측면으로 볼 때 깨닫고 나면 더 이상 깨달아야 할 대상이 없음을 알게 되고 그렇기에 깨달은 자도 깨달아야 될 대상도 없는 것이 되는 것이다. 따라서 더 이상의 이익중생을 할 동력을 잃어버리게 되는데 이러한 의미에서 나옹의 깨달음 이후의 행보는 참다운 대승불교의 모범을 보였다고 할 수 있다. 이는 삼계를 벗어나(超出三界) 중생을 이롭게 한다(利益衆生)[7]는 나옹의 출가서원에서 그 원인을 파악할 수 있음이다. 이러한 연유로 인하여 나옹의 불교적 행보가 사교입선(捨敎入禪)적인 임제종풍의 '간화선'을 강조하기도 했지만 이익중생의 측면에서 계율(戒律)과 가사문학(歌辭文學)에도 큰 족적을 보인 것으로도 이해해 볼 수가 있다. 따라서 본 논문에서는 나옹의 법맥과 사상적 특징이 무엇인지 또한 고려 말 어지러운 시대적 상황 속에서도 출가서원인 초출삼계(超出三界)와 이익중생(利益衆生)의 사상이 어떻게 그의

---

5) 염중섭(2016), 「懶翁三句의 선사상 고찰」, 새한철학회 논문집, 『철학논총』 제84집, 제2권, 272쪽.
6) 염중섭(2015), 「懶翁 出家의 문제의식과 그 해법」, 『진단학보 123』, 15쪽.
7) 나옹 저, 백련선서간행회 역(2002), <탑명>, 『나옹록』, 합천: 장경각, 25쪽.

시심에 녹아들어 표현되고 있는지에 대한 고찰을 하고자 한다.

2. 나옹혜근의 법맥과 사상 및 시문학의 특징

나옹의 제자 각굉(覺宏)의「行狀」에 의하면, 나옹(懶翁)의 휘(諱)는 혜근(惠勤)이
요 호는 나옹(懶翁)이며 속명은 원혜(元慧)이다. 그리고 보제존자(普濟尊者)라는
왕사로서의 존칭이 있다. 그가 거처하던 방은 강월헌(江月軒)이며 속가의 성은
아(牙)씨로 영해부(寧海府)의 출신이다. 나옹의 아버지의 휘(諱)는 서구(瑞具)이며
어머니는 정씨(鄭氏)이다. 나옹의 어머니 꿈에 황금빛 매가 날아와 그 머리를 쪼
다가 떨어뜨린 알이 품에 드는 것을 보고 아기를 배어 충숙왕 7년 1320년(庚
申) 1월 15일에 탄생[8] 한 것으로 기록되어 있다.

그의 출가 동기는 20살 무렵 그의 친구의 죽음을 목도 한 후 죽음이 무엇인지
에 대한 큰 의문을 풀고자 많은 사람들에게 질문하였으나 아무에게도 그에 대한
답변을 듣지 못하였다. 이에 나옹은 출가서원을 초출삼계(超出三界) 즉 과거 현
재 미래를 벗어날 수 있는 진리의 깨침과 그 깨침을 바탕으로 이익중생(利益衆
生) 즉 많은 중생을 고통으로부터 벗어나게 할 것이라는 서원으로 현 경북 문경
시 산북면에 위치한 공덕산 묘적암(妙寂庵)의 요연(了然)선사에게 출가하게 된다.
이후 1344년 충혜왕(忠惠王)4년에 회암사(檜巖寺)에서 4년 동안 참선한 끝에 깨
달음을 얻게 된다. 그리고 1347년 충목왕(忠穆王)3년 자신의 깨달음에 대한 점검
차 원나라로 들어가 연경(현 북경) 법원사(法源寺)에서 스스로 서천(西天) 108조
(祖)라 칭하며, 계, 정, 혜 삼학의 중요성을 주장하는 지공(指空, 1289-1363)선사
를 만나 수학하게 된다. 이후 임제종의 선사 평산처림(平山處林)을 만나 6개월을
함께 보내면서 그에게 오후인가(悟後認可)를 받는다.

三韓慧首座 來見老僧看其	三韓의 혜근 수좌가 노승을 찾아왔는데,
出言吐氣 便與佛祖相合	그가 하는 말이나 토하는 기운이 불조와 걸맞다.
宗眼明白 見處高峻	종안(宗眼)은 분명하고 견처(見處)는 아주 높으며
言中有響 句句藏鋒[9]	말 속에는 메아리가 있고 글귀마다 칼날을 감추었다.

---

8) 김영두(2008),「나옹혜근의 구법활동과 선사상」,『한국선학』제20권, 한국선학회, 189-224쪽.
9) 許興植(1991),『書誌學報』4, 서울: 한국서지학회, 704쪽.

깨달음을 인가하는 징표로 평산은 나옹에게 '법의와 불자를 지금 맡기노니 돌 가운데서 집어낸 티 없는 옥일러라.'[10]라는 게송을 지어 주었고, 지공은 '동서를 바라보면 남북도 그렇거니 종지 밝힌 법왕에게 千劍을 주네'[11]라는 게송을 지어 주면서 나옹을 인가해 주었다. 이후 나옹은 지공선사에게서 법의와 불자 그리고 범어로 쓰여 진 편지를 받고 그의 법제자가 되었다. 지공은 고려로 돌아가는 나옹에게 "그대는 본국으로 돌아가 三山兩水의 사이를 택하여 살면 불법이 저절로 흥할 것이다"[12]라는 수기를 내리고 이에 따라 나옹은 회암사를 크게 중창하기에 이른다.

보조지눌(1158-1210)과 나옹은 모두 사굴산문(闍崛山門)출신이다. 지눌은 중국의 임제선을 독자적으로 수행하여 국내에서 간화선의 참뜻을 깨달아 조계선의 전통을 세웠고, 지눌의 제자들은 중국 임제종 선사들과의 교류를 통하여 몽산덕이(蒙山德異, 1231-1308)의 사상으로 간화선의 전통을 확립코자 했다. 송광사의 주지계보는 모두 사굴산문 계열이고, 지눌의 선사상을 이어 받은 나옹은 다시 청허 휴정에게 선사상을 전하고 있다.[13]

허균의「석장비石藏碑」에 따르면 지눌과 혜근이 5조 홍인의 종지를 얻었으며 그 도의 맥이 사명유정에게 전하고 있다고 기록하고 있다. 그러나 청허 하대의 제자들이 임제선 중심의 법맥을 앞세우면서 나옹의 제자인 혼수를 태고 보우의 제자로 만들면서 태고 보우를 해동초조로 삼았다. 자현(2017)은 「한국 선불교의 원류 지공과 나옹 연구」에서 "환암 혼수는 나옹의 제자이기도 하다. 이 점에서 나옹 - 혼수의 법맥을 정통으로 봐야 한다."고 주장했다. 따라서 나옹의 법맥은 고려 말의 대학자인 이색이『보제존자어록서(普濟尊者語錄序)』에서 밝혔듯이 지공 선현(指空禪賢)과 평산처림(平山處林)의 법통을 같이 받은 것으로 보는 것이 타당하다 할 것이다.

나옹의 사상적 특징은 국내 조계선의 뼈대에 지공의 선사상으로 살을 붙이고 임제선으로 옷을 입혔다고 할 수 있다.[14] 나옹은 국내에서 이미 화엄학과 중관학, 유식학, 그리고 지눌이 선과 교를 정립해 놓은 조계선(曹溪禪)을 수행하였으며, 이

---

10) 나옹 저, 백련선서간행회 역 <行狀>, 『나옹록』, 합천: 장경각, 21쪽. "拂子法衣今咐囑 石中取
    出無瑕玉."
11) 위의 책, 24쪽. "東西看見 南北然 明宗法王給千劍"
12) 위의 책 46쪽.
13) 이철헌(2015), 「懶翁 惠勤과 松廣寺」, 『보조사상』 43집, 18-19쪽.
14) 이철헌(2008), 「懶翁 惠勤의 민중교화」, 『불교문화연구』, 247쪽.

후 회암사(檜巖寺)에서 4년여의 참선한 끝에 깨달음에 이르게 되었다. 그리고 깨닫고 난후에 깨달음의 점검 차 원나라로 들어가 지공선사와 평산처림을 만났고 그들로부터 인가를 받은 것이다. 따라서 나옹의 깨달음은 이미 국내에서 완성된 것으로 보아야 할 것이다. 그러므로 나옹의 사상은 근본적으로 6조 혜능(慧能)의 즉심시불(卽心是佛)의 사상과 평상심시도(平常心是道)의 돈오(頓悟)사상을 계승한 것이며 화엄사상 즉 교학의 사상에 바탕을 두고 있는 것으로 파악된다. 또한 나옹은 선사(禪師)이면서도 정토신앙과 교학을 공부하는 국내통불교 성향을 전승하고 있다.[15] 나옹은 51세의 나이에 공부선[16]을 주관했고 52세의 나이에 왕사에 책봉되었다. 그리고 57세 때 회암사 중창을 위한 법회를 하면서 유생들의 상소로 영원사로 귀양 가던 도중에 여주 신륵사(神勒寺)에서 스스로 열반에 들었다.

나옹 선사상의 특징 중 또 하나는 나옹삼구를 들 수 있는데 염중섭(2016)[17]에 의하면 나옹의 선사상은 일구(一句)에서는 '중도의 적절성'을 이구(二句)에서는 '중도를 넘어선 평등, 즉 사(捨)'의 인식이 파악되며 그리고 마지막 삼구(三句)에서는 본래면목(本來面目)의 자각을 통한 개진(皆眞)의 편만성(遍滿性)'이 목도 된다고 하였다. 이러한 전개방식은 나옹의 선시 대부분에서 찾아 볼 수 있다. 따라서 이는 나옹 선시의 해석에 있어서도 매우 중요한 해법 요소 중 하나이다.

본 논문에서는 나옹의 선시를 편의상, 1) 구도의 여정과 깨달음의 시, 2) 격외(格外)와 시법(示法)의 시 세계, 3)자연교감과 세외지심(世外之心)의 시 세계로 나누어 살펴보고자 한다. 이러한 분류를 통하여 나옹 의 시를 분석함으로써 그의 사상적 특징과 진리추구의 조화로운 관계성을 이해할 수 있을 것으로 진단된다.

3. 나옹혜근의 선심의 시적 형상화

1) 구도(求道)의 여정과 깨달음의 시

나옹선사가 회암사에서 용맹정진 하던 때의 일이다. 어느 날 일본 스님 석옹화상이 승당에 내려와 선상을 치면서 "대중은 이 소리를 듣는가?"라고 크게 소리를 쳤으나 이에 대답하는 사람이 없었다. 그러자 나옹선사는 홀연히 일어나 "선불장

---

15) 이철헌, 위의 논문, 248쪽.
16) 공부선(功夫選) 교종과 선종을 통합한 최고의 승과시험.
17) 염중섭(2016), 「懶翁三句의 선사상 고찰」, 새한철학회 논문집, 『철학논총』 제84집 제2권, 272쪽.

안에 앉아 / 정신 차리고 자세히 보라 / 보고 듣는 것이 다른 물건이 아니요 / 원래 그것은 옛 주인이다."(選佛場中坐 / 惺着眼看 / 見聞非他物 / 元是舊主人)18)라고 대답하였다. 이것은 부모미생전(父母未生前) 화두와 의미가 같은 것으로서 깨닫기 전의 나와 깨닫고 난 이후의 나는 무엇이 다른가? 에 대한 물음인 것이다. 위의 대답에서 나옹은 깨닫기 전과 깨닫고 난 이후의 그것이 이미 같음을 말하고 있다. 깨닫고 난 이후의 나는 부모 이전의 나 그리고 부처 이전의 나이며 그러한 나는 이언절여(離言絕慮) 즉, 언어도 끊어지고 생각도 끊어진, 그 무엇에도 걸림이 없는 진여(眞如)그대로의 나인 것이다. 따라서 "원래 그것은 옛 주인이다."라고 표현 한 것이다.19) 그러한 나옹의 깨달음은〈대원(大圓)〉이라는 시에서 한결 구체화 된다.

包塞虛空絶影形　허공을 꽉 싸안은 그 모습 뛰어나
能含萬像體常淸　온갖 형상 머금었어도 몸은 항상 깨끗하다.
目前眞景誰能量　눈앞의 참 경계를 누가 능히 헤아리니
雲卷靑天秋月明　구름 걷힌 푸른 하늘에 가을 달은 밝아라.

〈대원(大圓)〉20)

허공을 감싸고 있는 것은 다름 아닌 청정한 마음이다. 이 청정한 마음에서 빚어진 삼라만상이 곧 법계이다. 따라서 이 청정한 마음은 그 무엇에도 집착함이 없는 것이다. 그러므로 "온갖 형상 머금었어도 몸은 항상 깨끗한" 것이다. 집착이 없다는 것은 걸림이 없다는 것이다. 그 무엇에도 걸리지 않는 그러기에 과거에도 현재에도 미래에도 걸리지 않는 그러한 참 경계를 깨닫고 나니 "구름 걷힌 푸른 하늘에 가을 달이 밝게" 비치고 있는 것이다. 구름은 번뇌를 의미한다. 구름이 끼었을 때는 하늘을 볼 수 없다. 그러므로 달을 볼 수 가 없는 것이다. 달이 없어서 못 보는 것이 아니라 단지 구름 즉 번뇌 때문에 못 보는 것이다. 그 번뇌가 다름 아닌 집착이고 그 집착이 바로 자신을 이 몸뚱이로 한정시키는데 있다는 것을 깨달은 나옹은 번뇌를 벗어버린 그 깨끗한 "몸"이 바로 "가을 달"임을

---

18) 나옹 저, 백련선서간행회 역(2002), <行狀>, 『나옹록』, 합천: 장경각, 32쪽. 이하 시의 인용과 번역은 이 텍스트를 참고로 하고 쪽수만을 밝힌다.
19) 위의 답변으로 추론해 보았을 때 이미 나옹의 경계는 오도(悟道)의 상태에 있음을 짐작케 한다.
20) 나옹 저, 백련선서간행회 역(2002), 200쪽.

후인들에게 전하며 그 환희심을 노래하고 있다.

불교에서 강조되는 지혜란 번뇌 망상의 근원인 어둠을 일소하고 밝음을 가져옴을 의미한다. 때문에 청정심에서 나오는 지혜의 칼날은 무명을 자를 때는 날카로운 칼이지만, 번뇌를 자르고 나서는 밝은 빛을 수반하는 보배로운 칼이 된다. 이러한 지혜의 칼의 이미지를 나옹이 한때 고려에 와서 양평 용문산에 머문 적이 있는 원나라 강남지방의 고담선사에게 보낸 시〈행장〉에서 찾아 볼 수 있다.

> 臨濟一宗當落地　임제의 종지가 땅에 떨어지려 할 때
> 空中突出古潭翁　난데없이 고담선사가 돌출 하였네
> 把將三尺吹毛劍　삼 척의 취모검을 높이 뽑아 들고
> 斬盡精靈永沒蹤　정령들 모두 베었으나 자취가 없네.
> 〈행장〉[21]

여기서 주목을 끄는 것은 '취모검'이다. '취모검'이란 칼날이 매우 예리하여 머리털 같은 것을 갖다 대고 입으로 '훅' 불기만 해도 잘라지는 것을 의미한다. 이 예리한 칼날은 번뇌 망상을 베어버리는 칼이란 뜻에서 선적 지혜를 상징한다. 결구의 '취모검'에 잘려 버린 '정령'은 음계를 맴도는 죽은 자의 영혼을 말하는 것으로, 끈질기게 달라붙는 번뇌를 상징한다. 번뇌의 구름을 제거하고 나면 본래 청정한 자성의 지혜는 스스로 빛을 발한다. 그야말로 순일 무잡한 원음의 세계가 된다.

나옹의 아름다운 시가(詩歌), 즉 『나옹삼가』로 불리는〈완주가〉,〈백납가〉,〈고루가〉는 보배스러운 구슬, 누더기 옷, 해골 같은 몸을 노래하고 삶에 집착하지 말고 불성을 찾을 것을 강조하고 있다. 완주는 구슬을 가지고 논다거나 구슬을 감상한다는 의미가 있다.〈완주가〉에서는 상주불변하는 '불성'이 '구슬'의 이미지로 잘 표현되고 있다.

> 這靈珠極玲瓏　신령한 이 구슬 너무나도 영롱하여
> 體徧河沙內外空　그 자체는 항하사[22] 세계를 감싸 안팎이 비었는데
> 人人佈裏堂堂有　사람마다 육신(포대) 속에 당당히 들어 있어서
> 弄去弄來弄莫窮　오고 가며 가지고 놀아도 끝이 없구나.
> 〈완주가〉[23]

---

21) 위의 책, 46-47쪽.
22) 항하사는 숫자의 단위로 10의 52승을 말한다.
23) 나옹 저, 벽련선서간행회 역(2002), 『懶翁錄』, 합천: 장경각, 172쪽.

영롱한 '구슬'[24]로 불리는 '불성'이 각자의 마음속에 감추어져 있건만, 인간은 그걸 깨닫지 못하고 어둠 속을 헤맨다. 사실 감추어져 있는 것도 아니다. 실상은 마음이 바로 그것이다. 마음이 외부로 향하면 이 세상을 만들어내지만 내부로 향하면 바로 우리가 찾고자 하는 진리 그 자체가 되는 것이다. 이것을 알지 못해 "마음 밖에서 만일 진리를 찾고자 한다면 그것은 마치 모래를 삶아 밥을 짓는 것과 같다."고 보조 지눌은『수심결』에서 주장하고 있는 것이다. 마니주는 있는 곳에 따라 각각 다른 색깔을 비쳐 준다. 때문에 마니주 본래의 색깔이 무엇인지 알수 없다. 하지만 마니주 자체의 색깔이 없는 것은 아니다. 그것은 바로 근기에 따라 자재하게 응하는 그 청정한 속성이다. 즉 각자에게 들어 있는 '불성'이다. 그러기에 나옹은 "사람마다 포대 속에 당당히 들어 있다"라고 표현 한다. 그러나 이러한 불성이 사람에게만 있는 것은 아니다. 이 만물의 모든 근원이 바로 이것이다. 그러므로 부처는『화엄경』에서 "신기하고 신기하다 모든 생물 무생물에 불성이 다 들어 있구나."[25] 라고 하였던 것이다. 따라서 모기나 파리와 같은 곤충들뿐만 아니라 미생물 그 자체에도 불성이 있음을 우리는 알고 있어야 한다. 또한 그 '앎'에서 그치는 것이 아니라 '앎'에 대한 집착에서도 벗어나야 한다. 즉 안다는 것은 아는 주체와 그 '앎'의 대상 그리고 아는 행위가 있게 된다. 그러나 진여의 '앎'은 그러한 이원론적인 '앎'이 아닌 주체와 대상이 사라진 '앎'이다. 따라서 진여를 안다는 것은 주체가 대상이 됨을 의미한다. 그러므로 알되 아는 주체와 '앎'의 대상의 상대성이 공(空)해진 상태 즉 알되 '앎'이 사라진 또는 집착이 없어진 '앎'이 진정한 '앎'인 것이다. 이러한 '앎'이 바로 진여(眞如)인 것이다. 그러기에 각자에게 내재된 그 진여(眞如)의 신묘한 힘, 즉 '불성'을 찾으면 아무리 그것을 써도 닳음이 없어 끝이 없는 것이다. 왜냐하면 그것은 생겨난 것이 아니기 때문이다. 무생무멸(無生無滅)이 우리의 본래면목(本來面目)임을 깨달을 것을 나옹은 후인들에게 전하고 있다.

元來只是學貧窮	알고 보니 배운 것이라곤 빈궁뿐이라
學道須須學卽空	도를 배우려면 모름지기 공(空)을 배워야 하네
學得眞空眞道學	진공(眞空)을 배워 얻으면 그것이 참도학(眞道學)이니
堂堂學後空不空	분명히 배운 후에는 공이면서 공 아니리.

〈백납가中〉[26]

---

24) 마니주 혹은 영주로 불림.
25) 송준영(2006),『현대언어로 읽는 선시의 세계』, 서울: 푸른사상사, 10쪽 재인용.
26) 나옹 저, 벽련선서간행회 역(2001),『懶翁錄』, 합천: 장경각, 312쪽.

이 게송으로 유추해 보면 나옹에게 있어서 깨달음은 진공묘유(眞空妙有)의 참뜻을 안다는 것이다. 공(空)은 문자적으로 없음을 의미 하지만 선가에서의 공은 집착이 없음을 의미한다. 반야심경에 색즉시공(色卽是空) 공즉시색(空卽是色)이라고 하는 의미와 같음이다. 이는 존재와 의식의 관계로서도 알 수 있음이다. 존재와 의식은 둘이 아니라 하나이다. 존재(存在)는 의식(意識) 없이는 자신을 자각하지 못한다. 따라서 존재한다는 것은 곧 의식이 있음을 의미한다. 또한 의식은 존재 없이는 자신을 드러낼 수 없다. 따라서 존재와 의식은 동전의 양면과 같은 것이다. 따라서 색불이공(色不異空) 공불이색(空不異色)이 되는 것이다. 그러므로 나옹은 "분명히 배운 후에는 공이면서 공 아니리"라고 전하는 것이다. 이미 모든 것은 완전하다. 그 완전함은 '완전하다'와 '하지 않다'를 떠나서의 완전함인 것이다. 왜냐하면 완전함이라는 단어의 이면에는 불완전이라는 뜻이 같이 내포 되어 있기 때문인 것이다. 따라서 '공'이라고 하는 것도 마찬가지인 것이다. '공'이라고 말함은 그 '공'의 이면에 '공' 아님이 있음이다. 따라서 문자적인 '공'은 항상 '색'과 같이 함이다. 다만 '공'을 나타낼 수 있는 그 무엇도 없기 때문에 '공'이라고 일컬을 따름인 것이다.

철저한 무소유의 수행자로서 나옹선사의 시적 세계는 시공을 초월하여 사물을 직관하고 삶을 관조하는 태도를 지향한다. 물론 그 바탕은 일상생활 속에서 자기를 철저히 확신하고, 그 무엇에도 얽매이지 말고, 주체적으로 자기를 깨치려는 철저한 선가의 삶이다. 이런 삶을 통해서 선사는 "탐욕도 벗어 놓고, 성냄도 벗어 놓고 말없이 티 없이 바람같이 물같이 살다가라"는 자연에 화답하면서 가섭존자의 가풍을 면면히 계승하며 신령한 '구슬'을 찾을 수 있었으리라 생각된다. 그러기에 당당하면서도 걸림이 없고, 그러면서도 조화롭게 존재하는 세계와의 만남을 노래한 나옹선사의 시편들은 우리 시대를 맑게 하는 화엄의 시심을 표현한 것이라 할 수 있다.

2) 격외(格外)와 시법(示法)의 시 세계

깨달음의 상태를 언어로써는 나타낼 수 없음은 부처님시대 이래로 잘 알려진 바이나 그래도 오늘날 까지 수많은 선객들과 선승들의 다양한 시도가 문자를 통하여 전해지고 있다. 그 깨달음을 표현하기 위한 다양한 방편 중의 하나가 바로 선사들의 선심(禪心)의 시심(詩心)에 대한 격외(格外)의 형상화이다. 이는 어떤 개념이나 행동을 암시적이고 간접적으로 표현함으로써 상대방에 대한 의식의 전환을 꾀하는 하나의 방편법이라 할 수 있는 것이다.[27] 그러나 나옹의 게송에서 의외로 격외적인 선심의 시법은 좀처럼 보기 힘들다. 그렇지만 나옹은 일상적인 언어로써 그만의 독특한 언어의 낯설기 화에 성공하고 있는데 이는 다른 선승들과는 매우 차별되는 행보로 볼 수 있다. 즉 나옹은 일반적으로 많이 쓰이는 선어를 철저히 배제한 일상적인 언어로써 그만의 독창적인 격외(格外)의 시법(示法)을 사용한다. 이러한 것이 오히려 나옹 선시의 특징 중 하나로서 '일상적 언어의 선어화(禪語化)'라고 말할 수 있는 것이다.

아래의 게송에 사용된 단어의 면면을 볼 때 낯설게 느껴지는 즉 격외(格外)의 시법은 보이질 않지만 전체적인 게송의 의미는 나옹의 선심(禪心)을 충분히 잘 표현하고 있다.

信得家中如意寶　자기 안의 여의보주 얻어 믿으면
生生世世用無窮　세세생생 무궁하게 사용하리라.
雖然物物明明現　비록 물물마다 환하게 드러나지만
覓則元來卽沒蹤　원래 찾으려 들면 곧 흔적 사라져 버린다네.

人人有箇大神珠　사람마다 큰 신비로운 구슬이 있으니
起坐分明常自隨　일어나거나 앉거나 분명하여 항상 자기를 따른다네.
不信之人須着眼　믿지 못하는 자는 반드시 이렇게 착안할지니
如今言語是爲誰　지금 말을 하고 있는 이 사람은 누구인가?
　　　　　　　　　　　　　〈경세외멱자(警世外覓子)〉[28]

경세외멱자(警世外覓子)의 문자적 해석은 "바깥에서 찾는 자를 경계하라"는 뜻이다. 깨달음은 외부에 있지 않고 자신의 마음이 무엇인지를 아는 것이 바로 부처가 되는 길임을 옛 선사들은 한 결 같이 말하여 왔다. 나옹의 본뜻은〈경세외멱자(警世外覓子)〉를 통해 깨달음의 대상화에 대해 경계를 할 것을 후인에게 말하고자 함에 있음이다. '깨닫다'라는 것은 '깨닫지 못함'의 반대말인 것이다. 따라서 깨달음은 그 실상(實像)이 없는 것이다. 그러므로 나옹은 "원래 찾으려 들면 곧 흔적 사라져 버린다네."라고 표현하고 있다. 사라져 버리는 이유는 그것을 대상

27) 문정하(2019), 「청매인오의 선사상과 그 시적 형상화 연구」, 『불교문예연구』, 동방문화대학원대학교 불교문예연구소, 363쪽.
28) 『한국불교전서』 6권, 『나옹화상어록』, 「경세외멱자」, 744쪽.

화하기 때문인 것이다. 그렇다면 어떻게 해야 하는가? 뒤에 구절에서 그 답을 찾을 수 있는데 "사람마다 큰 신비로운 구슬이 있으니 / 일어나거나 앉거나 분명하여 항상 자기를 따른다네." 이것이 바로 그 실마리이며 답인 것이다. 이는 마치 자신의 눈을 단 한 번도 본적이 없지만 그 눈이 존재한다는 것은 단 한순간도 의심하지 않는 것과 마찬가지인 것이다. 그 어떤 이가 자신의 눈을 자신의 눈으로써 본적이 있겠는가? 겨우 보는 것이 거울을 통하여 보는 수밖에 없질 않은가? 그렇게 보질 못한다고 해서 우리는 그것이 없다고 말할 수 있겠는가? 아마도 백이면 백 모두다 자신이 눈을 가지고 있다고 말할 것이다. 그와 마찬가지로 진여(眞如)는 우리의 본성(本性)인 것이다. 이는 모든 생명의 근본이며 또한 그 모든 것이기도 하다. 따라서 이것은 그 무엇에도 견줄 수 가 없는 것이기에 그 무엇으로도 나타낼 수 가 없다. 그러나 그것을 나타낼 수 없다고 해서 그것이 없다고 말할 수 있겠는가? 그러나 이러한 자상한 말에도 알아듣지 못하고 믿지 못한다면 "지금 말하고 있는 이 사람은 누구인가?" 누구라서 아프면 아픔을 알고 허기지면 밥을 찾아 먹고 누군가에게 욕먹으면 기분 나빠져 씩씩 거리는가? 라고 나옹은 화두를 던지고 있다. 이 화두의 답을 안다고 해도 틀리고 모른다고 해도 맞음 이다.

이는 다음 게송(偈頌)에서 더 명확해진다.

> 南北東西蕩然空　남북동서가 텅 비었는데
> 何物於中喚作宗　무엇을 그 가운데서 으뜸이라 부르겠는가?
> 吸盡虛空飜轉處　허공을 다 들이마셔 뒤집은 자리에
> 通天徹地足霜風　온 하늘과 땅에는 서리 바람이 넉넉하네.
> 〈無一〉[29]

앞에서도 언급되었지만 진리를 깨닫는다는 것은 모든 것이 하나임을 아는 것이다. 따라서 높고 낮음도 없고 좌와 우도 없다. 그렇기에 동서남북도 없는 것이다. 이것을 나옹은 "남북동서가 텅 비었는데"라고 표현하고 있다. 이렇게 견줄 것이 없는 것을 무엇이라고 말할 수 있겠는가? 안과 밖이 없는 이 진공묘유(眞空妙有)의 세계를 알게 되면 그저 나옹의 표현으로 "서리 바람이 넉넉하네."인 것이다. 이러한 표현에 대하여 전재강(2013)은 나옹의 선시의 표현 중 특이한 점을 '차다'라는 단어에 두고 있는데 그는 "차다는 말은 양변을 초월하여 일체 분별심이 끊어진 자리"라고 하는데 나옹은 자신의 시에서 여러 차

---

29) 나옹 저, 벽련선서간행회 역, 『懶翁錄』, 합천: 장경각, 118쪽.

례 '차다'라는 말을 사용하여 이 용어가 중요한 선적 표현의 하나라는 것을 말해준다."[30] 라고 하였다. 이 게송 외에도 다수의 게송에서 발견되는 '차다(寒)'라는 표현은 나옹이 진여(眞如)의 상태를 표현하는 나옹만의 언어적 특징으로 볼 수 있을 것이다. 조금 더 이 '차다(寒)'의 언어적 의미를 해석해보자면 얼음은 물이 얼어서 얼음이 된 것이다. 즉 물이 곧 얼음이고 얼음이 곧 물이다. 그러나 물을 한 번도 보지 못했다면 얼음이 물인 줄은 꿈에도 생각을 못할 것이다. 따라서 나옹의 이 '차다(寒)'의 의미는 두 가지의 의미가 복합적으로 구성되어 있다고 봐야 한다. 아래의 두 게송(偈頌)에서도 '차다(寒)'라는 표현이 나오고 있다.

驀得知非今忽悟　갑자기 그른 것을 알고 지금 홀연히 깨달으니
六窓寒月再分明　여섯 창문의 찬 달이 다시 분명하네.
從兹不逐情塵念　이로부터 티끌 생각 쫓지 않으니
四壁玲瓏內外淸　네 벽이 영롱하여 안과 밖이 맑네.
〈省菴〉[31]

大起疑情切莫間　크게 의정을 일으켜 간격이 없게 하여
身心摠作个疑團　몸과 마음이 모두 하나의 의심 덩이 되게 하라
懸崖撒手飜身轉　절벽에서 손을 놓아 몸을 한 번 뒤집으면
劫外靈光照膽寒　겁 밖의 신령한 빛이 간담을 비추어 차리라
〈演禪者求偈〉[32]

앞의 〈성암(省菴)〉에서는 깨닫고 나니 "여섯 창문의 찬 달이 다시 분명하네."라고 표현하였고 뒤의 게송「연선자구게(演禪者求偈)」에서는 이 또한 깨닫고 나면 "겁 밖의 신령한 빛이 간담을 비추어 차리라" 하고 표현함으로써 '차다(寒)'라는 의미를 보다 명확하게 나타내 보이고 있음을 알 수 있다. 따라서 앞에서도 밝혔듯이 '차다(寒)'의 의미는 '깨닫다'와 같은 의미로서 나옹시의 특징적 언어로 해석되어진다.

모든 깨달음은 홀연히 찾아온다. 나옹은 지금까지 자신이 알고 있다고 믿었던 모든 것들이 허망한 것임을 문득 깨달은 후 다시 안, 이, 비, 설, 신, 의, 육식에 비춰봤을 때 그 진리의 분명함을 보았던 것일까? 전구에서 '이로부터 티끌 생각

---

30)　전재강(2013), 「나옹 선시에 나타난 시공 표현의 용어 유형」, 『우리말글』 57, 92쪽. '뼈와 온 몸까지 서리와 눈이 차다, 겁 밖의 신령스런 빛이 쓸개를 비추어 차다, 하늘에 통하고 땅에 사무쳐 모골이 차다'라는 표현 외에도 다수의 '차다(寒)'라는 표현이 발견되고 있다.
31)　나옹 저, 벽련선서간행회 역, 『懶翁錄』, 합천: 장경각, 2001, 112쪽.
32)　위의 책, 133쪽.

쫓지 않으니'라는 표현을 함으로써 세속적인 욕망을 벗어버리고 초월적인 세계를 드러내는 동시에 자신의 바탕이 또한 생각위에 있음을 표현하고 있는 것이다. 지금까지의 생각이 진리를 잘못 알았고 지금은 그 생각이 바로 잡혔음을 말하는 것이리라. 생각과 생각이 모여서 마음을 이룬다. 또한 이 마음은 이 세상과 다르지 않음이다. 누가 마음 없이 이 세상을 볼 수 있겠는가? 즉 깨달음은 자신의 견해를 바로 잡는 행위 이외의 그 어떤 것도 아니라는 것을 나옹은 말하고자 하는 것이다. 이는 결구에서 '네 벽이 영롱하여 안과 밖이 맑네.'라는 표현을 하고 있는 것으로 확인 할 수 있다. 결구의 '네 벽'은 승구의 '여섯 창문'의 확장이다. 여기에 '네 벽'은 우주를 이루는 네 가지 물질요소인 지, 수, 화, 풍을 의미 하며 앞에서 표현된 '여섯 창문'과는 병치관계를 이룬다. 또한 승구에서의 '찬 달'과 결구에서의 '맑네.'라는 표현 또한 병치관계를 이루고 있다. 이 시의 특징 중 하나는 기, 승, 전, 결 모두 병치관계에 있다는 점이다. 기구에서의 '깨달으니'와 승구에서의 '분명하네.' 전구에서의 '쫓지 않으니'와 결구에서의 '맑네.'로 완전한 병치 관계를 의도적으로 만들고 있음이다. 또한 문장 전체로 봐서도 깨달음이란 의미의 병치 관계로 시 전체의 분위기를 이끌고 있음을 알 수 있다.

〈연선자구게(演禪者求偈)의 기구에서 의정(疑晶)은 바로 의심을 밝히는 것을 의미한다. 이 의정이 커지면 의단이 되고 이 의단이 깨어지는 순간에 찰라삼매에 들게 된다. 이 찰라삼매의 순간을 나옹은 결구에서 "절벽에서 손을 놓아 몸을 한 번 뒤집으면"으로 표현하고 있다. 이는 백척간두(百尺竿頭) 진일보(進一步)의 다른 표현인 것이다. 또 기구에서의 "간격이 없게 하여"의 뜻은 행주좌와(行住坐臥)·어묵동정(語默動靜)의 모든 때를 의심으로 가득 채워 다른 생각이 들어올 틈을 주지 마라 하는 것이다. 화두의 의미는 다른 것이 아니다. 다만 다른 모든 생각을 없애기 위한 하나의 방편 수행법인 것이다. 행주좌와 어묵동정이 온통 화두로 가득해지면 한 순간에 하나의 상태가 될 수 있다는 것을 나옹은 후인들에게 설(說)하고 있는 것이다.

3) 자연교감과 세외지심(世外之心)의 시 세계

『선가귀감(禪家龜鑑)』에서 청허 휴정은 "선(禪)은 부처님 마음이요 교(敎)는 부처님 말씀이다."[33]라고 하였다. 이것은 선과 교의 역할이 명확하게 나누어져 있

---

33) 서산 지음, 법정 옮김(2008), 『禪家龜鑑(깨달음의 거울)』, 서울: 동쪽나라, 5쪽.

다는 것을 의미함이다. 선으로는 깨달음을 체득 할 수 있는 것이며 교로써는 깨달음이 분명히 있음을 전하는 것임을 말함이다. 즉 부처님의 마음과 나의 마음이 다르지 않음을 전하는 것이 교(敎)이며 이를 알고 난후 이것을 실천하는 것이 바로 선(禪)인 것이다. 따라서 경전과 게송(偈頌)으로써만 법을 전하는 것에 그 한계를 가지고 있다는 것은 분명하다. 그러나 이러한 법 즉 진리가 있음을 문자로써 후세에 전하는 것이 없다면 후인들은 무엇으로 그것의 존재함을 알 수 있겠는가? 우리가 지금 부처님의 진리의 말씀을 보고 들을 수 있는 것은 모두 문자에 의한 것이다. 따라서 나옹의 게송은 후인들에게 진리의 존재를 전하기 위한 끊임없는 법(法)의 설(說)이라는 의미의 맥락에서 해석되어져야 한다.

깨닫고 보면, 모든 분별과 망상이 없고 얽매임 또한 없다. 진속일여(眞俗一如), 물아일체(物我一體)의 경지 그대로다. 삼라만상은 진여일심(眞如一心)의 표상이기에 일체가 상호조응하며 하나로 된다. 이러한 자연 속에서 자신과 합일된 수행자의 삶이 〈산거(山居)〉에서 잘 묘사된다.

> 白雲堆裏屋三間　흰 구름 떠도는 산 속의 삼간초옥
> 坐臥徑行得自閑　앉고 눕고 거닐다보니 스스로 한가하네
> 磵水冷冷談般若　맑은 계곡물은 차갑게 반야를 설하고,
> 淸風和月編身寒　달빛 실은 맑은 바람 온몸에 차갑네.
> 〈산거(山居)〉[34]

산승의 심산유곡(深山幽谷) 암자에서의 수행이 잘 그려지고 있다. '행주좌와 어묵동정'은 수행자의 일상적인 생활 그 자체이다. 그 결과로 '자한'(自閑)의 경지를 얻게 된다. '자한'은 본성 자리를 찾는데 중요한 경지이다. 또한 "스스로 한가하네."라는 의미는 이미 행주좌와를 통해 가지고 있던 화두가 타파되었다는 것을 의미 한다. 화두의 타파는 곧 깨달음을 의미하기에 이 경지에서 나옹은 흐르는 계곡 물소리에서 반야의 무정설법(無情說法)을 듣고, 달빛 실은 맑은 바람에서 법왕신의 원음을 듣는 것이다. 이 게송에서 또 다시 "온몸에 차갑네."라는 표현이 나타난다. 이 역시 앞에서 언급한 '차다(寒)'라는 깨달음의 상태를 표현하는 나옹의 특징적인 시어(詩語)인 것임을 전체 문맥을 통하여 알 수 있음이다. 아울러 자연물을 게송에 담음으로써 격조 있는 서정성과 법음(法音)의 향기를 멋지게

---

34) 나옹 저(2002), 벽련선서간행회 역, 『懶翁錄』, 합천: 장경각, 187쪽.

묘출하고 있다.

아래의 게송 〈한우(旱雨)〉에서는 평상심시도(平常心是道)의 뜻을 아주 평범한 언어로 잘 묘사하고 있다.

農夫戴笠忙忙手　농부는 삿갓 쓰고 바삐 손 움직이고
菜女披蘘急急身　나물 캐는 처녀 蘘荷(양하) 헤치며 급하게 몸 움직이네.
見此萬般常式事　이 만반의 일상사 보니
頭頭物物盡爲眞　일마다 물건마다 다 진리일세.

〈旱雨〉35)

이 게송을 문자적으로만 해석하면 가뭄 끝에 비가 내리는 시골의 일상적 전경을 담은 것으로써 이해해야 할 것이다. 그러나 이 게송은 진리를 '있는 그대로' 담아내고자 하는 나옹의 평상심시도(平常心是道)의 정신이 담겨져 있는 걸작이라 하겠다. 언어로써 표현하기 어려운 진리의 상태를 아주 일상적 단어로써 간결하게 표현하고 있다. 부처의 마음과 지금 우리의 마음은 다르지 않다. 지금의 나의 마음과 부모미생전(父母未生前)의 나의 마음이 다르지 않듯이, 따라서 나와 너의 마음이 다르지 않음을 나옹은 아주 자상하게 후인들에게 설하고 있는 것이 바로 이 게송이다. 가뭄 끝에 비가 내리면 뜨거운 태양과 건조한 바람에 잔뜩 움츠렸던 식물들은 비로소 생기를 되찾고 꽃을 피울 준비를 할 것이고, 농부들은 잠시 근심에서 벗어나 바쁜 일상으로 돌아간다. 이제 막 되살아나는 나물을 수확하는 처녀의 손길이 바빠지고 그 처녀의 마음도 바쁘기만 하다. 이는 모든 만물이 비를 그리워하는 한 마음36)으로 있었기 때문인 것이다. 여기의 이 한 마음이야 말로 진여의 마음인 것이다. 진리가 우리의 마음과 다른 것인가. 마음이 밖으로 향하면 이 세상을 만들지만 내면으로 향하면 곧 진여가 됨이다. 따라서 나옹은 "이 만반의 일상사"에서 옳고 그름을 벗어난 또한 양변의 논리에서 벗어난 그래서 이원화 되지 않은 진리의 본성을 본 것이다. 가뭄으로 모든 만물이 한마음이 된 상태 그러므로 "일마다 물건마다 다 진리일세."인 것이다.

或在峯頭或洞門　혹 봉우리에 있고 골에도 있어

---

35) 위의 책, 98쪽.
36) 설사 비를 그리워하지 않았다 하더라도 그 또한 한마음인 것이다. 왜냐하면 진여는 그 양변을 모두 비추는 거울과 같기 때문인 것이다.

歸禽到此路難分　　돌아가는 새 여기에 이르러 길 분간하기 어렵네.
忽伴鶴隨風轉　　　홀연히 학을 짝하고 바람을 따라 도니
萬壑千嵓邈不存[37]　만학천암이 가까이 있지 않네

　속진(俗塵)을 떠나서 존재하는 것이 진여본성(眞如本性)일 수가 없다. "욕심 속에 있으나 욕심이 없고 세속에 살면서도 세속을 떠난 것을 선(禪)이라 한다."[38] 그러므로 진여는 모든 형상의 어머니이며 모든 소리의 근원인 것이다. 따라서 그 어디에도 존재하지 않음이 없다. 이러한 것을 나옹은 이미 알고 있다. 그럼에도 불구하고 돌아가는 새로 표현되는 화자는 그것 즉 진여본성이라 이름 지어진 깨달음에 집착하는 순간 그 모든 것이 이미 그 진여를 벗어나게 된다는 것을 우리에게 말하고자 한다. 따라서 그 무엇에도 의지함도 구함도 없는 자리 즉 무집착(無執着)을 짝하니 삶의 괴로움은 저 멀리 사라져 버림을 말하고 있다. 괴로움이란 집착에 의한 것이다. 갖고 싶은 것을 가지지 못한 세속적인 괴로움이나 깨닫고 싶은 데 깨닫지 못했다는 수행자의 괴로움은 같은 괴로움인 것이다. 이 게송은 수행자의 마지막 관문이라 할 수 있는 살불살조(殺佛殺祖)의 경계에 있는 것이다. 백척간두(百尺竿頭)에서 진일보(進一步)해야 함을 나옹은 역설하고 있다.

4. 결론

　이상에서 나옹혜근(1320~1376)의 선사상의 특징과 법맥 그리고 그의 출가서원이었던 초출삼계(超出三界)와 이익중생(利益衆生)이 어떻게 그의 시심으로 표현되었는지에 대하여 살펴보았다. 이것을 정리해 보자면 나옹의 법맥은 고려 말의 대학자인 이색이 『보제존자어록서(普濟尊者語錄序)』에서 밝혔듯이 지공선현(指空禪賢)과 평산처림(平山處林)의 법통을 같이 받은 것으로 보는 것은 타당하다. 그러나 사상에 있어서는 원융(圓融)적인 한국불교만의 전통을 이어가고 있음이 밝혀졌다. 나옹은 지공선현과 평산처림으로 부터 인가를 받기 이전에 국내에서 이미 화엄학과 중관학, 유식학, 그리고 지눌이 선과 교를 정립해 놓은 조계선(曹溪禪)을 수행하였으며, 이후 회암사(檜巖寺)에서 4년여의 참선한 끝에 깨달음에 이르게 되었다. 그리고 깨닫고 난후에 깨달음의 점검 차 원나라로 들어가 지공선사와

---

37) 나옹 저, 벽련선서간행회 역(2001), 『懶翁錄』, 합천: 장경각, 122쪽.
38) 위의 책, 166쪽, 「휴휴암(休休庵) 주인의 좌선문(坐禪文)」 중 일부 발췌.

평산처림을 만났고 그들로부터 인가를 받은 것이다. 따라서 나옹의 깨달음은 이미 국내에서 완성된 것으로 보아야 할 것이다. 그러므로 이러한 근거를 바탕으로 살펴보았을 때 나옹은 근본적으로 6조 혜능(慧能)의 즉심시불(卽心是佛)의 사상과 평상심시도(平常心是道)의 돈오(頓悟)사상을 계승하고 있으며 화엄사상 즉 교학의 사상에 바탕을 두고 있음을 알 수 있었다. 따라서 나옹의 사상적 특징은 그가 그 어떤 사상에도 치우침이 없이 그 모든 사상을 폭넓게 수용하여 자신만의 원융적인 선(禪)을 구축하였다는 것이라 할 수 있다.

다음으로 나옹의 출가서원인 초출삼계와 이익중생이 어떻게 그의 시심으로 표현되었는가에 대하여 알아보았다. 앞에서도 언급하였듯이 문자를 통하여 진공(眞空)을 표현한다는 것은 불가능한 것이다. 그것은 오직 심행처멸(心行處滅)의 상태로서 문자로서는 나타낼 수 없기 때문이다. 그러나 진여의 상태가 존재한다는 것은 얼마든지 언어로써 가능한 일이기에 진여의 상태를 보다 선명하게 그려내기 위한 방편으로서 수없이 많은 선객들과 선승들이 격외(格外)적 선심(禪心)의 시심화(詩心化)를 시도해 왔다. 그러나 반복적으로 사용된 단어는 언어의 낯설기 화로써는 점차 그 빛을 잃어버리게 되었다. 하지만 필자는 나옹이 일상적인 단어를 사용함으로써 그의 출가서원이었던 초출삼계 이후 이익중생이라는 대의를 실현하면서도 그 전체 내용면에 있어서는 충분한 낯설음을 나타내는데 성공하고 있음을 확인하였다. 그럼에도 불구하고 나옹이 참선수행의 단계로서 제시한 입문삼구(入門三句)와 공부십절목(功夫十節目) 그리고 삼전어(三轉語)라는 틀을 이용한 해석이라는 측면에서는 아직 시도를 하지 못한 것이 아쉬움으로 남는다. 이에 대한 연구는 차후의 과제로 삼고자 한다.

이규보의 시론 특징과 그 시적 변용의 미학[1])

김 명 옥(원각스님, 철학박사, 김제 관수암 주지)

1. 들어가는 말

백운거사 이규보(1168~1241)는 무신란, 흉년으로 인한 기아와 전염병의 발생, 민란, 몽고의 침략과 그에 항거하기 위해 강화도의 천도 등 실로 격동의 시대를 살았다. 이러한 시대적 상황에서 보조지눌과 진각혜심으로 이어진 선사상은 그 당시 대표적인 사상의 축이었다. 무엇보다도 이 시기에 발흥한 선시는 이규보의 사상과 시문학에 지대한 영향을 미쳤다. 시와 술과 거문고를 너무 좋아하여 '삼혹호(三酷好)' 선생으로 불렸던 이규보는 경전과 사기와 선교를 두루 섭렵하였다. 특히 어린 시절부터 탁월한 문학적 재능을 보인 이규보의 불교에 대한 해박한 지식과 문학적 상상력은 선시문학을 발양하는데 큰 자양분이 되었다. 따라서 그는 시 창작에 선적인 사유의 소재와 상상력을 적극 적용함으로써 그 나름의 독특한 선시를 창작하였던 것이다.

평생을 '시마(詩魔)'에 붙들려 살았던 이규보의 시벽(詩癖)은 결국 시마에 대한 관심과 그것의 극복으로 연결되는데, 특히 시 창작에 있어 감정에 연유하여 발로되는 '연정이발(緣情而發)'과 시는 새로운 뜻(新意)과 새로운 언어(新語)로 담아내야 한다는 '어의창신론(語意創新論)'은 그의 시론의 핵심이다. 이규보의 이러한 독특한 시적 이론은 그의 선심(禪心)의 시심화(詩心化)에서 한결 두드러지게 나타나고 있다. 과거에 합격하고도 자유로움을 좋아하는 성품 탓으로 벼슬을 제수 받지 못한 시기는 오히려 그에게 뜨거운 시혼으로 작용하여 많은 시가 창작되는 절호의 기회였다 할 수 있다. 아울러 그는 단순히 차를 마시는 일에서뿐만 아니라 차를 달이는 과정 자체를 번뇌를 해소하는 한 방법으로 여기고 있는 점도 주목할 만하다. 특히 진여의 상징인 달빛에서 공(空)을 읽어내는 그의 감수성과 각성의 세계는 고상한 깨달음의 시로 표현되고 있다. 무엇보다도 그는 우물에 비친 달빛이라는 허상에 주목하여 불교의 핵심인 공사상과 연기사상을 간파하는데, 그의 선적 사유의 시적 표현은 선시의 압권이라 할 수 있다.

---

1) 이 논문은 『불교문예연구』 11권 11호(2018.8.)에 게재되었음.

따라서 이 글에서는 '연정이발'과 '어의창신론'을 기반 한 선적 사유의 시적 표현은 그의 문학에 대한 끝없는 애정의 다른 표현이고, 시인의 사명과 역할이 무엇인가를 여실히 보여주고 있음을 살펴보고자 한다. 이규보가 남긴 시문학의 다채로운 면모를 보면 불멸의 시문집 『동국이상국집』에 수록된 절구와 율시 작품은 총 1,492수이다. 오언절구가 197수, 칠언절구가 743수이며, 오언율시 179수, 칠언율시가 373수이다. 이 점을 주목하면, 그의 시적 세계는 신앙이나 천재지변에서부터 습속(褶俗)에 이르기까지 다양한 특징을 지니고 있는 것으로 생각된다. 하지만 그의 시적 세계를 다 살펴보는 것은 무리가 따르기에, 이 글에서는 그의 간략한 시론의 특징을 살펴보고, 이것이 그의 시적 세계에 어떻게 투영, 변용되고 있는지를 살펴보고자 한다.

2. 이규보 시론의 특징

『동국이상국집』[2] 연보에 의하면 이규보의 어린 시절의 이름은 인저(仁氐)였으며, 11세 때 이미 글쓰기에 능하여 신동이라 불렸다. 그의 놀라운 문학적 재능은 낭관(郎官)들이 기꺼이 그를 불러, '지(紙)'자를 넣어 연구를 짓도록 했는데, 어린 인저는 "종이 길에는 모학사(붓의 별칭)가 줄곧 지나가고/ 술잔 속에는 국선생(술의 별칭)이 늘 들어 있네(紙路長行毛學士 盃心常在鞠先生)"라고 읊어, 주변 사람들을 깜짝 놀라게 한 사실에서 확인된다. 뛰어난 시적 재능을 지니고 있던 그는 14세 때, 당시 사학 12공도 가운데 가장 대표적인 최충의 성명재(誠明齋)에 들어갔는데, 성명재 학당 내에서도 천재적인 문학 소년으로서 자질을 보여주었다. 어쩌면 이 무렵부터 이규보는 경서와 시문을 본격적으로 익혔을 것으로 진단된다. 그런데 이규보는 16세에 사마시에 응시하였으나 낙방하였고, 이어 18세, 20세 때에도 과거에 응시했으나 낙방하고 말았다.

『동국이상국집』 연보에는 그가 계속해서 과거에 낙방한 까닭은 자신의 재주와 능력을 믿고, 평소에 과거지문을 익히지 않고 풍월만 일삼기를 좋아한 탓이라고 기록하고 있다.[3] 그럼에도 그의 시문학의 의지는 결코 꺾이지 않아, 21세 때 감

---

2) 『동국이상국집』은 그가 사망한 1241년 아들 '함'이 53권 13책으로 발행한 시문집이다. 이 책은 1251년 손자 '익배'가 교정, 증보해 개간했으며 현재 전해지는 판본은 영조시대에 복간한 것으로 추정된다.
3) 이규보 지음, 국역 『동국이상국집』1 연보, 민족문화추진위원회(1982), 41쪽.

시에 응시해 장원으로 합격하였으며, 23세 때에는 예부시에 응시해 진사에 합격하였다. 그렇지만 그는 말과를 기피하여 사양한 탓에 중용되지 못하였다. 설상가상으로 그는 24세 되던 8월에 부친상을 당하자 개성의 천마산 등지에서 은거하며 자칭 백운거사(白雲居士)라고 자호하고, 백운처럼 걸림 없이 유유자적하고 거사처럼 수행하며 도를 닦고자 하였다. 특히 그는 '시마(詩魔)'에 붙들려 〈백운시〉, 〈동명왕편병서〉, <천마산시>, <백운거사어록>, <백운거사전> 등의 훌륭한 시편을 지었다. 자유로움을 좋아하는 문학적 기질이 풍부한 그였기에 관직에 얽매이지 않았던 이 시기는 오히려 그의 뜨거운 시혼(詩魂)으로 훌륭한 시문학의 창작이 가능했던 것으로 진단된다.

1) 사물에 대한 감흥의 발로(緣情而發)

일생동안 잠시라도 시를 놓지 않았던 이규보는 글쓰기의 근원은 정(情)에 있고, 이러한 강렬한 감정이 표출되는 것은 당연한 것이라 생각하였다. 특히 그는 글이란 감정에 연유하여 발로되는 '연정이발(緣情而發)'이기 때문에, 마음속에 격함이 있으면 반드시 밖으로 표출되어 감히 그것을 막을 수 없는 것4)이라고 하였다. 이러한 시적 감흥의 표현 방법은 '고요 속에 회상되는(recollected in tranquility)'5) 강력한 감정의 자발적 흘러넘침을 표방하는 영국 낭만주의의 선구자 워즈워드의 시론과 다르지 않다.6) 이처럼 이규보는 시문을 짓는 것이 인위적인 행동이 아니라 사물을 보면 일상의 감정 때문에 저절로 쓸 수밖에 없는 지경에 이끌리게 된다고 했던 것이다. 이는 곧 쓰고 싶을 때에 쓰고, 쓰기 싫으면 쓰지 않아도 되는 것이 시가 아니라 일단 '시마(詩魔)'에 붙들리게 되면 병중에도 쓰지 않고는 못 견디는 그의 시적 세계의 특징을 함축하고 있다.

> 나는 본시 시를 좋아함은 비록 오려 지녀 온 버릇이기는 하지만, 병이 들자 평소의 두 배는 더 좋아하게 되었다. 그러나 그 까닭은 알지 못한다. 사물을 접하여 흥이 깃들 때 마다 읊지 않는 날이 없어서 그러지 않으려고 해도 어쩔 수 없다. 그래서 이것도 역시 병"이라고 생각되어 일찍이 <시벽(詩癖)>편 이라는

---

4)이규보 지음, 위와 같은 책, 제 27권, 與朴侍御犀書, 62쪽.
5) Charles Williams, English Romantic Poets, ed., M. H. Abram and Others (New York: Oxford University Press, 1987, "Wordsworth", p.117.
6) 이러한 시론은 영국 낭만주의의 대표적인 시인 윌리엄 워즈워드의 "시란 강렬한 감정의 자발적인 넘쳐 남(the spontaneous overflow of powerful feeling)"의 표현이라는 이론과 유사하다.

글을 지어 뜻을 밝히니 일이 있는데, 이것은 스스로를 슬퍼해서였다. 또 식사할 때마다 겨우 몇 숟갈을 떠먹고는 오직 술만 마셨기 때문에 이것을 걱정했다. 그런데 백낙천의 『백향산집』의 후집에 실린 노경에 지은 시들을 보니 그 대부분이 병중에 지은 지은 것이었고 술 마시는 것도 역시 마찬가지였다.[7]

백낙천의 노경의 역작 대부분이 병중 작이고 음주를 즐기며 지은 것이라고 인식한 이규보 역시 천성적 시인으로 병중에 더욱 감흥이 배가 되어 일어날 때마다 시를 지었음을 알 수 있다. 그러나 시는 단순한 감흥의 발산일 수 없고, 시문학으로서의 그윽한 자족의 세계가 있고 또 그렇게 되도록 담아내야만 했다. 때문에 불멸의 시경(詩境)을 개척하고 창조하는 일은 그야말로 심간을 깎으며 여위는 고통을 수반할 수밖에 없다.[8] 쓰기 시작하면 괴롭지만, 쓰지 않고는 견디지 못하여 시를 지어서 상심한다고 토로하기도 했던 이규보는 한 순간도 시를 잊으면 살 수 없었고, 그의 이러한 시벽(詩癖)은 결국 시마(詩魔)[9]에 대한 관심과 그것의 극복으로 연결된다. 시 짓는 재주를 마귀로 본 것도 참신하지만 마귀라는 표현에서 이규보의 뜨거운 시 창작 욕구를 짐작할 수 있다.

하지만 이규보는 시마가 어떻게 해서 생기는가를 깊이 파고들어 마침내 자신의 심간을 다 깎게 하는 이 시마를 물리칠 결심을 하게 된다. 그래서 시마의 죄를 조목조목 들고 이를 쫓아내려는 글을 쓰기까지 하였다. 그 대표적인 것이 〈구시마문효퇴지송궁문(驅詩魔文效退之送窮文)〉이다. 여기에서 이규보는 "시는 사람을 들뜨게 하고, 시는 조화, 신명의 영묘함을 누설하며, 시는 거침없이 취하고 읊어 끝없는 자부심을 갖게 하고, 아울러 시는 상벌을 멋대로 하며, 시는 영육을 다 여위게 하고 상심시킨다."고[10] 시마에 대해 언급하고 있다. 이규보는 이렇게 5가지 죄목을 들어 시마를 저주하고 물리치고자 했다. 또한 그는 사물에서 감흥을 느끼니 들뜨지 않을 수 없고, 사물의 본질을 파악하고자 하니 자연스럽게 내재된

---

7) 이규보 지음, 국역 『동국이상국집』Ⅴ, 〈차운화백낙천병중십오수 병서(次韻和百樂天病中十五首 幷序)〉, 168-169쪽.

8) 이규보 지음, 국역 『동국이상국집』Ⅴ, 동국이상국후집 제1권, 156쪽.

9) 이규보 지음 , 국역 『동국이상국집』 Ⅵ 동국이상국후집 제 10권, 195쪽.:"시가 하늘에서 내려온 것은 아니련만/애써 찾아내봐야 결국 어떻게 하겠는가 /좋은 바람 밝은 달 처음엔 서로 즐기지만/ 오래되면 음란이 되니, 이게 바로 시마라네"(詩不飛從天上降 / 勞神搜得竟如何 / 好風明月初相諭 /着久成淫卽詩魔.)"

10) 이규보 지음, 국역 『동국이상국집』Ⅴ, 156쪽."及溺之於詩 妖其說怪其辭 舞物眩人. 呦乎造化 睒若神明, 沌沌而漠 渾渾而冥 機開閟邃 且鏑且局, 汝不是思 偵深諜靈 發洩幾微, 繁天麗地 汝取之無愧 十不一棄 一矔一吟 …爾握何權 惟賞罰是肆 賞罰? 汝著於人 如病如疫 體垢頭蓬 鬚童形腊 苦人之聲 矉人之額 耗人之精神 剝人之胸膈,惟患之媒 惟和之賊."

비밀을 누설하게 되며, 그 과정에서 자부심을 느끼게 된다고 하였다. 아울러 사물의 본질이 무엇이며 어떠해야 함을 알게 되니 당연히 시비를 가려 상벌을 내리게 되며, 이 같은 시의 창작이 결코 쉽게 이루어질 수 없기에 영육이 야위게 되고 상심될 수밖에 없다고 진단하였다. 하지만 그는 꿈속에서 시마의 항변을 듣게되는데, 그가 '이규보'로 될 수 있었던 것은 시문으로 명성을 떨치게 된 것이 아니냐는 항변이다. 이규보는 이 같은 시마의 주장과 항변에 승복하고 오히려 스승으로 모시기로 했다. 이상의 사실을 고려하면, 이규보 시론의 핵심 중의 하나는 감흥으로부터 출발(緣情而發)하여 사물의 본원을 추구하는 것이라 할 수 있다.

2) 시는 새로운 뜻(新意)과 새로운 언어(新語)로 표현

이규보 시론의 또 다른 특징은 시는 '어의창신론(語意創新論)'으로, 새로운 뜻(新意)과 새로운 언어(新語)로 담아내야 한다는 것이다. 시 창작 과정에서 맨 먼저 요구되는 것은 설의(設意)임을 강조하고, 의(意)란 기(氣)를 위주로 하는데 그것은 타고난 천분이요 성정, 기질이기 때문에 인위적으로 이룰 수 없다[11]는 것이다. 이규보가 내세운 '설의(設意)'의 의(意)는 시가 가지고 있는 독창성을 의미한다. 그는 평소 "옛 사람의 뜻을 훔치는 것은 잘 훔치더라도 오히려 불가하다."[12]는 입장에서 다분히 그 나름의 독창적인 태도를 중요하게 여겼기 때문에 '뜻을 베풀기 더욱 어렵다(設意尤難)'라고 했던 것이다. 결국 '설의우난'이란 시의 독창성과 새로운 의미를 강조한 것이다. 아울러 '의(意)'는 때로는 개성적이며 독창적인 작품의 구조를 언급하는 것으로 사용되기도 하였다. 그렇다면 이규보가 주장하는 신의(新意)는 '개성적이며 독창적인 뜻으로 진단된다. 이는 곧 시라는 것이 결국 하늘이 내려준 재능으로 쓸 수밖에 없는 어려운 것이라는 이규보의 지론이라 할 수 있다. 그런데 이규보가 의기(意氣)를 시작 방법론의 우선 단계로 제시했다 하더라도 이러한 의기는 천부적인 것으로만 될 수는 없다. 그 까닭은 창작론은 근원적으로 방법론적인 것을 무시할 수 없고, 후천적인 창작수업의 가능성을 최대한으로 인정하고 있기 때문이다. 다만 "그러나 기는 하늘에 근본을 둔 것이니, 배워서 얻을 수는 없다(然氣本乎天 不可學得)"이라고 말한 것은, 시가 지닌 기운이 단순히 수사상의 기교처럼 연마만 하면 획득될 수 있는 것이 아니고, 늘 새로운

---

11) 이규보 지음, 국역 『동국이상국집』VI, 267쪽.
12) 이규보 지음, 국역 『동국이상국집』IV, 21쪽.

것을 찾고 새로운 것을 표현하려는 신의(新意)라는 보다 본질적인 시인의 태도를 강조한 것이다. 그는 자신의 새로운 언어를 만들 수 없던 이유를 이렇게 설명하고 있다.

무릇 옛 사람의 시체(詩體)를 본뜨는 자는 반드시 먼저 그 시를 습득한 후에 본받아 따라가게 되닌 것이요, 그렇지 않으면 표절하기도 어려우니, 비유컨대, 도둑이 먼저 부잣집을 엿보아 그 집 문과 담장이 익숙하게 한 연후라야 그 집에 슬쩍 들어가서 남의 물건을 훔쳐 자기 것으로 만들면서도 남들이 알지 못하게 하는 것과 같은 것이다. (....) 나는 어려서부터 철없이 방랑하며 글 읽음이 그다지 그리 정밀하지 못하여, 비록 육경(六經)·자사 같은 글을 섭렵했을 따름이지 그 근원을 궁구하지; 못하였는데, 하물며 제가(諸家)의 장구(章句)야 더 말할 것도 없다. 이미 그 글에 익숙하지 못하니 어떻게 그 체를 본뜨고 그 어구를 표절할 수 있겠습니까? 이 때문에 부득이 신어(新語)를 만들지 않을 수 없게 된 것입니다.[13]

인용문은 이규보 자신의 시어와 시에 대하여 당대 문사들이 온고미(溫故美)가 부족하다는 논평에 대한 해명과 자기변호의 성격을 갖는다. 옛 사람의 시를 읽어 그 체(體)를 본받기가 쉽지 않음이 자칫 표절을 낳는데, 이를 시의 가장 병폐로 여겨 배격하는 이규보이다. 이는 그 자신이 폭넓은 독서를 함으로써 옛 사람들의 전적을 두루 섭렵하였으나 모방하기보다 오히려 독창적인 신어를 만들어내고 있음을 보여 준다. 이때 고전의 근원을 밝혀내는 경지에 이르지는 못했다는 사실은 그 자신의 하심의 태도를 보여준 것이라 할 수 있다. 결국 이규보는 예 사람들의 작품을 두루 익히는 연마의 필요성과 독창적이고 고유한 자기만의 시 세계를 구축하는 것이 무엇보다도 중요하다는 것을 강조하고 있다 할 수 있다. 그러나 이규보는 자신의 시작 태도에서 새로운 뜻(新意)만을 언급하지 않았다. 그는 신의를 중시함은 물론 이러한 뜻이 작품 속에서 잘 구현될 수 있도록 착상하고, 또한 오직 새로운 뜻에만 머물지 말고 변용하여 원숙의 경지에 이르러야 함을 주장하였기 때문이다. 또한 이규보는 청경·웅호·평담한 체격이 상황에 따라 골고루 적절하게 묘사될 때 훌륭한 시인의 경지에 이를 수 있음을 언급하고 있다. 더 나아가 이규보는 천부적인 시적 재능에 바탕 한 높은 기상과 후천적 공력에 따른 세련된 격조가 융합되었을 때 빼어난 시가 생산될 수 있고, 시를 짓고 발표하기까지 철

---

13) 이규보 지음, 국역 『동국이상국집』Ⅳ, 〈답전이지논문서(答全履之論文書)〉, 17-18쪽.

저하게 검토를 거쳐서 흠결이 없을 때 작품을 세상에 내놓아야 한다고 주장한다.

> 대체로 시가 이루어지면 되풀이해서 보고 또 전혀 자기가 지은 것으로는 보지 않고 다른 사람 및 평생에 제일 미워하는 사람의 시를 보고 그 흠결을 잘 찾아내듯이 해서 여전히 결점이 있음을 모르게 될 때 비로소 세상에 내놓을 것이다.14)

인용문에서 보듯이 이규보는 한 편의 시를 지은 뒤 이를 세상에 내놓기까지에 시인의 자세가 어떠해야 하는가를 강조하고 있다. 먼저 자신의 생각을 염두에 두고, 타자의 비평과 질타를 겸허히 수용하며 또한 철저한 검토를 거쳐서 객관화한 뒤에 작품을 발표해야 한다는 것이다. 보다 격조 있는 시적 완성도를 위한 혼신의 노력을 기울이는 자세가 필요하다는 것이다. 이와 같이 이규보의 시론의 특징은 시 창작에 있어 감정에 연유하여 발로되는 '연정이발(緣情而發)과 시는 새로운 뜻(新意)과 새로운 언어(新語)로 담아내야 한다는 '어의창신론(語意創新論)'을 그 골간으로 하고 있는 점이다. 그렇다면 이러한 시론을 기반 한 이규보의 선심의 시심화는 어떻게 표현되고 있는가를 구체적으로 살펴보고자 한다.

3. 이규보 선심의 시적 변용의 세계

1) 산사, 거리두기와 자아성찰 공간으로서 시세계

급제 후 8년이 지나도록 아무런 보직을 받을 수 없었던 이규보의 20대는 실로 불우한 시기였다. 하지만 앞서 살펴보았듯이, 그에게는 이러한 불우한 상황이 오히려 놀라운 시문학 창작의 계기가 될 수 있었던 것으로 진단된다. '시마(詩魔)'에 붙들려 평생 시문 짓는 일에 매진했던 이규보였지만 어쩌면 이 시기만큼 정열적인 시문학의 창작이 가능했던 적이 없었다. 즉 자유로움을 좋아하는 성품 탓으로 관직에 얽매이지 않았던 그에게 벼슬을 제수 받지 못한 이 시기는 오히려 그의 뜨거운 시혼이 불타올라 훌륭한 시문학이 창작될 수 있는 기회가 되었기 때문이다. 따라서 벼슬을 제수 받지 못하고 방황하던 시절, 이규보는 자연스럽게 산사를 찾게 되었고, 스님들과의 교류를 통해 자신의 고달픈 심경을 달랬을 것으로

---

14) 이규보 지음, 국역 『동국이상국집』VI, 268쪽.

추측된다. 그렇다면 산사는 그에게 세상의 번다함과 현실의 시비분별을 떠난 공간으로, 즉 자신을 의탁해서 마음의 여유와 탈속한 정신세계를 지향하는 물외의 공간으로 놓이게 된다 할 수 있다. 이처럼 그의 현실로부터 '거리두기'라는 고뇌의 해소 방법이 다음의 시에서 한결 잘 표현되고 있다.

金碧樓臺似翥翬	단청 입힌 누대는 오색의 꿩이 나는 듯하고
靑山環遶水重圍	푸른 산, 맑은 물이 겹겹이 감도네
霜華炤日添秋露	서리에 햇빛 비치니 가을 이슬이 맺힌듯하고
海氣干雲散夕霏	바다 기운 구름 찌르니 저녁 안개 흩어지네.
鴻雁偶成文字去	기러기 날아가는 것은 문자를 써 놓은 듯
鷺鷥自作畫圖飛	백로의 날갯짓은 절로 그림이 되었네
微風不起江加鏡	실바람도 일지 않아 강은 거울 같고
路上行人對影歸	길 위 행인은 물에 비친 그림자 보며 돌아가네.

- 〈감로사(甘露寺)〉[15]

번다한 세속으로부터 일정한 거리를 두고 자신의 삶을 보다 객관적으로 바라보고자 했던 이규보에게 산사를 찾는 것은 정신적 고뇌를 해소하는 방법 중의 하나가 될 수 있었다. 병풍처럼 둘러싼 푸른 산과 맑은 물이 흐르는 산자락에 위치한 사찰의 마치 꿩이 날개를 펼친 듯 날렵한 추녀를 가진 오색단청의 누대는 다분히 나그네의 발길을 멈추게 한다. 저녁 안개 퍼지는 하늘 끝으로 글자를 쓰듯이 날아가는 기르기, 저녁 무렵 백로의 날갯짓, 호젓한 분위기의 산사에서 내려다 본 잔잔한 강물 등의 정경은 한 폭의 그림과 같다. 여기에 시인은 하나의 시적 장치를 더하고 있는데, 즉 강에 비친 그림자를 마주하고 하염없이 길을 가는 행인을 삽입하여 놓은 것이다. 이는 다분히 그 평화로움을 한층 더 부각시키고자 하는 시인의 의도적 장치이다. 또한 제 3의 인물은 주변의 경관에서 느끼는 편안함을 시를 읽은 독자와 공유토록 하는 역할을 한다. 그렇다면 산사는 그곳을 찾는 이로 하여금 번다한 세상일에 찌든 마음을 해소시키고 세상을 성찰하게 하는 심리적 거리를 두게 함으로써 위안을 받는 공간으로서의 기능을 하고 있다 할 수 있다. 여기에 이규보가 대상을 객관적으로 바라보고 성찰함으로써 자신의 갈등과 불우한 심경을 해소하고자 하는 몸짓이 있다 할 것이다.

〈해 저물녘에 절에 도착하여 술 한 잔을 마시고 피일휴의 시를 차운하여 각자 짓

---

15) 이규보 지음, 국역 『동국이상국집』 II, 제 11권, 135쪽.

다(日晚到寺小酌用皮日休詩韻各賦)〉에서 이규보는 한가로움을 얻지 못하고 '광기'에 시달리는 모습을 고요한 승방과 뚜렷한 대조를 보이며 이렇게 묘사하고 있다.

碧瓦鱗差出樹端　줄지어 늘어선 푸른 기와 나무 끝으로 보이고
洞門入靜立蒼官　인적 드문 입구에는 소나무만 서 있네
滿林白雪猿跳破　눈 쌓인 숲 속에 원숭이 뛰놀고
半壁紅暉鳥喚殘　벽에 걸린 노을에 새 소리만 잦구나.
香爐冷堆山室寂　고요한 승방엔 향불 꺼진 재만 싸늘하고
磬聲清斷石窓寒　차가운 창가에 풍경소리 그쳤네
我狂漸息堪禪縛　나의 광기가 점차 사라지면 선을 닦을 만도 하니
莫作當年獵將看　당년의 사냥꾼으로 보지 말아주오.
　　　　　　　　　　- 〈일만도사소작용피일휴시운각부〉[16]

　사찰이란 공간은 그 적막감으로 인하여 세속으로부터 벗어나 있는 듯이 보이지만, 실제로 산문 밖으로 이어져 있는 길은 세간과 출세간과의 불가분의 연관성을 암시한다. 나무 끝으로 보이는 기와지붕은 저녁 무렵의 파르스름한 이내 속에 푸른빛을 띠고 있어 더욱 어스름한 분위기를 자아내고 있다. 아울러 먼발치에서 바라보는 사찰 입구에는 사람의 발길이 끊기고 푸른 나무만 외로이 서 있는데, 이는 오랜 세월을 속세와 떨어져서 어슴푸레한 저녁 무렵의 고요만큼이나 정적을 지닌 그윽한 공간으로 작용한다. 이토록 그윽함 속으로 찾아드는 시적 화자의 모습은 쌓인 눈 속을 뛰어다니는 원숭이처럼 곤궁하고, 산새들이 둥지로 돌아간 뒤의 적막감만큼이나 생기 없는 이미지로 그려진다. 어쩌면 이는 세파에 시달려 별소득 없이 번다하기만 한 시인의 뒷모습이기도 하다. 아울러 향불이 다 타고난 뒤에 쌓여 있는 차가운 재는 일체의 번뇌가 사라진 승방의 공간을 의미하며, 또한 서늘한 기운이 어려 있는 창가에 맑게 들려오는 풍경소리는 고요한 승방 안에서 선을 익히고 있는 납자의 맑은 기운으로 읽혀진다. 이 고요하고 맑은 공간에서 시적 화자의 '광기'는 차츰 진정되고 사그라진다. 이와 같이 시인은 산사에서 느끼는 그윽하고 맑은 기운에 힘입어 자신의 번뇌를 정화시킬 수 있었고, 벼슬을 제수 받지 못하고 방황하던 시절을 감내하며 극복할 수 있었던 것으로 진단된다.
　한편, 이규보는 현실 속에서 누리지 못했던 정신적 여유를 주로 산사에서 스님들과 어울리면서 찾았던 경우가 많았다. 비록 그러한 경험이 일시적인 위안이고

---

16) 이규보 지음, 국역 『동국이상국집』 제7권, 310쪽.

자신의 여유로 삼는데 까지 이어지지는 못했지만, 그는 산사의 한가로움을 통하여 자신의 번뇌를 불교적 정서로 해소하고 있는 경우를 보여 준다. 그 대표적인 시가 그가 영수좌의 족암(足庵)을 방문하고 득도한 선승들의 내면을 실감나게 표현하고 있는 〈종영(宗聆)수좌를 방문하여 밤에 방장에 누워 영공의 운에 차운하다(訪聆首座夜臥方丈次聆公韻)〉이다.

足庵高寄碧巖根　족암은 푸른 바위 아래 우뚝 기대어 섰고
銀葉燒香夜閉門　스님은 향로에 향을 사르고 밤이면 문 닫네
不用蓮花空作漏　연꽃도 필요 없는데 공연히 물시계가 필요하랴
飢湌困臥是朝昏　배고프면 먹고 피곤하면 눕는 것이 일과라네
　　　　　　　　　　　　　　　－〈訪聆首座夜臥方丈次聆公韻〉[17]

　종영 수좌는 고려 때의 문인인 이인로다. 그는 유명한 시화집인 『파한집』의 저자로서 무신의 난을 피해 입산해서 승려가 되었다가 환속하였는데, 종영은 승려 시절에 그가 사용하던 법명이다. 이인로와 이규보는 당대를 대표하던 문인으로서 우열을 다투던 맞수였고 아울러 불교에 대해 우호적인 입장을 보여준 불자였다. 인용시에는 두 사람의 우정과 신심이 잘 나타나 있다. 족암은 속세와 떨어진 한적한 물리적인 공간인 동시에 화자가 속세를 벗어나 살아가는 정신적 경지를 상징하는 공간이기도 하다. 그래서 그곳에 사는 종영수좌가 하는 일은 은향로에 향을 사루는 일과 해지면 문을 닫고, 배고프면 먹고, 피곤하면 쉬는 일이다. 즉 모든 속박과 작위에서 벗어난 일상의 일일 뿐이다. 이러한 일상은 남전(南泉)의 '평상심시도(平常心是道)'에 조응하는 행위이고, 또한 "평소에 일 없으니 밥 먹고 졸리면 잠을 잔다."는 임제의 일상적인 삶이 '도'라는 법문과도 상통하는 면을 보인다. 아무 분별 망상이 없는 그 속에 깨달음의 경지가 그대로 수용되고 있음을 함축하고 있다. 이처럼 유유자적하고 탈속적인 삶을 사는 영수좌가 고결함과 불성을 상징하는 연꽃에 대한 집착까지 버린 것은 당연한 일이다. 그러니 세인들이 재는 물시계가 무슨 필요가 있겠는가? 임제의 '도'나 '법'도 인용 시의 연꽃과 같이 쓸모없는 일이며 다만 주리면 먹고 자는 일상적인 삶이 '도'라는 법문을 시적으로 변용하여 영수좌의 탈속적이고 고상한 정신세계를 아름다운 시어로 재창조하고 있다. 불가의 언어를 사용하지 않으면서도 선적인 코드를 재생하여

_____

17) 이규보 지음, 국역 『동국이상국집』 제2권, 126쪽.

득도한 선승들의 내면을 묘사하듯이 시적으로 담아내는 이규보의 시적 상상력이 잘 드러나 있는 시편이다.

한편 이규보는 자신의 선에 대한 관심을 실행으로 옮겨 실제로 선사를 찾아가서 참선을 구하기도 하였다. 〈응선사의 방장을 심방하다(訪應禪師方丈)〉에는 선적인 청정심의 경계를 지향하는 모습이 산사를 배경으로 잘 그려지고 있다.

> 蒲團睡熟落冠巾　방석 위에서 곤히 졸아 갓은 벗겨지고
> 空室寥寥不見人　빈방은 고요하여 인기척도 없네
> 更坐觀心融萬想　고쳐 앉아 마음을 맑혀 온갖 생각 사라지고
> 炯然明月自無塵　휘영청 밝은 달 티끌 한 점 없어라
> 　　　　　　　　　　　- 〈응선사의 방장을 심방하다〉[18]

선사를 찾아 방장실에 갔다가 벌어진 일이 선명하게 표출되고 있다. 선정에 든 스님을 따라 방석위에 좌선을 한다고 앉아 보았지만, 그만 자신도 모르는 사이에 잠이 들었다가 문득 깨어난 정황이 묘출되고 있다. 선방에 앉아서 화두니 선정은 오간 데 없고 정신없이 졸고 있는 이 모습에는 선 수행자가 아닌 화자에게는 마냥 한가로운 모습으로만 비쳐지고 있다. 세속의 얽힌 번뇌로부터 벗어난 잠깐 동안이나마 누려보게 된 한가로움의 극치이다. 참선 수행에 있어 마음의 거친 번뇌가 조금씩 사라지면서 먼저 찾아오는 것이 졸음이다. 그러나 여기 방석 위에서의 졸음은 화자에게 갈등을 일으키는 요인은 아니다. 아무런 부담 없는 한가로움이 고쳐 앉아 밖으로 향하는 마음을 다잡고 고요히 내면을 관조하는 모습으로 진행된다. 즉 졸음을 떨치고 단정히 앉아서 모든 잡념도 사라진 선정의 상태에서 투명하게 자신의 속마음을 들여다본다. 선종에서 말하는 '회광반조(廻光返照)에 해당하는 이때의 마음 상태를 '한 점 티끌 없이 밝은 달'에 비유하고 있다.

불가에서 연꽃은 처염상정(處染常淨)의 상징으로, 이는 곧 인간의 내면에 존재하는 자성 그 자체를 의미한다. 비록 불성을 갖추고 있다하더라도 깨치지 못하면 범부인 것처럼 연못 밖으로 나오지 않은 연꽃, 즉 피지 못한 연꽃은 미오(迷悟)의 경지이다. 그래서 불교의 궁극적인 이상은 번뇌에서 벗어나 열반의 깨달음을 증득하여(轉迷開悟), 고를 여의는 것(離苦得樂)이다. 이러한 관점에서, 이규보는 청정한 가을 호수에서 '연꽃이 수면 위로 솟구치는 상황'은 불성을 깨닫는 순간이고,

---

18) 이규보 지음, 국역 『동국이상국집』 II 제13권, 229쪽.

또 번잡한 사려와 현상에서 해탈한 열반의 경지임을 이렇게 묘사하고 있다.

幽禽入水擘青羅　　새 한 마리 물속에 들며 푸른 비단물결을 가르니
微動方池擁蓋荷　　온 연못을 뒤덮은 연꽃잎이 살며시 움직이네
欲識禪心元自淨　　선심이 원래 스스로 청정함을 알고자 하면
秋蓮濯濯出寒波　　맑고 맑은 가을 연꽃이 찬 물결 속에서 솟은 걸 보소
　　　　　　　　　　　　－〈次韻惠文長老水多寺八詠, 荷池〉[19]

　〈혜문 장로의 수다사 팔영에 차운한 시〉 가운데 '연꽃 핀 못'이라는 시이다. 화자는 연꽃에서 마음의 본질을 읽어 내고 있다. 밤이슬을 맞고 피어난 연꽃은 선가에서 수많은 화두를 간직한 깨달음의 보고로 여겨진다. 이 '조용한 곳에 사는 새(幽禽)' 한 마리가 먹이를 찾기 위해 물속으로 뛰어들자, 푸른 물결에 작은 파문이 생기고, 이 파문은 연잎을 살짝 흔든다. 다시 말해, 새가 연못에 뛰어드는 행위는 연못에 파문을 일으키고 맑고 맑은 가을 연꽃이 찬 물결 속에서 솟아오르는 절정의 상황을 이끌어 낸 것이다. 차가운 수면 위로 솟아오르는 연꽃은 불성을 깨친 득도의 경지에 비유된다. 연못에 이는 작은 '파문'은 어리석은 중생의 흔들리는 마음을 상징하지만 결국에는 연꽃의 개화를 이끌어내는 이미지이기도 하다. 즉 가을 연꽃이 수면 위로 막 피어오르는 순간을 보고 마음이 본래 청정하다는 것을 깨쳤다는 사실은 연꽃이 수면 위로 솟아오르는 바로 그 상황에서 용맹정진 하던 선승이 대오하는 순간을 포착한 것이다. 자연현상과 조사의 공안을 자신의 것으로 체화하여 오도의 상황을 명징하게 포착하는 시인의 통찰력에는 선기가 번득인다. 이처럼 언어와 의미를 떠나 자연의 이미지에 젖는 경우, 자연의 모습이 진경이고, 진경이 곧 선이다. 따라서 진한 서정시의 감동과 선시의 향기를 동시에 전해주는 이 시는 이미지를 통하여 선에 다가가도록 하는 묘미를 지니고 있다.

　이규보의 선시에서 읽어낼 수 있는 또 다른 코드는 '자재로움'이다. 부질없는 욕망은 물론 도를 이루겠다는 집착마저 버리고 걸림 없이 사는 모습은 달관의 경지에 이른 도인의 마음과 같은 경지이다. 산승의 일상사뿐만 아니라 본분사 까지도 자신의 생활로 삼아보고 싶어 하는 그의 탈속에의 지향은 다음의 시 〈외원에 있는 가상인을 방문하여 벽 위에 걸린 고인의 운으로 짓다(訪外院可上人用壁上古人韻)〉에서, 간결하게 극화되고 있다.

───────────

19) 이규보 지음, 국역 『동국이상국집』 제2권, 100쪽.

方丈蕭然古樹邊　　고목나무 옆 한적한 방장실
一龕燈火一爐烟　　감실엔 등불이 빛나고 향로에는 연기이네
老僧日用何須問　　노승의 일상사 물어볼 것 있으랴
客至淸談客去眠　　객이 오면 청담 나누고 객이 가면 조는 것을
　　　　　　　　　－〈訪外院可上人用壁上古人韻〉[20]

　산승의 걸림 없는 삶에 대한 자신의 놀라움이 간결하게 그려지고 있다. 세속의 인연에 매여 시달리고 바쁘기만 하던 객의 눈에 들어온 산승의 살림살이와 일상이 화자에게 너무나 신선하게 다가 왔던 것이다. 그 절의 최고 어른스님이 기거하는 방장실에 들렀을 때 객의 눈에 들어온 것은 등잔 하나와 향로 하나뿐이었다. 이 순간 숱한 번뇌 망상도 자신의 참모습을 찾는데 아무런 도움이 되지 않았던 것임을 시적 화자는 깨닫는다. 이와는 반대로 산승의 살림살이는 어둠을 밝히는 등잔과 마음을 가라앉히는 향로일 뿐이지만, 텅 빈 마음의 여유는 텅 빈 그 자체로서 번뇌로 꽉 차 있는 세속인의 마음을 비우게 하고 있는 것이다. 객의 오고 감에 따라 다담을 나누거나 오수를 즐기는 노승의 일상사는 '자재함,' 바로 그것이다. 아무리 참선이 수행자의 일상이고 자성 탐구가 불가의 본분이라 하지만 그것에 얽매이면 이미 속박일 뿐이다. 따라서 이 시의 가상인에게서 우리는 탈속 무애한 방하착(方下着)의 면모를 읽을 수 있다.

2) 한 잔의 차는 참선의 시작

　이규보로 하여금 번뇌를 여의고 정신적 한가로움을 향유하게 한 중요한 매개물이 '차'이다. "향기로운 차는 참다운 도의 맛"[21]이고 "한 잔의 차는 바로 참선의 시작"이라고 했던 이규보는 차를 마시는 일에서뿐만 아니라 차를 달이는 모든 과정을 번뇌를 해소하는 방편으로 여기고 있다. 직접 차를 달이고 그 일에만 몰두하면(點茶三昧), 자신도 잊는 무아의 경계에 이르게 된다는 것이다. 다음의 〈천화사에서 놀며 차를 마시고 동파의 시운(遊天和寺飮茶用東坡詩韻)〉이라는 시는 그 전형적인 예이다.

---

20) 이규보 지음, 국역 『동국이상국집』 제3권, 149쪽.
21) 이규보 지음, 국역 『동국이상국집』I 제7권, 304쪽.

一筇穿破綠苔錢　지팡이로 한 번 쳐서 녹태전을 동전만한 구멍을 내니
驚起溪邊彩鴨眠　시냇가에 졸던 오리 놀라 깨어난다.
賴有點茶三昧手　차 달이는 오묘한 솜씨에 힘입어
半甌雪液洗煩煎　눈 같은 진액 반 사발로 들끓는 번뇌를 씻는다.
　　　　　　　　　- 〈遊天和寺飮茶用東坡詩韻〉[22]

　시적 화자는 한겨울에 차 끓일 물을 얻으려고 얼어 있는 우물을 지팡이로 내려친다.[23] 그　소리에 졸던 오리가 놀라서 깨어난다. 여기서 시적 화자가 얼음을 깨뜨리는 것과 오리가 졸음에서 깨어나는 것은 다 같이 각성의 이미지를 담고 있다. 여기에는 시인의 선적 깨달음을 위한 선취가 다분히 내재되어 있다. 또한 얼음과 졸음의 이미지 역시 각성과 번뇌의 이미지로 사용되고 있다. 얼음을 깨뜨리는 소리에 졸음에서 깨어나 맑은 정신을 갖게 된다는 전반의 내용은 후반에서 차를 달이는 오묘한 솜씨로 들끓는 번뇌를 씻어 내는 것으로 변주된다. 설액(雪液)은 가루차를 거품 내어 만든 차이다. 특히 차를 달이는 일련의 과정이 차를 우려내는 솜씨와 함께 삼매의 경지에 이르는 중요한 부분이 되는 것이다. 이는 차를 만들어 내는 데에는 찻물을 준비하고 차를 마시는 일에 이르기까지 '다선일여'(茶禪一如)라는 마음가짐이 무엇보다 중요함을 의미한다. 이렇게 '점다삼매'에서 얻어진 한두 잔의 차로 들끓는 번뇌를 가라앉히는 것, 이것이 이규보가 차를 통하여 번뇌를 해소하는 한 방법이라 할 것이다.

　앞서 언급한 것처럼, 이규보는 방황시기에 사찰을 자주 찾았고, 또한 격의없이 스님들과 함께 차를 마실 수 있었다. 그에게 있어 현실적 불우함의 울분을 달래는 것이 술이었다면, 현실에서 한 걸음 물러나 자아의 내면을 성찰을 하는 매개로 차(茶)를 가까이 한 것으로 진단된다. 어쩌면 이러한 생각은 맑은 물이나 그윽한 차 맛이 주는 이미지가, 흐린 이미지의 술보다 품격 있는 것으로 느꼈기 때문일 것이다. 설봉산(雪峰山) 노규(老珪)선사로부터 조아차(早芽茶)를 선물로 받고 남긴 〈유다시(孺茶詩)〉는 맑은 물과 그윽한 차 맛이 주는 격조를 잘 묘사하고 있다.

---

22) 『동국이상국집』 제 3권. 151쪽.
23) '一筇穿破綠苔錢'은 차를 달이기에 앞서 대송곳으로 돈차(錢茶)같은 푸른 이끼(綠苔)를 뚫어 작은 덩이로 깨는 것을 의미한다. 3연의 "點茶"와 4연의 "雪液"은 차 맷돌에서 차 가루를 만들기 전단계로 돈차를 부수어 작은 덩어리로 만든 것을 의미한다. 반구설액(半甌雪液)에서 설액이 의미하는 것은 다완에 피어난 "눈처럼 하얀 차 거품"을 시적으로 표현한 것이다.

博爐活火試自煎　　　돌화로의 센 불에 손수 차를 달이니
手點花甕誇色味　　　찻잔의 차 빛깔과 맛이 자랑스럽네
黏黏入口脆且柔　　　향긋한 맛 입속에 부드럽게 녹으니
有如乳臭兒與稚　　　내 마음 어머니 젖내 맡는 아이 같구나
　　　　(중략)
簫然方文無一物　　　고요한 방안에 한 물건도 없고
愛廳笙聲壺鼎裏　　　오직 차 솥 물 끓이는 소리 듣기 좋네.
評茶品水是家風　　　차와 물을 평하는 것은 이 절집의　가풍이니
不要養生千世榮　　　어찌 천세의 영화를 바라겠는가.
　　　　　　　　　　　　　　　　- 〈유다시(孺茶詩)〉[24]

　화롯불에 차를 손수 달이는 것은 스스로의 깨달음을 얻는 수행심을 표현한 것이다. 또한 차 맛이 입속에 녹으니 "내 마음 어머니 젖내 맡는 어린아이 같다"라는 것은 차를 끓여 마시니 편견이 없어지고 마음이 밝아져 생각에 그릇됨이 없음을 묘사한 것이다. 고요한 방안에 아무 것도 없고, 오로지 차 솥 물 끓이는 소리가 환희심을 내게 한다는 것은 청허정적(清虛靜寂)한 마음자리를 표현한 것이다. 차의 등급을 정하고 물의 등급을 정하는 것을 가풍으로 삼으며 천세의 영화를 버린다는 것은 육우(?~804)의 행실이 바르고 단정하며 검소하고 겸허한 정신, 즉 정행검덕(正行儉德)의 정신과 다르지 않다 할 것이다.

　이규보는 중국에서 시불(詩佛)이라 불리는 왕유와 백거이의 신행과 불교적 사유의 시적 세계에 큰 영향을 받았다 할 수 있다. 그는 때로는 홀로 앉아 고요한 시간을 즐기거나 사색을 위해 차를 마시기도 했다. 하지만 그의 차시 대부분이 사찰를 방문하여 차를 마시고 쓴 것을 보면 타자들과 함께 하는 차 자리를 더 좋아한 것으로 판단된다. 그런가하면 단순히 풍류를 즐기는 듯한 차 생활에 만족하지 않고, 차 생활을 고매한 정신적 수준으로 올려놓기도 했다. 그의 차를 마시며 선정에 드는 모습은 번다한 세속적인 삶과 인간적인 고뇌를 벗어나 진여의　본질을 체득하는 법열과 여유를 보여 준다.

夜深蓮漏響丁東　　　밤은 깊어 물시계 딩동 할 때
三語煩君別異同　　　그대에게 삼어와의 차이를 묻노니 말해다오.
多劫頭燃難自求　　　긴 세월 정진했으나 스스로 구하기 어려웠도다.
片時目擊摠成空　　　그대들 잠시 보고나니 모든 것이 공함을 알겠네.

24) 이규보, 『동국이상국집』 II 제13권. 217-218쪽.

厭聞韓子題雙鳥　　한자의 쌍조부는 듣기가 싫고
深喜莊生說二蟲　　장생의 이충설[25]엔 몹시 기뻐하네.
活火香茶眞道味　　타오르는 불에 끓인 향기로운 차는 참으로 도의 맛이며
白雲明月是家風　　흰 구름과 밝은 달은 곧 가풍이었네.
- 〈다시 화답하다(復和)〉[26]

깊은 밤 물시계의 '딩동'하는 소리가 바로 여래의 삼어와 같다는 인식을 보여 주는 시인은 "타오르는 불에 끓인 향기로운 차는 참으로 도의 맛"이라고 하여 차에서 도를 발견하고 있다. 여래의 삼어는 부처님이 자의대로 증득한 법을 설한 것(隨自意語), 부처님이 중생의 근기에 따라 방편으로 설한 것(隨他意語), 그리고 부처님이 중생을 위하여 설법을 하실 때 절반은 자의에 따라 설하시고 절반은 타의 근기에 따라 설한 것(隨自他意語)을 말한다. 물시계의 소리가 여래의 삼어와 차이가 없다는 것은 바로 모든 중생에게는 불성이 있음을 표현한 것이다. 오랜 세월 정진하였으나 스스로 구하기 어려웠던 것을 차를 만나고 나니 공한 것을 알았고, 장자의 소요유를 한퇴지의 쌍조부 보다 좋아하게 되었다는 것은 현실적인 세계관보다 비움과 고요의 노장사상에 맞닿아 있음을 말해 준다. 뿐만 아니라 '차의 맛'을 '도의 맛'으로 승화시키는 청정한 마음가짐은 흰 구름과 밝은 달을 가풍으로 한다는 묘사에서 극치를 보인다. 어디에도 머물지 않는 자재한 백운과 세상을 밝게 비추는 달은 걸림 없는 청정무구한 선승의 모습을 닮아 있음을 엿보게 한다.

3) 공과 연기, 그 깨달음의 시 세계

이규보가 젊은 시절 관직에 진출하지 못하는 현실적 고뇌를 산사를 찾아 시를 짓는 것으로 달랬다면, 70세에 관직에서 물러난 그는 선 수행을 통한 맑은 정신의 획득에서 오는 건강함을 추구하고자 했다 할 수 있다. 백거이의 문학뿐만 아니라 삶의 자세와 불교에 대한 믿음의 영향을 많이 받고 있는 이규보는 불도를 닦는 데는 굳이 출가와 재가의 구별이 있을 수 없다고 생각한다. 불법을 체득하는 데에는 승속을 분별할 필요가 없다는 이러한 선적 사유는 단정히 앉아 실상을 관하여 공(空)한 것임을 알고 불조의 혜명을 이을 수 있으리라 생각에서도 잘 드러난다.

---

25) 이충설은 『장자 소요유』에 "조그마한 매미와 비둘기가 어찌 큰 붕새의 뜻을 알겠느냐?"한 논설을 말한다.
26) 이규보, 『동국이상국집』I 제7권. 304쪽.

端坐觀空萬慮澄　단정히 앉아 공을 관찰하되 온갖 생각 맑아지고
老禪肌骨髮惟仍　기골은 늙은 선승인데 머리카락만 남아 있네
在家未碍先成佛　집에 있어도 성불하기에 거리낌 없건만
披毳何須要作僧　무엇하러 가사를 입고 중노릇을 하겠는가
自始腰抛丞相印　처음 허리에 찬 정승의 인장을 버렸을 때부터
廻看心有祖師燈　조사의 등불을 돌이켜 볼 마음이 있었네
箇中一段堪嘲事　그런 중에 꼭 한 가지 웃지 못할 일은
妻置盃呼忽錯應　술상 차렸다는 아내의 소리에 나도 모르게 대답하네
　　　　　－〈次韻白樂天在家出家詩〉[27]

　전반부에서 시적 화자는 자신의 노년생활이 머리만 길렀을 뿐, 외모와 내면의 정신세계에 있어서는 출가한 선승의 경지와 다름이 없음을 은연중에 내비치고 있다. 이러한 자부심은 정승의 직책에서 물러났을 때 이미 마음속에는 조사의 법등이 밝혀져 있었다는 대목에서 확인된다. 재가자로서도 마음이 청정하면 성불을 할 수 있다고 믿는 시적 화자는 굳이 머리를 깎고 출가하여 가사를 입어야만 성불할 수 있다는 논리를 고집하지 않는다. 즉 마음이 청정하고 번뇌가 없으면 도인인데, 굳이 출가라는 요식행위가 필요하겠느냐는 것이다. 이러한 사유는 육조 혜능이 『육조단경』에서 설파하고 있듯이 출가·재가에 관계없이 스스로 마음이 청정하면 곧 극락정토(隨其心淨卽佛土淨)라는 생각과 다르지 않다. 그런데 가부좌를 하고 단정히 앉아 선정에 들어있는 모습과 술상을 반기는 모습은 일견 매우 이질적이어서 시의 긴장감을 낳고 있다. 이규보는 술과는 뗄 수 없는 불가분의 인연을 가졌다. 바로 이러한 반전에서 반상합도(反常合道)의 논리를 통해 화자의 정신적인 경지가 탈속과 자재로 이어지고 있음이 드러나고 있다.

　신라시대 이래로 달은 아주 친숙한 불교적 소재로 다루어졌다. 진여의 상징인 달빛에서 공(空)을 간파해내는 시인의 감수성과 선사의 깨달음의 절묘한 융합은 한결 고상한 시로 형상화 되고 있다. 이러한 예는 우물 속에 비친 달빛이라는 허상의 속성을 포착함으로써 공사상과 연기사상을 간파하는 이규보의 시에서 극명하게 드러난다. 그 전형적인 시가 〈저녁 무렵 산사에서 우물에 비친 달을 노래하다(山夕詠井中月)〉라는 두 편의 시이다.

---

27) 이규보.『동국이상국집』제 후집 3권. 209-210쪽.

漣漪碧井碧巖隈　이끼 덮인 암벽 모퉁이 맑은 우물 속에
新月娟娟正印來　방금 떠오른 어여쁜 달이 또렷이 비쳐 있네
汲去瓶中猶半影　길어 담은 물병 속에 반쪽 달이 반짝이니
恐將金鏡分半廻　둥근 달을 반쪽만 가지고 돌아올까 두렵구나
- 〈山夕詠井中月 其一〉28)

　시인은 달의 본질적인 모습으로서의 둥근 모양과 때에 따라 다른 모습으로 달라 보이는 현상과의 벌어짐을 물병 속의 반달에서 파악해내고 있다. 저녁 무렵 산사의 앞산에 달이 떠올랐는데, 마침 반달이었던 것 같다. 이 달은 사찰에서 물을 길어다 쓰는 맑은 우물에도 그대로 비쳐서 고운 자태를 보이고 있다. 이처럼 달은 하늘에도 떠 있지만 우물에도 떠 있다. 그런데 그 물을 긷고 보니 이번에는 물병에도 달이 떠 있지 않은가. 그 순간 시인은 물병 속에 비친 반달로 옮겨가고, 시인은 그로부터 달의 원래 모습인 둥근달을 떠올린다. 즉 그것은 곧 본질에 대한 자각이다. 달의 모습은 언제나 실제로 둥근 원형이다. 달이 모습을 바꾸어 초승달로 떠오르든 반달로 떠오르든 달의 모양은 달라질 것은 없다. 그런데 시인에게는 문득 물병에 비친 달이 반쪽만 비쳐진 반달이라는 것이 새삼스럽다. 시인의 생각은 바로 이 점에 미치게 되고, 물병에 비쳐 있는 이 반달도 원래는 온전히 둥근 것이라는 사실을 잠깐 잊고 눈에 보이는 형상에만 매달려서 반쪽으로 보고 있는 것은 아닌지 의심해 보는 것이다. 눈에 보이는 현상 너머에 있는 본질을 파악해 내는 시인의 직관은 우물 속에 비친 달을 보고 달빛이 그 자체로 존재하는 실체가 아니라 물에 의지하여 존재하는 것일 뿐이라는 사실에서 선명하게 나타난다.

山僧貪月色　산사의 스님 달빛을 탐내어
幷汲一瓶中　한 항아리 가득 물과 함께 길어 갔네
到寺方應覺　절에 도착하면 응당 깨달으리라
瓶傾月亦空　항아리 비우면 달빛 또한 비게 되는 걸.
- 〈山夕詠井中月〉其二29)

　인용시는 불교적 사유의 핵심이라 할 수 있는 공과 연기의 문제를 물에 비친 달빛을 들어서 형상화 하고 있다. 산승이 우물에 비친 달빛을 진상으로 오인하

28) 이규보, 『동국이상국집』 후집 1권. 130쪽.
29) 이규보, 『동국이상국집』 후집 1권. 130쪽.

고, 물병에 물과 함께 병속에 담아 가지만, 암자에 이르러 물병의 물을 비우면 달도 함께 텅 비어 공이 된다는 것을 깨닫게 된다, 즉 달빛이 허상이었음을 깨닫게 된다.[30) 선가에서 산승의 본분은 탐욕을 버리고 마음을 비우는 것이다. 그래서 자연물인 달빛도 탐하는 마음으로 대하면 병통이 된다. 그런데 이 산승은 달빛이 너무 좋아 우물물을 달과 함께 물병에 길어 돌아갔지만 절에 돌아와 물병의 물을 쏟아버리면 그 달빛이 공(空)함을 산승도 깨칠 것이라는 것을 화자는 간결하게 일깨워주고 있다. 여기에는 수행자가 마음 밖에서 불성을 찾을 것이 아니라 자신의 마음에 이미 내재된 불성을 깨달아한다는 메시지가 담겨 있다.

4. 나오는 말

이상에서 이규보의 시론의 특징과 그것이 그의 선적 사유와 조화를 이루어 생산된 시 세계에 어떻게 투영, 변용되고 있는가를 살펴보았다. 평생을 '시마(詩魔)'에 붙들려 살았던 이규보의 시벽(詩癖)은 결국 시마에 대한 관심과 그것의 극복으로 연결되고 있다. 그 과정에서 드러나는 그의 시론의 핵심은 시 창작에 있어 감정에 연유하여 발로되는 '연정이발(緣情而發)'과 시는 새로운 뜻(新意)과 새로운 언어(新語)로 담아내야 한다는 '어의창신론(語意創新論)'이다. 즉 그는 글쓰기의 근원은 정(情)에 있고, 이러한 마음의 격동이 밖으로 표출되는 것(緣情而發)은 당연한 것이라 생각하였을 뿐만 아니라 설의(設意)나 시어사용에 있어서 개성과 독창성을 중시하는 창신론을 강조하였던 것이다.

이규보의 이러한 독특한 시적 이론은 그의 선심의 시심화에서 한결 두드러지게 나타나고 있다. 과거에 합격한 후 벼슬을 제수 받지 못하고 방황하던 시절, 그는 자연스럽게 산사를 찾게 되었고, 스님들과의 교류를 통해 자신의 고달픈 심경을 달래기도 하였다. 어쩌면 산사는 그에게 세상의 번다함과 현실의 시비분별을 떠난 공간으로, 즉 자신을 의탁해서 마음의 여유와 탈속한 정신세계를 지향하는 공간으로 놓이게 된다 할 수 있다. 자유로움을 좋아하는 성품 탓으로 벼슬을 제수 받지 못한 시기는 오히려 그에게 뜨거운 시혼으로 많은 시가 창작되는 절호의 기회였다 할 수 있다. 아울러 "향기로운 차는 참다운 도의 맛"이고 "한 잔의 차는

---

30) 안광민, 「숲과 명상 기반의 시에 내재된 치유요소 연구」, 동방문화대학원대학교 박사학위논문, 2015, 101쪽.

바로 참선의 시작"이라고 했던 이규보는 단순히 차를 마시는 일에서뿐만 아니라 차를 달이는 과정 자체에서 번뇌를 해소하는 길로 인식하고 있는 점도 주목할 만하다. 특히 진여의 상징인 달빛에서 공(空)을 읽어내는 그의 감수성과 오도적인 각성의 원융의 경지는 고상한 깨달음의 시로 표현 있음은 주목을 끈다. 여기에 물에 비친 달빛이라는 허상 속의 본질을 포착함으로써 공사상과 연기사상을 간파하는 이규보의 선적 사유의 시적 변용의 미학이 담지되어 있다 할 수 있다. 따라서 시의 창작을 고통스럽게 생각하면서도 '연정이발'과 '어의창신론'을 기반 한 이규보의 선적 사유의 시적 표현은 그의 문학에 대한 무한한 애정의 표출이자 시인의 사명과 역할이 무엇인가를 여실히 보여주고 있다 할 것이다.

편양언기의 선사상과 그 시적 형상화[1]

권 성 희(성현스님, 철학박사, 동방문화대학원대학교 평생교육원 강의교수)

1. 들어가는 말

사명, 소요, 정관과 함께 '서산대사의 4대 문파'라고 불리는 편양당(鞭羊堂) 언기(彦機, 1581~1644, 이하 언기)는 12세에 금강산 유점사 서산대사의 제자인 현빈 인영에게 출가, 수계 득도하였다. 그는 현빈의 문하에서 경·율·론 삼장을 이수하며 치열하게 수행을 하였다. 그 후, 제방의 여러 선지식을 찾아 참문을 하고, 19세에 타파칠통(打破漆桶)[2], 즉 깨달음을 이룬 후 3년여에 걸쳐 평안도 어느 목장에서 '양치기 생활'을 하며 보림(保任)을 하였다. 이때 그는 편양당(鞭羊堂)이라는 법호를 받았다. 22세 때 묘향산의 청허 휴정, 즉 서산대사에게 입실하여 3년을 시봉하고 사법제자(嗣法弟子)가 되었다. 특히 언기는 평양성 근처에서 10여 년간 걸인들을 보살피면서 철저한 보살행을 실천하였다. 그의 이러한 보림행은 깨달은 자의 자비심과 출출세간의 승속무애(僧俗無碍)의 결과라 할 수 있다.

『편양당집』 3권 1책을 남긴 그는 1644년 5월 10일 세수 64세, 법랍 53세를 일기로 원적에 들었다. 그의 문하에는 부법 제자 의심 풍담을 비롯하여 석민, 설청, 홍변, 계진, 의천혜상, 천신 등 수백 명의 제자가 있다. 3권 1책의 『편양당집』[3]에는 그의 선사상과 수행자로서의 삶의 행적이 시문학 형태로 잘 표현되고 있다. 책머리에 동주산인 이민구(1589~1670)가 「편양당집서」를 써서 그의 간략한 행적과 편찬 경위를 밝혀주고 있다. 권1에는 「산중우음(山中偶吟), 「우음일절(偶吟一絕) 등을 시작으로 하여 오언절구 15수, 「산거(山居)」, 「답감장로(答鑑長老)」 등 오언율시 11수, 「쌍송암(雙松庵)」, 「추산(秋山)」, 「백설(白雪)」 등 칠언절구 54수, 「봉래산(蓬萊山)」, 「삼성대(三聖臺)」, 「불기시(佛器詩)」 등 칠언율시 10수 등 모두 90수의 선시가 수록되어 있다. 이 선시들은 대체로 구도의 과정과 깨달음을 노래한 시, 산승으로 살아가며 느끼는 감회를 읊은 시, 찾아오는 속인들을 향해

---

1) 동방문화대학원 대학교 불교문예연구소 발행 『불교문예 연구』 11권(2018)에 게재되었음.
2) 무한 겁 이전부터 무명 번뇌가 쌓여 감춰진 불성을 깨닫는 것을 말한다.
3) 제자 의심과 설청 등이 입적 한 지 3년 뒤 유작을 모아 엮은 것으로, 1647년(인조 25) 백운암에서 판각하였으며, 용복사에 보관했던 간본이 현존하고 있다.

읊은 시, 도반의 선승들에게 준 시 등으로 구성되어 있다. 이러한 시문을 통해 우리는 선사의 치열한 구도와 깨달음을 향한 수행과 대중교화에 진력한 모습을 파악할 수 있다. 그러나 시문에 나타나 있는 탈속 무애한 삶은 단순한 도피나 은둔이 아니라, 어느 곳에서도 동요하거나 흔들림이 없이 운수행각을 하며 자성을 찾고, 자연과의 교감을 노래하며 부처님 법대로 살아가는 올곧은 수행자의 모습을 선명하게 보여주는 특징을 갖는다. 따라서 이 글에서는 올곧은 수행자의 삶을 살아간 언기의 선사상 특징과 그것이 그의 시문학에 어떻게 투영, 형상화되고 있는지를 살펴보고자 한다.

2. 언기의 선사상의 특징

조선 후기 불교교단에서 '서산 4대 문파'는 최대 계파였다. 청허 휴정은 선·교·염불의 융합수행을 강조하였으며, 이는 경절문, 원돈문, 염불문의 삼문으로 제시되어 그의 문도들에게 계승되었다.[4] 서산의 4대 제자 가운데 가장 늦게 수계, 득도하였지만 가장 충실하게 심법(心法)을 이어받은 것으로 평가되는 언기는 '서산 4대 문파' 가운데 가장 융성한 문파를 이루었으며, 서산의 법통(法統)을 이어받았다. 언기가 제기한 '임제태고법통설'은 광범위한 교단의 지지를 받으며 조선후기 불교계의 주된 법통설로 자리매김 되었으며, 오늘날 대한불교 조계종의 법통으로 자리매김 되고 있다.

그렇다면 언기의 선사상의 특징은 어떻게 설명될 수 있는가? 우선 휴정의 사상을 이은 그는 선과 교를 별문(別門)으로 보지 않고 선을 교보다 우위에 두고 있음을 주목할 필요가 있다. 동주산인 이민구(1589~1670)는 「편양당집서」에서 "언기는 타고난 자질이 간결하고 요긴하며, 원대하여, 언제나 고요하였고, 기봉(機鋒)을 밖으로 드러내고, 신명을 안으로 비추며, 빼어난 기운이 조금 미목 사이에 드러나 있었다."[5]라고 언급하며 그의 출중한 성품과 외모를 밝히고 있다. 또한

---

4) 삼문수행은 경절문, 원돈문, 염불문을 함께 공부함을 의미한다. 이는 보조 지눌에서 비롯되어 조선 중후기 청허 휴정과 그의 사법 제자 편양당 언기가 새롭게 제기한 수행체계이다. 지눌이 성적등지문, 원돈신해문, 경절문을 내세운 데 비해, 조선 후기에는 성적등지문 대신에 염불문이 추가되었고, 원돈신해문은 원돈문으로 바뀌었다. 이는 조선후기에 염불이 선과 교학과 더불어 하나의 수행체계로 삼문의 하나로 되고 있음을 말해 준다.

5) 편양언기, 한국불교전서 8, 『편양당집』 권1, 「편양당집서」, "天資簡遠 終夕靜默 機鋒外斂 神明內映 秀發之氣 微露眉際." 『편양당집』은 동국대학교 전자불전문화콘텐츠연구소 불교기록문화

이민구는 "(언기는) 세속 일을 하거나 법좌에 오를 때 사람을 차별하지 않았으며, 말씀은 간결하였으며, 한마디로 이치를 분석하니, 사람들은 목마른 자가 강물을 마신 듯하고, 비어서 갔다가 채워서 돌아가곤 하였다."[6]라고 언급하고, "바라는 바는 미루어 주고 시로써 글을 삼고 주귈은 뽑아버리고 기주는 새롭게 세척하고 음주와 도박 한 가지 기예로 가한 바를 가끔 득하여 명예를 구한다든지 장단을 비교한다."[7]든지 또는 "가히 고인이 이르기를 '혜원의 덕도가 장이 되고 도림의 재치가 승이 되니 이 둘을 겸한 자가 오직 편양뿐이다."[8]라고 극찬하여 대중교화에 진력했던 언기의 수승한 면모를 밝히고 있다. 언기의 이와 같은 성품과 자질의 덕화로 많은 수행자들이 그의 가르침을 받아 깨달음을 얻고 수선결사를 맺고 정진하였다. 특히 『편양당집』 2권에 실린 「선교원류심검설(禪敎源流尋劍說)」은 언기의 선사상의 특징을 여실히 보여주는 글로 평가된다. 언기는 이 글에서 모든 부처와 조사의 가르침, 방과 할, 화두 등이 마조의 할(喝)에서 나왔음을 주장하며, 선을 교보다 우위에 두고 화두를 드는 방법을 말하고 있다.

　　옛날 마조도일이 한 번 할(喝)을 하자 백장은 귀가 멀었고, 황벽은 혀를 내둘렀다. 이 한 번의 할은 바로 석가모니 부처님께서 영취산에서 마하가섭에게 꽃을 들어 심법을 전하신 그 소식이며, 달마대사께서 처음 오신 그 본래 면목이다. 이는 또한 공겁 이전, 부모가 태어나기 전의 그 소식이니, 모든 부처와 조사들의 가르침과 무언의 가르침, 방과 할, 백천의 화두와 모든 방편이 다 여기에서 나왔다. 이는 또한 뚫기도 오르기도 어려운 은산철벽이라 들어갈 문이 없고, 석화전광 알음알이를 용납하지 않는다. 이것이 교외(敎外)에 따로 전하는 선지(禪旨)이며, 이른바 경절문이라는 것이다. 경절문 공부는 저 조사의 공안을 가지고 하되 때때로 일깨워 의심을 또렷이 하되, 너무 천천히 해도 안 되고 급히 하지도 말며 혼침과 산란에 떨어지지 아니하여, 간절한 마음으로 잊지 말기를 갓난애가 어머니 생각하듯 하면 마침내 한번 묘(妙)를 발할 것이다.[9]

유산(ABC, H0161 v8)을 사용함.

6) 편양언기(a), "握塵陞座 與人無差 別出語清 便時以約言析理 渴者飮河 虛往實歸."

7) 위의 책, "又推其所棄 以爲詩若文 拔去株檗 洗新機杼 有非操觚縛紲 求名於一秖者所可驟得 以較其長短 亦可見其得之天者全也."

8) 위의 책, "古人 謂惠遠德度爲長 道林才致爲勝 兼斯二者 唯鞭羊子乎."

9) 편양언기(b)(256c). "昔馬祖一喝也 百丈耳聾 黃薜吐舌此一喝便是拈花消息 亦是達摩初來底面目 即空劫已前父母未生時消息 諸佛諸祖 奇言妙句 良久捧喝 百千公案 種種方便 皆從斯出 銀山鐵壁 措足無門 石火電光 難容思議者也 此敎外別傳 禪旨所謂徑截門也 徑截門工夫 於祖師公案上 時時擧覺 起疑惺惺 不徐不疾 不落昏散 切心不忘 如兒憶母 終見憤地一發妙也."

인용에서 보듯이, 언기는 「선교원류심검설」의 서두에 놓고 선을 경절문이라 하였다. 물론 이것은 스승 휴정의 사상과 일치한다. 언기는 선과 교의 관계에 대하여, 선은 교외별전으로서 단적으로 불심을 전하지만, 이것은 최상근기라야 비로소 들어갈 수 있는 최상승이라 하였다. 하지만 그는 세간에는 최상승 근기를 가진 사람이 그다지 많지 않기 때문에 선문에서도 교를 방편으로 하여 하근기 사람들을 포섭한다고 설명하고 있다.[10]

아울러 언기는 삼선일미(三禪一味)에 대하여, 의리선·조사선·격외선의 구분 또한 수행자의 근기에 따른 주관적인 차별일 뿐 결코 객관적으로 선을 구분할 수 없다고 하였다. 또한 그는 염화미소, 할(喝), 방(棒) 등을 말하지만 이에 참여하는 자가 그 의리를 생각하면 의리선으로 떨어진다고 주장하고 있다. 이상과 같이 「선교원류심검설」은 언기의 사교일리(四敎一理)·교선일문(敎禪一門)·삼선일미 사상을 동시에 파악할 수 있는 중요한 글로, 후세인에게서 높이 평가되고 있다. 뿐만 아니라 언기는 삼문중의 하나인 염불문 공부에 대해서도 다음과 같이 언급하고 있다.

> 염불문의 공부는 행주좌와(行住坐臥)에 항상 서방을 향하여 아미타불을 바라보고 생각하면서 잊지 않으면 목숨이 마칠 때 아미타불께서 오셔 상련대에 영접할 것이다. 그런데 이 마음이 곧 부처이며, 이 마음이 곧 육도만법이니라. 그러므로 마음을 여의고 달리 부처가 없으며, 마음을 여의고 달리 육도, 선악의 여러 경계가 없느니라.[11]

마음을 오롯이 하여 아미타불을 염하여 잊지 않는다면 임종 시 아미타불의 영접을 받아 서방극락정토에 왕생한다고 말한다. 이런 사상은 미타경에 설한 내용과 다르지 않다. 하지만 언기가 「선교원류심검설」에서 염불문 공부를 언급했다고 해서 염불 수행자였다고 평가할 수는 없다. 염불문은 단지 불교 수행의 길 가운데 하나로 하근기의 사람들에게 그 방법을 제시한 것에 불과하기 때문이다. 다만 깨달음에 이르는 방법에는 교법이든 선법이든 여러 가지가 있으나, 그 법성에는 차별이 없고, 그것을 받아들이는 사람의 근기에 따라 보이는 세계가 달라질 뿐이

---

10) 편양언기(b)(257a-b), "此敎外別傳 雖上根上智 徑截得入 禪門爲最下根者 借敎明宗 所謂性相空三宗也 有理路語路 聞解思想故."

11) 편양언기(b)(257c), "念佛門工夫 行住坐臥 常向西方 瞻想尊顔 憶持不忘 則命終時 陀佛來迎 接上蓮臺也 此心即佛 此心即六道萬法 故離心別無佛也 離心別無六道善惡諸境也."

라고 설하고 있다. 이는 곧 마음이 곧 부처이고, 이 마음이 곧 육도만법이기 때문에 마음을 떠나서는 다른 부처가 없으며 육도의 선악세계도 없음을 강조한 것이라 할 수 있다. 결국 언기는 선과 교, 염불의 삼문은 다르지 않음을 역설하고 있다.

> 부처님께서는 49년간 동서를 다니며 법문하셨으니 자비로운 구름은 널리 퍼지고 법의 비는 멀리까지 쏟아졌다. 그러자 수많은 중생들이 그 은혜를 입게 되니 이른바 말을 받들어 뜻을 이해하는 것이 교문(敎門)이다. 하지만 조사들은 교문과는 달리 입을 열기 전에 곧바로 사람의 마음을 가리킨다. 이런 탓에 한참 동안 말이 없기도 하고, 혹은 눈썹을 치켜뜨기도 하며, 주장자를 세우기도 한다. 이것은 최상의 근기를 가진 사람들이 들어갈 수 있는 선문(禪門)이다. 또 부처님은 말세 중생으로서 법음을 직접 듣지 못하는 이들을 위해 16관문을 따로 세우고 이들이 아미타불을 정성껏 염해 연화정토에 왕생할 수 있도록 하니 이것은 곧 염불문이다. 이렇듯 깨달음에 이르는 문은 크게 3가지로 분류할 수 있으나 그 법은 결국 하나이다. 참선이 곧 염불이요, 염불이 곧 참선이니 여기에 무슨 간격이 있겠는가?[12]

인용문은 고위관리인 고성(高城)에게 보낸 편지의 일부다. 언기는 고성이 던진 질문, 즉 교와 선의 차이와 관세음보살이 중생을 제도하는 이유와 방법 등에 대해 상세히 답변하고 있다. 언기에 따르면 부처님께서 제시한 깨달음의 길에는 크게 세 가지가 있고, 그것이 곧 교·선·염불로 궁극적인 경지에 있어서는 차이가 없다는 게 그의 설명이다.

이상의 사실을 종합하면, 언기의 선사상의 특징을 몇 가지로 설명할 수 있다. 선은 교외별전의 경절문이라는 것, 선교일치의 사상을 보이면서 선을 교보다 우위에 둔 점, 깨달음에 이르는 문은 경절문·원돈문·염불문 등의 삼문으로 구분한 점, 삼문은 방법의 차이가 있을 뿐 모두 자성을 밝히기 위한 것이며, 궁극적인 경지는 같다는 것이다.

---

12) 편양언기(c)(262a21-b19) "佛爲而四十九年 東說西說 慈雲廣布 法雨遐沾於 是職駿枯槁 咸蒙其澤而滋榮 此中才下根 承言會意者 是謂敎門也 祖師所示機關 逈異於前 未嘗開口 直指人心故 但良久默然 或據坐垂足 或揚眉瞬目 或擧拂子 卓柱杖而已 是謂格外禪風也. 佛爲末世衆生未得親聞法音者 別立十六觀門 懃念阿彌陀佛 徃生蓮花淨土 是爲念佛門也 機雖有三 法則一也 門雖設三 所造之地無二也 然則 叅禪則念佛 念佛則叅禪 初何嘗有間哉."

3. 구도와 깨달음의 과정을 노래한 시세계

수행자는 신통 묘용하여 청정하고 영원불변한 불성이 내 마음에 있다는 것을 확인하며 찾는 것을 본분사로 여긴다. 언기는 스승 현빈의 문하에 있을 때 약 3년 동안 평안도의 어느 목장에서 '양치기 생활'로 수행을 하며 깨달음을 추구하고 보림을 하였다. 이때 그는 은법사로부터 편양당(鞭羊堂)이라는 법호를 받았다. '양을 기른다'는 뜻의 편양이라는 법호에서 알 수 있듯이, 그는 중생과 일체가 되어 보살행을 실천하였다. 특히 그는 평양성 모란봉에 움막을 짓고 머무르며 임진왜란으로 집과 부모를 잃은 아이들 300여 명을 거둬 보살피며 법문과 기도로 그들에게 희망과 용기를 주었다. 상실과 아픔을 겪고 있는 그들과 함께하고 그들의 상처를 치유하며 제도에 전념하였다. 이 점에서 그는 보살행행을 실천한 관음의 화신이었다 할 수 있다.[13] 현빈의 문하에서 경·율·론 삼장을 이수하며 보살행을 실천한 언기는 22세 때 묘향산의 휴정, 즉 서산대사의 문하로 들어가 선을 참구했다. 이때 화두를 들고 치열하게 정진했던 일은 보다 큰 자아로 태어날 수 있는 귀중한 시간이었음을 이렇게 표현하고 있다.

> 石頭庭下除殘草　석두의 뜰아래서 시든 풀 뽑고
> 馬祖庵前有折弓　마조의 암자 앞에서 활을 꺾어버린 일들
> 傳衣付鉢非虛事　의발을 전함은 헛된 일이 아니었네
> 門下三年聽講鍾　내 문하에서 삼년동안 청강을 했거늘
>
> 　　　　　　　　　　　　　　　　　－「示嗣法弟子」[14]

사법 제자에게 보인 시편이다. 자아 찾기를 위해 서산의 문하에서 3년간 화두 참구의 수행정진은 언기의 구도과정에서 아주 의미 있는 시기였음을 말하고 있다. 중국의 선종은 8세기 후반에 석두희천(700~790)과 마조도일(707~786)이 출현하면서 본격적으로 부각되었다. 석두의 선은 마치 칼날처럼 자칫하면 손을 벨정도로 예리한 것이었다. 석두의 선을 통해 번뇌 망상을 여읜 언기는 마조의 할을 통해 깨달음을 얻었다. "짐승은 잘 잡으면서 왜 너는 못 잡느냐?"라는 마조의 사자후에 무릎을 꿇고 마조의 제자가 된 사냥꾼이 바로 혜장이다. 혜장은 짐승을

---

13) 이덕진(2011.9), 「자비의 선사, 편양대사」, 『불교저널』.
14) 편양언기(a)(248a) 『편양당집』 권1. 이하 시의 인용은 이 텍스트를 사용함을 밝힌다.

죽이던 화살을 버리고 자기를 잡으러 떠난 사냥꾼을 통해 새로운 화살을 얻었던 것이다. 이러한 맥락에서 언기는 서산의 문하에서 자아를 찾기 위한 화두 수행에 전념하였던 것으로 진단된다.

윤순사가 언기에게 유가와 도가의 학문에 대해 언급하면서 이에 대해 함께 배우면 어떤지 물어 왔을 때, 언기는 그저 참선과 선을 전하는데 열중하겠다는 대답을 한다.

不學宣王教　유가의 학문을 배운 적 없는데
寧聞柱史玄　어찌 노장자의 가르침을 들었겠는가
早入西山室　일찍이 서산의 문하에 들어서서는
唯傳六祖禪 15)　오로지 육조의 선을 전할뿐이네

어려서부터 불문에 귀의한 사람으로서 세속의 학문을 익힌 바도 없을 뿐만 아니라 아울러 익힐 필요도 없고, 그저 자신의 본분에 충실하겠다는 의지를 드러내 보이고 있다. 사실, 언기는 이처럼 스승 휴정의 문하에서 선을 위주로 수행을 하였지만, 선교를 차별한 것은 아니었다. 오히려 교학을 넘어 염불과 정토에 관해서도 깊은 공부가 있었다. 그의 이러한 면모는 다음의 시에서도 선명히 드러난다.

雨後秋天萬里開　비온 뒤 가을 하늘은 끝없이 열렸는데
川流白石淨無苔　물이 흐르는 흰 돌은 이끼도 없이 깨끗하다
念佛人心正若此　염불하는 사람이 마음이 바로 이와 같으면
娑婆國界即蓮臺　이 사바세계가 곧 연화대이네
- 「贈暉師」16)

휘스님에게 건네주는 이 시에는 염불하는 마음에 대해 언급하고 있다. 어떠한 몸가짐과 마음자세로 염불에 임해야 하는가를 주변 사물과 풍광을 통해 일깨워주고 있다. 비개인 하늘은 구름 한 점 없이 맑을 것이고, 쉴 새 없이 시냇물에 씻기는 조약돌 또한 이끼가 낄 여지도 없이 깨끗하리라는 것은 분명한 사실이다. '가을 하늘'과 '조약돌'을 통해 깨끗한 마음과 신심(慎心)을 깨우치고 염불한다면 그것이 곧 부처를 만나는 일이고, 정토세계에 이르다는 메시지를 전하고 있다.

깨달음이란 집착된 착각을 여의고 진여의 세계에 드는 것이다. 집착의 대상이

15) 편양언기(a), 『편양당집』 권1
16) 편양언기(a), 『편양당집』 권1.

사라지면 번뇌는 당연히 사라질 수밖에 없는 것이다. 금강산 백화암에서 수행하던 어느 가을날, 언기는 비에 젖어 물든 낙엽이 떨어지는 모습을 보고 확철 대오하였다. 다음은 그 깨달음의 노래, 즉 오도송이라 할 수 있다.

> 雲走天無動　구름 흐르나 하늘은 움직이지 않고
> 舟行岸不移　배가 갈뿐 언덕은 그 자리에 있네
> 本是無一物　본래 한 물건도 없는데
> 何處起歡悲　어디에 기쁨과 슬픔이 일어나랴
> 　　　　　　　-「次東林韻」[17]

　　인용시는 벽암각성(1575-1660)의 제자로, 부휴선수의 2세손에 해당하는 동림혜원에게 답하는 형태로, 부동의 본래심을 설파한 것으로 언기의 압권의 시이다. 선사는 항상 여여하게 한 자리에 그대로 있는 하늘과 언덕의 모습에서 원융무애한 법성을 보고 있다. '구름/하늘', '배/언덕'이라는 이항 대립에서 보이는 것처럼, 구름이 다양한 변화를 보이며 흘러가더라도 하늘의 근본은 바뀌지 않고, 강물에 배가 지나가도 언덕의 경계는 늘 그대로 인 것을 간파한 선사이다. 사실, 어떤 것이 오고 간다고 하지만, 선의 묘지가 둘이 아니라 하나이고 보면 오고 감이 어디에도 없다. 다만 근원에 이르기 전에 보이는 사물이 움직이는 것처럼 보이는 것은 마음이 움직이고 있을 뿐이다. 그래서 선사는 본래 한 물건이 없는 것인데 어디에 기쁨과 슬픔이 일어날 것인가? 라고 반문하는 것이다. 즉 만상은 본래 있는 그대로이지만, 다만 마음의 집착에서 울고 웃을 뿐임을 설파하고 있다. 전형적인 불가의 시법시로 평가된다.

　　선사들의 구도행각의 중심을 이루고 있는 반야의 현현 혹은 원각의 적조는 현실의 자아와 분리된 요원한 경지가 아니라 바로 주변의 개별적인 존재가 공통으로 지닌 것이다. 언기의 오심(悟心)의 핵심은 바로 이런 경지에 이르기 위해 끊임없는 수행정진의 길을 나서는 데서 한결 잘 드러난다. 그 전형적인 시가 「차동양위(次東陽尉)」이다.

> 遠謝塵紛扣石扃　시끄러운 세상 멀리하고 돌문을 두드려
> 雲房高臥聽眞經　구름 방에 높이 누워 진경(眞經)을 듣고 있네
> 欲知格外西來旨　서쪽에서 온 격외의 뜻을 알려 하는가?
> 又有庭前栢樹青　또 뜰 앞에 있는 잣나무로세
> 　　　　　　　-「次東陽尉」[18]

---

17) 편양언기(a), 『편양당집』권1.

동양위가 불법을 묻자, 언기는 위와 같이 언급했던 것이다. 동양위는 선조의 딸 정숙옹주와 결혼한 신익성의 봉호(封號)이다. 번다하고 시끄러운 세상을 멀리하고 불문에 들어와 구름을 벗 삼아 한가롭게 지내며 무정설법을 듣고 있는 선사이다. 선에서 불법이란 밖에서 구할 수 없고 내 마음속에 본래부터 갖추어져 있다고 말한다. 때문에 선사는 서쪽에서 은밀하게 전해온 가르침[西來密旨]이 눈앞에서 밝게 펼쳐지고 있는데 굳이 다른 데서 애써 찾으려고 함을 경책한다. 그 마음이 곧 조주 선사가 던진 '뜰 앞의 잣나무(庭前栢樹子)'이다. 원각이란 결코 어떠한 문자로 표현할 수 있거나 혹은 경전의 글 속에서 찾을 수 있는 것이 아니라 시공을 초월하여 눈앞에 나타나 있다는 것이다. 이처럼 세속인들의 깨달음에 대한 물음에 언기는 묻는 자의 근기에 맞춰 선가의 화두를 간결하고 쉬운 시적 표현으로 담아내고 있다.

언기는 깨달음을 얻은 뒤에는 당(堂)을 열어 산문을 나서지 않았다. 그럼에도 그의 덕화를 듣고 수많은 제자들이 찾아와 도를 물었다. 도를 묻는 납자들에게 부질없는 언어문자로 대답하는 것이 유마거사의 침묵의 '불이법문'에 걸리지 않을까 염려하는 면이 이렇게 표현되고 있다.

> 靑山何處有毘耶 푸른 산 어느 곳에 비야리가 있는가?
> 近日禪流問道多 요즈음 부쩍 도를 묻는 선객들이 많으니
> 不辭雷震三千界 우레가 삼천 세계를 뒤흔드는 것을 마다하지 않으나
> 恐被維摩點檢過 유마거사의 점검에 걸릴까 두렵구나.
> 　　　　　　　　　　　　　　 -「舍衆遁世」[19]

대중을 떠나 은둔하면서 지은 시이다. 비야리는 유마거사가 살았던 곳을 말한다. 그런데 불법은 언어문자로 설명할 수도 없고, 마음으로 분별해서 알 수도 없는 언어도단이고 심행처멸(心行處滅)인 불립문자의 경지이다. 깨달음의 세계가 언어 표현 너머에 있음을 암시한 것이 침묵이다. 말과 생각이 끊어진 경지를 표현하려던 유마거사의 침묵을 떠올렸던 화자는 납자들의 도란 무엇인가라는 질문을 받는다. 그 물음에 말로 대답해야 했던 그는 우레가 삼천대천세계를 뒤흔드는 것은 두렵지 않으나 유마거사의 침묵의 법문에 걸릴까 두렵다고 하였다. 이와 같이 운수납자들을 제접하며 가르침을 편 언기는 의발을 전해준 스승에 대한 각별

---

18) 편양언기(a)(249b).
19) 편양언기(a)(248a).

한 존경심을 다음과 같이 곡진하게 표현하고 있다.

> 西山門下舊尊宿　서산 문하의 한 늙은 중
> 白髮還來禮影堂　백발이 되어 돌아와 영당에 예를 올리네
> 淸虛一曲今猶在　청허의 한 곡조가 지금도 들리네
> 月照空山流水長　달빛어린 빈산에 물은 길게 흘러가네
> 　　　　　　　　 -「奉示旭長老」[20]

　언기는 지금 스승 서산 휴정의 초상화를 모신 영당(影堂)을 참배하고 있다. 백발이 되어 돌아와 영당에 예를 올리면서 스승의 가르침과 적적성성한 면모를 상기한다. 스승 '청허의 한 곡조가 지금도 들리네/ 달빛어린 빈산에 물은 길게 흘러가네'라는 대목에는 냇물처럼 깨끗하고[淸]과 달처럼 사사로운 욕심이 없는 비어 있는[虛] 것을 아름답게 바라보는 언기의 선적 사유와 수행의 정신이 명징하게 함축되어 있다. 스승의 맑고 텅 빈[淸虛] 수행의 정신을 닮고자 하는 언기의 모습을 선연히 떠올리게 하는 시이다.
　출가 수행자에게 가장 필수적인 물건 중의 하나가 물병과 석장이다. 스님들은 어딜 가나 가사와 발우, 그리고 물병과 지팡이를 가지고 다녔다. 물병과 지팡이는 작은 생명도 죽이지 않겠다는 불가의 자비심에서 비롯된 지물(持物)이다. 언기는 이러한 극묘한 상징과 은유를 통하여 끊임없이 의심하고 참구해야 할 화두를 던져 준다. 다음의 시는 쌍인(雙印)스님에 준 것으로 이러한 화두의 성격을 잘 담아내고 있다.

> 甁錫飄然海上鷗　물병과 석장의 휘날림은 바다 위 갈매기 같고
> 空花萬法若虛舟　모든 법은 허공의 꽃 빈 배와 같다.
> 歸時妄覺臺山路　돌아갈 때에 오대산 길 잊는다 해도
> 莫問婆婆問趙州　노파에게 묻지 말고 조주에게 물으라.
> 　　　　　　　　 -「奉示雙印」[21]

　승속의 분별을 뛰어넘은 경지와 함께 수행의 방법을 인유를 통해 전달하고 있다.[22]'물병과 석장을 휘날림은 바다 위를 나는 갈매기라'고 한 대목은 선사의 걸

---

20) 편양언기(a)(248b).
21) 편양언기(a)(248c).
22) 고경식(1998),「壬亂期 불가문학 연구- 정관일선, 사명유정, 소요태능, 편양언기 를 중심으로」, 경희대학교 박사학위논문, 216쪽.

림 없는 자재한 모습을 보여준다. 아울러 승속의 차별과 분별을 떠난 사유가 담겨 있다. 허공의 꽃은 실제로 존재하는 것이 아닌 환상의 꽃이다. 사벌등안(捨筏登岸)이라 했듯이, 배는 강을 건널 때에는 필요하지만 강을 건넌 뒤에는 버려야 하는 것이다. 만법이 바로 허공 꽃이요 빈 배와 같다는 것이다. 문수도량인 오대산에 한 노파가 있어 납자들이 이 노파에게 오대산 가는 길을 물으면, "곧 바로 가시오."했다. 납자가 곧 바로 가면 그 노파는 "저 중도 별 수 없구만."하고 힐난했다. 이 이야기를 들은 조주가 노파에게 가서 똑같이 물으니 또한 "곧 바로 가시오."하고 대답했다. 조주는 돌아와서 대중에게 "내가 너희들을 위해 그 노파를 간파해 버렸다."[23]고 했다. 노파가 "곧 바로 가시오."한 것은 자성의 부처를 두고 왜 밖에서 부처를 찾느냐라는 뜻이고, "조주가 간파해 버렸다"는 것은 이미 깨달은 조주에게도 "곧 바로 가시오"라고 했으니, 이 노파 또한 깨닫지 못하고 말장난만 하고 있었다는 것이다. 그런데 돌아갈 때 오대산 길 잊는다 해도 노파에게 묻지 않고 조주에게 묻는 것은 까닭은 무엇일까. 그것이 곧 화두의 핵심인 것이다

4. 자연교감과 방외(方外)의 시세계

자연은 모든 시인에게 있어 주요한 시적 대상이고 시심의 근원이 된다. 특히 선승의 경우, 자연은 단지 감각적 외경으로서 단순한 즐김의 대상이 아니라 그 자체가 곧 해탈 경계로서의 의미를 지닌다. 그래서 청정성의 추구는 비가 그친 뒤의 경계나 눈 내린 정경 등을 통해 서정적으로 묘사된다. 비 개이고 난 뒤 산뜻하게 드러나 멀리까지 보이는 산과 산은 사물의 모습이 그대로 드러난 경계이다. 이러한 현상을 언기는 법계에 편재한 모든 진여의 모습으로 표현한다.

> 雲邊千疊嶂　아득한 구름 가엔 겹겹이 산
> 檻外一聲川　난간 저 밖엔 소리치는 개울물
> 若不連旬雨　열흘 동안 장마 비 아니었던들
> 那知霽後天　비 개인 뒤 맑은 하늘을 어찌 알리.
> 　　　　　－「偶吟一絶」[24]

---

23) 『무문관』3. 300則. 중 33. 趙州堪婆.
24) 편양언기(a)(246b).

수행자는 방외인으로서 출세간적 삶을 살아간다. 방(方)은 물질적 공간을 가리킨다. 산승에게 자연은 주된 수행공간이자 일상적 환경이다. 지루한 장마 끝에 나타나는 맑게 갠 하늘을 보고 난 뒤의 기쁨이 잘 표현되고 있다. 맑게 갠 하늘은 '장맛비'로 상징되는 일념삼매라는 고된 수행을 겪고서 깨닫는 즐거움을 상징한다. 겹겹이 산으로 둘러싸인 산사에 오랜 기간 드리워진 장마구름은 수행자의 마음을 무겁게 했을 것이다. 하여 선사는 갑갑한 마음에 기대어 섰던 정자의 난간 밑을 콸콸 흘러가는 계곡물 소리를 듣고 장마철 내내 무거웠던 마음을 내려놓고 기쁨을 내는 것이다. 시원한 개울물 소리를 얻는 것은 번뇌 망상이 사라짐의 청정함의 표현이다. 가령, 구름과 장맛비가 닫힌 상태를 말한다면, 맑은 하늘과 개울물은 열림의 상태이다. 이는 곧 선심의 시심화이다. 선사의 이러한 선심의 시심화는 깨달음을 얻고 묘향산으로 와서 보림을 하며 지내는 모습에서도 잘 드러난다.

百城遊方畢　　많은 곳에 노닐기를 마친 뒤
香岳伴雲閑　　묘향산 구름과 벗하니 한가롭
獨坐向深夜　　홀로 깊은 밤을 향해 앉으니
前峰月色寒　　앞산 봉우리 달빛이 차갑기만 하네
　　　　　　　- 「示允師」[25]

　　고요함과 한가함이 묻어나는 선사의 맑고 깨끗한 시심이 돋보인다. 즉 자성을 찾은 도인의 바쁠 것이 없고 유유자적한 생활 모습이 잘 묘사되고 있다. '많은 곳에 노닐기를 마친'다는 것은 수행을 하여 깨달음을 이룬 것을 말한다. 화엄경에서 선재동자는 깨달음을 얻기 위하여, 남쪽의 110개의 성을 다니면서 53명의 선지식을 만나 지혜를 구하였다. 마지막으로 보현보살을 만나 십대 행원을 들은 뒤, 아미타불의 극락정토에 왕생하여 입법계의 큰 뜻을 이루었다고 전한다. 묘향산으로 와서 한가롭게 살아가는 산승에게 푸른 산, 흰 구름, 밝은 달은 수행을 돕는 기연(機緣)으로 작용한다. 깊은 밤 홀로 선정에 들고 있으니 앞산 봉우리 위로 환하게 비치는 달빛이 차갑다는 대목에는 적적성성한 선사의 맑고 텅 빈 방외 생활이 그대로 묻어나고 있다. 이러한 선심의 시심화는 「계명산인에게 주는 시」에서도 한결 잘 극화되고 있다.

---

25) 편양언기(a)(246a).

古寺空山中　고요한 산 속의 오래된 절
高樓人獨宿　높은 누각에 홀로 자는 사람
夜來秋雨寒　밤이 되니 가을비 스산한데
落葉滿庭濕　뜰 가득 낙엽 젖어 있네.
　　　　　　－「贈戒明山人」[26]

　시간의 흐름이 의미가 없는 산중이지만 그래도 시간의 흐름이 느껴지는 시편이다. 인적 드문 해묵은 산사 누각에 홀로 선정에 들며 지내는 선사이지만, 몸은 세속과 멀리 떨어져 있어도 산속까지 스며든 시간의 흐름처럼 밤이 되니 외롭고 쓸쓸한 마음이 불현 듯 일기도 한다. 한편, 밤이 되어 추적추적 내리는 가을비로 뜰에는 젖은 낙엽만 가득하다. 이러한 정황들은 선사의 마음을 흔들어 놓기에 충분하다.

　선사들이 수행하는 곳, 그 주위에 있는 산과 나무, 푸른 산 빛과 골짜기를 가득 채운 물소리가 깨달음의 경지에서 보면 모두 진여의 모습이고 불법 아님이 없다. 산하대지 그대로가 법신의 현현인 것이다. 그래서 선사들은 순환하는 자연의 이법 속에서 '본래면목'의 깊은 뜻을 감응하곤 했다. 사물에 마음을 빼앗기고 그 빈자리를 욕심으로 채우기 바빠서, 고요히 비어도 절로 충만한 본래 마음을 잊고 살고 있는 것이 중생들의 삶이다. 하지만 선사는 산승으로서 '산중에 사는 맛'을 담박하게 노래한다.

自栖通性後　통성암에 머문 뒤로부터는
幽事日相干　그윽한 일들이 날마다 찾아오네.
造圃移芳茗　밭 일구어 향기로운 차 싹 옮겨 심고
開亭望遠山　정자 지어 먼 산을 바라보네
晴窓看貝葉　밝은 창 앞에서 경전을 보고,
夜榻究禪關　밤이면 침상에선 선관을 궁구하니
世上繁華子　이 세상 번다하게 살아가는 사람들
安知物外閑　세상 밖의 한가함을 어찌 알겠는가.
　　　　　　－「山居」[27]

　통성암은 묘향산 보현사에 있는 암자이다. 차를 가꾸고, 경전을 읽으며, 참선을 하는 일상에서 느끼는 '한가로움[閑]'을 노래하고 있다. 자신의 깨달음을 숱한 방

---

26) 편양언기(a)(245c).
27) 편양언기(a)(246b).

법을 통해 검증하고서 결국 돌아 온 곳, 산사에서 언기는 또 다시 자유자재한 출출세간의 경지를 확인하고 있다. 밭을 일구어 차를 심고, 그 잎을 따다 차를 끓이고, 나무를 베어 정자를 짓고 그 속에서 무현금 소리를 즐긴다. 낮에는 경전을 읽고 밤에는 참선을 하지만 거기에는 번거로움과 조급함이라고는 전혀 느껴지지 않는다. 그저 즐겁고 한가한 방외의 모습이다. 무엇보다도 선사의 시가 우리의 마음을 건드리는 것은 세상 밖의 이야기가 아니라 솔직하고 인간다운 일상 삶의 이야기이기 때문이다.

平生愛梵鍾　평생 범종을 좋아하다
垂老臥雲松　노경에 이르러 구름과 소나무 벗하며 누우니
論經多法侶　경을 논하던 많은 법의 도반들
人語月中峯　사람의 말 달가운데 봉우리로다.
　　　　　　- 「山中偶吟」28)

　굽이굽이 나직한 능선을 타고 퍼져 나가 이승과 저승의 존재들을 제도하는 것이 범종이다. 화자는 평생 동안 범종이 울리는 큰 절에서 수행하다가 노년에는 인적이 끊어진 한적한 암자에 주석하고 있다. 그러다 보니 자연히 구름과 솔바람에 동화가 될 수밖에 없다. 먼지하나 남아 있지 않은 탈속함이 연상된다. 그런데 옛날 경을 논하던 많은 도반들의 말들이 이 세상 그 어느 말보다 뛰어났음을 달을 보며 읊조리고 있는 화자이다. 이와 같이 선정 속에서 향유하는 삶을 담아내는 선심의 시심화는 마음에 속박을 떠난 담박하고 안온한 심경의 표현이다. 이는 곧 선승이 자연 속에서 얻는 법열의 한 모습이다.
　유마거사는 "중생이 아프니까 내가 아프다."라고 말했다. 이처럼 너와 내가 둘이 아니라 하나라는 마음은 자연과 나는 결코 둘이 아닌 것으로 인식하는 언기의 시에서도 잘 드러난다. 그것은 선사가 자신이 늙고 병들어 괴로워하는 것이 아니라 가을과 자연이 그를 슬프게 한다고 하는 시구에서 잘 묘사되고 있다.

老去悲秋坐苦吟　늙은이는 가을이 슬퍼 앉아서 시를 읊고
虫聲又在豆花深　콩 꽃 깊은 곳 벌레도 함께 운다
憑渠且莫嘵嘵切　저들아 애절하게 울지 마라
抱病難堪白首心　병이라 견디기 어려운 늙은이 마음
　　　　　　- 「聽草蟲」 1수29)

---

28) 편양언기(a)(245c).

쓸쓸하고 슬퍼지는 깊어가는 가을 밤, 인생의 가을이라 생각되는 늙음에 병까지 있는 선사다. 그는 시를 쓰고 벌레는 가을을 운다. 풀섶에서 애절하게 울어대는 벌레소리는 병든 노 선사가 견디기 어려울 정도로 슬픔을 더해 준다. 풀벌레의 울음소리는 서방정토의 만리심을 끌어당기는 매개로 작용한다. 그래서 내가 슬퍼하는 가을이나 콩꽃 속에서 벌레가 슬퍼하는 것이나 매 한가지이다. 화자의 늙음을 한결 슬프게 하는 벌레의 울음은 왜 그토록 애절하게 들리는가. 그것은 저물어가는 쓸쓸한 가을의 분위기 속에 화자에 찾아오는 슬픈 계절의 정취 때문일 것이다. 하지만 고요한 산사의 밤, 선사가 풀벌레와 하나 되는 상호조응은 더 큰 '전체'로서의 자연과의 동일성을 깨닫게 해준다.

蘿衣松食臥雲林　띠 옷 입고 솔잎 먹으며 구름숲에 누우니
祇樹寥寥絶世音　기수급고독원은 고요하고 세상소리 끊어졌네
薄劣無能報聖代　박복하고 하열하여 성대에 보답할 수 없어
淸香一炷罄葵心　맑은 향 한 가지로 구하고자하던 마음 비워버렸네
　　　　　　　－「林下謳」[30]

보통 사람의 삶은 대경이 고요하고 오가는 사람마저 없으면 외로움을 느끼게 된다. 그러나 선사에게 있어서는 진여의 한결같은 맑음은 어디에나 있다. 나도 잊었거니와 대상의 고요함마저 잊어버렸기 때문이다. 자신의 마음속에서 허공을 발견하고, 그것을 밝혀나가는 것이 수행자의 본분사이다. 마음속에 허공을 머금을 때, 아름다운 향기가 나고 큰 지혜가 담기며, 마음이 비게 되면 샘물이 솟듯 맑은 법열의 노래가 흘러나온다. 속이 빈 대나무만이 피리가 될 수 있는 것도 이러한 이치이다. 그렇다면 시공을 초월한 언기의 시적 세계는 선의 직관을 통하여 체험한 정신세계의 투영이라 할 수 있다.

5. 대중교화의 시세계

언기는 묘향산의 천수암과 금강산의 천덕사 등 여러 사찰에서 후학을 위해 개당, 강법하여 널리 교를 선양하였다. 그는 선을 닦아 깨친 도인이면서 전등·화엄

---

29) 편양언기(a)(247a).
30) 편양언기(a)(247a)

c

29) 편양언기(a)(247a).
30) 편양언기(a)(247a)

등 삼장을 강설하였으므로 선자에게는 본분종사이고 교학자에게는 대강백이었다. 선사의 가르침은 현상에 대한 절대 긍정을 일러줄 뿐만 아니라 시간과 공간, 너와 나의 관념을 초월하여 절대적인 순간에 모든 것을 포용한다. 하지만 언기는 다음의 시 「정화(庭花)」에서 만물의 곳곳에 깃든 불법을 그냥 스쳐 지나감으로써 놓치고 마는 승려들을 보며 안타까움을 토로하고 있다.

雨後庭花連夜發　비 온 뒤 뜰 앞에는 밤새 꽃이 피어
淸香散入曉窓新　맑은 향기 스며들어 새벽 창이 새롭다
花應有意向人笑　꽃은 뜻이 있어 사람을 보고 웃는데
滿院禪僧空度春　선방에 가득한 선승들 헛되이 봄을 보내네.
                        -「庭花」 31)

　선사는 비온 뒤 뜰 앞에 핀 한 송이 꽃을 보고 그 감회를 노래하고 있다. 비록 겉보기에는 개인의 정감을 묘사하고 있지만, 그 속에 담긴 내용은 의미심장하다. 촉촉이 내린 비에 뜰에 심어 놓은 꽃이 밤새 꽃을 피웠고, 이른 아침 창을 열자 맑은 꽃향기가 코끝을 스친다. 비에 씻긴 공기도 상쾌하지만 그윽한 꽃향기가 방안 공기를 신선하게 해 준다. 그래서 '효창신'이라 했다. 그런데 언기는 밤새 핀 꽃에서 뿜어내는 향기를 보고, 인간을 향해 웃음 짓는다고 했다. 그저 말없이 웃기만 하는 꽃은 대상과의 일치를 통해 대상의 참된 본질을 깨달았음을 의미한다. 이제 꽃의 그 웃음은 진리의 미소, 즉 염화미소의 메시지이다. 하지만 선방에 가득한 스님들은 이 웃는 의미를 모르고 있다. 여기에는 좀 더 열린 마음으로 사물을 관찰한다면 세상이 달라 보일 것이라는 메시지와 함께 젊은 승려들에게 보내는 선사의 따뜻한 애정이 담겨 있다.
　깨달음의 눈으로 보면 모든 경계는 여여하지만, 분별심으로 보면 모든 것에는 고통과 번뇌가 따르기 마련이다. 설혹 깨달은 눈이 아닐지라도 꽃이 지는 것을 한탄하기 보다는 새로운 생명을 잉태하는 윤회의 한 단면으로 본다면, 그것이 결코 슬퍼하거나 한탄할 일만은 아니다. 선사의 이러한 인식은 꽃이 지는 모습을 통해 무주착(無主着)의 경지를 노래하는 데서 잘 묘출되고 있다

---

31) 편양언기(a)(248b).

春禽獨恨老山花　봄새들은 산의 꽃 짐을 슬퍼하지만
花老無心莫自嗟　꽃은 시들어도 무심하여 탄식하지 않네.
老僧不學拘蟬定　늙은 중은 매미의 선정을 배우지 못했는데
聽鳥看花日欲斜　새소리와 꽃구경에 하루 해 지려하네.
－「次暮霞韻」[32]

　봄의 새들이 산에 핀 꽃이 지는 것이 슬퍼서 울지만 꽃은 시들어도 무심하여 탄식하지 않는다는 선사이다. 여기서 꽃은 스스로의 존재에 우주의 생명을 안고 있기에 나고 죽음도 없고 절대적인 순간만이 있을 뿐 분별심도 없다. 다시 말해, 꽃이 지는 것을 보고 새들은 슬퍼하지만, 정작 지는 꽃은 자신에게 대해 어떻게 생각할 것인가란 뜻밖의 질문을 던진다. 언기는 이를 통해 일상의 관습에서 깨어나길 당부하고 있다. 선학(禪學)을 한다고 늘 앉아 참선에 들고, 교학을 한다고 늘 앉아 독경에만 매달리는 수행자는 모두 주(住)와 착(着)의 경계에서 자유로울 수 없다. 매미는 한 마리가 울면 모두 울고, 한 마리가 그치면 또 모두 그친다. 자기의 존재가 없기 때문이다. 이와 같이 참선도 독경도 습관적일 수 있다는 것을 선사는 경책하고 있다. 나아가 염주를 꿰매는 과정을 비유로 들면서 분별심을 갖지 말 것을 당부한다.

半尺紅絲錯貫珠　한 올의 붉은 실로 염주를 꿰나니
重重刹海掌中收　무수히 많은 세계 이 손안에 들어오네
傍人且莫分賓主　그대여, 부디 객과 주인 나누지 말라
一二相參自點頭　하나 둘 꿰어 나가며 스스로 끄덕이네.
－「彦師貫短珠韻」[33]

　한 올의 붉은 실로 염주를 꿰맬 때 손바닥 안에 무수히 많은 세계가 안에 들어온다는 선사는 부디 객과 주인을 구분하지 말 것을 강조한다. 한 올의 실에 염주를 하나 둘 꿰어 나가면 결국 하나로 되고 말 것이 때문이다. 마음과 경계가 일체가 되면 이것이 바로 불이(不二)이다. 나눔과 구분 없이 하나의 실에 염주를 꿰어 나가면 자연스럽게 불이의 회통 묘지를 체득하게 되리라는 선지의 메시지를 전하고 있다. 아울러 언기는 '봄날의 눈발'이라는 상징을 통해 선지(禪旨)를 밝히고 있다. 하루는 백운선자가 그를 찾아 와 육조 혜능의 선지를 물었다. 그때, 언

32) 편양언기(a)(249a).
33) 편양언기(a)(247c).

기는 "봄날의 산중은 찬 기운이 더하는데 골짜기마다 바람이 이니 눈발마저 날린다(春日山中寒氣重 風生萬壑雪飄然)"(「贈軒師」) 라고 답한다. 선지는 어디에 있는가? 봄이어도 눈발마저 날리는 현실 속에 선지가 있을 뿐, 선지가 색다른 그 무엇일 수 없다는 것이다. 함께 수도하는 이들을 향한 선적 상징을 통한 가르침은 감장노에 준 다음의 시에서도 선명히 드러난다.

> 選佛江西近　강 서쪽 가까이 선불장이 있어
> 探禪石室遊　선을 탐구하며 석실에서 노닐다가
> 意超三世界　뜻은 삼세계를 뛰어 넘고
> 身覺一漚浮　몸은 한 점의 뜬 물거품인 줄을 알았다.
> 遨爾天中鶴　먼 하늘 가운데 학
> 飄然海上鷗　표연히 나르는 바다 위 갈매기
> 七斤衫尚在　일곱 근의 장삼 있어
> 常着还涼秋　항상 입으면 시원한 가을이로다.
> 　　　　　　　　　　　－「奉賽鑑長老」[34]

　선불장에서 선을 참구하며 석실에 노닐다가 뜻은 삼계를 초월한 깨달음을 얻은 선사에게 육신은 한 순간 사라질 한 점의 물거품일 수밖에 없다. 이처럼 걸림 없는 경계에 이르고 보면 먼 하늘엔 학이 날고, 바다 위에 갈매기가 표연히 나는 것은 실상의 모습이다. 결구에서는 다시 이 모든 것을 초월하여 절대적 현실에 여여한 모습을 보이고 있다. '일곱 근의 장삼'은 어떤 스님이 조주스님에게 "만법이 하나로 돌아간다면 그 하나는 어디로 돌아갑니까?"라고 묻자, 조주는 "내가 청주에 있을 때 베 장삼 하나를 만들었는데 무게가 일곱 근이었다."라고 한 데서 연유한다.[35] 만법이 하나로 돌아간다면 그 하나는 다시 만법으로 돌아가야 한다는 것이다. 선이 이런 논리를 깨뜨리듯, '일곱 근의 장삼'으로 삼계를 초월하는 가장 절대적 현실이 이러한 대칭을 자연스럽게 연결해 주고 있다. 이것이 곧 선시가 주는 함축미이자 매력이라 할 것이다.

　숭유배불이라는 시대적 상황에서 고승대덕들은 당시의 사대부들과 격의 없는 사귐으로 호불의 방편을 삼았다. 언기 역시 휴정의 출중한 제자로 스승이 누렸던 명성과 자신의 탁월한 덕화로 당시의 사대부들, 즉 선조의 부마였던 동양위 신익

---

34) 편양언기(a)(246b).
35) 원오극근, 백련선서간행회 역(1993), 『벽암록』, 장경각.

성(1588~1644), 비문을 쓰기도 한 백주 이명한(1595~1645)의 아우인 현주 이소한(1598~1645), 윤순사, 박장원(1612~1671), 최생, 신처사, 최참판, 임 처 등에 이르기까지 폭넓은 교류를 함으로써 승속간의 걸림 없는 일면을 보여주었다.[36] 언기가 최생(崔生)이라는 선비에게 준 시에서도 그 점이 잘 드러난다.

機也峨嵋一病衲 　언기는 아미산의 한 병든 중이고
我公應是學潮州 　그대는 응당 한퇴지를 배우는 선비네
雲窓一笑無窮意 　구름 창가 한번 웃는 한없는 뜻은
白月靑天萬古秋 　푸른 하늘 밝은 달은 만고의 가을이네
- 「次崔生韻」[37]

인용 시만을 볼 때, 최생이 어떤 인물인지는 정확히 알 수는 없지만 당시의 훌륭한 선비였음은 분명하다. 언기 자신은 산중의 병들어 있는 한낱 승려에 불과하지만, 그대는 조주자사로 있었던 한유를 배우는 선비라 하였다. 자신을 당시 한유가 매우 가까이 지냈던 태전(太顚)스님에게 비유하고 있는 언기는 비록 두 사람이 서로 가는 길이 다르지만 그것을 초월한 정신적 교류를 하고 있음은 분명해 보인다. 그것은 모든 상념을 뛰어 넘은 담박한 심정을 고도의 상징, 즉 구름을 통해 확인되고 있다. 이 구름의 창에서 한 번 웃는 이 웃음의 의미와 '푸른 하늘'의 '밝은 달'은 말로 표현할 수 없는 두 사람 간의 변치 않는 돈독한 관계를 말해 준다.[38] 과거와 미래의 시간을 영원히 잇는 가을의 모습이자 두 사람을 이어주고 있는 현재의 모습에서 승속 간 원만한 관계를 유지하면서도 위의를 잃지 않는 올곧은 선승의 모습을 읽을 수 있다.[39] 언기의 승속의 벽을 뛰어 넘은 걸림 없는 교류는 신처사에게 준 다음의 시에서 확인된다.

蓬萊問道道無二 　봉래산에서 물은 도요, 도는 둘이 아니었고
香嶽重逢只此心 　묘향산에서 다시 만났어도 역시 이 마음뿐
日暮柴門相送處 　해 저물어 사립문 밖 보내는 때에도
滿山松檜起風琴 　온 산의 소나무 제 바람에 제 거문고 소리였네.
- 「奉示申處士」[40]

---

36) 이종찬(1993), 「편양의 승속무애」, 『한국불가시문학사론』, 서울: 불광출판부, 350쪽.
37) 편양언기(a)(247c).
38) 조태성(2007), 「대흥사의 시풍과 시단의 모색을 위한 시론- 편양당과 소요당의 문학을 중심으로-」, 『호남문화연구』 40, 호남문화연구소.
39) 백원기(2014), 『선시의 이해와 마음치유』, 서울: 도서출판 동인, 216쪽.

봉래산에서 만나 서로의 걷고 있는 길을 논의한 적이 있지만, 그 길은 둘이 아닌 하나였다. 비록 승·속이라는 처지에서 가고 있는 길이 다를지 모르지만, 궁극적인 목표는 다를 바 없기 때문이다. 그것은 이심전심으로 통했던 하나의 '마음'이었다. 그 하나였던 마음이 오늘 여기 묘향산에서 만났던 것이다. 만남의 장소가 다르고 시간이 다르기는 하지만 역시 그 하나로 통했던 그 마음 그대로이다. 그런 두 사람이 해 저물어 이별을 하는 순간, 온 산에 솔바람이 인다. 이 솔바람 소리가 바로 두 사람의 마음을 튕겨주는 거문고 소리이다. 그 소리가 나는 줄은 두 사람을 이어 주는 현의 이 끝과 저 끝이다. 이렇듯 선시는 승속을 초월하여 많은 사람들과 돈독한 교유관계를 잘 유지하게 하였던 매개체로 판단된다.

언기는 자연과 호흡하면서 자연의 도를 배우고, 그것을 통해 청정무구의 구도심을 일으키는 것을 소중한 것으로 여겼다. 그래서 그는 지상의 모든 사물에게 어둠을 헤치고 깨침의 길을 열어주는 밝은 달을 깨침의 본체로 인식한다. 이런 관점에서 그는 중생들이 분별심을 끊고서 집착하지 않는 물처럼 맑은 마음을 가지게 될 때, 그 광명을 누릴 수 있음을 설파한다.

金色秋天月　금빛으로 물든 가을 하늘에 달이
光明照十方　찬란하게 시방을 비추고 있네
衆生水心淨　중생의 마음 물처럼 맑게 하려고
處處落淸光　곳곳마다 맑은 빛이 내려앉는다.
－「奉示安禪蓮卿」41)

안선연 거사에게 보여 준 시이다. 불가에서 달은 불성과 깨달음을 상징한다. 금빛 달에서 내뿜는 광명은 대자 대비한 부처님의 가르침이다. 문제는 그 빛을 받아들이는 우리 중생들의 마음이다. 삼독에 물든 우둔한 중생의 마음을 물처럼 맑게 하려고 곳곳마다 그 맑은 빛이 내려앉는다는 것이 선사의 알아차림이다. 이는 곧 깨달은 마음은 어디에나 자유자재하다는 뜻으로 선기가 자재한 경지를 의미한다. 다시 말해, 하나의 달이 천강을 비추듯 자기 자성이 맑아지면 중생의 마음에도 부처가 있음을 선사는 설파하고 있는 것이다. 그의 이러한 표현은 자연과 내가 분별과 차별이 없는 '색즉시공'의 세계의 법열을 간결하고도 고도의 상징을 통한 선적 사유로 원용한 것이라 할 수 있다.

---

40) 편양언기(a)(249b).
41) 편양언기(a)(246a).

6. 나오는 말

이상에서 편양당 언기의 선사상의 특징과 그것이 그의 구도와 깨달음을 얻어가는 과정, 깨달음을 증득한 후의 보림, 자연교감과 방외(方外)의 시세계 그리고 대중교화의 선심을 노래한 시문학에 어떻게 투영, 형상화되고 있는가를 살펴보았다.

임란(壬亂) 이후의 불교계를 이끈 언기는 화광동진(和光同塵)의 보살행이란 수행관을 바탕으로 무분별의 출출세간을 지향하였다. 그의 이러한 현실 대응방식은 민중들과 제자들의 적극적인 호응을 받았다. 승속을 초월한 그의 보살행은 불교를 민중 속에 파고 들게 한 계기가 되었으며, 이는 조선 후기 불교계의 큰 흐름으로 작용하였다. 언기는 교와 선을 별문(別門)으로 보지 않는 휴정의 선사상을 계승하고 있는 특징을 보인다. 그는 선은 교외별전의 경절문이고, 선교일치의 사상을 보이면서 선을 교보다 우위에 두고 있으며, 깨달음에 이르는 삼문, 즉 경절문, 원돈문, 염불문은 방법의 차이가 있을 뿐 모두 자성을 밝히기 위한 것으로 궁극적인 경지는 같다고 보았다.

무엇보다도 언기는 마음이 모든 것의 근원임을 주장하며 관념보다 지관(止觀)을 통하여 자성을 찾고, 간결하고 함축적인 언어로 선심을 시심화 하여 자신의 구도과정과 깨달음, 자연교감과 대중교화의 경지를 표현하였다. 그리고 대중들의 깨달음을 보다 효과적으로 유도하기 위해서 무엇보다도 시교(詩敎)의 중요성을 인식했던 그는 자연과의 교감을 통한 진여의 세계를 형상화 하여 격조 높은 시적 세계를 구축하였다. 이는 결국 자연을 법계와 동일하게 보고, 자연과 깨달음의 세계가 둘이 아님을 보여주는 그의 선적 직관과 시적 상상력이 조화로운 산물이라 할 수 있다.

청매인오의 선사상과 그 시적 세계 연구[1]

문 정 하(불교문예학박사, (사)정광수제판소리보존회 사무국장)

1. 들어가는 말

조선 중기 청허휴정(1520~1604)의 제자로 자비덕화가 출중했던 청매인오 (1548~1623)의 자는 묵계(默契), 법호는 청매, 법명은 인오이다. 중생들이 가장 핍박받고 불교도 탄압받던 시대적 상황에서 치열한 구도와 자비실천의 삶을 살았던 그의 행장에 대하여 자세히 알려진 바는 없다. 다만 『선학사전』에 선사는 1548년에 출생하여 1623년에 입적한 것[2]으로 기록되어 있을 뿐이다. 청매선사는 어려서 청허휴정의 문하에 들어가 절차탁마하여 심인(心印)을 받았다. 선사는 31세 때 임진란이 발발하자 스승 청허휴정의 의중에 따라 의승장으로 출전하여 큰 공을 세웠다. 하지만 왜란이 평정되고 사회가 안정되자 다시 갑옷을 벗고 가사를 수하고 수행자의 본분사로 돌아갔다. 즉 전쟁 속에서 처절한 참상을 목격하고 깊은 고뇌에 시달리다 다시 한 번 크게 발심하여 전남 부안 아차봉 마천대 기슭에 월명암을 짓고 일대사 해결을 위한 혹독한 정진에 들어갔다. 이때 선사가 머물던 선실의 이름도 청매당(靑梅堂)이라 하였다고 한다. 매서운 추위 속에 피어나는 매화와 같이 고고한 깨침을 얻기 위함이었다. 이어 지리산 연곡사, 남원 실상사, 영원사 등 아란야에서 수행 정진하였던 선사는 도솔암을 세우고 '청매문파'를 열어 선풍을 크게 떨쳤다. 또한 그림에 조예가 깊었던 선사는 광해군의 명으로 조선불교의 선맥을 잇는 벽계정심·벽송지엄·부용영관·청허휴정·부유선수 등 5대 조사의 영정을 직접 그려서 봉안하고 제문을 지어 제사를 모시기도 했다. 연곡사에서 말년을 보낸 선사는 76세로 원적에 들었다. 저서로 제자 유경 등이 선사 사후에 편집한 『청매집』 상. 하 두 권이 전해지고 있다.

보조지눌의 의발(衣鉢)을 전해 받은 진각혜심은 선사들의 염송을 수집한 『선문염송집』을 편찬하는 한편, 자작시를 모은 『무의자시집』을 남겨 선시 진흥에 크게

---

[1] 『불교문예연구』13권 13호(2019)에 게재되었음.
[2] 중관해안의 '묵계선사 제문'에 입적 장소가 함양 영원사임이 알려졌으며, 이곳에 선사의 부도로 알려진 승탑이 있다(학담(2017), 『푸른 매화로 깨달음을 도장 찍다』, 서울: 푼다리카, 32-34쪽 참조.)

기여했다. 이어 고려 말 원감충지, 백운경한, 태고보우, 나옹혜근 등에 의해 선시는 화려한 꽃을 피웠으며, 조선시대에 억불정책에도 불구하고 역대 선승들에 의해 종풍이 이어짐으로써 선시는 그 명맥을 계속 유지했다. 함허득통, 매월당 김시습, 허응당 보우, 청허휴정, 정관일선, 소요태능, 편양언기, 사명유정, 청매인오 등에 의해 선시는 면면히 계승, 발전되었다.

청허휴정의 제자로, 무심정관(無心靜觀)의 사유를 보여준 정관일선(1533-1608), 공안 선시의 거장으로 일컬어지는 청매인오, 선기 넘치는 시로 유명한 소요태능(1562-1649), 승속무애(僧俗無碍)의 경지를 보여준 편양언기(1581-1644) 등은 한국 선시를 찬란하게 꽃피운 주역들이다. 특히 이들 가운데 조사선 가풍에 철저했던 청매선사는 청빈하고 검박한 삶을 살았으며, 서가에는 오백 상자의 책이 있다고 할 정도로 경서에 밝았다고 한다. 그가 남긴『청매집』에는 조사의 공안법문을 노래하고 수행과 깨달음을 노래한 시편, 또한 선정지혜의 성성적적(惺惺寂寂)한 사유와 중생의 아픔과 고통을 보듬고 위무하고자 하는 자비심을 기반 한 많은 시들이 실려 있다. 즉 조사들의 공안·고칙에 대해 자신의 오처(悟處)로 그 핵심을 일일이 제시하고 묘의를 담아낸 송고시(頌古詩) 148편과 시 163편이 실려 있다. 여기에는 지관(止觀)을 근본으로 하여 자성(自性)을 찾고자 한 청매선사의 올곧은 수행의 삶이 잘 녹아 있다.

그런데 청매선사의 시세계가 번뜩이는 선심과 격조 높은 시심의 조화로운[3] 표현임에도 불구하고, 지금까지 연구자들의 관심이 주로 선사의 일생과 사상을 조망하거나 선시의 양상을 다룬 논문은 여러 편 있으나,[4] 그의 법맥과 선사상, 그리고 그것의 시적 형상화의 관계성을 심도 있게 다루지 않고 있다. 따라서 이 글에서는 청매선사의 법맥과 선사상의 특징, 그리고 그것이 그의 시문학 세계에 어떻게 투영되고 있는지를 출가와 구도의 시세계, 깨달음과 자연교감의 시세계, 공안법문과 수행자들에 대한 경책과 교화의 시세계, 임진왜란과 관련한 동체대비의 생명사랑 시세계 등을 중심으로 살펴보고자 한다.

---

3) 권성희, 백원기(2018.12),「정관일선의 사상과 그 시적 형상화의 의미」,『한국사상과 문화』제 95집, 한국사상문화학회, 205쪽.
4) 김미선(2014),「청매인오 선사의 시문학 연구」,『한문고전연구』, 29권, 한국한문고전학회; 권동순(2013),「청매인오의 선시 연구」,『한국어문학연구』제61집, 한국불교어문학회, 김상일(2012),「청매인오선사의 생애와 임진왜란 관련 시에 대하여」,『불교학보』제62집.

2. 청매선사의 법맥과 선사상의 특징

보조국사 지눌 이후 고려 말 태고보우로 이어진 한국불교의 법맥은 환암혼수 - 구곡각운 - 벽계정심 - 벽송지엄 - 부용영관 - 청허휴정으로 이어진다. 『청허당집』에 의하면, "태고화상이 중국 하무산에 들어가 석옥(石屋)을 사(嗣)하여 이것을 환암에게 전하였으며, 환암은 구곡에게, 구곡은 정심, 정심은 지엄에게, 지엄은 영관에게, 영관은 서산에게 전하였다."라고 하였다. 이 점을 주목하면, 청허에 이르기까지의 법맥은 중국 5가 7종의 한 종파인 임제종에 속하며, 청허휴정은 한국 임제종조인 태고보우의 7대손이 된다. 벽계정심은 당시 명나라에 유학을 하여 임제종 총통(摠統) 화상으로부터 법을 전해 받고 귀국하였으나 불교탄압이 극에 달하자 상투를 틀고 환속한 처사처럼 황악산 직지사 근처 영동 물한리에 숨어 지냈다. 이 무렵 벽송지엄은 출가하며 법을 구하다 그곳에 숨어 지내는 벽계정심을 찾아가 시봉을 하며 공부하다가 깨달음을 얻었다. 벽계정심으로부터 심인(心印)을 전해 받은 벽송지엄은 나중에 지리산 벽송사를 세웠는데, 벽송사는 지금도 조선 선종의 종가로 자처하고 있다.

또한, 부용영관은 선지식을 찾아 전국을 행각하던 중 지리산 영원사에서 벽송지엄을 만나 견성했다고 한다. 그는 불교 경전뿐만 아니라 노장과 유가 경전까지 두루 섭렵한 당대의 걸출한 선승으로 벽송사의 2대 조사이다. 부용영관의 두 걸출한 제자가 청허휴정과 부휴선수로, 한국 선풍을 드날렸다. 현재 한국불교의 승가 구성원은 거의 청허휴정과 부휴선수 양 조사의 법손에 해당된다 할 수 있다. 청허휴정은 깨달음을 얻은 후 벽송사의 3대 조사가 되어 지리산 일원에서 수행과 교화에 전념하였다. 뿐만 아니라 그는 임진왜란이 발생하자 팔도도총섭이 되어 승군을 모집하여 풍전등화 같은 위기에 처한 나라를 지키고 백성들을 구하는 데 전력을 다 하였다.

청허휴정의 수많은 제자 중 걸출한 제자로는 사명유정, 편양언기, 소요태능, 정관일선, 현빈인영, 완당원준, 중관해안, 청매인오, 기암법견, 제월경헌, 기허영규, 뇌묵처영, 의엄 등이 있다. 이들 가운데 사명유정, 편양언기, 소요태능, 정관일선은 휴정의 선법을 이은 가장 대표적인 제자로서 '서산 4대 문파'를 이루었다. 한편, 청매선사는 선학이 탁월하였을 뿐만 아니라 처영과 영규 등과 함께 임진왜란 때 의승장으로 활동하였다. 또한 그는 스승 청허휴정이 견지했던 임제 일종

(一宗)만을 따르지 않고, 임제종·운문종 조동종· 위앙종·법안종 등 오종(五宗)의 주요 조사들의 법문을 두루 융섭하였다. 조사선 법통주의를 넘어서 산성(散聖)으로 분류된 보화, 한산, 습득, 풍간, 무착 선사 등의 공안을 널리 보이고 있음이 그것을 입증해 준다. 그에 비해 청매선사의 제문을 지었던 중관해안은 임제 태고 법통을 제창했다. 그는 청매선사를 '임제선의 가지요 청허조사 방의 아들[臨濟禪 旨 淸虛室子]'이며, '청허를 맏이로 이은 분이고 구곡의 먼 증손이라 했다.5) 이처럼 청매선사는 조사선의 종지를 얻은 분이었지만 임제 일종만을 내세우지 않고 선의 정법안장을 위해 융섭의 자세를 보여주었다.

한편, 청매선사는 숭유억불의 시대였음에도 불구하고 월사 이정구(1564~1635)와 같은 당대의 유명한 문신들과 서로 격의 없이 교류하는 등 고매한 인품과 수준 높은 학문의 경지를 보여 주었다. 이 같은 사실은 공안선별과 그 해석에 있어 한국 선의 기틀을 마련한 것으로 평가되고 있는『청매집』의 상권에 수록되어 있는 이정구의 서문에 잘 나타나고 있다.

> 인오 노사가 나를 절 안으로 맞이하여 함께 묵었다. 그의 처소를 보니 궤안이 놓여 있고 향로에 연기가 피어오르며 속진이라고는 한 점 없이 청정하여 마치 서천(西天)의 극락세계인 듯하였다. 그리고 서가에는 책이 가득 꽂혀 있고 책마다 표지에는 금자(金字)로 제목이 씌어 있었는데 모두 그의 수필(手筆)로 글씨가 해정(楷正)하여 법도가 있어 글자마다 감상할 만하였다. 그와 얘기를 나누어 보니, 풍류가 넘쳐나고 담론이 흥미진진하여 아무리 들어도 싫증이 나지 않았다. 그의 시를 들어 보니, 전혀 진부한 말을 답습하지 않아 거의 화식(火食)을 하는 속세 사람의 말이 아니었다. 내가 그를 한 번 보고는 정이 쏠려 곧바로 방외(方外)의 벗으로 사귀었는데 악수하고 이별하려니 무엇을 잃은 듯 서운하였다. 한 번 산을 나온 뒤로 신선과 범부의 세계로 나뉘어져 서로 만나지 못한 지가 어언 40여 년이 지났다. 아득히 옛날에 노닐던 곳을 생각하노라면 그곳이 어찌 가슴 속에 떠오르지 않은 적이 있었겠는가.6)

월명암을 올라가 청매선사와 동숙하며 보고 느낀 소회를 이정구는 위와 같이 표현하고 있다. 그는 서가에는 경서들이 가득하고 책마다 금으로 제목을 썼는데, 책의 면면은 모두 그의 글씨였는데, 해서체로 바르게 쓴 것이 법도가 있었으며,

5) 학담평창(2017),『푸른 매화로 깨달음을 도장 찍다』, 서울: 푼다리카, 36쪽.
6)『청매집』「청매집서」(ABC, H0155 v8, p.128a02) : "印悟老師 迎我於沙門 與之同宿 視其居 棐 几鑪香 淸逈絶塵 怳是西天世界 滿架經書 金字題卷面 皆其手筆 楷正有法 字字可玩 與之語 映 發 譚屑霏霏 令人亹亹不厭 聽其詩 絶不沿襲陳言 殆非煙火食語也 余一見傾情 結爲方外交 握手 而別 悵然如失 一出山 仙凡便隔 于今四十餘年矣 緬懷舊遊 何嘗不往來于懷也."

글자 하나하나가 가히 볼만했다.7)고 언급함으로써 청매선사의 학덕을 칭송하고 있다. 책의 글씨가 해서체로 바르고 법도 있게 쓰였으며, 글자 하나하나가 가히 볼만했다는 사실은 청매선사가 많은 경서들을 친히 필사해서 소장하고 있었음을 짐작케 한다. 물론 그 책이 어떤 책들인지에 대해서는 구체적으로 언급되고 있지 않지만, 선사는 다분히 불교와 유교뿐만 아니라 노장사상이나 묵자에도 정통했음을 유추할 수 있다. 『청매집』은 선사의 생전에 간행된 것이 아니고, 생전에 기록해 두었던 내용을 입적한 뒤에 제자 유경 등 후학들의 노력으로 간행되었다. 한편, 『청매집』의 서문을 쓴 이정구는 『청매집』의 간행 경위에 대해 다음과 같이 기록하고 있다.

> 신미년 섣달에 공청에서 물러나와 초연히 앉았는데, 산인 유경이 문을 두드려 나가 보니 손에 『청매집』 2편을 쥐고 나에게 보여 주면서 말하기를 '이것은 돌아가신 인오 대사의 유고인데 앞으로 기궐하여 없어지지 않기를 바랍니다. 돌아가신 스님에게 들었는데 다행히 상공을 만났다했습니다. 원하옵건대 상공께서 서문을 붙여 주시기 바랍니다.8)

또한, 청매선사의 제자 쌍운은 『청매집』 말미에 붙인 글에서 다음과 같이 서술함으로써 『청매집』이 스승의 높은 덕행과 선풍을 사모하고 뜻을 기리기 위해 후학들이 간행한 보은집이자 유고집임을 밝히고 있다.

> 제자 된 도리로서 감히 스승의 은혜를 저버리겠는가. 선사의 도풍을 함영함에 제자들이 스승의 발자취를 기록해 놓지 못하여 사도가 거의 없어지게 되었다. 먼저 보은을 편 뒤에 문인들을 모집하고 책을 만들게 되었으니 다음 사람들에게 보여 지기를 바란다.9)

이상에서 살펴 본 바와 같이, 『청매집』은 상. 하권 1책으로 구성되어 있다. 상권은 달마 이래 역대 선종 조사들의 전등(傳燈) 사적 중에서 가장 핵심적인 사건들과 『전등록』·『벽암록』 등에 수록된 화두 등을 역대 조사들의 공안 148칙을 먼

---

7) 『청매집』「청매집서」(ABC, H0155 v8, p.128a02): "滿架經書 金字題卷 面皆其筆也 楷正有法 字字可翫."
8) 『청매집』「청매집서」(ABC, H0155 v8, p.128a02): "辛未之臘 公退悄坐 山人惟敬 叩門求見 手持靑梅集二編 以示曰 此乃亡師印大 禪遺藁也 今將剞劂 以爲不朽圖 竊聞亡師 獲幸於相公 願相公賜之一言."
9) 『청매집』 상권, 「청매대사시문발」(ABC, H0155 v8.)

저 수시(垂示)하고 각각의 고칙에 대하여 청매선사가 직접 깨달은 바를 7언 절구의 시로 표현한 착어(着語)로 구성되어 있다. 이에 비해 하권은 오언절구 27편 36수, 칠언절구 44편 48수, 오언율시 62편 71수, 칠언율시 33편, 오언고시 2편, 칠언고시 1편과 산문 14편이 실려 있다.

무엇보다도 청매선사는 조사선의 가풍에 철저하면서도 모든 법을 여래가 깨쳐 열어 보인 법계의 진리에 귀결시킴은 물론 조사공안의 수행방편도 무념의 종지에 귀결시키고 있다. 즉, 생각에서 생각을 떠나면 생각 없음(無念)의 종지에 생각 없음마저 떠나게 됨을 설하는 청매선사는 무념의 종지를 통해서 궁극적으로 일심공관과 공안선이 다르지 않음을 말하고 있다. 중관해안은 늘 경서를 가까이 해 불교 경전뿐만 아니라 노장사상 까지 섭렵하였던 청매선사의 수행과 선교를 겸비한 사상을 높이 평가하였다. 선교를 겸비한 선사가 선 수행을 통해 얻는 청정심과 직관적 사유는 탈속 무애한 묘요(妙悟)와 여유, 함축 그리고 의경(意境)을 표현하는데 핵심적 기능을 하고 있다.

그렇다면 청매선사의 시문학의 특징은 어떠한가? 청매선사는 조사선에 가장 충실하면서도 조사선을 넘어선 자신의 깨달음을 시적으로 담아내고 있다. 청빈하고 검박한 두타행의 삶을 살았던 그는 구도와 깨달음의 증득, 그 후의 보임과 대중교화의 수행과정에서 시문을 지어 제자나 대중들에게 깨달음의 눈을 밝혀 주었다. 『청매집』 상권은 인도 28조로 중국에 와 동토초조(東土初祖)가 된 달마선사의 공안으로부터 출발한다. 그리고 하택신회의 '육대전의설(六大傳衣說초)'에 의해 육조 대사로 확정된 혜가, 승찬, 도신, 홍인, 그리고 혜능에 이르기까지의 주요 법문과 그 뒤 조사선 오종 법통의 주요 조사들의 법어가 차례로 실려 있다. 그리고 148개의 법문은 고려의 진각혜심이 편찬한 『선문염송』의 순서를 그대로 따르고 있다. 이러한 편집은 송나라 선승 설두중현의 『頌古百則』에 게송을 붙인 편제와 같은 것으로, 선지(禪旨)와 종풍(宗風)을 칭송하는 경향을 보인다. 이는 선종이 달마로부터 출발한다고 보는 중국 조사선 법통주의에 충실하고 있음을 말해준다.

선시가 성행한 고려시대 보조지눌의 『수심결』과 진각혜심의 『무의자집』, 그리고 공안, 공안시, 공안평론 등 당송 이후의 모든 선어록을 총정리한 『선문염송』(30권)은 한국불교 선종사에 큰 획을 긋는 것으로 선시가 발흥하는 계기가 되었다. 이어 청매선사는 『청매집』 상권에서 148공안에 대한 낱낱의 핵심을 언급하고 송고시로 남김으로써 공안선시의 거장의 면모를 보여주고 있다. 이 점을 주목하면, 달마로부터 제5조 홍인에서 제6조 혜능의 의발 전수를 공안으로 하여 송고한 법맥을 진각혜심이 『선문염송』을 통해 계승하고, 그 맥을 청매선사가 다분히 수용, 변용하고 있음을 알 수 있다.

요컨대, 청매선사는 무념의 종지를 통해서 궁극적으로 일심공관과 공안선이 다르지 않음을 말하고, 조사선과 간화선을 자기 삶속에서 철저히 주체화 하여 자비와 지혜의 원만한 실천행을 펼치고 있다. 아울러 『청매집』에 일관되게 흐르는 사유는 '선정지혜의 고요하고 밝음[定慧等持 止觀明淨]의 선심과 중생의 고통, 시대의 아픔을 함께하는 자비심의 발현이다. 이는 곧 청매선사의 번뜩이는 선적인 사유와 시적 상상력의 조화로운 산물로 나타났다 할 것이다.

3. 청매선사의 선심(禪心)의 시심화(詩心化)

1) 구도와 깨달음의 시 세계

『금강경』에 '마땅히 머무는 바 없이 그 마음을 내라(應無所住而生其心)'라는 구절은 일체에 집착함이 없이 그 마음을 낼 것을 강조하고 있다. 천하의 길지라 할 수 있는 지리산 상무주암(上無住庵)[10]은 여기에서 유래한 것으로 보인다. 상무주암은 보조지눌(1158~1210)이 창건한 절로, 국사는 이곳에서 『대혜어록』을 읽고 치열한 수행정진 끝에 큰 깨달음을 얻었다고 한다. 주(住)는 머무는 곳이란 뜻으로 집착하는 곳을 의미한다. 따라서 무주(無住)란 무엇에도 집착함이 없는 깨달음의 경지를 말한다. 다음의 시는 청매선사가 상무주암에서 참선수행 정진에 힘쓰던 시절의 감회를 잘 담아내고 있다.

般柴運水野情慵　땔나무 해오고 물 길어 오는 일 외엔 하는 일 없네
參究玄關性自空　참 나를 찾아 현묘한 도리 참구에 힘쓸 뿐
日就萬年松下坐　날마다 변함없이 소나무 아래 앉았노라면
到東天日掛西峯　동녘 하늘 아침 해가 서쪽 봉우리에 걸려 있네[11]

　　　　-「無住臺」[12]

---

10) 고려 고종(1213-1259) 때 각운스님은 상무주암에서 『선문염송설화』 30권을 저술했다.
11) 이하 청매선사 시의 번역은 학담평창(2017)의 『푸른 매화로 깨달음을 도장 찍다』(서울: 푼다리카)를 참고로 함을 밝힌다.

청매선사의 무주대(無住臺)에서의 치열한 수행 과정을 선명히 보여주고 있다. 땔나무 해오고 물을 길어오는 일 외에는 현묘한 도리 참구, 즉 불성을 찾기에 몰두할 뿐이다. 선사의 이러한 자아를 찾기 위한 집착 없는 치열한 수행 모습이 날마다 변함없이 동녘 하늘 아침 해가 서산에 질 때까지 소나무 아래에서 선정에 들었다는 언급에서 한결 선명히 드러나고 있다.

『대승기신론』에서 깨달음의 뜻은 심체(心體)가 망념을 여읜 것을 말한다. 망념의 모습을 여위었다는 것은 허공계와 같이 두루하지 아니한 바가 없는 법계의 한 모습(一相)을 말한다. 이는 곧 여래의 평등한 법신을 말하는 것이며, 법신에 의거해서 본각(本覺)이라고 이름하고 있다.[13] 여기에서 시각(始覺)은 불각(不覺)을 상대한 말이고, 불각(不覺)은 본각(本覺)을 상대한 말이며, 본각(本覺)은 시각(始覺)을 상대한 말인 것이다. 이미 서로 상대한 것이기 때문에 곧 자성(自性)이 없다는 것을 밝히고자 하는 것이다. 세 가지의 깨침이 서로 의지하여 이루어지므로 세 가지 깨침 모두가 자기 성품이 없다는 것이 원효의 해석이다.[14] 다음의 시는 원효의 이러한 깨달음의 자성 없음[無覺自性]을 노래한 것으로 청매선사의 깨달음(覺)의 세계를 잘 표현하고 있다.

始覺合本覺　시각이 본각에 합하여지면
然則覺二覺　그럴 경우 두 각을 깨달은 것이네
覺非覺非覺　깨달음은 각과 각 아님도 아니어서
如空無損益　허공과 같아 손익이 없네
-「無題」2[15]

본각 밖에 시각이 따로 존재하는 것이 아니다. 본각은 본래부터 부처의 덕성을 지닌 진여의 본체를 말하고, 시각은 수행의 공력을 의지해서 지혜의 덕을 나타내는 것이다.[16] 그래서 시각과 본각이 서로 계합된다면 두 각을 깨달은 것이라 할 것도, 각이 아니라 할 것도 없는 구경각이 된다는 것이다. 구경각은 증감, 미추, 선악, 옳고 그름 등의 이분적인 생각이 없어 허공과 같이 평등하다. 이를 바탕으

---

12) 『청매집』 하권(ABC, H0155 v8, p.148c15)
13) 원효 저, 최세창 역주(2016), 『대승기신론 소·별기』, 서울: 운주사, 23쪽.
14) 학담평창, 위의 책, 38쪽.
15) 『청매집』 하권(ABC, H0155 v8, p.141c16)
16) 권동순, 위의 논문, 262쪽.

로 청매 선사 역시 '각'이니 '불각'이니 하는 것은 이미 깨침이 아니라고 말한다. 이와 같이 분별심이 없는 마음자리가 곧 상즉상입(相卽相入)의 구경각 세계이다.

　우주의 모든 것을 상호관계 속에서 통찰하는 것은 자연과 인간이 서로 융화 교섭하며 서로의 자성을 일깨우는 합일의 경지를 지향한다. 여기에는 법계의 실상을 일심으로 파악하고, 법계 연기가 무자성을 근거로 하여 '상즉상입'의 원리가 놓여진다. 모든 존재는 상호의존 관계에 있다는 청매선사의 화엄적 사유와 선사상이 융합된 일심의 세계는 다음의 시에서도 잘 표현하고 있다.

> 一海衆魚游　한 바다에 많은 물고기들 노니는데
> 各有一大海　물고기들 저마다 한 큰 바다 가지고 있네
> 海無分別心　바다는 분별심이 없으니
> 諸佛法如是　모든 부처의 법 이와 같을 뿐이네
> 　　　　　　　　　　　　-「示求法人」[17]

　본칙공안을 화엄의 사사무애 법계로 인식하고 있음을 잘 보여주고 있다. 바다 속에는 수많은 물고기들이 유영을 하고 있지만, 그 물고기들은 저마다 존엄한 존재로서 한 바다를 차지한다. 한 바다에 많은 고기들이 살아가고 있다는 것은 「법성게」의 하나 가운데 여럿이 있음[一中多]을, 그리고 물고기들 저마다 한 큰 바다를 가지고 있다는 것은 여럿 가운데 하나[多中一]를 상기시켜 준다. 사실, 바다의 입장에서 보면 물고기들은 바다 속에 있는 저마다의 개체들이지만, 물고기의 입장에서 보면 물고기들에게 바다는 저마다의 바다가 된다.[18] 이때 물고기는 전체가 되고 저마다의 바다는 또 저마다의 개체가 되는 것이다. 하지만 바다는 물고기를 품고 있다는 생각도, 물고기는 내 바다라는 생각을 하지 않는다.[19] 이와 같이 청매선사는 분별지를 떠난 자리인 무분별지를 설파하고, 무분별지가 곧 동일한 자성임을 보여주고 있다. 이것이 바로 청매선가가 설하는 화엄의 경지이다.

---

17) 『청매집』 하권, (ABC, H0155 v8, p.140c21-c22)
18) 권동순(2013), 「청매인오의 선시 연구」, 『한국어문학연구』 제61집, 한국불교어문학회, 261쪽.
19) 권동순, 위와 같음.

2) 자연교감과 탈속의 시세계

맑고 청정하며 늘 깨어 있는 영혼이 되도록 일깨워 주는 것이 자연이다. 그래서 선사들은 봄, 여름, 가을, 겨울로 순환하는 자연의 이법 속에서 '불성'의 깊은 뜻을 간파하곤 했다. 선사들의 계절 변화에 대한 이러한 인식은 일체가 본래 허상임을 일깨워 주고, 또한 일체는 본래 여여한 모습으로 있음을 가르쳐 준다. 분별심이 사라진 상태에서 자연을 대하면 자연은 언제나 여여(如如)함을 청매선사는 이렇게 표현하고 있다.

> 生滅非實相　나고 멸함이 참모습 아니지만
> 實相是生滅　참모습은 나고 멸함이네
> 非春去又秋　봄은 가지 않았는데 또 가을이니
> 靑葉染紅色　푸른 잎은 붉게 물드네.
> 　　　　　　　　　　　-「秋色」[20]

자연을 자연 그대로 보고 느끼는 것, 그것이 곧 선이다. 청매선사가 자연과 합일되어 진여일심(眞如一心)을 시적으로 형상화하고 있는 것도 이런 까닭이다. 나되 남이 없고 멸하되 멸함이 없음을 진여 혹은 실상이라고 한다. 생멸에 대한 집착이나 사량 분별을 벗어나면 生이 不生이고, 滅이 不滅인 것이다. 이에 대한 이치를 선사는 봄은 가지 않았는데 또 가을이어서 푸른 잎이 붉게 물든 것으로 표현하고 있다. 현상적으로 보면 이것은 다분히 모순이다. 하지만 봄과 가을은 우리의 인식에 따른 자연의 절기일 뿐 실체가 없다. 하여 봄, 가을이라 할 것도 없고, 가고 온다고 하는 것 자체도 없다. 그렇다면 전혀 모순되거나 걸림이 없는 것이 자연 질서의 이치이고 실상임을 청매선사는 설하고 있는 것이다.

참다운 선 수행은 복잡한 마음을 떨쳐버리고 무심한 마음으로 살아가는 일상적인 삶에서 이루어진다. 그래서 평상심이란 집착을 여의고 자연의 이법에 따라 사는 삶을 말한다. 그런데 수행자의 평상심은 한가롭고 평화로우면서도 그 내면에는 맑고 성성적적한 모습을 담지하고 있다. 집착을 벗어나 마음을 맑게 하고 탈속한 경지에서 자연과 하나 되는 탕탕무애한 세계가 펼쳐지는 것도 이런 까닭이다.[21] 이러한 무심 자적한 산중생활의 선심은 청매선사의 시에서도 선명하게 드러난다.

---

20) 『청매집』 하권(ABC, H0155 v8, p.140c18-c19)
21) 권성희, 백원기, 위의 논문, 223쪽.

山間勝槩多　이 산 속의 빼어난 풍광은
准擬人間樂　세속의 즐거움보다 앞서네
松風琴瑟聲　솔바람은 비파소리 같고
楓林綺羅色　단풍 숲은 기막힌 비단색이네
獨坐足見聞　홀로 앉아 보고 듣는 것으로 족하니
不要知得失　얻고 잃는 것 관심 없네
人來慰寂寥　누군가 날 찾아와 적막함을 위로하면
我笑渠齷齪　그의 소심함에 웃음나리라.
　　　　　　　　　- 「山居(一)」22)

　몸에는 춘추복이면 족하고, 입에는 조석의 먹을 것이면 족하다(身合春秋服 口合朝夕食)23)는 청매선사의 검박한 삶과 물외한인(物外閑人)의 선적 서정이 잘 그려지고 있다. 산 속의 빼어난 풍광과 더불어 살아가는 선사의 산중생활의 즐거움이 세속의 즐거움에 비할 바가 아니다. 솔바람 소리가 비파소리와 같고 가을 단풍 숲은 고운 비단 색과 같다고 한다. 선사는 이 경물을 홀로 앉아 듣고 보는 것만으로도 더 없이 즐겁고 넉넉한 살림이라 생각한다. 하여 더 이상 바랄게 없는 자족의 산중생활에 누군가가 찾아와 적막감을 달래주고 위로해 준다면, 그의 소심한 마음에 그저 웃음이 날 것 같다는 선사이다. 이처럼 자연 속에 살아가면서 자연의 대상과 대립함이 없이 동화되고, 이러한 자연의 서정을 묘사한 시에는 번뜩이는 선지가 담겨진다.

樓在淸江上　누대가 맑은 강가에 있어
下瞰雙眼碧　아래를 굽어보니 두 눈이 푸르네
頹然臥月明　홀로 말없이 밝은 달빛 속에 누웠으니
天地無寬窄　천지가 너그럽고 좁음이 없네
　　　　　　　　　- 「宿西樓」24)

　화자는 누각에 누워 달빛을 보고 강을 보고 있다. 몸이 여기 이곳에 있되 법계의 바다는 넓고 넓으며, 중생의 시름과 걱정이 시끄러우나 진여의 마음에는 한 티끌 물듦과 매임이 없다. 그러니 맑은 강가 언덕에 자리한 누대에 누워 아래에 유유히 흘러가는 강물을 내려다보니 강물도 화자와 하나가 되어 푸르기만 한 것

---

22) 『청매집』 하권(ABC, H0155 v8, p.144b01)
23) 『청매집』 하권 (ABC, H0155 v8, p.145c15-c18)
24) 『청매집』 하권(ABC, H0155 v8, p.141c05-c06)

340 제2부 구도와 깨달음의 시문학 세계

이다. 남전선사에게 조주선사가 "'있음(有)을 아는 사람은 어떤 곳을 향해 갑니까?"라고 묻자, 남전선사는 "어젯밤 삼경에 달이 창에 이르렀다(昨夜三更到窓)"라고 말했다. 남전선사의 말은 달의 있음 아니기 때문에 달빛이 만상을 비추고 있음을 보여준다. 하여 청매선사가 강가 누각에서 "아래를 굽어보니 두 눈이 푸르다"와 "어젯밤 삼경에 달이 창에 이르렀다"고 한 뜻은 다르지 않다 할 것이다. 하여 고요한 누대에서 밝은 달빛을 베개 삼아 누워있으니 천지는 좁지도 넓지도 않다는 사유에는 탈속 무애한 방외지미(方外之味)의 선지가 명징하게 드러나 있다.

> 友也江村乞食去　도반은 강마을로 걸식하러 나가고
> 知厨童子煮松茶　부엌일 하는 동자는 솔잎차를 달이네
> 出門驚見春歸盡　문을 나가보니 놀랍게도 봄이 끝나려하고
> 風打桃源欲落花　바람이 복사골을 치니 꽃들마저 지려하네
> 　　　　　　　　　　　　　　　　－「春日」[25]

봄날 산중에서 느끼는 선사의 서정이 잘 묘출되고 있다. 도반은 강마을로 탁발을 하러 나가고, 동자는 솔가지를 태워 차를 달이고 있다. 차 달이는 소리에 문득 밖을 나서니 벌써 봄이 끝나려 하고 있다. 사중(寺中)의 일과로 마음을 쓰다보니 어느 덧 봄날이 저물고 있음을 몰랐다. 그러나 문을 나서서 봄바람에 복사꽃이 떨어지는 것을 보고 봄날이 다 끝나가고 있음을 알았다. 꽃이 피었다 바람불어 꽃이 지는 것, 이는 곧 진여의 세계이다. 오고가는 시절 인연에 그러려니 하며 받아들이는 선사의 산중생활에서 무심의 선지를 느낄 수 있다. 이와 같이 자연과의 교감을 묘사하고 있는 것은 단순한 자연미가 아니라 고도의 비유와 이미지를 통한 선심(禪心)의 시적 변용이라 할 수 있다.

3) 공안법문과 시법의 시세계

선사들은 직관과 고도의 상징과 비유로 상식의 의표를 찌르며 놀라움과 경이로움을 표출하여 깨침의 세계를 열어 보인다. 이는 어떤 행동이나 개념을 간접적이고 암시적으로 표현하여 상대의 의식을 전환시키는 한 방법이라 할 수 있다. 이렇게 선의 세계에는 숨 막히는 전환, 머리로는 이해할 수 없는 비약이 숨어 있다. 이는 조사들이 남긴 공안의 본칙을 요약하는데 머물지 않고 자신의 깨달음과 시적 상상력을 절묘하게 변주해 내고 있는 청매선사의 시에서도 잘 드러난다.

---

25) 『청매집』 하권(ABC, H0155 v8, p.143a04-a05)

初言霜氣打宮紅　처음 말은 서릿발 같아 궁전의 붉음을 치더니
末後雷光閃碧空　끝에는 번갯불처럼 푸른 허공에 번쩍이네
蘆波不因風力在　갈대 잎 타고 강 건넘은 바람의 힘 아니니
龍舟夜渡夢重重　황제의 배 밤에 건너는데 꿈이 겹치네
　　　　　　　　　　　　　　　－「齰來東」[26]

　　"처음의 말 서릿발 같아 궁전의 붉음을 때린다"고 한 것은 달마의 한 마디가 중생의 망상을 끊고 증득해야 할 열반의 실체를 한 순간 깨뜨림을 말한 것일 수 있다. 황제[양무제]가 "짐 앞에 있는 자가 누구인가?"의 물음에도 "알지 못합니다"라는 한 마디는, 지금 눈앞에 보는 것에 실로 볼 것이 없음을 바로 알 때 거룩한 진리의 본질을 드러내 보인 것이다. 이 의미를 청매선사는 "끝에는 번갯불처럼 푸른 허공에 번쩍인다"라고 말하고 있다. 또한 달마의 "갈대 잎 타고 강 건넘은 바람의 힘에 의한 것이 아니"라 한 것은 인연의 힘이 공한 곳에서 '법계의 힘'을 의지함을 말한 것으로 생각된다. 마지막 황제의 배[龍舟]가 밤에 강을 건너는데 꿈이 겹친다는 대목은 달마의 뒤를 쫓는 사신의 배가 갈대 잎 달마의 배를 아득히 쫓아 올 수 없음을 묘사한 것이라 할 수 있다.
　　중국 선종 2조 혜가가 달마를 찾아가 법을 구해 믿음을 보이고 법을 깨친 이야기가 '혜가단비(慧可斷臂)'이다. 신광은 소림사 달마를 찾아가 법을 물었지만, 달마는 뒤도 돌아보지 않았다. 신광은 법을 구하려는 일념으로 눈밭에서 밤을 지새웠다. 그러자 달마가 "무슨 까닭으로 왔는가?"라고 묻자, "법을 구하러 왔습니다."라고 답했다. 달마가 "너의 믿음을 바치라"라고 하자, 신광은 지체 없이 칼로 왼팔을 잘라버리자 땅에서 파초 잎이 솟아나 잘린 팔을 고이 받들었다는 일화이다. 청매선사는 구법을 향한 혜가의 결연한 의지를 한 편의 시로 잘 그려내고 있다.

一揮霜刀斬春風　서릿발 같은 칼로 봄바람 자르듯 베어버리니
雪滿空庭落葉紅　눈 쌓인 빈 뜰에 붉은 잎이 떨어지고 있네.
這裏是非才辨了　이 속에 옳고 그름을 분별할 재주 없는데
半輪寒月枕西峯　차가운 반달은 서쪽 봉우리 베고 누웠네.
　　　　　　　　　　　　　　　－「少林斷臂」[27]

26) 『청매집』 상권(ABC, H0155 v8, p.130a17-a18)

선은 어떤 사물에 대해 언어, 소리, 그리고 색상을 넘어서 본질에 접근한다. 혜가가 소림사의 달마에게 구도의 신념을 표시하게 위해 왼팔을 잘라 보였던 것도 이러한 의미를 담지하고 있다. "봄바람을 자르듯 베어버린다"는 것은 지금 있는 법이 공하여 실로 깨뜨릴 것이 없음을 바로 보인 것이고, 팔이 잘려 눈 위에 피가 흐르는 모습을 "눈 쌓인 빈 뜰에 붉은 잎이 떨어지고 있네"라고 묘사하고 있는 것은 인과가 공한 것이어서 인과가 없지 않음을 보인 것이다. "차가운 반달은 서쪽 봉우리 베고 누웠네" 등 표현에서 보듯이, 청매선사는 상징과 이미지로 자연을 추상하고 본질을 환기시키고자 한다. 이처럼 선사들의 선시는 관념의 그물을 벗어난 놀라운 상상력으로 깨달음을 향한 과정을 표출하고 있다.

금강경을 통달하여 주금강이라고 불리는 덕산 선사가 떡을 파는 노파의 "과거의 마음도 얻기 어렵고, 현재의 마음도 얻기 어려우며, 현재의 마음도 얻기 어려운데 스님은 어느 마음에 점을 찍어 공양을 드시겠습니까?"라는 물음에 답변을 못했다. 덕산 선사는 배를 쫄쫄 굶고서 용담 선사를 찾는다. 밤늦도록 장황한 말을 늘어놓은 덕산 선사가 발(簾)을 걷고 나서는데 칠흑 같은 어둠이라 갈 수 없었다. 덕산 선사가 되돌아와 용담 선사에게 "밖이 너무 어둡습니다."라고 말했다. 용담 선사는 등불을 붙여 건네주었다. 그런데 등불을 받아들고 덕산 산사가 문밖으로 나가 몇 걸음을 떼었을 때 용담 선사는 그를 불러 세운 뒤, '훅'하고 불어 등불을 꺼버렸다. 그 순간 놀랍게도 덕산 선사는 깨달았다.[28] 이러한 조사 공안 법문을 바탕으로 청매선사는 교학으로 선의 깊이를 알려하고, 알음으로 지혜를 삼으려 한다면 실상을 알 수 없다고 언급하고 있다.

> 智海風高識浪生　지혜의 바다에 바람은 높고 앎의 물결 이는데
> 眞空月落妄雲橫　진공의 달은 지고 망념의 구름 길게 걸렸네
> 畵餠不可堪充腹　그림의 떡으론 주린 배를 채울 수 없으니
> 燒却疏抄是實情　덕산선사 소초 불태운 것은 진실한 뜻이었네
> 　　　　　　　　　　　　　　　- 「示昆海禪子看經」[29]

경전의 가르침으로는 상을 여의지 못하고, 글자에 의지해 해석함으로 관념의 틀을 떠나지 못한다. 때문에 청매선사는 그림의 떡으로는 주린 배를 채우지 못한

---

27) 『청매집』 상권(ABC, H0155 v8, p.130a19)
28) 임제의현, 정선본역주(2004), 『임제어록』, 서울: 한국선문화연구원, 280-282쪽.
29) 『청매집』 하권(ABC, H0155 v8, p.142b07-b08)

다고 했다. 덕산선사가 용담선사를 찾아가 늦도록 대화하다가 길 밝히는 등불을 주고서 불을 끌 때 깨달았다. 문밖이 어두운 줄만 알았지 진리를 통해 자신을 보질 못한 것이 더 어두웠음을 깨달았던 것이다. 그래서 「금강경소초」를 불태운 것은 말에 의지하여 진리를 찾는 이들을 깨우치기 위함이다. 하지만 생각에서 생각을 떠나면[於念離念] 언어가 곧 실상이기에 소초(疏鈔)를 태워야 할 까닭도 없다. 경을 읽으며 먹으로 쓴 글자가 온 곳을 알면 글자가 곧 법계이기 때문이다.[30] 하여 문자의 경을 통해 망상의 티끌을 타파하면 온 우주에 충만한 경을 볼 수 있다. 『화엄경』에 그 뜻을 '작은 티끌을 깨뜨려 대천세계의 경을 꺼낸다(破一微出大川經卷)'라고 말하는 연유도 여기에 있다.

『벽암록』 제39칙에 이런 대목이 있다. 어느 스님이 운문선사에게 "어떤 것이 청정법신입니까?"라고 묻자, 선사는 "꽃이 난간을 둘렀다."라고 답했다. 이어 "곧 이렇게 갈 때 어떠합니까?"라고 말하자, 선사가 "금털 사자(金毛獅子)다."라고 말했다.[31] 청정법신이 눈에 보이는 사법의 진실임을 '난간 두른 꽃'으로 대답했지만, 사법의 모습에는 모습이 없되 모습이 없음도 없다. 그래서 사법의 모습은 그것에 그것이 없고 그것 없음도 없어 오직 살아 움직이는 행으로 주어짐을 '금털 사자'라고 다시 말한 것이다. '청정법신'을 답한 운문의 법어에 기반하여 청매선사는 이렇게 노래하고 있다.

山色溪聲面目渾　산색과 시냇물 소리 얼굴과 눈에 섞이고
金毛獅子入靑雲　금털 사자는 푸른 구름에 들어가네
玉華長日多豪傑　옥 같은 꽃에 해는 길어 호걸은 많건만
醉倒紅欄到夜分　취해 붉은 난간 넘어뜨리니 벌써 밤이 되었네
- 「花藥欄」[32]

첫 행은 당송 8대 문장가인 소동파가 여산 동림사 상총선사의 "어찌 무정설법은 듣지 못하고 유정설법만을 들으려고 하느냐"하는 일갈에 폭포수가 떨어지는 소리를 듣는 순간 마음의 눈이 열려 읊은 일종의 오도송으로 보여준 내용과 상통함을 보인다. 즉, 계곡 물소리가 부처님 법문이고, 산색이 그대로가 청정법신이라 했던 것이다.[33] 이는 곧 산하대지의 두두물물(頭頭物物)이 진리의 세계 아님이

30) 학담, 위의 책, 582쪽.
31) 정성본(2014), 『벽암록』(선어록총서 11), 서울: 한국선문화연구원, 232쪽.
32) 『청매집』 상권(ABC, H0155 v8, p.138c06-c07)

없고, 선의 세계가 아님이 없는 무처불시선(無處佛是禪)의 경계임을 말한 것이다. '금털 사자'는 뒤돌아봄이 없이 앞으로 내달리는 맹수의 왕이다. 그래서 가고 옴을 취하지 않고 머묾도 취하지 않는 행을 '금털 사자'로 말하고 있다. 하지만 그 머묾이 없는 행이 그대로 고요한 법신이 됨으로 청매선사는 '금털 사자'가 구름에 들어간다고 표현한 것으로 보인다. 결국, 청정법신은 지금 눈앞에 피고 지는 꽃, 금털 사자 밖에 따로 있지 않은 것이다.

　마음 밖에서 법을 보는 것을 외도라 한다. 이는 자성은 마음 밖에서 구하지 말고 오로지 내면의 성찰을 통해 찾아야 함을 강조한 것이다. 실로, 깨닫고 보면, 모든 사물에 대한 분별심도 집착도 없게 된다. 이러한 경계에 이르면 모든 존재가 상호의존하며 하나가 된다. 그래서 선사들은 자신의 마음이 곧 부처이므로 마음 밖에서 따로 구할 필요가 없음을 역설했던 것이다. 청매선사 역시 밖에서 마음을 찾지 말 것을 강조했다. 그 대표적인 시가 「外覓」 3수이다. 즉 범부가 마음을 돌리면 '지금 여기'에서 성불할 수 있음을 이렇게 담아내고 있다.

貧富與貴賤　莫言前世作　　빈부귀천을 전생에 지은 것이라 말하지 말라
舜有歷山耕　說乃傳巖築　　순임금은 역산에서 밭을 갈고 부열은 부암에서 집을
지었다
王侯及將相　本來無種族　　왕후와 장군 재상이 본래 없는 종족이니
凡人若回心　現世即成佛　　범부가 만약 마음을 돌리면 현세에 성불하리라
　　　　　　　　　　　　　　　　　　　　　- 「外覓」[34]

　'불성'은 마음 밖에 있지 않다. 중생들은 그것도 모르고 밖에서만 찾으려 한다. 그래서 선사는 빈부귀천을 전생에 지은 것이라 말하지 말라고 한다. 몰록 깨치는 돈오의 법을 왕후장상이 본래 정해져 있는 종족이 아님을 말하고, 그 예로 순임금과 부열을 들고 있다. 법은 오래 닦아 공덕을 쌓아 기나긴 세월 동안 얻는 법이 아니라 마음 밖에 얻을 것이 없음을 단박 깨치면 이 자리가 법성의 자리이고, 이 한 생각이 법성의 자리이다. 닦음과 닦을 것 없음을 논하는 것이 마음을 스스로 비추어 살핌만 같지 않으며, 또한 밖으로 구하는 자는 자성을 얻을 수 없음에 대한 가르침을 설파하고 있다. 이어 선사는 정도(正道)를 모르고 수행을 하면 아

---

33) 소동파의 「오도송」: "시냇물소리가 곧 부처님 대설법이요 / 산색이 어찌 청정법신 아니리오/ 밤사이 팔만사천 게송을 / 다른 날 어떻게 남에게 들어 보이리오(溪聲便是長廣舌 山色豈非淸淨身 夜來八萬四千偈 他日如何擧似人)."
34) 『청매집』 하권(ABC, H0155 v8, p.144b16-)

무리 열심히 공부하고 수행한다 해도 이익이 없고, 정법을 믿지 않으면 고행을 하더라도 이익이 없음을 강조하고 있다.

心不返照 看經無益　마음을 돌이켜 보지 않으면 경을 봐도 소용없고,
不達性空 坐禪無益　본성이 공함을 모르고는 좌선을 해도 이익이 없다.
輕因望果 求道無益　원인을 가벼이 여기고 결과만 바라면 도를 구해도 이익이 없다
不信正法 苦行無益　바른 법을 안 믿고는 고행을 해도 이익이 없다.
不折我慢 學法無益　아만을 꺾지 않으면 법을 배워도 소용없고,
內無實德 外儀無益　안으로 실다운 덕 없으면 밖으로 겉꾸밈이 이익없다.
欠人師德 濟衆無益　다른 사람의 스승 자격 없으면 대중을 거느려도 무익하고,
心非信實 巧言無益　마음이 진실하지 않으면 말을 잘해도 이익이 없다.
一生乖角 處衆無益　일생 동안 괴팍하면 대중에 처하여도 이익이 없고,
滿腹無識 憍慢無益　　뱃속에 무식만 가득하면 교만하여 이익이 없다
- 「十無益」[35]

수행자가 참구의 자세로 진리의 뜻을 관조하여 자신을 자각하지 않으면 경을 읽어도 아무런 이익이 없고, 존재의 본질이 비어 있음을 달관하지 못하면 밤낮으로 좌선을 해도 소용이 없다. 정법에 대한 올바른 이해와 확신이 없으면 고행을 해도 이익이 없고, 스승 자격이 없으면 대중을 거느려도 이익이 없고, 실다운 덕이 없이는 위의가 서지 않으며, 진실한 마음 없이는 말을 잘 해도 이익이 없음을 설파하고 있다. 나아가 원인을 소홀히 하고 결과만을 중요하게 여기면 도를 구해도 이익이 없고, 괴팍하여 고집을 꺾지 않으면 대중과 함께해도 이익이 없으며, 무식이 뱃속에 가득하여 연륜만을 내세우면서 교만을 부린다면 아무런 이익이 없음을 역설하고 있다. 이와 같이 청매선사는 모름지기 진정한 수행자는 하심하며 정법을 따라 본분사에 충실해야 함을 강조하고 있다.

4) 동체 대비의 생명사랑의 시세계

수행자에게 있어 전쟁은 첨예한 갈등의 모순을 가장 상징적으로 보여준다. 생명존중을 무엇보다도 중시하는 불교의 입장에서, 청매선사가 고통에 처한 중생을 대자 대비한 마음으로 건지고자 한 것은 지당한 일이었다. 나라가 위기에 처했을

---

35) 『청매집』 하권(ABC, H0155 v8, p.154b21-c02)

때 자기 일신의 법을 구한다고 수행에 전념하고 중생의 고통을 살피지 않는다면 그것 또한 수행자의 진정한 중생사랑과 호국의 정법행이 아니기 때문이다. '나라를 사랑하고 사직을 걱정하는 것은 산승도 한 사람의 신하이기 때문이다(愛國憂宗社 山僧亦一臣)'라는 국가관은 청매선사로 하여금 불교가 국가 위기 시 불교적 주체를 세워 위기 극복에 총력으로 나섬과 아울러 중생제도의 실천적 행을 보여주었던 것으로 생각된다. 하여 청매선사는 1592년 임진왜란이 일어나자 스승 청허휴정의 부름을 받고 승병을 모아 승병장이 되어 전쟁에 참가하여 3년에 걸쳐 왜적과 싸워 큰 공훈을 세웠다. 물론 출가 사문이지만 나라의 위기를 보고 좌시하고 있을 수만은 없었고, 그렇다고 출가사문으로써 칼을 들고 전쟁터에 나가 생명을 죽이는 일을 결단하기도 쉬운 문제가 아니었을 것이다. 바로 이런 문제에 대해 치열하게 고민을 하며 선사는 「盡忠孝」에서 "살생함은 양친을 위함이요 / 식록은 사직을 편히 하는 것을 이름이다(殺生爲養親 食祿稱安社"[36]라며 충효를 다할 것을 읊고 있다.

왜군의 급습에 경상도와 충청도가 순식간에 왜군에게 짓밟혔고, 불과 20일도 안 되는 사이에 수도 한양이 함락되었다. 아마 청매선사는 불살생계와 전쟁이라는 모순적 상황에서 치열한 자기 고민 끝에 얻을 결론인 듯하다. 청매선사는 이렇게 3년 동안이나 스스로 의승병을 모으고 승병장이 되어 도탄에 빠진 나라를 구하고 고난에 처한 중생들을 구제하기 위해 전쟁터에서 보냈던 것이다. 전쟁 속에서 선사는 처절한 참상을 듣고 깊은 고뇌에 시달리며 참담한 심경을 이렇게 묘출하고 있다.

> 三洛同時陷賊鋒　세 큰 고을이 동시에 적의 칼에 빼앗겨
> 萬民魚肉慘何窮　만민이 고기처럼 죽는 그 참상 어찌할까
> 鸞輿一自踰沙嶺　임금 가마 한 번 스스로 모래고개 넘었으니
> 十載禪窓但叩胷　10년의 선창에서 가슴만 칠뿐이네.
> 　　　　　　　　　　　　　-「壬辰夏」[37]

임진년 여름의 참혹한 상황을 보고 가슴 아픈 심경을 진솔하게 읊고 있다. 왜적의 침입으로 한 나라의 중심 도시인 '삼락', 즉 경주와 한양, 송도(혹은 평양)이 적의 총칼에 함락된 것이다. "만민이 고기처럼 죽는 그 참상"이란 대목은 생명

---

36) 『청매집』 하권(ABC, H0155 v8, p.146c02-c05)
37) 『청매집』 하권(ABC, H0155 v8, p.143b22-b23)

존엄성이 그대로 파괴되는 탄식의 극대화를 담아내고 있다. 또한 만민의 어버이 임금이 백성을 버리고 가마를 돌려 제 살길을 찾기 위해 모래고개를 넘어 피난을 갔다는 대목은 임금과 지배세력에 대한 원망스러운 심기를 함축적으로 풍자하고 있다.[38] 그런데 청매선사는 이러한 암담한 현실에서 아무런 역할을 하지 못하고 있다. 절집에서 10년의 선수행이 무슨 의미가 있겠느냐며 자신의 처지와 무력감에 가슴을 칠뿐이다.

청매선사는 임진란을 당해서 중생들이 겪는 참상과 고통의 소식을 접하고 그들의 아픔을 자신의 아픔으로 여기고, 전쟁에 대한 반성과 고통 받는 민초들에 대하여 무한한 연민과 자비심를 깊이 느꼈다. 그의 이러한 중생사랑은 다음의 「悼世」에서 잘 표출되고 있다. 그런데 그 자비의 손길과 시선은 민초들에게 놓이면서도 민초들을 고통에 빠뜨린 세력으로 지배층을 겨냥하여 비판하고 있다.

野人自外來	세속의 어떤 사람이 찾아와서
道我世煩劇	내게 세상이 어지럽다고 말하네
癘氣捲閭閻	전염병이 마을 집집마다 번지고
餓莩滿阡陌	굶어죽은 시체 길에 가득하다고 하네
干戈日益尋	방패와 창이 싸움은 나날이 더욱 더해가니
骨肉不相惜	뼈와 살을 나눈 이도 서로 돌보지 못한다네
賦役歲益迫	부역은 해마다 더욱 가혹해지고
妻兒走南北	처자와 아들은 뿔뿔이 흩어졌다네
山中絶悲喜	산중에는 슬픔과 기쁨 소식 없는데도
不勝痛病膈	가슴이 쓰리고 아픔을 이길 수 없네

– 「悼世」[39]

누군가 산중의 청매선사에게 찾아와 전쟁이 가져다 준 참상을 그대로 전해준다. 오랜 기간의 전쟁으로 먹을 것은 떨어지고 삶은 피폐해져 가족의 죽음 앞에서도 손을 쓸 방법이 없다. 전염병은 마을 집집마다 퍼지고 전쟁 속에 굶어 죽은 시체가 길에 넘쳐나고 있다. 불가에서는 제 1의 계율이 불살생이다. 전쟁으로 목숨을 잃은 사람들의 시신이 쌓여 있음을 바라보는 순간, 진정한 불도의 실천이 호국에 있음을 선사는 생각했을 것이다. 뿐만 아니라 날이 갈수록 더 심해지는

---

38) 김상일(2012), 「청매인오 선사의 생애와 임진왜란 관련 시에 대하여」, 『불교학보』 제62집, 444쪽.
39) 『청매집』 하권(ABC, H0155 v8, 150c03-c07).

전쟁 속에 부모 봉양도 할 수 없고 처자와 아이들은 뿔뿔이 흩어졌다. 그런데 나라의 착취는 더 심해져, 해마다 가혹하게 매겨지는 세금과 부역을 감당해 낼 수 없는 안타까운 상황을 전하고 있다. 손을 드리워 중생의 신음을 듣고 치유해주는 관음보살은 어디에 있는가? 그동안 산중에는 희비의 소식이 없었다. 하지만 전쟁으로 인한 참상과 민초들의 안타까운 사연을 전해들은 청매선사는 가슴이 쓰리고 아픔을 가눌 수 없다고 심경을 밝히고 있다. 그가 호국과 중생구제의 서원과 대비심을 크게 일으켰던 것도 여기에 있다 할 것이다.

전쟁이 나서 만백성이 피를 흘리며 죽어가는 데 산중에서 참선면벽하며 '上求菩提'만을 한다면 '下化衆生'이라는 보살도 실천은 어찌할 것인가? 청매는 선사라는 수행자의 삶에 안주하지 않고 '평상심이 곧 도(平常心是道)'라는 인식을 갖고 승병장으로 출전하여 국난을 극복하고자 하였다. 중생의 아픔에 뛰어들어서 중생과 함께 하는 동사섭(同事攝)의 실천적 모습을 보여주었던 것이다. 이처럼 중생들의 고통에 대한 피눈물을 같이 흘리며 아파했던 청매선사의 자비심은 다음의 시에서 한결 선명히 드러나고 있다.

蓬鬟一婦女　머리를 풀어헤친 한 아녀자가
捧頭哭蒼天　머리를 들고 하늘 향해 곡하네
夫壻無死所　남편이 어디서 죽은 줄　모르고
一子三上船　한 자식은 세 번을 배에 오르네
猪鷄無一介　돼지와 닭은 한 마리도 없고
里胥立門前　마을 서리 문 앞에 서 있네
休言奈落苦　나락의 고통 어떻게 말할 수 없어
不覺雙淚懸　나도 모르게 두 줄기 눈물 흘렸네.
　　　　　　　　　－「過前村」[40)

대비의 보살, 청매선사는 중생들이 겪는 전쟁의 참혹한 실상과 고통의 현실을 함께 마음 아파하고 있다. 마을 앞을 지나갈 때, 머리를 풀어 헤친 한 아녀자가 하늘을 향해 전사한 남편소식에 통곡하고 있고, 아들은 아비의 시신을 찾아 세 번이나 배를 타고 나갔다는 안타까운 사연을 접하고 있다. 마을이라고 하지만 전쟁의 약탈로 돼지와 닭들은 한 마리도 남아 있지 않고, 민중을 동원하는 마을 서리는 틈만 나면 문 앞을 서성이며 아들을 징발하거나 세금을 거두려고 할 뿐이

---

40) 『청매집』 하권(ABC, H0155 v8, p.145c05-c08)

다. 선사는 이토록 참담한 현실을 지배하는 공간은 "나락보다 더 하다"고 하였다. 그래서 이러한 나락의 고통 현실 공간에서 참고 살아가야 하는 아낙네의 처지를 생각하니 자신도 모르게 눈물이 흐른다는 것이다. 즉, 선당(禪堂)에 앉아 참선 수행에만 몰두 하지 않고 백성의 아픔을 자신의 아픔으로 여기며 말로 표현할 수 없어 "나도 모르게 두 줄기 눈물 흘렸다"는 대목에는 그야말로 중생이 아프니까 부처도 아프다는 동체대비의 생명사랑이 잘 드러나 있다.

4. 나오는 말

이상에서 청매선사의 선사상 특징과 그것이 어떻게 시적으로 형상화되고 있는가를 살펴보았다. 자아 찾기와 깨달음을 향한 치열한 과정, 자연교감과 방외의 탈속 무애한 서정, 공안법문과 시법, 그리고 동체대비의 생명사랑을 담아낸 그의 시편들은 다분히 선적 직관과 시적 상상력이 조화를 이루어 빚어낸 깨달음의 세계이다.

청매선사는 조사선의 가풍을 충실히 받아 행하되, 조사선과 간화선을 자기 삶 속에서 철저히 주체화하여 자비와 지혜 원만의 실천적 삶을 살았다. 그의 이러한 면모는 『청매집』에 일관된 선정지혜의 고요하고 밝음[定慧等持 止觀明淨]의 지향으로 나타나고 있다. 선가에서는 경전을 달을 가리키는 손가락(標月指)에 비유하여 손가락을 보지 말고 달을 보아야 하며, 또한 강을 건너는 뗏목[渡海筏]에 비유하여 강을 건너면 뗏목을 버릴 것을 강조하였다. 그것은 본체를 보지 못하고 그 손가락의 방향만을 기억하면서 마치 달을 본 것으로 착각하는 일을 경계한다. 이러한 관점에서 청매선사는 자신의 마음이 곧 부처이므로 마음 밖에서 따로 구할 필요가 없음을 역설한다. 깨닫고 보면, 모든 사물에 대한 분별심도 집착도 없게 된다. 본각(本覺) 밖에 시각(始覺)이 따로 존재하는 것이 아니다. 시각과 본각이 서로 계합된다면 두 각(覺)을 깨달은 것이라 할 것도, 각이 아니라 할 것도 없는 구경각이 된다는 것이다. 이와 같이 청매선사는 분별심이 없는 마음자리가 상즉상입(相卽相入)의 구경각 세계임을 강조하며, 그것의 묘의를 짧은 시형으로 담아내고 있다.

나아가 청매선사는 끊임없는 구도와 깨달음, 그리고 보임의 과정에서 마음을 맑히며 살아가는 심사를 자연과의 친연성에서 잘 표현하고 있다. 특히 그의 직관으로 바라본 자연은 그대로가 진여(眞如)이고, 또한 이러한 사유의 시적 형상화에는 탈속 무애한 방외지미(方外之味)의 선지가 명징하게 드러나 있다. 이와 같이 선사가 자연과의 교감을 묘사하고 있는 것은 단순한 자연미가 아니라 고도의 비유와 이미지를 통한 선심의 시적 변용이라 할 수 있다.

한편, 선사들은 직관과 고도의 상징과 비유로 상식의 의표를 찌르며 놀라움과 경이로움을 표출하여 깨침의 세계를 열어 보인다. 이는 조사들이 남긴 공안의 본칙을 요약하는데 머물지 않고 자신의 깨달음과 시적 상상력을 절묘하게 변주해 내고 있는 청매선사의 시에서도 잘 드러난다. 그 대표적이 시가 「少林斷臂」「示昆海禪子看經」「外覓」3 등이다. 여기에는 분명히 깨침의 미의식이 담겨 있다. 깨닫는다는 것은 나와 너, 그리고 그 모든 존재와의 관계성을 깨닫는 것이라 할 수 있다.

특히, 청매선사는 임진란을 당해서 전쟁에 대한 반성과 중생들이 받는 고통과 아픔을 자신의 아픔으로 여기고, 중생들에 대하여 무한한 연민과 자비심을 보여준다. 그의 이러한 중생사랑과 실천적 행위는 승병장으로 출전하여 왜적을 물리치고자 한 호국과 중생구제의 서원과 대비심의 발로로 나타났다. 그 전형적인 시가 「壬辰夏」, 「過前村」, 「悼世」 등이다. 왜란이 진정되고 논공행상이 시작되자 선사는 여기에 조금도 개의치 않고 다시 홀로 산으로 돌아감으로써 출세간적 선승의 모습을 보여주고 있다. 요컨대, 청매선사의 일련의 수행 삶에서 발현된 시적 세계는 곧 선심의 시심화라 할 것이다.

제3부

포스트 코로나 시대의
문학과 심리상담

1. 불교상담에서 자아의 의미와 역할(문진건)
2. '숲 명상' 시에 나타난 치유적 의미(오철우)
3. 불교 경전의 비유에 담긴 심리 치유의 의미 고찰(김선화)
4. 선시 「십우도」의 시치료 활용 방안 모색(서주석)
5. 학교부적응 청소년의 상담치유를 위한 생태시 활용에 관한 연구(윤현준)
6. 설악무산의 화엄적 사유와 생명존중의 시세계(이지선)
7. 白水 鄭椀永의 시문학에 나타난 고향의식과 화엄적 사유 (전정아)
8. 헤르만 헤세 시에서 불(火)에 대한 치유관점의 해석(손민정)

제3부 포스트 코로나시대의 문학과 상담심리

불교상담에서 자아의 의미와 역할 [1]

- 유식과 분석심리학의 자아이론 중심

문 진 건(동방문화대학원대학교 불교문예학과 교수, 학과장)

1. 서 론

불교가 서양에서 본격적으로 연구된 이래, 비록 불교를 믿지 않는 서양의 일반 대중들도 불교의 철학과 수행법에 관해서 많은 관심을 보이고 있으며 이러한 추세 속에서 불교상담에 대한 관심도 지난 10년 간 크게 증가되었다.[2] 불교는 세계에서 다섯 번째로 큰 종교이며 약 4억 8천만명의 신도가 있다.[3] 그러나 기독교와 천주교가 신앙생활을 하는 내담자를 위한 상담이 발달해 있는 반면, 불교에서는 신자들을 위한 상담은 매우 드물게 실행되고 있다.

불교상담이란 "마음의 평정과 기쁨과 해탈(자유)을 달성하기 위한 일련의 수행체계인 불교의 지혜와 수행법을 사용하여 개인의 고통을 줄이는 과정"을 의미한다.[4] 그런데 불교의 지혜와 수행법의 범위는 상당히 광범위해서 위의 정의는 더 구체적인 설명을 필요로 한다. 실제로 불교상담은 불교의 가르침과 수행법 중에서 심리학적으로 환언이 가능한 이론에 주로 의존하여 연구되고 있기 때문에 불교상담은 불교심리학에 기반을 둔 상담이라고 정의할 수 있다.[5] 현재 크게 두 종류의 불교상담이 있는 것으로 볼 수 있는데, 하나는 불교심리학을 기초로 하여 서양의 심리상담과 통합을 시도하는 일단의 서양의 심리학자들로 이루어 진 불교상담이고,[6] 다른 하나는 역사적으로 불교의 전통을 이어 받은 불교 문화권에서 진행되는 불교상담이다.[7] 서양의 심리학자들을 중심으로 진행되고 있는 불교심리

---

1) 본 논문은 『불교문예연구』 제16집(2020. 12. 31)에 실린 것이다.
2) Falb & Pargament(2013), 253-255.
3) Pew Research Center(2012) http://www.pewforum.org/2012/12/18/globalreligious-landscape-buddhist/[2020.10.1.].
4) Lee 외 6인(2017), 113.
5) 윤희조(2019), 316-317. '불교상담을 한다는 것은 '불교심리학이 제시하는 마음이론에 기반을 두어 상담을 하는 것을 말한다.'
6) de Silva(1990), 236-254.
7) Rungreangkulkij and Wongtakee(2008), 128.

학의 연구영역은 대부분 아비달마불교와 유식불교의 이론에 의존하고 있다. 아비달마와 유식불교는 정신적 활동에 대한 관찰과 분석을 통해 수많은 종류의 마음 작용과 그들의 상호관계를 기술하고 있다.[8] 불교와 심리학을 비교하며 통합을 시도하는 서양의 학자들은 아비달마불교와 유식불교를 '불교심리학'이라고 부르며 이러한 불교의 심리학적 이론에 근거하여 상담을 하는 것을 불교상담이라고 부른다. 서양에서 특히 북미에서 불교는 매스미디어, 출판, 명상센터, 불교수행 센터, 대학 수업 등과 같은 다양한 형태로 대중에게 전해지고 있는데, 심리치료사들에 의해 소개되는 불교상담도 불교가 일반 대중과 가까워질 수 있는 방법 중의 하나이다.[9]

다른 한편으로 태국과 같이 불교문화가 깊이 있게 뿌리내린 나라에서는 불교의 세계관에 익숙한 내담자에게 적합한 심리상담을 발전시키고 있다. 주로 아시아 불교국가에서 진행되고 있는 이 방식의 불교상담은 서양의 심리치료와 상담법이 보조적인 역할을 하고 불교적 가치관에 따라 수행법을 내담자에게 가르치는 것을 주된 목표로 삼고 있다. 이러한 불교상담은 상담자 스스로 마음수양과 명상을 실행하고 상담에서 불교의 가르침을 적용하는 것을 불교상담의 중요한 요소로 간주하고 있다.[10] 이처럼 서양에서는 불교 명상의 수행자이자 심리치료사인 상담사들을 중심으로 불교상담이 발전하고 있으며, 아시아의 불교국가에서는 대부분의 국민이 불교인이라 불교적 세계관과 가치관을 잘 아는 상담자(특히 성직자)가 제공하는 불교상담에 대한 요구가 커지고 있다.[11]

하지만 이러한 현실적 요구에 비해 불교상담사를 양성하거나 훈련하는 프로그램은 전 세계적으로 상당히 부족하기 때문에 불교상담에 대한 연구와 발전의 한계에 대한 우려가 크다.[12] 목회자 상담이 활발하게 이루어지고 있는 기독교와 상담을 적극적으로 제공하는 천주교의 경우와 비교하면, 불교성직자에 의한 상담이나 불교전문 상담사에 의한 상담은 극히 미미한 실정이다. 불교상담의 발전을 저해하는 것으로는 상담 자원(상담사, 상담기관, 지원단체 등)의 부족, 불교인 내담자를 치료하는 상담기법의 부족, 불교상담을 연구하는 연구자의 부족, 불교상담

---

8) de Silva(1990); Lee 외 6인 (2017), 113.
9) Guruge(2010), 57.
10) Lee 외 6인(2017), 113.
11) Rungreangkulkij & Wongtakee (2008), 128-129.
12) Lee 외 6인(2017), 114.

에 대한 대중적 인식의 결여 등을 들 수 있다.[13]

이러한 문제들뿐만 아니라 불교상담의 연구자 사이에서 불교의 가르침에 대한 통일된 이해의 결여도 불교상담의 발전을 막는 이유 중에 하나라고 생각한다. 불교상담을 연구하는 일부의 학자나 임상가 중에는 불교의 기본적인 세계관을 충분히 이해하지 못하거나 그것을 받아들이지 않은 채 수행법의 일부만을 활용하고, 그들이 의존하는 심리치료접근법의 치료원리나 목표에 맞지 않는 불교의 가르침을 배제하는 이들도 있다.[14]

서양의 심리치료와 상담의 치료원리에 불교의 명상기법만을 차용하여 심리상담을 실행할 때, 문제들이 발생하게 되는 이유 중의 하나는 불교의 세계관과 인간관이 심리치료에서 이해하는 인간관과 다르기 때문이다. 불교 특유의 존재론과 인식론에서 파생하는 고통의 원인과 해결에 대한 이론들은 심리치료의 이론과 상충되기도 한다. 그 예로 불교의 無我 이론과 서양 심리학의 자아 이론의 표면적인 차이는 둘의 본래 의미를 충분히 이해하지 못하는 불교상담사에게는 곤란을 초래하는 원인이 될 수가 있다. 서양 심리학의 자아관은 'self'에 대한 기독교적이며 개인주의적인 시각에 바탕하고 있다.[15] 반면에 불교의 無我는 공사상에 기초하여 형성되었다. 또한 불교에서는 존재론적 시각으로 我에 대한 논의를 하는 반면, 심리학에서는 자아 또는 자기의 존재 여부보다는 의식현상으로서의 자아 또는 자기에 관심이 있다. 그리하여 심리학에서는 자아 또는 자기에 대한 다양한 개념들과 그들의 심리학적 기능에 대한 연구가 발달한 반면, 我의 존재를 부정하는 불교에서는 자아 또는 자기에 대한 이론이 세분화되지 않았다. 이러한 이유로 자아에 대한 불교와 서양 심리학 사이의 논의는 쉽게 이루어질 수 없는 일이 되었고, 심지어 의학과 심리치료 분야의 일부 학자는 불교의 무아사상이 마치 자아의 소멸을 권장하는 것으로 오해하기도 한다.

사실 불교의 무아사상은 我의 소멸을 추구하는 것이 아니라 수행을 통하여 자아/자기의 실체성에 대한 믿음과 집착을 소멸시키는 것을 추구한다. 이것이 과연

---

13) Lee 외 6인(2017), 114.
14) 예를 들면, 단지 이완과 자기 조절에 유익하고 자아(ego)의 기능이 일시적으로 완화되어 정서적인 고통을 수용할 수 있는 능력을 증가시키는 부수적 치료법으로 불교의 명상수행을 심리치료에 적용하는 경우가 있다. 이러한 방식의 불교상담은 불교의 가르침이 생소한 내담자와 상담자에게 이질감 없이 심리치료로 받아들여질 수 있는 이점이 있으나, 단지 불교적 요소를 적용한 상담에 불과하여 불교 자체가 가지고 있는 변화의 가능성을 극대화하지 못하고 부분적으로 활용할 수 있을 뿐이다.
15) Cohen & Hill (2007), 710.

심리치료에서 강조하는 내담자의 자아가 강화되어야 한다는 것과 정반대의 목표인가? 아니면 표면적으로 다르게 보이는 이 두 목표는 실제로 의식의 동일한 기능을 발달시키려고 하는 것인가? 이 글에서는 이러한 의문에 답하기 위해 불교와 심리상담 양측의 시각을 충분히 고려해 볼 것이다. 불교의 가르침과 서양 심리학의 이론을 융합하는 불교상담에서 상담사가 불교와 심리학의 자아/자기에 대한 모호한 이해에서 오는 문제를 해결하지 못하면, 불교상담사는 자신의 내담자가 어떤 방식으로 자아/자기를 다루도록 도와주어야 할 것인지를 결정하지 못하는 문제에 부딪히게 될 것이다.

표면적으로 불교와 서양 심리상담의 자아관은 상당한 차이를 보이는데, 불교에서는 무아설을 주장하는 반면, 심리상담에서는 건강한 자아를 강조하기 때문이다. 불교와 심리치료는 인간의 심적 고통을 완화하려는 공통적인 목표를 가지고 있지만, 불교는 고통의 해결을 위해서 궁극적으로 자아에 대한 믿음과 애착을 거두는 것이 필요하다고 주장하는 반면, 심리상담은 건강하고 강한 자아만이 의식과 무의식의 균형을 이룰 수 있다고 본다. 건강한 자아에 대한 강조는 단지 심리치료만의 특징이 아니라 이성의 힘을 중요시하는 서양 문화 전반에 깔려 있는 문화적 특징이다.

불교상담의 발전은 불교의 가르침과 수행법에 대한 연구를 통해 가능한 것이다. 그러나 응용심리 또는 응용불교라는 학술적 연구 분야의 하나라는 입장에서 보면, 불교상담은 서양 심리학과 상담학과의 교류가 없이는 발전할 수 없기 때문에 서양에서 발전한 심리학과 심리상담의 개념체계와 연구방법론의 영향 아래 있는 학문분야이다. 그러므로 불교상담의 발전을 위해서는 불교 무아설이 함축하고 있는 자아관에 대해 심리학적으로 충분한 설명이 제공되어야 하며, 불교상담에서도 심리학에서 발달한 자기와 자아의 심리적 기능에 대한 이론을 적극적으로 활용할 수 있어야 한다. 무아설에 기초한 불교의 자아관과 서양의 심리상담의 자아관이 상충되는 일이 없이 서로 의미의 호환이 가능할 때, 심리상담 분야에서의 불교상담의 발전이 보장될 것이다.

불교의 무아설과 심리학의 자아 이론에 대한 지금까지 국내의 연구를 보면, 이은정·임승택은 불교와 심리치료가 자아의 실체성과 관련해 상반된 입장을 가진 것으로 보였지만 불교의 무아와 심리치료의 건강한 자아가 내포하는 실천 원리의 측면은 서로 차이가 없다고 결론지었다.[16] 윤현주는 초기불교의 자아관과 정신분석의 자아관의 비교를 통하여 불교의 자아와 정신분석의 자아는 모두 개념적으로 형성된 것으로서 불교에서는 관계적이고 조건지어진, 실체가 아닌 자아를 보고, 정신분석에서도 자아를 상호주관적이며 관계적이고 상대적인 것으로 본다는 유사성을 가지고 있다고 말한다.[17] 그러나 불교는 무아성을 지향하고, 정신분석은 자아를 강화시키려는 서로 다른 목표를 가지고 있으며 불교의 무아설은 자아에 관하여 정신분석과는 다른 차원의 담론으로 이끌고 있다고 말한다. 이러한 입장은 윤희조의 책에서도 볼 수 있는데, 그는 자아와 무아는 반대개념이 아니라 다만 이들의 논의가 다른 지평에 있다는 것을 강조한다. 서구심리학에서 건강한 자아와 자아존중감을 키워야 하는 것을 주장한다면, 불교에서는 자성을 드러내는 것을 주장한다는 것이다.[18] 이렇듯 지금까지의 연구에서는 서양심리학의 자아관과 불교의 자아관은 상충되는 이론이 아니라 서로 인간정신의 다른 차원을 가리키고 다른 목표를 제시하고 있다는 것을 보여준다.

본 연구에서는 불교의 자아관과 심리학의 자아관이 불교상담에서 어떻게 활용될 수 있으며, 불교상담에서 자아의 의미와 역할은 무엇인가에 대한 답을 구함으로써 지금까지의 연구보다 한 걸음 더 나가려고 한다. 이러한 문제의식을 가지고 본 연구에서는 불교의 자아관과 심리학의 자아관의 이론적 교류를 위한 시도의 하나로 유식불교의 말나식과 분석심리학의 자아관을 비교하면서 두 사상의 함의를 드러내고 유사점과 차이점을 토대로 불교상담에서 자아에 대한 이론의 유연성을 확보하도록 하려고 한다.

유식불교와 분석심리학을 특별히 비교하려는 이유는 두 사상의 유사성 때문이다. 두 사상은 인간 정신의 구조와 잠재의식 그리고 정신적 성숙의 과정과 목표에 대한 유사한 이론을 보여주고 있기 때문이다. 분석심리학에서는 자아의식의 편협함에서 오는 고통을 해결하기 하기 위해 의식의 영역보다 훨씬 큰 본래적 자기를 되찾아야 한다고 주장하고, 유식불교에서는 우리의 의식에서 주체와 객체라는 이분법적인 구별이 사라질 때, 비로소 본래적 마음을 회복할 수 있다고 주장한다. 이러한 유사한 공통분모 위에서 두 이론의 비교를 통해 자아의 기능과 역할의 유사성점과 차이점을 더 분명히 드러낼 수 있을 것이다.

---

16) 이은정·임승택(2015). 450-454.
17) 윤현주(2018), 41~42.
18) 윤희조(2019), 269~275.

2. 심리학의 셀프와 에고 그리고 불교의 아트만

불교상담에서 심리학적 용어인 "자아(ego)"와 "자기(self)"를 효과적으로 거론하기 위해서는 불교에서 의미하는 我와 심리학의 자아(ego)와 자기(self)에 대한 정확한 개념 구별부터 선행되어야 한다. 불교학에서는 존재론적인 '나'를 지칭하기 위해 我, 자아와 같은 용어를 사용하고 있고, 심리학에서는 종래에 철학에서 의미하던 형이상학적 존재인 self와 ego의 의미를 분화하여 다양한 개념으로 발전시켰다. 심리학에서는 self와 ego의 존재론적인 측면에 대하여 더 이상 논의를 하지 않고 심리적 현상으로서의 '나'에 대하여 연구를 집중하면서 self에 대한 다양한 이론이 발달하게 되었다.[19] 영어에서는 주로 self라는 용어를 사용하는데, 국내에서는 이것을 자기 또는 자아로 번역해서 혼용하고 있다. 한편, 자아는 영어의 ego를 번역한 용어이기도 한데, 국내에서는 self를 의미하는 자아와 ego를 뜻하는 자아가 구별 없이 쓰이고 있어 혼동을 초래하고 있다. 이 글에서는 혼동을 방지하기 위해 불교의 ātman을 我로, 심리학의 ego를 자아로, self를 자기로 표현하기로 한다.

전통적으로 self는 '나는 누구인가?' '나는 육체를 초월한 불멸의 영혼인가?' '자기(self)는 존재하는가?' '자기의 본성은 무엇인가?'와 같은 질문과 연관되어 있는 주제였다.[20] 원래 철학에서 논의하였던 self는 경험의 주체로서의 self를 의미하는 것이다. 그러나 철학과 종교에서 분리된 심리학에서는 self를 아는 주체인 '나'로서의 self와 알려지는 것으로서의 '나'인 self로 구분하고, 주체인 '나'에 관한 연구는 심리학이 아닌 철학의 영역에 속한 것이라고 판단하여 후자에 관한 연구에 초점을 맞추었다.[21] 초기 심리학의 발전에 큰 영향력을 주었던 William James는 알려지는 나로서의 self를 물질적인 자기(몸, 가족, 소유물 등), 사회적 자기(다른 사람이 그 사람을 보는 방식에 대한 반영), 영적인 자기(감정과 욕망) 등으로 나누었다.[22] 이러한 구분은 심리학의 다양한 이론적 발전 속에서 변형되지 않고 여전히 남아 있어서 현재 심리학에서도 심리현상으로서의 자기(self)가 개인의 동기와 인지적· 정서적· 사회적 정체성에서 핵심적 역할을 하는 것으로

---

19) Redfearn, J.W.T(1983), 91.
20) Thagard, P.(2014) 참조.
21) Redfearn, J.W.T(1983), 91.
22) Redfearn, J.W.T(1983), 91.

보고 있다. 이러한 자기의 다양한 측면은 자기존중감에 긍정적 또는 부정적 영향을 미치며 자기는 기본적으로 개인의 단일성과 지속성에 대한 느낌을 가지고 있는 것으로 간주된다.[23)

심리학에서 자기(self)가 의식에 반영되는 대상으로서 개인을 의미한다면, 자아(ego)는 의식의 주체라는 뜻을 가지고 있다고 볼 수 있다. ego는 라틴어로 '나'(와 나의 것, 나 자신 등)를 지칭하는 말이다. 서양의 형이상학에서 ego는 '사고하는 의식의 주체'라는 의미를 가진 용어였다. 의식(consciousness)의 활동은 의식하는 주체와 의식 바깥의 존재인 대상으로 구분되는데, 여기서 생각하는 의식 또는 '나 자신'(myself)을 ego라고 부른다.[24) ego에 대한 이러한 철학적 의미는 심리학에서도 그대로 이어져 정신역동적 이론에서 ego는 의식의 주체라는 뜻으로 간주된다. ego를 자신의 이론적 체계에서 핵심적인 용어로 사용했던 Freud도 의식의 주체라고 ego를 정의하면서 ego는 현실에 적응하는 능력과 현실 검증 능력, 욕동의 조절과 통제, 대상관계, 사고 과정, 방어 기능, 지성, 의도, 인지, 사고, 행동, 언어 등이 포함되는 자율적 기능을 가지고 있으며, 개인으로 하여금 조직화되고 조절된 방식으로 느끼고, 생각하고, 행동할 수 있게 해주는 것이라고 간주하였다.[25) 자아는 각 개인의 "정신 과정을 일관성 있게 조직화하는 것"이며, 이 "자아에 의식이 부착"된다고 본다. 또한 "모든 구성 과정을 감독하는 정신기관"이기도 하다.[26)

이러한 자아의 본성에 대한 기본적인 시각은 프로이트 이후에 정신역동이론에서 계승되었다. 융의 분석심리학에서도 자아(ego)에 대한 기본적인 의미는 동일하다. 융에 의하면, 자아는 의식의 중심으로 의식적 내용을 구성함과 동시에 의식의 조건이 되는 것이기도 하다. 의식된다는 것은 특정의 심리적 내용이 에고 콤플렉스와 관련이 되어야 가능하기 때문이다. 의식이란 단속적인 현상이며 무의식에 비하여 협소한 것이다. 그것은 매 순간 몇 안 되는 내용만을 동시에 파악할 수 있을 뿐, 다른 모든 것은 그 순간 무의식적이다.[27)

의식의 중심인 자아는 외부 세계와 내부 세계를 연결한다. 그러나 프로이트와

---

23) Redfearn, J.W.T(1983), 91.
24) Mansel, H.L.(2009), 303.
25) 미국정신분석학회 편, 이재훈 옮김(2002), 400-405.
26) 지그문트 프로이트, 윤희기·박찬부 옮김 (2014), 353.
27) 이부영(1979), 44-45.

달리 융에게는 자아의식은 전체 정신의 작은 부분이다. 인생의 전반기는 자아를 강화하는 시기지만 분석심리학에서는 인생의 후반기에 전체 정신의 중심인 자기를 실현해야 함을 강조한다. 자기실현에는 자아의 결단과 용기와 인내심이 필요하며, 이것이 있음으로 해서 비로소 무의식과 의식의 합일이 가능해진다고 융은 말한다.

하지만 실제로 서양 심리학 전반에서 ego와 self는 의미상 융이 구별한 것처럼 뚜렷하게 구별하기가 어렵다. 심층심리학의 이론들만 집중해서 살펴보아도 ego와 self는 유사한 의미를 함께 공유하기도 하고 의식의 동일한 측면을 지칭하기도 한다. 예를 들어, 융의 ego의 의미는 위니콧의 self와 하르트만과 코헛의 self와 거의 동일하다. 융의 에고는 하르트만의 self처럼 한 사람의 자기 존중감, 자기 인식, 자기 가치 등의 대상이다. 그런데 융은 ego가 개인의 정신 전부가 될 수 없다고 생각하였으며 정신의 전체는 ego가 아니라 self라고 칭하여 정신역동적 학파의 전통과 구별되는 에고와 셀프 이론을 정립하였다. 이 연구에서는 융의 ego(자아)와 self(자기)에 대한 정의를 중심으로 논의를 전개할 것이다.

불교에서는 자아 또는 자기에 해당하는 빨리어 용어로 attā(범어: ātman)이 있는데, 이것은 영혼 또는 정신이라는 뜻으로 영원한 범천의 세계를 의미한다. 그래서 불교에서 我(attā)는 힌두교 전통에서 의미하는 상주불변의 ātman과 같은 뜻이다.[28] attā는 초기불교의 경전에서 다양한 의미로 사용되었음을 알 수 있는데, 무아(무아, anattā)에서 attā는 '영혼'을 의미하며 형이상학적 실체와 연관된다고 한다.[29]

불교에서는 '나'라는 관념이 개념화 과정을 통해 만들어졌다고 본다. 즉 상주불변하는 실체인 '나'는 것이 인간 인식에서 나온 관념이라는 것이다. 감각기관이 대상을 만나면 감각의 의식이 일어나는데, 이러한 감각접촉의 과정에서 "이것은 나다. 이것은 내 것이다"라는 의식이 생긴다고 한다. 이러한 인식의 과정에서 그렇게 지각하고, 느끼고, 생각하는 주체가 나라고 믿게 된다. 인식하는 과정에서 생성되는 사고의 개념화에 대해서는 느낌 이후의 지각, 사고, 희론의 세 가지 단계를 말하고 있다. 감각의 지각으로부터 시작된 개념화 작용의 확산이 희론이며 이와 같은 확산의 과정을 거치면서 '나는 있다'라고 믿는 자아의 희론이 완성된

---

28) 김정근(2010), 66-71.
29) 정준영(2010), 44.

다고 설명한다. 결국 희론을 통해 '나'에 대한 공고한 관념이 생기는 것을 알 수 있다. 따라서 초기 경전에서는 인식에 대해 부정적이고 극복되어야 할 것으로 말하며, 특히 '희론하는 인식'을 갖지 않아야 한다고 강조한다.

"이러한 '나'는 매순간 외부와 접촉하면서 현상적인 '나'로 드러난다." 불교의 무아설에서 부정하는 我는 인식의 과정에서 생기는 진실하지 않은 관념이며 여섯 가지 감각기관과 환경(여섯 대상)을 통해 대상을 분별하는 식이 我와 세계가 개별적으로 존재한다는 잘못된 믿음을 가지게 된다고 본다. 이러한 인식의 전부를 불교에서는 18계라고 부르는데, 18계는 여섯 감관과 여섯 가지 대상이 인연 화합하여 발생한 식의 세계를 의미한다. 이러한 의식의 세계에서 깨닫지 못한 무명의 개인은 자신이 존재하므로 대상을 인식하는 것이라는 그릇된 생각을 굳히는 것이다. 불교에서 我는 이와 같이 감각기관과 환경의 접촉에서 생하는 인식의 산물임을 보여준다.[30] 그러나 불교에서는 이러한 진실하지 않은 관념으로서의 나 그리고 의식의 산물인 오온을 통해서 관찰하면, 결국 우리가 '존재'라거나, '개인', '나'라고 부르는 것이 생멸을 거듭하는 "육체적이고 정신적인 힘이나 에너지의 결합일 뿐"이라는 것을 알 수 있다고 한다. 이러한 방식으로 인식을 설명하는 불교는 자아가 의식에서 일어나는 현상에 불과한 것이고 마음의 흐름에 하나의 작용으로 일어나는 것이다.

대승불교에서는 세속적 진리로 인정하는 我가 있는데, 이 我는 우리가 일상생활에서 개체로서 활동할 때 타인과 구별되는 주체적인 의식을 의미한다. 대승불교는 이러한 세속적 의미의 자아를 인정하고 그것을 세속제의 진실이라고 말하지만, 궁극적인 실재에서는 이 세속적인 我는 지속적인 것이 아니고 단지 정신적 물질적 집합의 결과일 뿐이다. 하지만 궁극적인 실재를 깨닫지 못하는 사람은 我에 대한 관념과 믿음이 잘못 형성되어 我를 중심으로 즐겁지 않은 느낌과 상황을 피하려고 하고 그 我를 기쁘게 하는 것을 얻으려고 하면서 我에 대한 환상을 더욱 증장시킨다. 이러한 환상은 我가 계속 지속한다는 느낌을 만들게 되고 삶에서 마주치게 되는 피할 수 없는 삼라만상의 무상성에 저항하게 만든다. 결국 我에 대한 잘못된 믿음과 집착은 세계의 고통을 초래하게 된다. 그러므로 불교에서는 我는 고통의 중심에 있다고 한다.[31]

---

30) 윤현주(2018), 39.
31) Michalon, M (2001), 207.

불교에서 의미하는 임시적 존재로서 我는 분석심리학적에서 의미하는 자아와 자기의 개념과는 동일하지 않다. 분석심리학의 자아는 의식의 기능과 관련이 있는 것이고 자기는 인간 정신 전체이자 정신의 중심으로 보는 것이지만, 불교에서 논의하는 我는 자신의 본질적인 실체에 대한 존재론적 믿음과 관련이 있다. 불교에서는 분석심리학의 자기 또는 자아에 대한 개념만큼 분화된 이론이 심리학의 연구만큼 분화되지 않았다.

3. 분석심리학과 유식불교의 자아 이론

불교가 서양에 소개된 이래, 특히 서양 심리학계에 강한 인상을 줄 수 있었던 이유는 인간 정신세계를 꿰뚫어 보는 불교 특유의 통찰 때문이었다.[32] 불교의 여러 학파 중에서 특히 유식불교는 인간 의식 및 의식에 드러나지 않는 심층적 심리 세계에 대한 한층 더 깊이 있는 통찰을 보여 주고 있기 때문에 심리학자들에게 '심층심리학의 대승불교 판(version)'이라고 간주된다.[33] 유식불교는 불교 역사에서 혁신적인 이론을 많이 제시하였는데, 그 중의 하나가 제 8식 아뢰야식에 관한 이론이다.[34] 유식불교는 一切皆空과 無我의 주장에 모순되는 업의 보유자인 개체에 대한 설명을 위해, 윤회전생에서 업의 저장소로서 기능하는 아뢰야식을 상정하고 그것에 대한 이론을 심화하였다. 행위의 결과를 저장하는 본성의 아뢰야식에 대한 이론은 의식에 관한 불교의 이론을 다시 썼다고 평가받을 정도로 혁신적인 것인데[35], 제8식인 아뢰야식과 나머지 7가지 의식, 특히 제7식인 말나식의 관계를 고찰하면, 깨닫지 못한 사람의 자기에 대한 믿음과 집착의 과정을 이해할 수 있다.

융의 분석심리학도 그 이전의 정신분석의 무의식보다 더 혁신적인 집단무의식과 원형의 이론을 제시하여 프로이트가 개인적 경험이 억압된 내용이라고 여기고 있었던 무의식의 영역을 치유의 능력을 가지고 치유를 위하여 이미 작동하고 있는 무의식의 기능을 주장하면서 인간 무의식의 영역을 확장하였다. 의식의 발달 과정에서 자아의식의 일방성에 의하여 의식과 무의식의 갈등 관계가 생기고 그것

---

32) Jiang(2006), 1.
33) Onda, A.(2002), 224-246.
34) Waldron(1994), 18-24.
35) Schmithausen(1987), 46.

에 따른 부작용이 심리적인 고통을 일으킨다고 보았고, 무의식은 치유의 능력을 가지고 있고 치유를 위하여 이미 작동하고 있다고 주장하였다.

유식불교와 분석심리학은 공통적으로 인간은 의식의 발달을 위하여 인식주체와 인식객체라는 이원적 분별의 중심이 되는 '자아'의 심리 기능이 필요하고 자아에 의해 의식의 확대를 얻었지만 그 대가로 집착이 생기고 현실이 왜곡되어 고통이 발생하게 된다는 진단을 하고 있다.[36) 분석심리학에서는 자아의식의 편협함에서 오는 고통을 해결하기 하기 위해 의식의 영역보다 훨씬 큰 본래적 자기를 되찾아야 한다고 주장하고, 유식불교에서는 우리의 의식에서 주체와 객체라는 이분법적인 구별이 사라질 때, 비로소 본래적 마음을 회복할 수 있다고 주장한다. 심적 고통의 해결을 위하여 유식불교와 분석심리학 모두 인간 의식의 한계를 극복하고 정신의 더 큰 영역으로 회복되는 것을 목표로 하지만, 한 개인이 의식의 한계를 벗어나서 자신의 본래적 모습을 되찾는 과정에 관해서는 상당히 차이가 나는 설명을 보여주고 있고, 특히 그 과정 속에서 자아의 기능과 역할도 크게 다르다.

유식불교와 분석심리학의 이론에서 자아는 핵심적인 개념이지만, 자아를 다루는 방식은 상당히 다른 양상을 보여준다. 유식불교에서는 궁극적으로 자아에 대한 집착과 미망에서 벗어날 때, 비로소 불교 수행의 목적인 해탈을 이룰 수 있다고 보는 반면, 분석심리학에서는 강하고 성숙된 자아가 무의식과 균형을 이룰 때 개인은 심리적 안정을 찾을 수 있다고 말한다. 그리고 유식불교에서 언급하는 자아와 분석심리학에서 의미하는 자아의 의미는 정확하게 일치하지 않는다. 그러나 이 둘의 차이를 인식하지 못하면, 표면적으로 불교는 자아를 거부하고 심리학은 강한 자아를 원한다고 오해를 하게 된다. 그러므로 불교에서 의미하는 자아와 분석심리학에서 의미하는 자아에 대한 정확한 비교와 분석이 필요하다.

1) 분석심리학의 자아와 자기

서양에서 시작된 심리치료는 정신적 기능을 조절하고 통합하는 자아의 기능을 강화할 것을 강조한다. "이드(원초아)가 있는 곳에 자아가 있다."라고 언급한 프로이드는 비합리적이고 무의식적 감정과 행동과 인간의 본능을 합리적으로 조율하고 감독할 수 있는 능력을 자아가 가지고 있기 때문에 강한 자아를 기르는 것을 장려한다.

---

36) 서동혁·이문성 (2015), 9.

심리학의 역사에서 자아의 개념을 두드러지게 드러낸 학자가 지그문트 프로이트(1856~1939)인데, 그는 인간 의식과 욕동(drive)의 관계를 면밀하게 조사하려고 노력했고, 그 결과 원초아(id), 자아(ego), 초자아(super-ego)의 개념을 확립했다. 프로이트에 의하면, 자아는 본능적 욕동인 원초아와 초자아의 사이에서 가능한 한 욕동의 만족을 도모하며, 때로는 욕동 만족이 실현될 때까지 욕동을 전환하거나 지연하는 기능을 한다.[37] 초기의 프로이트 이론에서 자아는 대개의 경우 원초아에 대한 수동적인 반응으로 존재하는 것이었다. 그러나 후기의 이론에서는, 자아는 방어기제를 작동하는 주체로서, 그리고 의식세계에서 운영자로서의 역할을 맡아 상충되는 압력을 중재하고 최상의 타협을 만드는 데 적극적으로 참여한다. 그리고 개인의 기능을 일관된 전체로 통합하는 기능을 수행한다.[38]

융의 분석심리학도 프로이트의 자아에 대한 개념을 이어 받았다. 분석심리학에서 자아는 인간의 모든 의식적인 활동을 행하는 주체이다. 의식의 기능을 일관되게 통합하는 기능을 수행하면서, 동시에 "나는 어떤 사람이다"라고 생각하는 내용이 하나의 핵으로 작용하여 그와 관계되는 여러 요소들을 그 둘레에 불러 모아 형성한 일종의 콤플렉스이기도 하다.[39] "내가 의식하고 있는 모든 것, 나의 생각, 내 마음, 내 느낌, 나의 이념, 나의 과거, 내가 아는 이 세계, 무엇이든 자아를 통해서 연상되는 정신적 내용은 의식이다. '나'는 이 의식의 중심에 위치한다."[40]

자아의 중요한 기능은 개인이 자신에게 주어진 환경에 적응하고 인격을 발달시키는 데 주체적인 역할을 하는 것이다. 또한 태어나면서부터 그의 내면에 있는 콤플렉스와 중요한 원형들이 의인화되어 나타나는 무대가 된다. 그러나 이러한 자아의 기능은 의식의 영역에서 벗어나지 못하며, 대부분의 의식을 관장한다. 그래서 "융은 자아를 의식과 동일시하여 자아의식(ego-consciousness)이라고 불렀고, 자아를 정신 전체의 중심이라고 생각하는 것을 경계하였다."[41]

프로이트와 자아 심리학자들은 자아를 인격의 중심으로 보았지만, 융은 자아를 단지 의식 영역의 중심일 뿐이라고 보았고, 인격 전체이자 전체의 중심은 자기

---

37) Bienenfeld, D., 유성경 외 공역(2009), 33.
38) Erwin, E.(2002), 170.
39) Jung, C.G.(1971), par 706; 융의 정의에 의하면, 콤플렉스는 감정적으로 강조된 심리적 내용 또는 그 내용을 중심으로 한 심적 요소의 어떤 일정한 군집을 말한다. 감정적으로 강조된 콤플렉스는 어떤 일정한 정신적 상황의 상(象)이며, 이것은 강렬한 정동을 가지고 있고 일상적인 의식상황이나 의식적 태도와 상용될 수 없음을 나타내는 것이다. 이부영(2005), 50-51 참고.
40) 이부영(1998), 58.
41) 김성민(2012), 32-33.

(Self)라고 생각하였다.[42] 즉, 융에게 있어서 자아(ego)는 자기(Self)에게 종속되는 것이다.

자기(Self)는 의식과 무의식을 통틀어 언제나 사람으로 하여금 전체가 되게 해주는 구심점이다. 다시 말해 인격이 분열되지 않고 전체적인 통일을 이루도록 하는 근원적 가능성이다. 원초적으로 인간에 조건 지어져 있는 원형으로서 자기원형이라고도 불린다. 어느 누구도 아닌 '그 사람 전체'를 뜻한다는 면에서 진정한 의미의 개성과 같은 말이다.

융은 자기(Self)를 강조하면서 심리학에 대한 전체론적(holistic) 접근 방식을 취했다. 프로이트의 정신분석이론에 반기를 든 융은 정신 전체의 중심은 자기(Self)라고 말했다. "자기는 타고나지만 자아는 그 다음에 만들어 지는 것이기 때문에 처음에는 자기만 있을 뿐이다. 자기가 존재의 중심이고 전체이기 때문에 처음 자기와 온전히 동일시된 자아는 스스로의 신처럼 경험한다. 아이들은 그가 문자 그대로 우주의 중심이라고 경험한다."[43]

융은 '중심'이라는 용어를 사용하여 자아와 자기의 속성을 구분하고 있는데, 여기서 중심이라는 말은 무게중심에 비유한 것으로 어떤 물체가 무게 중심에 매달려 있다면 물체는 회전 평형 상태에 있게 되듯이, 자아가 의식의 중심이라는 말은 자아가 의식 활동의 균형을 잡는 이룰 수 있도록 하는 구심점이 된다는 뜻이고, 자기가 정신 전체의 중심이라는 말은 자기가 의식과 무의식 전부를 포괄하면서 동시에 정신의 전체적 활동의 평형을 잡아주는 중심점이 된다는 뜻이다. 이러

---

42) Jung (1969); 서구의 심리학에서 자기와 자아의 개념은 시간이 지남에 따라 프로이트에서 자아 심리학과 자기심리학을 거쳐 융의 분석심리학을 거치면서 발전하게 되었다. 정신분석의 역사를 보면, 프로이트의 정신분석에서 자아 심리학을 거치는 동안에 자아에 대한 이론은 정교화 되었으나 아직까지 자기(self)에 대한 이론은 나타나지 않았다. 1970년대에 이르러 코헛(Kohut)의 자기 심리학과 함께 자아 심리학에 대한 도전이 나타났다. 그의 공헌 이전에 정신 분석학에는 자기에 대한 별도의 이론이 없었다. 예를 들어, 자기(self)는 자아 심리학 이론에서 독립적인 구조로 간주되지 않는다. 자기표상은 자아에 의해 그리고 자아 내에서 조직되고 외부 변화의 흐름에서 연속성의 감각을 자아에게 제공한다. 그러나 코헛은 자기의 개념을 발전시켜 자기가 자아보다 우월하다는 포괄적인 성격 이론을 제시하였다. 코헛은 자기에 대해 명확한 정의를 내리지 않았지만, 자아(ego)와 자기(self)를 구별했고 자아와 자기의 발달은 상호작용하는 것이라고 주장했다. 이 글에서 논의하는 융의 자기(Self)는 코헛의 자기와 개념적으로 상관이 없으며 코헛의 자기가 심리적 인상들의 수령자이며 심리적 주도권의 중심으로 자기와 대상의 관계 틀 안에서 존재하는 것으로 공간에서 응집력을 보이고 시간에서 지속성을 가지는 하나의 단위이자 경험의 중추적 기관으로 이해되는 것인데 반해, 융의 자기는 인간의 의식과 무의식의 통합이자 그것의 중심을 의미하고 인간 전체성을 나타내는 마음을 움직이는 심리적 이미지이며, 본질적으로는 원형으로서 초월적인 어떤 것이다.

43) 김성민(1998), 129.

한 비유에서 보면, 융이 의식의 중심이 자아에 있다고 말하는 것은 자타의 구별과 주관과 객관의 구별이 의식의 시작이라는 것을 의미한다고 볼 수 있다. 그리고 자기가 정신 전체의 중심이라는 말은 우리의 인식이 의식적인 측면뿐만 아니라 무의식적인 측면을 포함할 때 비로소 자기를 되찾는 것이라는 의미로 볼 수 있다.

> 만일 무의식이 의식과 함께 공동의 결정적인 요인이라는 것을 알게 된다면, 전체 인격의 무게중심이 그 위치를 바꾸게 된다. 그러면 그것은 더 이상 단지 의식의 중심에 지나지 않는 자아에 있는 것이 아니라 의식과 무의식 사이의 가상적 지점에 있다. 이 새로운 중심을 자기(self)라고 부를 수 있다.[44]

융에 의하면, 모든 인간의 내면에는 인간 정신의 중심인 자기가 있다. 이 중심은 의식을 뛰어넘으며, 인간의 전일성을 나타내는 것이라고 융은 주장하였다. 자기는 자아보다 더 높은 차원의 정신요소이다.[45] 자기가 집단적 무의식의 원형 가운데 하나라는 말은 그 사람으로 하여금 그 사람 자신의 전부가 되게 하는 근원적 가능성이라는 뜻이다. 자기원형은 언제나 상징을 보내서 자아로 하여금 전체로서의 생을 발휘하도록 촉구한다. 그리하여 자아의식이 이를 받아들여 실천에 옮기면, 자기실현이 되는 것이다. 이것을 다른 말로 개성화라고도 한다.[46]

자기실현(Self-realization)을 이룬다는 것은 인간의 의식과 무의식이 통합되는 것이며, 우리 인격의 대극들이 점차적인 통합과정을 거치면서 하나씩 하나씩 조화를 이루어 전체로 되는 것이다.[47] 자기원형은 본성적으로 초월적이면서 사람의 마음을 움직이는 전체성의 심리적인 이미지로 나타난다.[48]

분석심리학에서는 인간 정신의 발달에 있어서 자아-자기의 관계를 매우 중요하게 여긴다. 에딘저(Edward Edinger)의 'ego/self 축' 이론을 보면 분석심리학의 자아-자기 관계가 잘 정리되어 있다.[49] 이에 의하면, 인생의 전반기에서 자아는 자기로부터 분리되면서 강화되어야 하는 과제가 있으며, 인생의 후반기에는 자아는 다시 자기에게 다가가 자기의 내용을 집행해야 하는 과제가 있다. 자아는 중

---

44) Jung, C. G.(1967), 45.
45) 김성민(1998), 129.
46) 이부영(2005), 119.
47) 에르나 반 드 빙껠. 김성민 역(1996), 173.
48) 에르나 반 드 빙껠(1996), 175.
49) Edinger, E.(1992), 5.

년의 시기에 자기와 가장 멀어지게 되는데 그것은 자아가 외계와 관계를 맺는 기능인 페르소나가 발달하면서 자아가 페르소나와 동일시를 하게 되고 이에 따라 내적 인격과 의식된 관계를 맺지 못하게 된다.[50] 이 때 자아가 고립된 느낌을 받는데 이 느낌은 잃어버린 에너지 일부를 되찾도록 자극한다. 이것은 자아가 자기로 다가가는 무수한 예의 하나인데 자아가 페르소나를 분석하거나 심리상담을 받거나 하면서 지금까지 동일시 해왔던 것을 분석하고 이해하게 되면서 자기와 다시 연결되기 시작한다.

> 자아의식의 형성과 강화 및 페르소나의 형성은 한 인간의 성장 과정에 필수적인 초기의 발전 과정이며, 개성화가 그 사람의 전체를 실현하는 것인 이상 그의 모든 정신세계에는 페르조나도 포함되고 있는 것이다. 다만 자기실현은 자아가 사회적 역할과 맹목적으로 동일시하는 것만으로는 결코 이루어질 수 없다. 자아 성숙의 궁극적인 목표가 페르조나가 아니라는 자각으로 나의 사명과 집단정신을 구별하되 사회적 의무와 규범의 필요성을 자기의 전개성에 합치되는 범위에서 인정하며, 때로는 능동적으로 사회에 참여하고, 때로는 물러나 안의 세계에 자신을 맞추는 것이다.[51]

에딘저는 각자의 인생에서 자아가 심적 힘의 원천인 자기와 분리와 재통합을 반복한다고 말한다. 꿈, 명상, 자기의 잠재력으로 자아를 확대하는 것 등에서 자아는 변형된다. 자아는 스스로 동일시하고 있는 이미지를 이완하고 생경한 어떤 것을 수용함으로써 창조적이고 영적으로 될 수 있다는 것이다.

다시 자아에 관한 논의로 돌아오자면, 융에게 있어 자아는 의식의 중심이자 정신(psyche)의 일부이다. 또한 자아는 한 개인이 인식할 수 있는 생각, 기억, 감정 등으로 이루어진 의식의 영역을 대표하며 이로부터 개인은 자신의 존재와 영속성에 관한 느낌을 얻는다.[52] (simplypsychology.org>carl-jung) 융의 저술에서 언급되는 자아는 작용의 측면에서 크게 두 가지로 나누어 볼 수 있다.

첫째, 개인의 정체감(identity)을 형성하는 자아이다. 위에서 언급된 바와 같이 개인은 의식의 영역에서 일어나는 생각, 기억, 감정 등을 통해서 자신의 신체와 존재에 대한 정체성과 자기개념을 형성한다. "나의 자아는 나의 의식 영역의 중심을 구성하는 생각들의 콤플렉스(complex)이다."[53] 자아 콤플렉스는 개인이 성

---

50) 이부영(1998), 84-85.
51) 이부영(1998), 120.
52) Huskinson & Stein (2014) 참조.

장하면서 자신의 신체와 존재에 대한 의식을 통해서 그리고 자신에 관한 일련의 기억에 의해서 자기개념을 형성한다. 후에 더 많은 것이 자아의식을 구성하게 되는데, 정신적 기능의 분화, 사고, 감정, 감각, 직관 등의 기본적 기능도 의식의 내용이 된다. 융의 저작에는 이처럼 자신에 대한 지각과 평가를 이루는 의식의 내용으로서의 자아가 언급된다. 이러한 자기정체감은 개체에 존재하는 실재가 아니라 자아에 대한 여러 가지 인지적인 신념의 집합체이다. 구체적으로 말하자면 자신의 신체적 특징, 개인적 능력, 특성, 가치관, 역할, 흥미, 사회적 지위 등을 포함한 '나'는 누구인가에 대한 지각과 판단과 느낌을 의미한다. 현대 심리학에서는 자기정체감과 자기개념은 개인에게 전반적인 안녕감과 외부의 비판에 직면했을 때 자신감에 영향을 주기 때문에 이들의 발달은 매우 중요한 것으로 간주한다.54) 분석심리학에서 의미하는 자아는 현대 심리학에서 의미하는 자기개념, 자존감, 자기정체성의 형성에 중요한 역할을 하는 기능을 가지고 있다고 볼 수 있다. (Mario Jacoby 계속: 우리가 이 자아 콤플렉스의 중심에 있을 때마다, 만족되는 기대, 받아들여지고 사랑받는 느낌, 자신감으로 가득 찬 이미지와 느낌들이 함께 있다. 이 자아 콤플렉스의 중심에서 이러한 RIGs는 우위/압도적이다 즉 사랑받고 수용되는 경험과 연결된 것들 그리고 타인의 기대를 충족시킬 수 있다는 생각과 연결되는데, 이러한 자신에 대한 전반적인 감각은 일종의 자신감으로 느껴지게 된다. 이것이 소위 "강한 자아"라고 불리는 것의 기초이자 자기효능감의 좋은 느낌이다.55) (뉴먼(Neumann은 "integral ego"))

둘째, 의식의 주체로서 기능하는 자아이다. 융은 인간의 정신을 의식과 무의식으로 나누는데, 둘을 나누는 기준점이 자아이다. 자아에 의해 인간의 내면세계와 내면의 경험들이 규정되는데, 내가 의식하는 모든 것,즉 무엇이든지 자아를 통해서 연상되는 정신적 내용을 의식이라 하고, 자아에 속하지 않으며, 자아와 아직 연관되지 않은 모든 심리적 내용, 즉 내가 아직 모르는 정신세계를 무의식이라고 한다.

---

53) Jung(1971), par.706.
54) 현대 심리학의 자기정체감과 자기개념에서 '자기'는 융의 자기와는 다른 개념이다. 융은 의식과 무의식의 총체성이자 그것의 중심으로서 자기를 의미하는 반면, 자기개념은 개인이 자신을 어떻게 보는가와 관련되어 있고 자기정체성은 자기에 대한 정의이다. 개인은 자기에 대한 다중의 정체성을 가지는데 대인관계를 통해 얻게 된다. 로버트 시걸러 외, 송길연 외 역(2019), 441-456 참고.
55) Jacoby, M.(1999), 137-146.

융은 의식이란 사람들이 자신에게 주어진 환경에 적응하는 과정에서 그 적응을 돕기 위해 집단적 무의식으로부터 파생된 것으로 생각했다. 따라서 융에게 의식은 자아와 거의 같은 것으로 간주되었다.[56] 자아가 현재 생각하고, 보고, 느끼고, 지각하는 내용으로 구성된 것이 의식이라고 생각했다. 자아는 전체 정신 속에서는 작은 부분을 차지하고 있지만, 의식에 이르는 문지기와 같은 중요한 역할을 하고 있다. 자아에 의해 그 존재가 인정되지 않으면 어떤 관념, 감정, 지각도 자각될 수 없다.

> 의식의 특성은 적은 내용에 집중하여 명확히 하는 것이다. 그 전제이자 결과는 가능한 다른 내용을 배제하는 것이고, 이는 의식의 내용에 일방성을 가져온다. 문명인의 분화된 의식이 의지를 통하여 의식 내용의 실현에 효과적으로 사용될 때 그는 근원의 뿌리에서 멀어진다.[57]

이와 같은 의식의 특성은 의식의 범위가 협소하면서도 분명히 아는 능력을 준다. 이러한 특성이 좋은 것인지 불리한 것인지 판단할 수는 없다. 왜냐하면 의식의 대상이 무엇인가 그리고 의식이 무엇과 함께 하는가에 따라 의식의 내용이 달라지기 때문이다. 그래서 융은 좋은 의식 나쁜 의식으로 구분하지 않고 강한 의식과 약한 의식으로 의식을 구분한다.

분석심리학에서 말하는 강한 의식이란 무의식적 힘에 휩쓸리지 않고 집중력이 뛰어나며 대상을 관조하는 능력이 있는 것이다.[58] 무의식을 분화하지 못하는 약한 자아는 무의식적 콤플렉스와 자신을 동일시하고 그 힘에 좌우된다. 그러나 의식이 점차 자원(sources)을 갖추고 무의식의 내용을 관찰하고 이해할 수 있게 되면서 힘을 얻게 되면, 콤플렉스와의 동일시에서 벗어나고 감정적 내용의 일부와 동화되게 된다. 이 때 자아는 힘이 솟는 것을 느끼게 되는데 이것은 정신적 에너지(libido)가 무의식에서 자아로 옮겨 왔기 때문이다. 그 이유는 지금까지 무의식적 내용이 차지하고 있었던 인격의 전경(forefront)을 자아가 대신하였기 때문이다.[59] 이것에 대해 융은 "무의식이 의식(자아)을 놓아주고 자아를 소유하지 않는다."라고 표현한다.[60]

---

56) Samuels, A., Shorter, B., Plaut, F.(2012), 51.
57) Jung(1969), 162-163.
58) Huskinson(2010), chapter 5 참고.
59) Huskinson(2010), chapter 5 참고.
60) Jung(1948), par.591.

약하고 엄습되기 쉬운 자아는 무의식의 정보를 소화할 수 없어서 대신 무의식에 굴복하고(subsumed) 그것과 동일시한다. 반면에 자신에게 일어난 강렬하거나 불쾌한 정동적 경험을 관조하고 반성할 수 있는 강한 자아는 깨닫게 되고 변화한다.[61] 예전에는 한편으로 치우치고 편협했던 자아가 전체로서의 인격을 볼 수 있고 더 객관적인 문제들로 다루는 힘을 가지고 재정립하게 되면, 이제 강한 자아는 갑작스러운 성장과 지혜를 얻게 되며 새로운 통찰을 경험한다.

위에서 자아의 두 가지 기능은 사실 분리된 것이 아니라 한 개인의 정신에서 동시에 일어나는 의식현상이다. 그러나 기능적인 측면에서 살펴보면, 의식의 주체이자 의식영역의 문지기 역할을 하는 자아는 자기개념의 형성에서 중심적 역할을 하는 자아와 구별된다. 자아실현의 과정에서 능동적이고 적극적으로 활용되어야 하는 것은 의식의 주체로서의 자아의 기능이다. 융이 강조하는 의식성은 의식의 주체로서의 기능이 강할 때 일어나는 것이기 때문이다. 의식은 힘이 약할 수도 있고 강할 수도 있다고 융은 말하는데, 의식의 빛이라는 용어로 의식의 능력을 표현하기도 한다.

> 의식의 빛은 우리가 직접적인 경험으로 아는 것처럼 여러 가지 명암도를 가지고 있다. 그리고 자아 콤플렉스는 그 강조하는 정도에 많은 단계가 있다. 동물적인 원시적 단계에서는 단순한 광채가 지배하며 이것은 해리된 자아 단편들의 명암도와 거의 구별되지 않는다.[62] (이부영 66, 융)

의식의 수준은 다양한 단계가 있는데, 그 밝기가 강해짐에 따라 관조 능력과 인내와 함께 내면 세계와의 관계를 맺으면서 자아실현의 가능성에 대한 확신이 생긴다. 이렇듯 강한 자아는 무의식의 내용을 의식화하면서 자아실현의 과정으로 들어가게 되는 것이다.

분석심리학에서 말하는 자기실현 또는 개성화의 첫걸음은 이미 말한 것처럼 외부적인 것에 대한 집착을 버리고 내면적인 것으로 시선을 돌리는 데 있다. 그것은 콤플렉스들에 동일시되었던 자아를 거기서부터 해방시켜 아직 그 내용과 깊이를 모르는 무의식의 세계로 관심을 돌리는 것인데, 이것은 달리 말해 동일시로 의식성이 결여되었던 자아가 다시 의식성을 회복하는 것을 의미한다. 즉 협소한

---

61) Jung(1948), par.596.
62) Jung(1972), 184-190.

의식 세계에만 매달리는 태도에서 벗어나 그 너머에 의식을 포괄하는 드넓은 세계가 있다는 것을 알아차리는 것이다. "그리고 그 커다란 세계가 결코 '나'의 밖에 있는 것이 아니라 나의 마음속에 있다는 것을 깨닫는 것이다."63)

2) 유식불교의 무아설과 말나식

無我(범어: anātman; 빨리어: anatta)는 영어로 'no-self' 또는 'not-self'라고 번역되고 있지만, 여기서 사용되는 self는 심리학의 self나 융의 Self와 동일한 의미가 아니다.64) 이 논문에서는 의미의 혼란을 방지하기 위해 무아에 대하여 '我'가 없다고 말할 것이다.

불교의 무아설은 각 개체에 영원불멸의 실체이자 윤회전생의 주체인 아트만(atman)이 존재한다는 바라문의 전통사상에 반대되는 사상이다. 즉, 아트만은 실재하지 않는다는 사상이다. 이 사상은 아비달마 철학과 유식불교의 심식설(心識說)을 통하여 정교해진 인식적·심리적 이론 체계에 의해 뒷받침되고 있다. 초기에는 실체로서 영혼이 있다는 것을 부정하는 인무아(人無我) 사상에서 대승불교에서는 일체 현상적 존재의 실체성을 부정하는 법무아(法無我) 사상으로 발전했으며, 모든 존재를 허상으로 보고 오직 아뢰야식만이 이런 존재의 기반이라는 유식설(唯識說)의 이론으로도 설명되고 있다.

유식사상은 이론적으로 '오직 識(인식작용)뿐'이라는 '唯識'의 이론과 '三性說'65)에 기반하여 이루어져 있다. 唯識이란 유일하게 식만이 존재한다는 뜻이 아

---

63) 이부영(1998), 384.

64) 융의 자기(the Self)는 아트만 사상에 영향을 받았다는 설도 있으나 융은 분명히 힌두교의 아트만의 개념의 일부를 거부했다. 융에게 자기(Self)는 아트만과 같은 궁극적 실재가 아니라 궁극적 실재에 대한 상징적 표현을 주는 것이다. 융은 궁극적 실재에 대하여 알 수 없다는 입장을 취했고, 자기를 단지 인간 내면에서 정신적 발전의 목표이자 초월적 통찰을 제시하는 것이라고 보았다. 융은 인간 인식의 범위를 벗어난 궁극적 실재에 대하여 알 수 없다는 입장을 취했다. Coward(1996) 참조.

65) 삼성설은 8식에 관한 이론과 함께 유식사상의 핵심을 이루는 이론이다. 의식에 대한 이론이 유위의 연기적 현상이 일어나고 사라지는 식전변에 중점을 둔 것이라면, 삼성설은 식이 전변하는 연기의 세계에서 미혹과 깨달음이 교차한다는 전환적 구조를 보여준다. 그리고 이 두 설은 각각 분리되어 있는 것이 아니라 서로 체계적으로 결합되어 있다. "의타기성이란 인연소생법 곧 연기의 세계를 말한다. 그리고 이 연기의 세계를 언어적 개념으로 실체시하는 것이 변계소집성이어서 그 언어에 대응하는 실체 곧 변계소집성은 존재하지 않는다고 한다. 그러면서도 그 변계의 세계가 연기의 세계에 기반하고 있다는 것이다. 그리고 동시에 변계의 세계가 기반하고 있는 그 의타기성의 세계의 본성이 원성실성의 세계 곧 완성되어 있는 진여의 세계라고 선언한다. 다시 말하면 삼성설은 식이 전변(轉變)하는 우리의 삶이 연기의 세계에서 미혹의 세계로도, 열반의 세계로도 전환될 수 있다고 하는 교리로서 유식수행자가 본 일체에 대한 세 가지의 속성을 말하는 것이다." 임병환(2008), 87에서 인용.

니라 여러 가지 조건에 따라 연기적으로 일어나는 식의 전변 작용(의타기성)을 통해 존재가 있다고 믿게 된다는 것(변계소집)을 암시하는 말이다. 그리고 존재에 대한 믿음과 집착을 거두게 되면 식의 전변 작용을 여실히 보는 마음(원성실성)을 얻게 된다.

유식학파의 선구자들은 요가 수행으로 인간 내면의 깊은 영역을 경험하면서 인간의 마음(識)을 8가지로 분석하고, 여기에 각각 안식(眼識), 이식(耳識), 비식(鼻識), 설식(舌識), 신식(身識), 의식(意識), 말나식(末那識), 아뢰야식(阿賴耶識)이라는 명칭을 붙였다. 이 중에서 안식·이식·비식·설식·신식은 전5식(前五識)이라고 하며, 지성(知), 감성(情), 의지(意)의 기능을 포섭하는 의식을 제6 의식(意識)이라고 한다. 한편으로 말나식(末那識)과 아뢰야식(阿賴耶識)은 알아차리기 어려운 심층의식으로서, 말나식은 '나'에게 집착하고, 자기중심적으로만 사고하여 이것은 언제나 네 가지 번뇌 즉, 아치(我癡), 아견(我見), 아만(我慢), 아애(我愛)의 심소와 함께 작용한다. 아뢰야식은 개인의 과거 행위와 생각의 결과인 '종자'를 저장하는 마음이다.

유식불교의 설명에 의하면, 개인이 我에 대한 강한 믿음을 가지는 이유는 我가 실제로 있는 실체이기 때문이 아니라 마음의 8가지 의식의 복잡한 상호작용이 '나'라는 믿음과 '나'에 대한 감각을 일으키기 때문이라고 말한다. 유식불교에서는 이러한 '나'라는 느낌은 진실한 것이 아니라 허구의 것이라고 본다. 왜냐하면 그러한 '나'라는 느낌과 인식에는 독립적이고 실질적인 실체가 없고 단지 그런 의식적 경험의 집적일 뿐이기 때문이다. 유식불교는 이와 같은 방식으로 무아설을 설명하는데, 이 허구의 我의 중심에는 말나식이 있다.

말나식의 본성과 작용하는 모습은 말나식의 행상(行相)과 소의(所依)와 소연(所緣)을 통해 드러난다. 모든 識은 행상과 소의와 소연을 갖는데, 행상이란 식이 능동적으로 작용하는 양상 이고, 소의는 식의 활동을 가능하게 하는 근거이자 의지처이며, 소연은 식의 대상이다.[66] 제7말나식의 행상은 사량이고 소의와 소연은 아뢰야식이다.

---

66) 전5식과 제6의식의 행상은 요별(了別), 즉 분별하여 인식하는 활동이고 전5식(前五識)의소의는 5근(五根)이며 제6의식의 소의는 의근(意根)이다. 그리고 전5식의 소연은 각 식에 따른 5경(五境)이고제6의식의소연은법경(法境)이다. 제7말나식의 행상은 사량이고 소의와 소연은 아뢰야식이다. 아뢰야식의 행상은 인식활동[了]이고 소의와 소연은 종자[執受: 온갖 형상과 명칭 및 분별의 習氣], 유근신[執受: 色根인 勝義根과 그것의 의지처인 扶塵根], 기세간[處: 모든 유정들의 의지처]이다.

말나식의 본성에 대해 『成唯識論』에서는 '항상 思量하는 것'이라고 주석하고 있다.[67] 사량함이란 깊이 생각하여 헤아린다는 뜻인데 여기에는 그릇되게 인식한다는 뜻이 내포되어 있다. 왜냐하면 말나식은 자아를 사량하기 때문이다. 이 말은 말나식은 아뢰야식을 의지처(所依)로 삼고, 아뢰야식을 대상(所緣)으로 자아라는 허상을 구상하고 그것에 집착한다는 것이다. 이것을 『成唯識論』에서는 '깨달음에로 나아가는 것을 장애하고 우리 자신의 無色한 마음을 은폐한다.'라고 표현하고 있다. 청정한 마음을 가리는 '有覆'인 말나식은, 그럼에도 불구하고 선도 아니고 악도 아닌 '無記'이다.

또한 말나식은 아치(我癡) · 아견(我見) · 아만(我慢) · 아애(我愛)의 4번뇌와 항상 동반한다. 아치는 자아의 양상에 대한 무지하고 무아의 이치에 미혹한 것이다. 그래서 내가 아닌 것을 나라고 하는 망상(아견)에 빠지게 된다. 아만은 거만하게 스스로를 다른 이보다 월등하게 보는 것이고 아애는 我에 애착하는 마음 작용이다. 이처럼 말나식은 我와 관련된 번뇌로 인해 일상 세계에서의 고를 증폭시킨다. 이외에도 말나식은 촉.작의.수.상.사의 5 변행과 들뜬 마음(掉擧), 무겁고 무기력함(惛沈), 불신(不信).해태.방일.실념.산란.부정지의 8가지 대수번뇌와 상응한다.

3) 자아에 대한 믿음의 발생과 소멸

유식불교의 8가지 의식 중에 첫 번째 5가지는 시각, 청각, 후각, 미각, 촉각의 다섯 감각과 관련된 것이다. 각 감각 기관은 그것과 상응하는 외부 대상에 의해 자극을 받을 때 기능하기 시작한다. 그러나 외계 대상을 감각 하나만으로 인식할 수는 없다. 여섯 번째 意識과 말나식이라는 제7의식을 통해서 감각적 정보를 통합하고 외부대상화하고 개념화할 수 있게 된다. '인식 과정의 중심'에는 제6식인 의식과 제7식인 말나식이 있다고 할 수 있는데, 제6식으로 우리는 외부세계에 특정 사물이 있음을 알게 되고 우리가 있음도 알게 된다. 즉, 인식주체와 인식객체가 나타나기 시작하게 되는 것이며, 이러한 주객이원은 제7식 말나식의 작용으로 강화된다. 이 말나식은 인식에서 소망, 감정, 의지를 표현하는 '나'라는 행위자(agency)의 감각을 생성한다. 외부 세계로 향하는 앞의 6가지 의식과는 다르게 7번 째 말나식은 정신의 내부의 세계로 향한다.[68]

---

67) <唯識三十頌> (「大正藏 31, 60, 中10) 次第二能變 是識名末那 依彼轉緣彼 思量爲性相

말나식은 개인의 정체성 감각의 기초가 되므로 서양 심리학의 시각에서 보면, '나 중심 의식'또는 '자아 중심 의식'이라고 말할 수 있다. 일반적으로 인식은 '나'라는 특정의 기준점에서 현실을 인식한다. 그것은 옳고 그름, 선과 악, 유쾌함과 불쾌함과 같은 판단의 기능을 한다. 타인과 별개의 '나(我)'가 있다고 보아 그 我에 집착하는 것이 자아의식이다. 자아의식은 인식주체와 인식대상이 구별되는 인식이 일어나는 순간, 동시에 생기는 것이므로 유식에서는 말나식 이전에 제6식인 의식에도 일어난다고 말한다. 자신의 신체나 정신 작용을 대상으로 '나'라고 보고 그것에 집착하는 것은 제6의식이 일으키는 자아의식이다. 제6식에서 일어나는 자아의식은 자각할 수 있다. 그러나 말나식에서 일어나는 자아의식은 자각할 수 없을 정도로 미세하다.69)

잠재 의식인 아뢰야식(범어: ālayavijñāna)은 bijā라고 불리는 업의 종자들을 보유하고 있는 저장소이다. 원인과 결과의 연쇄관계에 따라 과거와 현재의 행동과 의도는 개인의 미래에 영향을 미친다. 좋은 행동과 의도는 좋은 업장을 만드는 반면, 나쁜 행동과 의도는 나쁜 업의 형성에 기여한다. 모든 의도와 행위는 다양한 의식 활동에 의해 생성되며 아뢰야식에 잠재력으로 저장된다.

아뢰야식과 다른 7가지 의식은 역동적이고 서로 영향을 주고받는 관계이다. 한편으로, 아뢰야식은 종자에서 태어나는 다른 7가지 의식의 기원이다. 다른 한편으로, 다른 7가지 의식의 행동(활동)에 의해 종자가 아뢰야식에 훈습된다.70) 따라서 아뢰야식은 끊임없이 변화하고 항상 변화하는 과정에 있다.

아뢰야식은 감각 대상이 사라질 때 중단되는, 한시적인 여섯 가지 감각 지향적 의식(전6식)과는 다르다. 아뢰야식은 죽은 후에도 깨달을 때까지 중단되지 않는다. 그것은 연속성의 상태이며 자체 규칙 및 규정에 의해 관리된다. 아뢰야식은 프로이트의 무의식의 개념이 의미하는 것처럼 통제할 수 없는 심령 에너지가 아니다. 오히려 연기의 법칙에 따라 종자(bija)가 태어나고 사라지기 때문에 아뢰야식은 균일하고 지속적인 특성을 지니고 있다. 요컨대, 아뢰야식은 실재하기는 하지만, "급류와 같이 영구적인 변화"에 있는 것이다.71) 여기서 사용한 "영구적"이란 말은 아뢰야가 同種의 연속으로 중단 없이 계속 진화함을 의미하는 것이지

---

68) Jayatilleke(1963), 436.
69) 김사업(2017) 참조.
70) Jiang(2006), 70.
71) Zang(1973), 170.

결코 단일의 실체를 의미하는 것이 아니다. 아뢰야식의 활동은 질서 있고 연속적이며 중단되지 않고 균질한 과정으로 이해된다.

유식불교의 식전변 이론에 따르면, 흔히 외부에 존재하는 세계로 간주되는 현상의 세계는 실재로는 마음이 만든 영상이라는 것, 즉 심층의 아뢰야식의 전변의 결과이다. 아뢰야식의 전변으로 견분과 상분이 이원화된 것인데 아뢰야식의 활동에 무지한 말나식이 맹목적으로 아뢰야식의 견분을 자아로, 상분을 세계로 간주하고 집착하여 자아에 대한 집착과 사물에 대한 집착이 발생하고, 제6의식의 허망분별은 이 말나식의 맹목적 집착에 기반하여 더 개념적이고 분석적인 인식을 낳는 것이다.[72]

아뢰야식은 종자의 훈습과 현행의 연속으로 끊임없이 지속되는데, 말나식은 보는 것(見分)으로서의 아뢰야식을 '나'(自我)로 분별한다. 그리고 '보이는 것'(相分)으로서의 아뢰야식을 대상의 세계로 분별한다.[73] 시작점도 모르는 예부터 미세하게 하나의 흐름으로 끊임없이 상속하는 아뢰야식을 반연하는 말나식은 보는 작용의 아뢰야식을 항상 주재하는 자아라고 착각한다.

이와 같이 제8식이 전변하여 나타난 견분과 상분 가운데 현상 세계를 만들어내는 견분을 자기로 오해하여 그것에 애착하는 自我識이 바로 말나식이다. 제8 아뢰야식이 종자를 저장하는 본성을 가지고 있고, 6식이 '대상을 인식하는 것'이라면 말나식은 자아(自我)를 사량함으로써 자기에게 얽매이고 자기중심으로만 사고하는 마음이다. 자기의식으로서의 말나식의 사량은 분별적 대상의식의 근저에서 욕망의 주체로 활동하면서 제6의식의 대상을 분별적 사유를 가능하게 한다.

범부가 무아의 이치를 깨닫지 못하면, 말나식이 자기로 간주한 '개체적 자아(個我)'의 영역 안에서 스스로 좁은 범위의 자기정체성을 지니게 된다. 자아 또는 자기에 대하여 욕망과 집착을 가지게 되는데, 말나식이 믿는 자아라는 것은 바로 아뢰야식의 견분인 것이다. 따라서 개인이 믿는 자아는 무상(無常)하며 무아(無我)이다. 그럼에도 불구하고 범부의 자아의식인 말나식은 자아를 다른 것과 구분되는 실체로 여겨 집착하기 때문에 자아는 항상 아치(我癡), 아견(我見), 아만(我慢), 아애(我愛)의 번뇌와 고(苦)를 동반한 망상(妄想)이 된다.[74]

---

72) 한자경(2001), 40.
73) 말나식은 헤아려 생각[思量]하는 것을 행상으로 하고, 6식은 요별을 행상으로 한다.
74) 護法 等 造·玄奘 譯, 『成唯識論』, 第4卷 (『大正藏』, 31, 22上24-28), "此意相應有幾心所. 且與四種煩惱常俱. 此中俱言顯相應義. 謂從無始至未轉依, 此意任運恒緣, 藏識與四根本煩惱相應.

말나식의 자아에 대한 집착은 전5식과 제6식 모두에 그 영향을 끼쳐서 6가지 의식들을 번뇌로 물들게 한다. 이러한 말나식의 영향 아래 우리의 모든 인식은 나에 대한 집착과 함께 한다. 모든 인식이 나와 나의 것과 관계되어 이루어지는 것이다.

그러나 영원히 소멸되지 않을 것 같은 자아에 대한 집착도 인무아(人無我)와 법무아(法無我)에 대한 깨달음에 의해 완전히 단절되어 말나식은 평등성지(平等性智)라는 지혜로 전환된다고 유식불교는 말한다.[75] 평등성지는 온몸으로 자타가 평등하다는 것을 깨달은 지혜를 말한다. 또한 말나식은 멸진정(滅盡定)이라는 선정에 들었을 때 멈추기도 하고, 유식의 수행 5단계 중 세 번째 단계인 견도(見道) 이후부터는 일시적으로 말나식의 작용이 멈추기도 한다. 견도에 이르면 비로소 무분별지, 즉 분별이 없는 지혜가 생기는데, 이 무분별지에 의해 말나식의 자아에 대한 집착이 멈추기 시작한다. 이러한 지혜가 생기려면 오랜 기간의 수행이 있어야 하는데, 유식에서는 깨달음으로 들어가는 5단계 중 초기의 두 단계인 자량위와 가행위의 수행을 거쳐야 통달위(見道)에서 무분별지를 얻게 된다고 말한다.

4. 불교상담에서 자아의 의미와 역할

불교상담은 불교심리학에 기반한 상담이다. 내담자가 불교의 세계관에 거부감이 없고 사성제에 대한 이해가 있다면 불교상담이 적합할 수도 있다. 만일 불교상담에 위에서 언급한 유식학의 이론을 적용하여 진행한다면, 아마도 자아에 대한 믿음과 애착을 약하게 만드는 것으로 상담목표를 정할 것이다. 반면에 융의 이론에 기초한 분석심리학적 상담이라면 무의식의 내용을 파악하고 그것을 의식화하기 위해 자아의 적극적 참여를 목표로 할 것이다. 위에서 분석심리학과 유식불교의 자아관을 차례로 살펴보았는데, 이제 두 이론을 실제 상담을 위해 어떻게 받아들여야 하고 어떻게 활용해야 할지에 대하여 논의해 보겠다.

1) 분석심리학에서 보는 상담에서 자아의 역할

먼저 분석심리학에서는 자아의 능동성을 강조한다. 무의식에 있는 자기(Self)의

其四者何. 謂我癡我見并我慢我愛. 是名四種."
75) 신현승(2016), 208.

원형이 자기실현을 이루도록 돕기 위해서는 자아의식이 이러한 가능성을 받아들이고 실천에 옮기는 능동성이 필요하다. 자기실현의 道程에서는 자아의 결단과 용기와 인내심이 필요하며 이로써 비로소 무의식과 의식과의 합일이 가능해진다.[76]

이러한 능동적인 자아는 자기실현의 과정에서 일어나는 무의식의 암시적인 힘에 휩쓸리지 않을 만큼 강건해야 하며, 개인의 이기적인 욕망과 사적인 기대에서 벗어나 보다 더 넓은 세계에 참여하려고 해야 하고,[77] 때로는 개인적인 욕망과 이익을 희생해야 하기도 한다.

무의식의 내용을 깨달아 가는 단계는 보편적이고 일정한 공식이 있는 것은 아니지만, 페르소나, 그림자, 아니마, 아니무스 등과 같은 원형적 힘을 자아의 적극적 참여를 통하여 의식화해야만 자신의 전체를 실현하는 것이 가능해진다.

"그림자가 나의 친구가 되느냐 적이 되느냐 하는 것은 순전히 자아(ego)에게 달렸다."[78] 이 말은 무엇이 옳고 그른지 혼란스러운 윤리적 갈등 속에서 개인이 자신의 원초적인 모습과 사회의 도덕적 규준을 구별할 줄 알고 내적 충동과 사회적 선악관 사이에서 방황을 감수하고 진정한 내적인 양심의 방향을 찾아갈 때, 그 사람의 내면에는 자신의 그림자를 받아들이고 소화하는 용기와 수용력을 가진 자아(ego)가 있다는 것을 의미한다. 부연 설명하자면, '나에게도 이러한 모습이 있구나'라고 받아들이는 용기를 내고 자신에 대한 개념(self-concept)을 수정할 수 있는 건강한 힘이 자아에 있을 때, 비로소 그림자의 무의식적 투사로부터 자유로워지며 그것과 분화된다.

자기실현의 과정에서 이와 같이 능동적 역할을 하는 자아는 위에서 언급한, 자아의 두 가지 기능 중에서 두 번째인 의식의 주체로서의 자아이다. 이것은 자신에 대한 표상들의 집합으로 이루어진 자기개념(self-concept)의 중심으로서의 자아의 역할과 구별된다. 나의 의식의 주체인 자아는 의식과 동시에 '나'에 대한 지식(self-knowledge)과 개념(self-concept)의 형성에 영향을 주는 것이지만, 자기실현의 과정에서 무의식의 내용을 탐색하는 역할을 하는 (자아)의식은 분명히 자기개념 형성의 기능과는 구별될 수 밖에 없다. 보통의 의식에서는 자아가 자신에 대하여 잘 안다고 여기지만, 무의식적 상징과를 ..하는 자아는 전체로서의 자기와 접하고 있는 상태이기 때문에 자신을 잘 안다고 여기지 않을 것이기 때문이다.

---

76) 이부영(2005), 119.
77) Jung(1963), 70.
78) von Franz(1977), 171.

이와 같이 일상적으로 자기개념을 형성하는 것도 자아지만, 그러한 자기개념을 수정해 줄 수 있는 기능을 두 번째 의식화의 주체로서의 자아가 가지고 있다.

> 자아 의식을 가진 사람은 누구나 자신을 아는 것을 당연하게 여깁니다. 그러나 에고는 무의식과 그 내용이 아니라 자신의 내용만을 알고 있습니다. 사람들은 자신의 사회적 환경에서 평균적인 사람이 자신에 대해 아는 것으로 자신의 자기지식(self-knowledge)을 측정하지만, 실제로 대부분 숨겨져 있는 정신적 사실(psychic facts)에 의해 [자신을] 측정하지 않습니다. 이 점에서 정신과 몸의 활동은 유사하다고 볼 수 있는데, 일반인이 자신의 몸의 생리적, 해부학적 구조를 거의 알지 못하는 것과 마찬가지로 [마음의 전체를 거의 알지 못하면서 자신을 안다고 여기는 겁니다].[79]

비록 융은 자기정체성의 기초로서의 자아와 의식의 주체로서의 자아를 구분한 적은 없지만, 그의 저작에는 분명 의식의 주체로서 무의식의 내용을 탐색해 나가는 자아와 자신의 이미지나 개인적 욕구와 관련된 자기표상들과 연결되어 자아에 대한 관념과 느낌을 얻는 작용이 구별되고 있다. 의식의 주체로서의 자아가 무의식적 상징을 관찰하고 이해하고 분별하는 작용을 할 때는 자기정체성은 상대적으로 약화된다.

> 자기실현의 과정에서 초기 작업 중 하나는 자아를 개인 무의식 특히 페르소나, 그림자 및 아니마/아니무스의 복합체와 구별하는 것이다. 강한 자아는 그들과 동일시하지 않고 무의식의 이러 저러한 내용에 객관적으로 연결될 수 있다.[80]

자아는 다양한 무의식적 콤플렉스와 연결된 채로 여러 가지 인상들을 끌어당긴다. 이러한 인상들은 자아의식의 내용이 되어 정체성을 형성한다. 그런 인상들은 자아와 동일시되기도 하고 외부대상에 투사되기도 한다. 그러나 자기실현의 과정이 시작되면, 자아는 자아의식의 내용을 자신과 분리하여 이해하는 작업을 시작한다. 위의 인용문에서 보듯이 자아는 무의식의 영향과 동일시되어 있다가 서서히 그것과 분리되기 시작한다. 이 때 무의식의 힘에 굴복하지 않고, 저항하지도 않고 그것과 조화로운 관계를 맺으며 무의식의 내용을 이해하고 분화한다. 이 기

---

79) Jung(2002), par. 491.
80) Sharp, D.(1991), 49.

능의 주체가 바로 강한 자아인 것이다.

분석심리학에서 의미하는 강한 자아는 무의식적 영향을 다룰 수 있고, 그것을 충분히 체험하면서, 무의식과 의식의 관계를 균형 있게 잘 다루는 의식적 힘이다. 실제로 분석심리학의 치료목표는 환자 개인의 무의식을 의식화하는 것이다.[81] 분석심리학적 상담에서는 이러한 자아의 측면을 성장시키는 것에 상담의 목표를 두어야 할 것이다.

2) 유식불교의 시각에서 보는 상담에서 자아의 역할

만일 유식불교의 이론적 토대에 성립된 불교상담을 진행한다면, 분석심리학적 상담에서 논의한 것을 십분 고려한다 하더라도, 불교상담자는 자아가 의식을 번뇌에 물들게 하므로 자아는 마음의 평정과 기쁨과 해탈(자유)을 얻는 데 장애물이 된다고 생각할 수 있을 것이다.

유식불교에서는 참된 자기 또는 무아를 실현하기 위해서는 말나식의 전환이 이루어져야 한다고 주장한다. 말나식이 평등성지(平等性智)로 전환[轉依]되어 일체가 차별 없는 자타불이(自他不二)의 전체로서 자각되어야 한다. 유식불교는 인간 존재의 참된 자기정체성은 말나식 차원의 개체적 자아의식이 소멸될 때 확인된다고 주장한다.

유식불교의 시각에서 볼 때, 분석심리학에서 강조하는 '의식의 주체'인 자아의 힘으로 잠재의식의 양상을 지속적으로 이해하려는 노력은 근본적인 번뇌의 뿌리를 뽑을 수 있는 길이 아니다. 왜냐하면 강건한 자아로 무의식을 탐색해 나가는 것으로는 말나식의 전환을 이룰 수 없기 때문이다. 유식불교의 입장에서 보면, 의식성이 아무리 강할지라도 자아가 주체가 되어 있는 한, 그것은 주관과 객관의 이원의 세계에 머물고 있는 마음의 상태이기 때문에 의식의 전환, 즉 전의(轉依)가 일어나기 어려운 상태이다. 전의가 일어나기 위해서는 주체와 객체가 사라지는 인식적 전환이 일어나야 한다.

불교에서 識(의식)과 智(지혜)를 구별하는 이유는 둘의 본성이 다르기 때문이다. 識에는 주관과 객관의 구조로 된 이원의 인식이 일어난다. 반면에 智는 무분별지로서 境과 識이 함께 몰한 無相의 식 자체이다. 여기에는 인식하는 것과 인식되는 것이 둘이 아니라는 점에서 무분별이라고 하는 것이다.[82]

---

81) 이부영(1998), 247.

유식불교의 식전변 이론에 따르면, 흔히 객관세계로 간주되는 현상세계는 실은 마음의 영상이라는 것, 즉 심층의 아뢰야식의 전변의 결과이다. 아뢰야식의 전변으로 견분과 상분이 이원화된 것인데 아뢰야식의 활동에 무지한 말나식이 맹목적으로 아뢰야식의 견분을 자아로, 상분을 세계로 간주하고 집착하여 자아에 대한 집착과 사물에 대한 집착이 발생하고, 제6의식의 허망분별은 이 말나식의 맹목적 집착에 기반 하여 더 개념적이고 분석적인 인식을 낳는 것이다.[83]

유식불교의 수행법에는 5가지의 단계가 있는데 말나식이 작용을 멈추는 무분별지를 얻기 위해서는 세 번째 단계인 통달위 또는 견도(見道)에 이르러야 한다. 그러나 통달위에 올랐다는 것은 성자의 반열에 올랐음을 의미하기 때문에 보통 사람이 도달할 수 없는 정신적 단계이다. 그래서 이러한 수행의 목표는 실제로 상담의 수준에서 이루어 질 수 있는 것이 아니라고 간주된다.

유식불교의 수행법에서는 기초적 단계인 자량위에서부터 무분별지를 얻기 위한 준비를 한다. 자량위에서는 37도품과 육바라밀을 실천하며 복과 지혜를 갖춘다. 붓다의 가르침을 듣고 깊이 생각하여 이해하고 도덕적인 측면에서 성숙해지며 사회적으로 선한 이들과 교재하고, 산란한 마음을 진정시키고 모든 존재의 개별적 특성과 보편적 특성을 전체적으로 관찰 수행함으로써 번뇌를 약하게 한다. 이러한 수행은 앞으로 진행할 더 높은 단계의 수행을 위해 기초체력을 다지는 것과 같고 열반으로 나아가는 근거가 되기 때문에 순해탈분(順解脫分)이라고 한다.

다음으로 가행(加行)하는 단계, 즉 힘을 더욱 내서 더욱 정진하는 단계는 범부 중생이 수행을 통해 오를 수 있는 가장 높은 단계로 난(煖)·정(頂)·인(忍)·세제일(世第一)의 4선근의 과정을 밟으며, 각각의 4선근은 4등지의 定에 연결되며, 4심사와 4여실지와 관계된다.[84] 4선근을 닦는 과정에서 숨은 번뇌를 제거하며 무루의 지혜력을 키워 견도의 통달위에 이르게 된다.

4선근 중에서 난위(煖位)란 사물이 실재한다고 여기는 착각을 선정으로 벗어나 범부의 지혜로 4성제를 분석적으로 관찰하는 단계로서 지혜를 증득하기 위한 준비단계이다. 정위(頂位)에서는 욕심이 차근차근 줄어든다. 인위(忍位)는 선근이 확정되어 붓다의 가르침을 수용하는 위치이다. 여기서 쉬지 않고 정진하면 범부의 지혜로 이르는 단계로서 가장 높은 세제일법위(世第一法位)로 올라간다. 세제일

---

82) 한자경(2001), 48.
83) 한자경(2001), 40.
84) 강명희(2013), 56

법위는 아직 번뇌의 세계를 벗어나지는 못했지만 그 세계 가운데 가장 뛰어나다는 단계이다. 그 다음 단계가 성자의 경지인 견도이다. 이 견도에 이르면 분별이 없는 지혜인 무분별지가 생기는데, 이 무분별지에 의해 말나식의 자아에 대한 집착이 멈추기 시작한다.

> 보살은 먼저 첫 무수겁 동안 복덕과 지혜의 자량을 잘 갖추어 순해탈분을 원만하게 하고 나서 견도에 들어 유식의 성품에 머물기 위하여 다시 가행을 닦아 2취를 제거해버리니 말하자면 난위, 정위, 인위, 세제일법이다. 이 네 가지를 종합적으로 순결택분이라고 이름하는 것이다. 진실한 결택분을 따르면서 나아가기 때문이다. 견도에 가깝기 때문에 가행이라는 명칭을 세우는 것이다.[85]

4선근을 닦는 것은 4심사와 4여실지를 닦는 것인데, 각각의 선근이 관계하는 4심사와 4여실지에 대하여 기술한다. 4심사는 명칭[名], 의미[義], 본연의 성품[自性], 차별의 네 가지는 인연의 화합으로 있는 것으로 참된 존재가 아닌 것[假有]이고 실재로는 없는 것이라고 심구하고 사찰하는 것이며, 여실지는 이 네 가지는 식(識)을 벗어나며 식(識)도 있지 않음을 두루 아는 것이다.[86] 다시 말해 문자와 명칭은 의언(意言)에 지나지 않음을 아는 것이 명심사(名尋思)이며, 문자와 명칭의 의미도 의언에 지나지 않음을 아는 것이 의심사(義尋思)이며, 명칭과 의미의 자성과 그 차별을 세워도 이 또한 의언에 지나지 않음을 아는 것이 자성심사(自性尋思)와 차별심사(差別尋思)이다. 4여실지는 4종 심사에 대하여 얻을 수 있는 것이 아님을 아는 것이다. 결국 문자로 이루어질 수 있고 말로 표현되며 글자로 대표되는 문장과 그 총체적 의미와 개별적 의미는 모두 의식에서 표출되는 것임을 아는 것이 4종 심사의 내용인 것이며, 이를 아는 의식조차 공무(空無)임을 아는 것이 4종 여실지인 것이다.

유식의 오위의 수행단계를 살펴보면, 견도의 무분별지를 통해 말나식의 전의를 얻는 것은 보통 사람이 할 수 있는 수행을 넘어선 것이라고 알 수 있다. 이것은 의타기성의 진리를 無漏의 지혜로 명료하게 파악[現觀]하는 단계인데 상담의 치료적인 맥락에서 볼 때 실현가능성이 희박한 방법이라고 본다. 오히려 불교상담에서

---

85) 『成唯識論』 卷9(『大正藏』31, 49a), "菩薩先於初無數劫善備福德智慧資糧順解脫分既圓滿已. 爲入見道住唯識性復修加行伏除二取. 謂煖頂忍世第一法. 此四總名順決擇分. 順趣眞實決擇分故. 近見道故立加行名."
86) 『成唯識論』 卷9(『大正藏』31, 49a), "四尋思者尋思名義自性差別假有實無. 如實遍知此四離識及識非有名如實智."

유용하게 쓸 수 있는 수행법들은 오위의 단계에서 자량위와 가행위의 방법들이 주가 될 수 있을 것이다. 왜냐하면, 상담의 특성상 다양한 생각과 감정으로 구성된 의식적인 대화가 주를 이룰 것인데, 이런 성격의 상담 회기를 통하여 비록 내담자가 견도에 도달하는 것을 기대하기는 어렵지만, 내담자의 의식을 건강하게 하고 도덕적 인식과 사회성을 기르는 것은 충분히 기대할 수 있기 때문이다.

비록 불교의 수행론에서 분별지에 대한 부정적인 시각이 있지만, 분별도 일정한 조건을 갖추고 지식으로서 정합성을 가질 경우 바른 인식이 된다고 본다.[87] 그래서 상담의 현장에서는 올바른 분별지를 획득하는 것을 목표로 하는 것이 바람직하다고 본다. 이러한 상담 표준을 세우고 보면, 불교상담의 기본적 치료 목표는 37도품과 육바라밀의 실천을 통해서 내담자의 내적 자질과 역량을 키우는 것이 적합하다. 인식에 있어서 주관과 객관이라는 잠재적인 번뇌를 완전히 소멸하는 것보다 점진적으로 지관의 명상을 통해 통찰과 지혜의 계발을 또한 4심사와 같은 공부를 통하여 사물의 본성이 공함을 분별지를 통해서 아는 것이 상담의 현장에서 적합한 방법들이 될 것이다.

5. 논의 및 결론

이상에서 살펴보았듯이 유식불교의 말나식 이론과 분석심리학의 자아 이론은 유사성을 보인다. 발생학적으로 말나식이 알라야식에 의지한다는 것과 분석심리학의 자아의식이 무의식으로부터 나온다는 것은 유사한 의미를 보이고 있다. 의식이 무의식에서 생성되었다는 사실은 제8식 없이 제7식이 있을 수 없다는 사실과 상통하며 제7식이 알라야식에 의지한다는 말과도 일치되고 항상 불변하는 제8식은 집단적 무의식의 개념과 유사하다고 할 수 있다.[88]

그러나 무명과 깨달음의 상태의 대비를 통해 인간 정신을 보는 유식불교의 심의식 이론은 자기실현을 향해 의식적 노력을 강조하는 분석심리학의 정신구조이론과는 기본적으로 다른 사고의 틀을 가지고 있기 때문에, 이러한 표면적인 비교는 더 깊이 있는 논의를 필요로 하며 이 글에서는 충분히 다룰 수가 없다. 그럼에도 불구하고 무명의 마음의 측면을 볼 때, 유식의 알라야식은 분석심리학의 무

---

87) 박기열(2014), 366.
88) 서동혁·이문성(2015), 135.

의식의 개념과 상당히 유사하고, 말나식과 분석심리학의 자아와 의식에 대한 설명을 비교하면 두 사상이 보여주는 자아 이론은 상당히 유사하다. 그런데 말나식을 무명의 원인으로 보고 극복되어야 할 것으로 간주하는 유식불교에서는 의식세계와 알라야식의 세계를 잇는 말나식의 가치를 간과한 것으로 보인다.[89] 그래서 유식불교에서는 수행의 과정에 있어서 말나식의 긍정적 기능과 역할에 대하여 의미 있는 탐구가 이루어지지 않았다. 이러한 유식불교의 빈틈을 분석심리학의 자아 이론이 메워 줄 수 있다고 본다.

말나식이 알라야식의 견분을 대상으로 '자기'라는 믿음을 가지게 된다는 설명에서 알라야식의 견분은 초개인적 정신활동을 의미하는 것으로 볼 수 있고, 이것은 분석심리학에서 정신의 전체이자 중심인 Self와 유사하다. 분석심리학은 Self를 실현하는 것을 최종 목표로 삼고, 의식의 중심인 자아(ego)가 의식을 넘어서 전체 정신의 중심으로 변환해 나가는 것을 추구한다. 이러한 자아의 변환의 과정은 페르소나와 동일시하였던 자아가 그것을 지양하고 무의식을 성찰함으로써 시작한다. 무의식의 성찰 과정은 의식화 과정이라고도 불리는데, 그것은 자아가 의식의 영역을 넓히는 과정이며 의식을 넘어 전체 정신으로 중심을 옮기는 과정이다. 이것은 유식불교에서 문자와 명칭이 가진 의미를 무의식적으로 실체시하는 경향을 약하게 하고 我에 대한 믿음이 모두 의식에서 나오는 것임을 아는 과정과 유사하다. 유식불교의 오위의 이론과 분석심리학의 자기실현과정을 자아(ego)를 중심으로 비교한 결과, 유식불교의 수행과정과 분석심리학의 자기실현과정 모두 의식의 역할을 중요한 것으로 간주하고 있다는 것을 알 수 있었다.

분석심리학에서 자아는 유아기에 형성되어 점진적으로 의식의 중심이 되어 강화되고 확대되어 가는데, 그 와중에 전체로서의 Self의 존재를 잊어버리거나 일찍이 자아를 산출하였던 무의식과의 관계를 소홀히 하게 된다.

> 의식의 특성은 적은 내용에 집중하여 명확히 아는 것이다. 그 전체이자 결과는 가능한 다른 내용을 배제하는 것이고, 이는 의식의 내용에 일방성을 가져온다. 문명인의 분화된 의식이 의지를 통하여 의식 내용의 실현에 효과적으로 사용될 때 그는 근원의 뿌리에서 멀어진다.[90]

유식불교에서도 무명을 비롯하여 아치, 아견, 아만, 아애의 네 가지 번뇌는 자

---

89) 서동혁·이문성(2015), 143.
90) Jung(1969), 162~163.

아의 일방성에서 야기되는 자아 집착성의 여러 측면을 제시하고 있다. 이것은 자아에 대한 집착의 성향이 가장 중요한 장애임을 가리키고 있는 것이다.[91] 유식에서는 이러한 자아에 대한 집착은 평등성지로 전환이 될 때 사라진다고 보고 있는데 이 지혜로 말나식에서 아치가 없어져 자타가 평등하고 열반과 사가 평등함을 본다는 것이다. 이것은 분석심리학의 자기실현의 순간에서 대극의 분별에서 벗어남과 매우 유사하다.

자아의식은 분별을 통하여 대상의 인식에 이르는데, 가장 기본적인 대극은 인식주체와 인식대상이며, 선악, 대소, 장단 등의 대극적인 인식 체계를 통해 있는 그대로의 전체를 파악하지 못한다. 말나식이 평등성지로 전환하는 것은 분석심리학에서 자아의식이 일방적인 경향에서 벗어나 전체 정신으로 중심을 옮겨 비로소 정신의 전체를 경험하는 것과 유사하다고 이해할 수 있다.[92]

유식에서는 인식주체와 인식객체의 이원적 초월을 목표로 하지만, 분석심리학에서는 자아가 근원의 뿌리인 무의식과의 관계의 회복을 목표로 한다. 이러한 분석심리학에서의 자아의 태도가 수행의 과정에서 말나식의 기능과 역할에 대한 고찰이 결여되어 있는 유식의 자아이론의 빈틈을 메워주는 것으로 본다.

분석심리학의 상담치료적 원리는 자아의 능력을 더욱 개발하고 무의식적 메시지를 읽고 그 내용을 통합하여 무의식의 영향에 압도당하지 않는 것이다. 이러한 원리는 유식의 자량위와 가행위의 수행의 원리와도 일맥상통하는 바가 있다고 본다. 유식불교의 이 단계들에서 의식은 대부분 사량에 의존하며 자아의식도 상대적으로 강하게 작용하고 있다. 그러한 와중에 이 단계에서의 수행 목표는 의식이 번뇌에 휩쓸리지 않고 번뇌의 속성을 관찰하고 이해하여 번뇌를 줄여나가는 것이다. 이것은 마치 분석심리학에서 자아가 무의식의 영향에 압도당하지 않으면서 무의식의 내용을 알고 그것을 수용하는 것과 많이 닮아 있다.

이러한 맥락에서 보면, 융이 강조하는 강건하고 능동적인 자아의식은 유식불교의 초기 수행단계에서 개발하려는 도덕적 성장, 건전한 사회적 관계의 확대, 자아와 번뇌의 속성에 대한 탐구와 이해 등을 통해서도 얻을 수 있다고 볼 수 있다. 유식불교의 방식으로 말하자면, 자기실현을 위해 부지런히 무의식을 관찰하는 분석심리학의 자아는 유식불교에서 번뇌의 근본으로 보는 아치(我癡)와 상응

---

91) 서동혁·이문성(2015), 138~139.
92) 서동혁·이문성(2015), 141.

하는 말나식과 같은 것이 아니라 부지런한 수행을 통해 선심소와 상응하는 마음을 기르는 의식이다.

실제 현장에서 이루어지는 심리상담은 내담자의 호소 문제와 심적 상태에 따라 목표가 정해진다. 상담자는 내담자가 그 목표를 이루도록 최상의 기법을 사용해야 하는데, 여기서 상담의 유연성이 요구된다. 최근의 심리상담사들은 특정의 접근법만을 고수하지 않고 내담자의 증상에 따라 다양한 심리학파의 기법들을 적용한다. 이러한 상담 현장에서 불교상담은 치료에 어떤 식으로 접근해야 할 것인가라는 의문이 생긴다.

불교상담이 반드시 불교적 수행의 틀에 따라 내담자를 상담해야 하는가 아니면 내담자의 요구에 알맞은 치료법의 원천으로서의 역할로 충분한가의 문제이다. 이 문제는 불교의 응용에 있어서 불교의 본의를 고수할 것인가 불교의 원래 뜻이 약해지더라도 현실적 목표 달성을 위해 알맞게 변형할 것인가의 문제와 같은 맥락을 가진다. 응용불교에서 불교의 본래 목적과 수행법의 고수를 중요시하면 현장에서 불교를 적용하려는 시도가 줄어들 수밖에 없다. 반면에 불교의 본래 목적보다 현장에서 필요한 실천 기술을 개발하는 데 불교를 이용하는 것에 무게를 두면, 불교의 원의가 훼손된 형태의 기술들이 불교라는 이름을 빌어 대중에게 알려지는 위험이 있다.

불교는 자아에 대한 집착을 고통의 원인으로 보고, 유식불교 또한 번뇌의 본질은 분별성이라는 명제에서 사상이 전개되므로 자아의 존재에 여지를 둘 수가 없었다.[93] 이 문제의 해결책으로 다양한 수행법을 제시하였는데, 특히 유식불교의 5가지 단계의 수행법은 현상 세계가 식전변의 결과라는 것을 무분별지로 깨닫도록 하는 것에 목적을 두고 초보적인 수행 단계에서는 도덕적 성장과 공동체 중심의 사회생활을 장려하고, 자아와 사물을 실체시하는 습관을 줄이고 관념적 인식보다 직관적 인식을 발달시키도록 하는 방향으로 수행법이 전개된다. 이러한 수습을 통해 무루의 종자가 증가하게 되면, 직관적 인식의 능력이 발전하게 된다고 한다.

한편, 분석심리학은 인간 정신의 보편적인 특성보다 개별적인 개성에 중점을 두고 개인이 자기실현을 하기 위해 자신에게 부족한 심리적 특성을 먼저 보충하는 것에 목표를 둔다. 무의식에 방치되었던 자신의 약점과 회피했던 문제들을 자

---

93) 안성두(2010), 23.

아의 적극적인 개입으로 의식화하여 이전보다 폭이 넓고 원만한 개인이 되는 것이다. 이 목표를 달성하기 위해 자아는 무의식과 끊임없이 대화하려고 노력하게 되는데 이 과정에서 점진적으로 정신의 중심은 자아에서 자기로 옮겨지게 된다.

유식불교의 목표는 자아를 실체로 오인하여 집착하는 말나식이 평등성지(平等性智)로 전환[轉依]하는 것이라, 이원적인 세계인 사고의 세계, 이성의 세계는 기본적으로 지향하지 않는다. 그리고 유식불교는 인간존재의 참된 자기정체성은 말나식 차원의 개체적 자아의식이 소멸될 때 확인된다고 주장하기 때문에 분석심리학처럼 개인의 개성을 중시하여 각 개인마다 서로 다른 방식의 자기실현을 하는 것에 목표를 두지 않는다. 결국 불교의 기본적인 수행관은 심리치료에서 의미하는 건강한 자아를 형성하려는 것에 관심이 없다고 볼 수 있다.

그러나 두 사상의 비교를 통해 불교에서 의미하는, 말나식이 오해하고 애착하는 자아와 분석심리학에서 자기실현을 위해 적극적으로 무의식을 탐색하는 의식의 주체로서의 자아는 다른 본성을 가지고 있다는 것을 알 수 있다. 비록 각자의 이론에서 자아라는 이름으로 불리고 있지만, 이 둘은 역할과 기능의 측면에서 볼 때, 마음의 다른 작용들이다. 오히려 유식 5위에서 자량위와 가행위의 단계에서 붓다의 가르침을 듣고 생각하고 실천하는 마음이 분석심리학에서 꿈과 상징 등을 통해서 무의식과 대화하려고 노력하는 자아와 유사하다고 볼 수 있다.

심리학적으로 말하자면, 불교에서 의미하는 자아는 심리학의 자아개념과 자아정체감과 관련 있는 개념이고, 분석심리학에서 '의식의 주체'로서 무의식을 탐색하는 자아는 몰입된 의식 상태로 무의식적 힘과 자아정체감의 연결이 상대적으로 약해져 있다.

불교적 시각에서 말하자면, 유식불교의 자아는 번뇌와 상응하는 마음이고, 분석심리학의 '자기실현 과정 속의' 강한 자아는 번뇌와 함께 하지 않고 오히려 인내, 믿음, 관조, 근면함, 통찰과 같은 선한 심소와 상응하는 마음이라고 볼 수 있다. 유식불교의 입장에서 볼 때, 비록 분석심리학의 자아는 이원적 인식으로서 스스로 무분별지를 달성하지 못하는 한계를 가지고 있지만, 자기실현에 대한 강한 신념과 무의식의 내용을 이해하려는 끊임없는 노력과 관찰과 관조의 마음 등을 동반한 선한 심소라고 볼 수 있다.

불교적 심리상담에서 자아의 의미와 역할이라는 제목 아래 유식불교와 분석심리학의 자아관을 비교해 본 결과, 만일 분석심리학에서 의미하는 '자기실현을 위

해 노력하는 의식의 주체'라는 자아의 기능을 중심으로 본다면, 유식불교와 분석
심리학 양측 모두 심리상담에서 자아의 강화를 지지할 것이라고 생각한다. 물론
유식불교에서는 의식의 주체를 인정하지 않지만, 마치 의식 활동을 관장하고 주
도적으로 이끌어 나가는 주체로 여겨지는 자아의 존재를 느끼는 것은, 내담자가
선한 심소와 상응하고 무의식적 역동에 관한 관심을 가지고 탐색하는 데 노력한
다면, 그에게 긍정적인 자기개념과 정체성을 형성하도록 도움을 줄 것이다. 여기
에 불교의 가르침은 이러한 자아의 존재가 실제로 인연 화합된 공한 존재라는 것
을 동시에 알 수 있도록 하는 장치를 마련할 수 있다는 것이다. 결국 불교상담에
서는 내담자의 자아는 실체가 아닌 인연 화합된 존재라는 가르침과 함께 내담자
의 자아가 강화될 수 있도록 적극적으로 노력해야 할 것이다. 강화된 내담자의
자아는 상담자의 도움과 함께 자기실현에 대한 믿음, 정진하는 마음, 알아차림,
선정, 지혜 등의 오근을 갖추도록 노력하고, 번뇌 또는 무의식적 힘에 사로잡히
지 않고 그것에 대한 관조와 관찰을 통해서 이해와 수용을 함으로써 자신의 의식
의 영역을 확장하는 데 주도적인 역할을 해야 할 것이다.

'숲 명상' 시에 나타난 치유적 의미[1]

오 철 우(중앙승가대학교 교수)

1. 서 론

오늘날 전 세계는 인간의 탐욕에서 비롯된 '코로나 19'로 총체적 위기 상황을 맞고 있다. 이러한 시대적 상황에서 상실과 불안, 스트레스와 우울 등 고통의 삶을 살고 있는 현대인들에게 절실히 요청되는 것은 상처치유와 불안해소, 위로와 공감이 깃든 행복한 삶이다. 이에 '숲 명상'과 이를 기반으로 한 치유의 글쓰기는 그 하나의 대안이 될 수 있다. 왜냐하면 숲은 단순한 휴식 공간의 차원을 넘어 심신을 편안하게 하는 치유의 공간이고, 또한 내면의 지혜를 개발하고, 열린 마음의 세계를 구축하는 명상에 더없이 좋은 공간이기 때문이다. 특히 숲에서 나오는 다양한 피톤치드(phytoncide)[2]와 새소리, 물소리, 바람소리, 향기 등은 오감을 편안하게 해 준다. 나아가 숲속에서 이루어지는 관조와 명상, 그리고 이를 기반으로 창작된 시문학은 불안과 상실, 우울을 치유하고 위로와 교감을 통한 연대의식, 그리고 내려놓기와 비움의 지혜를 일깨워 주는 중요한 기능을 갖는다 할 것이다.

무엇보다 '내 안의 나'를 성찰하고 마음속 깊은 곳에서 우러나오는 감정을 진솔하게 표현한 시문학에는 다양한 마음의 스펙트럼이 담겨 있어, 그 반향과 울림의 진폭이 넓고 깊을 뿐만 아니라 독자로 하여금 신선한 공감을 갖게 한다. 그것은 나 자신이 가지고 있는 통찰력과 조형력이 삶의 본질을 꿰뚫고 의미화하기 때문이다. 따라서 숲과의 교감을 기반으로 한 명상의 시에는 시적 은유가 갖는 풍부한 언어의 힘으로 마음의 상처와 몸의 고통을 치유하고, 내려놓기와 비움, 그리고 배려와 존중의 공감을 갖게 하는 치유적 요소가 내재하고 있는 것으로 판단된다. 가령, 주옥같은 시들이 상흔을 치유하고 흐렸던 정신이 맑아지게 하는 영혼의 모음(母音)으로 작용하는 까닭도 여기에 있다. 그렇다면 숲을 걷거나 명상을

---

[1] 본 논문은 『불교문예연구』 제 16집(2021.12)에 게재되었음.
[2] 피톤치드는 '식물'이라는 뜻의 '파이톤(phyton)과 '죽이다'라는 뜻의 '사이드(cide)가 합쳐진 것으로, 식물이 내뿜는 살균물질을 의미한다. 이 말은 스트렙토마이신을 발견해 결핵을 퇴치한 공로로 노벨의학상을 받은 러시아 태생의 미국 세균학자 왁스먼이 처음으로 이름 붙였다(신원섭(2007), 『숲으로 떠나는 건강 여행』, 지성사, 25쪽.

390 제3부 포스트 코로나시대의 문학과 상담심리

하고 이에 대한 느낌을 표현하거나 혹은 이와 관련의 시를 읽고 감상하는 것은 심신 치유에 영향을 줄 수 있을 것으로 생각된다. 그것은 문학의 본질적 기능인 심리적 치유성을 내포하고 있기 때문이다. 말하자면, 시는 상상력이라는 뇌의 구조를 통해 이미지를 자유롭게 상상할 수 있으며, 그러한 이미지를 통해서 정서적 환기라는 치유의 의미를 가지기 때문이다.

지금까지 숲 치유에 관련하여 다양한 연구가 이루어져 왔으나 숲과 명상, 그리고 이들을 기반으로 하여 창작된 시에 내재된 치유의 의미에 관한 연구는 드문 편이다. 따라서 이 글에서는 숲과 명상의 관계성, 그리고 이를 기반으로 창작된 다양한 시문학을 살펴봄으로써 불안과 상처를 치유하고 위로하며, 베풂과 소통, 공감의 연대의식을 갖게 함으로써 내려놓기와 비움의 지혜와 치유적 의미를 고찰하고자 한다.

2. '숲 명상'의 의미와 시치유의 상관성

1) '숲 명상'의 의미와 기원

숲은 인간을 비롯하여 생명을 가진 모든 존재들이 태어나고 살아가며 후손을 번식시키고 최후로 돌아가는 생명의 공간이다. 따라서 인류는 숲에 있는 모든 것이 '인간의 행복'을 위해 신이 준 선물로 생각했으며, 숲에서 모든 치료약을 찾고 신체적 고통을 해결하고자 하였다. 또한 숲은 몸과 마음을 편안하게 해주는 안식처이자 치유의 공간이다. 숲은 그 어떤 것도 보듬고 감싸주고, 찌든 영혼을 위로해 주기 때문이다. 인간이나 모든 생명체가 자연의 질서대로 살아가는 숲에서 영혼의 안식과 삶의 활력소를 찾고자 했던 것도 이런 연유이다.

명상(meditation)은 '메데리'(mederi)라는 라틴어에서 파생된 것으로 "고요히 생각에 잠기는 것" 또는 "의식의 작용이 집중된 상태"로 정의할 수 있다. 명상을 통해 얻어진 동요 없는 마음상태를 일컬어 삼매(samādhi)라고 한다. 여기에서 필자는 삼매에 대한 의미를 『청정도론』을 통해 간단하게 살펴보고자 한다. 『청정도론』에서 삼매란 "유익한 마음의 하나(善心一境性)이며, 삼매에 든다는 것은 마음과(心)과 마음부수(心所)들을 하나의 대상에 고르고 바르게 모으고, 둔다는 뜻으로, 그럴 경우 대상에 산란함도 없고 흩어짐도 없이 머물 때 비로소 삼매에 든다"[3]라고 언급하고 있다. 또한 『청정도론』에서 도와 도아님에 대한 지견청정의 수행을 핵심으로 강조하며, 도를 아는 것으로 깔라빠[물질의 구성 요소]의 명상을 들고 있고, "제대로 위빳사나를 하기 위해서는 깔라빠의 의미를 정학하게 파악하고 이것을 내 몸 속에서 정확하게 찾아야 한다"[4]고 언급한다. 그렇지 못하면 깔라빠의 명상을 제대로 하기 어렵다. 만일 깔라빠를 내 안에서 확인하면 그 즉시에 우리는 이런 깔라빠로 된 물질의 무상, 고, 무아를 절실히 느끼게 된다고 한다.

> "물질은 그 어떤 것이든, 그것이 과거의 것이든, 미래의 것이든 현재의 것이든, 안의 것이든 , 멀리 있는 것이든, 가까이 있는 것이든, 그 모든 물질을 무상하다고 구분하는 것이 한 가지 명상이다. 그 물질을 괴로움이라고 구분하는 것이 한 가지 명상이다. 무아라고 하는 것이 한 가지 명상이다.(XX. 6;13)[5]

위의 언급에서 보듯, 깔라빠를 통한 물질의 명상을 바탕으로 정신이 생겨나는 명상법을 『청정도론』에서 설명하고 있다. 이와 같이 명상은 하나의 대상에 집중하는 중에 다른 생각이 들어오면 다른 생각이 들어왔음을 즉시 알아차리고 바로 목표로 삼았던 그 대상으로 정신을 집중하는 것이다. 이러한 집중명상을 계속해 나가면 번뇌를 여의고 불안과 스트레스 등으로부터 벗어나 마음의 평안을 얻을 수 있다. 명상의 유형은 매개체에 따라 숲 명상·음악명상·호흡명상·촛불명상·차명상 등으로 다양하다. 여기에서 필자는 '숲 명상'을 숲 환경과 명상의 결합으로 정의하고자 한다. 즉 '숲 명상'은 단순히 숲에 고요하게 앉아 있는 것만이 아니라 자아와 우주에 대하여 내면의 정신세계에서 깊이 관조하고 교감하는 것으로 정의하고자 한다.

다양한 의견이 있을 수 있으나 필자는 '숲 명상'의 기원을 붓다의 수행적 삶에서 찾고자 한다. 붓다의 일생이 늘 숲과 함께 했기 때문이다. 즉 붓다는 룸비니 무우수나무 아래에서 태어났고, 보드가야 마하보디사원 보리수 아래서 새벽별을 보고 깨달음을 얻었으며, 사르나트 녹야원 숲에서 다섯 비구를 대상으로 최초의 설법을 하였고, 쿠시나가라 사라쌍수 아래서 열반에 들었기 때문이다. 아울러 붓다는 숲을 가꾸는 것이 출가 수행자의 중요한 덕목 중의 하나임을 강조하였고, 기회가 있을 때 마다 왕과 장자들에게 숲을 가꾸라고 권하였다. 붓다의 가르침을

---

3) 붓다고사 지음, 대림 옮김(2005), 『청정도론』1, 초기불전 연구원, 268쪽.
4) 붓다고사 지음, 대림 옮김, 『청정도론』1, 86-87쪽.
5) 붓다고사 지음, 대림 옮김, 『청정도론』1, 87쪽.

받은 장자들은 베어질 위기에 놓인 숲들을 사서 붓다와 제자들, 즉 승단의 수행 도량으로 내놓았다. 그 대표적인 것이 죽림정사이다. 붓다 당시, 빔비사라왕은 가까운 곳에 붓다가 계시다는 소문을 듣고 어느 날 붓다를 방문한 후 크게 감동하여 기꺼이 5계를 받고 제자가 되었다. 그는 붓다와 수행자들이 머물 곳이 없어 이곳저곳을 유행(遊行)하는 것을 보고 자신이 소유한 죽림동산 숲을 붓다에게 바쳤다. 불교 최초의 사찰인 죽림정사가 지어진 것도 바로 그 숲이었다. 빔비사라왕이 바친 숲은 비나 뜨거운 태양의 열기를 피할 수 있는 단순한 공간 이상의 것으로, 소중한 명상의 공간이었다. 숲은 수행자들을 명상의 세계로 인도해주고, 무욕의 혹독한 환경에서도 수행자들의 건강을 지켜주었다. 이러한 사실은 명상과 숲과의 관계성을 말해줄 뿐만 아니라, 숲은 깨달음을 얻을 수 있는 소중한 기도와 명상의 공간이자 전법과 회향의 공간이라고 할 수 있다. 이처럼 불교는 어느 시대에서나 숲과 함께 하는 종교였음을 알 수 있다.

2. '숲 명상'의 효과와 시문학의 관계성

앞에서 언급한 바와 같이, '숲 명상'은 자연과 나는 둘이 아니며 하나라는 것임을 인식하는데서 부터 시작한다. 대체적으로 숲을 보면 마음이 안정되고 평안해진다. 신원섭에 의하면, 이러한 변화는 곧 생리적인 반응을 불러일으켜, 긴장되고 불안한 상태에서 나타나는 코르티솔 등의 호르몬 분비를 낮추고, 안정되고 행복한 상태에서 나타나는 엔돌핀과 같은 쾌적 호르몬 분비를 촉진시킨다. 호르몬 변화뿐만 아니라 인체의 반응도 달라진다. 가령, 안정된 상태에서 나타나는 뇌파인 알파파가 증가하고 혈압과 맥박이 감소된다. 특히 알파파는 '안정파'라고도 하는데, 이 알파파는 사람이 숲속에 있거나 조용한 공간에서 기도를 하거나 할 때 나오는 것으로, 심리적으로 안정되고 편안한 느낌을 주면서 명상에 도움을 준다고 한다. 가령, 푸른 나무들과 이름 모를 꽃들이 있는 곳, 온갖 곤충과 새들의 울음소리가 깃든 곳, 햇살과 그림자가 어른거리고 물소리가 흐르는 숲속은 더할 곳이 없는 최적의 휴식공간이다. 이러한 공간에서 서식하는 모든 생명체들은 사람의 오감을 깨워 다분히 감성지수(EQ)를 향상시켜 준다.[6] 그래서 마음을 조용히 가라앉히고 자기의 본성과 사물의 이치를 밝히는 명상은 공간적으로 숲과 매우 잘 어

---

6) 신원섭(2007), 『숲으로 떠나는 건강 여행』, 서울: 지성사, 33-35쪽.

울리는 것으로 판단된다.

　한편, 숲은 평화스러운 고요와 명상과 안식의 의의를 가르쳐 준다. 숲에 들어가면 겸손해지고 숙연해지는데, 그것은 숲이 지닌 적정과 고요함을 의미한다. 이러한 고요함을 지닌 바다와 같은 숲은 넉넉하여 그 어떤 것도 포용하고, 감싸 안으며 찌든 영혼을 위로해 준다. 따라서 숲은 마음에 일렁이는 분노와 적대감을 응시하게 하고, 마음을 차분하게 가라앉히게 하는 명상을 하는데 최적의 공간이다. 그리하여 숲속의 명상을 통해 침묵과 고요가 주는 평화로움으로 몸이 이완되게 하고 마음이 한결 편안해 지며, 흐려졌던 눈이 밝아지고 사물을 바로 보게 된다. 요컨대 최적의 안식처라 할 수 있는 숲 속에서 이루어지는 '숲 명상'은 자연에 대한 경외감을 느끼게 하고, 정서를 순화시키며 자아성찰과 남을 배려하고 존중하는 마음, 그리고 비움의 의미를 갖게 하는데 그 중요한 의미가 있다 할 것이다.

　그렇다면 '숲 명상'과 시문학의 관계성은 어떠한가? 앞서 언급한 바와 같이, '숲 명상' 기반의 영혼을 깨우는 힘과 자신에 대한 깊은 성찰을 투명하고 진솔하게 담아내는 시문학에는 상처 치유와 위로, 불안과 고난극복, 비움의 충만 등의 가르침, 그리고 독자의 가슴을 적시는 공감의 요소가 있음을 주목할 수 있다. 특히 뜨거운 시혼과 상상력에서 배태되고 영글어진 간결하고 함축적인 시의 양상과 표현에는 치유의 속성들이 내재하고 있음을 쉽게 발견할 수 있다. 다시 말하면, 숲의 교감과 어울림 속에서 빚어진 주옥같은 시에는 몸과 마음을 이완시키며 휴식과 위안을 주고, 마음의 상처와 몸의 고통을 줄이고 트라우마를 치유하는 힘이 있다. 그래서 한 편의 시를 읽을 경우, 시인의 번민, 방황, 외로움, 그리움, 행복함 등의 내면세계에 공감을 갖게 될 뿐만 아니라, 자신의 정체성을 알게 되고 공감을 통한 상처치유와 삶의 위안을 얻게 된다. 그것은 시인이 아팠던 자신의 마음을 시로 드러내면서 어둠을 하나씩 지워내며 치유하고, 자신의 내면에는 밝은 마음이 있음을 알아가기 때문이다. 시에 내재된 이러한 치유의 힘은 다분히 인체의 면역세포 증가와 정신적 건강에 도움을 준다. 그래서 시는 우주적인 언어이며, 문학의 비타민이라고 할 수 있다. 여기에서 필자는 '숲 명상' 관련 시의 유형을 교감·소리·생명연대의 시, 상처 치유와 위로·비움 등의 시로 대별하여, 심리치유의 가능성을 살펴보고자 한다.

3. '숲 명상' 기반의 시문학에 나타난 치유적 의미

1) 숲 교감과 소리 및 생명연대의 시

(1) 숲 교감과 소리의 치유시

숲 속에서는 'ego-in'의 심리상태가 되어 "자연스럽게 내면으로 흐르게 된다."[7]는 사실에서 알 수 있듯이, 숲은 자연스럽게 자신과 대면할 수 있는 기회를 제공한다. 그래서 부정적인 감정들이나 병든 기운을 나무와 함께하면 기분이 더 맑게 고양되는 것을 느낄 수 있다. 그것은 나무들이 그들 고유의 방법으로 기운을 순환시키고 파장을 고조시켜 사람이 보내는 부정적인 감정의 파장들을 정화시켜 주기 때문이다. 따라서 거의 대부분 숲을 노래하는 시는 숲과 친화적으로 살아가는 아름다운 풍경과 그것들과의 동화되는 모습을 묘사하고 있다. 청록파 시인 박두진(1916-1998)의 시 <숲>은 숲의 내면을 응시하여 감각적으로 파악하고 있는 것이 인상적이다.

> 숲은,
> 밤에 찬란히 이는 머리 위 하늘의
> 별들이 내려 주는 촉촉한 이슬에
> 지혜가 늘고
>
> 갑자기 때로 불어치는
> 바람과 비바람과 폭풍과 번갯불의 시련에
> 의지가 굳는다
>
> 숲은,
> 모든 것을 포용하고 쓰다듬어 애무하며
> 숲은 늘 위로 들어 소망하고
> 고개 숙여 명상한다, 무릎 꿇어 기도한다
>
> 언제나 먼
> 푸른 바다의 소리에 귀 기울이고
> 총총하고 장엄한
> 별이 박힌 하늘에로 푸른 꿈을 꾼다
>   -박두진 <숲>부분[8]

---

7) 이시형(2011), 『위로』, 서울: 생각 속의 집, 80쪽.

시인의 내밀한 숲과의 교감이 잘 묘출되고 있다. 전반부에서는 숲의 생태가 언급되고, 후반부에서는 숲의 정신이 언급되고 있다. 숲은 밤에 별들이 내려주는 이슬을 맞아 지혜가 자라고, 비바람과 폭풍, 번갯불의 시련에 의지를 굳히며, 모든 것을 너그러이 감싸 안는다는 것이다. 그리고 숲은 위를 향해 소망하면서도 또 고개 숙여 명상하고, 먼 바다의 소리에 귀를 기울이면서도 별이 반짝이는 하늘로 꿈을 보낸다는 것이다. 자연의 숲인 동시에 인간의 숲을 상징하고 있는 경건한 숲의 내면세계는 곧 작가 자신의 인간적인 신념일 수도 있고, 인간 사회가 지향하는 바 일 수도 있다.

숲과의 교감과 친연성은 J. M. 바스콘세로스는 『나의 라임오렌지나무』에서 잘 나타나고 있다. 그는 "나무는 몸 전체로 이야기 한다. 잎으로도 하고, 가지와 뿌리로도 한단다. 그럼 네 귀를 내 몸에 대어 봐. 그러면 내 가슴이 뛰는 소리를 들을 수 있을 거야."[9] 라고 노래한다. 이와 같이 나무와의 친화적 교감은 우주적 동화의 가능성을 열어 보인다. 그래서 나무를 사랑하고 있다는 것을 나무가 느낄 수 있도록 가만히 쓰다듬어 보거나 말을 걸어 보고, 또한 두 팔을 벌려 나무 둥치를 끌어안아 온몸을 나무에게 밀착시켜 보면, 나무가 뿌리에서 물을 빨아올리는 느낌, 숨을 쉬는 느낌을 느낄 수 있다. 그러면 싱싱한 나무의 생명 에너지가 우리의 몸 안으로 흘러 들어오는 것을 느낄 수 있다. 이와 같이 나무와 공감하는 자연친화적 사유는 곧 우주적 공감의식이라 할 수 있다. 이러한 나무와의 공감의식은 조창화의 〈나무를 안고〉에서 잘 드러나고 있다.

큰 나무를 가만히 안아본다.
굳고 거칠고 따뜻하다.
나무에 귀 대고 소리를 들어본다.
조용하고 침착하게 웅웅거린다.
짐승 같다, 편히 쉬고 있는
나무는 내가 저를 안아주는 것을 안다.
바람도 없는데 우듬지를 조금 흔들어 준다.
나무속으로 들어가지는 않고 나무 곁에서

---

8) 박두진(1996), 『숲에는 새소리가』, 서울: 신원문화사, 272쪽.
9) J.M. 바스콘셀로스, 박동원 옮김(2003), 『나의 라임 오렌지 나무』, 서울: 동녘, 47쪽.

쓰다듬어준다. 나무도 편하고 나도 편하다
옹이와 상처와 흠집 많구나
그래도 편안하구나
그늘에 새 날아와 쉬는구나
고요가 조심스레 등짐을 내려놓는다.
나무는 높고 외롭고 한가해 보인다.
아무도 나무를 방해할 수 없다.
　　　　　　-조창환 〈나무를 안고〉전문10)

　나무와의 교감을 통해 서로 마음이 편안해 짐을 노래하는 시인은 나무라는 존재를 통해 존재의 비의(秘意)와 연기의 이치를 깨닫는다. 나무의 에너지를 느끼고 숲 속의 존재들이 내지르는 '소리'를 듣고 그것에 온몸으로, 온 감각으로 응답한다. 굵고 거칠고 따뜻한 큰 나무를 안음으로써 숲 존재들의 근원적인 소리를 듣고자 하는 것이다. 편히 쉬고 있던 나무가 시인의 몸짓에 순한 반응을 시작하자, 시인은 나무속으로 들어가지 않고 그저 나무 곁에서 나무를 쓰다듬어준다. 나무는 나무대로 시인은 시인대로 가장 편한 상호조응을 하며 결속을 하고 있는 것이다. 비록 옹이와 상처와 흠집이 많은 나무이지만, 그것들은 새들이 날아와 편안하게 쉬게 하는 보금자리가 되어준다. 그때 고요가 조심스레 내려앉고, 나무는 외롭고 높고 한가하게 스스로의 존재를 완성한다. 여기에서 나무로부터 어떤 보이지 않는 팔들이 나와 나무에게로 더 가깝게 끌어당기는 느낌을 느낄 수 있다. 이는 곧 독자로 하여금 시인의 나무에 대한 존재인식과 공감에서 타자를 보듬고 쉴 수 있도록 하는 치유적인 면모를 읽어 내게 한다.
　우리 주위에서 흔히 볼 수 있는 자연과의 친화적 교감, 자연의 경이로움 등 큰 생명의 세계를 지향하는 시적 자장(磁場)은, 보다 단순하고 소박하게 사물의 움직임 그 자체를 있는 그대로 받아들여 사물의 역동적인 생명력을 상상력을 통해 회복하고자 하는 다음의 시에서 잘 묘사되고 있다.

　그 잎 위에 흘러내리는 햇빛과 입 맞추며
　나무는 그의 힘을 꿈꾸고

---

10) 조창환(2004), 『수도원 가는 길』, 서울:문학과 지성사, 46쪽.

그 위에 내리는 비와 **뺨** 비비며 나무는
소리 내어 그의 피를 꿈꾸고
가지에 부는 바람의 푸른 힘으로 나무는
자기의 생이 흔들리는 소리를 듣는다.
　　　　-정현종〈사물의 꿈1 - 나무의 꿈〉전문[11]

　부제처럼, 시인은 사물의 꿈 가운데 나무의 꿈을 그려내고 있다. 나무는 한 곳에 뿌리를 내리고 살아야 하는 부동의 정적인 존재이다. 그러나 나무는 우주와의 에로스적인 친화, 즉 '햇빛'과 '비'와 '바람'과의 접촉을 통해 자신의 생명력을 키워간다. "그 잎 위에 흘러내리는 햇빛과 입 맞추며"라는 행은 자신의 힘을 꿈꾸는 나무의 모습은 다분히 관능적이고 역동적이다. 아울러 "비와 **뺨** 비비며 나무는 / 소리 내어 그의 피를 꿈꾸기도 한다"는 구절의 '비'와 '피'는 모두 물의 이미지로 생명의 근원과 긴밀한 관계가 있다. 비는 나무에 스며들어 '나무의 피(수액)'가 되는데, 이 '피'의 이미지는 나무의 뜨거운 생명력을 생생하게 묘출하고 있다. 나아가 나무는 우주와의 교감과 상호침투 과정을 통해 "자기의 생이 흔들리는 소리를 들음"으로써 자기 존재에 대한 자의식을 갖게 된다. 겉보기에 나무와 햇빛, 비, 바람의 단순한 교섭인 듯하지만, 실제로 그것은 생명과 우주의 상호 교섭이라는 보다 큰 의미를 함축하고 있다.[12] 이와 같이 정현종은 우주적 공동체 안에서 생명의 자기실현에 관한 꿈을 나무라는 시적 대상에 투영하여 담아내고 있다. 그것은 자신의 내적 심연과 타자에게로 열려 있는 충일(充溢)과 희열의 공간이기도 하며 억눌린 마음을 해방시키는 치유적 기능을 갖는다 할 것이다.
　숲 속에는 간간이 새가 우짖고 지나가고, 흉내를 낼 수 없을 만큼 다양한 숨결의 외침들이 파동을 지어 여울지고 있다. 아울러 숲은 햇살의 음영에 따라 녹색의 다양한 모습을 보여주며, 나무와 풀들은 신비 그 자체로 하나가 되어 색깔과 향기와 소리로써 대자연의 생동감을 연출한다. 나병춘(1956~)은 이러한 숲 그늘을 산책하며 마음에서 솟는 희열을 통한 치유의 상황을 이렇게 묘출한다.

들숨과 날숨의 교차로
숲은 숨이다
숲 그늘에 앉아
천천히 숨을 들이쉬고

---

11) 정현종(1972), 『사물의 꿈』, 서울:민음사, 27쪽.
12) 백원기(2012), 『명상은 언어를 내려놓는 일이다』, 서울: 화남, 165쪽.

조용히 눈감고 숨을 놓아 보아라

그곳에 꽃이 피고
새가 울고 사슴벌레 꿈꾼다
실핏줄에서 졸졸
시냇물이 흐른다

이별과 만남의 간이역
숲은 쉼터다
숲 그늘에 누워
나뭇가지 사이 푸른 하늘 보라
부서지는 햇살을 보아라

그곳에 상큼한 향내가 풍기고
푸른 잎새 나비들이 춤춘다
내 앙가슴에서 아련히
노래가 솟는다
　　　　　　-나병춘 〈사월 숲에서〉부분[13]

　숲 그늘에 앉아 몸과 마음을 편안히 하여 눈을 감고 천천히 호흡하며 명상을 하거나 숲 그늘을 산책할 때 나뭇가지 사이로 보이는 푸른 하늘과 햇살은 막혔던 울혈을 열리게 하고, 솔바람 소리에 심장 박동이 원활해 질 수 있다. 이는 곧 숲길 걷기와 명상이 주는 치유적 효과성을 의미한다. 그래서 숲길은 고요한 사색의 길이며 치유와 명상의 공간이기에 마음으로 숨을 쉬고, 들숨 날숨에 머리가 맑아지는 것이다.
　자연물과 일체를 이룬 관계 속에서 울려오는 내적 생명의 숨소리를 듣는 밝은 귀를 가진 시인이 근원적 세계의 형상화 과정에서 가장 즐겨 사용하는 이미지는 '소리'라 할 수 있다. 사물에 대한 시각적·후각적 묘사, 음악적 가능성을 최대한으로 끌어올리는 시인들의 진리를 찾아 헤매던 고독한 영혼에는 다양한 소리들이 빚어내는 자연의 화음이 담겨있기 때문이다. 자살을 결심하고 전북 부안의 내변산을 대표하는 '직소폭포'를 찾았던 천양희(1942-) 시인이 직소포의 물줄기에서 "높이 깨달아서 세속으로 돌아가라(高悟歸俗)"이란 말을 상기하며 자살의 생각을

---

13) 나병춘(2007), 『사월의 숲에서』, 서울:우리글, 78쪽.

접고 돌아와 쓴 다음의 시는 소리의 치유적 의미를 선명히 보여주고 있다.

　　　폭포소리가 산을 깨운다. 산꿩이 놀라 뛰어오르고
　　　솔방울이 툭, 떨어진다. 다람쥐가 꼬리를 쳐드는데
　　　오솔길이 몰래 환해진다.

　　　와! 귀에 익은 명창의 판소리 완창이로구나.

　　　(중략)

　　　무소유로 날아간 무소새들
　　　직소포의 하얀 물방울들, 하얀 수궁(水宮)을.

　　　폭포소리가 계곡을 일으킨다. 천둥소리 같은
　　　우레 같은 기립박수소리 같은 － 바위들이 흔들한다
　　　하늘이 바로 눈앞인데
　　　이곳이 무한천공이란 생각이 든다
　　　여기 와서 보니
　　　피안이 이렇게 좋다

　　　나는 다시 배운다
　　　절창(絶唱)의 한 대목, 그의 완창을.
　　　　　　　　－ 천양희 〈직소포에 들다〉 부분14)

　폭포소리에 일깨워진 산은 다름 아닌 시인 자신이다. 가령, '툭!' 하고 떨어진 솔방울이 직소포까지 찾아온 시인이었다면, 몰래 환해지는 오솔길을 발견한 시인은 직소포에서 삶의 가치를 배우고 〈직소포에 들다〉를 쓴 새로운 시인이라 할 수 있다. 그리고 시인이 또 다른 궁극의 세계인 물을 발견한 것은 중요한 전환점이다. 즉 화자는 낙하하는 폭포수에서 피안의 세계를 발견한 것이다. 폭포 앞에서 이곳과 저곳이, 차안과 피안이, 과거의 나와 현재의 나의 경계가 허물어지고 둘이 아닌 하나가 된 것이다. 이 하나 됨을 가능케 한 매개물이 산을 깨우는 '폭포소리'이다.15) 어쩌면 폭포소리를 '명창의 판소리 완창'으로 들어낸 '청력'이었을 수도 있다. 자연과 하나 된 상황에서 계곡을 일으키는 폭포소리는 기립박수 소리

---

14) 천양희(2004), 『직소포에 들다』, 서울:문학동네, 45쪽.
15) 백원기, 앞의 책, 277쪽.

400 제3부 포스트 코로나시대의 문학과 상담심리

같아서 바위들까지 폭포소리에 동참하게 된다. 여기에서 '물'은 화자에게 화엄의 세계를 보여주는 시적 장치로 작용한다. 결국 번민과 고통은 하얀 물방울로 정화되면서 백색의 정토를 이룩하고, 그 백색 정토는 순수성과 생명력이 충만한 공간으로 피안 세계의 가시적인 공간을 상징하게 된다. 산을 깨우는 폭포소리에 화자는 번쩍 정신이 들어 그간의 번민과 고통을 털어버리고 새로 태어나는 순간을 맞게 된다는 사실에는 다분히 자연의 소리가 주는 치유적 힘이 내재되어 있다고 할 것이다.

(2) 숲과 생명연대의 치유시

유기적으로 긴밀하게 연결된 우주 만물 속에서 우리는 동등한 존재가치를 가지고 있고, 상호의존적 공생관계에 있다. 타인의 고통을 자신의 고통으로 느끼는 것은 바로 '불쌍한 나(the Pathetic Me)'가 자신의 내부에 있다는 인식에서 비롯되는 것이다. 이는 곧 세상 만물에 대한 보편적인 동정심으로 귀결되게 마련이다. 이러한 동료애의 공동체의식은 정현종이 자연과 인간이 함께 나누는 생명의 호흡을 예찬하는 시에서 한결 잘 묘출되고 있다.

> 쓰러진 나무를 보면
> 나도 쓰러진다
> ……………………
> 산불이 난 걸 보면
> 내 몸도 탄다
> 초목이 살아야
> 우리가 살고
> 온갖 생물이 거기 있어야
> 우리도 살아 갈 수 있으니
> 　　　-정현종 〈나무여〉부분16)

우주의 모든 생명을 불가분의 동체 관계로 파악하고 존재의 조화와 합일을 통한 원융의 세계를 지향하는 시인의 인식이 잘 드러나 있다. 생명 있는 모든 것은 다 함께 소중함을 느끼는 시인은 '쓰러진 나무'와 '불탄 나무'를 자신으로 인식하고 있다.17) 자연의 아픔을 자신의 아픔으로 받아들이고, 자연만물과 소통하고

---

16) 정현종(2006), 『한 꽃송이』, 서울:문학과 지성사, 48-49쪽.

교감하는 연민어린 태도는 평등한 생명공동체 의식이다. 그가 말하는 생명은 나무에만 국한되는 것이 아니라 살아 있는 모든 생명체를 자신의 생명과 같이 인식해야 하는 것이다. 따라서 나무(자연)가 있어야 우리가 살 수 있고. 나무는 또한 사람을 살리고 지구를 살리니 나무야말로 인간들의 '생명의 원천'이라는 메시지를 던지고 있다.[18] 바로 여기에 자연의 모든 존재들이 자아를 고집함이 없이 서로 융합하며 존재함으로써 조화를 이루고 있다는 시인의 생명연대의식이 응축되어 있다.

오늘날 각박한 삶 속에서 우리는 자기 자신만을 위한 삶을 살아가느라 주변의 사람들에게 무심한 경우가 많다. 다른 사람들과 함께하는 따뜻한 공동체를 이루는 것이야말로 우리 사회를 건강하게 지탱할 수 있게 하는 힘인데도 말이다. 하지만 나태주(1945-)는 잡목 숲에서 쓰러진 아카시아 나무를 떡갈나무가 떠받치고 있는 모습을 발견하고 죽어가는 존재와 살아가는 존재가 서로 껴안은 상태에서 이루어낸 참된 희생과 상생의 모습을 의미 있게 표현하고 있다.

저 아카시아 나무는
쓰러진 채로 십 년을 견뎠다.

몇 번은 쓰러지면서
잡목 숲에 돌아온 나는 이제
쓰러진 나무의 향기와
살아 있는 나무의 향기를 함께 맡는다.

쓰러진 아카시아를
제 몸으로 받아낸 떡갈나무,
사람이 사람을
그처럼 오래 껴안을 수 있으랴

잡목 숲이 아름다운 건
두 나무가 기대어 선 각도 때문이다.
아카시아에게로 굽어져 간 곡선 때문이다.

---

17) 백원기(2011), 「하디와 정현종의 불교생태시학」,『동서비교문학저널』, 한국동서비교문학회, 제25호, 2011(가을·겨울), 125쪽.
18) 백원기(2011), 「하디와 정현종의 불교생태시학」, 125쪽.

아카시아의 죽음과
떡갈나무의 삶이 함께 피워낸
저 연초록빛 소름,
십 년 전처럼 내 팔에도 소름이 돋는다.
                -나태주 〈쓰러진 나무〉 전문[19]

　사실, 아카시아는 가시가 많은 나무이다. 그런 아카시아를 떠안는 과정에서 상
처가 날 수 있다. 그럼에도 희생을 감수하고 다른 대상을 감싸 안는 사랑을 시인
은 역설하고 있다. "쓰러진 나무의 향기와 / 살아 있는 나무의 향기를 함께 맡는
다"라는 구절에는 어려운 상황을 맞이하여 쓰러진 사람들과 이들을 도와주는 사
람들이 조화롭게 이 세상을 만들어 간다는 상생의 생명연대 인식이 내재되어 있
다. 특히 "사람이 사람을 그처럼 오래 껴안을 수 있으랴"는 대목은 상대를 보듬
지 못하고 밀쳐내고 살아온 우리를 부끄럽게 한다. 그래서 화자는 잡목 숲이 아
름다운 것은 나무와 나무가 서로 기대고 있는 각도 때문이라 생각한다. 결국 아
카시아의 죽음과 떡갈나무의 삶이 함께 피워낸 저 연초록빛 잎들에서 쓰러진 존
재도 죽지 않은 한 인간사회를 아름답게 만드는 존재라는 것을 깨닫게 된다. 나
무와 나무가 서로 기대어 온갖 조건과 환경을 잘 견뎌내는 생명연대 인식은 반기
룡(1961~)의 〈 숲 〉에서 한결 극화되고 있다.

　　숲 속에 들어가 본 사람은 안다
　　나무와 나무가 서로 기대어
　　온갖 조건과 환경을 잘 견디고 있는 것을

　　햇살이 비칠 때면
　　지그시 감았던 두 눈 뜨며
　　자연과 합일되고
　　강풍이 몰아치면
　　원가지 곁가지 잔가지 마른가지
　　할 것 없이 포옹하며
　　모진 비바람 견디어 내는 것을

　　사람이 사는 것도 별것 아니다
　　어려울 때 서로 기대고

---
19) 나태주(2015), 『꽃을 보듯 너를 본다 』, 서울: 지혜, 82쪽.

힘들 때 버팀목이 되고
가려울 때 그 부분을 긁어주며
연리지처럼 어우러지고 함께 뒹구는 것이다

햇살과 비바람이 존재하기에
빛과 어둠이 상생하기에
자신의 밝고 어두운 여백을 볼 수 있는 것이다
　　　　　　　　　　　-반기룡 〈숲〉 전문[20]

　인간의 삶도 어려울 때 서로 의지하고 버팀목이 되어 줄 때 상생의 생명의식이 한결 빛난다는 사실이 숲의 존재들을 통해 강조되고 있다. 어쩌면 우리의 삶도 별것 아니다. 그러니 어려울 때 서로 기대고, 힘들 때 버팀목이 되며, 가려울 때 그 부분을 긁어주면서 연리지처럼 어우러져 함께 살아가야 한다는 것이다. 마지막 시행의 햇살과 비바람, 빛과 어둠이 상생하기에 자신의 밝고 어두운 여백을 볼 수 있다는 것은 모든 대립을 넘어서서 조화와 상생의 생명연대의식을 지향하고 있음을 말하고 있는 것이다. 결국 시인들이 숲에서 보고자 했던 것은 단결과 연대의 집단성이었다.
　독립된 개체로서 각각 살아가는 인간들이 나무들처럼 공동체 의식을 가지고 조화롭게 살아가기를 바라는 마음은 조오현(1932~2018)의 시에서도 명징하게 드러난다. 그 대표적인 시가 『화엄경』을 읽다 문득 창밖을 내다 본 시인의 눈앞에 전개되는 산하대지의 모습에서 조화와 화합의 생명연대를 깨닫는 〈산창을 열면〉이다.

화엄경 펼쳐놓고 산창을 열면
이름 모를 온갖 새들 이미 다 읽었다고
이 나무 저 나무 사이로 포롱포롱 날고.…

풀잎은 풀잎으로 풀벌레는 풀벌레로
크고 작은 나무들 크고 작은 산들 짐승들
하늘 땅 이 모든 것들 이 모든 생명들이…

하나로 어우러지고 하나로 어우러져
몸을 다 드러내고 나타내 다 보이며
저마다 머금은 빛을 서로 비춰주나니…
　　　　　　　　　- 조오현 〈산창을 열면〉전문[21]

---

20) 반기룡(2012), 『반가운 포옹』, 서울:찬샘.

온갖 새들이 나무 사이를 날고, 풀과 벌레, 산짐승과 들짐승, 그리고 하늘과 땅 등 우주 만물이 저마다 제 빛으로 빛나는 동시에, 하나로 어우러져 살아가고 있는 모습이야 말로 곧 화엄의 세계임을 잘 표출하고 있다. 경전의 말씀이 아무리 고상하더라도 내가 실천하지 못하면 죽은 말에 불과하고, 초목들과 풀벌레, 그리고 산짐승의 사소한 움직임도 내게 공감하여 반응하면 원음의 교향악이 될 수 있다. 실상이란 다른 특별한 것이 아니라, '새들이 날고 노래를 부르고'하는 그것이 다 실상인 것이다. 평범한 표현으로 사물의 있는 모습을 그대로 말하고 있지만 여기에는 우주적인 비의가 담겨 있다.[22] 화엄경을 "이름 모를 온갖 새들 이미 다 읽었다"라고 한 것에서 말하듯이, 화엄의 경지가 "새와 풀과 나무와 벌레들이 하나로 어우러지고 하나로 어우러진 것"임을 말하고 있다. 이 숨어 있는 뜻을 알면 『화엄경』을 정말로 다 읽은 것이다. 그것은 한마디로 마음의 창을 열고 본 생명 연대 의식의 표출이다.

2) 상처 치유와 위로, 비움과 명상 시

(1) 상처 치유와 위로의 시

상처 없는 사람이 어디 있는가? 상처는 누구에게나 있다. 풀잎에도 상처가 있고, 꽃잎에도 아픔이 있다는데, 하물며 사람은 더 말할 것도 없다. 어쩌면 상처투성이인 채로 살아가는 것이 우리의 인생인지도 모른다. 시는 그 상처를 극복하는 첫 걸음일 수 있고, 또한 극심한 경쟁에서 살아가는 이들에게 남을 밀치고 올라서는 세계가 아닌, 남과 함께 수평으로 퍼져가는 세계를 보여주기도 한다. 눈송이와 부딪쳐도 상처 입을 상대가 있음을 황동규(1938-)는 이렇게 그려내고 있다.

> 사람 모여 사는 곳 큰 나무는
> 모두 상처가 있었다.
> 흠 없는 혼이 어디 있으랴?
> 오늘 입은 마음의 상처,
> 오후 내 저녁내 몸속에서 진 흘러나와
> 찐득찐득 그곳을 덮어도 덮어도

---

21) 조오현, 권영민 엮음(2012), 『적멸을 위하여』, 서울:문학사상.
22) 백원기(2012), 『명상은 언어를 내려놓는 일이다』, 121-122쪽.

아직 채 감싸지 못하고 쑤시는구나.

가만, 내 아들 나이 또래 후배 시인 랭보와 만나

잠시 말 나눠보자.

흠 없는 혼이 어디 있으랴?

-황동규 〈오늘 입은 마음의 상처〉 전문23)

우리 모두는 정신없이 흘러가는 삶속에서 사람들과 허물없이 떼 지어 가고 있다. 그리고 "사람 모여 사는 곳 큰 나무는 / 모두 상처가 있"듯이, 모여 살며 떼 지어 가는 사람들에게도 상처가 있다. 마지막 "흠 없는 혼이 어디 있으랴?"는 대목은 사람들 사이의 상호존중, 자아를 중심으로 하는 주체 중심이 아니라 객체의 절대성을 인정하는 세계를 보여준다. 그러한 발견은 다시 사람들 마음속에 자리한 '진주'를 발견하는 것이다. 그러한 발견은 또한 상처와 진주를 가진 존재들이 만들어 내는 삶과 세계의 '황홀'을 인식하게 해 준다. 그렇다면 다음의 순서는 그 상처가 꽃을 피우는 시간뿐이다.

정호승(1950-)은 이 세상을 따뜻하게 덥히는 땔감은 다름 아닌 상처를 떠안고 살아가는 주변인들, 거대한 힘에 눌려 사는 소시민들의 애절한 삶임을 표현한다. 이러한 것은 자연의 감정과 빛깔을 묘사하는 과정을 통해 인간사의 슬픔과 회한을 맑고도 아름다운 서정성으로 그려지고 있다.

풀잎에도 상처가 있다.

꽃잎에도 상처가 있다.

너와 함께 걸었던 들길을 걸으면

들길에 앉아 저녁놀을 바라보면

상처 많은 풀잎들이 손을 흔든다.

상처 많은 꽃잎들이

가장 향기롭다.

-정호승 〈풀잎에도 상처가 있다〉전문24)

우리는 싱싱한 풀잎이고 예쁜 꽃잎이었던 사람들에게 얼마나 많은 상처를 주며 살아 왔을까. 상처가 아물면 새살이 돋는다. 그런데 상처 자리에만 머물러 있으

---

23) 황동규 시집(2001), 『몰운대 행』, 서울: 문학과 지성사.
24) 정호승(2005), 『풀잎에도 상처가 있다』, 서울:랜덤하우스코리아.

면 한이 되고, 원망이 된다. 따라서 그 상처를 받아들이는 것은 우리의 몫이다. 사람의 시각이 아닌 하늘의 섭리로 보면 생채기는 자연스러운 인생의 표상일 수 있다. 그래서 새살을 통해서 우리는 상처 많은 꽃잎이 더 향기로운 것처럼 상처 많은 영혼이 더 깊고 그윽한 향기를 발하는 것을 보게 된다. 상처 많은 풀잎이 내가 혹은 당신이 다시 일어설 수 있게 손을 흔들며 격려해 주기도 하고, 저녁놀을 보면서 마음을 다잡기도 해 주기 때문이다. 상처를 치유하고 아름다운 사람이 될 수 있도록 '위로'와 '용기'를 북돋워 주어야 한다는 것이 시인의 생각이다. 인간 삶의 근원적인 외로움과 상처에 대한 위로와 치유의 메시지를 던져주는 시편이다.

"상처 입은 조개가 아름다운 진주를 만든다"라는 사실은 "마음의 상처로 시련을 겪은 사람이 더 아름다운 삶의 진주를 보듬을 수 있다"는 것을 의미한다. 이러한 의미를 잘 담아낸 시가 김재진(1955-)의 〈풀〉이다.

> 베어진 풀에서 향기가 난다.
> 알고 보면 향기는 풀의 상처다.
> 베이는 순간 사람들은 비명을 지르지만
> 비명 대신 풀들은 향기를 지른다
> 들판을 물들이는 초록의 상처
> 상처가 내뿜는 향기에 취해 나는
> 아픈 것도 잊는다
> 상처도 저토록 아름다운 것이 있다.
> ─김재진〈풀〉전문25)

마당이나 텃밭의 풀을 뽑거나 베다보면, 그 풀이 물씬 풍겨주는 향기, 그 향기가 전신을 흔들 때가 때때로 있다. 풀을 베거나 뽑을 때 뽑히지 않으려고, 혹은 베이지 않으려고 쓰는 풀들의 안간힘. 그 안간힘으로 풀들은 더욱 푸르게 질려버리고, 이내 뽑히는 아픔으로 비명을 지르듯이 풀들은 향기를 지르는 것이 아니겠는가! 상처를 입는다는 것, 그것은 보다 치열한 삶의 한 표현일 수 있다. 그러므로 모든 상처는 어느 의미에서 치열한 향기를 지니고 있을 것이고, 치열함을 지니고 있으므로 상처는 아름다운 것일 수 있다. 뽑히거나 베어질 때 풀이 지르는 향기, 그 치열한 아름다움은 어디 풀에서 뿐이겠는가. 우리 모두의 삶에서 찾아

---

25) 김재진 시집(2015), 『삶이 자꾸 아프다고 말할 때』, 서울:꿈꾸는 서재.

볼 수 있는 것이다. 시인은 상처가 내 뿜는 향기에 취해 아픔을 잊는다. 그런 시인에게 상처는 보다 큰 자아로 확장될 수 있는 치유의 묘약일 수 있을 것이다.

괴테는 "눈물 젖은 빵을 먹어 보지 못한 사람은 인생의 참 맛을 모른다"고 했다. 모든 결실의 과정에는 아픔과 상처가 담겨 있음을 강조한 말이다. 여름의 땡볕과 바람과 빗발이 과육에 깊은 단맛이 배도록 하듯이, 기다림과 불면의 아픔과 고통들은 성숙한 삶의 결실을 가져다준다. 흔히 우리 주변에서 볼 수 있는 탐스럽고 빨갛게 잘 익은 대추의 몸속에도 숱한 고통과 어려움, 상처와 흉터가 새겨져 있다. 장석주는 이러한 고진감래하는 삶의 지혜를, 가을이면 지천에 달리는 저 작고 대수롭지 않은 '대추 한 알'에 잘 담아내고 있다.

> 저게 저절로 붉어질 리는 없다.
> 저 안에 태풍 몇 개,
> 저 안에 벼락 몇 개,
> 저 안에 천둥 몇 개.
> 저게 저절로 둥글어질 리는 없다.
> 저 안에 무서리 내린 몇 밤,
> 저 안에 땡볕 한 달, 저 안에 초승달 몇 날
>   -장석주 〈대추 한 알〉[26]

군더더기 없는 간결한 인용 시는 몇 년 전 광화문 교보빌딩 글판에 걸렸던 시로, 국민 애송시가 되기도 했다. 성숙해지기 위해서는 수많은 고통과 어려움을 견뎌 내야 한다. 빨갛게 여문 대추 한 알도 저절로 붉어지지 않는다. 붉은 대추한 알이 영글기 위해서는 몇 번의 태풍, 천둥, 벼락, 무서리와 땡볕, 그리고 초승달 몇 날의 순간들이 있어야 한다. 마찬가지로 많은 고뇌와 고통의 시간이 우리를 더욱 여물게 한다. 그것을 깨닫게 되는 순간 마음이 붉어진다. 가장 붉게 몸을 말린 대추를 홍조(紅棗)라고 부르는 까닭도 이런 연유이다.[27] 삶의 심한 굴곡과 굽이는 우리를 한결 더 강하게 만든다. 풍설을 이겨낸 소나무가 더 푸르게 보이고, 눈 속의 매화 향기가 더욱 짙듯이, 숱한 역경을 이겨낸 삶이 더 든든하고 향기로울 수 있다는 것은 곧 고단한 삶을 살아가는 우리에게 희망과 치유의 메시지를 전한다.

---

26) 장석주 시집2(005), 『붉디 붉은 호랑이』, 서울:애지.
27) 백원기, 『명상은 언어를 내려놓는 일이다』, 320쪽.

이러한 역경 극복과 치유, 희망을 주는 시는 어두운 터널을 지나면 밝은 햇살이 기다리고 있듯이, 맑고 어둡지 않으며 고요한 선정의 마음을 다독여 주는 석성우(1943-)의 〈어둠이 온다고 서러워 말라〉에서 의미심장하게 그려지고 있다.

　　　어둠이 온다고 서러워 말라
　　　찬란한 태양도 잠시 쉬고 싶단다
　　　그보다 더 진실한 말이 없단다

　　　아무도 지켜보는 이 없는 산중에
　　　저 혼자 폈다 지는 패랭이꽃
　　　그 패랭이 꽃을 피우기 위하여
　　　어둠은 나린단다

　　　대낮에 얼굴 못드는
　　　수줍음 때문에
　　　어둠을 불러 놓고 웃어 본단다
　　　　　　-석성우 〈어둠이 온다고 서러워 말라〉 전문[28]

본래 맑고 항상 나타나서 어둡지 않은 것이 정진이며, 밝고 고요해서 어지럽지 않은 것이 선정이다. 이와 같이 밝고 고요하며 명료하게 법을 깨달아 비우는 것이 본래의 어리석음이 없음이다. 그러니 어둠이 온다고 서러워 할 필요가 없다. 찬란한 태양도 잠시 쉬고 싶기 때문이다. 하루하루를 지내다 보면 어제가 오늘 같고, 내일도 여전히 오늘 같으리란 생각을 하는 때가 있다. 아무도 지켜보는 이 없는 후미진 산중에서 외로이 홀로 폈다 지는 패랭이꽃을 피우기 위하여 어둠은 내리듯이, 우리의 삶에도 어둠의 그림자가 드리울 수 있다. 하지만 시인은 유난히 수줍음을 타는 까닭에 대낮에 얼굴을 못 들어 어둠을 불러 놓고 웃어 본다고 한다. 이러한 시인의 역설적 가르침은 상처를 안고 어둠속에 살아가는 우리들에게 새로운 희망의 빛을 던져 준다할 것이다.

(2) 비움과 명상의 시

숲 속 걷기는 힘들고 지친 마음을 숲을 통해 치유하고 늘 푸르게 그 자리에 있는 자연을 더 소중하게 여기며 성숙한 나를 깨우는 시간일 수 있다. 힘들고 지칠

---

28) 석성우(2008), 『석성우 시전집』), 서울:토방.

때 무심하게 숲 속을 걷는 것은 또 다른 비움과 충만의 지혜를 안겨다 준다. 그래서 산을 오르는 행위는 세상이라는 텍스트를 제대로 읽어내려는 의도이고, 무욕의 마음을 회복하려는 의지로 판단된다. 오세영(1942-)은 산을 오르면서 숲속의 나무들이 자신을 버리고 끝없이 일체 만물에게 베푸는 모습에서 자신이 가야 할 길을 배운다고 노래한다.

외진 숲속의 잘린 나무들,
아직도 나이테 선명하고 송진향 그윽한데
너는 일말의 적의도 없이
가진 모든 것을
아낌없이 세상에 베풀기만 하였구나.
살아서는 꽃과 열매를 주고
우리로 하여
푸른 그늘 아래 쉬게 하더니
어느 악한이 장작패서 불태워버렸을까,
(중략)
소신공양 燒身供養이 따로 없느니
네가 바로 부처인 것을
내 오늘 산에 오르며 문득
자연으로 가는 길을 배운다.
　　　　　　　- 오세영 〈숲속에서〉부분29)

　　화자는 나이테 선명하고 송진 냄새 그윽한 숲 속의 갓 잘려진 나무들을 보면서 큰 깨달음을 얻는다. 자연에 순응하며 꽃과 열매를 주고, 푸른 그늘을 주며, 불상 조각과 장작으로의 쓰임이 있었던 나무들, 그리고 죽어버린 상황에서도 이끼와 버섯을 키우고, 온갖 생명들의 보금자리가 되었던 나무들에서 '소신공양'의 숭고함이 숨어 있다는 것을 깨닫는다. 그런 숭고함이 깃든 순행의 길은 부처의 길과 같으며, 그 길이 바로 자신이 가야 할 '자연으로 가는 길'임을 깨달은 것이다.30) 사실상, 자연에 순응하는 것은 결코 쉬운 일이 아니다. 자신을 온전히 불태워 공양, 즉 '소신공양'함으로써 자신을 무화시킬 능력이 있을 때만이 그 길을 갈 수 있기 때문이다. 이러한 자연에 순응하는 태도는 보다 큰 우주적 흐름에 순응하는 길이고, 만물과 조화를 이루며 하나가 되어 화엄의 삶을 사는 것이다. 이는 곧

---

29) 오세영(2010)『오세영 생태시집』,『푸른 스커트의 지퍼』, 서울:연인M&B.
30) 백원기(2012),『명상은 언어를 내려놓는 일이다』, 238-239쪽.

내려놓기의 사유를 제공할 뿐만 아니라 마음의 상흔을 치유할 수 있는 요소를 다분히 함장하고 있다할 것이다.

　오세영은 무소유와 비움을 실천함으로써 존재의 무화(無化)를 이겨내는 역설의 시 세계를 보여준다. 버리고 비움으로써 가득 채울 수 있는 '비움의 충만'의 이치를 천년을 거뜬히 버티어낸 용문사의 노거수(老巨樹) 은행나무를 매개로 한 시에서 잘 묘출되고 있다.

　　　짐승들이 이 세상에
　　　코를 박고 먹이를 찾는 동안
　　　나무는 자신을 쉬임 없이 버릴 줄을 안다
　　　때가 되면 스스로 잎을
　　　떨어뜨리고, 꽃을
　　　떨어뜨리고,
　　　열매를 떨어뜨리고
　　　가진 것 없음으로 가벼워져 하늘로, 하늘로
　　　쑥쑥 자란다.
　　　가볍다는 것은 곧 비어 있다는 것,
　　　그러나 이 세상 그 어디에도
　　　비어 있지 않은 강함은 없다.
　　　다리의 텅 빈 강철 상판이
　　　수십 톤 트럭의 하중을 견디듯
　　　천년을 거뜬히 버티어낸 용문사의 노거수老巨樹
　　　은행나무,
　　　그 속은 텅 비어 있다
　　　배가 비어 있는 어머니가
　　　남자보다 더 강하다.
　　　　　　　　-오세영 〈자궁(子宮)〉전문[31]

　인용 시에서 나무는 무소유를 실천하는 삶의 전범(典範)으로 제시되고 있다. 짐승들이 지상에서 코를 박고 먹이를 찾는 동안 나무는 자신을 쉬지 않고 버림으로써 가벼워져 하늘을 향해 쑥쑥 자란다. 가볍다는 것은 비어 있음의 반증이다. 그래서 시인은 비어 있지 않은 강함은 없다고 역설한다. 때가 되면 나무는 스스로 잎과 꽃 그리고 열매를 떨어뜨리고, 한층 가벼워진 상태로 쑥쑥 자란다는 자연예찬은 동물적 소유욕에 대한 결연한 거부와 연결된다. 또한, 용문사 노거수 은행

31) 오세영 지음(2009), 『바람의 그림자』, 서울:천년의 시작.

나무가 천년을 버틴 것도 속이 비어 있었기에 가능했고, 어머니가 남자보다 더 강한 것도 배가 비어 있음에 연유한다고 시인은 말한다. 모든 존재는 버리고 비움으로 더 강한 큰 자아로 태어날 수 있음이 강조되고 있다. 그것은 속세의 욕망과 집착을 버리고 자연 그대로의 생명력으로 가득 찬 자연과의 교감에서 비롯된다. 자기 비움과 타자에 대한 무한한 자비심과 불교적 상상력의 결합으로 시적 세계는 외롭고 지친 사람들에게 보내는 따스한 눈빛이자, 포근히 감싸주는 위로와 격려의 손길과도 같다. 그래서 시는 현대인들의 혼탁한 정신을 정화시켜주고, 세상에 대한 갱신의 눈을 새롭게 뜨게 해준다는 또 다른 의미를 지닌다.

이처럼 '비움'으로써 충만해지는 사유는 '아름다운 탈속'의 세계를 추구하는 이성선의 시적 세계에서 잘 표출되고 있다. 인간의 욕망이 차지하는 공간을 '마당'처럼 자꾸 '빗자루'로 쓸어야 더욱 맑아진다는 정신세계가 이렇게 아름답게 그려지고 있다.

> 저녁 공양을 마친 스님이
> 절 마당을 쓴다
> 마당 구석에 나앉은 큰 산 작은 산이
> 빗자루에 쓸려나간다
> 산에 걸린 달도
> 빗자루 끝에 쓸려 나간다
> 조그만 마당 하늘에 걸린 마당
> 정갈히 쓸어놓은 푸르른 하늘에
> 푸른 별이 돋기 시작한다
> 쓸면 쓸수록 별이 더 많이 돋아나고
> 쓸면 쓸수록 물소리가 더 많아진다
>   -이성선 〈백담사〉 전문[32]

설악산 백담사 내의 '화엄실'은 만해선사가 기거하며 『님의 침묵』을 쓴 곳으로도 유명하다. 이성선 또한 세상을 등지는 순간까지 백담사를 노래했다. 세속의 번다한 욕망이 널려 있는 '마당'을 자꾸 쓸어내면 정신은 '하늘에 걸린 마당'과 하나가 된다는 것이 시인의 깊은 사유의 핵심이다. 특히 "쓸면 쓸수록 별이 더 많이 돋아나고 / 쓸면 쓸수록 물소리가 더 많아진다."는 시 구절은 '텅 빈 충만'의 미학을 그대로 보여 주고 있다. 그런 상태를 지향할수록 자연의 도는 더욱 빛

---

32) 이성선 지음(2000), 『내 몸에 우주가 다시 손을 얹었다』, 서울:세계사.

나고 넉넉해 보이고, 정신은 맑아져 자연과 하나가 된다. 그렇다면 절 마당은 시인의 정신이요, 빗자루로 마당을 쓰는 스님은 시인 자신이라 할 수 있다. 정신을 쓸고 닦아 자연과 우주를 '정신의 마당'에 담아내려고 하는 시인의 맑은 구도자의 모습은 탐욕과 집착으로 번다하게 살아가는 우리의 마음을 가볍게 하고 번뇌를 내려놓게 한다.

　조오현은 〈일색변 2〉에서 한 그루 늙은 나무라고 해서 다 고목이라 불리지 않으며, 고목이 고목 소리를 들으려면 풍상을 겪으며 속은 몽땅 썩고 곧은 가지들이 다 부러져서 굽은 등걸에 장독이 들 정도로 자연 속으로 풍화 되서야 비로소 고목이 될 수 있다고 한다.[33] 바위나 고목이 풍진의 세월을 견디어 바위소리, 고목소리를 들을 수 있었던 이유는 그 내부가 비어있었기 때문이다. 비어있었기에 그 안에 무한히 많은 것들을 포용할 수 있었음을 시사한다. 이러한 자연 관조와 명상은 수직적 역동성과 비움의 특성을 지닌 수령 500년 이상의 해묵은 느티나무를 통해 색(色)이 곧 공(空)이며 부처임을 간파하는 임영조(1943-2003)의 시에서도 한결 잘 극화되고 있다.

> 곡우 지나 입하로 가는 동구 밖
> 오백 년을 넘겨 산 느티나무가
> 아직도 풍채 참 우람하시다.
> 새로 펴는 양산처럼 녹록(綠綠)하시다.
> 　(…)
> 그런데 이런! 다시 보니
> 꺼뭇한 앙가슴이 동굴처럼 허하다.
> 얼마나 오래 속 태우며 살았는지
> 정말 마음 비운 노익장이다.
> 배알까지 빼주고 지은 절 한 칸
> 스스로 공(空)이 되는 적멸궁이다.
>
> 저 늙은 느티나무는 아마
> 어느 날 느닷없이 날벼락 맞고
> 문득 깨쳤으리라 몸을 비웠으리라
> 중심을 잡기 위해 무게를 덜고
> 부질없는 노욕을 버렸으리라

---

33) 조오현(2000), 『산에 사는 날에』, 서울:태학사.

속 비우고 여생을 지탱하는 힘
마지막 안간힘이 곧 나무아미타불
이승에서 이름을 완성하는 것이리
이제는 저승의 명부에도 빠졌을
저 늙은 느티나무는 이 다음
죽어서도 느티나무 타불(陀佛)이 되리.

-임영조 〈느티나무 타불〉부분34)

　해묵은 느티나무의 우람하고 푸르른 모습에 감탄하는 화자가 가까이 가 보니 '이런!' 벼락을 맞고도 죽지 않은 나무다. 죽지 않고 잎은 피웠지만 시커먼 구멍이 흉물스럽다. 그 순간 깨달았다. '구멍'이 키워드린 것이다. 사실 '얼마나 오래 속 태우며' 살았던 세월인가? 이제 정말로 마음 비운 노익장의 모습의 느티나무이고, 나아가 배알까지 모두 빼준 그 느티나무는 그 자리에 절 한 칸 짓고는 스스로 적멸궁이 되어버린 존재로 표현되고 있다. 색(色)의 세계에서 공(空)의 세계로 들어서기, 그 쉽지 않은 깨우침은 어느 날 문득 찾아오는 구원이다. 바로 그 순간, 느티나무는 드디어 타불(陀佛)이 되는 것이다. 느티나무는 스스로 '공'을 이루어 '몸'이나 '노욕'과 같은 세속적인 것을 초월한다. 즉 "중심을 잡기 위해 무게를 덜고 / 부질없는 노욕을 버린 탈속의 자세"가 화자에게는 '스스로 공이 된 것'으로 보였던 것이다. 결국 더 많이 비우고, 비움을 넘어 나누는 것은 고요해지기 위함이다. 여기에 비움과 충만의 치유의 시학이 있다 할 것이다.

4. 결 론

　이상에서 '숲 명상'과 이를 기반으로 창작된 시문학은 상흔을 치유하고 위로하며, 생명연대의 공감을 일깨워 주고, 비움과 충만의 치유의 미학으로 중요한 기능을 하는 것임을 살펴보았다. 숲은 인류가 오랫동안 누려왔던 터전이자 고향이며, 숲과 교류하는 것은 인간의 본성을 찾는 길이다.35) 그래서 숲과 교감하고 숲을 통해 '내 안의 풍경'을 성찰하는 것은 상처를 치유하고 위로를 받을 수 있으며, 또한 번다하고 탐욕스러운 마음을 잠시나마 내려놓고 공감과 비움의 의미를

---

34) 임영조 시집(2003), 『시인의 모자』, 서울:창작과비평사.
35) 신원섭(2007), 『숲으로 떠나는 건강 여행』, 서울:지성사, 23쪽.

깨닫게 한다 할 수 있다. 이는 숲이 단순한 휴식 공간의 차원을 넘어 치유의 공간으로 변모하고 있음을 시사한다. 따라서 '숲 명상'은 바른 지견으로 사물을 보고 욕망과 채움, 집착과 분노, 복잡과 불안을 극복할 수 있는 중요한 '힐링' 방법 중의 하나라 할 수 있다.

아울러 '숲 명상'을 기반으로 하여 마음속 깊은 곳에서 솟는 감정을 그대로 표현한 시에는 다양한 마음의 스펙트럼이 담겨 있어 그 반향과 울림의 진폭이 넓고 깊다. 그 이유는 시인이 가지고 있는 통찰력과 상상력이 삶의 큰 변화를 가져올 수 있게 하고 의미화하기 때문이다. 또한 시인은 우리가 늘 보지만 '보지 못하는 것', 늘 듣지만 '듣지 못하는 것'들을 명징한 언어로 살려내어 우리를 새로운 인식의 세계로 안내하기 때문이다. 따라서 시인들의 진솔하고 생동하는 치유의 시를 낭송하고 그 의미를 이해하는 것만으로도 우리는 눌리고 찢긴 마음을 펴고 아물게 할 수 있다. 그렇다면 숲과 명상 그리고 이를 바탕으로 창작된 시문학을 아우른 사유와 실제의 체험은 시인과 독자라는 한계성을 뛰어 넘어 다분히 치유적인 요소를 지니고 있는 것으로 진단된다. 그것은 문학의 본질적 기능인 심리적 치유성을 내포하고 있기 때문이다.

불교 경전의 비유에 담긴 심리치유의 의미 고찰[1]

- 『법화경』의 '법화칠유'를 중심으로 -

김 선 화(중앙승가대학교 불교사회학부 강의교수)

1. 서론

'비유'라고 하면 보통 문학적 수사법을 떠올리게 된다. 하지만 우리는 일상에서도 의식하지 않은 채 많은 비유를 사용하며 살아간다. 비유를 활용하면 사실적인 묘사보다 더 생생하게 와 닿는 효과를 줌으로 이야기를 전달하는 데 더 효과적이라고 할 수 있다. 불교 경전에서도 많은 비유가 사용되고 있으며, 특히 『법화경』은 '방편과 비유의 극치'[2]라고 칭송될 만큼 비유의 경전으로도 유명하다.

본 논문은 불교 경전 속에서 만날 수 있는 '비유'에 관하여 『법화경』을 중심으로 불교 경전에 등장하는 비유에 담긴 심리 치유의 의미를 탐구해 보고자 한다. 이를 위해 먼저 비유의 개념과 특징을 살펴본 후, 불교 경전에서 사용되는 비유의 특징과 그 심리 치유의 의미를 대표적인 대승경전의 하나인 『법화경』, 특히 법화칠유를 중심으로 고찰할 것이다. 여기에서 연구의 대상으로 하고 있는 『법화경』은 도림스님의 『한글 법화경』이며 『법화경』으로 표기하였음을 먼저 밝혀 둔다.

최근 불교 상담에 대한 관심이 높아지면서 불교 경전을 심리상담의 관점에서 그 의미를 탐구하는 연구들이 많이 발표되고 있다. 그러나 '불교 경전의 비유'를 주제로 하거나 심리 치유의 관점에서 불교 경전의 비유를 다루고 있는 연구는 그리 많지 않다. 관련 선행연구 몇 편을 살펴보면 다음과 같다.

강기선은 부처님이 중생교화의 현장에서 사용하신 비유는 '부처님의 깨달음인 진리가 고스란히 녹아 있는 보고(寶庫)'라 하면서 여러 가지 비유로써 중생들의 번뇌를 없애기 위해 교화에 힘쓰셨음을 이야기하였고, 불교 경전을 불교문학의 형식으로 이해하였다.[3] 주성옥은 불교적 정신치료의 원형이라고 할 수 있는 끼사

---

[1] 이 논문은 『종교교육학연구』 66 (2021)에 게재되었던 논문을 수정·보완한 것임.
[2] 불전간행회 편(2002), 『묘법연화경: 방편과 비유의 극치』, 서울: 민족사, 507쪽.
[3] 강기선(2010), 「화엄경 보현행원품의 문학적 표현방법」 『동아시아불교문화』 제5집(서울: 동아시아불교문화학회). 비유의 방법을 통해 난해하게 들리기 쉬운 가르침을 누구나 쉽게 수긍하게 하고 새로운 각성을 불러일으켜 수용자가 흥미를 갖고 귀 기울이게 함으로써 수용자가 동화되어 감화시킬 수 있게 된다고 하였다. ; 강기선(2017), 『화엄경』「십지품」의 사상에 담긴 문학적 비

고따미 이야기와 마조 스님의 이야기에 나타나 있는 은유를 분석하고 은유가 명상 못지않은 불교적 수행이며 심리치료의 한 방법[4]이라고 생각하였다.

이어서 『법화경』의 비유를 심리 치유, 또는 심리상담의 관점에서 접근한 연구를 살펴보면, 이진영은 부처님의 설법을 설득적 커뮤니케이션의 과정으로 보았으며,[5] 주성옥은 비유가 현대사회의 다양한 트라우마와 이를 자각하는 과정으로 이끄는 데에 탁월한 기능을 하고 있으며 이는 자신이 바로 자신의 경험을 창조한 주체라는 내담자의 자각을 이끌어내는 훌륭한 상담기법이라고 하였다.[6] 전나미는 『법화경』의 전개 과정이 상담과 유사하다고 보고, 부처님의 설법이 중생들의 잘못된 신념을 깨우치고 이를 새로운 세계관으로 교정시켜가는 일련의 과정으로 설명하였다.[7] 김선화는 장자궁자의 비유와 심우도를 상담의 과정으로 비교 분석하면서 청소년의 자아성장과정에 빗대어 살펴보았고,[8] 정영미는 『법화경』의 '화택의 비유'를 정신분석학적으로 해석하고 있으며,[9] 김청진은 『법화경』「상불경보살품」에 등장하는 상불경보살의 실천행을 불교심리의 관점에서 바라본 논문으로 상불경보살의 실천행을 상담가의 자질로 보고 있다.[10] 고민서는 비설주, 곧 비유설법은 서로 간의 이해를 위한 의사소통으로 이론적인 법설을 듣고 개현(開顯)을 이해하지 못했던 사대제자가 비설주의 과정으로 온전히 개현을 이해할 수 있었으며, 이는 법설주를 보다 쉽게 이해시키고 설득시킨 비설주가 있었기 때문에 가능한 것으로 보았다.[11] 그리고 차차석 외 2인은 『천태소지관』을 중심으로 한 마음

유와 철학성」『철학논총』 89, 경북: 새한철학회, ;「十二分敎의 수사기법과 붓다의 교화방법」『동아시아불교문화』제14집(부산: 동아시아불교문화학회, 2013).
4) 주성옥(2012), 「심리치료의 언어로서 은유와 그 불교적 의미」『동아시아불교문화』제12집, 부산: 동아시아불교문화학회.
5) 이진영(2002), 『『법화경』에 나타난 커뮤니케이션 과정 연구」, 동국대학교 언론정보대학원 석사학위논문.
6) 김준규(2015), 『『법화경』에 나타난 석존의 상담기법: 이상적인 상담자상의 정립을 중심으로」, 위덕대학교 대학원 석사학위논문.
7) 전나미(2009), 『『법화경』의 비유에 나타난 붓다의 상담기법」『한국불교상담학회지』제1권 제1호, 한국불교상담학회.
8) 김선화(2017), 「일탈과 귀환의 인유론적(因由論的) 고찰 - 『법화경』 '장자궁자의 비유'와 '심우도'를 중심으로」『불교문예연구』8, 서울: 불교문예연구소.
9) 정영미(2018), 『『법화경』 '불난 집의 비유'에 관한 정신분석학적 고찰」『불교문예연구』11, 서울: 불교문예연구소; 정영미(2020), 『『법화경』「비유품」火宅喩의 심리학적 고찰 시론 -「비유품」의 게송을 중심으로」, 『종교교육학연구』63, 서울: 한국종교교육학회.
10) 김청진(2018), 「상불경보살 실천행의 불교심리치료적 해석」, 『동아시아불교문화』36, 부산: 동아시아불교문화학회.
11) 고민서(2019), 『『법화경』의 적문(跡門)에서 비설주(譬說周)에 대한 연구」, 금강대학교 석사학위논문.

치유 방법과 법화칠유를 응용한 실제 상담에서의 활용방법을 모색하고 있다.[12) 그 외 정지훈[13), 임시연[14) 등 심리 치유 또는 심리 상담의 관점에서 『법화경』의 비유를 바라본 연구들이 다수 발표되고 있다. 이러한 연구들을 통해 불교의 경전이 마음의 안식처로서 심리적 위안을 주는 치유의 기능도 있음을 알 수 있다.

부처님의 설법이 담긴 불교 경전에 쓰인 비유들은 부처님의 가르침을 압축하여 보여주고 있으며 일반 대중들이 어떻게 살아야 하는지에 대한 훌륭한 지침서 역할을 한다고 볼 수 있다. 이상의 연구들이 심리 치유 또는 심리상담의 관점에서 접근하였다면 본 논문은 법화경의 대표적인 비유인 법화칠유를 통하여 불교 경전에 쓰인 비유의 심리 치유적 의미에 초점을 맞추었다는 데 그 의의가 있다고 본다. 따라서 불교 경전에 등장하는 비유에 담긴 심리 치유의 의미를 이해하는 데 조금이나마 도움이 될 것으로 생각한다.

2. 본론

1) 비유(譬喩)의 개념과 특징

비유(譬喩)란 '어떤 현상이나 사물을 직접 설명하지 아니하고 다른 비슷한 현상이나 사물에 빗대어서 설명하는 일'을 말하는데,[15) '비유'라고 하면 우리는 보통 문학적 수사법으로서의 비유를 생각하게 된다. 비유는 '내 마음은 호수'처럼 원관념(마음) 대신 보조관념(호수)으로 대상을 드러내고 표현하여 그 특징을 묘사하는 수사법으로 다시 은유와 직유, 환유 등으로 분류된다. 수사법으로서의 은유는 직유의 상대적 개념으로 쓰이는 단어로서 본고에서 쓰이는 은유는 좀더 포괄적 개념으로 비유와 같은 맥락의 용어로 이해할 수 있다. 여기에서는 비유에 관한 원론적인 논의는 배제하고 일반적인 개념으로만 접근하여 그 특성을 살펴볼 것이다.

'은유적 표현'은 한자어 '은유(隱喩)'가 의미하는 바와 같이, 본래의 의미를 숨김으로써 청자 또는 독자에게 스스로 그것을 찾도록 하는 것이다. 이 기능은

---

12) 차차석 외(2020), 『법화천태의 명상과 마음치유』, 블랭크,
13) 정지훈(2019), 「불교상담모델에 따른 『법화경』의 장자궁자의 비유」, 서울불교대학원대학교 석사학위논문.
14) 임시연(2020), 「『법화경』 「신해품」의 장자궁자 비유를 통해 고찰한 불교상담사의 길」 『불교문예연구』 16, 서울: 불교문예연구소.
15) 국립국어연구원, 「표준국어대사전」 https://stdict.korean.go.kr

은유를 접하는 사람의 공감을 끌어내고 예술적 표현의 여지를 열어주는 장점이 있는 반면, 의미의 혼란을 가져온다는 단점도 있다.[16] 그러나 '인지언어학적 관점'에서 은유는 언어 이전의 개념적인 현상으로서, 우리의 경험과 사고를 확충하고 추론하는 데 기본적이며 필수적인 인지 기제로 간주된다. 따라서 은유는 특별한 표현이 아닌 매우 자연스러운 개념화 과정의 일환[17]이라고 할 수 있다.

우리의 일상적 개념체계의 대부분이 '은유적'이라고 할 수 있는데, 곧 지각하고 사고하는 방식이 일상적인 활동을 구조화한다.[18] 비유의 일종인 은유의 핵심은 '추론'이고, 개념적 은유는 공간과 대상의 영역과 같은 감각 운동 영역 안에서의 추론을 다른 영역, 예를 들면 친밀성 정서 정의 등의 개념을 수반하는 주관적 판단의 영역에 관한 추론을 하는 데 사용할 수 있게 해준다. 우리는 은유를 사용하여 추론하기 때문에 우리가 쓰는 은유들은 우리가 살아가는 방식에 관해 많은 것을 결정해 준다고 할 수 있다.[19] '언어와 사고'의 밀접한 관계는 이미 고대철학에서부터 인정되어 왔으며, 인간의 사고를 위해 정신적 도구인 '언어'를 사용하고 학습하는 과정을 거쳐 '내면화'된다고 하였다.[20] 언어와 사고는 불가분의 관계에 있으며, 언어 자체가 은유적이라고도 할 수 있다. 이러한 은유는 우리가 일상적으로 사용하고 있지만 거의 인지하지 못하고 살아간다.

본래 비유와 이미지는 같은 존재에 대한 서로 다른 현상이라고 할 수 있는데, 언어적 요소인 비유어를 통해 형성된 이미지는 감각적 요소이며[21] 언어적 요소인 원관념을 전달하기 위해 보조관념인 감각적 이미지를 활용하는 것이다. 『유마경』에서는 육신의 허망함에 대하여 다음과 같은 비유적 표현을 사용하고 있다.

> 이 몸은 물방울 같아서 잡을 수도 문지를 수도 없습니다. 또 이 몸은 물거품과 같아서 오래도록 지탱할 수가 없습니다. 이 몸은 불꽃과 같아서 애착의 탐욕으로부터 생깁니다. 이 몸은 파초와 같아서 속에 굳은 것이 있지 아니하며, 이 몸은 환상과 같아서 미혹으로 인해서 일어납니다. 이 몸은 그림자와 같아서 업연으로 나타나는 것입니다. 이 몸은 메아리와 같아서 온갖 인연을 따라 생기며,

16) 배식한(2015), 「마음 밖이라는 은유」『철학』 124, 서울: 한국철학회, 101쪽.
17) 임지룡(2014), 「비유의 성격과 기능에 대하여」『한글』 306호, 서울: 한글학회, 77쪽.
18) G. 레이코프 & M. 존슨, 노양진·나익주 역(2019), 『삶으로서의 은유』, 서울: 박이정, 22쪽.
19) 위의 책, 377쪽.
20) 배상식(2015), 「S. 비고츠키의 언어개념 - 언어와 사고의 관계 문제를 중심으로 -」『철학연구』 133, 대구: 대한철학회, 123쪽
21) 전미정(2010), 「치료의 수사학(1)-비유의 치료 원리 구축을 위한 시론」, 『현대문학이론연구』 42권, 현대문학이론학회, 148쪽.

이 몸은 뜬구름과 같아서 잠깐 사이에 변하고 소멸합니다. 또 이 몸은 번개와 같아서 한순간도 머물러 있지 않습니다.[22]

삶의 무상함을 물방울, 물거품, 불꽃, 파초, 허깨비, 꿈, 그림자, 메아리, 뜬구름, 번개에 비유하고 있는데, 이 10가지 비유로써 추상적인 '무상함'을 생생하고 실제적인 의미로 와 닿게 해준다. 이처럼 경전에서 비유를 활용하고 있는 것은, 부처님의 메시지를 좀 더 효과적으로 대중에게 전달하기 위해서였을 것으로 생각된다. 이와 같이 비유는 대상에 관한 내면적 이미지를 형성하게 하고 직관을 이끌어내며, 이러한 직관이 개별적 인식의 중요한 도구 역할을 한다. 그러므로 비유를 사용하는 데는 사용자의 경험과 언어적·인지적 발달의 정도가 중요하다고 할 수 있다. 이러한 비유는 또한 대상에 관한 사고방식을 결정하는 데 중요한 역할을 한다.[23]

비유는 하나의 대상을 설명하기 위해서 보다 강한 이미지를 형성해 주는 다른 사실을 빌려 표현하기도 한다. 여기에는 우화(寓話)가 자주 등장하며 이 우화는 어려운 교리를 분명하게 해주는 역할을 한다.[24] 우화는 도덕적인 명제나 인간 행동의 원칙을 예시하는 짧은 이야기[25]를 말하는데, 하나의 이야기인 우화는 우리의 마음에 투사되어 직관을 자극함으로써 인식의 변화를 일으키는 역할을 한다.[26]

비유적 표현이 대부분인 우화의 주제는 도덕적이며 인간의 약점을 풍자하는 이야기가 주를 이룬다. 대표적인 예가 이솝우화로 현실에서 흔히 발견할 수 있는 인간의 모습들을 가진 동물들이나 전형적인 인간들을 등장시켜 우둔하거나 잘못된 행동을 깨닫게 해준다. 이러한 이솝우화는 이야기를 통해 생각과 사고를 확장하고 선악에 대한 바른 가치관 및 성숙된 사고의 다양성을 가질 수 있게 된다.[27] 시나 우화 등에서 얻은 '공감'과 감동'이 내면화되어 그 사람의 사고방식을 변화시키기도 한다. 이 감동은 어떤 것에 의해서 강요되는 것이 아닌, 자신도 모르는

---

22) 『유마힐소설경』 「방편품」 15:6(한글대장경, 동국역경원)
23) 문지영(2018), 「비유(metaphor)를 통한 철학적 사고와 비유의 제한성에 대한 탐구」 『한국유아교육연구』 Vol.20 No.3., 한국교원대학교 유아교육연구소, 30~31쪽.
24) 강기선(2012), 「불전에 나타난 문학적 비유」 『동아시아불교문화』 제9집, 부산: 동아시아불교문화학회, 126쪽.
25) 한국민족문화대백과사전(우화(寓話)), http://encykorea.aks.ac.kr
26) 김수임(2013), 「우화의 인지적 해석: 이야기와 치유」 『동화와번역』 제26집, 충주: 동화와 번역연구소, 15쪽.
27) 문지영(2014), 「비유의 교육적 의의와 교육방법에 관한 연구」, 부산교육대학교 교육대학원 석사논문, 20~21쪽.

사이에 경험하게 되는 것으로 감동의 순간은 잊히지 않고 각인되므로 그 순간을 기억할 때마다 삶은 정화되고 재생된다고 할 수 있다.[28]

　우화 혹은 이야기의 의미는 개념의 혼합과 투사 등의 복합적인 작용으로 발생하며 대부분의 이야기는 시공을 초월하여 인간의 심리를 반영하고 있다고 할 수 있다. 그러므로 우리는 이야기 속에 등장하는 인물이 처한 상황이나 사건 등에 투영된 모습을 통해 자신을 돌아봄으로써 위안을 얻기도 하고 문제해결 방법을 찾는 데 도움을 얻기도 한다. 문학적 과정으로 생각해 왔던 비유가 사실상 일상적으로 이루어지고 있는 마음의 작용과 다르지 않으며 이야기, 혹은 우화가 우리 정서에 영향을 미칠 수 있다는 사실도 알 수 있다. 이러한 작용이 긍정적인 방향으로 진행된다면 상처받고 병든 마음을 회복시키는 치유의 힘으로 작용할 수 있음을 짐작할 수 있다.[29]

　레이코프는 자신을 이해해 가는 과정에 대하여 '우리의 삶을 의미있게 만들어 주는 적절한 개인적 은유에 대한 탐구이며 새로운 삶의 이야기를 지속적으로 전개하는 것'이라고 하였으며,[30] 이민용은 확장된 은유는 삶의 비유로서 간접체험을 제공할 수 있으며 여러 문제들을 간접적으로 겪어 봄으로써 문제해결을 위한 심리적 훈련을 미리 경험해 보는 것이라고 하였다.[31] 우화든 이야기든, 또는 문학적 감동이든 이러한 심리적 작용은 개인의 체험과 관련이 있으며 이야기를 통한 심리 치유역시 개인의 역량에 따라 받아들여지는 정도가 달라질 것이다.

　한귀은은 비유가 '감상자와 작가'가 만나서 이루어지는 '소통의 공간'에서 형성되며, 감상자와 작가, 그리고 텍스트의 세 요소가 참여하는 삼자 대화(triadic dialogue)의 공간에서 그 의미가 비유적으로 구성되어 가는 것이라고 하였다.[32] 직·간접적 의사소통의 과정이 문학작품과 같은 텍스트를 만들어내며 '텍스트' 속의 비유는 보통 '이야기'의 형태로 전개된다고 한다. 여기서 '이야기'는 일정한 구조를 가진 '설화'의 장르로 이해할 수 있으며 우화 역시 설화의 한 형태이다. 이렇게 비유가 형성되는 의사소통의 과정에서 '감상자'를 '중생', '작가'를 부처님, '텍스트'를 '불교 경전'으로 바꾸어 생각해 본다면, '감상자와 작가가 만나서

---

28) 정효구(2015), 「'시적 감동'에 관한 불교심리학적 고찰」 『한국문학논총』 제71집, 부산: 한국문학회, 132쪽.
29) 김수임, 앞의 글, 26~28쪽.
30) G. 레이코프, 앞의 책, 367쪽.
31) 이민용(2010), 「인문치료의 관점에서 본 은유의 치유적 기능과 활용」 『카프카 연구』 23집, 서울: 한국카프카학회, 305쪽.
32) 한귀은(2006), 「'비유'를 통한 자아 탐색하기, 그 통합적 교육 방안」 『국어교육』 121, 춘천: 한국어교육학회, 413~414쪽.

이루어지는 소통의 공간에서 형성'되었다는 내용을 '중생과 부처님이 만나서 이루어진 소통 과정에서 생산된 부처님의 설법'이 『법화경』과 같은 경전인 '텍스트'를 생산해 낸 것으로 생각할 수 있다. 그렇다면 우화나 이야기 등의 비유를 통해 자신의 심리적 문제와 만나게 되고, 정화하는 과정을 통해 심리 치유와 문제해결을 하게 되는 것이 곧 비유가 갖는 치유적 요소라고 할 수 있다.

2) 불교 경전에서의 비유와 치유적 의미

부처님의 일대교설을 그 경문(經文)의 성질과 형식으로 구분하여 12부(十二部)로 나눈 것을 십이부경(十二部經) 또는 십이분교(十二分敎)라고 하며, 그중 비유로써 교리를 풀이한 부분을 아파타나(阿波陀那)라고 하여 비유(譬喩)라고 번역한다.[33] 십이분교(十二分敎)는 운문과 산문으로 구성되어 있으며, 중생교화 과정의 다양한 일화들이 탁월한 비유와 우화를 사용하여 소설적 또는 희곡적인 전개의 문학적 표현으로 구성되어 있다.[34] 이처럼 불교의 경전은 문학작품으로서의 가치도 탁월하다고 할 수 있다.

강기선은 '불교경전은 거대한 인본주의적인 문학작품'[35]이라고 언급하였는데, 『화엄경』「십지품」에서 십지(十地)를 10가지 모양의 큰 바다에 비유하는 등 문학적 심상을 활용하여 십지의 본질을 다양하게 드러내고 있음을 역설하였다. 여기서 문학적 심상(心象)이란 이미지 또는 표상을 말하는 것으로 감각에 의하여 획득한 현상이 마음속에서 재생된 것을 말한다. 대상에 대하여 마음속에서 시각적 이미지로 나타나는 상을 말하는데, 예를 들면 바다를 떠올리는 경우, 실제만큼 생생하지는 않지만 바다의 대략적인 모습이나 수평선, 파도치는 모습 따위가 떠오른다. 때에 따라서는 바다에 갔던 기억과 함께 바닷가에서 느꼈던 비릿한 바다 냄새, 바닷바람 같은 것이 같이 떠오르기도 한다. 이것이 바다의 심상이라고 할 수 있다.

이러한 비유적인 심상은 정서와 밀접한 관련이 있으며 심리치료에서 활용하기도 한다. 긍정적 심상은 언어보다 정서에 더 큰 영향을 미치므로 행동을 변화시키기 위한 치료 프로그램에서 핵심적인 역할을 한다.[36] 그러므로 불교 경전은 경

---

33) 『불교용어 사전』, https://studybuddha.tistory.com/170
34) 강기선(2013), 앞의 글, 158~159쪽.
35) 강기선(2017), 앞의 글, 2쪽.
36) 권정혜 외(2016), 「인지행동치료에서 심상의 활용」 『인지행동치료』 제16권 제4호, 서울: 한국

전을 읽거나 듣는 사람에게 공감과 감동의 경험을 주고 이는 긍정적 심상 형성으로 작용하게 될 것이며 심리 치유로 이어질 수 있다.

정효구는 시적 감동을 인간들의 심층에 자리하고 있는 청정심(淸淨心), 일심(一心), 도심(道心), 공심(公心), 자비심(慈悲心), 영성(靈性), 영원성(永遠性) 등의 '신성한 실재'를 만나고 일깨우는 일이라고 보았다. 그는 우리에게 익숙한 시적 감동은 불교심리학의 최고의 차원인 지혜 위의 자비, 대아(大我) 의식, 일심, 원성실성(圓成實性) 등의 문제와도 연결된다고 생각하여 시적 감동은 단순히 '시'의 문제가 아님을 이야기하였다.[37] 박찬두는 불교 경전은 고도의 문학적 수법으로 부처님의 가르침을 효과적으로 전달하는 방법을 발전시켜 왔으며 그 중심에 비유, 전생설화, 게송 등이 존재한다고 하였다.[38] 특히 『법화경』의 방편에 쓰인 비유가 문학성이 높다고 평하였다.

불교의 경전이 심리치료적 효과에 관한 관심이 명상보다 현저히 낮은 것은, 언어가 번뇌를 야기하는 분별의 원인으로 생각하는 유식학적 견해와 선종의 언어에 대한 부정적인 인식에 그 원인이 있다고 볼 수 있다.[39] 그러나 대부분의 의사소통이 언어로 이루어지고 있는 점을 생각할 때 언어를 어떻게 이해하고 사용하는가에 따라 그 치유 효과도 결정된다고 할 수 있다.

문학작품이 심리 치유의 효과를 가져다주는 것을 활용한 문학치료, 독서치료 등이 상담 장면에 활용되고 있는 것은 언어가 주는 치유 효과를 활용한 방법이다. 『금강경』에 다음과 같은 대화가 있다.

> "여래가 말한 티끌은 티끌이 아니므로 티끌이라 하며, 여래가 말한 세계는 세계가 아니므로 세계라 이름하느니라."
> "수보리야, 네 생각이 어떠하냐? 32상(相)으로써 여래를 볼 수 있겠느냐?"
> "아니옵니다, 세존이시여. 32상으로는 여래를 보지 못하리니, 왜냐하면 여래께서 말씀하신 32상은 곧 상(相)이 아니므로 32상이라 이름하기 때문입니다."[40]

인지행동치료학회, 439쪽.
37) 정효구, 앞의 글, 128~129쪽.
38) 박찬두(1991), 「법화경의 (法華經) 문학적 연구-서사구조 (敍事構造) 를 중심으로-」『한국불교학』 16권, 한국불교학회, 301~333쪽.
39) 주성옥, 앞의 글, 35쪽.
40) 『금강반야바라밀경(金剛般若波羅蜜經)』 「여법수지분(如法受持分)」 (구마라집(鳩摩羅什) 한역, 한글대장경, 동국역경원)

인용한 경문에서 볼 수 있듯이, '티끌'이나 '세계' 등은 그렇게 '이름 붙였기' 때문에 티끌, 세계라고 부르는 것이지 원래 티끌이고 세계여서 그렇게 부르는 것이 아니다. 경문에서는 상(相)에 집착하지 않아야 한다는 의미로 이야기하고 있으나, 우리가 당연하게 사용하는 언어 역시 은유적이며 일종의 비유를 활용한 의사소통 방법임을 생각하게 하는 내용이다.

우리는 마음을 실제로 볼 수 없으므로, 언어를 통해서 보게 된다. 언어는 실재(實在)하는 대상의 모습을 있는 그대로 표현하는 것이 아니라 실재의 한 측면만을 가리키고, 실재의 모습으로 다가가려는 것이 언어가 할 수 있는 전부라고 할 수 있다. 언어는 단지 달을 가리키는 손의 역할을 할 뿐 달 자체는 아닌 것이다.[41] 일상적인 언어는 언어의 의미적 기능에 중점을 두며 마음이 생멸하는 것과 마찬가지로 의미도 생멸하게 된다.[42] 언어에 의해서 지시된 상(想)은 대상을 고정화하는 역할을 한다고 할 수 있지만, 언어가 담고 있는 의미는 받아들이는 사람에 따라 달라진다. 곧 그 사람의 마음이 의미를 만든다고 할 수 있다. 따라서 단지 다르게 이해할 수 있다는 다양성에 대한 이해가 필요하다.

부처님은 이러한 다양성을 염두에 두고 제자들과 중생들의 진리에 대한 깨달음을 위해 다양한 비유의 방편으로 설법을 하셨다. 이러한 부처님의 방편은 비유나 은유를 넘어서는 '깨달음'의 문제를 함축한다고 할 수 있다. 이와 같은 방편에 대해 '학습자의 능력을 점차 성숙시켜 마침내 구경의 정각에 접근케 하려는 불교의 교육방법론'[43]이라고도 할 수 있듯이 방편은 깨달음에 도달하기 위한 매개체가 되고 점차 깨달음이라는 궁극의 목적을 지향함으로써 정신적 성장을 가져올 수 있게 된다. 이와 같이 경전에 쓰인 비유가 일반적인 비유와 다른 점은, 경전에 쓰인 비유는 깨달음을 위한 방편으로 쓰였다는 것이며 비유가 곧 진리를 함의하고 있다는 사실이라고 할 수 있다.

『불설비유경(佛說譬喩經)』에는 달콤한 꿀맛에 취해 위험을 잊어버린 사람의 이야기인 안수정등(岸樹井藤)의 비유가 나온다. 많은 사람에게 회자되고 있는 이 '안수정등의 비유'는 생사의 맛과 그 근심스러움을 알게 하기 위한 비유로서 다음과 같이 전개된다.

---

41) 윤희조(2017), 「불교의 언어, 불교상담의 언어문제」 『대동철학』 81, 울산: 대동철학회, 248쪽.
42) 위의 글, 251쪽.
43) 박선영(1981), 불교의 교육사상, 서울: 동화출판공사, 126쪽: 이송곤(2010), 「불교 경전 이야기의 내러티브 학습방법과 그 교육적 의의」 『종교교육학연구』 34권, 한국종교교육학회, 231쪽 재인용.

한량없이 먼 겁 전에 어떤 사람이 광야에 놀다가 사나운 코끼리에게 쫓겨 황급히 달아나면서 의지할 데가 없었소. 그러다가 그는 어떤 우물이 있고 그 곁에 나무뿌리 하나가 있는 것을 보았소. 그는 곧 그 나무뿌리를 잡고 내려가 우물 속에 몸을 숨기고 있었소. 그때 마침 검은 쥐와 흰 쥐 두 마리가 그 나무뿌리를 번갈아 갉고 있었고, 그 우물 사방에는 네 마리 독사가 그를 물려 하였으며, 우물 밑에는 독룡(毒龍)이 있었소. 그는 그 독사가 몹시 두려웠고 나무뿌리가 끊어질까 걱정이었소. 그런데 그 나무에는 벌꿀이 있어서 다섯 방울씩 입에 떨어지고 나무가 흔들리자 벌이 흩어져 내려와 그를 쏘았으며, 또 들에서는 불이 일어나 그 나무를 태우고 있었소.44)

우화의 형식으로 전개되는 이 이야기는 이야기의 내용만으로는 그 의미를 알기 쉽지 않다. 이 비유의 의미에 대하여 다음과 같은 설명이 이어진다.

그 광야란 끝없는 무명(無明)의 긴 밤에 비유한 것이요, 그 사람은 중생에 비유한 것이며 코끼리는 무상(無常)에 비유한 것이요, 우물은 생사에 비유한 것이며, 그 험한 언덕의 나무뿌리는 목숨에 비유한 것이요, 검은 쥐와 흰 쥐 두 마리는 밤과 낮에 비유한 것이며, 나무뿌리를 갉는 것은 찰나찰나로 목숨이 줄어드는 데 비유한 것이요, 네 마리 독사는 4대(大)에 비유한 것이며, 벌꿀은 5욕(欲)에 비유한 것이요, 벌은 삿된 소견에 비유한 것이며, 불은 늙음과 병에 비유한 것이요, 독룡은 죽음에 비유한 것이오. 그러므로 대왕은 알아야 하오. 생·노·병·사는 참으로 두려워해야 할 것이니, 언제나 그것을 명심하고 5욕에 사로잡히지 않아야 하오.45)

이로써 비유의 내용이 생로병사의 고통과 인간 생명의 무상함을 이야기하고 있음을 알 수 있다. 생로병사의 고통을 단지 '고통스럽다, 무상하다'라는 말로 설명하는 것보다 이와 같은 비유로써 이야기하면 그 의미를 더 잘 이해할 수 있게 된다. 이어지는 게송에서 고통과 삶의 무상함에서 벗어날 수 있는 길을 제시하고 있다.

지혜로운 사람이라면 이것을 관찰하여
생(生)의 재미를 곧 싫어하라.
오욕(五慾)에 집착 없어야
비로소 해탈한 사람이라 하나니46)

---

44) 『불설비유경(佛說譬喩經)』(한글대장경, 동국역경원).
45) 같은 글.

'지혜로운 사람'이라면 삶의 무상함을 알고 꿀처럼 달콤한 오욕에 집착하지 않아야 비로소 해탈할 수 있다고 이야기한다. 이 이야기에서 진퇴양난에 빠진 현대인들의 모습을 볼 수 있다. 언제 떨어질 줄 모르는 '삶'이라는 밧줄에 매달려 아등바등 살아가고 있는 인간들의 모습, 그리고 욕망 속에 허덕이며 현재 자신이 처한 상황을 바로 보지 못하고 살아가는 중생의 모습이 바로 이 비유 속의 어떤 사람일 것이다. 이 비유를 접한 사람이라면 자신의 모습을 한번 돌아보게 될 것이며, 삶의 의미에 대하여 생각하게 될 것이다. 그리고 자신이 추구하는 가치가 무엇인지 다시 한번 생각해 보지 않겠는가? 이렇게 자신의 삶에 대하여 생각해 보는 것만으로도 경전에서 비유하고 있는 내용이 사람의 마음에 영향을 주었다고 볼 수 있다. 불교의 경전은 부처님의 설법을 담고 있으며 부처님의 설법은 진리에 대한 깨달음을 위한 것이므로 경전에 쓰인 비유는 곧 깨달음을 위한 것이라고 할 수 있다. 무엇을 깨닫는가에 대한 문제는 경전을 접하는 대중의 근기에 달려 있을 것이다. 이러한 과정이 곧 경전의 비유가 주는 치유의 의미라고 할 수 있다.

3) 『법화경』의 비유와 법화칠유

(1) 『법화경』과 비유

『법화경』은 '방편과 비유의 극치'라고 칭송될 만큼 다른 어떤 불교 경전보다도 비유가 풍부한 것으로 유명하다. 비유는 추상적 의미를 유사한 구체적 사실로 전환하여 전달하려는 방편으로, 특히 말로 직접 설명할 수 없는 진실에 접근하는 데 효과적이다. 석가모니는 인도철학의 학파들이 출현하기 훨씬 이전부터 철학적 사유를 이해하기 쉽게 전달하는 데 비유를 적절하게 구사한 전형적 인물로서 이 같은 면모는 『법화경』에 잘 반영되어 있다.[47]

『법화경』에는 25개의 크고 작은 비유들이 나오는데, 경전의 제목에서부터 비유적인 표현이 사용된 것을 볼 수 있다. '법화경'의 범어 경문은 '삿다르마 푼다리카 수트라(Sadharma pundarika sutra)'로 여기서 'pundarika'는 '하얀 연꽃'을 말한다. 진흙 속에서 꽃피지만 더러워지지 않는 연꽃의 특성을 비유하여 세속적인 더러움에 물들지 않는 보살을 의미한다고 한다.

---

46) 같은 글.
47) 정승석(2004), 『법화경, 민중의 흙에서 핀 연꽃』, 사계절, 131쪽.

『법화경』「종지용출품」에 "보살도를 잘 배워서 물속에 핀 연꽃처럼 땅속에서 솟아나와 공경스런 마음으로 세존 앞에 있사오니"[48]라는 경구가 있다. 이 비유가 바로 '연화(蓮花)의 비유'이다. 『법화경』에는 비유의 필요성과 기능, 그리고 그 한계에 대해 부처님께서 설하시는 대목이 자주 나온다.

"모든 부처님께서는 중생의 근기를 따라 법을 설하시나니 그 뜻은 알기가 어려우니라. 왜냐하면 나는 무수한 방편과 여러 가지 인연과 비유와 이야기로써 모든 법을 설하느니라. 이 법은 생각이나 분별로는 감히 알기 어려우니, 오직 모든 부처님만이 능히 알 수 있는 것이니라."[49]

인용한 경문에서 보면, 비유를 사용하는 것은 중생의 근기에 따른 것이며, 그 본래의 뜻은 부처님만이 알 수 있다고 이야기한다. 이처럼 알기 어려우므로 무수한 방편과 여러 가지 인연과 비유로써 설하는 것이라고 하였다. 이러한 가르침은 "일체중생을 부처님의 경지로 인도하는 일불승을 위한 것"[50]이므로 "모든 중생들은 부처님을 따라 섬기면서 법을 받들어 듣고 행하여 마침내 최고의 지혜인 일체종지를 얻게 된다."[51]고 설하였다. 그리고 중생들이 법문을 듣고 육바라밀의 복과 덕을 닦으면 모두 성불할 수 있음을 설하였다.[52] 다음의 경문에서는 비유를 사용하는 이유에 대하여 설한다.

"부처님 세존은 가지가지의 인연과 비유와 이야기와 방편으로 설하는 것이 모두 위없이 높고 바른 깨달음을 얻게 하기 위함이라고 하지 아니하였느냐. 이와 같이 말한 것은 모두 보살을 교화하기 위한 것이니라. 내 이제 다시 비유를 들어 이 뜻을 분명하게 말하리니 지혜 있는 사람들은 이 비유로써 알 수 있고 이해할 수 있느니라."[53]

비유를 포함하여 부처님이 방편으로 설하는 것이 모두 깨달음을 얻게 하기 위함임을 알 수 있으며, 비유의 뜻을 이해할 수 있는 자는 지혜를 갖춘 사람이어야 함을 알 수 있다.

---

48) 법화정사(2015), 『법화경』「종지용출품」, 386쪽.
49) 법화정사(2015), 『법화경』「방편품」, 서울: 법화정사, 66쪽.
50) 위의 글, 68쪽.
51) 위의 글, 69쪽.
52) 법화정사(2015), 『법화경』「비유품」, 79쪽 게송.
53) 위의 글, 105쪽.

"깨달음을 얻지 못한 중생은 저마다 각기 다른 성품을 가지고 있으며 또 제각기 다른 욕망을 가지고 있고, 또 제각기 다른 행을 하고 있으며 또 제각기 다른 생각을 가지고 사물을 자기 주관에 의해 분별하여 보는 습성이 있으므로, 여래는 모든 중생에게 깨달음의 근본이 되는 모든 선근을 내게 하려고 과거의 인연을 말하거나 비유를 인용하여 가르치거나 알맞은 말로 설명하거나 하여, 여러 가지 방법으로 법을 설하여 중생을 교화하기를 잠시도 쉬지 않았느니라."[54]

위의 경문에서는 이러한 비유들이 저마다의 성품이 달라 깨달음을 얻지 못한 중생들을 위하여 설해진 것이며, 각자의 선근에 맞추어 가르치는 부처님의 방법임을 알 수 있다. 이와 같이 『법화경』 본문의 여러 곳에서 비유를 사용하는 이유와 비유의 역할과 기능에 대한 내용들을 볼 수 있다. 그리고 비유를 이해하기 위해서는 지혜를 갖추어야 하며, 지혜를 갖추기 위해서는 육바라밀 수행이 필요함을 강조하고 있다. 그러므로 『법화경』에서의 비유는 진리를 진리답게 전하려는 하나의 방편이라고 말할 수 있다.[55]

『법화경』에는 대승의 확장에 따른 다양한 이야기들이 내재하고 있으며, 이는 시간적 무한대와 공간적 확장, 그리고 비유를 통한 깨달음과 인연과 희망을 설정함으로써 설득력 있는 이야기 구조로 되어 있다.[56] 이러한 점은 불교 경전인 『법화경』을 문학작품이라는 관점에서 문학적 서사(敍事, narrative)로 이해할 수 있으며, 이는 곧 문학이 주는 치유 요소가 내재되어 있음을 시사한다고 볼 수 있다.

부처님이 대중들을 깨달음의 경지로 이끌기 위하여 대기설법으로써 대중 하나하나의 근기에 맞는 설법을 하였다는 사실은 불교가 갖는 상담적 기능이라고 볼 수 있다.[57] 부처님의 설법이 중생들의 잘못된 신념을 깨우치고 이를 새로운 세계관으로 교정시켜가는 과정이라 생각한다면 이는 내담자의 문제를 해결해 가는 상담의 과정과 같은 맥락으로 이해할 수 있기 때문이다. 여기서 '비유'는 상담에서의 직면요법보다 상처를 덜 주면서 본질적인 문제에 접근하는 방법으로 활용된 것이다.[58] 따라서 불교 경전의 내용에는 이미 심리 치유의 과정이 포함되어 있으며 비유가 그 중심에 있다고 말할 수 있다.

---

54) 법화정사(2015), 『법화경』 「여래수량품」, 395쪽.
55) 강기선(2012), 앞의 글, 127쪽.
56) 최동순(2017), 「『법화경』에 내재된 서사와 그 실현성 연구」 『전법학연구』 제11호, 불광연구원, 268쪽.
57) 김선화(2018), 「'법화칠유'의 상담심리학적 의미 연구」, 동방문화대학원대학교 박사학위논문, 5쪽.
58) 전나미, 앞의 글, 19~42쪽.

(2) 법화칠유의 심리 치유적 의미

세친논사가 『법화경론』에서 증상만심(增上慢心)의 치유기제로서 법화칠유를 언급한 이후 법화칠유는 『법화경』을 대표하는 비유가 되었다. 증상만심이란 잘난 체하는 마음, 곧 교만을 말한다.59) 『유식삼십송』을 지은 세친논사는 근본번뇌에 속하는 교만한 마음을 법화사상으로 해결할 수 있다고 보았으며, 교만을 일곱 가지[七慢]로 구분하고 그 해결 방법으로서 『법화경』에 나오는 일곱 가지의 비유를 제시하고 있다. 그 바탕에 유식사상이 있다는 사실은 곧 불교에 상담의 요소가 내재되어 있음을 보여주는 것이기도 하다.60)

『법화경』의 법화칠유는 「비유품」의 '화택의 비유[火宅喩]', 「신해품」의 '궁자의 비유[窮子喩]', 「약초유품」의 '약초의 비유[藥草喩]', 「화성유품」의 '화성의 비유[寶處化城喩]', 「오백제자수기품」의 '의주의 비유[衣珠喩]', 「안락행품」의 '계주의 비유[髻珠喩]', 「여래수량품」의 '양의의 비유[醫子喩]'를 말한다. 법화칠유는 『법화경』의 핵심사상을 가장 잘 알 수 있는 비유들로서 대중들에게 주는 부처님의 메시지를 함축하고 있다고 할 수 있다.

방편으로 설해진 법화칠유는 궁극적 목적이 일승이며, 각각의 비유에서 일승으로 가는 해법을 우화의 형식으로 서술하고 있다. 여기서는 비유에 관한 교학적 해석이 아닌 심리 치유적 의미를 중심으로 볼 것이다. 세친논사가 법화칠유를 증상만의 치유법으로 제시했듯이 법화칠유의 내용들은 각각의 문제상황에 따른 '치유의 해법'으로 생각할 수 있다.

비유 속에 등장하는 인물들은 다양한 상황에 처한 사람들로 이해할 수 있으며, 장자와 장자의 아들, 여행안내자와 여행자, 친구, 전륜성왕과 병사, 그리고 의사 등으로 그려져 있는 인물들은 현실에서 각자 처해 있는 삶의 모습에 따라 다르게 인식될 것이다.

먼저 「방편품」 '화택(火宅)의 비유'를 보면, 불타는 집에서 불이 난 줄 모르고 놀이에 빠진 아이들을 구하기 위해 아이들이 좋아하는 세 종류의 장난감수레[羊車, 牛車, 鹿車]를 주겠다고 하여 밖으로 나오게 한 뒤 가장 좋은 장난감수레[大白牛車]를 준다는 이야기이다. 여기서 '불'로 상징되는 번뇌에서 벗어날 수 있는 해법으로 제시하는 '수레'는 해탈로 나아가는 수행을 의미하는데, 세 가지 수레는

---

59) 『불교대사전』(홍법원, 2011), 2403쪽 참조.
60) 김선화(2018), 앞의 글, 5쪽.

대상과 상황에 따라 달라질 수 있는 심리 치유법으로 해석할 수 있다. 여기서 수레를 '장난감'이라고 표현한 것은 공부도 즐겁게 하는 것이 더 잘되듯이 경전 공부나 기도, 참선과 같은 수행도 이와 마찬가지라는 의미로 볼 수 있으며,[61] 이 '수레'는 법화칠유의 다른 비유들에서 구슬[珠], 화성(化城), 해독약 등의 새로운 대상으로 치환되어 나타나고 있다.[62] 이 '화택의 비유'는 '불난 집'이라는 한계상황을 제시하여 부처님께서 중생들을 위해 어떤 방편을 사용하고 있는지를 알려준다.[63] 경문에서는 사람들이 겪는 번뇌에 대하여 다음과 같이 이야기한다.

> 모든 중생들을 보니, 나고 늙고 병들고 죽으며 근심하고 슬퍼하고 고통과 고뇌에 시달리며 번뇌로 불타고 있으며 또 다섯 가지 욕심과 재물의 이익 때문에 온갖 고통을 받으며, 또 탐내고 애착하여 끝없이 구하느라고 현세에서 여러 가지 고통을 받다가 후세에는 다시 지옥 축생 아귀의 고통을 받으며, 만일 천상이나 인간에 태어난다 하더라도 가난하고 고생스러우며, 또 사랑하는 사람을 이별하는 괴로움과 원수를 만나는 괴로움 등 이러한 가지가지 고통 속에 빠져 있으면서도, 즐거워하고 기뻐하며 깨닫지도 못하고 알지도 못하며, 놀라지도 아니하고 두려워하지도 아니하며, 싫증을 내지도 않고 해탈을 구하지도 아니하며, 이 삼계의 불타는 집에서 동서로 뛰어다니며 큰 고통을 당하면서도 걱정할 줄을 모르는구나.[64]

사람들이 겪는 번뇌의 불이란 다름 아닌 생노병사(生老病死)와 우비고뇌(憂悲苦惱)이다. 인간의 본능인 탐욕이 현실적으로 채워지지 않았을 때 나타나는 마음의 증상이 분노이며, 곧 구부득고(求不得苦)·애별리고(愛別離苦)·원증회고(怨憎會苦)인 괴로움으로 인해 진심(嗔心)이라는 분노의 심리적 증상이 일어난다.[65] 모든 것을 태워버릴 수 있는 불은 프로이트가 리비도의 상징이라고 보았듯이[66] 세속적인 욕망의 추구인 동시에 욕망을 성취하지 못한 분노를 의미한다고 볼 수 있다. 이와 같은 번뇌에서 벗어나는 길은 다름 아닌 사성제[苦集滅道]임을 비유가 제시된 뒤에 이어진 다음의 게송에서 찾을 수 있다.

---

61) 무비스님(2020), 『법화경강의(상)』, 서울: 불광출판사, 288쪽.
62) 김선화(2018), 앞의 글, 111쪽.
63) 차차석(2010), 『다시 읽는 법화경』, 서울: 조계종출판사, 83쪽.
64) 『법화경』 「비유품」 132~133.
65) 강미자(2012), 「불교에서 본 정신분석(Psychoanalysis)」 『동아시아불교문화』 12, 부산: 동아시아불교문화학회, 2012, 69쪽.
66) 이윤기 역(1997), 『종교의 기원』, 열린책들, ; 장영란(2008), 「불의 상징과 형이상학」 『현상학과 현대철학』 38, 한국현상학회, 144쪽 재인용.

어떤 사람 지혜 작아 애욕에만 집착하면 이런 사람 위하여서 고성제를 말하거
늘 중생 마음 모두 기뻐 미증유를 얻어내니 부처 설법 고성제는 진실하고 다름
없네 만일 또한 어떤 중생 고통 근본 알지 못해 고통 원인 애착하여 잠시라도
못 버리면 이런 사람 위하여서 방편 의도 말을 하며 모든 고통 원인들은 탐욕심
이 근본이라 만일 탐욕 멸하면은 의지할 바 전혀 없어 온갖 고통 멸하는 길 그
이름이 제삼제라 멸성제를 위하여서 도를 닦아 수행하니 고의 속박 여의는 길
해탈이라 하느니라.[67]

불타는 집에서 벗어나는 것이 번뇌에서 벗어나 열반의 세계로 가는 길, 곧 깨
달음의 길임을 비유적으로 표현하고 있다. 사성제는 심리 치유의 관점에서 볼 때
마음의 병을 치유하는 아주 단순하고 명쾌한 원리로서, 불교 심리치료의 가장 기
본적인 원형이며 종교적인 의미를 떠나 가치 있고 의미 있는 삶을 살도록 도와주
는 수단이자 실천수행을 위한 치유프로그램[68]이라고 할 수 있다. 따라서 누구나
쉽게 심리 치유에 적용할 수 있다. 부처님은 이러한 사성제를 설함으로써 심리
치유에 대한 해결책을 이 일곱 가지 비유로써 제시하고 있는 것이다.

그 다음, 법화칠유의 두 번째 비유인 「신해품」 '궁자(窮子)의 비유'는 집을 떠
나서 가난하게 살아가던 아들이 다시 집으로 돌아와 자신의 신분을 찾게 되기까
지 오랜 기간 아버지의 노력이 있었다는 이야기이다. 이 이야기는 부처님의 제자
들이 자신들의 깨달음을 비유하여 이야기한 것으로, 궁자가 장자의 아들임을 깨
닫는 것은 '우리 중생이 불자(佛者)'임을 깨닫는 것을 의미한다. 불자임을 깨닫는
다는 것은 자신의 본래면목(本來面目)을 아는 것, 곧 자신도 부처가 될 수 있다
는 깨달음을 의미한다.[69] 이 비유에서 궁자의 번뇌는 '자신의 신분을 모른다'는
것인데, 이는 '정체성의 상실', '자아상실'로 볼 수 있다. 떠돌아다니던 궁자가 아
버지의 집 앞에서 자신이 그 아들임을 알지 못한다는 것은 자신의 정체성을 잃어
버린 상황으로 볼 수 있기 때문이다. 이는 현대인들이 자신의 삶의 목적도 모른
채 그저 바쁘게만 살아가고 있는 모습으로 생각할 수 있겠다. 현대인들은 지금까
지 겪어 보지 못한 다양한 한계상황에 직면해 있으며 생각의 속도가 사회 변화의
속도를 따라가지 못하는 데서 불안공포증을 느끼며 살아간다고 할 수 있다. 목표
와 방향이 없는 변화는 우리를 예측 불가능한 세계로 몰아넣고 우리를 불안하게

---

67) 『법화경』 「비유품」 132~133쪽.
68) 서광(2012), 『치유하는 불교 읽기』, 불광출판사, 34~35쪽; 양영애(2015), 「상담 적용을 위한 사
　　성제와 현실치료의 비교」 『한국불교학』 제74집, 서울 : 한국불교학회, 356쪽.

만드는 것이다.[70] 그런 의미에서 자신의 정체성을 찾지 못해 방황하고 있는 궁자의 모습과 다르지 않다는 생각을 하게 된다.

궁자가 아버지의 집에서 오랜 세월 머슴으로 일하다가 궁극에는 자신의 신분을 찾게 된 것을 번뇌에서 벗어난 '자아 회복' 또는 '자기실현'이라고 할 수 있다. 자신의 본질을 잃어버리고 누군지 모르고 살아가던 궁자가 잃었던 자아를 회복할 수 있었던 것은 아버지인 장자의 적극적인 지지와 긍정적 자극이 절대적이었다. 여기서 장자는 궁자의 자아를 회복하게 도와준 상담자이자 치료자였다고 볼 수 있다. 이 비유는 자아정체성을 찾지 못해 방황하는 사람들에 대한 치유법으로 이해할 수 있다.

세 번째 「약초유품」' 약초(藥草)의 비유'는 중생을 약초에 비유하여 각자 자신이 처한 환경과 모습에 따라 알맞은 크기로 성장하게 된다는 약초(藥草)의 비유는 중생을 향한 부처님의 가르침은 한가지이나 중생들은 각자의 근기에 따라 다르게 받아들인다는 이야기이다.

> 이렇게 비가 내리니 모든 풀과 나무와 숲과 약초들의 작은 뿌리, 작은 줄기, 작은 가지, …(중략)… 크고 작은 나무들이 상중하를 따라서 제각기 비를 받느니라. 한 구름에서 내리는 비를 맞으나 그 초목의 종류와 성질에 맞추어서 자라고 크며 꽃이 되고 열매를 맺게 되느니라.[71]

사람들은 살아가는 모습과 환경이 각자 서로 다르며 같은 환경이라 하더라도 각자의 조건에 따라 받아들이는 정도가 다르고 그 결과가 달라짐을 이야기하고 있다. 곧 존재의 다양성 속에서 상대적 가치를 인정해야 한다는 것이 주제라고 할 수 있다.[72] 약초에 비유되는 중생들 저마다의 개성과 취향에 따라 환경에 반응하는 것도 각각 다르지만 결국 귀착점은 하나[73]라는 이야기이다. 그 귀착점은 다름 아닌 '초목의 종류와 성질에 맞추어서 자라고 크며 꽃이 되고 열매를 맺게 되는' 것이다. 이 이야기는 모든 존재의 진실한 모습, 곧 제법실상(諸法實相)을 이해한다면 깨달음에 이를 수 있다는 이야기로 이해할 수 있다. 존재의 세계는 있는 그대로 무한한 가치를 지니므로 어느 것 하나 소중하지 않은 것이 없다. 사

---

70) 남청(2012), 「현대인의 정신건강 : 무엇이 문제인가?」『동서철학연구』 63, 대전: 한국동서철학회, 203~205쪽.
71) 『법화경』「약초유품」, 175쪽.
72) 김선화(2018), 앞의 글, 93쪽.
73) 차차석, 앞의 책, 115쪽.

람들이 자신과 다른 존재와 비교함으로써 겪게 되는 번뇌의 괴로움은 상대적 가치를 알고 인정함으로써 치유할 수 있을 것이다. 또한 타인의 처지를 이해하는 사고로 발전할 수 있다면 내면의 성장을 가져오는 결과로 나타날 것이다.

「화성유품」의 '화성(化城)의 비유'는 보물을 찾아 떠난 여행길에서 지치고 힘든 사람들을 위해 여행 인도자가 중간에 신통력으로 성을 만들어 쉬게 한 후 다시 보물이 있는 보성을 향해 떠난다는 이야기이다. 보물이 있는 성을 찾아가는 길은 무척이나 험난하다는 것을 이야기하고 있다. 어려움 또는 한계상황에 처한 현대인들의 모습을 생각할 수 있다. 현대인들은 경제적으로는 풍요롭지만 더 많은 성공과 부를 위해 노예처럼 살고 있으며 필요 이상의 부를 추구하면서 살아간다.[74] 그리고 그 기준을 남에게 맞추어 비교하며 맹목적으로 살아가다 보니 참된 행복을 찾지 못하고 정신적 공허함으로 방황하게 된다. 진귀한 보물을 찾아 험난한 길도 마다하지 않는 이 사람들은 자신이 추구하는 가치를 위해 열심히 살아가는 현대인들의 모습과 닮았다.

사람들은 현실에서는 타성이나 관습에 안주하는 것을 좋아하며, 초월적 자아인 본성을 망각한다. 이러한 태도의 밑바탕에 있는 것은 열등감이라고 할 수 있는데 자신의 능력을 과소평가하여 생각하는 마음이다.[75] 살다 보면 어떤 일에 대하여 포기하고 싶은 마음이 들기도 할 것이며, 적당한 곳에서 안주하고 싶은 생각도 들 것이다. 그리고 자신을 과소평가하여 더 나아질 수 없다고 좌절할지도 모른다. 하지만 자신의 내면에는 보성으로 인도하는 인도자와 같은 본모습이 있음을 자각한다면 힘든 마음을 다독여 다시 일어나게 할 수 있을 것이다. 심리학의 관점에서 본다면 이 여행 인도자는 다른 사람이 아닌 바로 자신이라고 할 수 있다.

그 다음은, 자신의 옷 속에 친구가 매달아 준 보석이 있는 것을 알지 못하고 다른 곳에서 먹을 것을 구하기 위해 구걸하며 고생하는 어떤 사람의 이야기인 「오백제자수기품」의 '의주(衣珠)의 비유'이다. 자신의 깨달음은 외부의 어딘가에 있는 것이 아니라 자기 안에 있다는 것을 보여주는 비유이다. 자신에게 보배 구슬이 이미 있었음을 망각하고 살아온 사람은 '궁자의 비유'에서 본성을 잃어버리고 방황하던 가난한 아들의 모습과 같다. 여기서 이 사람은 현실적인 문제에 연연하며 살아가느라 진정한 자신의 내면을 성찰하지 못하고 정신적 가난을 겪고

---

74) 남청, 앞의 글, 209쪽.
75) 틱낫한, 김순미 역(2014), 『내 손안에 부처의 손이 있네』, 경기: 위스덤하우스, 93~94쪽.

있는 사람[76]이며 안목이 넓지 못하고 닫혀 있는 사고를 가진 사람[77]이라고 할 수 있다. 또한 '술에 취한' 것처럼 무언가에 중독되어 자신을 돌아볼 여유가 없는 사람의 모습으로 볼 수도 있다. 현대를 살아가는 우리들은 차고 넘치는 물질문명 속에서 자신의 내면에 존재하는 정신적 가치를 탐색할 필요가 있다. 자신의 내면을 들여다보는 시간을 갖고 자신의 진정한 가치를 발견하는 것이 필요하다.

「안락행품」의 '계주(髻珠)의 비유'는 전륜성왕은 전투의 결과에 따라 공을 세운 사람에게 합당한 상을 주지만 상투 속의 구슬만은 주지 않다가 가장 큰 공을 세운 장군에게 상투 속 구슬을 내어준다는 내용의 이야기이다. '계주'는 상투 속의 구슬을 의미하며, 정수리의 구슬이라는 의미에서 '정주(頂珠)', 또는 '명주(明珠)'라고도 한다. 비유 속의 군사들은 자신의 처한 환경에서 이루어지는 번뇌라는 전쟁에서 이기기 위해 각자의 목표를 향해 나아가는 사람들을 상징한다고 볼 수 있다. 사람들마다 번뇌의 종류도 다르지만 그 치유법 역시 다르므로 치유 결과 역시 달라진다. 또한 삶의 가치 기준도 다를 것이므로 같은 결과라 하더라도 그에 대한 해석은 제각각일 것이다. 그 제각각의 결과가 공에 따라 군사들에게 주는 상은 경전에서 열거해 놓은 "논밭과 집과 마을과 고을을 주기도 하고 혹은 여러 가지의 귀중한 보물인 금·은·유리·자거·마노·산호·호박과 코끼리……."처럼 다양한 형태로 제시되고 있다. 전륜성왕에게 상을 받게 되는 소소한 승리는 궁극적인 지향점을 향해 나아가는 보상이 될 것이며, 그 지향점은 바로 『법화경』으로 비유되는 궁극의 깨달음을 의미한다.[78] 전쟁을 수행하는 사람은 '번뇌'라는 적과 싸우는 중생들로 자신과 고단한 싸움을 하며 바쁘게 살아가는 현대인들의 모습으로 볼 수 있다. 그리고 주어진 환경에서 최선을 다하면 진정한 삶의 가치를 찾을 수 있다는 이야기로도 이해할 수 있으며, 물질적 가치를 벗어나서 살아가기 힘든 현대인들에게 전륜성왕의 상투 속 구슬은 '정신적 가치'를 대변한다고 할 수 있다.

이는 '화성의 비유'에서 말하는 '화성' 또는 '보성'과 같은 맥락으로 볼 수 있다. 군사들이 각각의 결과와 공에 따라 '전륜성왕에게 받는 상'은 보성에 도달하기 위해 잠시 머물던 화성과 같고 상투 속의 명주는 마지막 목적지인 '궁극의 깨달음'을 상징하는 '보성'과 같다고 볼 수 있다. 이는 사소한 번뇌에서 벗어나 얻게 되는 '진정한 자아의 회복'과 연결지어 생각해 볼 수 있다. '궁자의 비유'에서

---

76) 김선화(2018), 앞의 글, 130쪽.
77) 위의 글, 98쪽.
78) 김선화(2018), 앞의 글, 134~135쪽.

궁자가 귀향하여 아버지를 만나 자신을 찾고, 여행객들이 화성에 안주하지 않고 보성을 찾아 다시 출발하는 것과 같으며, '의주의 비유'에서 친구를 다시 만나 구슬의 존재를 알게 되는 어떤 사람처럼 소소한 전쟁에서 싸워 이기듯 삶에서 만나는 번뇌를 극복하고 진정한 치유의 길에 이를 수 있는 것이다. 또한 구슬은 화택의 비유에 등장하는 '수레'와 같은 존재로 '치유'를 의미한다고 할 수 있다.[79]

마지막으로 「여래수량품」의 '양의(良醫)의 비유'는 의사인 아버지가 독약을 마시고 쓰러져 있는 아이들을 위해 해독약을 처방하여 주었으나 약을 먹지 않는 아이도 있어 방편으로 아버지가 죽은 것처럼 가장하여 아이들이 스스로 약을 먹고 깨어나게 하였다는 이야기이다. 이 비유에서 독약을 마시고 본마음을 잃은 아이는 독약에 '중독'된 것으로, 어리석음으로 인하여 탐진치 삼독을 의미하는 독약, 곧 삼독에 중독되었음을 말하는 것으로 이해할 수 있다. 또한 중독된 아이들은 오욕에 탐닉하여 정신적 고뇌에 빠진 현대인들의 모습으로 이해할 수 있다.[80] 불확실한 삶에 대한 불안과 욕망, 결핍으로 인하여 무언가에 중독되어 있는 현대인들의 병든 자의식을 치료하기 위해서는 마음을 치유하고 변화시키는 '영혼의 약'이 필요하다. 이 약은 다름 아닌 불교 수행을 통해 진정한 본성을 깨닫는 것[81]으로 매 순간 알아차림하여 진정한 자신과 만나는 시간을 만드는 것이라고 할 수 있겠다.

3. 결론

이상에서 『법화경』을 중심으로 불교 경전 속에서 만날 수 있는 '비유'에 담긴 심리 치유의 의미 탐구를 위해 비유의 개념과 특징을 살펴본 후 대표적인 대승경전의 하나인 『법화경』의 법화칠유를 중심으로 불교 경전에서 사용되는 비유의 특징과 그 심리 치유의 의미에 대하여 살펴보았다. 경전의 이야기를 다른 관점에서 들여다본다는 것이 조심스럽기는 하지만 불교가 대중들에게 가까이 갈 수 있는 방법의 하나라는 생각을 하고, 본고에서는 교학적 해석이 아닌 불교심리, 상담심리의 관점에서 이해하려고 하였다.

---

79) 김선화(2018), 앞의 글, 135~136쪽.
80) 김선화(2018), 앞의 글, 137쪽.
81) 틱낫한, 김순미 역, 앞의 책, 150쪽.

먼저, 비유의 개념과 특징을 살펴봄으로써 문학적 과정으로 생각해 왔던 비유가 사실상 일상적으로 이루어지고 있는 마음의 작용과 다르지 않으며 이야기 혹은 우화가 우리 정서에 영향을 미칠 수 있다는 사실을 알 수 있었다. 불교 경전에 쓰인 비유들에서 얻게 되는 공감과 감동은 이와 같은 문학적 감동과 다르지 않으며, 이러한 작용이 긍정적인 방향으로 진행된다면 상처받고 병든 마음을 치유하는 힘으로 작용할 수 있을 것으로 보았다. 그러나 일반적인 비유와 다른 점은 경전에 쓰인 비유가 깨달음을 위한 방편으로 쓰였다는 것이며 비유가 진리를 함의하고 있다는 사실이다.

그 다음으로, 세친논사가 『법화경론』에서 증상만심(增上慢心)의 치유기제로 법화칠유를 언급한 이후 『법화경』의 대표하는 비유가 된 법화칠유를 중심으로 불교 경전에 등장하는 비유의 치유적 의미에 관하여 살펴보았다. 『유식삼십송』을 지은 세친논사는 근본번뇌에 속하는 교만한 마음을 법화사상으로 해결할 수 있다고 보았으며, 그 해결방법으로서 『법화경』의 일곱 가지의 비유를 제시하였다. 그 바탕에 유식사상이 있다는 사실은 곧 심리적 치유 요소가 내재되어 있음을 보여주는 것이기도 하다. 세친논사가 법화칠유를 증상만의 치유법으로 제시했듯이 법화칠유의 내용들은 각각의 문제 상황에 따른 '치유의 해법'으로 생각할 수 있다.

삶의 환경이 변함에 따라 종교 환경 역시 변화하고 있다. 우혜란은 「한국 불교계의 '마음치유' 사업과 종교영역의 재편성」(2020)에서 불교와 심리치료의 융합이 불교계의 마음치유 명상프로그램의 광범위한 적용과 그 효용성에 집중하여 종교색이 희석된 프로그램을 계속 개발하고 현장에서 운영한다면 수행종교로서 본래의 의미가 퇴색될 수 있다는 점에 대한 우려를 표하였다.[82] 그러나 현대사회의 탈종교화에 효과적으로 대응하기 위해서는 방편으로써 진리를 설하신 부처님의 근본 가르침으로 돌아가 이를 실천하는 것이 가장 바람직한 마음치유의 방법일 것으로 생각된다. 김응철은 '포교와 신행, 구태를 벗어라'(『불교평론』, 2010)라는 글에서 "불교의 실천과 저변확대를 위해서는 심리학과 같은 다른 학문이나 문화영역과 결합할 때 더 큰 포교 효과를 가져온다."[83]고 하였듯이 이와 같은 연구가 불교 외연의 확장에 이바지할 것으로 생각된다.

마음을 치유하는 해결책에는 정답이 있는 것이 아니다. 불교의 경전들을 현대

---

82) 우혜란(2020), 「한국 불교계의 '마음치유' 사업과 종교영역의 재편성」 『종교와 문화』 제38호, 서울대학교 종교문제연구소.
83) 김응철(2010), 「포교와 신행, 구태를 벗어라」 『불교평론』 42, 서울: 불교평론사.

적으로 재해석하고 심리 치유 요소들을 찾아내어 현실에 적용할 수 있는 다양한 치유프로그램으로 만든다면 현실적인 실천불교로서 삶에 지친 현대인들에게 많은 도움을 줄 수 있을 것으로 생각한다. 본고에서는 불교 경전의 심리 치유적 의미를 『법화경』의 법화칠유에 초점을 맞추어 고찰하였으나 법화칠유의 심리치유적 의미를 좀더 깊이있게 다루지 못했다는 것과 이론적인 탐구만으로 그쳤다는 한계점이 있다. 그러나 이와 같은 이론적인 연구들이 실제 사례연구의 바탕을 다진다는 데 그 의의를 두고자 한다.

선시 「십우도」의 시치료 활용 방안 모색

서 주 석(자연치유학박사, 경기대 강의교수)

1. 들어가며

선가禪家에서는 마음 닦는 일을 심우(尋牛), 즉 '소' 찾는 일로 여겨져 왔다. 사람이 본래 갖추고 있는 청정한 성품을 '소'에 비유하여, 그것을 찾아 가는 과정을 열 단계로 나누어 도해한 것이 '십우도'(十牛圖 또는 尋牛圖)이다. 그러므로 '소'를 찾는다 함은 바로 '나는 누구인가?' 하는 근본적인 질문에 대한 답을 찾는 것이기도 하다. 결국 '참나'에 대한 탐구이며 '자기' 찾기이다.

근대 철학의 아버지 데카르트는 "내가 생각하는 곳에 내가 있다"고 했고 포스트모던 시대의 정신 분석가 라캉은 데카르트를 패러디하여 "내가 생각하지 않는 곳에 내가 있다고 했다." 이처럼 생각하는 곳과 생각하지 않는 곳 사이의 간극은 얼마나 큰 것일까? 그렇다면 나는 진정 어디에 있는 것일까? 존재에 관한 이런 질문에 봉착할 때마다 존재의 불확정성이 야기하는 '불안'에 직면하게 된다. 생각과 마음, 몸과 마음의 불일치는 존재에 대한 '불안'과 참 존재에 대한 의문과 막연한 '갈망'을 불러일으킨다. 이곳이 존재에 대한 깊은 사유가 필요한 지점이다.

이러한 존재의 '불안'은 치유가 필요한 이유이고 영성에 대한 욕구는 막연한 '갈망'은 구도를 향한 동경인 것이다. 필자의 '불안'과 '갈망'은 시적 상상력을 통해 존재에 다가가려는 시도를 하게 되었고 심화된 상상력은 초월은유의 세계를 드러내는 선시와의 조우를 하게 되었다. 구도가 치유를 전제로 하는 것이라면 치유 또한 큰 틀에서 구도를 염두에 두고 있을 것이라는 것을 예측 할 수 있다. 치유라는 것은 육체적, 정신적인 문제나 병리 현상을 극복하는 차원을 넘어서 인간의 전인적인 성찰과 깨달음을 향한 거시적 본성회복의 차원까지 확장되는 의미를 가진다. 따라서 깨달음이 심리학을 필요로 하는 것처럼 심리학도 깨달음이 필요한 것이다.

이렇게 확장된 치유 개념을 염두에 둘 때 치유의 틀로서 선시 「십우도」는 매우 유익하다. 또한 정서 갈등과 관계 갈등, 그리고 영성 차원의 존재 탐구에 천착하고 있는 시치료를 위한 치유의 틀로 활용하기에 적합하다고 생각한다. 선 수행을 통한 마음치유의 단계를 잘 보여주는「십우도」전 과정이 시로 표현 된다는 점 역시 시치료에 활용 가능성을 높여 준다.

「십우도」의 동자는 치유와 구도의 목적을 가지고 생각하지 않는 곳에 있는 '마음소'를 찾아 나서기로 결심하고 시치료의 이론을 형성하고 있는 융의 분석심리도 갈등 문제를 해결하면서 내면의 중심에 있는 '대양적 존재'를 찾아 분석을 결심하는 것이다. 선시의「십우도」에서 목자가 본래 하나였던 본성으로 회귀하는 과정이나 분석심리에서 인간의 본성 중심에 원래 있는 원형을 찾아 온전한 인격으로 확장되는 자아실현은 거시적 치유 의미와 일치한다.

시적 상상력은 존재의 간극을 메워주고 간극이 주는 '불안'을 치유해 줄 수 있고 선시의 초월은유는 부정과 부정을 거쳐 내면 깊이 내재된 '갈망'의 실체를 직면하게 한다. 그러므로 존재의 간극과 괴리에서 오는 갈등 해결은 치유 차원을 넘어 존재의 전체성에 대한 탐구로 확장될 수 있을 것이다. 따라서 본 논문은 치유와 시치료의 기본 치유 개념을 확장시켜 시치료가 감당할 수 있는 치유 영역을 넓히고 선시「십우도」가 가지고 있는 구체적이고 심화된 치유와 구도의 틀을 시치료에 적용해 보려는 탐색과 탐구의 첫 발걸음이다.

2. 치유와 구도의 시학으로의 「십우도」

1) 선시 텍스트로서의 「십우도」

「십우도」는 깨달음의 수행 과정을 은유적으로 서술하고 있는 치유와 구도의 시학이다. 송나라 때 곽암이 지은「십우도」의 원 텍스트는 깨달음을 향한 수행단계를 10장으로 나누어 알기 쉽게 만든 것이다. 선은 불립문자, 언어도단이 화두이기 때문에 문자로 선을 표현한다는 것이 부질없는 일이나, 그럼에도 불구하고 개오체험과 오도의 과정을 전달하기 위해서 시라는 틀을 사용하고 있는 것이다. 초월은유를 활용해서 반상합도를 이루어내고 반상합도를 통해 무한실상의 면모를 드러내기 위해서 적기적 수사법을 사용하는 선시의 중심에「십우도」가 있다. 선시의 하나인「십우도」는 승속일여의 시학을 구축하면서 곽암 이후 승가에서 뿐만 아니라 문학의 정신사적 계보를 언급할 만큼 속가에서도 시인들의 구도의 시에 융합되어 왔다. 서산, 경허로부터 만해의「십우도」를 거치면서 많은 현대 시인들이 「십우도」를 통해 구도의 시학을 재현해 내고 있다. 선시로서의 「십우도」는 이와 같이 현대에도 작가-작품-독자의 관계에서 상호 텍스트성을 유지하면서 새로운 의미를 생산해내고 있는 것이다.[1]

일반적으로 소는 풍요의 상징이며 물과 대지 같은 생산성과 달과 같은 여성의 이미지를 갖고 있다. 인도에서 소는 에너지와 생명력, 역동의 상징인 동시에 잠재력, 내적인 힘을 뜻한다. 선시에서의 '십우'는 마음, 성품, 불성, 진여, 마음소(心牛), 즉 본래의 자기이며 본래의 마음인 것이다. 불교에서의 소는 석가모니 부처와 긴밀한 관계가 있다. 고타마 싯달다(Gotama Siddhartha)의 'go'는 명사로서 우牛, 우왕牛王, 수우水牛를 뜻하며 -tama의 최상급이 붙어서 '최고의 우왕'을 뜻하고 있으며, 경전에서의 비유는 깨달음의 속성을 담고 있다. '소'는 눈에 보이지 않는 깨달음의 대상이기 때문에 자아가 실재로서의 '소'를 찾았을 때 비로소 그것을 추구하는 주체가 '소'에서 해방될 수 있는 역설을 함유하고 있는 것이다.[2]

「십우도」는 '소찾기'라는 은유로 출발하여 '참자기'를 찾는 치유와, 변용, 초월의 여정을 순차적으로 보여주면서 수행의 층위를 확인하는 역동적인 선시 텍스트이다. '소를 바라본다'는 의미는 치유의 과정에서 자신의 내면을 관하는 구도의 관점이다. 「십우도」에서 발견, 탐구, 갈등, 화해, 변용과 초월의 과정을 거쳐 깨달음을 확보하는 수행은 시작된다. '소'라는 환유적 상징의 발견은 수행의 정점이 아니라 수행의 출발이며 '발자국'은 수행의 흔적이다.[3] 소는 일반적으로 풍요, 생산의 상징을 가지고 있으나 「십우도」의 '소'는 근원적 존재의 기표이며, '마음', '성품', '불성', '진여', 마음소(心牛)로 상징된다. 즉 소는 본래의 자기이며 마음인 것이다. '소'는 눈에 보이지 않는 깨달음의 대상이기 때문에, 자아가 실재로서의 '소'를 찾았을 때 비로소 그것을 추구한 주체와 '소'에서 해방되는 것이다. 「십우도」에서 '소'를 찾는 일은 역설적으로 말하면 '소가 소아님을 아는 일'이라고 할 수 있다. 원본 텍스트로서 곽암의 「십우도」와 현대시에 수용된 시인들의 「십우도」를 통해 치유와 깨달음의 수행 과정을 살펴보고자 한다.

---

1) 김덕근(2005), 『한국 현대 선시의 맥락과 지평』, 서울: 도서출판 박이정, 218쪽.
2) 김덕근, 위의 책, 230쪽.
3) 김덕근, 위의 책, 24쪽.

(1) 심우尋牛 (소를 찾아 나서다)

> 잡초를 헤치며 쫓아가 찾으나 망망하기만 하다.
> 물 넓고 산 멀고 길 또한 넓은데
> 지치고 힘이 없어 갈 곳 찾기 어려워라
> 단풍나무 아래 때늦은 매미 한 마리 우는 소리 들린다. (곽암)

곽암의 심우는 망망한 산길을 헤치며 '소'를 찾아 나서는 것으로 시작된다. 애초에 없어지지 않은 것을 없는 것으로 알고 찾는다니 망망할 수밖에 없다. 미망의 출발에서 비롯된 이 수행의 여정은 순탄할 수가 없는 것이다. 곽암의 마음 '소'는 찾아 나서는 것 자체가 마음의 눈을 내면으로 향하고 있기에 수행의 방향에 놓여 있다. 그러나 번뇌와 무지에 둘러싸인 중생의 입장에서 '소'를 찾는 일은 고된 수행일 수밖에 없다. 찾으러 나섰다는 것 자체에 의미가 있다. 적어도 지금의 나라고 생각하는 나 너머에 '참나'가 존재한다는 인식하고 있다는 것이다. 잃어버리지도 않은 '소'를 찾는 과정에서 늦가을 매미는 소 찾는 작업을 재촉한다. 지금 필요한 것은 발심이다.[4]

> 원래 못 찾을 리 없긴 없어도
> 산 속의 흰 구름 이렇게 끼어있을 줄이야!
> 다가오는 벼랑이라 발 못 붙인 체
> 호랑이 용 울음에 몸이 떨린다.(만해)

만해는 자신의 거처를 '심우장'이라 했듯이 '소'가 외부에 있는 것이 아니라, 이미 내부에 있는 것을 알고 있지만 역시 질곡의 터전이다. 흰 구름이 가득 낀, 벼랑 끝의 심산유곡이며 호랑이와 용의 울음에 몸을 덜어야 하는 깊고 깊은 숲이다. 오성은 내부에 이미 존재하고 있기 때문에 외부에서 구할 게 아니라는 것을 알고 있음에도 호랑이와 용의 울음에 몸을 떨어야 하는 미망의 숲이다. 하지만 숲은 열린 공간이고 흰 구름과 벼랑은 범접하기 어려운 경이로운 곳임을 알고 있다. 만해는 '원래 못 찾을 리 없다'는 처음 시구로 보아 찾을 수 있다는 확신을 가진 것으로 보인다.

---

4) 김덕근, 위의 책, 221쪽.

(2) 견적見跡 (소의 자취를 보다)

> 물가의 숲 속 발자국은 유난히 많은데
> 그대는 보았는가 무성한 방초의 숲을
> 깊은 산 더욱더 깊은 곳에 있을지라
> 하늘 향한 콧구멍 어찌 그를 숨기랴! (곽암)

 망망한 숲 속에서 곽암은 발자국을 발견한다. '소'의 본질은 아니지만 '소'의 흔적을 발견한 것은 한줄기 희망이다. '소'의 발자국이 그렇게도 많은데 '소'를 보지 못함은 무성한 번뇌의 잡초에 가려져 있기 때문이다. 우리의 몸과 마음은 우리가 의식하지 못한 상태에서 고착된 감정과 해석의 경험들을 저장하고 있다. 이런 경험들은 편협한 신념과 가치 체계를 만들어 내고 집착과 애증의 원인으로 작용한다. 발자국의 흔적은 '소'가 있는 곳으로 안내하는 동시에 번뇌 망상의 흔적도 함께 보여 준다. 망상의 깊이는 발자국이 많을수록 더 깊어지는 형상이다. 그러나 '하늘을 향한 콧구멍'이 있어 '소'를 찾을 수 있다는 믿음을 가진다. 콧구멍은 대지와 나를 연결시켜주는 소통의 통로이다. 호흡의 숨 줄기는 그 가느다란 기도를 오르내리며 사람의 몸과 마음, 생각에 관여하고 타자, 자연, 우주의 기운과 나를 연결시켜 준다. 그 콧구멍이 무한한 하늘로 연결되어 있음을 알고 곽암은 '소'의 존재에 대해 확신을 가진다.

> 원숭이와 새처럼 산속 봄의 마음은 익었는데
> 높고 높은 옛길을 오름이 걱정이라
> 그런 중에 소의 소식이 있는데
> 발자국은 덤불 깊은 숲 속 으슥한 곳을 향해 갔다. (경허)

 경허의 견적은 발자국을 본 것으로 '소'의 소식을 들은 듯 봄기운을 즐기고 있다. 그러나 '소'를 만나려면 "높고 높은 옛길"을 올라가야 하기에 걱정이 앞선다. 쉽지 않은 여정이 예상되기에 앞서는 걱정은 '소'의 소식에 들떠있는 화자를 방해하지는 못한다. '참나'를 찾는 일에 이 정도의 고행은 이미 각오하고 있다는 듯 깊은 덤불속으로 기꺼이 다가간다. 위험한 높은 산과 험한 덤불을 해쳐 가야만 이를 수 있는 길임을 알고 있기 때문이다. 경허는 보다 적극적인 자세로 흔들림 없이 발자국을 따라 간다.

(3) 견우見牛 (소를 보다)

> 꾀꼬리가 가지에서 노래 부르고
> 따스한 봄바람이 강가의 버드나무 푸르러 오는데
> 이를 마다하고 어디로 갈거나,
> 저 삼삼한 두각을 그리기 어려워라. (곽암)

'마음소'를 찾아 나선 후, 험하고 깊은 골짜기를 넘어 발견한 '소'이기에 추운 겨울을 이기고 봄을 만난 듯 기쁨에 차 있다. 만물이 소생하는 계절에 봄 산의 꾀꼬리 소리와 푸른 버드나무 줄기가 따스한 강가에 어울려 있는 '소'는 그리기 어려울 정도로 두각이 삼삼하다. 화창한 봄 날 아름다운 경치에 불성 아닌 것이 없다. 곽암은 자연 속에 어우러진 풍경으로서의 '소'를 바라보고 있는 것이다. 주체로서의 '소'가 아니고 대상으로서의 '소'를 보고 있는 것이다. 물아일체로서 자연과 소가 하나의 풍경 속에 있고, 자아이며 타자인 '소'를 보았지만 아직도 외부에서 "진아"를 찾고 있다.

> 저기 간다
> 저기 간다
> 아침 밥맛이 어떠하냐
> 발바닥이 가려울 때는
> 입고 있는 옷을 벗어라. (김용태)

김용태의 견우는 저기 가고 있는 '소'를 봄으로써 '견우'되었음을 나타낸다. 봄과 같은 새로운 일상의 새로운 밥으로 공양하는 '아침 밥맛'은 비범함이 평상심으로 승화되는 경지를 즐기고 있다. 그러나 '가려움'으로 미완의 깨달음을 인식하고 있는 목동은 발바닥의 가려움이 양말 벗는 행위로 해결되지 않는다는 것을 이미 알고 있다. '참나'를 둘러싸고 있는 '가죽 옷' 자체를 통째로 벗어야 해결되는 일이라는 것을 알고 있기에 만반의 준비로 대면하기 위해서 적극적인 자세를 취한다.

(4) 득우得牛 (소를 붙잡다)

　　온 정신을 다하여 그 소를 붙잡았지만
　　거칠고 거센 마음 쉽게 없애기 힘드네
　　갑자기 높은 고원을 뛰어 오르는가 했더니
　　또다시 저 구름 깊은 곳으로 숨어들고 말았네. (곽암)

　'소'를 발견한 기쁨은 즐길 새도 없이 반가움에 달려가 '소'를 잡으려 했지만 소는 거칠게 도망치려 몸부림을 친다. '견적'과 '견우'가 수행의 초발심 과정이었다면 '득우'와 '목우'는 본격적인 수행의 실체 핵심과정으로 들어가는 과정이다. '이 뭐꼬?'의 화두를 놓지 않고 날카롭게 파고 들어가는 강한 의지와 '알아차림' 그리고 '방하착'을 적시 적소에 활용하는 지혜를 발휘해야하는 힘든 수행과정이다. 애타게 찾고 있던 '마음소'를 잡았지만 번뇌 망상과 분별 속에서 고착된 이기적 성품과 생존과 관련된 원초적 야성의 힘은 감당하기 힘들 정도로 강력하다. 피와 의식 속에 각인된 업습(業習)의 역공인 것이다. 분열된 주체의 본 모습은 철통같은 방어와 투사 체계로 존 웰 우드가 언급한 심리적 역동을 만나는 장소이다. '득우'의 그림에는 목동이 쥐고 있는 고삐는 불완전해 보인다. 목동이 '소'를 제압하고 있는 것이 아니라 '소'가 목동을 끌고 가는 모양으로 보인다.[5] 곽암은 '소'를 잡았으나 제압할 준비할 새도 없이 구름 속으로 더 깊이 숨어들었다. 만만하지 않음을 알고 있다.

　　한 마리 소가 되는 둔갑술쯤은 별것이 아니다
　　파적삼아 만 번쯤 둔갑해 보여 줄거나
　　만 개의 얼굴 마다 만 개의 이름을 달아 줄거나
　　아버지이신 무지개
　　아버지이신 용
　　아버지이신 귀신
　　아버지이신 알
　　아버지이신 거인의 발자국
　　내 아버지는 도처에 계시다.

---

5) 득우의 그림은 두 가지 양상으로 나타난다. 목동이 소의 고삐를 쥐고 있는 모양과 소의 뒤에서 간신히 소의 꼬리를 붙잡고 있는 모양이다. 결국은 목동이 아직 소를 완전히 제압하지 못하고 있는 것을 나타낸다. (김덕근, 위의 책, 279쪽 재인용)

그 모든 아버지를 죽여 버릴거나

죽비를 들고

소머리를 두 번 두드리고

말을 맺겠다

기슭에 닿았으면 배를 버리려므나

어찌 만 가지 길을 일일이 묻느냐. (박제천)

　박제천의 '득우'는 소를 잡았지만 그 자체가 완전한 '득우'가 아님을 알고 있다. 업습의 내림으로 이 세상에 나를 있게 한 아버지는 무지개, 용, 귀신, 알로 확장된다. 거대한 업습의 뿌리 앞에 선 목동은 살불살조(殺佛殺祖)의 자세로 맞선다. '부처를 만나면 부처를 죽이라'는 수행의 엄격한 수칙을 알고 있다. 등안사벌(登岸捨筏)이라 하여 '기슭에 닿았으면 배를 버리라'는 선가의 실천을 죽비로 다짐한다. 만 가지 둔갑술로 나타나는 번뇌 망상에 이름을 달아 주며 '방하착'을 시도한다. 만 가지 길을 일일이 묻지 않기로 한다. '참나'는 나를 이 세상에 존재하게 한 모든 것들을 내려놓음으로써 얻을 수 있다는 역설을 받아들이고 있는 것이다.

(5) 목우牧牛 (소를 기르다)

채찍과 고삐를 잠시도 몸에서 떼지 않는 것은

흙먼지 속으로 다시 끌려 들어갈까 두려운 것

서로 잘 이끌고 이끌려 온순해지면

묶어 놓지 않아도 저 스스로 사람을 따르리. (곽암)

　곽암의 '목우'는 여전히 '소'를 살피느라 고삐와 채찍을 그의 손과 눈에서 떼지 않고 있다. 아직 목동과 소의 관계가 하나 되지 못했기 때문이다. 하지만 '득우'에서처럼 고삐와 채찍에 목동과 소의 긴장감이 증폭되어 있지는 않다. '온순해지면 묶어 놓지 않아도 사람을 따를 것'을 알고 있기 때문이다. '소'가 목동을 얌전히 따라간다는 것은 귀가를 예고하는 것이다. '목우'의 도관을 보면 '소'의 색깔도 흑우에서 반백의 백우로 바뀌면서 깨달음의 과정을 시각화 하고 있다.6) 목동은 '소'를 길들이기 위해 마음을 다스리고 '참나'를 지속적으로 유지하기 위해서

---

6) 흑우와 백우는 깨달음의 여정을 보여주는 것으로 깜깜한 무명에서 밝은 깨침으로 변용되는 과정이다. 흑우는 서서히 흰색으로 바뀌게 된다. 흑우는 중생을 상징하고 백우는 본래면목인 진여 본성을 상징한다.

꾸준히 정진과 수행을 다짐한다. '소'를 길들임은 번뇌 망상의 씨앗을 제거하는 일이다. 이 수행이 다하였을 때 '소'를 구속하려는 애씀이 없이 스스로 하얀 소와 하나 되어 주체와 대상 사이에 간격이 없어지고 긴장감이 흐르던 간격의 공간에 친밀감이 들어선다.

> 한 눈 팔지 않고
> 채찍과 고삐를 아울러 든다.
> 길 아닌 다른 길 빠질까 조심에 조심
> 오직 한 마음으로 소를 몰아 나가면
> 주인과 소 둘이 아니라
> 고삐 놓아도 잘 따라 오리
> 득의의 이 순간을 누가 알리
> 홀로 회심의 미소를 지어 보나니. (윤구봉)

윤구봉의 '목우'도 아직은 조심스럽다. 채찍은 각성의 상징이고 고삐는 내면의 수행정진을 의미 한다. 수행에서 '심우', '견적', '견우'가 정중 공부라 한다면, '득우'와 '목우'를 동중 공부라 할 수 있다.[7] 이 단계에 이르면 수행이 점점 지극해 지면서 '참나'와 하나 되는 기쁨을 누리게 된다. '돈오'적 깨우침의 순간이다. 주체와 대상 사이 나와 타자 사이의 분별이 없어지고 각을 세우던 만상의 이분법이 수용되는 순간에 회심의 미소가 자연스럽게 떠오르는 것이다. 그러나 '참나'의 깨우침은 얻기보다 지키기다 어렵다는 수행의 진수를 알고 있기에 아직 조심스레 채찍과 고삐를 놓지 않는다. 스스로를 '목우자'라고 지칭한 지눌은 오랜 업습으로 인해 깨우침과 행동의 불일치가 있음을 알고 '돈오 후 점수'를 수행의 덕목으로 강조한 바 있다. '돈오'의 자각에 이어서 자각된 마음이 그 마음의 본래 기능을 다 하도록 '점수'의 수행이 따라야 한다는 것이다.

(6) 기우귀가騎牛歸家, 소를 타고 집으로 돌아오다.

> 소를 타고 한가로이 집으로 향하니
> 오랑캐 피리 소리 마디마디 마다 저녁노을을 보내네
> 한 박자 한가락 그 무한한 뜻을
> 그대 음악을 아는 이여 굳이 무슨 말이 필요하랴. (곽암)

---

7) 김덕근, 위의 책, 225쪽.

목동이 소를 타고 한가로이 피리를 불며 본래의 집으로 돌아온다. 목동은 더 이상 소를 놓칠까 걱정하지 않는다. 이러서 '소'는 고향에 돌아오고 목동은 집으로 돌아 온 것이다. '마음소'라고 하는 자기 자신은 더 이상 걸림돌이 되지 않으며 집과 고향이라는 생명의 자연스러운 본연으로 돌아 온 것이다. 소와 소를 기르는 사람은 주객이 일치되어 서로를 비추는 가운데 둘이 아닌 하나로 통합되고 깨달음과 현실도 일치 되는 경지에 이른다. 말이 필요 없고 한가롭고 평안한 가운데 생명의 소리 음악이 한 박자 한 가락, 저절로 흐른다.

> 채찍질함도 없이 돌아가는 길
> 안개 놀 끼얹은 들 상관있으랴
> 긴 길가 그 많은 풀 먹어치울 제
> 봄바람 향기도 입에 씹히네. (만해)

기를 것도 없고 길러 질 것도 없으니 채찍 또한 필요 없다. 주관과 객관, 사람과 소가 함께 삼매에 들면 시비의 득실에서 해방 된다. 무심의 사람이 무심의 소를 타고 본래의 깨달음이란 집으로 돌아간다[本覺無相].[8] 여법如法의 길이기에 안개나 노을이 길을 가려도 상관하지 않는다. 집에 돌아 온 소가 한가로이 풀을 먹는 풍경은 분주함이 없는 평화로운 상태이며 형체도 없는 봄바람의 향기조차 입에 씹힐 정도의 여유와 신명을 보여 준다.

(7) 망우존인忘牛存人 (소를 잊고 사람만 남는다)

> 소를 타고 이미 고향 집 뒷동산에 도달했네
> 소 모양은 안 보이고 사람 또한 한가하네
> 해 오른 지 석자인데, 아직 꿈속이고 당에 걸렸네
> 채찍과 밧줄 헛되이 초당에 걸렸네. (곽암)

'소'는 없고 사람만 있다. 애초에 없었던 '소'였기 때문에 찾으려 했던 것도 환상이고 착각이었음을 안다. 망상과 번뇌 마음의 상징이었던 '마음소'의 임무는 완성되었다. '소'를 길들이던 채찍과 밧줄이 힐일 없이 초당에 걸려 있다. '소'는 더 이상 보이지 않는다. 적정에 잠겨 열반락을 누릴 수 있는 경지에 있지만 목동은 존재의 우물 끝에서 한 단계 더 나아가려 한다.[9] 소로부터 해방되었으나 그 '소

---

8) 김덕근, 위의 책, 234쪽.

없음'을 바라보고 있는 자신으로 부터는 아직 벗어나지 못하고 있다. 아직 길 위에 머물러 있는 것이다.

> 빠른 걸음 소에 맡겨 산과 물은
> 달리느니 세월은 한가롭기만 하다
> 도림桃林을 휘돌던 일 잊고 난 뒤에도
> 간간히 창밖으로 꿈만 날리네.(만해)

본성으로 돌아 온 만해의 '망우존인' 역시 한가롭고 평화로운 여름날 오후의 낮잠 같다. 소가 없으니 천천히 걸어도 빨리 달려도 흔들림이 없고 내가 지금 여기 없는 '소'가 되어 달려도 한가롭기 그지없다. 소와 함께 실갱이하고 씨름하던 기억도 그저 꿈만 같을 뿐이다.

(8) 인우구망人牛俱忘 (사람도 소도 없다)

> 채찍도 사람도 밧줄도 소도 모두 다 헛것이다.
> 푸른 하늘만이 높고 광활하니 소식 전하기 어려워라
> 불게 탄 화로 불 위에 어떤 눈이 남아있는가
> 이제야 바야흐로 조사님 마음 될 수 있겠네. (곽암)

모든 망상이 사라지고 고요함만이 남아 있는 경지이다. 지금까지는 모든 주체와 대상들이 나와 대상, 자연과 분리되어 있었다면 지금 여기에서는 하나의 원으로 설정되어 있어 일체의 것들이 해체된 상태이다. 인식은 궁극적 실체에 닿아있으며 해체되어 비어있으면서도 꽉 차있는 진공 모유의 상태로 놓여 있다. 이와 같은 절대무의 상태는 절대 부정을 의미한다. '절대무'는 아무 것도 존재하지 않는 것이 아니다. 공은 우리로 하여금 대상화의 자유, 즉 '참자기'에 대한 대상화로 부터의 자유를 의미한다. '절대무'에서는 일체가 무의 무로서 부정과 긍정, 공과 충일의 역동적 상의 상관속에 움직인다.[10] 공의 관점에서는 '가득 차다'와 '없다'의 의미는 반대의 개념이 아니라 원래 그 대로의 본질을 의미하는 것이다. 불에 탄 화로와 눈의 관계가 바로 '인우구망'의 상태로서 눈이 불에 녹아 하나가 되는 경지이다. 색즉시공과 공즉시색의 경지에 이른 것이다.

---

9) 김덕근, 위은 책, 226쪽.
10) 김덕근, 위의 책, 228쪽.

히히히 호호호호
으히히히 으허허허

하하하 으하하하
으이이이 이 <u>흐흐흐</u>

껄껄껄 으아으아이
우후후후 후이이
약 없는 바른 버짐이 온 몸에 번진 거다.
손으로 집는 六甲 명씨 박힌 전생의 눈이다
한 생각 한 방망이로 부셔버린 三千大川 세계여. (조오현)

조오현의 '인우구망'은 파안대소로 시작된다. 화자의 웃음은 심리적 긴장의 해소로 나타나는 신체적 생리 현상만을 의미하는 것이 아니다. 화자의 웃음 발생기제는 공의 세계로서 자아가 오도의 세계로 진입해 있음을 보여주는 홍소哄笑이자 폭소이다. 온 몸으로 퍼진 버짐은 이미 손댈 수 없고 약을 쓸 수도 없는 지경에 이르렀다. 손으로 길흉화복을 짚어 보는 일도 이미 부질없다. 육갑 명씨 박힌 눈은 아무 것도 볼 수 없는 동시에 모든 것을 환히 본다. 금생, 내생, 전생의 양상 또한 이미 무의미하다. 삼천대천세계를 폭소 한 방에 무너뜨린다.[11]

(9) 반본환원 返本還源 (본래의 근원에 들어가다)

근본 자리에 돌아오려 무척이나 공을 드렸구려
그러나 어찌 귀머거리 장님된 것과 같으니
암자 앞에서 암자 앞의 물건을 볼 수 없으니
냇물은 저절로 망망히 흐르고 꽃 또한 저절로 붉게 피고 있네. (곽암)

'반본환원'은 '귀가'와 같지 않다. 환은 나간 곳으로 되돌아오는 것이지만 귀는 있어야 할 곳에 머무는 것을 의미한다. 근본과 근원의 자리는 머무름이 없다. 본성의 자리에 가 닿기 위해서 무던히도 애쓰고 보니 처음부터 없는 것을 향해 달려 왔다는 부질없음이 그대로 드러난다. 원래 나도 너도 모두 자연의 일부인 것이다. 그제나 이제나 냇물은 저절로 망망히 흐르고 이제나 저제나 붉은 꽃은 붉은 꽃을 피우고 있다. 모든 것이 자연스러워 본래면목 그대로의 흐름이다. 저절로 피는 붉은 꽃은 자연의 섭리이자 오도의 완성이고 시작인 진여의 세계이다.

---

11) 김덕근, 위의 책, 319쪽.

삼명이나 육통이나 별것 없거니
소경인양 벙어리인양 된 것만큼 되리
돌아보니 털도 뿔도 나지 않는 곳
봄이라 활짝 핀 꽃 붉기만 한 빛! (만해)

만해의 '반본환원'은 '반우환원返牛還源'으로 바꾸어 쓰고 있지만 의미는 다르지
않다. '소'를 찾아 동분서주하고 길들여 집으로 돌아와 결국 '소'도 없고 '나'도 없
는 경지로 돌아 왔다. 본래 불성을 지니고 있는 줄 모르고 돌아 돌아 여기 와서
보니 삼명육통三明六通도 아무 것도 아님을 알기에, 소경이나 벙어리로 있는 것이
여법하다는 것이다. 털도 뿔도 나지 않는 곳은 본래 정토의 모습이다.[12]

(10) 입전수수入纏垂手 (저자거리로 나오다)

가슴을 풀어 헤치고 맨발로 시장 바닥에 왔다.
먼지 묻은 얼굴에 웃음이 가득하다.
신선의 진짜 비결 쓸 필요도 없이
그냥 저절로 고목에 꽃을 피우네. (곽암)

있는 그대로의 세계에서 그대로의 자기로서 살아가는 경지이다. 지금까지 모든
수행의 최종 목표를 드러내 주는 자리이다. '전'이란 많은 사람들이 오가는 '저자
거리'를 뜻한다. '수수'는 자연스럽게 손을 내미는 자세를 의미한다. 人間이란 한자
어를 보면 '사람 사이'의 의미를 가지고 있는 것을 볼 수 있다. '참나'는 연기적
'사이성' 속에서 '너'와 '나'가 함께 공존하며 '나'는 '나 아닌 나'의 고유한 내면으
로 되어 있다. 여기에서 '사이'는 '참나'의 내적 활동 근거가 된다. '참나'는 열반에
갇혀있지 않고 절대무를 저버리지도 않으며 많은 이들이 오가는 저자 거리에 있게
된다. 저자 거리에 나가 손을 내미는 행위는 동체대비의 자비 실현이다. 상구보리
하화중생의 보살도를 실현하는 장은 깨우침과 구도의 행위가 변별되는 것이 아니
라 승속불이의 구도의 장인 것이다. '참나'는 예토와 정토의 장을 자유롭게 드나들
며 중생들과 동거동락 하는 자유로운 상태로 있게 된다. 진흙탕에서 피어나는 연
꽃이며 신선의 비결을 쓰지 않고도 고목에서 꽃이 피어나는 상태는 불가능을 가능
하게 하면서 동시에 부정에서 긍정으로의 대 전환을 의미하는 것이다.[13]

---

12) 김덕근, 위의 책, 235쪽.
13) 김덕근, 위은 책, 324쪽.

만무상 얼굴이 저마다 다르다
늑대 얼굴, 돼지 얼굴, 원숭이 얼굴에
빛깔조차 노랗고 푸르고 붉은 색색이다
그 중에도 여우상 가지를 꺾어
벽에 걸어 두었다
두어 달 쯤 되면서 물기가 빠지고
그 안에 숨었던 자도
행보가 나빠 떠나가고 말았건만
아직도 찌푸린 여우상이다
만무상 얼굴이 저마다 다르지만
한 번 가진 얼굴은 바뀌지 않는다
나도 사람 몫에 만족해
식성대로 물고기 즐기고 허허거리며
살 일이로다. (박제천)

'입전수수' 단계에서 주체와 객체는 평면적 차원에서의 관계가 아니라 무한한 무근거성의 깊이에서 열려있는 관계이다. 그것은 오직 활짝 열린 연기적 '사이성' 속에서 '너'와 '나'가 된다. 시인의 발상은 본래 이름이 '만무상'이라는 화초가 여러 가지 모양으로 형상화되어 보이는 것에서 시작된다. 만무상 꽃은 단순한 자연물로서 미의식이라기보다는 대상과의 '사이성'에서 드러나는 삼라만물로서의 존재이다. 시인은 본래의 여우상과 말라 물기가 빠진 여우상이 다르지 않음을 보고 여우와 돼지와 원숭이도 만무상 안에 있음을 본다. 모든 사물과 대상이 저자거리에 나와 하나이며 개체인 상태로 살아가고 있으며 시인 스스로도 사람 몫에 만족하며 허허거리며 살고 있다. '입전수수'의 원리는 하나 됨이면서 동시에 개별성이 수용되는 다중적 시선으로 개방됨을 의미한다.[14]

2) 선과 시의 연관성과 치유성

한 편의 시를 읽은 것과 한 편의 시를 짓는 것은 항상 힘들고 어려운 사색을 거쳐야 한다. 사색한 후에 하루아침에 속연실통俗然實通하면 전체 시의 경계가 마치 신비로운 빛이 나타나듯, 갑자기 눈앞에 드러나서 마음이 넓어지고 정신이 상쾌해지며 일체를 잊게 한다. 이러한 현상을 영감이라 칭하고, 시 창작에서 돌연히

---

14) 김덕근, 위의 책, 333쪽.

출연하는 영감은 신비스러운 현상이라기보다는 은유적 상상에서 오는 직각直覺이며, 이것이 선가에서 말하는 깨달음(梧)"[15] 이라 는 언급에서 알 수있듯이, 선과 시에서 마주하는 직관은 염상을 한군데 묶어 집주시킴으로 본성을 개발할 수 있는 것으로 이를 영원의 발화라고 표현할 수 있다. 이렇게 직각관조의 구상 속에서 얻어진 표상이 비로소 예술의 요구에 부합하는 형식이 된다. 시와 선은 극단적 변용에서 순일한 장치까지 선시에 등장하게 되어 묘오론으로 발전한다. 시와 선은 모두 날카로운 체험을 요구하며 계시(깨우침, 일깨움)와 은유를 소중히 여기고 언외의 의미를 추구하기 때문이다. 언어의 불완전성을 넘어서 화두로, 시작 발상으로 본래의 묘오한 면목으로 들어설 때 언어라는 방편은 해체된다. 여기에서 역설, 초월, 은유, 상징을 수반한 적기적 수사법이 동원되는 것이다.

> "시를 배우는 것은 선을 배우는 것과 같아
> 귀하게 여기는 바는 묘함을 보는데 있다.
> 진심을 극히 다듬고 꾸미는 것은
> 곧 스스로 구멍을 뚫는 것이다.
> 빈산에 운무 흩어지고
> 첫 햇살이 눈부시어 피하네
> 넓게 우주를 보니
> 찬란함이 광휘가 빛남과 같다.
> 이러한 이치로써 깨달으면
> 시의 재료로도 족하니
> 이를 지녀 공空함을 보는 것이 어떠냐고 물으면
> 무심히 한 번 웃을 뿐."[16]

옮겨 온 시에서 보듯이, 넓게 우주를 보는 것은 선의 관법이지만 시작에서는 대상과 자아의 거리에 몰입하는 과정과 다르지 않다. '웃음'은 오도의 또 다른 표현이기에 어떠한 언어나 문자로도 드러낼 수 없는 경지를 나타낸다. 이 웃음은 단순한 심리적 긴장 해소의 차원을 넘어서 선과 시의 합일로 모아지는 일소로서 그 경계는 하나가 되는 것임을 알 수 있다.[17]

선시에 있어서 깨달음을 향한 선적 체험은 시인의 시작 과정에서 대상과의 관

---

15) 김덕근, 위의 책, 38쪽.
16) 김덕근, 위의 책, 40쪽 재인용.
17) 김덕근, 위의 책, 41쪽.

계에 초점을 맞추고 대상과의 소통 과정과 유사하다. 이러한 과정 속에서 시인이 '개오체험'을 했다면 존재 탐구를 노래하는 시인은 '시적자아'라고 하기 보다는 '시적 진아'라고 할 수 있다.[18] 시와 선은 은유적 상상력을 통해 유한한 말속에서 무한한 의미를 추출해낸다. 수행은 자신을 각성시켜 존재의 본연에 이를 수 있는 길을 우리들에게 제시한다. 불립문자와 교외별전, 직지인심과 견성성불의 사구게는 선시의 핵심요소이다. 시선일여詩禪一如, 시와 선은 하나라는 것도 시심이 선심이고 선심이 곧, 시심임을 강조한 것이다. 시와 선은 심미와 초월을 통해 일체의 욕망을 벗어난 무아의 경지로 들어가 현실속의 자아 분열과 자아 모순이 초래하는 고통으로부터 해방되고자 한다는 점에서 공히 치유적 속성을 가지고 있다 할 수 있다.

도의 체계는 초절의 세계이기 때문에 범속의 매개체로 전달하기에 어려움이 있다. 깨우침을 표현하기 위한 행위는 깨달음만큼 어려운 것이다. 그래서 침묵이 필요하기도 하고, 뜬금없는 소리와 몸짓을 활용하기도 한다. 언어적 구사가 불가능하다는 것은 기표의 부재에서 온다. 의식에서 존재하지 않는 명료한 근원상을 불완전한 언어 기표에 의존하여 표현하려 할 때, 선사들은 기의와 기표 사이의 틈새를 활용한다. 변화의 체험은 그 간격을 좁히기 위해 탈언어의 구축을 필요로 해서 번뇌를 깨고 뛰어넘는 체험을 드러내기 위한 탈출구 모색한 것이 부정의 활용이다. 찰스 모리스의 '부정의 수사학'은 선불교의 언어이다. 자신의 즉각적인 경험을 상호 주관적인 용어로 바꾸려는 선사들의 노력은 일상 언어의 의미와 자발적 경험 사이의 간극이라는 곤란에 봉착함을 의미한다. 깨달음의 복잡한 체험은 논리적 모순을 포함하기 때문에 초절과 부정에 의존할 수밖에 없다."[19] 라는 언급은 선불교의 핵심을 잘 보여 준다. 부정을 통해 얻어진 깨우침의 양상은 해체의 해체로 그 모습을 보완할 수 있는 장치가 된다. 만해의 「모순」은 그 전형적인 예이다.

좋은 달은 이울기 쉽고
아름다운 꽃엔 풍우가 많다
그것을 모순이라 하는가

---

18) 양희철(1988), 「소요태능 선시의 개오 체험」, 『동양학』18집, 단국대 동양학연구소, 28쪽.
19) 김덕근, 위의 책, 45쪽.

어진 이는 만월을 경계하고
시인은 洛花를 찬미하나니
그것은 모순의 모순이다.
모순의 모순이라면
모순의 모순은 非矛盾이다.
모순은 존재가 아니고 주관적이다.

모순의 속에서 비모순을 찾는 可憐한 인생
모순은 사람을 모순이라 하나니 아는가. (만해의 「모순」)[20]

　만해의 모순은 부정을 통해 긍정에 이르는 방법을 표현하고 있다. 절대 긍정의 확보는 끝없는 부정의 관문을 거쳐야 가능하기 때문이다. 여기에서 '모순의 모순'이란 다분히 선의 세계에서 나온 것으로 자성의 본체로 진입하기 위한 참구의 과정으로 봐야 한다.[21] "모든 사물 모든 대상에는 애초부터 모순이 내재되어 있고 그것은 너무나 자연스러운 일이다. 그런데 그것을 자연스럽게 여기지 않고 대상이 모순이라고 하는 것은 인간, 곧 대상을 인식하는 주체가 모순임을 모르는 처사인 것이다. 그렇기 때문에 그 대상 쪽에서 바라보면 그 대상을 모순이라고 인식하는 인간이 모순인 것이다.[22] 만해 시의 논법은 연기론적 관점의 조응으로 대상과 주체의 어느 한 쪽에 관점을 두지 않고 반상합도를 이루기 위해 선시의 적기적 기법인 부정의 수사학을 활용하고 있음을 알 수 있다.

　선은 종교에 속하고 시는 문학에 속하지만 내용과 기법에 있어서 서로 상통하는 면이 있다. 기법 면에서 선과 시는 은유, 상징, 역설, 모순, 직관적 체험을 통해 대상의 본래의 모습을 보고 그것을 드러내기 위해 상식적인 논리를 위반한다는 점에서 상통한다. 내용면에서 선은 진여법성을 깨치고 이치를 밝혀내기 위해 수행하고 그 과정에서 치유를 경험하며 그 깨침의 경지를 선시로 표현하여 나누는 것이다. 시 역시 정서와 사물, 그리고 존재의 이치를 밝혀 자아실현과 자아확장의 충족감으로 치유를 경험하고 나눈다는 점에서 선과 상통한다. '이것을 말하면서 저것을 의미'하는 묘치와 '평범 속의 비평범'을 드러내기 위해 선과 시는 현실을 초탈하는 경지를 추구한다. 시와 선이 극단적 변용에서 순일한 장치까지 선시에 등장하여 묘오론으로 발전하는 것도 이런 연유이다.

---

20) 김덕근, 위의 책, 48쪽.
21) 김광원(1995), 「만해 한용운 시 연구」, 원광대학교 대학원 박사학위논문, 245쪽.
22) 임성조(1995), 「한용운 시의 선해적 연구」, 연세대대학원 박사학위논문, 50-51쪽.

남송의 엄우(嚴羽 :1127-1279)는 시와 선이 모두 '오묘한 깨달음'에 있다고 주장하며 묘오란 것은 자신의 느낌과 생각을 자신의 언어로 나타내는 것을 깨우치는 것이라고 했다. 이것은 시의 깨우침과 선의 '깨우침'을 동괘에서 볼 수 있는 자리를 마련한 셈이 된다. 시적 예술의 표현 방식과 도를 찾기 위한 수행의 과정은 묘오의 경지를 통해서 본래의 마음을 보는 원리로서, 이 모두는 스스로의 정진에서 이루어지며 배움의 종착지는 진리를 획득하는 증득에 있다.[23] 그래서 존재를 치열하게 탐구하여 치유와 깨달음을 추구하는 시에는 선취가 있고 선에는 시취가 있다.

3) 치유와 자기실현의 시학, 시치료

헤르만 헤세는 "시는 생명을 가진 영혼을 스스로 보호하고 감정과 경험을 깨닫기 위해 표출하는 외침, 울부짖음, 방출, 한숨, 몸짓 등, 존재가 경험하는 모든 반응"이라고 했다.[24] 헤르만 헷세의 언급에서 우리는 시가 갖는 잠재적 치유의 힘을 발견한다. 여러 문학 장르가 각기 다른 영역에서 치유의 힘을 가지고 있다. 그러나 유독 시라는 장르에 치유의 힘을 언급하는 것은 시가 가지는 특수성 때문이다. 다시 말해, 시는 비유와 은유, 상상력을 바탕으로 사물의 내면 깊숙이 침투해 들어가면서 본질 탐구하는 특성을 가지기 때문이다. 비유는 은유로 은유는 초월은유로 깊어지면서 무의식의 저변까지 탐색이 가능해 진다. 무의식 깊은 저변에 아직 의미화 하지 못하는 것들을 상징으로 들어 낼 수도 있다. 또한 시에서 허락되는 모호성, 응축, 역설, 모순, 왜곡, 연상, 조합, 환유, 등은 선시에서의 반전의 진실을 드러내는 기제이다.

시를 읽고 쓰는 일은 우리의 무의식과 소통하고 대화하고 화해하려는 의식의 무의식적 노력일지도 모른다. 시 치료에서 무의식이 드러내는 은유에 관심을 갖고 무의식의 소리를 경청하려는 자세는 치유적 자세라 할 수 있다. 어둡고 낯설고 모르는 것에 대해 우리는 대부분 두려움의 개념적 은유에 각인되어 있다. 그러나 무의식에 대해 이해하고 친숙해 진다면 그것은 무의식을 파트너로 혹은 친구로 받아드릴 준비가 되어있다는 것을 의미한다. 시의 특성들은 몸과 정신과 영혼이 온전해질 수 있는 치유의 영역으로 들어갈 수 있게 한다. 치유는 무의식과

---

23) 김덕근, 위의 책, 39쪽.
24) 존폭스, 최소영 외 역(2013)『시치료』, 아시아 출판사, 22쪽.

친숙해지기로 결심하는 순간 시작되고 무의식과 하나 되는 순간 완성된다.

칼 융은 "나는 실로 창조적인 상상력이 우리가 접근할 수 있는 유일한 근원적 현상이며, 정신의 진정한 토대이며, 유일한 직접적 현실이라고 확신한다. 그러므로 나는 상상력이야말로 우리가 직접적으로 경험할 수 있는 존재의 유일한 형태인, 영혼의 본질이라고 말할 수 있다."[25]라고 언급을 했다. 이처럼 상상력을 통해서 우리는 우리 자신과 통화한다. 상상력 없이는 영혼의 삶도 없다는 것이다. 무의식을 의식화 하는 작업을 중요시 여긴 융은 시적 상상력을 통해서 생존에 집약되어 있는'자아'의 에너지를 보다 넓은 영역인'자기'의 영역으로 확장하여 개성화, 자기실현을 실천하도록 한다.

이상의 내용을 주목하고, 필자는 '시선일여'에 힘입어 선과 시를 만남을 경험하고 치유의 완성인 구도의 과정을 해부하면서 융의 분석심리와 시치료의 만남을 시도해보고자 한다. 시치료는 은유적 상상력을 자유롭게 사용하여 상처 입은 내면과 구멍 난 내면을 수용할 수 있는 힘을 기르도록 하는데 초점을 맞추고자 한다. 분석심리와 시치료의 만남은 치유가 필요한 자아가 무의식의 어두운 땅을 뚫고 들어가 방대하고 깊은 원형의 영역에 치유의 싹을 틔우게 할 것으로 믿으며, 「십우도」와 시치료의 만남을 통해 각인된 낡은 은유를 지우고 본성회복, 자기실현이라는 새로운 은유의 씨앗을 의식의 중심에 심을 수 있기를 기대해 본다.

(1) 「십우도」와 정신분석

치유라는 것이 육체적, 정신적인 문제나 병리 현상을 극복하는 차원을 넘어서 인간의 전인적인 성찰과 깨달음을 향한 거시적 본성회복의 차원까지 확장되는 의미를 가진다면 선의 분 석심리적 접근을 시도해 볼 필요가 있다. 심리학이 깨달음을 필요로 하는 것처럼 깨달음도 분석심리가 필요한 것이다. 동양의 영적 전통이 존재의 초개인적인 면에 초점을 맞추고 있다면 서양의 정신 심리는 개인적 측면과 관계에 초점이 맞추어져 있다. 동양의 선과 서양의 정신 심리의 통합을 추구하는 새로운 시도는 개인, 관계, 그리고 초 개인을 모두 수용할 수 있는 새로운 통합적 비전을 제시하고 있는 것이다.[26]

「십우도」에서의 인간관은 모든 인간이 불성을 가지고 있다는 불성론을 바탕으로 하고 있다. 무명에 가려 깨닫지 못하니 일체 유심조의 마음을 알아차려 누구

---

25) 이부영(2013), 『분석심리학』, 일조각, 136쪽.
26) 존 웰우드 지음, 김명권, 주혜명 공저(2008), 『깨달음의 심리학』, 학지사, 7쪽.

나 깨달음에 이를 수 있다는 것을 전제로 하고 있으며 깨닫고 난 후의 보살행을 중요시 여긴다. 분석 심리에서의 인간관은 인간 정신의 본질에 전체성을 추구하는 자기실현의 본능이 있다는 것을 전제로 하고 있다. 온전함을 향한 신비의 전체성은 자기(Self) 라는 개념으로 설정하고 아직 분화되지 못한 자아(ego)가 그림자에 가려진 콤플렉스의 원형을 찾아 분리, 분화, 무의식의 의식화를 통해 의식이 확장되는 전제 정신을 추구한다.

선 수행의 깨달음과 분석심리의 자기실현과 개성화는 자연과 인간 사회의 연기적 관계 속에서 함께 공감하며 공존하며 살아가는 것을 중요시 여기고 있다. 저자 거리에 나가 손을 내미는 행위는 동체대비의 자비실현이다. '상구보리 하화중생'의 보살도를 실현하는 장은 깨우침과 구도의 행위가 변별되는 것이 아니라 승속불이의 구도의 장인 것이다. 진흙탕에서 피어나는 연꽃이며 신선의 비결을 쓰지 않고도 고목에서 꽃이 피어나는 상태는 불가능을 가능하게 하면서 동시에 부정에서 긍정으로의 대 전환을 의미하는 것이다.[27] 고요한 곳에서 수행을 다 마치고 중생이 있는 네거리에 나와 오가는 사람들을 교화, 불광佛光을 골고루 베풀어 주는 것이 「십우도」의 최후의 목적이다.

분석심리에서는 상징을 통해서 무의식의 심층에 이르고 근원적인 본성을 이해하고 체험한다. 불교에서도 상징은 중요한 매개체로 작용한다. 그러나 어떠한 상도 궁극적으로 내려 놓아야할 대상일 뿐이다. 분석심리학에서도 무의식의 상을 의식화하면 그 상은 분화되어 존재에 이롭게 작용하고 의식화하지 못하면 반복적으로 나타나서 영향을 기치는 것으로 볼 때 분석심리와 선불교의 생각이 크게 다르지 않음을 확인 할 수 있겠다.[28]

(1) 심우와 페르조나: '심우'는 크기를 가늠할 수도 없을 정도의 방대한 무의식의 세계를 향해 내 안으로의 긴 여행을 선택하고 결심하는 것이다. 일반적으로 사람들은 문제의 해결책을 밖에서 찾으려하는 경향이 있다. 남 탓과 환경 탓으로 문제의 핵심을 돌려보지만 근본적인 해결책이 아니라는 것을 아는 분석가는 내 안의 무의식의 존재를 탐험하려는 결심을 하게 된다. 페르조나는 인간 정신 안에서 외적 인격을 담당하고 있으며 집단정신의 한 단면이다. 그것은 존재를 세상에 서게 하는 힘이기도 하지만 인간이 사회적 존재로 살아가는 가운데 진정한 자기

---

27) 김덕근(2003), 『한국 현대 선시의 맥락과 지평』, 서울:도서출판 박이정, 24쪽.
28) 이부영(2013), 『분석심리학』, 서울:일조각, 275쪽.

의 진면목을 놓치게 하는 원인 제공을 한기도 한다. 무의식으로의 긴 여행을 분석이라는 이름으로 시작하면서 의식 표면에서 인식되는 페르조나 분리는 치유의 시작이다. 곽암의 '심우'도 무의식의 존재를 의식적으로 인식하여 "마음소" 안으로의 탐험을 시도하고 있으니 심우는 치유와 깨달음의 출발점이다.

(2) 견적과 그림자: '견적'은 분석심리에서 무의식의 존재를 몸으로 느끼기 시작하는 단계이다. 그림자는 본래 악하고 열등한 것이 아니라 어둠에 가려있어서, 또는 무의식속에 버려져 있어서 분화될 기회를 못 가졌을 뿐이다. 융의 그림자는 자아의 아랫부분에 콤플렉스의 띠와 아니마/아니무스 층 사이에 걸쳐 놓여 있다.[29] 발자국으로 나타나는 그림자의 흔적, 즉 소의 발자국을 본다는 것도 자아의식의 심층에 닿아 있는 무의식 영역으로 이미 들어 와 있음을 의미한다. 그림자의 두꺼운 막을 뚫어 본 사람은 무의식에 관심을 가지고 용기있게 탐색의 발걸음을 재촉하면 인간 정신의 '자기'실현이 가능하다는 것을 알게 된다.

(3) 견우와 콤플렉스: 분석심리의 콤플렉스는 자아의 표면에서부터 그림자로 가려져 있는 중심부는 인간 정신의 전 층 위에 걸쳐져 있고 개인 무의식과 집단 무의식 영역을 거쳐서 인간 정신의 원형 속의 '자기'영역 까지 단단히 에워 쌓고 있다. 분석 심리에서 원형 에너지를 확인하고 체험하는 것은 내 안에 원래 있었고 앞으로도 있을 무한한 에너지의 발견이지만 페르조나, 콤플렉스, 아니마/아니무스의 분리와 분화가 지속적으로 이루어지지 않으면 자기실현의 길은 열리지 않는다. 수행에서나 분석에서 이 과정이 가장 중요한 이유도 여기에 있다. 자기를 감싸고 있는 무거운 콤플렉스 덩어리를 전체로 보았다고 하는 것은 무의식의 실체를 통 체로 확인했다는 것이다. '자기'가 실제로 존재한다는 사실을 몸소 체험하고 깨닫는 순간이다.[30] 이것은 마치 아기의 태동을 느끼면서 아기의 존재를 인지하는 어머니의 심정처럼 감동과 흥분을 가져 온다. 이부영은 자아의식이 의식 밖의 또 하나의 살아있는 객체, 즉 객관정신을 인식하게 되는 경지를 견우의 경지로 설명한다.[31]

(4) 득우와 원형: 분석심리에서 원형은 '근원적이면서도 보이지 않는 의식의 뿌리'이다.[32] 원형은 집단적 무의식을 구성하고 있고 이 집단 무의식의 층은 많은

---

29) 이부영, 위의 책, 86쪽.
30) 이부영(2012), 『자기와 자기실현』, 서울:한길사, 286쪽.
31) 이부영(2013), 『분석심리학』, 서울:일조각, 119쪽 재인용.
32) 이부영(2012), 위의 책, 286쪽.

원형으로 구성된다. 원형은 인간의 전 정신을 사로잡는 원초적 폭력이라고 말 할 만큼 강력하며 이 힘은 자아로 하여금 일반적인 인간의 힘을 뛰어넘게 한다. 곽암의 득우는 분석심리에서 볼 때, '누미노즘'이라 불리는 신성한 힘을 체험한 것으로 해석할 수 있는 것이다. 수행에서 마음 안에서 부처를 본 경험, 즉 '득우'의 체험은 중요하지만 목자는 '득우'의 환희심을 즐길 새가 없다. 반가움에 달려가 소를 잡으려 했지만 소는 거칠게 도망치려 몸부림을 친다. '견적'과 '견우'가 수행의 초발심 과정이었다면 '득우'와 '목우'는 본격적인 수행의 실체 핵심과정으로 들어가는 과정이라 할 수 있다.

(5) 목우와 아니마/아니무스: 분석심리에서 페르조나가 자아의 외적 인격이라면 아니마/아니무스는 자아의 내적 인격을 이루고 있다. 원래 라틴어로 이름을 붙였지만 독일어의 의미를 살펴보면 넋이나 영, 정신, 혼을 뜻하는 마음을 의미한다. 융은 무의식적 남성성을 아니무스Seele(心魂)이라 하고 아니마, Geist(心靈)으로 표현한다. 이러한 내적 인격은 외적 인격 때문에 생기는 산물이 아니고 본래 그렇게 체험하게끔 준비된 원초적인 조건, 즉 원형 가운데 하나이기 때문이다[33]. 곽암의 '목우'는 여전히 '소'를 살피느라 고삐와 채찍을 그의 손과 눈에서 떼지 않고 있다. 아직 목동과 소의 관계가 하나 되지 못했기 때문이다. '목우'의 도관을 보면 '소'의 색깔도 흑우에서 반백의 백우로 바뀌면서 깨달음의 과정을 시각화 하고 있다.[34] 동자는 '소'를 길들이기 위해 마음을 다스리고 '참나'를 지속적으로 유지하기 위해서 꾸준히 정진과 수행을 다짐한다.

(6) 기우귀가와 통합: 곽암의 기우귀가는 동자가 소를 타고 한가로이 피리를 불며 본래의 집으로 돌아온다. 동자의 집은 동자의 집이면서 동시에 소의 집이며 소와 동자의 고향이기도 하다. 선禪하기를 통해서 분석을 결심한 결과로 자아의 고향인 자기의 집으로 돌아왔으니 자아와 자기가 통합되는 경지에 닿았다고 할 수 있다. 분석심리적 용어로는 '자기'로 돌아가는 것을 말한다. 의식에 메인 작은 나, 즉 '자아'가 전체정신인 '자기'로 접근하는 것이다. 무의식과의 대면을 통해서 이제 '자아'는 '자기'에게 접근하여 통합을 이루고 있다. 소는 자아로 하여금 그의 개성, 전체성으로 실어다 주는 안내자이며 인도자의 역할을 한 셈이다.[35] 무

---

33) 이부영(2013), 위의 책, 102쪽.
34) 흑우와 백우는 깨달음의 여정을 보여주는 것으로 깜깜한 무명에서 밝은 깨침으로 변용되는 과정이다. 흑우는 서서히 흰색으로 바뀌게 된다. 흑우는 중생을 상징하고 백우는 본래면목인 진여 본성을 상징한다.

의식인 소를 자유자재로 다스리듯 지금껏 자신을 괴롭혀온 무의식적 내용들을 알게 되고 의식적 영역에 둠으로써 무의식 전체는 불가능하더라도 심리적 문제의 근원에 자리 잡은 무의식의 통제가 가능하게 된 경지를 말한다.

(7) 망우존인과 자기실현: 소는 없고 사람만 있다. 애초에 없었던 소였기 때문에 찾으려 했던 모든 것도 환상이고 착각인 것을 알아차린다. 망상과 번뇌 마음의 상징이었던 '마음소'의 임무는 완성되었다. 소를 길들이던 채찍과 밧줄이 할 일이 없이 초당에 걸려 있다. 소는 더 이상 보이지 않는다. 적정에 잠겨 열반락을 누릴 수 있는 경지에 있지만 동자는 존재의 우물 끝에서 한 단계 더 나아가려 한다.36) 소로부터 해방되었으나 그 소 없음을 바라보고 있는 자신으로 부터는 아직 벗어나지 못하고 있다. 아직 길 위에 머물러 있는 것이다. 분석심리의 입장에서 보더라도 자아는 자기와의 일체성에서 자기완성 단계처럼 보이지만 소라는 상징으로 작업한 무의식의 의식화는 소를 정복했다는 해석의 결과이며 해석의 착각이 있을 수도 있다는 것을 경계하는 입장을 보인다. 이부영은 '자기'라는 주체가 남아있는 한 상징인 소는 물고기도 될 수 있고 토끼도 될 수 있기에 망우존인의 경지는 '자기' 원형에 의한 자아 팽창을 경계해야하는 단계이기도 하다고 주장한다.37)

(8) 인우구망과 만다라: 인우구망의 경지에서는 깨달음도 깨달은 사람도 없다. 범부의 정도 성인의 뜻도 모두 다 비운 상태를 의미한다. 분석심리학에서 자기실현의 목표인 대극의 합일로 생겨나는 중앙(die Mitte) 이라는 개념과 일치한다. 중앙에서 대극이 하나의 전체를 이룬다. 대극을 지양하는 중도 제일의 깨달음과 융의 생각은 본질적으로 같은 것으로 볼 수 있다. 일원상은 전체성의 상징이며 꿈속에서 자기 원형의 상징으로 등장하기도 한다.38) 융이 주장하는 만다라 상징이 인우구망, 소도 없고 소를 바라보고 있는 나조차 없는 경지가 여기에 속한다. 만다라는 산스크리트어로 원圓이라는 뜻이다. 이것은 인도 요가 수행자들이 특히 티벳 밀교에서 명상의 도구로 사용되는 그림을 말한다. 수행자는 만다라 그림을 바라보거나 그리기를 통해서 세속의 번뇌를 버리고 마음의 중심으로 집중해 들어감으로서 자기중심가 존재의 중심적 존재임을 깨닫게 되는 것이다. 만다라는 음

---

35) 이부영(2012), 『자기와 자기실현』, 서울:한길사, 291쪽.
36) 김덕근(2003), 『한국 현대 선시의 맥락과 지평』, 서울:도서출판 박이정, 293쪽
37) 이부영(2012), 『자기와 자기실현』, 서울:한길사, 226쪽.
38) 이부영(2012), 위의 책, 294쪽.

과 양, 천지간에 대립을 이루는 대극들의 융합으로서 흔들림 없는 항구성을 지닌 것을 의미한다.39) 소위 사람도 없고 소도 없다. 따라서 대오大悟의 철저한 경계이다. 깨침도 없으려니와 깨쳤다는 법도 없다. 즉 불성佛性을 노골화하여 수행의 정점에 달한 일원상의 단계이다.

(9) 반본환원과 창조성: 반본환원은 '귀가'와 같지 않다. '환'은 나간 곳으로 되돌아오는 것이지만 '귀'는 있어야 할 곳에 머무는 것을 의미한다. 근본과 근원의 자리는 머무름이 없다. 본성의 자리에 가 닿기 위해서 무던히도 애쓰고 보니 처음부터 없는 것을 향해 달려 왔다는 부질없음이 그대로 드러난다. 원래 나도 너도 모두 자연의 일부인 것이다. 그제나 이제나 냇물은 저절로 망망히 흐르고 이제나 저제나 붉은 꽃은 붉은 꽃을 피우고 있다. 모든 것이 자연스러워 본래면목 그대로의 흐름이다. 저절로 피는 붉은 꽃은 자연의 섭리이자 오도의 완성이고 시작인 진여의 세계이다. 전 단계의 절대 무無의 일원상—圓相, 만다라의 상태에서 다시 원래의 현실세계에 되돌아 온 경지이다. 평범한 일상이 바로 '도'인 그런 경지로 돌아 왔고 '도'가 일상의 평범인 것을 아는 '창조적 자기'로 거듭난 상태라고 할 수 있다. '나'를 내세워 지식을 자랑하지도 않고 무엇을 취하려 안간 힘을 쓰지도 않는다. 무위자연의 도의 경지와 다름없다.40) 나는 텅 비어 있어 무엇이든 담을 수 있는 그릇이 된 것 이다. '텅빈 충만'으로 "자기실현"을 이룬 존재는 저자거리에 나가서 누구와도 무엇과도 하나가 될 수 있는 불이不二와 중도中道를 실천할 준비가 되어 있는 것이다.

(10) 입전수수와 개성화: 이 단계는 지금까지 모든 수행의 최종 목표와 분석의 목표를 드러내 주는 단계이다. 선 수행의 깨달음과 분석심리의 자기실현과 개성화는 자연과 인간 사회의 연기적 관계 속에서 함께 공감하며 공존하며 살아가는 것을 중요시 여기고 있다. 저자 거리에 나가 손을 내미는 행위는 동체대비의 자비 실현이다. 상구보리 하화중생의 보살도를 실현하는 장은 깨우침과 구도의 행위가 변별되는 것이 아니라 승속불이의 구도의 장인 것이다. '참나'는 예토와 정토의 장을 자유롭게 드나들며 중생들과 동거동락 하는 자유로운 상태로 있게 된다. 진흙탕에서 피어나는 연꽃이며 신선의 비결을 쓰지 않고도 고목에서 꽃이 피어나는 상태는 불가능을 가능하게 하면서 동시에 부정에서 긍정으로의 대 전환을

---

39) 이부영(2013), 위의 책, 69쪽.
40) 이부영(2012), 위의 책, 297쪽.

의미하는 것이다.[41] 융의 개성화 과정은 페르조나를 분리하고 그림자와 콤플렉스의 어두운 터널을 통과 한다. 원형의 바다에서 아니마 아니무스의 파도를 타고 "자기"라는 대양에 이른다. '자기'라는 대양은 대양과 하늘의 경계를 해체 하면서 대자연과 '불이不二'임을 경험하고 '창조적 자기'로 재창조되어 평범한 일상으로 돌아오는 것이다. 분석 이전의 '자아'는 치유적 과정에서 '불안'을 치유하고 막연한 '그리움'의 대상이었던 영적 욕구는 분석 이후 '창조적 자기'라는 대상을 만나 '그리움'의 실체를 확인한다.

(2) 시치료와 「십우도」

공자는 시삼백사무사詩三白思無邪 라는 말로 시의 치유적 특성을 언급한 바 있다. 시 삼백 편을 읽으면 사특한 마음이 사라지고 마음이 청정해 진다는 의미이다. 시를 쓰고 읽는 과정에서 무의식의 심층표상이 의식의 표면으로 떠오르면 무의식의 이미지들이 의식에 통합된다. 무의식의 의식화는 분석심리에서 치유의 가장 중요한 부분이다. 융의 의식화는 우리 언어로 '깨달음'을 의미한다.[42] 시는 영혼의 존재를 이미지로 보여주고 리듬으로 들려준다. "내가 시를 만드는 것이 아니라 시가 나를 만든다"는 괴테의 말은 시를 읽고 쓰고 하는 과정에서 시 만이 할 수 있는 시의 치유적 속성을 가늠하게 한다. 또한 시와 선은 은유적 상상력을 통해 유한한 말속에서 무한한 의미를 추출해낸다. 수행은 자신을 각성시켜 존재의 본연에 이를 수 있는 길을 우리들에게 제시한다.

의학박사 레이첼 나오미 레멘 박사는 암환자들과 함께한 시치료 경험을 통해 모든 존재는 각자의 지문과도 같은 고유한 언어로 시를 쓴다는 것을 발견한다. 그는 시쓰기를 통해서 자신이 완전하지 않다는 것을 알게 되고 신체적 한계나 두려움에도 불구하고 자신 안에 아직 드러나지 않은 밝은 빛이 있다는 것도 알게 되었다고 토로한다. 즉, 시치료 과정에서 자신의 한계와 가능성을 있는 그대로 직시하는 힘이 생겼다는 것이다. 그리고 내부 깊숙이 자신이 온전한 존재임을 발견한다. 자아의 한계 상황에서 콤플렉스로 인해 투사와 방어체계가 작동하기 마련인데 시쓰기는 자신의 한계상황을 직시하게 했고 시치료는 삶의 중심부에 자신만의 노래를 샘솟게 하는 힘을 주었다고 고백한 바 있다.[43]

---

41) 김덕근, 위의 책, 324쪽.
42) 서경숙(2012), 『분석심리에 기초한 시치료의 이론과 실제 』, 서울:한들출판사, 20쪽.
43) 존 폭스 지음, 최소영 외 역(2013) 『시치료』, 서울:아시아출판사, 5쪽.

존재에 대한 근원적 접근기재인 선禪하기는 시치료의 치유과정과 유사하다. 본래 온전하고 하나여서 하나랄 것도 없지만 온전하고 하나인 것을 경험하고 발견하는 순간 하나의 깨달음이 일어나는 것이다. 그 본성이 유기체적으로 연결되어 더 커다란 자연과 하나임을 깨닫는 것은 치유의 완성이라 할 수 있다. 선은 가장 근본적이고 일차적인 문제에 천착하는 것이며 궁극적으로 본래의 자리로 돌아감으로서 자연과 인간, 인간과 인간 사이의 관계를 새롭게 바로 보는 것이다. 시치료도 정서를 다루어 투사를 거두어들이고 콤플렉스를 수용함으로 해서 연어가 본래의 고향으로 회귀하듯 가장 자기다운 자신으로 거듭나는 것을 중요시 한다.

필자는 선 수행 과정에서 어떤 경험의 경지를 시로써 밖에 표현할 수 없는 시적 특성을 알게 되었고 치유와 구도의 과정을 구체적으로 보여준 「십우도」와의 인연은 분석 심리를 만나면서 무의식 탐구에 대한 확신을 가지게 되었다. 아울러 융을 만나고 선시를 만나면서 내 안의 참나를 만날 수 있다는 확신을 가지게 된 필자는 「십우도」의 치유 과정을 시치료에 접목시키는 시도를 하였다. 분석심리와 만난 「십우도」를 시치료의 치유 과정에 도입해 봄으로써 시치료의 치유 과정에 다양성을 부여하고 치유 범위를 확장시켜 줄 수 있을 것으로 생각한다.

4. 나오면서

이상에서 선 수행을 통한 마음치유의 단계를 잘 보여주는 「십우도」의 전 과정이 시로 표현 된다는 점을 염두에 두고, 선시 「십우도」의 시치료에 활용 가능성을 모색하면서 시치료의 이론과 실제 사례들을 통해 '선시일여'의 관계성을 살펴보았다. 이러한 탐색이 치유와 시치료의 기본 치유 개념을 확장시켜 시치료가 감당할 수 있는 치유 영역을 넓혀주고 선시 「십우도」가 가지고 있는 구체적이고 심화된 치유와 구도의 틀을 시치료에 활용해 볼 수 있는 가능성을 열어 줄 것으로 생각된다. 무엇보다도 필자의 탐색과 탐구의 첫 발걸음으로 '견적'의 경험을 한 것은 의미있는 일로 여겨진다.

선시 「십우도」의 이해와 시창작 경험을 통해서 필자는 불교의 우주적 진아의 존재와 중생과 부처가 하나라는 불교의 불이不二 개념과 중도中道 개념을 이해할 수 있었고, 또한 융의 원형과 자기실현에 대한 가능성에 대한 이해의 폭을 넓힐 수 있었다. 선이 말하는 깨달음의 경험은 개인을 넘어서 더 큰 우주적 진실로 나아가는 것을 목표로 하고 있듯이 분석심리 또한 만다라라는 상징을 바탕으로 대양적 진실로 확장되어 나아가기를 권유하고 있다. 시치료 또한 일상에서 경험하는 감정을 분석하고 해체하면서 생존의 욕구가 만들어 놓은 자아의 투사 방어체계를 뚫고 상징을 타고 무의식의 심층으로 들어가 영적 성장을 경험하도록 촉구한다.

어쩌면 시를 읽고 쓰는 일은 우리의 무의식과 소통하고 대화하고 화해하려는 의식의 무의식적 노력일지도 모른다. 시의 특성들은 몸과 정신과 영혼이 온전해질 수 있는 치유의 영역으로 들어갈 수 있게 한다. 어둡고 낯설고 모르는 것에 대해 우리는 대부분 두려움의 개념적 은유에 각인되어 있다. 이것이 존재의 '불안'을 야기하는 것이다. 그러나 무의식에 대해 이해하고 친숙해 진다면 그것은 무의식을 파트너로 혹은 친구로 받아드릴 준비가 되어있다는 것을 의미한다. 이것이 무의식의 의식화가 중요한 이유이다. 치유는 무의식과 친해지기로 결심하는 순간 시작되고 무의식과 하나 되는 순간 존재의 깊은 곳에 있는 영성의 욕구와 만난다. 영성의 욕구는 존재에게 막연한 '갈망'을 불러일으키면서 우리의 노래를 기다리고 있는 것이다.

이러한 존재의 '불안'은 치유가 필요한 이유이고 영성에 대한 막연한 '갈망'이 구도에 대한 동경인 것이다. 필자의 '불안'과 '갈망'은 시적 상상력을 통해 존재에 다가가려는 시도를 하게 되었고 심화된 상상력은 초월은유의 세계를 드러내는 선시와의 조우를 마련해 주었다. 구도가 치유를 전제로 하는 것이라면 치유 또한 큰 틀에서 구도를 염두에 두고 있을 것 이라는 것을 예측하면서 만나게 된 융의 분석심리는 필자에게 치유와 구도를 연결해 주는 방편이 되어 주었다.

깨달음이 심리학을 필요로 하는 것처럼 심리학도 깨달음이 필요하다는 존 웰우드의 화두는 심리학과 선수행의 만남이 마음치유에 기여할 가능성과 필요성을 동시에 함유하고 있다. 전통적으로 구도에 목적을 두고 있는 선수행은 치유의 구체적 단계들에 대한 천착이 아쉬운 점이 있고 치유에 주안점을 두고 있는 심리학은 영성에 대한 욕구를 종교로 다루기를 선호하는 경향이 있다. 그러므로 이러한 융합적 시도가 무의식의 의식화에 기여하여 '무명'의 존재가 마음을 어둡게 하는 요인임을 깨닫고 밝은 자성[불성]을 찾아가는 데 가교 역할을 할 것으로 기대해 본다.

학교부적응 청소년의 상담치유를 위한 생태시(Ecological Poetry) 활용에 관한 연구

윤 현 준(상담심리학 박사, 동방문화대학원대학교 평생교육원 강의교수)

1. 서 론

청소년기는 한 인간이 사회의 구성원으로 성장하는 데 매우 중요한 시기이다. 현대의 청소년들은 사회의 급속한 발전으로 인한 입시위주의 경쟁, 가치관의 혼란, 대인관계의 갈등으로 인한 정신적 어려움을 경험하고 있다. 청소년들은 자아를 찾는 과정에서 모든 대상에 부딪히고, 도전하고, 반항한다. 또한 신체적, 정신적 발달 특성상 사회의 문제가 되는 행동을 하기 쉽고 이러한 문제는 가끔 심리적으로 적응을 하지 못하는 상태로 이어져 사회문제를 유발하기도 한다.

특히 청소년들은 학교에서 대부분의 시간을 보내고 생활하며, 신체적·심리적 발달로 인한 고충과 학업, 학교에서의 생활, 사회적인 관계에서 오는 여러 가지 스트레스에 영향을 받는다. 또한 부모님의 지나친 기대 등으로 정서적으로 지지를 받지 못하고 있으며, 대학 입시 위주의 경쟁적인 사회문제에 노출되면서 많은 스트레스를 받고 있다. 이와 같은 스트레스는 학교에서의 갈등, 학교폭력, 학교부적응, 중도이탈 등의 사회 문제로 대두되었다.[1]

특히 중·고등학교 학교부적응 학생들의 경우 그 집단에서 소외되거나 정해진 규칙을 준수하지 못하고 수업에 대하여 거부하거나 무단으로 결석, 잦은 가출 등의 부적응하는 행동을 한다. 선생님과 또래 친구와의 대인관계가 어렵고 가정과 학교에서 무시를 당하거나 고립된 생활을 하고 있으며, 그로인하여 학업을 중단하는 상황이 일어나기도 한다.

청소년의 학교부적응 문제가 증가되면서 학업 중단으로 인한 학교 밖 청소년들이 늘어나고 있다. 청소년들의 학업 중단은 사회와 단절되거나 뒤에서 처지는 등 개인적이나 사회적으로 크나큰 손실을 초래하고 있다. 뿐만 아니라 개인적으로 사회적 자립과 개인 성장을 저해하고 국가적으로는 인적자원에 대한 손실, 범죄율에 대한 증가로 인한 비용이 발생한다. 학교청소년정책연구원에 따르면 매년 6

---

[1] 성렬준 외(2011), 『청소년문화론』, 서울:양서원, 207쪽.

만 여 이상 학업중단 하는 학생이 발생하고 있다고 한다.

이중에서 부적응 관련 사유로 학업을 중지하는 학생이 3만여 명에 이르고, 소재 자체가 파악되지 않는 학교 밖 청소년이 28만여 명에 이르는 것으로 추산하고 있다. 하지만 학업에 복귀하는 수는 매년 2~3만여 명에 그치고 있다.[2]고 한다.

이러한 학교 부적응 청소년의 상황에서 교육부는 2010년부터 학교 부적응 청소년을 대상으로 학업중단 숙려제와 함께 또래상담 활성화 등을 강화하고, 학교에서의 생활에 적응할 수 있도록 여러 가지 상담과 집단치료와 같은 프로그램을 적극적으로 진행 및 활용하고 있다. 그러나 이러한 부적응 청소년 프로그램 등에서 생태시를 중심으로 학교 부적응 학생들을 치유하는 프로그램은 거의 없는 실정이다. 따라서 이 논문의 목적은 학교 부적응과 경쟁, 불안에 시달리는 청소년들에게 생태시를 활용한 치유단계를 제시하고, 그것을 교육현장에서 적용을 할 것이다. 그 후 자신의 진정한 내면을 성찰하게 하며, 그들이 자신의 감정과 생각을 조절하고, 건전한 사회구성원으로서 각자의 자리에서 작은 등불의 역할을 할 수 있도록 함에 있다.

이 논문의 구체적인 탐구 대상과 방법은 학교 부적응 청소년과 생태시의 치유적 접근이다. 다시 말해, 생태시가 함유하고 있는 의미와 비유, 상징 등을 살피고, 이를 기반으로 치유적 관점을 프로그램화하여 학교부적응 청소년들이 상대적 비교와 좌절, 두려움, 절망에서 벗어나 자신을 인정하고, 긍정적인 시각으로 세상을 바라보며 자신과 사회가 서로 깊이 연결되어 있음을 자각하도록 하는 데 있음을 강조하고자 한다.

2. 학교 부적응 청소년의 원인과 특징

1) 학교 부적응 청소년의 개념

학교 부적응이란 부적응하는 행동특성이 학교라는 생활 영역에서 보여 지거나 나타나는 것이다. 일반적인 청소년의 여러 가지 문제, 청소년 학교 부적응, 청소년 비행, 청소년 일탈행동 등의 용어와 같이 혼용되어 많이 사용되기도 한다. 개인이 바라는 욕구가 학교 내 환경과 다른 면에서 나타나는 관계와 가정생활과 사

---

2) 한국청소년정책연구원(2014), 인천광역시교육청.

회적인 환경에서 수용 또는 만족되지 못하여 발생되는 갈등과 부적절한 행동을 보이는 것을 의미할 수도 있다. 학교는 청소년들이라는 주체가 대부분의 시간을 보내고 활동하는 공간으로 학교생활이 원활하지 않을 때 청소년들은 학교에서 여러 가지 스트레스를 경험하고 사람들 간 관계의 갈등, 학교에서 지켜야 할 규칙 준수의 갈등, 학습을 하고 싶은 동기가 저하되는 등 다양한 형태로 나타난다. 또한 학교부적응이란 개인의 성격적인 기질과 행동적 특성이 학교 내 환경과 대인관계 등에서 서로간의 조화를 이루지 못하고, 이로 인하여 심리적인 원인에 의해 학교생활에 적응하지 못하는 상태를 말한다. 이런 상태로 인하여 등교거부나 무기력 등의 행동이나 교내 폭력, 비행 등의 반사회적 행동을 하기도 한다. 따라서 학교부적응에 대한 문제에 접근하기 위해서는 부적응하는 원인들을 파악하고 그 원인에 대하여 통합적으로 천천히 접근하는 것이 필요하다.

2) 학교 부적응 청소년의 원인

학교부적응의 원인으로는 첫째, 개인 내적 요인으로 불안, 낮은 자아존중감, 자기통제력, 자아개념, 분노, 우울, 성격유형 등이 있다. 심리적으로는 학교에서 거부되었다고 느끼게 되어 학교에 대한 부정적인 태도를 가지고 학교생활에서 성취하고자 하는 동기화가 부족하고 사회적으로 고립이 되어 감정적으로 불안하다. 또한 자아개념이 미비하고 정체성이 낮다는 특성이 있다.[3] 둘째, 관계 관련요인은 대인관계 기술, 부모와의 관계, 형제와의 관계, 학교 교사와의 관계, 또래 친구와의 관계 등이 있다. 셋째, 학업과 관련된 요인은 학교생활 만족도, 학업성취, 학교의 분위기, 학업에 대한 성취도, 학업 곤란, 학업의 스트레스, 학교생활에서의 태도 등이 있다. 무엇보다 성적부진과 함께 학교의 구조화된 활동을 견디지 못하고 추상적인 사고, 일반화, 관계형성과 같은 어려움을 나타낸다. 부적응 행동으로 무단 및 장기 결석률이 높고 특별활동에 참여하지 않으며 충동적인 의사결정을 한다. 넷째는, 진로와 관련된 요인으로 진로에 대한 정체감, 진로에 대한 성숙도, 진로를 결정하는 수준, 진로 준비행동 등이 있다.[4]라는 4가지 정도로 구분할 수 있으며 각각의 특성이 다름을 알 수 있다.

---

3) 손승영(2003), 『학업중퇴자: 현실과 대안』. 서울: 학지사. 24-25쪽.
4) 정은주(2015), 「한국 아동 청소년 패널조사 Ⅵ: 데이터 분석보고서 2 - 청소년의 또래관계가 학교 생활적응에 미치는 종단적 영향」, 한국청소년정책연구원. 7-12쪽.

<그림 1> 학교부적응에 미치는 영향 요인[5]

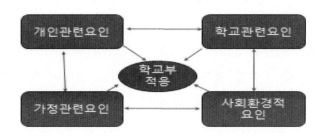

위의 그림에서 보듯이 학교에 부적응하는 원인은 개인의 기질적·성격적 특성을 이루는 개인관련 요인들이 가정환경 요인, 학교환경 요인, 사회 환경적 요인과 같은 환경적인 요인과의 복합적인 상호작용에 의해서 발생하는 것이라 볼 수 있다.[6] 이러한 부분이 각기 독립되어져 한 가지 특성으로 나타나는 것이 아니라 서로 연결 되어 복합적으로 나타남을 알 수 있다.

3) 학교 부적응 청소년의 특징

학교 부적응은 청소년기에 발생하는 문제에 대한 행동이며 표출 방향에 따라 두 가지 문제행동으로 구별된다. 첫째, 자신의 감정과 행동에 대하여 과소 통제로 공격성, 과잉행동, 비행 등과 같이 밖으로 표출되는 심리적 문제의 외현화인 문제행동으로 나타난다. 둘째, 자신이 하는 행동을 지나치게 억제하거나 적절히 표현하지 못하는 위축행동, 불안, 우울 등과 같은 심리적 원인인 내면화 문제행동으로 나타난다.[7] 청소년들은 자신의 감정과 행동이 미치는 영향에 대해 배우고 이해할 필요가 있다. 우울, 충동, 과민 등과 같은 증상이 보이는 감정, 고통, 기분조절 기능 장애는 청소년기 치료에 궁극적인 목표가 된다.

---

5) 최은진(2016), 「학교부적응 청소년 집단미술치료 매뉴얼 개발을 위한 프로그램」, 웨스트민스터 신학대학원대학교 박사학위논문, 14쪽.
6) 최해룡(2013), 「학교부적응 학생의 대안학교 재적응 교육에 관한 근거이론 연구」, 경북대학교대학원 박사학위논문, 34쪽.
7) 장성숙, 이근매(2013), 「청소년의 문제행동 미술치료에 대한 국내 학위논문 분석」, 『예술심리치료 연구』 제9권 제4호, 2쪽.

학교부적응은 학교에 대하여 적응에 문제가 있는 형태로 학업을 포기하거나 학교를 떠났거나 하는 경우로 구분될 수 있다. 이와 같이 학교에서 학업중단의 주요 이유가 학교부적응이라는 것을 고려하면, 학교에 재학하고 있는 학생들 중 위기행동을 하거나 관련된 상황에 노출된 '위기학생'을 학교차원에서 집중적인 관리가 필요할 것이다.[8] '학교부적응 학생'과 '학업중단 위기학생'들은 학교현장에서 가장 많이 만나게 되는 집단 구성원이다. 본 연구에서의 '학업중단'이라는 용어는 "학교에 다니고 있는 학생 중에 학업을 중단한 경우"의 의미로 정규학교에서의 재학을 중단한 것을 말한다. 따라서 '학교부적응 청소년'의 '학업중단 위기학생'도 같은 개념으로 사용하겠다.

<그림 2> 청소년 및 학업중단 위기 학생 개념 및 범주[9]

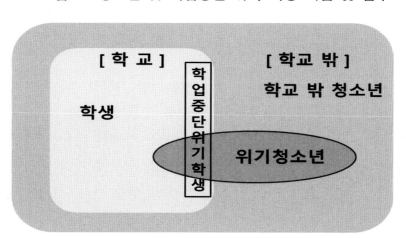

학교에 부적응하는 청소년들은 대개 불안감, 우울증과 함께 무기력감도 찾아오면서 학습의욕 저하와 열등감이 나타난다. 무엇보다 낮은 자존감을 가지기 쉬우며, 정서적인 문제나 적대감, 공포감, 경쟁의식, 실패감 등이 누적되어 고의적으로 교내 규범을 위반하거나, 퇴폐적인 행동도 하고, 과격하게 감정 표현 및 폭력적인 행동 등으로 또 다른 부적응 행동을 낳을 가능성이 높다.

---

8) 정제영(2013), 「학업중단 예방 및 학교 밖 청소년 지원을 위한 정책 토론회: 주제발표 3- 학업
   중단 예방 및 학교 밖 청소년 지원 방안」, 이화여대 학교폭력예방연구소, 54-56쪽.
9) 최은진(2016), 위의 논문, 18쪽.

학교부적응 청소년들이 나타내는 구체적 부적응 행동 유형으로 첫째, 난폭하고 공격적인 행동이다. 둘째, 불안하면서 위축된 행동으로 과민, 열등감, 공포, 불안, 자신감의 결핍 등의 심리상태를 보인다. 셋째, 사회화된 비행으로 집단 비행과 학교의 규칙을 못 지키지 행동을 한다.[10]

학교부적응 청소년들이 방황, 갈등과 같은 상황을 대처할 수 있는 개념으로 회복탄력성이 있는데, 회복탄력성 개발은 사회적 환경, 가족 환경, 개인적인 변수에 의해 제공된다. 첫째, 사회적 환경은 나쁜 상황임에도 불구하고 아동에게 발달의 기회를 제공해 주거나, 후원도 할 수 있다. 학교, 직장, 사회단체 등과 같은 외부적 후원 조직들은 개인의 능력과 결단력에 대하여 보답하고 청소년에게 내적 자제력과 삶에 대하여 신념 체계를 제공한다. 둘째, 가족 환경은 청소년 회복력 개발에 직접 및 간접적으로 영향을 끼친다. 가족 내 애정 어린 관계는 스트레스를 받고 있을 때 도움을 준다. 셋째, 개인적인 변수들은 (인식의 기술, 의사소통 태도, 기타 교제 기술) 위기에 처한 청소년들에게 긍정적인 영향을 끼치며 이들의 회복력 발달과 많은 관계가 있다.[11]

또한 개인적 능력으로 자기규제는 청소년에 대한 기질적 부분이긴 하지만 가족 간 상호작용과 또래 환경 등의 다양한 기저를 통해서 규제할 수 있는 능력으로 학습을 통하여 습득 가능하다. 규제를 할 수 있는 능력은 상황 변화에 따라 다르게 나타난다. 즉 정서적 분위기 내에서 스트레스 상황에 따라 증감한다. 청소년의 취약한 자기규제는 문제행동, 만족, 스트레스, 생활 관리, 신체적 건강의 문제 원인이 될 수 있다.

본 논문에서는 이와 같은 학교부적응 청소년들의 특징을 파악하고 학생들의 문제해결을 도와 줄 수 있도록 생태시를 마음치유의 일환으로 구성하여 단계적으로 적용하였다. 생태시치유의 목적은 청소년들이 자신을 바로 알아 문제행동을 바른 행동으로 전환할 수 있도록 하고 심리적인 부적응 요인을 알아보고 생태시를 접하여 자연과 함께 하는 삶의 원리를 깨닫고 자신의 마음을 성찰할 수 있도록 하는 데 있다.

---

10) 주선미(2003), 「학교부적응 청소년을 위한 멘터링 프로그램의 효과성에 관한 연구 : 멘티에게 미친 효과를 중심으로」, 경상대학교대학원 석사학위논문, 11쪽.
11) 김정휘(2001), 『위기에 처한 청소년지도의 이론과 실제』, 서울: 민지사, 136쪽.

3. 생태시의 이해

1) 생태학과 생태문학

'생태학'이라는 용어는 '에른스튼 헤겔'에 의해 19세기 중엽에 처음으로 사용되었다. 그는 생태학을 "식물이나 동물 같은 유기체가 물리적으로 맺고 있는 총체적 상호 관계를 연구하는 학문"이라고 정의하였다.[12] 또한 자연은 무질서 하게 존재하는 것이 아니라 그들만의 체계와 규칙에 의해서 일정하게 관리되는 것으로 일종의 공동체이다.[13] 공동체 생활이라는 것은 한 생명이 태어나 사회화를 통해 하나의 인격을 형성하게 되며 함께 사는 공동의 생활공간에서 상호 작용을 통해 마음을 공유하는 집단으로 생태학의 공동체적 의미는 크다고 볼 수 있다.

생태학과 문학에 대하여 구체적인 논의는 이동승(1990)이 독일의 생태시에 대한 개념을 소개하면서 이루어졌다. '생태학'이란 "식물이나 동물과 같은 유기체가 물리적 환경과 맺고 있는 총체적인 상호관계를 연구하는 학문.[14]"이라 하였다.

송희복은 생태학을 공생성, 연계성, 순환성, 다양성 등을 기본적인 원리로 삼고 있다고 본다.[15] 송용구는 '생태시(Oekolyrix)'에 대한 어원이 생태학(Oekologie)' 과 '시(Lyrik)'의 결합으로 이루어졌고, '생태학'이란 특정한 유기체와 주변 환경간의 연관되어진 것을 연구하는 학문이라고 규정했다.[16] 김동욱은 '생태학'이란 식물과 동물 같은 유기체가 물리적인 환경과 맺고 있는 총체적인 상호관계를 연구하는 학문이라고 정의했다. 이런 논의의 과정에서 공통점은 인간들의 삶을 소재로 하여 바람직한 삶의 방향을 제시 한다[17]는 것이다.

또한 '생태 환경에 대한 인식'이란 "모든 유기체는 서로가 연결되어 있으며, 인간은 지구상의 모든 생명체와의 관계를 통해서 존재한다는 인식하에 인간을 둘러싼 물리적·심리적 환경에 대한 인식"을 말한다[18]고 할 수 있다. 이러한 여러 학자들의 의견을 종합하여 저자는 생태학을 생명, 환경, 공생, 평화를 지향하는 모

---

12) 김성란(2009), 위의 논문, 15쪽.
13) 이강미(2014), 「생태시 교육방법 연구」, 충남대학교 교육대학원 석사학위논문, 10쪽.
14) 김성란, 위의 논문, 15쪽.
15) 김성란, 위의 논문, 15쪽.
16) 김성란, 위의 논문, 15쪽.
17) 김성란, 위의 논문, 15쪽.
18) 김성란, 위의 논문, 17쪽.

든 생명 존재가 지구상에서 평화롭게 상호 의존하여 살아가기 위하여 자연과 교감하며, 생명과 환경을 보호하며 상생하기 위한 전체적인 하나의 틀에서 차별 없이 상호 존중하는 근본적인 생명사랑이라고 정의하고자 한다. 최근 생태문학 교육을 환경 교육정도로 생각하는 잘못된 인식이 있는데, 생태문학은 환경뿐 아니라 문학적, 교육적 부분 등 다양한 측면에서 바라보고 실천하는 불교적 시각이 필요한 때이다.

2) 생태시의 개념

생태시에 대한 개념은 다양하게 언급되고 있다. 생태학(Oekologie)과 시(Lyrik)의 결합으로 이루어진 '생태시'는 인간과 자연의 유기적 전체를 지향하는 생태학적 관점에서 생명들 사이의 관계에 대한 새로운 인식을 보여주는 시를 말하는 것이 일반적인 개념이다.

생태시는 생명자체를 노래함으로써 생명의 본질과 가치를 추구하며, 동시에 다른 존재들과의 관계 속에서 생명의 가치와 위상, 생명 고양의 조건을 살피어 그 중요성을 시적 상상력 속에 구체화한다. 이러한 관점에서 김경복은 "생태시는 환경문제에 대한 재인식과 더불어 인간과 자연의 관계에 대한 재정립, 그리고 더 나아가 존재 전체, 자연 전체 속에서 인간의 영적 성숙으로 이어지는 과정을 포괄한다."[19]고 말한다. 김성란은 생태시가 "현대문명의 이기적인 문제로 인하여 자연과 인간 세계가 분리되고, 그 분리된 결과로 인하여 자연의 섭리가 파괴되고 인간의 삶에 대한 환경이 파괴되는 현상에 대하여 비판 의식을 바탕으로 한다. 또한 인간의 생태 환경을 개선함으로써 인간이 인간답게 살기 위한 전망을 제시해준다."[20]라고 언급하고 있다. 그렇다면 생태시는 인간 중심주의를 비판하고 인간과 자연의 조화를 지향하는 생태학적 세계관을 담고 있는 시라 할 수 있다. 여기에는 인간은 물론 생태계에 존재하는 모든 생명체의 생존을 위협하는 환경 문제의 심각성을 드러내고 생물학적 약자의 편에서 그들의 다양성을 옹호하며 공존의 방안을 모색하는 내용이 주를 이룬다.

이러한 맥락에서, 생태시가 청소년 학생들이 성장하고 있는 한 인간으로서 자연과 조화를 이루며 인간답게 살기 위한 방법을 고민하고 그에 대한 적절한 해결

---

19) 김경복(2003), 『생태시와 넋의 언어』, 서울: 새미, 32쪽.
20) 김성란(2009), 위의 논문, 23쪽.

점을 제시를 해 줄 수 있다면 그 치유 효과가 클 것이라 생각된다. 어쩌면 우리의 생태시의 효시라 할 수 있는 김광섭의 다음의 시는 그 좋은 예라 할 수 있다.

성북동 산에 번지가 새로 생기면서
본래 살던 성북동 비둘기만이 번지가 없어졌다.
새벽부터 돌 깨는 산울림에 떨다가
가슴에 금이 갔다.

그래도 성북동 비둘기는
하느님의 광장 같은 새파란 아침 하늘에
성북동 주민에게 축복의 메시지나 전하듯
성북동 하늘을 한 바퀴 휘 돈다.

성북동 메마른 골짜기에는
조용히 앉아 콩알 하나 찍어먹을
널찍한 마당은커녕 가는 데마다
채석장 포성이 메아리쳐서
피난하듯 지붕에 올라앉아
아침 구공탄 굴뚝 연기에서 향수를 느끼다가
산 1번지 채석장에 도루 가서
금방 따낸 돌 온기에 입을 닦는다.

예전에는 사람을 성자(聖者)처럼 보고
사람 가까이서
사람과 같이 사랑하고
사람과 같이 평화를 즐기던
사랑과 평화의 새 비둘기는
이제 산도 잃고 사람도 잃고
사랑과 평화의 사상까지
낳지 못하는 쫓기는 새가 되었다.
　　　　　　　　　　　　- 김광섭,「성북동 비둘기」[21]

　　우리의 경우, 현재 생태환경의 위기의식을 드러낸 작품으로 위의 「성북동 비둘기」를 시작으로 보는 경우가 있다. 물질문명으로 인한 현대인들의 고통을 대변하고 새로운 삶의 지향점을 노래하고 있다. 시의 마지막 부분에서 "낳지 못하는 쫓

21) 김광섭(2013), 『성북동 비둘기』, 서울: 시인생각, 14쪽.

기는 새가 되었다."라는 구절에서 인간 소외를 비판하는 측면에서 보면 현재의 교육환경에서 학교에 부적응 하는 학생들이 경험하는 소외와 좌절을 대변할 수 있다. 이런 인간의 모습을 비둘기에 의인화 한 생태시를 토대로 충분히 본인의 마음을 인식하고 표현하여 마음의 무거움을 조금이라도 해결할 수 있을 것이라 생각되기 때문이다.

특히, 생태시는 일상적이 언어를 바탕으로 하여 학습자들이 쉽게 이해하고 감상할 수 있으며, 시에 표현된 어휘를 학습함으로써 일상생활에서도 자각이 가능하다.[22]

또한 생태시는 자연 자체에 대한 위기 상황을 문제 삼고, 인간의 생존마저도 위협하는 황폐한 생명적 토대를 극복할 수 있는 방법을 모색한다. 결국 생태시는 현대 사회의 무분별한 자연개발을 지양하고 자연과 인간에 대한 문제를 해결할 수 있는 가능성을 가진 큰 울림으로서 의미가 있다.

3) 생태시의 특성

1960년대에는 전통적인 서정시풍이 문단의 주류를 이루는 가운데 박두진의 「인간밀림」, 김광섭의 「성북동 비둘기」등의 소수 작품에서만 생태의식을 엿볼 수 있다. 이 시기에는 아직 환경 문제가 가시화되지 않았고, 가난이라는 열악한 환경에서 생존 조건을 극복하느라 문학에서 '환경'이라는 새 영역을 개척할 여력이 없었던 것으로 보인다. 그러나 앞에 소개한 두 작품은 생태시의 초기 작품으로서 그 문학적 성과가 크다[23]고 할 수 있다.

한편 생태시에 대한 교육은 환경, 윤리, 철학 등 다른 교과를 통한 교육보다도 구체성을 띤 자연친화적 교육이 될 수 있는데 생태시 교육에서는 상상력에 대하여 구체성을 어느 정도 확보할 수 있다. 이는 생태시 교육이 단순히 생태의식의 함양뿐 아니라 문학 교육적 성과도 크다는 것을 의미하며 교육의 가치가 바로 여기에 있다.[24]

시의 특성상 시인은 생태학적인 상상력을 통해 작품을 창작하고, 시를 읽는 독자는 시적인 상상력을 통해 감동을 받는다. 시인은 의도하는 것을 구체적인 사물과 상황을 통해 표현하고, 독자는 상상력을 통해 인식하게 된다. 여기서 작품

---

22) 김성란(2009), 「생태시 교육방법 연구」, 한남대학교대학원 박사학위논문.
23) 이강미(2014), 위의 논문, 16쪽.
24) 이강미, 위의 논문, 19-20.

창작을 할 때 구체적인 사물이나 상황을 일상에서 보이는 것들로 주제를 삼아 의도하는 바를 표현한다면 시인이나 독자 사이에 쉽게 공감하고 받아들일 수 있을 것이다.[25]

이렇듯이 생태시가 나타내는 특성을 보면 문학이라는 큰 틀 아래 상상력을 바탕으로 구체성을 띤 교육적 가치가 충분하다고 할 것이다.쪽

4) 생태시 교육의 특성

생태시를 교육하는 목표는 생태시를 통하여 학습자들이 살아가고 있는 생태 환경에 대하여 올바른 인식을 제공하는 것이다.[26] 이것은 생태시의 내용적인 측면에 해당하는 것인데 학습 제재로 선택 할 때 학습자의 현실에 맞는 내용으로 선택을 해야 한다는 것이다. 또한 생태시는 현대의 다양한 문제의식을 포함한다. 따라서 다른 어떤 사조의 작품보다도 주제를 표현하는 데 있어서 직접적이다.

생태시는 환경 문제에 지대한 관심을 가지고 있으며 시를 읽는다는 점에서 쉽게 접근을 할 수 있는 부분이 필요하다. 현대 산업 사회의 다양한 문제 중 산업 발달로 인하여 교육적 가치가 높아졌고, 그로 인해 높아진 교육 수준을 따라 잡지 못하여 수업을 놓아버린 학생들에게 마음을 치유할 수 있는 근원적인 매개체가 필요하다.

오 헨리가 지은 「마지막 잎새」가 주는 교훈을 생각해 보자. 나무에 남아 있는 잎새 하나가 주는 교훈은 정말 가치가 있다. 꺼져가는 생명에 희망을 준다. 변화하는 생태 환경을 학생들은 따라가지 못한다. 바로 변화하는 생태 환경을 이해하면서 스스로 변화된 모습으로 적응해 나가는 모습을 함께 고민하고 생각해 본다면 생태시가 주는 교육은 효과적이라고 할 수 있을 것이다.

또한 생태시는 어려운 시어를 사용하는 것이기 보다는 우리가 생활하고 있는 일상에서 쉽게 접하는 어휘들로 구성되어져 있다. 특히 나무, 숲, 하늘, 새, 물, 바다, 어머니를 의미하는 시어들이 많이 등장한다. 그리고 생태 환경에 대한 인식을 드러내어 주는 둥글다, 아름답다, 착하다, 우리라는 시어가 자주 나타난다.[27] 이처럼 사용되는 단어가 많이 익숙하고, 표현하고자 하는 뜻은 달라도 쉽게 접근할 수

---

25) 김성란(2009), 위의 논문, 4쪽.
26) 김성란, 위의 논문, 36쪽.
27) 김성란, 위의 논문, 75쪽.

있어 화자와 공감할 수 있다는 장점이 있다. 인간에게 물질적 자원과 정서적 요소를 공급하는 자연만이 가지고 있는 고유한 속성, 능력, 역할은 실로 방대하다.[28] 자연과 교감함으로써 시를 통한 학습의 내용은 내면화의 과정을 가지게 되고, 내면화의 구조화된 의미들은 학습자들의 삶으로 표출된다.[29] 이러한 사실을 주목하면, 생태시를 읽고 감상하고 낭송해 봄으로써 학교부적응 학생들은 다분히 정서순화가 되고, 공감하며 치유의 시간을 갖게 될 것으로 진단된다.

4. 학교부적응 학생의 상담치유를 위한 생태시의 활용

1) 생태시의 상담학적 이해

칼 G.헌들과 스튜어트 C.브라운은 자연과 환경을 보호하고 생태 위기를 극복하는 데 크게 세 가지 담론이 필요하다고 하였다.[30] 여기서 말하는 세 가지는 첫째, 규제적인 담론이고, 둘째, 과학적인 담론, 셋째, 시적인 담론인데, 우리는 여기서 시적 담론을 주목할 필요가 있다. 시적 담론은 문학 예술가들이 자연에 대한 아름다움이나 그에 대한 가치 또는 정서적인 함양을 말할 때 쓰는 담론을 가르치고 있다.

시는 사람의 마음을 어루만질 수 있는 정서적 기능이 밑바탕에 자리하는데, 정서란 사람들의 마음속에서 일어나는 여러 가지 감정을 나타내는 것으로, 학교 부적응 학생들에게 시를 통해 정서를 높일 수 있다는 것에 주목할 수 있다.

문학은 독자에게 상상력을 통해 작품을 이해하고 공감할 수 있게 해 준다. 또한 정서적으로 큰 변화를 불러일으키기에 적합하며, 이를 상담으로 풀어나간다면 교육적인 효과도 기대된다. 다음은 김용택 시인의 「짧은 이야기」전문이다.

> 사과 속에 벌레 한 마리가 살고 있었습니다.
> 사과는 그 벌레의 밥이요, 집이요, 옷이요, 나라였습니다.
> 사람들이 그 벌레의 집과 밥과 옷을 빼앗고
> 나라에서 쫓아내고 죽였습니다.
> 누가 사과가 사람들만의 것이라고 정했습니까.

---

28) 송용구(2012), 「독일과 한국의 생태시 비교 연구」, 고려대학교, 『카프카연구 제28집 재수록』, 한국카프카학회, 3쪽.
29) 송용구, 위의 논문, 4쪽.
30) 이강미(2014), 위의 논문, 1쪽.

사과는 서러웠습니다.
서러운 사과를 사람들만 좋아라 먹었습니다.
- 김용택, 「짧은 이야기」전문[31]

　시에 등장하는 유기체는 '사과와 벌레, 사람'이다. 이것은 서로가 다른 종의 생명체이지만 자연이라는 관점에서 볼 때에는 모두 동등한 관계에 있다.[32] 사과, 벌레, 사람은 친숙한 단어이다. 위의 「짧은 이야기」는 사과 속의 벌레에게도 사과가 집이고 옷이고 나라라는 사실을 상기시키며 사과가 인간만을 위해 존재한다는 관점의 전환을 은연중에 요구하고 있다. 심리적 측면에서 대상의 힘은 크다. 시를 통해 그 대상이 되어 시인 내면에 자리 잡은 가치관을 서술하기도 한다. 그러한 측면에서 생태시에서 사용되는 친근한 단어들은 분명 교육적 측면에서 대상자에게 빠른 시간 안에 몰입 할 수 있도록 한다.
　즉 자신의 내면을 관찰하고 집중하여 마음의 원리를 알아간다면 일상에서의 자기수행, 대인관계, 학교생활, 삶의 대응방식이 한결 유연해질 수 있을 것이다. 심신이 편안해 짐과 동시에 자신의 습관과 행위와 신념을 변화시켜 나가는 실마리로 작동할 수 있다.
　생태시에 나타나는 단어들은 쉽게 이해되고 접근하기가 쉽다는 장점이 있다. 이처럼 눈으로 확인 할 수 있는 대상을 통하여 내가 가진 불만이나, 추구하고 싶은 이상을 나타내어 보이는 활동을 통해 스스로 마음을 정화하여 스트레스를 줄인다면 학교생활 적응에 더 좋은 효과가 나타날 것이라 생각된다.

2) 학교 부적응 청소년과 생태시의 치유적 접근

　학교부적응 청소년들은 자신에 대한 자아존중감이 낮고 무기력하고 스스로에 대한 부정적인 인식을 가지고 있으며 현실을 회피하며, 자기표현에 방어적, 저항적이다.[33] 특히 이들은 학교와 가정에서 제대로 적응하고 있지 못하기 때문에 가족과 교사, 친구관계에서 어려움을 겪게 되어 세상을 비관적으로 보고 자기 자신을 가치 없다고 규정하게 된다. 그로 인하여 학교부적응 청소년들은 불안감, 무기력, 우울증 등과 함께 학습에 대한 의욕 저하와 열등감, 낮은 자존감으로 과격

---

31) 김용택(2007), 『나무처럼 사랑하라』, 서울: 마음의숲. 170쪽.
32) 이강미(2014), 위의 논문, 25-26쪽.
33) 최은진(2016), 위의 논문, 3-4쪽.

한 행동을 하며 감정적으로 대응으로 자신을 표출하여 부적응적인 행동 특성을 나타내기도 한다. 생태시는 이러한 갈등과 위기에 처한 청소년들에게 심신의 안정을 줄 뿐 아니라 자기 자신의 생각·감정·감각을 조절할 수 있게 되어 자신을 인정하고, 대인관계를 원만히 하여 학교생활에 의욕이 생기게 하는 작용을 한다.

또한 우리가 흔히 이야기 하는 불교 마음수행의 궁극적인 목표도 생로병사에서 해탈하여 깨달음을 얻어 열반하는 것이다. 대승불교에서는 해탈 후「십우도(十牛圖)」의 '입전수수'와 같이 회향을 함으로써 모든 중생들을 구제하는 것인데 이는 개인의 성장을 도모하면서, 궁극적으로는 상담자와 내담자 모두에 대한 성불을 목표로 삼는다. 좀 더 구체적으로 말한다면 대승불교에서는 시공간을 초월한 우주의 모든 생명체를 구제하는 것이 목표이다. 그 대상은 인간뿐 아니라 모든 생명체를 두루 포함하는 것으로 현대 상담의 일반적인 목표와는 그 대상이나 범위가 비교할 수 없을 정도로 광대하다. 그러나 여기에서는 학교부적응 청소년을 대상으로 하기 때문에 궁극적인 수행의 경지는 아니더라도, 생태시를 방편으로 삼아 최소한 자신의 감정, 생각을 조절하고 자기를 돌아보는 경지까지의 치유는 가능한 것으로 생각된다. 그렇게 하여 학교부적응의 청소년을 내면을 치유하고 심신이 건강한 청소년으로 전환시켜 자신의 잠재력을 펼칠 수 있도록 도와 사회에 봉사하고 인류를 사랑하는 인격체로 만들어 가는 데 일조할 것으로 보인다.

그렇다면 다양한 문학의 분야 중 문학적 감수성과 상상력을 바탕으로 하는 영혼의 언어인 시는 생태 교육적 측면에서 자신의 본질을 깨우칠 수 있어[34] 학교부적응 학생들에게 효과가 클 것으로 기대된다.

3) 학교 부적응 청소년과 생태시의 상담 치유 단계

(1) 생태시의 상담 치유 단계

심리상담은 자신의 생각과 감정을 알아차리고, 탐색하고 표현하여 자신을 찾아가는 과정이다. 자신의 행위와 말과 생각을 뒤돌아보고 성찰하면서 부정적인 정서에서 긍정적인 정서로 관점을 전환하여 새로운 삶을 살 수 있도록 한다. 일상에서 매 순간 지금 현재에서 일어나는 생각·감정·느낌에 집중하여 깨어 있는 삶을 살 수 있도록 개인의 내면을 다독이고 어루만지는 기능을 한다. 즉 자신을 되

---

34) 김성란(2009), 위의 논문, 78쪽.

돌아보고 자각하는 활동, 집중과 알아차림으로 타인을 수용해가며 자연 속에서 함께 더불어 살아가는 존재라는 것을 깨달아 가는 과정이다.

청소년들은 폭풍같이 출렁이는 자신의 마음을 호흡을 통하여 깊이 들여다보고, 매 순간 올라오는 생각·감정·느낌을 평온하게 바라보고 조절하는 명상이 필요하다. 자신을 사랑할 수 있는 사람이 타인을 사랑할 수 있고 자신에 대하여 긍정할 수 있는 사람이 타인을 더 긍정할 수 있다는 전제하에 스스로에 대한 친절을 가로막는 부정적인 마음과 경험을 풀어내는 자기성찰의 과정이 특히 질풍노도의 청소년들에게는 더욱 절실하다.

이러한 내면여행의 궁극적인 목적을 보면, 자신에 대한 사랑을 기본으로 생명이 있는 모든 존재에까지 자비로운 마음을 확장시키고 삶에 대하여 긍정적인 자세로 변화시켜 자리이타적인 본질로 돌아가게 하는 것이다. 또 욕심과 분노를 비워 평온하고 행복한 마음상태를 발달시켜 괴로움과 혼돈으로 부터 스스로를 자유롭게 하는 데 있다. 그렇게 한다면 소중하고 고유한 자기를 찾아 깨어 있는 삶을 개척할 수 있을 것이다.

생태시와 명상을 통해 발달된 자기긍정과 친절의 마음을 다른 대상으로 확대시킬 수 있게 되어 일상생활에서 지혜로운 대인관계를 갖게 되고 지금 여기에서 보다 윤택하고 평온한 삶을 주체적으로 살 수 있을 것이다. 아래의 주제에 표현된 시들을 한번 보자. 문학적인 부분에서의 생태시가 교과서에 실리거나 생태환경적인 부분에서의 접근이 아니라 자연과 생태 그 자체를 불교에서 시로 표현한 것은 많이 있다. 학교부적응학생이라는 대상자에 맞게 생태시의 틀을 갖춘 시가 아닌 자연과 생태를 노래하고, 그 표현의 익숙한 문장들을 통해 감정이입이 되어 나를 돌아볼 수 있음과 동시에 치유적인 효과를 볼 수 있다는 관점에서 접근을 하였다.

① 자기탐색

청소년기는 어린이와 어른의 중간단계로서 신체적, 심리적으로 질풍노도의 시기라 할 수 있다. 이시기에는 자기 자신이 누구인지 늘 사색하게 되고, 어떻게 세상을 살아야 하는지 내면 깊숙이 고민하는 시기이다. 또 자신의 내면에 수많은 생각, 감정, 감각이 공존하고 있으며 어떠한 인생관과 세계관을 형성해야 하는지 나름대로 깊이 성찰하는 시기이다. 특히 학교 부적응 청소년들은 내면의 갈등과 혼란, 외부환경과의 부적응으로 더 많은 불안과 고통을 겪고 있다. 그러므로 상담 초기에는 스스로 자기를 탐색을 할 수 있도록 친밀감 형성하고 자신과 가족의 장점쓰기와 마음 나누기 등의 기법을 사용할 수 있다. 다음은 김기택 시인의 「풀벌레들의 작은 귀를 생각함」전문이다. 시인은 풀벌레 소리를 통하여 작고 들리지 않지만 분명히 살아 존재하는 생명의 소중함과 소외를 다루고 있다.

> 텔레비전을 끄자
> 풀벌레 소리
> 어둠과 함께 방 안 가득 들어온다
> 어둠 속에 들으니 벌레 소리들 환하다
> 별빛이 묻어 더 낭랑하다.
> 너무 작아 들리지 않는 소리도 있다
> 그 풀벌레들의 작은 귀를 생각한다
> 내 귀에는 들리지 않는 소리들이 드나드는
> 그 까맣고 좁은 통로들을 생각한다
> 그 통로의 끝에 두근거리며 매달린
> 여린 마음들을 생각한다
> 발뒤꿈치처럼 두꺼운 내 귀에 부딪쳤다가
> 되돌아간 소리들을 생각한다
> 브라운관이 뿜어 낸 현란한 빛이
> 내 눈과 귀를 두껍게 채우는 동안
> 그 울음소리들은 수없이 나에게 왔다가
> 너무 단단한 벽에 놀라 되돌아갔을 것이다
> 하루살이들처럼 전등에 부딪쳤다가
> 바닥에 새카맣게 떨어졌을 것이다
> 크게 밤공기 들이쉬니
> 허파 속으로 그 소리들이 들어온다
> 허파도 별빛이 묻어 조금은 환해진다
>   - 김기택, 「풀벌레들의 작은 귀를 생각함」[35]

이 시에서 '나'는 텔레비전으로 상징되어진 현대 문명 속에 살아가고 있다. 어느 날 그것을 끄자 어둠 속에서 벌레 소리가 가득하다. 지금껏 듣지 못했던 벌레 소리가 어둠속에서 더욱 또렷하게 들려오는 것을 화자는 "환하다"라고 표현하고 있다. '환함'은 몰랐거나 혹은 지금까지 잊고 살았던 것에 대한 깨달음과 소리를 통해서 느끼는 생명의 충만감, 그리고 자연의 따뜻함 등으로 해석 된다. 더구나

---

35) 김기택(2015), 『풀벌레들의 작은 귀를 생각함』, 서울: 지식을만드는지식, 112쪽.

벌레 소리에 묻혀 온 '별빛'은 말하는 사람에게 문명의 거침과 냉정에서 벗어나 부드러우면서도 낭만적인 분위기에 젖어들게 하고 벌레 소리는 더욱 낭랑하게 들린다.[36] 그 소리들을 듣다보니 화자는 귀뚜라미나 여치 같은 울음뿐 아니라 풀벌레들의 작은 소리도 존재함을 깨닫게 된다. 주목받지 못하고 인정받지 못해서 생긴 그대로 자신의 빛을 발하는 벌레는 마치 사회와 학교에 적응하지 못하는 부적응 청소년 자신을 떠올리게 한다. "까맣고 좁은 통로의 끝"에 매달려 말하는 사람이 자신의 소리를 들어주기만을 바랐던 그 여린 마음은 청소년들이 힘겹게 외치는 들리지 않는 소리인 것이다. 그들은 작은 울부짖음으로 나 여기 살아 있다고 호소하고 있다. 이 시를 통하여 작은 소리지만 자신만의 소리가 있다는 자기탐색으로 서서히 자신감을 찾아가고 이러한 인정으로써 청소년 한 사람 한 사람이 더욱 인간적으로 변해가고 자연스러워진다는 점이 더 강조된다. 또 소외되고 자책하던 자신의 상태를 그런대로 수용하게 되어 무한히 많은 작은 소리들을 수용할 수 있게 되며 큰 소리와 다른 자신의 존재를 인정하고 스스로 독립적이어서 어떠한 상황에도 흔들리지 않음을 뜻한다고 할 수 있다.[37]

청소년들은 또래와의 비교의식이나 열등의식, 또 사회의 현실적 기준에 자신을 맞추려고 하기 때문에 더욱 고통으로 몰아가게 되는데 이러한 생태시를 접하다 보면 자신이 누구인지 탐색할 수 있다. 무엇보다 객관적으로 세상을 바라보게 되어 다른 사람의 시선보다는 자신의 주인의식으로 개성을 지니고 세상을 개척해 나갈 수 있는 내면의 힘이 생기게 된다.

② 자기표현

학교부적응 청소년들은 억눌린 감정과 낮은 자존감으로 자기표현이 어색하다. 대학입시라는 미래를 위해 현재를 소홀히 할 수 있는 만큼, 지금 이 순간, 바로 여기에 깨어 있는 마음으로 머무는 과정이 중요할 것이다. 두 번째 단계에서는 공감대화법과 현재에 머물기, 대상을 있는 그대로 바라보는 연습이 필요하다. 호흡명상을 통하여 들숨, 날숨을 바라보며 현재에 머물러 내면의 목소리를 듣는다. 자기표현의 시로는 원감국사 충지의 무애를 소개하도록 하겠다.

---

36) 이강미(2014), 위의 논문, 30쪽.
37) 백원기(2014), 위의 책, 25-26쪽.

봄날 계수나무 동산에 꽃이 피었는데
그윽한 향기는 소림의 바람에 날리지 않네
오늘 아침 열매 익어 감로사를 적시니
무수한 사람과 하늘이 단 맛을 함께 하네
　　　　　　　　－ 원감충지, 「무애」[38]

"봄날 계수나무 동산에 핀 꽃"은 지난날의 영화를 표현하였고, "그윽한 향기 소림에 날리지 않네"는 자신의 대중교화의 실패를 비유하고 있다. 하지만 마지막 행의 "무수한 사람과 하늘이 단 맛을 함께 하네"에서는 상구보리 하화중생(上求菩提 下化衆生)의 삶의 보람과 다선일미의 기쁨을 노래하며, 실패를 딛고 묵묵히 수행하여 삶의 목적을 달성한 위상을 보여주고 있다. 요즘 청소년들은 자연과 벗 삼아 자연을 만끽하는 기회가 드문 실정이다. 이러한 자연을 노래한 시를 통해 직접 시를 창작해 보며, 표현력을 기르고 자연의 순환 속에서 현재를 자각하고 미래 목표를 세워 정견을 가지고 바르게 나아가는 것이 치유의 방편일 것이다.

③ 자기이해

청소년은 우리 시대의 밝은 미래이다. 그들은 우리의 미래이며, 과거이고 현재이다. 또한 우리는 모두와 연결되어 있는 고유하고 신성한 존재이다. 자기이해의 시간에서는 자신의 사고방식의 틀을 벗어나 언어와 사고를 초월한 상상과 창조의 시간을 갖는다. 자신의 고유성과 연결성을 알아보고 수식관으로 들숨, 날숨의 호흡을 관찰하며 집중하는 시간을 갖고 긍정과 가능성의 에너지를 체험하여 고정관념의 반복된 일상에서 깨어나는 시간을 갖는다.

일례를 들면 고려시대의 백운경한 선사(1298~1375)는 태고보우, 나옹혜근 선사와 더불어 고려 말의 대표적 선승이다. 경한은 어려서 출가하여 일정한 스승 없이 전국의 명찰을 다니면서 수행하다가 1351년 53세에 원나라에 들어가 지공화상에게 법을 물었다. 일체의 분별과 상이 끊어진 삼매의 경지인 무념무상(無念無想)의 수행을 강조하는 경한은 "일체의 행하는 마음을 놓고 무념무상의 상태가 그대로 진경에 이른다."고 하였다. 따라서 자연에 순응한 깨달음의 경지를 통하여 단순이 자연예찬뿐 아니라 '무심무념'의 깨달음의 경지를 노래하고 있다. 다음 시 「거산 5」는 경한 선사가 산에 머물며 지은 선시로, 자연과의 합일을 노래하고 무심한 선적 경지에서 본 몰아일체(沒我一體)의 시심이 잘 묘사되고 있다.[39]

---

38) 백원기, 위의 책, 37쪽 재인용.

누른 국화 푸른 대나무가 남의 것 아니요
밝은 달 맑은 바람 티끌 아닐세
그 모두가 우리집 재물이어니
마음대로 집어다 쓰면서 살 일이네
                    - 백운경한, 「거산 5」[40]

위의 시 「거산 5」에는 자연을 벗 삼아 일평생을 고고한 학처럼 살고자 했던 경한선사의 정서가 잘 녹아 있다. 자연을 존중하며 순리에 따르고 자연과 깨달음의 세계가 둘이 아님이 잘 표현되고 있다. 세상 만물 그 모두가 다 내 것이니 임의대로 쓸 수 있다는 마지막 시행은 우주와 하나가 된 선사의 무심의 경지를 그대로 보여주며,[41] 사유의 틀에 갇혀 있는 청소년들에게 세상을 분별심이 아닌 있는 그대로 보게 하는 언어를 초월한 일면을 보여준다. 사고방식의 틀에서 깨어 자연 속에서 우리 모두가 연결되어 있는 연기적 존재임을 보여주며 아무런 보상 없이 모든 것을 다 내어 주는 자연에 대한 감사함이 잘 나타나 있다.

이 시를 통하여 청소년들은 메마른 가슴의 밑바닥에 있는 본질을 체험하고 자연과 같이 편협하지 않게 모든 것을 포용하는 큰마음을 내는 경험을 할 것으로 생각된다.

④ 자기균형

청소년들은 자신의 몸과 마음이 따로 있다고 생각한다. 그러나 대부분의 몸의 증상은 마음의 작용으로 움직이고 드러난다. 불교에서는 이것을 일체유심조(一切唯心造)라 한다. 명상과 호흡, 시를 읽고 감상하는 과정에서 내 몸과 마음, 감정을 조절하며 다스리는 습관을 기르고 자기균형의 만족한 삶을 그려나간다. 일상에서 감정, 생각, 충격적 행동이 올라올 때 알아차림을 통해 바라보는 연습이 절실하다. 청소년들에게 자기를 조절하고 균형 있는 삶을 살기 위한 시는 이규보의 「응선사의 방장을 심방하다」로 선택했는데, 고요한 빈방에서 자신의 마음을 관조하는 모습을 통해 폭풍 같은 감정을 바라 볼 수 있는 명상을 한다면 모든 것이 제행무상(諸行無常)이라는 자각을 할 수 있을 것이다.

이규보(1168~1241)은 고려 중기 여주에서 태어나 생애의 대부분을 강화도에

---

39) 백원기, 위의 책, 61쪽.
40) 동국대출판부(1990), 백운경한, 『백운화상어록』 상.하 『한국불교전서』 제6권, 동국대출판부, 661쪽.
41) 백원기(2014), 위의 책, 64쪽.

서 보냈다. 호는 백운거사(白雲居士)로 시, 술, 거문고를 좋아하여 삼혹호 선생(三酷好先生)이라 불렀다. 글재주가 남다르게 뛰어나 신동이라 불렸던 이규보는 지눌과 혜심의 영향으로 불교에 대한 풍부한 지식을 바탕으로 선적인 정취가 빼어난 시를 창작하여 나름의 독특한 달관의 세계를 노래하였다.

> 방석 위에서 곤히 졸아 갓은 벗겨지고
> 빈방은 고요하여 인기척도 없네
> 고쳐 앉아 마음을 맑혀 온갖 생곡 사라지고
> 휘영청 밝은 달 티끌 한 점 없어라
> — 이규보, 「응선사의 방장을 심방하다」[42]

위의 시는 선적인 청정심의 경계를 지향하는 모습이 산사를 배경으로 잘 그려지고 있는데, 선정에 든 스님을 따라 자신도 좌선을 하려 앉아 보았지만, 잠깐 잠이 들었다가 문득 깨어난 정황이 묘사되고 있다. 세속의 얽힌 번뇌로부터 벗어나 잠깐 동안이나마 누려보게 된 한가로움의 극치이다. 그저 앉아서 자기 자신을 돌아보는데 이때의 마음 상태를 '한 점 티끌 없이 밝은 달'에 비유하고 있다.[43]

현대의 청소년들은 과도한 학업에 시달리고 있다. 대부분의 청소년들은 대학을 가기 위해 현재를 유예당한 존재이기도 하다. 이러한 상황일수록 '지금 이 순간 바로 여기에서' 깨어 있는 마음이 절실하다. 특히 내, 외적으로 갈등이 많은 학교 부적응 청소년들은 외부상황에 흔들리며, 자존감이 약해져 있는 상태인데 이러한 상활일수록 자기 자신을 있는 그대로 바라보고 인정하여 내부와 외부상황에 균형을 찾는 것이 중요하다 할 수 있다.

⑤ 자기발견

자기발견의 단계에서는 자신의 생각, 감정, 감각을 알아차리고 습관화 된 자동적 사고에 대해 알아본다. 자기를 발견한다는 것은 하루에도 수백 번 움직이는 번뇌, 망상의 마음이 아니라 구름 뒤에 가려진 달처럼 항상 진리로 투영된 '본성(本性)'을 느껴 보는 것이다. 자기발견의 시로는 나희덕 시인의 '배추의 마음'을 선택했는데, 이 시는 자연의 원리와 질서에 순응하며 배추벌레처럼 묵묵히 자기의 삶을 살아가는 미물의 소중함과 꼭 필요한 역할을 다루고 있어 교육적 효과

---

42) 이규보 국역(1980), 『동국이상국집』 Ⅱ 제13권. 서울: 민족문화추진회, 229쪽.
43) 백원기(2014), 위의 책, 82쪽.

가 높을 것으로 기대된다. 이 같이 상생과 조화의 관계에 대한 인식은 자연물뿐만이 아니라 궁극적으로 인간 사회와 우주 전체에 확대될 수 있기 때문이다.

> 배추에게도 마음이 있나 보다.
> 씨앗 뿌리고 농약 없이 키우려니
> 하도 자라지 않아
> 가을이 되어도 헛일일 것 같더니
> 여름내 밭둑 지나며 잊지 않았던 말
> -나는 너희로 인하여 기쁠 것 같아.
> -잘 자라 기쁠 것 같아.
>
> 늦가을 배추포기 묶어 주며 보니
> 그래도 튼실하게 자라 속이 꽤 찼다.
> -혹시 배추벌레 한 마리
> 이 속에 갇혀 나오지 못하면 어떡하지?
> 꼭 동여매지도 못하는 사람 마음이나
> 배추벌레에게 반 넘어 먹히고도
> 속은 점점 순결한 잎으로 차오르는
> 배추의 마음이 뭐가 다를까?
> 배추의 풀물이 사람 소매에도 들었나 보다.
>   - 나희덕,「배추의 마음」[44]

위 작품에서 시적 화자는 배추를 기르는 데 온갖 정성을 다한다.[45] 배추에 농약도 치지 않고 배추와 끊임없이 대화를 시도하는 등 배추를 인간과 동일시한다. "-나는 너희로 인하여 기쁠 것 같아. -잘 자라 기쁠 것 같아."라는 구절은 시로 말하는 사람의 아름다운 마음을 보여주는 동시에 말하는 사람이 자연을 대등한 관계로 인식을 하고 있다는 것을 말한다. 이렇게 말하는 사람의 인식은 그대로 배추에게로 전해져 "튼실하게 자라 속이 꽤 찼다." 이것은 인간의 태도와 인식에 따라서 생태계의 양상도 달라질 수 있다는 것을 보여주고 있는 부분으로 독자에게 미래 세계에 대한 낙관적인 전망을 가능하게 한다. 즉, 지금은 마음을 잡지 못해 고뇌하고 방황하는 청소년들도 그 가능성은 무한하며 언젠가는 자기가 원하는 자리를 찾고 각자의 역할을 다하게 될 것이라는 소중한 믿음을 심어주고 있

---

44) 나희덕(1998), 『그 말이 잎을 물들였다』, 서울: 창작과비평사, 60쪽.
45) 이강미(2014), 위의 논문, 35쪽.

다. 자연의 모습을 바라보고 관찰하며 아무리 못나고 무능한 인간이라도 각자의 쓰임이 있으며 상생하고 공존하기 위해 존재하는 것이라는 것을 보여준다. 특히 학교 부적응 청소년들이 갈길 모르고 헤맬 때 이러한 치유의 생태시 하나야 말로 인생의 방향을 수정하는 마중물이 될 수 있을 것이다.

청소년들은 자아정체성의 형성을 통해 자기를 발견해 나가게 된다. 자기를 인정하고 알아가기 위해서는 자신이 어디에서 왔고, 어떻게 살아야 하며, 어디로 가고 있고, 어떠한 가치를 추구하며 살아야 하는지를 알아야 할 것이다. 그러기 위해서는 우리가 외부환경에 어떻게 대응하고 있는가를 자각하여야 하며, 사량분별과 알음알이의 편협된 지식보다는 지혜가 드러나도록 알아차림과 집중의 습관을 들여야 한다. 이때 관조와 본질의 발로인 시를 통해서 자기를 발견해 나가는 것이 중요할 것이라 생각된다.

⑥ 자기관심

청소년 시기에는 또래들과 교감을 통해 자신의 모습을 형성해 간다. 그것이 유행을 통해 나타나기도 하는데 또래 들이 하는 말, 행위, 생각을 그대로 받아 들여, 자신의 개성을 만들어 가기도 한다. 그러나 그러한 비교나 유행은 한 순간이며, 끝임없이 외부와 비교해야 하기 때문에 지치고 소외될 수밖에 없다. 자신의 내면을 관조하면서 '나는 나 자신에게 충분히 사랑받을 자격이 있다'는 자성예언은 스스로를 격려하고 세상의 탐욕, 분노, 어리석음의 삼독(三毒)에 덜 휩쓸리게 된다. 옛 선사의 살아온 길을 배우며 명상하는 습관은 현재의 삶을 응시하고 좀 더 가치 있는 삶을 사는 초석을 가져 올 수 있다.

만공월면(1871~1946)은 경허선사의 법을 계승하고 한국불교의 선풍을 진작시켰다. 만공은 13세에 김제 금산사에서 불상과 스님을 보고 크게 감동하였으며, 미륵부처가 업어주는 꿈을 꾸고 나서 야밤에 몰래 집을 나와 출가하였다. 1945년 8월 만공은 덕숭산에서 해방을 맞이한 후 상좌에게 붓과 무궁화 꽃 한 송이를 가져오게 하여 꽃잎에다 '세계일화'라고 썼는데, 이것이 세상 삼라만상이 한 송이 꽃이라는 만공의 유명한 법문이다.

세계는 한 송이 꽃
너와 내가 둘이 아니요
산천초목이 둘이 아니요

이 나라 저 나라가 둘이 아니요
이 세상 모든 것이 한 송이 꽃

그래서 세계일화(世界一花)의 참 뜻을 펴려면
지렁이 한 마리도 부처로 보고
참새 한 마리도 부처로 보고
심지어 저 미웠던 원수들마저도 부처로 봐야 할 것이며
다른 종교를 믿는 사람들도 부처로 봐야 할 것이며
그리하면 온 세상이 한 송이 꽃으로 피어날 것이다
　　　　　　　　-만공월면,「세계일화世界一花」[46]

　　모든 생명이 차별 없이 하나임을 꽃에 비유한 것이다. 만공의 '세계일화'는 큰 뜻을 펼 수 있고 인류가 모두 조화롭게 살 수 있는 길은 일체 중생을 부처로 보는 것임을 역설하고 있다. 너와 내가 둘이 아니고 우리 모두가 소중한 존재로서 서로 협력해서 살아야 한다는 것을 선사는 걸림없는 무애행으로 자리이타(自利利他)의 삶을 보여주고 있다. 심지어 지렁이 한 마리, 참새 한 마리까지도 부처로 보는 '관점의 전환'을 통해 자신뿐 아니라 다른 이들도 똑같이 존귀하다는 것을 보여주고 있다.

　　우리 청소년들도 자기 자신에 지나치게 몰입하고 집착하기보다 내가 힘들면 남도 힘은 것임을 알아 자신의 불성(佛性)을 자각하여 자신이 소중한 만큼 다른 모든 존재도 소중하다는 관점의 전환을 하여야 할 것이다. 그리하면 자신의 현재 처한 문제가 줄어들고, 자신과 상대가 바로 볼 수 있게 된다. 만공선사의 시는 인간 삶의 최상의 진리를 내포하고 있다. 그러므로 아직 세상에 덜 오염되어 본디 마음이 밝고 순수한 청소년들은 시를 통해 직관적으로 쉽게 자각할 수 있을 것이다. 그것이 자기 관심과 자기친절의 근본 전제일 것이다. 무아(無我)[47], 즉 나는 나 아닌 모든 것으로 이루어져 있다는 사실을 인식한다면, 자신을 소중히 하고 자신과 세상에 대해 더욱 감사한 마음이 생길 것이다.

---

46) 백원기(2014), 위의 책, 270-271쪽 재인용.
47) 무아(無我): 만물에는 고정 불변하는 실체로서의 나(實我)가 없다는 뜻으로 범어로는 아나트만(Anātman), 팔리어(Pali language)로는 아나딴(Anattan)이다. 붓다 이전의 인도사상에서는 상주(常住)하는 유일의 주재자로서 참된 나인 아트만(ātman)을 주장하였으나, 붓다는 아트만이 결코 실체적인 나(我))가 아니며, 그러한 나는 없다고 주장하였다.

⑦ 자기실현

자기실현의 단계에서는 화, 분노의 원천을 찾고, 자신의 일상에서 불만족스러운 것으로부터 놓여나는 시간을 갖는다. 또한 자신의 불안하고 유약한 그림자에게 편지를 쓰고, 삶의 가치를 재정립하여 본성을 찾도록 노력하며, 분노조절과 바람직한 대인관계에 대하여 걸림돌이 무엇인지 찾아 가는 시간을 갖는다. 자기실현의 시는 나옹 선사의「뜬구름[浮雲]」을 선택하였다. 이 시는 인생의 본질을 잘 알려주며 심신이 미약하고 절망하는 학교부적응 청소년들이 어떻게 살아야 하는지를 보여주고 있다.

나옹선사(1320~1376)는 경북 영해 출신으로 백운경한, 태고보우와 더불어 고려 말의 위대한 선승이자 시 문학가였다. 선사는 20세에 절친한 친구의 죽음을 보고 삶의 무상을 느껴 출가하였다. 선사는 철저한 무소유의 수행자로서 시공을 초월하여 사물을 직관하고 삶을 관조하는 태도를 지향하였다. '인생은 어느 곳으로 와서 어디로 가는 것인가' 이 문제는 동서고금을 막론하고 누구에게나 화두이다.

> 빈손으로 왔다가 빈손으로 가는 것, 이것이 인생이다
> 태어남은 어디서 오며 죽음은 어디로 가는가
> 태어남은 한 조각구름이 일어남이요
> 죽음은 한 조각 구름이 사라지는 것인데
> 뜬구름 자체는 본래 실체가 없나니
> 태어남과 죽음도 모두 이와 같다네
> 여기 한 물건이 항상 홀로 있어
> 담연히 생사를 따르지 않는다네
>   - 나옹, 「뜬구름 *浮雲*」[48]

불교는 궁극적으로 생사해탈(生死解脫)이 초미의 관심사이며 인간이란 빈손으로 왔다가 빈손으로 돌아가는 것임을 알려준다. 그러한 인생을 한 조각구름이 일어나 사라지는 것에 비유하고 있다. 그런데 구름 그 자체는 본래 실체가 없는 것이다. 태어남과 죽음, 오고 감도 또한 이와 같이 실체가 없는 것이다. 즉 인생이란 있음과 없음이고 색즉시공(色卽是空) 공즉시색(空卽是色)인 것이다. 그러나 오직 한 물건이 드러나 있어 생사를 따라 가지 않는 것이 있으니 그것은 각자의 마음속에 감추어져 있는 영롱한 구슬, 곧 상주불멸(常住不滅)하는 양심이라 할 수

---

48) 백원기(2014), 위의 책, 102쪽 재인용.

있는 '불성(佛性)'이다.

청소년들은 무한 잠재력을 가진 불성의 존재들이다. 현재 자신의 상황이 절망적이고 우울하고 미래가 불투명하더라도 잠재력을 믿고, 바른 견해로 진리를 추구한다면 현재의 어려움과 문제는 일어났다 사라지는 파도와 같다는 것을 깨닫게 될 것이다.

⑧ 타인이해

시를 활용한 상담치유 프로그램의 마지막 단계는 청소년들이 타인이해를 통한 자신 바라보기 이다. 각 개인의 경험, 환경, 성향, 생긴 모습은 각각 다르지만 그들도 자신처럼 아프고 고통 받는 존재라는 것을 알게 된다면 학교부적응의 어려움을 겪고 있는 청소년들에게 현실극복의 기회가 될 것이다. 또한 긍정적인 관점으로 감사한 사람에게 편지쓰기, 마음 나누기를 통하여 상처 받고 유약한 내면의 심리가 해소, 치유될 것이다.

그러한 면에서 서선대사의 「눈 내린 들판을 걸어갈 때」라는 선시는 작은 몸짓, 작은 생각 하나가 타인에게 얼마나 큰 위로와 도움이 되는지 잘 보여준다고 할 수 있다. 서산대사로 잘 알려진 청허휴정(1520~1604)은 조선시대 최고의 선승으로 법명은 휴정이다. 휴정은 우리 선시문학의 대가로 그동안 중국 임제풍을 벗어나지 못한 선풍이 휴정에 이르러 완전히 벗어나게 되어 은둔적이며 서정적인 경향으로 바뀌게 되었다.[49]

본래 맑고, 항상 드러나 어둡지 않은 것이 정진이며, 밝고 고요해서 어지럽지 않은 것이 선정이다. 휴정의 여러 시편 가운데 많은 사람들이 공감하며 애송하는 시가 '눈 내린 들판을 걸어갈 때'이다. 눈 덮인 길을 걸어갈 때 내가 남기는 발자국이 따라오는 뒷사람에게 이정표가 될 수 있기 때문에 발걸음 하나라도 어지럽게 해서는 안 된다는 의미심장한 뜻을 내포하고 있다.

> 눈 내린 들판을 걸어갈 땐
> 모름지기 함부로 걷지 마라
> 오늘 남긴 내 발자국은
> 뒷사람의 이정표가 될 것이니
>   - 청허휴정,「눈 내린 들판을 걸어갈 때」[50]

---

49) 백원기(2014), 위의 책, 108쪽.
50) 백원기(2014), 위의 책, 122 재인용.

새로운 세계를 열어가는 선각자들이 느끼는 심경을 피력한 선시로서 백범 김구 선생은 이 시를 하루에 세 번씩 낭송하고 실제로 몸소 실천 했으며, 남북협상을 위해 38도선을 넘으면서도 이 시를 읊었다고 한다. 휴정의 위의 시는 우리가 어떻게 살아야 하는지를 단적으로 말해준다. 즉 휴정은 자신의 득도(得道)와 선정에만 몰입하는 수행자가 아니라 중생의 아픔을 함께 나눈 진정한 원력과 실천을 몸소 보인 시문학의 거장이라 할 수 있다. 그의 시문학에는 당대 현실에 대한 고뇌어린 번민과 한탄, 중생들의 무지몽매함을 일깨워 주고자 하는 자비의 마음이 곳곳에 담겨져 있다.

학교부적응 위기청소년들은 지금 현재 가정과 학교에서 위기를 겪고 적응하지 못하며, 번민하고 있으나 언젠가는 깨달음을 얻고 자신의 재능을 발휘할 수 있는 시절인연이 도래할 것이다. 그러니 시로써 자신을 성찰하고 타인과 공동체적 연대감을 자각할 때 움켜잡고 있던 번뇌의 감정이 녹기 시작할 것이다.

(2) 자료 제시를 통한 생태시의 치유적 효과

자료 제시를 통한 생태시의 치유적 효과는 그 파장이 상당하다. 퓰리처상을 받은 케빈 카터((Kevin Carter, 1960-)가 아프리카 현지에서 기아로 죽어가는 소녀를 찍은 사진은 세계적으로 유명하다. 사진을 찍은 기자는 굶주려 죽어가며 독수리 먹이가 될 처지의 아이를 먼저 구하지 않고 사진을 먼저 찍었다는 이유로 세간의 극심한 비판을 받아오다 결국 스스로 목숨을 끊었다. 한 장의 사진이 전해주는 파급력은 이와 같이 대단하다. 김기택 시인은 이 사진을 보며 연민의 시를 지었다.

> 아이는 모래 위에 웅크리고 앉아 있다.
> 살이란 살은 굶주림이 모두 발라먹은
> 지금은 생선 가시처럼 눈만 뜨고 있는
> 한줌의 아이
> 빵을 기다리는 동안
> 있는 힘을 다해 머리를 들어 올리던
> 가냘픈 모가지를
> 졸음이 톡, 꺾어버린다.
> 무너지는
> 무너져 모래 위에 선명한 무늬를 남기는
> 한줌의 갈비뼈

오랫동안 끈질기게 한자리에 앉아서
독수리는 아이를 노려보고 있다
아아, 이렇게 슬픈 먹이도 있었던가
슬픈 먹이로 날개가 강해지고
눈에 매서운 빛을 더할 독수리는
의식을 진행하는 사제처럼 경건한 자세로
기다리고 있다.
졸고 있는 배고픔의 기억이 말라
없어질 때까지 졸고 있는
한줌의 먹이를
　　　　-김기택,「사진 속의 한 아프리카 아이 1」[51]

　치유 프로그램에서 자료를 활용하면 학습자들은 다양한 반응을 표출하면서 자신의 의견을 정리한다. 학습자들은 사진과 같은 자료속의 소녀의 모습에 집중하게 되고, 그 소녀를 이해하며 측은지심을 가지게 될 것이다. 따라서 소녀의 사진 속 모습 속에서 느껴지는 안타까움과 애처로움을 학습자의 입장에서 깊이 있는 이해와 공감의 장으로 이끌어야 한다.[52] 그렇다면 위에서 나타낸 김기택의 자료가 과연 생태시인가 생각해 보아야 한다. 이 작품의 특징은 아프리카의 기아 현상이 일반적인 빈민국의 현상임을 알게 하고 우리의 현재 삶과 비교하게 하는데 있다. 특히 이 문제는 기아 현상이 지구상의 생태와 관련된 현상이며 사회구조적인 문제로 인해 발생한다는 사실이다.[53] 이런 부분에서 본다면, 분명 생태시를 통해 현재 내가 처한 환경과 문제에 대하여 스스로 생각해 볼 수 있다고 생각하며, 생태시가 함의한　또 다른 부분을 보게 되었다는 것이다. 분명 각자가 느끼

51) 김성란(2009), 위의 논문, 117-118쪽.
52) 김성란(2009), 위의 논문, 118쪽.
53) 김성란(2009), 위의 논문, 119.

는 감정과 반응은 다르지만 한번 쯤 나를 되돌아볼 수 있는 계기를 자료제시를 통해 충분히 만들 수 있다고 본다.

4) 생태시 치유프로그램의 기대효과

지금까지 생태시를 적용하여 학교부적응 청소년들의 치유 프로그램을 단계별로 구성해 보았다. 생태시 치유프로그램의 기대효과를 보면 다음과 같다. 먼저 효과 측면에서 본다면 시라는 장르가 지닌 순발력과 섬세한 촉수로 현실의 문제를 빠르게 감지하여 문학적 대응과 감정의 정화를 가져올 수 있다.[54]

생태시는 환경 문제의 차원을 뛰어 넘어 인간의 삶에 대한 본질적 물음에 다가선 형태의 작업으로 이루어지고 있다. 명상은 자신을 깊이 관조(觀照)하고, 자신과 타인의 긍정적인 요소를 가장 빨리 발견할 수 있는 방편으로 자신에 대한 친절과 연민을 가로막는 부정적인 마음과 경험을 풀어냄으로써 소중하고 고유한 나를 인정하고 타인과 함께하는 깨어 있는 삶으로의 전환을 가능하게 한다. 또 명상을 통해 발달된 자기긍정과 친절의 마음을 다른 대상으로 확장시킬 수 있게 되어 일상생활에서 지혜로운 대인관계를 갖게 되고 지금 여기에서 보다 윤택하고 평온한 생활을 주체적으로 살 수 있게 한다.

시는 자연이나 인생 전반에 대하여 일어나는 감흥과 사상, 감정을 함축적이고 운율적인 언어로 표현한 것인데, 영혼을 깨우는 힘과 자신에 대한 깊은 성찰을 투명하고 아름답게 담아내고 있다. 또한 시에는 선대의 고뇌와 가르침, 그리고 읽는 이의 가슴을 적시는 공감적 요소가 내재되어 있다. 특히 뜨거운 시혼과 상상력에서 분출되고 영글어진 간결한 표현에는 치유의 속성들이 내재하고 있어 몸과 마음을 이완시키며 휴식과 위안을 주고, 마음의 상처와 몸의 고통을 줄여 트라우마를 치유한다. 따라서 한 편의 시를 읽고 시인의 내면세계에 공감하고 자신의 정체성을 형성하여 이심전심의 소통의 장을 얻게 된다고[55] 할 수 있다.

> 저게 저절로 붉어질 리는 없다.
> 저 안에 태풍 몇 개,
> 저 안에 천둥 몇 개,
> 저 안에 벼락 몇 개,

---

54) 김용민(1999), 「생태문학의 정의와 분류를 위한 하나의 시도」, 『독일언어문학』 제12집, 196쪽.
55) 안광민(2015), 「숲과 명상 기반의 시에 내재된 치유요소 연구」, 동방문화대학원대학교, 박사학위논문, 22쪽.

저게 저 혼자 둥글어질 리는 없다.

저 안에 무서리 내리는 몇 밤,

저 안에 땡볕 두어 달,

저 안에 초승달 몇 낱.

　　　　　　　- 장석주,「대추 한 알」전문56).

성숙해지기 위해서는 숱한 고통과 어려움을 견뎌내야 한다. 빨갛게 여문 대추 한 알도 혼자 스스로 붉어지지 않는다. 대추 한 알이 붉게 영글기 위해서는 몇 번의 태풍, 천둥과 벼락, 무서리, 땡볕, 그리고 초승달 몇 날 등의 순간이 있어야 한다. 마찬가지로 우리를 더욱 단단히 여물게 해 주고 일깨워 주는 것이 많은 고뇌와 고통의 시간이라는 것을 알게 해 주고 있다.57) 고진감래하는 삶의 지혜를 가을이면 지천에 달리는 작으면서도 대수롭지 않은 '대추 한 알'에 잘 담아내고 있는 감동을 주고 있는 시 이다. 방황하고 흔들리는 청소년들에 참고 견디어 충실한 삶의 결실을 맺도록 용기를 주는 시로 읽혀 질 수 있는 시라고 생각된다.

　학교부적응 청소년의 위기는 비단 그들 단독의 문제가 아니라 우리 사회 모두가 책임져야 하고, 고민해야 할 공동의 문제라 생각된다. 그들이 방황과 갈등의 상황에서 좌절하고 비행할 때, 자연과 환경을 원리를 일깨우는 생태시는 그들의 깊은 내면을 움직일 수 있는 강한 울림의 치유제가 될 것이다. 또한 생태시 교육에서는 생태계 문제를 포함하여 인간 사회의 윤리적 측면에 대한 고려도 필요58) 한데 인성적이고 도덕적인 측면에서 학생들이 올바르게 성장할 수 있도록 도울 수 있고 무한 잠재력을 인정해 주어야 한다. 다음의 시는 그와 같은 점에서 반향과 울림의 진폭이 크게 느껴지는 것으로 생각된다.

완두콩 싹이 쑥쑥 자라
연둣빛 완두콩이 되고

송아지가 쑥쑥 자라
의젓한 뿔을 가진 소가 되고

56) 장석주(2010), 『대추 한 알』, 서울: 이야기꽃.
57) 백원기(2012), 『명상은 언어를 내려놓는 일이다』. 서울: 화남, 320쪽.
58) 이강미(2014), 위의 논문, 55쪽.

이 세상
어디선가 쑥쑥
자라는 소리

세상에서
가장 듣기 좋은 소리
　　　　- 이준관, 「쑥쑥」전문[59].

　아이들은 '나'의 공간인 집에서 벗어나 나와 무관한 타인을 처음 만나고 그들과 관계 맺는 법을 배우며 커간다. 사람이든 자연이든 '나' 아닌 다른 사람들, 즉 '타자'를 알아가고 관계를 형성하고, 그 후 그들을 돌아보고 헤아리는 법을 배워 간다. 이준관의 대표적인 시집 표제작인 인용 시는 아이들의 이러한 성장적인 요소를 '쑥쑥'이라는 의태어에 담아내고 있다. '완두 통 싹'이 '연두빛 완두콩'이 되듯이 아이들은 시인이 바라는 대로 그렇게 '이 세상/어디선가 쑥쑥/자라는 소리'를 내면서 성장을 할 것이다. 그런 후 시인은 어디에선가 들려오는 '세상에서/가장 듣기 좋은 소리에' 조용히 귀를 기울이며 송아지가 자라 의젓한 뿔을 가진 소가 되듯이 아이들도 성장할 것으로 믿는다. 이 동시가 보여 주듯이 아이들은 그들 나름의 또래들과 교류하면서 쑥쑥 자라듯이, 우리는 아이들이 실수하더라도 보듬고 칭찬해 주며 자존감을 갖도록 해 주어야 할 필요가 있다. 그럴 경우, 학교부적응 학생들은 내면 아이를 성찰하고 보다 긍정적이고 희망적인 꿈을 펼치며 학교생활에 적응하며 '쑥쑥' 성장해 갈 것으로 진단된다.

5. 결 론

　지금까지 학교부적응 위기 청소년의 특성과 생태시를 활용한 상담치유의 가능성을 8단계에 걸친 치유 프로그램을 통하여 모색해 보았다. 청소년들에게 불교의 불성(佛性)을 바로 알려주는 직지인심(直指人心)의 본질과 환경과 자연에 대한 이야기가 다소 추상적이고 이해가 어렵게 다가올 수 있을 것이다. 그러나 대상이 청소년이라도 본질과 직관은 이심전심(以心傳心)으로 통하는 것이며, 시는 이러한 면을 도드라지게 보여주는 짧게 함축된 진리의 보고라 할 수 있다. 따라서 이

---

59) 이준관(2010), 『쑥쑥』, 서울: 푸른책들, 51쪽.

논문에서는 대상이 학교부적응 청소년들인 만큼 그들의 눈높이에 맞는 적절하고 교육적이며 감동을 주는 친근한 소재의 생태시와 선시를 선택하여 치유상담프로그램을 만들어 적용하고자 하였다. 이들 시는 자비와 연민, 그리고 모든 존재에 대한 수용력, 자연에 대한 경외, 삶을 어떻게 살아야 하는가에 대한 진지한 자아성찰과 선조들의 지혜 등을 잘 담아내고 있기 때문이다. 이러한 시들을 접하는 청소년들은 자아의 작은 섬에 갇혀 있기보다 자신이 무아(無我)임을 깨달아 모든 인연 있는 존재의 도움으로 이루어졌음을 이해하고 자아 존중감의 획득으로 세상을 바로 보는 지혜의 눈을 뜨게 될 것이다.

따라서 학교부적응 청소년들이 심성을 맑히고 새로운 자아에 대한 눈뜸의 계기를 마련해주는 좋은 시를 읽고 자신을 돌아보며 마음치유를 한다면, 자신들이 겪는 상대적인 소외감, 방황, 좌절, 고통, 불안, 우울 등에서 벗어날 수 있는 기회를 갖게 될 것이다. 또 고정관념과 분별로서 자신을 옭아매는 습관에서 벗어나 대상이나 사물을 있는 그대로 바라봄으로써 자신의 청정한 본성으로 나아갈 수 있을 것이다. 무엇보다도 상호존중과 상호배려를 근간으로 하는 생태 관련 시를 자주 접하고 낭송하며 명상과 호흡으로 마음을 편안히 한다면, 청소년들, 특히 위기에 처한 학교부적응 학생들의 갈등과 불안은 점진적으로 해소될 것이다. 또한 자동적 패턴에 이끌린 부정적이고 순화되지 못한 언어습관, 행위, 사고방식을 전환하고 자신의 내면에 숨겨져 있는 창조적 자유의지를 충분히 발현하여 자존감을 회복하고 보다 건강한 학교생활을 할 수 있을 것으로 진단된다.

설악 무산의 화엄적 사유와 생명존중의 시세계[1]

이 지 선(불교문예학 박사)

1. 들어가는 말

스스로를 '설악산 산지기'라고 한 무산 조오현(1932~2018)은 경남 밀양 출생으로 선승이며 시조시인이다. 여섯 살 때 절간 소머슴으로 입산한 그는 1959년 김천 직지사에서 성준스님을 은사로 출가한 후, 1968년 범어사에서 석암스님을 계사로 구족계를 수지했다. 또한 1968년 〈시조문학〉의 추천을 받아 등단한 그는 『심우도』, 『절간이야기』 등의 시집과 『산에 사는 날에』, 『선문선답』, 『죽는 법을 모르는데 사는 법을 어찌 알랴 』 등의 산문집을 남겼다. 아울러 '공초문학상'과 '정지용문학상' 등을 수상한 그는 신흥사 주지와 회주, 만해사상실천선양회와 백담사만해마을 이사장을 역임하고 탈속 무욕의 자연인으로 살다 원적에 들었다.

무산의 사유는 '선정지혜의 고요하고 밝음[定慧等持 止觀明淨]의 선심과 중생의 고통, 시대의 아픔을 함께하는 자비심의 발현이 중심을 이룬다. 이는 곧 그의 번뜩이는 선적인 사유와 시적 상상력의 조화로운 산물로 나타나고 있다. 무산은 구도와 깨달음의 과정에서 일어나는 갈등과 의문에 대해 선문답과 같은 물음을 던지기도 하고, 다양한 사람들의 삶에 대한 이야기를 통해 우리가 가야할 길이 어디인지를 일러주기도 하였다. 따라서 수행자로서 깨달음을 얻기 위한 구도의 과정과 깨달음 이후의 대중교화에 있어 담아낸 무산의 시 세계의 특징은 모든 분별의 경계선을 허물어가는 선적 사유의 표출이라 할 수 있다. 다시 말해, 사량분별에 의한 수많은 경계선들을 해체하면서 궁극적으로 차별과 대립을 뛰어 넘은 원융의 세계를 지향하고 있는 것이다.

이처럼 무산의 시는 진여와 언어의 회통을 추구하여 언어를 방편으로 삼되, 문어(文語)는 버리고 기존의 의미를 해체하는 의어(意語)를 선택하여 심오한 선의 경지를 드러내면서 진여 실제에 이르고자 한다. 이러한 그의 시적 세계에는 고뇌의 극복과 자아의 눈뜸에 대한 구도자의 모습, 그리고 생명존중과 자비실천의 모습이 형상화되어 있다. 무산은 의어를 통하여 진여와 언어가 회통하는 중중무진

---

[1] 『불교문예연구』 16권 16호(2020.6)에 게재되었음.

(重重無盡)의 세계를 펼치고 있다. 그것은 곧 이항대립의 관계를 떠나 불일불이 (不一不二)의 상호 연기적 관계로 드러나고 대립의 존재가 하나로 융합되는 화엄의 세계를 획득하게 된다. 필자는 이 점을 주목하고, 이 글에서는 무산의 구도와 깨달음의 과정, 그리고 깨달음 이후의 대중교화에 있어 펼쳐지는 생명존중과 상호연기의 관계망을 이루는 화엄적 사유의 시적 형상화임을 살펴보고자 한다.

2. 구도와 깨달음의 시 세계

무엇보다도 하나의 문학작품으로 우리의 가슴을 울리는 것은 세간과 출세간의 사이에서 갈등하고 절망하는 시인의 인간적 모습이다. 역시 문학은 인간의 이야기이기 때문이다. 무산의 시 쓰기도 이와 다르지 않다. 그의 시쓰기 역시 삶의 본원을 깨닫기 위한 치열한 구도와 깨달음의 여정에서 발현된 것이라 할 수 있다. 그 과정에서 성/속, 스님/속인, 산중의 일/ 세상일 등을 두루 담아내려는 끊임없는 시도를 보여준다. 다시 말해, 그의 참 '나'를 찾으려는 내면 성찰의 길은 곧 점수(漸修)의 과정임을 보여 준다할 것이다. 그 전형적인 예로 「일색과후(一色過後)」를 들 수 있다.

　　　나이는 열두 살
　　　이름은 행자

　　　한나절 디딜방아 찧고
　　　반나절은 장작 패고……

　　　때때로 숲에 숨었을
　　　새 울음소리 듣는 일이었다

　　　그로부터 10년 20년
　　　40년 지난 오늘

　　　산에 살면서
　　　산도 못 보고

　　　새 울음소리는커녕
　　　내 울음도 못 듣는다.
　　　　　　－ 「일색과후(一色過後)」 전문

일색과후'란 갑자기 상황이 바뀌며 새로운 세계가 펼쳐지는 바로 그 순간을 이르는 말이다. 옮겨 온 시에는 열두 살에 절간의 행자가 된 이래 40년간의 고행의 길을 걸어 온 시인의 삶의 축도가 생생하게 녹아있다. 진정한 깨달음이 참다운 '나'의 발견에 있음과 그 참다운 나를 찾지 못해 분별과 미망 속을 헤매는 모습이 그려지고 있다. 즉, 오랜 수행정진을 통해 얻은 것은 깨달음의 만족감에서 오는 법열이 아니라 "새 울음소리는커녕/ 내 울음도 못 듣는" 자신의 경책과 자아 성찰에 대한 표출이다. 무산의 자아 찾기의 물음은 다음의 시에서도 계속된다.

> 한나절은 숲 속에서
> 새 울음소리를 듣고
>
> 반나절은 바닷가에서
> 해조음 소리를 듣습니다.
>
> 언제쯤 내 울음소리를
> 내가 듣게 되겠습니까
> 　　　　- 「내 울음소리」 전문

　화자는 자연의 진면목을 보면서도 정작 자신의 진면목인 내 울음소리를 듣지 못하는 자아를 성찰한다. 위에 살펴 본 두 편의 시에 나오는 "내 울음소리"라는 내적 발화는 시인이 궁극에 이르고자 하는 실존의 깊이를 뜻하는 것으로 생각된다. 시인은 그러한 경지에 이르기 위해 사물들이 토하는 울음소리와 자신의 몸속에서 물결치는 울음소리를 동일시하게 된다. '새'의 울음소리나 타자들의 파도치는 울음소리는 듣지만 정작 "내 울음소리"는 듣지 못한다고 말하는 대목에는 자아에 대한 깊은 성찰이 묻어나고 있다. 궁극적으로 그것은 내 마음[욕심]이 죽어야 "내 울음소리"를 들을 수 있을 텐데 정작 내 마음을 아직 죽이지 못함[진정한 頓悟]을 의미한다. 구도의 길, 깨침의 길이란 끝이 없다. 그러기에 다시 절망과 허무의 은산철벽을 만날 수밖에 없는 것이다. 요컨대, 모두 시인 내부의 울음소리가 외적으로 현시된 것일 뿐이다. 그토록 오랜 동안 수행을 했건만 진정한 나와 마주치지 못하였던 것이다. 따라서 깨달음을 얻기 위한 지난한 구도과정에 있어 삶은 가도 가도 사막이고 마침내 낭떠러지, 절벽에 이르고 만다는 시인의 인식은 다음의 시에서 한결 극명하게 드러난다.

나아갈 길이 없다 물러설 길도 없다
둘러봐야 사방은 허공 끝없는 낭떠러지
우습다
내 평생 헤매어 찾아온 곳이 절벽이라니

끝내 삶도 죽음도 내 던져야 할 이 절벽에
마냥 어지러이 떠다니는 아지랑이들
우습다
내 평생 붙잡고 살아온 것이 아지랑이더란 말이냐
　　　　　　　－「아지랑이」 전문

　살아있는 한, 열반으로서 죽음에 들지 않는 한, 인간은 언제나 "나아갈 길도 없고 물러날 길도 없는" 백척간두 끝에 놓여 져 살아갈 수밖에 없고, 또한, "둘러봐야 사방은 허공"이기에 어쩔 수 없는 절망감에 맞닥뜨릴 수밖에 없는 것이다. 때문에 생의 절벽에 도달한 자가 "끝내 삶도 죽음도 내던져야 할 이 절벽에 /마냥 어지러이 떠다니는 아지랑이들"을 발견하는 현기증이 있다. 생과 사의 최후 지점에서 만나는 것은 어떤 그럴듯한 해답이나 척도가 아니다. 그것은 실체도 없는 '아지랑이'로 생의 전 과정이 결국 헛것과도 같은 아지랑이에 다름 아님을 직면하는 것이다. "내 평생 붙잡고 살아온 것이 아지랑이더란 말이냐"라는 결구처럼, 모든 것이 아지랑이, 즉 꿈이고 헛될 뿐이라는 허무주의적 세계관이 표출되고 있다. 그만큼 허무와 적막으로서 삶의 본질에 대한 속 깊은 깨침이 담겨 있다는 것이다.
　무산은 모든 탐욕과 성냄 그리고 어리석음으로서 삼독(三毒)을 버리고 정신적 해탈 속에서 양심과 자유에의 길을 가고자 한다. 이러한 회오와 번민의 늪을 빠져 나와 깨달음의 세계에 이른 무산은 산과 들만이 아니라 밤하늘도 먼 바다 울음소리도 모두 하나가 되어 함께 한다. 그 깨달음의 노래가 다음의 오도송(悟道頌)이다.

밤늦도록 책을 읽다가 밤하늘을 바라보다가
먼 바다 울음소리를 홀로 듣노라면
千經 그 萬論이 모두 바람에 이는 파도란다
　　　　　　　- 오도송 「파도」 전문

화자는 어느 날 밤늦도록 불경을 보다가 바깥으로 나가 밤하늘을 올려 본다. 그의 귀에는 먼 바다의 울음소리, 즉 파도소리가 들려온다. 그때까지 읽은 수많은 불경의 논의가 "바람에 이는 파도"와 다를 바 없음을 느낀다. 수 만년 동안 저 바다에서 밀려갔다 밀려오는 파도와 다름없다 함은 깨달음을 바탕으로 쓴 진리의 말씀인 경전이 자연의 이법과 다를 바 없다는 것이다. 모든 것이 바람 따라 일어나는 파도일 뿐, 그 아래 본래의 내 편안한 마음은, 바다 속처럼 흔들리지 않는 내 마음[不動心]은 언제나 그 자리 그대로 변함이 없는 것이다. 드디어 화자의 모든 생활은 '평상심시도' 그 자체가 되었음이 잘 드러나 있다.

선승들에게 중시되어 온 간화선의 대표적인 공안은 무자(無字) 화두로 진리를 문자로 표시할 수 없음을 말한다. 그래서 선은 '이언절려(離言絶慮)'라 하여 모든 말과 생각을 끊어버리고 그 너머의 진리를 추구한다. 흔히 화두를 참구하는데 어려운 장애를 비유할 때 "은산철벽(銀山鐵壁)같다"라는 표현을 쓴다. 즉 온 산이 흰 눈으로 덮이고 차디차고 단단한 얼음으로 덮여 있어 철벽을 이룬 상태를 말하는데, 세상의 분별지 정도로는 도저히 그것을 깨뜨릴 수 없다는 것이다. 한 마디로 백척간두(百尺竿頭)에 선 위급한 상황인 것이다. 무산의 이러한 순간의 깨달음의 흔적이 「무자화(無字話)부처」에서 한결 잘 극화되고 있다.

> 강물도 없는 강물 흘러가게 해놓고
> 강물도 없는 강물 범람하게 해놓고
> 강물도 없는 강물에 떠내려가는 뗏목다리
>   - 「무자화(無字話)부처」 전문

선승들은 불립문자라는 깨달음의 세계를 '무자화(無字話)' 혹은 '무설설(無說說)'의 방법으로, 혹은 역설과 언어도단의 모순어법으로 문자화하여 시로 표현한다. 무산 역시 문자로 표시할 수 없는 진리를 '무자화'로서 그려내고 있다. 분별이 없는데 분별을 일으키고 사량(思量)이 없는데 사량을 일으키게 하는 놈이 누구인가? 그것은 "강물도 없는 강물에 떠내려가는 뗏목다리"이다. 원래 없는 강물이 어떻게 흘러갈 것이며, 어떻게 범람한단 말인가? 분별지 같은 것으로는 어림없는 세계요, 직관력 아니고는 도무지 해결할 수 없는 세계이다. 그야말로 은산철벽 같은 상황이다. 그런데 시인은 강물도 없는 강물 흘러가게 혹은 범람하게 해놓고 그 강물에 떠내려가 흔적을 남기지 않고 사라지는 뗏목다리와 같은 존재

가, 아니 존재하지 않는 존재 곧 '허깨비' 같은 존재는 '나'라고 표현하고 있다. 말 그대로 언어를 통하지 않은 이야기를 지향하면서, 내면의 성찰에 대한 언어적 형상을 잘 보여준다. 즉, '없음'으로부터 '있음'을 유추해 낸 이가 부처임을 무산은 설하고 있다.

3. 이분법적 경계의 무화(無話)의 시 세계

심우도(尋牛圖)는 '소'로 비유되는 불성을 찾아가는 수행과정을 열 장의 그림으로 표현한 것으로, 목우도(牧牛圖) 또는 십우도(十牛圖)라고도 한다. 그 마지막 대승의 장이 '입전수수(立廛垂手·저자에 손을 드리우다)'다. 2012년, 무산은 동안거 해제 법문에서 "삶의 스승이 내 주위에 있다는 것을 알아야 한다. 내가 늘상 만나는 사람들이 나의 스승이고 선지식이다. 그들의 삶이 살아있는 팔만대장경이다."[2]라고 하며 산문을 나가 만나는 사람들과 노숙자들의 가슴 아픈 삶속에서 진리를 찾고, 중생들 속으로 들어가 그들의 고통을 보고, '상구보리 하화중생(上求菩提 下化衆生)'의 자비실천을 하라고 설했다. 그의 이러한 보살도 실천의 의미를 잘 담아내고 있는 것이 다음의 「심우도 10 입전수수」이다.

> 생선 비린내가 좋아 견대 차고 나온 저자
> 장가들어 본처는 버리고 소실을 얻어 살아볼까
> 나막신 그 나막신 하나 남 주고도 부자라네.
>
> 일금 삼백 원에 마누라를 팔아먹고
> 일금 삼백 원에 두 눈까지 빼 팔고
> 해 돋는 보리밭머리 밥 얻으러 가는 문둥이여, 진문둥이여.
>   - 「무산 심우도 10. 입전수수(入廛垂手)」

"삶도 올가미도 없이/ 코뚜레를 움켜잡고/ 매어둘 형법(形法)을 찾아 헤맨 걸음 몇 만보냐"(「무산 심우도 4. 득우(得牛)」)를 거쳐서 견대든 전대든 돈자루 차고 "생선 비린내"나는 저자거리에 다시 돌아오는 것이다. 시적 화자가 서 있는 곳은 중생의 생생한 삶의 터전인 저자거리이다. "장가들어 본처는 버리고 소실을

---

2) 무산 오현, "2012년 설악산 신흥사 동안거해제 법문."

얻어 살아볼까"하는 은근한 바람을 가지고 있기에 아직도 삶의 미망을 벗어나지 못한 평범한 소시민이지만 "나막신 그 나막신 하나 남 주고도 부자"인 인정미 넘치는 화자이다. 그리고 2연에서는 제 몸 하나 간수하기도 힘든 "진문둥이"의 극한적인 삶의 현장을 노래한다. "일금 삼백원"의 적은 돈을 받고 마누라와 두 눈까지 팔아먹을 수밖에 없는 "진문둥이," 그리고도 밥을 얻으러 가야 하는 참으로 눈물겨운 중생의 참담한 현실, 그 현장으로 들어가라는 것이다. 그곳에 진리가 있음을 무산은 일갈하고 있다. 무지에서 오는 중생의 힘겨운 삶을 연민의 눈으로 지켜보고 있는 깨달은 자의 눈이 거기에 있다.[3] 소를 매어둘 형법(形法)을 찾아 헤매던 화자는 다시 '생선 비린내' 나는 저자거리로 들어와 애증과 갈등의 원인인 '마누라'와 '눈'을 모두 팔아버렸다. 일체의 번뇌와 생사와 속박과 애증과 갈등의 뿌리인 '마누라'와 '두 눈'까지 다 팔아버렸으니 분별이 없고 막힘이 없다. 그물을 찢고 자유를 얻는 금빛 물고기(錦鱗)와 같은 경계, 이쯤 되면 고승대덕과 속인, 정상인과 병자, 산문과 세속, 형법과 파탈 등의 경계는 해체되고 만다. 이름 하여 생멸불이(生滅不二)의 '진문둥이'이고, 승속일여(僧俗一如)의 '아득한 성자'이며, 본래면목(本來面目) 찰나의 부처인 것이다. 나막신도, 마누라와 두 눈이 사라진 자리는 비로소 탁발하는 문둥이가 되는 것, 이는 곧 무산의 시적 세계에서 표현한 '입전수수'의 실천적 양상이다.

거미는 제가 친 그물에는 절대로 걸리지 않는다. 그 핵심은 그물에 악착같이 매달리지 말고 물 흐르듯 순리대로 타고 있기 때문이다. 이는 곧 제 안의 욕망을 덜어내고 비운 마음으로 삶의 공간을 이룩해 나가는 조화로운 삶을 시사한다. 무산 역시 모든 것을 비우고 사는 것으로서 무애의 삶, 해탈의 경지를 소망하고 지향해 나아가는 모습을 보인다. 다음의 시가 그 좋은 예라 할 수 있다.

　　　새떼가 날아가도 손 흔들어주고
　　　사람이 지나가도 손 흔들어주고
　　　남의 논일을 하면서 웃고 있는 허수아비

　　　풍년이 드는 해나 흉년이 드는 해나
　　　－논두렁 밟고 서면－

---

3) 권현수(2019), 「설악의 무애가」, 『지혜의 언덕너머 춤추는 기호』, 도서출판: 시와세계, 100-101쪽

내 것이나 남의 것이나
－가을 들 바라보면－

가진 것 하나 없어도 나도 웃는 허수아비

사람들은 날더러 허수아비라 말하지만
맘 다 비우고 두 팔 쫙 벌리면
모든 것 하늘까지도 한 발 안에 다 들어오는 것을
　　　　　　　　　　－「허수아비」 전문

　'허수아비'는 삼독(三毒)을 버리고 사는 그러한 탈속 무애한 삶의 모습을 반영한다. 허수아비는 새떼도, 사람도 차별하지 않고 모두 다 받아들이며 손을 흔들며 인사하고 웃는다. 내 것이나 남의 것이나 차별과 경계를 짓지 않고 가진 것 하나 없어도 웃고 있는 허수아비의 모습은 무욕의 해탈 자의 모습이다. 논이건 쌀이건 가진 것 하나 없어도, 허수아비는 욕심을 없애고 자연을 있는 그대로 바라보고 그 아름다움과 여여함을 느낀다. 가을 들을 가을 들로 바라보기에 두 팔을 벌리면 저 들과 사람들과 저 너른 하늘까지, 온 세상이 다 내 것이 된다. 무산은 이처럼 실체론과 이분법을 떠나 불일불이(不一不二)로 사물과 세계를 바라보고 이를 표현한다. 따라서 서로 대립되는 개념들이 불일불이의 연기적 관계임을 드러내고 이항대립의 존재가 하나로 어우러지는 원융화엄의 미학을 성취하게 되는 것이다.

　한편, 무산은 수행 과정에 있어 삶의 경계를 벗어난 듯 보이다가도 바보같이 소박한 인간의 모습을 보이기도 한다. 가령, 심오한 돈오의 경지에 이르렀는가 싶은데 어느새 그곳을 빠져 나와 고통의 언저리를 배회하는 모습을 보이기도 하고, 그러다가 자신을 다잡는 단호한 목소리를 내기도 한다. 총 8편의 연작시 「일색변(一色邊)」4)은 그 전형적인 예이다. 여기에서 무산은 이분법적 경계를 무화시키기 위한 방편을 말하고 있다. 그 첫 번째로 '바위'는 바위이기 위해서 들어 올려도 끝내 들리지 않아야 하고, 그렇게 되기 위해서 표면에 검버섯 같은 것이 거뭇거뭇 피어날 정도로 인고의 세월을 겪어야만 하는 것을 설파한다.

---

4) 일색변(一色邊)이란 말은 일색나변(一色那邊)의 준말로, 중국 수나라의 승려이며 선종의 제 3대 조사인 승찬대사가 쓴 『신심명』에, 유/무, 색/공, 미/오, 득/실 이라는 이견(二見)과 대대(待對)를 초월한 '일색'의 경지를 표현하는 뜻으로 중생의 길과 부처의 길이 따로 있지 않다는 뜻으로 오현은 쓰고 있다(이승하(2019), 「조오현 시에 나타난 불법승」, 『지혜의 언덕 춤추는 기호』, 도서출판 시와세계, 478쪽.)

무심한 한 덩이 바위도
바위소리 들을라면

들어도 들어 올려도
끝내 들리지 않아야

그 물론 검버섯 같은 것이
거뭇거뭇 피어나야
          - 「일색변 1」 전문

　'바위'의 묵언지의(默言之意)를 핵심적으로 말하고 있다. 유와 무, 사물과 본질, 미망과 깨달음을 초월한 일색의 경계를 노래함으로써, '바위' 같은 마음으로 살고자 하는 시인의 정신적 경지를 보여주고 있다. 깨달음을 얻는 것은 본래의 자성자리로 돌아가는 일이지만, 시인은 "자리"의 의미를 거창한 것에 두지 않고 오히려 하찮으며 눈에 잘 띠지 않는 것들에 의미를 부여하고 있다. 「일색변 2」역시 그러하다. 한 그루 늙은 나무도 고목소리 들으려면 속은 썩고, 가지들은 다 부러지고 굽은 등걸에 장독들도 남아 있어야하는 것처럼, 오랜 내성(內省 혹은 耐性)의 세월 속에 얻어지는 선적 경지와 다르지 않음을 말해 준다.

한 그루 늙은 나무도
고목소리 들을라면

속은 으레 껏 썩고
곧은 가지들은 다 부러져야

그 물론 굽은 등걸에
장독杖毒들도 남아 있어야
          - 「일색변 2」 전문

　깨달음을 얻기 위한 부단한 참선수행의 과정이 그려지고 있다. 화자는 어느 날 몰록 그 깨달음을 "발효의 날"로 표현하고 있다. 무산의 시가 불교적 깨달음을 서정적 세계로 변용시키고 있는 통로를 여기서 보게 된다. 간장독의 간장이, 된장독의 된장이 햇볕과 칼바람을 이겨내고 시간을 기다려 깊은 맛의 향취를 내듯, 깨달음을 얻기 위해서는 치열한 점수(漸修)의 과정이 필요하다. "한 그루 늙은 나무"라고 해서 다 고목이라 불리지 않는다. 고목이 고목 소리를 들으려면 풍상을 겪으며 속은 몽땅 썩고 곧은 가지들이 다 부러져서 굽은 등걸에 장독이 들 정도로 자연 속으로 풍화되어야 비로소 고목이 될 수 있다는 것이다. 바위나 고목이 풍진의 세월을 견디어 바위소리, 고목소리를 들을 수 있었던 이유는 그 내부가 비어있기 때문이다. 비어있었기에 그 안에 무한히 많은 것들을 포용할 수 있었다. 가볍다는 것은 비어 있음의 반증이다. '검버섯'이나 '장독'은 그 비움의 시간 동안 무수히 바위와 늙은 나무를 드나들었던 많은 것들의 흔적으로도 볼 수 있다. 그런데 인간은 어떻게 해야 내부를 비울 수 있을까? 범인들은 사는 동안 자신의 육신의 영달을 위해 온 정신을 쏟느라 실제로 마음에 관심을 기울일 여유가 없다. 이러한 사람들은 "마음 하나"의 천하를 들었다 놓았다하는 천하장수라도 정작 자신의 티끌만큼 작은 마음 하나는 끝내 들 수가 없는 것이다. 따라서 무산은 육신이 아닌 마음을 잘 다스려야 진정한 장부라고 사자후를 던진다.

> 사내라고 다 장부 아니여
> 장부소리 들을라면
>
> 몸은 들지 못해도
> 마음 하나는 다 놓았다 다 들어 올려야
>
> 그 물론 몰현금 한 줄은
> 그냥 탈 줄 알아야
> - 「일색변 3」 전문

일색의 경계를 표현하는 그 세 번째 방법으로 '마음'을 다스리는 문제를 언급하고 있다. 자유로운 삶은 탐욕과 무명으로 이루어지는 것이 아니라 진정한 무소유와 무아, 무상을 통해서 이루어 질 수 있다는 시인의 삶에 대한 통찰이 설파되고 있다. 일체유심조가 의미하듯이, 모든 것은 마음먹기에 달려 있고, 그 마음을 움직이는 것은 자기 자신이다. 자신이 자신의 마음을 들었다 놓았다 할 수 있다는 것은 득도의 경지에 이르러서야 가능한 일이다. 장부로서 태어나 진정한 의미의 장부 소리를 들으려면 몸은 들지 못하더라도 마음 하나쯤은 자유자재로 부릴 줄 알아야 하고, 거기다가 "몰현금 한 줄"은 탈 줄 아는 풍류가 있어야 한다는 것이다. "몰현금"은 줄 없는 거문고를 말한다. 줄이 없어도 마음속으로는 울린다고 하여 이르는 말이다. 결국 마음을 비워야 그 비움 속에 많은 것들을 품을 수 있기 때문이다. 무산은 상대와 차별의 모습을 뛰어 넘은 절대 평등의 경지인 '일색변'을 그려내면서도 이 절대 청정 향상의 일색변에 머무르는 것을 허용하지 않는다. 이는 곧 무산의 시세계의 지향점이라 할 수 있다.

취모검(吹毛劍)은 칼날 위에 머리카락을 올려놓고 입으로 '훅' 불면 잘려지는 예리하고 날카로운 칼로 고대의 명검을 말한다. 선가에서 취모검은 끊임없이 갈고닦아 번뇌 망상과 탐.진.치 삼독(三毒)을 단번에 베어버리는 지혜의 칼을 의미한다. 그래서 선승들이 구족해야 할 지혜작용을 '검'으로 비유하고 있다. 시인은 진정한 깨달음에 이르기 위해서는 지혜의 칼로 덧없는 애착과 번뇌를 끊어버리고 새로이 거듭나는 수행정진이 있어야 한다는 메시지를 던진다.

> 놈이라고 다 중놈이냐
> 중놈 소리 들을라면
>
> 취모검 날 끝에서
> 그 몇 번은 죽어야
>
> 그 물론 손발톱 눈썹도
> 짓물러 다 빠져야
> ― 「일색변 6」 전문

승려가 된다는 것은 보통의 결심으로 되는 것이 아님이 강조되고 있다. 우선 중놈이라고 해서 모두가 "중놈"은 아니라고 말한다. 이 말은 어떻게 하면 진짜 중이 될 수 있는가, 즉 어떻게 해야 진정한 깨달음에 이를 수 있는가를 제시하는 것이다. 이에 진정한 "중놈" 소리를 들으려면 우선 세상의 모든 번뇌의 사슬을 끊어버리는 취모검 날 끝에서 몇 번은 죽어야 한다는 것이다. 취모검 날 끝에서 몇 번은 죽어야 한다는 것은 무엇을 의미하는가? 그것은 육신의 죽음을 의미하는 것이 아니라 지혜의 검으로 번뇌 망상을 타파하고, 일체의 사량 분별을 끊어버리며, 나아가 부처나 조사를 죽인 자기 자신 또한 죽여 버림으로써 깨달음을 얻는 것을 비유한 것이다. 또한 화자는 진정한 중 소리를 들으려면 모든 집착을 끊어버림은 물론이고 나아가 "손발톱 눈썹도 / 짓물러 다 빠져야"할 정도로 거듭나는 고통스러운 수행과 인내의 시간을 거쳐야 진정한 승려의 소리를 들을 수 있음을 역설하고 있다.

4. 화엄적 사유와 생명존중의 시 세계

　우주의 모든 것을 상호관계 속에서 통찰하는 것은 자연과 인간이 서로 융화, 교섭하며 서로의 자성을 일깨우는 합일의 경지를 지향한다 할 수 있다. 여기에는 법계의 실상을 일심으로 파악하고, 법계 연기가 무자성(無自性)을 근거로 하여 '상즉상입(相卽相入)'의 원리가 놓여진다. 모든 존재는 상호의존 관계에 있다는 무산의 화엄적 사유와 선사상이 융합된 일심의 세계는 '절간 청개구리'에서 생명의 만다라를 발견하고 경외감과 희열을 느끼는 데서 명징하게 드러난다.

　　어느 날 아침 게으른 세수를 하고 대야의 물을 버리기 위해 담장가로 갔더니 때마침 풀섶에 앉았던 청개구리 한 마리가 화들짝 놀라 담장 높이만큼이나 폴짝 뛰어오르더니 거기 담쟁이덩쿨에 살푼 앉는가 했더니 어느 사이 미끄러지듯 잎 뒤에 바짝 엎드려 숨을 할딱거리는 것을 보고 그놈 참 신기하다 참 신기하다 감탄을 연거푸 했지만 그 놈 청개구리를 제하여 시조 한 수를 지어보려고 며칠을 끙끙거렸지만 끝내 짓지 못하였습니다. 그 놈 청개구리 한 마리의 삶을 이 세상 그 어떤 언어로도 몇 겁을 두고 찬미할지라도 다 찬미할 수 없음을 어렴풋이나마 느꼈습니다.

- 「절간 청개구리」 전문

　모든 생명체가 생명연대를 이루고 있고 또한 생명이 그물로 연결되어 있다는 화엄적 사유는 무산의 시적 세계의 핵심을 이루고 있다. 따라서 생명체 하나하나를 하나의 소우주로 인식하는 그의 생명의식은 벌레의 이미지와 긴밀히 조응한다. 그래서 "그놈 청개구리 한 마리의 삶은 이 세상 그 어떤 언어로도 몇 겁을 두고 찬미할지라도 다 찬미할 수 없음"이 분명하다. 이렇게 보면 비록 삶이 허무하고 덧없는 것이라 할지라도 생명은 소중하고 이 세상 그 무엇과도 바꿀 수 없는 것이기에 그 자체로서 절대 가치를 지닐 수밖에 없다. 생명과 인간의 본질과 현상에 대한 근원적인 통찰과 함께 그에 대한 깊은 연민과 사랑을 통해 해탈에 이르려는 구도와 갈망이 지속적으로 형상화되고 있음을 깨닫게 된다. 그래서 자연의 모든 생명이 저 마다의 위치에서 그 나름의 존재가치를 지니고 사연의 한 구성원으로서 자리하고 있는 모습에서 경외를 느끼는 것이다. 이는 시인인 추구해온 생명의 존엄성에 대한 애착이 확장, 심화되면서 도달한 경지라 할 수 있다.

　한편, 무산은 경주 불국사를 참배하고 동해안을 찾는다. 거기서 천년고찰 불국사가 따라와 망망한 바다에 떠 흐르는 것을 본다. 동해 바다에 흐르는 불국사는 과연 무엇인가? 무산은 「불국사가 나를 따라와서」에서 두두물물이 화엄법계에 녹아든 정경을 무애의 경지에서 노래하고 있다.

　　천년고찰 불국사가 흐르는 바다 속에는 떠 흐르는 불국사 그림자가 얼비치고 있었는데, 얼비치는 불국사 그림자 속에는 마니보장전(摩尼寶臟殿) 그림자가 얼비치고 얼비치는 마니보장전 그림자 속에는 법계(法界) 허공계(虛空界) 그림자가 얼비치고 얼비치는 축생계 광명 그림자 속에는 천상계 암흑 그림자가 얼비치고 얼비치는 천상계 암흑 그림자 속에는 욕계(欲界) 미진(微塵) 그림자가 얼비치고 - 그림자마다 각각 다른 그림자의 그림자가 나타나 서로 비추고 있어 그것들은 아승지겁(阿僧紙劫)을 두고 말할지라도 다 말할 수 없는 그 모든 그림자들을 내 그림자가 다 거두어들이고 있었습니다.
　　　　　　　　　　　　　　　　　　　　- 「불국사가 나를 따라와서」 전문

　일체 현상, 만유의 각 실체는 차별적 존재 같지만 그 체(體)는 본래 떨어져 있는 것이 아니므로 하나하나가 모두 절대이면서 만유와 융통한다. 그래서 하나가 일체요 일체가 하나인 세계, 하나와 일체가 융합하여 하나 속에 우주의 모든 활동이 전개되는 융통무애(融通無碍)의 경지이다. 이런 경지는 마음 밖에 경(境)이 없고 경 밖에 마음이 없는, 마음과 경이 둘이 아님을 알 때 가능하다. 무산이 천년고찰 불국사에서 보고 느끼는 것은 일체 만상이 서로를 반영하는 화엄의 세계이다. 따라서 화엄의 교리를 설명하는 게 아니라 각각 다른 그림자의 그림자가 나타나 서로 비추고 있는 경지에서 사물들을 보고 무애의 경지에서 노래한다. 선기를 강조하고 추상적 교리가 아니라 살아 번쩍이는 아름다운 화엄의 세계,[5] 즉 모든 것을 널리 포함하고 인생과 삼라만상을 깨달은 사람이 되어 마음의 능력을 한껏 꽃피어 온 우주의 사물들을 아름다운 부처의 꽃으로 장엄되어 있음을 노래하고 있다. 무산의 이러한 화엄적 사유는 만물이 대립의 관계가 아니라 일상성 속에서 모든 존재는 서로 자신의 삶의 영역을 확보하고 공존하는 상생의 관계임을 표현하고 있는 시에서도 잘 드러나고 있다.

　　그렇게 살고 있다 그렇게들 살고 있다
　　산은 골을 만들어 만물을 흐르게 하고
　　나무는 겉껍질 속에 벌레를 기르며

---

5) 이승훈(2019), 「선과 조오현」, 『지혜의 언덕 춤추는 기호』, 도서출판 시와세계, 505-506쪽.

자연의 렌즈를 통해 들여다보면, 삼라만상의 모든 사물들은 아무리 작고 보잘 것 없는 존재일지라도 그 나름의 존엄하고 경이로운 모습을 지닌 존재이다. 산은 골을 만들어 만물을 흐르게 하고, 나무는 겉껍질 속에 벌레를 기르며 살고 있다. 만물들이 저마다의 위치에서 "그렇게들 살고 있"는 것이다. 사소한 것으로부터 우주로 확장되는 시인의 내면 풍경은 사물의 일부로 조화롭게 존재하는 세계와 만난다. 때문에 시인에게 만물은 외적인 면에서 형태가 구별되지만 그 내적 세계에서는 만물이 동일하게 보여 진다.

특히 주목을 끌었던 시, 「아득한 성자」는 시집의 제목인 동시에 정지용문학상 수상작이다. 하루만 살다 죽는 하루살이와 죽을 때가 지났는데도 살아 있는 화자를 대립적 관계를 설정하여 순간을 살아도 깨달음에 이르는 자와 천 년을 살며 성자로 존경받아도 깨닫지 못하는 차이가 무엇인가를 무산은 절묘하게 드러내 보인다.

하루라는 오늘
오늘이라는 이 하루에
뜨는 해도 다 보고
지는 해도 다 보았다고
더 이상 더 볼 것 없다고
알 까고 죽는 하루살이 떼

죽을 때가 지났는데도
나는 살아 있지만
그 어느 날 그 하루도 산 것 같지 않고 보면
천년을 산다고 해도
성자는
아득한 하루살이 떼
- 「아득한 성자」전문

생명을 전면에 내세움으로써 생명연대의 실상을 일상적 삶의 구체적 현실 속에서 시적으로 표현한 무산 시의 압권이다. 시인은 자연 속에서 자신의 역할을 충실하게 마치고 생을 마감하는 '하루살이'의 모습에서 '성자'를 발견한다. 하루살이가 어떻게 성자가 될 수 있을까? 상상을 뛰어넘는 비유이다. 이것이 이 시가 주목을 끄는 이유이기도 하다. "뜨는 해도 다 보고 / 지는 해도 다 보았다"라는 언설은 우주의 질서를 모두 터득한 하루살이의 하루를 의미한다. 그 하루살이에게 "오늘 하루"는 전체 생에 해당하는 시간이며, 내일이나 어제란 시간관념이 없다. 오늘 볼 것 다 봤다고 알 까고 죽은 하루살이의 삶은 그것으로 끝나고, 그 알이 성충이 되어 살다 죽는 순간도 여전히 오늘인 것이다. 이처럼 하루살이는 하루 동안 탄생과 성장, 사랑으로 종족을 보존하는 모든 행위를 성취하는 압축적인 삶을 살다 죽어간다. 그러므로 "더 이상 더 볼 것 없다고 / 알 까고 죽는 하루살이 때"가 '성자'라는 생각에 이른다. 이에 반해 화자는 "죽을 때가 지났는데도" 죽지 않고 살아가는 "나"는 "하루도 산 것 같지 않"다고 생각한다. 이런 삶은 천년을 산다 해도 제대로 산 게 아니며, 설혹 성자로 세상 사람들의 추앙을 받을지언정 하루를 살아도 세상살이 이치를 모두 깨달았다고, 더 이상 깨달을 것이 없다고 미련없이 적멸에 드는 "하루살이"와는 "아득한" 거리가 있는 것이다. 그래서 하루살이는 성자이며, 하루살이 때는 아득하게만 느껴지는 이상향의 세계의 존재라고 시인은 생각하는 것이다. 하루살이라는 하찮은 존재를 통하여 큰 우주를 발견하는 것은 의상대사 〈법성게〉의 "한 티끌 작은 속에 세계를 머금었고, 낱낱의 티끌마다 우주가 다 들었네"6)라는 화엄적 상상력과 맥을 같이한다 할 수 있다. 이것은 결국 살아있는 존재에 대한 사랑과 경외라는 생명존중의 시학으로 연결된다 할 것이다.

　나와 삼라만상은 모두 근원적으로 동일성을 지닌 생명 공동체이다. 내 몸속에 신령스러움이 내재하는 것처럼 외부의 사물 역시 이와 다르지 않다는 것이다. 이러한 영성 공동체의 사유에는 생명 있는 것에 대한 연민과 사랑에 기초한 조화와 연대라는 생명살림의 시학이 담지 된다. 이 화엄의 세계에서 시인은 끊임없이 자기 내면과 외면의 풍경을 응시하면서 스스로를 낮추고 우주적 생명에 대한 외경심을 보임으로써 보다 큰 긍정의 세계를 포착하고 있다.

　　삶의 즐거움 모르는 놈이
　　죽음의 즐거움을 알겠느냐

　　어차피 한 마리

---

6) 의상, 화엄일승법계도, 한국불교전서 제 2책(1979), 서울 동국대학교 출판부, 1-상: "一微塵中含十方, 一切塵中亦如是)

기는 벌레가 아니더냐

이다음 숲에서 사는
새의 먹이로 가야겠다.
                       - 「적멸을 위하여」 전문

  "미물"을 통해 그리고 그것의 궁극적 사라짐을 통해 시인이 이르는 곳은 "적멸"의 경지이다. 시인은 스스로를 "기는 벌레 한 마리" 정도로 밖에 여기지 않는다. 이런 인식은 세상살이가 온통 헛것이라는 깨달음에 바탕을 두고 있으며, 모든 것이 공(空)하는 생각과 일맥상통한다. 이런 시각에서 보면 인간이나 벌레가 공하기는 마찬가지여서 아무런 차이가 없다. 벌레는 다만 인간의 시각으로 볼 때 지극히 하찮은 미물에 불과하다. 그러나 그런 차이에 대한 인식은 인간 중심적 사고일 뿐 본래부터 인간과 벌레 사이에 근본적인 차이가 존재하는 것은 아니다. 때문에 시의 화자가 스스로를 한 마리 벌레로 인식하는 것은 스스로를 낮춤으로써 타자를 공경하는 보살심의 자세이다. 불교에서는 이를 하심(下心)이라 한다. 결국 여기에서 나를 낮추는 것은 주체와 타자 사이에 차별이 없다는 인식으로 나아간다. 인간으로 태어나나 미물로 태어나나 한 평생 살다가 죽는 것은 마찬가지이다. 이러한 '황홀한 육탈'의 깨달음의 과정을 무산은 '적멸'에 이르는 길로 보고 있다.[7] 한마디로 그것은 생명에 대한 응시이며 연민의 감정을 표상한 것이라 할 수 있다. 화자는 욕망의 화신이라고 할 수 있는 육신을 "이다음 숲"에 사는 벌레로 윤회시켜 '새의 먹이로 가야겠다'는 인연설을 말한다. 그럴 때 "삶의 즐거움"과 "죽음의 즐거움"을 동시에 감득할 수 있으며, 생생하게 죽어 있는, 혹은 희미하게 살아있는 현실의 자아를 만나게 된다.[8] 이처럼 사물의 본성 회복을 위한 시인의 노력은 생명현상과의 내적인 교감, 자연의 경이로움 등을 노래하며 보다 큰 생명의 세계로의 시적, 자장 확장으로 나타난다. 모든 대립적 경계선이 지워버린 곳, 바로 여기에 그의 궁극적인 생명존중의 시학이 있다.

  이와 같이 우주적 교감을 지닌 무산은 하찮은 벌레를 뚫어지게 응시함으로써 삶의 실체와 긴밀하게 접촉한다. 따라서 그가 보는 자연은 풍경으로 머물지 않고

---

7) 백원기(2014), 「무산 오현, 성자는 아득한 하루살이 떼」, 『선시의 이해와 마음치유』, 도서출판 동인, 311쪽.
8) 권성훈(2019), 「조오현 단시조 연구」, 『지혜의 언덕너머 춤추는 기호』, 도서출판 시와세계, 68-69쪽.

온 몸으로 소통하며 무심할 수 없는 인연을 드러내 보인다. 따라서 처절한 자기 응시이자 성찰을 담고 있는 무산의 시는 자신의 내면에 존재하고 있는 타자를 깨닫고 발견하는 일에 중심을 두고 있다. 그의 이러한 특징은 지금 선정에 든 채로 나를 바라보고 있는 시에서 선명하게 드러난다.

> 무금선원에 앉아
> 내가 나를 바라보니
>
> 기는 벌레 한 마리
> 몸을 폈다 오그렸다가
>
> 온갖 것 다 갉아먹으며
> 배설하고
> 알을 슬기도 한다.
>   - 「내가 나를 바라보니」 전문

무금선원의 무금은 '무고무금(無古無今)'에서 온 말로, 고금이 둘이 아니라는 불이(不二)의 선리를 담고 있다. "무금선원에 앉아 /내가 나를 바라보"는 일은 없으면서도 있는 나, 있으면서도 없는 나를 찾는 것으로, 일면 깨달음의 과정을 상징하기도 한다. 화자는 어떤 거창한 목적의식으로 자연을 바라보는 것이 아니라 그저 있는 그대로 무심히 바라볼 뿐이다. 무심히 바라본다는 것은 자신의 주관적인 관념이 배제된 바라봄, 일종의 직관이라 할 수 있다. 이러한 자연의 존재를 응시는 태도는 자연 만물의 존귀한 생명을 소중하게 여기는 것을 의미한다. 참다운 '나'가 가짜의 '나', 즉 중생의 '나'를 바라보니, 내가 "기는 벌레 한 마리"에 불과하다는 것이다. 이러한 자각은 내 속에 들어 있는 타자를 자각하는 일과 다름없다. 그리고 타자로서의 '나'는 지금 "몸을 폈다 오그렸다가" 하며 "온갖 것 다 갉아먹"고 있고, "배설하고 / 알을 슬기도 하"는 한 마리 "기는 벌레"와 같은 구절을 통해서도 확인이 된다. 사물로서 바라보았던 벌레는 시인의 자아가 되는 벌레로 치환되고 있다. 곧 자아가 동일시를 통하여 자신 아닌 존재들을 받아들임으로써 개체적 자아를 확장하여 큰 자아(Self)로 승화됨을 의미하기도 한다. 이러한 이면에는 차별과 대립을 넘어선 천지만물이 한 몸이라는 선지(禪旨)가 내재되어 있다.9) 이처럼 모든 대립의 경계선이 해체된 곳에 무산의 화엄적 사유의 시학이 놓이게 된다 할 것이다.

만다라는 낱낱의 살인 폭이 속 바퀴 축에 모여 둥근 수레바퀴인 원륜(圓輪)을 이루듯이 모든 법을 원만히 다 갖추어 모자람이 없다는 윤원구족(輪圓具足)을 의미한다. 이는 곧 삼라만상의 존재들이 상호연대를 이루며 내적으로 긴밀하게 연관되어 있는 친연성의 형상화를 상징한다. 사소한 것으로부터 우주로 확장되는 내면 풍경이 사물의 일부로 조화롭게 존재하는 세계와 만나는 것도 이런 연유이다. 그것은 한마디로 장엄한 "화엄"의 경지이다. 무산은 우주의 한 공간에 속에 있는 존재들이 하나로 어우러져 조화로운 화엄의 세계를 「산창을 열면」에서 잘 표현하고 있다.

> 화엄경 펼쳐놓고 산창을 열면
> 이름 모를 온갖 새들 이미 다 읽었다고
> 이 나무 저 나무 사이로 포롱포롱 날고…
>
> 풀잎은 풀잎으로 풀벌레는 풀벌레로
> 크고 작은 나무들 크고 작은 산들 짐승들
> 하늘 땅 이 모든 것들 이 모든 생명들이…
>
> 하나로 어우러지고 하나로 어우러져
> 몸을 다 드러내고 나타내 다 보이며
> 저마다 머금은 빛을 서로 비춰주나니…
>   - 「산창을 열면」 전문

자연의 질서를 읽어 내는 깨달음의 선지가 번득이는 시편이다. 화엄경을 읽고서 깨닫지 못한 화자는 새가 날아다니는 그 현상[事法界]에서 이치[理法界]를 깨닫는다. 그 이치란 우주 만물이 서로 상즉상입(相卽相入)한다는 화엄의 진리다. 실상이란 다른 특별한 것이 아니라, "새들이 날고 노래를 부르고" 하는 그것이 다 실상인 것이다. 즉, 온갖 새들이 나무 사이를 날고, 풀과 벌레, 나무, 산, 짐승, 그리고 하늘과 땅 등 우주 만물이 서로 비추고 비추는 동시에 하나로 어우러져 살아가고 있는 모습이 곧 화엄의 세계인 것이다. 우주 삼라만상이 중중무진(重重無盡)으로 상즉상입하는 사사무애법계(事事無碍法界)다. 그 경지를 보았으니 화엄경을 읽으면서 깨닫지 못한 화자는 새와 자연의 어울림을 보고서 비로소 깨

---

9) 백원기, 위의 책, 313-314쪽.

달은 것이다. 자연이 바로 경(經)이라는 것을. 요약하면, 화엄경의 진리=자연=새의 여여한 비상=나와 새, 우주 만물이 어울려 하나가 되고 서로 비춤=나의 깨달음으로 이어진 것이다.[10] 이 점을 주목하면, 선적 사유를 서정적 깨달음으로 변용하고 있는 무산의 시에는 다분히 상호 연기적 생명존중 사상이 아름다운 무늬결을 이루고 있다 할 수 있다.

5. 나오는 말

이상에서 세속과 탈속의 분리될 수 없는 속성을 드러내 보이면서 선적 사유의 경험으로 전이시킴으로써 새로운 세계를 보여주는 무산의 시적 세계에는 상호연기의 생명존중이 중요한 요소로 자리하고 있음을 살펴보았다. 특히 선적 속성과 시적 속성으로 차별과 대립을 뛰어 넘은 화엄의 세계를 지향하는 그의 시적 세계는 그만의 독특하고도 고유한 함축적인 시어의 결합으로 살아있는 언어의 현장이라 할 수 있다. 무산의 시에서는 특히 자연의 소리에서 관찰되는 청각적 이미지가 공명을 일으킨다. '새 울음소리' '바다 울음소리'를 들으면서도 '내 울음소리'를 듣지 못함을 성찰하고 있다. '내 울음 소리'를 듣기 위한 방편으로 제시한 것이 '바위 소리' '고목 소리'이다. 바위와 고목이 소리를 들으려면 '검버섯' '장독杖毒' 같은 흔적이 남을 정도의 내성(耐性)이 요구된다. 스스로를 비워야한다. 그러한 경지에서야 '내 울음소리'를 들을 수 있다는 논리이다. 여기에서 대비되는 것이 '웃는 허수아비'이다. '울음소리'는 '자성(自省)'의 소치일 것이고, '웃음'은 '이타(利他)'의 경지로 이해될 수 있을 것 같다. "남의 논일을 하면서 웃고 있는 허수아비"를 무산은 지향하고 있는 것이다.

비록 무산의 시들이 대부분 짤막하고 구도와 깨달음의 이야기이지만, 세상을 경이롭게 바라보며 찬탄하고, 때로는 괴로워하며 비판하고 보듬는 우주적인 삶의 확대로 나아가려는 적극적인 몸짓을 담지하고 있다. 가령, 무산은 수행 과정에 있어 삶의 경계를 벗어난 듯 보이다가도 바보같이 소박한 인간의 모습을 보이기도 한다. 말하자면, 우주적 초극의지가 보여 심오한 돈오의 경지에 이르렀는가 싶은데 어느새 그곳을 빠져 나와 고통의 언저리를 배회하는 모습을 보이기도 하

---

10) 이도흠(2019), 「무산 조오현 시에서 화쟁의 미학」, 『지혜의 언덕 춤추는 기호』, 도서출판 시와 세계, 359-360쪽.

는 것이다. 그러다가 자신을 다잡는 단호한 목소리로 나타나기도 한다. 총 8편의 연작시 「일색변」은 그 전형적인 예이다. 여기에서 무산은 이분법적 경계를 무화시키기 위한 방편을 말하고 있다.

『임제록』에 "일심도 없으면 곳곳마다 해탈한다(一心無隨所解脫)"라는 구절이 있듯이, 집착하는 마음을 없애면 곧 해탈을 얻게 된다는 것이다. 탈속의 사유를 바탕으로 무산은 자연환경, 세태와 인심, 일상적인 사회생활의 사소한 것까지 놓치지 않고 두루 담아내고 있다. 때문에 그의 시적 세계에서는 나무와 풀잎, 꽃, 돌멩이, 벌레, 새 등 자연 속의 생명체가 그대로 드러난다. 하지만 그 생명은 단순히 아름다움을 예찬하기 위한 대상으로 머물지 않는다. 그에게 있어서 시를 쓰는 행위는, 생명의 모습을 통해 자신의 내면세계를 펼쳐 보이는 일이자 모든 생명 있는 것들의 존재성에 대한 질문이기 때문이다.

그의 시적 세계의 특징은 간결한 언어로 혼탁한 세상 너머에 존재하는 근원적이며 성스러운 세계를 강렬하게 묘출하는데 있다. 또한 현상과 사물을 시인의 내면으로 끌어들여 끝없이 그 본질을 탐색하려는 시도이다. 즉, 다양한 체험이 축적된 공간을 통하여 자기 존재의 내면과 삶의 근원적인 의미를 모색하는데 있다. 가령, 자연 속에서 자신의 역할을 충실하게 마치고 생을 마감하는 '하루살이'의 모습에서 '성자'를 발견하거나 '허수아비'에서 삼독(三毒)을 버리고 사는 탈속 무애한 삶의 모습을 발견하는 것은 차별과 경계를 짓지 않는 선적 사유이다. 이러한 자연의 존재를 응시하는 태도는 모든 생명을 소중하게 여기고 배려하며 보듬는 보살도의 실천을 의미한다. 무산의 생에 대한 의문과 진리에 대한 끊임없는 구도와 깨달음의 과정, 그리고 상호 연기적 존재에 대한 이해와 자비실천의 뜨거운 시혼은 바슐라르가 말하는 "혼의 울림"을 분명히 느끼게 하는 것이라 할 수 있다.

白水 鄭椀永의 시문학에 나타난 고향의식과 화엄적 사유

전 정 아(동방문화대학원대학교 평생교육원 강의교수)

목 차

I. 들어가는 말
II. 고향상실의식과 동경의 시세계
III. 자연친화적 사유와 합일의 시세계
IV. 불연(佛緣)과 화엄적 사유의 시세계
V. 나오는 말

국문요약

본 논문의 목적은 백수 정완영(白水 鄭椀永, 1919～2016, 이하 백수)의 시문학에 나타난 고향의식과 불교적 사유 기반의 생명존중의 의미와 그것이 오늘날 우리에게 던져주는 메시지가 무엇인지를 살펴보는 데 있다. 백수는 이병기, 이은상, 김상옥, 이호우, 이영도와 함께 1960년대 대표적인 시조시인이다. 그는 말과 말의 행간에 침묵을 더 많이 심어두면서 단아하고 잘 정제된 시상과 한국의 정한의 주제와 자유로운 율격을 담아냄으로써 현대시조의 기틀을 마련하였다. 이러한 백수의 문학적 사유와 토양을 깊게 해 준 배경에는 고향상실과 민족전통을 관류하는 정한(情恨)의 미학이 자리하고 있다. 하여 그의 시문학 작품에는 전통적인 한국적 정서를 바탕으로 관조의 미학을 탐구하면서, 상실한 조국과 고향의 회복, 연기적 생명 존재에 대한 사랑의 뜨거운 시혼이 잘 담지되어 있다. 결국 백수가 그토록 끊임없이 또 간절하게 고향과 불연(佛緣)을 노래한 것은 역사관과 인생관을 매개로 한 자기정체성의 확인이라 할 수 있다.

주제어: 백수 정완영, 고향의식, 불교적 사유, 상호연기, 정한, 불연, 자기정체성

I. 들어가는 말

삼산이수(三山二水)[1]의 고장 김천 출신의 백수[2] 정완영(1919~2016)은 이병기, 이은상, 김상옥, 이호우, 이영도와 함께 1960년대 대표적인 시조시인이다. 백수 문학의 특징은 동양의 전통적 사유를 기반으로 한 현대시조의 정형성과 서정성을 추구한 데 있다. 다시 말해, 상실되어 가는 고향의식의 회복, 이를 통한 제국주의 문화의 극복과 전통문화유산에 대한 이해, 그리고 인간을 자연의 일부로 파악하고 불연(佛緣)을 기반 한 연기적 생명 존재들에 배려와 자비정신을 그만의 독특한 언어로 담아내고 있는 점이다.

간결한 표현 속에 시적 이미지와 정서가 풍부하게 담겨 있는 백수의 시문학 작품들은 추상화된 관념보다는 구상화된 실제를 통해 환기되는 시인 특유의 정감을 보여준다. 이는 그의 사물을 대하는 시선의 깊이와 감각의 독창성, 그리고 이를 시적 형상화하는 과정에서 작용하는 독특한 시적 감수성과 상상력에 기인한다고 할 수 있다. 따라서 이러한 시적 감수성과 상상력에서 배태되고 생산된 백수의 시문학에는 순수성 추구를 통해 동심회복을 열망하거나 상호연기의 생명존재에 생태인식을 담아낸 작품들이 많이 있다. 가령, 봄을 통해 동심회복을 노래한 작품, 유년의 꿈을 통해 동심회복을 추구한 작품, 고향과 엄마에 대한 그리움을 통해 동심회복을 표현한 작품 등이 이에 속한다. 또한 인간을 자연의 일부로 파악하고 자연과의 조화로운 삶을 지향하는 화엄적 사유의 작품들을 들 수 있다.

무엇보다도 백수는 한국시조문학사에서 말과 말의 행간에 침묵의 여백을 더 많이 두면서 단아하고 잘 정제된 시상과 한국적 정한의 주제와 자유로운 율격을 3,000여 수의 시조로 담아냄으로써 현대시조의 기틀을 마련한 점을 간과할 수 없다. 그의 이러한 시문학 정신의 저변에는 전통적인 한국적 정서를 바탕으로 관조의 미학을 탐구하면서, 상실한 조국과 고향의 회복, 자연과의 교감, 연기적 생명 존재에 대한 자비의 시혼이 그대로 녹아 있다. 결국 백수가 끊임없이 또 간절하게 고향과 불연(佛緣)을 노래한 것은 자기정체성의 확인이라 할 수 있다. 이는 곧 '생명의 망(web of life)'이라는 생태계의 원리를 수용한 화합과 조화의 세계

---

1) 삼산이수란 세 개의 산과 두 개의 물이라는 의미로 산과 물이 대표하는 자연의 아름다움을 비유한 것이다. 삼산은 황악산·금오산·대덕산을 말하고, 이수는 감천과 직지천이다.
2) 백수라는 호는 '김천(金泉)'의 천(泉)자를 파자한 것으로, 깨끗한 물, 오염되지 않은 물이 되어 세상을 정화하고자 하는 그의 신념을 함축하고 있다.

를 지향하는 생태인식이라 할 수 있다.

따라서 이 글에서는 자연훼손과 생명에 대한 경시가 팽배한 오늘날 연기적 사유를 기반으로 한 백수의 시적 세계를 편의상 고향상실의식과 동경의 시세계, 자연친화적 사유와 합일의 시세계, 그리고 불연(佛緣)과 화엄적 사유의 시세계로 나누어 살펴보고 또한 그것이 우리에게 던져주는 메시지가 무엇인지를 밝히고자 한다.

II. 고향상실의식과 동경의 시세계

우선, 백수의 문학적 사유와 토양을 깊게 해 준 배경에는 고향상실과 민족전통을 관류하는 정한(情恨)의 미학이 자리하고 있음을 주목할 수 있다. 가령, 예전의 모습과 달리 변해버린 고향, 고향에 돌아갈 수 없는 처지에서 느끼는 상실감을 극복하기 위한 방편으로 고향회귀를 꿈꾸고 있는 것이다. 이 작품들 속에서 고향의 의미는 상실감을 극복하기 위해 설정된 근원적, 본래적 의미의 고향이 중심을 이루고 있다. 특히 그의 이러한 시학은 현실상황에 대한 냉철한 인식을 기반으로 한 조국의 현실과 미래를 염려하는 애절한 조국애의 표출로 나타났다. 따라서 조국, 그것은 백수의 영원한 사랑의 대상이었다.[3] 하여 해방된 조국이 동서 열강들에 의해 세력다툼의 각축장으로 변했던 무렵, 백수는 국토순례 길에 나섰으며 전국 124개 군을 돌아다니며 진전한 나라사랑이 무엇인지 절실히 느꼈다. 그 뜨거운 시혼에서 창작된 수많은 작품 가운데 대표적인 것이 〈조국〉이다.

행여나 다칠세라 너를 안고 줄 고르면
떨리는 열 손가락 마다마디 에인 사랑
손닿자 애절히 우는 서러운 내 가얏고여.

둥기둥 줄이 울면 초가삼간 달이 뜨고
흐느껴 목 메이면 꽃잎도 떨리는데
푸른 물 흐르는 정에 눈물 비친 흰 옷자락.

---

3) 백수의 뜨거운 조국애는 다음의 글에서 확인된다. "나의 노래는 나의 뿔 나의 冠이었다. 이 뿔에 감기는 하늘빛은 몹시도 애달팠다. 앞으로 한 세상을 살아가는데 거추장스럽기야 하겠지만 그래도 이 뿔을 고이고이 간직해 두었다가 내 사랑하는 조국, 내 사랑하는 형제 앞에 벗어놓고 가야겠다. 그것만이 주어진 목숨에의 갚음의 길이라 느껴지기 때문이다."(《채춘보》(1969) 자서)

통곡도 다 못하여 하늘은 멍들어도
피맺힌 열두 줄은 굽이굽이 애정인데
청산아, 왜 말이 없이 학처럼 여의느냐.
- 〈조국〉 전문

  분단된 남북, 그 많은 젊은 목숨들을 전쟁에 **빼앗기고도** 끝내 하나가 되지 못한, 그저 말없이 학처럼 여위어 가는 그런 조국에 대하여 한없이 통곡하고 싶은 마음을 '가야금'을 빌려 표출하고 있다. 어쩌면 '가야금'은 우리 민족의 정한을 가장 잘 표현해 주던 악기이다. 그 가야금을 빌려 조국에 대한 애끓는 정과 조국의 슬픈 역사적 현실에 대한 안타까움, 그리고 조국의 앞날을 위한 비원(悲願)을 토로하고 있다. 백수가 사랑하는 조국의 모습은 풍요롭고 희망찬 나라가 아니었다. 어디까지나 서럽고, 눈물을 자아내는, 그러기에 떨리는 열 손가락으로 줄을 고를 수밖에 없는 조국이었다. '조국'이라는 무거운 시 제목과 '가얏고'라는 전통적 제재의 절묘한 결합이 주는 경건하면서도 장중한 비장미는 참으로 놀랍다. 특히 가야금 소리가 더욱 애절하게 울리면 가녀린 꽃잎마저도 격정을 못 이겨 스스로 몸을 떨게 된다는 화자이다. "둥기둥 줄이 울면"의 청각적 감각과 "초가삼간 달이 뜨고"의 시각적 감각의 절묘한 조화는 백수 자신만의 독특한 한국적 서정미를 보여준다. 그 애틋한 가락 속에 서러운 겨레의 모습을 떠올리는 시인은 마지막 연에서 '가얏고'의 가락이 절정에 이르기도 전에 하늘은 멍이 들고 말지만 목숨만큼이나 사랑하는 '가얏고'이기에 피맺힌 그 열두 줄은 굽이굽이가 다 애정뿐인데, 어찌하여 청산[가얏고, 조국]은 말없이 학처럼 야위어 가기만 하느냐고 반문한다. 참으로 감칠맛 나는 고유어와 다양한 감각적 이미지를 통하여 조국에 대한 무한한 애정을 표현한 백수 시문학의 압권이라 할 수 있다.
  백수가 자신의 시조 세계에서 그린 고향은 시간과 공간을 초월한 영원불변의 장소성을 지닌다 할 수 있다. 고향은 그의 의식을 일깨워주는 터전이었고, 그것이 확장되어 조국의 이미지와 중첩되었다. 그래서 그는 우리 조상들이 대대로 가꾸어 온 고향이란 터전을 어떤 시련 속에서도 지켜내야 하고, 거기에 의지하며 가슴속에서 고향의식을 회복해야 함을 강조하였던 것이다. 그의 조국과 민족애에 대한 정신이 상실감에서 비롯된 고향회귀의식으로 한층 고양되는 것도 이런 까닭이다. 그 전형적인 시가 〈고향생각〉이다.

쓰르라미 매운 울음이 다 흘러간 극락산(極樂山) 위
내 고향 하늘빛은 열무김치 서러운 맛
지금도 등 뒤에 걸려 사월 줄을 모르네.

동구 밖 키 큰 장승 십리 벌을 다스리고
풀수풀 깊은 골에 시절 잊은 물레방아
추풍령 드리운 낙조에 한 폭 그림이던 곳.

소년은 풀빛을 끌고 세월 속을 갔건마는
버들피리 언덕 위에 두고 온 마음 하나
올해도 차마 못 잊어 봄을 울고 갔더란다.
                    - 〈고향생각〉 전반부 3연

　돌아갈 수 없는 시간에 대한 그리움과 안타까움이 선명하게 묘사되어 있다. 고향은 상실감을 극복하기 위해 설정된 근원적인 의미로 작용하고 있는데, 시적 화자는 고향을 가슴에 지니되 지극한 사무침과 하나 되는 심경을 노래하고 있다. 가령, 마땅히 기다릴 사람이 없으면서도 눈길이 가는 극락산 자락, 동구 밖 키 큰 장승 십리 벌을 다스리는 곳, 풀 숲 시절 잊은 물레방아 도는 곳, 추풍령 드리운 낙조에 한 폭 그림이던 곳, 버들피리 언덕 위에 마음 하나 두고 온 곳, 그리고 풀잎 같던 유년시절이 있고 자신을 있게 한 모든 근원들이 바로 그의 고향 이미지이다. 이는 곧 언젠가는 자신도 묻히게 될 '있음'과 '없음'이 하나로 이어져 있는 진정한 고향을 의미한다. 아울러 "내 고향 하늘빛은 열무김치 서러운 맛"이라는 대목은 시각, 청각, 후각뿐만 아니라 미각까지도 자극하여 원형적 고향을 자연친화적 공간으로서 인식하게 한다. 이에 대해 김제현은 "청산유수처럼 흐르는 리듬 속에 언어들이 제자리를 찾고 있으며 그 감성은 가장 한국적인 자연과 정감과 이미지를 교직하여 서정의 높은 품격"[4]을 이루어내고 있다고 언급하고 있다. 이처럼 백수는 사물에 대한 시각적·후각적 묘사, 민족어의 음악적 가능성을 최대한으로 승화시키는 운율 의식 등과 함께 자연의 존재물이 빚어내는 청각적 이미지를 섬세하게 포착하여 전통적인 우리 민족의 삶의 원형을 여실히 드러내 보이고 있는 것이다.
　신록이 짙어지면 푸른 잎 사이로 별 모양의 감꽃이 피어 동그랗게 풍선처럼 빵빵하다가 사방으로 펴진다. 그리고 피고 보리누름이 시작 될 무렵 쯤, 감꽃이 진

---

4) 김제현·고경식, 『시조 가사론』, 예전사, 1988, p.278.

자리에 애기 풋감이 맺힌다. 유년시절, 시인은 미리 준비해간 실타래에 떨어진 감꽃들을 주렁주렁 꿰어 목에 걸고 신나서 집으로 오던 기억이 있었던 것 같다. 그 추억을 생생하게 담아내고 있는 시가 다음의 〈감꽃〉이다.

바람 한 점 없는 날에,
보는 이도 없는 날에
푸른 산 뻐꾸기 울고
감꽃 하나 떨어진다
감꽃만 떨어져 누워도
온 세상은 환하다

울고 있는 뻐꾸기에게,
누워 있는 감꽃에게
이 세상 한복판이
어디냐고 물었더니
여기가 그 자리라며
감꽃 둘레 환하다.
　　　　　- 〈감꽃〉 전문

　꽃이 진다는 것은 슬픈 일이다. 바람 한 점 없는 날, 보는 이도 없는 날에 조용히 감꽃이 지고, 너무 슬퍼 '푸른 산 뻐꾸기 울고' 꽃이 떨어지는 진다는 시인이다. 하지만 노란 감꽃이 떨어져야 감이 열리는 것이고, 단지 '감꽃만 떨어져' 누웠을 뿐이지만 떨어진 꽃은 온 세상을 환하게 만든다. 그런데 화자는 울고 있는 뻐꾸기에게, 그리고 누워 있는 감꽃에게 "이 세상 한복판이 어디냐고" 묻는다. 그 대답은 '여기가 그 자리'라는 것이다. 우리는 모두 자신을 중심으로 세상이 돌아가기를 바란다. 다분히 그러리라 생각한다. 어쩌면 감꽃도 마찬가지일 것이다. 바로 감꽃이 떨어져 누워 있는 그 자리, 비록 떨어졌지만, 이제 감이 열릴 것이다. 감꽃이 그 사명을 다하고 떨어져 편안하게 누운 자리는 이 세상의 한복판, 즉 중심이 되고, '감꽃 둘레'는 당연히 환할 수밖에 없는 것이 시인의 생각이다.
　한편, 가장 아름다운 한국적 전원 풍경의 한 단면은 한국적인 초가집, 또는 기와집 곁을 지키고 있는 가을 감나무의 풍경일 수 있다. 백수는 까치밥 홍시로 외로이 매달려 있는 늦가을 한 톨 감에서, 민족의 애환과 눈물과 슬픔이 다 들어 있는 한국 천년의 시장기를 읽어낸다.

태양의 권속은 아니다 두메산골 긴긴 밤을
달이 가다 머문 자리 그 둘레 달빛이 실려
꿈으로나 익은 거다.

눈물로도 사랑으로도 다 못 달랠 회향(懷鄕)의 길목
산과 들 적시며 오는 핏빛 노을 다 마시고
돌담 위 시월(十月) 상천(上天)을 등불로나 밝힌 거다

초가집 까만 지붕 위 까마귀 서리를 날리고
한 톨 감 외로이 타는 한국 천년의 시장기여,
세월도 팔짱을 끼고 정으로나 가는 거다.
- 〈감〉 전문

시인은 자연 그대로의 감이 아닌 감의 속내를 헤아려 또 다른 상징을 부여하고 있다. 따뜻하고 아름다운 고향의 정서가 '감'의 형상화로 잘 나타나고 있다. 감이 익어가는 공간은 한국의 어느 산비탈의 정경일 수도, 아니면 마을 한가운데의 모습일 수도 있다. 늘 우리들 마음이 달려가는 고향, 그곳엔 언제라도 우리들의 마음을 편안하고 넉넉하게 감싸 주는 자연 환경이 있다. 인간이 자연과 더불어 살아가는 모습의 단면을 보여주고 있는 작품의 소재인 '감'은 고향의 정서, 자연의 정서를 나타내 주는 이미지로 다가온다. 시각적 이미지가 두드러진 이 작품에서 '감'은 '달이 가다 머문 자리', '꿈으로 익은 것', '돌담 위 시월 상천', '핏빛 노을 마신 등불', '한국 천년의 시장기', '정' 등의 은유 및 상징으로 형상화되어 있다.

III. 자연친화적 사유와 합일의 세계

백수의 작품에서는 자연과 교감하는 정서의 깊은 호흡을 감지할 수 있고, 근원적인 향수와 생명의 구원성(久遠性)을 읽을 수 있다. 즉 생명에 대한 경이가 절묘한 비유와 가락에 실려 높은 문학성을 획득한 세계를 구축해 온 것이다. 이것은 자연과 사물에 대해 새로 보고 느끼기와 그 형상화 작업에 부단한 천착을 해 왔기 때문에 가능했을 것으로 진단된다. 하여 백수 시문학의 중요한 또 하나의 특징은 인간을 자연의 일부로 파악하고 자연과의 화해와 소통을 지향하고 있는 점이다. 즉, 자아와 대상의 구별을 없애고 합일을 지향함으로써 물아일여의 경지

에 이르고자 하는 점이다. 이와 같이 자연과 하나 됨으로써 우주 속에서 자신의 정체성을 찾고, 자연과의 대화를 통하여 우주적 질서의 울림을 묘사하고 있는 작품 〈산이 나를 따라와서〉는 그 좋은 예이다.

동화사 갔다 오는 길에 산이 나를 따라 와서
도랑물만한 피로를 이끌고 들어 선 찻집
따끈히 끓여주는 주는 차가 단풍만큼 곱고 밝다.

산이 좋아 눈을 감으신 부처님 그 무량감 머리에
서리를 헤며 귀로 외는 풍악(楓岳)소리여
어스름 앉는 황혼도 허전한 정 좋아라.

친구여, 우리 손들어 작별하는 이 하루도
천지가 짓는 일들의 풀잎만한 몸짓 아닌가
다음날 설청(雪晴)의 은령(銀嶺)을 다시 뵈려 옴세나.
　　　　　　　　　　　　　　- 〈산이 나를 따라와서〉 전문

자연과의 교감은 자신을 비우고 버리는 일로부터 시작된다. 욕심을 비운 빈자리의 넓이만큼 자연이 들어올 수 있기 때문이다. 시인은 짧은 시간이었지만 동화사에 다녀오는 동안 자신을 비워내고 그 자리에 산을 앉혔다. 하산 하는 길에 찻집에 들려 차를 마시고 하산을 하지만 단풍이 물든 산의 풍경을 놓지 못한다. 그래서 내가 산을 이끌고 하산하는 것이 아니라 "산이 나를 따라" 온다고 생각하는 것이다. 이어 "산이 좋아 눈감으신 / 부처님 그 무량감"을 보고 난 뒤에 "어스름 앉은 황혼도 / 허전한 정"이라는 대목은 삶이 허전하여도 저 단풍처럼 아름답게 물드는 삶이라면 어찌 정이 들지 않을 수 있겠는가 하는 심경을 표현하고 있다. 인간 삶에 있어 "손들어 작별하는 이 하루"는 결코 가볍지 않은 기록일 수 있다. 하지만 "천지가 짓는 일들"에 비하면 "풀잎만한 몸짓"에 불과하다. 그래서 가슴에 두지 않아도 저절로 따라오는 풍경이 있으니, 눈이 온 겨울에 다시 한 번 찾아와 이 아름다움을 바라보고 싶어 하는 것이다. 이와 같이 자연과의 교감을 통한 비워짐과 사라짐이 가져다 줄 채워짐과 만남에 대한 시인의 인식에는 다분히 상호 연기적인 화엄의 사유가 담지되어 있는 것으로 진단된다.

을숙도(乙淑島)는 낙동강 칠 백리를 달려온 물줄기가 마지막으로 머물다 가는 곳이다. 지금은 다리가 놓여 쉽게 오갈 수 있는 곳이지만, 을숙도는 과거에 갈대가 많고, 철새[乙]들이 많으며, 맑은[淑]' 섬으로, 청춘남녀들의 천국이었다. 40여 년 전, 백수는 을숙도에 와서 세월의 흐름과 강의 흐름을 동일시하며 을숙도의 아름다운 모습을 청신한 감각과 그만의 독창적인 비유와 넉넉한 마음으로 묘출하였다.

> 세월도 낙동강 따라 칠백리 길 흘러와서
> 마지막 바다 가까운 하구에선 지쳤던가
> 을숙도 갈대밭 베고 질펀하게 누워있네.
>
> 그래서 목로주점엔 대낮에도 등을 달고
> 흔들리는 흰 술 한 잔을 落日앞에 받아 놓으면
> 갈매기 울음소리가 술잔에 와 떨어지데.
>
> 백발이 갈대처럼 서걱이는 노사공도
> 강물만 강이 아니라 하루해도 강이라며
> 金海벌 막막히 저무는 또 하나의 강을 보네.
>
> -<을숙도> 전문

첫 연에서는 세월이 강 따라 흘러와서 바다 가까운 하구에서 지쳤는지 을숙도 갈대밭을 베고 누워 있다고 한다. 세상과 세월을 바라보는 낙조의 모습과도 같이 갈대를 백발이 성성한 노사공의 이미지로 형상화하고 있다. 둘째 연에서는 목로주점에서는 손님이 하도 많아 대낮에도 등을 달고 손님을 받고, 흔들리는 막걸리 한 잔을 지는 해[落日] 앞에 받아 놓으면 "갈매기 울음소리가 술잔에 와 떨어"진다고 했다. 가히 절창의 표현이다. 술만 따라 마셔도 취하는데 갈매기 울음소리까지 술잔에 따라 함께 마시는 화자의 마음에는 모든 갈등과 대립을 넘은 상생의 인식이 내재되어 있다. 셋째 연에서 시인은 갈대처럼 서걱거리는 백발의 노사공도 "강물만 강이 아니라 하루해도 강이라며" 김해 벌에 저무는 또 하나의 강을 보고 있다. 강물에 드리운 석양이 드넓은 김해 벌을 한결 장엄하게 물들이고 있음을 관조하는 시인이다. 어쩌면 목로주점에서 한 잔 막걸리를 마시는 마음속에 홍조된 취기가 해넘이의 모습일 수 있다. 시인은 모두가 내 것일 수도 있고 그렇지 않을 수도 있는 자족의 공간에서 꾸밈없이 살고[無爲], 욕심이 없는[無慾] 조화와 순응의 세계관을 드러내 보이고 있다. 즉, 그는 을숙도의 이러한 무위와 무욕의 공간을 통해서 비움과 충만의 세계를 보듬는 것이다. 충만의 극단이 '텅 빔'

이라는 반성적 성찰을 통해 시인은 욕망의 허실을 역설하는 반면 다른 차원의 가치에 대한 끊임없는 탐색을 보여준다.

백수는 말년에 순수성 추구를 통해 마음의 고향인 동심으로 돌아간다. 봄을 통해 동심회복을 노래하거나 유년의 꿈을 통해 동심회복을 추구하고, 엄마에 대한 그리움을 통해 동심회복을 표현하고자 한다. 민족 전통가락을 살린 싯구에 맑고 투명한 어린이의 감성을 담아내는 동시를 쓰기 시작한 것이다. 시인의 그러한 노력으로 '동시조'라는 새로운 용어가 탄생되었다. 살구꽃은 아름답고 4월에 연분홍빛으로 핀다. 옛사람들은 살구꽃을 급제화(及第花)라 하여 관문에 등용되는 상징적 의미로 삼았다. 이러한 살구꽃을 천진무구한 동심의 상상력으로 잘 빚어내고 있는 시가 <분이네 살구나무>이다.

동네서 젤 작은 집
분이네 오막살이

동네서 젤 큰 나무
분이네 살구나무

밤사이 활짝 펴올라
대궐보다 덩그렇다.
　　　- 〈분이네 살구나무〉 전문

작은 것에 의미를 부여하면서 거기에 담겨 있는 새로운 큰 우주를 체험케 하고 있는 작품이다. 이러한 경향은 의상대사 <법성게>의 "한 티끌 속에 세계를 머금었고, 낱낱의 티끌마다 우주가 다 들었네"(一微塵中含十方 一切塵中亦如是)라는 화엄적 상상력과 맥을 같이 한다 할 수 있다. 동네에서 제일 큰 '분이네 살구나무'가 밤사이 활짝 꽃을 피워 동네에서 제일 작고 초라한 분이네 오막살이집을 환하게 비춘다. 집둘레가 얼마나 환해 졌을까? 그야말로 분이네 집은 '꽃대궐'이 되었을 것이다. 꽃핀 모습을 보고 "대궐보다 덩그렇다"고 표현한 것은 참으로 신선한 놀라운 시적 상상력이다. 분이는 평소에 주눅이 들어 어깨 한 번 펴지 못했지만 이때만큼은 어깨를 활짝 폈을 것이다. 이때 우리는 대궐에 사는 사람이 아니라 동네서 젤 작은 집에 사는 분이가 된다. 분이의 환한 마음이 우리에 와 닿는 순간 우리의 가슴도 한결 넉넉하고 환해지리라 생각된다. 여기에 일상 언어의 소박함과 편안함 그리고 동심으로 바라본 세계의 평화로움과 조화로움을 전하는 백수의 시적 세계가 주는 치유의 메시지가 있다.

실존적인 존재로서의 인간이 갖는 한계와 고독을 깊이 있게 성찰해 온 백수는 일상적인 자연을 소재로 선택하여 간결하면서도 적절한 비유로 자신의 내면세계를 형상화 한다. 그것은 부모님에 대한 뜨거운 시혼으로 표출되기도 한다. 누구에게나 엄마가 그리운 시간이 있다. 시인은 어릴 적 어머니에 대한 넉넉한 품안과 그리움을 곡진하게 묘사한다.

> 옛날 우리 어머님은 빨랫줄에 빨래를 널어야
> 비로소 하늘 문이 열린다고 하시었다
> 아득히 너무 푸르러 막막해진 하늘 문이.
>
> 왜인지 나는 몰랐다 어린 제는 몰랐었다
> 한 타래 다 풀어 넣어도 닿지 않던 그 唐絲실
> 어머님 그 깊은 가슴 속 하늘빛을 몰랐었다.
> － 〈어머님의 하늘〉 전문

백수의 어린 시절, 아득히 푸른 하늘이 왜 푸른가를 모르던 시절에 어머님은 빨랫줄에 흰 빨래가 가득 널려서 바람에 나부끼면서 하늘을 씻어줘야만 하늘 문이 열린다고 생각했던 것이다. 당사(唐絲)실 한 타래 다 풀어 넣어도 닿지 않던 어머님의 그 깊은 가슴 속 하늘 빛, 그 깊이를 이제야 알 것 같은 시인의 간절한 마음이 짙게 깔려 있다. 시인의 어머니에 대한 진한 그리움은 환한 목소리를 통해 한결 잘 표현된다. 그 어떤 노래도 엄마의 부름처럼 곱고, 엄마 목소리처럼 정겨우며, 희망과 용기, 위로를 주지 못한다. 시인은 이러한 엄마 목소리의 밝음과 위대함을 이렇게 담아내고 있다.

> 보리밭 건너오는 봄바람이 더 환하냐
> 징검다리 건너오는 시냇물이 더 환하냐
> 아니다 엄마 목소리 목소리가 더 환하다.
>
> 혼자 핀 살구나무 꽃그늘이 더 환하냐
> 눈 감고도 찾아드는 골목길이 더 환하냐
> 아니다 엄마 목소리 그 목소리 더 환하다.
> － 〈엄마 목소리〉 전문

눈에 보이는, 가슴으로 보이는, 마음으로 보이는 자비로운 엄마 목소리의 큰 울림을 묘출하고 있다. 보리밭 건너오는 봄바람보다, 징검다리 건너오는 시냇물보다, 살구나무 꽃그늘보다, 눈 감고도 찾을 수 있는 골목길 보다 더 맑고 환하며 포근한 목소리가 엄마 목소리임을 역설하고 있다. 그 목소리 앞에 세상 그 어떤 고통도 다 사라질 것이고, 삶은 희망에 찬 봄빛일 수 있기 때문이다. 그래서 엄마의 목소리는 어떤 목소리보다 아픈 상처와 슬픔을 달래주며 또한 포근하고 따뜻한 위로와 용기를 주는 치유의 공간이 되기도 한다 할 것이다. 나아가 백수의 지고지순한 부모님에 대한 깊은 애정은 사흘 집에 와 계시다 말없이 돌아가시는 아버지의 빛바랜 모시 두루막 자락을 보며 가슴 속 깊이 스미는 부자의 정을 그린 시에서 한결 극화되고 있다.

> 사흘 와 계시다가 말없이 돌아가시는
> 아버님 모시 두루막 빛바랜 흰 자락이
> 웬 일로 제 가슴 속에 눈물로만 스밉니까.
>
> 어스름 짙어 오는 아버님 여일(餘日) 위에
> 꽃으로 비춰 드릴 제 마음 없사오며,
> 생각은 무지개 되어 고향 길을 덮습니다.
>
> 손 내밀면 잡혀질 듯한 어릴 제 시절이온데
> 할아버님 닮아 가는 아버님의 모습 뒤에
> 저 또한 그 날 그 때의 아버님을 닮습니다.
> － 〈父子像〉전문

화자는 늙으신 아버님께 효도를 다하지 못한 아들의 자책감을 '눈물'로 표현하고 있다. 이어 적적한 여생이 얼마 남지 않은 아버님께 효도하고 싶어도 현실적인 여건 때문에 제대로 무엇을 해드릴 수 없는데 어느덧 아버님 모습이 할아버지 닮아가고 자신도 아버지 모습처럼 닮아가는 것을 보며 늙어가는 자신의 모습을 말하고 있다. 즉, 할아버지 － 아버지 － 아들로 이어지는 혈연 의식을 되새기면서 삶의 덧없음을 말하고 있는 것이다. 아버지와 아들 사이의 은은한 정, 아들의 아버지에 대한 깊은 사랑, 대를 이어 내려가는 가족의 영원한 관계가 맑고 그윽한 서정의 목소리로, 바슐라르가 말한 깊은 '울림'으로 다가온다.

Ⅳ. 불연(佛緣)과 화엄적 사유의 시세계

백수 시학의 또 다른 중요한 특징은 불연(佛緣)에 대한 깊은 이해와 이를 시적으로 형상화하고 있는 것이다. 무엇보다도 백수와 황악산 직지사는 깊은 인연이 있다. 황악산 높이가 해발 1111m이고, 백수의 탄생일이 11월 11일인 것도 묘한 인연이다. 직지사는 418년(눌지왕 2년) 아도화상이 도리사를 창건한 후 창건했으며, 사명대사의 출가사찰이기도 한다.[5] 직지사 주변의 전원공간은 백수의 유년의 꿈을 키우던 유희공간이고, 동화공간이었으며, 오늘날의 백수가 있게 한 불심과 문학적 삶의 자양분의 공간이었다 할 수 있다. 천불선원 상량문[6] 을 비롯한 직지사 전각들의 상량문을 남긴 그는 〈직지사 운〉, 〈직지사 인경소리〉, 〈직지사 그 산, 그 물〉, 〈중암에 올라〉 등 직지사를 배경으로 빼어난 작품을 남겼다. 직지사의 지리적 환경의 빼어남과 아름다움, 그 역사적 의미, 그리고 포근한 마음의 안식처였음을 시인은 이렇게 담아내고 있다.

> 소백산 푸른 산맥이 남쪽으로 흐르다가
> 한 번 불끈 힘을 주어 추풍령을 만들었고
> 또 한 번 구비를 틀어 황악산을 앉혔지요.
>
> 산이 높아 골이 깊고 골이 깊어 절은 사는데
> 실꾸리 감았다 풀듯 겨울 가면 봄은 또 오고
> 새 울면 새가 운다고 지줄대며 흐르는 물.
>
> 목 트인 인경소리가 골안개를 걷어내면
> 흐르는 개울물 소리 핏줄처럼 흔들리고
> 내 고향 천년 직지사 벌떼처럼 이는 솔빛.

---

5) '東國第一伽藍黃嶽山直指寺'과 뒷면의 '覺城林泉高致'라는 현판 글씨는 '秋史 이래 여초'라는 평가를 받는 여초 김응현(1927-2007)이 쓴 것이다. '각성'은 깨달음의 성이니 직지사를 의미하며, '임천'이라 함은 자연을 의미하는 것으로 황악산을 일컫는다. '치고'란 한자로 高趣와 비슷한 말로서 빼어난 정취를 말한다. 하여 '覺城林泉高致'에는 숲과 샘이 솟는 빼어난 황악산 직지사에 올라서야 깨닫게 된다는 의미가 담겨 있다. '임천고치'의 또 다른 뜻은 중국 송나라 때 산수화가로 유명한 곽희의 산수화 이론을 기술한 서책을 말한다.
6) 정완영이 직지사 천불선원 상량문에 올린 다시(茶詩): "산 아래 다함없는 맑은 샘물을 / 산중의 벗들께 두루 드리니 /저저이 표주박 하나 지니고 와서 /보름달 하나씩 담아 가소서(無盡山下泉 普供山中侶 各持一瓢來 總得全月去)." 백수는 추사 김정희의 부친이 초의선사에게 전한 것으로 알려지는 이 시를 천불전 상량문에 썼던 것이다.

그 옛날 사명대사님 이 절에 와 머리 깎고
산과 물 정기 받아 큰 스님 되신 후에
불바다 임진왜란을 몸소 막으셨대요.

일찌기 김삿갓도 이 산 이 물 찾아와서
직지사 가는 길이 왜 굽었나 노래하며
떠가는 구름도 한 장 물빛 보태났대요.
- 〈직지사 그 산, 그 물〉 부분

백수의 시적 원형 공간인 황악산 직지사에 대한 서정이 맑게 그려지고 있다. 시인은 백두대간 소백산, 추풍령, 황악산, 직지사와 같은 지명을 기반 한 직지사의 빼어난 정기를 묘사하고, 이러한 정기를 받아 승병장이 되어 왜적을 물리친 사명대사의 걸출함을 노래한다. 천하의 방랑객 김삿갓이 직지사를 품고 있는 물과 산, 구름이 어울려 동천(洞天)을 이루고 있음을 찬탄하고 있듯이, 백수에게 인경소리 울려 골안개가 걷히면 핏줄처럼 흐르는 개울물과 벌떼처럼 선연히 드러나는 솔빛을 담고 있는 천년고찰 직지사는 순수성과 생명력이 충만한 피안의 세계였던 것이다. 인연의 순환에서는 단수 시조와 달리 연작시로서 선명한 묘사와 정경을 통해, 시적 소재와 화자의 정서 사이에서 완성도 있는 시성을 확보하고 있다. 백수의 연시조에서도 볼 수 있듯이, 그는 각 시편에서 단수의 범주를 벗어나 자신의 정서를 작품의 소재에 따라서 탄력적으로 풍경화하면서 인연설을 언급한다.

매양 오던 그 산이요 매양 보던 그 절인데도
철따라 따로 보임은 한갓 마음의 탓이랄까
오늘은 외줄기 길을 낙엽마저 묻었고나.

뻐꾸기 너무 울어 싸 절터가 무겁더니
꽃이며 잎이며 다 지고 산 날이 적막해 좋아라
허전한 먹물 장삼을 입고 숲을 거닐자.

오가는 윤회의 길에 승속이 무에 다르랴만
沙門은 대답이 없고 행자는 말 잃었는데
높은 산 외론 마루에 기거하는 흰 구름.
- 〈직지사 운(韻)〉 부분

직지사 입구에 큰 시비로 새겨져 있는 시이다. 백수는 대한불교 조계종 총무원장과 동국대학교 이사장을 지낸 오녹원 스님(1928-2008)과 각별한 인연을 가졌는데, 이 시비가 직지사 경내에 세워진 것도 이러한 인연의 산물로 생각된다. 형상에 집착하지 않고 보면 산과 물, 절은 늘 그대로이다. 그러나 겉모양에 집착하면 달리 보일 뿐이다. 화자는 수십여 년 전부터 매양 오는 절이건만 철마다 따로 보인다고 한다. 물론 올 때마다 한두 개씩 거대한 전각이 들어섰기에 당연한 일일 수도 있다. 하지만 본래 그대로 절이고 물이며, 다만 형상만 다를 뿐이다. 그것은 마음에 집착이 있기 때문이다. 한편, 사찰이란 공간은 그 적막감으로 인하여 세곡으로부터 벗어나 있는 듯하다. 봄날 그토록 울어대던 뻐꾸기소리가 절간을 무겁게 하고, 꽃잎이 다지고 난 절간의 적막함이 화자에게는 더 없이 좋게 느껴졌던 모양이다. 그래서 먹물 장삼 걸치고 세상일의 번거로운 마음을 내려놓고 유유히 흘러가는 흰 구름처럼 빈 마음으로 침묵의 적요(寂寥) 공간, 숲길을 소요하고 싶어 한다. 이처럼 백수에게 직지사는 세간과 출세간을 잇는 공간이고 또한 지치고 힘든 삶을 치유하는 마음의 고향이자 안식처였던 것이다. 이처럼 백수는 1600여년의 역사를 지닌 고향 근처 직지사와 그 주변의 자연경물을 관조하면서 주/객의 이분법적 경계를 지우고 상호 연기적 관점에서 글쓰기를 하고 있다. 그의 시에 현상에 대한 연기론적 시각과 우주 만물에 대한 순환론적 인식이 다분히 드러나 있는 것도 이러한 연유이다.

목련은 봄기운이 살짝 대지에 퍼져나갈 즈음인 3월 중하순경, 잎이 나오기 전에 가지 꼭대기에 한 개씩 커다란 꽃을 피운다. 그러다가 며칠 후 하염없이 떨어지고 그 자리에 새로운 잎이 돋는다. 하여 덧없이 왔다 가는 봄철의 꽃도 아름답지만 이 보다 더 아름다운 것이 잎 철에 불현듯 피어낸 연초록의 목련 잎이다. 시인은 이 연초록 목련 잎에서 비움과 충만의 사유를 읽어낸다.

하늘이 뜻이 있어 겨울나무 가지 끝에
은밀히 빈자리를 마련하여 두시더니
봄날이 들기도 전에 꽃이 다녀갔습니다.

왜가리 같은 꽃이 무리무리 날아와서
사나흘 앓고 난 후 깃털 뽑아 흘려 놓고
천지간 자취도 없이 사라지고 없습니다.

덧없는 봄날이야 오는 듯 가벼려도
꽃보다 고운 철이 잎철이라 하시면서
불현듯 피워낸 연초록 찰랑찰랑 넘칩니다.
- 〈木蓮心經〉 전문

　시인은 겨울나무 끝에 은밀한 빈자리에 봄이 들기 전에 꽃이 피었다가 이내 지고 만 목련 나무에서 새로이 돋아나 찰랑찰랑 넘치는 연초록 잎들을 바라보며 비움과 채움의 지혜를 펼쳐 보인다. 자신을 자연의 일부로 여기며 살아온 시인은 그의 삶도 이와 다르지 않다는 것을 깨닫게 된다. 이러한 발견은 기존의 대상관계를 해체시키면서 새로운 대상관계를 읽어내는 것이라 할 수 있다. 즉, 일체만물이 개체로서 고정되어 존재하지 않고 열리고 비우고 확장되어 또 다른 하나를 완성해 가고 있음을 일깨워 준다. 이는 곧 목련에서 사라짐과 채워짐의 조화로운 화엄의 세계를 간파하는 백수의 '마음 경[心經]' 읽기라 할 수 있다.
　모든 생명 존재의 상즉상입(相卽相入)의 관계성을, 백수는 사물의 배경과 배후가 지닌 '생명의 그물'이라는 관계망과 '의미의 여백'을 선적 사유로 담아낸다. 그리고 사소한 것으로부터 우주로 확장되는 내면풍경은 사물의 일부로 조화롭게 존재하는 세계와 만난다. 그것은 미시적 안목으로 그리되, 시어를 최대한 절제함으로써 시적 세미화(細微化)의 상상력을 극대화하는[7] 화엄적 사유에서도 잘 드러난다.

호박꽃을 들여다보면 벌 한 마리 놀고 있다
호박꽃을 들여다보면 초가삼간이 살고 있고
경상도 어느 산마을 노란 등불이 타고 있다.
- 〈호박꽃〉

　시인은 집요한 관조와 뛰어난 직관으로 자연의 신비와 생명력을 간파한다. 호박꽃의 모습에서 생명의 만다라를 포착하고 포근한 고향마을을 보고 있는 시인은 '들여다보기'로 하나의 세계를 묘사하거나 '사물의 일부'가 되어 그 속에 합일하는 공간을 서정적으로 담아내고 있다. 이처럼 하찮은 꽃을 들여다보고 거기에 담겨 있는 큰 것, 즉 하나의 새로운 우주를 체험하는 것은 백수의 놀라운 시적 상상력이다. 화자는 호박꽃 한 송이도 실제의 눈으로, 생각의 눈으로, 마음의 눈으

---

7) 백원기, 『명상은 언어를 내려놓는 일이다』, 도서출판 화남, 2012, p.88.

로 보고 있다. 호박꽃 속에 벌 한 마리가 실제로 놀고 있음을 보고, 그 꽃 속에서 생각의 눈으로 초가삼간을 찾아내고, 산마을 고향의 노란 등불까지 읽어내고 있다. 이는 인간이 자연과 분리되어 별개의 것으로 존재하는 것이 아니라 상호의존적이며 무한한 자연의 일부로 조화를 이루어 질서 있게 살아가는 것을 의미한다. 이러한 사유는 의상대사의 법성게의 "한 티끌 속에 작은 세계를 머금었고, 낱낱의 티끌마다 우주가 다 들었네(一微塵中含十方 一切塵中亦如是)라는 화엄적 상상력과 맞닿아 있다 할 수 있다. 호박꽃으로 비유된 우주의 한 공간 속에 대상에 대한 분별을 초월한 지점에서 얻게 되는 백수의 화엄적 상상력이 도드라져 보인다. 사실 '만다라'는 낱낱의 살인 폭이 속 바퀴 축에 모여 둥근 수레바퀴인 원륜(圓輪)을 이루듯이 모든 법을 원만히 다 갖추어 모자람이 없다는 윤원구족(輪圓具足)을 의미한다. 이는 곧 삼라만상의 존재들이 상호연대를 이루며 내적으로 긴밀하게 연관되어 있는 친연성의 형상화를 상징한다. 그렇다면 만다라의 세계를 표상하고 있는 호박 꽃, 벌, 초가삼간, 노란 등불 등은 서로서로 비추고 비추어서 중중무진(重重無盡)의 화엄세계를 이루고 있다 할 수 있다. 그 화엄의 세계가 백수에게는 진정한 마음의 고향인 것이다.

한편, 백수는 직관과 관조를 통한 선(禪)적 태도와 불교적 깨달음에 이르는 초월주의가 드러나 있다. 자연과의 교감에서 비롯된 선적 사유의 시적 세계를 펼쳐 보인다. 하여 그의 선시조는 극도로 짧아진 상태에서 극도의 상상력을 바탕으로 하여 논리적 인식을 넘어 보편적 사유를 제거하고 형식과 기교를 초월한 상징성을 보여준다. 이러한 경향은 자연과의 교감에서 연유하는 자연합일의 선적 사유의 시적 형상화에 다름 아니다.

> 노스님 북채를 잡고먼 구름을 두드린다
> 산 가득 앉는 어스름 떠오르는 연꽃 노을
> 두리둥! 두리둥! 두리둥 萬山에 우레가 떨어진다
> 　　　　　　　　　- 〈동화사에서〉 전문

> 오대산 신록 월정사 사슴뿔을 닮은 석탑
> 뿔끝에 감긴 구름 구름 끝에 도는 하늘
> 꺾으면 진달래 같은 피도 흘러 나겠네.
> 　　　　　　　　　- 〈월정사 석탑〉 전문

위의 두 편의 시는 불교를 상징하는 연꽃과 우리 주변에서 흔히 볼 수 있는 진달래 등 사찰 주변에 피어난 꽃을 시적 대상으로 형상화하고 있다. 꽃의 이미지와 긴밀히 조응하는 시인의 사유는 삼라만상의 모든 존재가 서로 걸림 없는 평등한 경지로 서로 관계를 맺고 피어난다는 연기적 사유를 기반으로 하고 있다. 아울러 이는 선시의 언어로 확장되는 가능성을 보인다.[8) 시인은 〈동화사에서〉 언어로 표현할 수 있는 북소리와 인위적으로 포착할 수 없는 구름을 선적 사유로 담아낸다. 노스님이 북채를 잡고 먼 구름을 두드린다는 대목은 표현되지 않는 무명의 세계를 부득불 건너가게 하여 고도의 형이상학적인 사유체계를 낳게 한다. 하여 "산 가득 앉는 어스름 떠오르는 연꽃 노을"을 생성케 한다. 이 연꽃 노을은 연꽃 이미지이며, 이 연꽃이 표상하는 것은 "두리둥! 두리둥! 두리둥" 소리의 치환이며, 이 소리는 "만산에 우레가 떨어진다"라는 깨달음의 말씀을 북소리로서 선의 경지를 보여준다. 이처럼 백수는 사찰 안과 밖의 소재를 이용하여 외부 구조를 내부에 두고, 내부 구조를 외부에 둠으로써 밖에서 안을 관통하고, 안에서 밖을 통과하는 시적 사유체로서 현상계의 본질을 연기적 관계성으로 파악한다. 그리고 〈월정사 석탑〉에서 "오대산 신록 월정사 사슴뿔을 닮은 석탑"이 향하는 상징성은 바로 "뿔끝에 감긴 구름 구름 끝에 도는 하늘"이다. 이 하늘은 꺾을 수 없는 하늘이지만 "꺾으면 진달래 같은 피도 흘러 나겠"다라는 것이다. 이러한 논리가 통할 수 없는 자유로운 상상력은 극도의 시적 상징성을 획득하는데, 같은 하늘 아래 솟아 있는 '월정사 석탑'과 피어난 붉은 '진달래 꽃'의 비상사성 이미지와 서로 얽매이지 않는 연기적 관계 속에서 선적인 것이 태동되고 있다.[9)

　나무로서 겨울나무는 생명의 영속성을 갖기 위한 중요한 형태이다. 겨울이 되면 앙상한 가지만 남아 나뭇가지 위로 눈꽃이 피어날 때를 제외하면 겨울나무는 시선 밖에 있다. 그래서 나무의 겨울나기는 단순하다. 꼭 필요한 알맹이만을 남기고 나머지는 모두 가만히 내려놓기 때문이다. 겨울의 마른 나뭇가지에 겨울새가 앉고, 조금은 비워 두어야 눈발이 와 닿을 수 있다고 하는 백수는 내일 올 봄을 위하여 거대한 잎을 준비하는 잔가지에서 위대한 생명력을 간파한다.

---

8) 권성훈, 「정완영시조의 불교적 세계관」, 『시조학논총』 제 51집, pp.114-115.
9) 권성훈, 위의 논문, p.115.

조금은 수척해 있어야 겨울새가 앉는거래
조금은 비워 두어야 눈발이 와 닿는거래
아니래 가득히 있어야 동풍이 와 우는 거래
　　　　　-「겨울나무 3」

긴 겨울 보내는 것도 고목나무 잔가지고
새 봄빛 부르는 것도 고목나무 잔가지다
가는(細) 비 굵은 눈 한 세월 얽는 것도 잔가지다.
　　　　　-「겨울나무 10」

　비록 겉보기에 앙상한 고목나무의 잔가지이나 여기에서 동면하여 새싹을 틔워 새 봄빛을 부르는 것임을 시인은 역설하고 있다. 잔가지에서 큰 생명력을 읽어 내는 시인은 가느다란 비나 폭설의 한 세월을 엮어가는 것도 잔가지임을 강조한 다. 그래서 아무런 볼품없고 가난한 살림살이를 살아가는 잔가지에는 깊은 중심 줄기의 무게가 있다. 나무들의 단출한 겨울나기는 뭔가를 끊임없이 쌓고 채우려 고 안달하는 인간의 삶에 무욕과 생성의 가치를 일깨워 주는 결정체이다. 이는 곧 시인이 지향하는 버리고 비움으로써 채워지는 맑고 향기로운 삶의 표상이다.

　그렇다면 백수 시문학이 오늘날 우리에게 던져 주는 메시지는 무엇인가? 그것 은 자연은 인간과 차별 없이 조화롭게 공존하는 구체적이고 감각적인 삶의 공간 으로 나타나고 있는 점이다. 즉, 그의 시에서 주로 유년의 기억에 의해 복원되는 원초적 자연은 인간과의 차이가 무화된 완전한 화합의 상태를 보인다는 것이다. 자연의 묘사에 있어 그의 시는 구체적이고 감각적인 자연이 체험에 기반을 두고 있을 뿐만 아니라 자연에 대한 관심 이전에 인간 상호간의 소통과 협력을 중시하 는 생태학적인 관점과 마찬가지로 결속력이 강한 친족 공동체의 삶을 실감나게 재현하고 있다. 그가 원초적인 공동체의 삶을 회복해야 할 이상적 세계로 그리고 있는 것도 그런 연유이다.

　그렇다면 모든 생명 존재의 상호침투와 상호의존은 경계와 경계를 무너뜨리는, 더 큰 하나로 전이되는 과정을 일컫는다 할 것이다. 즉, 주고받음의 상쇄에 의해 서 경이롭게 열리고 닫히는 원융회통(圓融會通)의 세계가 그것이다. 그래서 좋은 시는 마음으로 번져가는 시이고, 마음으로 읽는 시이며, 상생과 공감의 시로 읽 히는 것이라는 결론에 도달한다. 인간과 인간, 자연과 인간 사이의 불평등이 더 욱 심화되고 있는 오늘날, 현대인들이 겪고 있는 상실과 불안감, 고독과 소외감은 이미 위험수위에 와 있다 할 수 있다. 때문에 정신적으로 방황하고 고통 받는 이들에게 가슴을 적시며 영혼의 울림을 주는 고향상실의 회복과 모든 생명 존재의 상호연기적 관계성을 담아낸 백수의 '자연 관조와 명상'의 시는 상실과 불안한 마음을 진정시켜 주고 흐렸던 정신을 맑게 해주는 치유의 메시지로 다가 올 것으로 진단된다.

V. 나오는 말

이상에서 백수 정완영(白水 鄭椀永, 1919~2016)의 시문학에 나타난 고향의식과 불교적 사유 기반의 상호 연기적 생명에 대한 의미와 또한 그것이 오늘날 우리에게 던져주는 메시지가 무엇인지를 살펴보았다. 전통을 현대적 서정성으로 재현하면서 다양한 민족적 정서를 시조 형식에 담았던 그의 시학의 중심에는 인간과 세계에 대한 존재 탐구와 더불어 자연 생명성의 시의식이 첨예하게 드러나고 있다. 어쩌면 그것은 불교적 소재와 상상력을 동원하여 시조로 조탁하려는 '성찰적 갱신'의 발로일 수 있다.10) 특히 이병기, 이은상, 김상옥, 이호우, 이영도와 함께 1960년대 대표적인 시조시인이었던 백수는 말과 말의 행간에 침묵의 여백을 많이 두면서 단아하고 잘 정제된 시상과 우리말의 내재율 안에 그간 잃어버린 노래를 담아냄으로써 현대시조의 기틀을 마련하였다.

백수의 이러한 문학적 사유와 토양을 깊게 해 준 배경에는 고향상실과 민족전통을 관류하는 정한(情恨)의 미학과 생명존중이 자리하고 있다. 즉, 인간을 자연의 일부로 파악하고 자연과의 조화로운 삶을 지향하며 상실한 고향을 찾아 지난한 삶을 살아 온 그의 고독한 영혼에는 다양한 마음소리들이 빚어내는 서정 미학이 담겨있다. 가령, 고향이 존재의 기반이자 뿌리로서 삶이 시작된 곳임을 노래한 시편들, 고향에 대한 그리움과 상실감을 노래한 시편들, 전통적인 한국적 정서를 바탕으로 관조의 미학의 시편들, 그리고 연기적 생명 존재를 노래한 시편들에 담지되어 있는 뜨거운 시혼이 이를 방증한다.

아울러 백수가 그토록 끊임없이 또 간절하게 고향과 불연(佛緣)을 노래한 것은 결국 자기 정체성의 확인이라 할 수 있다. 자기 정체성의 확인 과정에서 그는 그

---

10) 권성훈, 「정완영 시조의 불교적 세계관」, 『시조학논총』 51권 51호, 한국시조학회, 2019, p.116.

자신의 특유의 사물을 대하는 시선의 깊이와 감각의 독창성, 간결하고도 토속적인 언어의 구사로 격조 높은 작품을 생산하였다. 특히 운율의 절묘한 반복과 변형, 원초적인 감각과 생명력을 환기시키는 토속어들은 문명어들과는 달리 직접적인 삶의 감각을 담아낼 뿐만 아니라 백수 시의 고요하면서도 생동하는 느낌을 제공하기에 충분하다 할 것이다. 그렇다면 백수의 시문학은 생명 경시와 불안의 시대를 살아가는 현대인들에게 물활론적 환상을 통한 대리 만족으로 정서를 안정케 하고, 자신을 성찰하게 하며, 나아가 모든 생명 존재는 상호의존의 '생명의 그물(web of life)'임을 인식하게 하는 점에서 그 의의가 있다 할 것이다.

Abstract

참고문헌

강신주, 『장자의 철학 '꿈(夢)' '깨어남(覺)' 그리고 '삶(生)'』, 태학사, 2004.
권성훈, 「정완영 시조의 불교적 세계관」, 『시조학논총』51권 51호, 한국시조학회, 2019.
김대행, 「따뜻한 법어(法語)에 이르는 길-정완영론」, 『한국현대작가론Ⅰ』, 태학사, 2001.
김민정, 「정완영 시조의 고향성 연구」, 『시조학논총』21, 한국시조학회, 2004.
김민정, 「현대시조의 고향성 연구: 김상옥, 이태극, 정완영을 중심으로」, 성균관대학교대학원 박사학위논문, 2003.
김제현·고경식, 『시조 가사론』, 예전사, 1988.
민병관, 「정완영 시조에 나타난 동양사상 연구」, 부산대학교 대학원 박사학위 논문, 2010.
박시교, 「백수 세계의 열림과 한계」, 『현대시조』, 1989 여름호.
백원기, 『명상은 언어를 내려놓는 일이다』, 도서출판 화남, 2012.
백원기, 『숲명상시의 이해와 마음치유』, 도서출판 동인, 2018.
송지언 , 「정완영 동시조의 율격적 새로움에 대하여」, 『어문논집』, 민족어문학회, 2019.
이지엽, 「격조 높은 한국의 서정과 절묘한 율격의 완성 -백수 정완영론」, 『전후 휴머니즘의 발견- 자존과 구원』, 백수 탄생 100주년 기념문학제 2019.
정완영, 『정완영 시조전집』, 토방, 2006.
정한기, 「동시조(童時調)에 나타난 자연의 교육적 의미」, 『고전문학과 교육』, 한국고전문학교 육학회, 2019.

헤르만 헤세(Hermann Hesse)의 시(詩)에서 불(火)에 대한 치유관점의 해석

손 민 정(상담심리학 박사, 동방문화대학원대학교 평생교육원 강의교수)

1. 머리말

'COVID-19'의 장기화에 따라 사회적 거리두기 및 외출 제한으로 일상생활에 제약이 생기고, 사회적 고립 등 여러 변화를 맞이하며 코로나 블루(Corona Blue), 단절의 고독함 등 심리적 불안과 고통을 호소하는 사람들이 늘고 있다. 이는 우울증, 공황장애와 같은 병증까지는 아니더라도 우울감이나 불안감의 심화가 주된 요인이다. 이러한 심리적 불안과 고통은 사회적 이해뿐만 아니라 가족, 지인 등 대상관계의 이해, 자기 자신에 대한 이해 등에 의한 '자아 성찰'로 치유를 도모할 수 있다.

'자아 성찰'은 문학치료에서 나타나는 긍정적 효과 중 하나이다. 문학치료는 다양한 장르의 문학작품에 대한 독서나 내면을 표현하는 문예 창작 프로그램을 통해 마음의 치유를 추구하는 예술치료 또는 심리치료의 한 분야이다. 특히 문학치료 중 '시(詩) 치유'는 독자가 시를 통해 작가가 표현한 고뇌와 자아 성찰, 치유의 과정과 철학 등을 형이상학적으로 이해하고 공감함으로써 내면의 치유와 '자아실현'을 이룰 수 있게 하는 치유의 영역이다.

시를 통한 자아 성찰 혹은 치유적 효능을 찾고자할 때 시가 담지하고 있는 이미지의 연구가 아주 중요하다. 이에 노정민[1]은 "이미지는 고대 플라톤과 아리스토텔레스의 사상에서부터 현대에 이르기까지 다양한 측면에서 물리학을 기반으로 한 광학적 이미지, 생리학자, 신경학자, 심리학자 등 학자들에 의해 연구되어져왔으며, 학문적 체계와 접근 방식에 따라 이미지에 대한 광범위한 해석이 존재한다"고 하였다. 시 연구에서 이미지는 개념이 아닌 의미작용 내에 고립되지 않고, 의미작용을 넘어선 가동성이다. 어떤 이미지도 그 근원을 찾아보면, 사유자 애초의 형태, 색채, 습관, 기억, 추억 등 이미지의 원형이 있다. 이러한 애초의 이미

---

1) 노정민(2017), 「G. 바슐라르의 4원소론을 적용한 색채이미지 연구」, 홍익대학교 대학원, 박사학위논문.

지들은 순수성에 따라 걸림이 없고, 풍부한 이미지로 변화하는 것이다. 또한 우연한 이미지가 기발한 이미지로 변화하기도 하고, 지각 작용에 의해 받아들여지면서 변형되기도 한다. 이러한 변화, 혹은 변형의 능력은 각자 개인적인 차이가 있다. 이 능력을 창조적 상상력이라고 한다. 창조적 상상력은 상상계의 스펙트럼에 따라 가치가 형성되며 새로운 이미지를 만들어 낸다.

이런 관점에서 헤르만 헤세(Hermann Hesse, 1877-1962)의 서정시는 다분히 치유적 요소를 지니고 있는 것으로 생각된다. 작가의 상상력이 독자의 내면 의식을 고양시킬 수 있는 가능성을 고려할 때, 자연의 심상과 낭만을 담고 있는 헤세의 시는 우울이나 불안을 해소하고 위무하는 힘이 있다 할 수 있다. 또한, 독자의 이해에 따라 변화하는 다양한 시적 이미지는 억압된 감정의 응어리를 떨치게 하거나 마음의 안정을 찾게 함으로써 카타르시스를 느끼게 하는 요인이 된다. 이처럼 시적 심상을 통해 열등의식(Complex)을 극복하고 긍정적 심리를 보듬게 하는 것은 시 치유가 갖는 '자아 성찰'의 효과이다.

시 치유와 관련한 선행 연구에는 시의 은유적 표현이나 시작(詩作) 원리를 위주로 치유 관점에만 국한함으로써 한계가 있었다. 가령, 안광민은 서정시에 나타난 자연의 이해와 자기실현을 논하였고,[2] 채형식(2014)은 시에 의한 자기 이해와 자아 성찰을 논하였다.[3] 또한 가스통 바슐라르(Gaston Bachelard)는 『불의 정신분석』에서는 불(火) 심상의 치유관점을 언급하였다.[4] 하지만 불(火)의 이미지와 치유적 함의 그리고 미메시스 효과 들을 융합적으로 다루지는 못하고 있는 것으로 보인다.

여기에서 필자는 헤르만 헤세 시에서 불(火)의 심상은 독자가 자아를 찾아 치유에 이르게 하는 동인(動因)임에 주목한다. 즉 불의 심상을 가진 헤르만 헤세의 시에 대해 바슐라르가 『불의 정신분석』에서 논한 열등의식(Complex)이 사람의 변화와 발달을 촉진하는 긍정적 효과가 있음을 주목하고, 사색을 통한 명상으로 긍정적인 힘을 갖는 계기를 얻을 수 있음을 살펴보고자 한다.

아울러 불(火) 심상이 주는 시 치유에 의한 정신 승화는 독자가 이와 관련한 시를 지어 이룰 수 있지만, 독자의 시작 능력이 결여된 경우에는 모방적 시인 미

---

2) 안광민(2016), 「숲과 명상 기반의 시에 내재 된 치유 요소 연구」, 동방문화대학원대학교 박사학위논문.
3) 채형식(2014), 「마음치유에 禪詩가 미치는 영향」, 동방대학원대학교 박사학위논문.
4) Bachelard Gaston 원저, 김병욱,역(2019), 『불의 정신분석』, 서울: 이학사.

메시스(Mimesis)로도 가능함을 주목하고자 한다. 다시 말해, 헤세 서정시의 불(火)의 이미지, 가스통 바슐라르의 『불의 정신분석』과 불(火)의 치유관점, 그리고 미메시스 효과 등을 융합적으로 고려함으로써 '시 치유'의 가능성을 모색하고자 한다.

2. 이론적 배경

1) 시 치유의 개념

시 치유의 이론적 배경을 살펴보면 고대 철학자 아리스토텔레스가 『시학(Poetics)』에서 논한 '카타르시스'로부터 기원을 찾을 수 있다.[5] '카타르시스'는 억압된 감정에 대해 언어를 통하여 외부에 표출함으로써 안정을 찾는 심리 요법이다. 이로써 억압된 자신의 불안을 외부로 발산하면서 자아와 세계와의 통찰력을 넓히고, 정서적으로 건전하고 교훈적인 영향을 미치게 된다. 이것은 감정의 정화작용으로 자신의 내면에 쌓여 있던 욕구불만이나 심리적 갈등을 언어적 행위로 표출하고 충동적 정서나 소극적인 감정을 발산하여 내면의 불만과 갈등을 경감하거나 해소시킨다.[6]

아리스토텔레스의 『시학』은 사물의 본질에 대한 인식과 깨우침을 강조하며 문학의 치유기능을 설명하는 이론적 기반이 되고 있다. 또한, 시 치유와 유사한 유형인 지그문트 프로이트의 '자유 연상기법'[7]이나, 칼 융의 '적극적 상상 기법'[8], 프리츠 펄스의 '게슈탈트 요법'[9] 등과 같은 심리학의 심층적 치유이론이 시 치유의 연구에서 활용되고 있다.

---

5) 천병희 역(2021), 『아리스토텔레스의 시학』, 서울: 문예 출판사.
6) 권성훈(2013), 「종교시, 자기방어의 치유적 시학」, 『문예연구』(여름호), 계간 문예연구.
7) 자유연상 기법이란 내담자에게 방어기제를 사용하여 억압한 무의식에 숨겨진 진실을 찾고자 자유연상에 의한 모든 내용을 치유에 활용하는 기법이다.
8) 적극적 상상은 개인화(individualization)라고 명명한 자기 계발 과정의 명상을 말한다. 이 방법은 1. 초대(The Invitation): 자신의 무의식이 만든 창조물을 표면화하여 자신과 접촉할 수 있는 것, 2. 대화(The Dialogue): 인격화된 자신의 무의식에 나타난 대상과 대화를, 경청을 위주로 하는 방법, 3. 가치(The Values): 문제 해결을 위한 보다 높은 가치를 도출하는 것, 4. 의식(The Rituals): 일상생활에 밀접한 구체적인 직관적 통찰을 만드는 4단계로 구성되어 있다.
9) 게슈탈트 요법(Gestalt Therapy)은 개인의 책임감을 강조하고 현재 순간의 경험, 치료자와 내담자의 관계, 환자 개인의 환경적 사회적 배경, 모든 상황의 결과로서 만드는 자기 규제 조절 능력에 중점을 둔다.

심리학의 학술적인 이론이 융합된 '마음 치유와 시'는 창의적 인재 육성뿐만 아니라 파괴된 인간관계를 회복하고 서로 신뢰하고 사랑하면서 행복한 삶을 영위하도록 돕는 길잡이가 된다.[10] 또한, 시는 자신의 내면세계에 잠복해 있는 감정을 자연스럽게 토로하도록 도와 자아의 다른 면을 발견하게 한다.[11] 그러므로 시 치유는 인간 내면의 억압이나 상처로 인해 상실된 자아를 발견하고 깨달음을 통해 감정을 정화하는 것이라 할 수 있다. 정신분석학적 관점에서 보면, 시 치유는 무의식적 욕망을 도출하는 작업이며, 또한 내면의 형상화를 통해 무의식적인 감정의 핵심 문제점을 파악하고, 정체성을 회복하고, 정신적 승화에 이르게 하는 일련의 과정이라 할 수 있다.

2) 불 · 물 · 공기 · 흙의 시론

세상의 모든 물질은 물, 불, 공기, 흙의 4가지 원소의 조합으로 이루어져 있다는 의미의 '4원소설'은 고대 그리스의 철학자였던 엠페도클레스(기원전 493∼433)에 의해 처음 주장되었던 가설로 플라톤과 그의 제자인 아리스토텔레스의 지지를 받았다. '4원소설'은 이후 아리스토텔레스에 의해 '4원소 가변설'로 변형되었는데, 그 내용은 물, 불, 공기, 흙의 네 가지 원소 외에 물질의 특유한 성질인 건, 습, 온, 냉이 배합되어 만물이 형성된다는 것이었다.

아리스토텔레스는 모든 물질의 근원이 물 · 불 · 공기 · 흙 등의 4 원소에 있다고 보고 4원소의 질적 특성에 주목하였다. 특히 그는 만물의 시원인 4원소는 기본적 성질의 변화와 원소 간 전환이 가능하다고 보았다. 히포크라테스도 인체에서 4 원소의 불균형, 부조화가 병을 유발한다는 의론(醫論)을 강조하였다.

바슐라르는 아리스토텔레스의 4원소 가변설 이론에 기초하여 독자적인 '물질 상상력' 이론을 정립하였다. 바슐라르는 과학적 탐구에서 인간 '순수 사고'의 활용 가능 여부에 대한 의문으로 4원소의 이론을 연구하고 동시에 인간의 '순수 사고'를 방해하는 '몽상'에 대해서 탐구하여 시론과 융합하였다. 특히 바슐라르가 '몽상'의 시론과 4원소 중 불(火)의 속성을 인간 내면의 불(火)의 심상(Image)에 비추어 정신적으로 분석한 연구의 결과물이 『불의 정신분석』이다.[12]

---

10) 김제욱(2020),「사고와 표현 활동을 위한 시 치유 수업-교과목〈마음 치유와 시〉중심으로」,『사고와 표현』, 13(3): 155-186.
11) 박경자(2016),「김현승 시의 내재적 치유성 연구」, 동신대학교 박사학위논문.
12) 바슐라르는 『불의 정신분석』을 필두로 4 원소의 속성과 인간 내면의 심상을 융합하여 『물과

3) 바슐라르의 『불의 정신분석』

고전적 정신분석학은 여전히 건재하게 현대정신분석의 토대가 되고 있다. 이처럼 정신분석은 치유의 장에서 한 축을 이루는 주제이다. 프로이트와 융이 무의식의 영역을 탐구하였다면, 바슐라르는 무의식과 의식의 중간지대라 할 수 있는 몽상의 영역을 탐구하였다. 바슐라르를 과학 철학자에서 몽상 연구가로 전향시킨 『불의 정신분석』은 몽상에 대한 탐구 작업의 첫걸음이라는 점에서 큰 의미를 지닌다. 바슐라르는 이 텍스트를 경계로 과학적 이성에서 시적 상상력으로 옮겨 와 상상력의 역동성과 창조성에 주목하게 되었다.『불의 정신분석』이란 표현에는 불에 대한 심리적 반응, 불에 대한 심리적 가치 부여, 불이라는 현상의 인식과 관계된 '주관적 확신들'을 분석함으로써, 이 억압적인 확신들로부터 과학적이고 객관적인 탐구를 해방시키려는 의도가 담겨 있다 할 수 있다. 시와 과학은 공유하는 특징이 있다. 시와 과학의 공통점은 바로 결이 다른 몽상(夢想)이다. 과학은 감정 표출을 자제하고 경계하는 눈으로 사물을 궁구하면서 객관적 타당성을 중시하는 관점을 견지하지만, 결국 과학의 발전도 몽상에서 시작한다.13) 바슐라르는 『불의 정신분석』에서 시와 과학의 공통된 출발점인 몽상에 있어서 시원(始原)이 되는 불의 원형적 심상(Image)을 연구하였다. 아울러 이 텍스트에서 바슐라르는 시인의 몽상은 정신분석이라는 논증적 사유에 의해 금지·정지·해체·구속되어서는 안 됨을 강조하였다. 특히 불에 담긴 정신을 토대로 인류 문화의 발전과정의 시원으로부터 고찰해가면서 사람의 열등의식(Complex)을 정신분석적으로 다음과 같이 분류하고 명명하였다.

(1) 프로메테우스 콤플렉스

바슐라르의 『불의 정신분석』은 그리스 신화에서 제우스의 명을 어기고 프로메테우스가 인간에게 준 불, 인간이 최초로 획득한 불에서 열등의식을 찾고 있다. 불을 획득한 인간의 아들은 자유롭게 불을 다루는 아버지에 대한 존경은 있으나, 제우스에게 불복종하는 프로메테우스의 심리처럼 부친에 대한 불복종이 있다. 그

꿈: 물질에 대한 상상력 시론』,『공기와 꿈: 운동성에 대한 상상력 시론』,『대지와 의지의 몽상: 힘에 대한 상상력 시론』,『대지와 휴식의 몽상: 내밀성의 이미지에 대한 시론』 등을 발표하였다.
13) 물리학자, 정신의학자, 과학철학자 등 모두 연구 동기가 되는 몽상에서 출발하여 연구 목표를 달성하고 과학의 발전을 이룩한다. 시 역시 몽상부터 출발하여, 삶의 애환, 은유, 가치, 직관력, 의미부여 등이 융합되어 작품으로 완성된다. 이처럼 시와 과학은 성취의 결과가 몽상에서 출발한다는 특징을 공유한다.

리고 어머니의 사랑을 독점하고자 하는 심리적 작용으로 부친보다 불을 더 잘 다루겠다는 경쟁 심리도 있다. 이것은 존경받고 싶은 욕구이고, 지성을 추구하는 강한 의지이다. 사람은 프로메테우스처럼 열등의식에 기인하여 선행자(先行者)인 아버지, 선생님, 선배들 이상으로 더 알고 더 인정받고자 하는 심리를 가질 수 있다. 또한, 어머니에 대한 애착과 어머니께 자랑스러운 아들이 되고자 지성을 추구하기도 한다. 이러한 의욕에 대한 자기만족이 결여하여 심적 고뇌가 지속되면 열등감을 가지게 된다. 바슐라르는 이런 열등의식을 '프로메테우스 콤플렉스'라는 이름으로 정의한다.

(2) 엠페도클레스 콤플렉스

엠페도클레스(기원전 493-430)는 모든 만물은 바람·불·물·흙 등 4개의 원소로 이루어졌고, 사랑과 미움의 두 에너지에 의해 분리되고 결합하는, 생성·소멸이라고 한다. 실험을 위해 폭발하는 에트나 화산의 분화구에 직접 들어가서 죽었다는 설이 전해진다. 이러한 철학적 사유의 기원으로 불의 망상 속에서는 황홀한 성(性)에 도취한다. 이 황홀함을 통제하지 못하면 엠페도클레스가 용암의 불꽃 너머 황홀한 매력에 몰입된 것처럼 용암 속으로 뛰어든다. 이것은 마치 사랑과 존경의 결합처럼, 사랑의 대상에 집착하면서 연대성과 동질성에 압도되는 것이다. 이런 심리는 타인보다 부족하다, 적게 갖고 있다는 열등의식에 기인하며 필요한 이상으로 많은 것을 얻으려는 정복심리가 그 원형이 된다. 이런 열등의식을 바슐라르는 '엠페도클레스 콤플렉스'라고 명명하였다.

이 열등의식은 죽음의 본능과 삶의 본능이 결합하는 순간에 파괴와 갱신이라는 새로운 모습으로 발현될 수도 있다. 바슐라르는 이 열등의식이 사람의 변화와 발달을 촉진하는 긍정적 효과가 있음을 인정하며, 사색을 통한 명상으로 긍정적인 힘을 갖는 계기를 얻을 수 있다고 하였다. 다시 말해 욕망의 절제, 균형을 꾀하는 철학적 사색은 '엠페도클레스 콤플렉스'를 승화하는 방법이다.

(3) 노발리스 콤플렉스

인간에겐 원초적 욕구인 성 충동이 있는데 융(Jung)은 생명의 에너지를 추가하여 해석하였다. 성 충동은 인간 고유의 본성이자 무의식의 영역이다. 바슐라르는 『불의 정신분석』에서 성 충동은 불이 마찰력에 의해 발생하듯 인간이 신체의 접촉으로 열을 공유하고자 하는 욕구와 불이 내부로 침투하는 것과 같은 형상에서 비롯한다고 말한다. 이 성 충동이 강한 절제를 하거나 제어 불가능한 사람은 열등의식을 갖게 되는데 이것을 바슐라르는 '노발리스 콤플렉스'라 명명하였다. 강한 성적 충동보다 사랑에 의해 능동적으로 체온을 나누고 기쁨을 얻는 것은 '노발리스 콤플렉스'를 건전하게 승화하는 것이다.

(4) 호프만 콤플렉스

바슐라르는 '환상 작가' 호프만(Hoffmann)의 작품 전체를 관류하는 '불꽃의 시학'에 기초하여 불의 관조를 통해 느낄 수 있는 심상 중에 희열과 관련된 열등감을 '호프만 콤플렉스'라고 명명하였다. 불의 심상에서 유년 시절의 부정적인 특정 기억은 희열의 욕구를 충족하지 못하는 열등의식의 '호프만 콤플렉스'로 작용한다. 또한, 불의 심상에서 개인의 독창적인 지적 상상력의 폭발은 희열의 욕구와 결부되어 긍정적 '호프만 콤플렉스'로 승화할 수 있다.

이상과 같이 바슐라르가 분류한 열등의식(Complex)들을 살펴보았다. 정신분석적 관점에서 바슐라르가 불과 관련지어 분류하고 명명한 열등의식들은 모두 욕구의 불만족에서 기인한다. 동시에 불의 관조에서 얻을 수 있는 심상은 정신 현상의 승화와 자아 성찰의 긍정적인 치유 방법으로 활용될 수 있다.

3. 헤르만 헤세의 시와 불(火)에 대한 치유적 관점

1) 헤르만 헤세 시에서 불(火)의 심상

『불의 정신분석』의 관점에서 헤세의 초기 서정시들을 보면 노을, 태양, 산 등의 자연을 대부분 불타오르는 모습으로 표현함으로써 심리적 '상승'을 연상하게 한다. 또한, 번개의 빛, 북극광(오로라) 등은 불빛에 대한 기묘한 방식의 표현으로 창조적 상상력을 더해준다. 시의 화자인 '나' 자신이 타버린다는 표현은 고뇌라는 불순물이 제거되어 순수해지는 마음의 감동을 상기시키고 세속적인 것들에 대한 욕심의 모난 이미지를 정제하는 현상을 말해준다. 이에 필자는 헤세의 서정시를 앞 장에서 논한 4가지 열등의식(Complex)과 결부시켜 불(火)의 심상을 시치유의 관점으로 해석하고자 한다.

1) 프로메테우스 콤플렉스

이런 생각에 종종 잠에서 깨어났다,
지금 배 한 척이 서늘한 밤을 헤집고
바다를 찾아 해변을 향해 떠가고 있고,
그 뜨거운 그리움이 나를 갉아 먹고 있다는 생각에.
지금 어느 뱃사람도 모르는 장소에
한 줄기 붉은 북극광이 보이지 않게 불타고 있다는 생각에.
지금 어느 아리따운 낯선 여인의 팔이 사랑을 갈구하며
하얗고 따스한 베개에다 눌러 비비고 있다는 생각에.
나의 벗으로 정해졌던 한 사람이
지금 바다 속에서 어두운 종말을 맞고 있다는 생각에.
나를 결코 모르셨던 내 어머님께서
어쩌면 잠 속에서 내 이름을 부르고 계시리라는 생각에
　　　　　－「한밤에(In der Nacht)」[14)]

이 시에서 신비의 불 '오로라'는 불타고 있다. 보이지 않는 장소, 뱃사람도 모르는 장소 등이 신비롭다. 그곳은 어머니가 계신 곳이자 그리움에 잠을 깨우고 보게 된, 한 척의 배와 같은 조각달이 있는 곳이다. 오로라는 영원히 꺼지지 않는 어머니의 사랑이고, 어머니께서 모르셨던 어머니에 대한 내 사랑이다. 그것은 어떤 여인이 주는 매력도 대신해줄 수 없는 배려이자 포용이다. 불빛 속에 어머니를 향한 존경심을 떠올릴 때, 내 이름을 부르고 계신 어머니의 심상은 지성에 의한 치유의 길로 인도한다. 이 시에서 불(火)는 '프로메테우스 콤플렉스'를 승화하는 매개 요소이다.

2) 엠페도클레스 콤플렉스

그는 어둠 속을 즐겨 걸었다, 시커먼 나무들의/
겹겹이 겹친 두터운 그늘이 그의 꿈들을 식혀주던 곳.

그러나 그의 가슴속에는 빛을 향해 사로잡힌
불타는 갈망이 앓고 있었다, 빛을 향해!

---

14) 이정순 역(2015), 『헤르만 헤세 시집』, 서울: 종문화사. 이하 시의 번역은 이 텍스트를 사용함.

그는 미처 몰랐다, 저위 맑은 하늘엔
순결한 은빛 별들이 가득했다는 걸
　　　　－「그는 어둠 속을 걸었다(Er ging m Dunkel)」

　이 시에서 가슴속에 갈망이 있는 사색가는 어둠 속을 걷는다. 그가 간절히 바
라는 건 내면의 빛, 깨달음의 빛이다. 하지만 내면의 관조뿐만 아니라 대상에 대
한 이해에 대해서 하늘의 별빛이 주는 깨달음은 철학적 사유가 다분하고 몽상의
긍정적 효과의 산물이니 이 시에서 불(火)는 '엠페도클레스 콤플렉스'를 승화하는
매개 요소이다.

3) 노발리스 콤플렉스

오 어둡게 불타는 여름밤이여!
바이올린 소리가 훈훈한 정원에서 유혹을 한다,
불꽃놀이 탄(炭)들이 하늘 높이 부드러운, 가느다란
아치를 그리며 만개한다. 나의 댄스파트너는 웃어젖힌다

몰래 거기서 살며시 빠져나온다. 꽃들 만발한
나무가지들은 어스름 황혼 속에 새하얗게 바래간다.
아 아, 모든 쾌락들은 그처럼 재빨리 시들어가고
오직 욕망만이 끊임없이 불타오른다.

내 청춘의 휘황찬란한 여름 축제들이여
너희들 어디에 있느냐?
즐거웠건 아니였건 모든 댄스들은
서늘하게 미끄러져 간다, 최고의 것이 빠져있으므로,

오 어둡게 불타는 여름밤이여,
그러나 꿈으로 무거운 쾌락의 술잔을
한번은 바닥까지 비우게 해다오,
나를 충족시키고 마침내 갈증을 진정시켜줄 술잔을
　　　　－「여름밤(Sommernacht)」

이 시에서 불타는 여름밤은 젊음을, 불꽃놀이 탄(炭)은 정서적인 에너지를 상징한다. 끝없이 불타오르는 충동과 욕구는 젊음의 역동성이다. 젊은이들은 욕구 내부에 침투된 강렬한 불꽃의 마법에 취한 양 쾌락에 몰입한다. 그러나 쾌락은 결국 소멸하는 것에 불과하니 허무하다. 이처럼 젊은이들을 성적 충동과 같은 충동적인 쾌락 욕구에 의한 방황으로부터 안정을 찾게 하는 것은 정서의 힘이다. 이 시에서 불(火)는 '노발리스 콤플렉스'를 승화하는 매개 요소이다.

4) 호프만 콤플렉스

나는 별이다 푸른 하늘에,
세상을 관찰하며, 경멸하지,
내 자신의 불길 속에서 타버린다

나는 바다이다, 밤이면 폭풍우 치는
비탄하는 바다이다, 옛 죄악에다
새로운 죄악을 쌓아가는 무거운 제물을 바쳐야 하는,

나는 너희들의 세계에서 추방당해
오만으로 키워지고 오만에 기만당한,
나라 없는 제왕이다.

나는 침묵하는 열정이다,
집이래야 가축도 없고 전쟁 속에선 칼도 지니지 못한 채,
내 자신의 위력에 병을 앓는다
　　　　　　- 「나는 별이다 (Ich bin ein Stern)」

이 시에서 불은 정화시키는 수단이고, 화자는 정화되어 별같이 빛나는 사람이 되고자 하는 의욕이 강하다. 하지만 세상에서는 의지와 관계없이 늘 죄를 짓게 되는데 옛 죄악에 새로운 죄악이 누적하니 죄는 커져만 간다. 그래서 화자는 소유 욕망에서 자유롭고자 하는 주관이 강해진다. 화자의 소유물은 하여 기본적인 주거지일 뿐이다. 더욱더 많은 잉여물을 차지하려고 전쟁이 일어났는데 난 무기도 없다. 이런 나는 강한 그들의 세계에서 추방당해도 나의 주관적 오만의 강력한 힘으로 고뇌하면서도 나만의 나라 없는 제왕이 되고자 한다. 그리고 나만의

세계에서 제왕이 됨을 꿈꾸며 창의적 환희를 누린다. 이 시에서 불(火)는 '호프만 콤플렉스'를 승화하는 매개 요소이다. 이처럼『불의 정신분석』의 4가지 열등의식(Complex)을 헤세의 시와 결부하여 불(火)의 심상을 살펴본 결과,「한밤에」에서는 '사랑',「그는 어둠 속을 걸었다」에서는 '깨달음',「여름밤」에서는 '정서의 힘',「나는 별이다」에서는 '나만의 세계에서 제왕이 됨' 등으로 정신세계의 승화가 이루어짐에 따라 시 치유의 가능성을 발견할 수 있다.

2) 불(火)의 심상을 통한 치유관점의 미메시스(Mimesis)

헤세 시 낭송을 통해 불(火)의 심상을 시각적으로 표현하고 해석하면서 삶을 관조하는 알아차림, 통찰력이 긍정적 치유 효과로 이어진다.[15] 이처럼 바슐라르 상상력 이론의 근원과 변모 과정에서 알아차림만으로도 치유 효과가 나타났다.[16]

더 나아가 '시 쓰기'를 하면 시적 상상력의 형상화를 통해 시 치유 효과는 강화된다. 무의식적인 기억 속에 잠재되어 정서에 악영향을 주는 불순 요소들은 시작(詩作)의 과정에서 인지할 수 있으며, 인간 내면의 억압이나 상처로 인해 상실된 자아도 발견할 수 있고, 정체성이 회복되면 정신세계의 승화를 기대할 수 있다.

하지만 누구나 시작 능력이 충분할 수는 없기에 필자는 여기에서 시작 능력이 결여한 사람에 대해서는 원시(原詩)를 모방한 '미메시스'를 시 창작의 대안으로 제시하고자 한다. 아래의 예시 (1)에서 '한밤에 → 새벽녘에'는 헤세의 시「한밤에」를「새벽녘에」로 '미메시스' 하였다는 의미이며 여타의 예시도 같은 방식으로 이해하면 된다.

---

15) 이지희는 바슐라르의 상상력 이론에 기초한 읽기 지도 방법을 "선정하기-상상하기-이해하기-심화하기"로 고안하였다. 이러한 낭독의 방법에서 첫째, 선정하기는 내용 파악 및 火의 특성 선택의 활동이고, 둘째, 상상하기는 火의 대상 특성을 상상하는 것이다. 셋째, 이해하기는 울림으로 느끼기, 느낌 토로하기 활동이고, 넷째, 심화하기는 되짚어보기 또는 명상하기로 구성된다고 보고 있다(이지희(2020),「바슐라르의 상상력 이론에 기초한 읽기 지도 방법 연구」, 서울교육대학교 교육전문대학원 석사학위논문).
16) 박종윤(2020),「김현의 바슐라르 수용 양상 연구」, 충남대학교 대학원 석사학위논문.

(1) 프로메테우스 콤플렉스

한밤에 → 새벽녘에
<승화>의 미메시스

,지난밤 늦잠에도 새벽녘 비몽사몽,
지금 내 생각이 꿈속의 밤을 헤집고
누구를 찾아 여기저기 헤매고 있고,
그 질긴 그리움이 오늘도 찾아왔고 희미한 모습에.
그때 나의 어린 시절 떠돌이 장소에
한 줄기 빛은 램프에서,
은은한 그 빛 눈 틈 비집는 고집에.
눈이 뜨였다가, 시린 두 눈 다시 꼬옥 감고 잠을 갈구하며
생각을 따스한 베개에다 눌러 비비고 있다는 생각에.
나의 뇌리에 자리 잡은 한 생각이
많은 생각 속에서 잡다한 생각을 보내고 남은 생각이.
내 나이로 생을 마감하신 내 어머님께서
내 맘속에 자리하고 내 이름을 부르고 계시리라는 생각에.

필자는 헤세의 시 『한밤에』를 모방하여 어머니에 대한 추억을 주제로 미메시스를 지어 예시하였다. 이런 방식으로 「한밤에」를 미메시스한 독자가 어머니에 대한 그리움의 심상을 최고조로 소환한 후, 부모로서 자녀에 대한 긍정적 다짐의 계기로 삼으면 시 치유에 의한 정신 승화의 일례가 된다.

2) 엠페도클레스 콤플렉스

그는 어둠 속을 걸었다 → 나는 어둠 속을 걸었다
<사색>의 미메시스
나는 어둠 속을 혼자 걸었다, 거리 두기로 혼자
가로수 가로등이 어울려서 나란히 나를 지켜주는 곳.

그래도 나의 가슴속 빛은 그대로이다, 사로잡힌
불타는 갈망이 앓고 있었다, 빛을 향해!

나의 빛은 확고한, 내밀한 빛이기에
고집과 의지, 탐구와 함께 있다는 걸.

필자는 헤세의 시「그는 어둠 속을 걸었다」를 바탕으로「나는 어둠 속을 걸었다」는 미메시스를 지어 예시하였다. 이런 방식으로 미메시스한 독자가 힘든 현재의 삶에 대한 사색으로 어둠 속에서 빛을 갈망하는 자아를 발견한다면 시 치유에 의한 정신 승화가 가능하다.

3) 노발리스 콤플렉스

여름밤 →겨울밤

<알아차림>의 미메시스

오 네온등 불타는 겨울밤 크리스마스여!
『여름밤』이 시가 젊음의 그 시절 추억 속에 떠민다,
크리스마스 선율이 그때 그 장소로 보내 준다
크리스마스트리가 반짝인다. 그는 벌건 얼굴로 웃어젖힌다.

몰래 거기서 살며시 빠져나온다. 어둠 속으로
지난 추억들이 지금은 어스름 황혼 속에 노을처럼 살아진다.
아 아, 미움 원망들은 어쩌면 이리 오래 시들어가고
타는 가슴 식혀주는 건 용서뿐이다.

내 청춘의 휘황찬란한 크리스마스여/ 이제껏 어디에 있느냐?
즐거운 크리스마스는 나를 피해
서늘하게 미끄러져 간다, 여태껏 그저 빠져있으므로,

오 네온등 불타는 겨울밤이여,
크리스마스 꿈속에서 용서의 술잔을
한번은 바닥까지 비우게 해다오,
나를 충족시키고 마침내 마음을 편안하게 해줄 술잔을!

필자는 「『여름밤』」을 읽고 위와 같이「겨울밤」으로 미메시스를 지어 예시하였다. 이런 방식으로「여름밤」을 미메시스한 독자는 과거의 사건을 연상하며 그때부터 현재까지 내면세계에 잠재되어 영향을 미쳐온 심리적 상처를 인지하고 승화할 수 있는 계기를 마련할 수 있을 것으로 본다.

4) 호프만 콤플렉스

나는 별이다 → 나는 스타이다
<정화>의 미메시스

나는 스타이다 나의 맘속에,
 세상에서는 반짝 못하는
내 안의 불길 속에서 불순물을 태우련다

나는 파도이다, 거세차게 일렁이는
느끼고, 또 느끼고 깨닫는다
새로운 일렁임이 더욱 힘차 이제 그만 평온해야 하는

나는 내 안에 욕망에서 해방으로
겸손함을 키우고 자동으로 겸손하는
에너지의 제왕이다.

나는 위안하는 열정이다,
가진 거야 허세일 뿐 세상 속에선 담을 쌓고 위선인 채
나는 이제 위력에 불길을 다스린다.

필자는 「나는 별이다」를 읽고 「나는 스타이다」로 미메시스를 지어 예시하였다. 이런 방식으로 『나는 별이다』를 미메시스한 독자가 자신을 반성하고 생의 가치를 설정하며 불길을 다스리는 모습처럼 성공에 대한 동경심을 갖고 안정과 정화를 이룬다면 시 치유에 의한 정신 승화가 가능하다.

시인은 자신의 체험을 시로써 재현하면서 '동일화', '카타르시스', '통찰과 통합' 즉 심리적 치유를 경험하게 된다. '동일화'는 자기방어기재로서 '동일시(identiicaion)'와 '투사(projection)'의 과정이다. 시인은 비유와 상징 등의 수사법을 통해 은유 대상에서 자신이 경험한 유사한 특징을 찾아 드러낼 때, 자아와 대상이 합일을 이루고 자기 정체성의 현주소를 찾게 된다.

이러한 관점에서 김유민은 "시 쓰기는 이성과 논리에 의한 정신 활동이 아닌 자연스러운 상상력에 의해 이루어지는 치유 활동이다."[17]라 하였다. 그렇다면 원

---

17) 김유민(2021), "몽상을 통한 무의식의 풍경 표현에 관한 작품 연구." 서울대학교 대학원 석사학위논문.

작 시를 모방한 '미메시스' 역시 시적 자아가 내면에 잠재된 무의식적 상처를 인지하고 감정의 정화를 통해 시 치유에 의한 정신적 승화를 이룰 수 있을 것으로 판단된다.

4. 맺음말

이상에서 헤르만 헤세 서정시의 불(火)의 이미지, 가스통 바슐라르의『불의 정신분석』과 불(火)의 치유관점, 그리고 미메시스 효과 등을 융합적으로 고려함으로써 '시 치유'의 가능성을 살펴보았다. 우울감이나 불안감의 고통은 대상관계의 이해나 자신에 대한 이해에 의한 성찰을 통해 치유를 도모할 수 있다. '시 치유'는 독자가 시를 통해 작가가 표현한 고뇌와 자아 성찰, 치유의 과정과 철학 등을 형이상학적으로 이해하고 공감함으로써 내면의 치유와 '자아 성찰'을 이룰 수 있게 하는 심리치유의 방법이다.

시 치유와 관련한 선행 연구는 시의 은유적 표현, 시작(詩作) 원리 위주로 치유관점에만 국한하여 논의함으로써 한계를 보여주었다. 이에 필자는 헤르만 헤세의 시에서 불(火)의 심상은 독자가 자아를 찾아 치유에 이르게 하는 동인(動因)임에 주목하고, 불(火)의 심상을 내재한 헤르만 헤세의 시를 바슐라르가『불의 정신분석』에서 논한 열등의식(Complex)이 사람의 변화와 발달을 촉진하는 긍정적 효과가 있음을 주목하고, 사색을 통한 명상으로 긍정적인 힘을 갖는 계기를 얻을 수 있음을 고찰하였다. 아울러 시를 쓰는 능력이 부족하여 불(火)의 심상에 의한 창의적 시작(詩作)의 치유 효과를 얻기 어려운 경우, '미메시스'를 대안으로 제시함으로써 심리치유의 가능성을 살펴보았다.

그 연구 결과는 다음과 같다. 첫째, 불(火)의 심상에서 '프로메테우스 콤플렉스'의 인지는 존경의 심리, 지적 욕구를 자극하는 긍정적 효과가 있다. 둘째, 불(火)의 심상에서 '엠페도클레스 콤플렉스'의 인지는 삶의 가치를 실현하기 위해 의욕을 추동하는 효과가 있다. 셋째, 불(火)의 심상에서 '노발리스 콤플렉스'의 인지는 이성에 대한 성 충동과 이에 따른 갈등을 개선하는 치유의 효과가 있다. 넷째, 불(火)의 심상에서 '호프만 콤플렉스'의 인지는 개개인의 관점 차이를 인정하고 타인을 배려하는 통찰력을 향상한다. 또한, 시 창작 능력이 부족한 사람에게는 원작 시를 모방한 '미메시스'가 대안이 될 수 있으며, '미메시스' 역시 창조적 시를 쓰는 것과 유사한 시 치유 효과가 있음을 확인하였다.

제4부

불교문화예술의 이해와 콘텐츠화

1. 영산재의 구조와 설행 및 사상과 인식(이성운)
2. 정광수 바디 「수궁가」의 특징과 전승, 변모 양상(정의진)
3. 템플스테이가 마음치유에 미치는 영향(서용석)
4. 불교의 의식에서 나타나는 축제적 성격 연구(곽성영, 승범)
5. 지리산권 유불사상 기반의 시문학 특징과 스토리 텔링(최정범, 우주)
6. 동양사상의 기(氣)에 관한 과학적 접근과 원용(조한석)
7. '영산재'의 장엄미학과 콘텐츠개발 활용 방안 연구(진광희, 정수)

제4부 불교문화예술의 이해와 콘텐츠화
영산재의 구조와 설행 및 사상과 인식

이 성 운(동방문화대학원대학교 불교문예학과 교수)

1. 서언

한국불교 의례 가운데 영산재와 대비되는 수륙재가 성립 등의 역사와 의문 등이 분명함과 달리 영산재는 의문과 명칭이나 성격에서 수륙재와 그 차이를 분명하게 드러내지 못하고 있다. 불교의례에서 의례의 명칭과 목적은 '대회소(大會疏)'에 드러난다. 영산재 대회소[1])에는 '천지명양수륙대도량' '수륙회' 등 5회나 '수륙회'라고 의례명칭이 나타나고 있다. 대회소에 의하면 영산재는 수륙재의 한 부분으로 설행되고 있다는 것을 알 수 있다. 하지만 "수륙재는 영산재의 일부 의식에 해당되는 것이지 따로 독립적으로 분리되어 행하는 불교의식이 아니다"[2])라는 견해 등이 제기되었다. 영산재가 수륙재의 하위 의례가 아닌 다른 의례라는 인식은 『천지명양수륙재의범음산보집』의 "蓋水陸說辦之中靈山乃是別作法也"를 바탕으로 하고[3]) 있다. 어떻든 영산재는 수륙재의 한 의례인지, 수륙재가 하위의례인지 등은 구조와 설행양태를 통해 확인할 수 있다고 생각된다.

그동안 영산재에 대한 선행연구는 작게는 6개 부분,[4]) 크게 두 부분으로[5]) 진행되었다. 영산재에 성립과 성격에 대한 연구에는 심효섭의 「조선전기 영산재 연구」(2005)나 고상현의 「영산재의 성립과 전개 고찰」이 대표적이라고 할 수 있다.[6]) 논자는 영산재에 관해 「영산재와 수륙재의 성격과 관계 탐색」(2015)에서 영산재와 수륙재의 성격을 경전독송의 상구보리적인 측면과 시식이라는 하화중생적인 측면이라고 보았으며,「영산재의 독립과 변용의 모범 탐색」(2020)에서 영산재

---

1) 영산재의 대회소는 『석문의범』상권(118~120)과 『영산재』(2003, 238~239)에서 확인된다. 이전 18세기 『범음산보집』 등의 자료에는 '대회소'라는 협주만 있을 뿐 그 소문을 보여주지 않고 있는데, 상기 자료는 『천지명양수륙잡문』(KR1, 553~554) 소수 대회소와 일치한다.
2) 국가지정 중요무형문화재 제50호 영산재보존회(2013), 성명서. 한국불교신문, 2013.5.4.일자.
3) 심상현(2011), 「영산재의 성립과 작법의례에 관한 연구」, 위덕대학교 대학원 박사학위논문, 41쪽.
4) 고상현(2016), 「영산재의 성립과 전개 고찰」,『문화재』 49, 국립문화재연구, 181쪽.
5) 심효섭(2004), 「조선전기 영산재 연구」, 동국대학교대학원 박사학위논문, 3쪽.
6) 고상현(2016), 위의 논문, 181~182쪽.

가 수륙재의 법석에서 독립되는 모습과 괘불이운과 설주이운이 분리되는 과정을 고찰하였고, 동시에 문화재로서의 영산재와는 달리 종교의식으로서의 영산재로서의 본래 목적인 법화경 독송의 법석이 행해져야 할 것이라는 주장을 폈다.

이 글은 그간의 선행연구 등에서 별로 다뤄지지 않은 영산재의 구조와 설행, 영산재 내외에 담긴 사상과 그것에 대한 인식 등에 대해 살펴보려고 한다. 논의의 전개를 위해 몇 가지를 전제하겠다. 첫째, 영산재를 성립기와 변용기로 구분하고자 한다. 영산재 성립기라고 하면 영산재라는 의례 명칭이 등장하는 시기가 언제인지 확인해야 하며, 또 영산재와 유사한 작법, 영산대회, 영산작법, 영산회 등의 명칭과는 어떤 차이가 있는지가 밝혀져야 한다. 영산재의 성격과도 깊은 관련이 있다. 해서 이 글에서는 '영산재'라는 분명한 이름을 달고 있는 근대 이후의 영산재 의문이나 설행을 변용기라고 보고, 그 이전의 영산작법절차 등을 넓게 성립기라고 편의상 분류하려고 한다. 이렇게 분류하면 변용기의 '영산재'는 『석문의범』(1935) 소수 '영산재'와 현대에 설행되고 있는 '영산재'에 한정되게 된다. 성립기의 의문은 1496년 『진언권공』과 합편된 〈작법절차〉의 그것을 필두로 제방사찰에서 간행된 『제반문』(『청문』)[7]의 〈공양문〉, 『영산대회작법절차』(1634)와 17세기 중반과 18세기 초반의 '범음집'이라고 명칭 되는 의문의 유형에 실린 등으로 규정지을 수 있다. 물론 그 사이의 『작법귀감』·『요집』 등에도 영산작법은 실려 있어 참고 될 수 있다.

둘째, 논의의 방법이다. 영산재 관련 역사자료를 근거로 구조와 사상, 인식 등을 읽을 것이다. 한국불교의례자료들은 의문중심으로 전해져 왔다. 중국불교의례자료가 보여주는 의궤적인 부분이 매우 적다. 그것은 현대로 올수록 더욱 심해진다. 왜 그것을 하는지를 분명하게 밝혀주지 않고 있다. 이 글의 문제의식이라고 할 수 있는, 영산재가 수륙재와 다른 것이라면 왜 영산재의 '대회소'에서 수륙재의 대회소를 사용하며 수륙재라고 밝히고 있는지를 설명해주지 않고 있다. 그러다 보니 전체적인 측면에서 이해하기보다 부분을 전부라고 주장하는 면이 적지 않기 때문이다. 해서 영산재의 시기분류의 바탕 위에서 영산재 성립기의 관련 의

---

7) 『제반문』에는 1529년 최민 필사 『청문』이 비교적 선행본인데, 1540년 덕주사 제반문, 1565년 보림사 제반문, 1566년 보원사 제반문 등 16세기 『제반문』에는 〈공양문〉이 실려 있다. 이는 영산재 의문이라고 할 수 있다. 제반문의 현황을 보면, 『한국의례자료총서』에는 1573년 보현사 『권공제반문』, 1694년 금산사 『제반문』, 1719년 해인사 『제반집』 등이 있고, 동국대불교학술원의 불교기록문화유산아카이브 신집성문헌에도 30여 본의 『제반문』이 실려 있다.

문의 구조, 영산재 변용기의 의례 설행, 그리고 영산재에 담긴 사상과 영산재에 대한 인식 등을 살펴보도록 하겠다.

2. 영산재 성립기의 의문 구조

1) 영산재의 성립 약술

영산재는 법석 가운데 법화법석이 영산작법으로 발전되었다는 견해는 의심하기 어렵다고 할 수 있다. 이에 대한 심효섭의 견해는 의미 있다. "백련사에 의해 개최된 보현도량이 영산재의 시원적 형태이고, 여말선초의 법화법석으로 전개되었다가 조선전기 수륙재와 기신재의 설행 양식으로 정착되었다면 계환해는 보현도량의 활성화와 공덕 신앙의 성행을 유도함으로써 영산재가 태동하는 배경으로 작용하였다는 것이다."8) 논자 또한 이에 대해 다음과 같이 해명하였다. "이 『법화참의』로 행해졌는지, 『법화경』 염송으로 진행되었는지, <화엄삼매참법석>의 의문이 무엇인지를 추측하기는 어렵다. 단지 당시에 간행된 불서나 책권 등을 참조해 볼 때9) <참경법석>은 『자비도량참법』 10권, <법화삼매참법석>은 『법화참의』보다 『법화경』 독송이었을 것으로 보인다.

또 『천지명양수륙재의범음산보집』(1721, 이하 『범음산보집』) 2일차에 '의문대로 <화엄작법>을 하고, 한 쪽에서는 <예참작법>을 의문대로 한다. 이후 명발·할향 등은 『영산대회작법절차』의 차서로 헌좌·다게·향화게송을 하고, 이후 대중은 연화경을 독송한다.'10)라고 하는 예문의 제시를 볼 때 <법화예참법석>은 『법화경』 염송이었을 것으로 보인다. 그러므로 법석 가운데 <법화법석>은 『법화경』을 염송하는 법석으로 영산회상을 구현하는 <영산법석>이라고 할 수 있을 것이다."11) 영산재가 법화법석에서 발전하였다면 왜 여타의 법석 가운데 법화법석이 영산재로 발전하였는지가 해명되어야 한다. 이에 대해 민순의는 "법화경의 영혼 천도 능력에 대한 확신이 생기게 된 것이 중요한 특징이라고"12) 의미 있는 해명을

---

8) 심효섭, 위의 논문, 46쪽.
9) 김두종(1981), 『한국고인쇄기술사』, 탐구당, 173~175쪽.; 권기종(2004), 『불교사상사연구』상, 한국불교연구원, 373쪽
10) 智還 集(1721), 『범음산보집』(HD11), 508쪽.
11) 이성운(2015), 『천수경, 의궤로 읽다』, 정우서적, 423~424쪽.
12) 민순의(2006), 「조선 초 법화신앙과 천도의례」, 『역사민속학』 22, 역사민속학회, 105쪽.

제시했다. 심효섭과 민순의 주장을 뒷받침하는 의미 있는 자료는 멀리 있지 않다. 법석의례라고 할 수 있는 작법절차의 거불이 그것이다. 조선 초 1420년 칠칠재의 법석이 폐지되었지만 법석의례의 자료인 (1496)나 『영산대회작법절차』 (1634)는 간행되었다. 거기에는 법석의 시작을 알리는 5종의 거불이 계속 등장하고 있다. 하지만 17세기 중반의 『오종범음집』, 18세기 초반의 『범음삼보집』, 『산보범음집』 등에 이르면 여타의 거불은 사라지고 오직 '법화거불'만 남게 된다. 15세기 말의 〈작법절차〉 계통 의문은 17세기 중엽 『영산대회작법절차』(표제 『공양문』)로 이어졌다. 하지만 이것이 19세기 초반에 이르면 〈삼보통청〉으로 압축되면서 법석의례라는 형식은 사라지고 공양의례의 모습으로 변모된다. 그 결과 영산재의 원형 작법이 새롭게 필요하게 되었다고 보이며, 20세기 초반 『석문의범』에는 〈삼보통청〉과 〈영산재〉의문이 함께 실리게 되었다. 현재의 영산재가 정착되는 데 무려 400여 년이라는 긴 세월이 흘렀음을 알게 해주는 것이다. 현재의 영산재 성립이 18세기 후반이며, 영산재는 안진호의 『석문의범』에서 처음 비롯되었다는 이영숙의 주장[13]에 대해 심효섭은 18세기 초반 『범음산보집』 〈운수단작법〉의 "齋前如上靈山齋後鳴鈸喝香"[14]을 근거로 18세기 전반에 "영산재"라는 명칭을 사용하고 있다며 이영숙의 주장을 반박하고 있다.[15] 하지만 심효섭이 주장하는 이 협주는 '영산재'라고 읽어서는 안 되고, '재전에는 영산작법을 하고 재후에는 명발·할향을 시작으로 대례왕공의 재후 의례를 시작하라'는 지문이다. 여기서 영산작법은 오전의 영산재인 것은 분명하고, 영산재가 이미 성립되어 있음을 내포한다. 해서 영산작법이 영산재라고 하면 법화법석이 영산재라는 등식이 성립되지 않을 명분은 사실 없다고 할 수 있다. 문제는 명칭의 문제이지 영산재가 있었는가, 없었는가 하는 논의는 무의미하다. 다만 17세기 이전에는 영산작법이라는 명칭조차 등장하지 않았다는 점이다. 15세기 말의 작법절차나 16세 중반 간행된 『제반문』 계통의 의식은 영산재는 고사하고 영산이라는 명칭조차 쓰이지 않고 있다는 것은 부정하기 어렵다. 그럴 수밖에 없는 것은 당시의 의문이 법화법석 만을 위한 작법절차가 아니었기 때문이다. 법화·화엄·참경·미타참·지장경 등 5종(혹은 6종)의 법석을 열 때 공히 행하는 거불 이전의 의식을 통칭하여 현재 영산재라고 이해하고 있지만 16세기까지의 〈작법절차〉 의문에 따르면 영산재는 성립될

---

13) 이영숙(2003), 「조선후기 괘불탱 연구」, 동국대학교 대학원 박사학위논문, 77쪽.
14) 『범음산보집』(1721), 478중.
15) 심효섭(2004), 「조선전기 영산재 연구」, 동국대학교대학원 박사학위논문.

수 없게 된다. 영산재 성립을 언급할 때, 왜 17세기 중엽 이후 18세기 이후라고 할 수 있는가가 여기서 설명될 수 있다. 영산재는 법화법석을 위한 절차만이 등장할 때 지칭될 수 있는 문법이라고 할 수 있기 때문이다. 17세기 중반 이후 나타나는 의문의 거불에 법화법석의 거불만이 등장하며 그 명칭도 영산작법이라고 지칭하고 있다. 해서 영산작법의 역사는 법석의 거불과 맥을 같이하고 있다고 하겠다. 다시 정리하면 법화법석의 작법절차를 영산작법이라고 지칭한다는 것이다. 물론 위에서 언급했지만 법화법석의 법석이 시작되면서부터 영산작법이 있었다고 할 수는 있다. 그렇지만 영산재의 시원을 소동파가 만든 것이라든가 대각국사 의천에 의해 찬술되었다고 이해하면[16] 영산재는 한국불교 고유의 불교의례라는 독창성적인 지위를 상실하게 된다는[17] 지적도 부정할 수 없다. 영산재와 영산법석을 혼동하면 영산재의 성립에 대한 이해조차 나눠질 수 있다. 현재 국가무형문화재 제50호 영산재의 의식은, "타종 및 시련, 대령, 관욕, 괘불이운, 건회소, 법어, 식당작법의 1부; 영산단 의식의 2부; 운수상단의 중위명부공양의식과 시식 및 회향의 3부"로 진행되고 있다.[18] 이 영산재 의식을 편의상 변용의 영산재라고 할 수밖에 없는 연유는 현재 대부분의 영산재가 그렇게 진행되고 있다고 보이기 때문이다. 해서 『작법귀감』(1826)이나 그 앞 시대의 그것들과는 적잖은 차이가 있다. 어쩔 수 없이 이 글말에서 현재의 영산재 의식으로 변천되어 활용되기 이전까지를 성립기라고 광범위하게 설정한 까닭이다. 성립기의 영산재는 다시 영산작법 이전과 이후로 나눌 수 있다. 영산작법이 출현하기 시작하는 17세기 중반 이전은 법화법석이라고 지칭되어야 하고, 법화법석이 법석의 중심이 된 17세기 중반 이후를 영산작법이라고 할 수 있게 된다. 더 부연할 수 있는 것은 19세기에 이르면 삼보통청으로 축조되어 법석의 의미가 공양의식으로 한정되면서 영산작법의 원형적인 모습이 요청되었고 그 결과 변용기의 영산재로 확립되로 확립되었다고 할 수 있을 것 같다는 것이다.

2) 의문의 구조

영산재가 법화법석에서 발전하였다는 전제를 수용하고 영산재의 구조를 보려

---

16) 심상현(2011), 위의 논문, 35~41쪽.
17) 고상현(2016), 「영산재의 성립과 전개 고찰」, 『문화재』 49, 국립문화재연소, 183쪽.
18) (사)한국불교영산재보존회(2019), 10

면 법화법석의 구조를 먼저 일별해야 한다. 경전을 염송하는 법석의 하나인 법화법석이 칠칠재 기간 중에 설행되는 사례로 볼 때 그 목적은 분명해진다. 다시 말하면 법화법석이 발전한 영산재는 왕생극락과 이고득락의 목적 달성을 위해 개설된 칠칠재의 법석이라는 것이다. 하지만 이 전제는 그간의 영산재 이해와는 조금은 차이가 있다. (사)한국불교영산재보존회 자료는, "석가모니 부처님께서 영취산에서 법화경을 설하는 도량을 시공을 초월하여 본 도량으로 오롯이 옮기고, 영산회상의 제불보살께 공양을 올리는 의식이"라고 하며, 이를 통해 "살아 있는 사람과 죽은 사람이 다 함께 진리를 깨달아 이고득락의 경지에 이르게 하는 데 의의가 있다"[19]고 부연하고 있다. 정확한 설명이 아니라고는 할 수 없지만 무엇인가 부족하다는 느낌이 든다.[20] 법석은 경전을 독송하거나 참법을 실천하는 의례라고 할 수 있는데, 그것보다 '공양'에 방점이 찍히고 있다. 실제로 영산재에서 법문은 하지만 법화경 독송을 하는 경우는 찾아보기 힘들다. 이와 같은 이해로 볼 때 영산재는 법석이라고 단순화하는 데 한계가 있다. 해서 먼저 법화법석과 같은 법석의 의문에서 보이는 구조를 먼저 살펴보고(17세기 중반 이전), 다음은 영산작법의 의문 구조를 살펴보겠다. 작법절차와 영산작법의 구조는 순수한 법화법석 의례로 나타나는 이후(17세기 중반 이후)의 의문이라고 할 수 있으며, 그 경계에 나타나는 의문이 『오종범음집』(1661)이라고 할 수 있다. 이를 경계로 삼으려고 한다. 물론 유사한 시기의 『청문』(대흥사, 1662)의 경우는 17세기 중반이라고 하지만 법화법석을 포함해 여타의 법석이 나타나고 있으며 영산작법이라는 지칭이 보이지 않는다.

(1) 작법절차의 구조

의례 관련 논문에서 '작법절차'라고 할 때는 두 가지 의미가 있다. 첫째는 문자 그대로 '작법의 절차'라는 의미이고, 둘째는 「작법절차」(1496)라는 의례자료를 지칭한다. 꺾쇠 표시하지 않은 작법절차는 작법절차들을 포괄적으로 지칭하게 된다. 영산작법 또한 마찬가지라고 할 수 있다. 「작법절차」의 작법절차를 필두로 제반문 등에 실린 작법절차들은 대개 <공양문>이라는 의례 명칭을 달고 있는데, 작법절차의 구조에서는 위에서 경계하였듯이 법화법석뿐만 아니라 여타의 법석의

---

19) (사)한국불교영산재보존회(2019), 10.20)
20) 이성운(2020), 「영산재의 독립과 변용의 모범 탐색」, 『정토학연구』 33, 한국정토학회, 72쪽.

절차들을 안고 있는 절차를 중심으로 그 차례를 제시하고 그것들의 특징을 다뤄 볼까 한다. 다음 <표 1>은 「작법절차」의 차례[21]21)인데, 오늘날의 영산재와 크게 다르지 않은 절차이지만 자세히 보면 적지 않게 다르다는 것을 알 수 있다. 첫째, 5종의 거불과 염향의식 이후 회주가 경전의 제목을 풀고 경전을 염송하고 나서 삼보를 청하는 소청의식이 이어진다. 5종의 거불이 등장하는 작법절차 계통이라고 하지만 『영산작법절차』(1634)에는 염송 이후 예경을 하고 축원을 하고 있는 점이 다르다. 둘째, 후대 변용기의 영산재 절차와 다른 것은 청불(請佛) 순서라고 할 수 있다. 『석문의범』(1935)에 의하면 거불 이후 청사와 삼례 사부청을 한 다음 헌좌와 예경을 하고 공양을 올린 다음에 청법과 설법이 행해진다. 이와 같은 점들로 말미암아 영산재의 성립기와 변용기가 변별된다고 하겠다. 셋째, 『작법절차』에서 제목을 해석하는 법사나 경전을 염송할 때 경전의 설주를 청하는 의식이 별도로 있지 않고 거불의 소례들이 소청된 것이라고 이해할 수 있다. 영산재나 법화법석이 법화경의 설주인 영산의 석가모니붓다를 청하는 것이라고 한다면 그분을 청해 모시는 의식이 따로 존재하지 않는 점을 해명해야 한다. 17세기 이후 영산작법과 17세기 이전의 작법절차에서는 보기 힘든 장면이다. 영산작법에 근접한 『금산사제반문』(1694)에는 청사 이후에 '영산지심'이라고 하여 "지심예청 영산회상 염화시중 시아본사 석가모니불 원강도량 수차공양"이라고 하며 석가모니붓다를 청하고, 삼례와 사부를 청하는 <거영산작법절차>[22]22)가 제시되고 있다. 18세기 초의 『보현사산보범음집』에는 거불 이후에 영산의 석가모니붓다에 예경하는 모습을 보여주고 있다.[23] 청불 이전의 모습임을 말할 것도 없다.

현재 한국불교에서 송주의식이라고 소개되고 있는 『육경합부』(1420) 등에는 정구업진언, 청8금강 4보살, 발원문, 운하범이 제시되고 있으며, 간경도감 간행 『금강경』(1464)에는 정구업진언 안토지진언, 보공양진언, 청8금강4보살, 발원문, 운하범, 개경게로 시작된다. 여기서 안토지진언이 봉안의 소청진언과 같은 형식이라고 할 수 있다. 해서 보공양진언을 봉행한다. 경전을 염송하는 법석이라고 할 때 경전의 설주를 청하는 것은 당연한데, 「작법절차」에서는 특정 경전이 지칭되는 것이 아니라 경전 염송 이후 삼보를 청하고 사부를 청해 공양의식을 옹호하기를 부탁한다고 볼 수 있다. 결국 다양한 법석의 의례절차라고 할 수 있는 「작법절차」(1496)의 형식은 16세기 내지 17세기 제반문 유형의 의문에 그대로 전승되다

---

21) 이성운(2020), 「영산재의 독립과 변용의 모범 탐색」, 『정토학연구』 33, 한국정토학회, 77쪽.
22) 『금산사제반문』(KR2), 480.
23) 『보현사제반문』(KR2), 586~58쪽.

가 17세기 이후에 영산대회, 영산작법이라는 명칭과 더불어 영산재로 성립되어가고 있다고 할 수 있을 것 같다.

<표 1> 「작법절차」(1496)의 차례

작법절차
할향/연향게, 할촉/연등게, 할화/서찬게
삼귀의 '삼지심례'
개계문
관음청 "향화청" 등장, 삼청 후 쇄수게
誦千手 周回道場 灑水後 入法堂
쇄수게/ 엄정게
次 擧佛 법화즉 '5종 거불 등장'
화엄즉/   참경즉/   미타참즉/   지장경즉
次 拈香
개경게
次 會主 釋題   次 同誦
次 請佛 覺照圓明 ~ 利濟群品
一心禮請 ~ 불타야중, [和云] 유원자비 광림법회 달마야중~, 승가야중~
삼계사부~ 일체성중 [和云] 유원자비 광림법회
次 헌좌/ 진언
次 獻奠物 次 鳴鈸 次 讀疏
향수나렬 시주건성 ~ 특사가지
나무시방불법승
변식진언/ 감로수진언/ 일자수륜관진언/ 유해진언
次 六法供養
香花頌云
願我一身~ 공양시방제불타/ 달마/ 승가
보공양진언/ 보회향진언
次 송심경, 次 요잡, 次 자삼귀의
次 명발 次 축원 후
환희장마니보적불 원만장보살마하살 회향장보살마하살
齋前齋後 初夜後夜 通用別例 香花供養一切恭敬

(2) 영산작법의 구조

영산대회라는 명칭이 처음 쓰인 자료로는 『영산대회작법절차』이다. 1613년 안심사 본이 공개되어 있지 않아 부득불 1634년 용복사 본을 논의의 중심에 놓을 수밖에 없다. 1652년 서문이 쓰이고 1661년에 간행된 『오종범음집』은 '오종범음집'이라는 명칭처럼 다섯 종의 범음으로 행하는 의례 의문을 집성하고 있다. 17세기 이후 법화법석이 영산작법으로 지칭되기 시작하는 모습이다. 물론 그 이전에 '영산회탱'이라는 명칭이 있었고, 사명준식(964~1032)이 영산법석을 거행하였다고 하지만 그것이 한국불교의 영산작법과 같은 의례라고 하기는 힘들다. 해서 영산재 성립의 단초를 확인해 나가는 이 글의 성격상 논외로 하고, 17세기 중반 이후 한국불교에 등장하는 의 구조를 살펴보겠다. 기준 의문은 『오종범음집』[24)] 25)의 차서이다.

<표 2> 『오종범음집』의 영산작법 절차

명발, 찬불게, 불개안찬, 강생게, 입산게, 출산게, 염화게(행보게), 　영산회상불보살, 등상게 [괘불이운의식]
할향찬·연향게, 할등·연등게, 화찬·화게(서찬게)
삼귀의
합장게, 고향게, 개계, 관음찬, 관음청사·향화청, 가영, 걸수찬게, 복청게, 　천수운운, 사방쇄수, 사방찬, 엄정게(도량찬)
[거불] 나무 영산교주 석가모니불 증청묘법 다보여래; 극락도사 아미타불; 　　　　문수보현대보살; 나무 관음세지대보살; 영산회상불보살
[단불청법식]
헌좌게주, 다게
청불 각조원명~, 삼례청, 사부청
예경, 향화게·향화운심게, 공양의식
정대게, 개경게, 청법게, 일광게(천태친설), 회주 설법,
대중송정설방편품, 수경게
예경(사무량게)
선왕선후선가 왕생극락발원
지심귀명례 석가모니불
進供儀式(정법계진언 사다라니 가지권공, 육법공양)
보공양진언, 보회향진언, 축원, 삼자귀의

---

24) 智禪 撰(1661), 『오종범음집』(HD12), 157~162쪽.

『오종범음집』(1661) 의문에서부터 현재의 괘불이운, 혹은 설주이운의 형식과 절차가 의문에 편입되고 있다. 의문에는 관련된 설명은 없으나 괘불이 있으면 4보살 8금강에 위호를 청하고 괘불탱을 설치하고 의례를 시작하는 것이 옳다는 협주가 등장한다. 17세기 괘불이 법석의례에 활용되고 있음을 설명해주는 사례이다. 작법을 시작하는 것이 옳다는 협주는 이제 그와 같은 의례가 시작되었음을 의미한다고 할 수 있기 때문이다. 먼저 영산작법의 형식은 삼각산 중흥사 『범음산보집』(1721)이나 『보현사산보범음집』(1713)에도 영산작법이라고 시설되어 있다. 그것들과의 차이를 살펴보자. 『산보범음집』(1713)에는 영산작법 이전에 보청의식, 회주증사영인의, 대소단법격금의식, 습례의, 분수예식, 법사이운의가 시설되었다. 『범음산보집』(1721)에는 대령의, 분수작법, 불사리이운, 고승사리이운, 전패이운, 금은전이운, 시주이운, 경함이운, 괘불이운, 설주이운 의문에 설재의, 보청의, 배운차비규, 괘불배운규, 경함배운식, 설주입좌식, 경종품예식 등이 제시되어 있다. 아울러 개건대회소가 유행되고 있으나 적합하지 않다는 의견도 제시되었다. 이것은 시대가 흐를수록 의례가 제대로 전승되지 못하고 있다는 것을 보여준다. 또 『범음산보집』(1721)은 거불 이후 대청불을 하고 삼례와 사부청이 이어지고 헌좌게주 이후 차를 올리고 향화게 이후에 설법을 한다. 『산보범음집』(1713)은 5거불과 삼례청 사이에, 앞에서도 잠깐 언급했지만 석가모니붓다의 예경과 청을 하고 아울러 관욕의식도 추가되고 있다. 이하는 영산작법의 차서가 유사하게 진행된다. 그렇다면 「작법절차」와의 대표적인 차이는 무엇이 있을까. 첫째, 경전 해석이나 염송의례가 삼례 사부청 이후에 향화운심공양 이후에 행해지는 것이 가장 큰 특징이다. 둘째, 헌좌게주(獻座偈呪)의 대상이 삼례[보]에서 거불의 소례 불보살로 달라졌다. 「작법절차」에서는 삼례의 공양을 사다라니로 변식하고 육법공양하고 향화공양하고 있지만 영산작법에서는 향화공양을 먼저 하고 난 다음 축원 이후에 사다라니 변공과 가지권공, 육법공양을 하고 있다. 이 점은 「작법절차」 계통이라고 할 수 있는 『영산대회작법절차』 형식과 같다. 영산작법은 당연히 법화경 염송의 법석이 특화된 것이다 보니 '법화경방편품'이라고 염송 경전을 분명히 밝히고 있다. 셋째, 「작법절차」의 축원에는 선왕선후 극락왕생이 보이지 않고 있으나 영산작법에는 선왕선후를 위한 것임을 분명히 밝히고 있다. 아마도 「작법절차」 당시는 당연한 것이라 언급하지 않은 것으로 보인다. 그렇지만 16세기 이후 공식적으로 국가제례에서 수륙재나 기신재 등이 폐지되었다고 하나 불교에서 여전히 삼전축원을 봉행하고 있었음을 보여주는 사례라고 하겠다.

3. 영산재 변용기의 의례 설행

영산재의 성립기를 작법절차와 영산작법이라고 설정하다 보니 변용기의 영산재 의문은 극히 제한적이다. 20세기 초반 『석문의문』(1935) 소수 <영산재>가 그 처음을 장엄하고, 근대의 영산재 의문에 국한되어 불과 1세기 안팎의 기간에 나온 자료들에 그친다. 결국 현대의 영산재 의문을 '변용기의 의문'이라고 지칭하게 되었다는 것을 부정하기 어렵게 되었다. 그럼에도 불구하고 『석문의범』의 그것이나 현대의 그것들을 대조하여 비교하는 것도 쉬운 일은 아니다. 왜냐하면, 『석문의범』 소수 <영산재>와 현대의 영산재 의문 간에도 적잖은 차이가 있기 때문이다. 해서 이 장에서는 의문의 비교가 아닌 의례의 설행적인 측면을 중심으로 논의해 보려고 한다. 물론 『석문의범』 소수 <영산재>, 전북불교연합회의 『영산의문』(1988)[25], 국가무형문화재 제50호 봉원사 영산재의 설행 자료라고 할 수 있는 『영산재』(2003)[26] 등을 통해 설행과의 관계를 중심으로 설행의 특징과 영산재에 대한 제반 인식을 살펴보자.

1) 영산재 설행 의문

봉원사 영산재가 국가무형문화재 제50호로 지정되었고 내포영산재, 불모산영산재, 부산영산재, 전북영산재, 광주영산재 등이 지방무형문화재로 지정되어 있다.[27] 부산영산재나 불모산영산재를 제하고는 대부분 서울의 봉원사 국가무형문화재 제50호에서 파생되었다고 할 수 있으며, 이외에도 영산재라는 명칭만 사용하지 않고 있지 경제소리, 인천수륙재, 제주불교의식 등도 서울의 봉원사

<표 3> 변용기 영산재 의문의 주요 설행 차서

『영산의문』의 목차	『영산재』의 진행과정
시련(侍輦)	1. 시련(侍輦)
대령(對靈)	
관욕(灌浴)	2. 재대령(齋對靈)
괘불이운(掛佛移運)	3. 관욕(灌浴)
건회소	
	4. 전점안(造錢點眼)
상주권공(常住勸供)	
唱魂	5. 중작법(神衆作法)
懺悔偈	
擧揚	6. 불이운(掛佛移運)
영산(靈山)	
대직찬	7. 산작법(靈山作法)
～	

25) 덕운 편수·일응 교정(1988).
26) 심상현(2003).
27) 홍태한(2018), 150~151.

영산재에서 이수한 이들에 의해 설행되는 의례라고 알려져 있다.[28] 그런 까닭에 서울의 영산재를 대표적인 변용기의 영산재라고 할 수 있다. 먼저 영산재의 설행 현황을 개괄하기 위해 『영산의문』(1988)의 목차와 『영산재』(2003)의 진행절차를 <표 3>으로 정리하고, 설행의 특징을 살펴보자. 『영산의문』(1988)의 차서는 편의상 목차를 전부를 자세히 기재한 것은 들여쓰기 방식 등으로 하부 의례에 대한 인식을 보기 위해서이다.

육법공양	
식당작법(食堂作法)	8. 식당작법(食堂作法)
각배(各拜)	
상단소	9. 중단권공(中壇勸供)
중위	
시왕소	
시왕도청/	10. 관음시식(觀音施食)
시왕각청	
화청	
관음시식	11. 봉송의식(奉送儀式)
삼단도배송	

『영산재』(2003)의 진행과정과 『영산의문』(1988)의 목차에서 나타나는 가장 큰 차이는 『영산재』(2003)에는 조전점안이 있는 점이고, 『영산의문』(1988)에는 <상주권공>이 있지만 신중작법이 보이지 않는다는 정도이다. 또 작은 차이로는 ‘대령’과 ‘재대령’의 차이가 있다. 이 점은 다음 항목에서 언급할 것이다. 그렇다면 이 두 절차와 『석문의범』 소수 영산재의 차이는 무엇이 있을까. 가장 큰 차이는 『석문의범』 소수[29] 의례에는 괘불이운의식은 제시하지만 대령이나 관욕의례는 별도로 제시하지 않고 있다. 『영산재』(2003)의 중단은 『석문의범』이나 『영산의문』(1988)의 각배라고 할 수 있는데, 『석문의범』에는 <제이. 영산각배>라고 하며 영산과 각배를 대등한 자리에 놓고 있다는 점이다. 영산과 각배를 대등한 자리에 위치하는 데 그치는 것이 아니라 <제이. 영산각배> 앞에는 <제일. 상주권공>을 제시하여 <영산각배>와 <상주권공>이 대등한 의례라고 제시하고 있는 것이다. 거기서 더 나아가 『석문의범』은 영산과 각배도 대등한 의례적 위치를 제시하고 있는데, 해서 상주권공·영산·각배가 설법을 위한 대등한 의식으로 제시된 점이 독특하다. <상주권공>도 도량엄정을 마치고 참회게를 운운한 다음 정대게와 개경게 청법과 설법의 게송을 시설하여 설법의식임을 밝히고 있다. 영산재가 경전을 염송하는 법석 의식이라는 것이 분명하지만 『석문의범』에 이르면 영산작법뿐만 아

---

28) 서정매(2017), 66.
29) 안진호 편(1935), 『석문의범』상권(만상회), 110~150.

니라 <상주권공>과 <각배>의식까지도 설법의식으로 이해되어 확장되고 있음을[30] 볼 수 있다. 『영산의문』(1988)은 『석문의범』(1935)에서 영산 앞에서 첫째 설법의식으로 제시한 <상주권공>을 『영산의문』 내부에 편입하는 대신 영산에서 설법의식을 삭제하고 있다. <상주권공>의식은 할향·등게로 변재 삼보에게 의례를 개최하게 되었음을 알린다. 삼정례를 마치고 이어 창혼(唱魂)으로 사실상 대령을 해놓는다. 도량을 정화한 다음 설법을 하는 의식이라고 할 수 있다. 간략한 법석의식으로 설법을 하여 혼령을 깨닫게 하는 의식으로 거양의식으로 알려져 있다. 대체적인 의례의 진행이라고 할 수 있다. 저간의 사정이나 영산재 변용기의 의문 등을 종합해 볼 때 영산재는 법화경 염송법석[영산작법]에 칠칠재의 재공의식인 시왕각배 의식이 더해진 의례라고 할 수 있다.

2) 영산재 설행 양상

그렇다면 『영산재』(2003)에서 제시된 대로 실제 영산재가 설행되고 있을까. 이것을 확인하려면 영산재 설행 현장을 살펴봐야 한다. 논자는 2019년 6월 6일 서울의 신촌 봉원사에서 국가무형문화재 제50호 영산재보존회가 설행한 "3.1운동 및 대한민국 임시정부 수립 100주년 기념 순국선열 및 호국영령을 위한 영산대재"를 참관하였다. 당시 설행 양상은 대략 다음과 같이 정리할 수 있다.

당일 영산재는 오전 10시에서 시작해 18시까지 진행되었다. 오전 10시 타종과 홍고 명고를 시작으로 시련을 위해 시련터로 나아가면서 시작되었다. 일반적으로 시련이나 대령은 해탈문 밖에서 시작하지만 봉원사 구조 상 부도전에 시련터가 마련된다. 이곳에서 옹호게를 시작으로 옹호를 위해 초청한 신중제위에게 헌좌하고 차를 올리며 바라와 작법무로 공양한 다음 위패를 모시고 특설무대로 이동한다. 이렇게 옮겨가는 과정을 시련이라고 하는데, 언제부터인가 영산재에서는 불보살 및 옹호를 청하는 성현중과 영가들을 모셔온다고 하고 있다. 내용 상으로 볼 때는 혼령을 모셔오는 것으로 해석되는데, 시련의식에서 영산재 보유자 김인식(구해) 및 전수교육조교 마명찬(일운)·이수길(기봉)·한희자(동희)의 3인과 최학성(원호)·조동환(인각) 등의 원로 이수자들을 비롯해 한정미(해사)·김민정(동환)·권리한(수범) 등 중진 이수자, 전수생들이 참여해 장엄한 범패성과 다게작법무 복청게 천수바라무를 선보였다. 전체 시련의식은 40분 정도 소요되었다. 재대령은 설판재자의 혼령을 맞이하는 대령은 영산재 보유자 김인식(구해)의 거불

---

30) 『석문의범』상권(1935), <상주권공>, 109; <영산>. 124~125; <각배>, 134.

짓소리로 시작되었다. 나 아 이에 우 오 하는 대령 거불 첫소리는 "나무극락도 사아미타불"을 장장 6분에 걸쳐 소리를 지었고, 원허·기봉·일운·해사 등이 대령 거불을 하였다. 본 대령은 전수교육조교 이수길(기봉)이 집전하고, 전수생 안지훈(도안)이 바라지하여 진행했다. 대령은 혼령을 불러 이 영산도량에 임해 법공양을 받고 오묘한 진리를 깨치도록 하는 의식이다. 당해 혼령을 부른 다음 고혼을 삼청하게 되는데, 현재에는 당해 혼령과 제주가 없는 고혼을 세 번 반복해서 청하는 삼청으로 봉행영산재의 구조와 설행 및 사상과 인식 | 이성운 61하고 있다. 하지만 과거에는 국혼청·승혼청·고혼청의 삼청이 행해졌다고 보인다. 청해 모신 혼령들을 부처님 등 삼보님께 예를 올리는 의식으로 대령은 마친다. 이 날 대령은 약 37분이 소요되었다. 다음은 혼령들의 업식을 맑히는 관욕의식이었다. 이 날 관욕은, 이날 영산재 도감을 맡은 마명찬(일운) 전수교육조교에 의해 진행되었다. 관욕은 수인법사들이 병풍 밖에서 수인을 하고 관욕실 안에서 관욕이 진행되었는데, 관욕은 1부가 목욕의식이고 2부는 옷을 갈아입히는 착복의식인데, 약 28분이 소요되었다. 관욕실 안의 장면이 공개되지 않았다. 괘불이운의식은 실제 괘불을 옮기는 의식으로 진행되지 않고 괘불을 옮겨 설치해 놓은 곳에서 괘불이 있는 곳에 가서 하는 형식의 의례문을 소리와 작법으로 진행하였다. 19분 정도 소요되었지만 정식으로 괘불이 있는 곳에서 옮겨 와서 탱화를 걸고 하며 하는 의식으로 행하면 그것보다 훨씬 시간이 더 소요된다. 식당작법은 제 50호 영산재보존회에서만 설행되는 것으로 알고 있는데, 식당작법이 행해지므로 영산작법에 식당작법의 재승의식이 더해져서 영산재로 성립될 수 있는 것이다. 영산재의 식당작법은 1시간 7분 정도 소요되었는데 공양을 나누기 이전과 이후의 긴 의식이 소리와 창·춤 등으로 그 의미가 표현되었다. 실제 음식을 먹는 공양 시간은 10분도 채 걸리지 않았다. 일반적으로 불가에서 행하는 발우공양의식과 내용은 같지만 각각의 소리와 몸짓은 봉원사 영산재만의 특징을 잘 보여주었다. 재식(점심) 이후에 영산작법, 영산단 의식이 거행되었다. 향·등·화의 공덕 찬탄과 올림의 의미를 찬하는 삼등게의식이나 삼지심례의 의식 가운데 소리를 지어 하는 대·중·소직찬은 주로 전수생62 불교문예연구 17집과 이수자들이 행했다. 후학을 양성하고자 하는 의도로 아직은 덜 익숙한 소리도 있었다고 보이지만 전반적으로 우수한 범패를 보여주었다. 2시간 16분 정도 영산작법이 소유되었다. 전반적으로 어산단에서 보유자 전수교육조교, 이수자, 전수생들이 상주삼보를 찬탄하고 관음보살을 청해 도량을 엄정하는 의식으로 법회도량을 완성하고 상주삼보를 청하여 일체예경을 하고 향화게로 운심공양을 올렸다. 이때 향화게 작법이 장엄하게 펼쳐졌다. 이후에 영산 법화경 독경이나 설법의식이 행해져야 하지만 사다라니공양을 통해 변식하고 가지 공양한 다음 이연경(도경)의 화청과 권리환(수범)의 축원화청, 시왕권공까지 마치고 관음시식을 하였다. 관음시식은 초청한 혼령들에게 관세음보살이 알려준 변식다라니로 공양을 변식하여 초청한 혼령과 일체의 고혼들에게 법의 음식을 베푸는 것이다. 이 무렵 비 줄기가 심해

저 도량 결계 번들은 철거하였지만 스님들은 동요 없이 의식을 진행하고 삼천불전 앞에서 봉송의식을 행하였다. 대령하였으므로 시식을 권한 혼령들을 극락세계로 보내는 것이다. 이동식 소대에서 일부 번과 위패를 소지함으로써 이 날 행사는 종료하였다. 오후 5시 35분경 소대에 소지되는 동안 영산재보존회 회장과 도감 일운의 인사말씀을 끝으로 영산재가 끝났다.

전통 영산재는 3일 영산, 7일 영산 해서 그 기간 동안 행해졌다고 하지만 현재는 대부분의 영산재가 6~7시간에 설행되고 있으므로 의문대로 영산재를 다 설행하지 못하는 모습은 도처에서 확인된다.

4. 영산재의 내외 사상과 그 인식

1) 영산재의 내외 사상

영산재의 근원이라고 할 수 있는 「작법절차」의 법화법석을 설행하게 되는 동기를 보면 일차적으로 영산재의 외형적인 사상이라고 할 수 있을 것이다. 법석을 열게 되는 목적은 조선실록[31)32)] 등에서 전하는 것처럼 경전을 독송하여 왕생극락을 발원하는 것이다. 그렇다면 경전의 독송으로 얻는 공덕은 무엇인가. 『대방등대집경』은 이렇게 설하고 있다. "선남자여, 만일 이 경전을 듣고 받아 지녀 풍송하고 독송하되 7일간을 지극한 마음으로 잊지 않는 사람이 있다면 이 사람은 일체 악죄가 모두 소멸될 것이며 ~ 단나 바라밀 내지 반야바라밀을 성취하게 될 것이다."[32)33)] 또 『범망경』에서는 "부모 형제 화상 아사리의 사망일이거나 삼칠일 또는 칠칠일에 응당 대승경율을 독송 강설하여 재회에 복을 구하고 미래의 생을 다스릴 것이다."[33)34)]라고 하고 있다. 경전의 독송으로 죄업을 소멸하고 복을 구하고 미래의 생을 다스릴 수 있다는 것이다. 또 "경율론 모두는 군생(群生)의 미혹(迷惑)을 깨우친 진전(眞詮)이요 함령(含靈)을 제도하는 영궤(令軌)입니다. 혹시 1권을 얻어서 혹은 수지(受持)하여 독송(讀誦)하기도 하고, 혹은 등사(謄寫)하여 선양하기도 하면서, 다만 간절히 기원하여 마음만 기울인다면 그 승인(勝因)과 승과(勝果)는 저절로 유명(幽明)을 널리 이롭게 함이 그렇게 되기를 기약하지 않

---

31) 『세종실록』 9권, 세종 2년(1420) 9월 24일 기축 7번째기사.
32) 『大方等大集經』(T13), 220上
33) 『梵網經』(T24), 1008中.

더라도 그렇게 되는 것이 있습니다."[34)][35) 하는 데 의지하고 있다고 하겠다. 그렇다면 법석 등에서 독송되거나 필사 혹은 등사된 32) 『세종실록』 9권, 세종 2년 (1420) 9월 24일 기축 7번째기사. 33) 『大方等大集經』(T13), 220上. 34) 『梵網經』(T24), 1008中. 35) 『문종실록』 1권, 1450년 4월 10일 2번째기사. 64 불교문예연구 17집 『법화경』·『범망경』·『기신론』·『능엄경』·『미타경』·『지장경』 가운데 하필이면 『법화경』이 대승경전의 대표적인 경전으로 수용되고 신앙되었을까. 대개의 경전이나 다라니는 당해 경전이나 다라니가 최상승의 법문이라고 설하고 있다. 그 가운데 조선 초 이래 법화신앙이 추천의례의 중심이 될 수 있었던 것은 "법화경의 영혼천도 능력에 대한 확신이 생기게 되었고"[35)36) "동양 삼국 불교계에서 가장 널리 읽힌 경전"[36)37)인 법화경이 최고의 경전이라는 사상으로 신앙되어 법화경사경과 법화법석이 활발하게 열리게 되었고 이후 영산작법으로 안착해서 재공이 합해져 불교의례의 중심이 되었다는 것을 알 수 있다. 이 같은 견지에서 설행되는 영산재 내외에 담긴 사상은 대략 다음과 같이 정리할 수 있을 것 같다. 첫째는 혼령이 칠칠일간 중유(中有)로 존재한다는 중유사상[37)38)을 비롯하여 중유에서 다음의 생을 기다리는 영혼에게 선업을 덧붙여서 이것으로 안락한 곳에 태어나게 하는[38)39) 왕생극락사상과 죽음이 끝이 아니라 선악 업보에 따라 윤회·전생한다는 윤회사상, 조선숭배(祖先崇拜)사상, 망자를 위해 재를 올리며 그 과보의 칠분의 일은 망자가 받고 칠불의 육은 재를 올린 산 자가 받는다는 공덕사상[39)40) 등이 그 밑바탕을 형성하고 있다. 칠칠재 등을 통해 선망조상님들을 위해 작법을 열고 경전을 염송하여 공덕을 쌓아 돌아가신 조선(祖先)이 극락에 태어나기를 소망하는 것이다. 만일 사람이 죽으면 영혼이 소멸되고 만다는 단멸적인 사고를 한다면 유가에서처럼 단순히 정성을 다해 제사를 올리기만 된다. 그렇지만 윤회사상을 수용한 불교적 관점에서는 돌아가신 분들을 위해 산 이가 경전을 염송하고 공불재승을 하면 그 공덕으로 좋은 곳에 태어나게 된다는 믿음과 사상으로 인해 불교인들은 사후 칠칠재를 올리고 또 법석을 개최하고 경전을 염송하는 것이다. 둘째는 경중의 최고 경전이 법화경이라는 신앙과 사상을 가지고 있

---

34) 『문종실록』 1권, 1450년 4월 10일 2번째기사.

35) 민순의(2006), 「조선 초 법화신앙과 천도의례」, 『역사민속학』 22, 역사민속학회, 105쪽.

36) 차차석(2010), 『다시 읽는 법화경』, 조계종출판사, 2쪽.

37) 『瑜伽師地論』 권1(T30), 281c~282b.

38) 道端良秀(1960), 「中國佛教と祖先崇拜」, 『佛教史學』 第9卷 第1號, 佛教史學會, 12쪽.

39) 實叉難陀譯, 『地藏菩薩本願經』(T13), 784b

다는 것이다. 그중에서 법화경이 설하고 있는 구원성불설이나 개시오입의 일대사 인연사상은 일체 중생을 모두 성불하도록 인도한다고 하는 사상이 수용되어 있다고 할 수 있다. 조선 이전 신라나 고려 때『법화경』은 '회삼귀일' 사상이 더욱 각광 받았을 수 있었겠지만 조선 때는 조선(祖先)의 사후추천을 위한 의례에서는 '법화경이 최고 경전'이라는 신앙으로 왕후장상(王侯將相)뿐만 아니라 일반 백성들도 널리 신앙할 수 있었을 것이다. 또 영산재에서 법화경 제목을 풀이하는 석제 의식은 제목의 신성성을 부여하여 신앙심을 고취하였다고 보이며, 그로 인해 법화경은 조선시대 내내 빈번하게 간행되고 사경되게 되었다고 할 수 있다. 법화경 사상은 의례의 축조와 설행을 일으켰다고 할 수 있을 것 같다. 알 수 있다. 청혼 의문에 혼령을 불당 앞으로 모셔와 보례삼보를 하고 '還得衣珠: 옷 속의 보배 구슬을 얻었다'고 하며 마음을 내려놓고 자리에 앉으시라[40][41]고 권하고 있는데, 이는 법화경 비유품을 활용하여 의례화한 한 사례이다. 기타 정토신앙과 밀교사상 등이 듬뿍 들어 있지만 그것은 여타의 법석이나 의례에도 다르지 않다고 할 수 있을 것이므로 더 논의하지 않는다.

2) 영산재에 대한 인식

(1) 도량의 건립 관련

현재 한국불교에서 도량이라고 하면 대개 사찰을 지칭한다고 이해하는 경향이 짙다. 먼저 법석이라는 의미의 '도량'이 어떻게 '사찰'로 인식하게 되었는지를 살펴보자.

불교에는 많은 종류의 의식과 행사가 봉행된다. 그 내용에 따라 법회, 도량, 재, 법석, 의례, 참법 등 다양하게 불리고, 법회 등도 그 성격에 따라 화엄법회, 강경법회 등 많은 종류로 분류되고 있다.[41][42] 불교가 국교로 신앙되던 고려 때 나라와 왕실에 의해 개설된 법회와 도량은 83종 1038회이었고, 그 명칭은 법회·도량·설재·법석·대회 등으로 모두가 그 특유의 소의경과 사상으로부터 나왔으며,[42][43] 제종의 통합이 이루어지는 조선시대에 와서도 선왕선후(先王先后)의 칠 칠재와 기신재가 수륙재로 봉행되었고, 이변을 없애는 소재도량과 기우재, 비 및 기를 비는 기청재 등이 빈번히 개설되었다.[43][44] 이렇듯이 불교의 법회와 도량

---

40) 덕운 편수·일응 교정(1988), 7후면.
41) 서윤길(2006),『한국밀교사상사』, 운주사, 850~851쪽.
42) 서윤길(2006), 위의 책, 548쪽

명칭이 근자에 이르러서는 사찰을 칭하는 명칭으로 둔갑되지 않았나 하는 생각이 든다. 그 원인은 여럿 있겠지만 '불공' 또는 '불사'라는 명칭에 대한 변천과 인식이라고 할 수 있을 것이다. 부처님께 공양을 올리기 위해 설단을 하고, 그 연유를 밝히는 '유치'를 아뢰는데, 유치 해석과정에서 불사도량을 사찰로 확대 해석하게 되지 않았을까 하는 생각이다.[44]

　도량 건립을 위해서 도량의 구역을 정하는 결계와 도량과 참여자들을 정화하는 엄정의식이 거행된다. 또 괘불, 금은전산 등 도량에 필요한 것들을 옮겨 정화하고 제 자리에 안치하고, 또 법석의 독송경전을 들을 수 있도록 재자와 추천혼령을 초청하는 것이 도량 건립 부분이라고 할 수 있다. 소수 두 의문의 '대령'과 '재대령'의 차이는 무엇이고, 『범음산보집』(1721)의 이 시련의식 의문으로 나타나고 있다. 이것에 대한 한국불교인들의 인식은 어떠할까. 『영산재』(2003)에는 "설판재자를 복위로 하는 영가와 유주무주의 모든 영가를 도량으로 영접하는 의식이 「재대령」이"[45][46]라거나 "대령이란 보통 재대령이라고도 한다."[46][47]고 하고 있고 또 "대령은 고혼들에게 간단하게 음식을 베풀고 기다리게 하는 의식"[47][48]이라고 하는 등 과 을 뚜렷하게 구분하고 있다고 보이지 않는다. 과연 과 은 동의어로 이해해도 무방할까. 『영산재』(2003)에서도 『석문의범』하권의 목차와 차서를 언급하고 있지만 뚜렷한 해답은 제시하지 않고 있는데, 『석문의범』의 목차와 차서는 이에 대해 어느 정도 답을 주고 있다고 보인다. 논의를 위해 『석문의범』의 해당 목차를 먼저 살펴볼 필요가 있다. 『석문의범』하권의 목차는 의식의 진행이 '각청·시식·배송'으로 되었다는 것을 보여준다. 청해 시식(공양)하고 배송한다는 의례 삼단계로 이해할 수 있다. 그렇지만 실제 본문의 각청에 공양의식을 시설하여 편자의 본래 의도였다고 보이는 청(請)→공(供, 娛神)→송(送)의 구조로 설행되기 어렵다고 할 수 있다. 그 결과 각청에서 공양하고 봉송을 하지 않는 모순적인 부분이 한국불교 의식에 나타나고 있다.[48] 다시 대령을 보면 〈표4〉는 대령에 사명일대령과 재대령을 구분하고 있다는 것이다. 이 사실은 무엇을 의미할까. 먼저 사명일은 "正朝·端午·百種·加午"[49][50]이며 사찰에서 선왕선후와 종실, 승혼, 법계

---

43) 서윤길(2006), 위의 책, 822~830쪽.
44) 이성운(2011), 『천수경, 의궤로 읽다』, 181~182쪽
45) 심상현(2003), 『영산재-중요무형문화재제50호』, 국립문화재연구소, 150쪽.
46) 법회연구원(2004), 『상용불교의식해설』, 정우서적, 226쪽.
47) 연제영(2014), 「한국수륙재의 의례와 설행양상」, 고려대학교 대학원 박사학위논문, 144쪽.
48) 이성운(2012a), 「한국불교 의례체계 연구」, 동국대학교 대학원 박사학위논문, 160~166쪽.

고혼을 청해서 시식을 올리는 날이다. 위전을 하사받은 사찰의 의무라고 할 수 있다. 그래서 사찰의 주지가 재주가 된다. 사명일대령은 선왕선후의 혼령을 모시게 되니 시련절차를 부록으로 설행하라고 『석문의범』의 목차는 설명하고 있다고 할 수 있다. 그에 비해 '재대령'은 사찰 밖의 재자가 재(물)와 혼령을 모시고 사찰에 당도할 때의 대령이라고 해석할 수 있다. 그러다 보니 관욕을 봉행해야 한다고 이해할 수 있다. 17세기 청문 등의 대령에는 관욕절차가 나타나지 않고 있는데, 이 까닭은 악업 등 업장 소멸을 인정하지 않으려고 하는 유가의 사고를 수용한 데서 오지 않았을까 생각한다.

(2) 시련의식

다음은 시련(侍輦)의식의 인식에 대해 알아보도록 하겠다. 시련은 연으로 모신다는 뜻이다. 귀중한 물건이나 사람이라 연으로 모신다고 할 수 있다. 연은 수레의 하나라고 할 수 있다. 수레 가운데 연은 국왕 등이 타는 연이라고 하여 시련의 대상이 불보살이나 성현이라고 이해하는 경향이 있다. 시련의식에 대한 이해는 다양하다. 시련의식에서 문제50) 사명일을 속가에서는 "설·단오·추석·동지"이고, 불가에서는 "불탄·백종·성도·열반재일"이라는 설명도 있다.

한정섭 역주(1982), 432~433. 六 各請篇 ~ 七 施食篇 第一 對靈 가 四明日對靈 附 侍輦節次 나 齋對靈 附 灌浴節次 第二 施食 ~ 第三 靈飯 八 拜送篇 『석문의범』 부분 가 되는 것은 시련에서 이운할 대상이 누구인가이다. 연제영의 연구에 의하면 시련의 대상에 대한 이해에 대해 선행연구를 검토하니 10가지 유형으로 분류할 수 있다고 하고 있다. "㉮ 영가, ㉯ 불보살·영가, ㉰ 불보살·옹호성중·영가, ㉱ 불보살·옹호성중·영가, ㉲ 불보살·영가, ㉳ 영가, ㉴ 불보살·영가, ㉵ 옹호성중, ㉶ 영가, ㉷ 불보살·옹호성중"50)51)인데 동일한 불보살이나 영가라고 하지만 이해가 달라 달리 분류하고 있다고 생각된다. 시련의 대상에 대해 이렇게 다양한 견해가 있을 수 있다는 것이 놀라운 일이라고 할 수 있다. 시련의식의 의문을 보면 당연한데 다르게 인식하고 있는 것이다. 시련의문이나 절차는 단순하다. "대비주 염송, 옹호게, 헌좌게주, 다게, 행보게, 산화락, 나무대성인로왕보살, 영취게, 보례삼보"이다. 오해가 일어나게 된 것은 아주 간단하다. 옹호게의 내용

---

49) 사명일을 속가에서는 "설·단오·추석·동지"이고, 불가에서는 "불탄·백종·성도·열반재일"이라는 설명도 있다(한정섭 역주(1982), 『증주석문의범』, 법륜사, 432~433쪽.
50) 연제영(2014), 앞의 논문, 141~143쪽.

이 "奉請十方諸賢聖 梵王帝釋四天王 伽藍八部神祇衆 不捨慈悲願降臨"이라고 시방의 제현성과 욕계의 하늘신들과 가람토지신들을 청하고 있으니 그들을 청해 모신다고 이해하는 것이다. 하지만 이 게송은 제목에서 옹호게라고 분명히 밝히고 있다. 제목을 봉청게라고 하지 않고 옹호게[51][52]라고 하면서 실제 옹호를 부탁하는 언사가 하나도 없으니 현성을 청해 모신다고 이해하는 것이라고밖에 할 수 없을 것 같다.[52][53] 그렇지만 분명한 것은 의문인데 『범음삼보집』에는 이 의문이 시주이운이라고 분명하게 나오고 시주 집에서 국수 등을 준비해 왔을 때 맞이하는 의식의 의문으로[54] 나와 있다. 논의의 대상조차 되지 않지만 끊임없이 주장이 펼쳐지는 것은 영산재회 등에 대한 인식이 달라서라고 할 수 있을 것이다.[53]

시련의식은 『석문의범』에서 대령의 부록으로 제시된 시련절차라는 것을 보면 시주이운의 측면보다 당일 재를 올리는 대상인, 대령한 혼령을 시련하는 의식이라고 할 수 있다. 그러다 보니 시련터에 위패를 들고 나간다. 위패를 들고 나가는 것이 아니라 시련터까지 재자가 모시고 온 위패를 시련터에서 인계 받아 연에 싣고 절 안으로 모시고 들어오는 대령의식의 일환이라고 할 수 있다. 연(輦)이나 여(輿) 등에 혼령을 모시고 사찰로 돌아오는82~187 모습은 일찍부터 있었다고 할 수 있다. 『고려사·열전』의 다음 기사는 알려준다. "매 7일마다 여러 승려들에게 명하여 범패(梵唄)를 부르게 하여 혼여(魂輿)를 따라 빈전(殯殿)에서 사문(寺門)까지 가게 하니 깃발[幡幢]이 길을 덮으며 꽹과리와 북소리가 하늘 무서운 줄 모르고 울렸다."[54][56] 매 칠재마다 시련하여 혼령을 사찰로 모셔오고 있는 것이다. 또 시련의 대상 가운데 영산법석의 붓다를 대신해서 설주를 영산의 상징인 방장에서 입산과 출산의 포퍼먼스를 행하는 를 볼 수도 있다.[55][57] 결국 시련의 대상은 의문과 행위로 확인할 수 있다. 의 의문에서 현성을 봉청하는 목적은 시련의 대상이 탈 연을 옹호해달라고 부탁하기 위해 청해 권공하는 것이다. 또 대령 상에 국수 등을 올리는 데에 대해서도 여러 설명과 인식이 있다. 혼령을 위한 국수인지 가마꾼 등 의례에 참여하는 수고하는 이들을 위한 국수인지 의견이 분분하다. 그 답은 너무나 단순하다. 수고하는 이들을 위한 국수라고 할 수 있다.

51) 안진호 편, 『석문의범』하권(1935), 54쪽; 『범음산보집』(HD11), 464~465쪽.
52) 이성운(2012b), 「현행 수륙재의 몇 가지 문제」, 『정토학연구』 18, 한국정토학회, 182-187쪽.
53) 智還 集(1721), 465上
54) 안지훈(2019), 「시련절차에 대한 고찰」, 『동아시아불교문화』, 동아시아불교문화학회.
55) 『高麗史』 卷89, 列傳 第2 后妃,

왜인가. 거기에 대해 별도의 의문이 없다. 혼령을 위한 것이라면 변공과 권공의 의례를 해야 하기 때문이다.

(3) 작법의 변용 부분

영산재의 대회소(大會疏)에서 '수륙회'라는 명칭이 5회나 언급되고 있다는 것을 증거로 영산재는 수륙재의 부분 의식이라고 하면, 영산재는 다른 작법절차라는 주장을 하는 이들을 결코 수용하지 않을 것이다. 앞에서 영산재는 법화신앙과 법화법석이 영산작법으로 발전하였다는 저간의 연구와 주장을 담았다. 여기서 영산재는 수륙대회의 부분임을 알 수 있는 '대회소(大會疏)'는 수륙재의 법석의식으로 별도로 설행된다는 사실과 수설대회소(修設大會所)를 지칭하고 있다는 것을 보여주고 있다. 여기서 '대회소(大會所)'는 수륙의 무차대회를 지칭하는 '五年一大會處'[56][58]를 의미한다고 할 수 있다. 그러므로 대회는 의문의 명칭 등으로 볼 때 '대수재회(大修齋會)'라는 사실을 알 수 있다. 대수재회는 무차회로 수륙재와 무차회를 다르게 인식하려는 연구가 적지 않지만[57][59]수륙재가 곧 무차대회라고밖에 할 수 있다. 무차대회는 재승과 달리 도속에게도 공히 재를 대접하는 의식이다. 내용을 정리하면 영산재는 영산작법과 재승(齋僧)과 재공(齋供)이 설시되는 의례라는 것이다. 앞항의 설행 현황에서 살펴보았지만 현대 영산재에는 법석이 설행되지 않고 재승의 식당작법이 영산작법 전에 설행되고 있다. 연유에 대해 2019년 영산재 당시 도감 일운은 문화재 지정 당시 문화재적 요소를 중심으로 지정되고 당일에 재회를 봉행하게 되면서 경전 법석 설행이나 순차 등에서 어쩔 수 없이 변화될 수밖에 없게 되었다고 증언하였다. 도하 영산재 또한 국가무형문화재 제50호 영산재보존회에서 설행하는 형식으로 진행되고 있다고 할 수 있으며, 한국불교 영산재 설행주체나 수용자들은 영산재에 법석의 유무와 당위에 대한 인식이 그다지 높지 않아 보인다. 또 재승의 식당작법이 설행되는 곳은 서울의 봉원사 영산재 외에서는 찾기가 힘들고 재공의 시왕각배도 영남지역을 제외하고는 대부분 지장권공으로 봉행되고 있다.[58][60] 여러 요인이 있겠지만 당일에 영산재를 봉행할 수밖에 없는 상황이나 재회의 규모 등으로 말미암은 것이라고 할

---

56) 『大唐西域記』(T51) 870b.58) 『大唐西域記』(T51) 870b.
57) 민순의(2017), 「조선전기 수륙재의 내용과 성격」, 『불교문예연구』, 동방문화대학원대학교 불교문예연구소, 226~227쪽.
58) 이성운·김인묵(2020), 「칠칠재의 전형과 변용의 파노라라」, 『불교문예연구』 16, 동방대불교문예연구소, 217~222쪽.

수 있을 것 같다. 또 하나 칠칠재의 의식인 법석에서 발전한 영산재는 결국 오늘날의 사십구재 의식이라고 할 수 있는데 1980년대 이후 확립되었다고밖에 할 수 없는 시식[사십구재]의 절차 "재대령·신중작법·등게·계게·복청게·지장불공·화청·축원·관음시식" 등이 사십구재 의식[59]이라고 이해하고 있다. 사실 이것은 전통 영산재의 부분을 설행하는 것에 불과하다고 할 수 있다.

5. 결어

지금까지 한국불교의 대표적인 의례의 하나이자 세계 인류의 무형문화유산인 영산재의 구조와 설행 및 사상과 인식을 알아보기 위해 영산재를 성립기와 변용기로 분류하여 논의를 전개하였다. 논의를 전개한 연유는 현재도 여전히 영산재의 연원이나 방식 양태 등이 정의되지 못한 부분이 적지 않다고 보았기 때문이다. 지금까지의 논의를 다음과 같이 정리할 수 있다.

첫째, 칠칠재에 설행되던 법석 가운데 법화법석이 17세기에 들어오면서 영산작법으로 발전한 영산재 성립기의 의문에는, 순수한 법석의 의궤이자 의문이라고 할 수 있는 「작법절차」(1496)와 그것을 계승한 각 사찰에서 간행된 제반문의 과 의 두 종류로 나눠진다. 전자는 법석을 열기 위한 사전적인 도량엄정 이후 거불이 5종 등장하며 거불 이후 당해 경전을 염송하여 축원을 하며, 후자는 17세기 중엽부터 등장하는 으로 법석 가운데 법화법석의 거불만이 남아 있는 형태로 그 명칭이 작법절차에서 벗어나 으로 지칭되는 시기이다. 이 당시 법석의례이면서 '영산'이라는 명칭이 부여된 『영산대회작법절차』(1634)도 나타나고 있다. 이 의문들의 가장 큰 특징은 청불 이전에 행하던 경전 염송이 청불 이후에 행해진다는 것이다. 아울러 괘불이운이나 설주 이운 등의 각종 이운의식을 비롯해 의례의 절차에 대한 해명 등이 갖춰지기 시작하고 있다는 것이다. 둘째, 변용기의 영산재는, 『작법귀감』(1826)에서 볼 수 있듯이 법석보다 공양의식에 초점이 주어져 있는데, 삼보통청의 공양의식에 법석을 더하기보다 기왕의 영산작법을 영산재로 변용하는 모습을 볼 수 있다. 그것은 『석문의범』에서 확인이 되는데, 이를 종합하면 영산작법에 시왕각배가 더해진 의식에 '영산재'라는 명칭이 19세기 이후에 쓰였다는 주장이 설득력이 있다. 특징은 의문대로 영산재가 설행되지 못하고 있었다. 그것

---

59) 이화옥(1995), 『불공의식·사십구재 불교의식요집』, 삼영출판사.

은 대개의 영산재가 하루 6~7시간에 설행하려다 보니 전통의 영산재 설행이 어렵게 되었고, 또 하나는 국가무형문화재 성격상 가능하면 문화적인 요소 위주로 설행되게 되면서 일어난 현상이라는 것을 알 수 있었다. 셋째, 영산재의 내외에는 중유사상, 공덕사상, 윤회 전생사상, 조선숭배사상, 법화경의 경중왕사상, 구원성불 등의 법화경 사상이 지배하고 있다는 것을 알 수 있다. 또 영산재에 대한 인식으로는 도량이라는 의미의 인식에서 적잖은 차이가 있는데, 전통의 대령과 재대령의 차이 또한 전문가는 말할 것도 없고, 현장에서 구분하지 않고 있다. 무언가를 성스럽게 연으로 모시는 시련에 대한 이해는 지극히 단순하고 간단하지만 너무나 다르게 이해하고 있다. 한편 영산재의 본래 의미가 칠칠재의 법석이라는 사실이 확인되기는 어렵다는 것을 알 수 있다. 칠칠재, 현재 사십구재라는 명칭으로 통용되다 보니 영산재는 사십구재의 의식이라는 사실은 역사 속에서나 증언되는 현실이 되었다고 보인다.

정광수 바디 「수궁가」의 특징과 전승, 변모 양상

정 의 진(불교문예학박사, 서울시무형문화재 제 32호 판소리 수궁가 보유자)
(사)정광수체판소리보존회 이사장

1. 서 론

2003년 유네스코 인류무형문화유산 대표 목록에 등재된 「수궁가」는 판소리 다섯마당 중의 하나로, 병이든 용왕이 토끼 간이 약이 된다는 말을 듣고 자라(별주부)가 토끼의 간을 구하기 위해 세상에 나와 토끼를 꾀어 용궁에 데려오게 하지만, 토끼 역시 기지를 발휘하여 용왕을 속이고 세상으로 살아 돌아온다는 이야기를 판소리로 엮은 것이다. 「수궁가」는 붓다의 전생 수행 이야기인 『자타카(Jataka)』』와 중국 한역 불경 소재의 이야기, 즉 『육도집경』·『생경)』·『불본행집경』에 발생의 근원을 두고 있다. 이후 불전설화는 우리나라에 전래되어 『삼국사기』 '김유신조'의 「구토지설」의 형성에 영향을 미쳤으며, 「구토지설」은 조선후기에 변용되어 『토끼전』의 판소리 버전인 「수궁가」로 완성되었다.

현재 전승되는 「수궁가」는 판소리 다섯마당 중 유일하게 우화적인 작품으로, 표면적으로는 충(忠)의 이념을 강조하기도 하지만, 사실 그 기저에는 조선후기의 사회상을 빗댄 풍자와 재치가 가득한 작품이다. 특히 「수궁가」에는 무고한 목숨의 희생을 요구하는 용왕에 대한 그들의 맞섬과 어울림의 향연이 이루어지고 있고, 동물들의 이야기와 인간의 이야기를 웃으며 들을 수 있다. 즉 수궁과 육지의 모든 존재들은 저마다 존엄한 존재로서 하나의 세계를 형성하고 있고, 용왕을 속이고 목숨을 구한 토끼의 지혜를 보면서 봉건질서 아래 힘겹게 살아가던 서민들은 애환과 삶의 지혜와 용기를 얻을 수 있다. 이처럼 「수궁가」에는 시대를 뛰어넘어 새로운 상상력을 자극하고, 삶을 윤택하게 하며 교훈과 깨우침의 메시지가 내재되어 있다. 여기에는 다분히 문학적이면서 음악적 요소를 지니고 있는 판소리의 궁극적 지향점인 인간의 이해와 소통, 공감의 메시지가 있다 할 수 있다.

이처럼 진중하고 음악성이 뛰어나 청중들을 웃기고 울리며 지금까지 널리 향유되고 있는 「수궁가」는 순조 때 명창 송흥록과 송광록을 기점으로 철종 때 명창 송우룡을 거쳐 고종 때 유성준에게 전승되었다. 그리고 유성준 바디 「수궁가」는 정광수, 임방울, 김연수 등이 대표적으로 전승하여 오늘날 「수궁가」의 전승계보에서 가장 대표적인 위상을 차지하고 있다. 유성준으로 부터 「수궁가」를 전승한 이들 창자는 한 스승에게 학습하였지만 각기 여러 명창의 좋은 대목과 새로운 사설을 삽입하면서 저마다의 독특하고 개성 있는 소리를 만들어냈다. 여기에 제자들의 전승과 변용의 의의가 있다 할 수 있다. 따라서 이 글에서는 유성준 「수궁가」 바디를 가장 잘 전승하고 있다 할 수 있는 정광수 바디 「수궁가」의 특징과 전승 및 변모 양상을 살펴보고자 한다.

2. 정광수의 생애와 판소리 학습 및 활약상

1) 청소년 시절(유년기-10대)의 판소리 학습

중요무형문화재 제5호 판소리 예능보유자이자 동편제의 거장 정광수(1909-003) 명창의 본관은 나주, 본명은 용훈(榕薰), 호는 양암(亮菴)이다. 특히 그는 서편제의 거두로 일컬어지는 정창업(1847-1919) 명창의 손자이다. 판소리의 전성기라 할 수 있는 조선 후기 철종 때 활동한 정창업 명창은 김창환(1854~1927), 정정렬 같은 명창들을 길러냈으며, 그의 소리는 법도가 엄중하고 통이 큰 면이 있으며, 후렴음이 대단하고 특히 우조와 엄성에 엄격했다.

정광수는 9세부터 13세까지 서당에 다니면서 '천자문'과 '사략(史略)'을 떼면서 한문을 익혔다. 하지만 그는 11세 무렵 조부 정창업 명창이 작고하였기 때문에 조부에게서 판소리를 배우지 못했다. 그런데 그는 총기가 특출해서 정창업 명창이 문도들을 가르치는 대목을 귀담아 듣고 그대로 방창했다고 한다.[1]

정광수는 17세 무렵 나주군 삼도면 양화리(현재 광주 광산구 내산동)에 살던 국창 김창환을 찾아가, 김창환과 그의 아들 김봉학(1883~1943)으로부터 5년간 「춘향가」「흥보가」「심청가」 등을 배웠다. 사실, 당시 김창환은 너무 연로하여 정광수는 그분에게는 많이 배우지 못했고, 아들 김봉학 문하에서 「춘향가」는 2년 동안 초입부터 <어사 출도>까지, 「흥보가」는 1년 동안 전 바탕을 배웠다. 또한 「심청가」는 1년이 채 못 되는 기간 동안 초입부터 <심청이 인당수에 빠지는데>까지 배웠다. 정광수는 사설을 먼저 외우고 나서 수업을 받았는데 아쉽게도

---

1)유영대(2008), 「나주 판소리 명창과 '나주소리'」, 『국창 정광수의 예술세계』, 서울: 민속원, 90-91쪽.

학습 도중에 김봉학 명창이 타계했기 때문에 그 이상은 배우지 못했다.

2) 청년 시절(20대-30대)의 판소리 학습과 활약

정광수는 22세 때 김봉학 명창의 문하에서 나와 목포권번에서 약 2년 동안 소리 선생을 했다. 목포권번을 떠나왔을 당시 장흥의 유지였던 김명식 참사가 장흥군 부동면 보림사 위에 삼성암을 건립하였다. 김명식은 정광수에게 방 하나를 내주었고, 정광수는 삼성암에서 2년 동안 스승도 없이 그야말로 죽기 살기로 소리 공부를 했다. 탈장기가 생길 정도로 힘을 써서 소리를 질렀는데 그 후유증 때문에 많은 고생을 하였다. 불행 중 다행스럽게도 치열하게 공부한 덕분에 그의 소리 기량은 한껏 늘었고, 탈장도 치료가 되었다고 한다. 그 후 순천 벌교 부용사에서 1년 간 독공으로 판소리를 연마하였다. 치열한 독공 과정을 거친 후에 정광수는 순천권번에서 약 2년 동안 소리 선생을 했다.

정광수는 25세 때 순천권번에 사표를 내고 수소문 끝에 진주권번에 있는 유성준 명창을 찾아가 배우게 되었다. 당시 유성준 명창은 순천에 살던 장자백 명창의 제자로 동편제 소리를 잘하고 공력이 있어서 독특한 실력을 인정받던 명창이었다. 특히 유성준 명창은 「수궁가」와 「적벽가」를 잘해서 많은 제자들이 따르고 있었다. 당시 정광수는 이미 상당한 수준의 판소리 실력을 가지고 있었고 또 의욕을 가지고 열심히 했기 때문에 진주에 6개월 가량 머물면서 동편제 「수궁가」와 「적벽가」를 다 배웠다.

정광수는 29살이 되었을 때, 서울로 올라와 '조선성악연구회'를 찾았다. 그곳에서 소리 실력을 인정받아 바로 경성 방송국에 가서 녹음을 하고, 공부하면서 공연 다니는 생활을 3,4년 하게 된다. 동편제 「적벽가」에는 <삼고초려> 대목이 없어, 정광수는 30세 무렵에 강장원에게 요청하여 경기도 포천에 있는 장대감의 재각에서 여름 한 철 동안 국창 이동백(1866-1947) 선생을 모시고 「적벽가」 중 <삼고초려> 등을 배웠다. 그 뒤 1940년 여름, 보성에 살던 정응민(1894-1961) 명창 문하에 들어가서 김봉학에게 다 배우지 못했던 「심청가」를 배웠다. 이렇게 배운 그의 판소리 「춘향가」「흥보가」「심청가」는 김창환 바디를 계승하고, 「적벽가」와 「수궁가」는 유성준 바디를 계승함으로써 대가들의 법통 있는 고제(古制)소리를 잘 견지하게 되었다.

정광수는 장흥에 있는 삼성암에서 판소리를 공부하고 있었는데 빅타 회사로부터 음반 취입 제의를 받았다. 빅타 회사에서는 정광수, 김연수, 김옥련 등에게 8장의 유성기음반에 입체창으로 「수궁가」를 취입해 달라고 하였다. 그런데 김연수는 8장에 '수궁가'를 담아내기가 힘들다며 거절하였다. 그러자 그 회사에서는 정광수에게 독집 음반 취입을 요청하여 정광수는 「적벽가」 중 <새타령>과 <오림자룡 출현>을 취입하였다.

3) 중장년 시절(40대-60대) : 제자 양성과 음반취입

신의주에서 해방을 맞게 된 정광수는 본가가 있는 장흥으로 돌아오게 되었다. 스무 살 때에 장흥의 안삼차 여사와 결혼한 뒤로 소리 공부와 소리 선생님을 한다 하며 잠시도 집에 붙어 있질 않았다. 하지만 그의 아내는 묵묵히 어려움을 극복하며 가정 살림을 꾸려 나갔다. 그 뒤 광주 권번에 일자리가 생기자, 아예 광주로 살림을 옮겨 그곳에서 3년쯤 지내다가 한국동란을 맞았다. 가족들 데리고 피난 다니느라 힘든 고생을 했던 정광수는 서울이 수복되고 다시 광주에 가서 제자들을 가르쳤다. 이듬해에 광주국악원을 창립했고, 2년 뒤에 민속예술학원, 삼남 국악원 등을 창설하여 제자 양성에 주력하였다. 광주에서 20년을 지냈던 그는 결국 동료들의 권유로 상경을 하였고, 1964년, 김연수, 박초월, 김소희, 박록주, 김여란 등과 함께 무형문화재 제5호 판소리 기능 보유자로 뽑혔다.[2] 1964년 11월 인간문화재로 지정받을 때에는 「춘향가」로 지정받았는데 그 후 1974년 중요무형문화재 5호 판소리 「수궁가」 예능보유자가 되었다. 아울러 1973년에는 판소리보존연구회 설립위원으로 참가하여 1983년까지 이사장을 지냈다. 이 무렵 「수궁가」 전 바탕을 두 차례 녹음하여 음반으로 냈으며(문화재관리국, 뿌리깊은나무), 「적벽가」를 빅타 유성기음반에 취입한 <새타령>과 <오림 자룡 출현> 외에도 릴테잎에 전 바탕을 녹음하였다(1978년 11월, 문예진흥원 AT-0874).

4) 원로시절(70대- 90대)의 활약상 : 창악보급과 전승교육 진력

70대에 들어와 정광수 명창의 활약상은 눈부시게 나타났다. 1980년 1월 사단법인 '판소리보존연구회' 제4대 이사장에 선임되어 창악의 보급발전 및 전승 교육에 전력하여 공헌하였으며, 1983년 1월 국립극장 창극단원 일동 판소리 교육을 실시하였다. 그리고 1983년 5월 「수궁가」 연극공연에 연창을 보인 그는 1983

---

2) 김명곤(1987), 「옛법을 존중하는 귀족적인 소리광대」, 『명인 명창』, 동아일보사, 59쪽.

년 6월 국립극장 판소리감상회 공연주역으로 출연「적벽가」를 발표하였다. 1983년 10월 국립극장 종신회원이 된 그는 같은 달 국민문화 향상과 국가발전에 이바지한 공으로 대한민국문화예술상 문화훈장을 서훈하였다. 1964년「춘향가 사설집」정리본을 출간하였던 정광수 명창은 1986년 스승에게서 물려받은 판소리 다섯 바탕을 사설을 교주(校註)하여『전통문화5가사전집』을 출간하였다. 이는 기존의 대가들이 환골탈태하여 정광수제에 타당한, 일가를 이룬 완미한 소리로 만들어낸 업적[3]이었다. 또한 정광수는 1988년 1월 사단법인 한국국악협회 고문에 추대되었고, 1989년 11월 동아일보사 주최, 국립극장에서 창극 <홍범도장군>에서 소리를 하였다. 아울러 1991년 11월「수궁가」완창 음반 제작 출판(오아시스레코드사 제작 뿌리 깊은 나무)했으며, 1992년 사단법인 한국국악협회로부터 판소리 부분의 공로상을 수상하였다. 이어 1995년 10월 고창 동리 신재효 선생 추모 '동리대상' 수상을 하였으며, 1997년 10월 전통예술진흥회 음악 발표회 심사하고, 2000년 11월 제7회 방일영 국악상 수상과 KBS 국악대상 등을 받았다. 2002년 9월, 그의 아호를 딴 사단법인 '양암 원형 판소리 보존 연구원'을 만들어 설립기념 문하생「수궁가」발표회를 가졌다. 이상과 같이 판소리를 발전을 위해 일생을 바친 정광수 명창은 2003년 11월 2일, 판소리가 '유네스코' 세계무형문화재'로 지정받기 5일 전에 향년 95세로 유명을 달리 하였다.

---

3) 유영대(2008), 위의 논문, 92쪽.

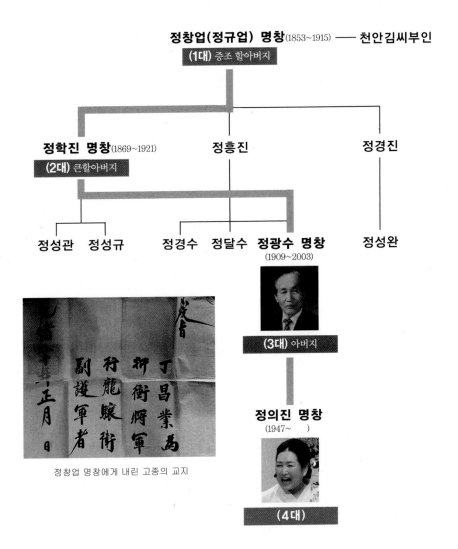

정창업 명창에게 내린 고종의 교지

3. 정광수 바디 「수궁가」의 음악적 표현과 특징

고전에도 정통하여 정연한 판소리 이론을 갖고 있었던 정광수는 '엄한 소리'를 강조함으로써 판소리의 법도를 격상시켰다. 무엇보다도 그가 정리한 『전통문화오가사전집』(문원사, 1986)은 기존 대가들의 작업의 틀을 벗어나 정광수 바디에 타당한, 일가를 이룬 완미한 소리로 만들어낸 업적4)으로 판소리사에 있어 중요한 의미를 지닌다 할 수 있다. 한편, 정광수 바디는 동편제 사설 중에서도 한자어 사용 비율이 다른 명창들의 사설에 비해 한결 높은 경향을 보인다. 이는 그가 어린 시절부터 가학(家學)의 풍습으로 인해 수학한 덕분에 한자어를 많이 알고 있었던 때문으로 판단된다. 아울러 그의 소리는 고제(古制)에 가까운 소리로 알려져 있으며, 상대적으로 재담이 다소 적은 특징을 보인다. 그렇다면 정광수는 동. 서편제를 두루 섭렵한 창자라 할 수 있다. 뿐만 아니라 그의 소리는 동편제 특징으로서 힘 있는 통성과 우조 성음이 사용되고 있을 뿐만 아니라 서편제의 다양한 기교를 특히 화려한 붙임새를 사용하면서 동. 서편제 소리의 절묘한 조화를 이루고 있다 할 수 있다.5) 그는 말년에 유성준의 소리에다 어릴 때 배웠던 서편제 「수궁가」와 정응민에게서 배운 보성소리 「수궁가」를 수용, 변용하여 그 나름의 독창적이고 완성도 높은 「수궁가」를 만들었다. 물론 정광수는 스승에게 배운 소리를 가능한 한 그대로 부르려고 노력하였다. 자작을 하거나 조(調)를 고치는 것은 옳지 않다고 여겼기 때문이다. 그의 소리가 고제(古制)에 가깝다고 평가받고 있는 이유가 여기에 있다 할 수 있다.6)

이상에서 살펴 본 바와 같이, 정광수는 스승의 가르침과 독공 등의 치열한 수련과정을 겪으면서 소리의 본질을 터득하고 자기 나름의 재해석과 통합된 소리로 자신만의 독특한 음악적 역량과 특성을 담아낸 소리의 세계를 구축하고 있다. 이러한 면모를 지닌 정광수 바디의 특징은 동편제 소리로 비교적 남성적이고 선이 굵으며 힘 있는 소리라 할 수 있다.

---

4) 유영대(2008), 위의 논문, 90-91쪽.
5) 김혜정(1999), 「정광수 창 '수궁가'의 악조유형과 장단 구성」, 『남도민속연구』 제 5집, 24쪽; 김미선, 「유성준제 수궁가 연구」, 『판소리연구』 제14집, 서울: 판소리학회, 62쪽.
6) 김기형(2008), 「정광수 명창 소리의 전승과 현행 현황」, 『국창 정광수의 예술세계』, 서울: 민속원, 101쪽.

1) 소리에는 사기(邪氣)가 없어야 함

정광수가 처음 만났던 국창 김창환의 "소리에도 正邪가 있다"는 가르침은 정광수 음악관 형성에 지대한 영향을 미쳤다 할 수 있다. 김창환은 아무리 목구성이 좋아도 그 소리에 사기(邪氣)가 엿보이면 인정해 주지 않았던 것이다. 이 점은 자신의 아들 김봉학이 대단한 실력을 가진 명창이었지만 그 소리에 사기(邪氣)가 있다하여 인정하지 않았다는 사실에서 충분히 입증된다. 스승의 이런 생명줄 같이 귀한 음악관은 정광수에게 그대로 전해지고 있다. 하여 정광수는 제자들을 지도할 때에도 소리를 가볍게 하든가 적당히 아무렇게 하는 것을 용납하지 않았다. 즉, 인격을 갖추고 자세나 목소리부터 진중하고 성의 있게 해야 함을 강조하였던 것이다. 이처럼 정광수는 "소리라는 것, 즉 음악에는 예의 체통이 있어, 칠정(七情)과 희노애락(喜怒哀樂)을 살리고 인의예지(仁義禮智)를 살리는 것이 소리이니 함부로 곡조를 내두르고 허망하게 하면 안 될 것이며, 목 성음으로만 듣기 좋게 흥얼거리고 놀기 좋게 불러도 안 되며 오로지 법통과 격식에 맞게 정중히 해야"[7]함을 강조하며 자신의 판소리에 대한 견해를 밝혔다. 또한, 우리의 주목을 끄는 정광수의 음악관은 '판소리'라는 용어에 대한 관점이다. '판소리'보다는 그냥 소리라고 하는 것이 낫다는 것이다. 즉, '판소리'라는 용어보다는 그냥 '소리'라고 하는 것이 옛 법에 맞는다는 것이고, 그의 생각으로는 '판소리'를 '오륜가'라고 부르는 것이 좋겠다는 주장이다. 그리고 이런 소리는 어려운 것이기 때문에 전문교육기관을 따로 만들어 판소리와 창극을 가르치도록 해야 된다는 주장이다. 특히 판소리는 원형의 소리를 잘 배우고 스스로 열심히 연습하여 공력(功力)을 많이 쌓아야 하는 것이다.[8] 요컨대 정광수의 음악관의 핵심은 소리에는 사기(邪氣)가 없어야 한다는 것이고, '판소리'라는 용어 보다는 '소리'로 불러야 하며 원형의 소리를 배워야 한다는 것이라 할 수 있다.

2) 정광수 바디「수궁가」의 음악표현의 특징

힘차면서도 구성진 정광수 명창의 소리는 진양조, 중모리, 중중모리, 엇모리, 자진모리, 휘몰이와 아니리를 자유자재로 넘나들며 무궁무진한 소리의 변화와 그 정

---

7) 김명곤(1987),「옛법을 존중하는 귀족적인 소리광대」,『명인 명창』, 서울: 동아일보사, 60쪽.
8) 판소리학회(1991),『판소리 硏究』제2집, 223쪽.

교한 기교로 듣는 이의 마음을 한 번에 사로잡는다. 이러한 풍모를 지닌 정광수는 『전통문화오가사전집』에서 판소리에 사용된 다양한 성음용어와 판소리가 갖는 음악적 표현 방법을 비롯하여 그에 대한 특징을 선명하게 담아내고 있다. 즉 판소리의 성음용어에 대해, 개별적으로는 '엄', '평(조)', 우조, 계면조, 애원성, 중고, 경제, 청 등으로 사용하는데, 이를 조합하고 접두어 등을 붙여 정광수는 「수궁가」에서 성음용어를 활용하였던 것이다. 「수궁가」에는 각 대목마다 곡의 느낌과 성음용어를 악상기호화 하여 표기하였는데, 이를 대목별로 정리하면 다음과 같다.

표 6) 정광수 바디 「수궁가」 대목별 성음용어9)

대 목	성 음 용 어	대 목	성 음 용 어
용왕탄식	웅장하고 침착하게	자라가 망극하여	계면.원계
도사 나타남	엄.평.우조	내목나간다	엄.계면섞임 붙임
약성가	엄.평.약간. 계면붙임	태산을 넘고	표기 없음
도사의 재진맥	평.중고.우조	달아나다	엄.계면 섞임
난감한 용왕	계면(진계의 대목)	자라의 지성독촉	청우조
수궁제신들의 입시	평.붙임	묘한 짐승이 앉았다	엄.약간중고.애련성
정언이 엿짜오되	계면	임자없는 녹수청산	중고.엄.계면섞임
방계의 장담	중고.권.경제	일개한퇴 그대신에	엄.평.계면섞임
방첨사 조개	평우조	수궁자랑	엄.중고.계면 섞임 붙임
메기의 내력	표기 없음	꾀임에 빠진 토끼	계면.애원성
별주부등장	평우조	너 이놈 썩가거라	엄.평우조붙임
자라의 상소문	엄.우조	수궁천리 머다마소	평.계면.애원섞임
토끼화상	평우조.흥나게 한다	범피중류	청.엄.계면섞임붙임
대부인 만류	계면.원계에 속함	토끼의 봉변	엄.평.계면섞임붙임
별주부마누라등장	계면.애련성	말을허라니	엄.평.계면섞임붙임
고고천변	엄.평.흥나게붙임	수궁풍류	엄.평 약간계면섞임
층암절벽	애원 계면	촐랑거리고 논다	평우조 흥나게
봉황새의 자기자랑	청우조.엄섞임	별주부 읍소	계면.애원성
까마귀의 내력	엄.경제섞임	토끼의 수궁탈출	엄.중고.평섞임
부엉이 허허웃고	평우조붙임	백로주 바삐지나	평.약간경제 흥나게
뭇짐생들 상좌다툼	엄.중고.약간계면 섞임	토끼의 욕설	경제.중고. 추천목

9) 염경애(2008), 「정광수 '수궁가'의 음악적 표현방법연구」, 『국창 정광수의 예술세계』, 서울: 민속원, 152-153쪽 재인용.

노루의 나이자랑	엄.평.흥나게	이 약이름 들어봐라	평.흥나게붙임
달마총 나이자랑	엄.평우조	사람의 손내력	평붙임
멧돼지 나이자랑	엄.평우조 비슷	초동의 메나리	계면.애원성
출랑거리고논다	엄.평.황홀학게	토끼의 교만	평.엄.애련성.흥나게
호랑이 나이자랑	엄.약간 계면	토끼의 설음타령	계면.애원성
범 내려온다	엄우조 흥나게	뒷풀이	엄.약간중고.경제섞임
나 자라 아니오	엄.계면성 섞임		

정광수의 「수궁가」에서 성음용어와 선법의 일치는 계면음과 계면길에서 주로 나타나는 경향을 보인다. 이는 정광수의 「수궁가」는 선법적으로 계면길 위주로 되어 있음을 의미하고, 우조, 평조, 계면조에 대한 정광수의 인식은 주로 성음을 지칭하는 것임을 알 수 있다. 한편, 김혜정의 정광수 바디 「수궁가」에 사용된 악조를 선율형태를 기준을 참고로 음계형을 우조형과 계면조형으로 분류하여 그 내용을 살펴보고자 한다.

<표7> 정광수 바디 「수궁가」의 선율 분류[10]

기준	음 계 형	선 율 유 형
악조 유형	우조형 Sol La do re mi	우조 : 넓은 음역과 도약진행+우조성음
		평조 : 좁은 음역과 순차진행+평조성음
		설렁제 : 고음역 지속과 갑작스런 하행(권삼득 더늠)
		경드름(경조) : 경기지방의 민요조(염계달과 모홍갑의 더늠)
		추천목 : 경기 충청의 민요조(염계달의 더늠)
	계면조형 Mi La Si do mi	계면조1 : 전라지방의 민요조+계면성음(애원성)
		계면조2 : 계면조1+Sol과 re 음이 추가됨
		계면조3 : 계면조+중중모리로 흥겹게
		계면조4 : 계면조2+우조성음, 넓은 음역, 도약진행
		메나리조: 경상도지역의 민요조

위의 도표에서 보듯이, 악조유형을 음계상으로 우조형과 계면조형으로 분류할 수 있고, 선율형태를 기준으로 할 경우, 우조형 5가지, 계면조형 5가지 등 전체적으로 10가지 형태로 나누어 볼 수 있다. 우조형의 경우, 모두 Sol La do re mi의 음들을 사용하고 있으나 선율 진행상의 특징에 의해 우조, 평조, 설렁제,

---

10) 김혜정(1999), 「정광수 창 '수궁가' 악조 유형과 장단 구성」, 『남도민속연구』 제 5집, 9쪽.

경드름, 추천목의 5가지로 나누어 볼 수 있다. 우조는 넓은 음역을 사용하고, 도약진행을 자주 하여 우조성음으로, 그리고 힘 있는 통성으로 노래하는 악조이다. 아울러 평조는 비교적 좁은 음역 안에서 순차진행을 주로 하여 편안한 분위기를 자아내는 악조이다. 하지만 우조와 평조는 한 악곡 내에서 함께 사용되는 경우가 많고, 음계상의 차이가 없기 때문에 서로 분별이 쉽지 않다.[11]

한편, 계면조형은 Mi La Si do mi의 음계를 사용하는 악조이다. 여기에 Sol과 re음이 사용되어 여러 가지 선율의 변화를 가져오는 변용음계들로 유형이 나누어진다. 계면조1은 전형적인 유형으로 Mi La Si do mi 음만을 사용하며, 애원성으로 노래되는 악조이다. 계면조2는 계면조1의 음계에 Sol과 re음이 추가로 사용된 것으로 계면조 1에 비하여 슬픔이 덜하게 느껴진다. 계면조3은 계면조2의 음계에 중중모리 장단이 주로 사용되는 것으로 리듬이 굿거리형으로 흥겨우며, 성음도 흥겹게 진행함으로써 춤을 추거나 흥겨운 분위기에 사용되는 악조이다. 계면조4는 계면조2의 음계를 사용하지만, 우조성음을 쓰고 우조와 같이 넓은 음역에서 도약진행을 많이 사용하여 슬프지만 웅장한 느낌을 준다. 마지막으로 메나리조는 경상도지역의 민요조이다.[12] 이상과 같은 악조 유형이 정광수 바디 「수궁가」에 어떻게 적용되고 있는지를 보다 구체적으로 살펴보면 다음과 같다.

〈표 8〉 정광수 바디 「수궁가」의 선율[13]

대 목	선 율
1. 용왕탄식1	계면조 4
2. 도사 내려오는 대목	우조
3. 약성가	평조+계면조 1
4. 다시 맥보는 대목	우조
5. 용왕탄식 2	계면조 1
6. 수궁 만조백관	평조
7. 용왕탄식3	계면조 1+평조+계면조 1
8. 방게 아뢰는 대목	설렁제
9. 방첨사 조개	우조
10. 수문장 물메기	평조
11. 주부 들어오는 대목	우조

---

11) 김혜정, 위의 논문, 9쪽.
12) 김혜정, 위의 논문, 10쪽.
13) 김혜정, 위의 논문, 11쪽.

12. 상소 읽는 대목	우조
13. 토끼화상 대목	계면조3
14. 주부모친 통곡	계면조 2
15. 주부마누라 통곡	계면조 2
16. 고고천변	평조
17. 자라가 세상에 도착하는 대목	계면조1+평조
18. 날짐승 상좌다툼 봉황새	평조
19. 까마귀, 부엉이	경드름+평조
20. 길짐승 상좌다툼	평조+계면조1+평조+계면조1
21. 노루 너구리 멧돗이 토끼	우조
22. 물리치는 대목	평조+계면조1
23. 범내려 오는 대목	우조+엇모리
24. 주부보고 범이 좋아하는 대목	설렁제+계면조+평조
25. 주부통곡	계면조1
26. 물리치는 대목	평조+계면조1
27. 도망가는 대목	평조+계면조2
28. 산신제 지내는 대목	우조
29. 토끼 내려오는 대목	평조
30. 임자 없는 녹수청산	평조
31. 일개한퇴	평조
32. 수궁풍경 떠벌리는 대목	평조
33. 여우가 토끼 말리는 대목	계면조1
34. 주부가 토끼 나무라는 대목	우조
35. 수궁으로 떠나가는 대목	계면조1+평조+계면조1+평조
36. 범피중류	우조
37. 토끼 잡아들이는 대목	평조+계면조+평조
38. 간이 없다고 하는 대목	계면조1+평조+계면조1+평조
39. 수궁풍류	계면조 3
40. 별주부탄식 대목	계면조 1
41. 다시 세상에 나오는 대목	평조+계면조1+평조+계면조3
42. 토끼가 욕하는 대목	추천목
43. 사람의 내력	평조
44. 메나리소리	메나리조+계면조2
45. 토끼 춤추는 대목	계면조 3
46. 토끼 탄식 대목	계면조1
47. 마무리 대목	평조

위의 도표를 자세히 살펴보면, 계면조 선율이 적용된 대목은 12대목이고, 우조형 선율이 적용된 대목은 20대목이다. 그리고 이 둘이 모두 적용된 대목은 15대목이다. 「심청가」와 「춘향가」의 80-90%가 계면조로 되어 있다는 것이 일반적인점을 고려하면, 장광수 바디의 이러한 양상은 상당한 상이점을 보여준다. 여기에는 「수궁가」의 이면에 잘 어울리는 선율 선택이 계면조보다 우조형의 선율을 사용한 것으로 진단된다. 아울러 정광수 바디의 소리는 계면조와 우조의 구분이 뚜

렷하여 우조나 평조가 계면조화 되는 현상이 비교적 적었을 것으로 진단된다.[14) 각 유형별로 적용된 경우를 살펴보면, 우조가 8대목, 평조가 10대목으로 비교적 많이 사용되고 있다. 계면조 1이 5대목, 계면조 2는 2대목, 계면조 3은 토끼가 춤추는 대목과 수궁풍류의 2대목에서 적용되고 있다. 그리고 계면조 4는 용왕탄식 대목에서 한 번 사용되었는데, 이는 우조 성음과 우조식의 선율진행으로 용왕이 탄식하는 분위가 잘 조응한다. 한편, 특징적인 점은 추천목, 경드름, 설렁제, 메나리조 등의 악조가 골고루 적용되고 있다는 것이다. 이는 곧 정광수 바디의 「수궁가」에 다양한 음악적 요소가 투영되어 있음을 밝혀주는 것이라 할 수 있다.

이와 같이 우조형의 선율과 계면조형 선율이 전조가 되어 적용되는 15대목은 정광수 바디의 「수궁가」가 얼마나 이면을 잘 융합하여 소리를 하고 있는지를 여실히 보여준다. 이러한 전조양상에 대한 내용을 3. 약성가 대목, 17. 자라가 세상에 도착하는 대목, 22. 대목 등을 통해 좀 더 구체적으로 살펴보면 다음과 같다.

〈17. 자라가 세상에 도착하는 대목〉

계면조 : 층암절벽에 기어올라 ....토끼 만날 길은 전혀 없네
평 조 : 한 곳을 가만히 살펴보니 ....상좌 다툼을 허는구나

전반의 계면조 부분은 별주부가 세상에 도착하여 심란한 마음을 담아내고 있으며, 뒷 부분의 평조는 한편에 날짐승들의 상좌다툼이 벌어지는 곳을 담아낸 부분이다. 하여 별주부의 처량한 신세는 계면조로 표현하는 것이 적절하고, 날짐승이 상좌다툼은 평조로 표현하는 것이 타당하다 할 것이다.

〈22번   나오는 대목〉

평조 : 이놈들 내나이 들어봐라....어흥 으르르르렁 달려드니
계면조 : 뭇짐승들이 꿇어 엎져 .... 장군님 상좌로 앉으시오
전반의 평조에서는 날짐승들이 나이를 자랑을 하고 있고, 후반의 계면조 부분은 다른 짐승들이 무서워 호랑이를 장군님이라 부르며 상좌로 모시는 부분이다. 강자의 이야기는 평조로 표현되고, 약자인 다른 짐승들이 두려워하는 부분은 계면조로 표현되고 있다. 이와 비슷하게 용왕과 토끼의 대화 대목에서 용왕이 말하

---

14) 김혜정(1999),「정광수 창 '수궁가'의 악조 유형과 장단구성」,『남도민속 연구』제5집, 12쪽.

는 부분과 토끼가 말하는 부분은 각각 평조와 계면조를 적용하고 있다. 그밖에 우조와 평조의 악곡 중간 부분에 애원성을 간혹 사용하기도 한다. 이는 사설의 특징을 선명히 하는 작용을 한다. 가령, 다음과 같은 대목이 이를 밝혀 준다.

〈3. 약성가 대목〉

....팔문과 좌맥을 풀어주되 효험이 없으니 십이경 ....
평　조 : .... 족태음비겸 삼음교음릉천을 주어보되
계면조 : 아무리 약과 침구를 허되 병세 점점 위증하다

위의 대목은 평조로 진행되고 있는데, 이 가운데 효험이 없으니 부분은 애원성을 담아낸 어조로 진행된다. 마지막 대목 '아무리 약과 침구를 허되 병세 점점 위증하다'라는 부분은 계면조로 전조된 부분이다. 많은 약을 열거할 때는 평조로, 그럼에도 불구하고 효험이 없음을 노래할 때는 계면조를 적용하고 있는 것이다. 뿐만 아니라 전조는 슬프거나 흥겨운 분위기의 변화에만 사용되는 것이 상황의 변화에서도 적용된다. 가령, 17. 별주부가 세상에 나오는 부분과 날짐승의 상좌 다툼에서 상황변화를 위해 계면조와 평조를 사용하고 있는 부분에서도 확인된다.

이상에서 살펴 본 바와 같이, 전조는 계면조와 평조 혹은 우조 사이에서 주로 나타나고 있으며, 슬프거나 흥겨운 분위기의 변화와 강자와 약자 사이의 대화, 그리고 상황의 변화에 적용되고 있음을 알 수 있다. 아울러 상대적으로 약자이거나 슬픈 형상에는 계면조의 악조를 사용하고, 그 반대인 경우에는 우조 계열의 악조를 사용하고 있다. 그밖에 '슬피 우니' 혹은 '효험이 없으니' 등의 사설에는 곡의 악조와 관계없이 애원성으로 표현되고 있음을 확인할 수 있다.

3) 정광수 「수궁가」의 성음 선율의 특징

정광수 바디 「수궁가」에 사용된 장단은 진양조, 중모리, 중중모리, 자진모리, 엇모리, 엇중모리, 휘모리 등 7가지이다. 이 가운데 중모리는 단중모리와 평중모리로 세분되기도 하지만, 편의상 7가지로 분류할 수 있다. 정광수 바디 「수궁가」의 장단 구성은 다음과 같다.

〈표 11〉 정광수 바디 「수궁가」의 장단 구성[15]

대 목	장 단
1. 용왕탄식	진양조
2. 도사 내려오는 대목	엇모리
3. 약성가	자진모리
4. 다시 맥보는 대목	중모리
5. 용왕탄식	진양조
6. 수궁 만조백관	자진모리
7. 용왕탄식3	중모리
8. 방게 아뢰는 대목	중중모리
9. 방첨사 조개	중모리
10. 수문장 물메기	자진모리
11. 주부 들어오는 대목	진양조
12. 상소 읽는 대목	엇모리
13. 토끼화상 대목	중중모리
14. 주부모친 통곡	진양조
15. 주부마누라 통곡	중모리
16. 고고천변	중중모리
17. 자라가 세상에 도착하는 대목	중모리
18. 날짐승 상좌다툼 봉황새	중모리
19. 까마귀, 부엉이	엇중모리+자진모리
20. 길짐승 상좌다툼	중모리
21. 노루 너구리 멧돝이 토끼	중모리+진양조+중중모리
22. 물리치는 대목	중모리
23. 범 내려오는 대목	엇모리
24. 주부보고 범이 좋아하는 대목	중모리
25. 주부통곡	중모리
26. 물리치는 대목	자진모리
27. 도망가는 대목	휘모리+중모리
28. 산신제 지내는 대목	진양조
29. 토끼 내려오는 대목	중중모리
30. 임자 없는 녹수청산	중모리
31. 일개한퇴	자진모리
32. 수궁풍경 떠벌리는 대목	진양조
33. 여우가 토끼 말리는 대목	중모리
34. 주부가 토끼 나무라는 대목	자진모리
35. 수궁으로 떠나가는 대목	중모리
36. 범피중류	진양조
37. 토끼 잡아들이는 대목	자진모리
38. 간이 없다고 하는 대목	중모리
39. 수궁풍류	엇모리+중중모리
40. 별주부 탄식 대목	중중모리

15) 김혜정(1999), 위의 논문, 18-19쪽.

41. 다시 세상에 나오는 대목	진양조+중중모리
42. 토끼가 욕하는 대목	중모리
43. 사람의 내력	자진모리
44. 메나리소리	중모리
45. 토끼 춤추는 대목	중중모리
46. 토끼 탄식 대목	중모리
47. 마무리 대목	엇중모리

위의 표에서 알 수 있듯이, 진양조장단은 탄식1과 탄식2, 주부가 들어오는 대목과 주부모친 통곡하는 대목, 산신제 대목과 수궁풍경 대목, 그리고 범피중류 등 9대목에 사용되고 있다. 이는 대인의 슬픈 탄식과 장엄한 광경을 묘사하는데 일정 역할을 하고 있다. 중모리장단은 주부와 토끼의 탄식 대목과 상좌다툼과 같은 19개 대목에서 사용되고 있으며, 진양조에 비해 가벼운 탄식과 대화에 주로 사용되고 있다. 중중모리장단은 토끼화상, 고고천변, 수궁풍류와 토끼 춤추는 대목 등 10개 대목에 사용되며, 또한 이는 여러 사설을 전개하는 대목과 흥겨운 대목에 주로 사용되고 있다. 자진모리장단은 약성가, 수궁 만조백관, 일개한퇴, 사람내력 등과 같이 여러 가지 사실을 언급할 때 사용되고 있고, 아울러 물리치는 대목과 토끼 잡아들이는 대목과 같이 긴박한 상황전개에도 사용되고 있다. 엇모리장단은 도사가 나타나는 대목과 범이 내려오는 대목, 수궁풍류 대목에 사용되고 있다. 엇중모리장단은 판소리 종결 대목에 사용되며, 날짐승상좌다툼 중 까마귀 부분에서 경드름과 함께 사용되고 있다.

그런데 장단 사용보다 더 부각되는 것은 붙임새라 할 수 있다. 정광수 바디 「수궁가」에는 주로 엇붙임 종류가 망라되고 있다. 그리고 그 사용이 화려하다. 중중모리나 자진모리와 같은 빠른 장단에서의 엇붙임뿐만 아니라 진양조에서 붙임을 사용하고 있어 눈길을 끈다. 자진모리장단에서 사용되는 엇붙임은 매우 복잡하고 화려하여 원래의 자진모리 기본리듬(대마디 대장단)으로 되돌아가는 시간이 다른 창자에 비해 길게 드러나는 특징을 보인다. 정광수 바디 「수궁가」에는 이러한 시간적 간격이 훨씬 넓음에도 장단의 흐름을 깨뜨리지 않는 묘미가 있다.

이상의 내용을 종합하면, 정광수 바디 「수궁가」의 특징을 크게 두 가지로 설명할 수 있다. 첫째, 판소리의 모든 악조와 장단이 사용되고 있을 뿐만 아니라 모든 붙임새의 테크닉이 사용되고 있는 점이다. 이는 곧 다양하고 풍부한 음악적 재료를 이면에 적절하게 사용하고 있음을 의미한다. 둘째, 동편제의 성음구사와 서편제의 기교성을 융합하고 있는 점이다. 즉 힘있는 통성과 우조성음, 평조계열의 악조들을 자유로이 구사하고 있는 점에서 동편제의 특징을, 화려하고 기교적인 붙임새와 시김새에서 서편제의 특징을 담아내고 있는 점이다. 이러한 특장들이 정광수의 소리를 한결 격조 있게 해준다 할 것이다. 이 점을 주목하면, 정광수는 동편제인 유성준의 「수궁가」를 전반적으로 잘 전승하였지만, 유성준의 소리와는 차별되는 음악적으로 매우 다른 소리를 변형, 발전시켜 그 자신의 독특한 소리를 만들어 내고 있다 할 것이다.

4. 정광수 바디 「수궁가」의 전승과 변용 양상

정광수는 판소리의 전승과 보급 및 교육에도 지대한 관심을 가지고 상당히 많은 제자를 배출하였다. 정광수 바디를 그의 호를 따서 '양암제'라고 하고 있는데 그의 바디 「수궁가」를 전승하고 있는 대표적인 제자로는 박초월을 비롯한 정의진, 안숙선, 김영자, 윤충일, 정옥향, 방성춘, 신영자, 이용수, 김종만 등이 있다. 이상과 같은 정광수 바디의 「수궁가」를 전승하고 있는 대표적인 제자들의 전승과 변용을 구체적으로 살펴보면 다음과 같다.

1) 박초월의 정광수 바디 「수궁가」 전승과 변용

유성준-정광수-박초월로 이어졌다는 「수궁가」의 전승 계보는 그동안 학계의 주된 인식이었다. 박초월의 「수궁가」는 유성준 바디로 동편제 계열이지만, 음악적으로는 전형적인 계면성음 위주의 서편제적인 특징을 지니고 있다. 박초월의 사사관계는 이러하다. 즉 그는 정광수에게서 광복 후 「수궁가」 전판을 배웠고, 또한 1950년대 후반 임방울로부터 사사를 받으면서 자신의 소리로 변화시켜 나갔다.[16]는 것이다. 특히 박초월은 당시 완전한 음악적 틀을 갖춘 정광수의 「수궁가」의 영향을 가장 많이 받은 것으로 알려져 있다. 즉, 박초월은 정광수의 새로운 바디의 「수궁가」를 배우고 익혀 그 나름의 독특한 바디의 「수궁가」를 형성하였던 것이다. 정광수는 "스스로 소리를 할 만큼 자득하면 (자기가) 소리를 정

---

16) 최혜진은 "애초 박초월이 정광수에게 '수궁가' 전판을 배웠음에도 불구하고 현재 창본을 검토해 본 결과 박초월과 정광수는 절반 정도만 공통점을 가지고 있다는 것을 확인할 수 있었다. 이렇게 차이가 크게 나는 것은 정광수가 유성준에게 배운 내용을 박초월에게 전수를 한 뒤 자신의 소리로 변이시켜 나간 동시에 박초월 역시 임방울의 영향을 받으며 자신의 소리를 만들어 갔기 때문으로 보인다."고 지적하고 있다(최혜진(2006), 「박초월 바디 '수궁가'의 전승과 변모 양상」, 『판소리 연구』 22, 423-459쪽.)

리해야 한다."[17]고 언급하고 있음이 이를 방증한다. 어쩌면 박초월은 정광수의 이러한 언급에 잘 부응한 창자로 그녀만의 고유한 음역의 특색을 보여주고 있다.

그런데 박초월은 그녀만의 사설 윤색과 창법의 변화 등을 지니고 있어서 정광수 바디 「수궁가」와는 다른 양상을 보이고 있다. 박초월이 전반적으로 정광수의 사설을 가지고 있기는 하지만, 사설이 짧고 없던 사설이 삽입되어 있는 것을 보면 정광수는 박초월에게 「수궁가」를 가르치고 난 후 본격적으로 자신의 소리를 만들었던 것으로 보는 견해도 있다.[18] 하지만 이에 대한 내용은 분명하지 않은 것 같다. 그리고 박초월의 「수궁가」에 한문 투의 사설을 많이 포함되어 있는 것은 전반적으로 정광수 바디 「수궁가」의 사설의 확장이었다 할 수 있다. 가령, 상소문을 넣거나 약성가 사설을 가장 길고 자세한 정응민제로 한 것이 그러한 예라고 할 수 있다.[19]

2) 정의진의 정광수 바디 「수궁가」 전승과 변용

정의진(1947-)은 조선 후기 8대 명창 정창업(1847-1889)의 증손녀로 중요무형문화재 5호 판소리 「춘향가」 및 「수궁가」 보유자인 부친 양암 정광수 명창을 뒤이어 서울시 무형문화재 제32호 판소리 「수궁가」의 예능보유자이다. 특히 판소리의 전성기라 평가받은 철종 때 활동한 정창업은 서편제의 거두로 일컬어지는 뛰어난 명창이다. 정창업 명창에서 정학진 명창, 정광수 명창, 정의진으로 이어지는 4대가 '공인 명창'이다. 즉, 정의진은 증조할아버지와 큰할아버지(정학진 명창), 아버지(정광수 명창)에 이어 4대가 '공인 명창'이 되어 소리꾼 가문의 계보를 잇고 있다.[20] 또한, 정의진은 2012년 (사)정광수제 판소리보존회를 설립하여 활발하게 전승활동을 펼치고 있다. 2021년부터 매년 양암 정광수 선생 추모제와 판소리 경연대회를 개최해 오고 있음이 이를 방증한다.

3) 안숙선의 정광수 바디 「수궁가」 전승과 변용

정광수 바디 「수궁가」를 전승한 안숙선(1949-)은 전북 남원 출신으로 예인 가

---

17) 판소리학회(1991), 「판소리 명창 정광수」, 『판소리 연구』 2, 판소리학회, 259쪽.
18) 최혜진(2006), 「박초월 바디 '수궁가'의 전승과 변모양상」, 『판소리 연구』 22, 428쪽.
19) 인권환(2001), 「'수궁가' 동편제와 강산제」, 『토끼전. 수궁가 연구』, 고려대학교 민족문화연구원, 436쪽.
20) 정의진 명창의 제자로는 문정하, 옥창임, 정명숙, 박혜진, 김계진, 이지선, 서진, 한은영, 한예림, 윤은서, 채옥선, 이효선, 서순분, 백순복 등이다.

문의 피를 이어받았다. 안숙선은 9살 때 이모인 강순영의 주선으로 주광덕 문하에서 소리를 배우기 시작한 이후, 10대 때는 외당숙인 강도근에게서 판소리 다섯 바탕의 토막소리들을 두루 배웠다. 이후 31세에 국립창극단에 입단하여 양암 정광수에게서 「수궁가」를 배웠다. 그는 타고난 음악적 능력은 물론, 뛰어난 연기력을 바탕으로 수많은 작품에 주역으로 활약하였다. 특히 그는 창극 「수궁가」에서의 토끼 역 또한 작은 체구를 십분 활용한 익살스러운 연기로 인해 대중들의 큰 인기를 끌었다. 아울러 그는 1997년 '중요무형문화재 제23호 가야금 산조 및 병창 예능 보유자'로 인간문화재가 되었고, 아시아, 북남미, 유럽 등의 주요 도시를 순회공연하면서 한국의 소리를 세계에 전파했다. 비록 안숙선은 양암제 「수궁가」의 이수자는 아니지만 양암제 「수궁가」 전승과 발전을 위해 많은 기여를 해오고 있다.

4) 김영자의 정광수 바디 「수궁가」 전승과 변용

김영자(1951-)는 국가중요무형문화재 5호 판소리 「수궁가」 준보유자로 타고난 목청이 좋으며 힘차고 실한 성음이 특기이다. 김일구와 부부명창으로 잘 알려진 김영자는 정광수에게 「수궁가」를 배웠다. 그는 2006년 일본 나고야 아이치 엑스포에서도 「수궁가」 완창을 선보임으로써 양암제 「수궁가」를 전승하고 알리는데 큰 역할을 하였다. 현재 사단법인 온고을소리청 이사장, 전북도립국악원 창극단장을 맡아 후학을 지도하며 많은 활약을 하고 있다.

이상에서 보듯이, 정광수는 판소리의 전승과 보급, 그리고 교육에 깊은 관심을 가졌고, 그 결과 많은 제자들이 저마다의 독특한 소리로 「수궁가」를 비롯한 각종 판소리를 완창하고 발전에 기여하고 있다. 그런데 정광수제는 아주 각별한 계통을 가지고 있다. 「수궁가」와 「적벽가」는 유성준제이며, 「춘향가」와 「흥보가」·「심청가」는 김창환제이다. 그가 보유했던 「수궁가」에로는 학습자들이 모여서 온전히 전승의 맥락을 확보하였지만, 나머지 귀한 소리 제는 현재 멸실된 상태이다. 하지만 노랫말이 온존하게 남아있고, 토막소리로 배운 명창들이 있기 때문에 재구성하면 충분히 전승될 수 있는 가능성도 있을 것으로 판단된다.

5. 결 론

이상에서 정광수 명창의 생애와 그의 바디 「수궁가」의 특징 및 전승과 변용 양상을 살펴보았다. 진중하고 음악성이 뛰어나 청중들을 웃기고 울리며 지금까지 널리 향유되고 있는 「수궁가」는 순조 때 명창 송흥록과 송광록을 기점으로 철종 때 명창 송우룡을 거쳐 고종 때 유성준에게 전승되었고, 유성준 바디 「수궁가」는 정광수, 임방울, 김연수 등이 대표적으로 전승하여 오늘날 「수궁가」의 전승계보에서 가장 대표적인 위상을 차지하고 있다. 유성준으로 부터 「수궁가」를 전승한 이들 창자는 한 스승에게 학습하였지만 각기 여러 명창의 좋은 대목과 새로운 사설을 삽입하면서 저마다의 독특하고 개성 있는 소리를 만들어냈다는 것이다. 여기에 제자들의 전승과 변용의 의의가 있다.

중요무형문화재 제5호 판소리 예능보유자이자 동편제의 거장 정광수 ((1909-2003) 명창의 본관은 나주, 본명은 용훈(榕薰), 호는 양암(亮菴)이다. 특히 그는 서편제의 거두로 일컬어지는 정창업(1847-1919) 명창의 손자이다. 정광수는 자신의 소리 특징인 큰 폭의 도약진행과 다양하고 변화무쌍한 붙임새의 사용, 그리고 장식음과 요성 등의 기교를 사용하여 화려하게 소리를 전개하는 특징을 보여주고 있다. 그의 이러한 소리 변화의 특징은 일반적으로 동편제보다는 서편제 판소리 특징에 가깝다 할 수 있다. 그렇다면 정광수는 동편제인 유성준의 「수궁가」를 전반적으로 잘 전승하였지만, 말년에 유성준의 소리에다 어릴 때 배웠던 서편제 「수궁가」와 정응민에게서 배운 보성소리 「수궁가」를 수용, 변용하여 그 나름의 독창적이고 완성도 높은 「수궁가」를 만들었다 할 수 있다. 결국 그는 스승의 가르침과 독공 등의 치열한 수련과정을 겪으면서 소리의 본질을 터득하고 자기 나름의 재해석과 통합된 소리로 자신만의 독특한 음악적 역량과 특성을 담아낸 소리의 세계를 구축하고 있다.

이러한 면모를 지닌 정광수 바디의 특징은 동편제 소리로 비교적 남성적이고 선이 굵으며 힘 있는 소리라 할 수 있으며, 그의 바디 「수궁가」의 특징을 크게 두 가지로 요약할 수 있다. 첫째, 판소리의 모든 악조와 장단이 사용되고 있을 뿐만 아니라 모든 붙임새의 테크닉이 사용되고 있는 점이다. 이는 곧 다양하고 풍부한 음악적 재료를 이면에 적절하게 사용하고 있음을 의미한다. 둘째, 동편제의 성음구사와 서편제의 기교성을 융합하고 있는 점이다. 즉 힘 있는 통성과 우조성음, 평조계열의 악조들을 자유로이 구사하고 있는 점에서 동편제의 특징을,

화려하고 기교적인 붙임새와 시김새에서 서편제의 특징을 담아내고 있는 점이다.

위와 같은 사실을 주목하면, 어렵게 판소리를 공부하고 힘겹게 그 소리를 지키며 후학을 양성하고, 판소리의 선양을 위해 일생 동안 열과 성을 다한 정광수 명창의 소리 향기는 "찬 눈 속에 한고를 견디고 이기어 지나온 매화 향기는 절개가 특이하다.(雪後梅花節特長)"[21]는 그가 남긴 글에서 충분히 읽어 낼 수 있다. 또한 정광수 명창은 한학에 조예가 깊어 수많은 글을 남겼으며, 특히 말년에는 일찍이 소리에 매달려 세상과 멀리하고 구십이 넘도록 스승의 큰 가르침을 제대로 이어가기가 참으로 어려웠음을 토로하면서 생을 갈무리하는 회고시[22]를 남기도 하였다. 뿐만 아니라 작고 한 해 전(2002년)까지도, 제자들에게 노동요, 즉 가요송가, 추수풍년가[23]를 직접 작사, 작곡하여 가르치는 열정을 보여주었다. 특히 정광수 명창은 양암(亮菴) 회훈(會訓)에서 "고된 일 마치고 숨 쉬는 마음으로 / 시원한 기분 다 같이 느끼게끔 / 연화의 꽃향기 같이/ 마음가짐 너그러이 하고/ 회심곡으로 명계(明戒) 삼아/ 철저히 돌이켜 스스로 깨우치길/ 성심으로 원한다" 라고 언급하고 있듯이, 힘든 소리 과정을 마치고 잠시 숨 돌리는 마음으로 소리의 청량함을 대중들이 느끼도록 하고, 또한 항상 연꽃 향기처럼 넉넉한 마음을 갖되 회심곡을 명계삼아 철저히 자신을 반조하며 스스로 득음하여 이를 널리 선양하는 인재가 되어 주길 성심으로 발원하고 있다. 이 회훈은 후학들이 어떻게 소리를 익히고 전해야 하는 가를 일러준 메시지라는 점에서 그 의의가 있다 할 것이다.

소리에는 사기(邪氣)가 없어야 한다는 것이고, '판소리'라는 용어 보다는 '소리'로 불러야 하며 원형의 소리를 배워야 함을 강조한 정광수 명창의 「수궁가」바디는 박초월, 정의진, 김영자, 안숙선, 정옥향, 김종만, 이용수, 신영자, 정염미,

---

21) 1976년 정광수 명창이 지은 한시 중의 한 구절임.
22) "내 한생을 회고컨대 세상과는 멀었구나 / 일찍 소리에 매달려 겨를 없이 많은 해를 보냈네 / 구십 넘은 이 늙은이가 가소롭기도 하여라 / 큰 가르침 잇지 못했으니 참으로 어렵기도 하여라 (自顧生平疎世間 / 曾音無暇送多年 / 九十晩年窮老笑 / 續難仁逸諦難眞)"
23) 〈가요송가〉의 내용은 다음과 같다. 중중모리. "불러보세 옛 추억/불러보세/△옛 추억/ 반만년 어이어/△어어호어 어어어-/해동의 이 겨레에 - 동포님들/ 때를 따라서 즐겨/어 보세/즐겨보세/양유천만 사라도/가는 춘풍을 잡아맬까/불로문도 허무허니 /백바을 누가금할 △손가/동원도리이아 - /△이이 이 편시춘광이라// '엇모리 추수풍년가'. "구야 헤에에야 헤에헬 로하헤/ 구야 - 헤에에야 헤에헬 로하헤/ 1) 농자는 천하지대본/토착 국민이 어어어서 /원시이래 우리 풍토/ 전인전토 후인수라/반만년 우리나라 /△유구한 민족이라오 - / (후렴) "구야 헤에에야 헤에엘 로하헤// 2)삼달덕 명헌님에도 /매년 농부지고하고/ 상사직녀 지로오허니 /밭 가운데 /쌀립 쌀립/하나 하나 신고 이제/(후렴) 구야헤 에에야 헤헤헬 로하헤." 연구자는 이 '가요송가'를 양암 명창으로부터 직접 배워 추모 1주기에 즈음하여 2004년 10월 9일, 국립극장에서 안숙선, 김영자와 함께 성황리에 공연을 한 바 있다.

윤충일 등의 명창들에 의해 전승, 변용되고 있다. 그들이 부르는 「수궁가」는 김세종, 장자백, 유성준, 정광수로 이어지는 계보이다. 이들 모두는 정광수가 펼쳐 보인 선이 굵고 힘이 있을 뿐만 아니라 우아한 판소리의 전통을 이어받아 수련하여 오늘날 판소리계의 훌륭한 버팀목이 되고 있다.

정의진은 '정광수제 판소리보존회'를 설립해 부친 양암선생의 소리 보존과 후학 양성에 심혈을 기울여 오고 있다. 또한 정의진은 동국대 문화예술대학원의 초빙교수로 4년간 재직했으며, 2021년 동방문화대대학원에서 불교문예학 박사학위를 받았다. 매년 양암 정광수 선생 추모제와 판소리 경연대회를 개최해 오고 있다.

템플스테이가 마음치유에 미치는 영향

서 용 석(문학박사)

1. 서 론

오늘날 많은 사람들은 경쟁과 불안, 소외 등으로 끊임없는 스트레스를 받으며 살아가고 있다. 만병의 근원인 스트레스로 인해 받는 부정적 정서는 정신적·육체적으로 좋지 않은 영향을 미친다. 스트레스가 지속되거나 과도할 경우 우울증, 불안 장애 등과 같은 정신적 장애와 만성질환 및 암 등과 같은 질병을 유발하고 심할 경우 사망에 이르기도 한다. 따라서 스트레스를 잘 대처하고 극복해야 할 필요가 있다. 스트레스를 대처하는 방법으로는 명상·참선 등과 같은 마음수련, 등산·여행·산책 등과 같은 일상으로부터의 탈피, 독서·음악 및 영화감상 등의 취미생활, 기도 등 여러 가지 방법이 있다. 이러한 방법 외에 '템플스테이'(Temple Stay) 체험은 스트레스를 감소시키는 좋은 방법 중의 하나라고 생각한다. 왜냐하면 템플스테이 프로그램을 운영하고 있는 사찰은 경관이 수려하고 물과 공기가 맑은 명산에 위치하고 있고, 특히 새벽예불, 참선, 108배, 다도, 발우공양, 연등 만들기, 숲속 산책 등의 프로그램은 심신을 편안하게 하고 스트레스를 해소할 수 있기 때문이다.

'2002 한·일 월드컵' 공동개최를 계기로, 당시 한국을 찾는 외국인들의 숙박문제가 국가적인 문제로 대두되자 정부는 해결 방안의 하나로서 템플스테이(Temple Stay)를 실시하게 되었다. 그 당시 다양한 매체를 통해 산사의 아름다운 자연환경과 우주와 조화를 이룬 가람배치, 새벽예불, 참선, 다도, 발우공양, 운력, 연등만들기, 탑돌이 등 일련의 템플스테이 프로그램은 한국전통문화를 체험할 수 있는 좋은 기회이며 또한 일상 스트레스에 찌든 현대인들에게 '힐링'을 위한 가장 좋은 프로그램 중의 하나로 평가되었다.

2002년 초기의 템플스테이 참가 사찰 수는 33개, 참여 외국인은 991명에 불과했지만 2011년에는 운영시찰이 122개로 증가되었으며 내국인을 포함한 해서 참여 수는 연평균 40%정도 성장되었다. 또한 템플스테이는 2009년 경제협력개발기구(OECD)에 의해 '세계의 성공적인 5대 문화관광 상품'으로 선정되었고, 2010년 국가브랜드위원회는 '대한민국을 대표하는 10대 아이콘'으로 선정함으로써 우리나라를 뛰어넘어 세계적인 문화콘텐츠로 평가되고 있다.

우리나라의 경우, OECD 회원국 중 청소년 자살률 1위, 이혼율 3위, 술 소비 1위에 낮은 행복감, 노인범죄율 증가 등 사회문제가 커짐에 따라 국민들이 심리적 위축감을 크게 느끼게 되고 이에 따라 정신적 치유에 대한 필요성이 대두되기 시작했다. 이러한 시대적 상황에 부응하여 정신문화적 가치와 다양한 소통 프로그램들을 지닌 템플스테이는 이제 단순히 문화적 가치만으로 평가되기에는 사회적으로 공익적 역할이 크게 확대된 것으로 진단된다. 따라서 무엇보다도 불안이 가중되고, 소통이 부재하는 시대에 불안해소와 '사회 소통'을 향후 중요한 가치로 삼고, 소통의 장으로서 보다 적극적이고도 효율적인 템플스테이 운영이 절실히 요청되고 있다. 이와 같이 급변하는 시대적 상황에 소비자들의 욕구에 부응하여 템플스테이는 휴식과 명상 등 단기 체험으로 자아성찰과 마음치유의 프로그램으로 그 역할이 더욱 요청되고 있다. 특히 자아 성찰을 통한 비움과 내려놓기, 존중과 어울림의 지혜를 제공함으로써 현대인들의 불안과 스트레스를 해소해 주는 템플스테이는 현대인의 마음치유 프로그램의 한 전형으로서 충분한 가치를 지니고 있다.

실제로 템플스테이는 자아 성찰을 통한 비움과 내려놓기, 존중과 어울림의 지혜를 제공함으로써 현대인들의 불안과 스트레스를 해소해 주는 더 없이 좋은 마음치유 프로그램이라 할 수 있다. 이처럼 템플스테이가 마음치유에 미치는 영향이 지대함에도 불구하고 지금까지 이에 대한 심도 있는 논의는 거의 없는 실정이다. 기존의 연구들은 선 수행, 연등축제, 산사음악회, 템플스테이 중심으로 한 현대 한국 불교문화의 대중화,[1] 템플스테이 체험과정에서 사찰환경이 참가자의 감정·만족 및 행동의도에 미치는 영향,[2] 전통문화콘텐츠로서의 템플스테이 개발에 관한 연구[3], 템플스테이를 활용한 한국정신문화 관광자원 활성화 방안과 전략,[4] Temple Tourist의 성별, 연령별, 종교별 선택 동기 및 가치평가,[5] 템플스테이

1) 정해성(2010), 「현대 한국 불교문화의 대중화 연구」, 중앙승가대학교대학원 박사학위논문.
2) 전병길, 정윤조(2008), 「템플스테이 체험과정에서 사찰환경이 참가자의 감정·만족 및 행동의도에 미치는 영향」, 『관광·레저연구』제20권 제2호, 통권 제43호, 한국관광레저학회, pp.7-27.
3) 김영훈(2007), 「전통문화콘텐츠로서의 템플스테이 개발에 관한 연구」,『福祉行政硏究』제23집, 안양대학교 복지행정연구소, pp.123-148.
4) 주경(2008), 「템플스테이를 활용한 한국정신문화 관광자원 활성화 방안과 전략」, 『한국관광정책』 통권 제32호, 한국문화관광연구원, pp.62-67.
5) 이호길(2009), 「Temple Tourist의 성별, 연령별, 종교별 선택 동기 및 가치평가」, 『사회과학연

체험과 체험 후 효과에 관한 질적 연구,[6] 템플스테이 만족의 결정 요인에 관한 연구,[7] 템플스테이 체험의 여가심리학적 모형,[8] 템플스테이의 운영 현황과 활성화 방안 연구[9] 등 수십 편의 논문과 여태동의 『템플스테이 : 山寺에서의 하룻밤』[10], 유철상의 『절에서 놀자, 템플스테이』[11], 전통문화의 이해와 참가 동기와 만족도, 관광자원으로서의 템플스테이 운영과 활성화 방안을 모색하고 있지만, 여태동의 『템플스테이 : 山寺에서의 하룻밤』(2004), 유철상의 『절에서 놀자, 템플스테이』(2005)와 같은 템플스테이에 대한 개략적인 소개 정도에 그치는 단행본과 유승무의 「방한 외국인의 사찰체험관광 행동분석 : FIFA 2002 한일월드컵 템플스테이 참여만족도를 중심으로」 등의 논문이 있을 정도이다. 하지만 이러한 단행본과 연구논문은 템플스테이의 개론적인 언급과 관광 형태적 측면에서 방한 외국인과 국내인의 관광행동, 체험관광상품의 개발과 활성화에 관한 성격 분석에 그치고 있을 뿐, 템플스테이가 갖는 치유적 의미에 대한 논의는 없다. 따라서 본 논문에서 연구자는 템플스테이가 미래지향적인 문화콘텐츠가 되기 위해서는 사찰별로 시대적 대세인 '힐링'에 역점을 두어 특화된, 맞춤형 프로그램 개발로 현대를 살아가는 사람들의 지친 심신과 상처를 치유함으로써 삶의 가치를 높여주는 새로운 장이 되어야 함을 주목하고, 템플스테이와 마음치유의 관계성을 모색하고자 한다.

2. 템플스테이의 의미와 발전과정

1) 템플스테이의 의미

위키 백과사전에 의하면, "템플스테이는 한국의 전통사찰에 머물면서 사찰의 일상생활을 체험하고 한국불교의 전통문화와 수행정신을 체험해 보는 것을 의미

구』통권 제11호, 경운대학교 사회과학연구소, pp.354-368.
6) 전병길, 정윤조(2011), 「템플스테이 체험과 체험 후 효과에 관한 질적 연구」, 『觀光學硏究』제35권 제10호 통권96호, 韓國觀光學會, pp.73-96.
7) 전병길, 김민자(2012), 「템플스테이 만족의 결정요인에 관한 연구」, 『관광연구』제27권 제4호, 대한관광경영학회, pp.411-433.
8) 윤조(2009), 「템플스테이 체험의 여가심리학적 모형」, 동국대학교대학원 박사학위논문.
9) 경동(2009), 「템플스테이의 운영현황과 활성화 방안연구」, 동국대학교대학원 석사학위논문.
10) 여태동(2004), 『템플스테이 : 山寺에서의 하룻밤』, 도서출판 이른아침.
11) 유철상(2007), 『절에서 놀자, 템플스테이』, 랜덤하우스.

한다"라고 정의되어 있다. 한편, 템플스테이 문화사업단의 웹 사이트에는 "템플스테이' 참가자들에게 1700년의 역사를 지닌 전통사찰에서 불교수행자의 삶을 체험하게 하는 독특한 문화프로그램"으로 소개되어 있다. 이러한 맥락에서 보면 '템플스테이'는 한국 불교문화의 원형이 잘 보존된 전통사찰에서 머물면서 수행자들의 일상생활을 체험해보고 그 문화를 이해하는 데 그 의미를 찾을 수 있다. 즉, 템플스테이는 단순히 사찰을 방문해 보는 것만이 아니라 살아 숨 쉬는 불교의 전통문화를 느끼고, 배우는 기회를 제공하는 데 그 의의가 있다.

천혜의 자연환경과 불교문화가 조화를 이룬 사찰에서 수행의 일상을 체험하며, 사찰의 건축구조와 조각, 불화, 단청 등의 불교문화예술의 이해와 자기성찰을 함으로써 심신을 치유하고 새로운 삶의 방향을 설정하는 일은 템플스테이의 중요한 역할이라 할 것이다. 따라서 템플스테이는 21세기의 새로운 패러다임인 '지속가능한 관광'의 형태로 바쁜 일상에 지친 참가자들에게 육체적, 심리적 안정과 만족감을 제공함으로써 삶의 질 향상에 기여하고 있다. 그것은 단순히 불교문화의 체험만을 목적으로 하는 것이 아니라 사찰이 가지고 있는 자연환경을 적극 활용하여 자연과의 교감을 통한 자아성찰을 통해 일상에서 벗어나 스트레스를 해소하고 삶의 새로운 활력소를 얻을 수 있는 프로그램에서 확인된다.

이와 같이 템플스테이는 우리의 문화전통문화자산들을 기반으로, 종교체험과 관광문화상품으로서의 특징과 의미를 동시에 보여주는 새로운 문화아이콘으로 뿐만 아니라 대중들의 문화적 욕구와 트렌드에 역동적으로 부응하는 다양한 의미와 기능을 보여 주고 있다 할 것이다. 다시 말하면, 템플스테이는 국가 이미지 제고와 지역사회와 연계한 전통문화의 활성화와 확산, 웰빙과 힐링의 요소를 기반으로 하여 복잡하고 불안한 현대를 살아가는 대중들에게 번다한 삶을 내려놓고 쉬게 함으로써 자아성찰의 기회를 제공하며, 또한 수행과 신행문화를 주요 콘텐츠로 활용하는 상징적 의미와 기능을 갖추고 있다고 할 수 있다.

2) 템플스테이의 발전과정

2002년 5월11일, 김천 직지사에 주한외교사절단 50여 명이 모여 '템플스테이'를 처음으로 체험했는데, 이는 월드컵 성공개최를 기원하고 불교문화를 전 세계에 알리는 템플스테이의 시작이었다. 초기의 템플스테이 참가 사찰 수는 33개이었으며, 참여 외국인은 991명에 불과했다. 같은 해 '부산 아시안게임'에서도 호응이 높아 14개 사찰에서 1557명이 참가했는데, 이는 월드컵을 통해 템플스테이에 대한 인지도가 높아졌음을 보여주는 증거다.12) 다음의 【표1】에서 보듯이, 2009년까지 템플스테이 시행 사찰은 114개로 증가하였다. 특히 외국인 참가 증가율이 매년 압도적인 성장세를 보이면서 템플스테이는 전 세계의 주목을 끌고 있다.

【표 1】 2002-2009년 연도별 템플스테이 참가 수

운영년도	사찰수	사찰증가율	내국인	외국인	총인원	인원증가율
2002년	33		1.299	1.259	2.558	
2003년	16	52%			3.755	47%
2004년	36	125%	33.695	3.207	36.902	883%
2005년	41	14%	45.932	6.617	52.549	42%
2006년	50	22%	61.417	9.497	70.914	35%
2007년	74	48%	67.913	13.532	81.445	15%
2008년	87	18%	92.694	20.106	112.800	38%
2009년	102	17%	121.494	19.399	140.893	25%
합 계	**114**	**41%**	**423.145**	**72.358**	**495.503**	**173%**

(출처: 대한불교조계종 한국불교문화사업단 제공)

【표 1】에서 보듯이, 지난 8년간 (2002-2009) 총 50만여 명이 템플스테이에 참가하였는데, 이 중 외국인은 약 7만여 명으로 나타났다. 그간 템플스테이는 국가의 정책으로 장려되어 왔다. 문화관광부는 템플스테이가 관광인프라 구축 차원에서도 의미 있는 사업으로 평가하고, 월드컵 이후에도 계속 활성화되도록 대책을 마련하고 지원을 해왔던 것이다. 아울러 2004년 대한불교조계종 한국불교문화사업단이 출범하면서 한국불교의 유·무형 자원을 바탕으로 국민들에게 문화적 정서와 전통문화체험 기회를 제공하고 외국인들에게 한국의 아름다운 전통문화를 알리기 위한 목적으로 전국의 템플스테이 운영사찰을 선정하고 관리 지원하며, 운

---

12) 「외국인을 위한 한국불교문화체험 템플스테이」, 대한불교조계종 한국불교문화사업단, 2007, p.8.

영인력 양성, 템플스테이 참가자들을 위한 정보 제공, 국내외 홍보 등의 업무를 맡고 있다. 그 결과 2004년 33,695명, 2005년 45,033명, 2006년 61,417명으로 꾸준한 증가 추세를 보이고 있다. 2009년 총 참가 인원이 140,893명임을 감안하면 지속적으로 참여 인원이 증가하고 있는 추세임을 알 수 있다.

【표 1】에는 표시되지 않았지만, 2011년에는 운영시찰이 118개로 증가되었으며 내국인을 포함한 해서 참가 인원수는 연평균 40%정도 성장된 것으로 파악되었다. 이러한 일련의 과정을 통해 템플스테이는 지난 2009년 경제협력개발기구(OECD)에 의해 '세계의 성공적인 5대 문화관광 상품'으로 선정되었고, 2010년 국가브랜드위원회는 템플스테이를 '대한민국을 대표하는 10대 아이콘'으로 선정했다. 이제 템플스테이는 연등회, 팔만대장경, 영산재, 사찰음식 등과 함께 이미 우리나라를 뛰어넘어 세계적인 문화콘텐츠로 평가되고 있다.

이러한 발전 과정을 거쳐 이제 템플스테이는 제2의 시기를 맞아 새로운 발전과 도약을 위한 다각적인 프로그램 개발을 모색할 때가 되었다. OECD 가운데 최고의 자살률에서 보듯이, 우리가 처한 어려운 현실을 보살피고 치유하는 가운데 사회통합에 기여하는 '특화된 템플스테이' 프로그램 개발이 절실히 필요하다. 다시 말해, 무엇보다도 지난 10년을 평가하고 새로운 미래 10년을 보여주기 위한 템플스테이의 방향은 대중과 함께 하는 소통의 장이 되고 치유의 장이 되어야 할 것이다.

3) 템플스테이 운영 유형

그간 템플스테이는 대체적으로 기본형, 휴식형, 불교문화체험형, 전통문화체험형, 생태체험형, 수행형, 짧은 시간의 템플라이프 등으로 진행되었는데, 이에 대한 프로그램의 내용과 운영사찰 수는 다음과 같다.

【표 2】 템플스테이 운영사찰 유형별 분류

분 류	설 명	기 간
기본형	가장 기본이 되는 예불, 울력, 참선, 108배, 다도 등으로 구성되고 사찰에 따라 체험 프로그램이 추가	1박2일~2박3일
휴식형	사찰의 자연, 문화 환경을 활용하여 마음의 휴식을 얻을 수 있는 프로그램(오리엔테이션, 예불, 공양[식사], 차담) 진행	1박 2일 ~ 1주일 이내
불교문화 체험형	한국불교의 유무형의 문화를 체험하여 교육적인 효과를 거둠과 동시에 새로운 경험을 열어주는 프로그램 진행	1박2일 ~ 2박 3일
전통문화 체험형	사찰의 지역문화와 연계한 지역 사회의 행사나 세시풍속 등을 중심으로 이루어지는 한국 전통문화를 체험하는 프로그램	1박2일 ~ 2박 3일
생태체험형	사찰 주변의 자연 환경을 체험하고 환경과 인간의 관계에 대한 인식을 변화시킬 수 있는 프로그램	1박2일 ~ 2박 3일
수행형	참선, 명상을 중심으로 자아를 성찰하고 평화를 찾고자 하는 일반인들을 위한 프로그램	1박 2일 ~ 2주일 이내
템플라이프	시간이 없는 외국인들이 짧은 시간에 한국의 불교문화를 체험할 수 있도록 구성된 프로그램. 사찰 안내, 참선실습, 다도 및 만들기 체험을 선택하여 참가할 수 있음	약 2시간~ 3시간

(출처: 대한불교조계종 한국불교문화사업단 제공)

3. 템플스테이 프로그램의 의의와 문제점

1) 주요 프로그램의 의의

템플스테이가 현대인들의 심신치유에 미치는 영향은 무엇인가. 그것은 번다한 도시생활을 벗어나 아침예불, 참선, 다도, 숲속 걷기 명상, 발우공양, 울력 등 조용한 사찰에서의 일과를 체험하면서 불교문화에 대한 이해는 물론 자신을 돌아보고 자연의 생명들과 교감을 함으로써 생명존중에 대한 의식을 고취시키고 사찰음식을 맛보고 느낌으로써 심신치유의 기회를 갖는 데서 찾아진다. 템플스테이 주요 프로그램이 지니는 의미와 마음치유의 관계성을 살펴보면 다음과 같다.

(1) 새벽 예불

템플스테이의 핵심인 새벽 예불은 이른 새벽 모든 스님과 대중들이 일어나 주불이 모셔진 법당에 모여 부처님을 예경하는 장엄한 의식이다. 이 의식을 통해 산사의 하루가 시작되는데, 예불 전에 운판, 목어, 법고, 범종의 순으로 사물을 울린다. 사물을 울리는 것은 허공을 나는 중생, 수중중생, 축생, 지옥 중생까지 제도하는 데 그 의미가 있다. 새벽기운이 풋풋하게 묻어나는 어둠 속에서 이루어지는 이 장엄한 의식을 통해 번뇌를 씻어 내리고 맑은 마음을 갖게 된다.

(2) 참선과 108배

참선은 마음을 고요히 하여 한곳에 모으고 모든 사량 분별을 떠나 사물을 있는 그대로 보는 직관을 중시한다. 선에는 고요하며, 자연스럽고, 인위적이지 않으며 군더더기가 없으며 겉치레나 불필요한 것이 일체 없다. 옛 선사들을 비롯해 지금까지 많은 수행자들이 선을 통해 깨달음의 경지에 이르기 위해 치열하게 정진해왔던 것도 이런 연유이다. 고요한 산사의 선방에 앉아 1700여 년 동안 이어온 한국불교의 전통수행법의 하나인 간화선을 체험할 수 있다. 108배는 불·법·승 삼보께 귀의하는 지극한 마음의 표시로, 번뇌 망상을 없애고 혼침을 없애는 데 큰 효과가 있다. 특히 절을 하면 심신을 치유하는 데 도움이 된다.

(3) 다도

'각성'을 의미하는 차는 수행자의 삶에 있어 중요한 매개역할을 한다. 선사들은 차를 마시는 것이 선과 다르지 않다고 하여 '다선불이(茶禪不二)' 또는 '다선일여(茶禪一如)'라 했고, 그 때문에 차 한 잔을 마시는 데도 정성을 다했다. 한 잔의 차를 마신다는 것은 어울림을 의미한다. 곧 차와 물, 차와 다기, 차와 사람, 그리고 사람과 사람의 어울림이다. 차를 직접 마시어 차 맛을 아는 것처럼, 차를 마시는 것은 일상생활에서 본래 마음을 잃지 말아야 한다는 평상심에의 회귀요, 또 무심하게 마시는 차 한 잔에도 일생의 참학을 깨닫도록 자기 자신을 늘 돌아보라는 의미가 담겨 있다. 조선 중기의 함허득통은 수행의 삶에서 차 한 잔이 지니는 의미를 "한 잔의 차에서 한 조각의 마음이 나오고, 한 조각 마음이 차 한 잔에 담겨 있음"을 노래하며, 차를 마시면 한없는 근심 걱정이 사라지고 즐거움이 솟아나니 차를 마실 것을 권하고 있다. 차를 마심으로 얻는 이로운 점은 스스로를 반조할 수 있는 여유를 가질 뿐만 아니라 타인과 함께 나누어 마심으로 얻는 즐거움이다. 그러니 차를 권하고 함께 마시는 행위에는 근본적으로 남을 배려하고 베푸는 마음이 내재하고 있다. 그렇다면 차를 마심으로 집중과 통찰을 높이고 마음을 비우고 자신을 관조하며 깨달음에 이르렀던 선사들의 수행을 체험해 보는 것은 현대인들의 불안과 스트레스, 우울증을 극복할 수 있는 심신치유의 한 방법일 수 있다.

(4) 발우공양

발우공양의 의미는 공양을 시작하기에 앞서 염송하는 '오관게'에 잘 나타나 있다. 부처님의 생애를 생각하면서 그 위대한 사상과 공덕을 찬탄하고, 공양이 오기까지 공양물에 깃든 모든 이들의 노고와 은혜에 감사하며, 자신의 수행을 돌아보며 반성하고, 공양을 받은 인연으로 탐내고 화내고 어리석음을 끊어 마침내 불도를 이루어 보답하리라는 각오를 새롭게 다지는 의미를 공통적으로 지니고 있다. 여기에 식탐이 들어설 여지가 없다. 그래서 발우공양은 음식을 나누고 비워서 오히려 청빈으로 마음을 채우는 치열한 수행이다. 발우공양의 근본정신은 평등, 청결, 절약, 공동(체), 복덕 공양을 말한다. 평등공양은 모든 대중이 차별 없이 똑같이 나누어 먹는 정신이요, 청결공양은 철저히 위생적인 원칙을 말한다. 절약공양은 음식찌꺼기 하나 버리지 않는 것이요, 공동공양은 화합과 단결을 높이는 대중공양을 말하며, 복덕공양은 한없이 큰 공덕을 성취하리라는 정신을 의미한다. 작은 음식물 찌꺼기도 소홀히 하지 않는 청결과 절약의 마음, 모든 이가 똑같이 나누는 평등의 마음, 음식이 내 앞에 이르기까지 수많은 이의 공덕을 생각하며 수행을 위한 몸의 유지를 위해 먹는다. 이 전통은 평등공동체를 지향하는 승가공동체의 핵심이다. 또한 발우공양에는 자비심이 담겨 있다. 아귀는 배는 산더미만한데 목구멍은 바늘 구멍만해서 항상 허기로 고통을 받는다. 그 아귀가 유일하게 달게 먹는 것이 천숫물이다. 따라서 천숫물에 작은 티끌이라도 남아 있으면 아귀는 불에 타는 고통을 느낀다고 한다. 천숫물에 티끌 하나 남기지 않으려 노력하는 것은 이런 아귀의 고통을 덜어주기 위해서다. 여기에 미물이라도 배려하는 생명존중과 자비심이 내재되어 있다.

(5) 울력

울력이란 여러 사람이 힘을 합하여 일한다는 의미로 이를 통해 자연과 대화하고, 함께하는 이와의 화합을 이루며, 또한 자신의 수행을 되돌아보기도 하는 시간이 된다.[13] 아침공양 후 사찰 내 모든 대중이 자연스럽게 모여 함께 노동에 임하는 울력은 육체적 노동을 수행으로 승화시킨다. 계절에 따라 눈이나 낙엽을 쓸고, 음식을 만들거나 사찰 곳곳을 정비하는 일을 통해 더불어 사는 대중살림의 즐거움을 찾을 수 있으며, 자연과 대화를 나누며 자신을 돌아보는 기회가 된다.

이상에서 살펴본 것처럼, 템플스테이는 번다한 일상생활을 잠시 벗어나 산사에서 하룻밤을 보내며 불교의 전통문화를 이해하고 자아를 성찰하며 자연과 교감을 통하여 몸과 마음을 치유하는 프로그램으로서 중요성을 지닌다 할 것이다.

2) 템플스테이의 문제점과 발전 방향

2013년 10월 「템플스테이의 사회공익적 가치평가에 관한 연구 보고서」에 따르면, 향후 템플스테이 발전의 중요 가치로 정신건강이 7점 만점에 6.32로 가장 높게 나타났다. 이어 관광(5.74), 교육(5.61), 사회소통(5.24), 복지(5.04) 순으로 나타났다. 정신건강(6.32) 부분이 높게 나온 것을 보면 향후 템플스테이의 지형점이 분명히 드러난다. 즉 '정신적 치유'를 템플스테이의 중요한 프로그램으로 설정함과 더불어 '사회 소통'을 향후 중요한 가치로 삼아야 한다는 것이다. 친구와 가족, 사회와의 소통이 부재하는 시대에 템플스테이가 이러한 경향을 적극 수용해 소통의 장으로서 역할을 수행해야 한다는 것이다.

그렇다면 지금까지 수행형, 체험형, 휴식형으로 이루어져 온 템플스테이를 건강, 지혜, 생명, 상처치유 영역까지 확대할 필요가 있다. 시대적 요청과 수요자의 요구, 힐링 중심의 시장질서 재편 등을 제대로 반영하지 않으면 템플스테이는 존재가치가 없을 것이기 때문이다. 따라서 템플스테이가 미래지향적인 세계적인 문화콘텐츠가 되기 위해서는 사찰별로 특화된 모델을 구축하고 맞춤형 프로그램을 개발해야 한다. 뿐만 아니라 폐쇄적이 아니라 개방적인 사찰로서 문화공간이 되어야 한다. 비불교도들이 한국전통문화에 흥미를 느껴 템플스테이에 참여하고 있음을 주목할 때, 지나친 불교적 분위기를 지양하면서 현대인의 심신을 치유하는 사찰별 특성화된 콘텐츠를 개발하는 것이 무엇보다 중요하다 할 것이다.

---

13) 「산사로의 초대 템플스테이」, 한국불교문화사업단 발간 리플렛.

4. 템플스테이와 마음치유의 관계성 모색

1) 마음과 치유의 의미

불교는 마음의 종교라 한다. 그럼 마음이란 무엇인가? 우선 마음이란 단어의 사전적 의미를 알아보면 다음과 같다.

① 사람의 몸에 깃들여서 지식·감정·의지 등의 정신 활동을 하는 것, 또는 그 바탕이 되는 것. 예) 마음의 양식이 되는 책. ②거짓 없는 생각. 예) 마음을 터놓고 이야기하다. ③(외부로부터의 자극에 대하여 일어나는) 기분, 느낌. 예) 홀가분한 마음. ④(어떤 사물이나 행동에 대하여) 속으로 꾀한 뜻. 예) 마음을 고쳐먹다. ⑤심정(心情). 예) 반가운 마음으로 맞이하다. ⑥사랑하는 정. 예) 그에게 마음을 두다. ⑦성의, 정성. 예) 마음을 다하다. 다른 한편으로는 일반적으로 '정신'이라는 말과 같은 뜻으로 쓰이기도 한다.

오늘날의 화두는 '웰빙'을 넘어 '힐링'이다. '힐링'(healing)은 몸이나 마음을 치유한다는 의미를 지닌 것으로 다양한 영역에서 사용되고 있다. 여기서 힐링, 즉 치유란 몸과 마음을 한정하기보다는 전반적인 삶의 치유를 말한다. 병은 신체의 리듬의 조화가 깨어지는 데서 생긴다. 깨어진 신체의 리듬의 조화를 바로 찾는 것이 바로 '힐링'이라 할 수 있다. 몸과 마음을 다스려 병을 치유하는 불교수행에는 기본적으로 참선, 염불, 울력, 독경, 공양 등이 포함된다. 때문에 이러한 수행 과정이 이루어지는 사찰은 가장 기본적으로 몸과 마음을 다스리고 이를 통해서 행복의 가치를 얻는 치유의 공간이라 할 수 있다.

템플스테이에 참가한 사람들을 대상으로 한 설문조사를 통하여 본 참가 동기를 살펴보면, 전체 참가자의 39%가 휴식, 정신수양이 49.9% 등으로 나타났다. 이처럼 전통 사찰에 숙박하면서 사찰의 일상 체험과 전통불교문화를 이해하는 템플스테이는 번다한 일상생활을 벗어나 명상과 휴식을 통해 자아를 성찰하고 내려놓기와 비우기를 통해 새로운 삶을 재충전할 수 있는 절호의 기회가 될 것이다. 이는 스님 및 불교인들에게만 점유되어 왔던 전통사찰이 일반인에게 개방됨으로써 단순한 관광지나 신도들만의 예배 장소라는 편협한 인식을 벗어나 누구나 몸과 마음의 휴식을 원할 때 기꺼이 찾아갈 수 있는 마음치유의 공간으로 될 수 있음을 시사한다. 즉 템플스테이가 행복가치인 마음치유에 미치는 영향이 적지 않음을 말해 준다.

2) 마음치유 공간으로서의 사찰

아름다운 숲과 조용하고 깨끗한 산사의 일상체험은 다른 데서 찾아볼 수 없는 마음치유에 좋은 기회가 된다. 다시 말해, 사찰의 숲길을 걷거나 명상은 마음을 편안하게 하고 뇌 활동을 촉진시키며 피로 회복을 돕게 하여 심신치유에 더없이 좋은 계기가 된다. 따라서 도시의 번잡한 소음과 일상생활에서 받는 스트레스부터 시간적 공간적으로 멀리 떨어져 있는 사찰은 현대인의 정신적·육체적 피로를 해소해 주고 삶의 활력소를 찾음으로써 행복감을 느낄 수 있는 최적의 심신치유의 공간이라 할 수 있다.

흔히들 산을 좋아하면 인자함이 생기고, 푸른 산을 바라봄으로써 마음이 청신해지며, 그 청청한 마음으로 살아가니 눈이 밝아진다고 한다. 늘 보는 산이지만 산은 늘 새롭고, 또한 늘 듣는 물소리라 싫증이 날 법도 하지만 들을 때 마다 시내가 들려주는 선율은 색다르다. 그것은 산의 모양이나 물소리에 집착하지 않기 때문이다. 즉 분별심이 사라진 상태에서 자연을 대하면 자연은 언제나 나와 하나가 된다. 이처럼 우리는 자연이 전해 주는 무정설법을 통해 마음을 맑히고 사물을 보는 눈을 가짐으로써 번다한 생각을 내려놓고 치유의 순간을 보듬을 수 있다. 이는 곧 자연의 무정설법이 주는 '힐링'의 메시지이다. 그래서 산사는 경쟁사회에서 스트레스를 받으며 고통에서 시달리는 현대인들의 심신을 청정하게 하는 힐링의 공간이라 할 수 있다.

3) 프로그램의 특화와 마음치유 관계성

오늘날 다양한 분야에서 마음치유를 위한 스트레스 해소, 면역력 높이기, 건강 되찾기, 노화방지 치유력 높이기, 청소년 폭력문제 해결, 가족 간의 갈등 해소 등 다양한 방법이 모색되고 있다. 이제 새로운 도약의 제2기를 맞은 템플스테이는 국민의 정신건강을 이롭게 하는 데 초점을 두어야 할 것이다. 이러한 변화의 모색은 한국불교문화사업단이 주최한 2013년 11월 2일 여의도 국회의원회관에서 열린 템플스테이의 가치를 평가한 세미나에서 잘 드러난다. 이 세미나에서 김상태 한국문화관광연구원 선임연구위원은 「템플스테이의 사회 공익적 가치평가와 발전방향」이라는 주제발표에서 중요도·성취도 분석기법(IPA)을 활용해 템플스테이의 현재 성취도 지수가 7점 만점에 4.57이라는 평가 결과를 발표했으며, 또 템플스테이가 앞으로 계속 발전하기 위한 향후 중요도 지수는 7점 만점에 5.49로 분석했다. 때문에 청소년 정서함양 및 건전 가치관 증진 등 복지가치와 사회 전반의 신뢰, 용서, 공감, 화합 등 사회소통 가치도 꾸준히 높여야 할 것으로 생각된다.

이제 지난 10년간의 템플스테이를 평가에 대한 우수성이 검증된 것에 머물지 말고, 템플스테이가 미래지향적이고 지속 가능하기 위해서는 기존과는 다른 전략이 필요하다. 특별하지 않으면 살아남을 수 없다는 절실한 상황인식에서 특화 프로그램을 적극 개발하고, 이를 각 사찰의 환경에 맞게 적용해야 할 것이다. 어느 사찰을 가나 동일한, 즉 차별성이 없는 프로그램으로는 고객을 유인하기는 어렵다. 따라서 단순히 사찰을 방문하는 차원을 넘어 사찰에 머무르면서 우리의 전통문화를 체험케 하고 명상 및 다양한 체험활동을 통한 자아성찰과 힐링이 되는 시의 적절한 프로그램을 마련해야 할 것이다. 특화 사찰 양성을 골자로 하는 브랜드체계화 구축은 미래 템플스테이의 향방을 결정하는 중요한 모멘텀으로 작용하게 될 것이기 때문이다.[14] 특화된 프로그램이 성공하고 있는 경우를 다음의 사찰 프로그램에서 확인할 수 있다.

(1) 김제 금산사의 '내비둬 콘서트'

2011년 당시 사회에서 유행하던 토크콘서트를 벤치마킹해 만든 '내비둬 콘서트'는 토크쇼 형식을 빌려 스님과 초대 손님이 음악을 들려주고 허심탄회하게 대화하면서 대중과 공감대를 형성하고 있다. "내버려두라"는 주제는 말 그대로 '방하착(放下着)'에 방점이 찍혀 있다. 즉 '내비둔다'는 것은 있는 그대로 인정하는 것이다. 지금까지 시인 김용택, 안도현 씨를 비롯해 개그맨 김병만 씨 등이 초청돼 함께 어울렸으며, 2013년 12월에는 서울로 원정을 와 공연을 펼칠 정도로 많은 인기를 얻고 있다. 이 콘서트에 참가한 한 심리학자의 "진행자가 대화를 이끌어내는 방식은 탁월한 집단 치료의 효과를 갖고 있다"는 평가는 다분히 템플스테이 프로그램의 치유적 의미를 말해 준다.

---

14) 불교신문 2941호, 2013년 8월 31일자 참조.

(2) 산청 대원사 '해피동행'

일상적인 문화체험에서 벗어나 상처 입은 몸과 마음의 원인을 파고들어 근본적인 치유를 도모하고 있다는 점이 눈길을 끈다. 산청 대원사 '해피 동행' 프로그램이 그 대표적이다. 이는 학교폭력 청소년 가해자 및 피해자와 부모를 대상으로 운영하는 템플스테이 프로그램으로, 자신의 문제가 어디에서 기인하는지를 이해하도록 하는 것이 특징이다. 108(고집멸도) 에니어그램 검사가 대원사 프로그램의 핵심이다. 즉 참여자로 하여금 마음 바꾸기 명상상담 프로그램으로, 검사를 통해 자신의 성격을 분석하고 불교 명상으로 잘못된 습관을 알아 변화시키는 계기를 만들어 가도록 하는 것이다.

(3) 인제 백담사의 "꿈이 없나요…꿈도 꿔야 이뤄진다"

'꿈도 꾸어야 이뤄진다'는 스토리를 갖고 진행되는 백담사 템플스테이는 청소년뿐 아니라 어른들에게도 상처를 입고 잃어버린 꿈과 희망을 되찾고 도전해 행복을 찾게 하는 프로그램이다. "꿈, 희망, 도전"의 주제를 지닌 템플스테이로 짧게는 2박3일부터 길게는 28일까지 진행된다. 참가자의 성격유형을 판단하기 위해 '에니어그램'을 작성하게 하고, 서면 작성과 함께 부모들과 전화 인터뷰도 진행하여 장단점과 기대하는 점 등을 사전에 점검하는 것은 성공의 요인이 되고 있다. 또한 유독 돌이 많은 백담사의 자연환경을 활용한 '돌탑쌓기' 체험은 의미가 크다. 백담사 입구의 다리를 건너면서 만나는 높고 낮고 크고 작은 수없이 놓인 돌탑들은 모두 템플스테이 참가자들이 하나 둘 쌓아올린 것이다. 여기에는 자신의 꿈과 희망이 커가는 장면이 겹쳐지는 이색적인 경험이 내재되어 있다.

이상과 같은 각 사찰의 특화된 프로그램이 주목을 받은 것은 시대적 상황에 부응하는 치유적 성격을 지닌 탓이라 할 수 있다. 따라서 연구자는 이러한 점에 주목하고 다음과 템플스테이의 치유적인 면을 제안하고자 한다.

4) 특화된 치유 프로그램과 제안

(1) 숲속 걷기와 명상 치유

숲길을 조용히 걷거나 혹은 숲속 명상은 시각·청각·후각·미각·촉각 오감을 일깨워 준다. 그저 쉬는 것으로만 보이는 이 모든 행동 하나하나가 바로 치유의 일부이다. 이렇게 감각을 일깨움으로써 지친 몸과 마음을 치유하는 것이 바로 숲 프로그램의 효과라 할 수 있다. 숲에는 도심보다 약 2% 더 많은 산소가 존재하며, 나무나 나뭇가지, 나뭇잎 등이 먼지를 걸러주는 필터 역할을 하기 때문에 청정하다고 한다. 실제로 숲이 먼지를 걸러내는 효과는 풀밭의 100배나 되며, 잎이 넓은 활엽수 1ha는 매년 무려 68t의 먼지를 걸러낸다고 한다. 아울러 숲의 피톤치드, 음이온, 편안한 풍경과 소리 등은 인체의 면역력을 높여 준다. 특히 숲은 또한 인간에게 가장 적정한 음압(音壓)을 갖고 있다. 도시생활을 하는 사람들은 늘 소음 기준치인 80dB을 웃도는 100dB 정도에 노출돼 있다. 반면 숲은 인간이 듣기에 가장 편안한 수준인 40~50dB의 음압을 갖고 있다. 숲에서 오래 지낸 사람이 불면증에 시달리지 않는 이유다. 따라서 숲속 명상과 걷기는 체내에서 세로토닌(Serotonin)이라는 물질이 분비되어 우울증을 치유하고, 숲과의 교감을 통해 마음의 안정을 얻고 일상의 근심과 스트레스를 해소하여 면역력을 향상시킬 수 있는 프로그램이라 할 수 있다. 때문에 숲명상 전문가 혹은 숲 치유사를 템플스테이의 진행자로 참여하게 하여 자연스럽게 피톤치드를 들이마시고 심신의 긴장을 이완하게 하며 마음의 해방구를 느끼는 숲속 명상과 걷기 프로그램을 극대화할 필요가 있다.

(2) 사찰음식과 심신치유의 관계성

『열반경』에 상담을 하러 찾아온 이에게 부처님이 "당신은 무엇을 먹고 사는가?"라고 묻는 대목이 나온다. 이는 먹는 음식이 얼마나 중요한가를 잘 보여주는 부분이다. 그런데 오늘날 음식은 화려한 색과 향기를 가진 화학첨가물로 인해 질이 낮을 뿐만 아니라 몸과 마음의 건강을 유지하기 위한 음식의 고유의 변질시키고 있다. 반면 사찰음식은 자연친화적인 재료를 사용하여 음식 고유의 맛을 되찾게 하고 또한 사찰음식에 깃든 생명존중과 단순함의 의미를 알게 해 준다. 가령, 호박 하나에도 햇빛과 물과 바람과 땅의 기운이 담겨 있어 수행을 하며 이룬 생명이 내 안으로 들어가 내 생명과 합쳐지는 것을 알게 해 준다.

무엇보다도 사찰음식은 다분히 자연치유의 식이요법이다. 식이요법은 세포가 필요로 하는 올바른 음식물을 섭취하여 전신 건강을 도모하는 가장 중심된 건강법의 하나이다. 유기농으로 재배한 생식은 살아있는 효소, 비타민, 미네랄, 기타 생명 물질이 풍부하여 인체가 가지고 있는 자유치유력을 극대화시켜 질병 예방 및 개선에 뛰어난 효과를 보이고 있음이 그것을 반증한다. 특히 사찰음식은 담박함이 특징이다. 음식을 먹되 그 음식을 통해 마음속 탐욕을 덜어내야 한다. 때문에 사찰음식에는 감사와 나눔, 비움의 정신을 깨닫게 함은 물론 심신건강을 유지하게 하는 치유적 요소가 있다 할 것이다.[15] 수행과 더불어 과학적이고 체계적으로 개발된 사찰음식 식단과 함께 몸의 균형과 마음의 안정된 변화를 모색하는 사찰음식은 자연 그대로의 맛을 간직한 '힐링 밥상'이다. 이와 같이 사찰음식과 건강은 밀접한 상관관계가 있다 할 것이다. 그러므로 차별화된 사찰음식 템플스테이를 통한 먹거리의 소중함을 인식시키고 심신치유의 효과성을 제고해야 할 것으로 생각된다.

(3) 선시 염송과 치유 효과

시는 감정의 파동이요 인간의 소리이다. 시를 읽게 하는 행위(낭송 혹은 염송)는 통찰(insight)이다. 통찰은 자기 자신이나 타인에 대해서 올바른 객관적 인식을 갖는 것을 의미한다. 억압됐던 감정이 작품 속 인물의 대리체험을 통해 재현되면서 분명해지고, 또 발산되는 과정에서 그동안 인식하지 못했던 자신을 의식하게 되기 때문이다. 정화, 즉 감정 배출은 정신적으로 많은 안정을 가져다준다.

따라서 맑고 밝고 간결하고 소박하고 탈속함을 그 특징으로 하며, 나아가 탈속무애한 직관적 사유와 시적 영감으로 발아된 선시를 염송하는 것 또한 마음치유의 중요한 한 방법으로 생각된다. 선시는 극도로 절제된 언어로 구도와 깨달음의 순간의 절정을 노래하며, 은유와 대위법 등의 표현을 통하여 미혹한 중생을 깨우치기 위한 한 방편으로 존재하기 때문이다. 시문학이 그러하듯 최근 선시는 아름다운 선율로 만들어져 모성의 숨소리 같은 울림과 감동으로 우리의 영혼을 일깨우고 마음속에 따뜻한 감성을 발효시킨다. 그로 인해 우리의 억눌린 가슴, 불안, 스트레스, 우울 모두가 씻겨 나간다. 때문에 조용한 아침, 혹은 낮에 대중방이나 숲속에서 선시염송 프로그램을 실시하는 것도 마음치유를 위한 의미있는 일로 진단된다.

가령, 이규보의 「우물 속의 달」(詠井中月)[16]이나 나옹선사의 「청산은 나를 보

---

15) 최근 한국불교문화사업단과 월정사, 동국대 의료원, 동국대 전통사찰음식연구소가 2013년 9월 9일부터 10월29일까지 4주간 월정사 단기출가학교 잠가사 46명을 대상으로 진행한 연구에서 사찰음식을 먹으며 수행하면 심신 건강에 이롭다는 이색적인 결과가 나왔다. 4주 동안의 사찰음식 섭취로 콜레스테롤은 물론 평균체중, 간질환 바로미터 감마 GPT 수치가 감소되었다는 이색적인 결과가 발표되었다. 즉 단기출가 참가자들은 평균 체중이 3.8kg이 줄었으며 콜레스테롤 수치는 21mg/dL 감소했다. 또 간에 병이 있을 때 쉽게 증가하는 효소인 감마 GTD는 입소 전 31.5mg/dL에서 14mg/dL로 2배 이상 떨어졌다.(불교신문, 1208호, 2013년 8월 21일자 참조.)

고」등은 탐욕, 성냄, 어리석음의 삼독(三毒)으로 찌들고 힘들게 살아가는 현대인의 마음을 위로하고 치유하는 전형적인 선시라 할 수 있다. 선사들의 비움과 내려놓기, 곧 공에 대한 깨달음의 시를 염송하는 것은 소리인 파동과 파장으로 뇌와 온몸으로 전달되며 이러한 생각들은 온몸이 인식하여 우리 몸의 세포들이 그렇게 반응을 하게 된다. 따라서 '웰빙'의 시대를 넘어 '힐링'의 시대에 주옥같은 선시를 염송하고 감상하는 것은 보고 듣는 사람들의 심금을 향하여 크나큰 파장과 파동으로 공명케 하며, 나아가 탐욕, 성냄, 어리석음을 버리고 지상과 우주에 교감하는 우주의 귀를 열어 줄 뿐만 아니라 텅 빈 충만의 세계를 보듬게 함으로써 마음치유의 새로운 장을 열어 줄 것으로 생각된다.

(4) 소외 계층을 배려한 치유프로그램 개발

이제는 사찰 안 중심의 프로그램이 아니라 소외된 계층의 사람들을 찾아가 함께 하는 나눔과 힐링의 템플스테이가 되어야 한다. 힐링의 아이콘인 혜민스님과 함께 하는 '2030 마음치유 템플스테이'는 취업문제와 경제난, 학업 등으로 미래에 대한 불안감이 높은 청년들의 상처를 치유했을 뿐만 아니라 삶의 의미와 가치를 부여했다는 점에서 그 대표적인 프로그램이라 할 수 있다. 이렇듯이 지금까지 고객을 찾아오기를 기다리는 프로그램이었다면, 이제는 발 벗고 찾아가는 서비스를 제공하는 대중화된 템플스테이 프로그램이 되어야 한다. 대중화를 위한 대상은 이른바 나눔과 힐링이 절실한 소외 계층, 즉 다문화 가정, 노숙자, 해고 노동자, 실직자, 장애인, 감정노동자, 취업난에 허덕이고 있는 젊은 세대까지 다양한 계층에 맞춰져야 할 것이다. 이를 위해 나눔과 힐링은 주요 테마이다.

이상을 종합하면, 향후 템플스테이 프로그램에서는 상처를 치유하며 위로하고, 바쁜 일상에서 벗어나 자신을 반조하며 내려놓기와 비움의 지혜를 배우고, 상실한 꿈을 일깨워 주는 희망과 도전을 주제로 하는 특화된 프로그램과 찾아가는 프로그램이 무엇보다 절실한 것으로 생각된다. 여기에는 에니어그램, 긍정심리, 마인드 케어 등 다양한 학문적 이론과 경험 등이 적극 도입돼 프로그램 내용을 풍성하게 하고 참가자들의 만족도를 높이는 치유적 의미가 내재된 콘텐츠가 필요하다 할 것이다.

---

16) "산에 사는 스님이 달빛이 탐나 / 물과 함께 병 속에 달을 담았네 / 절에 다다르면 응당 알리라 / 병을 기울이면 달은 없는 것을"(山僧貪月色 / 幷汲一瓶中 / 到寺方應覺 / 瓶傾月亦空)

5. 결론 및 제언

이상에서 살펴보았듯이, '2002년 한일 월드컵' 개최에 따른 방한 외국인의 숙박시설 문제 해결과 문화체험이라는 측면에서 실시된 템플스테이는 단순한 관광 차원을 넘어 한국 불교문화의 정수를 세계에 알리는 데 적지 않은 역할을 해 온 것으로 평가된다. 뿐만 아니라 내외국인들에게 1700여 년의 역사를 지닌 불교문화유산을 지닌 사찰은 수행자의 삶을 이해하고 체험케 함으로써 자아성찰과 비움과 내려놓기의 기회를 제공함으로써 마음치유 공간으로의 지대한 역할을 해 오고 있는 것으로 생각된다.

하지만 이제 템플스테이가 실시된 이래 20여년의 세월이 지나 새로운 발전의 도약기를 맞이하고 있다. 물론 그간 템플스테이는 단순히 사찰이라는 문화유산의 현장을 방문하는 차원을 넘어 휴식과 명상 등 단기 체험으로 자아성찰과 마음치유의 프로그램으로 긍정적 영향을 미쳐 온 것은 사실이다. 그러나 지난 20년간의 템플스테이를 평가에 대한 우수성이 검증된 것에 머물지 말고, 지속 가능한 사업이 되기 위한 다양한 전략과 방안이 모색되어야 한다.

그러기 위해서는 지금까지 수행형, 체험형, 휴식형 등으로 이루어져 온 템플스테이를 건강, 지혜, 생명, 상처치유 등의 영역까지 확대할 필요가 있다. 특히 '개방성'에 초점을 두고 시대적 상황에 부응하는, 지나친 불교적 색채를 띠지 않은 치유적 프로그램을 운영하고 참여자들에 대한 공감과 만족도를 높여 주도록 해야 할 것이다. 더불어 소통이 부재하는 시대에 '사회 소통'을 향후 중요한 가치로 삼고, 소통의 장으로서 대중을 끌어안고 찾아가는 적극적인 템플스테이 역할을 고민해야 할 것이다. 왜냐하면 수요자의 욕구는 다양하고 구체화될 것이기 때문에 어느 사찰을 가나 동일한, 즉 차별성이 없는 프로그램으로는 고객을 유인하기는 어렵기 때문이다. 따라서 향후의 템플스테이는 사찰의 자연환경, 지역현황, 수요자들의 요구에 부응하는 해당 사찰만의 특색을 부각시킬 수 있는 브랜드화된 프로그램을 개발할 필요가 있다. 그 특화된 브랜드 템플스테이의 운영은 새로운 변화를 모색하는 템플스테이의 활성화를 가져오고 또한 지속 가능한 프로그램의 중요한 동인으로 작용할 것이다.

서 용 석 (Young-Suk Su)
- 1965년 2월 : 강원대학교(구 춘천대): 정경학과 졸업(경영학사)
- 1985년 2월 : 경희대학교 경영학과 졸업 (경영학석사)
-1981.3.-1995.9.아주대학교 군사학선임교수
- 2014년. 2. 동방문화대학원대학교 불교문예학과 박사과정 졸업(문학박사)
저서: 서용석박사의 결혼 주례 이야기(부제: 대한민국최다 주례 신기록 2100여회)

불교의 의식에서 나타나는 축제적 성격 연구

곽 성 영 (스님, 불교문예학박사, 밀양 해광사 주지, 동국대학교 한국음악과 외래강사)

1. 머리말

한국의 불교의식은 불교의 전래와 같이 시작되었을 것이라 여겨진다. 불교는 종교이므로 의례와 의식은 수반이 될 수밖에 없기 때문이다. 고구려 소수림왕 2년(372) 전진의 왕 부견이 승려 순도를 통해 불상과 경전을 전해준 이래로 오늘날까지 불교에서 불교의식은 대중들과 함께 해왔다고 할 수 있다.

이러한 대중들의 참여의식은 특히 불교뿐만 아니라 민속에서 더욱 강하게 나타난다. 한국은 예로부터 농경사회가 일찍이 자리를 잡았기 때문에 위로는 신들에 대한 제천행사로부터 아래로는 힘든 노동에 대한 애환을 축제적 양상으로 승화시켰다. 절기에 따른 세시풍속에서 각 지방마다 고유한 특징을 가진 수많은 축제들이 생겼으며, 고단하고 힘든 민중들의 삶에 대한 애환을 많은 축제를 통하여 삶을 승화 시켰다. 이러한 축제들이 오늘날 각 지역마다 많은 무형문화재로 지정되어 내려오고 있는 것이다. 그리고 불교 또한 승려들의 수행적인 모습뿐만 아니라 축제적 성격의 의식도 민중들과 어우러져 같이 이어져 내려오고 있음을 많은 토속적 신앙과 민속놀이에서 불교적 영향을 받았음을 알 수 있다.

한국의 불교의식의 의미와 분류를 보면 법현(2002)은 의례(儀禮)가 하나하나가 모여 이루어진 포괄적 의미로 불교 교리 및 모든 수행자를 뜻하는 '광의적(廣義的)의식', 그리고 불재자가 부처님이 가르침을 믿고 의지하며, 불·보살상 앞에 드리는 모든 의례를 뜻하는 '협의적(狹義的)의식'이라 하며, 이 의식에는 '전문의식'과 '일용의식'으로 나눈다. 전문의식에는 상주권공재(常住勸公齋)·시왕각배재(大禮王供齋)·영산재(靈山齋)·수륙재(水陸齋)·예수재(豫修齋), 등이 있다.[1]

정각(2001)은 크게 '일상 신앙의례'와 '불교 세시의례(歲時儀禮)'로 구분 지었으며, 이를 세분화 하면 일상 신앙의례에서는 일상의례·수련의례·신앙의례·기도 및 예참의례로 나누었다. 불교 세시의례로는 불교력(佛敎歷)에 따른 의례와 세시의례로 나누었다.[2]

---

[1] 법현(2002), 『불교무용』, 서울; 운주사, 22-23쪽.

한국의 불교의식 중 범패나 작법의 전문기능을 갖추고 행하는 의식은 오랜 역사를 가지고 있으며, 이러한 의식은 산사람이나 죽은 사람들의 구원적인 성격이 강하지만 또한 살아 있는 사람들의 축제적인 성격이 강하다고 할 수 있다. 『삼국사기(三國史記)』와 『고려사(高麗史)』의 역사적 기록을 살펴보더라도 신라시대부터 시작한 연등제나 팔관회는 고려시대에 와서는 성대한 국가적인 행사였다는 것을 알 수 있다. 또한 조선시대 초기에는 유교적 정치이념의 국가 체재 내에서도 수륙재가 왕실주관으로 성대히 열렸음을 『조선왕조신록(朝鮮王朝實錄)』의 기록을 통해서도 알 수 있다.

그리고 오늘날 행하여지고 있는 영산재, 수륙재, 생전예수재 등의 의식에서도 많은 인원에 의해 이루어지고 있다. 특히 부산 경남지방은 생전예수재의 의식 중에 가마(용선)타기와 화청(和請)에서는 놀이적 요소가 크게 가미된 부분이 있어 축제성이 더욱 강하다.

이러한 지역적인 문화적 특성을 민속부분에도 영향을 끼쳐 생전예수재와 유사한 굿의 형태로도 나타난다. 이 굿 또한 산사람이 죽은 뒤에 갈 극락왕생을 미리 기원하는 것으로 '산오구굿'이라 하며, 이 굿은 부산경남지방에서만 행하여진 독특한 지방문화인 것이라 할 수 있다.

이상의 내용을 바탕으로 본 연구는 한국의 불교의식이 가지는 축제성을 찾아보고자 한다. 이에 본고는 첫째, 역사적 문헌의 기록인 『三國史記』·『高麗史』·『朝鮮王朝實錄』과 둘째, 조선시대 감로탱화(甘露幀畵)의 도상에 나타나는 모습 그리고 셋째, 현행되는 생전예수재 등의 세 가지 측면에서 불교의식 가지는 축제성의 유래와 그 축제성이 가지는 상황이나 모습을 찾고자 한다.

2. 역사적 기록으로 나타나는 불교의식의 축제적 성격

한국의 불교의식에서 축제적인 성격을 가진 최초의 문헌적 기록은 『삼국사기(三國史記)』 나타난 연등회이며. 기록으로 나타나는 횟수는 2회이다.

경문왕 6년(866) 정월 15일에 황룡사에 행차하여 연등 행사를 보고, 그 자리에서 백관들을 위하여 연회를 베풀다3)라는 내용과 진성왕 2년(887) 정월 15일, 왕

---

2) 정각(2001), 『한국의 불교의례Ⅰ-상용의례를 중심으로』, 서울: 운주사.
3) 『三國史記』 卷11 新羅本紀 第11, "景文王 六年春正月十五日, 幸皇龍寺看燈, 仍賜燕百寮."

이 황룡사에 행차하여 연등 행사를 구경하였다[4])는 내용이 있다. 이는 정월대보름날 연등행사라는 불교의례가 있다는 이야기이며, 왕이 간등(看燈) 하였다는 것은 밝혀진 등을 보았으며, 백관을 위해 왕이 주관하는 연회를 베풀었다는 것은 큰 잔치가 있었다는 것으로 이것은 왕과 많은 사람들이 황룡사에서 등을 보며 즐겼다고 할 수 있다

한국불교에서 재의식의 성격을 지닌 불교의식 중 최초의 문헌 기록은 '팔관회'이다, 우리나라의 팔관회는 신라시대부터 개최되었으며, 호국적인 성격으로 사료에 나타난 신라의 팔관회(八關會)는 네 차례이다.

진흥왕 12년(551년) 거칠부(居柒夫)가 고구려를 공격하고 혜량법사(慧亮法師)를 모시고 왔을 때 진흥왕이 혜량을 승통(僧通)으로 삼고 처음으로 백좌강회(百座講會)와 팔관법을 설치하였다는 내용이다.

"진흥왕 12년 신미에 왕이 거칠부와 구진 대각찬, 비태 각찬, 탐지 잡찬, 비서 잡찬, 노부 파진찬, 서력부 파진찬, 비차부 대아찬, 미진부 아찬 등 여덟 장군으로 하여금 백제와 협력하여 고구려를 공격하도록 명령하였다. 백제인들이 먼저 평양을 격파하고, 거칠부 등은 승세를 몰아 죽령 이북 고현 이내의 10개 군을 빼앗았다. 이 때 혜량 법사가 무리를 이끌고 길가에 나와 있었다. 거칠부가 말에서 내려 군례로써 읍배하고 앞으로 나아가 말하였다. 옛날 유학할 때 법사님의 은혜를 입어 성명을 보전하였는데, 오늘 우연히 만나게 되니 무엇으로 은혜를 갚아야할 지 모르겠습니다. 법사가 대답하였다. 지금 우리 나라는 정사가 어지러워 멸망할 날이 얼마 남지 않았으니, 너의 나라로 데려가 주기를 바란다." 이에 거칠부가 그를 말에 태워 함께 돌아 와서 왕에게 배알시키니, 왕이 그를 승통으로 삼고 처음으로 백좌강회를 열고 팔관법을 실시하였다."[5]

진흥왕 33년(572년)에 전사한 장병을 위하여 팔관회를 외사(外寺)에서 7일 동안 베풀었다는 내용이다.

"33년(572)...겨울 10월 20일에 전쟁에서 죽은 사졸을 위하여 바깥의 절(外寺)에서 팔관연회(八關筵會)를 열어 7일 만에 마쳤다."[6]

---

4) 『三國史記』卷11 新羅本紀 第11, "眞聖王 四年, 春正月, 日暈五重. 十五日, 幸<皇龍寺>, 看燈."
5) 『三國史記』卷4 列傳第4 居柒夫, "眞興大王… 十二年辛未, 王命<居柒夫>及<仇珍>大角찬.<比台>角찬.<耽知>잡찬.<非西>잡찬.<奴夫>波珍찬.<西力夫>波珍찬.<比次夫>大阿찬.<未珍夫>阿찬等 八將軍, 與<百濟>侵<高句麗>. <百濟>人先攻破<平壤>, <居柒夫>等, 乘勝取<竹嶺>以外, <高峴>以內十郡. 至是, <惠亮>法師, 領其徒, 出路上, <居柒夫>下馬, 以軍禮揖拜, 進曰: "昔, 遊學之日, 蒙法師之恩, 得保性命, 今, 邂逅相遇, 不知何以爲報." 對曰: "今, 我國政亂, 滅亡無日, 願致之貴域." 於是, <居柒夫>同載以歸, 見之於王, 王以爲僧統, 始置百座講會及八關之法."

자장(慈藏)이 중국 태화지(太和池) 옆을 지날 때 신인(神人)이 나타나서 "황룡사 구층탑을 세우면 나라가 이로우리니 탑을 세운 뒤에 팔관회를 베풀고 죄인을 구하면 외적이 해치지 못한다."라고 하는 내용이다.

> "본국으로 돌아가서 절 안에 9층탑을 이룩하면 이웃나라는 항복하고 9한(九韓)이 와서 조공하여 왕업이 길이 편안할 것이요 탑을 세운 후 팔관회를 베풀고 죄인을 사면하면 외적이 침해하지 못할 것이오"[7)

그리고 효공왕 3년(899년) 11월 궁예가 팔관회를 개최하였다.[8) 라는 내용으로 『삼국사기(三國史記)』와 『삼국유사(三國遺事)』에 수록되어 있는 네 번의 신라 팔관회는 모두 호국적 성격을 지니며, 불교와 밀접한 관계에 있다.

법흥왕이 불교를 국교로 하여 행정적 중앙집권의 강력화를 추진하였으나, 진흥왕은 부족 고유의 토속신앙을 통합하기 위하여 사찰에서 재래의 산천용신제(山川龍神祭)와 시월제천(十月祭天 : 東盟. 추수를 끝내고 하늘에 감사하는 제사) 등을 불교의식과 합하여 신라 특유의 '팔관회'를 개최하였다.[9)

불교에서의 '연등'이란 무명과 무지 그리고 번뇌의 탐진치(貪瞋癡)로 가득 찬 세상을 부처님의 한량없는 대자비와 공덕으로 등불을 밝혀 어두운 세상을 밝히고 기리는 의례이며, '팔관'은 하루 낮과 밤 동안 절에서 재가신자들이 8계를 지키는 포살의식이다.[10) 고려에서 '팔관회'가 태조 원년(918) 11월에 처음으로 열린 이후 매년 상례가 되었으나[11) 연등회가 상례화 된 정확한 기록은 없다. 그러나 「훈요십조」에 '연등'과 '팔관'의 실행에 대한 유훈[12)을 남기고 있어 태조대에 정례화 된 것으로 볼 수 있다.

---

6) 『三國史記』 卷4 新羅本紀 第4, "冬十月二十日, 爲戰死士卒設八關筵會, 於外寺七日罷"
7) 『三國遺事』 卷4 塔像, "歸本國成九層塔於寺中, 隣國降伏九韓來貢, 王祚永安矣建塔之後, 設八關會, 赦罪人則外賊不能爲害"
8) 『三國史記』 卷50, 列傳第10 弓裔, "冬十一月, 始作八關會."
9) 임동주(2012), 「신라불교 윤리사상 연구」, 동국대학교 대학원 박사학위논문, 51쪽.
10) 안지원(2005), 『고려의 국가 불교의례와 문화』, 서울: 서울대학교출판부, 14쪽.
11) 『高麗史』 卷1 世家1 太祖 원년 十一月, 始設八關會, 御儀鳳樓觀之, 歲以爲常.
『高麗史』 卷69 志23 禮11 太祖元年十一月 有司言, "前主, 每歲仲冬, 大設八關會, 以祈福, 乞遵其制." 王從之. 遂於毬庭, 置輪燈一座, 列香燈於四旁. 又結二綵棚, 各高五丈餘. 呈百戱歌舞於前, 其四仙樂部龍鳳象馬車船, 皆新羅故事. 百官袍笏, 行禮, 觀者傾都, 王御威鳳樓, 觀之, 歲以爲常.
12) 『高麗史』 卷1 世家2 太祖 26년 4월, 其六曰, 朕所至願, 在於燃燈八關, 燃燈所以事佛, 八關所以事天靈及五嶽名山大川龍神也. 後世姦臣建白加減者, 切宜禁止. 吾亦當初誓心, 會日不犯國忌, 君臣同樂, 宜當敬依行之.

팔관회와 연등회는 성종에 의해 추진된 중국의 예제의 철저한 도입과 최승로의 개혁안이 채택되면서 연등회와 팔관회의 국가의례상의 지위는 약화되었고 간소화되는 형태로 제재가 가해지다가 성종6년(987)에 팔관회가 폐지되었다13). 이때 연등회는 기록에 나타나지 않으나 폐지되었을 것으로 추정된다. 그러나 선왕의 제삿날 전후로 5일간과 모친과 선의왕후의 제삿날 전후 3일간 불공을 드리며 제사기 있는 달에는 도살과 고기반찬을 금한다는 교서를 내린 것14)으로 보아 생활 속에 자리잡은 불교의 신앙적 민심은 유지되었다고 보여 진다.

성종사후 현종원년(1010) 윤2월 연등회가 복원 되었고15), 그해 11월에 팔관회가 복원되었다.16) 다음해 거란의 침입으로 청주로 피난 간 현종은 연등회를 열고 법적으로 향례화 하였다.17) 고려시대의 연등회 진행과정은 『고려사(高麗史)』에 잘 나타나 있다. 연등회는 소회일과 대회일 이틀에 걸쳐 설행되었다. 소회일에는 소회좌전(小會坐殿)의식과 조진배알의식(祖眞拜謁儀式)이 이루어 졌으며, 대회일에는 임금과 신하들이 주식을 함께 나누는 대연회의식이다.

『고려사(高麗史)』 제29권 志 제23권 禮11 가례잡의(嘉禮雜儀)의 상원연등회의(上元燃燈會儀)에 수록된 소회일의 소회좌전의식을 보면

국왕이 치황의(梔黃衣)8) 차림으로 편차에 나오면 견룡관(牽龍官)9)과 중금(中禁)·도지(都知) 및 궁전 문 안팎에 포진한 위병과 의장병들이 만세를 부르고[山呼] 두 번 절한다. 이것이 끝나면 승제원(承制員)과 근시관(近侍官)들이 모두 편복(便服)10) 차림으로 차례대로 계단 위의 절하는 자리로 올라선다. 일행 중 우두머리[行頭]의 구령에 따라 두 번 절한 후 물러나 계단 위 서쪽 가장자리에 북쪽을 상좌로 동향해 선다. 다음으로 합문(閤門)의 관원들이 궁전 마당으로 들어와 횡렬로 동쪽을 상좌로 북향한 다음 그 우두머리의 구령에 따라 두 번 절한 후 모두 궁전 마당의 동편으로 가서 북쪽을 상좌로 서향해 선다. 다음으로 상장군 이하 숙위(宿衛)들이 궁전 마당으로 들어와 횡렬로 동쪽을 상좌로 북향해 선 다음 그 우두머리의 구령에 따라 함께 두 번 절한 후 동·서쪽으로 나누어 선다. 다음으로 전중성(殿中省)과 육상국(六尙局)과 여러 후전관(後殿官)들이 궁전 마

13) 『高麗史』卷1 世家3 成宗 6년 冬十月, 命停兩京八關會.
14) 『高麗史』卷1 世家3 成宗 8년 冬十二月, 丙寅 教曰, "昔唐太宗, 每於皇考妣忌月, 禁屠殺, 勅天下僧寺, 限五日, 焚修轉念, 以爲常式. 況寡人幼而卽閔, 長又早孤, 未酬罔極之恩, 每輢追思之念, 盍遵往轍, 以伸予懷? 可自今太祖忌齋, 王考戴宗忌齋, 期五日, 王妣宣義王后忌齋, 期三日, 焚修轉念. 仍於是月, 禁屠殺, 斷肉膳."
15) 『高麗史』卷1 世家4 顯宗 원년 閏二月, 甲子 復燃燈會.
16) 『高麗史』卷1 世家4 顯宗 원년 十一月, 庚寅 復八關會, 王御威鳳樓, 觀樂.
17) 『高麗史』卷1 世家4 顯宗 2년 二月, 己未 設燃燈會于行宮, 是後, 例以二月望, 行之.

당으로 들어와 지정된 자리에 가서 두 번 절한 후 마당 서쪽으로 가서 북쪽을 상좌로 동향해 선다. 다음으로 온갖 놀음과 기예를 벌이는 사람들이 차례로 궁전 마당으로 들어와 잇달아 놀음판을 벌인 뒤 물러난다. 다음으로 교방(敎坊)에서 주악을 연주하고 무용수들이 들고 나는 것은 모두 평상시의 의례와 같다.[18]

소회좌전의식에서 중요한점은 백희가무(百戱歌舞)의 공연이다. 인도로부터 서역을 거쳐 중국으로 수입된 백희가무들은 궁중오락으로 지배층들에 한정되었다가 점차 대중화 되었다. 이는 상원연등행사에서 백희가무 공연은 일반 백성들의 호응도가 큰 중요한 프로그램이 되어 불교의례인 상원연등회가 유락화 되는 원인이 되기도 했지만 결과적으로 일반백성의 행사 참여를 촉발하여 상원연등을 세시풍속으로 만드는데 기여하였던 것으로 보고 있다.[19]

연등회는 불교적인 행사이다. 그러나 설행시기가 정월보름 또는 2월 보름으로 이는 농경사회의 제천의식과 겸하게 된 것이라 여겨진다. 농경사회에서는 봄을 알리는 상원이 매우 중요하다 고려는 불교가 가지는 종교적 정치적 영향력은 태조에 의해 잘 나타나 있다. 그러므로 새로운 한해의 시작은 매우 중요한 의미를 가지므로 불교적인 행사로 풍요를 기원하리라는 것은 당연한 것이다.

고려에는 연등회 이외에도 연등행사가 있었음을 『고려사(高麗史)』의 기록에 나타난다.

선종4년(1087) 9월 흥국사에서 연등도량을 설치하고 궁성 안팎거리에서 등불을 켜다.[20]
숙종7년(1102) 9월 신호사(神護寺)에서 대장회를 열고 낙성식을 치를 때 대궐 정전에서부터 신호사에 이르는 길 양쪽으로 수 만개의 등불을 켜다.[21]
고종32년(1245년) 4월 최이(崔瑀)가 4월 8일 연등회를 열어 채붕(彩棚)을 설치하고 기악(伎樂)과 각종 놀이를 벌이게 해서 밤새도록 즐기니, 구경하는 강화경(江華京)의 남녀들이 담을 이루었다.[22]

---

18) 『高麗史』 卷68 志23 禮11, 小會日坐殿. 其日, 王服梔黃衣, 出御便次, 牽龍官·中禁·都知·殿門內外衛仗, 奏山呼, 再拜. 訖, 承制員·近侍官, 俱服便服, 以次, 升詣陛上拜位. 行頭自喝, 再拜訖, 退立於階上西邊, 東向北上. 次閤門員入殿庭, 橫行, 北向東上, 行頭自喝, 再拜訖, 俱就庭東, 西向北上立. 次上將軍以下宿衛, 入殿庭, 橫行, 北向東上, 行頭自喝, 再拜訖, 分立於東西. 次殿中省·六尙局·諸後殿官, 入殿庭就位, 再拜訖, 就庭西東向, 北上立. 次百戱雜伎, 以次入殿庭, 連作訖, 出退. 次敎坊奏樂, 及舞隊進退, 具如常儀.
19) 안지원, 앞의 책, pp.66-67.
20) 『高麗史』 卷10 世家10 宣宗 4년 9월, 戊寅 設燃燈道場于興國寺, 又點燈于宮城內外街衢.
21) 『高麗史』 卷11 世家11 肅宗 7년 9월, 己酉 幸神護寺, 設大藏會以落之, 自闕庭至寺夾路, 點燈數萬.

위와 같은 기록으로 보아 고려에서는 연등회 이외의 석가탄신일이나 낙성식 등의 연등행사는 불교문화의 중요행사였음을 알 수 있다. 고려의 팔관회의 성격은 태조의 훈요십조에 잘 나타나 있다. 여섯째 항을 보면 태조는 '연등'과 '팔관'을 지킬 것을 당부하면서 연등은 부처를 섬기는 것이며, 팔관은 천령(天靈), 오악(五嶽), 명산(名山), 대천(大川), 용신(龍神)을 섬기는 것이라 하였다. 또한 후대에 이 행사의 규모에 있어서 축소하거나 늘리는 것 등을 금지할 것을 후대의 왕들에게 전하고 있다.[23]

고려의 팔관회는 태조 원년(918) 11월에 처음 열렸다. 태조는 의봉루(儀鳳樓)에 서 관람하였으며 이를 해마다 상례적으로 실시하였다. 이 행사에 대한 내용은 『고려사(高麗史)』예지(禮志)와 『고려사절요(高麗史節要)』에 잘 나타나 있다.

> 11월에 팔관회(八關會)를 베풀었다. 유사가 아뢰기를, "전대의 임금이 해마다 중동(仲冬)에 팔관재(八關齋)를 크게 베풀어서 복을 빌었으니 그 제도를 따르소서." 하니, 왕이 이르기를, "짐이 덕이 없는 사람으로 왕업을 지키게 되었으니 어찌 불교에 의지하여 국가를 편안하게 하지 않으리오." 하고, 드디어 구정(毬庭)의 한 곳에 윤등(輪燈)을 설치하고 향등(香燈)을 곁에 벌여 놓고 밤이 새도록 땅에 가득히 불빛을 비추어 놓았다. 또 가설무대를 두 곳에 설치하였는데 각각 높이가 5장 남짓하고 모양은 연대(蓮臺)와 같아서 바라보면 아른아른 하였다. 갖가지 유희(遊戲)와 노래·춤을 그 앞에서 벌였는데 사선악부(四仙樂部)의 용(龍)·봉(鳳)·상(象)·마(馬)·차(車)·선(船)은 모두 신라의 고사였다. 백관이 도포를 입고 홀(笏)을 들고 예를 행하였으며, 구경하는 사람이 서울을 뒤덮어 밤낮으로 즐기었다. 왕이 위봉루(威鳳樓)에 나가서 이를 관람하고 그 명칭을 '부처를 공양하고 귀신을 즐겁게 하는 모임(供佛樂神之會)'이라 하였는데, 이 뒤로부터 해마다 상례(常例)로 삼았다.[24]

---

22) 『高麗史』 卷129 列傳42 崔忠獻 三十二年, 四月八日, 怡燃燈, 結彩棚, 陳伎樂百戲, 徹夜爲樂, 都人士女, 觀者如堵.

23) 『高麗史』 卷1 世家1 太祖 26년, 夏四月 御內殿, 召大匡朴述希, 親授訓要, 曰 "朕聞, 大舜耕歷山, 終受堯禪, 高帝起沛澤, 遂興漢業. 朕亦起自單平, 謬膺推戴. 夏不畏熱, 冬不避寒, 焦身勞思, 十有九戴, 統一三韓, 叨居大寶二十五年, 身已老矣. 第恐後嗣, 縱情肆欲, 敗亂綱紀, 大可憂也. 爰述訓要, 以傳諸後, 庶幾朝披夕覽, 永爲龜鑑....(중략) 其六曰, 朕所至願, 在於燃燈八關, 燃燈所以事佛, 八關所以事天靈及五嶽名山大川龍神也. 後世姦臣建白加減者, 切宜禁止. 吾亦當初誓心, 會日不犯國忌, 君臣同樂, 宜當敬依行之.

24) 『高麗史節要』 卷1 太祖 원년 11월; 十一月, 設八關會, 有司言, 前王每歲仲冬, 大設八關齋, 以祈 福, 乞遵其制, 王曰, 朕以不德, 獲守大業, 盍依佛敎, 安輯邦家, 遂於毬庭, 置輪燈一所, 香燈旁列, 滿地光明徹夜, 又結綵棚兩所, 各高五丈餘, 狀若蓮臺, 望之縹紗, 呈百戲歌舞於前, 其四仙樂部, 龍鳳象馬車船, 皆新羅故事, 百官, 袍笏行禮, 觀者傾都, 晝夜樂焉, 王, 御威鳳樓, 觀之, 名爲供佛樂神之會, 自後, 歲以爲常

팔관회는 연등회와 같이 소회일과 대회일로 나뉘어 이루어 졌으며, 11월14일에 난가출궁(鑾駕出宮)의식과 좌전수하(坐殿受賀)의식의 소회의식이 그리고 15일은 난가출궁의식과 외국인 조하의식 및 연회의 대회의식이 이루어졌다.『고려사』제 28권 志 제23권 禮11 가례잡의(嘉禮雜儀)의 중동팔관회의(仲冬八關會儀)에 자세히 실려 있다.[25]

고려가 국가적인 행사로 많은 인원을 동원하는 팔관회의 모습을 보면 시기상으로 한해를 마무리하는 시점으로 추수를 끝낸 추수감사제의 성격을 가지고 있다. 하지만 왕에 대한 중앙관리와 지방호족의 하례와 같은 조하의식이 성대히 열린다는 것은 팔관회가 전국적인 규모의 행사임을 보여주고 있다는 것이다.

태조 원년에 설행된 팔관회의 모습에서 불교적인 행사임을 알 수 있는 것은 태조가 위봉루에서 행사를 관람하고 명칭을 불공악신지회(供佛樂神之會 : 부처를 공양하고 귀신을 즐겁게 하는 모임)라 하였다.

이 행사의 모습을 보면 구정(毬庭)의 한 곳에 윤등(輪燈)을 설치하고 향등(香燈)을 곁에 벌여 놓고 밤이 새도록 땅에 가득히 불빛을 비추어 놓았으며, 가설무대를 두 곳에 설치하였고 모양은 연대(蓮臺)와 같아서 바라보면 아른아른 하였다. 또한 갖가지 유희(遊戲)와 노래·춤을 그 앞에서 벌였고, 백관이 도포를 입고 홀(笏)을 들고 예를 행하였으며, 구경하는 사람이 서울을 뒤덮어 밤낮으로 즐기었다는 것에서 왕과 귀족만의 연희가 아니라 고려의 일반 백성들도 팔관회의 주체임을 알 수 있다.

이러한 내용들을 보아 고려 왕실은 백희가무를 국가의 관할 아래 연등회와 팔관회에서 공연하였다. 이는 연등회나 팔관회에 대한 일반백성들의 관심을 높여 많은 사람들이 참여하도록 하여 왕실은 이를 통해 왕실과 국가의 안녕을 기원하였다 보여 진다. 따라서 연등회와 팔관회의 성격을 규정하는데 있어 백희가무는

---

25)『高麗史』卷68 志23 禮11 嘉禮雜儀 仲冬八關會儀;"小會. 鑾駕出宮. 其日質明, 尙舍局鋪王座 於大觀殿上, 鋪童褥於殿庭中心, 東向. 禮司依時刻, 奏初嚴, 鹵簿儀仗, 出陳於毬庭, 繖扇衛仗, 自大觀殿庭, 左右陳列, 至儀鳳門...(중략) 王入樓上幄次, 改服靴袍, 樞密, 引王, 詣祖眞前, 北向 再拜酌獻, 又再拜. 訖, 自閣道, 御幄殿便次, 樞密及承制·執禮官, 竝出就位."

"坐殿受賀. 群臣獻壽, 王御便次, 有頃, 左右承制·千牛上·大將軍·備身將軍·內侍·茶房·御 廚員寮, 協律郎, 水精·鉞斧杖·銀幹斫子·持節·持旌官,...(중략) 太子以下文武群官再拜. 太子進步致辭, 退復位, 再拜舞蹈, 又再拜. 每有旨放謝, 閤門贊, 各祗揖, 群官揖退."

"大會日坐殿. 王初御宣仁殿, 承制以下, 近侍官及後殿官, 起居訖, 出御大觀殿, 侍臣起 居. 及御儀鳳樓上,...(중략) 兩部樂官, 停於殿門外, 王下童上殿, 閤門贊, 侍臣等, 各祗 候, 樞密以下侍臣, 揖退."

중요한 요인 것이다.

조선시대에는 유교의 정치이념으로 불교가 탄압되면서 고려에서 성행하던 연등회와 팔관회는 조선의 창업으로 초기 신하들이 팔관회에 대한 혁파를 상소하고 있음을 보여주고 있다. 이로 인하여 연등회와 팔관회가 국가적인 행사로는 사라진다. 그러나 정치이념과 달리 불교는 왕실이나 민중에게 깊숙이 자리매김 하였기에 수륙재는 이어져 왕실주관으로 행하여졌다는 것은 『조선왕조신록(朝鮮王朝實錄)』에 많은 기록으로 나타난다. 이 기록에 따르면 수륙재는 주로 왕실의 안녕과 선대의 왕과 왕비의 명복을 비는 것이 주목적 이었다는 것을 알 수 있다.

조선시대의 불교의식 중 수륙재가 민중의 축제와 같은 역할을 하였다는 것을 알 수 있는 기록이 신록에 있다. 효령 대군이 한강에서 수륙재를 개설하자 길사순이 중지를 청하였으나 듣지 않는다는 내용으로 왕실 주관의 수륙재가 성대히 열렸다는 것이 나타나 있다.

> "효령 대군 이보가 성대하게 수륙재를 7일 동안 한강에서 개설하였다. 임금이 향을 내려 주고, 삼단(三壇)을 쌓아 중 1천여 명에게 음식 대접을 하며 모두 보시를 주고, 길가는 행인에게 이르기까지 음식을 대접을 하지 않는 자가 없었다. 날마다 백미(白米) 두어 섬을 강물 속에 던져서 물고기들에게 먹이를 베풀었다. 나부끼는 깃발과 일산이 강(江)을 덮으며, 북소리와 종소리가 하늘을 뒤흔드니, 서울 안의 선비와 부녀(婦女)들이 구름같이 모여들었다. 양반의 부녀도 또한 더러는 맛좋은 음식을 장만하여 가지고 와서 공양하였다. 중의 풍속에는 남녀(男女)가 뒤섞여서 구별이 없었다. 전 판관(判官) 길사순(吉師舜)이 글을 올려 중지하라고 간하였으나 듣지 아니하였다."[26]

위의 내용에 수륙재가 7일 동안 열었다는 것을 알 수 있으며, 삼단의 야외 단과 승려 1천명이 의식을 하였고, 남녀 구별 없이 많은 사람들이 모여들고 북소리와 종소리가 하늘을 흔들었다는 내용과 수륙재의 규모가 방대했음을 시사하고 있다.

선비와 부녀들이 구름처럼 모였다는 것과 양반의 부녀들이 맛좋은 음식을 가져와 공양하였다는 것은 볼거리 구경거리 먹을거리가 있었다는 반증이며 이는 대중들의 축제성을 나타내는 것이라 할 수 있다.

---

26) 『세종실록』, 世宗 55卷, 14年 2月 14日(癸卯), "孝寧大君補大設水陸于漢江七日, 上降香, 築三壇, 飯僧千餘, 皆給布施, 以至行路之人, 無不饋之 日沈米數石于江中, 以施魚鱉 幡蓋跨江, 鍾鼓喧天 京都士女雲集, 兩班婦女, 亦或備珍饌以供, 僧俗男女, 混雜無別 前判官吉師舜上書諫之, 不允."

3. 조선시대 감로탱화에서 나타나는 축제적 성격

감로탱화(甘露幀畵)는 조선시대에서만 나타나는 매우 예술적인 작품이라 말할 수 있다. 감로탱화에 내재되어 있는 사상(思想)·음악(音樂)·무용(舞踊)·풍속(風俗)·복식(服飾)·미술(美術) 등의 가치는 매우 크다고 할 수 있으며, 이러한 감로탱화는 한국적 불교의 특징을 가장 잘 나타내고 있다고 할 수 있다. 또한 감로탱화는 한국불교문화의 다방면의 특징을 내포하고 있을 뿐 아니라, 조선시대 불교문화의 우수성을 보여주는 중요한 단서이기도 하다.[27]

감로탱화는 조선시대에 제작된 불화(佛畵)로 정확한 유래는 알 수 없으나, 현재 남아 있는 것 중 가장 오래된 것으로 개인 소장의 1580년(만력萬曆 8년 경진庚辰 5월)에 제작된 감로탱화에서부터 흥천사(興天寺) 감로탱화(1936작)까지 50여 편이 있다.

감로탱화는 시식단(施食壇)을 중심으로 상·중·하단의 삼단(三檀)의 구성으로 되어 있으며, 상단(上壇)은 칠여래(七如來)를 비롯한 불·보살들이 그려지고 중단(中壇)은 시식단(施食壇)과 아귀(餓鬼)·천인(天人)·승려(僧侶)·왕후장상을 그리고 하단(下壇)은 육도윤회상의 모습이 그려져 있다. 구성의 내용을 보면 인간의 윤회와 구제를 바탕으로 하단에서 상단으로 전개된다. 하단은 육도윤회상의 모습을 나타내며, 중단은 육도윤회의 굴레에서 벗어나기 위한 재를 지내는 모습이 그리고 상단은 이들을 구제하기 위한 칠여래와 3보살의 모습으로 전개된다.[28]

특히 하단은 지옥(地獄)과 아귀를 비롯한 육도윤회상과 전쟁, 연희, 남녀 재인, 사회 생활상 등이 그려져 있다.

이러한 인물들의 구성은 모두 중국의 수륙화(水陸畵)에서 영향을 받은 것으로 보인다. 중국의 수륙화(水陸畵)에 연희자(演戲者)들도 묘사되어 있는데, 그림의 제목에 '횡망혼제귀중(橫亡魂諸鬼衆: 횡사한 망혼의 여러 귀신들)'이라하여 무부(巫夫)·무녀(巫女)·산악(散樂)·연희자 등을 묘사 하였으며, 이것은 연희자와 무녀(巫女)들을 횡사한 혼으로 수륙재(水陸齋)의 천도대상인 영혼들의 일부로 그려진 것이다. 사회 생활상을 반영한 그림을 보면 고전노비(雇錢奴婢: 상전에의해 팔려

---

27) 곽성영(2013), 「조신시대 감로탱 도상에 나타난 작법무 형태 연구」, 동국대학교 대학원 석사학위논문, 1쪽.
28) 곽성영, 위의 논문, 10쪽.

간 노비), 기황아표(饑荒餓殍: 굶어 죽은자), 기리처자(棄離妻子: 버려진 처자), 왕람무고(枉濫無辜: 억울함을 당한자), 부형도시(赴形都市: 형을 받아서 도시지옥으로 간자), 유사폐뢰(幽死狴牢: 감옥에서 죽은자), 병과도적(兵戈盜賊: 전쟁과 도적을 만난자), 군진상잔(軍陣傷殘: 군대에서 부상을 당한자), 수표탕멸(水漂蕩滅: 물에 빠져 죽은자)등의 현실 생활을 묘사한 그림은 비록 그 주제가 인생의 고통·재난·인생무상을 표현하여 사람들로 하여금 불교에 귀의하고 해탈하도록 의도하고 있다. 이것은 당시의 생활상을 반영한 것이다[29].

연희패와 남녀 재인(才人)들의 모습이 처음 등장하는 것은 약선사(藥仙寺)감로탱화(1589)의 사당춤이 등장하며 조전사(朝田寺)감로탱화(1591)에 쌍줄백이, 땅재주, 탈춤이 나타나고 있다[30]. 그리고 청룡사(靑龍寺)감로탱화(1692)의 하단 우측에 세 승려(僧侶)들 옆으로 일곱 명의 사람들이 두 줄로 질서 정연하게 재단 위쪽을 향하고 있는 모습에서, 첫 번째 줄의 맨 앞의 사람은 염주를 양손에 들고 무언가를 외치고 있고 그 뒤로 소금(小金)과 소고(小鼓)를 치는 사람들이 서로 마주 보며 따라 가고 있다. 이러한 모습을 사찰에 거점을 두고 활동한 남사당패라고 본다[31]. 하단에 나타나는 연희패(演戲牌)의 놀이 종류를 보면 외줄타기 · 쌍줄타기 · 솟대타기 · 쌍줄백이(솟대타기) · 땅재주 · 방울쳐올리기 · 탈춤 · 접시돌리기 · 인형극 · 사당춤 · 검무이다.[32] 특히 수락산 흥국사감로탱화(1868)와 불암사감로탱화(1890)에서 잘 나타나고 있다.

조선시대에 제작된 감로탱화에서 연희의 모습은 불교적인 요소는 아니다 그러나 하단에 나타나는 모습은 그 시대의 생활상이라 할 수 있으며 모두 구원의 대상이기도 하다.

그렇다면 감로탱화에 나타나는 재의식의 모습은 실제의 모습인가? 그리고 하단에 나타나는 연희의 모습과 불교와의 연관성은 있는가에 대한 의문을 제시할 수 있다. 이러한 점에 대하여 위의 조선신록의 기록을 살펴봄으로서 해답을 유추할 수 있다고 보여 진다.

조선 초기 왕실주관으로 수륙재를 연 한강의 모습은 조선신록의 기록을 보더라도 이는 많은 사람들의 축제적인 모습이다. 즉 국가적인 축제이므로 많은 사람들

---

29) 전경욱(2010),「감로탱에 묘사된 전통연희와 유랑예인집단」,『공연문화연구』20집, 168-169쪽.
30) 전경욱, 위의논문, 175쪽.
31) 강영철(2005),「청룡사 감로탱」, 양산; "감로上", 통도사 성보박물관, 47쪽.
32) 전경욱, 위의 논문, 175-176쪽.

이 모여드는 것은 당연한 것이며 여기에는 많은 먹거리와 놀거리, 구경거리가 펼쳐졌으리라 짐작된다. 그러므로 연희패의 모습은 그들이 구원의 대상이기도 하지만 실제 축제의 모습이라 할 수 있다고 보여 진다. 이는 직접적인 불교적 놀이문화는 아니지만 남사당패나 걸립패를 통한 놀이문화가 불교의식에서 참관적인 대중들의 놀이문화라 할 수 있다는 것이다.

4. 현행 불교 재의식에 나타나는 축제적 성격

한국 불교에서 대표적 축제의식을 나타내는 의식은 영산재와 수륙재 그리고 생전예수재 일 것이다.

영산재와 수륙재는 불교의례 중 한국의 불교문화예술을 종합예술로 표현하면서 철학적.사상적으로 표상되어 있고 음악학적.국문학적.무용학적으로 불교의 심오하고 장엄한 사상적 그 이상을 내포하고 있다.[33] 그러나 생전예수재는 여기에 더해 일반 대중들의 오락적 요소가 포함된 민속학적 사상이 포함 된다.

생전예수재는 '생전(生前)에 미리(預) 닦는(修) 재(齋)의식'[34]을 뜻하며, 살아 있는 자들을 위한 의식으로 한국불교의식에서 매우 특징적인 의식이라 할 수 있다. 산 자들을 위한 의식이므로 재의식의 주체는 승려가 아닌 대중이므로 재의식의 성격이 죽은 자들을 위로하는 천도의식인 수륙재와는 다르다. 그러므로 엄숙한 분위기의 천도의식과는 달리 내가 곧 주인공인 의식이므로 의식의 성격이 밝을 수밖에 없다. 특히 경남지방은 예수재 때에 용선이나 가마타기를 하고 놀기 때문에 축제성이 강하다.

예수재의 진행 과정에서 재가 불자들이 가마나 용선을 타고 탑을 돌거나 법당을 도는 의식으로 재가불자들의 직접적인 참여로 인한 불교의식에서 주체가 되는 것이므로 매우 중요시 여긴다. 이러한 의식 과정에서의 중요성으로 인하여 밀양 작약산예수재에서는 가마(용선)작법[35]이라 칭하고 있다.

가마(용선)작법은 오전의 의식을 마치고 점심 공양 후 쉬는 시간에 이루진다.

---

33) 채혜련(2011), 「靈山齋 梵唄의 旋律에 관한 연구 : 朴松岩類 上壇勸供 홋소리.짓소리를 중심으로」, 원광대학교대학원 박사학위논문, 11쪽.: 채혜련(2011), 『영산재와 범패』, 서울: 국학자료원, 23쪽.
34) 노명렬, 위의 논문, 19쪽.
35) 불교의식의 용어는 아니며 가마타기 놀이인 것을 밀양 작약산예수재에서는 가마(용선)작법이라 칭하며, 용선은 30여년 전부터 사용하였다고 한다.

점심 공양후 대중들을 모이게 한 후 가마나 용선을 준비하여 대중들을 한 사람씩 태워 탑을 돈다. 반야용선(般若龍船)이란 어지러운 세상을 넘어 피안의 극락정토에 갈 때 탄다는 배를 말한다. 반야(般若)란 모든 미혹(迷惑)을 끊고 진정한 깨달음을 얻는 힘이나 모든 법을 통달하여 옳고 그름을 분별하는 마음의 작용을 뜻한다. 이 외에도 반야용선도가 있는데, 이는 망자를 위해 걸었던 그림으로, 그림에는 보통 좌로부터 극락의 주인인 아미타부처, 극락으로 인도하는 깃발을 든 인로왕보살, 반야용선과 망자가 표현되며 슬픔에 젖은 유가족이 그려지기도 한다. 즉 반야용선이 그려진 것은 망자가 아미타 부처가 계시는 서방극락정토에 왕생(往生)하기를 염원하는 것이라 할 수 있다.[36)]

가마(용선)작법의 전개 과정을 보면 가마(용선) 앞에 태평소, 광쇠, 징, 목탁을 든 승려들이 서고 뒤로 가마가 따른다. 그 뒤에는 가마를 탄 불자의 자식들이나 며느리 그리고 친척 등이 서서 따라 간다. 앞에 선 인례승려들의 지장보살 정근(地藏菩薩 精勤)과 법성게(法性偈)를 동창하면서 나아가고 대중들은 같이 흥을 돋우면서 춤을 추며 가마를 따라간다.[37)] 이에 탑을 한 바퀴를 돌면 다음 사람과 교대를 하면서 그날 참석한 대중들을 모두 태운다. 이러한 모습은 장엄함을 연출한다.

가마나 용선을 타는 행위는 언제부터 시작 되었는지는 기록이 나타나지 않아 알 수 가 없다. 그러나 부산 경남지방에서만 전해지는 무속의 생전예수재인 '산오구굿'에서 유추 할 수 있다. 산오구굿은 나이 많은 노인이 죽은 후 그 영혼이 좋은 곳에 태어나기를 기원하는 굿을 말한다. 부산 동래지역을 중심으로 '산오구굿'이 전승되고 있으며, 이 굿에는 전정(前庭)밟기(가매타기)가 있다. 이것은 생전예수재에서 가마타기와 같은 의식이라 할 수 있다. 그리고 오구굿은 죽은 자의 극락왕생을 발원하는 굿이며, 산오구굿은 산자가 죽은 뒤에 갈 극락 행을 기원하는 것으로 망자를 위해 행해지는 오구굿에 비해 밝고 흥겨운 분위기 속에서 연행이 되는 것이 특징이다[38)] 생전에 노인들이 죽은 후 좋은 곳에 가게 해달라고 기원하는 굿. 주로 경상도 지역에서 전승되는 무당굿이다. 대개 윤달이나 따듯한

36) 서원봉(2012), 「밀양 작약산예수재 문화재 지정신청 보고서」, 경상남도 도문화재지정 신청서, 경상남도 밀양시 광제사, 65쪽.
37) 승범(2020), 『생전예수재 연구- 생전예수재의 현장론적 이해와 의례의 축제성을 중심으로』, 서울; 운주사, 207-208쪽.
38) 홍태한(2002), 『한국서사무가 연구』, 서울; 민속원, 51쪽.

봄 또는 백중 무렵에 하였으며 윤달은 부정을 타거나 액이 끼지 않는 달로 인식했기 때문이다.[39)]

산오구굿은 오구굿과는 달리 축제적 성격을 많이 지닌다. 이 굿에서는 많은 사람들이 참석해서 굿을 받는 노인을 위로하고 함께 즐기는 것이 중요하다. 굿을 받는 당사자가 죽음에 대한 두려움을 해소할 수 있도록 하는 것을 목적으로 하기 때문이다. 그러므로 산오구굿은 마을굿처럼 하나의 축제마당과도 같다고 한다.[40)]

이러한 생전예수재가 가지는 독특한 문화현상은 한국의 무속(巫俗)에까지 영향을 끼쳤다는 것을 '산오구굿'을 통하여 유추할 수 있으며, 그 기능이나 집단적으로 행해지는 경우가 많다는 점 등에서 불교의 생전예수재와 비슷하다.[41)] 굿을 하는 시기가 윤달이며, 산 사람을 위한 의식 그리고 가마타기와 영산맞이, 탑등놀이 등으로 불교적 색채가 강하다는 것을 알 수 있다. 이는 불교의 영향을 받았다는 것을 의미 한다.

가마(용선)의식이 끝나면 다음으로 '화청' 시간이다. 대중들을 법당 안이나 야외단 앞에 모이게 한 후 소리를 잘 하는 스님이 화청을 하게 되는데 구성진 화청소리로 대중들의 흥을 돋운다. 이때에 흥이 나는 대중들은 춤을 출 수 있게 한다.[42)] 이는 대중들의 오락시간이라 할 수 있다.

'화청'의 용어적 의미는 여러 불보살을 청한다는 뜻이다. 그런데 이러한 내용의 문(文)에 율(律)이 붙어 가창되면서 원래의 의미를 벗어나 음악적 용어로 해석되고 있다.[43)] 화청은 범패승에 의하여 불리는데, 선율과 장단이 민속 음악적 어법을 수용하고 있어 대중들이 쉽게 이해할 수 있는 곡이다. 화청과 회심곡은 개개인의 독특한 음성으로 사설 형식의 가사를 부르기 때문에 일반 대중이 쉽게 그 뜻을 전달 받을 수 있다. 즉 대중들이 범패에 비하여 쉽게 그 내용을 전달 받을 수 있기 때문에 화청이 생성된 것이다. 결과적으로 화청의 생성 요인은 대중을 상대로 한 불교의 포교적 차원이라고 할 수 있다. 이러한 과정이 중국의 불교음악이 한국적 불교음악으로 전개되는 계기가 된 것이라 본다.[44)]

39) 윤동환(2010), 『동해안 무속의 지속과 창조적 계승』, 서울; 민속원, 227쪽.
40) 이연주(2006), 「산오구굿의 현대 극 장르 수용 연구: 이윤택의 연극 '오구-죽음의 형식'과 영화 '오구'를 중심으로」, 연세대학교대학원 석사학위논문, 28-29쪽.
41) 한민족문화대백과사전, http://encykorea.aks.ac.kr/
42) 2013년 경남 밀양 광제사 생전예수재 영상
43) 김성순(2008), 「불교음악 화청(和請)에 나타난 성/속의 구조」, 『종교학연구』 27집, 서울: 서울대학교 종교학연구회, 118쪽.
44) 법현(2005), 『한국의 불교음악』, 서울; 운주사, 77-78쪽.

화청은 일명 걸청(乞請), 또는 지심걸청(志心乞請) 이라고도 하며, 보통 불교의 추도의식(追悼義式)의식에서 망인(亡人)의 극락정토 왕생을 발원하는 뜻으로 불리고 있다.45) 「무형문화재조사보고서」에서 화청이 원왕사상에 바탕을 둔 이유를 들어 그 유래를 원효(元曉)의 무애가(無碍歌)에서 찾는 것은 무리가 아닐 것이라고 한다.46) 이와 같은 주장을 바탕으로 이해하면, 화청의 율(律)이 우리의 민속적인 가락에서 생성된 것으로 보이기 때문에, 화청은 일반 대중들이 쉽게 알아들을 수 있는 가락으로 짜여져 있다. 결국 화청은 새롭게 탄생한 순수 우리적인 범패, 한국 범패의 별곡(別曲)에 속하는 곡으로 보기도 한다 하였다.47)

화청은 축원화청(祝願和淸)과는 차이가 있다. 축원화청에는 재자들이 축수발원을 위해 한자로 이루어진 상단축원화청(上壇祝願和淸)과 중단의 지장축원화청(地藏祝願和淸)이 있다. 생전예수재 진행시 십대명왕에게 발원하는 육갑화청(六甲和淸) 등도48) 한자로 이루어져 축수발원의 내용으로 담고 있다.

또한 오락적 요소의 '화청'은 경재의 회향설법(땅설법)과 같은 것으로 추정된다. '회향설법'이란 3일 영산의 셋 째날 운수상단, 중단, 신중퇴공, 관음시식, 전시식, 소대봉송을 마친 후 태징, 삼현육각, 호적이이 어우러져 한바탕 흥을 돋구어 법당을 한 바퀴 돌고 마지막 설법에 들어가는데 이것을 '땅설법' 또는 '회향설법'이라 하였다. 이때엔 다른 설법과 달리 각종 염불을 넣어서 하며, 한 스님의 염불가락에 북을 맞추면 염불에 맞춘 스님은 몸을 움직이며 설법을 하는데, 이는 판소리의 육자배기를 하듯 창을 하는 자와 고수가 한 몸이 되어 어우러진 모습이라 하였다.49)

작약산 생전예수재의 경우 공양시간 후 별도의 시간을 할애하여 화청을 진행한다. 24시간 동안 재를 진행하기 때문에 다소 지루할 수 있는 과정에 화청을 함으로써 긴장을 풀고 여유를 제공하려는 배려이다. 오후 의식이 끝나면 대중들을 법당 안이나 야외 단 앞에 모이게 한 후 소리를 잘 하는 스님이 화청을 시작한다. 구성진 화청소리로 대중들의 흥을 돋우면 흥에 겨워 적지않은 사람들이 어깨를 들썩이며 춤을 추곤 하며, 흥겨운 반주와 노래로 신도들의 자발적 흥을 돋구어주

45) 법현(2005), 위의 책, 76쪽.
46) 홍윤식, 위의 책, 16쪽.
47) 박범훈(1988), 「불교음악의 전래와 한국적 전개에 관한 연구」, 동국대학교 대학원 박사학위 논문, 179-182쪽.
48) 김성순, 앞의 논문, 117쪽.
49) 법현(1997), 『영산재 연구』, 서울; 운주사, 14-15쪽.

기도 하여 박수를 치거나 흥에 겨워 춤을 추기도 한다. 이는 동참자들의 오락시간이라 할 수 있다.[50]

5. 맺음말

불교가 서기 372년 고구려 제 17대 소수림왕 1년에 전진(前秦)의 왕 부견이 고구려에 부처님의 모습을 조각한 불상과 불교의 가르침을 기록한 경전을 선물로 보내어 온지 1600여년 되었다. 신라와 고려의 불교적 정치이념 통해 찬란한 불교 문화 유산을 남겼다. 이러한 문화유산은 민중들의 삶에 고스란히 남아 오늘날까지 알게 모르게 많이 내려오고 있음을 역사적 기록과 자료를 통하여 볼 수 있다.

본고에서 『삼국사기』와 『고려사』에 나타난 불교가 얼마나 국가의 정치적 이념과 민중들의 삶에 큰 영향을 끼친 것인지를 '연등회'와 '팔관회'의 기록을 통하여 알 수 있다. 특히 불교의식이 토속적 신앙과 민속 문화에도 많은 영향을 끼쳤음을 볼 수 있다. 이러한 영향으로 조선시대 감로탱화를 통하여 한국전통 민속 연희패인 남사당패가 불교사원을 기반으로 활동 하였다는 것을 알 수 있으며, 오늘날 남아 있는 많은 민속노래와 민요 그리고 놀이문화에서의 불교적 요소가 말해주고 있다. 또한 무속신앙에서는 불교와 결합하면서 토속적 무속신앙이 불교화가 되었다는 것을 많은 불교적 요소가 증명해주고 있으며, 특히 '산오구굿'을 통해서 엿 볼 수 있다는 것이다.

불교의식에서의 축제성을 내재한 생전예수재가 경남지방을 중심으로 성행을 한 까닭은 영남지방의 강한 불교적 신앙생활과 토속적 신앙생활이 오랫동안 이어져 왔다는 것을 반증하는 것이며, 불교의 문화가 민중들의 민속 문화예술에서의 놀이적 문화에도 영향을 끼쳤음을 부정할 수는 없을 것이다.

위의 내용을 바탕으로 본 연구를 통해서 불교의식에서 나타나는 축제성은 불교가 가지는 단편적인 불교문화가 아니라 한국의 전통적 민속 문화와 같은 궤를 가지고 이어져 내려 왔다는 것을 알 수 있다.

---

50) 승범(2017), 「생전예수재의 현장론적 이해와 의례의 축제성」, 동방문화대학원대학교 박사학위 논문, 167쪽.

지리산권 유불(儒佛)사상 기반의 시문학 특징과 스토리텔링

- 남명 조식과 청허 휴정 및 그 법손들을 중심으로[1)]

최 정 범(우주스님, 불교문예학박사, 홍성 망월사 주지)

1. 들어가는 말

오늘날 우리 사회는 이성 중심의 패러다임에서 감성 중심의 패러다임으로 접어들고 있다. 미래학자 롤프 옌센(Rolf Jenssen, 1942-)은 『드림 소사이어티』에서 정보화 사회에 뒤이어 도래할 미래 사회로, 꿈과 이야기와 같은 감정적인 요소와 상상력이 중요시되는 사회를 주장했다.[2)] 즉, 기업, 지역사회, 개인이 데이터나 정보가 아니라 이야기를 바탕으로 성공하게 되는 새로운 사회를 주목한 것이다. 이는 곧 이야기를 하나의 코드로서 적극 활용하고 있는 문화콘텐츠로서, 대중들의 공감과 소통의 감정을 한결 효과적으로 유도할 수 있고, 또한 대중의 참여와 체험을 공유할 때 보다 생생하게 메시지가 전해질 수 있다는 것을 의미한다. 따라서 흥미롭고 참신한 스토리로 감성을 자극하는 일이 중요한 일이 되고 있다.

이러한 맥락에서 최근 한국문화콘텐츠진흥원이 글로컬 콘텐츠(glocal contents)를 개발하고 이를 지역문화 산업과 융합을 통한 지역문화산업의 경쟁력 강화에 주력하고 있는 것은 의미 있는 일로 생각된다. 그래서 지역문화진흥원이 지역의 고유한 문화 가치 창출을 통한 지역문화와 균형발전, 지역의 문화역량 강화를 위한 자생력의 향상, 생활 속 문화 참여 확산, 그리고 지속 가능한 지역문화 생태계 구축 등을 전략적 과제로 삼고 관련 사업을 실행하고 있는 것은 아주 적절하다 할 것이다. 이는 2018년 지역문화특성화 사업이 지역민의 참여와 생활문화에 기반을 둔 프로그램들로 구성된 배경과 무관하지 않은 것으로 추정된다.[3)] 그렇다면 문제는 보다 나은 지역문화콘텐츠 개발 및 향상을 위해서는 어떻게 해야 하는 것인가이다. 그것은 바로 흥미롭고 경쟁력 있는 콘텐츠를 만들고,

---

1) 지역사회학회, 『지리사회학』 제 21권 2제 2호(2020)에 게재되었음.
2) 롤프 옌센 지음, 서정환 역(2005), 『드림 소사이어티』, 리드리드출판, 12쪽.
3) 지역문화진흥원 문화가 있는 날 사업추진단(2018). 『2018 지역문화콘텐츠 특성화 성과 사례집』, 지역문화진흥원, 1-394쪽.

이를 널리 향유하게 하는 일이다. 즉 문화콘텐츠의 확장성이다. 어쩌면 지역문화진흥원이 그동안 지역문화콘텐츠 발굴과 기획, 원소스 멀티 활용(One Source Multi Use)과 스토리텔링(Storytelling)에 치중했던 것도 이런 연유이다. 하지만 문화콘텐츠의 활용과 극대화를 위해서는 단순히 콘텐츠를 만드는 것만으로 충분하지 않고, 콘텐츠가 만들어진 이후에 이를 대중이 경험하고 감동을 공유하는 과정이 필요하다.[4]

따라서 문화향유의 지속성에 주목하고, 지리산권의 다양한 문화유산 중, 유불사상과 문학의 스토리텔링은 생동하는 지역문화콘텐츠의 향유가치를 높일 수 있을 것으로 생각한다. 이에 많은 사람들이 지리산으로 와서 선현들의 사상과 삶을 담아낸 문학을 이해하고, 이를 통해 자신의 삶을 성찰하며 그들의 정신과 동일시하는 경험을 하게 함은 물론 여가를 즐기고 갈 수 있도록 스토리텔링을 해야 할 필요가 있다. 가령, 유불도 사상의 산실로서의 지리산의 이해와 나아가 조선 유학의 최고 석학 남명 조식의 올곧은 선비정신과 불교의 최고 선승 청허 휴정과 그의 법손들의 사상과 삶을 담아낸 시문학에 내재된 의미를 스토리텔링 함으로써 오늘을 살아가는 이들에게 자아 성찰의 기회를 제공함과 아울러 지역문화유산의 소중함을 느끼고 이를 대중들에게 알리도록 할 필요가 있다.

옛 지리산은 방장산, 삼신산, 방호산, 청학산, 그리고 백두대간의 주맥이 반도를 타고 이곳 까지 뻗어 내렸다 하여 두류산(頭流山) 등으로 불렸다. 이처럼 다양한 이름을 가지고 있는 지리산은 그 영역이 광활하고 깊어 골짜기마다 색다른 문화를 간직하고 있어 역사의 산이요, 신앙의 산이며, 생명의 산으로 유교·불교·도교 문화의 산실이었다 할 수 있다. 특히 우리의 선조들은 지리산을 유람과 안식의 공간으로, 또는 수행의 공간이면서 자아를 성찰하는 정신적 거처로 삼기도 했다. 가령, 신라의 최치원, 고려의 이인로, 조선의 서경덕, 김종직, 김일손, 정여창, 남명 조식 등은 지리산을 유람하거나 이곳을 기반으로 호연지기를 기르고 심신을 수양하였으며, 아울러 청허 휴정을 비롯한 불가(佛家)의 많은 선승들은 이곳으로 출가하거나 머물며 구도와 깨달음을 얻기도 하였다. 그들은 그러한 순간들의 심경을 진솔하게 담아내기도 하였다. 또 한편으로 지리산을 난세와 모순된 현실을 떠난 도피로서의 이상향 공간으로 노래하는 이들도 있었다.[5] 뿐만 아니라

---

4) 정혜경(2019), 「지역문화콘텐츠 정책과 방향」, 『지역문화와 콘텐츠』, 서울: 한국문화사. 4-5쪽.
5) 최석기 외(2000), 『선인들의 지리산 유람록』, 서울: 돌베개, 391쪽.

근대 이후에는 신비와 성스러움, 풍요와 모성적 너그러움을 지닌 공간보다는 근대의 가장 비극적이고 고통스러운 역사적 공간으로 그려지기도 하였다. 즉 동학군이나 의병들이 근거지였던 '민중과 저항의 산'으로, 또는 해방과 6.25를 전후하여 치열한 전투와 살육이 자행된 '죽음과 한의 산'[6]으로 노래되어 왔다.

지금까지 지리산 문학에 대한 연구가 주로 역사와 민족이라는 거대담론의 장으로 수렴되어 왔다면, 앞으로의 지리산 문학의 연구는 지리산의 공간적 의미를 새롭게 해석하면서 오늘과 내일의 삶을 풍요롭고 가치 있게 하는 생생한 참여의 공간으로서 이루어져야 할 것이다. 따라서 이 글에서는 유불(儒佛)사상의 산실로서의 지리산의 특징과 그것이 남명 조식(1501~1572)과 청허 휴정(1520~1604) 및 그의 법손들의 사상과 삶을 담아낸 시문학에 어떻게 투영되고 있으며, 또한 그것이 오늘날 우리에게 던져주는 메시지가 무엇인지를 살펴보고자 한다.

2. 유불사상의 산실로서의 지리산

지리산에 대한 사상적인 인식을 살펴보면, 거기에는 다양한 사상이 융합되어 있어 있음을 알 수 있다. 즉, 유불선(儒佛仙)의 사상과 무속신앙과의 습합이라 할 수 있다. 그 중에서 지리산에서 꽃피운 유교와 불교 관련 역사와 인물들에 대한 이야기는 지리산 인문학의 큰 줄기를 이룬다. 가령, 지리산자락 천량(현재 함양)의 태수를 지내며 지리산 곳곳에 커다란 족적을 남긴 최치원을 비롯하여 이인로, 이색, 서경덕, 김종직, 남명 조식, 청허 휴정과 그의 법손들은 지리산 이야기의 귀중한 유산을 남기고 있다.

무엇보다도 지리산의 유학정신은 정여창(1450~1504)과 조선 사림(士林)의 거두 남명(1501~1572)에서 빛을 발하게 되었다 할 수 있다. 정여창은 지리산 자락 함양 태생으로 초기 사림세력의 영수인 김종직의 문인이며, 37세 때 모친상을 치르고 지리산을 찾아가 진양(진주)의 악양동 부근 섬진나루에 집을 짓고 대나무와 매화를 심으며 평생을 마쳤다. 그는 평소에 도가 없으면 먹을 것이 없고, 먹을 것이 없으면 백성이 없고, 백성이 없으면 나라가 서지 못한다고 하며 나라의 근본은 백성임을 강조하였다. 그리고 사후 그의 학풍과 덕망을 흠모한 함양 사족과 인근 지

6) 김양식(1998), 『지리산에 가련다』, 서울: 한울, 61-110쪽.

역 사람들의 재정 지원을 받아 그를 추모하는 남계서원이 세워지게 되었다.

한편, 남명은 퇴계 이황(1501~1571)과 함께 '좌퇴계 우남명'으로 불릴 만큼 쌍벽을 이루는 영남학파의 수장이며 거두이다. 불의와 타협하지 않아 평생 벼슬에 나가지 않았지만 죽어서 영의정에 추증(追贈)된 남명은 "군자는 경(敬)으로써 안을 곧게 하고, 의(義)로써 바깥을 바르게 한다."[7]는 '경(敬)'과 '의(義)'를 핵심사상으로 삼고 학문의 실천을 강조하였다. 그러한 실천궁행(實踐躬行)의 정신은 '성성자(惺惺子)'라는 방울을 몸에 차고 그 소리를 들었고, 몸에 차고 다니던 칼[敬義劍]에 "안으로 마음을 밝히는 것은 경이요, 밖으로 결단하는 것은 의다(內明者敬 外斷者義)"라는 글을 새겨 스스로 경계와 반성을 그치지 않았던 점에서 확인된다. 이는 곧 자기의 마음을 올바르게 하기 위하여 마음을 밝게 하며(敬), 이 밝아진 마음을 통해 도덕적 선과 자신의 관련성을 알게 되고 반성과 비판을 통해 선(善)에 충실, 성실, 진실하고자(誠) 하는 것[8]이라 할 수 있다. 하여 남명의 경의(敬義)사상을 통한 실천철학과 자기절제를 통한 절의(節義)의 정신은 오늘날 우리가 어떻게 행동하며, 살아야 할지를 알려 주는 중요한 실천덕목으로 여겨진다.

지역적 기반이 경상우도였던 만큼 남명의 삶과 사상 형성에 있어서 지리산은 절대적인 역할을 했다. 그는 처가(妻家) 김해와 고향 합천 삼가에서 문인을 양성하다가 말년에 지리산 자락 밑 산청 덕산으로 와 산천재(山天齋)를 짓고 약10여 년 간 학문수양과 후학 양성에 힘썼다. '산천'은 "굳세고 독실한 마음으로 공부하여 날로 그 덕을 새롭게 한다"는 뜻이다. 그래서 만년의 근거지이자 강학처였던 덕산은 '남명학의 본산'으로도 잘 알려져 있다. 남명이 덕산에 터를 잡은 까닭은 산천재 마당에 서면 남명매라는 이름의 매화나무 뒤로 지리산의 중심인 천왕봉이 바라보이기 때문이었다. 자신을 방장산인(方丈山人)이라고 하였던 남명의 지리산 사랑은 12번 이루어진 지리산 산행을 기록한 『遊頭流錄』에서 엿볼 수 있다. 이처럼 산행을 통해 선현들의 흔적을 더듬으며 부족한 자신을 수양하고자 하였던 그의 시와 문장에는 지리산을 닮아 가려는 자신의 심경이 잘 드러나 있다.[9]

지리산문화의 다른 특징 중의 하나는 불교사상을 근간으로 하고 있는 점이다. 불교가 한국에 본격적으로 수용되면서 지리산에는 많은 사찰과 승려들의 수도처가 형성되었다. 구산선문 최초 가람인 실상사, 수선사(현 송광사) 정혜결사의 싹

---

7) 남명 조식, 남명학연구소 역(2001), 『남명집』, 서울: 한길사, 321쪽.
8) 이상형(2018), 「자기진실성(Authenticity)과 남명 조식의 敬義思想」, 『남명학』 제23집, 72쪽.
9) 『남명집』 권1, 시 〈題德山溪亭柱〉 참조.

이 텄던 상무주암, 조선시대 총림 역할을 하며 현대 한국불교 가교를 놓았던 벽송사, 비구니 참선도량이며 성철스님이 처음 수행했던 대원사, 범패와 차의 도량 하동 쌍계사, 한국 계맥을 되살린 칠불암, 그리고 화엄불교의 산실 화엄사 등이 이를 말해 준다. 가령, 신행(704~779)은 759년 당나라에서 북종선을 배우고 돌아와 산청 단속사에서 최초로 북종선을 전하였으며, 홍척(생몰 미상)은 신라 구산선문의 하나인 실상산문을 열었다. 아울러 혜소(774-850)는 830년 당나라에서 돌아와 하동의 쌍계사를 세웠으며, 혜철(785~861)은 839년 당나라에서 돌아와 곡성 태안사를 창건함으로써 동리산문을 열었다. 지리산 서쪽의 구례 화엄사는 백제 때 창건되었다가 통일신라 경덕왕대 연기조사에 의해 중창되었다.

또한 고려의 보조 지눌(1158~1210)은 지리산 상무주암에서 중생구제를 제쳐두고 정권과 야합한 고려불교의 위기를 정혜결사(定慧結社)로 극복하고자 하는 발원을 세웠으며, 조선의 청허(서산대사)는 벽송사 문중들과 의승장으로 활약하면서 누란을 극복하고자 하였다. 특히 청허는 승과에 급제하고, 선교양종판사를 지내며 서울 봉은사에 머물렀지만 자신의 본분사는 수행에 있다는 것을 깨닫고, 어린 나이에 출가하였던 지리산으로 다시 돌아와 후학들의 공부를 위해『삼가귀감』을 편찬하였다.『삼가귀감』은 서산대사가 '유불도(儒佛道)'가 이루려 하는 것은 다르지 않다'라는 취지로 불교(선가귀감), 도교(도가귀감), 유교(유가귀감)의 좋은 내용들을 정리하여 합본한 것이다. 그런데 1568년 단속사에서는『삼가귀감』목판이 파괴되고, 이 절의 사천왕상이 불태워지는 사건이 발생하였다. 진주 유생 성여신(1546~1632)과 그 일행이 목판을 파괴한 이유는 승려가 감히 어떻게 유교를 논하느냐는 비아냥거림과 함께『삼가귀감』에 유가의 글을 맨 마지막에 두었기에 때문이었다는 것이다. 이 사건 이후 청허는 지리산에서 자취를 감추게 되고, 훗날 묘향산에서 큰 선승의 모습으로 나타나게 된다.

한편, 지리산문화의 또 다른 특징은 신라에서 조선까지 동방의 선맥(仙脈)의 중심지였다는 점이다. 상고시대 천지가 개벽할 때도 침몰하지 않았다고 전하는 도교의 상상의 삼신산은 봉래산(蓬萊山) ·방장산(方丈山) ·영주산(瀛洲山)이다. 이 삼신산 중 하나가 방장산인데, 이 산이 바로 지리산이다.『세종실록지리지』에서는 지리산을 북두의 4성 중 하나인 태일성의 신이 사는 곳이라 전한다. 태일성은 중국 위진남북조시대 기록에 '원시천왕'이라고 언급돼 있다. 그래서 지리산의 주봉을 천왕봉이라 하고 천왕봉의 선계에 오르기 위해 통천문을 거쳐야 한다. 고려

시대에는 이인로가 신선의 자취를 그리며 청학동을 찾아 나서기도 했다고 한다.[10] 이처럼 '동방의 선맥'에는 지리산이 그 중심에 있었다. 그 대표적인 인물이 신라시대 화랑의 우두머리 영랑과 현금을 창시한 것으로 알려진 옥보고이다. 또한 영랑은 신라 때 화랑의 우두머리로 일찍이 3천명의 낭도를 거느리고 수련했다고 하는데, 그 장소가 바로 지리산 영랑재이다. 뿐만 아니라 최치원이 신라의 화랑 난랑을 위하여 만들어 세우고 해설한 '낙랑비서(鸞郎碑序)'의 수련장소가 있는 곳도 지리산이다.

조선시대의 장산(丈山人)으로 널리 알려진 장한웅(1519~1592)은 도교경전이자 의서로도 유명한 『수진십서』를 입수해 수련했다. 이어 소설 『동의보감』에서 악역을 맡고 있는 양예수가 장한웅의 가르침을 이어 도교의학을 성취했다고 한다. 도교의학서라 할 수 있는 허준의 『동의보감』 이면에도 지리산의 도교사상이 있었던 것이다.[11] 그리고 도선국사는 화엄사에서 화엄을 배웠고, 이후 태안사 혜철에게서 유식과 선을 배웠을 뿐만 아니라 풍수지리 사상을 집대성한 신승(神僧)이기도 하였다. 도선국사가 모든 불교종파와 사상을 융합하고, 도교적인 음양오행과 풍수를 집대성할 수 있었던 것은 바로 지리산과 함께 강·바다 등이 있었기 때문이라 할 수 있다. 요컨대 지리산은 다분히 유불도의 사상의 산실이자 꽃 피운 어머니 산이라 할 수 있다.

3. 지리산 유불문학의 특징과 그 의미

1) 남명 조식과 지리산 유교문학: 선비정신의 표상

지리산 일대에는 함양 남계서원, 산청 덕계서원·도천서원, 진주 도동서원·임천서원 등의 서원과 각 시군의 향교와 구례의 매천사당, 곡성의 충렬사 등의 사우가 남아 있어 유교사상과 이를 기반 한 문학의 특징을 이해할 수 있게 한다. 선비는 그 시대의 양심이요 지성인이었으며, 시대적 과제를 해결해 나아가는 책임자이자 지도자였다. 조선의 살아있는 양심이자 지성인이었던 남명은 1558년(명종 13) 첫 여름 제자들과 함께 지리산 유람길에 나섰는데, 이때의 기행을 『유두류록

---

10) 조용섭, 역사 속의 지리산(18), "지리산과 도교사상", http://blog.daum.net/ jirisanlove/9928735.
11) 조용섭, 위와 같음.

(遊頭流錄)』이라는 기행문으로 남겼다. 늘 천왕봉을 곁에 두고 바라보며, 수행의 도반으로 삼았던 그는 벼슬길에 나아가지 않고, 평생 처사적인 선비 모습을 간직한 채 살았다. 즉, '경(敬)'과 '의(義)'를 핵심사상으로 삼고 학문의 실천을 강조하였던 그는 도가의 수련법을 익히기도 했으며, 승려와 교유하였으며, 양명학자들과도 교류하였다. 그의 이런 면모는 문인들에게 계승되어 임진왜란 때 많은 문인들이 의병활동에 나서는 정신적 배경이 되었고, 구한말 올곧은 지사 황현(1855~1910)에게도 영향을 미쳤다. 덕산계정(德山溪亭)의 기둥에 쓰여 진 다음의 시는 남명의 올곧은 선비정신을 잘 담아내고 있다.

請看千石鍾　천석이나 되는 저 큰 종을 좀 보소
非大扣無聲　크게 두드리지 않으면 울리지 않는다오
爭似頭流山　어찌하면 두류산처럼
天鳴猶不鳴　하늘이 울어도 울지 않을까
- 〈題德山溪亭柱〉

실로, 남명에게 지리산은 특별했다. 천석종(千石鍾)은 이상적인 선비상인 동시에 궁극적으로는 남명 자신일 수 있다. 자신을 천석종으로 생각할 수 있다면 임금이 무어라 한다고 해도 움직임에 의연할 수 있을 것이다. "어찌하면 두류산(지리산)처럼/ 하늘이 울어도 울지 않을까"라는 절창은 남명이 지리산을 어떻게 여기고 본받고자 했는지를 웅변한다. 즉, "하늘이 울어도 울지 않는" 지리산이라는 대목에서 남명의 부조리한 현실에 결코 타협하지 않았으며 왕도정치에 목숨을 내걸었던 기상과 선비정신이 선명히 드러나고 있다. 이처럼 지리산은 남명 자신의 명(命)이 궁극적으로 도달해야 할 도덕적 자리였다. 그래서 남명의 수많은 제자들은 지리산을 남명의 기상과 상징으로 받아들였고, 지리산은 남명학파 유학의 중심이 되었다.

산천재(山天齋)는 남명이 만년에 평생 갈고 닦은 학문과 정신을 제자들에게 전수하며 여생을 마친 곳이다. 여기서 공부한 제자들이 남명의 학덕을 계승하여 사림(士林)의 중심이 되었다. 남명은 이곳에 매화를 심고 정성스럽게 보살피면서 벗삼아 시를 읊기도 했다. 그 대표적인 시가 〈우음(偶吟)〉이다.

珠點小梅下　매화나무 붉은 꽃 아래서
高聲讀宰堯　소리 내어 요전을 읽어 보네

窓明星斗近　북두성이 빛나니 창이 밝아지고
江開水雲遙　넓은 강물에 구름만 아련히 떠도는 구나
- 〈偶吟〉

　　고려 말 조선 초기의 강회백(1357~1420)은 소년시절에 단속사에서 공부하며 매화를 심었다. 그가 과거에 급제하여 벼슬이 정당문학(政堂文學, 정 2품)에 올라 이 매화를 정당매(政堂梅)라 한다. 단속사 석탑 뒷편에는 정당매와 정당매각이 세워져 있었고 그 안에는 두 개의 비석, 즉 오른쪽 비에는 政堂文學通亭姜先生手植梅碑, 왼쪽 비에는 通亭姜先生手植政堂梅碑라 음각되어 있었다. 모두 강회백이 매화나무를 직접 심은 것을 기념하기 위해 세운 것이다. 강회백은 고려의 마지막 왕인 공양왕 1년에 세자의 스승이 되었고, 이어 판밀직사사(判密直司事)와 이조판서를 겸임하게 된다. 이 때 그는 상소하여 불교의 폐해를 논하고 한양 천도를 중지하게 하였다. 강회백의 증손 강구손이 아버지 강희안의 명을 받아 조상의 유적을 살피려고 이곳 단속사에 매화를 심었다. 그런데 지금은 둘 다 수명을 다하고 다시 심은 것이다. 단속사도 중간에 없어지고 현재는 사지(寺地)만 남아있다. 남명은 〈斷俗寺政堂梅〉를 통해 정당매를 심은 강회백을 에둘러 비판하고 있다.

寺破僧羸山不古　절 부서지고 중 파리하고 산도 옛날 같지 않는데
前王自是未堪家　전왕은 스스로 집안 단속 잘하지 못했네
化工正誤寒梅事　조물주가 추위 속 매화의 일 정말 그르쳤나니
昨日開花今日花　어제 꽃을 피우고 오늘도 꽃을 피웠구나
- 〈斷俗寺政堂梅〉

　　강회백이 매화를 심은 뜻은 매화의 지조를 본받고자 함이다. 그런데 정작 강회백 본인은 지조를 버리고 두 왕조를 섬겼음을 남명은 비판하고 있다. 시적 화자는 단속사를 방문하여 가장 먼저 절의 전반적 분위기와 거기에 사는 승려의 모습을 읽고, 이어 산으로 눈길을 둔다. 부서진 절, 거기에 사는 파리한 승려, 그 주위를 둘러싸고 있는 예와 같지 않은 산을 보고, 그것들과 연관된 절조를 잃은 한 사람, 즉 고려가 망하자 지조를 지켜 숨지 않고 다시 조선조에 벼슬한 강회백을 상기하는 것이다. 2구에서 보듯이, 고려조의 왕인 '前王'은 강회백이 자신의 신하인 줄 알았는데, 그가 집을 나가 다른 사람을 섬기고 말았으니 집안 단속을 제대

로 하지 못한 것이다. 즉 지조를 상징하는 매화는 매서운 바람과 차가운 눈을 이기고 향기를 뿜어내야 함에도 불구하고 아무렇게나 피운다는 것이다. 여기서 '어제'란 고려를 말하고 '오늘'이란 조선을 말한다. 강회백이 고려조에도 벼슬을 하고 조선조에도 벼슬을 하였듯이, 그가 심은 매화는 어제도 피고 오늘도 핀다는 것이다. 즉 지조 없이 아무 때나 핀다는 것이 그것이다. 조물주를 들어 비판하고 있으니 강회백에 대한 절개를 잃어버린 것에 대한 비판을 한결 극화하고 있는 남명이다.

남명이 말년 약 10여 년 간 학문수양과 후학 양성에 힘썼던 덕산의 산천재 기둥에는 그의 청빈한 선비정신을 알 수 있는 시가 새겨져 있다.

春山底處无芳草 봄 산 어디엔들 향기로운 풀이 없을까마는
只愛天王近帝居 하늘 가까운 천왕봉 마음에 들어서라네
白手歸來何物食 빈손으로 왔으니 무엇을 먹고 살 것인가
銀河十里喫猶餘 은하가 십리나 되니 마시고도 남겠네
                                    - 〈德山卜居〉

산천재를 짓고 시냇가 정자에 써 붙인 위의 시에는 지리산을 닮고자 하는 남명의 정신세계가 잘 나타나 있다. 산에 방초를 뜯어 먹고 마을 흐르는 앞 맑은 시냇물 먹으며 안빈낙도하리라는 사유의 시심은 무욕의 경지를 잘 담아내고 있다. 그렇다면 자기 정체성의 근원으로서의 지역은 생활의 근거지이자 자아의 준거지역[12]을 감안할 때, 지리산은 남명에게 각별한 삶의 터전이라 할 수 있다. 이곳의 '두류산 양단수'는 천왕봉으로부터 흘러내리는 계곡수이다. 산천재 앞을 흐르는 강으로 동쪽 삼장 대원사 쪽을 덕천강, 시천 내대 쪽의 강을 내대천이라 한다. 그 양당수를 은하에 비기고 그것을 퍼서 마시려는 상상을 한 남명의 맑은 인품과 탐욕을 부끄러워 할 줄 아는 정신은 물질문명이 지배하고 있는 오늘을 사는 지식인들에게 정신적 가치의 중요성을 일깨워 주고 있다 할 것이다.

2) 지리산 불교문학의 특징: 구도와 깨달음의 표현

편양 언기가 찬한 『청허당행장』에 보면, "우리 동방의 태고화상이 중국 하무

---

12) 신경아(2014), 「개인화 사회와 지역 - 자기 정체성 자원으로서의 지역과 자아의 유형」, 『지역사회학』15(4), 지역사회학회, 41-58쪽 참조.

산에 들어가 석옥을 사(嗣)하여 이것을 환암에게 전하였고, 환암은 구곡에게, 구곡은 벽계정심, 정심은 벽송지엄에게, 지엄은 부용영관에게, 영관은 서산휴정에게 전하였으니, 석옥은 임제의 적손이다."[13] 라고 기록되어 있다. 이 점을 주목하면, 보조지눌(1158~1210) 이후 태고보우(1301~1382)로 이어지는 한국불교의 법맥은 환암혼수 - 구곡각운 - 벽계정심 - 벽송지엄 - 부용영관 - 청허휴정으로 계승된다 할 수 있다.

벽송 지엄(1464~1534년)은 57세 되던 해(1520년)에 지리산에 들어와 벽송사(碧松寺)를 세우고 수행에 정진하였으며, 부용영관, 경성일선, 숭인 장로 등 걸출한 제자들을 배출하였다. 부용영관은 불경뿐만 아니라 노장과 유교 경전에도 조예가 깊었던 선승으로, 지리산 함양 영원사에서 벽송지엄을 만나 견성했으며, 벽송사의 2대 조사이다. 특히 벽송사는 108명의 '선교겸수 대 조사'가 출현했다 하여 '백팔조사 행화도량'이라고 불리어 왔고, '선방 문고리만 잡아도 성불한다'는 이야기가 전해지는 한국 선불교의 종찰(宗刹)로 불리고 있다. 또한 부용영관은 그의 문하에 청허휴정과 부휴선수를 길러내어 풍전등화 같은 조선불교의 법맥을 잇게 하였다. 이렇듯 지리산 벽송문중에서 배출한 스님들은 쌍계사, 칠불사, 신흥사, 연곡사, 화엄사 등 지리산의 사찰에 큰 자취를 남기고 있다. 여기에서는 선승 청허휴정과 그의 법손들의 지리산 관련의 출가와 깨달음의 시적 세계가 던져주는 메시지가 무엇인지를 살펴보고자 한다.

(1) 청허의 시문학

오랫동안 묘향산 서쪽에 살았다 하여 묘향산인 또는 서산대사로 불리는 청허휴정(1520~1604)은 1534년 진사시에 응시했으나 낙방하고 친구들과 지리산을 유람하던 중 숭인 장로를 만나 큰 꿈을 이루려면 마음을 돌려 마음이 공을 꿰뚫는 급제(心空及第)를 해야 한다는 가르침을 받아 불교에 입문하였다. 이후 그는 부용영관에게 선을 배우고, 18세에 구족계를 받고 법명을 휴정이라 하였다. 휴정의 어릴 때 이름은 운학이다. 운학은 15세에 지리산에 들어와 세상의 이치를 깨닫고자 하는 출가의 결의를 이렇게 표현하고 있다.

---

13) 「등계보제대사청허당행장」, 『청허집』 권4, 부록, "吾東方太古和尙 入中國霞霧山嗣石屋而傳之 幻庵 幻庵傳之龜谷 龜谷傳之登階正心 登階正心傳之碧松智嚴 碧松知嚴傳之芙蓉靈觀 芙蓉靈觀 傳之西山休靜 登階 石屋乃臨濟嫡孫也之."

花開洞裏花猶落　이름은 화개로되 꽃은 지고
靑鶴巢邊鶴不還　청학동 둥지엔 학은 아니 드네
珍重紅流橋下水　잘 있거라 홍류교 아래 흐르는 물이여
汝歸滄海我歸山　너는 바다로 가고 나는 산으로 가려네
- 〈花開洞 入山詩〉

　새로운 세계로 나아가려는 운학의 지고한 몸짓이 그대로 드러나 있다. 독특한 시적 서정이 만들어 낸 의경이 한결 돋보인다. 꽃피는 동네에 꽃은 피지 않고 오히려 지고 있으며, 천석(泉石)이 아름답고 청학이 서식하는 청학동에 학이 들지 않는다고 생각하는 운학은 바다로 흘러가는 홍류교 아래 흐르는 물과 이별하고 담대한 마음으로 입산, 출가하고자 한다. 이와 같이 담대하고도 조용하게 출가의 심경을 밝히는 입산시에는 장차 대선사가 될 운학의 놀라운 각성과 결의의 심경이 진솔하게 나타나 있다. 출가 후 청허는 임제종의 종풍을 이어받아 청산과 백운을 아끼고 그들과 더불어 일심으로 수행정진 하였다. 그러던 휴정은 31세에 부활된 승과에 장원으로 합격하고, 그 후 중선(中選)을 거쳐 37세 때에 선교양종판사가 되었다. 또한 문정왕후의 절대적 신임을 얻고 있던 허응당 보우대사의 후임으로 봉은사의 주지가 되기도 했다. 하지만 청허는 벼슬과 명리가 출가의 본뜻이 아님을 깨닫고 승직을 버리고 금강산에 잠시 머문 뒤 40세에 마음의 고향인 지리산으로 다시 돌아왔다. 그리고 신라 때 창건된 화개동천의 허물어진 내은적암을 중수하고 맑고 가난하게 살고자 염원하며 자신의 호 청허(淸虛)를 따서 '청허원'(淸虛院)이라 이름 하였다.

有僧五六輩　도반 대여섯이
築室吾庵前　내은암에 집을 지었네
晨鐘卽同起　새벽 종소리와 함께 일어나
暮鼓卽同眠　저녁 북소리 울리면 함께 자네
共汲一澗月　시냇물 속의 달을 함께 퍼다가
煮茶分靑烟　차를 달여 마시니 푸른 연기가 퍼지네
日日論何事　날마다 무슨 일 골똘히 하는가
念佛及參禪　참선과 염불일세
- 〈頭流山 內隱迹庵〉

새벽에 일어나 취침 전까지 참선과 염불로 정진하던 휴정의 수행 일과가 선연하게 묘사되고 있다. 계곡물처럼 깨끗하고[淸]과 달처럼 사사로운 욕심이 없는 비어있는[虛] 것을 관조하는 선승의 산중생활이 명징하게 드러나 있다. 깊은 골을 흘러내리는 물을 퍼 차를 달여 마시는 대목은 선정에 드는 시심을 그대로 드러내 보인다. 달빛 아래 물을 긷는 것은 물을 가져오는 것이 아니고 달을 길어오는 것이다. 그래서 차를 마시는 것은 달을 마시는 것이다. 그게 바로 다선일미(茶禪一味)요, 해와 달이 내 마음 속에 있다는 '방촌일월'(方寸日月)의 경지이다. 청허는 사람에 따라 근기가 다르므로 어떤 이에게는 타력(他力)이 필요하다고 하면서 염불, 주력, 참회, 보시 등 여러 수행법을 중시했다. 어쩌면 이곳에서 『선가귀감』 등의 저술활동을 했던 10년이 청허에게 가장 빛나는 시기였을 것이다. 『삼가귀감』은 유·불·도 삼교 일치'를 강조했던 그의 중요한 사상을 담고 있는 것으로, 유·불·도 삼교가 모두 근원적인 마음을 구명(究明)하고 그것을 개발하는데 역점이 있음을 부각시켜 대중들이 조화롭게 회통할 수 있는 가능성을 제시했다는 데 그 의의가 있다.

(2) 청매와 소요의 시문학

청허의 제자 가운데, 공안(公案) 선시의 거장으로 일컬어지는 청매 인오(1548~1623)의 자는 묵계(默契), 법호는 청매, 법명은 인오이다. 조사선 가풍에 철저하고 자비덕화가 출중했던 그는 청빈하고 검박한 삶을 살았으며, 서가에는 오백 상자의 책이 있다고 할 정도로 경서에 밝았다고 한다. 청매는 31세 때 임진란이 발발하자 스승 청허의 의중에 따라 의승장으로 출전하여 3년간 왜병과 맞서 큰 공을 세웠다. 왜란이 평정되고 사회가 안정되자 다시 수행자의 본분사로 돌아간 그는 지리산 연곡사, 남원 실상사, 영원사 등에서 수행 정진하였다. 특히 지리산에서 가장 찾기 힘든 곳에 도솔암을 세우고 '청매문파'를 열어 선풍을 크게 떨쳤다.

『금강경』에 '마땅히 머무는 바 없이 그 마음을 내라(應無所住而生其心)'라는 구절은 일체에 집착함이 없이 그 마음을 낼 것을 강조하고 있다. 천하의 명당이라 할 수 있는 지리산 상무주암(上無住庵)은 여기에서 유래한 것으로 보인다. 상무주암은 보조 지눌(1158~1210)이 창건한 절로, 국사는 이곳에서 『대혜어록』을 읽고 치열한 수행정진 끝에 큰 깨달음을 얻고, 정혜결사를 발원했다고 한다. 주(住)는 머무는 곳이란 뜻으로 집착하는 곳을 의미하는 반면, 무주(無住)란 무엇에도 집착함이 없는 깨달음의 경지를 말한다. 다음의 시는 청매선사가 지리산 상무주암에서 참선수행 정진에 힘쓰던 시절의 감회를 잘 표현하고 있다.

> 般柴運水野情慵　땔나무 해오고 물길어 오는 일 외엔 하는 일 없네
> 參究玄關性自空　참 나를 찾아 현묘한 도리 참구에 힘쓸 뿐
> 日就萬年松下坐　날마다 변함없이 소나무 아래 앉았노라면
> 到東天日掛西峯　동녘하늘 아침해가 서쪽 봉우리에 걸려 있네
> 　　　　　　　　　　　　　　　　　　　　- 〈無住臺〉[14]

　선사는 땔나무 해오고 물을 길어오는 일 외에는 현묘한 도리 참구, 즉 불성을 찾기에 몰두할 뿐이다. 동녘 하늘 아침 해가 서산에 질 때까지 날마다 소나무 아래에서 선정에 들었다는 언급이 이것을 선명히 보여준다. 진정한 수행자는 머무름이 없는 진리에 머문다. 최상의 길지라도 그 자리만 탐내고 그냥 머문다면 끝내 원하는 바를 얻을 수 없기 때문이다. 하지만 청매는 집착 없는 무심의 무주대(無住臺)에서의 수행은 나이 예순이 될 때까지도 지속되는 면을 보인다.

　아울러 청허의 '4대 문파' 가운데 '소요문파'를 이루었던 소요 태능(1562~1649)은 묘향산에서 선풍을 드날리고 있던 청허를 찾아가 깨달음을 얻고 법을 이어 받았다. 만년에는 지리산 연곡사 등에서 머물며 수행과 교화에 전념하였다. 임진왜란이 일어나자 청허는 의병을 일으켜 전장으로 나갔지만, 소요는 전란으로 전소되고 폐허가 된 절을 지키며 불전(佛殿)을 수리하고 희생자들을 위해 기도와 재를 올렸다. 그 대표적인 중수 가람이 지리산의 신흥사와 연곡사이다. 지리산에 들어와 몸과 마음이 편안하고 적멸하여 탐욕이 사라진 무심의 삶을 소요는 이렇게 담아내고 있다.

> 券翼頭流藏一壑　두류산 한 골짝에 날개 접고 깃들었는데
> 碧雲寒竹可安身　푸른 구름, 찬 대숲은 몸을 편히 쉴만하네
> 徒令永斷遊方計　사방에 떠돌 생각 지금 아예 끊어버리고
> 收拾煙霞自養眞　안개와 노을을 거두어 참 성품을 기르리라
> 　　　　　　　　　　　　　　　　　　　　- 〈入方丈山偶吟〉

　소요에게 지리산(방장산)은 부단한 운수행각을 멈추게 하고 수행정진에 전념할 공간으로 더 없이 좋은 곳이었다. 푸른 구름, 차가운 대나무 숲은 더 없이 좋은 안식의 공간이었고, 이런 곳에서 그는 아침 안개와 저녁노을을 거두며 자성[참

---

14) 『청매집』 하권(ABC, H0155 v8, p.148c15)

성품]을 찾고자 하였다. 즉 운수행각의 세월과 번다한 마음을 모두 내려놓고 무심한 마음으로 살아가고자 하였다. 산승에게 집착을 여의고 자연의 이법에 따라 탈속무애하게 살아가는 평상심이 곧 도[平常心是道]인 것도 이런 연유이다. 이처럼 무엇에도 집착함이 없이 자재하며 비움과 방하착(放下着)의 사유로 살아가는 선승들의 삶은 번다하고 탐욕스러운 삶을 살아가는 현대인들에게 '텅 빈 충만'의 지혜를 보듬게 한다.

(3) 성철의 시문학

지리산 자락 산청 출신의 퇴옹 성철(1912~1993)이 불문에 귀의하는 인연을 맺은 곳은 지리산 대원사였다 할 수 있다. 성철의 속명은 이영주이다. 그는 어린 시절부터 진리탐구를 위해 모든 경서와 신학문을 섭렵했지만 이는 진여의 문에 들어가는 길이 아님을 깨달았다. 그 무렵, 그는 한 노승으로부터 받은 영가대사(665-713)의 <증도가(證道歌)>를 읽고 홀연히 심안(心眼)이 밝아짐을 느낀 후, 지리산 대원사로 가서 '개에게는 불성이 없다'는 구자무불성(狗子無佛性) 화두를 들고 탑전(塔殿)에서 불철주야로 용맹 정진하였다. 42일 만에 마음이 밖으로 달아나지 않고 화두가 동정일여(動靜一如)의 경지에 이르게 되었는데, 그렇게 짧은 기간의 수행으로 그런 경지에 이르게 된 것은 그의 남다른 결의와 치열한 정진력을 말해준다. 화두참선에 확신을 가진 이영주는 1936년 봄 25세에 담대한 마음으로 입산, 출가를 결심하고 가야산 해인사로 떠나면서 이렇게 읊었다.

> 彌天大業紅爐雪　하늘 넘친 큰일들은 붉은 화롯불에 한 점의 눈송이요
> 跨海雄基赫日露　바다를 덮는 큰 기틀이라도 밝은 햇볕에 한 방울 이슬일세
> 誰人甘死片時夢　그 누가 잠깐의 꿈속 세상에 꿈꾸며 살다가 죽어가랴
> 超然獨步萬古眞　만고의 진리를 향해 초연히 나 홀로 걸어가노라
>
> － 〈出家頌〉

영원한 자유를 찾아 방랑하였던 이영주의 득도를 위한 새로운 세계로 나아가려는 호연지기의 기품이 그대로 드러나 있다. 청허의 출가시처럼, 담대하고도 초연한 출가 심경을 밝히는 인용 시에도 향후 대선사가 될 성철의 놀라운 각성과 결의가 담겨 있다. 어쩌면 이런 탕탕 무애한 기상이 있었기에 그는 한 시대의 훌륭한 선승이 됐던 것이다. 사실, 현실로부터의 초연함은 선승들의 중요한 수행실천의 덕목으로, 이것은 걸림 없는 탈속한 자유를 갈망하는데서 비롯된다. 그래서

하늘을 덮을 정도의 큰일들도 '붉은 화로 속의 한 점 눈송이[紅爐一點雪]'이고, 바다를 덮는 기틀도 햇볕에 사라지는 한 방울 이슬에 불과하다고 생각하는 것이다. 누가 잠깐의 꿈속 같은 세상을 살다 갈 것인가? 하여 이영주는 일장춘몽의 덧없는 세속적인 삶을 살다가 죽어갈 바에야 만고에 변하지 않는 진리를 찾아 초연히 출가의 길로 나섰던 것이다. 해인사로 출가한 이영주는 동산스님으로부터 '성철'이라는 법명을 얻고 수행의 길에 들었다. 눕지 않고 늘 좌선하는 장좌불와(長坐不臥)의 치열한 수행정진을 하여 29세 때 동화사 금당선원에서 마침내 칠통(漆桶)을 타파하고 '오도송'을 읊었다.

> 黃河西流崑崙頂　황하수 곤륜산 정상으로 거꾸로 흐르니
> 日月無光大地沈　해와 달은 빛을 잃고 땅은 꺼져내리도다
> 遽然一笑回首立　문득 한번 웃고 머리를 돌려 서니
> 靑山依舊白雲中　청산은 옛 대로 흰구름 속에 있네
> 　　　　　　　　　　　　　　　　　　　- 〈悟道頌〉

근현대의 선승 향곡(1912~1978)은 이 〈오도송〉을 칭찬하고 덩실덩실 춤을 추었다고 한다. "황하수 곤륜산 정상으로 거꾸로 흐른다"는 것은 시공의 흐름을 거슬러 흐름 이전으로 돌아간다는 뜻이다. 그래서 거기에 이르니, 거기에는 해와 달이 있기 이전이라서 이미 "해와 달은 빛을 잃고 대지는 꺼지고" 없다는 것이다. 한편, 해와 달이 빛을 잃고 대지가 꺼져 허공계가 됐다는 것은 '百尺竿頭 進一步'의 경지이다. 그 경지에서 보면 태허(太虛) 진공(眞空)이 따로 있는 것이 아니다. 우주가 있기 이전이고 태고 이전이다. 일체가 있기 이전이라서 아무것도 없다. 그야말로 텅 빈 태허 진공이다. 이러한 사유는 분별과 차별을 뛰어넘은 무심의 경지에서의 존재에 대한 인식이다. 그래서 문득 한 번 웃고 돌아서니 도리어 청산은 예대로 구름 속에 서 있는 것이다.

성철은 1981년 1월 20일, 대한불교조계종 제7대 종정에 추대되었으나 추대식에 참석하는 대신 "원각(圓覺)이 보조(普照)하니/ 적(寂)과 멸(滅)이 둘이 아니라/ 보이는 만물은 관음(觀音)이요 / 들리는 소리는 묘음(妙音)이라 / 보고 듣는 이 밖에 진리가 따로 없으니/시회대중(時會大衆)은 알겠는가? / 산은 산이요, 물은 물이다"라는 법어를 내림으로써 세상을 깜짝 놀라게 하였다. 성철은 자연의 모든 현상을 어떤 분별이나 걸림이 없이 무심히 있는 그대로를 보면 조금도 흠결이 없

는 우주의 신령스런 깨우침이 널리 비추니[圓覺普照], 적(寂)과 멸(滅)이 둘이 아니라 하나이며, 보고 들림은 모두가 관음(觀音)이고 묘음(妙音)으로 극락이 따로 없다는 영구불변의 진리를 설파했던 것이다.

요컨대 지리산을 터전으로 한 남명 조식의 올바른 현실 인식과 분명한 출처관(出處觀)이 당시 타락한 조정의 정치와 윤리가 타락된 세상을 맑게 하였듯이, 오늘날 지식인들도 자신이 갈고 닦은 학문을 올바른 행동으로 실천해 보임으로써 밝고 맑은 정의로운 사회구현에 선도적 역할을 할 수 있어야 할 것으로 생각된다. 아울러 청허 휴정과 그의 법손들의 담대한 출가와 깨달음을 통한 집착과 분별함이 없고 비움과 방하착(放下着)의 탕탕 무애한 삶은 번다하고 탐욕스러운 삶을 살아가는 현대인들에게 자아를 성찰의 계기를 제공하고 '텅 빈 충만'의 지혜를 일깨워 주는 메시지를 전하고 있다 할 것이다.

5. 나오는 말

이상에서 유불(儒佛)사상의 산실로서 지리산문화의 특징과 그것이 남명 조식(1501~1572)과 청허 휴정(1520~1604), 그리고 그의 법손들의 삶을 담아낸 시문학에 어떻게 투영되고 있고, 오늘날 우리에게 던져주는 메시지가 무엇이며 이에 대한 스토리텔링을 통한 문화콘텐츠 확장의 필요성을 살펴보았다.

자기 정체성의 근원으로서의 공간은 생활의 터전이자 자아의 준거지역임을 감안할 때, 지리산은 남명과 선승들에게 각별한 삶의 공간이었다 할 수 있다. 산청 덕산에 산천재를 짓고 천왕봉을 바라보며 "하늘이 울어도 울지 않는" 지리산의 기상을 닮고자 한 남명 조식이었다. 남명의 수많은 제자들이 지리산을 남명의 기상과 상징으로 받아들였고, 또한 지리산이 남명학파 유학의 중심이 되었던 것도 이런 연유이다. 이러한 점을 주목하여 필자는 남명의 경의(敬義)사상을 통한 실천철학과 자기절제를 통한 절의(節義)의 정신은 오늘날 우리가 어떻게 행동하며, 살아가야 할지를 알려 주는 중요한 실천덕목임을 확인하였다.

아울러 필자는 지리산을 배경으로 한 휴정과 그의 법손들, 가령 청매, 소요, 성철 등 선승들의 담대한 출가, 치열한 수행정진을 통한 깨달음, 그리고 중생교화의 삶은 집착과 분별이 없는 무심의 세계와 내려놓기의 '텅 빈 충만'의 지혜를 일깨워 주는 것임을 주목하였다. 특히 선승들이 직관으로 바라본 자연은 그대로

가 진여이고, 여기에는 분명히 깨침의 미의식이 담겨 있으며, 깨닫는다는 것은 나와 너, 그리고 그 모든 존재와의 관계성을 깨닫는 것임을 강조하였다. 따라서 선승들이 끊임없는 자아 찾기를 통해 체험하는 일련의 과정과 마음을 맑히는 치열한 수행에서 배태되고 빚어진 문학 세계는 직관을 통한 깨달음과 자연과 조화를 이룬 시심의 형상화라 할 수 있다.

이상의 내용을 주목하면, 지리산이 지닌 역사적 의미나 정신적 가치가 과거에만 머물지 않고 새롭게 끊임없이 재해석, 재생산되는 삶의 인식의 근원이자 중심이 되어야 할 것으로 생각된다. 즉, 선현들의 삶이 선험적이며 추상적인 의미보다는 우리 삶의 구체적 현장으로서 다가갈 수 있도록 재미있고 감동을 주는 스토리텔링을 통한 문화콘텐츠 개발과 적극적인 활용이 있어야 한다는 것이다. 이러한 맥락에서 지리산권 선현들의 사상과 이를 기반 한 시문학을 이해하고, 나아가 이를 오늘과 내일의 삶을 새롭게 하는 소통과 공감의 장으로서 스토리텔링 하는 것은 지역문화콘텐츠의 확장성을 가져 올 수 있을 것으로 생각된다.

한편, 일과 여가시간 사이의 구분이 사라질 것으로 예상되는 미래에는 일이든 여가든 활동에는 많은 경험과 감성이 포함되어 있어서 그 자체가 보상이 될 수 있을 것[15]이다. 그래서 여가시간에 사람들은 다양한 종류의 스토리텔링을 원할 것으로 생각된다. 이러한 욕구를 충족할 수 있는 프로그램 중의 하나가 매월 마지막 주 수요일 '문화가 있는 날'이다. 따라서 이 프로그램을 통해 자라나는 청소년들뿐만 지역민들에게 지역문화의 의미와 그 속에 담긴 메시지를 심어주는 것이 중요하다. 이런 점이 이루어지면 곧바로 지역문화를 진흥시킬 수 있는 토대와 토양이 형성될 것이고, 이는 나아가 지방화시대의 최대화두인 지역문화관광산업을 더욱 발전시키는 등 근본적인 국가 균형발전에 이바지할 것으로 생각된다.

---

15) 롤프 옌센 지음, 서정환 역(2005), 『드림 소사이어티』, 리드리드출판, 226쪽.

동양사상의 기(氣)에 관한 과학적 접근과 원용[1]

조 한 석(철학박사, 동방문화대학원대학교 평생교육원 강의교수)

1. 서 론

일상생활에서 '기(氣)'라는 말을 많이 접함에도 불구하고, '기'에 대한 정의를 분명하게 내리지 못하는 것이 현실이다. 국립 국어연구원에서 편찬한 『표준국어대사전』에 보면, "기(氣)는 동양철학에서 만물 생성의 근원이 되는 힘, 이(理)에 대응되는 것으로 물질적인 바탕을 이른다."[2] 라고 정의하고 있다. 중국 최초의 자전인 『설문해자』에서는 "기(气)는 구름의 기운을 뜻한다. 기(气)부에 속하는 한자는 모두 气의 의미를 따르며,"[3] 또한 "'기(气)'와 '기(氣)'는 고금자(古今字) 관계이고,[4] '氣'를 '雲氣[구름의 기운]'라는 뜻의 '气'자로 삼은 이후에 다시 '餼(희)'자를 만들어 '廩氣(름기: 곡식을 먹어 얻는 기운)'라는 뜻의 '氣'로 삼았다. '气'자는 본래 '雲氣'라는 뜻이었는데 인신(引伸)되어 모든 기운을 뜻하는 말이 되었다."[5] 고 설명하고 있다.

옛날 선조들은 깨달음으로 터득한 '기'의 실체를 구전으로 전하다가 세월이 흘러 문자가 만들어지면서 학문적 용어로 표현했던 것으로 진단된다. 그런데 단절되었던 기간이 길었던 관계로 오늘날 사람들에게는 막연하게 들릴 수밖에 없다. 사실, 자연의 섭리와 이치는 오직 하나이지 둘이 있을 수 없다. 하지만 자연현상에 관한 관심을 가지고 관찰하고 통찰해 내는 방법에 있어서 동서양 간에 다른 양상을 보이게 되었다. 그 이유는 생활환경과 문화적 배경에 기인한다 할 수 있다.

예를 들면, 13세기 말 이탈리아의 상인 마르코 폴로(Marco Polo: 1254~1324)의 중국 여행기를 담은 『동방견문록(Divisment dou Monde)』에 실린 내용이 당시 서양 사람들에게는 무척 생소하게 들렸을 것이다. 이러한 것처럼 뉴턴

---

1) 한국사상문화학회가 발간한 『한국사상과 문화』제99집(2019)에 게재되었음.
2) 국립국어연구원(1999), 『표준국어대사전 상편』, 두산동아, 859쪽.
3) 염정삼(2008), 『설문해자주 부수자 역해』, 서울대학교 출판부, 28쪽.
4) 염정삼, 위의 책, 28쪽. '米'부. 氣, 饋客之芻米也. 從米气聲. 春秋傳曰, 齊人來氣諸侯. , 氣或從旣, 餼 氣或從食.
5) 염정삼, 위의 책, 29쪽. 气氣古今字. 自以氣爲雲气字, 乃又作餼爲廩氣字矣. 气本雲氣, 引伸爲凡气之偁.

(Newton)이 역학을 정립하면서 가속도의 개념을 도출하였을 때 과학상식이 없던 당시의 동양인에게는 가속도의 개념을 이해하기가 또한 어려웠을 것이다.

이 점을 주목해보면, 동양의 사유 방식과 표현방식으로 도출해 낸 '기'를 서양에서는 쉽게 받아들일 수 없었을 것이다. 왜냐하면 '기'란 눈에 보이지 않는 물질이기 때문이다. 물론 위에서 살펴본 것처럼, '기'라는 용어가 폭넓은 의미로만 사용되고 있으나 사람마다 이에 대해 어렴풋이 그러리라 생각하고 있는 것이 현실이다. 하지만 '기'의 실체를 학문적으로 정립하고 생산적인 토론이 가능하도록 용어에 따른 개념을 분명히 하고, 또한 상호 간 그 의미를 공유하고 의사소통이 순조롭게 이루어질 수 있도록 해야 할 필요가 있다. 그래서 보다 열린 관점에서 '기'에 대한 공통적인 인식을 도출해낸다면 동서양을 초월해 기에 대한 인식의 패러다임(paradigm)을 바꿀 수 있는 실마리가 될 것이다. 따라서 본 논문에서는 '기'와 에너지의 상호관계성과 동양사상 기(氣)에 근거한 과학적 접근과 원용, 양자역학에서 진화된 토션 필드의 형성과 발전 과정 그리고 생체에너지 감응의 원용을 중심으로 동양적 사유의 '기'(氣)에 대한 특징을 살펴보고자 한다.

2. 기(氣)와 에너지(Energy)의 상호관계

1) '기(氣)' 명칭에 대한 이해

자연의 섭리와 이치를 동양과 서양에서는 어떻게 설명하고 있을까. 33세 단군 (BC819~795) 감물(甘勿) 재위 24년 서고문(誓告文)에 "집일함삼(執一含三) 회삼귀일(會三歸一)"[6] 이라는 문장이 있다. 그 뜻은 '하나 속에 셋[造化·性, 敎化·命, 治化·精]이 있고, 셋은 그 근본이 하나의 조화로 돌아온다.'는 것이다. 필자는 '하나' 속에서 창조변화 작용의 원리를 담고 있는, 이 '하나'의 본체를 생체에너지를 띤 소립자라고 생각한다.

전국(戰國 B.C484~221) 시대 장자와 순자는 "원기는 만물의 근원이다."[7] 라고 했다. 그들은 만물을 구성하는 형체가 없는 '기'를 점차 물질적이고 동적인 원기로 표현하기 시작했다. 전한(前漢: B.C206~8) 시대 회남자는 "만물의 기초가 되

---

6) 안경전 저(2018), 『환단고기』, 상생출판, 157쪽.
7) 최복희(2015), 「동양철학에서 기 개념과 심신 이론의 현대적 의미」, 『생명 연구』 제38집, 63쪽.

는 원기로서의 '기'와 생명현상의 동력인 정기로서의 '기'로 구분하였다."[8] 그는 우주발생론을 단순한 묘사로 그치지 않고 도와 만물 사이에 '기'를, 원기와 정기를 활용하여 기존의 '기' 개념을 한층 정밀하게 만들었다. 그리고 송나라 장횡거는 기일원론의 입장에서 '태허즉기(太虛卽氣)'라 하고, "기는 태허에서 생기고 모여서 만물을 생성하며 기가 흩어지면 만물은 소멸하나 기는 다시 태허로 돌아간다."[9] 라고 했다.

동양전통 의학에서 경락은 인체의 전신을 달리면서 그 인체의 생로병사를 주관하는 통로로 알려져 있다. 경락에는 그 중간 중간에 인체 외부와의 교류 장소인 경혈이 있다고 했는데, 한의학에서 말하는 '기'의 영위(營衛) 개념과도 일치한다. '영'의 개념은 경락의 내부를 흐르며 신체 각 조직과 기관에 영양물질을 공급하는 기능이고, '위'의 개념은 경락 바깥쪽을 달리며 신체를 방어하는 기능을 말하는 것이라 하였다. 이것은 '봉한 학설'[10]에서의 봉한관 내부를 흐르는 '고'에너지 액체와 봉한관 바깥쪽을 달리는 전기의 기능과 일치하는 것이다.

미국에서 국제 미약에너지 및 에너지요법 연구학회 회장을 역임한 래리 도시 (Larry Dossey)는 "의식의 작용은 비국소적 특성이 있다는 것은 국소적 작용 특성을 갖는 에너지 개념을 뛰어넘는 것이며, 이러한 개념은 실제적이면서도 영적인 충격을 가져올 것이라고 말하였다. 또한 세포막의 이온 채널이 열리고 닫히는 현상이 무작위적으로 일어나며, 이 외의 여러 비슷한 현상들로 미루어 인체도 하나의 무작위 사상 발생기(Ramdom Event Generator)로 볼 수 있다."[11] 라고 주장하였다. 그는 프린스턴대학교에서 비슷한 장비인 '무작위 사상 발생기'를 이용하여 실험한 결과를 인용하면서 마음과 몸이 비슷한 작용 기제를 통하여 작용한다고 보았다. 그리고 독일, 영국, 프랑스 같은 서구의 침구·경락계통 의학자들도 동양의학과 접목하여 동양권에서 '기'라고 표현한 실체적 증거를 생체전기라고 정의하고 있다. 이 현상들을 미루어보아 생체전기는 기(氣) 차원에서 일어나는 현상으로서 '기'가 음양의 조화가 이루어지기 전, 양자상태에서 일어난다고 설명하는 것과 같다 할 수 있다.

---

8) 최복희, 위의 논문, 67쪽.
9) https://terms.naver.com/「네이버 지식백과」.
10) 김봉한 연구팀은 경락의 실체를 발견하였을 뿐만 아니라, '기'라고 하는 에너지는 결국 전기와 고에너지의 액체로 구성되어 있다고 밝혔고, 서울대학교 명예교수인 소광섭은 '기'는 '봉한관'으로 흐르는 산알의 DNA 생명정보와 빛 에너지라고 입증한 바 있다.
11) A. A. Verveen and L. J. De Felice(1974), "Membrabe Noise", Progress in biophysics and molecular Biology, 28, 189-265쪽.

2) 소립자의 구성요소

생물학에서의 개체는 하나의 생물체를 뜻한다. 개체는 세포들의 집합체인 조직과 기관으로 이루어져 있으며, 생존에 있어서 하나의 최소단위로서 행동한다. 개체들이 모여 개체군을 형성한다. 박테리아와 같은 미생물은 실질적으로 개체로 다루기 힘들었기에 주로 미생물 이상의 동식물을 지칭하는 데 쓰인다.

노자의 『도덕경』에 "도(道)에서 하나라는 실체가 나왔고 하나에서 둘이 생겼다. 둘에서 셋을 만들며 셋에 의해 세상 만물이 생겼다. 음(陰)이 양(陽)을 품어 안고 서로 부딪쳐 조화를 이루며 세상이 됐다."[12] 라고 밝혔다. 이처럼 동양철학에서는 만물이 창조될 때 그 구성요소를 천지인, '삼신(三神), 삼극(三極), 삼재(三才)'와 같은 용어로 표현했다. 이것을 과학의 눈으로 보면 이 세상의 모든 존재를 결정해주는 것은 시간과 공간과 질량이다. 한편 과학자들은 1914년 원자핵을 발견했지만, 당시에 원자핵에 대해서 잘 모르고 있었다. 그러나 과학자들은 원자 내부에도 원자핵과 전자가 들어있다는 것이 밝혀지면서 원자도 쪼개질 수 있을 것이라는 생각을 하였다. 또한, 과학자들은 알파입자를 원자핵에 충돌시킬 때 정체를 알 수 없는 입자가 나온다는 것을 알게 되었다. 이러한 과정을 통해 1932년에서야 원자를 구성하는 세 개의 입자가 모두 세상에 그 모습을 드러내게 되었다. 즉, 과학자들은 1932년 원자를 구성하는 "양성자와 중성자, 그리고 전자"를 발견함으로써 '동양에서 한 개체가 만들어지기 위해서는 세 가지 요소가 작용된다.'라고 보았던 것을 입증했다. 그러나 동양에서는 보이는 물질을 관찰하고 또 관찰하면서 내면의 속성을 통찰한 후 철학적 방법으로 그 내용을 표현했다면 과학에서는 물질의 내용 중 확인된 것만 표현하려고 했다고 할 수 있다.

3) 오행의 원리와 회전자기장의 원리

음양오행은 동양적 우주관의 근원을 이루며 우리 민족의 사상적 원형의 바탕을 이룬다. 음양오행 사상은 음과 양의 소멸, 성장, 변화 그리고 음양에서 파생된 오행[水, 火, 木, 金, 土]의 움직임에서 상생[13]과 상극[14]의 원리에 따라 모든 현상

---

12) 노자 저, 설희순 역(2011), 『도덕경』 제42 도화장(道化章), ㈜ 디에스 이트레이드, 112쪽. "道生一 一生二 二生三 三生萬物 負陰而抱陽 沖氣爲和."
13) 상생(相生) : 金生水, 水生木, 木生火, 火生土, 土生金.
14) 상극(相剋) : 金剋木, 木剋土, 土剋水, 水剋火, 火剋金.

을 해석하는 사상이다.

러시아의 과학자들은 1996년에 로마클럽에서 서방세계의 과학자들에게 자연계에 존재하는 4가지 힘[중력, 전자기력, 강력/강한 상호작용력, 약력/약한 상호작용력] 외에 '토션 필드(Torsion Field)'라는 제5의 힘이 존재하며, '토션 필드'의 영향력은 중력이나 전자기력처럼 거시적이며 강력하다는 사실을 입증하는 논문과 실험 결과를 발표했다.15) 이 '토션 필드'는 모든 물질에서 나오는 에너지 파장을 토션 필드, 토션장, 회전자파, 스핀파 등으로 불리며, 이는 물질의 원자 내 전자, 양자, 양성자 같은 것들의 스핀[자전]에 의해 만들어지는 회전자기장을 말한다.

회전자기장은 회전체에서 발생하는 힘으로 주위의 에너지와 상호작용을 하는 특성을 지지고 있다. 이 힘이 소용돌이 방향에 따라 원심성과 구심성 운동으로 구분되었다. 이에 과학자들은 회전하는 방향에 따라 인체에 부정적인 영향을 주거나, 긍정적인 영향을 미치는 것으로 밝혔다. 같은 맥락에서 연구자는 동양에서 말하는 음양오행설의 상생·상극 이론이 이 원심성과 구심성 운동을 입증해 준 것이라고 본다.

3. 동양사상 기(氣)에 근거한 과학적 접근과 원용

우선 '기(氣)'에 대한 올바른 이해와 체계를 확립하기 위해서 기존의 기록들을 비교 검토하고자 한다. 우선 고조선의 역사서에 포함되어있는 내용을 중심으로 살펴보고자 한다. 고조선의 기원과 분화와 이동 경로 그리고 문화의 원형을 담고 있는 『부도지(符都誌)』가 그 첫 번째 대상이다. 이 책은 신라 제19대 임금 눌지왕(재위 417년~458년) 때 충신 박제상이 보문전(寶文殿) 태학사로 재직할 때 열람할 수 있었던 자료와 가문에서 전해져 내려오던 비서(秘書)를 정리하여 저술한 것이다.

『부도지』에 언급되어있는 '기'와 관련된 내용은 다음과 같다. 2장에 "성(城)에서 지유(地乳)가 처음으로 나오니, '궁희'와 '소희'가 또 네 천인(天人)과 네 천녀(天女)를 낳아 지유를 먹여 그들을 기르고, 네 천녀에게는 여(呂), 네 천인에게는

---

15) A. E. Akimov, G. I. Shipov(1996), "Torsion Fields and their Experimental Manifesta
tions", PROCEEDINGS OF INTERNATIONAL CONFERENCE : NEW IDEAS IN NATURAL
SCIENCE, 1쪽.

율(律)을 맡아보게 하였다"[16]라고 기록되어있다. 아울러 4장에 "성안의 모든 사람은 품성(稟性)이 순정(純情)하여 능히 조화를 알고, 지유를 마심으로 혈기가 맑았다. 귀에는 오금(烏金)이 있어 천음(天音)을 모두 듣고, 길을 갈 때는 능히 뛰고 걸을 수 있으므로 오고 감이 자유로웠다"[17] 라고 했다. 또한, 7장에 "스스로 수증(修證)하기를 열심히 하여 미혹함을 깨끗이 씻어 남김이 없으면 자연히 천성을 되찾을[複本][18] 것이니 노력하고 노력하시오. 이때 기(氣)와 토(土)가 서로 마주치어 때와 절기(節氣)를 만드는 빛이 한쪽에만 생기므로 차고 어두웠으며, 수화(水火)가 조화를 잃으므로 핏기 있는 모든 것들이 시기하는 마음을 품으니, 이는 빛을 거둬들여서 비추어주지 아니하고 성문이 닫혀있어 들을 수 없기 때문이다"[19] 라고 언급하고 있다.

그렇다면 태초의 인간들은 땅 위에서 무엇을 먹으며 살았을까? 오랜 세월이 지난 지금의 아이들은 태중에서 엄마의 탯줄을 통해 전달된 원기(元氣)[20] 로 성장한다. 태어난 아이는 천기[天氣:호흡]와 지기[地氣:음식]를 받아 정기(精氣)[21]가 생성되고, 정기는 정신수양을 통해 진기(眞氣)[22]로 바뀔 수 있는 재원이 된다. 그래서 태초의 인간들은 가장 순수한 원기를 유지하고 있어 우아일체(宇我一體)의 힘으로 생활했을 것이고, 또한 이 '원기'와 '진기'를 '지유'라고 표현했던 것으로 생각된다.

그리고 오랜 세월이 지난 단군 시대 때의 기록이 있다. 『환단고기』에 우주의 삼신(三神)과 탄생원리, 사람의 본성과 목숨의 존재 원리를 자세히 설명하고 있다. 이 원리는 이렇게 설명되고 있다. "만물의 존재 근원이 되는 3가지[三神一體之道]의 창조 정신은 끝을 알 수 없을 만큼 크고, 일체 원리가 막힘이 없이 서로 통하여 넘나들 수 있다. 이 존재의 근원을 3가지 기운으로 나누어 볼 수 있으니, '첫

---

16) 박제상 저. 김은수 역(2017), 『부도지』, 한문화, 27쪽. "城中地乳始出二姬又生四天人四天女以資其養四天女執呂四天人執律"

17) 박제상 저. 김은수 역, 위의 책, 32쪽. "城中諸人稟性純情能知造化飮啜地乳血氣淸明耳有烏金具聞天音行能塗步來往自在"

18) 복본 : 천성을 되찾음. 여기서는 많은 뜻을 지니고 있다. 지유를 마시고 오래 살며 마음대로 오가는 사람들이 사는 곳. 즉 마고성의 원상을 회복한다는 뜻이다. 또한 복본이란 낙원을 되찾는다는 뜻이기도 하다. 고구려의 '다물(多勿)'과도 관계가 있다.

19) 박제상 저. 김은수 역, 위의 책. 39쪽. "自勉修證淸濟惑量而無餘則自然復本勉之勉之是時氣土相値時節之光偏生冷暗水火失調血氣之類皆懷猜忌此冪光券撤不爲反照城門閉隔不得聽聞故也"

20) 홍익공동체 중앙교육원, 『단학해설집』, 단월드, 단기4335년, 260쪽.

21) 홍익공동체 중앙교육원, 위의 책, 298쪽.

22) 홍익공동체 중앙교육원, 위의 책, 333쪽.

째 기운이 내 몸에 내려 나의 성품(性品)이 되고, 둘째 기운이 내 몸에 내려와 나의 목숨이 되고, 셋째 기운이 내 몸에 내려와 나의 정기(精氣)가 된다.'라고 했다. 아울러 성품은 성질 또는 기질이라고 했다. 인간의 몸이 생겨나고 사라지지만 성품은 영원히 남는 것이다. 기(氣)가 밝게 빛나는 것이 곧 참된 성품이고 성품은 저마다 타고난 목숨과 분리될 수 없다. 그러므로 내 몸에 깃든 성품이 목숨과 결합이 된 뒤에라야, 내 몸의 공간에 자리하기 이전의 본래 성품과 내 몸의 공간에 자리하기 이전의 본래 목숨이 조화를 이룰 수 있어야 한다."23) 는 것이다.

고구려의 명장 을지문덕은 "사람이 삼신일체(三神一體)의 기운[氣]을 받을 때, 성품[性]과 목숨[命]과 정기[精]로 나누어 받으니, 우리 몸속에 본래 있는 조화의 대광명(大光明)은 환히 빛나 고요히 있다가 때가 되면 감응하고, 이 조화의 대광명(大光明)이 발현되면 도(道)를 통한다. 도(道)로써 천신(天神)을 섬기고 덕으로써 백성과 나라를 감싸고 보호하라."24)고 말하면서 몸과 마음의 조화를 이루고서 도리를 다할 것을 역설한 바 있다.

이렇게 전해져 오던 기풍(氣風)은 고려(918~1392) 말까지 전해졌던 것으로 생각된다. 기(氣)와 관련된 다양한 내용이 고려 시대 이암이 쓴 『태백진훈(太白眞訓)』에 실려 있는 것으로 보아 "고려 말까지도 '기'에 대한 전통적 개념이 전승되고 있었던 것으로 파악된다."25) 조선 시대(1392~1897)에 와서는 유교가 조선의 국가 통치이념으로 채택되면서 '기'의 개념도 중국에서 발원한 성리학의 이기론(理氣論)으로 대체된다. 그런데 '기'의 개념이 '이기론'으로 대체되었다기보다는, 조선의 성리학은 이황(李滉)의 '이기이원론'과 이이(李珥)의 '이기일원론'으로 전수되었다. 이 이론이 조선 말기까지 현실에 바탕을 둔 실제적이고도 실용적인 방향으로 기우는 듯했으나, 조선의 멸망과 함께 서구의 학문에 빛을 잃는 것으로 진단된다."26)

이상에서 살펴보았듯이, '기'는 우주 만물의 진정한 실체인 생명력으로 생명력이 있는 곳에는 '기'가 나타난다. 그리고 사람에게는 보이는 몸과 보이지 않는

---

23) 안경전 저(2005), 『환단고기』, 상생출판, 84쪽. "夫三神一體之道在大圓一之義造化之神降爲我性教化之神降爲我命治化之神降爲我精故惟人爲最貴最尊於萬物者也, 夫性者神之根也神本於性而性未是神也氣之炯炯不昧者乃眞性也是以神不離氣氣不離神吾身之神與氣合而後吾身之性與命可見矣, 性不離命命不離性吾身之性與命合二後吾神未始神知性未始氣之命可見矣"
24) 안경전 저, 위의 책, 565쪽.
25) 방건웅(2005), 『기가 세상을 움직인다』, 도서출판 예인, 217쪽.
26) 방건웅, 위의 책. 217~234쪽.

'마음'과 '기'가 엄연히 존재한다. 또한 몸을 움직이게 하는 원동력은 생각과 마음이며 기운이라고 했다. 이렇듯 선조들은 자연현상을 철학적 의미로만 표현했으나 후손들은 점차 과학적 방법으로 해석하고 발전시켜나가고 있어 주목된다. 따라서 여기에서 '기'에 대한 과학적 입장을 구체적으로 살펴보고자 한다.

1) 전자기력이 발산하는 금속성 물질들

오스트리아 출신의 물리학자 리제 마이트너(Lise Meitner)[27]는 1913년부터 베를린 카이저빌헬름 연구소에서 일하면서 1918년 "91번 원소 프로트악티늄(Protactinium)"을 발견했고, 1924년에는 원자선이 방출될 때 베타선이 감마선보다 먼저 나온다는 것을 증명했다. 1938년에는 나치의 탄압을 피해 스웨덴 노벨연구소에서 일하면서도 오토 한(Otto Hahn), 프리츠 슈트라스만(Fritz Strassmann)과 서신교환을 통해 우라늄핵분열에 관한 연구를 계속 진행했다. 또한 그는 1938년 12월 오토 한으로부터 '우라늄에 중성자를 쐈더니 바륨(Ba)과 란탄(La)이 생성되었다며 이것을 물리학적으로 규명해 줄 수 있겠느냐'는 서신을 받고, "우라늄의 원자핵이 중성자를 얻어 질량이 비슷한 바륨과 란탄의 원자핵으로 분열한 것이며, 그러한 분열 조각에서 방사선이 나왔다."[28] 라는 답장을 보냈다. 이 연구 결과를 토대로 마이트너는 1939년 1월 그 실험을 물리학적으로 규명한 논문을 냈는데, 여기에서 처음으로 '핵분열(nuclear fission)'이라는 단어를 언급했다. 자연계에는 리튬(Li), 폴로늄(Po) 같은 방사선(放射線) 물질이 존재하는데, '프로트악티늄(Pa)'은 자연계에 존재하지 않는 방사선 물질이다. 핵이 폭발 연쇄반응 할 때 발생하는 중간물질이 '프로트악티늄'인데, 곧바로 다른 물질로 변화된다. 그 결과 지금까지 '프로트악티늄'은 홀로 존재하지 않는 물질로 알려졌는데, 최근에 사리(舍利)를 분석하는 과정에서 '프로트악티늄'이 따로 존재한다는 사실이 확인되었다.

아울러 우리가 관심을 같게 되는 것은 목관호가 사리를 분석한 결과이다. 그는 1998년 식용식물에서 추출한 '백금착체물과 그 조성물로 항암제를 발명[발명특

---

27) '리제 마이트너'는 1878년 오스트리아에서 유태인 집안에서 태어나, 1901년 독일 빈 대학에 입학. 1905년 박사학위를 취득했다. 이후 베를린 대학에서 화학자 오토 한(Otto Hahn)과 공동 연구를 했지만, 유태인 여성이라는 이유로 냉대를 받아야만 했다(다음 백과사전 : http://100.daum.net/)
28) https://namu.wiki

허: 제152685호]하여 세계 최초로 인체에 전혀 독성이 없는 항암제로 그 장을 열었다. 그동안 우리는 쑥을 피부에 올려놓고 태우는 원시적인 방법으로 건강을 지켜왔다. 하지만 목관호는 옷을 입은 채 쑥뜸기에 앉아서 항문과 회음에 뜸을 뜰 수 있는 것을 개발하였다. 즉 쑥뜸기에 집열판을 장착하여 양초를 완전연소, 열 확대, 재연소시켜 만들어진 열(熱) 기운[+]이 쑥[-] 상자에 전달되게 했다. 이 과정에서 열 기운과 쑥 기운이 음양의 조화를 이루며 피부를 통해 몸속으로 전달되게 한 것이다. 그리고 쑥뜸기에 생체전기 발생장치를 장착하여 생체전기가 생성되도록 확장하였다. 기존 '생체전기 발생장치'는 외부 전기나 밧데리 같은 전원을 저압으로 만들어 '볼트와 암페어'가 함께 존재하지만, 이 쑥뜸기는 외부의 도움 없이 볼트만 존재하는 생체전기가 발생하는 쑥뜸기로 특허등록[29]을 획득했다. 그 핵심은 쑥뜸기에서 발생하는 생체전기가 인체와 접하게 되면 바로 동기 반응을 일으킨다는 것이다.

이러한 사례를 다음의 경우에서 확인할 수 있다. 1995년 익명을 원하는 40대 스님이 '항암물질'과 '쑥뜸기' 개발자인 목관호 사무실을 방문했는데, 스님은 주로 '생체백금' 연구 과정에 대한 개발자의 의견을 듣는데 지대한 관심을 가졌다. 그런데 그 스님은 두 번을 더 방문하고 나서야 자신의 방문 목적을 이야기했다. 즉, 큰스님이 목관호가 출현한 TV 방송 내용[30]을 통해 생명 물질인 생체백금[식물에서 추출한 백금]에 대한 연구내용을 알게 되었다. 중생을 살리는 일에 관심을 가졌던 큰스님은 '내가 열반한 후 나오는 사리를 목관호에게 기증하라는 유언을 했다.'[31]

1996년 목관호는 인하대 화학분석실장 임형빈과 함께 흡광도 분석기를 이용, 이 사리 1과(顆)의 성분을 분석한 결과 "지름 0.5센티미터 정도의 팥알 크기 사리에서 방사성 원소인 프로트액티늄(Pa), 리튬(Li), 폴로늄(Po)등 12종이 검출되었음을 확인하였다."[32] 지금까지 일반 사람들은 사리와 결석을 같은 것으로 보았다. 그런데 사리와 결석은 전혀 다른 것이었다. 결석은 구성성분에 방사선물질

29) 대한민국 특허청 등록번호 : 10-1993530(2019.06.20).
30) KBS 라디오서울 "산업다큐멘터리" 34회 출현, MBC "출발새아침", KBS "전국은 지금", 조선일보, 주간조선, 이코노미스트, 학생과학, 등에서 생체에너지에 대한 내용으로 출연 및 기고, 1995년 10월 21일 중앙일보 23면에 "사리 성분 분석 결과, 세계 최초로 새로운 생명 물질 발견" 내용 보도, 1996년 5월 24일 KBS 1TV 80분 특집 "사리 연구보고"에 출현.
31) 목관호(2001), 『회음·항문 내경 뜸』, 도서출판 새눈, 224~225쪽.
32) 목관호, 위의 책, 226쪽.

[Po, Li, Pa]이 없고 1,300cc 이상의 열을 가하면 재가 된다는 것이다. 그러나 사리의 강도는 강철보다 강하여 1300cc 이상의 열을 가해도 재가 되지 않는다. 특히 주목되는 것은 사리 속에 '프로악티늄'이라는 에너지 물질이 들어있다는 점이다. 외계 우주에서 지구 대기권, 외계 물질의 집결지인 전리층에 금속성·광합성된 물질 중 전기적 힘을 가진 것이 백금(Pl)다. 이 백금 어떻게 인체에 유입되어 독성 없이 사리 구성성분이 되었는지에 관한 추정은 심신 수련 과정에서 '기'작용으로 생기는 인력 상수에 의한 결과라고 연구자들은 추정한다.

표) 사리 성분 분석표[33]

시료	분석 성분(조성표시)											
사리	Na	Cu	**Po**	**Li**	Alo	Mg	Cr	Ti	K	F	Sio	**Pa**

백금은 인간의 몸에서 두 가지 작용을 한다고 한다. 그 첫째는 태양광에 의해 광합성된 외계 금속성 물질들이 지구 보호막 전리층을 형성한다는 것이다. 전리층에 모여 있던 금속성 물질들은 전기체를 띤 양전위·음전위 소립자 물질로 변화된다. 이 소립자 물질들이 지구로 쏟아져 내려오는데, 이때 인간들은 공기[天氣]를 코로 흡입하여 소립자 물질인 백금을 받아들인다. 이렇게 몸으로 들어온 백금들은 영양물질 역할을 한다. 일찍이 선조들은 폐를 오행(五行)에 배속시켜 금(金)으로 규정했다. 둘째는 수도자들이 깊은 명상에 들면 백회(百會)가 안테나 역할을 하는데, 이때 뇌에 내장되어 있던 전기적 주파수가 안테나를 통해 '프로트악티늄' 주파수와 접촉하면서 공진현상을 일으키며 수도자의 몸으로 빨려 들어와 사리의 주요성분이 되었다고 사료된다.

전리층(電離層)에서 전기체가 발산되는 금속성 소립자 물질 중 하나가 백금이다. 이 백금은 식물에서는 추출되지 않고 있는데 인체에서 발견되었다. 그런데 한국해양연구원 부설 극지연구소의 홍성민 박사와 연구팀은 프랑스·이태리 연구팀과 공동으로 그린란드 빙하지층 3000m를 시추하는 과정에서 허공에 떠다니는 "백금(Platinum, 원자번호:78)" 같은 성분들이 빙하지층에 고르게 존재한다는 사실을 밝혔다.[34] 이어서 그는 "북극 그린란드 빙하보다 훨씬 오래된 남극의 보스

---

33) 목관호. 위의 책, 226쪽.
34) Sungmin Hong(2004), "Meteoric smoke fallout over the Holocene epoch revealed by iridium and platinum in Greenland ice", Nature vol. 432, 1011-1014쪽.

톡 빙하와 돔씨 빙사에서 백금과 이리듐 분석을 통해 과거 24만 년 동안의 기후 변화와 외계 물질 유입량 변화와의 관계를 규명했다."[35]고 발표했다.

그런데 흥미로운 사실은 과학자들이 전리층에 있는 외계 금속성 물질들이 지구로 떨어져 쌓여있는 빙하지층 3000m까지 시추하여 백금이 고르게 쌓여있는 것을 확인한 점이다. 하지만 이 백금은 인체에서 이온으로 존재하면서 전기적 물성을 지닌 입자로, 다른 미네랄처럼 인체에 존재하는데 어떤 역할을 하는지는 아직 밝혀지지 않고 있다.

2) 경락 따라 흐르는 생체전기

중국 의학서 『황제내경』은 소문(素問) 81편과 영추(靈樞) 81편을 언급함으로써 경락을 이야기하고 있다. 영추란 영추경(靈樞經)이라고도 한다. 본래 그 내용은 오행학설을 근원으로 하여 인체의 생리와 병리와 진단과 치료와 섭생을 포괄하여 논하고, 또 장부의 정(精)과 기(氣)와 신(神)과 혈(血)과 진액의 기능이나 변화에 대해 논하고, 인간과 자연의 밀접한 관계, 인체 내부의 일관성 있는 정체관념을 강조하고 있다.[36] 한마디로 표현한다면 『영추경』은 동양 한의학의 태두인 동시에 경락과 침자(鍼刺)를 집대성한 것이다. 그렇다면 우리나라의 경락에 대한 실체 규명 연구는 어떠한가?

김봉한[37]은 『황제내경』에서 제시한 경락의 실체를 밝힌 점에서 주목을 받았다. 그는 한국전쟁 당시 야전병원 의사로서 부상병들을 치료하는 과정에서 '산알'[38]의 존재에 대한 단서를 찾았다. 이후 월북하여 평양 의과대학에서 동물실험 등을 통해, 인체 안에 존재하는 많은 수(數)의 '산알'과 이것을 잇는 그물망 같은 물리적 시스템이 존재한다는 연구가설을 정의하고 경락의 실체를 발견했다고 주장했다.

---

35) Sungmin Hong(2006), "A climatic control on the accretion of meteoric and super-chondritic iridium-platinum to the Antarctic ice cap", Earth and Planetary Science Letters, vol. 250, 459-469쪽.

36) 최형주(2004), 『황제내경영추』, 영추편, 자유문고, 3~21쪽.

37) 김창순 저(1996), 『(최신)북한인명사전』, 북한연구소, 김봉한은 1940년 경성제대 의학부 졸업하고, 45년 8월 경성여의전 교수를 지내다 50년 월북하였다. 53년 1월 평양의학대학 생물학 부교수, 62년 1월 의학박사, 65년 4월 생명 유기체의 자기 갱신에 관한 신학설을 제창하였다.

38) 산알은 세포의 모태이다. 경락계통 안을 유동하는 '봉한액'에는 '산알'이 들어 있다. '산알'은 '봉한액'의 영향으로 어떤 부위에 이르러 세포가 된다. 일정한 기간이 지나면 다시 '산알'이 되는 과정을 반복한다. 이러한 세포의 생성과 사멸의 자기 갱신 작용을 '산알 학설'이라고 한다.

그의 첫째 논문은 「경락의 실태에 관한 연구」[39]라는 제목으로, 1961년 8월 발표되었다. 이 논문은 전기적 특성 측정과 특수한 색소 도포(塗布)법을 구사하여 경락의 실체를 발견한 것에 대한 것이다. 경락의 실체는 현재까지 알려지지 않은 새로운 해부 조직학적 계통을 형성하고 있는 것으로, 당시 학계에 신선한 바람을 일으킨 일대 사건이었다고 한다. 그의 두 번째 논문은 「경락계통에 대하여」[40]라는 제목으로, 1963년 11월 발표되었다. 그는 이 논문에서 첫 논문에서 제기한 그의 견해를 상세하게, 그리고 다면적으로 발전시켰다. 여기에서 처음으로 경혈의 실체를 봉한소체, 경락의 실체를 봉한관, 봉한관 속으로 흐르는 액체를 봉한액이라고 이름 붙였다. 그리고 봉한소체에 시침 결과, 침이 특이한 회선운동하는 것을 밝혀냈다. 경혈에 시침했을 때 침이 돈다는 것은 경혈 자체가 어떤 회전운동을 한다는 것을 의미한다. 인도 고대 의학이론[신체론]에 경혈에 해당하는 것을 챠크라(chakra) 라고 하는데, 이 '챠크라' 라는 단어는 '회전하는 수레바퀴'란 의미를 지니고 있다고 한다.

그의 셋째와 넷째 논문은 「경락체계」[41]과 「산알 학설」[42]이라는 제목으로, 1965년 4월 함께 발표되었다. 「경락체계」에서는 경락계통에 관한 그들의 학설 내용이 전자현미경적 연구 방법이나 오토라디오그레프법을 포함한 현대 과학적 연구 방법을 통해 봉한소체와 봉한관의 구조와 기능을 밝혔고, 세포 내 봉한관은 인체의 생명 활동을 주관하는 말단계통으로서 기능한다는 것을 확실하게 규명했다. 그리고 「산알 학설」에서는 세포의 생성과 사멸의 과정은 '산알'이라고 불리는 핵산(核酸)의 미립자가 경락계통 안을 순행하는 사이에 증식하여 세포로 자라고, 그 세포가 다시 '산알'로 변하여 경락계통 안을 순행 반복한다고 밝혔다.

그의 다섯째 논문은 「혈구의 (봉한산알-세포환)」[43]이라는 제목으로, 1965년 10월 발표되었다. 이 논문에서는 '산알 학설'에 근거한 혈구의 발생기전(發生機轉) 내용을 담고 있다. '봉한산알-세포환'의 세포분열이 주로 세포 내에서 이루어지고, 일부 세포 외에서 별도로 진행되며, 또한 포유동물에는 무핵 적혈구 '산알'과 유핵 적혈구 '산알'로 구성되어있는데, 이 '산알'은 각기 다르게 독립한 '봉한산알

39) 공동철(1992), 『김봉한-부활하는 봉한학설과 동서의학의 대역전』, 학민사, 80쪽.
40) 공동철, 위의 책, 81쪽.
41) 공동철, 위의 책, 83쪽.
42) 공동철, 위의 책, 85쪽.
43) 공동철, 위의 책, 87쪽.

-세포환'을 가진다고 밝혔다.

김봉한의 연구 성과는 마침내 '봉한학설'이라는 독특한 체계를 갖추게 되었다. 그러나 한동안 주춤하다가 '봉한학설'을 뒷받침하는 연구 발표가 이어져 나오게 되었다. 그 이유는 최근에 와서야 미세한 물질을 관찰할 수 있는 전자현미경이 개발되었기 때문이다. 봉한학설의 확인 실험은 단순한 결과의 확인이 아니라 접근방법론의 연구개발을 의미한다. 다음은 봉한학설을 뒷받침하는 중요한 연구사례들이다.

우선 프랑스의 연구가 피에르 드 베르나쥴(Pierre de Vernejoul)은 1993년의 「침술 정보전달에 관한 핵의학 조사」라는 논문에서 인체 실험에서 김봉한의 연구 결과를 발표하였다. 그는 "방사성 테크니튬(technetium : Tc) 99mg을 경혈에 주입하고 감마카메라로 추적하여 봉한관의 실체를 확인하였다. 테크니튬은 봉한관을 따라 4~6분 사이에 30cm 정도 진행하였다. 테크니튬을 혈관이나 임파관 또는 다른 곳에서 주입한 경우는 그렇지 아니하였다."[44] 라고 밝혔다.

그리고 서울대학교 소광섭 교수와 연구팀은 "1960년대 김봉한이 인체에는 심혈계, 림프계와 다른 제3의 순환계가 있다고 주장해 국제적으로 관심을 모았던 '봉한학설'을 과학적으로 확인했고, 특수 형광염색법을 개발해 토끼와 쥐의 큰 혈관 속에서 거미줄처럼 가늘고 투명한 줄인 봉한관을 찾아냈으며, 장기 표면에서 채취한 봉한관 속을 흐르는 액체의 속력을 측정했다. 봉한관은 온몸에 퍼져 있는 새로운 순환계의 통로며 그 안에 흐르는 액체에 있는 '산알'[생명의 알이라는 뜻으로 디옥시리보핵산(DNA) 알갱이]은 세포 재생을 담당하며, 한의학에서 말하는 '기'는 봉한관을 흐르는 산알 DNA의 생명 정보와 빛 에너지며, 신경은 전기로 신호를 전달하는 반면, 경락은 빛을 통해 신호를 전달하는 체계로 봉한경락은 몸 안의 '광통신 네트워크'로 볼 수 있다"[45]고 밝혔다.

여기에서 필자는 김봉한의 두 번째 논문 「경락계통에 대하여」의 "표층봉한소체에 시침했더니, 침의 특이한 회선운동 현상을 관찰할 수 있다."[46]는 것과, "경락으로 흐르는 실체로서의 기(氣), 운기론(運氣論)에서의 기(氣)들은 한의학 변증체계의 핵심이라는 사실과 기의 검증은 한의학 변증 체계의 객관화·실체화의 실마

---

44) Pierre de Vernejoul(1993), "Nuclear Medicine Investigation of Transmission of Acupuncture Information," Acupuncture in Medicine 11(1), 22-28쪽.
45) 문화일보(2007년 11월 9일자), "경락을 흐르는 기는 빛이다" - 서울대 소광섭교수팀 입증.
46) 공동철, 위의 책, 82쪽.

리가 된다."[47]는 점을 주목했다. 왜냐하면 이러한 기(氣)의 흐름을 파악하는 방법 중에는 인체 피부의 온도변화에 의해서도 알 수 있고, 인체의 전기·자기를 측정해 보아도 알 수 있고, 맥박 같은 신체의 진동을 전기적으로 분석해 보아도 알 수 있기 때문이다. 이 중에서 그 데이터가 많이 축적되어있는 '키를리언(Kirlian) 사진 장치[이하 'K-장치'라 한다]'[48] 도 주목할 만하다.

'K-장치'는 1939년 소련의 전기기사 키를리언(Kirlian)이 발명했다. 그는 'K-장치'로 손가락을 촬영한 결과, 청, 적, 황 등의 색채를 분출하고 있는 것을 발견하고 진단용으로 사용하기에 이르렀다. 즉 환자가 내는 빛과 건강한 사람이 내는 빛이 다르고, 초능력자와 보통 사람의 빛에도 차이가 있는 것을 확인하게 된 것이다. 특히 몸체 일부가 잘려 나간 식물이나 동물을 촬영했을 때, 이미 잘려 나가 버린 부분까지 사진에 나타났는데, 이러한 자료들은 '기'의 존재를 반증하는 것이라고 연구자는 본다. 지금까지 'K-장치'를 대표적으로 고찰해 보았는데, 이보다 더 진보된 첨단과학 장비가 바로 '비침습적 질병 진단기'이다.

3) 생체전기의 원용 사보침(瀉補針)

'봉한학설'에 의하면, '산알'은 경락계통 안을 순환하면서 봉한액에서 영향을 받아 성장하고 봉한액 순환로 체계의 어떤 부위에 이르러 세포가 된다는 것이다. 그리고 세포는 일정한 기간을 지나면 다시 '산알'로 변하여 봉한관으로 들어가서 경락계통 안을 순환하며, 이 '산알'은 다시 세포가 된다. 이 과정이 끊임없이 반복되면서 생체 내의 모든 세포가 새로운 세포와 교체된다. 그런데 이 원리를 이용한 '침' 시술법에 대한 임상실험이 이루어지지 않았다. 그래서 연구자는 침술이론을 집중적으로 살펴보고자 한다. 그 이유는 어떤 표층봉한소체에 침을 시술하면 거기에 연결된 여러 장기조직에 봉한액이 활발히 흘러 들어가고, 봉한액 안에서 세포가 생성하는 속도가 빨라져서 그 결과로 기능의 저하 또는 손상을 일으키고 있는 장기나 조직의 회복이 빨라지는 것으로 밝혀졌기 때문이다.[49] 이를 뒷받침하는 여러 나라 과학자들의 사례를 살펴보고자 한다.

이탈리아 해부학자 갈바니(Luigi Galvani)는 자연의 일부인 우리 몸은 전기의

---

47) 공동철, 위의 책, 162쪽.
48) 공동철, 위의 책, 144~149쪽.
49) 공동철, 위의 책, 106-115쪽.

영향을 받고 있으며, 인체에는 생체전류가 발생하여 전신을 순환한다고 밝혔다. 이러한 생체전기(bio-electricity)는 생체에서 일어나는 전기현상으로, 통상 출생 시 몸에서 5~6V의 전기가 흐르나 생물학적 노인이 되면 2.5V 이하로 떨어지는 것으로 알려져 있다. 연세대 원주의대 생화학과 김현원 교수팀은 "그동안 기(氣) 라는 신비한 에너지가 흐르는 자리로만 알려졌던 경락의 실체를 밝혔다. 즉, 투과형 전자현미경(TEM)을 이용해 토끼의 체내 피부, 가령 혈관 안팎, 복막, 내부 장기 표면 등에서 경락을 촬영하는 데 성공함으로써 경락의 실체를 밝혔다."50)라 고 언급하였다.

또한, 미국 노벨 물리학 수상 후보자였던 생체전기 의학자 로버트 베커(R. O. Becker)는 『몸의 전기(Body Electric)』(1998년)라는 저서에서 "갈비뼈가 부러진 개구리에게 정밀한 전류계로 상처 부위의 전압을 측정한 결과, 개구리 갈비뼈의 피부 표면 전류가 양(+)의 전압을 보이다가 시간이 지남에 따라 영점에 가까워지 면서 갈비뼈가 재생이 안 되고 아물기만 했다. 그러나 도롱뇽은 시간이 지나면서 양(+)의 전압이 음(-)의 전압으로 바뀌면서 갈비뼈가 재생이 시작되었고 수일 후 재생이 완료되면서 영점으로 돌아갔다."51)고 언급하였다. 이러한 시각에서 그는 도롱뇽의 뛰어난 재생능력은 탁월한 직류전기 전달체계를 갖추고 있기 때문이라 는 점에 착안하고, 인체도 이와 유사할 것이라고 보았던 것으로 진단된다.

한편 목관호는 사리가 생기는 원인적 메커니즘이 생체전기인 '기'의 작용임을 확신한 후, 자연계의 생태적 전기현상에 주목하고 인체에 흐르는 '기'의 실체를 생체전기 현상, 특히 미량의 생체전위(生體電位)인 음(-)과 양(+)의 극성을 파악하 고 그 답을 찾고자 노력하였다. 그는 세계 각국의 침 연구자들의 논문을 취합하 여 연구한 결과, 2008년 12월에 휴대와 이동이 간편하며 생체전류를 안전하게 전달할 수 있는 '생체전기가 발생하는 침'을 발명특허(제10-0877598호) 등록을 했다. 그의 주장을 요약하면 인체는 각 기관에서의 작용과 세포 수준에서의 작용 으로 전기적 에너지가 생산되며, 각 세포 에너지가 힘의 장을 형성하고 힘의 장 들이 응축되어 경락 체계를 이루고 있어, 경락을 통해 에너지 전달이 가능하다는 것이다.

『황제내경』[영추] 편에 침 시술의 기본원리를 설명하고 있다. 한의학에서는 이

---

50) 대한민국특허청 등록특허공보(BI) 39/08(2006.01), 등록번호: 10-0877598.
51) R. O. Becker(1997), "An Application of Direct Current Neural Systems to Psychic Phenomena", Psychoenergetic Systems, 2, 189~196쪽.

경락 체계의 혼선을 방지하기 위해 만든 방법이 '침과 뜸'이며 침을 시술하기 위한 자리를 '경혈'이라고 했다. 이 원리를 이용해 침으로 보사(補寫)를 구현하여 질병을 다스렸다. 그러나 질병을 다스림에 있어 시술자의 능력이 절대적이다. '침' 하나로 음양의 기운을 구현해 내야하고, 또 이 시술법은 매우 관념적이고 까다롭기 때문이다.

1888년 헤르츠의 실험으로부터 시작한 전자파의 이동, 즉 전파가 새롭게 등장하여 무선통신이 상용화되었고, 더 나아가 극초단파까지 사용하는 5G 무선통신망을 구축하고 있는 오늘날의 현실이다. 결국 전자기파 자체에 대한 영향력을 벗어날 수 없게 된 것이다. 우리 선조들이 '기'라고 표현한, 태양계에서 전달된 전자기력이 지구에 도달하여 인간과 동물과 생물에게 영향을 주고 있다. 그런 전자기력이 전자기파에 의해 손상이 생긴다면 어떤 일들이 벌어질까? 이 전자기파에 의해 인체의 경락 체계들이 작동을 안 하거나 오작동하는 일들이 일어나게 된다면 어떻게 될까. 목관호는 이러한 현실을 극복하기 위해 노력한 결과 '사보침(寫補針)'을 개발했다. 이 침은 '보침과 사침'으로 구분되어있어 보·사의 역할을 스스로 할 수 있도록 함으로써 외부의 전자기파 방해를 받지 않게 하면서, 전문가의 시술이 아니어도 '보·사'의 기운이 전달될 수 있도록 한 것이다.

이상의 내용을 종합하면, 동양철학에서는 자연현상 중 하나인 '기'의 실체를 깨달음으로 발견하고 그것을 철학적으로 표현해서 전수했던 '기'를 서서히 과학적 관점에서 확인하려 노력했다는 점이다. 그 결과 과학자들은 전리층에서 생성되는 백금(Pa) 성분들이 지구를 향해 무수히 떨어지고 있는 것을, 핵이 폭발 연쇄 반응할 때 발생했던 프로트악티늄(Pa)이 바로 다른 물질로 변화되었다는 것을, 경락은 '기가 흐르는 길'이라는 것을, 사리분석 과정에서 사리에 백금(Pa)이 함유되어 있다는 것을 학술적으로 밝혔다. 이러한 과정을 살펴볼 때, 호흡을 통해 몸으로 흡입된 백금(Pa) 성분이 심신수련(心身修鍊) 과정에서 '사리'라고 하는 결정체가 생성되는 것으로 분석하고 생체전기가 전달되는 '사보침'을 발명하게 되었다고 한다.

4. 과학적 근거에 의한 생체에너지 감응의 원용

1666년 뉴턴은 사과가 땅에 떨어지는 것을 보고 사과와 지구 사이에는 서로 끄는 힘[인력]이 작용한다고 생각하였다. 더 나아가 우주의 모든 물체 사이에는 서로의 질량을 곱한 것에 비례하고 거리의 제곱에 반비례하는 인력이 작용한다고 하고, 그 힘을 만유인력이라고 하였다. 사과나무 아래 앉아 사색하던 뉴턴이 떨어지는 사과에 맞고 만유인력을 떠올리는 장면은 누구나 한 번쯤은 보았을 것이다. 하지만 뉴턴이 당시의 상황을 설명한 기록이 있거나 그 장면을 직접 목격한 사람도 없다. 뉴턴이 떨어지는 사과에서 만유인력의 실마리를 찾았지만, 떨어지는 사과를 보자마자 만유인력이라는 새로운 이론을 떠올렸다고는 생각되지 않는다. 어쩌면 이전부터 그 현상들에 대해 관찰하던 중, 사과가 떨어지는 모습을 보고 영감이 떠올라 그동안 풀리지 않았던 마지막 퍼즐을 맞춰 만유인력의 이론을 완성했을 것이라고 추측된다.

1) '토션 필드(Torsion Field)'[52]이론

현대의 물리학 분야의 두 가지 위대한 업적을 들라고 하면 상대성이론과 양자역학을 들 수 있다. 상대성이론은 뛰어난 천재인 아인슈타인에 의해 거의 독자적으로 이루어진 것이다. 양자역학은 이와 달리 수십 명의 과학자가 그 결론에 대해 반신반의하거나 믿지 못하면서 마지못해 끌려가듯이 30여 년에 걸쳐 그 기초가 구축되었다는 특징이 있다.

아인슈타인은 1905년 현대 물리학의 기초를 다지는 4편의 논문을 연이어 발표했다. 첫 번째 논문에서는 '빛이 에너지 입자로 구성됐다는 가설'을 제기했고, 두 번째 논문에서는 '원자와 분자의 존재에 대한 브라운 운동'을 설명했다. 세 번째 논문에서는 유명한 '특수상대성 이론'이었으며, 네 번째 논문에서는 '질량과 에너

---

52) 토션 기술의 태동과 발전 과정은 다음과 같이 정리할 수 있다.
   - 1992년 프랑스 학자 Eli Ccartan 이 토션 필드 존재 예언.
   - 1990년대 후반 Einstein 이 상대성이론 확장을 위해 도입.
   - 1990년대 구소련이 국가적으로 추진한 전략적 과학기술사업 도입.
   - A. Akimov와 노벨물리학 수상자 A. Prokhrov가 주도하여 토션 기술사업 시작.
   - 1980년대 초 소련에서 Torsion Generator(토션 발생장치) 최초 공개.
   - 1990년대 초 G. Shpov 박사의 'Theory of physical vacuum'에 의해 이론 규명.
   - 1996년 러시아가 세계에 최초로 토션 연구 현황 공개.

지의 등가(E=mc2)' 이론이다. 고전 역학에서는 물리 이론과 실재가 1:1로 대응한다. 또한 수학적 방법으로 자연의 진리를 밝힐 수 있다고 믿는데 이 믿음은 수학이 논리적으로 일관되어서 그 자체를 증명할 수 있다는 전제에서 오는 것이다. 이 고전적 관점이 양자역학이 등장하면서 흔들리게 된다.

영점장(Zero Point Field) 이론에서는 질량이 '에너지의 덩어리'라고 한다. 이 이론에 따르면 에너지는 극성화 그 자체이다. 일기(一氣)의 극성화를 유발하는 운동은 서로 반대 방향, 즉 대칭으로 일어나야 할 것이다. 힘의 운동이 일어나려면, 즉 그 힘의 작용과 반대 방향으로 받쳐주는 무언가가 있어야 한다. 따라서 양과 음의 방향으로 동시에 극성화가 일어나야 하며 이것이 반극(反極)이다. 이렇게 하여 생성된 에너지 덩어리는 계속 회전 속도가 빨라지면서 에너지 밀도가 높아지거나 아니면 느려지면서 에너지 밀도가 낮아지다가 소멸할 것이다.[53]

뇌과학 분야 전문가 박문호는 "뇌의 작용 결과가 총체적으로 드러낸 것은 결국 우리의 행동이다. 바꿔 말하면 행동은 뇌 안에서 일어나는 여러 가지 신경세포의 연결망과 연계되어 있다. 무의식적 운동은 대뇌 기저핵과 뇌간 및 자율 중추가 관련되며, 의식적 운동은 대뇌피질 신경세포들의 다중적인 시냅스를 통해 이루어지는 것이다. 무언가 의식에 떠오르기 위해서는 어느 정도 이상 큰 대뇌피질 영역이 함께 작용해야 한다."[54] 라고 주장하고 있다.

이상의 내용을 주목할 때, '기'는 파동적 특성이 있어서 물질처럼 주거나 뺏을 수 있는 것이 아니다. 이것은 전파와 같아서 감응하거나 못하거나 하는 것이 있을 뿐이다. 전파를 수신하듯이 감응하면 '기'에 실린 정보의 내용을 알 수 있게 되어 반응이 일어나게 된다. 이런 '기'를 현대 과학적 해석에서 가장 타당한 실상은 에너지 개념일 것이다.

영국 식물학자 로버트 브라운(Robert Brown)이 "식물의 수정 과정을 연구하다 수면 위의 꽃가루를 관찰하게 되었는데, 꽃가루가 수면 위에서 굉장히 불규칙적으로 움직이는 현상을 발견하고, 이 현상을 '브라운 운동'"[55] 이라 했다. 이후 '꽃가루가 물 분자 등 물속 미세입자들과 충돌해서 나타나는 현상이라는 것'을 이론화한 사람은 프랑스 물리학자인 장 바티스트 페렝(Jean Baptiste perrin)이다.

알버트 아인슈타인(Albert Einstein)은 "빛이 파동이다."라는 논리를 깨는 '광

---

53) 방건웅 저(2005), 『기가 세상을 움직인다(2부)』, 도서출판 예인, 98~99쪽.
54) 박문호 저, 『뇌 - 생각의 출현-』, 청아문화사, 107쪽.
55) https://namu.wiki/w/

양자 가설'을 실은 논문56)을 1905년 3월에 발표했다. 그는 이 논문에서 빛은 '진동수에 비례하는 에너지를 갖는 광양자들의 흐름'이라고 주장했다. 그러나 이 논문에서 빛이 입자이면서 어떻게 파동의 성질을 가질 수 있는가 하는 설명을 하지 못했다. 자연계의 모든 현상이 회전이나 순환으로 이루어져 있음에도 불구하고, 기존 과학의 토대가 되는 뉴톤(N, Newton)의 역학이나 상대성이론 등 대부분의 물리학 이론들은 회전 가속운동에 대한 일반적 해석을 고려하지 않고 있었기 때문이다. 그러나 인체에서는 오래도록 변화하며 움직이는 전자기장이 있다는 것이다.

이러한 전자기장을 동아시아지역에서는 기(氣)라고 정의했고, 인도에서는 프라나(Prana)라고 하였고, 독일에서는 에너지(Energy)라고 하였으며, 러시아에서는 '토션 필드(Torsion Field)'라고 정의하며 물질 에너지, 정보 파동 같은 것들과 관련된 다양한 의미로 쓰이고 있다. 1922년 프랑스 수학자인 카탄(Eli Cartan)은 "회전에 따라 전자기장이나 중력장과는 전혀 다른 토션장(Torsion Field)이 생기고 있다"57)는 예언을 했다. 물리학적으로 비교한다면 전하로부터 전자기장이 질량으로부터 중력장이 그리고 회전으로부터 토션장 혹은 스핀장(Spin Field)이 만들어지는 것이다. 이 '토션 필드'는 모든 물질에서 나오는 에너지 파장을 토션 필드, 토션장, 회전자파, 스핀파 같은 것으로 부르며, 물질의 원자 내 전자, 양자, 양성자 같은 스핀[자전]에 의해 만들어지는 회전자기장을 말한다.

회전자기장에서 발생하는 힘은 주위의 에너지와 상호작용을 하는 특성이 있다. 이 힘이 소용돌이 방향에 따라 원심성, 구심성 운동으로 구분된다. 원심성 에너지는 발산지점에서 시계방향으로 회전하면서 멀어지며 팽창한다. 구심성 에너지는 수렴지점에서 반시계 방향으로 회전하면서 다가오며 수렴한다. 토션 필드는 자신의 작용력을 기억시키는 효과를 가지고 있다. 이러한 특징을 이용하여 특정 물질에서 인체에 유익한 필드를 계속 방사하면 해당 물질에는 유익한 전자기파가 기억되고 자기 발진 상태에 이르게 되며 외부에서 방사되던 필드의 영향력이 없어져도 지속적으로 유익한 필드[氣]를 방출한다는 것이다.

---

56) Albert Einstein, 「빛의 창조와 변화에 관한 과학적 관점에 대하여」, 『물리학 연보 제17권』, 1905.
57) https://gall.dcinside.com, 2007.09.09. '토션장 이론'.

2) '토션 필드(Torsion Field)' 이론의 발전 과정

프랑스 학자 엘리 카탄(Eli Cartan)이 1922년 '토션 필드'를 발표한 이후 70여 년간 토션 필드를 지지하는 연구자들에 의한 12,000편 이상의 논문이 발표되었다. 그리고 아인슈타인-카탄 이론이 학계의 폭넓은 지지를 얻게 되었지만, 그 실용성은 미미했었다. 이러한 아쉬운 점을 해소하기 위해 러시아 과학자들은 심도 있게 연구를 시작했다. 그 과학자들은 수십 년에 걸쳐 자연과학 특히 물리학과 생물학 분야에서 설명할 수 없었던 많은 현상을 규명할 수 있다는 가능성을 제시했다. 1996년에는 러시아의 과학자들이 로마클럽에서 서방세계의 과학자들에게 자연계에는 4가지 힘(중력, 전자기력, 약력, 강력) 외에 토션 필드(Torsion Field)라는 제5의 힘이 존재하며, 토션 필드의 영향력은 중력이나 전자기력처럼 거시적이며 강력하다는 사실을 입증하는 실험 결과를 발표했다.

토션 필드의 발견으로 그동안 기존 과학으로 설명할 수 없었던 실험 결과들뿐만 아니라, '기', '염력', '텔레파시' 같은 것들과 초상현상까지 과학적으로 설명할 수 있게 되었다. 서방 과학자들은 이에 경악하였으며, 여러 나라에서 이런 연구와 함께 실용화에 각축을 벌이고 있다. 러시아는 국가적인 과학 기술 사업으로 '토션 필드'에 대한 연구를 20여 년 이상 전개하였다. 90년대 초 제나디 쉬포프(Gennady Shipov) 박사는 '물리적 진공 이론(A Theory of Physical Vacuum)'으로 과학적인 규명을 하는 데 성공하였다. 그 결과 '토션 필드'를 인공적으로 발생시키고, 조정하고, 측정하는 방법과 다양한 응용 기술을 개발해왔다. 즉 생체 친화적 무독성 의약품 제조, 농수산물, 축산물의 품종 개량 및 증산, 식품 보존기간의 2~3배 연장, 원유나 금광 등 지하자원 탐사, 금속의 강도 및 내부 식성의 획기적 개선, 콘크리트나 접착제 것들과 같은 무기 재료의 강도 강화, 전자파를 사용하지 않는 토션 통신, 원유의 수율 증가 같은 다양한 기술을 개발해왔다.

위에서 살펴보았듯이, 20세기 전체를 이끌어 온 주요 기술은 전기, 전자 기술이었으나 이제 이 기술의 개발은 거의 포화 상태이다. 그러나 연구자는 현대 과학 기술의 한계를 극복하는 '토션 필드' 기술은 발전 가능성이 무궁무진하며 과학과 산업의 모든 분야에 적용할 수 있어 향후 엄청난 가치를 창조할 수 있을 것으로 예상한다. 왜냐하면 우주의 신비가 현대과학으로 검증하지 못한 부분이 매우 많아 '토션 필드'에 대한 연구 역시 많은 나라에서 주목받는 가운데 이루어지고 있기 때문이다. 다소 늦은 감은 있지만 최근 우리나라에서도 '토션 필드'에 대한 이해와 연구 실용화[58]가 시작되고 있어 기대된다.

3) 생체에너지 감응의 원용 : 비침습적 질병 진단기

인류가 생체에 전기현상이 있다는 것을 알게 된 것은 기원전 1세기경의 일이다. 그리고 생체전기가 어떤 특별한 생물에 국한되지 않고 일반적인 생명현상 일부로 존재한다고 인식된 것은 이탈리아 출신으로 의학자이며 물리학자인 루이지 알로이시오 갈바니(Luigi Aloisio Galvani)의 생체 전위현상 관찰 이후의 일이다. 그는 1786년 해부 실험 중 개구리의 다리가 기전기(起電機)의 불꽃이나 해부도와 접촉할 때 경련을 일으키는 것을 발견하고, 그 현상을 연구한 결과 이것이 전기와 관계가 있다는 사실을 알게 되었다.[59] 1791년 발표한 갈바니 전기에 관한 논문에서 갈바니전지(Galvanic Cell)는 여러 종류의 다른 전도체가 직렬로 연결되어 있고, 그중 적어도 1개는 전해질(電解質) 또는 그 용액으로 되어 있으며, 양단(兩端)의 화학적 조성이 같은 계(系)로 된 전지라고 밝혔다. 생체전기(Bioelectricity)는 생체에서 일어나는 전기현상으로 생물전기라고도 한다. 이러한 관점에서 갈바니는 생물의 체내에는 다량의 염류가 함유되어 있으므로 그것들이 분해되어 이온화하면 발전 현상이 일어난다는 것을 밝혔다.[60]

한편 1807년 프랑스의 수리과학자인 푸리에(Joseph Fourier)의 '푸리에 급수(Fourier Series) 이론'은 생체 전위 연구와 생체신호 검출에 지대한 영향을 주었다. '푸리에 급수 이론' 덕분에 여러 가지 진폭(Amplitude)과 위상(Phase)을 갖는 고조파 성분들(Harmonics)의 합으로 주기 신호를 표시할 수 있게 되었다.[61] '푸리에 급수이론'은 심전도(ECG), 뇌전도(EEG), 근전도(EMG), 신경 활동

---

58) 경기신문(2011.6.22.일자): 「인류 미래 짊어질 제5의 新동력 '토션 필드」: 인류는 화석연료를 이용해 대량 생산과 소비되는 산업혁명을 이끌어왔다. 산업이 발달하면 발달할수록 인류가 살아가는 환경은 척박해지는 자기모순에 빠져들었다. 그러다 보니 환경에 대한 중요성을 자연스럽게 인식하게 됐고, 과학자들은 새로운 에너지원을 찾기 시작했다. 그것은 아이러니하게도 기(氣), 텔레파시 등 그동안 그들이 터부시했던 초과학 분야의 토션 필드에서 그 해답을 찾고 있는 것이다. 가령 전기장치 없이 자동차의 연비를 증가시키고 식물의 생장 환경을 인위적으로 조절할 수 있는 것도 토션 필드의 영역이라고 할 수 있다.
59) 대한민국특허청 등록특허공보(BI) A61B 5/04(2006.01), 등록번호: 10-0698956.
60) 위와 같음.
61) 위와 같음.

전위, 피부 저항(GSR)과 같은 생체신호에 적용 가능한데, 이때 적용하게 되는 푸리에의 주파수 해석을 '푸리에 변환(Fourier Transform)'이라고 칭한다. 이러한 '푸리에 급수이론'을 활용하여 비침습적 질병 진단기 개발한 이상문은 이 전기가 외부 자극 및 세포 손상으로 변화되는 생체 전기현상을 측정하여 기존의 심전도(ECG), 뇌전도(EEG), 뇌자도(MEG) 같은 것들과 보편화된 생체전위 측정에 의한 질병의 유무 진단 방법을 구상하였다.[62]

이러한 맥락에서 장기 주변의 전자기장이 어떻게 달라지는지, 환자와 정상인에서 전자기장이 형성되는 패턴이 어떻게 다른지를 검사하면 어떤 질병에 걸렸는지를 진단할 수 있다. 이러한 점들은 모두 근본적으로는 인체 내의 전자기적 신호의 변화를 탐색하려는 방법이다. 하지만 이러한 생체의 전자기적 신호는 그 신호가 미약하거나, 신호의 변화가 미약하여 효율적으로 이용되지 못했다.

그런데 연구자들은 이 미약한 생체 전자기적 신호를 증폭하여 그 변화량을 정확하게 감응하는 방법을 찾아 냈다. 인체에 해를 주지 않는 비침습적 진단 방법(Non-Invasive Method)의 감응 센서에 주목하였고, 그동안 연구해 오던 다양한 생명체 특성에 착안, 바이오 물질(Bio Material)들을

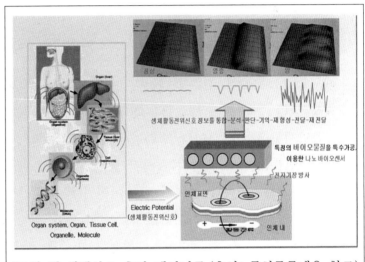

[그림 5] 생체신호 측정 메커니즘.(출처: 특허등록내용 참조)

특수 가공하여 바이오센서(Biosensor)를 찾아냈다[그림 1].

바이오 물질을 파악하고 분석하는 과정에서 특정한 바이오 물질들이 발생학적으로 인간의 두뇌와 유사한 기능이 있음을 알게 되었고, 입사된 전자기파에 대해서 반사, 흡수, 분산과 같이 다양한 반응을 보인다는 것을 알았다. 가령 이상문은 이 물질을 7~8단계에 걸친 생명공학 기술을 이용하여 특수한 기계적, 물리학적, 전기공학적, 광학적인 제조공법의 특수 물리 처리 후 바이오 물질이 인간 두뇌의 기능과 유사하게 특수정보를 기억할 수 있는 기능들을 발휘할 수 있도록 바이오

---

62) 위와 같음.

센서(Bio-sensor)를 제작하여 2007년 10월에 '생체 전자기 시그널(signal) 감응 소재 및 이를 이용한 진단장치'로 발명특허(제10-0767306호)를 등록하였다.

나아가 이상문은 이 바이오센서를 장착한 진단기기를 개발한 이후 비침습방법을 이용하여 부작용 없이 10분~1시간 이내로 전신의 질병을 진단하고, 실시간으로 그 결과까지 분석할 수 있는 진단시스템을 발명하였다. 즉 비침습 방법으로 피검 대상자에게서 방사되는 전자기장의 변화량을 분석하여 빠르게 질병을 진단하는 시스템을 개발한 후, 2008년 1월에 발명특허를 등록[특허 제10-0794721호]하였다. 이상의 내용을 종합하면, 인체 안에서 발생하는 생체에너지를 감지하여 질병 여부를 판단할 수 있고, 더 나아가 질병 부위에 생체에너지를 주입할 수 있다면 향후 많은 사람에게 혜택이 돌아갈 수 있을 것으로 판단된다.

5. 결론

이상에서 기(氣)와 에너지의 상관관계, 기(氣)의 역사적 변화과정, 동양사상[氣]에 근거한 과학적 접근과 원용, 양자역학에서 진화된 토션 필드의 형성과 발전 과정 그리고, 생체에너지 감응의 원용에 대하여 살펴보았다.

동양사상에서는 자연의 변화를 관찰하고 통찰하여 얻은 삶의 지혜를 강조하고 있다. 이를테면, 고조선의 역사가 담긴 『부도지』에 '성(城)에서 지유(地乳)가 처음으로 나오니, 궁희와 소희가 또 네 천인(天人)과 네 천녀(天女)를 낳아 지유를 먹여 그들을 길렀다'라고 기록되어있는데, 이는 곧 '진기'임을 말해준다. 또한 단군 시대에 와서 우주의 탄생원리, 사람의 본성과 목숨의 존재 원리를 성(性)·명(命)·정(精)으로 설명되었고, 고구려의 을지문덕 장군은 '사람이 삼신일체의 기운[氣]을 받을 때, 성품[性]과 목숨[命]과 정기[精]가 조화를 이루면 도(道)와 통하니 삶의 도리를 다해야 한다.'라고 했다. 이렇게 전해져 오던 기풍은 고려 말까지 전해지다가 조선 시대에 와서 기(氣)의 개념이 중국 성리학의 이기론(理氣論)으로 대체되었다. 이 이론이 조선 말기까지 현실에 바탕을 둔 실용적인 방향으로 기우는 듯했으나, 조선의 멸망과 함께 서구학문에 빛을 잃게 된다.

그런데 김봉한은 중국 의학서 『황제내경)』에 실린 경락체계를 과학적 근거로 경락의 실체를 밝혀냈고, 이를 뒷받침하는 논문들을 발표하였다. 또한 목관호는 사리 성분 분석을 통해 사리가 생긴 원인적 메커니즘이 생체전기인 '기'의 작용임을 확신한 후, 인체의 작용에 따라 전기적 에너지가 생산됨을 규명하였다. 이를 통해 연구자는 세포 에너지가 힘의 장을 형성하고, 그 힘의 장들이 응축되어 경락체계를 이루며, 경락을 통해 에너지 전달이 가능함을 주목하였다.

특히 헤르츠의 실험으로부터 시작해 최근에는 극초단파까지 사용하는 5G 무선통신망을 구축하고 있는 현실에서, 전자기파 자체에 대한 영향력을 벗어날 수 없음을 알게 된 목관호는 침 자체를 '보침·사침'으로 구분하여 외부의 전자기파 방해를 받지 않고도 보사(補瀉)의 역할을 스스로 할 수 있게 함으로써, 전문가의 시술이 아니어도 보·사의 기운이 전달될 수 있게 개발해 낸 것은 뜻있는 일이라고 진단된다.

현대 물리학에서는 두 개의 축으로 이론이 형성되어 있다 할 수 있는데, 즉 천문학적 규모에 적용되는 아인슈타인의 일반 상대성이론과 원자 이하의 초미세 영역에 적용되는 양자역학 이론이다. 과학자들은 양자역학과 아인슈타인의 일반상대성 이론이 어떻게 통합될 수 있는지, 그리고 어떻게 자연계의 네 가지 힘(강한 상호작용, 약한 상호작용, 전자기력, 중력)이 통일될 수 있을지를 끊임없이 연구를 해왔다. 이 문제를 해결하기 위해 만들어진 것이 바로 '끈 이론(string theory)' 이다. 과학자들은 '끈 이론'이야말로 모든 것을 하나로 통일하는 만물의 법칙이 될 것이라고 주장했다. 반면, 자연계에 4가지 힘(중력, 전자기력, 약력, 강력) 외에 토션 필드라는 제5의 힘이 존재한다는 이론을 발표된 후, 이 이론을 바탕으로 새로운 미래를 대비하고, 또한 '비침습 생체신호 측정 진단기'를 개발한 것은 '기'에 대한 새로운 이해와 원용으로 의미 있는 것으로 진단된다.

'영산재'의 장엄미학과 콘텐츠개발 활용 방안 연구

진 광 희(정수스님, 불교문예학 박사, 한국불교태고종 총무원교무국장,
동방문화대학원대학교 평생교육원 강의교수)63)

1. 들어가는 말

'영산재'는 약 2600년 전 인도의 영취산에서 석가모니 부처님께서 많은 대중들이 모인 가운데 『법화경』을 설(說)하실 때의 모습을 재현한 불교의식이다.64) 이와 같이 중생들이 석가모니 부처님의 『법화경』 설법을 듣는 장면을 뜻하는 영산회상(靈山會上)을 상징화한 '영산재'는 금일 설법도량에 모인 모든 중생들의 환희심을 불러일으키고 법열에 충만 된 분위기를 자아내게 한다.65)라는 데 큰 의미를 부여할 수 있다. 물론 여기에는 살아있는 대중들에게는 불법(佛法)의 소중함과 신앙심을 고취시켜 깨달음을 얻게 하고, 망자[靈駕]에게는 나무대성인로왕보살 인도 아래 금일 도량에서 재를 베풀어 고통스러운 이승을 떠나 극락왕생[離苦得樂]을 발원하는 천도의식이 내재되어 있다.

오늘날의 '영산재'는 상주권공재, 각배재 등과 같이 영혼천도 의식의 한 형태로 전해지고 있지만, 원래의 '영산재'는 영혼천도 의식뿐만 아니라 영산법회(靈山法會)를 상징하는 불교의식이라 할 수 있다. 다시 말해, 불교사상과 음악, 괘불과 같은 미술적 요소가 응축된 종합예술로서 그 빼어난 가치를 인정받고 있는 '영산재'는 영가뿐만 아니라 재(齋)에 참여한 모든 중생들로 하여금 불법을 이해하고 신심을 돈독하게 하며 업장을 소멸하여 정토에 이르게 하는 의식이라 할 수 있다.

이러한 성격을 지닌 '영산재'는 1973년 11월 '범패'라는 이름으로 대한민국 중요무형문화재 제50호로 지정되었다가 1987년 11월 대한민국 중요무형문화재 제50호 '영산재'로 단체지정 되었다. 그 이후로 서울의 봉원사가 중심이 되어 운영되고 있는 '영산재보존회'에서 '영산재'의 원형보존에 노력을 해온 결과, '영산재'는 2009년 9월 30일 유네스코 인류무형문화유산 대표 목록에 등재되었다. 이로써 '영산재'는 가장 한국적인 불교문화의 우수성을 지닌 문화유산으로 자리 매김

---

63) 불교문예학박사, 태고종 총무원 교무국장, 영종도 백운사 주지.
64) 영산재보존회 사이트 참조.
65) 홍윤식(1991), 『영산재』, 서울: 대원사, 8쪽.

되고 세계화에 중요한 전기를 마련하였다 할 수 있다. 그리고 최근(2020년 12월) 한국의 무형문화재 연등회가 21번째 유네스코 인류무형문화유산으로 등재된 사실에서 보듯이, 역사와 환경에 부응해 재창조되고 문화적 다양성과 공동체의 정체성과 연속성을 부여한다는 점에서 우리의 불교문화유산은 끊임없이 인류의 보편적 문화로서 가치를 인정받고 전승되고 있다 할 수 있다.

'영산재'가 언제부터 치러져 왔는지는 확실하지 않다. 다만 조선시대에 편찬된 『작법귀감』이나 『범음집』에 영산재의 구성 내용이 기록돼 있는 것으로 보아 그 이전부터 이와 같은 불교의식이 성행했음을 추측할 수 있다. 사실, '영산재'는 본래 많은 대중이 참가한 가운데 삼일 밤낮으로 치러지던 대규모의 의식이었지만, 현재는 그 규모를 축소하여 하루에 걸쳐 시연되고 있다.[66] 한국에서 '영산재'는 오랜 기간 국가에 큰일이 있을 때마다 이를 극복하기 위한 장엄한 불교 의식이자 공동체 의식이 담긴 민족 축제로 발전되어 왔으며, 또한 근래에는 국가의 안녕과 군인들의 무운장구를 위해서도 행해지고 있다.

영산재의 절차는 우선 석가모니 부처님과 성중제위를 영산회상인 재도량(齋道場)으로 초청, 이운해 모시고, 이어 성중제위를 예배, 공양, 찬탄한 후 부처님께서 법화경을 설하는 영산회상에 참예하도록 한다. 그리고 이러한 일련의 절차를 거치면서 조성된 공덕을 유주무주의 영가들에게 회향하여 천도하고 한다. 마지막으로 초청해 모신 성중제위를 봉송함으로써 마치게 된다.

'영산재'의 진행절차의 기본구조는 중첩적으로 반복을 하면서 성역화의 상징적 표현을 하고 있다. 이러한 표현 방식은 다분히 불교적 형식을 갖게 되는데, 그 구성요소는 의식문의 낭송, 의식공간의 장엄, 신체적 표현, 절정에 이르기 위한 긴장관계의 구성 등으로 되어 있다. 이러한 것들은 의식행위를 신성시하고자 하는데 그 의미가 있고, 여기에서 불교음악, 불교미술, 불교무용, 불교문학, 불교연극 등의 불교예술이 탄생되며, 이를 전체적 구조에서 보면 종합예술의 성격을 지닌다할 수 있다.[67]

불교의 '장엄'은 세존의 가르침인 사상적인 내용을 구체화하는 절차를 통하여 일반 대중들에게 알리는 구체적인 행위라 할 수 있다. 『한국에 사전』에 의하면,

---

66) 문화재청에서는 영산재의 유지보존 단체로 지정한 봉원사 영산재보존회로 하여금 기존의 5월 5일 단옷날에 실시해오던 것을 2007년부터 매년 6월 6일 현충일을 기해 하루 동안 시연회를 갖도록 하여 그 보존 상태를 점검해 오고 있다.
67) 홍윤식(2008), 「불교예술과 영산재」, 『제6회 영산재국제학술세미나』 자료집, 16쪽.

'미학'은 자연, 인생이나 예술 작품이 가진 아름다움의 본질이나 형태를 연구하는 학문으로 정의되어 있다. 그렇다면 불교음악인 범음범패에 바라춤. 나비춤. 법고춤 등 무용적인 요소와 부처나 보살의 모습을 그린 괘불과 감로탱화 등의 미술적인 요소, 그리고 불덕의 찬탄의 게송과 화청 가사 등이 멋지게 어우러진 '영산재'는 다분히 종합적인 불교예술의 장엄 미학의 백미를 보여주고 있다 할 수 있다.

무엇보다도 우리 고유의 전통무형문화로서 소중한 의미를 지니고 있는 '영산재'의 다양한 작법과정에서 이루어지는 의문(儀文)과 괘불, 번, 꽃, 연(輦) 등의 장엄물은 영산설법의 감격을 재연하면서 불덕을 찬탄하고, 영가와 참여 대중의 소통과 공감을 고취시키는 재의의 과정에서 중요한 의의를 갖는다. 그것은 도량청정과 참회, 찬탄 및 공양, 그리고 예불 등의 거듭되는 의례행위를 통하여 의식 공간과 시간은 아름답게 꾸며져 한결 성역화 되고, 승속이 다함께 그러한 장엄한 성역공간과 시간에 몰입하여 그 세계를 체험하고 귀의하게 되기 때문이다. 아울러 화청의 가사들은 영가들이나 지옥 중생을 천도하여 극락왕생 하게 하는 것을 그 주제로 하고 있다. 여기에는 지옥중생을 모두 구제하여 성불케 하겠다는 지장 사상이 기반을 이루고 있으며, 인과응보의 사상과 함께 극락왕생의 정토사상이 함께 깃들어 있다 할 수 있다.

이와 같이 인류의 보편적이며 세계적인 문화가치를 인정받고 있는 불교예술의 꽃인 '영산재'를 보존하고 세계적으로 널리 알리기 위해서는 '영산재'의 문화적 가치에 대하여 다양한 시각에서 조명과 연구가 절실히 요구된다. 뿐만 아니라 인간의 탐욕에서 빚어진 글로벌 '코로나 19'의 위기 상황과 코로나 이후의 시대 [Post Corona]에 있어 '영산재'의 효율적인 콘텐츠화의 전략이 요구되고 있다.

그런데 지금까지 '영산재'에 대한 다양한 시각에서의 저서와 논문이 주로 영산재의 절차와 구성, 작법을 중심으로 발표되었지만,[68] '영산재'의 중요한 특성을 지닌 장엄미학과 그것의 콘텐츠화에 대한 심도 있는 연구는 그다지 찾아 볼 수 없다. 따라서 본 논문에서 연구자는 『법화경』의 '법화육서'가 '영산재' 장엄 미학

---

68) 이애경(1999), 「영산재 작법의 무용 미학적 고찰」, 국민대학교 대학원 박사학위논문.; 김향금(2003), 「불교무용에 관한연구 :다계작법 의식구성 중심으로」, 『선무학술논집』 제13권, 국제선무학회.; 이병옥(2005), 「영산재 작법무 중 <나비춤>의 동작미 분석」, 『전통문화연구』 제4호, 용인대학교전통문화연구소.; 이애경(2002), 「불교무용의 현황과 발전 방안」, 『한국여성체육학회지』제16권 제1호, 한국여성체육학회.; 임청화(2000), 「불교의식 무용의 동작에 나타나는 상해와 미의식 연구 : 나비춤, 타주, 바라춤 중심」, 『한국안전교육학회지』 제3권 제1호, 한국안전교육학회. 12.; 주옥녀(1983), 「나비춤에 관한 硏究 ; 佛教 儀式 舞踊 食堂 作法中에서」, 『무용한국』16.

의 근간이 되고 있음을 주목하고, '영산재' 진행 절차와 그에 따른 각종 의례문과 작법에 내재된 장엄 미학을 고찰함과 동시에 그것이 오늘날 우리에게 던져주는 메시지가 무엇이며, 또한 영산재의 지속가능한 콘텐츠 개발과 활용 방안을 살펴보는 데 그 목적을 두고자 한다.

2. '영산재'의 장엄 미학과 '법화육서'와의 관계성

1) 법화육서(法華六瑞)의 장엄 미학

어느 다른 경전보다도 비유가 풍부한 『법화경』은 대승불교를 대표하는 경전의 중의 하나로, 여래께서 큰 인연으로 세상에 오셔 삼승(三乘)을 한데 모아 일승(一乘)의 큰 수레로 일체중생을 구제함을 근본적인 목적으로 하고 있다. 이러한 의의를 지닌 『법화경』은 전통적인 성문승과 새롭게 등장한 보살승 간의 화합을 위해 자비로우며 포괄적인 새로운 방식을 사용하였고, 이러한 화합과 조화의 자세는 대승경전의 최고 자리에 오르는 데 일조하였다.[69] 할 수 있다.

특히 중생을 각각의 근기에 따라 비유로서 구제하는 내용을 담고 있는 『법화경』은 그 제목에서 알 수 있듯이, 연꽃의 비유와 상징적 묘사를 통하여 종교적 성스러움을 극대화하고 교리를 함축적으로 전달하여 장엄과 의식의 도구로 충분히 활용될 수 있음을 보여주고 있다. 『법화경』에서 장엄의식에 대한 우리의 주목을 끄는 것은 「서품」이다. 여기에서 여래는 무량의경을 설하고, 무량의 삼매에 들었는데, 『법화경』 설법 전에 부사의(不思議)한 상서로운 일이 여섯 가지가 일어나고 있다. 이러한 우주적 축제를 '법화육서(法華六瑞)' 또는 '차토육서(此土六瑞)'라 한다. 그리고 법화육서의 전반을 차토육서(此土六瑞), 후반을 피토육서(彼土六瑞)라 한다.

한편, 피토육서는 차토육서의 마지막에 나오는 방광서 중에서 일만 팔천의 불국토에 나타난 여섯 가지의 기적과 같이 상서로운 모습을 말한다. 피토란 타방(他方) 세계를 말하며, 타방 세계는 "나를 제외한 현상 속의 일체"를 지칭하는 것으로, 현상 속에서 발생하는 부조리하고 부도덕한 일 모두를 말하는 것이기도 하다.[70] 『법화경』 서품에서 피토육서는 이렇게 묘사되고 있다.

---

69) 틱낫한 지음, 김순미 옮김(2014), 『내 손안에 부처의 손이 있었네: 틱낫한 스님의 법화경』, 고양: 위즈덤하우스, 30쪽.

첫째 견육취서(見六趣瑞)는 지옥, 아귀, 축생, 수라, 인간, 천상의 육도윤회의 모습을 보여주는 일이다.

둘째 견제불서(見諸佛瑞)는 피토에 계시는 여러 부처님들을 보여준 일이다.

셋째 문제불설법서(聞諸佛說法瑞)는 피토에 계시는 여러 부처님들의 설법을 친히 들을 수 있도록 해준 일이다.

넷째 견사중득도서(見四衆得道瑞)는 사부대중이 수행하여 마침내 열반에 도달하는 과정을 보여준 일이다.

다섯째 견보살소행서(見菩薩所行瑞)는 수많은 보살들이 각종의 인연과 믿음과 지식에 의지하여 수행하고 있는 모습을 보여주는 것이다.

여섯째는 견제불열반서(見諸佛涅槃瑞)는 여러 부처님들께서 열반에 들어가는 모습을 보여주는 일이다.

이상의 여섯 가지는 경전에 의하면 방광(放光)에 의해 드러난 것이지만 이 방광을 부처님이 지혜를 뿌려 중생을 제도하는 일이라 이해한다면 보다 실감 있게 이해할 수 있을 것이다. 때문에 피토육서는 차토육서와 달리 부처님의 위신력에 의거해 중생들이 경험하는 불가사의한 종교적 세계를 위주로 설명되고 있다. 피토육서를 믿음에 의지해 수행하지 않는 사람들은 경험할 수도 이해할 수도 없는 세계라는 의미로 해석하면 바람직할 것이다.[71]

『법화경』은 무량한 도리가 하나의 진실로부터 나오는 것임을 밝히고 있기에 기적인 것이다. '법화육서'는 『법화경』이 시작되려고 할 때 대중들의 기대와 설렘이 얼마나 컸던가를 짐작케 하는 단서이기도 하다. 이러한 여섯 가지 불가사의한 상서로움을 보고 대중들은 모두 이 일이 무슨 까닭인가 하는 의심을 일으켰다. 현재 순간도 우리는 과거 유명한 콘서트나 영화를 보기 전에 기대와 설렘을 느끼게 되는데 부처님 당시 영취산에 모인 대중들의 심사도 그러하였을 것으로 생각한다. 하지만 그 당시의 대중들은 여섯 가지의 상서로움을 보고 무조건 좋아하였던 것만은 아니었을 것이다. 그들은 그 상서를 보고 처음에는 놀랐으며 무슨 일이 무슨 연고인지 의심을 갖기도 하였기 때문이다. 결국 '법화육서'의 여섯 가지 상서를 보여주신 모든 것은 일불승(一佛乘) 즉 부처님께서 증득한 최고의 진리이자 지혜인 법화경으로 중생을 구원하기 위한 방편으로 부처님께서 이 세상에 출현하신 이유이다. 그렇다면 부처님의 위대성과 거룩함을 찬탄하려는 '법화육서'에서 중생을 일깨우고 이롭게 하고, 인식의 전환을 위해 가져다 준 부처님의 위대한 점을 발견할 수 있다.[72]

---

70) 불해도림편(2014), 『법화경총설』, 법화정사, 72쪽.
71) 김현섭(2020), 「법화육서의 교의학적 해석 연구」, 동방문화대학원대학교 석사학위논문, 31쪽.

필자는 '영산재'의 장엄 미학이 『법화경』 「서품」의 '법화육서'의 영향을 다분히 받고 있음을 주목하고자 한다. 다른 경전과 마찬가지로 "내가 이렇게 들었다"로 시작되는 『법화경』의 「서품」에는 여섯 가지 상서로운 이적이 나타나는 장면, 즉 '법화육서'는 참으로 감동적인 장엄으로 충만하기 때문이다.

> "이와 같이 나는 들었다. 어느 때에 부처님께서는 왕사성 기사굴산 가운데 큰 비구 대중 1만 2천인과 함께 계셨다. 이들은 다 아라한으로서, 모든 번뇌가 이미 다하여 다시는 번뇌가 없고, 자신의 이로움을 얻었으며, 모든 존재의 결박으로부터 벗어나 마음에 자유로움을 얻은 이들이었다. 그들의 이름은 아야교진여· 마하가섭 · 우루빈나가섭 · 가야가섭· 나제가섭· 사리불 · 대목건련 · 마하가전 연 · 아누루타 · 겁빈나· 교범바제 · 이바다 · 필릉가바차 · 박구라 · 마하구치 라· 난타 · 손타라난타 · 부루나미다라니자 · 수보리 · 아난· 라후라 등이니, 이 렇게 여러 사람이 잘 아는 큰 아라한 들이었다. 또 아직 배우는 이와 다 배운 이가 2천인이나 있었고, 마하파사파제 비구니는 그의 권속 6천인과 함께 있었으 며, 라후라의 어머니인 야수다라 비구니도 또한 권속들과 함께 있었다."[73]

위의 경문은 설법 장소에 이어 『법화경』을 듣기 위해 법회에 참석한 대중들에 대해 언급하고 있다. 『법화경』이 설해진 장소는 왕사성 교외에 있는 기사굴산[영 축산]이다. 이 장소는 현재 인도에 있으며, 성역화 되어 있어 역사적 사실감을 느 끼게 한다. 등장인물은 모두 아라한으로서, 모든 번뇌가 이미 다하여 다시는 번 뇌가 없고, 자신들을 이롭게 하는 이로움을 얻었으며, 모든 존재의 속박으로부터 벗어나 마음에 자유로움을 얻은 이들이다. 발심이 되고 열심히 수행하고 그 결과 생사해탈을 이룬 아라한, 그런 이들이 법화회상에 모였다는 것이다. 그러므로 『법화경』은 시작부터 준비된 분들이 모여서 불법이 없어지려 할 때, 부처님의 가 르침을 어떻게 펼쳐갈 것인가를 고민하는 경전임을 알게 한다. 설법을 마친 부처 님께서 조용히 삼매에 드시어 평소와는 다른 모습으로 양 미간 사이에서 광명을 방출하고 계셨는데, 그 때에 대지는 여섯 가지로 진동을 하고 중생들 앞에는 자 신들의 온갖 모습들이 부처님의 광명 속에 투영되어 영상처럼 흐르고, 허공에서 는 하늘 꽃과 음악소리가 내려오고 있다. 이처럼 『법화경』 설법을 축하하려는 우 주적인 축제가 펼쳐지는 이 거룩한 법회장면을 우리는 상서로운 모습, 즉 '서상 장엄'이라 한다.

---

72) 차차석(2010), 『다시 읽는 법화경』, 서울: 조계종출판사, 36쪽.
73) 이운허 옮김(2005), 『묘법연화경』, 서울: 동국역경원, 1-2쪽.

"이 때 세존께서는 사부 대중에게 에워싸여 공양, 공경, 존중, 찬탄을 받고 여러 보살들을 위하여 대승경을 설하시니, 그 이름은 『무량의경』이라, 보살을 가르치는 법이며, 부처님이 호념하는 바이었다. 부처님께서 이 경을 설하기를 마치고 결가부좌 하시고 무량의처삼매에 들어 몸과 마음이 흔들리지 아니 하였다. 그 때에 하늘에서 만다라화, 마하만다라화, 만수사화, 마하만수사화 꽃비를 내려 주어 부처님 머리 위와 모든 대중에게 뿌려주며, 온 부처님세계가 여섯 가지로 진동하였다. 이 때 회중에 비구, 비구니, 우바새, 우바이와 천, 용, 야차와 건달바, 아수라, 가루라, 긴나라, 마후라가와 인비인과 모든 소왕과 전륜성왕 등 모든 대중이 미증유를 얻어 환희하여 합장하고 일심으로 부처님을 우러러 보았다. 이 때에 부처님께서 미간의 백호상으로 광명을 놓으사, 동쪽으로 1만 8천의 세계를 비추어 두루 하였다."[74]

이 장면의 분위기는 요즈음의 잘 구성된 영상 쇼를 보거나 대단한 축제를 보는 듯함을 느끼게 한다. 앞서 『무량의경』 설법을 마친 부처님께서 조용히 무량의처삼매[75]에 드시어 평소와는 다른 모습으로 계셨다. 그때 하늘에서는 네 가지의 거룩한 하늘 꽃이 비처럼 내리는데, 이는 곧 우화서(雨花瑞)로 산화(散花)공덕의 의미를 동시에 지니고 있다. 그때 대지는 여섯 가지로 크게 흔들린다. 대지가 진동했다는 것은 지진을 말하는 것이 아니라 축하의 몸짓을 나타냈다는 의미로 곧 지동서(地動瑞)를 상징한다. 그리고 일찍이 없던 일을 겪은 대중들은 거룩한 광경을 보면서 마음속에 기쁨이 넘쳤고, 부처님은 미간 사이 백호에서 빛을 내뿜어 동방의 일만 팔천 불국토를 두루 비추는데, 이는 곧 방광서(放光瑞)를 의미한다. 이때 아래로는 아비지옥에서 위로는 유정천에 이르기까지 비추게 된다. 이것은 시공을 초월해 중생을 구하는 모습을 보여주는 기적의 서광으로 '법화육서'로 불린다.

요컨대 '법화육서'에서 보여준 여섯 가지 상서롭고도 경이로운 장면은 하근기의 중생에서부터 아라한과 보살에 이르기까지 세세생생 부처의 종자[佛種]을 심고 불법을 펼쳐 보이기 위한 부처님의 자비심의 발현이라 할 수 있다. 여기에 경이로우며 상서로운 '장엄 미학'이 내재되어 있다 할 수 있다. 또한 『법화경』 제3 「비유품」에 많은 보배로 모든 큰 수레를 꾸미는 것은 무량한 지견(知見)으로

---

74) 서성운 편저(불기 2540), 『묘법연화경』(전 7권), 54-57쪽.
75) 『법화경』에 나오는 다양한 삼매 중에서 가장 핵심적인 '무량의처삼매'를 '법화삼매'와 동일시하는 학자들도 있다. 이는 무량의 삼매처가 특정한 삼매의 이름이 아니고, '헤아릴 수 없이 많은 의미에 기초한 삼매'라고 해석하는 것이다(불해도림 편저, 『법화경총설』, 70쪽).

일승을 연출하는 것으로, 여기에는 또한 장엄의 요소가 다분히 내재되어 있음을 확인할 수 있다.

> 장자는 큰 부자라 창고에 금은, 유리와 자거, 마노가 많거든 여러 가지 보물로 큰 수레를 만들어 장엄하게 꾸몄는데, 주위에는 난간이요, 사면에 방울을 달고 황금줄로써 잡아매며 진주로 만든 그물 위에 덮여 있고, 금색꽃과 모든 영락을 곳곳에 드리웠으며, 여러 채색으로 묘하게 두루 둘러 꾸몄으며, 부드러운 비단으로 자리를 깔아 놓고 제일가는 방석의 값이 천억이나 되고, 희고도 정결한 것으로 그 위를 덮었다.[76]

장엄하게 꾸며졌다는 것은 일승의 과법에 만덕이 원만히 내재되어 있음을 비유한 것이다. 이러한 장엄의 묘사는 『법화경』 제11 「견보탑품」에는 꽃, 향, 영락, 번기, 일산, 기악으로 보배탑에 공양하는 장면에서 한결 잘 드러나고 있다.

> 그 때, 부처님 앞에 7보탑이 있으니, 높이는 5백 유순이요, 가로와 세로는 2백 50유순이라. 땅으로부터 솟아나와 공중에 머물러 있되 가지가지 보물로 꾸몄으며, 난간이 5천이요, 감실(龕室)이 천만이며, 무수한 당번으로써 장엄하게 꾸몄으며, 보배영락을 드리우고, 보배방울을 만억으로 그 위에 달았으며, 사면으로 다마라발과 전단의 향기가 나서 세계에 가득하며, 모든 번기와 일산들은 금, 은, 유리, 자거, 마노, 진주, 매괴의 7보로 만든 것으로, 높이는 사천왕 궁에 이르렀다. 33천은 하늘의 만다라 꽃비를 내리어 보탑에 공양하고, 그 밖의 모든 천룡, 야차와 건달바, 아수라와 가루라, 긴나라와 마후라가, 사람과 사람 아닌 이들 등 천만억 대중은 온갖 꽃, 향, 영락, 번기, 일산, 기악으로 보탑에 공양, 공경, 존중, 찬탄하였다.[77]

보탑의 수승함은 곧 과행(果行)의 의보(依報)요, 모든 장엄구는 과행의 덕용을 나타낸다. 갖가지로 장식하고 꾸밈은 곧 만덕의 상이고, 감실이 천만이나 되는 것은 자비가 무량함을 비유한 것이다. 그리고 당번이 무수함은 사를 꺾고 정을 표방함이고, 보배 영락을 드리움은 갖가지 선으로 중생을 교화함이고, 보배구슬이 만억이나 달렸음은 법음이 널리 퍼짐을 의미한다. 아울러 칠보의 번개가 천궁에 도달함은 중덕(衆德)이 높고 거룩함을 표한 것이다.

그렇다면 『법화경』 서품에서 보여주는 여섯 가지 상서로운 장엄한 장면과 「비

---

76) 서성운 편저, 『묘법연화경』, 「비유품」, 서울: 호암출판사, 291-292쪽.
77) 서성운 편저, 『묘법연화경』, 「견보탑품」, 635-636쪽.

유품」과 「견보탑품」의 장엄 장면은 부처, 중생, 자연이 함께 『법화경』의 설법을 간절히 원하며, 그것을 축하하는 상징적인 의미를 지니고 있다 할 수 있다. 아울러 여기에는 초자연적인 현상을 의미하는 기적을 떠나 부처님의 가르침에 의거해 우리의 의식의 폭을 넓히고 인생에 새로운 눈을 뜨게 하는 메시지가 내재되어 있다 할 수 있다.

2) '영산재'의 '법화육서' 수용과 장엄 미학

불교의례에서 재(齋)를 올리기 위해서는 삼세제불을 비롯하여 육도중생과 대중이 운집할 수 있는 청정한 공간, 즉 도량이 필요하다. 부처님께서 『법화경』「견보탑품」을 설하실 때, 다보탑에 공양을 올리기 위해 시방의 분신불(分身佛)을 널리 청하시면서 세 번에 걸쳐 예토인 사바세계를 정토(淨土)로 변화시켰다. 이를 삼변토전(三變土田) 또는 삼변토정(三變土淨)이라 하는데, 이 점을 주목하면 도량의 정화가 얼마나 중요한가를 알 수 있다.

위키 백과사전에 의하면, "장엄(莊嚴)은 산스크리트어 vyūha, alaṃkāra로, 아름답고 훌륭하게 건설, 건립, 배열 또는 배치하는 것을 뜻한다. 그리고 정토(淨土)가 장식엄정(裝飾嚴淨)한 것을 말한다. 즉 정토는 아름답고 훌륭하게 건설된 곳으로 엄숙하고 위엄이 있으며 청정한 곳임을 뜻한다."라고 정의되어 있다.[78] 그래서 장엄의 의미는 아름다움과 훌륭함과 엄숙과 위엄을 나타내기 위해 장식하는 것이라 할 수 있다. 즉 훌륭하고 아름다운 것으로 국토를 꾸미고, 착한 공덕을 쌓아 몸을 장식하고, 향이나 꽃 등을 삼보님께 올려 장식하는 것이다. 이렇게 함으로써 정토가 건립되는 것을 건립장엄(建立莊嚴)이라 할 수 있다. 불사의 경우, 외적으로는 도량의 영역을 정하여 번(幡)과 개(蓋) 등의 갖가지 장엄으로 하는 도량장엄과 의식 가운데 나타나는 '정법계진언'과 진언을 중심으로 설행하는 내적인 장엄을 들 수 있다.

도량 가운데 법당은 여래께서 사부대중을 위하여 불법을 설하는 영산회상(靈山會上)이라는 공간을 상징한다. 그리고 여래께서 영취산에서 설법할 때 나타난 경이롭고 환상적인 우화(雨花)의 상서로움은 하늘에서 수많은 꽃들이 비처럼 내리는 현상으로 나타난다. 이것은 산화공덕의 의미를 동시에 지니고 있다.[79] 가령,

---

78) 위키 백과사전 참조.
79) 차차석, 『다시 읽는 법화경』, 32쪽.

『법화경』「서품」에서 백호 광명을 발하여 세계를 두루 비춘 것은 법을 차별 없이 설하여 일체 중생으로 하여금 성불하게 하겠다는 여래의 자리이타와 동체대비를 보여주는 것이다. 이는 하늘에서 꽃비가 내린 상서로움으로 『화엄경』 52위의 계위에서 십주의 불지견(佛知見), 즉 여래의 지혜를 여는 것으로 개불지견(開佛知見)이 된다. 따라서 영취산의 상서로움을 법당 안에 재현하기 위해 천장을 꽃으로 장식하고 있는 것이다.[80]

'영산재'가 석가모니 부처님께서 인도 영취산에서 『법화경』을 설하는 장면을 오늘날 재현한 의례인 점을 주목할 때, '영산재' 의례에 있어 표출되는 장엄 요소는 다분히 『법화경』의 '법화육서'를 수용한 것으로 필자는 판단한다. 그것은 장식적 요소로써 부처님이 모셔진 법당과 도량을 각종 불보살 명호를 적은 번(幡)과 지화(紙花)로 화려하게 꾸며 '영산재'가 베풀어지는 도량에 참석한 자들로 하여금 불보살을 찬탄, 귀의하게 하며 환희심을 자아내고 신심을 돈독하게 하기 때문이다.

그렇다면 도량장엄은 어떠한 의미를 갖는가? 앞서 언급한 바와 같이, 의식의 공간은 곧 도량이다. 도량은 도를 닦아 깨달음의 길로 나아가기 위한 장소를 말한다. 그리고 장엄이란 부처님이 모셔진 법단과 도량을 각종 불보살의 이름을 적은 번(幡)과 불법을 상징적으로 드러내는 종이꽃(紙花)으로 꾸미는 것을 말한다. 이 점에서 '영산재'의 장엄은 불덕 찬탄과 소통의 매개라는 점에서 정신적 요소가 크게 작용하고 있다 할 수 있다.

'영산재' 의식에서 장엄물로는 연(輦), 진언집, 일산(日傘), 금은괘전, 인로번, 산화락, 등용, 왕등, 북등 깃발과 각종 종이 번(幡) 등이 있다. 이들 장엄물을 도량에 마련함으로써 결국 보는 이로 하여금 불교를 보다 쉽게 접근하고 이해할 수 있게 한다. 여기에 도량장엄의 의미가 기능적 역할을 하고 있다 할 수 있다. 그래서 중생의 세계를 부처의 이상세계인 정토로 장엄하는 과정이 마무리되면 도량장엄은 청정한 불심으로 승화된다 할 수 있.

도량장엄은 부처님을 의식공간에 예를 갖춰 성스럽게 맞이하기 위해 마련된다. 불교의 재회 가운데 가장 성대한 '영산재'는 재회에 초청하는 불보살뿐만 아니라 명부중, 혼령, 육도의 많은 중생들을 초청하여 재회를 베푼다. 여기에는 사성육범(四聖六凡)의 재에 진수성찬과 법식을 올리며, 범패와 작법무 등으로 장엄한 의식이 펼쳐진다. '영산재'를 실시함에 있어 우선, 불단을 중심으로 한 의식도량을

---

80) 김현섭(2019), 「법화육서의 교의학적 해석 연구」, 동방문화대학원대학교 석사학위논문, 15-16쪽.

장엄하게 꾸며야 한다. 앞서 살펴 본 바와 같이, 괘불을 밖으로 내 걸고, 이어 각종 불보살번과 신중번을 내 걸어 영산회상으로서의 불도량을 성역화 해 나간다. 이는 곧 공간, 즉 도량의 신성화를 의미한다.

일단 이렇게 의식도량이 영산회상으로 성역화 되면, 그 도량에 상주하는 불보살들에게 귀의하고 찬탄하는 다양한 의식행위가 이루어진다. 여기에는 의식문을 범패소리로 하여 시간을 성역화 하는 상징적인 의미가 내재되어 있는데, 여기에서 불교음악이 탄생되고 있다. 동시에 작법, 법고, 바라 등의 의식이 전개되면서 시공간이 동시에 성역화 되어 장엄한 세계가 전개된다. 여기에 '영산재'의 종합예술의 장엄 미학적 요소가 내재되어 있다 할 수 있다.

도량장엄의 목적은 불자로 하여금 환희심을 불러일으키기 위한 방편이기도 하며, 아름답게 장식하기 때문에 예배용 장엄과 교화용 장엄이 있다. 예배용 장엄은 예배의 대상이 되는 형상을 그린 벽화나 불화를 말하며, 교화용 장엄으로는 불전도(佛傳圖)와 본생도(本生圖) 등의 내용을 그린 탱화나 벽화가 있다.

한편, 이러한 의식공간과 시간의 신성성을 확보하고 찬탄하는 신중작법은 한결 더 '영산재'의 의식구조를 예술적 세계로 이끌어 가는 양상을 보인다. 영산회상으로서의 불도량의 성역화가 이루어지고, 그러한 성역도량에 불보살을 초청하여 참회하고 공양. 예배. 찬탄하면 범부 중생들은 복락을 받고 가피를 입을 것을 발원한다. 이렇게 함으로써 성역화 된 시공간이 형성된다. 이상과 같은 양식과 절차로 거행되는 불교의식이 '영산작법'이다. '영산작법'을 기본으로 영혼을 천도하는 의식을 하게 되면 그에 따른 의례내용이 따르게 된다. 이러한 일련의 과정을 통해 '영산재'가 구성되는 것이다.

이상에서 살펴 본 바와 같이, 영산회상의 성역화를 상징적으로 표현하는 '영산재' 진행의 기본구조는 불교의식의 형식을 차용하고 있다. 그런데 그 구성요소는 의식문의 낭송, 의식공간의 장엄, 신체적 표현 그리고 절정에 이르기 위한 긴장관계의 구성 등으로 이루어져 있다. 이러한 일반적인 '영산재'의 진행절차는 참회, 참탄, 공양, 예불, 도량청정 등의 거듭되는 의례행위를 통하여 의식공간과 시간은 성역화 된다. 여기에서 승속이 다 함께 그러한 성역의 시공간에 참여하여 그 세계를 직접 경험하고 귀의하는 마음을 갖게 된다. 또한 시간을 초월하여 청각적[불교음악], 문학적[의식문]으로도 성역공간을 묘출함으로써 불보살이 상주함을 상징화한다. 이처럼 불보살에게 공양, 예배하고 찬탄하는 '영산재'에는 다분히 불교예술의 미학적인 요소가 담겨 있음을 발견할 수 있다.

영산회상으로 상징화 된 도량에 천도를 받을 영혼이 초청되어 제도를 받는 과정을 살펴보면 다음과 같다. 우선 괘불이운 의식을 마치면 불보살, 호법신중, 그리고 영혼을 연(輦)에 모시고 신성한 의식공간에 들어가는 시련(侍輦)이 있게 된다. 신성한 불보살이기에 호법신중의 옹호가 있게 되고, 무명의 영혼이기에 인로왕보살의 번기(幡旗)를 선두로 영혼의 위패가 따른다. 이어 영혼이 불보살을 맞이할 영가를 대접하는 대령(對靈), 그리고 영가의 생전에 지은 탐. 진. 치 삼독을 씻어내는 관욕(灌浴)이 행해진다. 이러한 과정을 거쳐서 비로소 영혼은 불단을 향할 수 있게 된다. 한편, 이상의 의례는 피안에 왕생하기 위한 신앙형태를 지니고 있으며, 그 과정이 성역공간에 도달하기 이한 긴장관계의 연속이라는 데에 불교예술의 미학적 세계를 발견할 수 있다.[81]

이어 공양을 드리기 전 의식장소를 정화하는 즉 도량을 청정하게 하는 신중작법을 한다. 이러한 성역화 된 도량에 고혼을 초청하여 고혼으로 하여금 청정한 몸가짐을 갖도록 하여 불단에 안내하고 불보살의 설법을 듣고 극락왕생하도록 한다. 이때의 설법은 법주가 석가모니 부처님을 대신하여 하는 설법으로 상징화 되며, 곧 영가법문이 있게 된다. '영산재'의 전체적인 구성절차에서 보면 이 부분이 가장 절정이라 할 수 있다. 이렇게 권공의식을 마치면 스님들은 설판제자가 준비한 공양을 받고, 스님들은 그 보답으로 법공양을 베풀게 되는 일련의 의식인 식당작법(食堂作法)을 실시하게 된다. 대부분의 작법이 여기에 포함된다 할 수 있다. 이는 경전의 내용이나 고승의 법어 등으로 이루어진 법문을 설하여 번뇌로부터 벗어나게 하고, 영가에게 필요한 음식과 법문 그리고 대중의 정성을 전달하여 왕생극락토록 하려는 의식이다.

이어 재를 치르는 사람들의 보다 구체적인 소원을 아뢰는 축원문이 낭독되고, 이러한 본 의식이 끝나면 '영산재'에 참여한 모든 대중들이 다 함께 하는 회향의식이 거행된다. 회향은 닦은 선한 공덕을 다른 중생이나 또는 자신의 불가 쪽으로 돌아가게 하는 것으로, 모든 의식을 끝냄을 의미한다. 특히 회향(廻向)의식은 모든 대중이 다 같이 참여한다는 데 특징이 있다. 끝으로 시련 의례에 의하여 초

---

81) 감로탱화의 상단은 불보살이 모셔지는데, 좌측 상단의 인로왕보살은 중생들을 인도하고 있고, 우측 상단에는 지장보살과 관음보살이 모셔진다. 중단에는 재단과 법회장면이 묘사되고, 하단에는 지옥, 아귀, 축생, 아수라, 인간, 천상의 육도(六道) 세계가 묘사되고 있다. 하단의 그림 내용은 당시의 시대상을 담고 있다.

청되었던 불보살, 호법신중, 그리고 영가를 다시 돌려보내는 봉송의례가 이루어진다.

이상에서 살펴 본 것처럼, 석가모니 부처님이 영축산에서 『법화경』을 설한 불교적 의식공간을 시간적으로 초월하여 성역화 함으로써 행한 '영산재'는 시각적 공간을 표출한다. 하지만 다른 한편으로 범패와 해금, 북, 장구 등의 연주에 따른 청각적[불교음악], 문학적[의식문]으로도 성역공간을 표출하고 있는 특징을 보인다. 다시 말해, '영산재'는 성역화 된 공간에 불보살이 상주함을 상징화하고, 그들에게 공양하고 예배하며 찬탄함으로써 살아있는 자에게는 불법의 이해를 돕고 신심을 돈독히 하여 깨달음을 얻게 하며, 죽은 자에게는 고통스러운 이승을 떠나 정토왕생을 발원하는 의식을 담아내고 있다 할 수 있다.

3) '영산재' 설행의 장엄구와 그 특징

'영산재'는 상대적 관계를 초월한 신성한 세계를 다함께 경험하는 것을 중요한 목표로 한다. 그래서 '영산재'를 설행함에 있어 불보살을 모실 때 결계로 참법을 닦을 도량을 청정하게 장엄한다. 도량에 각종 번을 걸고 등을 켜고 향기로운 꽃과 음식으로 공양을 올릴 준비를 한다. 장엄의 종류와 그 특징을 구체적으로 살펴보면 다음과 같다.

(1) 도량장엄의 각종 요소

① 삼신번(三身幡)

번(幡)은 깃발로 불보살님의 위력을 표시하는 장엄도구이다. 삼신번은 중생들을 제도하기 위하여 나투신 세 분의 불신, 즉 법신, 보신, 화신을 번의 형태로 모셔 불보님께서 자리하고 있음을 알리고 동시에 불보의 위덕을 나타내는 장엄이다. 그 내용은 "淸淨法身 毘盧遮那佛, 圓滿報身 盧舍那佛, 千百億化身釋迦牟尼佛(청정한 진리를 몸으로 삼으신 비로자나부처님, 인행이 원만하사 상취하신 부처님, 천백억 화신의 몸으로 중생제도 하는 석가모니 부처님)"이다.

번 하나의 규격은 삼척지(三尺紙) 5장을 이은 크기로 한다. 번의 상단에 연잎을 거꾸로 그려 지붕을 삼고, 하단에는 연꽃을 그려 연화대로 삼는다. 본체 가운데는 큰 글씨로 법신번의 내용을 적고, 나머지 보신번과 화신번도 그와 같다. 위치는 대웅전을 바라보며 중앙에 법신, 오른쪽에 보신, 왼쪽에 화신을 모신다. 글씨나 그림의 정면이 모두 도량의 중앙을 향하게 하는데, 이는 대부분 장엄에 적용되는 원칙이라 할 수 있다.

② 보고번(普告幡)

보고번은 재가 설행됨을 소례 모든 분들에게 널리 알리는[告]하는 번이다. 여기에는 삼보님을 비롯한 모든 중생에게 차별없이 공양을 제공하는 평등공양사상이 내재되어 있다. 그 내용은 "普告十方諸佛刹海　無盡佛法僧三寶　四部衆及群生類　咸赴道場受此供(널리 시방세계의 다없는 삼보님과 사부중 일체 중생에게 고하니 모두 도량으로 오셔 이 공양 받으소서)"이다. 보고번은 대웅전을 향하여 보신번의 오른쪽에 위치한다.

③ 항마번(降魔幡)

항마번은 수행에 방해가 되는 마음속의 번뇌 혹은 마음 밖의 천마(天魔) 등을 항복시키는 진언을 적은 번이다. 이 번의 위치는 대웅전을 향하여 화신번의 왼쪽이다.

④ 축상번(祝上幡)

축상번은 국가의 융창과 안녕, 불법이 날로 융성하기를 기원하는 축원이다. 국가와 불법은 상호밀접한 관계가 있기 때문이다. 모든 불사의 원만한 회향에는 국가와 불법의 안녕 질서가 유지되어야 함으로 그렇게 되기를 축원을 하는 것이다. 이 번의 위치는 대웅전을 향하여 보고번의 우측이다.

⑤ 시주번(施主幡)

시주번은 설판재자와 설판하게 된 연유를 알리는 번으로, 대웅전을 향하여 항마번의 왼쪽에 위치한다.

⑥ 금은전(金銀錢)

금은전은 금전과 은전을 등(燈) 모양으로 만들어 걸도록 한 것이다. 「預修薦王通儀」에 의하면, 세상에 태어날 때 지은 빚을 명부의 시왕과 종관 권속들에게 갚기 위해 조성한 것이 금은전이다. 이는 불교의 업사상과 보시바라밀과 관계가 있다 할 수 있다. 금전은 대웅전을 향해 대웅전 추녀 오른쪽[모란과 대고등 사이], 그리고 은전은 왼쪽[작약과 대고등 사이]에 위치하도록 한다.

⑦ 청황목(靑黃木)

청·황·목 색상의 포목(布木)을 드리우는 것은 부처님께서 법회 대중의 요청에 응하심을 색상의 상서로운 기운[瑞氣]으로 표시하는 것이다. 다시 말해, 금일 재 도량에 부처님의 가피지력이 충만해 있음을 상징하는 것이다. 방위는 오방색을 감안하여, 대웅전의 어간문틀 위에서 시작하여 청색목은 도량의 동쪽으로, 황색 목은 중앙을, 적색목은 서쪽을 향해 드리우게 한다.

⑧ 대소고등(大小鼓燈)

대소고등은 법고 모양의 등(燈)을 말한다. 대소고등은 불음(佛音)이 북소리와 같이 널리 퍼지고, 등불에 의해 어둠이 사라지듯이 지혜광명으로 무명이 밝혀질 것을 소망하는 장엄물이다. 즉, 법고등이 걸려 있음은 불만이 충만한 도량임을 나타내는 것이다. 중앙에는 태극 문양을 그려 넣고, 그 주변에는 용을 그려 실물 과 같은 모습으로 제작하고, 북의 양쪽 측면 상하에 괴불[82)을 한 쌍씩 총 8개를 단다. 대고등을 대웅전 추녀 양쪽 끝에 하나씩 걸고, 소고등 총 49개를 도량 주 위에 일정한 간격을 두고 설치한다.

⑨ 보산개(寶傘蓋)

보산개[83)는 청, 황, 적, 백, 흑 등 오색의 헝겊을 길게 늘어뜨린 위에 보배 구 슬 등을 영락(瓔珞)의 형태로 상단 부분을 장식한 것이다. 법전의 내부 일 경우 에는 보산개를 양쪽 대들보에 걸고, 도량일 경우에는 인물개 양쪽에 건다.

⑩ 화개(華蓋)

육법공양에는 화공양이 있고, 영산작법의 '喝花'에서는 연화와 함께 목단, 작 약, 국화 등이 대표적이다. 화개는 본래 가장 화려하게 장식한 傘이었다. 도량장 엄에서 화개는 인물개와 동일한 형태로 조성하는데, 상단에는 목단, 중단에는 작 약, 그리고 하단에는 연화를 그려 넣는다. 의미는 목단화와 작약화와 같으며, 인 물개 앞에 다시 줄을 설치하고 인물개 앞의 좌우에 위치한다. 일체로 구성하는 요소로 설명되는 육대와 사현색(四顯色)을 통해, 일체처의 공성을 관조하고 궁극 에는 무상정등각을 성취하고자 하는 수행의 의미를 각추고 있는 것이 지화 장엄 이다. 색과 공사상을 잘 형상화 한 것이 지화는 수행의 측면에서 보면 오방의 색 상은 다섯 방향과 결부하여 오덕이라 할 수 있다. 자연 그대로의 모습과 특질에

---

82) 어린 아이가 주머니 끈 끝에 차는 세모 모양의 작은 노리개이다.
83) 산개는 日傘을 말하는데, 산개에 '寶'라는 관형사를 붙여 보산개라 한 것이다.

서 덕성을 키우는 방편이기에 형식미화 색감으로 드러나는 것이다.

⑪ 산화락(散花落)

산화는 본래 귀빈을 맞이할 때 꽃을 뿌리는 인도의 예법이다. 장엄에서는 이를 응용하여 중앙에 경제(經題)를 모시고 좌우에 꽃을 장식한다. 이는 곧 그 경을 설하던 부처님과 법보에 산화하여 공양을 올리는 것이 된다. 이와 같은 내용을 번의 형태로 마련하여 경제를 모시는 것은 사악한 기운이 범접하지 못하도록[邪不犯淨] 하여 청정도량 건립을 하고자 함이다. 산화락은 팔금강, 사보살(四菩薩)을 모신 중간에 위치하여 걸도록 한다.

불교에서 꽃과 관련하여 가장 많이 알려진 이야기는 세존과 가섭 존자의 염화미소이다. 여래가 성취한 깨달음은 언어나 문장으로 표현할 수 있는 세계를 초월한 법이다. 그래서 스승의 마음에서 제자의 마음으로 전해진다고 하며, 이는 곧 이심전심(以心傳心)의 영역이다. 이때 꽃은 깨달음을 얻은 제자를 인가하는 지물로 사용되었다. 산화공덕과 꽃을 공양하는 풍속은 인도 전통의 고유한 미풍이다. 나아가 불교에서는 진리 자체를 체득한 존엄한 여래에게 수행의 완성을 꽃으로 공양하고 도량을 장엄한다. 이처럼 여래의 자비와 깨달음을 상징하는 꽃은 수행상의 상징과 장엄의 요소로서 불교에서 중요한 위치를 차지한다.[84]

(2) 영산당과 유나소 장엄 요소

① 목단꽃과 작약꽃

목단꽃과 작약꽃은 색지를 오리고 접어 만든 목단과 작약 및 그 잎으로, 육법공양의 화공양이다. 이는 목단과 작약을 묘유에 비유하여 불법이 꽃처럼 피어나 주변을 향기롭게 하는 것을 기원하는 장엄적 요소이다. 모란은 꽃이 크고 화려해 부귀와 영화를 상징하는 꽃으로 꽃 중에 꽃이라고 하며, 사찰의 창살 문양으로 등장한다. 작약화는 함박꽃이라고 불리는데, 역시 사찰의 창살 문양에 나타나고 있다. 모란화와 작약화를 설치하는 모습은 직경이 0.5尺, 전체의 모습은 부챗살과 같은데, 한 가지에 많게는 10송이, 적게는 5송이 정도 달린다. 위치는 수미단·영산단 등에 놓이며, 이 때 단을 바라보며 오른쪽에는 모란 왼쪽에는 작약이 놓여진다.

---

84) 심갑식(2020), 「한국지화 장엄의 특징과 전승에 관한 연구」, 동방문화대학원대학교 박사학위논문.

② 연꽃과 수파련(水波蓮)

연꽃 역시 색지를 오리고 접어 만든 연화와 그 잎으로, 모두 지화 장엄에 속한다. 지화 장엄은 관조의 견지에서는 일심으로 피워내는 내면의 꽃이자 공(空)의 가르침을 형상화한 전통적인 예술장르이다.[85] 연꽃은 진속불이, 처염상정, 인과동시 및 정법, 전법, 지조, 극락을 상징하며 불교의 대표적인 상징 꽃으로, 재가 설행되고 있는 도량이 곧 청정한 불국토의 염원을 표상한다. 수파련은 재회에 장식으로 사용되는 종이로 만든 연꽃으로, 편[떡병] 위에 꽂는 장엄이다. 수파련은 남극노인으로 대표되는 남극산앙과 유교의 효사상 그리고 불교의 무량수 사상의 조화에서 비롯되었는데 장수를 기원하는 의식에 사용되었다.[86] 이는 수미단이나 영산단의 탁자 중앙에 놓여진다.

③ 당사소(堂司所)

당사는 유나(維那)를 가리키는 말이고, 당사소는 사찰의 업무 및 대중을 지휘 통솔하는 본부이다. 당사소가 마련됨으로써 의식은 일사불라하게 진행될 수 있고, 이때 유나는 진행상의 미비점을 감독한다. 당사소는 재도량을 잘 살펴볼 수 있는 곳에 위치하는데 주로 대루나 대방의 한쪽에 위치한다. 경상을 마련하고 그 위에 법화경과 금강경 그리고 요집과 지필묵 등을 갖추어 둔다.

④ 재시 용상방(齋時 龍象榜)과 육색방(六色榜)

용상방은 사중에 재가 베풀어질 때 대중의 소임을 정하여 붙이는 방으로, 대중 각자에게 능력에 맞는 적절한 임무를 부여함으로써 화합된 가운데 법요를 무리없이 진행하게 하는 데 목적이 있다. 용상방 끝부분에서 높은 소임을 표시하고, 중앙으로 갈수록 하위의 소임을 배정한다. 이는 어린 사미를 용상대덕이 보호한다는 의미와 보호받는 사람으로 하여금 분발심을 갖도록 하는 배려차원이다. 한편, 육색방은 재의 원만한 진행을 위해 삼보전에 올릴 공양과 대중공양에 차질이 없도록 준비할 때 중요한 여섯 가지 소임과 보조 역할을 담당할 소임을 기록한 방(榜)으로, 이는 대방 뒤편에 걸거나 붙이게 된다.

(3) 식당작법의 장엄 요소

---

85) 심갑식(정명), 위의 논문, 4쪽.
86) 심갑식(정명), 위의 논문, 49쪽.

① 식당방

식당방은 식당작법에 칠요한 직책과 담당자를 적어 대중에게 고하기 위해 만든 방이다. 여기에 부여되는 직책은 중수(衆首)를 비롯하여 12종으로 18명이 소요된다. 식당방은 중수 앞에 가로로 길게 펼쳐 놓는다. 규격은 보통 삼척지를 가로로 두 장 정도 연결하여 쓰며, 중수 앞에 가로로 길게 펼쳐 놓는다.

② 백추(白槌)

백추 혹은 백퇴는 나무 기둥 맨 중앙에 '心' 혹은 '一心'이라고 쓰고, 세로의 팔면 각 면에는 팔정도(正見, 正思惟, 正語, 正業, 正命, 正精進, 正念, 正定)을 각각 써 넣은 것으로, 공양을 받는 승려로 하여금 수행자의 본분을 잃지 않도록 경각심을 일깨워 주는 도구이자 장엄이다. 이는 식당작법 도량의 한 가운데 놓여진다.

③ 향적천(香積天)

향적은 『유마경』 「향적품」의 향기가 충만한 세계라는 의미이다. 이것이 변하여 선림(禪林)에서 공양을 마련하는 장소로의 의미로 사용되고 있다. 여기의 향적천은 창호지 반장의 크기에 왼쪽으로부터 '향적천'이라고 크게 쓰고, 진언집 형태의 해당진언을 좌우에 한 장씩 걸도록 하는 것이다. 이것은 정재소 혹은 수각 등의 정문 위에 걸리게 된다.

(4) 시련(侍輦) 및 감로당 장엄 요소

① 연(輦)의 장엄

연은 임금이 행차할 때 타는 가마를 일반인들의 가마와 구분하여 이르는 말이다. 시련절차에 의해 모시는 시방의 모든 성중과 대범, 제석천왕 및 사천왕 등 옹호성중은 모두 왕의 직위에 해당되는 바, 운행도구인 연을 사용하여 옹호성중을 맞이하게 된다.

② 위의(威儀) 장엄

임금의 거동과 동격임을 내외에 알림으로써 시련절차가 원만히 이루어지도록 각종 위의(dignity)를 보여주는 요소를 말한다. 大龍旗, 巡視旗, 令字旗, 淸道旗, 司命旗, 引路幡, 燈龍, 日傘 등이 그것들이다.

③ 감로단 장엄

감로단에 칠여래를 모셔 장엄하는데, 순서는 감로단을 향하여 우측으로부터 차례로 모신다. 다보여래, 보승여래, 묘색신여래, 광박신여래, 이포외여래, 감로왕여래, 아미타여래의 순서로 모신다. 혹은 다보여래를 중앙에 모시고 영단을 향하여 우측에 보승여래, 광박신여래, 감로왕여래를 모신 다음, 좌측에 묘색신 여래. 이포여래 아미타여래를 모시기도 한다.

(5) 육법공양 장엄과 특징

재를 거행하는 의식에 있어 각종 공양물 역시 중요한 의미를 갖는다. 공양물의 종류로는 향, 등, 꽃, 과일, 차, 쌀 등 여섯 가지가 대표적이며, 이를 불전에 올릴 때 '육법공양'이라 한다. '육법공양'시에 공양게 또는 운심공양진언·운심게 등을 독송하면서 공양의 뜻을 고하게 된다. 이때의 공양은 운심공양이 되어야 하는데, 운심공양은 마음을 돌려 참회하고 진실된 참회를 불전에 고하는 것을 의미한다.

각 육법공양의 하나하나는 육바라밀의 상징이기도 하다. 여섯 가지 공양물을 각각 해탈향·반야등·만행화·보리과·감로다·선열미로 부르는 것도 이런 연유이다. '해탈향은 지계에 해당하며 희생과 공덕의 상징이다. 향의 청정성과 연기가 이 세계를 벗어나 하늘에 이르는 것을 해탈에 비유한 것이다. 『불모출생삼법장반야경』 23 「상제보살품」에 보이듯이,[87] 향은 소례께 올리는 공양 가운데 으뜸이다. 그것은 능례의 신심과 귀의를 소례께 전하는 공능이 있기 때문이다. 아울러 향의 덕 가운데 '淸淨心身'과 '能除汚穢'를 생각할 때, 정보인 능례와 의보인 도량을 청정하게 하려는 의지의 표현[88]이라는 대목은 이를 잘 방증해 준다.

반야등은 등불의 밝힘이 지혜를 뜻하며 촛불이 자신을 태워 어둠을 없애는 것처럼 중생의 무명을 밝혀주는 의미이다. 꽃을 만행화라고도 하는데, 이는 만 가지 실행을 몸소 실천하고자 하는 염원으로 부처님께 나아가 꽃을 지극정성으로 공양을 올리는 것이다. 보리과는 거센 비바람에 흔들리지 않고 열매를 맺는 것처럼 고요함을 품은 선정을 상징하며 깨달음이 과일의 결과와 같다는 의미이다. 감로다는 보시에 해당하며 부처님의 법문이 훌륭하여 감로 즉 불사약과 같다는 것을 의미한다. 선열미는 정진을 상징하는데 정진의 결과로 얻는 깨달음의 환희,

---

87) 대정장 권8 p.670c
88) 심상현(2011), 「영산재의 성립과 작법의례에 관한 연구」, 위덕대학교 대학원 박사학위논문, 115-116쪽.

즉 선정의 기쁨은 정제된 쌀과 같은 것으로, 인간의 삶에서 가장 중요한 핵심이라는 의미를 지니고 있다. 요컨대, 도량장엄에 있어 각종 장엄구는 불교의례 예술의 꽃으로서 시각적 효과와 모인 대중의 마음을 응집시키는 힘을 갖고 있으며, 그로 인해 신심을 고취시키고 적극적인 재 의식에의 동참을 유도하는 중요한 가능을 한다 할 수 있다.

3. '영산재' 콘텐츠의 개발과 활용

1) '영산재' 콘텐츠 가치와 전개 양상

문화콘텐츠란 어떤 소재나 내용에 여러 가지의 문화적 공정을 통해 가치를 부여하거나 드높인 것으로 창의력, 상상력을 원천으로 '문화적 요소'가 체계화되어 경제적 가치를 창출하는 문화상품을 의미한다.[89] 우리나라에서 문화콘텐츠는 1990년대 말 무렵부터 새로운 산업, 새로운 가치 창출의 영역에서 주목받고 부각되기 시작하여 이제는 영화, 음반, 게임 산업 등 고부가가치 문화산업의 핵심으로 기능하고 있다.

문화콘텐츠가 시대적으로 주목받는 이유는 단순히 경제적인 이유뿐만이 아니다. 지금까지의 산업구조가 경제가 중심이 되어 문화적 활동에 대한 수요를 창출하는 것이었다면, 이제는 문화가 중심이 되어 경제적 이윤을 창출한 시대로 구조적 전환이 이루어지고 있기 때문이다. 이러한 시대적 상황 속에 독창적이고도 고유성을 지닌 우리 전통문화의 콘텐츠의 중요성은 한결 더 높아지고 있다.

우리의 전통문화유산이자 문화원형[90]이라할 수 있는 '영산재'는 민족의 삶과 정서를 담고 있을 뿐만 아니라 충실한 서사구조와 예술성까지 갖추고 있고, 의례 절차에 내재되어 있는 다양한 문화적 요소들은 우리 문화의 전통성과 보편성까지 두루 포함하고 있다. 이 점에서 '영산재'는 전통예술의 원형을 기반으로 한 문화콘텐츠로서의 활용 가능성이 매우 큰 대상이라 할 수 있다.

사실, 문화원형의 범주는 광범위하다. 그 범주에는 문학, 미술, 음악, 연극, 건

---

89) 서정교(2003), 『문화경제학』, 서울: 한올출판사, 83-84쪽.
90) '문화원형'이라는 말은 1999년에 제정된 「문화산업진흥기본법」에 처음으로 등장하는 용어로 '문화원형'이라는 표현 속에는 문화가 다양하게 변한다는 인식과 더불어 변화의 근원에는 문화의 본 모습이 존재하고 있다는 생각이 담겨 있다(한국문화콘텐츠진흥원(2005), 『문화원형창작소재 중장기 로드맵』, 한국문화콘텐츠진흥원 참조).

축 등과 예술, 과학, 기술 등과 같이 인간의 정신적인 차원에서 요구된 유형적 형태의 의식적인 결과가 포함된다. 아울러 인간의 기본적인 욕구와 사회적 욕구를 충족시키기 위한 의식주 활동, 유희적 활동과 종교적 활동을 비롯해 도덕적 규범, 관습, 제도 등과 같은 무형의 산물까지도 포함된다.[91]

그렇다면 '영산재'의 문화콘텐츠 역시 결국 불교의례와 관련되어 사람들이 지적, 정서적으로 향유하는 중요무형문화자산으로, 콘텐츠의 발전과 상업화에 의해 현대적 변용의 전략적 변모를 이어왔다 할 수 있다. 이 점을 주목하고, 연구자는 지금까지 '영산재'의 문화콘텐츠 전개 양상을 간략하게 살펴보고자 한다.

'영산재'의 문화콘텐츠화는 1985년 최초의 무대화를 계기로 2001년 스토리텔링이 있는 최초의 콘텐츠화가 시작, 체계화되고, 2003년 '니르바나(열반)' 작품을 통해 본격적인 '영산재' 콘텐츠 작품이 만들어졌다. 즉, '니르바나'는 2006년 대표적인 세계 무용제 참가를 기점으로 '영산재'와 한국무용이 결합되는 콘텐츠 작품이 되었고, 2011년 다양한 해외 순방을 통해 한국 전통연희가 첨가됨으로써 소위 그랜드 전통예술 공연물이 되었다.[92] 재의식 관련 프로그램의 순서가 다소 변경되거나 누락됨으로써 불교적 분위가 약화되는 면이 있었지만,[93] 결과적으로 한국 불교문화의 예술과 아름다움을 세계에 알리는 역할을 하였다. 또한 니르바나는 공연상황과 여건에 부응하도록 부단한 프로그램의 개발과 변용을 통한 창의적 모습을 보여주며, 불교 재의식의 콘텐츠화 작업에 선도적 역할을 하였다. 니르바나의 이러한 노력은 '영산재'를 근거로 한 새로운 불교예술 콘텐츠화의 일면, 즉 이른바 원형, 퓨전, 창작의 세 단계로 콘텐츠화한 그 고유한 역할과 내용적 특징을 보여준다 할 것이다.

그렇다면 '영산재' 콘텐츠화는 영산재의 역사와 정신, 그 내용의 원형을 유지하면서 시대적 코드에 부합하는 불법의 홍포 차원에서 그 의의가 있다 할 수 있다. 이는 곧 '종교 예술'의 차별성을 보여주는 콘텐츠화이기도 하다. 따라서 21세기에 부응하는 다양한 영산재의 콘텐츠화는 일반 대중 및 세상과 보다 원활한 소통 및 교감의 장을 마련하는데 기여하리라 생각된다. 이 점에서 '니르바나'는 그 전형적인 작품으로, 향후 다른 예술 장르와의 절묘한 조화와 균형 속에 지속적이

---

91) 김교빈(2005), 「문화원형의 개념과 활용」, 『인문콘텐츠』 6, 인문콘텐츠학회, 12쪽.
92) 손인애(2017), 「영산재 문화콘텐츠화의 전개 양상과 과제」, 『정토학 연구』 27집, 한국정토학회, 248쪽.
93) 손인애, 위의 논문, 260쪽.

며 성공적인 보급의 모델로 자리매김 될 수 있다 할 것이다.

나아가 창작 영산재 콘텐츠 작품은 소위 원형(archetype)을 초월하는 단계로, 21세기 감성과 대중성, 그리고 소통과 교감을 담아낸 불법 홍포의 전위적인 역할을 할 것으로 판단된다. 오늘날 전 세계적인 문화계의 트랜드는 킬러 콘텐츠(Killer contents)[94]를 모델로, 내용적 혁신과 혁명이 요구되는 콘텐츠화를 지향하고 있다. 그렇다면 불교의식 콘텐츠 작품들은 21세기 코드에 맞는 불교의식 문화 및 정신의 대중화와 세계화를 지향해야 한다. 다시 말해, 참여 대중과 상황에 따라 다양한 공연 프로그램 매뉴얼들을 만들고, 시도해야 한다는 것이다. 따라서 우리 고유의 무형문화유산으로 충분한 가치가 있는 '영산재'의 원형을 잘 살리면서 대중들과 소통하고 공감하면서 치유될 수 있는 방향으로 콘텐츠화 되고, 또한 불법홍포의 장으로 활용되어야 할 것이다.

2) '영산재' 콘텐츠의 개발과 활용

'포스트 코로나(post corona)'는 2019년 하반기에 발생하여 2020년 들어 전 세계로 확산된 '코로나바이러스감염증-19(Covid 19)' 이후의 사회적 변화 양상과 추이를 의미하는 용어이다. 이 용어는 2020년 3월 28일 <월스트리트저널(Wall Street Journal)>[95]과 세계경제포럼[96] 등의 칼럼에서 사용되면서 널리 인용되기 시작했다. 강력한 전파력으로 전 세계로 확산되면서 펜데믹 현상을 일으킨 '코로나바이러스감염증-19'는 방역을 위한 원격근무, 자가 격리, 사회적 거리 두기 등의 새로운 사회문화적 현상을 초래함과 함께, 전통적 의료제도와 사회복지, 가족 개념에 대한 성찰을 이끌어내면서 향후 많은 변화를 예고하고 있다. 따라서 각 국가는 'Covid 19' 이후의 세계에 대한 예측과 처방을 포함하여, 이 질환이 초래한

---

94) 국어사전에 의하면, 킬러콘텐츠(Killer Contents)란 특정 미디어가 폭발적으로 보급되는 계기가 된 콘텐츠를 말한다. 즉, 미디어 시장에 상당한 영향을 미치는 방송, 만화, 영화, 음악, 애니메이션, 캐릭터, 게임 등 핵심 콘텐츠를 일컫는다.

95) <코로나바이러스 팬데믹이 바꿀 세계의 질서(The Coronavirus Pandemic Will Forever Alter the World Order)>라는 칼럼을 통해 포스트 코로나 시대를 예측하면서 이 질환이 가정, 의료, 교육, 정치 등 모든 분야에서 기존의 질서를 바꿀 것이라고 예측했다.

96) 2020년 3월 30일 세계경제포럼(WEF, World Economic Forum)은 하비에르 솔라나(Javier Solana)의 <코로나바이러스 이후의 세계에 대해 말하다(Our post-corona virus world will be built on what we say and do now)>라는 칼럼을 통해 코로나바이러스감염증-19가 가져올 세계의 변화에 대해 논의했다. 이 글은 이 질환이 인류 공동의 적이며 각 국가에서 투명성과 연대의 정신을 기반으로 국경을 넘나드는 전 지구적 협력을 통해 방역과 예방에 노력해야 함을 강조했다.

세상의 변화를 예측하고 이에 대응하려는 모든 노력을 기울일 것으로 판단된다.

한국에서는 2020년 4월 14일 정부에서 코로나바이러스감염증-19로 인한 실물·금융·생산과 소비 등 경제 측면에서의 여파 및 비대면의 일상화에 따른 AI·빅데이터 등 디지털 기반의 비대면(untact)[97] 산업을 적극 육성하는 것이 필요하다는 인식을 강조하였다. '언택트'는 다른 사람과 대면하는 것을 부담스러워 하는 신세대의 심리적 성향에 주목하는 개념이었다. 이후 언택트 기술은 인공지능과 같은 4차 산업혁명 기술이 일상에 도입되는 상황에서, 베이비붐 세대와는 달리 태어나면서부터 인터넷이나 모바일과 같은 디지털 문명을 경험한 소비자들이 시장의 주류로 진입하면서 발생하는 새로운 사회문화적 양상을 의미하는 것으로 확장되었다. 특히 언택트 기술은 2020년 전 세계로 확산된 코로나바이러스감염증-19의 방역을 위하여 사회적 거리 두기가 강조되기 시작하자 새삼스럽게 주목을 받기 시작했다. 이 질환이 전 세계에서 단기간에 소멸되지 않을 것이 확실시되는 가운데 일상에서의 대면 접촉을 줄이는 생활방역이 강조되면서 물리적인 대면 접촉을 줄이는 기술로서 로봇배송 등 언택트 기술이 각광을 받기 시작했으며, 언택트 문화 자체도 중요한 사회 트렌드로 자리잡기 시작했다.

사실, 코로나 이후 '위드 코로나(with Corona)'로 칭해지는 시대, 뉴노멀의 핵심은 공공성, 공동선(common sense) 실현이다. 이러한 맥락에서 보면, 언택트 문화에서 불교문화예술의 근간인 '영산재'는 콘텐츠 구성의 훌륭한 자원이 될 수 있다. 그렇다면 불교가 갖는 지혜와 자비실천을 기반으로 한 현대인들의 상실과 아픔을 치유하고 흥미를 줄 수 있는 영산재의 콘텐츠 개발은 절대적으로 필요하다. 이를 보다 효율적으로 시행하기 위해서는 크리에이터들의 양성과 섭외, IT와 접목한 비대면 혹은 온라인 종교체험을 통한 다양한 성찰과 공감대를 형성할 수 있는 여건이 마련되어야 한다.

따라서 포스트 코로나시대에 불교문화콘텐츠 개발과 활용은 더욱 시급한 과제이다. 즉 부처님의 훌륭한 가르침을 담아낸 장엄하면서도 격조있는 문화유산에 대한 이해와 공감, 그리고 깊은 깨달음까지 전해주는 콘텐츠를 만들고, 이를 소통과 연대의식의 장으로 승화시키는 일련의 작업이 필요하다.

---

97) '언택트'라는 용어는 '접촉(contact)'이라는 말과 부정을 뜻하는 'un'을 결합해서 만든 신조어로, 서울대 소비트렌드분석센터에서 펴낸 『트렌드 코리아 2018』에 처음으로 등장했다. '언택트 기술'은 '인공지능과 네트워크, 빅데이터와 사용자인터페이스 기술의 진보가 사람이 하던 업무를 사람 없이 수행하는 기술'의 의미로 사용되었다.

오늘날 새로운 미디어 기술에 따른 콘텐츠 시장과 소비문화의 변화는 문화콘텐츠의 창작 방식과 생태환경을 바꾸어 놓고 있다. 문화자원은 모바일과 웹에 최적화된 형태로 제작되어 유투브, 페이스북, 트위터, 네이버, 카카오 등 다양한 플랫폼으로 서비스 되고 있다. 이는 문화콘텐츠에 대한 접근성과 파급력을 높이는 한편, 시대적 효용성을 고려한 방안이라 할 수 있다. 이는 특별한 문화유산을 세상 밖으로 이끌고 그 이야기는 다시 사회를 새롭게 하는 선순환 구조를 만드는 데 기여하고 할 것이다.

따라서 불교계는 유네스코 인류중요무형문화재에 등재된 봉원사 '영산재'의 역사와 문화를 웹 콘텐츠로 녹여냄으로써 불교문화의 핵심 가치를 강화하는 전략을 구사해야 할 것이다. 이러한 전략은 신선한 흥미소로 작용하고 문화원형의 긴 생명력에 내재한 서사적 힘으로 작용하게 될 것이다. 하지만 브랜드 효과를 어떻게 구현할 것인지와, 어떻게 이를 접한 독자와 관객의 마음을 움직여 콘텐츠와 지역으로 끌어들일 것인지에 대한 과제는 여전히 남아 있다. '영산재'의 문화적 가치를 살리는 웹콘텐츠로 가기 위해서는 작품의 완성도, 플랫폼의 개방성, 쌍방향적 소통, 브랜드 가치 구현 등에 무게를 둔 접근이 필요하다. 무엇보다도 '영산재'의 콘텐츠화는 과거와 특정 지역에 머물지 않고 현재와 소통하며 대중의 마음을 치유하며 공동체 의식을 담아내는 방향으로 이루어져야 한다는 것이 연구자의 견해이다.

3) '영산재' 콘텐츠의 향유자와 연결성

문화는 당대에만 국한되지 않고 과거와 현재, 그리고 미래를 조감할 수 있게 만들어 준다. 따라서 문화라는 구심점을 통해 세대의 간극을 뛰어 넘어 공감대를 형성하고 동시대와의 교감을 확장시켜 나가는 한편 세계인들과 의식을 공유하는 계기를 마련할 수 있다. 또한 문화유산은 개인의 정서 변화와 인식 확장을 가능하게 함으로써 세계관을 확장시키고 좀 더 성숙한 삶을 살 수 있게 한다. 문제는 대중매체의 확산과 디지털의 팽배로 인하여 오프라인에서 작품을 접하기가 쉽지 않다는 사실이다. 이를 보완할 수 있는 장치로 대중매체와 인터넷을 활용한 문화콘텐츠의 개발과 온. 오프라인의 연계를 통한 영역 확장을 들 수 있다.

문화콘텐츠를 발굴하고 제작하는 일 못지않게 만들어진 콘텐츠의 생명력을 연장하고 성보로 만드는 일도 중요한 것으로 연구자는 생각한다. '영산재' 문화콘텐츠의 생명력을 연장하고 전통으로 안착할 수 있는 방법은 무엇일까? 콘텐츠의 생명력을 이야기할 때 향유자를 빼놓을 수 없다. 콘텐츠 기획과 제작 단계부터 "향유층의 욕구 요소, 선행 체험, 향유유형, 기간과 정도, literary 수준"[98]을 고려한 까닭이 여기에 있다. 그런데 향유의 활성화를 도모하기 위해서는 매력적인 콘텐츠를 만드는 것만으로 충분하지 않다. 콘텐츠와 향유자를 연결하고 향유 경험을 지속시킬 때 콘텐츠는 영속할 수 있기 때문이다.

더욱 편리해진 초연결 문화 속에서 온라인, 온택트, 비대면이 일상에 자리 잡을 가능성이 농후하다. 그동안 유지해온 정치, 경제, 사회, 문화, 종교 모든 기성의 영역이 혁신하지 않으면 도태할 수밖에 없다. 이러한 맥락에서 불교문화도 온라인, 온택트, 비대면을 잘 활용한 부단한 콘텐츠화 작업이 있어야 한다.

브론슨 테일러는 마케팅에 있어서 "유지가 획득을 이긴다"[99]라고 했다. 그에 의하면 실제로 고객 유지율을 5% 상승시켰을 때 회사 수익성은 30% 증가했고, 신규 고객에게 5-20%에 그쳤던 판매율도 기존 구매 고객에 60-70에 이르렀다는 것이다. 이는 유지(retention)하고 최적화(optimization)하는 것이 중요함을 시사해 준다. 이러한 관점을 문화콘텐츠에 적용하려면 문화콘텐츠에 대한 향유 유지와 관계 맺기가 어떻게 이루어지고 있는지부터 살펴야 한다.

우선, 적절한 콘텐츠를 찾아 체계화하고 공유하는 콘텐츠 큐레이션(Content curation) 방식을 '영산재'에 도입한다면 향유자에게 최적화된 불교문화콘텐츠를 제공할 수 있을 것으로 판단된다. 콘텐츠 큐레이션은 여러 분야에서 '양질의 콘텐츠만을 취합·선별·조합·분류해 특별한 의미를 부여하고 가치를 재창출하는 행위'를 뜻한다. 이는 단순한 기술적 연결을 의미하지 않는다. 향유자가 콘텐츠를 생산하고 매개하는 능동적 향유자가 되도록 향유 경험, 감정, 가치를 긴밀히 엮어줘야 하는 것이 보다 효과적일 것이다. 이를 위해서는 "구매자를 참여자로, 참여자를 매개재로 만들고 서로를 상호 의존적 관계로 묶어 네트워크를 성장시켜[100]야 한다. 연결성 있는 소비는 대중들 간의 소통 터전을 만들고 같은 취향을 가진 사람들끼리 관계를 맺을 수 있는 장을 열어 줄 것이기 때문이다. 커뮤니티에서 느낀 소속감, 유대감, 위상은 수동적 향유자가 지역 구성원과 연대하며 문화콘텐츠의 또 다른 생산 주체자로 활약할 기회를 제공할 것이다.

---

98) 박기수(2015), 『문화콘텐츠 스토리텔링 구조와 전략』, 서울: 논형, 41쪽.
99) 라이언 홀리데이, 고영혁 역(015), 『그로스해킹』, 서울: 길벗, 97쪽.
100) 윤지영(2016), 『오가닉 미디어』, 서울: Organic Media Lab, 123쪽.

여기에서 간과할 수 없는 것이 구술문화의 전통이다. 공감과 참여를 요구하고, 일상을 공유하는 오늘의 문화와 구술 전통이 맞닿아 있기 때문이다. "구술성의 정신 역학"101)을 문화콘텐츠의 향유 원리에 적용하면 향유의 지속과 매개에 도움을 얻을 수 있다. 이는 콘텐츠를 제작하고 향유 로드를 형성할 때 감정이입 요소, 참여적 요소, 생활적 요소, 논쟁적 요소, 상상적 요소를 더함으로써 전파, 소통, 참여를 이끌어 내는 방식이다.

그렇게 함으로써 사용자가 생산에 관여하는 콘텐츠의 범위가 넓어지고, 소비가 곧 유통이고 매개임을 보여 줄 것이다. 따라서 불교문화콘텐츠를 경험한 향유자의 유투브 동영상, 댓글은 불교문화콘텐츠를 매개하고 또 다른 불교문화콘텐츠의 생산과 소비의 창구가 될 수 있다. 조각난 콘텐츠들이 모여서 하나의 스토리만을 만드는 것이 아니라 사용자들의 공유와 연결 과정을 통해 새로운 콘텐츠가 재구성되기도 하고 콘텐츠 자체에 라이프 사이클이 만들어지기도 한다.102) 이처럼 '영산재' 콘텐츠에 대한 요구와 취향을 엮어 향유자가 콘텐츠를 창조, 재상산, 복제, 소비할 수 있는 향유 라이프 사이클을 형성해야 한다.

언택트(untact) 시대를 맞이하여 전통문화를 현대화하고 세계화 할 수 있는 방안 연구도 본격적으로 진행해야 할 때이다. 그간의 '영산재'의 운영 성과와 대국민 공익활동, 지역사회 발전에 기여한 문화관광 자원으로서의 가치, 그리고 힐링(healing) 프로그램으로서의 심신치유 가치를 종합적으로 분석하고, 이를 지친 현대인들에게 마음의 위로와 치유의 시간을 갖도록 할 필요가 있다.

오늘날의 불교는 높은 위치에 앉아서 법을 설하고, 혼자 법당에 앉아 수행에 집중하기보다 양방향으로 함께 할 수 있는 문화적 체험을 요구하고 있다. 사실상 자기를 상품화해 매대에 진열하지 않으면 살아남을 수 없는 것이 현실 상황이다. 상당수 교회가 이미 이걸 많이 어필하고 있고, 교인들도 더 이상 특정 교회에 소속되기보다 원하는 채널을 스스로 선택하고 있다. 그런 면에선 오히려 불교가 더 역설적으로 할 수 있는 게 많다. 왜냐하면 한국문화의 80% 이상이 불교문화이기 때문이다.

이제 세상은 사물인터넷(Iot)의 등장으로 인해 크게 요동치고 있다. 컴퓨터들끼리만 연결되는 것이 아니라 우리 주변의 모든 사물 즉, 텔레비전, 냉장고, 세탁

---

101) 월터 J. 옹, 이기우, 임명진 역(1996), 『구술문자와 문자문화』, 서울: 문예출판사, 61-92쪽.
102) 윤지영, 위의 책, 65쪽.

기, 자동차, 핸드폰 등 할 것 없이 모든 사물이 인터넷에 연결되어 디지털화된 자신의 정보들을 공유하게 되었다. 중간에 사람이 개입되지 않고서도 사물들끼리 디지털을 통해 자신들의 정보를 공유하면서 대화를 나눌 수 있게 된 것이다. 결국 사람들끼리는 물론, 사람과 사물, 그리고 사물과 사물 간에 경계를 초월하는 '초연결'의 시대가 열린 것이다. 따라서 우리는 우리를 둘러싼 모든 만물이 연결된 세상을 살아가게 될 것이다. 들은 이제 자신도 모르는 사이 디지털 세계에 물들어 가고 그 자신조차도 디지털화 되는 '인간 인터넷'의 시대로 진입하고 있다.

이 과정에서 초연결, 초고속, 최실시간 영상처리서비스인 5G 기술이 상용화되고 있다. 5G 기술은 4차 산업혁명의 핵심기술이 제 역할을 할 수 있도록 하는데, 인간으로 비유하자면, 혈관과 같고 일상에서는 고속도로와 같은 역할을 한다. 이처럼 5G 기술은 마치 인드라망처럼 날줄 씨줄로 촘촘하게 세상을 연결하고 사람과 사람, 기계와 기계 또는 사람과 기계 심지어 현실과 가상 세계가 네트워크로 묶어 낸다. 이제 시간과 거리의 물리적 제약 등을 뛰어넘어 서로를 연결하는 세상이 도래한 것이다.

이러한 맥락에서 유튜브는 이 시대를 대표하는 동영상 플랫폼이다. 실제로 유명 유튜버들의 영상을 참고해보면, 단순히 자신이 만든 영상만을 제공하는 것이 아니라 실시간 방송을 통해 쌍방향으로 다른 유저들의 질문 등을 듣고 이야기하는 소통의 장소로 활용하고 있다. 즉 유튜브를 통한 문화향유는 사람들이 모여 정보를 영위하고 함께 소통하는 공간이라는 공통점이 있다.

지금의 청소년들은 '유튜브 세대'라고 할 정도로 일상의 많은 시간을 동영상 시청과 검색으로 보낸다. 그렇기 때문에 청소년들이 관심 있을만한 불교적 콘텐츠나 웹툰, 프로그램을 제작해 그들과 함께 공감해야 한다. 그래서 자연스럽게 불교에 관심을 갖고 코로나19 이후에 영상으로만 접해왔던 사찰에 직접 찾아와 체험하고 감동을 받을 수 있도록 이끌어야 한다. 아울러 사찰 경내를 가상현실(VR) 촬영을 해 입체적으로 둘러볼 수 있는 서비스를 제공하거나, 줌(Zoom), 웹엑스(Webex)와 같은 비대면 프로그램을 통한 '영산재'의 장엄적 요소와 의미의 홍보를 강화할 필요가 있다.

2021년 2월, 국립중앙박물관에서 괘불을 주제로 한 디지털 영상을 새롭게 선보인 것은 불교미술의 아름다움과 생동감, 그에 안에 담긴 의미를 더욱 생생하게 전한 일로 생각된다. 이처럼 미디어 아트로 괘불을 만나게 되는 것은 다양한 불교의식과 함께 오늘날까지 계승되어 한국 불교문화의 정체성을 형성하는 한 축을 이룬다 할 것이다.[103] '영산재' 의식에서 중요한 한 축을 이루고 있는 괘불을 투명하면서도 다채로운 색감을 표현하여 애니메이션 요소와 3D 모션 그래픽을 가미해 생동감 있는 영상으로 재탄생한 것은, 소중한 우리 문화유산으로서 '영산재'가 가진 예술적 가치를 발견하고 나아가 코로나시기에 힘들고 지친 일상 속에서 쉬어 갈 수 있는 기회를 제공할 것으로 생각된다. 주변의 많은 일상들이 '코로나 19'로 인해 급변하고 있다. 이에 단순히 이 시기가 지나가기만을 하염없이 기다릴 것이 아니라 그 변화의 흐름에 부응해야 한다. 이 시기를 선도하고 보다 많은 사람들과 소통하는 새로운 불교문화 콘텐츠 개발을 할 수 있는 기회로 삼아야 할 것이다.

최근 사회적 거리두기가 장기화되면서 코로나 블루(Corona Blue)[104]를 경험하는 사람들이 늘어나고 있다. 그런데 역설적이게도 '코로나 19'의 위기는 종교에 새로운 기회가 될 수 있다. 포스트 코로나 시대는 사부대중이 공동체가 되어야만 극복할 수 있다. 그러나 한국불교가 그 기회를 잡기 위해서는 사부대중이 공동체를 이루어 시대의 요구에 적응해야만 한다.

한편, 사람들은 코로나 팬데믹(pandemic) 선언 이후 포스트 코로나에 이어 이제는 '위드(with) 코로나' 시대를 논의한다. 코로나의 완전 정복이 아닌 코로나와 더불어 살 수밖에 없는 시대의 도래를 예측하는 것이다. 따라서 '위드 코로나' 시대의 문화포교는 세상에서 공적 책임성을 다하는 방향으로 나아가야 한다. 모든 종교의 본연의 역할은 '인간의 행복과 안정'이다. 이는 '많은 사람들의 이익과 행복을 위하여 길을 떠나라'고 한 붓다의 전도부촉과도 일맥상통한다. 불교의 존재 이유는 중생을 고통에게 벗어나도록 해주는 것이기에 코로나19로 인하여 생존 자체를 걱정해야 하는 지금이야말로 불교가 그 존재 가치를 보여주어야 할 때인 것이다.

요컨대, '영산재'의 궁극적인 목적이 부처님의 영산설법을 오늘에 재현하여, 동참 대중들로 하여금 불법을 듣고 이고득락(離苦得樂)하게 하는 것이라 할 때, 상실과 아픔의 포스트 코로나 시대에 있어 '영산재'를 대중들이 공감하고 이해하며

---

103) 불교신문, "초대형 미디어아트"로 만나는 부처님, 2021년 2월 3일자 4면 참조.
104) 코로나 블루는 '코로나바이러스감염증-19'의 '코로나'와 우울하다는 뜻의 '블루(blue)'의 합성어이다. 감염 가능성에 대한 불안과 공포에서 비롯한 심리적 영향이 자가 격리와 경제 불안 등의 이유로 증폭되어 불안장애로까지 발달한 경우를 말한다.

공동체의식의 장으로 마련하고, 이를 많은 향유자와 연결하고 향유 경험을 지속시킬 때 '영산재' 문화콘텐츠는 영속할 수 있을 것으로 판단한다.

4. 나오는 말

이상에서 『법화경』의 '법화육서'가 '영산재' 장엄 미학의 근간이 되고 있음을 주목하고, '영산재' 진행 절차와 그에 따른 각종 의례문과 작법에 내재된 장엄 미학을 고찰함과 동시에 영산재의 지속가능한 콘텐츠 개발과 활용 방안을 살펴보았다.

불교적 미의식의 주체성을 보존하고 있는 '영산재'는 우리 고유의 전통으로서 불덕을 찬탄하는 다양한 의식문[게송]과 몸짓, 그리고 소리로 소통과 공감의 장엄의 미학을 잘 담아내고 있다. 불보살의 소통과 제신들과의 소통을 기원함에 있어 수많은 진언[다라니]가 독송되고 있음과 행위 동작의 상징으로 각종 수인(手印)을 결하고 있음이 이를 방증한다. 이와 같은 상징성은 밀교에 입각한 신(身). 구(口). 의(意)의 삼밀가지(三密加持)의 수행법에 기인하고 있는 것이며 몸의 동작과 음성의 발성에 신비적 의미를 부여하여 의례를 진행해 나간다. 이러한 의례구조는 범패 등의 불교음악, 나비춤(作法舞), 법고춤(法鼓舞) 등의 불교무용, 그리고 도량장엄 등에 의한 불교미술의 발전을 가져와 종국에는 '영산재'의 구성절차 모두가 연희적 성격을 지니는 예술행위를 만들어 낸다. 즉 '영산재'는 의례구조를 가지는 신앙의례이지만 그 진행절차에 예능적 기능이 효과적으로 어우러져 의문(儀文)을 정연한 대본으로 한 가극형식을 지닌 예술적 요소의 장엄미를 갖게 되었다는 의미이다.

어느 면에서 의례를 행하는 것은 신성한 공간에서 경험하는 초자연적인 신과의 접촉이며, 인간의 종교적 심성을 통해 신성한 존재와 소통하는 의식이고, 나아가 사회적 통합을 위해 기능하는 일종의 종교 형태라고 말할 수 있다. 필자가 고도로 압축된 다양한 소리와 몸짓에 연기적 사상으로 융합된 유기적인 전체성으로서의 부처님의 자비사상을 함축하고 있는 '영산재'의 작법은 상호존중과 배려의 관계로서 공동체의 축제장으로 이루어지고 있음을 주목하였던 것도 이런 연유이다.

영산재'가 석가모니 부처님께서 인도 영취산에서 『법화경』을 설하는 장면을 오늘날 재현한 의례인 점을 주목할 때, '영산재' 의례에 있어 표출되는 장엄 요소는 다분히 『법화경』의 '법화육서'를 수용한 것으로 필자는 판단한다. 그것은 장식적 요소로써 부처님이 모셔진 법당과 도량을 각종 불보살 명호를 적은 번(幡)과 지화(紙花)로 화려하게 꾸며 '영산재'가 베풀어지는 도량에 참석한 자들로 하여금 불보살을 찬탄, 귀의하게 하며 환희심을 자아내고 신심을 돈독하게 하기 때문이다.

앞서 언급한 바와 같이, 의식의 공간은 곧 도량이다. 도량은 도를 닦아 깨달음의 길로 나아가기 위한 장소를 말한다. 그리고 장엄이란 부처님이 모셔진 법단과 도량을 각종 불보살의 이름을 적은 번(幡)과 불법을 상징적으로 드러내는 종이꽃(紙花)로 꾸미는 것을 말한다. 이 점에서 '영산재'의 장엄은 불덕 찬탄과 소통의 매개라는 점에서 정신적 요소가 크게 작용하고 있다 할 수 있다. 이처럼 우리의 전통 문화원형을 잘 간직하고 있는 '영산재'의 연원과 의미, 구성과 진행 절차에 내재된 법화사상의 의미와 그것을 수용한 '영산재'의 장엄 미학의 특징, 그리고 오늘날 '영산재'의 위상과 지속한 문화유산으로서의 모색에 대한 결론을 연구자는 다음과 같이 요약하고자 한다.

첫째, '영산재'는 석가모니 부처님의 『법화경』 설법을 듣는 장면을 뜻하는 영산회상(靈山會上)을 상징화한 것으로, 금일 설법도량에 모인 모든 중생들로 하여금 부처님의 설법을 듣고 깨달음을 얻어 환희심을 불러일으키고 법열에 충만 된 분위기를 자아내게 한다는 데 의미가 있다.

둘째, '영산재'의 의례진행 절차는 중첩적으로 반복을 하면서 도량의 청정과 성역화를 통한 다양한 장엄의 요소를 보여주고 있다. 즉 불보살을 모실 때 결계로 참법을 닦을 도량을 청정하게 장엄하기 위해 도량에 각종 번을 걸고 등을 켜고 향기로운 꽃과 음식으로 공양을 올릴 준비를 한다. 도량장엄에 있어 각종 장엄구는 불교의례 예술의 꽃으로서 시각적 효과와 모인 대중의 마음을 응집시키는 힘을 갖고 있으며, 그로 인해 신심을 고취시키고 적극적인 재 의식에의 동참을 유도하는 중요한 가능을 한다 할 수 있다. 장엄의 '영산재'의 이러한 장엄 미학은 다분히 『법화경』의 여섯 가지 상서로움, 즉 법화육서(法華六瑞)을 수용하고 있음을 보여주고 있다. 이러한 일련의 장엄 요소는 영산설법의 감격을 재연하면서 불덕(佛德)을 찬탄하고, 또한 영가와 참여 대중으로 하여금 깨달음에 이르게 하는 재의(齋儀)의 핵심이 되고 있다 할 수 있다.

셋째, '영산재'가 지향하는 실천덕목은 '상구보리 하화중생'이며, 이는 불덕 찬탄과 발원의 몸짓과 소리 그리고 아름다운 게송으로 나타나고 있다. 이러한 불덕 찬탄과 자신의 마음을 정화하려는 소리와 게송, 춤사위 등은 자비사상을 함양하고 생명존중의 중요성을 일깨워 주는데 큰 의미를 지닌다 할 수 있다. 여기에는 상대적 관계를 뛰어 넘은 신성한 세계를 함께 경험하고 그것을 표출함으로써 불교예술로 승화되는 면이 있으며, 특히 안심입명의 환희의 소리와 몸짓의 장엄 미학이 내재되어 있다.

끝으로, 21세기 시대에 부응하는 다양한 '영산재'의 콘텐츠화로 일반 대중 및 세상과 보다 원활한 소통 및 교감의 장을 마련할 수 있어야 함을 강조하였다. '영산재'가 갖는 종교의식으로서의 인류 보편적 가치를 문화적 영역으로 확대하여 대중과 호흡하는 문화예술로 발전시켜야 함은 물론, 활발한 해외공연과 학술적 탐구를 통해 세계적인 문화콘텐츠를 확보해 나가야 한다. 특히 포스트 코로나 시대에 있어, 언택트(untact) 문화가 세상을 주도하게 될 것이기에, 전통문화를 원형을 보존하되 시대에 걸맞은 형태로 재해석하고 세계화 할 수 있는 방안을 모색해야 한다. 문화는 고정되어 있는 박제가 아니라 살아서 움직이는 생명력을 가진 생명체와 같다. 그래서 한국불교 '영산재' 속에 담겨 있는 다양한 소재를 현대적으로 확대 해석해 대중들이 즐길 수 있는 스토리텔링, 캐릭터 개발, 디지털 정보제공, 이미지 영상, 가상현실(VR) 체험 등 미래지향적 콘텐츠 개발이 필요하다 할 것이다.

해사 백원기박사
고희 기념 논총

빌 행 일 | 2022년 11월 11일 초판 인쇄

빌행위원장 | 안광민

편집위원장 | 여태동

편 집 위 원 | 김수근(정인), 최봉명, 윤현준, 오철우(철우), 조승래(호암), 진광희(정수), 권성희 (성현),
　　　　　　　 전정아, 김명옥(원각), 조한석, 정의진, 서용석, 서주석, 민미경, 손민정, 정정순, 박랑서

발행처 | 도서출판 **Hang Jin 향지북스**

발행인 | 김원우

편　　집 | 신정섭, 김수빈

표　　지 | 전정아

주　　소 | 서울시 종로구 인사동 11길 16 대형빌딩 2층

전　　화 | 02) 735-2240

www.hjbooks.org

ISBN 979-11- 978358-1-0

값 70,000원

이 도서의 국립 중앙도서관 출판사 도서 목록(CIP)은 서지정보 유통지원 시스템 홈페이지
(http://seoji.nl.go.kr)와 국가 자료 공동 목록 시스템(http://www.nl.go.kr/kolisnet)
에서 이용하실 수 있습니다.